谷长春／主编

U0712436

满族口头遗产传统说部丛书

东海沉冤录（下）

这是一部原在东海女真人中流传的秘史，这是一曲充满血泪恩仇的浩歌。在明朝开国皇帝朱元璋开疆拓土的斗争中，东海女真人浴血奋战，屡建奇功，涌现出众多有血有肉、可歌可泣的英雄人物，更有许许多多扣人心弦、脍炙人口的故事。情节跌宕起伏，扑朔迷离……

富育光／讲述　于　敏／记录整理

吉林人民出版社

奴也赞同田田的分析，最后决定还是去找季广"老太平"。

求得"老太平"的帮助这件事商定后，三人又研究了怎么才能顺利地回到金山，以便早日接触月牙楼。娟娟说："萨将军送来的信息非常及时、重要，谢谢你！我们必须在高家奴、曾家奴到达之前，尽快赶到金山，利用现有的影响站稳脚跟，想法儿除掉高家奴，以铲除祸根。否则，让高家奴得逞，他再与纳哈出联手，咱可要吃大亏了。豁大将军为报效大明，仗义以命承担了所有非他所为之事，而且做得滴水不漏，对杀人之举讲得头头是道、一清二楚，不容任何人生出半点儿怀疑。即使纳哈出内心特别不痛快，也说不出什么来，给我们留在金山创造了有利条件。咱们就是要昂首挺胸走路，正大光明地出现在金山，惟如此，才能证明与都布多尔济之死毫无干系。若去晚了，或从此不在金山大寨露面儿了，反而辜负了豁大将军的一片苦心，等于往自己身上扣屎盆子，那可是再失策不过了。"田田接着表态道："姐姐讲得对。若说起来，弟弟在金山有自己的人马，自己的力量，什么都不必怕，完全能做你的靠山。对金山掌印大将军的武功，上上下下的人没有不知道的。虽未曾同都布多尔济真正交过手，但在一起切磋过武艺，走过招儿，双方互有高低，父王对我的武艺一直是夸赞的。对平时与都布多尔济的武术相比，有人看做是：都布多尔济的武功剑法为'武加武'，田田多尔济的武功剑法为'武加谋'。所以，父王常向我们兄弟讲：'人外有人，天外有天，武武之术易拙，武谋之术易赢。'眼下纳哈出正是用人之际，都布多尔济之死，已使他失去了一员大将，肯定不愿身边的人再有谁远走高飞，分崩离析。说实在的，没有了都布多尔济，无形中使我与父王之间少了一堵高墙，以后在他面前会较以往受到重用了。"娟娟亦认为田田说得极是。

萨家奴听了姐弟俩的这番话，连连点头。觉得秉仁公主是真有眼力，看得深，看得透，田田讲得也蛮有道理。马上便转忧为喜，不再怕高家奴反叛了，不担心圆觉大师一来会打乱阵脚了，反而信心更足了。娟娟说："凡事在人，事在人为，成事在天。谁把握住机遇，谁便是赢家，的确不能拖。曾家奴的西路大军很快就会到来的，此乃眼下的大敌，不可小觑。我们这里尽管人单势弱，万分不利，然而目前顾不了那么多了，得赶紧返回金山。在金山尚处于紊乱不定之际，力争站稳脚跟，以图未来。萨家奴，不用担心，高家奴未到前，你仍可在此全力一拼。高家奴若来，不单你，就是我在金山亦无立足之地。不过萨将军，能否设法找个可靠的贴己人，速去辽阳传信儿，让叶旺明了金山眼前的困境，请他们合力支援。说心里话，初来金山时，只以寻母为主。如今看来，解决辽东之地是重中之重，金山确实是个症结所在，不能放。惟有抓住金山，才可能扩大辽东地盘儿，已经是越看越清楚了，必须让马云、叶旺大哥他们尽快知道此事。"说完，从怀里解下了由京师带来的、朱元璋颁圣旨授命娟娟为武威安抚使的同时赐的令牌。拿着它，就有参赞东征军务的大权，这点萨家奴也清楚，娟娟把令牌交给了萨家奴。不管是谁拿着它去，皆等于是娟娟亲自到了辽阳，马云、叶旺自然会恭敬从命。

萨家奴接过令牌后，不敢耽搁，准备立即找人去送牌。转身刚要走，娟娟又说："这样吧，萨将军，与其找人，不如你亲自去一趟。当马将军、叶将军的面儿介绍一下金山目前的情况更好，换个人去，怕讲不明白。"田田也附和道："萨将军，我看姐姐说得对，还是你去合适，早去早归。"萨家奴说："也好，那我就去了。"此事定下之后，萨家奴将见季广"老太平"之事托付给了田田，由田田向娟娟引荐。交代完毕，便同姐弟二人告别，田田又将自己的坐骑拨给他一匹。因路途遥远，有两匹马换着骑，不至于误事。萨家奴打马南下，娟娟、田田直接北上，向金山而去。二人回到金山大寨时，天色已晚，娟娟当夜没回金山总寨主府，而是在田田的府邸住下了。

说话曾家奴率领的西路大军正与田田、娟娟预料的完全一致，尚未到达金山，纳哈出也未得到任何信息。他还破例请金山大寨总寨主妙善师父、金山大寨掌印大将军田田多尔济等所有将领，到大寨议事厅，就是那日封赏娟娟的厅内欢聚。纳哈出摆出一副很高兴的样子，似乎什么事儿也没发生，朗声儿说道："本丞相由衷地欢迎总寨主妙善师父回到金山大寨！前些天，因用人失察，竟让叛逆之徒豁鼻马钻了金山的空子。一时间，真假难辨，人人自危，险些乱了阵脚。金山久受皇恩，承担着恢恢复元大业，任重道远。大家今后休提前事，当精诚团结，同心协力，共赴国难。我纳哈出继续践前言：'爱子田田多尔济仍任帐前掌印大将军、统御金山各路兵马副总督办之职。经查，都布多尔济罪恶昭彰，不知悔改，死有余辜！现令原由都布多尔济统御的金山虎、鹰、豹、熊、鲸五路军权，交由田田多尔济和乌迪什平章执掌。等大国师圆觉禅师与西路大军到来之后，将专门成立复元立国大都督府。到那时，再设军师、总都督、副总都督，监军总都督及兵马、钱粮、总备六库都督府。"娟娟一听，纳哈出真要大干一番呢！眼下已把注意力放在了创建复元立国的大都督府诸事上去了，还是那么野心勃勃，不为小事纠缠，图谋与大明争天下。并把此次金山大寨所以发生杀人大案的总账都算在了都布多尔济头上，定他为"罪恶昭彰，死有余辜"，顺理成章地把事儿平息了，真个老奸巨猾！又觉得纳哈出这样做，恰是难得的好机会，可以尽快设法见到关键人物季广"老太平"，从他身上找到进入神秘的月牙楼之机关暗道。心想："看来，揭开月牙楼的秘密已指日可待。"甚至认为若有了季广"老太平"的帮助，不一定非等师太和叶旺大哥他们来不可。与田田一起，凭我们超凡的武功，尽早进入月牙楼应该是不难的。

娟娟越想越美，越想越痛快，想得晚上觉也睡不着了。哪知道，好事多磨，凡事不会那么顺利。谁想到田田在找"老太平"联络时，竟未见到他人影儿。怎么回事儿呢？原来"老太平"心肠特别好，像个老妈妈一样，是个跟谁都不错的人。不但对楚绣绣给予了很多帮助，而且同纳哈出的第一夫人、江南的同乡卜夫人关系同样处得挺好，其长子都布多尔济还是由"老太平"夫妇从小侍候大的呢！在一次与明兵交战中，季广为了保护纳哈出的宝贝儿子，自己的夫人和儿子却被马踏而死，不禁号啕痛哭，昏了过去。纳哈出为此很是感激，安慰道："季广啊，今后就让都布多尔济做你的儿子吧，由他养老送终。"这样，季广渐渐地喜欢上了都布多尔济，关心他，疼爱他，像对自己的亲儿子一样。最近听说都布多尔济被杀，季广心里难受极了，这些天来一直找大丞相吵着喊着要抓凶手。纳哈出本来不愿再提及此事，一说起来心情很不好，气不打一处来，十分烦躁。而季广天天不是逼就是磨的，要求必须替都布多尔济报仇，一来二去的便惹怒了纳哈出。而季广因与大丞相处的时间长了，觉得自己有身份，有地位，对纳哈出家族有贡献，所以敢于顶撞，根本没在乎他生气不生气，仍然闹个没完。纳哈出实在没法儿办了，咋劝都不听，遂命身边的侍卫把季广软禁起来了，眼下生死安危不知，田田当然与季广联系不上了。娟娟得知此信儿，大失所望，很是上火。原以为有了"老太平"的线索，马上可以顺藤摸瓜了，没想到突然断了，办不成了。娟娟性急呀，不能只傻等啊，肯定得另想办法，琢磨别的道儿接近月牙楼。于是，表面平静地安慰田田说："好弟弟，此事先缓一缓，忙你的去吧，容姐姐再想想。"娟娟是怕田田吃不住，不得不这么说，把他打发走了。可嘴上劝着田田，实际上心里却是火辣辣的急呀，焦虑得坐不住、站不稳、吃不下、睡不着的。

单说这天早晨，天还没亮娟娟就穿衣起来了。出外练练功，打打拳，回来后读经文，做功课。诸事完毕，已到用膳的时候了。田田府中有个老习惯，早膳大家不一块儿用，谁想吃可随时唤，由婢女端到饭厅，一伙儿一伙儿的，不用谁等谁。娟娟心里话："这样好啊，我不去用膳，不会引起别人的注意。"她是真吃不下，一点儿胃口没有，火上得厉害，再说心中有事儿不觉饿。既不想吃饭，又在屋里坐不住，烦闷得心里直发慌，觉得与其这样，不如出门散散心。以前每回出去，都是由田田陪着，今天她想："田田刚回来，有不少事儿需要去做。就是纳哈出那儿，从礼节上，作为儿子总该去探望一下，不能把关系搞得那么僵。再说我一个人随便走走，一般人即使看到了，也不会怀疑什么。正好可借机秘密地探看一下月牙楼的地形和周围的环境，熟悉一下那个陌生的地方，人多反而不便。"想好后，出得门来，没去找田田，而是一个人向内城走去。

娟娟进了金山大寨的内城，好在有出入城的腰牌，很是顺利。先回到了同明月长老一起住过的绿瓦四合院儿，即纳哈出拨给金山大寨总寨主的住处。明月长老很有心计，自从拿了这套宅院的钥匙，便不要婢女和仆人。纳哈出几次带仆人来，都被她婉言谢绝了，说道："我们是出家人，一世自己动手，习惯了。吃住很简单，没什么别样要求，不愿叨扰俗人。如果以后需要的话，再麻烦大丞相。"纳哈出当时显出很大度、很信任的样子，表示尊重师父们的习惯，也没派兵丁守院，全交由他们自己管理。于是，四合院儿从此只有娟娟、明月长老、李佑三人居住。外出的这段时间，大院儿是空着的。娟娟此次回来，特意在院子里站了站，走一走，给外人一个印象是四合院儿还有人住。其实，他们在这儿住着时，由于外头来的牧民进到内城看病很不方便，明月长老和娟娟只好经常住到田田那边去，四合院儿也就时常空着。所以，虽然空了那么长时间，但并未引起人们的注意和警觉。娟娟从院子里向外观瞧，见城内同往常一样，仍很平静。惟一有点儿变化的是，一队队巡逻的兵卒来来往往、走街过巷，比以前频繁得多，可能是由于相府里出现了凶杀案的缘故。娟娟看了一阵儿，又房前房后地绕了一圈儿，这才推门进屋，稍事歇息。举目望四周，见物思人，想到了明月长老、叶旺和李佑，不知他们眼下在哪里。满肚子的话没办法与亲人沟通，心里更觉堵得慌，越发思念师太。后来在屋里实在呆不住了，索性一步跨出屋门，打开院门，朝前面的大丞相府走去。

大丞相府就在四合院儿的南边，四面高墙耸立，兵士戒备森严。细看那高墙，底部是泥砖结构，上方是密密麻麻的大圆木并排林立，风雨不透，坚固得很。从外往里看，啥也看不到。娟娟想："在这块儿，一是观察不到什么，二是不能久呆，一旦遇到熟人不好。我是金山大寨的总寨主，尽管不认识人家，人家却见过我呀！要是传到纳哈出的耳朵里，容易引得他生疑。那么，如何能窥探到丞相府里的子丑卯酉、又能见到那座月牙楼呢？"正想着呢，突然，不知从哪儿飞过来几只喜鹊，在头顶儿盘旋着，唧唧喳喳地叫个不停。没成想由此却给了她启示："哎呀，我要是只鸟该多好啊！高高地飞在空中，想去的地方都能去，也可以尽情地观察丞相府内的一切了。"奇特的想法只在娟娟的头脑中那么一闪，一个新思路便油然而生："对呀，何不到城外选一高地，俯临远眺，静观院中之月牙楼呢？一日看不好，就两日；两日不行，就三日。必细细观之，只要认真察看，就能弄明白。俗话说得好，有志者事竟成嘛！"想过之后，觉得做成这件事更有信心了。她向周围一看，内城西边有座小山，山上长些树，觉得地势挺好，可以登高远眺。转身迅即返回了住地，推开院门进屋，脱下十分显眼的尼姑袍服，换上了一身儿在金山大寨最不打眼儿的、也是人们穿得最多的、最低级的兵卒穿的衣裳。什么兵卒最低呢？当然是城内扫垃圾的，即圾卒。他们夜晚专管打扫大寨城内各街巷，白天则要从寨内往外运送脏土、脏物和从寨外搬运泥沙垫城寨的道路。圾卒的构成很杂，男女老少皆有，全是纳哈出招募来的。倘若混于其中，任何人都不会注意，亦不易被认出来。娟娟索性扮了一个男圾卒，将蓝号坎儿衣裳往身上一穿，头上再戴顶头盔式的大黑帽子，乍一看，还真分辨不出是男是女。特别巧的是，垃圾的外送地点，恰恰在西山下。

西山是金山大寨旁边的一座不太高的山，因形状是圆的，当地人便叫它馒头山。金山大寨是建在草原上的，周围惟独这么一座山，上边长着草和松树。馒头山本是石头山，怎么会长草、长树呢？由于年深岁久，风吹日晒，石头已风化，再刮来许多土，当然就有草有树了，甚至还有些高树。馒头山旁边有座墓地，埋了不少坟。经常有到山上送垃圾、推脏土的，也有往回拉干净水、烧柴的，还有上坟添土的，来来往往的人不少。由此看来，它正是处不易被人注意、又能较细致地观测丞相府的有利地点。娟娟自来到金山后，早已发现了这座草原上突起的小山，只不过没到实地一游而已。

娟娟穿戴好后，没骑马，也没带随行的，独自一人徒步向馒头山走去。从远处看，山不算高，草木榛榛，有一些高树，却也郁郁葱葱。来到山下，从底往上看，由于全是石头堆积起来的，反倒显得挺高。仔细看那石头，没有小块儿的，几乎都是大块儿的，大得几个人抬不动。有的像一面墙似的竖立着，有的像大石板似的平躺在地上，有的石头上摞着石头，一层层的，摞得挺高。特别是有些石头已呈黄褐色，表面溜光发亮，真像巧夺天工的神匠磨凿出来的一般。还有些并不同别的石头连在一起，而是单摆浮搁着，风大时，甚有晃动之感。就是这些横倒竖歪的石头，成就了此座小石山。

说起山上的草与树木更是奇特，一簇簇、一团团的，都长在石头缝儿中，挺拔、茂密，就像有人故意插进去的一般。别看是一株株的小松树，却有极强的生命力，愣是把坚硬的石头给挤出裂缝儿来！娟娟一边看着，一边暗暗地赞叹："人类的生存，不正像这小松树一样吗？你不让我生，我偏要生；你不让我长，我非要长。凭着难以估量的韧劲儿，在看似无法立足的地方，努力挤出生存的空间。那么顽强，那么刚毅，那么坚贞不屈！"

娟娟向四周望去，寻找着可攀援的路。待绕到山的南面一看，只见眼前有两块巨石，不少中等石块儿附着在周围，觉得惟独这里是登山的好地方。再细看，见那些石头有不少凸凹不平的台阶，显然不是人工凿出来的，因为有大有小，有高有低，有的还很光滑。可能是由于多少年来人们不断地从此处攀登，走的人多了，渐渐地便踩踏而成了。这时的天气开始冷了，有些草木已经枯黄，只有小松树依然葱绿，显得特别有生气。娟娟紧了紧衣裳，脚登着天然的台阶，一步步地攀援而上，好不容易爬到了山上的一块平地，发现地上卧着一块大石头。它就像将军的帽盔儿一样，扣在馒头山的上头，只有爬到巨石的顶端，才算到了山尖儿。

那么，从这里怎么能攀上去呢？娟娟仔细一瞧，发现巨石的表面也有很多深浅不等的小坑儿。于是便小心地踩着那些小坑儿，顺势爬了上去。到了巨大的盔石上头，呈现在眼前的，是长在石头中间的几株高大的松树。其中有两株已是多年的老树，挺拔粗壮，根部竟把那巨石扩裂出不少条沟来，你说树木向上生长的力量何物能挡！娟娟站在那儿再往上看，见两棵从石头里钻出来的松树长得非常奇特。树干先是并排摽着劲儿往上蹿，伸展着直向天空，没入彩云之间，树根的根须却把石头牢牢地箍住了。长到相当高度后，再不往上长了，而是分道扬镳，向两边抻开平着长，你没见过吧？这还不算，其枝叶伸出一定长度后，又都往下弯着，很像将军帽子上佩带着的两条大盔带，鸟儿就从"盔带"之下飞过。当有白云飘来时，松树似乎也在天上游动一般，烟雾朦胧，若隐若现，有如仙境。娟娟越观瞧那两棵松树，越觉得有意思，长得真是太怪了。就像哥儿俩摽着竞比，看谁向天际伸展得最远，为人们搭起的天梯最高！

娟娟看罢，突发奇想开了："我干吗在底下站着呢，何不爬到树上观察一番？如果骑在树枝干上，不就似飞鸟一样能俯瞰金山大寨了么？这样的巧夺天工，真得感谢上苍，高大的松树是特意为我娟娟准备的一个极好的登高工具呀！"于是，她拼着力气，铆足了劲儿，又往馒头山顶儿的松树上爬。爬呀爬，终于艰难地爬了上去，快到树尖儿时，早已满头大汗了。然而，由于山风不停地呜呜吹着，娟娟顿时感到了凉意，哪还顾得了这些？在树上瞅过来看过去地选择着停身的最佳位置。上下左右地比较、琢磨，最后挑中了一根直冲金山大寨丞相府方向的细树干，便大胆地爬了过去，骑在树枝上。这根枝杈不但在树的最高处，而且是馒头山之巅的巅峰。树干不是长些松枝儿嘛，松枝儿上还长些松叶儿呢，枝繁叶茂啊！人骑在天上飘摇的树干上，有枝叶保护，便于隐蔽。如不细看，很难发现松枝儿上有人。不过树枝颤颤悠悠的，往下瞧，是几十丈深的横陈乱石的山根儿。周围又没什么可保护的，骑在上面实在是很危险，像只飞鸟盘旋在空中。倘若抓不住树枝，一不小心掉下去，将直接坠入山下，必然会摔得粉身碎骨。可娟娟此刻想的不是这些，觉得选的地点太好了，居高临下，有松枝儿遮挡，是观察金山大墙内丞相府最直接、最靠近、最容易看得清的位置。虽然远一些，但凭借着非一日之功而练就的眼力，整个丞相府在她面前是一览无余。不仅看到了大墙内的来往行人、兵卒等，连牛、马、狗都看得真真切切。还能分辨出哪个是丞相府的议事大厅，哪个是马厩以及曾进去过的都布多尔济住的房子。可把娟娟乐坏了，心想："真是佛祖保佑我呀，做梦没想到会在馒头山找到如此理想的瞭望哨！"

娟娟聚精会神地寻找着坐落在大丞相府内的月牙楼，她毕竟没进去过呀，不知道究竟在哪里、是个什么样儿。心想："既然叫月牙楼，其中的什么结构一定是仿照月牙的形状设计的，找起来应该不难。"想着想着，竟脱口而出："哪座是月牙楼呢?"话音刚落，便听耳边有人粗声憨气地接了茬儿："那个靠东头儿刷白粉的小尖楼就是!"在高山上的旷野里，冷不丁听到有男子的声音答话，岂不吓人吗?惊得娟娟的心一下子提到了嗓子眼儿，随之忙问："谁?"循声望去，左瞅右瞧地看了半天，也没找到，觉得很是奇怪："怎么会有人跟踪而来，却不见他影儿，是谁呢?看来，此人的武功必在我之上，估计是隐蔽在树上。不然的话，怎么连一点儿声音都未听到、丝毫没有察觉呢?"又想："我在攀登馒头山、爬上高树的时候，除了见到飞鸟，根本没看到任何人。这可怪了，怎么回事儿呢，他是什么时候、从啥地方来的呢?"娟娟本能地用左手握住松枝儿，身子紧靠树干，右手摁在腰间，准备随时抽出阴宗双鹤剑，以防不测。她心中有数，即使是纳哈出的人跟来，也不用当回事儿。真的厮打到一块儿，凭自己的轻功，用大鹏展翅腾空术和腾空落地术，便可以从高高的树干上纵于半空，再以鹞子翻身接斛斗蹲身着地，啥危险没有。

这里，说书人要向各位阿哥交代几句。什么是大鹏展翅腾空术和腾空落地术呢?大鹏展翅腾空术乃武术中特有的一种轻功，是按照雄鹰从空中向下俯冲捕捉蟒蛇、野兔、小鹿时的形态演化而来的。人头冲下，嗖地纵下来的动作，就是模仿雄鹰俯冲的形态。雄鹰是用双翅和尾部保持平衡和方向的，而人无翅膀，不可能以此来调整平衡，缓和冲力。只能在纵到离地不远时，以鹞子翻身接斛斗，把俯冲力缓和下来。否则可不得了，直接坠到地面，即使落到泥土上，也会摔伤，必须掌握好分寸。接着运用腾空落地术，即是在缓冲力量之后，选好地面急转身，翻两个斛斗蹲伏着地，再就势接几个滚翻，便可安然无恙地站在地上了。腾空落地术全仗自测要准，挑选不太坚硬、踏而不陷的泥土地下落，草木丛地为佳。落地时蹲身或就地连续滚翻，既能避免落地时重力大、直身晃动，又能双脚站稳，减少下坠力，不受伤害。只有这样，才能顺势站起，进攻、防御或施展新招术。

娟娟在做好大鹏展翅腾空术准备的同时，又往四周扫了扫，那人藏得还挺严实，仍未见影儿。心中暗想："光听声音，见不到人，证明人家在暗处，我在明处，很容易遭到突然袭击，这可是武林中之大忌。明枪易躲，暗箭难防啊，不能再等了，得赶紧离开危险之地!"刚一动，那人又开口了："休要慌张，我不会伤害你，尽可坐稳。咱们都是佛门弟子，自家人，放心吧。请抬头上看，我在你对面那棵松树的迎风枝干上，看到没？"娟娟在那人说话的同时，本能地按照他的指点，侧过头来，朝对面松树粗枝上观瞧。果然见到在浓密枝叶的掩映之中，有一个穿着山羊皮破褂子的人，蓬头散发，满脸污垢，胡子又黑又乱，眼角儿还挂着黄澄澄的眼屎。只有在说话时，才能露出两排白牙来，哎呀，那个脏劲儿就别提了。此人真怪，尽管山风呜呜地吹，树枝在摇动，却不用双手把着枝干，只是坐在颤颤悠悠的树杈儿上，如同盘坐在家里的热炕头儿上一样舒服。似乎平时经常活动在树上，对一切已经习惯了。要知道，一旦蹲不好、坐不实，便会前仰或后合，甚至跌入几十丈深的山下。可他全然不在乎，简直像粘在了树上，纹丝不动，泰然自若，实在是太厉害了。

娟娟可是头一次上这么高的树，两手紧把着树干还生怕掉下来呢，因此，很替对面的人捏了把汗。只听那陌生人接着说："愚僧等候有时了，堂堂女儿身，为何扮男装？若是没说错的话，你该是在金山送走了三条人命的妙善居士、秉仁公主吧？阿弥陀佛，久仰，久仰！"仅仅几句话，把个娟娟听得一愣一愣的，吃惊不小，立刻警惕起来，暗暗思忖："他怎么对我的情况摸得这么清楚？像是每天在给记账一样，都干过些啥，完全掌握呀！甚至比纳哈出的人了解得详细，不但知我女儿身，而且知我佛号和大明朝的册封。册封为公主事儿，在金山从未露过呀，他却得知了，难道是从京师来的野和尚？我杀过纳木扎勒台吉不假，那是许多人亲眼所见的。可杀都布多尔济和那个淫妇，任何人未看到，连纳哈出都云里雾里呢，他怎么会知道？这人是揭我的老底儿呀，究竟是敌手还是歹人，或者像他所讲是自家人呢？听口气不像是敌对的，倒挺像朋友，没看出有丝毫作对之意。到底是谁，为什么声称在此等我好长时间了呢？得好好儿问个明白，不能含糊。"想到这儿，马上反诘道："敢问大师是哪位呀？仙乡何地，缘何知道我的名字？想必不会是为揭我的老底儿才来的吧？更不该玷污了佛号！烦请快快报上姓名来，为哪个宗派之人，是不是纳哈出派来的？还盯我好长时间了，做人应光明磊落，为什么跟踪窥视？言说等候多时有何用意，能否见告！"说罢，两眼紧盯着对方。

陌生人听了娟娟这一连串儿不太友好的问话，仰脖儿哈哈大笑起来，然后说道："多虑了不是？妙善居士，我的确盯你多时了，在你没上山、往这儿走的时候，便已经注意了。开始没看出是谁，后来见寻找攀山之路，对周围又那么生疏，才知道肯定不是此地人，对馒头山也不熟。等你上了山，并发现那两只眼睛只看一个方向，一直盯着大丞相府，就猜到恐怕是为金山大寨的什么事儿而来，或许是专为月牙楼而至。从那时起，越发紧盯不放松了。妙善居士，不是我说你，把啥事儿看得过于简单了。俗话讲得好：'人间风云叵测，处处暗藏杀机。'这句话难道忘了？看来阅历太浅了，做事难免粗枝大叶。在你攀援而上时，我早坐在树上等着了，还特意抖抖山羊皮褂子，意思是引起你的注意，告之在上山来之前，树上已经有人了。可你只顾找高处，根本没看对面这棵树，当然发现不了枝杈儿上有人，岂不是很大的漏洞？尤其是目不转睛地只盯着丞相府看，不是不打自招吗？太危险了。只身入虎穴，没有随从保护，让人一看便知，此人不是为游山，也不是为观看风光前来，而是另有目的。要知道，山前山后处处是金山大寨的人，有多少只眼睛在盯着你。假如今天的行踪被他们看到了，能允许这么做吗？即使长出十张嘴，又怎能说得清？朋友，我要是纳哈出的人，仔细想想，能有你的现在嘛，还能去破月牙楼吗？恐怕是月牙楼里又增加了一个新的客人，那儿就是葬身之地了！愚兄说多了，罪过，罪过，望祈见谅。"说完，伸出右手施一揖礼。

娟娟听了陌生人的一番话，心想："这个僧人可能真是自家人，讲得挺在理，而且苦口婆心，又都是掏心窝子的话。当时我确实是一心想着找个高处看看月牙楼，忘了注意周围的环境了，没防备有否盯梢的人。他讲得很对，只身一人处于危险的境地，应十分谨慎、小心才是。而我却处处疏忽、时时麻痹，以为到了荒郊野外没人注意。压根儿没想到可能会有敌对之人，正躲在暗处虎视眈眈地窥察，更忘了师太多次嘱咐的'处处留心皆学问'的话了。如此粗心大意，怎能办成大事呢？说我想事儿太简单、阅历浅，没错，事实正是这样。倘若陌生人是我的对手，后果不堪设想。即使不实施抓捕，随便甩出一件暗器就把我击倒了，哪里跑得了？何况是一个人上山，周围又没人保护，的确很险哪！今天真是挺幸运，碰到贵人了、一个好心的师父。俗话讲：强中自有强中手，还有强人在后头。别看此人外表像个乞丐，然而从其言谈可知，内在的修养很不一般，在外云游的经验非常丰富，应该虚心向人家学。"想到这儿，内心很是感激，忙抱拳施礼道："大师，诚谢您对我的教诲和提醒。不知大师是何方人士，为何关心我，是怎么知道对月牙楼感兴趣的？请再赐教。"娟娟这会儿的话可是变了口气了，谦虚、恳切地向对方求教。陌生人说:"容后再相告,来日方长,先说说眼下最关心的事儿。在你呆的树干上,只能看到丞相府的轮廓,想观瞧月牙楼,方向不对。只有坐到对面的松树上,才能看清在丞相府东南角儿的那座白色的小尖木楼,那便是月牙楼。惟有在我这个位置上,才能瞅得更真切、更仔细。你坐的那块儿倒是也可以,但下边的活动,因有其他房子挡着,看不清。请你过来吧,一看就知道是不是那么回事儿了。"说着右手抓住一根粗松枝儿,全身用力往上一拔,随之站了起来。娟娟一看,大吃一惊啊,原来眼前的和尚竟是位身残之人!不但左臂已经断掉,那只羊皮袖筒儿是空的,而且看样子左脚也有毛病,在左胳肢窝处,绑着一支铁拐杖,用以支撑身体。虽然树干挺粗,但他站在那上面,只能用右手把着松枝儿往边上走,仿佛在高空走钢丝一样,够吓人的。常人两手把着树枝走都不易,左摇右晃的,何况一个残疾人?可他走得却是那样的轻松、自在,动作十分灵敏。左胳肢窝下的铁杖挥动自如,真像原来长在身上一样,只几步便挪到了树干的另一侧并坐了下来。看起来,此人是树上的常客,哪块儿能坐,哪块儿能走,哪块儿可以作为歇息之处,皆了如指掌。

　　咱们刚才说了,娟娟是第一次爬这么高的树,不用说踩着树枝站着,就是坐在那儿,也不那么稳当。当听了陌生人的介绍,又见真的为自己腾出了地方,觉得应该过去看看。可她走不过去,没那个能耐,咋办呢?只好骑在粗枝上,用双手支撑着身体,一点儿一点儿地挪。先挪到主干上,然后慢慢骑到了对过那棵平行生长的松树干上,再挪到原来陌生人坐过的枝杈上。娟娟坐在那儿,两手把住树枝,按僧人指的方位望过去。果不其然,此处正好避开了遮挡的房舍和帐篷,大丞相府里的整个景象一览无余,白色的小木楼也映现在眼前,地上有些巡逻之人走来走去的。见月牙楼共有三层,第二层的四面都有窗,为圆形的,楼顶儿是尖形的。娟娟正仔细看时,那个师父介绍道:"之所以叫月牙楼,是因为楼上面的那个小尖塔是由八个雕刻出来的月牙板拼成的,楼顶尖儿就像月牙的牙尖儿一样,结构独特,式样美观。在树上瞧月牙楼,惟有你现在坐的位置是最好的,别的地方也能看到,但不清楚。不过妙善居士,光在上面看不行,所见到的全是浮光掠影,水中月、镜中花。只能知其外表,里边的细情没法儿掌握,知标不知本,无济于事。要想详细了解月牙楼,还得动动脑筋,想想其他办法。不如随我来,请到寒舍坐一坐,可否赏光?"娟娟心想:"同此人萍水相逢,原来根本不认识,人家却十分热心。不但指点你怎么观察月牙楼，而且还告知了月牙楼顶部的结构和名字的来源，想必对此楼挺熟悉。开始以为没人能接触到月牙楼，后来萨家奴给介绍了'老太平'，可惜老人家出了事儿，没见着。正犯愁呢，要不说吉人天相呢，让我碰到了一位师父，还真知道不少事儿，此乃天救我也。他方才说了，只看不行，那是知标不知本。紧接着便邀我到寒舍一坐，莫不还有更多的情况告之？这可是求之不得啊！不过自己是个女儿家，突然去一个陌生所在好不好？别有什么意外呀！"转念又琢磨："此人肯定不是纳哈出的帮凶，尽管身份不清，至少是个热心肠儿。不入虎穴，焉得虎子，为了解月牙楼，不妨随他走走，何惧之有？"于是，爽快地答应道："当然可以，谢谢大师！如果方便，愿随您前往，请！"

陌生人一听娟娟同意去了，边说："那好，咱们走"，边用左胳肢窝夹住大铁杖，右手抓住高处的松枝站了起来。而后麻利地下得树来，双腿一跃一纵地从这块大石头蹿到那块大石头，连环弹跳着，铁杖悠动着，啪啪啪碰撞着山石，像只奔兔般从山巅下到了山间的那块平地。娟娟的速度虽然没有人家快，但毕竟武功不错，紧跟在后面跳跃追随，很快也赶到了。从下山的情况看，僧人对馒头山的一草一木再熟悉不过了，甚至踩哪块石头都像事先设计好了似的，准确无误，动作迅速。此刻娟娟才看清，眼前体貌十分丑陋的伤残和尚左眼失明，身上穿的山羊皮褂子和山羊皮翻毛裤全破碎得不成样子了，快成皮条儿了。左臂从腋下全无，右手臂和双腿肚子裸露着，只剩一只右脚，脚上穿着狍皮爪子的楼克密①。左脚已经没有了，是在腿骨下的脚腕处，包着一个大布球子当脚。浑身被寒风一吹，皮肉冻得红红的，红里透紫。就是这样一个单目、单臂、单足的怪僧，却能轻松地攀上高枝，灵巧如猿猴；下山时，如履平地，行走如飞，不太神了吗？不能不令人瞠目、感动，甚而敬佩得五体投地！

陌生僧人在前边一颠一拐一瘸地晃荡着走，娟娟紧随其后，转过几道弯儿，便在一个大石头缝儿前停下了。僧人回头说道："委屈你从石缝儿进去，跟我来。"石头缝儿不算宽，好在娟娟长得苗条，能勉强紧贴石壁一点点儿往里走。走着走着，里边宽敞。原来石缝儿不是直的，而是拐了弯儿的，只有进到里面，才见有个大石洞，外面一点儿看

---

① 满语：矮勒儿靴子。

不见。石洞中搭张床，上面铺着行李卷儿和獾子皮、狍子皮等。床头儿那边的地上摆放着碗、筷、盆和桶，桶里面有水，可能是饮水做饭用的。在石洞一角落处，有个小木架，上面放着一块木板儿，板儿上有几本佛经，还供奉着如来佛、观音的铜像。有香炉，里面插着香，香烟缭绕。地上铺些木板子，两只新打的山鸡挂在钉于石缝儿中的木橛子上。洞中虽暗些，但不潮湿，显然这就是大师的住处了。

因为有客人来，所以僧人特意端过两只兰花儿碗，放到了娟娟面前，说道："请妙善居士尝尝鲜，都是馒头山的东西。"又指着其中的一只说："这些榛子和葡萄全是我采的，吃吧。噢，对了，那个碗里装的没见过吧？是油炸黑球子。"娟娟一听，犯寻思了，什么是油炸黑球子呀？看了半天，也没看出个子午卯酉来，转过脸愣愣地瞅着陌生僧人。僧人笑着说："你还别看不起眼儿，这可是大有补养的好东西，乃馒头山中的拳头蛛，由于蜘蛛长得像拳头那么大而得名。把它抓回来之后，用油一炸，嘿！稀酥咔吧脆，越嚼越香，而且解大毒。若常吃，住在山洞里不招蛇，也不怕毒蛇咬，还不生毒疮疖子，可却百病呢！"说完，拿起一只油炸黑球子就放进了嘴里。

娟娟看了看碗里那黑不溜秋的东西，没敢动。可僧人一再让她尝尝鲜，盛情难却呀，只好伸手，拿了一粒儿葡萄放进嘴里，边吃边问道："大师，您怎么住在这儿，原来家在哪儿？何以对我知道得那么清楚，能否告之？"僧人说："既然问，我也不客气了，叫你妙善吧。金山大寨是我的家，又是扬名和败落之地，身世说起来话长了，是悲愤交加呀！我是真不想讲，一讲便勾起了对旧事的回忆，十天八天吃不下饭、睡不好觉，像闹了场大病一样。全仗一位大师相救，予以疗伤和抚慰，才逐渐淡忘了往日的冤仇。我住在这儿已有年头儿了，是金山大寨的人，参与了月牙楼的建筑，对此楼的构造再清楚不过了，很多建楼的材料都是由我一手帮助操办的。月牙楼建成以后，纳哈出怕将来参与建楼的人吐露出内情，就把他们一个个地分批裁走了，我自然也在其中，并遭到了不测。今天你来了，咱们还是唠正事儿，我的那些经历会有攀谈之日的。"娟娟不愿勉为其难，点点头，没再说什么。

僧人见娟娟不发问了，打了个咳声，接着言道："说来，我住进山洞已经三年多了，除了师祖，别人谁都不知道。可以说，你是进我住处的第一人，也是惟一知晓此山洞的人。在这里，每天的作业、功课除了读佛经之外，便是练功。从山下到山上，需往返百次，主要练攀山功。

因馒头山的山巅系我的练功之地，所以对此山渐渐地特别熟了。别看腿脚不好，缺胳膊少足的，眼睛还瞎一只，却行走自如，闭着眼睛能知道该登哪块儿石头上山。尽管是一个身残之人，然身残心不残，我有仇家、我有恨啊！妙善哪，非常感谢你的仗义助人之举，挥刀杀死了作恶多端的都布多尔济，还有那个小淫妇，他们是自食其果呀！我高兴，太高兴了，除了心头之恨啊！"娟娟听后，茫然不解，问道："难道大师父认识都布多尔济和无情无义、抛弃郎格泰的女人？"僧人没出声儿，似乎强忍着什么，反身走到了洞口。当转过身来时，娟娟猛然看到他的右眼含泪，眼中直冒火！停了停，僧人遮掩道："噢，噢，我不认识他们。只是无意间听到人们的议论，才知道了这件事儿，再说那郎格泰已经是死了的人了，咱不提他。别看我不下山，却十分清楚，真正和金山势不两立的，是大明朝的英雄好汉，便无时无刻不在盼着朱元璋的人马快些打进来。只要他们来，我会帮忙的，相信早早晚晚大明一定能攻取金山、打败纳哈出。要破金山，必破月牙楼，因为那里对纳哈出是至关重要之处。至于多么重要，眼下说不好，只听说楼里藏有元顺帝的不少遗宝，是金山大寨的心脏。因此，我天天于馒头山等你们，企盼大明天子派人来。虽帮不上大忙，但起码能指给他们一个惟一方便窥视月牙楼的地方，就是今天告诉你的那个位置。可不是很容易选的，而是一棵树一棵树地攀缘，精心对比、琢磨，才挑选出来的最佳观测点。还好，总算没白等，按照师祖的指点，果不然今天等来了妙善居士！"说完，又走回到娟娟跟前。

听了僧人的话，娟娟既惊诧又激动，猜想他的身上肯定有一段儿鲜为人知的故事。庆幸这样一个仗义之人偏偏被自己碰到了，真是来得早不如赶得巧，老天不负有心人哪！便笑着问道："大师父，能否讲一讲馒头山？"看似语出漫不经心，实则有意将话头儿拉了回来。僧人说："好，既然想听，那我讲讲。馒头山的故事很多，有的特别生动，有的使人增强信心、鼓舞斗志，也有的令人凄恻，其中就有一曲英雄的悲歌。说的是一位叱咤风云的大将军，征战疆场多年，有万夫不挡之勇。其箭法，在大漠草原数百里之内，没人能与之相比，可以说盖世无双。后来，在一次剑法比赛中，得了一草原美女。这下可给他招来了大祸，做梦没想到从此被恶人无端地忌妒和欺压。大将军哪里咽得下横草呀？一气之下不想活了，遂以一死了却残生。也是命不该绝，在他被抛至馒头山下的乱尸岗子后，恰让一路过此地的游僧看见了。伸手试了试鼻息，感到还有一丝气儿，马上抱进了馒头山的一座山洞，施以治疗。经过以慈悲为怀的高僧及时抢救，最后保住了大英雄一目、一臂、一足，并活了下来。"僧人讲此话时，显现出一脸的凝重神态。

娟娟听后，心中为之一震："眼前这位大师父不就是一目、一臂、一足嘛，难道是在说他自己的故事？"僧人停了停，继续讲道："当大将军体伤痊愈后，那高僧向他传授了大力神功法，使其练就成单臂推石石动、单拳凿石石碎的力大无穷的勇士。高僧还告诉他：'要有勇气生存下去，来日方长，大英雄报仇十年不晚。只要下定决心，肯于吃苦，认认真真练功，将来必会有用。'大将军听了高僧的话，从此振作精神，终日练功不辍。高僧不单单传授了武功，又将他领入了佛门，内心真是感激万分。那么，这位高僧是谁呢？就是著名的师祖菩提僧人。还一再嘱咐道：'尔在馒头山修炼佛心，日日不辍，即可进入佛门。一定要世俗皆空，忘却昨天的一切，静心修佛，静心练功，永世无忧。只有这样，才能真正成为一个未来的大力神功将军。今后，馒头山山洞是你的住处。要记住，馒头山是福地，也是你的再造之地。'佛家兆语说：'馒头为丘，有德得寿，无德得枢。你看着吧，日后必有人应此兆语。噢，还未告之，尔与我菩提僧人有缘，叫师祖就行了。不日将有人登馒头山，目的是来探月牙楼，尔要竭诚助之。纳哈出已折腾得差不多了，怕是好景不长、终期不远了，尔仇可伸也。还要记住师祖给你的二十字偈语，'即箴言：'馒头是尔家，习功勿惰懒，吟经乐哉事，静待明月来。'菩提师祖留下偈语之后，便离他而去，再无踪影。从此，大将军就住在馒头山了，天天修炼，等待探山之人，也不知等到了没有。"讲到这儿，抬眼看了看娟娟，紧接着话题一转："我今天见到了妙善居士，真是前世有缘哪！"

娟娟越听僧人讲的馒头山的故事，越觉得咋这么熟呢？心里犯起了嘀咕："其中有好多事儿我好像听说过呀！比如故事里提到的那个叱咤风云的大将军，剑法高超，曾在大漠中比箭得妻的情节，不正是郎格泰的事儿嘛，眼前的僧人莫不是郎格泰？难道他没死，被高僧救下了？不行，我必须得问问清楚。"于是便单刀直入道："大师父认识郎格泰吧，那个人是否就是您？如若真是可太好了，我正要找郎格泰将军呢！"哪知僧人避而不正面回答，不知何意，只是重复前面的话："不，不，我不是郎格泰，他已经死了。只是听别人讲过这个故事，今天才又讲给了你，那个将军怎么会是我呢？世上早没有郎格泰这个人了。"人家不愿说，娟娟也不好深问硬追，心想："既然不是郎格泰，为什么如此关心探月牙楼之事呢？所提到的师祖菩提僧人又是谁？从故事里看，菩提僧人肯定是位佛家本派的高人了。可是师太从未说过呀，今天还是头一次听到，看来还得再问问。"遂问道："敢问大师父，菩提僧人是何方得道高僧？住在什么地方，能否赐教？"僧人说："我方才只是给你讲了个故事，至于那个菩提僧人究竟在哪里，我怎么会知道呀！"此话等于没说。娟娟心想："那就只有等见到师太后，再弄清菩提僧人的来龙去脉了。僧人在讲故事时，提过一句话，说是菩提僧人讲的，即'静待明月来'。是啥意思呢？'明月'指的是什么？是天上皎洁的明月，还是一个人，是不是等明月长老来呀？"这么一想，立刻高兴了，大有豁然开朗之感。刚想发问，僧人却直摆手，连连道："不要再问了，别问了，我什么都不知道。"显然是就此封口了。

　　面对眼前这位陌生僧人的举动，聪明的娟娟又琢磨开了："他所说的'明月'，很清楚，一定是指师太。由此可以证明，大师父的师祖菩提僧人必为明月长老的前辈师父。既然是本派宗师来到辽东，同样应是我的师祖。可惜师太没在跟前，许多事儿还是个谜，难以破解。不过可以肯定，在馒头山遇到的僧人是好人、大师，绝不是纳哈出的同党。或许有什么不便明说的原因，又不好解释，不得不闪烁其词。但大师所讲的一目、一臂、一足的英雄，确实同他眼下的状况一模一样，毫无二致。大师不说，我也别急，慢慢会了解清楚。至少在没弄清真相之前，凭感觉，完全可以信任他。人家对我这么好，选了恰到好处的位置，让仔细观瞧月牙楼。而且从所讲的故事中，可以听出他是自家人，说不定是同道好友呢！因此，大可不必有戒心和隔阂，应当帮助他才对。大师多苦啊，当年，菩提僧人救了他，并留下了二十字的佛家偈语。后来菩提僧人走了，他仍按师祖的二十个字去做，可见多么忠心、赤诚！不仅练功不止，还天天死心塌地地等待来探山之人。对这样一位值得尊敬的师父，眼见如今有苦处，能不帮吗？"想至此，便诚心诚意地劝道："大师呀，别住山洞了，条件太差了。不如随我到金山去，那儿有我的师太、师兄，有自己的独门独院儿，平时只我们三个人住，很清静。房间又多，可以单给你腾出一间宽敞的屋子，不论是练功啊、念经啊，还是拜佛呀，都有地方，生活会舒适些。请千万不要客气，随我去吧，好吗？"僧人断然谢绝，执意不肯，固执地说："妙善，谢谢你的一片诚心。我是受师祖之命在山上苦练功夫，一直在练大力神功法，天天用手掌击打或推滚石头。师祖说,只有勤练,才能增强神力。另外,师祖让我等明月来。这'明月'是啥意思我尽管不懂,也不知道指的是人还是什么,但是要等。再说了,在山洞里住惯了,已经离不开馒头山和每株苍翠的古松了。它那些树木像我的师兄师弟一样,天天要攀援,不断地接触、说话,一天不去想得很呢!妙善,馒头山是我家,不能走啊!"娟娟听僧人这么一说,更加相信所讲的故事与他本人有关,就不再劝了。觉得必须尊重他,别强求。又问道:"请问大师什么法号,以后怎么称呼呢?"僧人说:"咳,我没个名字。师祖称我'苦僧人',你也这么叫吧。"

方才说书人所讲的,就是娟娟那天见到陌生人的情况。她的收获很大,不仅在馒头山上看到了月牙楼,还认识了一个特别奇怪的僧人。目前单等明月长老回来以后,再请苦僧人帮助破月牙楼。

又过几日,娟娟带了些银两、衣被和吃的东西,挑着担儿,直接去馒头山拜访了苦僧师父。苦僧只留下了衣被和吃的东西,银两分文未取,再三表示感谢,并说:"我是个僧人,吃住都在馒头山,用不着银两。"然后,站起身来,向前走了两步,回过头来道:"妙善,到了该看我的古松、拍我的巨石的时候了,改日咱们再唠吧。有事儿需要帮忙时来找我,不要客气。"说完,又用胳肢窝挂着拐杖出了石洞,双脚如飞地攀上了巨石。他单臂的力量甚大,上山时,只见用如熊掌大的右拳啪啪啪地狠拍身边的一块巨石。巨石晃动了几下,发出了轰隆隆的响声,传出很远。娟娟惊诧过后,再看苦僧人,早已攀上了巅顶儿,隐入卧云松之中。站在山下,虽然看不到山上之人了,但那铁拐触石发出的当当声,仍然依稀可闻。

各位阿哥,说书人暂且放下娟娟在馒头山新结识苦僧人、窥探月牙楼不表,回头说说众位已经急不可待要知道的叶旺、卜家奴被救出之后,同接应他俩的明月长老、李佑脱离险境与否以及究竟到哪里去了。

娟娟、李佑师兄妹将叶旺将军、卜家奴从金山大寨丞相府的地牢救出后,牵出了纳哈出自用的四匹战马,乘一片混乱之机,打马逃出了戒备森严的丞相府,与在外等候的明月长老会合。娟娟看追兵来得既快又猛,将马给了明月长老,让他们赶紧离去。于是,由明月长老开路,李佑殿后,四人催马向南疾行。你还别说,纳哈出那四匹坐骑,真是堪称千里驹。被叶旺他们制伏后,四蹄炮开,像飞的一般,相当快,把追兵甩出老远。兵将们是同时从几个方向跑来的，由于情急，一时未通信息，结果却相互间追逐起来。大喊大叫地追了一大阵子，好不容易赶上一看，全是自己的兵马。就在这时，恭格拉、乌迪什突然接到传报，说在罗锅哨发现了凶手。二人商量了一下，决定带百多人去罗锅哨，其余的兵马返回金山待命。

叶旺等四人又跑了一段路程，见没有了追兵的踪影，便按卜家奴所指的道儿继续向前走。因为他是当地人，对山岳、道路、林莽都熟。为把握起见，彻底躲开兵卒的追赶，卜家奴就让大家拉荒穿林直行，没走当年开辟出的铁车旱道。先向南、又向东直行，奔往伊通河、饮马河、粟末水一带，远远离开了金山。这时，天近晌午，前边出现了一个大集镇。经打听，才知镇子离金山数百里。大家对能在如此短的时间内跑出那么长的路程而感到吃惊，四匹座下的神行太保真是太神速了，眨眼工夫便进入了安全地带，离开了纳哈出的控制区。

镇子看上去很繁华，住户不少。集市上有赶车的、步行的、骑马的，也有挑挑儿的、担担儿的、卖山货的，还有赶着牛、羊、猪群的。有男有女，有老有少，十分热闹。人们拿着自家的东西以物易物，用我的皮张换你的土产，用我的狍肉干儿换你的靴子，用我的布帛换你的饰物，或互换日用百货，个个乐此不疲。李佑上前向一个男孩儿打听此为何处？告知是榆木河子。道边儿一位卖山羊皮货的老者还介绍说："镇子是因靠近榆木河而得名。这条河是粟末水上游的一条支流，河水来源于长白山的东沟顶子。由于近年来猎户、农户不断增多，便在小镇附近形成了三个寨子。一个叫卢家寨，一个叫马家营子，另一个叫乌蛇岭，皆位于榆树河岸边，像品字形。其中乌蛇岭最大，那里有纳哈出设立的一个站赤，兵丁日夜驻守。今天正好榆木河子有集市，因此，三个寨子的人全聚在这里。榆木河子的位置挺好，离那三个寨子均八九里地远，也有一些人家住，叫榆木河子寨。时间一长，这个小寨反而发展起来，人丁兴旺，成为了中心之地，远远超过了乌蛇岭。乌蛇岭地势险要，是个交通要道，可谓咽喉之地，进入东海窝稽部必经于此。所以就显得极为重要，然而住户不如榆木河子寨多。现如今卢家寨的人、马家营子的人，还有乌蛇岭的人，到一定时候都凑到榆木河子赶集。"大家听了老汉的介绍，再看看眼前的集市，还真是人山人海，嘈杂震耳。在当时荒凉的辽东来说，算是很少见到的景象了。

这些年来，元朝亡败，明朝初兴，辽东世面儿很乱，不少城寨成了几不管之地。被土豪占据了，就由土豪占山为王；被匪盗占据了，就由匪盗占山为王；纳哈出派兵驻守的地方，就由纳哈出管，也有归高家奴部下管着的。总之，谁的势力强，便由谁管。明朝尽管已兴起，然而在辽东的势力还不强大，即使是纳哈出想全管起来，同样是鞭长莫及。榆木河子寨正是属于这样的地方，几不管又几都管。原来因逃兵役、逃苛捐杂税而进入深山老林的各族住户，过了几年便乘着混乱，又络绎不绝地走出了荒山沟儿，在榆木河子搭仓子、盖棚子。因为此地交通便利，买卖东西方便，比深山老林见不到人烟好多了。所以，人越聚越多，于是榆木河子寨逐渐畸形发展起来了，并出现了榆木河子大集。看着集市上人来车往络绎不绝的，卜家奴兴奋地说："在早我来过这儿，没见到有这么多人。集市也是近两三年才有的，要我看哪，比金山大寨还热闹呢！"

　　叶旺望着喧闹的集市，又向周围看了看，越瞅越感到奇怪，像突然想起了什么似的，回头问卜家奴："哎，卜家奴，我怎么觉得这儿咋看咋面熟呢，咱们是不是来过？"卜家奴说："是呀，你我正是在小河边儿，半夜突然被乌蛇岭的一伙儿人抓住的。你看，集市东边儿不就是咱们呆过的那条小河吗？"叶旺顺着卜家奴手指的方向望去，见确有一条河，心想："卜家奴说得对呀，肯定来过榆木河子。"为了看个仔细，他牵着马，穿过集市，按照走过的路重又返了回去。其他人虽不解其意，但也没多问，只是紧随其后。叶旺是什么意思呢？他要亲自到实地看一看，再回忆一下前些天的一个晚上是不是真的在此地发生了那件事情，还有自己和卜家奴究竟是怎么被抓的。

　　当四人重返到小河边儿时，一看周围的树林、小河、沙滩，叶旺证实了："没错，那天正是在这块儿，达家奴提出要到乌蛇岭去看一下。待他从乌蛇岭回来后，由于当时天太晚了，大家就在河边儿歇息了。半夜，便发生了我和卜家奴被绑的事儿。"至于到底咋那么巧被逮个正着，他一时未想明白。

　　从金山逃出来的一路上，明月长老精心地护送着叶旺将军。老人家想事儿很细，又有丰富的经验，总是不停地叮咛李佑要提防追兵，心里还一直记挂着爱徒娟娟。为了救叶旺他们，娟娟宁肯把马舍出来，自己却留在了纳哈出掌管的金山。明月长老并不担心娟娟会有什么闪失，深知徒儿有勇有谋，有闯劲儿，即使被一群兵将包围，也不是她的个儿。那么，为什么时时放心不下呢？是因为娟娟第一次来辽东，人生地不熟的，大家分散开了，互相不能保持联络。这里的土地面积又那么大，茫茫四野，再认差了道儿，容易走失了。一旦丢了娟娟，可上哪儿找去，回去怎能向刘伯温老军师说得清？更没法儿向皇上和马皇后交代。李佑倒是几次跟明月长老说："师太呀，咱们是不是等等我师妹，慢慢走？或者是我勒马按原路回去找，你们继续往前走。怕是走得越远，越难于同娟娟会合，时间一长，有可能真的走丢了。"看来，李佑是打心眼儿里惦念师妹。他哀求了好几次，然而明月长老为了保护叶旺以最快的速度逃出纳哈出的追兵马队，始终没答应，令李佑暂时不要去找娟娟，护送叶将军要紧。眼下他们已脱离了险境，追兵不见影儿了，李佑便又一次提醒明月长老："师太，你们先走吧，我回去找找娟娟。不然越离越远，娟娟找不到咱们，那不两下着急吗？"明月长老仍没同意，叶旺也表示反对，说道："李佑，千万别胡来，对辽东的路你同样不熟。你找娟娟，说不定娟娟没找到，我们回头儿还得找你，别丢了一个再赔上一个。我看咱们不妨先找个地方，歇歇气儿，吃点儿东西，然后合计合计下一步该怎么个行动法儿。"听叶旺一讲，李佑觉得说得也是，这才不吱声儿了。

走了这么远的路，大家的确是饿了。天没亮就从金山逃出来了，马不停蹄地一直走到现在，哪能不累不乏？于是，他们在热闹的集市里，选了一个既临街又稍偏僻的小饭馆儿下了马。店家见有人来，满面笑容地早早出来迎接，把四位的坐骑牵到院子里，拴在马桩子上，又随便抱些干草放在马槽子里。叶旺疼爱马呀，知道人累马更累，怎能让马吃些脏乱的草呢？弄不好再病了，那可麻烦了！便吩咐李佑陪着明月长老先进饭馆儿喝茶歇息，回头叫上卜家奴，一起去集市买了些新鲜的干草和马料。回来后，自己亲自喂，让马吃好、喝足水。喂完了，才进入小饭馆儿，来到明月长老身旁坐下。尽管大家肚子很饿，但由于心里有事儿，一有火又吃不下，因此只简单要了点儿饭菜胡乱吃了。然后让店家算账，交了银子，走出饭馆儿，继续上路了。

走了一会儿，出现在四人面前的是个三岔口。卜家奴边用手指点着边介绍道："你们看那三条路，一条是回返金山大寨的，一条向西奔辽阳方向的，另一条往东奔乌苏里江方向的。"明月长老侧过头来，冲叶旺问道："叶将军，你们曾走过哪条路？此地熟不熟，来过没有？"叶旺回道："师太，自从咱们分手，你与娟娟去了金山，我们原本要走的就是这条向东的路，准备去窝稽排子看看女真的朋友们。达家奴却告诉说，从榆木河子走近，可抄近道儿。我和卜家奴听了他的话，选了方才走过的路，并在小河边儿夜宿。正是当天半夜出事儿了，真是莫名其妙，太蹊跷了！而且直到现在未弄明白到底是怎么回事儿，更不知达家奴的去向。我与卜家奴这次同师太过来，是有意从金山骑马南逃，再往东边曾来过的方向奔，而没往西去辽阳，就是想弄清当时是因为什么被纳哈出派兵活捉的。另外，也是为了找达家奴，不能把他丢了呀！可惜不知道他藏匿在哪儿，或许被纳哈出抓去了都是说不定的事儿。"看得出来，叶旺仍是一脸的茫然。

明月长老听了叶旺的话后，想了想，然后缓慢地说："叶将军哪，我看你的想法对，刚才不是说了要合计一下吗？这样吧，现在就到林子里找个地方坐下，大家商量商量。咱们总不能像野狍子似的遭猎人追赶，只顾乱跑一气，疲于躲避。另外，是得琢磨琢磨上次是怎么吃了这个亏，好好儿总结总结，然后再行动。"明月长老讲的正合叶旺的心意，便道："成，按师太说的办。"于是，四人走进了密林，放开了缰绳，让马吃草，选了个空地儿坐下，一块儿商议起来。

明月长老环视了一下眼前的三个人，首先开口道："叶将军、卜将军，我们已经远离金山大寨，相对比较安全了。眼下最令人挂心的自然是娟娟，对这孩子的情况一点儿不知道。不过，我相信凭她的机灵和武功，暂时不会有什么亏吃。可是互相断了信息，时间长了也不行，还是得想办法联系上。路上我始终在寻思一件事儿，就是叶将军为什么会暴露，纳哈出的兵将是怎么知道小河边儿留宿地点的？难道是由于一时不慎，露了马脚？我知道叶将军办事一向很细，想得特别周到，不会是这样的。那么，是有人说出了此次行动的底细？倘若没说，我跟娟娟到了金山，从未提过你们的事儿，怎么会让敌手知道了？咋就把你个大明朝辽东都指挥使司同知不费吹灰之力、顺利地抓住了？这是多么严重的事情，要是朝廷知道了，可怎么交代？"叶旺听后，脸一红，低下头，没吱声儿。

明月长老看了看叶旺，停了一下，接着又道："仔细想想，这事儿很值得深思呀！而且你们是三个人，又始终在一起，后来你和卜将军被擒了，而达家奴却安然无恙。那么，达家奴是如何脱身的，当时他在哪儿？叶将军讲得对，既然达家奴是咱们一伙儿的，当然要弄清其下落，不能不管不问地一走了之。退一步讲，即使达家奴不是同伙儿、不是朋友，还算是武林中人，总不能咱们先回辽阳而把他扔了吧？再说，金山的不少事儿并没弄明白呀，有很多站赤目前尚未争取过来，将来必须得收复。如果没完成差事便走，怎么能把东海窝稽的女真人笼络过来？所以，在老尼没跟你们分手去找娟娟之前，得先把一些重要的事儿商量一下。有了结果了，我立马同李佑回去寻娟娟，不能耽搁了。咱们仔细分析一下，找出对策，之后再想下一步的行动。"叶旺抬起头来，看着明月长老，诚恳地说："师太说得对，从被抓到现在，我脑子里一直有些问号，也在反思这件事。都是我的错儿，身为辽东都指挥使司同知却没有尽到责任，不仅自己遭难，还连累了卜家奴兄弟，偏偏又给扔到纳哈出手里了，受到了不小的损失。全仗师太、娟娟和李佑兄弟把我俩救了出来，真得谢谢大家。应该是吃一堑，长一智，不能再上二次当，理当好好儿总结一下教训。至于我的过错，定会奏报朝廷，心甘情愿接受处置。师太，您老帮我们拿拿主意吧，然后赶紧去找娟娟。况且大家都惦着娟娟那边的情况，剩她一个人，怎能不让人担心呢？"明月长老听后，赞同地点了点头。

各位阿哥，说书人多次讲过，辽东的大片土地，在大元灭亡、大明尚不能完全控制的情况下，各处异常混乱，群雄割据，相互争斗不已。其中，纳哈出的力量最强，拥兵自立，以金山为基地，不断向外扩张。然而内部并不是铁板一块，其部下如高家奴等，都各有自己的势力范围。尤其在纳哈出鞭长莫及之地，又有女真吐蕃诸部落新兴力量的崛起，战事更是硝烟不散。辽东东海窝稽部的面积不小，大致分成五大片儿：北有萨哈连部，中有窝多岭部，东有虎尔哈部，东南有恤品部，还有靠着东海、在恤品部东南和东北一带的东海部，是由元代那些为逃避朝廷盘剥和徭役而逃到此地的诸族百姓扩建而成的。东海部所居地带物产丰富，林高山陡，易于割据，便于自守，利于生存。开始时，纳哈出想把这部分力量笼络过来，主要是凭借原女真兵和高家奴等女真后裔来进行控制。当时进入东海窝稽部的通道有三条：一条是从北边的兴格定东进至伊曼河，入东海；另一条是从南边通过瑚布图河进入绥芬河，再到乌苏里江上游一带的恤品部；还有一条是从图们江北上，然后东进，也可进入东海。那里的不少地方，明月长老曾分别去采过药，结识了当地的一些土民。

这回按照分工，由叶旺、卜家奴、达家奴三人进入东海窝稽，同当地的土著居民女真人交朋友，建立基地，为大明统一辽东奠定基础。他们去的时候，先是走南路，准备进入东海后，接触赫思痕妈妈部落。如果那块儿有纳哈出的兵力控制着，进不去，则继续北上，走兴格定，一路去接触萨勒痕妈妈部落。于是，马不停蹄地走南路，到了瑚布图河。达家奴对那一带很熟，还没来得及歇息一下，便去找人了解情况。回来后，对叶旺说："我找了几个朋友，秘密了解了一下，看来此处不行。他们说这里已让纳哈出的元兵封锁，把守甚严，根本进不去。咱们还是北上到兴格定吧，那里也有朋友。"既然达家奴这么说了，他们就奔属兴格定地域的虎尔哈部而去。半道儿经过榆木河河口时，达家奴又说了："乌蛇岭有我的朋友，可先到那儿去一趟。"叶旺说："好啊，不妨一起去见见你的朋友，相互认识一下也应该，多个朋友多条路嘛！"话音刚落，达家奴突然像想起了什么似的，马上改口道："叶将军，要不这样吧。不知朋友眼下是否方便，再说他一向胆小怕事，不愿见外人，不如仍由我一个人先去联系一下。如果行，咱们再一块儿过去，到那时把他介绍给你们也不迟。"叶旺一看达家奴面有难色，答应道："好吧，你先过去看看，我们在原地等着。"于是，达家奴自己去了乌蛇岭。时间并不长，很快返回来了，对叶旺、卜家奴说："我打听了，此路可行，肯定能过去，刚才已经同他们联系妥了。"叶旺听达家奴这么一说，觉得反正能过去，用不着太急了。何况大家走了很长的路，又困又乏的，总该歇歇脚，遂决定在榆木河子的河边儿搭个地仓子宿营。三人生起了火，自己带有干粮，达家奴还从河里网了点儿鱼，烤了用以下酒，吃后便各自歇息了。

哪里会想到，到了半夜，正睡得迷迷糊糊的时候，叶旺突然感觉好像来了不少人。刚一睁眼，没等完全清醒过来呢，就稀里糊涂地被一些兵勇五花大绑地紧紧捆住了，头上还给套上了一个用皮子做的水桶，憋得气儿都喘不上来，那是有眼看不见、有话说不出、想动动不了。当时究竟哪个被抓、哪个没被抓，因互相谁也看不见谁，当然不清楚。叶旺以为三人全没跑了，在押解的木笼中，才知道只有自己与卜家奴被抓，想必达家奴已经逃脱了。心中暗暗庆幸：好在逃出了一个人，没连窝儿端。

就这样，叶旺与卜家奴被不明不白地绑了几个昼夜，连拉屎撒尿都由兵勇架着，看管得相当严，后来便因进了牢房。因为头始终蒙着，也分辨不出东南西北及究竟到了一个什么所在，更不知被哪些人关进了哪里的囚牢。直到娟娟和李佑将他们救出，才知道是被带到了金山，囚在了纳哈出府内的水牢里。

叶旺对卜家奴是信任的，在去东海的一路上，卜家奴跟叶旺联系比较多，也愿意听从调遣，关系处得挺好。有一天，三人在去往虎尔哈部的半道儿上，于林中搭一柳条棚子夜宿。叶旺觉得有点儿累，倒头先睡了。半夜醒来时，一摸旁边地上是空的，当即心中一惊！急忙坐了起来，这时就听窝棚外头有人说话。再细听，正是达家奴和卜家奴二人的声音，似乎在林子里争论着什么，声儿还不小。心想："他们为什么事儿呢？"便披上衣服，起身走出了窝棚。当来到俩人跟前时，卜家奴、达家奴一看惊动了叶将军，马上闭嘴了。

　　开始时，叶旺没在意，以为是睡不着觉在那儿闲扯，一来二去地说僵了。后来一琢磨，觉得不对劲儿："他们肯定是在谈一件重要的事儿。不然，三个人本来是一块儿行动的，有什么不可以公开，为啥偏偏背着我单独谈？"从此，悄悄儿注意起来，并发现达家奴这个人话语不多，行动挺鬼祟的。每当与自己面对时，表情总是怪怪的，很不自在，卜家奴倒是照常那么亲近。

　　说起来，还是叶旺没有经验，有些麻痹。卜家奴在北去的路上曾几次对他讲："叶将军，我看得多长个心眼儿好，小心无大错。咱们是不是先不去兴格定了，回头找明月长老吧，让他们前往东海成不成？"叶旺听后，生气地申斥道："卜家奴，说哪儿去了？不是分工了嘛，明月长老和妙善是到金山大寨去，咱们的差事才是去东海窝稽部。到那里主要是与当地土著人交朋友，了解情况，尽量把女真人笼络过来，使他们不再成为纳哈出的帮凶或被欺骗、利用，怎么能说不去就不去、而让明月长老他们去呢？"卜家奴一听这话，便不好再说什么了。

　　此时的叶旺看了看明月长老和李佑，又瞅了瞅卜家奴，把发生的事儿前前后后联系起来仔细一想，感觉到这里肯定有问题，认为卜家奴和达家奴欺瞒了自己，便厉声儿问道："卜家奴，你与达家奴究竟干了哪些对不起我们的勾当？从实说，那天夜里你俩背地里唠了些啥？另外，为啥几次让我小心点儿，还要换明月长老他们去东海，到底发现什么了？没想到我那么信任你，反过来却居心叵测，暗里藏刀。要是不讲实话，可别怪本将军不客气，必杀无疑！"说着刷的一声拔出了宝剑。卜家奴慌忙解释道："叶将军，请放心，我的心是向着大明的。要想背叛朝廷，等不到现在，早溜了。之所以提醒你，是因为当时达家奴有不少事儿令人生疑。不仅劝我与他一起离开，还说不要真心相帮，什么事儿都是此一时彼一时。我说人不能没良心，既然决心弃暗投明，就要跟着大明的人走到底。他不同意我说的，为此我俩争得面红耳赤，这样的口角已经有好几次了。那夜正是为此又吵了起来，后来见你来了，才停止了。我同达家奴都是女真人，又是当地人，所以不愿把他的事儿说出去，觉得那样太不够哥们儿了。"叶旺问："这些话为何早不告诉我？"明月长老赶忙接过话茬儿，批评叶旺："叶将军，这事儿不是卜家奴兄弟的责任，不能怪他。是你经验不足，太疏忽大意了，头脑少根弦儿，结果上当吃了亏。当时不是没有发现蛛丝马迹，怎么就不注意呢？还责怪卜家奴事先没有告之，是你没有把工作做到家，考虑得不细。"此时，一直没吭声儿的李佑插嘴道："现在看来，已经很清楚了，达家奴肯定叛变了！他降明是假，根本没有真心，实则暗通纳哈出。你们当时被元兵捉拿，他却啥事儿没有，毫无疑问，就是达家奴报的案！"说完忽地站了起来，不禁面带愠色。

明月长老越琢磨、越分析，越觉得事情正是像李佑说的，没错！便斩钉截铁地冲叶旺说："你和卜将军被抓之事，板儿上钉钉儿是达家奴所为，这个人太可恨了！叶将军，必须马上行动，直接去乌蛇岭，那里必有与达家奴接头的内线。咱们设法先找到此人的地址并抓到他，然后通过内线去找达家奴，想来不难。"卜家奴接过了话茬儿："长老所言极是。达家奴曾跟我说过，他有一个朋友住在乌蛇岭，好像还是纳哈出和高家奴手下的一个站赤官呢！"明月长老说："你们看，这不越说越对嘛！别的先不用顾，去乌蛇岭寻到与达家奴接头人的地址后，再秘密打探达家奴的行踪下落，估计眼下仍在那儿。因为从你们二人被抓到现在的时间并不长，解救出来的消息不会那么快传到乌蛇岭。而我们是骑快马从金山而来，行动极为迅速，这一点他们比不了。再说了，乌蛇岭既然不知道消息，就不会有防备。趁此机会，咱们突然而至，非常有可能抓住达家奴。擒住后，经过审问，事情的真相便会大白了。只有弄清细情，知表知里，我们才能掌握主动。"叶旺、卜家奴和李佑皆认为此想法好得很，于是，四人四马即刻动身，驰奔乌蛇岭。虽然叶旺和卜家奴没到过那儿，但周围一带总还去过。于是，由二人在头前领路，明月长老和李佑跟随其后，沿密林中的悬崖小路疾速穿行。

话要简说。叶旺等四人飞马赶往乌蛇岭，待到了村头儿，已近亥时。山村一片寂静，只听阵阵的寒风发出呜呜的声响，人们早已进入了梦乡。明月长老用暗号儿把三人聚到自己身边，询问道："叶将军、卜将军，你们俩再回忆一下，那天达家奴找他的联系人时，走的是哪条路，说没说到什么地方去找朋友？"叶旺想了想，随即一拍脑门儿道："对呀，恍惚听达家奴叨咕了一嘴，说是要到乌蛇岭西大马架子去，有个朋友住在那儿。还声称他们之间的关系挺好，走动挺勤。"卜家奴说："达家奴和我也唠过，说他对乌蛇岭特别熟，认识的朋友是老两口儿，带着两个闺女。没错，是住在西大马架子！"明月长老说："这就好办了，咱们去找那个地方。既然叫西大马架子，应当是在乌蛇岭的西边，走，往西去！"四人分别换上了夜行黑衣、紧身小打扮，利落、灵巧地直奔屯子的西头儿。

其实，乌蛇岭的住房稀稀拉拉、零零散散的，找户人家并不难。叶旺他们顺利地在村子的最西边林子头儿那块儿，找到了既有上房又有厢房的西大马架子。这是一处半地窨子式的长房子，少半截儿在地上，大半截在地下，便于防寒，难怪叫马架子。上房朝阳，是一大趟儿，下房分立正房左右。东下屋看上去还行，西下屋是个半地窨子式的小马架子，又脏又破。叶旺观察了一会儿，然后小声儿说："肯定是这家。你们看，上房的结构和长度同两边的房子不一样，很显眼，估计是主人的住处。东下屋自然是两个闺女的闺房了，西边的那个小厢房，大概是佣人或管家、看院子人住的。"明月长老听罢，靠近了大马架子，见房子周围是用木条子夹了一圈儿板障子，便跷起脚尖儿由外向里仔细观瞧。此时，尽管月亮隐入了云层，乌蛇岭一片漆黑，不过别忘了，那明月长老可是武林高手啊，眼睛尖得很，在黑夜中照样能把院子里的一切看得清清楚楚。她看什么呢？看院子里有否巡逻之人，尤其是有没有狗。狗的耳朵极其灵敏，若是有的话，你一动，哪怕是发出一丁点儿声音，它都会叫，那不添乱吗？老人家瞅了瞅，然后悄声儿对围上来的叶旺、卜家奴、李佑说："这家有狗，千万不要乱动，在院子两头儿找暗处给我监视着。不许有外人进院儿，进来一个抓一个。也不许有人从院子里出去，只要出来，必须死死地摁住，还不能让他喊出声儿。你们精神着点儿，只要听到我的咳嗽声，立即过来。"叶旺、卜家奴遵命，转身躲到暗处，监守着西大马架子院儿。这时，只见明月长老从腰中抽出一把短刀拿在手里，侧过身在李佑的耳边嘱咐了几句。李佑点点头表示明白了，抬头看看天，试试风向，噢，是北风。于是，脚步轻轻地顶风绕到北面上房头儿处，原来是明月长老让他学狗叫，以便把院子里的两条狗引过去。

李佑很有经验，他知道，在夜间学狗叫的声音不能太大。倘若大了，屯子里家家户户的狗都会跟着叫的，能把全屯的人招呼醒了，那不糟了吗？所以，只能小声儿叫，借着风力让院子里的狗听见就行了。他紧贴着木障子，瞪大眼睛寻找着，终于发现有一处板障子出了个窟窿。板障子本来夹得挺紧的，可能是因为猪哇、牛呀、狗啊什么的老是从那儿钻来钻去的，时间长了，硬是给挤出了一个洞。李佑蹲在那儿，用手捂着嘴，学开了狗叫。还不是一般的狗叫，而是学狗互相之间说话、交流感情的叫法，"汪，汪汪，汪汪！"真是太像啦！这叫声是什么意思呢？代表一条野狗闲来无事，为找野食而来到了此处，好像在说："我要进你们院儿找点儿吃的！"向里边通告着。动物与动物之间有它们特有的联络方式，通告了，可能相安无事；不通告，双方立马会打起来，绝不客气，那可是往死里咬哇！

李佑这么一叫，把那两条黑底白花儿的大狗给吵醒了。两条狗正趴在院子里，眼睛一会儿睁开、一会儿闭上、似睡非睡的。虽然听见外头的"野狗"向它们打招呼了，但仍趴在那儿没动，带搭不理的。只是声音不太大的回叫了几声，听起来很傲慢，似乎在说："不行，不行，快走吧！你进来，我家主人不答应。去别的地方找食吧，不要到我们院子来！"可那"野狗"不答应，又叫两声，表示我一定要进去。这样一来，里边的两条大狗生气了，忽地站了起来，一条从障子上方蹿出去了，一条顺着声音从障子窟窿眼儿处冲了出来。两条狗站在障子外头，冲"野狗"传来声音的方向，汪汪地大叫着、轰撵着，意思你咋这么不识趣儿呢？赶紧离开这儿，快滚！要不咋说狗仗人势呢，西大马架子是它们的家呀，属于它管辖的一亩三分地，当然很仗义。心想："在我的地方竟敢不听话？叫走还不走，看怎么收拾你！"于是噌地冲了过去，想要撕咬那只"野狗"。

狗的眼睛可尖了，不管在多黑的地方，只要有东西便能看见。两条狗一听，立即辨别出声音来自障子窟窿旁边的黑影儿，就往跟前凑。再细看黑影儿时，觉得既像同类，又有点儿不像。于是也没管那些，一边叫着，一边向前冲。李佑趴在那儿，抬着头，两手捂着嘴，冲大花狗继续叫。两条狗觉得奇怪了，听出叫的声儿与同类不一样，心想："这是哪路货呢？"遂张着大嘴，呼哧呼哧地喘着粗气，伸着红红的长舌头，往李佑那边看。过了一会儿，终于明白了，哪是什么同类呀？分明是人！慌张得刚要大叫，想告诉主人："不好了，来贼啦！"可还没等叫出声儿来呢，说时迟，那时快，只见原本全身趴着、头紧贴在地面的李佑，突然一个腾身跳将起来，把早已掐在手中的两支可以让狗昏睡过去的小毒箭嗖嗖射了出去。也是真准哪，支支正中狗的前嘴巴子上，两条狗顿时瘫倒在地。李佑一个箭步蹿过去，两只手分别扯着狗的前腿，拽到墙角儿下方一片小树林的深沟旁，顺势一用劲儿，扔进了沟，心里话："你们俩暂时不用替主人看家了，在里面儿好好儿给我睡一觉吧！"做完这一切后，又学夜老鸹嘎嘎嘎地叫了三声。

　　明月长老听到李佑发出的暗号儿，知道狗已被解决，一纵身跳进了板障子，疾步来到右侧的小马架子跟前，拨开门栓进了屋。屋里挺黑，朦胧中，只见一个老头儿光着脊梁睡在土炕上。明月长老两步冲到炕边儿，把刀横在他的胸膛上，压低声音说："老人家，醒醒！我是过路客，请告知，上屋住有什么人？胆敢欺瞒，先让你见阎王！"老头儿打着呼噜睡得正香，冷丁听到有人说话，吓得一激灵就醒了。刚想动，便觉得身上瓦凉瓦凉的。你想啊，那是单刀哇，刚从外面拿到屋里，放在睡得热乎乎的肉皮上，能不凉吗？再一听说话的声音，知道不好，是有贼进来啦！又觉出刀正横在自己的胸口儿上，也挺鬼，没敢动。心想："黑灯瞎火的，谁知外头有多少人马呀？本来是天下大乱的年头儿，来的那些人不是强盗就是贼兵，还顾什么？保命要紧哪！"想至此，这才哆哆嗦嗦地回道："哎呀，饶命，饶命啊！听声音，您是位奶奶吧？不瞒您说，上屋是我们主子老两口儿，东下屋是主子的两个千金。"明月长老又问："说实话，你的主子是哪个族的，屋里还有别人没？快说，不说宰了你！"老头儿哀求道："不瞒太奶奶，千万别杀呀，我是好人哪！谁欠你的债找谁算去，他们可是通辽阳官府的人啊！"明月长老说："少废话，我咋问你咋回答，别扯没用的！""禀告太奶奶，主子是汉人，叫巫顺，到乌蛇岭四五十年了，眼下没在家。倒是有个外人，前些天来的，说是主子的朋友。这个人很厉害，认识当地的女真兵，就是他让我们主子出去办事儿去了，到现在还没回返。今夜上屋只有老夫人住着，那个外人……"老头儿说到这儿，似乎有些害怕，突然停住了。明月长老有意将手中的刀动了一下，催促道："接着讲，那外人怎么了，住哪间屋？"老头儿哪敢隐瞒？只好说："住在东下屋，我家的两个千金都被他霸占了，天天睡在一起。听说天一亮，他要赶早上金山。"明月长老听罢，把刀从老头儿身上拿了下来，缓和了语气，小声儿交代说："我来的事儿，不准对任何人讲，权当不知道。谁要问起，可说没进过你的屋。否则，你也会被官府抓去，记住没有？"老头儿连连点头答应道："太奶奶，小的记住了，记住了。"明月长老怕他乱动，随手点了穴，老头儿立马昏睡过去。一切全弄明白了，明月长老出了屋，到西墙边儿咳嗽了一声。

此时，等在外面的叶旺、卜家奴、李佑一听明月长老发出的信号儿，立即围了过来。明月长老命李佑、卜家奴仍在外守候，监视上屋的动静，随后与叶旺来到两位千金住的东下屋。一推房门，没开，里面扣着门栓呢！乡野的土墙土房，如何能挡住明月长老？遂将夜行匕首插进门缝儿，轻轻一拨，门便打开了。俩人摸黑儿进了外屋，见里间的房门并未关，人睡得正香。他们做梦都想不到会有人在天没亮时，神不知鬼不觉地闯进来！

明月长老来到炕头儿，摸到了柜子上放着的火油灯，用火镰打出火星儿，呼啦一下点着了。油灯一着，屋里顿时亮堂了，二人看得分明，炕上确实睡着三个人。屋子突然一亮，睡在炕里边的那个闺女扑棱一声坐了起来，叶旺早用刀指向了她的鼻子，示意不许出声儿。另一个听见动静也醒了，刚爬起半身，明月长老见她一丝不挂，两个突起的奶子裸露着，立即用刀摁住，使了个眼色，令她不准动！闺女见此，赶忙又缩回被窝儿里。此时，夹在中间的男人仍在酣睡，鼾声如雷。叶旺凑到近前一看，不是别人，正是那个败类达家奴！当时简直气炸了肺，也不管明月长老就在身边，不顾一切地蹿了过去，两只大手狠狠掐住了达家奴的脖子。掐了一会儿，使劲儿一拽，便把他从被窝儿里拉了出来，随即啪嚓一声扔到了地上。达家奴全身精光，被掐得又憋闷又难受，差点儿一口气儿没上来，不是好声儿地叫唤着："哎哟，我的脖子呀，疼死人啦！"边叫边满地打滚儿。

刚开始时，达家奴是丈二和尚摸不着头脑，懵懵懂懂的。过了一会儿，才仰脖儿上看，一瞅不要紧，当即吓傻了，原来是叶旺将军和明月长老站在自己的面前！忙一翻身，反贴大饼子似的来了个蛤蟆扑地，屁股朝上头啃地，连声儿说："小人该死，小人该杀！师父啊、叶将军哪，看在一时糊涂的份儿上，你们宽大为怀，饶了小的狗命吧，必当牛做马报答不杀之恩哪！"炕上的两个闺女见达家奴吓得这般惨状，早慌神儿了，呜呜嗨嗨地大哭起来。明月长老命令道："丫头，赶紧闭嘴，没你们的事儿。不要出声儿，快把衣服穿上，躺在那儿别动！"然后转过脸来，瞅着地上的无耻之徒，喝道："大胆达家奴，竟敢反叛大明朝，该当何罪？我们本已不念旧恶，收降于你，并以诚相待。你却放着正道儿不走，人在曹营心在汉，助纣为虐！痛快儿招来，是谁让你这么干的，又是谁命你抓走了叶将军和卜将军？说！"达家奴在地上唉声叹气地回道："咳，是我的主意，全是我的主意。"明月长老气愤地吼道："胡说！纳哈出的兵将是怎么知道叶将军他们行踪的，为啥给抓到了金山？快讲是如何与纳哈出勾搭连环的，不许欺瞒！若说不清，别怪老尼不客气，只好点天灯了，让你干遭罪，慢慢地、一点点儿地烧死你。若说清楚了，还可饶你不死！"话音刚落，随之就听刷的一声，叶旺早已不耐烦了，将刀抽了出来。

达家奴听了明月长老的一番话，又看到怒气冲冲的叶旺双目圆瞪，眼珠子都气红了，心想："看来熬是熬不过去了，已经到了这份儿田地，只好求生了。"便哀告道："师父、叶将军，给我一件衣裳遮遮体吧，都说了还不行吗？"叶旺从炕上扯过一件皮袍子，甩到他身上，厌恶地说："你还知道羞耻？听好喽，不许乱动，就在地上趴着！啥时候讲清楚，啥时候让你起来。"达家奴只好和盘托出："说老实话，我的一切行动听高家奴的，去榆木河子抓叶将军也是他的坏点子，同纳哈出没有直接联系。至于高家奴、曾家奴他们具体怎么与金山联络，我真的不知道。"接着，又一五一十地交待了与高家奴的关系。

明月长老、叶旺听后，不但知道了不少新情况，而且不禁大吃一惊啊！特别是身为辽东都指挥使司同知的叶旺，把辽东的平抚之事看得太简单、太容易了，没有深入领会刘伯温老军师嘱咐的要稳步前进、稳扎稳打的策略。甚至把元朝的降将想象得过于单纯了，以为只要降过来，便会跟大明一条心。现在看，高家奴一伙儿所谓的投降，是一个地地道道的骗局，明降暗不降！由于叶旺对他们放松了警惕，结果才捅出了这么大的娄子，被高家奴牵着鼻子走，吃亏不小。一切全清楚了，达家奴原本就是高家奴的人，为防御明军进入辽东，高家奴才把这个心腹派到辽东半岛镇守盖州的。达家奴为此次的高升，能不感激高家奴的器重吗？当然跟他一个鼻孔出气了。高家奴降明后，暗中嘱告达家奴："咱们降明是假，反明是真。要多长几个心眼儿，留心各方诸事，随时听我调遣。"马云、叶旺让高家奴去大宁做曾家奴的工作，顺路到北平拜见徐大将军，没成想恰好给高家奴与曾家奴的勾结创造了条件。高家奴到了大宁以后，根本没去北平府拜见徐大将军，而是一直住在曾家奴处，共商反明大计，发誓一起跟大丞相干一番惊天动地的大事业。高家奴总是忘不了与纳哈出的密切关系，也想到儿子、家产在金山，于辽东一带惨淡经营了多年，各地皆有自己的心腹和力量，干吗真心降明呀？如果降明，好不容易获得的一切不就半途而废、前功尽弃了吗？再说了，他对反明之后的未来始终充满着幻想和野心，甚至认为，将来的辽东说不准是纳哈出能称王、还是我高某人能称王呢！很显然，投降时，对叶旺等明朝将领所说的都是假话。他要不折不扣地依照与曾家奴商定的计划，组织辽东元朝的残余势力，为复元大干一场。在去大宁时，高家奴已经知道了叶旺与卜家奴、达家奴要去东海，便找来达家奴秘密商议，设法将叶旺引到榆木河子。然后，再通过一手提拔起来的亲信巫顺进行联络，以便抓住叶旺。由此可见，达家奴所干的一切，毫无疑问是高家奴事先安排好的。

各位阿哥，说起巫顺，需要详细介绍一下。他原本为高家奴手下的军需统管，是其心腹将领，还兼着乌蛇岭镇守军的头领。所谓的镇守军，乃纳哈出率领的元朝金山大寨兵力的一部分。也就是说，巫顺既是镇抚地方的将领，又是乌蛇岭一带的军需统领，差事是为纳哈出的金山大寨征调、购买辽东皮货。表面上是为军需购物，实际是强行征调，低价搜刮北方女真各部的皮革。到手之后，一部分献给纳哈出和高家奴，另一部分秘密押运到关内，通过各路商家高价出售，从中获利敛财，中饱私囊。

巫顺为河北乐亭人士，从小在皮货店当学徒，是从学熟皮子的徒工一点儿一点儿熬起来的。他非常识货，能准确地鉴别北方诸种上中下乘之皮革，可以说是比干金店活计还一本万利的营生。时间一长，名声日高，成为无人不知、无人不晓的"神眼睛"，皆称他"神爷"。一张雪狐子，只要经他的手刷洗修饰，立即可值百金、千金，在皮行中炙手可热。纳哈出、高家奴看中了他，并收买过来，封以官职，成为身边半商半军的双料货。巫顺所开的大宁"祥"字皮货商行，远近闻名，不仅在辽东有分号，于青海、宁夏也有分号。纳哈出规定，辽东和青海等地的皮货必须到巫顺手里，由他统一分配、管理。如果哪里管制得不严，被流散客商套购走了上乘皮货，当地的土著部落酋长必遭到重罚。这样一来，巫顺便想当然成了谁也惹不起的人物。目前，他在辽东东部地区颇有地位和影响，是纳哈出和高家奴窃据辽东的一个得力助手。此次隐藏达家奴及捕捉叶旺将军，也没少了他，而且是一手操办的。巫顺先是收到了高家奴派人送来的秘密指令，让他务必协助达家奴，抓捕叶旺和卜家奴。就在正要去寻找达家奴时，达家奴刚巧找上门来了，两人顺利地接上了头。

其实，巫顺早就认识达家奴。因为达家奴本是高家奴手下的将领，巫顺又是高家奴的心腹，他们过去常在一起，自然相互熟悉。俩人相聚后，达家奴告诉他，已将明朝的一个辽东都指挥使司同知、那里的最高首领叶旺以及叛逆卜家奴带到了榆树河子。巫顺说："好，一定要稳住他们，千万别让叶旺觉出什么。你回去以后，可说已经联系妥了，由我的朋友巫顺带咱们进入东海各部落去。"二人秘密商议完毕，达家奴没敢耽搁，马上返回了榆树河子。叶旺却一直蒙在鼓里，对那些勾搭连环之事全然不知，还傻乎乎地认为达家奴是替明朝办事儿，前去找熟悉的朋友去了。

那么，抓捕叶旺前，巫顺和达家奴是怎么商量的呢？巫顺首先向达家奴传达了在大宁府高家奴同曾家奴一起会商的情况以及对反明的部署，还告诉他："高家奴大人的意思是，让我帮助你合力逮叶旺。那不是一般人，是位将军，抓住他，在辽东的影响可就大了，你也算立了一大功啊！至于卜家奴，一向胆小不可靠，不但丝毫不能透露，而且还要严加防范，同叶旺一起囚禁起来，迅速押解到金山大寨。其余事项，包括下一步该怎么办，不用我们管。待高家奴、曾家奴二位平章大人抵金山后，再与大丞相纳哈出一起议定，把复元之事合力办好。到那时，以大明将领叶旺的首级祭旗，然后发强兵，把被他们夺去的辽阳重地重新夺回来。此计划，天机不可泄露，务守口如瓶。眼下最要紧的是，咱俩必须合伙儿全力摁住叶旺，绝不能让他跑了。"巫顺说这话时，两眼始终紧盯着达家奴。

巫顺添油加醋地向达家奴做了传达后，深怕他三心二意，又强调道："此事非同小可。要是办成了，将来所得职位不会一般，定大有可为，前途无量啊！"达家奴听了巫顺之言，跃跃欲试，信心十足，似乎身价一下子提高不少，煞有介事地说："我干脆把叶旺骗到你这儿，在你家将他擒住算了！"巫顺鬼着呢，是个人尖子，当时反对道："绝对不行，那样很容易露出去，对我也不利。你还是设法把他稳在榆木河子，我秘密将兵马派到那儿，就地抓。"二人商量好后，达家奴回到榆木河子，装模作样地对叶旺说："一切全办好了，明天一早动身，由我的朋友带咱们去东海。今天太晚了，再说都累了，咱们在河边儿住一宿吧。"

东海沉冤录

叶旺完全相信了，以为第二天便可前往东海，去找女真部的萨勒痕妈妈，很是高兴。哪成想，睡到半夜却被抓了。

面对眼前的一切，叶旺这才恍然大悟，闹了半天，全是达家奴捣的鬼。没想到这狗崽子以怨报德，两面三刀，人面兽心！他恨自己的头脑竟如此简单，一条道儿跑到黑不转弯儿不说，还那么轻易地相信别人，结果耽误了大事儿。这要是让徐达大将军知道了，非得气坏了不可，大骂一通儿是轻的！越想越来气，越发咬牙切齿地憎恶达家奴，随之喝问道："达家奴，巫顺到哪儿去了？说！"达家奴支支吾吾了半天，就是不吐实情。叶旺站在那儿直喘粗气，眼睛都红了，恨不得一刀宰了他！还是明月长老有办法，先安慰了那两个闺女，又到上屋看望了巫顺的夫人。从她们的口中得知，巫顺为了达家奴，到军营搬兵去了。

为什么去搬兵呢？因为达家奴怕露馅儿呀，特别害怕，便想出了这么一个馊招儿。当他们把叶旺推入囚车押走以后，由于达家奴的心中有鬼呀，整天忐忑不安，站也不是、坐也不是的。想躲起来吧，又不知该躲到哪儿好，如同热锅上的蚂蚁。巫顺见此，劝他道："不要紧，完全不必担心，就在我家呆着，没事儿。过两天咱们一块儿到金山，去见高家奴、曾家奴两位平章大人。"达家奴只好留了下来，尽管巫顺一再地给壮胆打气，可他仍然心神不宁、担惊受怕的。惟恐一旦被辽阳的马云知道了信儿，定将兴兵前来讨伐，替叶旺报仇。那样的话，自己可遭了殃了，肯定没活路了。遂苦苦哀求、缠磨巫顺，让去把正在站赤带兵的巫顺的弟弟巫利找来，在家门口儿日夜巡逻，以防不测。达家奴还叮嘱说："你快去吧，我可熬不下去呀，吓得天天晚上都睡不着觉哇！"巫顺被磨得没法儿了，只能答应，心想："行啊，算不上啥大事儿，反正乌蛇岭站赤的兵归我弟弟管。再说了，我的家及周围正属乌蛇岭之地，站赤的兵丁到此巡逻也是应该的，不过就是每天多跑点儿道儿、兵卒们多挨些累罢了。"

巫顺去找弟弟，说来心中还有一个更秘密、不便讲出的想法。什么想法呢？巫顺也挺恨达家奴，对他十分有气。认为此人太轻佻、太不像话了，对不起我这个老朋友。为什么会是这样呢？因达家奴一向为人高傲，长期以来，始终是高家奴平章大人身边最信任的人，并被授以镇守辽东要地盖州的重任。一般人是得不到这个掌管最富的地方之差使的，是个肥差，在那儿起码能搜刮不少银子呢！达家奴不仅傲慢无理，还好自吹自擂，到哪儿眼皮儿往上挑。除了自己的上司，别人在他眼仁儿里是一点儿没装进去，对谁全看不上眼。至于对巫顺，除承认所开的皮货商行的确是个美差、比干金子的活儿挣钱外，其他方面丝毫不佩服。觉得你巫顺往哪儿摆呀？武功差远去了，提都提不起来！不但根本没瞧得起，而且认为巫顺家里的人，理应侍候他达家奴才是。每当一喝起酒来，在巫顺面前是三吹六哨哇，不厌其烦地一遍遍讲自己以往过五关、斩六将之功。而巫顺呢，也是个骄傲得任谁不放在眼皮底下、在人面前总是神聊海哨之人。本来只是个小皮匠出身，后来对皮子的性能、辨识技巧及熟皮方法掌握得很精到，被人们视为一绝，称"神眼师傅"。一说此乃巫大人看好的皮子，又是巫大人经营的，皮子立刻不得了啦，价码就抬起来了。这份儿能耐，朝里朝外的人没有不知道的，连金山纳哈出那块儿的所有名匠也都佩服他。因此，巫顺便觉得自己的能耐任何人不具备，我的手、我的眼、我的嘴，那就是财神爷。你说这张皮子值百金，谁信呀？不可能把你的话当回事儿。只有我巫顺上下嘴皮儿一碰，说值多少钱，就值多少钱。一来二去的，时间长了，感到自己很了不起啦，是天生我才必有用，甚而看不上别人，目空一切。你说一个盛气凌人的巫顺与傲慢的达家奴碰到一起，能不针尖对麦芒嘛！达家奴整天吆五喝六地抖威风，巫顺哪能愿意看呢？那是打心眼儿里既膈应又烦哪，心想："穷装什么呀？在我面前你也敢吹，还要奸卖快的？"说实在的，巫顺半拉儿眼没瞧上达家奴，只因有高家奴的指令，不得不接待而已。

尤其使巫顺生气的是，他领着达家奴到自己家来的时候，上下屋全住着人。东屋是他和夫人，东下屋是自己的两个闺女，把达家奴安排到哪个屋都不合适。想来想去，只好让他到西下屋，就是那个看院子的马倌儿老头儿住的小马架子，并好心对达家奴说："你先委屈一下，将就着点儿吧。这屋挺暖和，烧上炕，一会儿就热乎。再说住不了几天，很快便去金山了。"达家奴可倒好，在小马架子只住了一宿，也不知怎么弄的，第二天却钻进了巫顺的两个闺女房里去了，做得未免太说不过去了吧？老夫人惊诧得忙偷着对丈夫说："可了不得啦，你那个朋友是啥人哪？竟睡进了东下屋，把咱们的两个闺女白白给霸占了！天底下哪有这么便宜的事儿呀？"那张脸早已气成了猪肝色。

说书人要向各位阿哥多讲几句。在辽东的老山坳里，很早以来有个旧习，即女人家可以找"拉帮套的"。啥叫"拉帮套"呢？就是女人在自己的丈夫之外，再找一个男人住在家里。那男人可以和女人同睡，但必须得给干活儿，什么挑水、扫院子、打猪草、劈桦子等，啥活儿都干。天天没早没晚地劳作，哪怕是到外面干活儿，挣的银子回来也得交给女家，像本家的长工一样。那时，一个女人能找一两个这样的男人，是有能耐。闺女没出阁，也可以往家找"拉帮套的"，跟自己住在一起，帮助干活儿或给挣钱。倘若干得不好，闺女不满意，长辈又看不上，便毫不客气地撵走。要是生了孩子怎么办？孩子归男方，允许带走。如果时间长了，男女双方处出感情来了，过得还挺好，那就拜堂成亲，成为真正的夫妻，从此"拉帮套的"成了主人家的姑爷。此种情况，在东荒片子的山区里并不少见。

巫顺家的两个闺女便是善于招徕外客的能手，也有这份儿能耐，在当地还小有名气呢！不过此次姐儿俩跟了达家奴，巫顺却很不满，心想："你达家奴都他妈多大岁数了？四十大多的人了，怎能白占巫家的便宜？再说总不能空手搭上我的两个黄花闺女呀！同他吵架吧，现在不是时候，何况是自己留人家暂时住在这儿的，还有一件事儿没办呢！另外，他是高家奴的亲信、身边的贴心人。又帮助金山抓住了大明朝派来的第一任高官——辽东都指挥使司同知，在纳哈出的金山将来肯定得赫赫有名，鹤立鸡群，说不定官升几级、很快红起来呢！到那时，我的两个闺女跟着达家奴金衣美食、过好日子也未可知。"转念又想："达家奴这小子谁不知道哇，从来就是个寻花问柳之人，以后怎能真心待两个闺女？再说了，夫人对他一点儿没看上眼，根本不同意呀！"想至此，他是又气又急，左右为难。

那么，巫顺为什么那么听达家奴的话，乖乖地去找巫利搬兵呢？一个是达家奴求他去的，希望巫利能派兵保护；另一个是想借刀杀人。通过他弟弟，再找一个远方管兵的朋友，带着兵马突然把达家奴抓走，随便捆到哪个山沟儿里去，就地抹了。什么叫抹了？即杀了，割掉脑袋。那么，抓叶旺之功，不就都归到巫顺一人身上了吗？他完全可以说达家奴跑了，不知去向了。在当时的大东荒片子，死一两个人或找不到全尸之事，司空见惯，高家奴也无法怪罪于他。看来，巫顺答应去找巫利，是下了狠茬子的。人与人之间就是这样，互相倾轧，尔虞我诈。达家奴根本不知道巫顺的打算，仍乐颠颠地闷在葫芦里，以为同时睡了两个黄花闺女是多么美的事儿呢！

咱们回头再说达家奴于巫家受审的情况。在叶旺的一再追问下，达家奴觉得巫顺这阵子对自己挺好，开始不愿说实情。后来被逼得没招儿了，这才说："请将军稍等，巫顺很快就能回来。"其实，明月长老早从老夫人和两个闺女口中得知，巫顺是去搬兵了，人马一会儿便到。于是，叶旺在严密看守达家奴的同时，还注意监视着屋外的动静，专等巫顺归来，就地擒拿。

单讲巫顺到了站赤，找到了弟弟巫利，如此这般地合计完后，又匆匆从营地奔自己家来。这小子眼睛尖哪，还特别贼，深怕出点儿啥事儿，那是走一路小心一路。当快到离家板障子没多远时，往四下一瞅，突然发现小树林的深沟中，躺着自家的两只大花狗。顿感大事不好，肯定有人来了，那狗是让人给毒死了，脑门儿当即滴滴答答地淌下了汗珠子。他没敢直接进院儿，而是绕到障子后头，顺障子缝儿往里窥探。这一看不要紧，可是吓了一大跳，见卜家奴正在院子里晃荡呢！心想："哎呀？怪了，他不是被我抓到的其中一人么，怎么会在这儿？不好，出事儿啦！"反身撒丫子拼命往兵营跑。

巫顺一跑，自然有噼里啪啦的脚步声。卜家奴一愣，忙回身，一眼看到了向前猛跑的巫顺，便大喊叶将军。叶旺闻讯，吩咐卜家奴、李佑看管好达家奴，然后同明月长老两步蹿出了大门，疾速追赶。明月长老和叶旺皆为武林高人，都会轻功，巫顺哪是对手呀？没跑出多远，早被叶旺踩在脚下，疼得嗷嗷直叫，像杀猪似的，动弹不得。由于此处离乌蛇岭站赤的营地不远，巫顺一叫唤，马上被巡逻的营兵听到了，遂报给了在营中的副将巫利。巫利立即带领站赤的全部人马扑了过来，想拼死救兄长巫顺。明月长老眼见一些不要命的营兵往身边冲来，就同叶旺合计："叶将军，一定得说服这帮巫顺的走卒，万不可滥杀无辜，应以德服人。咱们初到辽东，任重道远，必须在当地女真人和兵丁中留下好印象。可不能像大元朝，更不能像纳哈出那样致使黎民百姓怨声载道，要尽量争取、感化之。"叶旺一时有点儿着急了，忙道："师太，您看他们那个凶劲儿，要是不服管，如何是好？"明月长老说："没别的招儿，只能凭你的武功镇之，容后再以道理加之。"二人一边说着，一边用刀和剑招架如狼似虎的营兵，东挡挡、西闪闪地捉开了迷藏，并不与之对打。

巫顺、巫利兄弟的兵丁们使出了吃奶的力气拼命冲杀，见眼前的一老一小动作轻如猿猴，捷如飞鸟，怎么都抓不着、打不着。愈加气急败坏，恨不得一下子擒住二人，便东一榔头西一棒子地猛砍。无奈明月长老和叶旺躲闪疾快，兵卒之间反而因避让不及而碰得头破血流，心里还在琢磨："大明朝武将的功夫是怎么练就的？如神人一般，真是太厉害了!"这时,只听巫利声嘶力竭地大喊:"弟兄们,要活捉大明的人,抓住有赏!快快给我拿下……"还没等喊完,只见叶旺噌的一个腾身飞旋连环脚,啪啪啪一扫,立刻躺倒了一大片,并顺势将巫利点了穴,当即人事不省,余者溃逃。

明月长老和叶旺押着巫顺、拖着巫利刚回到西大马架子,李佑便慌慌张张地从屋里跑出来,禀告道:"叶将军,大事不好,达家奴自刎了!虽将匕首抢下,使他没死成,但胸间鲜血如注,要是不尽快止血,恐怕挺不多长时间了。"边说边朝身后一指。明月长老忙从腰间解下布袋,拿出止血药,与叶旺一块儿走进屋去,给达家奴敷上。叶旺气得大声儿吼道:"达家奴,就你这种人,死有余辜!听好了,给我放老实点儿,要不讲清内情,白天黑夜地折腾你,叫你活不起,死不成!"回头又叫李佑把巫利拽进屋里,将巫顺用绳子绑好,以防跑掉。正在这时,忽听外面闹哄哄的,传来一片嘈杂之声。出门一看,院子里黑压压的不少人,已围得水泄不通。明月长老、叶旺他们挺纳闷儿,这些人没有纳哈出兵卒号坎儿的印记,是从哪儿来的呢,是女真兵吗?可也没有女真兵的号坎儿呀,到底是些什么人呢?再仔细看看,噢,明白了,原来是当地土著民族各部落的兵马。

前书说过,大元衰败以后,辽东的女真各部为了保护自己,不断地扩大力量,各自皆拥有兵马。今天来的正是这些人,剽悍、凶狠、野蛮,有拿刀的,有持钢叉、长矛的,或操大铁棍、大砍刀、鬼头刀的,也有举着火把的,还有拿着大网的,大喊大叫着从四面八方围了过来,异口同声地冲明月长老和叶旺他们喊:"快抓强盗!""放还巫将!""为神爷报仇!""神爷"指的是谁呀?就是巫顺,"巫将"自然是指巫利了。不用问,肯定是那些被惊散逃跑的巫利手下的人,把近处女真部落的兵马给招呼来了。他们不明真相,口口声声说抓强盗,都想拯救巫顺兄弟俩。从装束来看,穿的是各种各样的皮袍儿、皮坎肩儿,脚登靰鞡或温得①,头上戴着兽头帽,显然是东海女真野人部落的人。个个跃跃欲试、横眉竖目、满脸杀气,只是语言不同。有些人是叽叽喳喳地说,有些人则比比划划地尖声喊叫着说,不知究竟在说些什么。其中也有会汉话的,不停地在那儿嚷嚷:"你们的胆儿不小哇,告诉你,不许抓巫老

---

① 满语:长筒靴。

爷!""我们的巫将在哪儿?快放出来!""大明朝的人别在这儿呆,赶紧滚出去!"

叶旺见此,不顾女真人的刀枪正指着自己的鼻子,挺身而出,先抱拳施礼,然后大声儿说道:"诸位兄弟,我们是当今大明辽阳都指挥使司派出的兵将,前来擒拿反明的为元朝卖命的奸细,与尔等各部无关,请千万不要听信谗言!朝廷为了维护社会治安,安抚各部落的生活,也为了大家不再受纳哈出的欺压,才先行派几个人到乌蛇岭来。请各位后退,都住手,咱们本是兄弟!"可是,那些人根本不听,仍高一声儿、低一声儿地叫喊着。有些人听不懂汉话,拿枪拿棍蜂拥着冲了进来,大门被踹开了,进了一院子人,动手厮打叶旺,叶旺只是用利剑或挡或躲。还有一些人为了抢走已经被绑了的巫顺,粗暴地推搡着用身体护着巫顺的李佑和卜家奴,口中高喊道:"放人,快放人!"并操起棍棒猛抢,将他俩的头上、身上打得青一块、红一块、紫一块的。二人顾不了这些了,也没还手,只是极力地护着巫顺,不至被抢走,更不能让他乘机跑了。若真跑了,那可麻烦了,许多事儿会很不好办。其中有个人像突然发现新大陆似的,指着叶旺狂呼:"快抓呀,他就是那个被咱们抓到的明朝将领!"边喊边从人群中冲出来,举剑欲砍叶旺,被叶旺只三两下就给挡住了。

此时的明月长老异常冷静,一看情况越来越不妙,觉得不能硬拼。急忙反身进屋,脱下了短身小打扮,收起了宝剑,换了一身儿尼姑袍,从屋内走了出来,往那儿一站,高唱佛号:"善哉,善哉,阿弥陀佛。"然后拄着大禅杖,疾步向前,来到正在拼死打斗的一帮女真人中间。老人家见他们仍拿刀拿枪地冲自己和叶旺不停地比划着,便将八十多斤重的禅杖往地上一拄,手退至禅杖下端握住,向前一悠,把正在动武的女真人压了下去。这时,李佑再也按捺不住了,气坏了!随即跳将起来,举起手中的利剑就要砍。明月长老见状,急忙制止道:"李佑,不得无礼!眼前的众位都是各部落来的朋友,不许伤害他们,快退下!"对老人家的申斥,李佑当然得听,没敢出声儿,忙收剑后退。那伙儿人哪里肯罢休?声嘶力竭地狂喊让叶旺快放人。明月长老毫无惧色,扫视了一圈儿,又缓步向女真人中走了走。由于她穿着尼姑袍,十分显眼,女真野人全在打量着打扮不一般的老尼姑。可能有些人对明月长老并不陌生,已经认出她来了,一窝蜂的人群渐渐静了下来。

正在这个节骨眼儿上,突然从人群的后头,走出一位骑高头大马的女人。她高昂着头，神情自若，旁边有不少卫士护拥着。一看便知，是一位非凡的人物，肯定是女真人的头领来了。此人装束不一般，头上用长长的头发编挽成朵云高冠，乌黑发亮，像顶着座黑云塔一般；朵云高冠上，戴一顶貉绒小帽，下飘两条由四只貉尾续接而成的长貉带垂过了两肩；外披貉绒大彩穗儿的披衫，配着公鸡翎的彩羽披肩；内穿鹿皮百绘服，下身儿着豹皮花点儿战裙；身后背着一柄镶黄金彩珠穗儿的英雄剑，剑囊系银花蟒皮和东珠一起镶嵌而成，价值万金！北方女真人佩带的这种宝剑，不是当做兵刃，而是一种传承权力的象征。她眉清目秀，端庄肃穆，在众东海女真野人的簇拥下，来到院子里，吩咐卫士搀扶下马。下得马来，回过头用女真语喝令族众让路，并命不准再动手打叶旺等人。

在元朝时，北方辽东一带的民族混杂区里，各部落的头领都需学会汉、蒙、女真等几个民族的语言才行。女首领一声令下还真灵，院内院外顿时鸦雀无声，只能听到那位高贵的女人身上铃佩的哗哗响声。当她转过头来见到明月长老时，双目吃惊地盯着看，打量着长老的面庞，并以双手分开众人，用不很流利的汉语连连说："大家退下，快往后退！真是阿布卡恩都力降来吉祥如意了，怎么在这里碰上了大恩人？如果没认错的话，您是不是我们天天想念的比牙妈妈？"边说边跑过来，张开双臂，一把将明月长老给抱住了！面对突如其来的举动，当即全场震惊！方才还在厮打、刀枪对峙、指手画脚不断喊叫着的女真人，目光一下子集中到了女首领和明月长老身上，野蛮的围攻霎时变成了姊妹重逢！明月长老激动得一手握着女首领的手，另一只手把她头上的大貉绒帽子往后脑勺儿轻轻一推，仔细端详着，随即笑了，高兴地说："哎呀，善哉，善哉，老尼找你们可找得好苦哟！去东海之路有纳哈出的封锁，又有巫顺等一些坏人把守，正犯愁如何能到那里去呢！没想到吉人天相，佛爷把你引到了老尼的面前啦，阿弥陀佛！"明月长老说完，亲了亲女首领，女首领也紧紧搂着明月长老。之后，只见明月长老一扬手，招呼道："叶旺，你们几个快过来，我介绍一下！"叶旺、李佑、卜家奴急忙走上前。明月长老笑呵呵地指着女首领说："这位就是很早以前向诸位讲过的、几次来辽东采药结识的女真朋友、东海南洞一带的总首领、女罕赫思痕妈妈。"卜家奴原本是认识她的，赶忙上前几步跪地，按女真人给女罕问安的大礼叩头致意。叶旺、李佑也不敢怠慢，亦随之施礼问安。过去虽未见过总首领，但久闻其名，今得一见，果不枉称。

更令他俩十分惊诧的是：已年届花甲的赫思痕妈妈，竟然不老，倒像三四十岁的人，仍花容月貌，妩媚动人！

那么，为什么此地的老人竟年轻得像中年人呢？据说东海女真人自古生活在海滨与林莽之中，男女皆喜食海龟血、海龟肉、海龟蛋和鹿阳草，这些东西都是长生长寿的补品。尤其是鹿阳草，功能如鹿鞭，男食壮阳，女食补阴，可增强生育活力。长年食之，男子年过七十仍有欲望，女子六十尚可孕。故东海老年男女多如壮年，青春永驻，精力充沛。赫思痕妈妈不仅显得很年轻，也的确能为部落生育儿女。而且由于东海女真野人还处于母权制的发展期，女人说话算数，凡事以女王为核心。所以，她作为总首领，有很大的威力、权力和号召力，能把女真人凝聚在自己的麾下，是一位了不起的女罕。东海女真野人原始部落中，在女王妈妈的统属下，部落的所有人全是她的子女。组织严密，井然有序，纪律严明。大家共同生活，共同劳动，平均分配，谁也不许欺压谁。男儿长大以后，由妈妈与外部联络，与其女子通婚。专有婚嫁的特殊礼仪，并成为规范，违者遭活埋或焚烧。一切听女王妈妈的号令，说一不二，享有至高无上的权力。

叶旺拜见过赫思痕妈妈之后，趁大家的注意力都集中在明月长老与赫思痕妈妈身上、形势开始发生变化的时候，忙命李佑和卜家奴，将刚才在部落野人的保护、争夺下尚未押出去的巫顺带到另外一处地方。在押解巫顺走过人群时，还有个别人看不下眼，想动手。但回头看了一下女罕，见她对此并不理睬，便没敢乱动。于是，李佑、卜家奴在众目睽睽之下，顺利地将巫顺带走了。女罕和族众见随老尼姑来的叶旺表现不俗，很有气魄，不禁对他肃然起敬。不过直到此时，明月长老因看形势还不清晰，怕生误解，所以始终未介绍叶旺的身份。可女罕不答应，冲明月长老直截了当地问道："大师父，您每次来只是一个人，这回为什么带了好几个人？看身份，很像是大明的人。请问他们在朝廷是做什么的，到乌蛇岭干什么来了？"说实在的，女罕哪里了解当时明朝的情况啊？以为又是派来逼苛捐杂税的。明月长老心想："看来，辽东女真野人很正直，讲义气，有话全说到当面儿。只要跟他们讲清道理，摆出事实，相信会通情达理的。这样也好，何必瞒着？不如干脆端出来吧。"想罢说道："赫思痕妈妈，既然问我，那就告诉你吧。这位是大明朝钦命辽东都指挥使司同知叶旺将军，而今特意随老尼前来，拜望一下东海女真首领和族众。方才出去的那两位，一位是卜家奴，你们早已认识；

另一位是我的弟子，名叫李佑，专来辽东照顾老尼的。从现在起，你们不用再受纳哈出的管辖和欺压了，各部自己可以做主啦！"朗朗的话语，掷地有声。

事实上，女真各部多年来在元朝的压榨下，族人吃了不少苦，遭了不少罪。元亡以后，继续受纳哈出的血腥盘剥，征兵、赋税、苛政尤甚于元朝，又得罪不起他，只能忍气吞声，更加苦不堪言。所以，当赫思痕妈妈听了明月长老的一番介绍之后，不仅没有因带来了明朝的将领反感，反而很高兴，还信任地点了点头，接着激动地说："大师父，谢谢您，今天带来的是我们的恩人。您真是高照女真人的吉星啊，欢迎，欢迎！"明月长老乘机忙问："赫思痕妈妈，老尼倒有一事不明，你为何带这么多人来数百里之外帮助纳哈出呢，难道连真假好坏都不分了么？"女罕解释道："哎呀，比牙妈妈是不知道哇，我们哪愿意呀？这一两年部落全由乌蛇岭的巫顺兄弟管辖，什么出兵力、贡赋税、服徭役、征兵源等，哪样儿都得听他们的。您看那山顶上不是有棵高树吗？像此样的树，从乌蛇岭至我们部落，每隔二十里左右的高山上就有一棵，全由我的族人在那里日夜驻守。看守人可怜哪，冷饿没人问，被兽蟒咬死没人管。只要是乌蛇岭挂出各色旗帜，发出信号儿，必须迅速传递。误传者将遭重罚或关押，甚至永生没有了自由，最后囚死狱中。若信号儿传到我们那儿，不按号令行事，同样得遭殃。这不，刚才突然接到紧急红色旗号，传报有血难，要求倾巢出动，齐援乌蛇岭。因此，我不敢怠慢，只好带队赶来。次次是这样，紧急到来，按令行事，从不问是何缘由。只盼早点儿完了差使，尽快返回寨子去，忙自己的事儿。可万没想到的是，这次竟是为了大恩人而来呀，真是有所得罪了。得罪了天朝，罪该万死呀！"说着，赫思痕妈妈带头按女真人的大礼跪了下来。她一跪，所有在场的女真人扑通、扑通全跪下了。总首领的举动，让明月长老、叶旺太感意外了，随之急忙给女罕跪了下来。明月长老紧紧抱着赫思痕妈妈，满怀深情地说："孩子，我的好女罕，你们可遭老罪了，活得不易呀！老尼一直惦念着大家，看不到就想啊！"赫思痕妈妈听了比牙妈妈动情的话语，不禁像孩子一样，扑到明月长老的怀里痛哭起来。听着这声声号啕，在场的所有人皆受不了啦，没有不掉泪的。哭了一阵儿，明月长老和叶旺首先站了起来，亲自把女罕和众位东海女真野人一个个扶了起来，替他们擦去脸上的泪水。此刻，惟独赫思痕妈妈依然热泪不止地抽泣，怎么擦也擦不净。说来，明月长老已是第二次见到她如此悲切地哭了，不由得触景生情，想起了一次到辽东来时，听到的赫思痕妈妈那痛彻肺腑的哭声。

　　还是大明王朝初创的洪武元年，即大元至正二十八年的四月间，明月长老来辽东云游采药，说来已是第三次北上了。当年的这里，正赶上气候反常，阴雨连绵。东海起伏的山林里，常降冬雪，飘飘洒洒地覆盖在大地上。四月的天气能见到下雪，在锡霍特山中是稀有之事，叹为奇观。此时，女真各部落，包括赫思痕妈妈的部落闹起了瘟疫。山谷林莽之中，天天可见送葬的人，哭声此起彼伏。各部落的萨满日日把神鼓敲得咚咚响，以驱邪逐鬼赶瘟灾，可死人之事不仅没被制止，反而越来越多。有的小部落住在沟谷里，与山为伴，大人、小孩儿相当活跃。早晨还听到他们在一起打猎、吃烤肉的欢声笑语呢，到了晚上，却鸦雀无声了，满地横陈着令人悲怜的尸体。在赫思痕妈妈属下部落居住的各个山谷、山洞、林莽中，天空都显得昏暗，到处被人死后火葬的烟尘笼罩着。面对瘟灾，赫思痕妈妈的儿女们没有任何办法，不得不骑着马，赶着车，远远逃离给人以灾难的地方。赫思痕妈妈部落的人口一天天减少，昨天还欢蹦乱跳的儿女，今天竟一个个死去了，心里能不焦虑、不难过吗？那是挖肝揪心般的痛啊，悲怆欲绝呀！明月长老从未听到过那么绝望的哭声，她震撼了，仿佛天马上要塌下来。就在赫思痕部落的人眼看着被全部收走的时候，明月长老不顾已染上痢疾的重症，仍然挣扎着上山采药，回来后熬制。熬好后，自己先喝，看管用不管用。管用了，再给部落的人喝，兼用火针针灸。没几天，奇迹出现了，瘟灾止住了，病人渐渐康复了，使得这个即将垂亡的部落存活了下来。赫思痕妈妈和部落的人真是感激万分哪，把明月长老比做黑暗中的月亮，说是她给大家送来了生命和光明，并称其为比牙妈妈。全部落的人纷纷来感激明月长老，还举行了谢天大典，萨满祭天。他们杀海鲸，杀麋鹿、山羊，感谢天神赐福，感谢明月长老的医道神术。当时赫思痕妈妈激动得眼泪顺着脸颊滴滴答答地往下掉哇，失声痛哭道："比牙妈妈，您是东海女真的大恩人哪，我们子子孙孙永世不能忘记这大恩大德呀，是您救活了我们啊！"从此，明月长老便常来常往，与东海的女真野人建立了深厚的情谊。

　　明月长老回忆过去，备感眼前这位俊美、威武的女军的刚毅、坚强、乐观和好客。赫思痕妈妈又兴奋地向明月长老说："尊敬的比牙妈妈，告诉您一桩喜事儿，阿布卡赫赫①和东海女神德里刻奥木妈妈为我们部落的吉祥兴旺，送来了一位英明的女罕，那就是现在赫思痕部的安巴②赫思痕妈妈。我是她的阿济格嫩③，为阿济格④赫思痕妈妈，按照东海女真人的规矩，代表她来到此地。头上戴的这顶貉绒小冠，也是她头冠的一部分。戴着它，便代表着安巴赫思痕妈妈亲自莅临到此远征、议事。"明月长老不禁惊奇地问："噢，是怎么回事儿？"于是，阿济格赫思痕妈妈讲述了赫思痕部两年前出现的一件传奇之事。

那是个秋分时节，辽东遍地洪水，江河泛滥，东海窝稽部居住地的大小沟谷溢满了水。乌苏里江江面宽得像一片望不到边的汪洋，白茫茫的，兴格定亦变成了小海。由于江水浩荡，致使庄稼被毁，野兽大多被淹死，人们既没有粮食吃，又不能打猎。部落与部落间被洪水阻隔，无法联系，难以通达信息。乌蛇岭一带比其他地方遭灾尤甚，更加空寂、凄凉。洪水吞没了一个个小山包，有如像十几座小岛互相隔绝着，被困的族众只能用歌声表达心意。秋末，大水退下去了，族人却染上了山达哈⑤，整个东海人死亡不计其数。那时是天天在死人，有的岛子几乎全部死光了，尸骨臭气熏天。灾难同样也降临到了赫思痕部，为了生存，阿济格赫思痕妈妈、即小赫思痕妈妈只好率领仅剩的百十号人，沿绥芬河上游往西逃，一路仍不断地有人倒下。到了喜扎河口索玻克山和鄂利哈山交界处时，由于谷深林密，参天的大树像擎天的柱子一般遮天蔽日，致使族人迷失了方向，转来转去，怎么都无法走出密林。本来就是带病的躯体，再加上无水、无粮，奄奄一息的人们叫天天不应、唤地地不答，眼看兴旺的赫思痕部将要灭绝在这片阴森无情的原始森林之中了。无奈之下，小赫思痕妈妈便同最后剩下的八十三人，拼着仅有的力气唱起了东海女真人古老的猎歌：

> 苦难的儿孙们呵，
> 放开喉咙唱吧，
> 拼着劲儿唱吧。

---

① 满语：天母。
② 满语：大。
③ 满语：妹妹。
④ 满语：小。
⑤ 满语：天花。

唱唱古歌——
能唱出无尽的气力；
唱唱古歌——
能驱散死亡魔鬼的纠缠。

　　如此一唱，这些苦难的、生命垂危的人，不知是怎么弄的，感到突然来了力气，越唱越有劲儿，越唱情绪越高。大家继续唱道：

苦难的儿孙们呵，
放开喉咙唱吧，
拼着劲儿唱吧。
唱给赫思痕的祖先们听——
告诉他们儿女有难；
唱给阿布卡赫赫听——
告诉她快伸出拯救生命之手。
来挽救我们，
来帮助我们，
逃出死亡的魔窟——
耶鲁里①地下的棺椁。
我们会重生，
因为是东海女真人，
我们有不屈的意志，
永恒的生命力！

　　可能是歌声和意志感动了上天，感动了大地，只见地上有了一些花草，还有不知从哪儿爬过来的蚂蚁、小花蛇、毛毛虫等。饥饿得实在无法忍受的族人，纷纷滚爬在地，疯狂地啃咬着花草，大口大口地吞下那些爬过来的小动物，真是又解渴又解饿。之后，渐渐感到身上有劲儿了，活力增强了，真乃阿布卡赫赫的赐福啊！大家正在感谢天神之时，突然从一棵十抱粗的古松树上，传来了女人的歌声，优美动听，就是听不出唱的究竟是什么。由此引发了族众的兴趣，谁都没想到濒临死亡的

---

　　① 满语：豺狼。

时候，还能听到如此美妙的歌声。赶忙挣扎着爬了起来，相互依偎着坐在地上，仰着头往高树上望，找那唱歌的女人。找啊，找啊，终于找到啦！原来在一棵古树上面，有个用树枝和干草搭成的十分粗陋、四面透风的小搭坦①。搭坦里坐着一个女人，那满头的长发乌黑发亮，从树上一直垂到地上。全身红棕色，上身赤裸着，两只乳房像长口袋吊在前胸悠荡着。下身儿穿着一条黑色的长裤，被树枝刮扯得一条儿一条儿的，连肚脐和毛茸茸的阴部都遮挡不住。两只大脚丫子光着，看样子是经常赤脚在林中奔跑和生活。再仔细一看，她正拎着个大皮囊口袋，上下不停地抖搂着给树下的人们倒着东西呢！原来刚才吃下的花草、蚂蚁、毛毛虫、小花蛇、蚰蜒、蛤蟆、蝼蛄、蚂蚱、螳螂、蝈蝈、蝴蝶等等，全是这位长发女人恩赐的。她望着地上的病弱之人，大声儿地喊着、唱着，忽然大伙儿听明白了几句，那正是东海的原始古歌：

呀呀依——鄂林特依哥，

呀呀依——母尼特依哥，

呀呀依——哄浑特依哥。

特哥，特哥，特依哥——

生命特依哥，

是阿布卡赫赫的天雨；

精力特依哥，

是巴那吉额姆的地泉；

意志特依哥，

是百折不挠的拼搏；

无敌特依哥，

是惊退鬼怪邪魔的火炬。

接下来，便听不出她唱的是什么了。这歌声，使原已丧失信心的人受到了鼓动，使不想活下去的人产生了无穷的力量。小赫思痕妈妈当时觉得浑身有了力气了，能站起来了，赶忙朝向那长发女人跪下。族人见此，也随之跪了下来，感谢她在危难之时赐给的食物，感谢为之咏唱的沁人心脾的女真原始古歌。大家心里都在想，眼前的长发女人是谁呢？

---

① 满语：窝棚。

第二章 东海疯魔

她能激发人的意志，鼓舞生存的勇气，不用问，一定是阿布卡赫赫的化身，是天母降福投下的照耀人们生存之曙光。

当阿济格赫思痕妈妈率众子女跪地叩头、感谢上苍的眷佑，刚刚抬起头来时，树上的长发女人忽地从高处纵下，赤脚踏地，铮铮有声。只见她手里拿着两个磨得光光的大石球，唱起了萨满歌，跳起了萨满舞。小赫思痕妈妈不由得站起身来，也随着节拍跳起来、唱起来。所有逃生的儿女们，全都跟着跳啊、唱啊，出了一身透汗。然后，大家坐在地上，与那"神母"一起吃着她带来的蘑菇、木耳、黄花、百合根等。"神母"又抓来五个僧固①，剥下皮，开了膛，叫每人喝一口僧固血。接着用手里拿着的两个白石球打出火花，点燃了篝火，把僧固烧焦，让每人吃了一块儿黑焦炭似的肉。"神母"还把一块儿烧焦的、发出香味儿的僧固肉放到了柳树洞的洞口儿，当即引出不少的毒蛸蛇来。那些毒蛸蛇一尺来长，穴居，蜷曲在树洞里。一个洞中往往能有上百条，条条有剧毒。"神母"把蛇眼抠去，放在泉水里一连气冲了三遍。再一条条抓在手上，摔死之后，用石刀切割成八十三块儿。八十三这个数字，正是全部落的八百多人去了死的和逃的所剩下的人数。"神母"让每人吃一块儿毒蛸蛇肉，连同蛇骨嚼烂吞下，再喝一口毒蛸蛇的鲜血。大家照此做过后，又吩咐折些柳枝，选一处空旷的草地，把枝叶铺在地上，睡下，责令必须得睡着。

众人按"神母"的要求，睡了一个多时辰。突然，皆因肚子疼得受不了而醒了过来，纷纷捂着肚子急忙往树林子里跑。进到林子以后，开始上吐下泻，吐泻的均为红水，使得整个林莽臭气熏天。就这样，每人接连大吐大泻了五六遍，一直折腾到第二天晚上。吐泻过后，突觉异常畅爽，头轻眼明，肚子饿得要命。也不知"神母"是在啥时候、用的什么办法套来了三只大马鹿，并早已剥完皮、卸好了肉，在十几堆篝火上烤着呢！"神母"让大家趁热快吃，众人便大口大口地嚼起鹿肉来。她还从河里抓了几只河鳖，让每人喝了几口鳖血。经过这么一番调理，阿济格赫思痕妈妈及族人惊奇地发现，自己似乎变成了另外一个人，感到浑身有使不完的劲儿，身子骨儿比没得山达哈前更加壮实。从此，山达哈瘟灾没了，八十三人全好了，难道不是太神奇了吗？小赫思痕妈妈率

---

① 满语：刺猬。

领着部落儿女又一次跪下给"神母"叩头，异口同声地称她为达^①妈妈，即首领妈妈、大女罕。赞颂她是阿布卡赫赫派来拯救危难部落的神人，使部落起死回生，乃比天高、比地厚的再造恩人。小赫思痕妈妈向儿女们提议，奉她为新生部落之女罕，尊称安巴赫思痕妈妈，自己退居第二位，为大妈妈的妹妹——阿济格赫思痕妈妈。对此提议，部落的人都认可，也正合大家的心意。于是，赫思痕部重生了，在达妈妈的率领下，不再住赫思痕山洞了，而是转移到了达妈妈找到的现在的居址——乌苏里江上游尼哈尔山的古洞中。那里宽敞、温暖，有水、有吃的，大伙儿住进后非常高兴。一晃两年多了，部落逐渐壮大起来，达妈妈领着众人找回了不少丢失的儿女，救回了很多逃散的女真野人，眼下的赫思痕部已有三百多口人了。

达妈妈有最美的头发，乌黑发亮，约半里地长。她特别喜爱自己的头发，从不舍得剪掉一根发丝，总是让它长啊长。结果是越长越黑，越长越长，像乌云，像乌黑的土地，更像东海的木土一样。每当达妈妈在前头走时，后头必由三个女奴捧着她的长发随行。到了晚上，需要有几个人才能将她的头发梳理好，卷得像小山一样，然后摞在身旁。她不怕寒冷，总是光着上身，下身仅围一豹皮短裙。即使气温极低，照样裸露着双臂，赤着双脚，全身像火炭儿一样灼热，能融化严冬之冰雪。平时喜食生蛇、生蛙、生鳖、生鱼等，牙齿十分锋利，两眼炯炯有神，夜晚闪光。其威望不仅受到赫思痕部族众的尊崇，东海人也都敬重地称她为"东海女罕"，还有的部落野人称呼为"长发女魔"。她力大无穷，疯疯癫癫，然耳聪目明，头脑清醒。能眼观山外百里，知晓发生在那里的新奇之事；能卜测冬雪，卜测狂涛，卜测地动，卜测山颓地陷，卜测猎场，还能用东海百草为人疗治各种杂疾。达妈妈喜欢唱歌，喜欢跳舞。那歌儿唱啊唱，百夜唱不尽；那舞跳啊跳，百夜跳不完。她是天降之神，是神秘的东海萨满女神。部落今日的兴旺，未来的发达，全仗这位天赐的"神母"！

当阿济格赫思痕妈妈讲完东海女神对他们的一次非凡恩赐后，又向明月长老和叶旺深情地说："直到现在，我们仍不知达妈妈的故乡在哪儿、出生地在哪儿，也不知是从什么地方到东海来的。只知道她是天神赐给女真人的心肠最好、最聪慧的人，都特别尊敬她。我们对神圣的

---

① 满语：首领。

‘神母’所讲的一些话，常常听不懂也听不清发出的语调，每每气得达妈妈是声嘶气哑、涕泪满面。她有无数的心声、无尽的情怀和东海般的激情，她要宣泄，要迸发。可能由于族众尚缺虔诚或天生的愚顽，暂且领略不了‘神母’所表达之意，真是让人心急如焚哪！大恩人呀，比牙妈妈，倘若有可能的话，最好能帮帮我们，看看达妈妈，也许能让族人听懂‘神母’更多的训诲呢！”明月长老听了这段儿传奇之后，很想去山寨拜见女真野人们喜欢的安巴达妈妈，觉得那是位很特别的人。但考虑目前还有重要的事情要做，不便马上前去，于是说道："放心吧，阿济格赫思痕妈妈，将来有时间，老尼一定会去看望的。"

东海女真野人豪爽粗犷、开朗热情，善于把所要说的话，全部用歌声表达出来。当知道站在他们面前的，是从京师南京来的天朝之人，而且又是那样的和蔼可亲，就觉得有依靠了，从此不再受纳哈出的气啦！他们高兴得大笑着，围着明月长老和叶旺，拍着手纵情地唱起来、跳起来，将所有的语言变成了美妙的歌声。唱的大意是：你们是大恩人呀，我们渴望您——比牙妈妈有机会时，能光临山间的洞寨。去见见大家喜欢的安巴赫思痕妈妈，倾听她的述说，您会比族众更能彻悟她的心声。达妈妈善良美丽，会用双臂拥抱你们，款待你们，族人将日夜等待各位到新的山寨做客。小寨的清泉在欢迎你们，小寨的山花在歌唱你们，天上的明月将为客人的光临而百倍的光耀！

赫思痕部的族众正在载歌载舞、表达着亲如手足的衷情时，突然，从远处跑来一个骑马传报信息的人。到了近前，翻身从马上跳下，用女真话向阿济格赫思痕妈妈讲了些好像是十分紧急的事情。看他那慌张劲儿，似有大难发生。只见小赫思痕妈妈的脸色立刻变了，怒目横眉，急切地命令众随从和儿女们："快，快上马，蚰蜒洞可恶的‘老那辛’①又来闹了！过去他圈咱们的人、勒索海物的账还没算，今天又来催要皮货，走，跟他讲理去！"说完骗腿儿就要上马。叶旺、明月长老忙拦住问道："怎么了，出啥大事儿了？"周围的人七嘴八舌地请求道："尊敬的天朝上差，帮忙赶走强盗吧，我们可受老气了！" "‘老马熊’又阴又损，坏事儿做尽，干脆除掉他算了！"阿济格赫思痕妈妈说："咳，大师父，你们哪里知道哇，乌蛇岭是个小哨卡、小站赤，由巫顺、巫利他们哥儿俩管。下边有卢家寨、马家营子、榆木河子等几个地方，上边有大

---

① 女真语：马熊。

站赤、大哨卡管着它。头领就是外号儿叫'老马熊'的孟括帖木儿。此人长得五大三粗、黑不溜秋的，凶狠无比，杀人不眨眼。原是纳哈出身边的部将，现在被派来管蚰蜒洞站赤。这个站赤挺大，兵不少，受上边一个更大的哨卡罗锅哨总站赤来管。那些大小站赤，像纳哈出伸到各处的触觉，也像是悬在各族族众头上的一把刀，还像是布下的一张张蜘蛛网，把苦难的人们全罩在里面，从上到下，没一个能逃出去的。而且对各地的搜刮与盘剥及必交的各种赋税，比元朝时更多、更厉害。逼迫我们去捕鹰、抓海豹，缴纳各种皮货、野兽和山果等，使得族人一年三百六十五天没一日能闲着。所有的贡物，必须按时、按质先交到乌蛇岭，验过一遍后，送到蚰蜒洞。经过再一次的验收，才可归入纳哈出在那儿设立的一个大库里。"明月长老插问道："贡物要是交不上去呢？"阿济格赫思痕妈妈回道："如果不按站赤的规定逾期缴纳，或缴纳的贡品不合质量要求，那是说罚就罚、说囚就囚、说杀就杀、说砍就砍呀！真是有苦无处诉啊，有时觉得实在无法活下去了。逼急眼的时候，族人便自动组织起来，拿起刀棍，与他们硬拼。可是人家兵强马壮的，咱人少，也打不过呀，最后死的死、伤的伤，受苦遭罪的还是我们。蚰蜒洞里专有圈女真野人的监牢，我有四十多个儿女被关在那儿。不仅仅是我们部落的人，别的部落被抓的也不少，有的部落头领现在还圈着呢！这不，蚰蜒洞那个'老那辛'、老坏蛋孟括帖木儿听说我受命带人来了乌蛇岭，随后紧跟着追来了，不是明摆着找上门儿欺负人吗？"边说边气得咬牙切齿，不禁泪流满面。

　　叶旺听了阿济格赫思痕妈妈的介绍后，火冒三丈，为女真野人所遭受的苦难愤愤不平，怒发冲冠！但他很快冷静了下来，想了想，劝道："阿济格赫思痕妈妈，请不必生气，我看今天不用劳烦您大驾了。那'老马熊'不是追来了吗？大家在原地静等，看他能怎么样。要敢乍毛，由我来收拾他！此为都指挥使司同知的职责，乃分内之事，正愁没机会去找他呢，反倒自己送上门儿来了。巫顺、巫利管的站赤不是已被掐在大明朝手里了嘛，纳哈出再不能在这儿作威作福啦！'老马熊'来了好哇，正好也把他一并收下，就在此处接管站赤！众位女真兄弟，你们等着看，看我怎么治他，替大家出出心中的恶气。"叶旺这么一说，阿济格赫思痕妈妈和众女真野人听后，脸上绽开了笑容，此乃天降吉祥呀！明月长老很赞同叶旺的做法，说道："对，接管蚰蜒洞，是送给赫思痕妈妈最好的见面礼。不仅要打掉'老马熊'的嚣张气焰，还须让他们知

第二章　东海疯魔

道，大明朝的人已经到了辽东，女真人从此有了主心骨儿啦！"一时群情激奋，高兴异常。

叶旺、明月长老正做着准备时，蚰蜒洞站赤的大将、达鲁布花孟括帖木儿率领人马真的到了，把整个乌蛇岭包围起来。只见那黑脸大汉瞪着一双牛眼睛，凶狠地冲阿济格赫思痕妈妈吼道："赫思痕，刚才我去你那儿的半路上，闻听已受命带着人马来了乌蛇岭，就又转道儿赶到这里。知道吧？你们所交的各种皮货不但数量均少，质量不好，而且尚欠二百多张小鼠皮子。可听好了，必须赶快交上，等着用呢！"所谓的小鼠皮，即包括花鼠子、五道眉子、三道梁子、白鼠子等等。接着又说："另外，仍欠一百张质量上好的狼皮、熊皮、獾子皮。已经送来的皮张都不合格，七窟窿八眼的，能行吗？除此，还缺五十副马鹿鞭、豹子鞭、虎鞭，现有的条条不够长，又让虫子嗑了，吃了能有劲儿吗？不是成心唬我嘛，快快补上！否则可别怪我不客气，先把你们这些人，包括你阿济格赫思痕妈妈全押起来，再送到更远的地方，给大丞相摊徭役去！我再说一遍，皮货等贡赋近日赶紧奉上，听清了没有？"边说边挥舞着手中的马鞭。

此时的孟括帖木儿在马上那是耀武扬威、目空一切，扯着嗓门儿使劲儿喊了一大通儿，根本没注意到在阿济格赫思痕妈妈率领的女真野人堆里多出几个外来人。还没等阿济格赫思痕妈妈说话呢，身穿短打扮，即武侠夜行服的叶旺从人堆里走了出来。孟括帖木儿见后一愣，心想："哎呀？这是从哪儿来的。看穿着打扮，可不是老山坳的女真野人，那是干什么的呢？"正感奇怪，又见来人大大方方往前走了几步，抱拳施礼道："不知大人驾到，有失远迎。敢问到乌蛇岭来收取皮货，是谁给的差使，我怎么不知道？"孟括帖木儿听叶旺一问，气不打一处来，大怒道："你他妈要造反哪，连我这大元朝的赫赫大将都不认识了？告诉你，摊徭役、拿赋税，乃多少年来大元朝的金刚律条，谁敢违抗？你小子竟敢口出狂言，不要命了是不是？是疯子还是两眼瞎了，胆敢与本将为难？今天看在在此办差的份儿上，先饶了你，要再胡闹下去，小心脑袋搬家，快滚开！巫顺、巫利在哪儿？立即给我放出来！"叶旺笑了笑，坦言道："巫顺、巫利你是叫不来了，早已被我们拿下啦！孟括帖木儿，告诉你吧，可听好喽，我是当今大明朝辽东都指挥使司派来的，专门抓你的，快快下马受降！"边说边两眼直逼着对方。

孟括帖木儿那也是一员虎将啊，仰仗着纳哈出的势力号令惯了，压根儿就不相信辽东地界会有大明朝的人，心想："什么？在我的一亩三分地儿，敢妄说你是大明朝的人？这不是笑话儿嘛！"转念又想："眼前发话的人所言所为，一定是女真野人耍的什么把戏，纯粹是在唬我。好哇，竟敢骗到老子头上了，好大的胆子！"于是，不仅没在乎，反倒仰头冲天哈哈大笑起来，轻蔑地说："赫思痕，你们唬我唬到什么程度了，以为用大明朝能吓住我？做梦！难道大明朝的人长三头六臂，能飞过山海关？说此话简直就是疯子，大白天瞪眼胡咧咧！"随即脸一变，命周围的众兵将："快，给我拿下，捆了狂妄之徒，必治他的罪！"气焰十分嚣张。

孟括帖木儿的命令一下，兵将们当然听主子的，马上冲过来了。此刻，谁也没注意是在什么时候，看守达家奴、巫顺、巫利的李佑早已悄悄儿站到了孟括帖木儿身后。他的话音刚落，便见李佑从身后嗖地跳上了孟括帖木儿骑的高头大马，站在了他的背后。然后抬起单脚，冲其腰眼儿猛劲儿一踢道："快给我下去吧，在这儿装什么蒜！"孟括帖木儿光顾在马上逞凶大叫了，哪里能想到会有人在背后狠踹一脚，况且又是冷不防，事先没准备，只见他一个狗抢屎，从马头处脑袋朝下栽了下来，摔得相当狠。也是真寸，他的那匹坐骑刚才突然身上被李佑跳上时重重地砸了一下，立刻竖起了前蹄。当孟括帖木儿落下时，那马蹄不前不后、不左不右、正正好好踏在了已经倒地的主人的脑瓜蛋子上。只听扑哧一声，像踩碎了个倭瓜似的，顿时脑浆迸裂，淌了一地，小命当即玩儿完了，算是向纳哈出彻底交了差啦！他的坐骑低头一看，主人被踩死，惊恐得噌地蹿了起来，尥开四蹄，咴儿咴儿怪叫着跑走了。众兵卒中有不怕死的，见老将的命没了，遂举刀相拼，早被叶旺手起剑落，干净利落地杀死了。有些兵卒挺聪明，观此势头，知道肯定招架不住，没有丝毫抵抗，放下刀棍乖乖跪地求饶了。

乌蛇岭站赤解决后，叶旺想要趁热打铁，请熟悉女真各部、在女真野人中极有威望的明月长老陪行，彻底拿下蚰蜒洞站赤。明月长老心里自然清楚，在女真野人部中，不管自己说什么还是做什么，都好办，那些人全听他的，便答应了叶旺的请求。随后，叶旺命李佑仍在乌蛇岭，同卜家奴一起看守巫顺兄弟和达家奴。一切准备就绪，正要出发，阿济格赫思痕妈妈和众族人因为早就盼着去蚰蜒洞搭救被圈的儿女及兄弟姐妹们，故而纷纷翻身上马，主动为之带路前往。

叶旺、明月长老带领众人一路奔波，很快到了五十里开外的蚰蜒洞，以迅雷不及掩耳之势，降服了留守的兵卒，打开了监牢，放出了二十几个部落首领和百余名女真猎民。还开启了仓库，收缴皮货一千余张，鹿鞭七百余副，虎骨二百多斤，东珠百斛。从此，蚰蜒洞站赤真正归属到大明的手中，受辽阳都指挥使司所辖，不再是纳哈出的附庸之地了，所派之赋税一律免除。

诸事顺遂，大家喜气洋洋，阿济格赫思痕妈妈和附近二百四十七个大小女真部落的头领皆来叩谢天朝隆恩。叶旺对他们说："我们很快就会派人前来，统管这里的事情。在未到之前，暂请各位代为行事，我信着你们了！"各部头领听罢，纷纷表示请叶将军放心，会把一切管好的。叶旺此次蚰蜒洞之行，不仅顺利收管了蚰蜒洞站赤，还结识了东海窝稽许多女真部落的头领，心里别提有多痛快了。由于尚有不少急务要办，同明月长老商量后，决定即刻返回乌蛇岭。

当叶旺、明月长老要离开蚰蜒洞站赤时，女真各部的头领都哭了，依依不舍地前来送行。二人一一话别，真是难舍难分哪，请他们各自回到自己的部落。由于阿济格赫思痕妈妈的人回本部落必要经过乌蛇岭，遂与叶旺、明月长老同行。路上，阿济格赫思痕妈妈除了一遍遍说着感激的话外，还盛情邀请明月长老和叶旺能去他们的部落小歇，哪怕是住一宿再走也行。叶旺婉言谢绝道："真对不起呀，阿济格赫思痕妈妈，我和明月长老何尝不想到你们部落去看看哪。一个是想拜见那位最尊贵的安巴赫思痕妈妈，再就是想去东海女真各部，看望一下山中野民，送去朝廷对他们的祈福和问候。可现在实在是去不了哇，请原谅我们重任在身，相信以后会有机会的，谢谢你们！"阿济格赫思痕妈妈听叶将军这么一解释，只好放弃请求了，十分悲伤地说："我理解大师父和叶将军身肩着重任，吉祥的风要吹遍大地，我们咋能光顾自己的恩享呢？恩人们呀，分别是痛苦的，族人会时时想念你们。分别前，愿将原来要贡奉给纳哈出的皮袍子送给各位，天寒地冻的，穿在身上很暖和。北方的皮裘是家常物，算不上什么，只是略表土民的寸心吧，权当咱们这次相聚的纪念啦！你们每人一份儿，穿上它，就会想到我们的赫思痕部。请问比牙妈妈，天朝来了几位大人？"明月长老极力推辞道："万万使不得呀！东海的女真人苦得很哪，还是自己留着穿吧……"可无论明月长老怎么拒绝，阿济格赫思痕妈妈愣是不肯，非让说出几个人不可。于是，二人来来去去地推让了半天，最后明月长老实在没招儿了，不得不告诉她："有马云大人、叶旺大人、秉仁公主，还有我的弟子李佑，另外便

东
海
沉
冤
录

是卜家奴了。"阿济格赫思痕妈妈说："噢，卜家奴是我们的孩子，又住在北方，不给他了。除他之外，送给每人一领上等头排的金狐大皮裘，从此让温暖跟随着你们吧！"说罢，回头命下人将五领大皮裘装入皮囊袋内抬过来。

尽管叶旺、明月长老一再谢绝，可女罕从来是说一不二，只要话一出口，百匹马的力气也无法使她收回。二人只好诚谢了，接了过来，将大皮囊袋绑在马背上。阿济格赫思痕妈妈又从自己的头冠上摘下两颗像龟蛋大小的龙凤彩珠，交给叶旺道："这是东海深水巨蚌身上百年不遇的龙凤珠，每得一对儿，一红一黄，夜可照明，寒可发暖，天下奇珍。诚愿将此珠奉献给天朝大皇帝、大皇后，东海女真人祝皇帝、皇后万寿无疆！"叶旺跪地，收下了这对儿龙凤珠。随后，女罕问明月长老："比牙妈妈，我还有一事相求，不知可否？"明月长老说："请讲来。"女罕言道："您有所不知，这些年来，我们部落太受气了。为了能敌得过纳哈出的兵将，不受欺压，大家都想学点儿武术。后来请来个武师，是位有名的女侠，教授我的儿女们武功已有三载了。她现在很想家，要回去看看，却又举目无亲，便想投师门。辽东一片黑暗，鱼龙混杂，到处是纳哈出的人，她既信不着，又怕走差了道儿、投错了门。人家是个正经八百的女孩儿家，特别注意自身的贞操和名节，当然须十分小心才是。因此一再求我，让给寻找一位德高望重的高僧，拜为恩师。比牙妈妈，我看您就是可信赖的高人，能不能收她为弟子？"说罢，一脸诚恳地看着明月长老。

大家知道，明月长老无论走到哪儿，皆受到女真人的敬仰，很多事儿都愿找她帮忙，很多话都愿向她倾诉。她又是位慈祥、善良的世外高人，普度众生，从来是愿意帮助人家做好事儿。你想啊，这样一位老者，当听了阿济格赫思痕妈妈的请求以后，怎么可能拒绝呢？再说了，明月长老也在想："女罕让办的事儿，应尽量帮忙，对今后大明朝在辽东站住脚跟是有益处的。何况多认识一个人，就能够多联络一个人，多增加一份力量，这是好事儿嘛！"想至此，欣然答应道："好吧，我看成！老尼一向喜欢结交天下豪杰，但不知人家愿意不愿意？待日后相会时再说吧，你看行不？"阿济格赫思痕妈妈听了明月长老的话，认为说得在理，心想："太好了，大师父能答应下来，可是了却了我的一块心病啊，小龙花总算有了依托啦！"遂一再表示感谢道："比牙妈妈，咱可说定了，真得好好儿谢谢您呀！回去便告诉我们的龙花女侠，让她找您就是了。她听了，不定怎么高兴呢，准保会乐得睡不着觉哇！"说完，自己不禁先笑了起来。

大家一路边唠边走，很快到了该分手的地方了。明月长老望着要离去的赫思痕部落的队伍，由于有新救出来的四十多人参加，显得又壮大了不少。他们有的俩人骑一匹马，有的仨人骑一匹马，个个喜笑颜开、精精神神的，不停地唱呀、说呀，热闹得很。东海女真人所表现出的直率、热情、爽朗的性格，深深地感染着老人家。她喜欢这些孩子们，舍不得同他们分手，多想再相处一段时间，脚下便不自觉地继续跟着众人向前走着。叶旺尽管是头一次与东海女真野人打交道，却建立了深厚的感情，同样不忍离去，双脚也是不知不觉地随着人群一步不停地向前迈着。说不清究竟走过了多少座山冈，跨过了多少条河流，最后进入了东大荒子。这里山岭绵绵，群峰陡峭，根本没有路。人们只能在野鹿走的道上，循着山两旁和树通子里早有的一些符号、印记拉荒而走，进出深山老林。否则，必将迷路，或出不来、进不去。叶旺、明月长老一直把他们送出了五十余里，阿济格赫思痕妈妈不得不阻止道："大师父、叶将军，不要再往前走了，请回吧。我知道你们是忙人，还有很多事儿等着办呢！"明月长老恋恋不舍地说："好吧，听你的，送到此为止了，咱们后会有期！"互相拜别后，女罕带着队伍，进入了群山野谷。瞬即，只能听到里边的欢声笑语，却不见了人影儿。叶旺、明月长老这才勒马回返，疾速奔向了乌蛇岭。

回头咱们再说李佑、卜家奴留在乌蛇岭看管着巫顺、巫利、达家奴仨人的事儿。自叶旺与明月长老离开后，李佑为防万一，不时地提醒卜家奴："兄弟，精神点儿，不能打盹儿，千万别出啥事儿呀！"卜家奴听了此话，没在乎，说道："不要紧，不会有啥事儿，咱俩看住就行了，保准跑不了。再说，蚰蜒洞离此地并不远，叶将军、明月长老用不了多大工夫就会回来的。"李佑是个心细的人，又很精明，他想："对乌蛇岭，咱们人生地不熟，上次叶将军、卜家奴不正是在这块儿出的事儿吗？尤其值得注意的是，绝对不能让到手的巫顺跑了，那是乌蛇岭一带的地头蛇，包括他的兄弟巫利。哥儿俩对我们了解和掌握乌蛇岭站赤的情况，可是至关重要的人物，还得从他们嘴里掏出口供呢，不能出半点儿差错。"又想："巫顺是乌蛇岭的老户，人称'神爷'，谁都知道他。而我们是外地人，由于对此地不熟，很容易被人家钻空子。那么，究竟把巫顺他们圈哪块儿安全呢？大马架子肯定不行，东西厢房也不可靠。塞到狗窝里？地方太小了。对了，必须将他们圈到不易被人想到的地儿。这样，一旦有事儿，我与卜家奴完全可以应付。"想至此，他开始四处寻摸，前院儿后院儿、东边儿西边儿地到处找，结果在后园子找到了一个地窖。把盖儿搠开一看，窖挺深，四壁砌得十分牢靠，盖儿也很结实，还真不易被发现或想到。于是，转身先回到上屋，对巫顺的夫人与两个闺女说："听着，我可先打招呼，必须放聪明点儿！不管外边出了啥事儿，用不着你们管，老老实实地在屋呆着。更不准大喊大叫，给我装哑巴，听见没有？如果不照此办，那就不客气了，别说宰了你们！"母女三人吓得大气儿不敢出，哆哆嗦嗦地蹲在墙角儿，瞪着惊恐的眼睛，傻瞅着李佑。训斥完娘儿仁之后，反身出来，走到卜家奴跟前，告诉他："你的差事是看着上屋，盯紧点儿，无论如何不能让她们出来。也不用知道我干啥，打听多了没用，去看着就是了。"卜家奴答应了一声，随后去了上屋。

李佑将上屋的事儿安排完之后，便来到了西厢房。屋里的炕上躺着自刎未遂、受了重伤的达家奴，由于出血过多，仍昏迷不醒。地上捆着两个人，一个是巫顺，一个是他弟弟巫利，眼睛全用布蒙着。李佑走过去，把哥儿俩牵了出来，吩咐道："动作快点儿，跟我走！"二人愣愣的，啥都没说，乖乖地跟在他身后，一蹦一蹦地走着。为什么这么走呢？原来巫顺、巫利不仅胳膊被反绑着，腿也用腿绊子绊上了，即用布条儿把两条腿缠到了一起。使之只能迈小步，不能迈大步，蹦跳着走还行，跑是跑不了。

李佑将他们兄弟俩从前院儿牵到了后院儿地窖那儿，又紧走几步，上前把盖儿搠开了，先逼巫顺往前走。巫顺对自己家里的内外环境再熟悉不过了，一听搠盖儿的声儿，便知道是什么所在，心想："哼，原来是要把我放到窖里去呀，这小子真够狠的！"于是，慢慢的一步一步往前蹭，蹭到了地窖跟前。李佑扶着他，让坐在窖口儿，脚蹬着顺到窖底下的梯子，然后厉声儿命道："背靠着梯子往里下，快点儿！"巫顺没招儿啊，又反抗不了，只好乖乖地下了窖。巫利可没那么听话，站在那儿穷磨蹭，干脆没动，心想："凭什么让我下到窖里去？那里挺潮的，是人呆的地方吗？"李佑等不了哇，再说他哪有那耐性？上前连踢带踹地将巫利弄到了窖口儿，硬是往下摁着头，逼得他不坐也得坐。尽管如此，巫利还是不动，就是不给你下。李佑气坏了，上去照屁股咣唧一脚："你给我下去吧！"随之就听噼里扑隆咕咚一声，巫利顺着梯子折了个跟头滚下去了，李佑顺手把窨门的盖儿一放，没忘上了锁。想想还不放心，又搬来两块压缸的石头，压在了盖儿上。看看没啥漏洞了，这才返回到西厢房的外头，与卜家奴站在一个角落里，让外人看来，好像巫顺哥儿俩仍然押在西边的小马架子里。此时，卜家奴只顾看管娘儿仨了，并不知道李佑把那兄弟俩关到什么地方去了。刚想开口问，又一想，还是别问了，跟李佑一块儿好好儿看着吧。于是，二人边守护着，边耐心地等待着叶旺、明月长老的归来。

　　说来，李佑已从清晨一直折腾到下半晌了。等了一气儿，抬头看看天，见老爷儿开始偏西了，心里不免有点儿着急了，琢磨着："叶将军他们怎么还不回来呢？也差不多了，不会有啥事儿吧？"正这时，忽然听到远处传来了脚步声，听起来走得还挺急，以为是叶旺和明月长老回来了。可仔细一听，不对，不是他俩的走路声儿，心想："坏了，肯定有贼人来了！"又暗暗庆幸："得回把巫顺那俩小子藏起来了，看来我李佑不白给，脑袋够用，做对了！咋样，照我的话来了吧？麻烦不请自到。"这么想着的时候，那脚步声越来越近了，便赶紧告诉卜家奴："情况不妙，有人来了，小心点儿！"两人会意地互看了一眼，然后迅速分开，几步蹿到了大门口儿，分别隐在门后两侧。

　　二人刚刚落定，只见从外面嗖嗖嗖纵进四个手握单刀的蒙面人，一看便知道是来救巫顺、巫利和达家奴的。李佑心想："死等不得，必须得盯上去，哪能让他们瞎闹腾？"于是从门后纵身跳将出来，冲四人高喊："哪里来的不要命的贼子，想干什么？爷爷在这儿呢，休要妄动！"来人还听他的话不成？话都没答，上手就与李佑对打起来。卜家奴见状，忽地持兵刃冲了上去，费力地左挡右砍着。正打着呢，四人中的一个吹了声口哨儿，紧接着又从门外跳进了五六个。这些人一进来，立即把李佑、卜家奴包围了，挥舞着兵刃，一心想制服他俩。其中一人大喊："快，三个对一个，其余的跟我去找巫大哥他们去！"话音刚落，马上过来三人与李佑打拼起来，另三个对付卜家奴，其余的人跳将出来，抽身救巫顺哥儿俩去了。

　　李佑是明月长老的弟子呀，剑法还算高超，五六个人根本靠不了前。可卜家奴不行啊，能耐差远了，哪是三个人的对手？打了一会儿，破绽百出，很快就被人家看出来了。于是，只留一个人对付他，腾出两个人继续围攻李佑。

那些去寻找巫顺、巫利的人，手拿棍子各处翻腾着，上屋下屋、床上床下、院里院外、旮旯胡同，甚至连鸡鸭架、狗窝都不放过，翻了个底朝上也没找着。又不甘心，两个大活人怎么会不翼而飞呢？心急火燎地继续寻摸着。

咱们再说此时的李佑。他凭借着练就的剑术，不单单要对付与自己直接对阵的人，眼睛还要盯着寻找巫顺的那伙儿人，心里急得了不得，他想："不能让这帮人一个劲儿地找哇，早晚不得翻到呀！再说了，还不知道叶旺将军他们什么时候回来呢！看来，不能总是一般地招架了，该拿出看家本领来了，好使他们不至于稳稳当当地找人。"想到这儿，手中的剑走得更快了，刷刷刷连续刺伤了三人。随后，又见四个人冲了上来，也有被他刺伤的。如此一来，找巫顺哥儿俩的那些人便不再像方才那样从容了，不得不两头儿兼顾。既想找人，又得防备着李佑的剑，因为已看出李佑的剑法忒厉害，须十分小心才是。

李佑这位公子哥儿此刻可是派上用场了，不仅要打乱与他对拼之人的阵脚，使其倒不出空儿到处翻找，还要不时地照看着卜家奴，怕由于功夫不到家而受到伤害。他嗖嗖嗖地在院子里飞来飞去地追着这个、撵着那个，真个忙坏了，累得满身大汗，一边打拼一边想："叶旺大哥咋还不快回来呢？时间长了，怕我也招架不住哇。倘若抵挡不过就糟了，贼人一旦到后院儿的地窖那儿，马上便会发现破绽，巫顺哥儿俩不被他们救走了吗？"心里一着急，使出了浑身解数，跳来蹿去，以一当十，玩儿上命了。东挡西杀了一阵子后，已经是眼花缭乱、筋疲力尽、眼前直冒金星儿了，心想："完了，没成想我李佑还没来得及看心爱的娟娟呢，眼看白白死在乌蛇岭了。不行！无论如何不能给师太和娟娟丢脸，一定要坚持住。"这么想着，不知怎么了，觉得全身陡增了使不完的力气，索性拼上了，直打得十几个贼人呼哧带喘地满院子乱跑，最后全都累得几乎快趴下了，彻底没了力气了。尽管如此，李佑仍不敢疏忽，知道眼前的贼人是很难对付的，自己虽胜过他们几筹，若一时措手不及，出个什么差子，后果不堪设想啊！

李佑正着急之时，突然从院外嗖地蹿进一个人来，对打的双方不禁大吃一惊！只见来人身材苗条，轻功甚好，步法轻盈，落地一点儿声音没有。而且用起剑来，技法纯熟，相当精到。李佑马上觉得那步法、那身形及剑招儿咋这么熟悉呢，莫非是……正琢磨着，眼见来人把剑闪了几下，随即大声儿喊道："李佑师兄，我来也！你歇着，让师妹来结果贼人的狗命!"一声高叫,真像天上霹雷一般,把贼人们吓得一下子全傻了。李佑也愣了,在危急时刻,听到那么亲切、那么甜美的声音,心里不禁一阵悸动:"哎呀,我的天哪,这不是想的盼的日夜思念的娟娟嘛,她怎么到乌蛇岭来了?"高兴得忙几步跨到师妹跟前,随即马上侧过身,警惕地环顾着前后左右,边用剑保护着娟娟边说:"我的好妹子,你可想死师兄了。快,快,先斩杀这些强盗再说!"李佑一乐不要紧,劲头儿立马上来了,同娟娟一起舞起了手中的利剑。顿时,两把剑变成了十把剑、百把剑、千把剑,剑光将十几个贼人团团围住,无法脱身。已有三个被娟娟的阴宗双鹤剑削掉了双臂,躺在地上直哼哼,其他人很难说能否保住自己的双臂和双腿呢!

话说就在娟娟和李佑想把那伙儿贼人斩尽杀绝的时候,从院子外头的两个方向同时传来了喊声。只听这边喊:"大胆的庞老大、庞老三,还不快住手!竟敢跟金山的总寨主对打,不要命了?"又听那边喊:"李佑、卜家奴,师太来了,你俩快快退下,让我来收拾他们!"这后一个分明是叶旺的声音。喊声刚落,随之两边的人几乎同时蹿了进来。那几个没受伤的贼人一看,麻爪儿了,干脆不敢动了,扑通通地跪在地上,吭吭吭一个劲儿地磕头求饶。娟娟和李佑见此,立即跳出了圈儿外,各自把利剑收入剑囊之中。叶旺、明月长老落地后,也将早已亮出的宝剑收了回去。

娟娟一见到明月长老,真是喜出望外呀!兴奋得一下子扑了过去,双手扣着师太的脖子,不停地亲啊亲,如同吊在长老的身上似的。那副连蹦带跳的小样儿,就像孙女见到久别的奶奶一般!李佑、叶旺虽是大男人,但同样抑制不住内心的激动,二人张开双臂跑了过去,把娟娟、明月长老紧紧抱住。大家开怀地笑着、喊着,互相拍打着,一时话都说不出来了。谁能想到,日夜挂念、朝思暮想的亲人,竟能在荒蛮的白山阔野之中的乌蛇岭相聚?娟娟高兴得落泪不止,明月长老亦老泪纵横,边给娟娟擦眼泪边说:"哎呀,孩子,我的小娟娟、小宝贝呀,可想坏师太啦,离开师太遭老罪了吧?我天天没有一个时辰不惦记你呀。噢,对了,是怎么赶来的?阿弥陀佛,善哉,善哉,这是佛祖的庇佑、佛祖的指点哪!"叶旺和李佑面对此情此景,那夺眶而出的泪水更是抹也抹不净。

此刻,娟娟只顾乐了,一听明月长老问她是怎么到此地的,这才想起了一块儿来的田田弟弟及好友岳索图大将军。忙一回头，见两人就站在自己的身后，正仰慕地笑望着明月长老呢！与此同时，明月长老也注意到了，在娟娟的后面，还有田田大将军和一位陌生人。老人家非常高兴，擦了擦满脸的泪水，走过去拍了拍田田多尔济的肩膀说："田田哪，你怎么也来了？不会是特意送娟娟的吧？好哇，谢谢，太谢谢啦！"娟娟上前拉过叶旺道："叶大哥，来，我给你介绍一下。"边说边手指着田田："这位是金山大寨帐前掌印大将军、纳哈出的义子田田多尔济，我和师太往金山大寨去时，有幸认识的第一个人就是他。后来才知道，田田与我同母所生，小我几岁。弟弟生在江苏秦淮河的一户渔家，母亲为怀念我，用金田的'田'字给他起了这个名字。"话没说完，已是一阵泪水。停了一会儿，继续道："此次总算没白去，也是太巧了，做梦都想不到能巧遇从未谋面的一母同胞弟弟，我与师太和李佑师兄在金山大寨得以站住脚，全仗田田的相助啊！尤其可喜的是，他现在已是大明的人了，跟咱们一条心。"叶旺忙上前一步，紧紧握住田田的手说："田田多尔济，你好啊！我已从明月长老处得知将军的大名。十分感激所做过的一切，谢谢啦！衷心祝贺将军找到了姐姐。以后我们大家将永远在一起了，相处的日子长着呢，还需得到你更多的支持呀！"田田笑着说："一定，放心吧，会尽我所能的。"娟娟又拉过弟弟身边的岳索图将军，准备引见给叶大哥和明月长老。

叶旺见眼前的大将军身高八尺，虎背熊腰，健壮魁梧。并且满面红光，长髯飘逸，浑身透着一股英气，很是喜欢，目不转睛地看着对方。这时，娟娟引见道："叶大哥、师太，这位乃金山大寨罗锅哨站赤的达鲁布花、平章大将军岳索图，是田田弟弟的知己，现如今也是我的好友。为人仗义，对纳哈出早就心怀不满，因纳哈出待人很不公平。这些天来，岳将军与我相处得十分融洽，并为咱们做了不少事儿，给了我不少的帮助，是一位值得尊敬和信赖的朋友。"叶旺听后，似乎早已等不及了，一步跨上前去，同岳索图搂抱在一起，明月长老则站在那儿笑望着他俩。岳索图虽与叶旺初次见面，但早已从娟娟的口中得知，叶旺年轻有为，是大明朝赫赫有名的、了不起的将领、徐达大将军的得意高徒，也是在与元兵的征杀中屡建奇功的大英雄，现任辽阳都指挥使司同知。今得一见，果然气宇不凡，钦佩不已，便满怀敬仰地叩拜道："拜见都指挥使司同知大人，此次有幸见面，真是万分荣幸。"叶旺忙扶住他说："请不必拘礼，千万不要客气。听娟娟说您给了她不少的帮助，毫无疑问，那就是自己人了，我们还须感谢大将军才是呀！"岳索图不好意思地说："哪里，哪里，应该的。"

大家互相热情地寒暄、问候之后，叶旺一看，总在院子里站着唠也不是那么回事儿呀，忙让李佑带路，请田田、岳索图进屋说话。早在叶旺、明月长老没回来之前，东下屋原本单独关着巫顺的两个闺女，李佑因怕一时照顾不到再出啥事儿，遂把她俩送到了上屋，与她们的娘呆在一起。而西厢房里有达家奴关在那儿，因此，便将明月长老、娟娟、田田让进了已经空出来的东下屋。屋内挺宽绰，摆设不多，还算干净。大家进去后，有的坐在椅子上，有的坐在炕上，兴致勃勃地聊了起来。

叶旺与岳索图没进屋，一起把仍蹲在院子里来救巫顺的庞老大、庞老三等一伙儿贼人，其中还有几个受了伤的，都送到了马棚里，让他们暂时在那儿呆着，不许乱动。随后，岳将军冲贼人堆里喊道："齐小小！"立刻有个人应声儿道："小人在。"齐小小是谁呢？原来是罗锅哨的铺兵头领，被岳索图大人作为眼线打入了庞老大一伙儿贼人之中。正是由于齐小小摸准了他们要救巫顺兄弟的信息，并即刻跑回了罗锅哨，将此信儿禀报给了岳将军，岳索图才领着娟娟和田田赶到了巫顺家。刚才没进院儿前制止庞老大的喊声，正是岳索图发出的，齐小小应该是为剿灭这伙儿贼子立功之人。岳索图将军故意对齐小小摆出一副很威风的样子，命令道："你出来，给我严加看管这些人，哪个都不许私逃！谁要敢跑，抓回来一律问斩，听清了没有？"齐小小连声儿诺诺称是，装作十分害怕的样子，回道："听清了，听清了。大人，请放心，小的一定听令。"岳索图又假模假式地吓唬他，狠狠地说："齐小小，你可听好了，要是敢在这儿犯上作乱，必罪加一等！"装得还真挺像。齐小小忙道："小人不敢，弟兄们也不敢。"旁边的群贼一看岳大人气势汹汹的，全瘪茄子了，只好老老实实地呆着。

岳索图交代完了，转身刚要走，又见那帮人中，有的龇牙咧嘴直叫唤，知道这是身上有伤啊，遂向叶旺说："叶将军，能否想办法讨点儿药来，给他们治治伤？倘若伤口溃烂了，时间一长就不好治了。"叶旺觉得此话讲得在理，马上去了东下屋，如此这般地悄悄儿对明月长老一说，老人家点点头，立即从背囊里拿出一些红伤药来。嘱咐他务将那些人的伤口包扎好，别冻着。叶旺从屋里出来，把药交给了岳索图，他俩一块儿进了马棚，给贼人中断胳膊的、身上被剑划出口子的涂上了红伤药。此药既止疼又止血，很有效。不大一会儿，伤者就不那么疼了，也不叫了，渐渐地安静下来。叶旺对他们说："你们放规矩点儿，都给我躺着，不许乱动，听候处理。"群贼一声儿没敢出。从马棚出来后，叶旺叫来卜家奴和西下屋的老马倌儿，让二人赶紧收拾院子。为什么呢？因为刚才由于双方一番激烈的格斗，满院儿除了草，就是棍子呀、板子呀、斧子呀什么的，扔得到处都是，乱七八糟的，地上还有一摊摊的血迹。更由于贼人们为寻找巫顺哥儿俩，一顿翻腾，箱箱柜柜被弄得横倒竖歪的。卜家奴和老马倌儿便按照叶旺的吩咐，屋里院外地归拢起来。

叶旺和岳索图见一切都安顿好了，便一起进了东下屋，打算同明月长老和娟娟唠一会儿。二人刚坐下，叶旺像冷丁想起什么似的，抬起身子抻着脖儿向外张望。想起什么了呢？原来他突然意识到大伙儿好长时间没吃东西了，肚子肯定饿得叽里咕噜地造反了，需赶快安排人做饭，可柴米油盐从哪儿来？总得有人去张罗。这事儿找谁好呢？想来想去，觉得还是得让李佑那个机灵鬼想想办法。

那么，各位阿哥可能会问，已经过了好一会儿了，怎么不见李佑呢？原来他是不放心关着的巫顺、巫利哥儿俩，到后园子去了。来到地窖周围看了看，没发现什么异常，窖盖儿仍锁得好好儿的，这才反身低头往回走。已经好多天了，心里甚为想念师妹，非常想听听这会儿在讲些什么。当他刚走进屋、欲坐到娟娟身边时，叶旺却把他叫住了："李佑！"李佑马上问："什么事儿？"叶旺说："大伙儿又乏又累的，饿得不行，你可能也饥肠辘辘了吧？拼打了那么半天，哪能不饿呢……"李佑拍拍肚皮抢话道："哎呀，经大哥一提，还真觉得有些空落落的。"叶旺说："是呀，那就得赶紧做晚饭，让大家先填饱肚子。至于粮食怎么解决，你去想辙吧。"李佑一听又来事儿了，挺不情愿，心想："咋啥事儿全让我办呢？忙活了好一阵子了，难道在娟娟妹妹身边呆一会儿都不成？"但此话说不出口哇，遂推辞道："叶大哥，这可难住我了，上哪儿弄粮食呀？哪有什么辙哟！再说咱跟乌蛇岭的人也不熟，找谁家张口啊？"叶旺开始激将了，说道："相信你会有办法的，我跟师太不在的时候，还不是全仗你把巫顺哥儿俩藏起来了？当初要是没动这个脑筋，人早就给抢走了。此乃大功一件哪，将来一定向朝廷为你请赏，还真行，我佩服！这么着吧，去找巫顺，跟他借些粮食。得多借点儿，光咱们的人就不少，还有抓到的那十几个贼人呢，也得叫他们吃饭不是？"叶旺的几句话，把个李佑说得心花怒放，几乎找不着北了！他特别爱听别人的夸赞之词，尤其叶将军还不是一般人，能得到都指挥使司同知的表扬可不易。于是爽快地答应道："行，包在我身上了，马上去办。"说完，站起身便出屋了。

李佑琢磨来琢磨去，觉得要想弄到粮食，只能像叶大哥说的，找这家的主人巫顺。他又到了后园子，搬开压在窖盖儿上的两块大石头，开了锁，搠开盖儿，从窖口儿顺着梯子下去了。下到窖底一看，巫顺哥儿俩正在那儿不声不吭地坐着呢！窖里倒是不怎么冷，还有些发暖，可是又黑又闷哪，留置的时间长了肯定不好受。二人在里面已经呆了两个时辰了，当然是盼着早点儿出去。开始进来时，哥儿俩心里便琢磨："得把我们关到啥时候为止呀？咳，没招儿哇，摊上了，等着吧。"时间不算长，就听外边噼里啪啦地正经响了一阵子，还有吵吵巴火的声音。过了一会儿又没声儿了，也弄不清到底是怎么回事儿。那次响过约一个多时辰，俩人正着急什么时候能出去呢，抬头往上一看，窖盖儿掀开了，惊喜得扑棱一下坐了起来，别提心里多高兴了！巫顺想："看来有门儿，终于等到了，可能是放我们哥儿俩出去的。不管怎样，能离开就好，总不能在地窖里憋死吧，那股烂菜味儿实在受不了。"当一看是李佑来了，更觉有希望了，想求他快点儿放他们出去。可还没等开口呢，李佑先说了："巫顺哪，我来是有点儿事儿，你得帮忙。"巫顺此刻乐不得有人求，寻思着只要能放自己和弟弟出去，饶兄弟俩一命，办啥事儿都行，赶忙讨好儿道："大人，有什么事儿尽管说。只要我能办到的，绝不含糊，一定尽力。"李佑说："没啥大事儿，就是眼下还没吃饭呢，你们哥儿俩也不能总饿肚子吧？再说你夫人和两个千金哪能扛得住哇！因此得烧火做饭，然后大家一起吃，吃完了，银两由我来算。不过，我手中无粮、无菜，只好借了。因是在你家，你又是一家之主，只能由主人想办法。说吧，家里有些什么吃的？"巫顺此时哪还有心思顾及吃不吃饭的事儿呀？只想自己那么多的罪，准保会被杀头的，得怎么做才能保住哥儿俩的小命。至于李佑提到的鸡毛蒜皮的饱腹之事，他连想都没想过，根本听不进去。可即使是小事儿，已到这个份儿上了，也得认真办哪，不能得罪李佑呀，便说："大人，您说哪儿去了，我巫顺的命都掐在你们手里，吃点儿粮食算什么？愿意怎么办全行，想怎么做就怎么做，这个家交给大人了。还是命要紧哪，请饶了我们兄弟吧，小人将感激不尽！"李佑制止道："先甭说别的，那是以后的事儿。现在咱单说借粮食的事儿，是眼下的当务之急，你看得咋办？"巫顺说："这么的吧，请大人找我夫人，叫她办。总之，咋的都行，小的毫无怨言。"李佑说：

"那好，委屈你们了，仍在窖里呆着。还是那句话：不许乱动！"说完，登着梯子从窖里出来了，然后把盖儿放下，咔嚓一声锁上，再压上大石头。巫顺和巫利二人一看，完了，又给锁在里头了，不知得圈到猴年马月呢！

李佑从窖里出来，便去上屋找巫顺的夫人和那两个闺女商量。你说老太太和孩子有啥说的？只是一句话："求求天朝大人放出本家的老主人吧，让我们干啥都行。"然后，十分痛快地告诉了粮、肉、酒、菜放在了什么地方。巫顺的夫人身子骨儿还挺好，就是腿脚有点儿不灵便，走路一拐一拐的，看起来像有瘸疾。她拉着两个闺女的手，对李佑说："大人哪，用多少粮食尽管拿，没说的。我们跟大人一块儿做饭，我淘米，俩闺女生火、洗菜。"于是，李佑便领着她们娘儿仨找粮找菜又担水的，边干边寻思："看来想躲也躲不了啦，这个伙头军我是当定了。咳，做就做吧，有啥法儿？师妹呀，师兄暂时听不到你唠嗑儿了，只好割爱了。没招儿哇，大家全等着吃饭呢，填饱肚子要紧哪！娟娟，你可是大老远来的，一定早饿了，就算是师兄专为师妹而做了。我若不去办，别人还真不知如何张罗呢！"他怕人手不够，又把卜家奴拉来，五个人一起忙活开了。

你别说，巫顺家吃的东西真不少，院墙上挂着不少鱼干儿、肉条子、干菜什么的，库房里还放着个"狍子座子"。什么叫"狍子座子"？即狍子的后屁股。那是肉最多的地方，又是北方最上讲的一道菜，你是炖着吃、烤着吃、炒着吃，怎么吃都行。再看看，酒缸也不空，里面装着不少酒。李佑做主，把这些吃的东西全搬进了伙房，开始点火做饭了。

此刻，东下屋里的人唠得正欢，大家像众星捧月般围着娟娟，听她津津有味地讲述来乌蛇岭的缘由和经过。原来，娟娟在金山大寨自打巧遇馒头山的那位苦僧人之后，两人相处得挺好，很是谈得来。在陌生的金山，娟娟除了田田之外，又有了一位知音，自然特别高兴。隔三差五地去看望苦僧人，对他的孤苦非常同情，对他的毅力极为钦佩。双方在接触中，天南海北地无所不谈，也涉及到了不少关于月牙楼的情况。由于娟娟急于想了解其中的奥秘，不仅自己去，还把弟弟引了去。并且一再要求田田，选择一个不太好的天儿，能赶上风雪连绵最好，陪她一块儿夜探月牙楼。苦僧人不同意草率行事，一再相劝："妙善，不要急于探楼，眼下时机不成熟，应从长计议才是。不管什么事儿，解铃还需系铃人，咱得先想方设法找到那建楼之人。当然，我们并不知道此人如今在何地，只要找到他，破月牙楼便易如反掌。"田田也劝姐姐不能轻举妄动，认为月牙楼是纳哈出多年经营的心腹重地，建筑十分缜密，可能会有不少暗道机关。况且对楼的内情没摸清，盲目地进入，将有百害而无一利，甚至会有杀身之祸，千万要慎重。可娟娟性急，恨不得立马探明月牙楼，知其真相。但又无奈两个人坚决挡着，便没敢操之过急，只能看一看再说。

就在娟娟万分焦急之时，忽然有一天晚上，罗锅哨的达鲁布花岳索图来找帐前大将军田田多尔济，如此这般地悄悄儿咬了一阵耳朵。田田听后，觉得岳索图所说之事非同小可，需告知娟娟，便把他领到了姐姐的住处。娟娟此时没住在拨给他们的金山大寨城内那个小院儿，因明月长老不在跟前，她不想一个人住。与弟弟商量后，就住在田田府里了。觉得在亲人身边，一旦有什么事儿，随时可以找到，十分方便。

田田引岳索图进屋后，让他把所知道的情况重新向娟娟讲一遍。岳索图说道："在离虎尔哈不远的山区里，有个乌蛇岭哨口，是由我管辖的一个比较小的站赤。地方虽不大，但很出名，非常重要。因为它紧挨着东海窝稽部，是与东海女真野人联系最直接、最密切的地方。最近有人密报，在那个哨口，发现有大明的兵将，不仅劫走了站赤的人，头领也被抓起来了。跑出来的人传报，让罗锅哨赶紧派铺兵增援，速速擒拿，一个都不能放跑。还说如果去晚了，恐怕明朝的人将继续到别的地方为害。"娟娟听完了岳索图的一番话，不禁喊了一声，高兴极了，乐得直蹦高儿！她断定辽东这块儿没有大明朝的其他什么人，除了自己在金山，还有明月长老、叶旺大哥和李佑、卜家奴，不过现在并不知道他们在什么地方，再有就是辽阳的马云大哥了。说乌蛇岭有明朝的人，那肯定是指叶旺大哥、明月长老和李佑。正愁找不到呢，却有人送信儿来了，如此巧的事儿，怎能不让我刘娟娟乐呀？这下好了，许多事情可以禀告给师太了，比如在金山发现的月牙楼和新结识的岳索图其人等情况。还有苦僧人以及一位叫菩提僧人的师祖，不知师太是否认识，也需打听一下。

于是，娟娟提议，她与田田随岳索图大人以"平乱"之名速去乌蛇岭，以便和大明的人接上头。田田一百个同意，二话没说，表示愿意随行。就这样，当夜由熟悉路的岳将军带领，骑马动身。三人日夜兼程，马不停蹄，很快赶到了乌蛇岭。刚到那儿，气儿还没喘匀呢，便听巫顺家的院子里传出一片喊杀厮斗之声。娟娟先行一步，急忙跑过去一看，只见师兄李佑满院子蹿来蹿去的，正与十几个贼人对打呢！后面的事儿大家都知道了，娟娟就不讲了。

岳索图平章看了看在座的人，接着介绍道："与李佑对阵的贼人首领乃庞老大、庞老三，是兄弟俩。从哪儿来的呢？他们原来是高家奴在辽阳平顶山老鸦山寨镇守时的得力干将。后来，马云和叶旺将军率兵破了老鸦山寨，高家奴不得不降明。庞老大、庞老三一看首领全被抓了，没路可走了，只好躲入深山之中，占山为王。俗话说得好：鱼找鱼、虾找虾呀，同气相求、臭味一致。二人在山里时，从未放弃过寻找主子的行踪，经常派人出来打听高家奴的情况。你别说，还真从曾家奴处得知了高家奴眼下的住地，于是，哥儿俩又跟主子联系上了。这不，前几天他们接待了一个高家奴派来送密信的人，令他俩速到乌蛇岭，说是大明朝辽阳都指挥使司同知叶旺带达家奴、卜家奴正在那里。还告诉二人，达家奴是表面上降明，暗地里仍同元朝一条心，可以利用。务于乌蛇岭配合巫顺、巫利，同达家奴里应外合，抓捕叶旺。倘若抓住了，立刻将他送至金山大寨，可谓大功一件。庞老大、庞老三得到密报后，兴奋异常，觉得总算有报效老主人的机会了，马上悄悄儿带领一哨人马奔乌蛇岭而来。中途到了盘肠沟，也是一个重要的站赤。管哨口的达鲁布花为奥钦帖木儿，其堂弟即蚰蜒洞驿站的达鲁布花蒙括帖木儿，皆同庞老大、庞老三有来往，也都是高家奴的心腹、莫逆之交。二人到那儿时，正赶上奥钦帖木儿办婚事，便把他们留下了。庞老大、庞老三嗜酒如命，在盘肠沟喝了两天喜酒，喝得酩酊大醉。酒醒后，才想起还有急事儿没办呢，遂打马拼命往乌蛇岭赶。可是太晚了，还没等到地儿呢，大概是在榆木河子一带，就听到了一个让人丧气的信儿。说是乌蛇岭已被大明朝占去了，蚰蜒洞站赤的达鲁布花蒙括帖木儿也让马给刨死了，还说乌蛇岭的首领巫顺兄弟被抓后下落不明。他俩一听这些情况，立马蒙圈了，吓得不行。怕什么呢？怕高家奴知道以后，绝饶不了，非治他们兄弟俩的罪不可！本来老主人传信儿让早去，结果因半道儿喝酒，耽误了大事儿，你说他俩能不急吗？一想眼下没别的招儿了，只能赶紧想办法把巫顺、巫利救出来，也好将功赎罪呀！于是，当即带着心腹匆匆忙忙地向乌蛇岭赶，同时派小校去罗锅哨口找我报信儿。其实，他俩当然清楚大明的人不好惹，但巫顺毕竟是他们的拜把子兄弟，又同是高家奴身边的心腹。况且知道那'神眼睛'很有名气，早就极力想巴结，所以才舍命赶来乌蛇岭施救的。结果不仅没救成，打了一场乱仗，伤了好几个兄弟，自己也身陷罗网，束手就擒。"在场的人听到这儿，不禁笑了起来。

岳索图介绍完后，接下来娟娟万分难过地告诉大家一个非常痛心的消息，说道："豁鼻马将军前不久，为救叶旺大哥和卜家奴，将罪独揽一身，舌战纳哈出，最后壮烈牺牲于罗锅哨。我们已将他就地安葬，只等奏报朝廷后，另加封赏。豁将军真乃正义之人，自降明后，兢兢业业，忠于职守。本来劫牢救人之事，从长远考虑，不准备让他参与其中。哪知在关键时刻，他竟把杀人大罪一口承担，并为此做了十分缜密的准备，使纳哈出找不出任何破绽。豁将军的慷慨就义，惊天地，泣鬼神，连纳哈出及属下的将领都很佩服。我刘娟娟长这么大，还是头一次见到如此死得其所的大丈夫！"说到这儿，眼泪再也止不住了。明月长老、叶将军听罢，顿时如五雷轰顶，尤其是叶旺悲痛至极，泪水顺脸往下淌，无不感慨地说："豁将军是我的好友，仗义、大度，曾为我和马云担了不少事儿。想当年，就是他护送我们到了辽东，劝降了刘益，建立了辽东第一个指挥使司衙门。这些年，豁大哥为了大明朝的创建，默默无闻地竭尽了全力，功不可没，当之无愧！没想到，最后却是为我而死的呀，怎不令老弟痛心疾首，肃然起敬！他家还有老母和妻子，将来一定去向大娘、大嫂叩拜。我深知豁大哥之诚，正如娟娟妹妹所说，此事必当奏报皇上，降旨颂其功德，豁将军的赫赫声名会名垂千古的！"在场的岳索图、田田边听边不住地点头，屋里的所有人一下子沉默下来，心情十分沉重。

过了一阵子，叶旺突然啪地拍了一下后脑勺儿，忙道："哎呀，兄弟们，咱们光顾唠了，竟忘了巫顺哥儿俩仍锁在地窖里，马棚里还蹲着十几个贼人呢！得赶紧处理好，对那些人该怎么办，就怎么办；该治什么罪，就治什么罪。各位全去参加，大家一块儿商量着来，好不好？"恰在此时，顽皮的李佑身上扎着一条花围裙走了进来，故意装作一本正经地说："启奏叶大哥，伙头军李佑奉大将军之命，已将饭菜备办完毕，只待诸位受用了。娟娟妹妹可能早饿了……"一说到这儿，娟娟有点儿不好意思了，脸腾地红了，心里话："师兄啊，说话咋这么不注意呢？屋里好几个人，光我一个饿呀？"还没等娟娟言语呢，明月长老接过了话茬儿："我看大家的肠子肚子都打仗了，不妨先吃饭，然后再三堂会审也不迟。"叶旺笑着说："好吧，李佑兄弟，你是伙头军，我们听你的，伙头军大人让咋办，咱就咋办。不过依我看，还是先把巫顺哥儿俩请出来，别再困在地窖里了。你住人家屋，吃人家饭，却把人家主人锁起来，成何体统？可真是够新鲜的，天下什么牢皆有，李佑兄弟又多加了一个菜窖牢！"叶旺的一番话，逗得大伙儿哈哈大笑起来。李佑也乐了，赶紧解下围裙说："那我先到后院儿，把兄弟俩请出来再说。"回头叫上卜家奴，匆匆往房后去了。

二人到了地窖跟前，把压在盖儿上的石头搬到一边，打开锁。李佑把盖儿搁开、头伸进窖里一看，见巫顺、巫利正侧身躺在那儿呢，便冲里面喊："你们听到我说话了吗？出来吧！"可那哥儿俩的手、脚都被绑着呢，干着急动弹不得，出不来。李佑只好下到窖里，为他们解开了捆绑的绳子。可能是捆的时间过久，绑得又紧，二人的腿全麻了。不仅站不起来，更无法行走，仍然瘫在地上。李佑想了想，自言自语道："哎，有办法了。"随后仰脖儿冲上面的卜家奴喊道："你快去马圈，把那几个没受伤的贼人给我叫来！"卜家奴答应一声跑走了。

不一会儿，卜家奴从马圈将庞老大、庞老三，还有四个没受伤的一起带到了菜窖前。李佑命庞老大、庞老三领着那几个兄弟下到菜窖里，把巫顺、巫利背上来，并说："你们不是来救他们哥儿俩的吗？正好，机会来了，下去吧！"庞老大心里话："大明朝的人是真有办法，竟把人藏到这个难找的地方，弄得我们哥儿几个一阵苦打。没找到要救的两位大爷不说，结果连自己也被抓了。"庞老三还偷偷地看了一眼李佑，不服气地想："算啥呀？我要是知道把人藏到菜窖里，当初让三五个人与你周旋，剩下的人不早就把巫顺大哥、巫利副将抢走了吗？"心里这个悔呀！

不管庞老大他们怎么懊恼，反正现在也晚了，只能按照李佑的吩咐，下到地窖将巫顺、巫利哥儿俩背了出来。接着，李佑把这几个人领到前院儿上房门前，让卜家奴看着。然后反身进屋，同巫顺的夫人和那两个闺女一块儿摆好了桌子，一样儿一样儿端上了饭菜。摆在大屋子里的算是第一桌，拐把子炕上算是第二桌，再加上里间的内暖阁共摆了三大桌。李佑是伙头军呀，指手画脚地安排着："师太，您上第一桌。娟娟、田田跟着师太去，也上头一桌，姐弟俩坐一块儿。叶大哥，你坐第二桌上席……"叶旺本想坐在娟娟身边，可听李佑这么一分，又不好说什么，一切得听伙头军的嘛，只好按指挥去了第二桌。紧接着，李佑请岳索图将军上桌，也在叶旺身边，说道："我与卜家奴随着岳将军，也在叶大哥这桌。其他的人，咱们以德服之，不分谁是官员、谁是贼子，大家坐在一块儿吃吧。"大伙儿听了直笑，幽默的李佑却绷着脸，一点儿笑模样没有，冲外喊道："卜将军，快把巫顺、巫利两位家主带进来!"喊了一声不见动静，遂亲自出去看。见二人的胳膊仍被绑着，站在那儿一动不动，正低头寻思啥呢。巫顺哥儿俩想："我们是有罪之人呀，说不定今天便是终期，该命丧黄泉啦！不知到什么时辰，脖子一抹，算是蹬腿儿瞪眼玩儿完哪！到那时，死也就死了，可孩子老婆咋办？"兄弟俩只顾想心事，哪成想还会有人唤他们进屋吃饭呀！李佑又叫一声，他俩还没动弹。这时，叶旺从屋里出来了，李佑向他使了个眼色，叶旺上前给巫顺、巫利解开了绳子。哥儿俩傻立在那儿，一声儿不出。李佑说："绑也松了，愣着干啥呀？早已到了用膳的时候了，还需人提醒吗？饭菜已经做好了，叫你们进屋吃，听到没有？"尽管如此，巫顺仍不敢动，只是张着大嘴，低着头，瞪着眼睛瞅着地，心想："他跟谁说话呢？难道是让我吃饭吗，耳朵没出毛病吧？"李佑一看，咋说不动地儿，终于不耐烦了，大声儿吼道："我说话你们没听见呀？吃饭，吃饭去!"叶旺见状，上前一手拉着巫顺、一手拉着巫利说："走，现在先吃饭，别的事别想。不管怎么样，喂饱肚子再说。另外，我还要感谢二位和家人，把能吃的都拿出来了，实在是叨扰了。走吧，快进屋去!"巫顺、巫利这才相信了让吃饭是真的。于是，前头是叶旺拉着巫顺哥儿俩，后头是李佑和卜家奴推着，硬是推进了屋，让他们分别坐在了叶将军的左右。

请巫顺哥儿俩同大家一起吃饭的事儿，让田田和岳索图吃惊不小，根本没想到会有这样的举动。尤其是岳索图更为不解，心想："大明朝的将领心胸太宽阔、太能海涵人了。原以为名震辽东的巫顺这回不死也得剥层皮，没想到还能让他和巫利分别坐在都指挥使司同知的左右吃饭，不是在做梦吧？"就在他们惊讶之时，卜家奴又去叫老马倌儿。他开始不敢来，愣是被卜家奴给拉了进来，安置在第二桌。叶旺对老马倌儿说："我们给你添了不少麻烦，非常感谢，快坐下吃吧。"老马倌儿这么多年来，从未跟主人在一块儿吃过饭，此次还是头一遭。又见叶旺对自己很是客气，一时不知该说啥好了，眼圈儿立马就红了。在厨房里站着的巫顺夫人和两个闺女看着这一切，感动极了，脸朝墙板呜呜地哭了起来。李佑见此，赶紧到第一桌，附在明月长老和娟娟的耳边低声儿说了几句什么。二人听罢，下了地，走进厨房，将巫顺的夫人和两个闺女拉到了第一桌。娟娟让两个闺女分别坐在自己的两边，又把巫顺夫人扶坐在师太身旁。巫顺夫人开始说啥不吃，明月长老说："不吃饭哪行？我是佛家人，看出来了，你也信佛。既然是同道人，还是听老尼的吧，不要分你我。来，咱们姊妹一块儿吃。"就这样，头一桌是明月长老、娟娟、田田、巫顺夫人和两个闺女；第二桌为叶旺、李佑、岳索图、巫顺、巫利、老马倌儿，还有卜家奴；第三桌是留给庞老大、庞老三那伙儿人的。

那庞氏兄弟过去可是江湖之人，根本不在乎这些，让吃我就吃，哪有啥客气可讲？不让吃，只要我饿了，好，刀往胳膊上一插，你得给我吃！他们是大摇大摆地进了屋，刚上了桌子便叫道："饿了，我们全饿了，早该吃饭了！"叶旺和众人见此，谁都没出声儿。只见庞老大、庞老三已等不得了，端起饭碗大口大口地吃了起来，左一碗右一碗连扒拉带搂的，没一会儿就已饱饱的了。摞下碗筷后，李佑吩咐庞老大、庞老三他们喂那几个断胳膊的、伤重的吃饭，并交代道："你们只要侍候好了那些受伤的人，就是有功，可将功赎罪。"你还别说，庞老大、庞老三听李佑这一讲，还真是很顺从地重又端起碗，盛上饭，拿着筷子去马圈里喂重伤号了！这顿饭，大家觉得特别香，吃得痛快。巫顺、巫利二人嘴里嚼的可不全是饭，那是连鼻涕带眼泪一块儿咽下去的呀！

话要简说，众人用罢晚饭后，巫顺的夫人和两个闺女、老马倌儿、李佑捡下了桌子上的碗筷，很快便收拾完了，叶旺他们则回到了西马架子东下屋。李佑对巫顺兄弟说："你俩在这儿老实呆着，不许动，一会儿要叫你们的。"又让庞老大、庞老三一伙儿仍回到马棚里等着，叮嘱卜家奴在门外严加看守，不得疏忽。

明月长老、叶旺、娟娟、田田、岳索图来到东下屋，叶旺说："咱们现在就一起审问巫顺、巫利、庞老大、庞老三和达家奴他们，好早点儿把几个包袱卸下来。先琢磨一下，看先审谁？"大家考虑了一下，一致的意见是，第一个该审达家奴这个败类、叛徒。一提起达家奴，明月长老就气不打一处来，娟娟更是恨得牙根儿痒痒的。想当初刚到辽东的时候，达家奴是那么海誓山盟地决心弃暗降明，后来却把叶旺将军给出卖了，你说她们能不切齿痛恨吗？

达家奴一直被囚在老马倌儿住的那个西下屋、小厢房里，由于自刎的伤势还很重，早晨给他喝了水、喂了点儿粥，别的没吃下什么。知道他没法儿逃跑，因此既没绑，门也没锁，始终在炕上躺着。马上要提审他了，便先让马偏儿进屋看看。马偏儿前脚儿刚进去，立马抽身出来了，慌忙禀告道："达家奴伤势深入左肋内，伤及脏腑，已经咽气了！"在场的人听后，感到既可惜又高兴。可惜的是没能从他的口中，得到高家奴的情况；高兴的是达家奴纯属自作自受，人世间少一害。卜家奴想，不管怎样，达家奴也是女真人，不能让他就这么走了。于是拿出银两，让巫顺夫人找了几块大木板，由马偏儿请了木匠，打造了一口棺椁。一切停当后，将达家奴成殓，叶旺命人备车，拉到西树通子埋了。

在埋葬达家奴时，叶旺偶然碰了一下自己的外衣口袋，忽然想起了达家奴在伤重时，曾交出来一封信。这是怎么回事儿呢？那天，达家奴从昏睡中醒来，见李佑在身旁，便指着内衣口袋，断断续续地说："李兄长，这……这里有一封高家奴给我的密函，愿呈给……大明朝廷，不知是否有用。我……死有余辜，算是最后赎罪的一点儿诚意吧。"说完又昏睡过去了。李佑听后，把手伸进他的内衣口袋，拿出了一封信，面交了叶旺。叶旺看了看密函，一是由于高家奴是用文言写的，未解其意；二是因信中说的事儿他不知道，又没弄明白，所以当时没太在意，只收了起来。此刻，他赶紧从外衣口袋里拿出了那封信，顺手递给了娟娟，并讲了信的由来。不要小瞧高家奴，他尽管是女真人，一介武夫，却懂汉学，读了不少书，还会写文言文。此封给达家奴的密函就是以文言用汉文楷书体书就的，而且字迹很工整。娟娟是在刘伯温家里长大的，安夫人的古文挺好。在二老的调教下，她对古文不仅学得很上心，掌握得也不错，因此文言文的信函能够读得懂。密函是这样写的：

> 吾弟如面：
>
> 余遁曾邸，日以棋弈自聊耳。辽乡诸好，代兄周旋，余亦系念忘寝矣。
>
> 潜龙在池，当有腾云之期焉。
>
> 月牙秘构，丞相在瞽中也。华翁誓得，余则敏求之。
>
> 皮板盛集赏花灯，其乐无穷。
>
> 名时不赘。

信的下头未署名，亦未署年月日。一定因是密函，故不愿露名时。

那么，既然未署名，达家奴为什么一见信，便知道是高家奴写给的呢？因为他是高家奴身边的爱将、心腹，对主子的字，作为亲信肯定是认识的。可以说，此信文辞闪烁不可解，若不是身边的人，或不是心腹，很难理解写的是什么意思，也就难怪叶旺不明其意、未予重视了。

从达家奴能把信珍藏在内衣里，可看得出，他十分敬重这位上司。由此足以证明，密函必为高家奴亲笔无疑了。

娟娟在读信时，一遍又一遍地仔细推敲，反复斟酌。又将近日在金山大寨秘查月牙楼、于馒头山认识苦僧人等联系起来看，琢磨来琢磨去，忽然顿开茅塞，豁然开朗，彻底明白了其中的意思。知道此信非同小可，里面提到的一些事儿，正是自己想了解的绝对机密。达家奴能在临死前交出来，说明他尚有点儿女真人的良心，还是有功的。娟娟把密函的内容详细地告诉了叶旺和明月长老，并断言："信中提到的'月牙秘构'，肯定是指纳哈出金山大寨之月牙楼的机密构造，看来此非金山的一般所在。'丞相在瞽中也'一句，'丞相'即指纳哈出。因元顺帝在世时，曾封其为丞相、太尉。元亡前，纳哈出在臣僚中，为最高职位之人。'丞相在瞽'这句话是什么意思呢？就是说连纳哈出也不知道月牙楼建筑的结构之秘密。我原来以为，既然此楼建在金山大寨，必是纳哈出让建的，他应该什么都清楚。现在看不然，一定是另有建楼人，纳哈出并未掌握它建筑上的特点。真要打开了月牙楼，可能便会了解元朝历史的更多鲜为人知的奥秘。至于纳哈出对楼中的囚牢为什么控制得那么严、除他本人外任何人不得染指，甚至连自己的亲子都不可以过问，楼中究竟有什么暗道机关以及我的生母楚绣绣是否在楼中等等，这一切全是谜，需要弄清。"

听娟娟一讲，侦破月牙楼之事，愈加引起了叶旺、明月长老的重视。娟娟接着向众位讲起了金山大寨几天来发生的一些事，田田也在一边帮着补充。在介绍馒头山之行时，娟娟说："我最近去馒头山探月牙楼的时候，遇到住在山洞里的一位苦僧人。据他讲，自己是被菩提僧人救活、并传经文又领入佛门的。菩提僧人还向苦僧人说了二十个字儿的佛家偈语，即：'馒头是尔家，习功勿惰懒。吟经乐哉事，静待明月来。'菩提僧人告诉苦僧人，以后就称其为师祖，并言馒头山非寻常之地：'馒头为丘，有德得寿，无德得柩。'意思是说，馒头山不是一般的地方，有德的人在这块儿可以增寿，没德的人早晚必得一口棺材。还预言，日久定有应兆之人。他叮嘱苦僧人，认真在馒头山上修炼佛心，待日后有来登山探月牙楼者，要竭诚助之。"

说书人暗中交代，那应兆之人会是谁呢？纳哈出后来确实死在馒头山那块儿了，大概是应了兆吧？此为后话。大家听完娟娟的奇遇，皆甚感惊奇，明月长老说："那位菩提僧人，我倒是听师姐月禅禅师说过。

他是月禅禅师的师祖，当然也是我们的师祖了。难道是师祖重游辽东，借苦僧人之口，嘱告大家应行佛祖之训，去破月牙楼？按此层含义来观之，月牙楼内不仅仅是因一两位什么人的事儿，很可能涉及更重大的奥秘。师祖在这里还告诉我们，要想破月牙楼，则需寻找建楼之人。那么，是谁呢？从高家奴的密函中看出，纳哈出对楼的构建并不清楚，证明建楼之人不是他。根据传闻，楼中藏有一些元朝的宝物，建楼者会不会是与元顺帝有宗亲的皇族中的人？高家奴的密函又说'华翁誓得'，'华翁'为何人，莫不就是楼体筑就者？如此看来，寻找'华翁'，便成了破月牙楼的关键所在。"听明月长老一分析，娟娟越发觉得达家奴死前交出的密信非常及时了，不但提供了破月牙楼的重要线索，而且对下一步探查月牙楼的行动指明了目标。大家认为，既然是这样，就不能操之过急。为弄清楚一些关键问题，必须广泛接触八方人士，加紧秘密访查，找到筑楼人。只有下大力气，脚踏实地地做了，才能逐渐解开月牙楼之迷津。

如何破月牙楼之事表过，咱们再向各位阿哥交代一下是怎么处理巫顺哥儿俩的。当大家议论到这儿的时候，叶旺首先看了看岳索图，然后热情诚恳地请金山大寨罗锅哨总站赤的平章先讲讲。一再说："岳将军，你对下头各驿站的情况很熟悉，对巫顺的为人怎样亦会了如指掌，不妨说说该怎么对待好。现在咱们都是自家兄弟，请不要客气，尽管直说。"岳索图本不想讲，觉得此次不过是陪着田田、娟娟一块儿来的，能够借机认识一下大明朝的众位英雄已经很难得了，哪有自己说话的份儿？可没想到，叶将军竟首先想听听他对巫顺的看法，又那么真诚，感到实在不好推辞。想了想，说道："既然叶将军点到头上了，就讲几句吧，供朝廷参考。说起巫顺，我当然了解，是位很有名气的人。实在话，对他真没什么反感，觉得还算比较正派。我这么讲，不等于是站在高家奴一边，而是谈巫顺的为人。从他的一些行为来看，毫无疑问，肯定是有罪的，而且与高家奴的关系十分密切，已有几年的联系和交往了。平时处处替高家奴撑口袋，遇事总是一个鼻孔出气，经常帮助办一些难办之事，豁出命来干，是他的帮凶。金山大寨的上上下下，人人皆知，那是秃头的虱子明摆着的。拿叶将军和卜家奴被抓到金山大寨来说吧，可以确定，是达家奴从中间搭桥办成的。但是，光靠他不行，无论是能力还是头脑，哪点都赶不上巫顺。说到家，抓叶将军的真正罪魁祸首乃巫顺，别人没这个能耐。单此一条，巫顺理当受到重罚。不过依我看，不能这么办，应从更宽、更远的方面去考虑。我是个大老粗，拿刀使枪的人说话好直来直去，心里怎么想的就怎么说。琢磨着要是从轻发落了巫顺，会越发得人心，也能使他心悦诚服地降过来，为大明办事儿。而且不单单是拉过巫顺一个，还能因他而带来一大片人，对朝廷在辽东的威望和影响会是大有益处的。叶将军，话是说了，可不知对不对？"叶旺笑着说："岳大人，大胆点儿，没关系。咱们都是一个心眼儿为大明朝在辽东得到最后胜利而出力的人，目标一致，希望听你直言不讳地谈出内心的真正想法。我们远道而来，不仅情况掌握得不够，对这些人也不了解，多听听金山大寨的朋友们是怎么讲的，只有好处，没有坏处，还是请岳大人继续说。"态度非常诚恳。

经叶旺这么一鼓励，岳索图彻底放下了包袱，心落了地了，没什么可顾虑的了。伸手端起杯，喝了一口茶，接着谈道："我想再说几点。第一，巫顺既不像蚰蜒洞站赤的蒙括帖木儿，也不像盘肠沟站赤的奥钦帖木儿，尤其是'老那辛'已被你们所制裁，好得很！那纯粹是一个专横暴戾的狂徒，害死了不少人，很多人特别恨他，又没法儿治。还是纳哈出身边的红人，飞扬跋扈，谁能奈其何？那些人荒淫贪婪，抢男霸女，嗜杀成性，黎民百姓恨不得一口口地将他们咬死都感到不解恨。可巫顺却不同，同样是站赤的首领，但有人缘，没人恨，也恨不起来。第二，巫顺的确是纳哈出、高家奴十分信任的半官半商的双料儿名将，可谓官商双肩挑，给他俩卖了不少力气。然而要仔细琢磨一下，巫顺究竟是怎么成为双肩挑或双料儿的呢？他并不是仰仗什么军事上的力量以武压人，而是靠自己的本事，凭着多年磨练出来的、能够验看各种各样大小皮货的独到技术出名的。不管是名贵的皮张也好，一般的皮料也罢，只要从他眼前一过，用手一摸，就能说出好在哪儿，坏在哪儿，说得头头是道，谁都得服，可称得上了不得的绝技呀！在大元朝，皮张是像黄金一样金贵的东西，代代皆有识货之人。巫顺便是有此本事的名人，眼下真正有能耐的实在少哇！所以，他是个名符其实的宝贝，受到大家的尊敬，现在为大宁'祥'字皮货商行辽东分号的经办人、第一把交椅。纳哈出、高家奴及不少人之所以捧他、用他，主要因为他识皮货，是这方面的能家。我再说一句，请叶将军别怪罪，连大明朝廷的要臣和江南、江北不少经营北方皮货有名的货商老板，都照样与巫顺有各种来往，有的甚至还想方设法地巴结他，他们的名字且不说了。巫顺与纳哈出、高家奴的密切交往，我刚才讲了，有罪无疑，可你能说他与明廷要臣或客商交往也是有罪的吗？实际上，巫顺只是凭本事吃饭。当然，什么吃贿赂、吃酬头，仗着主管皮货哄抬物价，或对名贵皮张压等、压价、从中牟取暴利之事肯定是有的。第三，乌蛇岭是个小地方，周围全是山，没多少人家。但在我们所管辖的几百个大大小小的驿站中，惟独这个站赤有点儿名气，谁都不敢小瞧。为什么呢？因为此地正好是通往东海窝稽各个部落的交通要道，又是皮张的集散地。更重要的是，乌蛇岭有懂得皮货优劣的大腕儿，有鉴定皮货技艺的最高名匠。也可以说，是由于巫顺响当当的名字，才把乌蛇岭站赤给抬起来了。以上全照实说的，该怎么处理、怎么治罪，那是朝廷的事儿，我就谈这么多。"说完，长长地吐了一口气。

　　岳索图直率地把巫顺的好坏一五一十、一条不落地摆出来了，谈得具体、清楚。大家听后，对巫顺有了新的认识，包括刚到此地的娟娟，还有早到几天的明月长老、李佑莫不如是。李佑感慨地说："哎呀，这个人原来挺有两下子，还真是了不起。想想我刚才对他的做法，看来不太妥当，狠了点儿。"田田补充道："岳将军说得对，讲得在理，我同意。皮活儿技术不一般，不是有眼便能看出来、有手便能摸出来的，那可是一套经过多少年才能磨练出来的把式。大元朝时，有皮活儿生意；到了大明朝，皮活儿生意照做，哪朝都离不开此技艺。像巫顺这样的人是有用的，他能得'神眼睛'、'神爷'的名号，也是来之不易呀！连纳哈出、高家奴、曾家奴都在极力地巴结他、恭维他，想办法要到自己身边，难道大明朝就不需要把他争取过来吗？我看未必。"娟娟接着说："对巫顺的为人，我不熟悉。至于如何处置他，当然有自己的看法，不过还是想听听叶旺大哥的。今天刚到此地，对一些事情也不怎么知晓。说句心里话，此次来，主要是盼着接师太快点儿回金山，好帮着破月牙楼啊！"听娟娟这么一说，大伙儿全笑了。娟娟心直口快呀，有话是憋不住的，又道："我见了巫顺之后，觉得他挺好，不让人反感。特别是听了岳将军的介绍，倒觉得李佑师兄方才说的那句话没错，做得确实有点儿过。我认为田田弟弟讲得好，过去纳哈出、高家奴捧巫顺，现在叶旺大哥、马云大哥也该用巫顺。有了他，大明便掌握了在北方皮货的控制权，占有了可靠的北方皮货基地。要我说呀，还是放了吧，官复原职！"讲得非常干脆，直截了当。

　　叶旺听罢，笑了笑，没吱声儿。他是位谦逊的人，很注意听大家的意见，尤其是娟娟的看法。因为他知道，娟娟不一般，看问题比较尖锐，让人佩服。何况又是皇封的秉仁公主，钦命的武威安抚使，参赞东征军务，是奉旨而来，怀中揣着朱元璋的御批。表面看，叶旺和马云是朝廷派来的辽东最高的官员，说话算数，但也得听钦命的。谁呀？当然是武威安抚使秉仁公主。从这个意义上说，那便是圣命，须绝对服从。明月长老说："叶旺啊，按理说，这是你们都指挥使的公事，一个出家之人不便多言。不过，既然是跟你一同来到了此地，又参与其中，多少说一点儿想法吧。巫顺是做了不少坏事，可他身为元将，只能当一天和尚撞一天钟，身不由己呀！为了家口和生路，谁能逃脱得了世俗的羁绊呢？依老尼愚见，巫顺是个有特技之人，对皮张的验看尤为擅长，为世上商贾军旅所承认和崇敬，还是纳哈出等人的搂钱耙子，实为难得。若留下此人，未尝不可，对本朝肯定是有用的。刚才各位讲得都在理，老尼首肯了。保不准谁身上就有一本烂账，别计较那些了，饶他吧，给个活路。大明真要重用他，相信巫顺会感激涕零的，亦会全心全意替朝廷卖命的。善哉，善哉，阿弥陀佛。"听了明月长老的一席话，在座的人皆点头称是，也正中叶旺下怀，他同样是这么个想法。如何处置巫顺，大家的意见基本一致，便就此定下来了。于是，叶旺令李佑、卜家奴把巫顺押进来。

巫顺进来后，叶旺拉过一把椅子，客气地让他就座，并将大明朝的秉仁公主娟娟予以引见。巫顺一听，马上站了起来，慌忙叩头下拜。叶旺上前将他扶起来，拉回到座位上，说道："巫顺，你作恶多端，本将军该依法治罪。但考虑平时的为人和自身的专长，决定饶你不死，并请就任本朝乌蛇岭驿站的驿丞。任职后，要为朝廷管理好赋税和贡物诸事，必须得洗心革面。如果发现仍有暴敛、中饱私囊之事，将与前罪合办。你弟弟巫利也留在驿站，军职如旧，照样做铺兵。"什么是"驿丞"呢？这是明朝官员的职名，即驿站的最高首领，相当于元朝达鲁布花的官职。

叶旺说完，巫顺当即懵了，一下子愣在那儿了，做梦都没想到会是这样一个结局！本以为彻底完了，活到头了，必死无疑。单单与达家奴合谋、把大明朝辽东都指挥使司同知、辽东的军事行政最高长官叶旺给抓到了金山大寨，就该杀。那是越想越害怕呀，除了等死，没别的招儿了。刚刚一听叶将军宣布的决定，不仅没被杀，还任了官职，你说怎能不使他惊喜万分呢？能不深深感谢明廷的宽宏大量嘛！一想到自己的弟弟更是个败家子，好事不做，坏事做尽。一个罪恶深重之人，竟也受到如此宽大，巫顺激动得说不出话来，扑通一声跪下了，匍匐在地，眼泪像断了线的珠子，噼里啪啦地往下掉哇！叶旺、李佑又一次把他搀扶起来，掏出手帕拭去了脸上的泪水，然后让他去上屋，看看夫人和两个闺女。

东上屋里，在妻子正担心着丈夫、女儿正盼着父亲快些回来时，巫顺进屋了。夫妻、父女重又见面，相抱一起，不禁号啕大哭哇！老夫人边流泪边说："这下好了，你有救了，咱们得好好儿感谢大明朝廷啊，再不能做对不起人家的事儿了。要是那样，连祖宗都不会答应，可就不是人啦！"巫顺感慨地说："是呀，夫人说得对，以后将功补过吧。"叶旺在巫顺走后，遂将巫利叫了进来，告知了对他的安排。巫利听罢，眼泪也止不住了，直劲儿地用衣袖儿擦着夺眶而出的泪水，跪在地上咣咣地磕头。随后起身去了上屋，一边劝慰着兄嫂和两个侄女，一边自言自语地连连说着感谢大明朝廷的话。

处理完了巫顺哥儿俩的事儿，岳索图便把齐小小的情况说给了娟娟，娟娟又讲给了叶旺，并商定了如何使用他。前书我们介绍过，此人在消灭庞老大那伙儿贼人中是立了功的，虽然还未暴露身份，但已经不宜再被派到元匪之中卧底了。叶旺命人将齐小小找了来，单独密谈了一阵儿，如此这般地交代了一番。然后，又把卜家奴叫到跟前，对他们二人说："今后，你们俩分别在乌蛇岭、蚰蜒洞两地负责管理驿站和铺兵。我看这样吧，卜家奴留在乌蛇岭，帮助巫顺做事，齐小小在蚰蜒洞承担驿站的全部事务。待我回到辽阳与马云将军议定后，再正式下发令牌，要有啥变动的话，会通知你们的。"卜家奴点头答应着，齐小小自然是非常感激叶将军对自己的信任和重用，在场的田田、岳索图亦十分满意。岳索图提醒叶旺道："叶将军，庞老大、庞老三哥儿俩是高家奴的心腹、居心险恶的奸细，不可放走，更不能麻痹大意，必须小心、警惕才是。我建议，不妨把他们放在罗锅哨，由我来管。"叶旺觉得岳将军的想法很好，起码能够做到万无一失，马上表示同意。又征求了在场众位的意见，决定将匪徒中的其他人均送到蚰蜒洞，充当驿站的铺兵，由齐小小严控。至于那些受了伤的，则申请辽阳拨来一笔款项，为其疗治。待痊愈以后，皆留在蚰蜒洞，以便于监督改邪归正。令齐小小就地选木料，打造一辆木笼大囚车，将庞老大、庞老三装进去，由兵勇看守，送到罗锅哨岳索图管辖的监牢中关押。之后，叶旺叮嘱大家说："对那些人的安排都是暂时的，以后发现有哪些不合适或者使用不当的，等与马云共同商议后，再随时分拨调动，请各位先这么做吧。"巫顺又一次由衷地感谢叶将军和秉仁公主对自己的重用，并表明了心志："今后一定对得起大明朝廷，鞠躬尽瘁，至死不移！"其他人对叶旺与娟娟、明月长老、田田、岳索图等人共同商定而做出的决定，认为十分周到、适当，卜家奴、齐小小、巫利更是高兴万分。是呀，大势所趋嘛，哪个不想好好儿活着，谁不想走光明大道呀？大家的劲头儿全被调动起来了，个个摩拳擦掌，决心要大干一场。特别是乌蛇岭和蚰蜒洞两处站赤，成为大明进入辽东以后，首先夺得的重要立足之所，使朝廷在辽东有了向东海发展的基地。

由于娟娟等大明的人来到了乌蛇岭，给此地带来了生气，西大马架子这下可热闹啦，欢声笑语不断！巫顺为使尊贵的客人住得更舒适、做事更方便，便主动搬到了乌蛇岭驿站，同弟弟巫利居于一处，田田、叶旺、岳索图也随巫顺兄弟去了。明月长老同巫顺夫人住西大马架子的上屋，东下屋仍由两个闺女住。那么，娟娟住哪儿呢？她是一会儿都不愿离开师太。说实在的，从南京出发到辽东，娟娟一直同明月长老在一起，像个孩子似的围在身前身后转，亲近师太。只要离开几天，如同分别几年一样，觉得时间过得太慢。明月长老也离不开小娟娟，一时看不见就想得要命，总感到身边少了点儿什么。因此，娟娟当然同师太她们一起住了。

闲聊中，巫顺老夫人讲，她的两个闺女整天无事可做，只好在家闲呆。原本也会一些武功，是跟她们的父亲和叔叔学的，可已经好长时间不练了。娟娟听罢，若有所思，边点头边说："噢，是这样。那好，明天一早，我让她俩演练几招儿看看。"第二日，天刚蒙蒙亮，娟娟便出外打拳了，并叫上两姊妹，还让她们俩做了几个武术动作。看后，觉得基本功还行，就是不熟练。在一旁观瞧的巫顺夫人对女儿说："你们俩做的可比娟娟大姐差远了，要是有福气拜为师，那该多好呀！"娟娟听老夫人这么一说，根本没打奔儿，爽快地答应收为徒。觉得姊妹俩不仅长得好看，也很精神，又聪明伶俐。虽然年龄大了点儿，学软功、轻功肯定不赶趟了，但学一些枪、棒、刀等方面的技艺还是可以的。自己早想在辽东开创一个女儿营，把她们锤炼成巾帼英雄，使其成为未来保卫辽东的力量。像眼前的两个闺女，如果调教好了，作为女儿营的兵勇是没有问题的。再说了，孩子的好与坏并不是天生的，全靠有人带。山沟里的女孩儿无人管，除了做家务，没有其他营生。加上社会动荡，征杀不断，民不聊生，找"拉帮套的"或被拐卖的悲惨之事不断发生，当然不奇怪了。如果把她们组织起来，教习武功，传授本领，每人都学有一技之长，到那时，不是可以壮大大明在辽东的有生力量吗？何不先从这姐儿俩做起，走到哪儿就带起几个，逐渐的便能把辽东的年轻女人全部调动起来。想过之后，又一招一式地认真教授了一阵子棒功，直到喊吃早饭了，才一同收功回房。巫顺过来时，听夫人说娟娟教女儿练功的事儿后，也特别高兴，心想："能拜大明朝的秉仁公主为师，那名气可不小哇，是多大的殊荣啊，全是看得起我巫顺哪！"于是，对娟娟的印象越发好起来，倍加崇敬。

前书说到巫顺夫人走道一拐一拐的，确实是腿有痼疾，近几天愈加重些，走路十分困难。明月长老见此，已从昨晚起，给她以针灸治疗。第二天早晨，又到西边树林子里采来一些草药，亲自煎制。这样，本想早些离开乌蛇岭的打算，由于巫顺老夫人的腿病而耽搁了。明月长老对娟娟说："巫夫人的腿病不轻，肿得挺粗，走路费劲儿。咱们再住几天，给她治一治，起码能活动才行。"娟娟一向听师太的，自然不会有什么意见，便推迟了行期。于是，老人家每天采药、煎药，又给配制些丸、散、膏等。所有这一切，能不让巫顺老夫妻感动万分吗？话再说回来，明月长老治病可是真神啦，一针下去，立马见效。仅仅四五日，就把巫顺夫人的腿疾疗治得差不多了，不但消肿了，而且走起路来灵便多了，老夫人乐得跪在地上咣咣地直磕头。巫顺对明月长老更是感激不尽，佩服得五体投地。前几天老夫人还天天憋在屋里，什么活儿也干不了呢，甚至到外面去站一会儿都不行，心里是又着急又难受。没成想却碰上了大恩人，明月长老的神针、草药、膏药皆灵效无比。只几天的工夫，便使夫人不仅走道利索了，还能到院子里喂个鸡、鸭、猪什么的，你说老人家不是神人么！

留下的几天里，娟娟一日不落地教授巫夫人的两个闺女武功，大家也乐此不疲，在一旁助阵、叫好儿。姊妹俩在众人的鼓励下，练得越发来劲儿、认真了，功夫大有长进。可巫顺、巫利却看在眼里，愁在心头。巫顺对站在身边的叶旺说："叶将军，您和秉仁公主他们很快要走了，我闺女学了武功有啥用？派不上用场啊，若能跟着走就好了。"叶旺说："将来本朝的各路驿站都要充实力量，到那时，便可让她俩到站赤去了，并发给饷银。"接着问道："巫顺，乌蛇岭原来的情况怎么样？每个驿站下属站赤的铺兵，都能按时拿到酬劳和饷银吗？"还没等巫顺回答呢，在场的岳索图插嘴道："哪里呀，总驿站还有点儿银两，下边的站赤全是招募来的各地土民和民伕，纳哈出哪来那么多粮饷给他们呀！"巫利气愤地补充道："靠什么？全凭出去抢。兵厉害的，就肥一些；窝囊废的，只能饿肚子，天天混吃等死。"叶旺说："现在你们已经做了本朝驿站的铺兵，今后会按照每年的规定，分发粮饷，这是必须办的。"岳索图高兴地说："那可太好了，要不一些铺兵简直像群强盗一样，成了当地一害了。此种情况若继续下去，只能有利于纳哈出，黎民百姓则视站赤的铺兵为匪呀！"叶旺此次到乌蛇岭来，时间虽短，但得以了解了不少情况。还从元朝办站赤的弊端中，吸取了教训，总结了经验，并决心为大明办好驿站，使之更加充实、完善。后来，经过一番艰苦的努力，确实为明朝驿站的发展开辟了新路。

乌蛇岭的欢聚，终有散时。这一天清晨，大家吃过早饭，叶旺准备登程返辽阳，与马云会合。回去后，正经得忙一阵子，将有许多大事要办。首先，需向朝廷发奏折，禀告此段有关征辽诸方面的情况；其次，整顿辽东各驿站，做到每站所承担之差事明确、具体，以有备无患。还要为防范纳哈出突然南袭辽阳，认真做好细致的防务准备和应急措施。总之，事情很多，担子很重。叶旺之所以着急赶回辽阳，也是考虑到分别日久，马云会因一些必须尽快解决的问题没有具体落实而等得十分焦急。明月长老和李佑则随娟娟、田田、岳索图一道返回金山，每个人肩上的担子都不轻，要办的事儿也不少。首先，务要想方设法在金山站住脚。与此同时，还需多方探访，寻找建楼人，尽早揭开神秘的月牙楼之谜。叶旺、娟娟他们在离开乌蛇岭时，巫顺和卜家奴、齐小小、巫利等人骑马送行，巫顺夫人带着两个闺女也来了。老夫人忘不了是明月长老为她精心诊治了腿病，而且在临离开前，还上山采集了不少草药，专门炮制了足够半年用的口服药和膏药，真是舍不得恩人走啊！大家送了一程又一程，尽管叶旺、明月长老一再地回头挥手催促说："不要送了，快回去吧，送君千里总有一别啊！"可还是不忍离去，一面向前走着，一面泪眼凝望着远去的亲人，殷殷嘱咐着。巫顺只好劝道："到此为止吧，回去各忙各的，由我和巫利代送了，都回吧！"众人这才恋恋不舍地反身往回走。

叶旺和娟娟并辔而行。几天来，俩人都在忙，尽管见面不少，却没有多少时间在一起详谈。马上又要分别了，叶旺关切地叮嘱娟娟，一定要多多珍重，处处小心，注意安全，对解决月牙楼之事不能操之过急。应因势利导，待机而动，遇事多与师太商量。娟娟边听边点头答应着，一一记在心里，并将亲手缝制的两件小羊羔皮的坎肩儿送给了叶旺大哥。告诉他，那另一件是给马云大哥的，请替妹妹带到。一路须慎行，到辽阳后，千万别忘了代向二哥刘璟和嫂嫂美娘问候。

　　一行人大约走了四里地，来到了前方的一个岔路口儿。真是相见时难别亦难啊，为了明朝的大业，亲人们到此不得不分手了。叶旺在马上向明月长老和众位揖手告别道："望多多保重，咱们后会有期！"然后打马向辽阳方向奔驰而去。

　　叶旺离去了，巫顺兄弟继续往前送娟娟等人。走了一小会儿，明月长老便阻止道："巫顺哪，不必远送了，赶紧回乌蛇岭吧。你夫人的腿疾，只要按时吃留下的药，会日渐好转的。以后随时捎信儿给老尼，也好再捎些药过来，要多关心老妻哟！"娟娟也插嘴说："巫驿丞，你的两个闺女如果愿意的话，日后可到金山与我同住，还能继续教她们武术。"听了明月长老和娟娟满含深情的话语，巫顺又感动又难过，眼圈儿红了。也不知为什么，无论怎么劝，他就是不停下，仍跟着众人骑马前行，巫利紧随其后。

　　从巫顺的表情、神态看，像有什么事儿似的，眼睛直勾勾地瞅着前方的地面。明月长老多精啊，觉察出他是有话要讲，便道："巫顺哪，你们兄弟俩留步吧，别再跟我们走了，总有相别之时呀！想啥呢？看你似乎有话要说，能跟老尼讲么？"话音刚落，谁知巫顺突然跳下了马，明月长老一惊，勒住了马缰绳，其他人也全停下了。只见巫顺跪在地上，边哭边说："明月长老大师父、秉仁公主哇，你们的好心太让人感动了，对我一个身负重罪的元朝败将竟如此亲近，实在是无地自容啊！我有罪呀，还有个重要的情况一直隐瞒没说呀！"大家一听，忙跳下马，围了过来。娟娟着急地问道："巫顺哪，都什么时候了，你怎么还吞吞吐吐的呢？快起来，说吧，什么事儿？"巫顺站起身来，说道："哎呀，各位英雄啊，到了这个地步，真的不能不讲了。我曾接到高家奴的密信，信中说，他们将在两年后的乙卯六月，于一个叫板障子沟的地方开皮板大集会。什么叫'皮板大集会'呢？你们可能不知道，元顺帝在世的时候，每隔两年，就把江南江北、江西江东各地方买卖皮张的人全部集中到大都，即现在的北平府一带，举行集会。去的商家很多，人来车往的，非常热闹。每次皆由皇上亲自宣布皮板大集会开始，然后便是你买我卖地进行交易，这便是皮板大集会。如今，曾家奴、高家奴和扩廓帖木儿共同做出决定，重新恢复此盛举，并想法儿迫使纳哈出能同意参加。明着是为聚敛辽东和大漠一带的皮货，选设一地，公开进行买卖。暗里却是为联合各路力量，重举义旗，共反大明。也就是说，以皮板大集会的名义，把对大明不满的、受过明廷伤害的人，包括元朝的后裔重新笼络在一起，结成反明力量。高家奴为什么写信给我、并让充当总办的角色呢？只因我识皮货，有点儿名气，能聚拢一些人。曾家奴他们认为纳哈出独断刚愎，兴元不利，因此欲罢掉他。通过皮板大集会，采取震西抑东的策略，树老曾家、老高家、老扩家之威信，当然以曾家奴为主，从而夺天下，重振元威。诸位英雄、秉仁公主、明月长老，还有一点值得注意的，月牙楼里不是藏有玉玺吗？因为楼的构造很奇特，目前还没有寻到筑建之人。况且不明了其中的秘构，谁也不敢贸然行事，所以玉玺始终原封未动。到时候，他们定会想法子找到那个筑建人，然后进入月牙楼夺取之。如此看来，届时此地必有一场激烈的纷争。以小的之见，金山地险，秉仁公主、明月长老勿去，田田大将军亦应急防不虞。"

　　田田听了巫顺的一番话，气坏了，大声儿说道："巫顺哪，巫顺，真有你的！这么大的事儿，为啥不早说呢，还瞒什么？"明月长老、岳索图等也气不打一处来，怒斥隐瞒至今的目的，仍是在维护高家奴，为虎作伥！娟娟自然更有气，但转念一想，巫顺可能就是个肉筋筋的人。何况刚投大明，心或许没那么实，有些事儿暂时不敢往外端，还是可以理解的。不管怎样，终归是讲了，总比不讲好。于是，便对大家说："各位就不要再埋怨巫顺了，指责有何用？此事涉及到今后的大计，必须赶紧返回乌蛇岭，再做商议。这样吧，你们先回，我去追赶叶旺大哥。"说着，飞身跨战骑，嗒嗒嗒地向叶旺离去的方向驰奔。李佑见此，随之骗腿儿上马，陪师妹而去了。

　　娟娟和李佑把叶旺追回来时，众人已在乌蛇岭的村口儿等着了，然后一同去了西大马架子。巫顺夫人和两个闺女见叶将军他们又返回来了，可乐坏了，急忙出门迎接，高兴地说："哎呀，太好啦，这是老天留贵客呀！"老马倌儿赶紧走上前，把坐骑一匹匹地牵到马棚里，挑选上好的草料喂上了。叶旺在途中，已听娟娟介绍了巫顺方才谈到的情况，感到事态极为严重。认为此番计议，需请马云到场，娟娟表示同意。于是，便派卜家奴、齐小小和巫顺拿着叶将军的手书，速去辽阳，接马将军来乌蛇岭聚首。

卜家奴等三人急速飞奔，日夜兼程，马不停蹄地赶赴辽阳。第三日一早，便跑了个来回，将辽东都指挥使司同知马云将军接到了乌蛇岭。叶旺、马云兄弟见面，当然十分高兴。自打从南京出来、辽阳分手，现已是数月之久，相互甚为挂念。今得一见，怎能不倍感亲切？娟娟更是兴奋不已，拉着马大哥的手问这问那的，乐得嘴都合不上了。马云进屋后，向秉仁公主、明月长老重新见礼，娟娟忙拉住道："马大哥，你是抗元大英雄，小妹得先给英雄施礼才对呀！"她的一句话，倒把马云给说乐了。

在座的阿哥一定会问，娟娟为什么称马云是抗元大英雄呢？各位问得好，这就涉及到为什么非把马云接来乌蛇岭不可的缘由。真有此必要吗？有，太有了！因为眼下正是极其关键的时刻，只要是这种时候，皆离不开马云。前书说过，刘伯温曾多次嘱咐叶旺和娟娟："凡遇重要的或不可解的事情，一定要找马云。"其实，叶旺和马云在辽阳的官职顺序是并列的，都是都指挥使司同知，一般大的官。然而，年轻英俊的叶旺尽管是徐达的大弟子，武功又相当厉害，却一向很敬重马大哥。认为马云年龄比自己大，经验丰富，值得信赖。因此，不论在何时，总是主动地把马云大哥的位置排在前头。

马云也确实不简单，是明朝的重要将领。为人很好，诚恳正直，虚怀若谷。别看平时寡言少语，干起事儿来则能文能武，有勇有谋。故而，徐达才派他与叶旺一起到刘益手下，承担统一辽东的大业。马云一到战场上，与平时判若两人，完全不是那么蔫不唧的了，而是非常勇猛、干练！骑一匹枣红马，手执一杆亮银枪，像三国将马超一样，英俊神武，在万马营中有万夫不当之勇。说来，纳哈出的体会最深，早已领教过马将军的厉害。那还是在马云二十几岁时，随徐达大将军出征，正巧于永平①和当时的元将、千户长纳哈出率领的众多兵马相遇。两军交战，敌众我寡，在这种情况下，徐达令马云拿下纳哈出。马云领命想法儿接近之，与纳哈出的兵将周旋，连战了三天三夜。纳哈出当时虽是壮年，但由于生活腐败，精力大不如从前。而马云比纳哈出小十几岁，年轻气盛，浑身一股虎劲儿。当第四日二人战于阵前时，没几个回合，马云便将纳哈出干净利落地打于马下。纳哈出一看不好，遂没命地奔逃，

---

① 即今安徽当涂。

508

躲进一船舱中藏匿。马云急急追赶，在纳哈出手下一名小卒的密告和带领下，追到船舱，双手抓住纳哈出的屁股一用力，硬是薅了出来，生擒了千户长。纳哈出初次降明之前是被谁抓的呢？就是马云，而且大战之际，以少胜多，难道还不是正经八百的抗元英雄么？

徐达大将军特别喜欢马云，欣赏他的为人，并对他年近四十尚未娶妻很是关心。连大明天子朱元璋、军师刘伯温都曾劝过他，让早些找个合适的女子陪伴，已是壮年人了，该有个家口了。可马云就是一句话："不急，待大明天下平定后，再入洞房！"在马云、叶旺从南京出来、刘伯温老先生前去相送时，心里还十分惦念这件事，一再叮嘱叶旺和女儿娟娟，让他们务必在辽东帮助马将军物色一位巾帼。

各位阿哥，娟娟称赞马云为抗元大英雄，还不仅仅是指他的过去。现在马云坐镇辽阳，可不是平安无事，更不是终日闲呆，而是指挥着明军十万将士，在辽东半岛的辽阳、沈阳一线，不失时机地抗击着纳哈出兵马的袭扰，也是战事甚急呀！你们想啊，纳哈出本来就是一个穷兵黩武之徒，怎能眼睮着马云舒舒服服坐镇辽阳呢？事实上，自从高家奴丢了辽阳，他从未消停过，多次派恭格拉、乌迪什率兵攻取之。马云当仁不让，骑着大红马，像一溜儿红云似的闯阵杀敌、驰骋疆场，一次次让纳哈出尝到了外号儿叫"马疯子"的厉害。那真是杀敌不眨眼哪，没有不怕的，称得上是一位名贯辽东的武将！此前，说书人只不过为了集中讲述娟娟、叶旺深入金山、东海的进展情况，没有在书中细谈马云的作为罢了。这样一位赫赫有名之人，今日到了乌蛇岭，谁能不佩服？田田多尔济、岳索图二人过去只闻其名，未见其人，今日有幸得见，自然是尊崇至极、十分敬重地仰视着马将军啦！

叶旺和马云互致离别之寒暄，大家皆揖手问候，然后同吃了巫顺的老夫人给做的早饭，便在西大马架子聚首共议大事了。众人落座后，叶旺首先向马云大哥引见了新结识的英雄好汉——大将军田田多尔济、岳索图平章，还介绍了巫顺、巫利、齐小小等人。明月长老笑着说："马云将军，天下大事，总是分而又合、合而又分哪。此番会集，可是大不一样啊，今非昔比喽！原来在辽东仅仅占有辽阳一隅之地，如今又有了乌蛇岭、蚰蜒洞这样的通往东海的交通要道、发展基地，皇上要是听到了，定会龙心大悦的。尤其开始只是咱们几个从南京而来，后来渐渐地增加了不少新弟兄，多让人高兴啊！马云哪，此次来甚是时候，兄弟早该相聚了。老尼也是天天想你们、盼你们呀，不是想这个就是想那个，都想啊！"说着把身边的娟娟搂在怀里，又道："当然了，最想的还是我的小娟娟哪！的确挺有能耐，一个人在虎狼窝里呆了那么长时间，办了不少大事儿呢！"马云不禁竖起大拇指，夸赞道："好哇，妹妹真是大有长进啊！"这一夸不要紧，弄得娟娟不好意思地赶忙低下了头。

接着，娟娟、叶旺向马云详细介绍了这些天来所发生的一切。马云听后，那是阵阵惊奇，为之担心、又为之兴奋啊，并向田田多尔济、岳索图、巫顺等人表示由衷的感谢！当娟娟问到刘璟的情况时，马云告之："你二哥在辽阳闲呆无事，那里比较乱，故而不敢让他们远游。再说，他时刻挂念着刘老先生，我便让刘璟携美娘于数日前返回江南青田了。捎过信儿来说，已顺利地安抵故乡了。"娟娟听后，放心地点点头。马云转过脸来，对大家说："萨家奴曾带着娟娟的信到过辽阳，因此对纳哈出的情况全部知晓，估计他近日返回金山了。从娟娟的信里得知高家奴叛明、又与曾家奴联手的情况后，我便惦记着叶旺兄弟、娟娟妹妹，还有师太您老的安危，盼你们能平平安安地早点儿回到辽阳，深怕有个什么闪失。正在等得心急火燎之时，没想到卜家奴他们来了。来得正好啊，早想见你们了，再说也该在一起聚一聚、唠一唠了。这不，他们三个到那儿一说，我就打马匆匆忙忙赶来了。"边说边站起来揖手道："众位辛苦了，马云在这里向师太和兄弟们致意啦！"大家报以热烈的掌声。

话说简短。马云到了乌蛇岭，那可是大明朝在辽东的主要精英都聚到一起了，个个异常兴奋，纷纷让马将军介绍一下最近朝廷有什么旨意。马云说："这些日子，皇上甚是关心辽东的情况，让我们五日一小报，十日一大报。还多次下旨，责令务要警惕纳哈出侵犯辽阳，凡事须谨慎，多动脑筋，不能打被动仗。自从派几位到辽东以后，由于有田田大将军、岳索图平章、卜家奴等人的帮助，已经控制了纳哈出，稳定了辽东，成绩是很大的。目前，从巫顺接到的密信来看，眼下的大敌是曾家奴和高家奴。我的意见是以不变应万变，继续采取明亲金山、暗增己力的策略。也就是说，表面上拉纳哈出，帮衬金山。实际上，以金山为立脚点，暗地里壮大自己的实力，开创本朝在辽东之基业。如此一来，既可牵制纳哈出，又可辖制曾家奴和高家奴，进而对皮板大集会的举办造成干扰，不让他们的阴谋得逞。巫顺兄弟，祝贺你归顺了大明，这是聪明、仗义之举。今后，将通过你与他们的接触，从中摸清皮板大集会的内幕，以便掌握主动。为了有的放矢地做好各项准备，我倒有个考虑，大家是不是做一下分工。当然，不是板儿上钉钉儿，可根据形势的发展，随时做些调整和变动，只是暂时先这么分：我与叶旺仍按朝廷的使命，执掌辽阳，控制沈阳和开原。扩充各地驿站实力的事儿，则请岳将军费心，涉及到的一些具体问题，由卜家奴兄弟多做一些。要竭尽全力，壮大队伍，增强力量，把纳哈出的一个个站赤变成大明的基地。这样，便会使其兵威和声威慢慢削弱、缩小，徒有虚名而无实，逐渐为我朝所取代。为此，岳索图平章还要继续承担纳哈出的罗锅哨总站赤头领，佯装替他做事。同时，我跟叶旺兄弟将联名上奏皇上，为您请功，授予辽东驿道统领将军之职。"说到这儿，稍许停顿，双眼扫视着诸位。

岳索图听后，那真是受宠若惊啊！忙站起来，抱拳道："末将在所不辞，当必努力，请朝廷及众位英雄放心！"在场的人无不为岳平章高兴。马云继续说道："举办皮板大集这件事，虽然还有两年多的时间，但要想万无一失，需提前做好破掉此集会方方面面的准备，请秉仁公主、我的娟娟妹妹多操心。从密信中看，皮板大集会的举行，肯定与探月牙楼密切相关。所以，我们需把破月牙楼之奥秘与破皮板大集会连在一起，只能烦请田田大将军和巫顺多帮助了。你们应以金山为基地，联络北平府，想法儿惩治曾家奴、高家奴，打乱他们的阵脚。为此，我和叶将军将向朝廷奏请巫顺有功，授予振东将军衔。"巫顺听后，激动得也站了起来，深深感谢朝廷对他的信任。

经马云一讲，每个人心中都有数了，清楚自己今后该做些什么。田田兴奋地表示："我会一心跟着娟娟姐姐，拼尽全力大干一场的。从身世来讲，毫无疑问，原本就是当朝的人。生为大明之人，死亦大明之鬼，没说的！对究竟该如何去做，倒是有个想法。如今既然仍任金山纳哈出的掌印大将军，就得负其责，让他继续信任我。曾家奴、高家奴要开的所谓皮板大集会，实际是想树他们个人的权威，而拆大丞相的台，削弱现有的力量。我得把这一点千方百计地透漏给纳哈出，让他知道曾家奴、高家奴的阴谋，进而也反对他俩。如此一来，会对我们更为有利，可借我父王之手，耕种父王之地，办本朝之事了。用'原汤化原食'的策略，顺水推舟，吃混沌水，打混沌仗，惟独咱自己心中有数。既可控制纳哈出，又可制服曾家奴、高家奴，众位将军看如何?"田田确实不简单，谈得很干脆。

马云、叶旺、娟娟边听边不住地点头，全笑了。叶旺高兴地说："讲得好，很有道理，可根据形势进展而随机应变。"明月长老逗趣儿道："好个小田田，跟你父王斗起心眼儿来了？也好，算是保护纳哈出、拉他一把嘛！这个纳哈出呀，连大明的朱天子都经常给他写信，予以苦劝。他与曾家奴不同，虽然目的是一致的，但起码眼下不是要强攻南下，想先保住辽东这块儿地方，暂时做个当地的草头王与明朝对峙，然后再找准机会实现野心。可曾家奴、高家奴、扩廓帖木儿就不一样了，恨不得马上集中力量卷土重来，推翻明朝，复辟大元。在他们看来，纳哈出自保辽东，辽东必失。所以，才要西辽合兵。即西域、塞北和辽东连成一气，占领长江以北，同御南朝，使辽东永固。我们绝不能掉以轻心，不能让此阴谋得逞。老尼觉得方才田田提出的办法不错，下大力气跟纳哈出打场混沌仗，使他心中有我们，我们心中也有他。不过，必须得扯紧手中的风筝线，让纳哈出随咱们转。这样，此风筝才飞不了。叶将军讲得极是，当随机应变，想尽办法把握形势。"众人听后，无不赞同。

接下来，大家针对明月长老和田田所讲，越议论越兴奋，越想办法越多，那是七嘴八舌地话不落地儿呀！过了一会儿，叶旺抬眼看了看马云，随即站起身来，拍了一下手说："弟兄们，先静一静。咱们已经在一起交谈多日，马大哥今天刚来，我看还是请他多讲几句吧，好给兄弟出出主意。免得分手后，遇到为难遭窄之事无法排解，怎么样？"大伙儿鼓起掌来，纷纷说："好，好哇！请马将军讲。"叶旺一向尊重马云大哥，在座的各位也都知道那是明朝的小徐达，很有韬略，自然愿意听听他的高见。

马云经叶旺一点将，推辞不过，便把大家的想法在脑子里概括、归纳了一下，然后既简明扼要、又条理清晰地谈出了自己的见解。他说："各位英雄，综合以上意见，依我看，从战略上是否采取这样的步骤：第一，就本人与叶将军来说，驻镇辽阳，则等于北朝在辽东有了自己的基地，可直接与纳哈出对峙。两下是针尖儿对麦芒儿，死打硬拼，分毫不让。而且对他决不能手软，更不可疏忽，随时随地做好攻防的准备。只要纳哈出一尥蹶子，立马拍他屁股，敲几杠子。使之很难受，只好老实点儿，不得不听我们的话。诸位呢，特别是秉仁公主、明月长老、李佑兄弟，你们在广大的民众之中，接触面儿广、范围大，什么人都能联系上。各部落的女真人是咱们的亲人，当然需联络；元朝各路的兵马将士，不可避免地要接触；纳哈出手下的人，也不是完全不能做朋友。怎么办？惟有按刘伯温老军师在此次临来辽东之前嘱咐的话去做，即广结土民，建立密切的关系，就地生根，亦张亦弛，审时度势。前一段各位做得很好，要再接再厉，多交各族各姓的女真朋友。坚持做下去，方能一点儿一点儿地把金山掏空，人员渐渐归到大明一边，他纳哈出自然便被悬在空中了。没有了支柱，指不定哪一天，就会扑腾一声掉到地上摔死！"马云的话说得很风趣儿，众人听了，不禁哈哈大笑起来。

马云环视了一下四周，继续说道："第二，大家千万要记住我们下一步的行动，不管是各位也好，我和叶旺兄弟也罢，须随时相互配合，灵活机动，有分有合。我很在意刚才巫顺讲的皮板大集会这个机密，可不是件小事，正是曾家奴、高家奴和西域的扩廓帖木儿的战略安排。现在既然已将情况摸清，争取了主动，那就好办多了。俗话讲得好，知己知彼，百战不殆。大家都知道，破月牙楼和破皮板大集会二者并不矛盾，是一致的。曾家奴他们举行皮板大集会的目的，便是协元灭明，其中要害的关节为月牙楼，这一点十分重要，始终不能忘。我非常钦佩和感谢秉仁公主，一直盯着月牙楼，并为此交了许多朋友，掌握了不少重要的情况，做得很好！目前，月牙楼处在众目睽睽之下，成了举世瞩目之地。不仅明朝的各个将领注意这儿，元朝的残兵败将，包括逃到大漠河林那位所谓的元朝新皇帝，叫什么爱猷识里达腊的也在惦记着，只因楼里藏有元帝的玉玺。当然了，旷世之宝绝不能让那些人得到，月牙楼必须得由咱们先来破。从高家奴给达家奴的密信中，得知月牙楼的建筑人是位姓华的工匠，估计正在多方寻找，因为只有他知道此楼构建的秘密。月牙楼虽建在金山，但纳哈出对建筑的结构并不清楚，所以他破不了，曾家奴、高家奴、扩廓帖木儿同样破不了。咱们务必想尽一切办法，先找到华大工匠，为破月牙楼创造条件。另外，信中还有那么句话：'皮板盛集赏花灯，其乐无穷。'这话什么意思呢？我认为巫顺讲得对，举办皮板大集会，不单单是为卖些皮张、弄点儿银两那么简单。更主要的是借此招兵买马，扩充实力，与本朝决一死战。因此，必须破了皮板大集会，不但不让他们得到什么'其乐无穷'，而且还得鸣乎哀哉！说起来，徐达大将军曾多次告诫过，要力占辽东，实行燕辽联手，孤立、分化纳哈出。因为他早就看出元残余势力正在集中力量，把已被打散的、在西域青海的、在宁夏塞北的乃至辽东的残部聚合起来，准备与明廷对抗。并交代我们，到辽东以后，头脑里不光想着征服此地，使其归到大明的版图，还要与燕地的明军合力，即同他所统领的百万大军联手，才不至于孤军作战。然而过去由于对大将军的嘱咐考虑得不多，注意得不够，故而没有实行燕辽联合。尽管做了一些，毕竟尚未分化曾家奴和高家奴，人家内部仍很抱团儿。今后，一定要认真对待，千方百计地拆散他们。再有就是在一段时间里，我们过多地相信了高家奴，甚至介绍到北平府去。万万没想到这个败类是笑里藏刀、暗中使坏的人。"说到这儿，看了看叶旺，只见那张脸红红的，惭愧地低下了头。马云咳了一声接着说："不得不承认，我们对不起徐大将军的一片苦心，有负于给予的厚望和信任，有些事没有照他的意见去做。应该说，我有很大的责任，实在是后悔莫及呀！不过，众位兄弟，亡羊补牢未为晚也。我们应抓紧去燕北与徐大将军见面，尽快使燕北与辽东联手，包括寻查华姓工匠亦是如此，不能单单拘于金山。我意娟娟在师太的帮助下，尽可能地扩展扇面，可延伸至燕地。只有广结八方同道，才能耳聪目明，有助于破解金山月牙楼之谜。"马云的一席话，如同拨开乌云见太阳，使娟娟、叶旺和所有在场的人顿开茅塞，眼前为之一亮！异口同声地称赞马云讲得好，给人一种柳暗花明又一村之感，进而觉得探求之路更加宽广深邃了。

乌蛇岭群贤聚义之后，田田多尔济、岳索图将军有了双重身份，成为朝廷的重要臂膀。田田明着是大丞相帐前掌印大将军，暗地里却是大明朝秉仁公主、武威安抚使的大帐掌印大将军；岳索图明着是罗锅哨站赤的总头领，暗地里却为大明统领着辽东的各个驿站，乃名副其实的大明驿道统领将军。这样，朱元璋的势力越来越强，纳哈出经营多年的、上下纵横的交通运输联络网，已不显山、不露水地悄悄儿归入大明王朝管辖之中。派往辽东的各路英雄，正鼓雄风、立大志，去迎取新的胜利。这才引出诚意伯怪叟遭害，鲍氏姊妹双成亲，鞏娟娟遁入空门，华云龙北平献图，断魂谷"二奴"殒命，胡惟庸谋逆伏诛，请听我朱伯西继续讲唱下章乌勒本。

各位阿哥，本章开首，我朱伯西先给大家讲段儿故事。相传大元至正末年的一天，元顺帝出外郊游。车骑伞盖，鼓乐动天，大都的臣民百姓皆俯伏相迎。顺帝一时兴起，传旨龙辇就地停下。随后，由众侍臣、太监护拥着走下龙辇，笑盈盈地来到了道旁正跪地叩头的一农夫面前。农夫吓得心惊肉跳，战战兢兢地直打颤，哪敢举头上看？旁边跪着的一个七岁顽童，看样子是农夫的小孙儿，也伏在地上不敢抬头。顺帝弯下身来，把祖孙俩扶起，侍臣赶忙抬过一把玉椅，搀陛下就座。顺帝见二人满身是土、傻乎乎地张着嘴巴、瞪着大眼睛看着自己的样儿，觉得怪有意思的，在宫中哪见过这等模样的一老一小呀，随口说道："尔等不必惊惶，能不能给朕说个歌谣听听啊？"祖孙俩紧张得根本没听清皇上说的啥，仍愣愣地瞅着，没吭声儿。旁边的护驾大臣一看，着急了，提醒道："皇上跟你们说话呢，没听见呀？"二人可能吓得耳朵都聋了，完全懵了，还是没答话。护驾大臣见此，只好耐着性子，轻声儿说道："不要害怕，皇上挺慈祥的。快说个歌谣，皇上要听，能不能说呀？我知道你们肯定会说，说一个，说一个吧……"翻过来覆过去地动员了半天，农夫好像刚刚才缓过神儿来，明白了皇上是让说个歌谣。他侧过头来，瞅瞅身旁的小孙儿，抬眼怯声儿问道："让我孙子说个歌谣行不？"护驾大臣想了想，行啊，小孩儿说，皇上或许更爱听。忙道："好吧，那就让你的孙子说。"小孙儿一听，吓得哆哆嗦嗦的，抱住爷爷直往身后躲，只探出个小脑袋瓜儿偷眼看着护驾大臣。爷爷一个劲儿地捅他，意思是别躲了，快给皇上说一个吧，然后站到了一边。小孙儿在爷爷的一再催促下，逼得没招了，摸摸后脑勺儿，犯愁了，可得说啥呢？寻思了一会儿，仰着小脖儿冲皇帝问："我说个'骨碌玩'中不？"皇上根本不知道啥叫"骨碌玩"，也从未听说过，便道："骨碌玩就骨碌玩吧，行，行啊！"旁边的众臣齐声儿鼓励道："孩子，别怕，没事儿。快好好儿说，说吧！"好歹总算把小孩儿哄得差不多了，也不那么抖了，这才又赶紧回到爷爷身旁。皇上一看，孩子抿了抿嘴，张了张口，要说了，挺高兴。于是，身子往后靠在玉椅上，两手分别放于双膝，微闭着眼睛，静等小顽童说歌谣。

　　当时在大都，即现在的北平府街巷中，兴起一种"骨碌戏"，纯粹是顽童们的一种玩儿法。就是小孩子们双手抱肩往地上一趴，像个小木骨碌似的往前滚，一边骨碌一边唱，看谁一口气骨碌的时间长，骨碌得远，站起来后目不眩头不晕，这便为赢。在地上一骨碌，尽管个个都是一身的灰、一身的泥，却仍乐此不疲。此刻，护驾大臣把小孩子们的这种玩儿法告诉了皇帝。皇上听后，很有兴致，笑着说："朕在宫中真没看过什么'骨碌玩'呢，朕爱看、爱听！"小孩儿早不像方才那么怕了，马上伸出双小泥手一抱肩，身子扑腾往下一趴，在皇上面前就地来了个十八滚，边滚边唱：

骨碌玩，

骨碌玩，

骨碌骨碌到南天。

南天有个骨碌王，

骑飞马，

挎飞箭，

升个亮星照一片。

　　皇帝边看边听，觉得新奇得很，拍手大笑着喊了起来："好啊，好啊！"这顺帝可是头一次看小孩子在地上滚，觉得好玩儿极了，乐得什么似的，还说："朕看了，也听了，太好啦，朕非常高兴！"旁边的不少扈臣听了歌谣，倒觉得很不是滋味儿，然而谁也没敢说什么。顺帝又到周围转了转，便传旨起驾回宫了。

　　皇上在大街看一顽童在地上骨碌并唱儿歌的事儿，在大都很快便传开了，越传越远。有人认为此儿歌是大元的不祥之兆，"骨碌玩"与"蒙古玩"的意思一致，不吉利。歌中唱的"南天有个骨碌王"，不正说明南边将有逼宫之人，而且是飞马飞箭吗？显然是暗喻江山易主之兆，日后必有新星在大都升起。说起来，孩子唱的歌谣正如人们所料，切中当时形势。不久，朱元璋江南起事，统一诸部，元顺帝西逃而亡。大元灭，大明兴，元朝的大都变为了明朝的北平府。后来，北平府被当今大明天子分封给了四儿子朱棣，为燕王之王都，大元朝的宫殿则为燕王府邸，真的就在这里升起了一颗天下最灿烂的亮星而应了那首儿歌的话了。阿哥们，你说巧不巧？朱伯西我刚刚只是讲了一段儿小小的插曲，不过马上要讲到那颗在北平府上空新升起的亮星了，敬请各位耐着性子等待。现在还是书接前章，按照顺序慢慢道来。

话说众英雄在乌蛇岭聚义时，正值洪武五年岁尾、洪武六年岁首交接的当口儿，家家户户忙着杀猪宰羊，辞旧迎新。叶旺等人收复了乌蛇岭、蚰蜒洞两处站赤，又明确了下一步的分工，才依依分手，忙各自的差事去了。马云、叶旺心急如焚，想赶紧返回辽阳，以防御纳哈出随时可能率兵来犯。认为前一段之所以按兵不动，只是没有缓过手来而已，不可大意，更不可小觑，必须认真对待。于是，二人匆匆告别明月长老与众兄弟，又拜别了娟娟妹妹，打马上路了。明月长老、娟娟、田田、岳索图和李佑一行，准备速去金山，再会纳哈出。娟娟尤为性急，没一日不念叨金山的事情，总算成行了，并且还是同师太、李佑同归，自然很高兴。恨不能一步能跨回金山，去馒头山见那位好心的苦僧人，让师太好好儿听听他的介绍，找出破月牙楼的道眼来。巫顺、巫利先是泪眼送别了马云、叶旺，回过身来又恋恋不舍地送明月长老、娟娟他们。路上，明月长老、娟娟一再鼓励兄弟俩，要忠于朝廷，尽心竭力，勿负圣恩。巫顺跪地叩头，诚心诚意地说：“小的安敢苟息？为大明愿效犬马之劳。请长老和秉仁公主放心好了，如果发现新情况，特别是高家奴要是给了我什么信，定将马上送过去。二位在哪儿，我就送到哪儿，绝不会误事的。路遥知马力，日久见人心，慢慢品品便知道了。”听了这话，娟娟心里落底了。仅仅是喘口气儿的工夫，巫顺像是忽然想起一件什么事儿来，马上又道：“秉仁公主、明月长老并各位大人，你们有所不知，离此地八里之外，高家奴设了一处私人牧场，养良驹千匹。有来自西域的大宛马，也有来自塞北的铁离马，匹匹价值千金，并将养马之事全权交由我兄弟俩经营。他既已叛明，那些马理应归于大明朝廷，不能为纳哈出所获。由于牧场是在密林之中，远离金山，故而目前对大寨所发生的一切尚未知晓，各位临行前何不去选几匹神骥自用？”一旁的巫利笑着说：“是呀，大好的机会干吗错过？过了这个村，可就没这个店啦！”

岳索图是最喜欢马的，听巫顺、巫利这么一讲，高兴极了，一拍大腿道：“太好了嘛，正盼着有好马骑呢！巫顺哪，没成想你嘴够严的，连我都没告诉过，一直不知道哇！”田田、李佑也爱马，尤其听说有大宛马，当即走不动道儿了，双双劝娟娟和明月长老说：“咱们赶紧去吧，看一看，开开眼！"田田想了想，认真地说："要我看哪，是得去一趟，选几匹上好的马带着。"明月长老和娟娟一愣，异口同声地问："为什么？"田田说："我突然离开金山几日，纳哈出必会生疑，若是问起来，还真找不出恰当的理由回答。现在好了，可以选几匹送给他。他不是一般的喜欢马，而是十分看重，更不要说天下良驹了。只要见到了，会把一切事儿全放于脑后的。只冲这一点，娟娟姐姐、师太，你们看是不是该去？"二人听了田田的说辞，觉得有道理，加上岳索图、李佑又很想去，便同意了。其实，明月长老本不喜欢骑马，愿意徒步走。她是得道高僧，凭着一双大脚板儿、一根禅杖走天下，已经习惯了。只是到了辽东，同大家一起走，人家骑马，她不得不跟着骑罢了。

巫顺兄弟见明月长老、娟娟同意了，便头前带路，领着他们几个来到了鹰窝谷。放眼望去，山峦起伏，绿树丛生。再往里走，可见一处群山围绕的平原。就在平原之上，用粗木头圈成了一个大牧场，饲养了上千匹骏马，由四十多名兵丁看守着。一群群黑色的、白色的、棕色的、枣红色的马，在阳光的照耀下，在绿草、松林的映衬下，有如一块块缎子般发亮。又像是在茫茫的田野上，绽开的一大朵一大朵不同颜色的鲜花，耀眼夺目，构成了一幅幅美丽的图案。大家无比兴奋，惊诧地瞧着那些马，喜欢得不得了，恨不得立刻能骑身于上。

岳索图是选马的行家，于是，陪田田进入了马栏之中，开始一匹匹地选。选中的马，不是一牵立刻能跟着走的。为什么呢？要知道，这些皆为烈性生荒子马，从没见过生人，更没被人骑过。你靠近它，它便同你开仗，鬃毛一抖，大嘴一张，叫着咬你、踢你、刨你。要想制伏它，必须拿上套马杆子，将选中的马套住。然后再瞅准机会，跃上马背，用刀子样厉害的鞭子狠抽马肚子底下软毛那块儿。啪啪几鞭子，可将肚皮抽出血，马疼得浑身直哆嗦，只得老老实实站住，不再叫唤了。马的脾气得摸准，软的欺，硬的怕。你越怕，它越尥蹄竖鬃、高声嘶叫。你超过它，压住它，它才能服。

岳索图和田田是在纳哈出元军帐下长大的，又是骑马的能手。无论多么厉害、凶狠的马，到了他们手里，都得服服帖帖的。这不，只要田田看上的马，岳索图根本不用掐什么马耳朵。一概采用往马肚子抽鞭子的方法，很快选出了上乘骏马十匹，交给了田田，以便带回去献给纳哈出。然后，又为每人选出一匹良驹，准备路上换骑。娟娟忙道："岳大哥，我可不敢骑。看架势，生荒子马非把我摔死才肯罢休！"岳索图说：

"秉仁公主，不要怕，马最势利眼了。你看，我已经把它制伏了，它只好乖乖的。我在跟前，你尽管骑，它不敢动的，肯定不会怎么样。我要是走了，你再骑它，不摔才怪呢！"说得大家全乐了。于是，众英雄各骑千里神骏，精神抖擞地向金山进发，真是别有一番气派！

书讲至此，不由得想起唐朝大诗人杜工部曾赋一首五言诗赞颂胡马。所说的胡马，即泛指西域和北疆的名马。此诗表面上是写马，实际是寄情于物，展现出勇武男儿战胜一切困难的英雄气概，不愧为千古绝唱。诗中写到：

> 胡马大宛名，
> 锋棱瘦骨成。
> 竹批双耳峻，
> 风入四蹄轻。
> 所向无空阔，
> 真堪托死生。
> 骁腾有如此，
> 万里可横行。

这首诗将马写到了出神入化的地步，把它的气魄、所向披靡的劲头儿活龙活现地描绘出来了。古人称赞名马，多先夸其耳。"竹批双耳峻"，是说马的耳朵像刀削的竹筒儿一样，竖起来尖尖的，此为良驹的象征。《齐民要术》一书中也讲到："马耳欲得小而锐，状如斩竹筒。""风入四蹄轻"，则是形容马的四蹄奔跑轻快如风，似腾云驾雾、神风托起一般。诗中还称颂骏马"所向无空阔"的气势，叹服不怕路途遥远、吃苦耐劳的精神，告诉人们可放心地托死生于它。即是说临危时，它能驮着主人脱险，敌人想杀你砍不着，遇万难吓不倒。即使在海角天涯，只要有此神骏，大丈夫依然尽显英雄本色，天下横行，如入无人之境，任谁挡不住，写得真是太生动、太美妙了！

书归正传。单说五位老少英雄十分感谢巫顺兄弟的好意，在鹰窝谷与之话别后，便匆匆打马上路了。明月长老由娟娟、田田陪行，走在前面，李佑与岳索图殿后。数日前，明月长老曾由此经过，一道儿心神不宁的，挂念着娟娟。万没想到的是，现如今娟娟竟自己赶来与师太相会，又伴其同行。老人家很是欣慰，也愿意随娟娟早到金山，见见那位苦僧人，或许能根据线索琢磨出一些攻破月牙楼的妙招儿来呢！他们准备得特别充分，岳索图、李佑二人带了不少水和干粮，以供大家食用。娟娟之意，不在中途住客栈，耽误时间。一路上，尽管马跑得快如飞，娟娟却仍嫌太慢，心急火燎地想早些赶回金山。田田、岳索图还多了个差事，就是需好生照看那十匹快骠，绝对不能让它们累瘦了，那会使纳哈出看了心中不快。因此，白天既要喂马、饮马、赶路，夜里又要随马一起进入林中避寒风，仗剑看守野兽的侵袭，真够累的了。明月长老看在眼里，疼在心里，让李佑过去帮助他们。这样，很自然地形成了两伙儿，一伙儿是明月长老和娟娟，一伙儿是赶马群、护马群的岳索图、田田和李佑。

北疆良驹多是走马，便于乘骑，皆可日行千里。除中间喂草料、饮水外，从早到晚不住闲儿地嗒嗒嗒一溜儿小跑，相当神速，从不站下来休息。在北方，与马为伍的战将、铺兵都习惯于骑马远征。渴了饿了，就在奔跑的马上饮水、吃干粮；乏了累了，就拍拍马，意思是告诉坐骑，我要歇一会儿。那马非常懂事儿，知道主人困了，要在自己的背上小睡，立刻放轻蹄腕儿，走得更稳了。即使在它身上放一碗水，也不会溢出来。遇到沟涧时，马总是选择最平坦的路走，从不搅扰主人的安歇。一旦遇到异情，它会咳儿咳儿大叫，以此示警。训练有素的马是最通灵性的，与主人心心相印。它的眼睛、耳朵、嘴唇是表意的地方，动一下也好，吻一下也罢，全是心灵的交流。战将与坐骑相处得跟亲兄弟一般，如果马受伤了或死掉了，主人会痛不欲生的。无怪乎北疆有不少的"马坟"、"马墓"，此中寄托着主人对心爱的战马的怀念。

五位英雄座下的快骠奔如闪电，加上岳索图是管理站赤的，对路径十分熟悉，所走的皆为站哨往来的秘密羊肠小道儿，是最近的。所以，只半天一夜的工夫，便接近岳索图所在的罗锅哨了。这时，天还没有大亮，远远望去，前边的林中现出了两堆红红的篝火。不用问，必有夜行人！岳索图对此地再熟悉不过了，忙让四人停止前进，轻声儿说："怪呀，是谁在林子里打夜宿？倘若是金山的人，为何不在罗锅哨小歇？那里有宿营的下处呀！很显然，只要越过罗锅哨卡，完全可以证明他们不是金山的人。既然不是，为何能深入到我们的腹地？看来这伙儿人不是好货，或许是匪类不成？"李佑和娟娟最好凑热闹了，又喜动武。特别是娟娟，正经有一段时间没有弄刀动枪了，手都直痒痒，忙说："岳大哥，你是本地人，认识你的人多，最好不要动，在此好生照看马匹、侍候师太便行了。由我与师兄代劳，前去察看仔细。要是歹人，必会落在咱手里的，跑不了！"明月长老听后，笑了，说道："岳大人，索性歇一歇好了。他们既然愿意去，那就去吧，咱们也好图个清静。放心吧，没事儿！"于是，岳索图同田田、明月长老轻轻跳下马，赶着马群，悄无声息地隐入道旁一片榆树林子里，略做小憩。

单说娟娟、李佑为行走方便，原本就穿着当地的猎装，便没有另做打扮。各自仔细检查了一下所带的兵刃等物是否齐全，之后，李佑回头对明月长老、岳索图和田田嘱咐道："你们仨可得注意听着，若听到鸟叫，是报平安；若听到孩子哭，是求援；若听我喊出声儿来，定是大水冲了龙王庙，一家人不认一家人了，为熟人相逢！"明月长老逗趣儿道："谁不知道你的口技好？别卖关子了，快去吧，我们听着呢！"惹得岳索图、田田和娟娟捂着嘴乐，脸憋得通红，岳索图还亲切地指着李佑说："你真是个调皮蛋儿！"娟娟和李佑随即向三人抱拳道："我们走也！"话音刚落，两人已从大道上一个奔向东，一个奔向西，迅速隐入了密林中。采取两面包剿之势，从东西两个方向往正北方有篝火的地方，像把大钳子似的突然夹了过去，令那些人防不胜防，束手就擒。

说时迟，那时快，就在明月长老、田田、岳索图三人拢好马群、田田又在林间找了块儿开阔地请师太坐过去，老人家刚刚缓步走过来还没等安身落座的时候，从高处噌地跳下一个人来，腋下挟着个看似不高的小胖子，像个圆球儿似的。到了跟前，将他扔到了三人中间，只听扑通一声，把小胖子摔得大喊大叫起来："哎呀，哎呀，疼死我啦！"此刻正是黎明前，虽然看不清小胖子的脸，但声音听来却很清晰。坐在地上的田田当即一愣，随之跳将起来跑过去，弯下身把小胖子抱在怀里。明月长老也觉得这声音咋那么熟呢，几乎与田田同时到了小胖子身边。岳索图更听出来了，急忙大步蹿了过去，一把将小胖子头上被李佑套上的黑口袋扯了下来。

黑口袋又叫"蒙兜儿"，是专门为捕人预备的遮掩物。只要往头上一套，立马两眼一抹黑成盲人了，看不见方向和捕他之人的举动行为，当然也就不便反抗了。岳索图把蒙兜儿一拉下来，小胖子便大口大口地喘了好一阵子气，看样子闷得够呛，几乎快哭了："哎呀，我的娘啊，憋死我啦！"边喊叫边瞪着眼睛仔细瞧抱他的人。这一瞅不要紧，马上又笑了，两手勾住田田的脖子，惊喜地说："哥哥，你怎么也在林子里？我搜遍了金山各处，就是找不到你！"随后站了起来，看了看身旁的几个人，脸一变道："哎呀，这不是岳索图么，明月师父也在呀？好哇，你个李佑，太狠心了，怎么连本将军都不认识了？不但把我抓起来，还给套上了'蔽眼蒙'，你们是要搞窝反哪？回去非禀告父王不可！"说着，又捶田田哥哥又跺脚的，一把鼻涕一把泪地连哭带号起来。

各位阿哥可能要问，小胖子到底是谁呀？原来正是纳哈出帐前的小统帅、位在田田之后的迎迓礼仪大将军、田田的同胞弟弟扎浑多尔济。别看还是个孩子，却身居高位，让李佑这么一折腾，能干吗？就像受了多大委屈似的，在那儿连哭带叫、连蹦带跳地没完没了。李佑一看，愣神儿了，弄得哭笑不得。忙过来给扎浑多尔济赔不是，又作揖又施礼的，边笑边说："弟弟，好弟弟，真是对不起，哥哥这厢有礼啦！只怪我没看清，事儿办得太慌、太急了，敬请多多原谅！要不这样吧，我趴下，你使劲儿打，任凭打扁都成。不过话得说回来，可千万给哥留口气儿呀！"说着，真的扑通一声趴到了地上，偷偷在那儿乐。田田也在不停地劝，耐心哄道："消消气儿吧，别哭了，多大个事儿呀？好了好了，已经过去了，没事儿了。"扎浑多尔济边抹眼泪边斜眼瞅着李佑趴在地上、撅个腚、让自己狠揍的怪样儿，不禁又咧嘴笑了。

这时，明月长老走了过来，边给扎浑多尔济擦脸上的泪珠儿边搂到怀里，真心疼爱这个不到十岁的孩子。她亲了亲扎浑多尔济，关切地说道："孩子，让你受屈了，别哭了，坐下歇歇。李佑刚才还说'大水冲了龙王庙，自家人不认自家人'呢，他真就不认自家人了，该罚！师太为你出这口窝囊气，行不？"然后冲着仍趴在地上的李佑说："好了，李佑哇，先起来吧，看我以后怎么收拾你！"说着，偷偷抿嘴笑了笑，忙又收敛了笑容，向扎浑多尔济问道："孩子，师太问你，怎么到林子里来了？"没等扎浑多尔济回话呢，明月长老突然发现没有了娟娟，便抬起头来问李佑："哎，娟娟呢？"李佑说："师妹将另外三个人给制伏了，还在那边看管着呢！师太，天太黑，我刚才确实没看清楚。当时，只见一个人左右指挥得挺欢，猜他肯定是头儿，所以就把小头领给抓来了。啊，不，看我这嘴，又出错儿了，是把扎浑小将军、我的小兄弟给请过来了。"明月长老马上吩咐道："咱们到前边去看看。"于是，岳索图、田田拉着扎浑多尔济在前面走，明月长老、李佑紧随其后，赶着马群，向燃烧篝火的地方走去。

这时，天已大亮，一行人来到篝火旁，见有三个人正脸朝地趴在那儿，娟娟于一旁仗剑看守着。当看到明月长老他们过来了，扎浑多尔济

东
海
沉
冤
录

又在其中，娟娟才恍然大悟，一切真相大白了，忙命那三个弟兄："快起来，起来！"扎浑多尔济一见娟娟，重又一肚子委屈、一肚子火儿，忽地跳将过来，根本没叫总寨主，更没问好，瞪着眼睛，双手把腰一叉，大声儿申斥道："你们太飞扬跋扈了，到我们金山来，得欺侮谁就欺侮谁，难道是明朝的奸细不成？竟敢抓我扎浑多尔济，欺侮到迎逆礼仪大将军的头上了，真是胆大包天！我可不像哥哥，如同个棉花团儿似的，谁捏谁扯都行，那绝不成！本将军问你们，到底想干啥？"娟娟赶紧过来给他施礼、赔过儿说："扎浑弟弟，千万别生气，全是我的错儿，姐姐对不起了。"田田看弟弟闹得太不像话了，立马走了过来，喝道："扎浑，快住口，休得无礼！当时天还没亮，你们不住在岳索图大哥的罗锅哨里，反而在林子里瞎晃荡，哪能想得到哇，谁又能看得清？再说了，金山地界除了外地人，本地的干吗秘密笼篝火？误把兄弟当歹人和奸细抓咋的，就是没看准嘛！眼下的事儿够多的了，还胡闹什么？父王千嘱咐万叮咛要多加小心，哪个敢说这里不能混进歹人？你是受了一点儿委屈，大家已再三赔礼了，差不多就行了呗。杀人不过头点地，还想怎么样？再说了，你不是不知道，明月长老、娟娟师父不仅是父王的大恩人，也是咱金山的大恩人，难道胆敢得罪不成？要让父王知道了，能饶恕你吗？糊涂，糊涂呀，竟如此放肆！细想一想，方才发生的事儿起因不是怨你自己吗？"田田讲得头头是道，说得句句在理。

扎浑多尔济听哥哥一说，琢磨了半天，觉得是那么回事儿，心想："对呀，天还没亮，谁敢保证一准就能看得清？离罗锅哨没几步路不去住，却在外笼篝火，谁看见都容易误认为是坏人呀！要是我，也得这么想。是啊，还是头脑太简单了，做错了事儿，才引起了一场误会。此事不能怪人家，的确怨我。"想至此，怒气随之便消了，不再闹腾了。岳索图走过来说："好了好了，全是自家人，纯粹是个误会，扎浑多尔济会想明白的。大家别说了，外头挺冷的，赶紧请到我们的站赤，喝点儿酒，压压惊，快走吧。"扎浑多尔济没吱声儿，乖乖地跟了去。

当岳索图把众人领进了距此不远的罗锅哨后，忙命德布楞生火，杀鹿造饭，为明月长老等人消除疲劳，给扎浑多尔济兄弟热酒压惊。酒饭中间，扎浑多尔济讲了此行的缘由。原来他是奉父王纳哈出之命，唤田田大将军过府议事，说是有要务相商。扎浑多尔济这回多了个心眼儿，没敢说不知道田田在哪儿，怕父王再训斥他一问三不知，只好带着三个随从出了城。打听来打听去，终未打听到哥哥的去向，估计是与总寨主妙善师父出去办什么事儿了。接着找了两天，仍未见影儿，急得团团转哪！他平时对田田哥哥挺尊敬、挺亲的，小哥儿俩的关系处得不错。此刻，扎浑多尔济既不想马上回去禀报父王，怕对哥哥有气；也不想去罗锅哨住，怕岳索图知道了没找到田田，再暗中报告给父王。当然，他并不知道岳索图与田田的私人之交。因此，只好白天到各处去找，晚上就傻乎乎地在荒郊野外笼起篝火，打小宿。心想："反正田田大哥要是回来，没别的道儿，必经此路，莫不如在林中等着。只要在靠道边儿的地方笼上火，哥哥从这儿一过，准能看到并告之父王正找他，然后一块儿回去。"说实在的，扎浑多尔济寻田田是咋找都找不到，又不好回去交差，在林中天天受冻挨饿地干等，也真是难为他了。刚才还让李佑抓住蒙了一阵子，憋得要死，你说心里能不窝火嘛！田田听完扎浑的讲述，自然是万分感激，知道弟弟是为自己才受委屈的，便又好生安慰了一番。

在罗锅哨，大家吃完了早饭，稍歇息了一会儿，岳索图便送别了明月长老、娟娟、田田、李佑和扎浑多尔济。一行人赶着十匹骏马，没再耽搁，急忙挥鞭踹镫，奔向金山。

娟娟等人到了金山后，田田、扎浑多尔济径直去丞相府拜见父王纳哈出。扎浑挺高兴，庆幸自己能交差啦，总算把哥哥找了回来。田田心里却像揣个小兔子似的，嘣嘣直跳，寻思道："见了父王，挨训是肯定的，躲是躲不过去了。要问我上哪儿了，得怎么回答好呢？只能说：'儿听某地有上乘良驹，知道您一向看重宝马，遂到那儿给父王选马去了。'对，就这么讲！"到了丞相府，田田忐忑不安地进了屋，给父王叩拜。纳哈出背靠着太师椅，头上敷一条热毛巾，微闭双目，两边有几个侍女侍候着。看起来不同往常，没精神头儿不说，还憔悴得很。田田心想："大丞相怎么了，难道得啥病了？"便走到跟前，问道："父王，您是不是哪儿不舒服，没找郎中看看么？"纳哈出像没听见似的，过了半天才问了一句："你还回来了？"田田马上说道："父王，我从外地弄来十匹神骥，请快到院子看看吧。一匹比一匹好，您一定会喜欢得不得了！"哪知纳哈出听了之后，并未因此而兴奋，连眼皮都没挑一下，只是哼哈答应着："噢，是嘛，牵到马圈里养着吧。"纳哈出的反常表现，不禁使站在一旁的田田和扎浑多尔济一愣。扎浑心想："这可不是以往父王的神态呀！在早一听说有好马，况且又是神骥，立刻就来了精神，

东海沉冤录

524

甚至高兴得跳起来！今天可倒好，不但早日的风采没了，而且根本不想去看，一个酷爱马的人怎么会这样？气色还不好，发呆、发傻，与昔日相比，简直是判若两人哪！"

田田瞅了一眼身旁的弟弟，又偷偷看了看纳哈出，心里也在琢磨："为什么会这样呢？可能是最近发生的一连串事情给折腾的，也真够他呛啊！还算刚强，不然，一般人早顶不住了。你想啊，那事儿是一件连着一件。首先，纳木扎勒台吉反叛，对他的触动不小，事先根本没有料到哇，多亏娟娟姐姐帮助平息了叛乱 。接着是爱子都布多尔济被杀。虽然父王心里不太喜欢都布，但总还是自己的亲生儿子，偏偏就死在了丞相府。可以说，对他的精神是极大的刺激，实在难以承受。这且不算，豁鼻马可算得上父王的老朋友了，两人无话不谈、无事不讲，关系十分密切。突然不知为何与都布过不去，审问半天没个结果不说，还越问越揪心，最后人家冷不防自刎而死了。豁鼻马的离去，对父王来说，可谓一次沉重的打击。另外，近些天来，曾家奴、高家奴今天传个信儿、明天报个信儿的，对父王不停地施以威逼，平添压力。再加上辽阳的明将马云厉害得很，父王多次派兵征剿，总是打不过，去一次，失败一次。非常可能是因为这些事儿，使他焦头烂额、精疲力竭，变得异常沉闷，不那么飞扬跋扈了。若是从前，找了我多日未见，早就暴怒了！眼下却像个老太太似的，不愿出声儿了。"田田、扎浑多尔济看着纳哈出那副无精打采的样子，无论怎么说，毕竟是哥儿俩的父王，心里挺不是滋味的。

再说与田田一块儿回到金山的明月长老、娟娟、李佑重又去了城内纳哈出分给的四合院儿，这里已空闲多时了。因明月长老先走了，娟娟虽留在了金山，但后来并未在此居住。他们进了门，见里面的陈设依旧，一点儿没变，只是落了厚厚的一层灰尘。三人简单打扫了一下，接着在各自的住房里盥洗了一番，漱口更衣。然后，明月长老带着两个弟子于佛堂摆供果，点高烛，焚香、诵经、叩拜，正经有好些日子没时间敬佛了。拜罢，师徒便在一起商量今后该怎么办。明月长老说："咱们这次回来，娟娟再去馒头山看苦僧时，可不是你一个人扮作扫垃圾的营兵就能蒙混过去的。若是三个人一起去，十分惹眼，出出进进肯定不便。何况又住在内城里，容易引人注意。我意还是去住田田府，那是在城外，行动方便些，去馒头山大可不必那么谨慎了。"李佑说："既然师太说了，不如马上收拾东西，趁城门没关，赶紧搬到田田处去住。"经李佑一提醒，明月长老、娟娟想想也对，决定当天晚上不在四合院儿住了。于是，三人将佛堂的香火熄了，各人带上自己的衣物，把院门一锁转身出了城，径直去了田田府。

田田府的门丁都认识明月长老他们，一看师父回来了，立即禀告了田将军。田田高兴地出门相迎，又命佣人赶快打扫干净师父们往日住的房屋中的尘垢，陈设要摆放规整。之后，便请明月长老、娟娟和李佑到各自的房间内放好衣物，自己则跟着去了师太和姐姐的屋子。不一会儿，李佑也过来了，田田说道："师太、姐姐、李佑，告诉你们一件奇怪的事儿。这回我到父王那儿去，可真是破天荒了，竟没有受到责备。开始心里没底，忐忑不安的，怕又要挨一顿申斥。可他没那么做，感觉父王的精神不好，似乎身体还有些毛病。更令人不解的是平时特别喜欢马，带回来的十匹良驹却连看的兴趣都没有，更不用说去骑、去试了，只是让佣人牵到了马厩里。直到现在，我没弄明白父王的心情为什么不好，琢磨着可能是近些日子连续出事儿，把老头儿折腾得没精气神儿了。"娟娟听了以后，想了想说："还是把萨家奴找来细问一下吧。他天天在大丞相跟前，一定能摸着点儿须子，看看究竟是咋回事儿。"田田表示同意，遂命心腹速传萨家奴。

萨家奴来了之后，所谈的情况与田田大相径庭。他说："秉仁公主让我送信回到金山后，发现纳哈出正忙着秘密备战。大丞相觉得都布多尔济遭暗害，豁鼻马于罗锅哨自杀，乌蛇岭遇到匪徒掠抢，送押的犯人尚未弄清底细便被劫走，都是辽阳的马云派人所为。他恨透了马将军，视为心腹大患、眼中钉、肉中刺，并决心拔掉大明天子朱元璋插进来的这把钢刀。就为此，金山大寨的把守比以前严多了，出入城门的令牌已全部更换为'纳'字令牌了。"说到这儿，停了一下，看了看在场的人。见娟娟是一副若有所思的神态，明月长老也没吱声儿，接着又道："纳哈出吃了几次亏以后，心慌意乱，有如惊弓之鸟。原来传讲河北大宁的曾家奴等人要来金山，最近听说不打算来了，不知为何，纳哈出也闭口不谈。乌迪什的管家苏巴泰，是岳索图将军的二女婿，我们俩曾交谈过。苏巴泰告诉我，乌迪什在酒宴上散出风儿来，说金山的事儿只能由金山人来管，不能任什么和尚、姑子指手画脚。这话大有来头儿，他所以能讲出来，很可能是纳哈出说过的。因此，请你们事事谨慎、处处小心为好。如果不行，别硬挺，不妨出去躲一躲。"娟娟吩咐萨家奴，要继续观察纳哈出的动向，随时禀报，然后便让他回去了。

东海沉冤录

萨家奴走后，娟娟谈了自己的想法。认为田田和萨家奴讲的完全不一样，很不正常，其中一定有问题，值得分析。明月长老赞同道："讲得好！如此看来，这些情况是该重视起来，纳哈出或许是在制造假相蒙人，不能不多加小心。咱们近一阵子忽而露面儿、忽而隐去的，恐怕已经引起了他的怀疑。"田田说："这样吧，我马上进丞相府叩见父王，观察一下再说。"娟娟说："也罢。你先去，详细地了解一下情况，随时告诉我们。"田田转身刚要走，又回头问了一句："姐姐，我见到父王该怎么说你呢，告不告知已回金山了？"娟娟说："为啥不告诉？秃头虱子明摆着的，瞒不得。""好吧。"田田边答应边出门去了丞相府。

　　第二天，娟娟仍在琢磨萨家奴讲的那番话，便问明月长老和李佑："我昨晚想了一夜，你们说田田和萨家奴他俩究竟谁讲得准？我相信弟弟不会撒谎，没有理由故意欺骗咱，莫不是萨家奴有些虚张声势？"二人没多说什么，只是讲："不用着急，走着瞧吧，先观察一下再说。"娟娟本是个性格刚强的人，想了想，又道："依我看，不用怕，没啥了不得的。纳哈出这个人我也看透了，软的欺、硬的怕，还特别能装蒜。说不定早对咱们产生怀疑了，不过是不知深浅、不知到底有多大能耐、没有确凿的证据、不敢轻易下手而已。再说他自己已是焦头烂额，弄得不可开交，哪还顾得过来对付咱们呀？眼下很可能是麻秆儿打狼两头害怕。反正是福跑不了、是祸躲不过，师太、师兄，用不着太顾及他，越顾及越是事儿，那会连步都迈不开了。"李佑撑腰打气地说："对，咱怕他什么呀？顶多是离开金山呗！"明月长老说："好吧，暂且不去管他，小心点儿就是了。仍按原计划行事，说干就干！"明月长老、娟娟、李佑是越说气越壮，于是，三人大大方方地以游赏冬景为名，走向了去馒头山的路。

　　去西山的道儿上，仍有不少送垃圾的金山营丁，也有送葬的人。看来馒头山成了不可缺少的地方了，什么都往那里送。明月长老和两个徒弟径直来到了馒头山，娟娟往上望去，青山依旧，翠松高耸，白云飘拂，悠远沉静。对这一切，她已经看惯了，亦十分熟悉。又注意地瞅瞅每棵树，仔细地找啊找，找遍了整个松林，未见苦僧。只见几只寒鸦在山巅盘旋，还有一只雄鹰展翅在高天之上，像钉在那里一样，一动不动地向下瞭望着。此为雄鹰的本能，它能在数百丈高的天际之上，凭着羽翼和尾巴，固定在空中不动，专心致志地搜寻着地上的兔子、鼠类等小动物。一旦看准，便会突然俯冲而下，小兽霎时毙命，化为鹰餐。明月长老和李佑一边走一边也仰头儿向上看着，脖子都酸了，仍无有结果。李佑要自己上山的高处去寻，不料娟娟却很有把握地说："师兄，不用上去找，苦僧没在那儿。若是在的话，我早就看到了。走，跟我来，他一定在前面的山洞里诵读经文呢，或者正想念咱们呢！"于是，领着明月长老、李佑向前面走去。

娟娟虽说同苦僧接触的时间不长，留给她的印象却特别好，感到十分亲切，时常惦念，恨不能立刻能见到。加上她对地势熟悉，心里又急，所以走得相当快。不大工夫，三人来到一处古洞前，娟娟冲里面喊道："师父，师父，真想你呀，我看你来啦！还把师太、你想见到的大师领来了。这回好了，咱们有主心骨儿了。"边喊边沿着石缝儿侧着身子挤了进去，明月长老、李佑紧随其后。走过竖立着的两块大石头构成的夹缝儿，里边逐渐宽敞了，可见到一侧山边的大石洞，原来这是洞中之洞。石洞有斜向的三角形洞口儿，又低又窄，高个子人得稍稍猫下腰才可以进去。娟娟他们进了洞口儿向里去，立马觉得有一股凉气扑面而来。因是乍到洞中，开始不太习惯，才有些寒冷之感。明月长老对李佑小声儿说："怎能住在这里？时间长了，可是容易做病的。"李佑点头道："是呀，苦僧人够怪的了，住哪儿不好，偏住山洞里。"他俩边说边不停脚地随着娟娟往里走。娟娟大声儿喊着，震得四周嗡嗡的："师父，师父，我们来了，你在哪儿？"喊声过后，一点儿回音都没有。娟娟开始不安了，心一下子提到了嗓子眼儿，寻思开了："怪了，往日根本不用走多远呀！即使在山下，只要我喊一声，他早出来接了。今天是怎么了，是不是出啥事儿了？"这么想着，赶紧大步蹿了进去。

娟娟站在洞的中间，举目往四下一看，映现在眼前的是一片狼藉，苦僧人住的地方已被火给烧了。睡觉的床以及放东西的木头架子塌了，一堆堆烧焦的木头堆在那里，破碗碎碴儿散了一地。什么佛龛呀、经文呀，衣被呀全不见了，还有不少东西是娟娟一次次从金山给背上来的，也一扫而光，屋里空荡荡的。洞内尚有烟熏的味儿，很显然，不久前是经过了大火。火缘何会在洞中燃起，苦僧又到哪儿去了呢？不得而知。面对此情此景，娟娟预感到师父凶多吉少，急得眼睛都红了。她实在忍不住，一屁股坐在地上，呜呜地放声儿大哭起来，边哭边说："师父，你在哪儿呀？不是答应在山上等我嘛。我不该走，不该离开呀！若是有灵的话，赶快告诉我吧。师父，娟娟对不起你，来晚了。你有仇，我替你报；你有冤，我替你申。师父啊，听见我说的话了吗？倒是回答呀，快给娟娟指个明路吧！"娟娟是热泪横流哇，哭得趴在了地上，不论明月长老和李佑怎么拉、怎么劝，就是不起来。二人的心也被娟娟的哭声揪扯得阵阵酸楚，眼泪汪汪的，没想到晚来一步，苦僧竟遭人暗害！

待娟娟哭过了一阵子，明月长老和李佑费了好大的劲儿，才把她连拽带搀又哄地拉到了洞外，找块儿石头让她坐下静静心。娟娟依然泪流不止，伤心得哽咽着说不出话来。恨自己当时怎么就走了，把苦僧一个人扔在山上，孤立无援，结果出事儿了。若是不走，仍留下来，会成为师父的助手，不至于如此。一想到这些，娟娟真是后悔莫及呀！过了好一会儿，明月长老见娟娟哭个没完，便劝道："娟娟，冷静点儿，光哭能顶啥用啊？你好好儿想一想，最后跟苦僧分手时是个什么情况，估计一下洞中燃大火怎么会发生。难道你们哪儿做得不谨慎，露出了破绽，才给可怜的同道惹下了杀身之祸？"娟娟听师太这么一问，眼泪又止不住地滴滴答答往下掉，说道："师太呀，要是像您老人家说的那样，娟娟可就犯下大罪了！或许是因为我常来，注意不够，让耳目盯上了，才下此毒手？不能啊！师太，我每次来都十分小心，从没发现有跟踪之人。记得最后那次来看师父时，他是从山顶儿下来相迎的，我们一同进入洞中。然后告诉他，我马上要去办一件事儿，很快会回来，请师父一定在山上等着。回来时，将把明月长老领来，咱们一块儿合计合计如何破月牙楼。苦僧当时答应说：'放心吧，我不会离开山洞的，你要快去快回。'还叮嘱我，一路要多加小心，千万不可大意，平平安安地回来。"明月长老听后，点了点头，紧蹙着眉头思索着。

李佑这小子遇事机灵，善于动脑筋，道眼多。娟娟哭时，他已经在到处寻摸了，边瞅边说："洞里突然被焚，肯定是有原因的。只要咱们的心不乱，下点儿功夫找一找，必能发现一些蛛丝马迹。这样一来，不就可以破解谜团了吗？"娟娟立马受到了启发，觉得师兄说得对，明月长老也认为李佑的话不无道理。于是，三人开始分头在洞中、洞外、洞前、洞后仔细察看，不放过任何一块儿地方、任何一样东西，哪怕一块儿木头、一块儿石头都要翻翻、看看。找了一阵子，李佑忽然在洞口儿处发现了血迹，忙喊："快来看，有血！"明月长老和娟娟闻声儿围了过去，见血已变黑，不过经过仔细分辨，还是可以看清的。既然有血，说明此处曾经发生过争斗，而且有人受了伤。又经过一番寻找，再没发现什么。

此时，已经是下晌了，李佑抬头看看天色，提醒说该往回走了。可娟娟却不想挪步，像没听见似的，并顺势坐在了石洞缝隙出口儿处的一棵老歪脖儿榆树下面。她知道，这棵树是苦僧用来晾晒衣服的，又是自己每次离开时，与师父分手的地方。送她走时，苦僧常坐在树下望着，她亦总是一步一回头地挥手告别。因此，慢慢地对树有了感情，看着它就像见到师父一样。老歪脖儿树因年深日久，底部的树皮脱落不少，露出了白白的树干。时间一长，磨得光光的。榆树的生命力特别强，尽管如此，照样挺拔地生长着，而且枝叶依然繁茂。娟娟一边看着老榆树，一边想着苦僧的音容笑貌，内心伤感至极。她站了起来，抚摸着树干，摸着摸着，无意间碰到了一块树疤处，正巧那里有个小窟窿。伸手往里一掏，感觉碰到了一个软团儿，拿出来一看，原来是块包经文的黄绫布！娟娟如获至宝，兴奋得眼睛顿时亮了，忙将黄绫布展开，只见上面写着殷红的血字："迫等君，思情深。共焚火，是真凶。"字虽不多，却是苦僧留给她的最后信息。从十二个字儿的字迹来看，十分潦草，得费力辨认才能悟出那是个什么字儿。显然，写的时候，一定很慌乱。

娟娟手托黄绫布看了一会儿，递给了师太，李佑也凑过来细瞅。明月长老手打合揖道："阿弥陀佛，佛祖保佑，这几个字太重要、太珍贵了，给我们以点拨。娟娟，有了血字就好办了，将它破解后，便可以找到伤害同道的元凶了。可是，其中的'共'字儿做何解释？谁是'共'，莫不指的是那放火人？有些令人费解。"娟娟对黄绫布上的字句之意虽然一时不能解开，但得了此物，已是万分高兴。觉得心里像乌云压顶的天空突然透出了一抹彩霞，亮堂多了，不那么憋屈得难受了，暗想："苦僧师父，放心吧。我即使走到天涯海角，也要找到那个真凶，为你报仇！"这时，李佑担心出来时间长不好，又一次提醒应赶紧下山。既然事情有了头绪了，继续在此处耽搁下去已毫无意义，回去再做打算。于是，三人迅速下了山，很快回到了金山田田府。

丑时刚过，田府佣人招呼用膳。明月长老、娟娟、李佑来到饭厅，刚端起碗，田田便进来了。他坐在桌旁，拿起筷子，一边吃一边说："刚才到父王那儿细摸了一下，总的来说，像我第一次回来时介绍的那样，有些变化是真的，然而没有萨家奴讲得那么严重。萨家奴说要注意，必要时出去躲一躲，不知道是啥意思，不会是吓唬你们吧？倒是有几件事需要引起注意：一是据说纳哈出准备外出巡查，至于到什么地方去，他没告诉任何人。不过，我知道前一阵子派乌迪什攻打辽阳，不但没攻下来，而且损失很大。父王十分懊恼，打算增兵再去，近期可能成行。金山诸事务暂由我们兄弟掌管，乌迪什将去何处，尚不知晓。二是纳哈出又新任命了一批将领，把原来的撤换下来不少。由此可以看出，他对前任的某些将领不信任，甚而大加怀疑。这次任命中，乌迪什部很受重用，虎、豹、熊、鹿、鲸五军大都督、达鲁布花大元帅等，几乎全是从他的下头抽上来的，其中不少人连我都不认识。不仅如此，还将原来驻守山海关的几员大将以及站赤中的一些得力将领同时调来金山，可见是要大大充实力量。新加入金山大帐执掌兵权的大将军有：原镇守一秃河站赤的达鲁布花金察大将军、原镇守粟末水站赤的达鲁布花萨都大将军和原镇守辽阳尉达鲁布花佟世泰大将军；现执掌虎头旗的达鲁布花总帅为乌莱大将军，原来的旦曾帖木儿调到察哈尔镇守边关去了；现执掌豹头旗的达鲁花总帅为庆起大将军，原来的毛木帖木儿调去镇守山海关了；现执掌熊头旗的达鲁布花总帅为危仁大将军。执掌鹿头旗、鲸头旗的达鲁布花大元帅分别为拜柱大将军和旦巴大将军；大丞相府七门总督兵马司大元帅，是恭格拉推荐的吊眼儿狼乃颜扎布。金山大寨分外、中、内三个城。现执掌金山三城总督兵马司的元帅，是蝎子虎仇海牙；执掌金山兵、钱、粮草、马匹总库督管兵马司的大元帅，是五毒蛇乌马儿；我仍为金山大帐掌印大将军；乌迪什升任右丞相、金山大寨大丞相府九门总提辖，或叫总提调，督揽金山司政之职。眼下的乌迪什可了不得了，远在我田田之上，仅次于大丞相。纳哈出赐建右丞相府，府址就设在大丞相府之侧，成了纳哈出第二、金山第二大寨主。三是随着人马的变化，新制订了很多保密措施，如令牌全部变成了'纳'字牌等，这一点萨家奴讲得是对的。之所以采取了如此严密的自卫手段，主要是怕有奸细，防止内乱，也是为了进一步巩固金山的力量。看来纳哈出尽管精神不振，却一刻没闲着，的确在行动。"田田讲到这儿，停了下来，连着扒了几口饭。

娟娟、明月长老、李佑注意地听着田田讲的每一个变化、每一个新情况，边听边认真地思索着。接着，田田又讲了一件令他们意想不到的事儿。原来纳哈出昨天突患昏迷症，竟倒地不醒。虽经府内众郎中精心调治，但并未见轻，丞相府上上下下顿时乱作一团。皆言此病难治，要想医好，还得赶紧请明月长老。大家都知道老人家和总寨主已经回来了，正在企盼着快去给大丞相诊治呢！方才萨家奴曾带几个人来请，结果没见到，便返回去了。娟娟、李佑、明月长老心里明白呀，刚才不是去馒头山了嘛，可不就让萨家奴白跑了一趟。田田说："依我看哪，咱们吃完饭以后，不用他们来请，直接去丞相府给纳哈出看病。娟娟姐姐，你不是早想进丞相府摸些月牙楼的情况吗？这可是最好的机会哟！"说着撂下了碗筷。

应该说，田田所讲的对于娟娟和李佑来说，算是个喜讯。他俩本来千方百计地想进大丞相府，苦于一直没有由头，故未成行。哪成想机会今天却自己送上门儿来了，这不是太妙了嘛，正好可以利用给纳哈出瞧病进入丞相府，而且还要理直气壮、名正言顺地去！二人兴奋得满脸通红，眼睛都比平日亮！可明月长老想事儿细呀，琢磨了好一会儿，才开口问田田："你能不能把纳哈出的病情给我讲一下？"田田说："我只知道，眼下已把金山的所有郎中全聚到大丞相府里了。那些人显得很忙乱，跑进跑出的，皆言父王是因突然神志恍惚才人事不省。至于为什么会这样，尚未弄清，始终没说出个子午卯酉来。我也觉得奇怪，在此之前，父王还饮了点儿酒，并与属下商议明日出行之事呢！冷不丁变成了另一副模样，谁知道得的是什么病呀？师太，您快去吧，我等不了了，得去府里帮乌迪什右丞相张罗郎中们的用膳以及派车马取药之事，他们已是一夜没有合眼了。我走了，你们别再耽搁了，最好随后就到。到府门那儿一说，肯定会让进的，盼都盼不来呢！"说完，推开门匆匆忙忙地先走了。

吃完了饭，娟娟、李佑便随着明月长老去丞相府。刚走出田田府门，娟娟突然想到一件事儿，忙说："田田刚才讲了，金山这阵子有不少变化，进丞相府门得有'纳'字令牌。我们没有啊，方才又忘了问田田该怎么办了，如何是好？"李佑满不在乎地说："师妹，没关系，甭管那套，到丞相府门直接往里走。要是不让进，还真就不进了，回头便走。今天可是金山主帅主动请咱来的，谁要是胆敢阻拦，日后大丞相有个三长两短，那上下人等不得吃不了兜着走哇？谅他们也不敢！咱们总算扬摆一回，是随活神仙师太来丞相府呀，你听师兄的吧，准没错儿！"明月长老听后，只是笑了笑，没说什么，脚步却没停。

一行三人很快到了丞相府门口儿，刚要往里进，几个门丁走过来，正如所料，立马横刀挡住了。李佑凶巴巴地说："好大胆子！也不睁开眼睛看看谁来了？这是明月长老和金山大寨的妙善总寨主、丞相的大恩人，今天是给他治病来了，你们还敢挡驾，长几个脑袋呀？"守门的兵丁是新调换来的，确实不认识他们。虽然过来阻止不让进，但态度倒蛮好的，又鞠躬又行礼的，温和地说："众位老人家有所不知，令牌已换，小的们没听到七门总督大老爷的吩咐，断不敢让你们进去呀！"李佑见此，索性故意大声儿嚷嚷开了，这下府门口儿可热闹了，招来不少兵丁过来观瞧。

正在这时，突然丞相府正门大开，十几个护军簇拥着一位年近六旬的胖老将走了出来。此人长得特别难看，一张黑脸膛儿，留着八字胡，一双往上吊吊着的贼溜溜的大眼睛骨碌碌乱转，鼻下是又扁又大的鸭嘴。只见他一步三晃地从门楼台阶上往下走，眼皮儿不挑，看也没看便大声大气地说："谁在那儿又喊又叫呀？成何体统！混账东西，难道不知道这是丞相府吗，还敢在门口儿吵闹？快给我滚开！"等下了台阶仔细一瞅，才看清来至府门前的是一位身穿尼姑袍、手拄禅杖的老者，旁边还有两个人。一位是短身小打扮的俊秀姑娘，另一位是身着壮士服的年轻男子，看起来像是大师父的徒弟，护卫于左右。他马上明白了，三人可能就是常听人说的明月长老师徒。还没等众兵卒开口禀报呢，忙自我介绍道："本将乃颜扎布，原在八里外巡狩边关，故与你们未曾谋面。不过听人讲过，想必几位是金山的大师父吧？名声如雷贯耳呀，本将亦略有知晓。小的们，看在他们的名分上，赶紧请进去吧！"娟娟一听来气了，心想："哎呀？关于我的职衔竟一嘴不提，纳哈出是啥时候连个招呼都没打就把我给罢掉了？不行，一定得说道说道。再说了，我们可是被请来的，况且我又是金山大寨名正言顺的总寨主，还需你们看什么名分、给什么面子才能进门呀？今天要是认我这个总寨主便罢，否则绝对不行，咱别客气啦，宝剑相见！"

大家知道，娟娟的剑术非常厉害，金山人没有不怕的。称雄一时的纳木扎勒台吉还不是被她的阴宗双鹤剑割下了脑袋？此事早已震动了金山，无人不知，无人不晓。这样一位超群女侠，岂容别人轻看？就在她要发脾气的时候，有人飞马赶来，为首的是乌迪什右丞相，后面紧跟着田田多尔济。乌迪什边走边喊："乃颜大将军，快快恭请三位师父进门，不可阻拦！"乃颜扎布见乌迪什亲自来了，忙上前迎接说："右丞相，小将没挡，哪里敢怠慢呀，正恭请三位师父进门呢！大师父赫赫有名，那些新调换来的小崽子们可能没见过，我还能不认识嘛！"说完立即转过身来，冲明月长老他们双手拱揖，笑脸儿奉迎道："三位师父，快请快请，小将得罪了，望海涵。"看来吊眼儿狼还算会办事儿，脑袋反应挺快，嘴也不笨。

明月长老、娟娟、李佑在乌迪什、田田的陪同下，径直进入了大丞相府的后堂。向四周一扫，见里面站满了兵将、佣人等。另一厅内，已有十几位老少郎中坐在那儿，七嘴八舌地议论着大丞相的病情。有的摇头摆手，有的唉声叹气，有的议论着、猜测着，莫衷一是。如此看来，均未找到纳哈出的真正病根儿，不知如何用药。众郎中见明月长老他们进来了，忙起身恭迎。其中，有些郎中是认识明月长老的，因她去过金山的各个药铺，自然与之相熟。见过礼后，乌迪什就把三位单独安排在后堂的小花厅内歇息。这里幽静、淡雅，养了不少盆花。什么吊兰、紫竹、牡丹、杜鹃多得是，花香四溢。在养鱼缸内，有不少不同颜色的金鱼，五色斑斓，游姿优美，甚是好看。

三人落座后，佣人立即送上洗手水，端来茗茶，乌迪什请他们小歇一阵儿。明月长老站起身来，脱掉了尼姑大袍外罩儿，佣人马上接了过去，挂在衣架上。然后，老人家弯下身来，伸出双手于水盆中盥洗。洗毕，从早已站在身旁的佣人手中接过手巾，边擦边向乌迪什询问纳哈出大丞相的病况。待听完乌迪什的简单介绍，便道："不知大丞相此刻病情有否缓解，我这就去看看。"乌迪什客气地说："师父来时走得太急太累，不用忙着去，再歇息一会儿吧。"明月长老说："不了，还是看病要紧，领我去内室吧。"乌迪什遂命丞相府内的奴婢引领老师父进入丞相住的大帐，请娟娟、李佑在外面小花厅吃茶坐等。

一天多来，金山的郎中们像走马灯似的纷纷为纳哈出瞧病，均未看好。在这种情况下，众将便把救治的希望寄托于明月长老身上。现在活神仙来了，大家能不关心她是怎样给大丞相看病的吗？于是，几位新任的大将军也跟着明月长老往内室走。一块儿去的，还有金山郎中总丞办，即首席大先生。在进屋的路上，首席大先生快走几步，赶到了明月长老身边，谨慎地介绍着大丞相的病象。长老只是默默地听，不时地点头，并不言语。刚踏入内室的门儿，明月长老反身又出来了，吩咐娟娟提着药匣子随她一起去。娟娟随手拿起师太的小药匣儿，相跟着进入了内室，乌迪什、萨家奴、田田随后也进去了。

众人来到大丞相帐内，见五六个侍女手里拿着一应物品肃立两侧恭候，卧榻的白绫大幔已用钩环分别拉向两边。纳哈出上身儿着白缎印花儿盘龙衬衣，没有系扣儿，裸露着胸膛，侧着身，脸冲外，似睡非睡地躺在铺着锦衾的病榻上。明月长老、娟娟上前仔细看了看，见他比以前消瘦多了。长鬓飘散，微闭双目，头发用金簪扎于头顶儿，呼吸微弱。

东
海
沉
冤
录

站在明月长老身旁的首席大先生悄声儿向老人家说："大丞相一直这样，已经十几个时辰了，始终没有苏醒过来。"明月长老问："丞相小手没有？"就是撒尿没有。首席大先生回道："尿到床上了，刚收拾完。"又问："尿色啥样儿？""发黄，尿液浓。"看来，首席大先生一点儿不敢疏忽，观察得挺细。

明月长老为人诊病四十多年了，积累了丰富的经验。望闻问切，表里虚实，对所谓的四诊八纲、辨证施治之术，已是非常通达。经她之手救治的人不可计数，确有神技。各位阿哥都知道，凡是庸医，诊病之前总先自吹一通儿，接下来就用中医的术语唬人。有些人不懂，一听挺能白话的，便以为医道高。事实上，中医不是"嘴把式"，必须要有真本事。名医多不擅讲，而是全身心地投入。诊病之前，先一言不发，查其病因，求其病理。之后方辨证施治，对症下药，这才能得药到病除之功效。明月长老问过之后，坐在了病榻前的靠椅上，为纳哈出把脉。从脉的走向，体味着全身各处的状态。从上身到下身，从头到脚，无一处遗漏，这叫号全脉。足足把了半个时辰，老人家才站起来，俯身看了看纳哈出的眼皮，又让佣人将他的嘴慢慢掰开，看了看舌苔，然后缓步走了出来。乌迪什、田田、萨家奴以及新升任到金山的众位将军也随之出来了。大家很关心大丞相的病情，两眼紧盯着明月长老，想听听怎么说。除此，纳哈出的十几位妻妾竟抛开礼节，顾不上那么多了，早从另一暖阁里走了出来，含泪恭候着大师父，想听听怎么讲。众人皆指望着明月长老，企盼着能使大丞相起死回生，转危为安。个个心里在想，大丞相可是金山不可或缺之人哪，有不少事儿等着他去办呢！金山的擎天柱要是倒了，众多的护拥者该如何是好？

此时，乌迪什右丞相见明月长老始终没说话，心里这个急呀！又等了一会儿，实在忍不住了，方问道："师父，大丞相病情怎样？请千万想方设法医治好呀！您需要什么，让我们怎么办，尽管吩咐。"明月长老说："我看过大丞相的病候，主要来自肝肾，肾经之病为痼疾。时间已久，其脉形寒肢冷，沉迟无力。由于长期服用参茸等大补之药过多，不但未补，反伤了肾阳。肾阳极虚，阳事不举，欲情所伤，此为病基。又因诸事繁重，肝阳上越，气血充盈于上，引起猝然昏倒，肝风内动所致。"就这么几句话，便把病根儿、病源讲得十分到位。

那么，明月长老说的是什么意思呢？就是大丞相的病若从远来讲，平时房事频繁，肾伤得太厉害。人生后天以肾为本，肾有病，则会引起其他脏器诸病，特别是男人更如此。大丞相的根基受损，加上外邪愈厉，肝风再一起，当然控制不住了。随之血便上升，冲至脑海，心血外溢，遂导致昏迷不醒。大家听后，越发着急了，异口同声地问："大师父，那得怎么办呢？"明月长老说："现在不是治肾之事，首要的是治肝风，兼治肾虚。凡病皆如此，须治标，慢慢再治本。先压住肝风，解决昏厥之症，服些药恢复恢复。而后再治肾阳虚之症，让其水火相交相融。正因为眼下水火相交过于厉害，所以此病难治。不过，凭老尼所施之法，还是可以救活过来的，尔等放心好了。"

明月长老讲了许多病因及治法，那是郎中及懂医道的人才能听得懂的。乌迪什等人听后，自然是似懂非懂，不过"可以救活过来，尔等放心好了"这句话可是听明白了。大家一阵欢笑，已经提到嗓子眼儿的心一下子落了地儿了，七嘴八舌地说："哎呀，太好了，太好了！真是把活神仙给请来了。""这下可好了，大丞相有治了，有望了，可以救活啦！""感谢众神，谢谢腾格里眷佑啊！"众妻妾有跑来给明月长老叩头致谢的，有跑进内室给佛爷、菩萨上香的，也有喜极而泣、抽抽搭搭哭个没完的，还有大声儿起誓发愿向神明表示心迹的。明月长老见此，马上嘱咐乌迪什："右丞相，你看，病室闲杂人等太多，简直成了各路人马的大聚会了，乱哄哄的，这怎么行？众位的心情可以理解，但内室是大丞相的调养、治病之处，要求绝对肃静。如此下去，对缓解病情十分不利。因此，所有人等应全回到各自的屋里去，包括大丞相的妻妾们，不要吵吵嚷嚷、哭哭啼啼的。另外，将军们也请退到室外，或者返回到自己的驻地，静等右丞相把相关情况随时告之就行了，况且又帮不上什么忙。敬请一定向他们解释清楚，予以谅解，为的是医治起来方便些。除此还要说一下，各位同仁、众位郎中连着几宿为大丞相诊病，已经很累了，没必要都陪在这儿，请先回去歇着。如果需要他们，我会吱声儿的，你看好不好？"乌迪什边点头表示同意，边按照明月长老的要求，将方方面面来丞相府的人全部打发走了，金山众郎中同样一个没剩地唤退了，屋子里立刻静了下来。

其实，让众郎中回去，正合这些人的心中之意，很是感激明月长老。他们早就盼着能早些回去闲呆一会儿，谁愿意在病榻前陪个没完没了哇？不来肯定不行，谁敢不来呀？可来了却无法诊治，那不是活受罪嘛！所以，当听到乌迪什让退出时，个个无不从心里暗暗庆幸总算解脱了。郎中们快速地离开了丞相府，只有首席大先生留了下来，他要帮助

东
海
沉
冤
录

明月长老做些郎中该做的事儿，像个小支使似的。乌迪什把人都放走以后，终不放心，暗中便将乃颜扎布，即大丞相府的七门总督兵马司大元帅留下了。又叫萨家奴带几个人陪着明月长老，随时听从吩咐，取取物件、药品呀，或关照个夜餐什么的。明月长老心里明白，乌迪什之所以这么做，实际上是为了纳哈出的人身安全，也在情理之中，自然不好再强求了。

明月长老对纳哈出的昏厥症采用什么方法诊治的呢？那可是与一般郎中完全不同的施治之术，有自己的绝技。即对肝风也用"泻"法，却不是像同道那样以药泻，而是以针泻。用独到的针法，辅以温补肾虚。针泻法治疗昏厥症古代就有，但多数人不敢用，因为相当危险。为啥这么说呢？本来头脑里的血液妄行，血管都走乱了，又有堵塞之处，人已经昏厥过去了。若无有针泻的高招之术，简直等于催命啊！用针不对或扎错了穴位，哪怕偏离一点点儿便可能死掉。那时，尚没有好办法可以诊察哪里的血管不畅通了，全仗郎中把脉来判断，从脉象上去识别是否出了毛病。哪里血流缓慢了，出了事儿了，针要正好扎到那儿。神医是有此能耐的，在千万条经纬线交织的血管中，找到堵塞之处，一针下去，准能打通，使血流立即顺畅起来。

明月长老之所以采用针泻法，也不是没有考虑到它的危险性。但若放弃针泻而用药泻的话，像纳哈出这种病和目前的状况，效果肯定不佳，后半生只能在病榻上度过。他是大将，又是统领金山的大帅，金山的人当然希望大丞相健健康康地活着，认为无他不成。经过再三权衡，老人家才决定不用药泻，采用针泻，辅以点穴术和气功遁血祛滞术，然后以独有的秘方加以调治。于是，便在丞相府开出一张用药单子，派人快去取来。草药取来后，明月长老自己炮制，自己煎药，没用佣人帮忙。为什么呢？因为此为秘方药，什么时候火要文一些，什么时候火要大一些，到什么时候把哪味药放里，放多少，会出来什么味儿，都是有讲究的，并有秘诀。这样煎出来的药，任何人不知道用的何方以及到底用了什么药。当然，草药是乌迪什派人取回来的，药方子上明明白白地写着是些啥药。可是，明月长老又加进去几味什么药，只有自己知道，其他人无从知晓。

各位阿哥，说书人可以告诉你们，后加进去的那几味药，是老人家从京师带来的，皆是在东海高山之上采的奇药，就装在娟娟提着的那个小药匣儿里。

明月长老为纳哈出针泻、用药，连着忙了两天两夜。第三日清晨，老人家才出屋，坐在大堂上，让大家也坐在那儿。众人不明白这是为啥，还不好多问，只能耐心等待。乌迪什估摸着师父可能是累了，从进丞相府一直忙到现在，事无巨细，一切全是她自己办。况且年岁又那么大，哪能吃得消，能不累嘛，也该歇歇了。于是，全都陪坐在侧，屏住呼吸，不敢出声儿。明月长老微闭双目，诵着经文，直到子时正刻，大帐内的纳哈出仍然闭着眼睛昏睡着。

　　新的一天开始时，奇迹出现了。几天来始终未醒、只能看到呼吸、有口气儿在、连拉屎、撒尿都要佣人擦洗、像个死人一样的纳哈出，突然睁开眼睛，仰着脖儿往上看，盯着用各种绢纱做的帷幔屋顶儿，半天不出声儿。听到这个信儿后，正忙着的乌迪什急忙跑过来，见大丞相果然醒了，高兴得跳了起来，不禁连呼真是天大的福佑啊！明月长老手一摆，意思是小声点儿，继续等着、看着。约莫过了一袋烟的工夫，只听纳哈出"哎哟"一声，接下来连着咳了几声，微微抬起头，将一口奇臭的黏痰吐了出来。佣人赶忙拿出绢帕给大丞相擦了擦嘴角儿，用小勺儿喂了几口水，又将他轻轻安抚在锦衾之上。少顷，纳哈出再睁眼时，神志已经清醒了，侧过身愣愣地问："我怎么躺下了，咱们不是正在商议南征之事么？"南征其实是他们的军事秘密，旁边的乌迪什刚想制止，不让讲下去，可是已经来不及了。他看了看周围，没敢言语，心想："大丞相能说话，可太不简单了，那就让他说吧。"众人看着大丞相完全醒过来了，而且能够记忆当时密商军情之事，乐得嘴都闭不上了。纳哈出又问："哎？怪了，我的身子咋躺得这么乏、这么累呢？不是睡了一大觉了么，咋还困呢？"乌迪什激动得满脸淌泪，忙回道："大丞相，您是睡了一会儿，不是刚刚醒来嘛，一会儿就精神了。谢天谢地呀，是咱们金山之福啊！"田田、扎浑多尔济低头安慰纳哈出："父王，总算醒了。现在好了，没事儿啦！"乃颜扎布等将也围过来说："丞相啊，丞相，您可把我们吓坏了，这是大难不死、必有后福哇！"还有几个人抱着纳哈出的衾被呜呜地哭了起来。

　　此刻，纳哈出对自己的一切仍懵然无知，命人搀他坐了起来，向屋内四周仔细看了看。第一眼便看到了常使自己萦绕于怀、端庄秀丽的妙善师父，正一声儿不吭地站在那儿瞅着他呢，纳哈出一眼不眨地盯了好一会儿。其实，他心里早就喜欢娟娟，这点咱们前面没讲。此刻，尽管病刚好，那份儿感情还会流露出来。再往旁边看，多时不见的明月长老也在，很是吃惊，一时不知说什么好，心想："咦，怎么回事儿？啥时候都来了，谁让她俩进入内室的？"

那么，纳哈出对明月长老时进时出、好长时间不在金山怀不怀疑呢？当然怀疑。有没有戒心呢？肯定有。乌迪什见纳哈出看着看着，表情便有点儿不大对劲儿了，像是要发脾气，急忙禀告道："大丞相啊，实话相告吧，您已经昏睡四天四夜了，人事不省。全仗明月长老带着妙善师父亲自赶来诊治，在身边陪了两天两夜，为您诊脉、针灸、炮制草药。经过精心治疗，这才清醒过来，使病情得以好转啊！在此之前，曾请来金山的众郎中，可他们对大丞相的病无能为力，还多亏明月长老妙手回春呢！此乃大丞相的福分，是您的大慈大悲感动了上苍，我们真是万分感谢救命的大恩人哪！"乌迪什凭着三寸不烂之舌，使出浑身解数，把最好听的话都罗列到一起了。他一方面感谢明月长老他们，一方面是想改变一下纳哈出的情绪，意思是人家救了你的命，就不要再无端发火儿、胡乱猜疑了。纳哈出听乌迪什一说，才如梦方醒，心绪渐渐平稳下来。这时，纳哈出的众妻妾听说大丞相已经明白事儿了，一个个相跟着全来了。围着病榻站了一圈儿，也不管好看不好看了，有的抱着夫君大声儿号啕，有的是又亲又啃，有的索性趴在怀里。她们知道，是明月长老和妙善师父救活了大丞相，纷纷扑通扑通地跪在地上，给恩人叩头。明月长老和娟娟忙将她们搀扶起来，然后仍退回到太师椅上坐下，闭目养神，她俩实在是太疲劳了。

妻妾们狂喜过后，室内渐渐安静下来，纳哈出欠起身对明月长老说："没成想昏睡了四天四夜，自己竟全然不知。非常感谢大师的救命之恩，你们几次救我于危难之中，此恩此情将永记不忘。"明月长老忙阻止道："快躺下，请不要过于激动，更不能过早离榻，仍需卧床静养。"然后嘱告乌迪什："大丞相的病情刚刚好转，无关的人尽量不要在此吵嚷，让他稳下心来休息为好。"明月长老的话，不仅乌迪什点头称是，大家也认为说得在理。明月长老站起身来，把煎好的药交给女婢，让按时给丞相服下。接着又一次叮嘱乌迪什，也是有意当面儿说给纳哈出听："丞相大病微愈，过无羞期，若求机体壮健，必遵老尼所嘱行事。不然，微愈仍可败病，血妄头窍，心血不能守舍，大厦倾覆，神人无力也。一要继续安养，忌怒、忌酒、忌辛、忌淫欲；二是晨昏单房，勿可妻妾陪息。"乌迪什边听边点头，纳哈出亦诺诺应允。明月长老暗中还悄悄儿对乌迪什说："你要派人监护大丞相，这是必须的。倘若有哪个妻妾偷偷来到身边陪宿，必须禁止，否则对身体的恢复不利，此乃关乎丞相生死之大事也。"乌迪什态度十分谦恭，表示一定按大师父吩咐的去做。明月长老将一切交代完毕，刚要离去，只见纳哈出冲乌迪什摆了一下手，乌迪什马上附耳过去，纳哈出小声儿说了几句什么。乌迪什听完，回过头来对明月长老说："为了继续给大丞相治疗，使病体尽快康复，受大丞相之命，请明月长老、妙善、李佑三位师父别再回田田府住了，就住在丞相府，利于随时诊病施治。"之后，令人叫来乃颜扎布将军，命他在大丞相府宅，专门拨出一个院落，请明月长老、妙善师父和李佑居住。三人对此当然是求之不得，一口应承了。

　　纳哈出丞相府院内幽雅清静，一栋栋的房子宽敞明亮，玉瓦楠木的阁楼参差错落。前些日子明月长老、娟娟、李佑虽进来过，但来去匆匆，并未容空儿详细观察，只是知道个大概其。说起来，丞相府的整体结构还真是别具一格，在当时的辽东可算是上乘建筑，首屈一指，没有第二家。每栋房子都是用最好的材料建成的，有的是用楠木，有的用香木，质地细密、坚韧。房顶儿的白瓦更显洁净、恬淡、庄重，光亮好看，完全可以与皇宫大内、王公贵胄的府邸相媲美。咱们姑且不去说这些，单说明月长老、娟娟、李佑由乌迪什陪着，后边跟着乃颜扎布大将军，一起来到专门为三人选出的一处馆舍。此院儿离纳哈出的宅邸很近，在它的侧面，诊病、送药、出进极为方便。夏日，四面有花坛，百蝶翩翩，环境美得很；冬日，亭廊有苍松翠柏，橙绿交映，情调浓得很。三人各居一室，阳光充足，鲜花、游鱼样样儿不缺，漂亮、舒适。田田府与之相比，那就太逊色了，可以说是天壤之别。乌迪什和乃颜扎布将三人安顿完后便离去了，好让他们早些归房歇息。

　　李佑从来好信儿呀，到屋里一看，见布置、摆设非同寻常，心想："我长这么大，还没住过如此像样儿的房子呢！"他也不简单哪，那可是大明丞相李善长的侄子、皇上身边之要人李存义的儿子呀！李氏兄弟资财万贯，是当朝富豪之家，连李佑都觉得此建筑自愧不如，你说丞相府的房子该有多好吧！他越看越喜欢，越感到新奇，便想到外面再瞧一瞧，看看房子的朝向是冲南还是冲东，结构是什么样的以及丞相府的整个布局等。于是拔腿离屋出门，边走边东瞅瞅、西望望的，为了看得更清楚些，索性爬到长廊顶儿上登高俯瞰。他一看不要紧，却惊喜地发现丞相府的房屋构造十分别致、讲究。不是东一座、西一座挺乱的，而是像一朵花儿的花瓣儿一样摊开来，所有的房子皆以纳哈出住的宅邸为中心。这种建筑风格实在太妙了，很少见到，在金山真称得上是一绝。李佑看得高兴，大呼小叫地跑进娟娟屋里嚷道："师妹，快点儿，赶紧出外看看，咱们的住房可不一般哪！"娟娟问道："师兄，怎么个不一般呀？"李佑说："哎呀，你亲自瞧瞧不就知道了嘛！"说着，也不管娟娟想不想出去，一把便给拉到了屋外。娟娟只好随李佑围着丞相府看了一圈儿，之后，二人去了明月长老的房里。李佑一进屋，迫不及待地告诉老人家："师太呀，这回可好哇，你猜咱们住到什么地儿来了？是钻到纳哈出的被窝儿里啦！他那套住处所在的位置，居大丞相府的中央，其余房子皆环绕着那座宅子，并且全由走廊连着，互相通气儿。从纳哈出的住处可以到任何一个屋子去，各屋当然是住着他的妻妾们。可以想象，每到晚上，他愿意去哪个屋，就去哪个屋，方便得很。此种独出心裁的设计，师太恐怕没想到吧？我跟师妹瞅了，如果从上面往下看，恰是以丞相府邸为轴心，向四方辐射开来，以长廊相通，美丽、四至、和谐。长廊表面看来是为了防雨雪的，实际主要是为了纳哈出夜里通行更安全、更保暖，即使衣服穿得不多都没关系。哎哟，他可乐坏了，咱们也成了大丞相的妻妾了，夜里想宣召谁，谁立马得去。"明月长老听后，骂道："真是个没正经的，瞎说八道什么？要再嘴无遮拦，我和娟娟可要撵你回南京了！"李佑吓得忙弯腰施礼，请师太息怒，告饶道："徒儿再不敢胡诌了。"

　　李佑说得没错，纳哈出住的大院落确实很特别，厅房皆有亭廊相连。明月长老对此也十分好奇，时常由娟娟领着出来走走，到各处看看。见冬日的长廊中，竟摆有奇花异木，香飘四溢；室内的窗台上，养着八哥、百灵，更觉有如神仙洞府一般。老人家住在丞相府可不是为了享受的，而是每天需细心照料纳哈出，闲暇时还要诵经打坐。尤其担心纳哈出不能节制淫欲，曾一再嘱咐乌迪什和侍卫们，一定要细心照护大丞相，严行单房，奴婢亦不能与之陪宿。她想，既然让我给纳哈出治疗，为了使他的病体能彻底痊愈，就不能不约法三章。尽管如此，不少爱妾明着表示听话，背地里为奉迎、讨好老丞相，每当半夜三更时分，仍然经过长廊，偷偷与之合欢。而且往往一去就是好几个，都想得到夫君的宠爱，相互争风吃醋。明月长老虽碰到过几次，但也无可奈何，只能暗暗叹气。心想："老尼心意已到，讲得明明白白，听不听是他的事儿，听天由命去吧！"

娟娟、李佑这几天倒是十分高兴、痛快，为什么呢？因为他们总算是真正深入到大丞相府，在院内往来如入无人之境，很是自由。不似以前了，还得穿着夜行衣，偷偷地溜进来看一看，马上就得离开，既不好进，又怕有机关暗道，风险很大。如今不用怕了，是纳哈出亲自请进来的，可以随意到处溜达。他们表面是闲逛，实际上是对丞相府进行全面的观察、了解。丞相府的人对娟娟、李佑已不像过去那样防着、看着了，而是刮目相看、尊崇恐之不足。你想啊，谁敢得罪呀？都知道他们是大丞相的救命恩人，现在还每天给看病呢，敢惹吗？个个见面点头哈腰、恭维有礼的，犹如对待"太上皇"一样。诸位大将军，包括全权执掌大丞相府七门总督兵马司的吊眼儿狼乃颜扎布大元帅在内，在娟娟、李佑面前，也只能客客气气的了。

　　各位阿哥，别人咱不讲，单说乃颜扎布可不一般，是个杀人不眨眼的混世魔王。原来镇守在粟末水，后来到了虎尔哈，是那里的达鲁布花大将军、大统帅。元顺帝朝至正十五年时，虎尔哈部的女真反叛。乃颜扎布率兵镇压，杀死了万名女真兵，温酒常吃女真小儿心。至正十七年，朱元璋与他血战于常州、宁国、上元，感到是起兵以来第一次遇到的硬仗、恶仗。当时，元朝的大元帅八思尔布花因是元帝的亲戚，故而一向骄纵自满，任意横行，乃颜扎布正是在此人的麾下为将。他再三劝大元帅务要审时度势，不可恣意妄行，并提醒道："朱元璋有勇有谋，兵力很强，身边还有不少谋臣良将。咱不说别人，就说那刘伯温吧，会神机妙算，你能惹得了吗？一定得防着点儿，千万不要上当，只能避实就虚，不能硬拼。眼下元兵的力量越来越弱了，若要存活下来，须想尽办法保存自己的实力。必要时，可以脚板儿抹油，溜之乎也。"八思尔布花哪里听得进他的劝告？啪地一拍桌子，瞪着眼睛大骂道："好哇，乃颜扎布，你吃君禄不识报君恩，倒想像那些胆小鬼开小差溜之乎也？要不是在当前军情紧急之时，非斩了你不可！然后把人头高挂，以儆效尤！"乃颜扎布吓得再不敢出声儿了。于是，八思尔布花便在宁国、上元一带，同朱元璋的大将徐达、胡大海、常遇春等拼死征杀，连战了不少天，元兵节节败退。这时，乃颜扎布一看形势不妙，当即偷偷带领一部分兵马躲进了山谷。八思尔布花由于硬拼，所率之兵被打得落花流水，只好仓惶逃窜，自己的命好悬没了，而乃颜扎布带走的兵马却保存了下来。八思尔布花从此一蹶不振，忧愁郁闷，气冲头顶，两年后七窍出血而亡。

东海沉冤录

当朱元璋率领众兵将打败了八思尔布花、认为胜券在握的时候，乃颜扎布突然带兵从山谷中冲了出来，包围了胡大海、常遇春，杀死兵将一千余人，使明军损失甚重。此为朱元璋自起事以来，受到的一次最大的失利、最惨痛的教训。说实在的，他一直是乘胜前进、所向披靡的，没成想却让乃颜扎布从背后捅了一刀，肠子都悔青了。乃颜扎布之名很快被朱元璋义兵所知，其声威盛传北国，远比扩廓帖木儿、纳哈出要高。因为上元一仗，元帝曾赐金鞍马厚赏乃颜扎布，并被召至身边护驾，随着到了应昌。后来元帝腹泻而死，乃颜扎布在元朝的内讧中被排挤出来，拨去镇守察哈尔。名声虽不及以前大了，但所打过的那些大仗无人不知，无人不晓。这不，又经恭格拉的推荐，被纳哈出召来金山，授以重任，成为与乌迪什并肩的佐臣。

乃颜扎布有远谋，武功高强，明月长老和娟娟都知道。不过看他现在的样子，可没有以前那么威风了。尽管如此，这小子仍很鬼道。表面上，对明月长老、娟娟、李佑听之任之，诺诺称是；暗地里却派兵丁装扮成府内佣工杂役，在他们身后窥测动向，严加防范。娟娟与李佑合计了半天，认为即便有乃颜扎布的秘密监视，也一定要设法接近东南角儿的月牙楼。因于府内观察此楼，远比在金山城外的馒头山上远眺清楚，亦安全得多。乃颜扎布终究是一位久经沙场的老将，凶狠狡诈，老奸巨猾。为防有人打月牙楼的主意，便在月牙楼周围容易藏身的地方，派了重兵把守，外人根本无法接近，控制得相当严。这下麻烦了，令娟娟和李佑十分犯难，只要往月牙楼那儿一走，总能碰到巡逻的兵丁，曾两次被乃颜扎布在月牙楼附近堵住过。见到他俩后，既不发火，又不正言厉色，而是主动施礼道："二位师父，想必是劳累过度，来此闲游散心的。如果有雅兴的话，我可命府中歌妓为师父献艺，以解郁闷之心啊！"就这样，硬是把娟娟和李佑送回到他们的住处。乃颜扎布采取的不生气、不动怒、和颜悦色、毕恭毕敬的软招子，还真是让你说不出什么来，一时无法应对。

过了不长时间，纳哈出的病痊愈了，立马振作起来，天天饮酒作乐，谈笑风生。人就是这样，精神一好，所有的怪癖旧习便容易随之复萌，纳哈出当然不例外。自从康复以后，每日三餐皆请明月长老、娟娟、李佑作陪。借此机会，明月长老常讲一些佛经故事引导他，纳哈出很爱听，也能接受。如明月长老给他讲，若想长生，则必须少食动物油脂之类荤肴，多食蔬菜等清淡之食。因为蔬菜可润肠醒脑，有延长寿命的功效。纳哈出听了以后，很是信服，真的按照大师说的做了，喜食素斋。看来，这些他不但能做到，而且做得挺好。惟有一事难以忌口，即好美色。凡成大业者，须首扼色关。万恶色中生，万祸色为源，而纳哈出却改不了此恶习。明月长老早已看透其禀性，认为他是权力狂、色欲狂，一向对权色鬼迷心窍，因而成不了大器。论权势，纳哈出仅逊于元朝已亡的顺帝，坐镇金山一隅，像个偏安的小朝廷，只是没有正名的"家天子"而已；就色欲而言，他妻妾成群，天天呼来唤去，云情雨意不断，仍然不满足。最令明月长老鄙视、心中暗笑的是，纳哈出竟癞蛤蟆想吃天鹅肉，在每日进膳的餐桌上，你说怪不怪，那双眼睛根本不盯着饭菜，那盯谁呢？盯起了明月长老的心尖儿宝贝妙善居士！老是斜眼儿瞄着娟娟，在脸上扫来扫去的。甚至用起了眉目传情的招儿，把李佑看得是万分有气、抓耳挠腮、直蹉地跺脚！并由气而恨，攥着拳头欲狠捶纳哈出几下，让老色狼猛醒过来。只是碍着明月长老一次次地使劲儿瞪他，才不敢造次。

　　那么，纳哈出的种种表现，娟娟心里明白不？明白。说来，姑娘也不小了，什么不懂啊？早已感到纳哈出对自己有一种特殊的情意。还是在罗锅哨审豂鼻马的时候，纳哈出已经表露出格外的好感，不仅不追究她的过错，还一味奉迎。由于娟娟的袒护，田田亦未被申斥。当时田田便说："娟娟姐姐，我看父王对你有意，以后可要小心点儿。当初他看咱们母亲的眼神儿，同现在看你的眼神儿一模一样。"娟娟当即嗔怒，申斥道："说哪里话？再敢胡猜，看不掌你的嘴！"吓得田田吐了一下舌头，没敢出声儿。即使这样，田田仍忍不住，告诉娟娟："姐姐，父王每次与我共同议事时，没有一次不夸你的。总是挂在心上、流露在嘴上，看起来，他真的挺在意姐姐。"其实，这些娟娟早已看得一清二楚，只是佯装视而不见、充耳不闻、有一定之规就是了。在纳哈出面前，不管你是暗送秋波也好，眉目传情也罢，无论你如何地夸奖、怎样地奉承，干脆来个不屑一顾，摆出一副严肃、端庄的神态，双目如剑，令纳哈出震慑，不敢说出半点儿失礼之言。

　　然而，尽管娟娟冷若冰霜，仍阻止不了纳哈出的单相思。这不，由于明月长老给他治好了昏厥症，便以感谢为名，不仅一日三餐要同明月长老、娟娟、李佑一块儿用，还命女婢送过去两千两白银，分赏给明月长老和李佑。赏赐给娟娟的，则是江南金丝绢缎五十匹、玉镯四对儿、金簪十副。没过三天，纳哈出又命女婢送去三尊和田玉雕。赐明月长老的，是一尊三尺高的和田白玉观音；赐李佑的，是一尊三尺高和田玉雕的善财童子；而赐给娟娟的，则是一尊五尺高的和田西施浣沙玉雕。每次的赏赐，娟娟所得之物无论是数量还是质地，皆超过明月长老和李佑的。从中可以看出，纳哈出绞尽脑汁讨好娟娟，真称得上是用心良苦哇！大家对此心照不宣。李佑气得实在憋不住了，直想把那善财童子玉雕砸个粉碎，再扬到院子里去！心里这么寻思着，眼睛却瞅着娟娟喊开了："什么狗屁和田玉雕，不摔了留着干啥？纯粹是黄鼠狼给鸡拜年，没安好心！师妹，不是师兄说你，可要好好儿把握自己，千万别因小失大呀！"娟娟是怎么个态度呢？权当没听到，轻轻抚摸着纳哈出赐给的玉雕和丝绢，表露出一副爱不释手的样子，好像一点儿没理会李佑说的话，气得他快发疯了，天天干搓手瞪眼瞎嚷嚷。明月长老对此是有数的，因为娟娟心中的秘密全跟师太说过，只是从未向师兄祖露过而已。你想啊，一个纯真少女怎好把啥都告诉不相干的大男人呀？李佑完全是多此一举，净为娟娟操没用的心。每当他跳老虎神时，明月长老只能劝道："李佑啊，说什么蠢话，干吗毁了那些财宝呢？咱们不要，还可用它救济穷人嘛！"

就娟娟的内心而言，早对纳哈出的无耻行径深恶痛绝了。害母之仇没找他报呢，又对自己有非分之想，岂能忍受？可眼下为了寻找生母下落，为了东征军务的需要，仍要利用他，靠近他，以便摸清情况。所以，尽管恨得咬牙切齿，却只能强压怒火，必要时，不得不扮作笑脸儿。应该说纳哈出为感谢大师的救命之恩也好，还是为了便于继续治疗、甚或别有用心也罢，主动将师徒三人留在丞相府内居住，对一直想摸清丞相府邸秘事的娟娟来说，无论如何是一件梦寐以求的好事儿。也是天公作美呀，在探明金山的路上，步步升级、步步得喜。三人先住田田府，不久便进入金山内城。后来又在金山调换管制人员、更改令牌、采用许多新将的情况下，由于纳哈出一场大病，使他们有机会被破例地请到大丞相的睡榻边，顺理成章地住进了金山的心脏之地，逼近纳哈出。此乃何等千载难逢的好机遇啊，连我说书人都禁不住为主人公娟娟万分庆幸！

一天，纳哈出到明月长老和娟娟住处探望。娟娟知道他为什么来，不过是些病情之类的老生常谈，便没搭讪，进到内室去了，只有明月长老接待了他。纳哈出笑着说："大师，我的身体已完全恢复，近日因有要事外出远行，不知可否？"明月长老给他把把脉，又看了看舌苔，对能不能远行未置可否。随来的男仆介绍道："丞相近半月便走平和通畅，尿水不黄不白，夜间没有突然遗精之事。腰不酸痛，走起路来腿脚也较前有劲儿了。"明月长老听后，讲解了还需接着治疗一段时间的原因，并给纳哈出针灸肾盂诸穴。一个时辰后，纳哈出力邀大师与妙善、李佑同他一起赏游新修筑的假山和花庭，再去舞花厅中观赏仕女剑舞。明月长老遂将娟娟、李佑唤了出来，告知了此事。娟娟不想去，李佑也执意不肯，对纳哈出表现得非常冷淡。明月长老暗中向娟娟使了个眼色，娟娟会意，才又同意了。李佑见娟娟要去，马上表示可陪着同去，哪知却被明月长老给挡驾了："李佑，你别去了，留在家里抓紧捣药吧。"李佑听师太一说，当时就像一个泄了气的皮球，瘪了。暗暗唉声叹气，心想："这是怎么了？老老少少全鬼迷心窍了不成？不是明摆着的陷阱嘛，为什么非要把师妹推下去？唉呀，我的天哪！师太怎么能不制止呢，岂不是老糊涂了么？"

　　李佑一腔妒意，低头猛力捣药不提。单说纳哈出领着娟娟、明月长老出了住所，向假山花亭处走去。此次出门，娟娟没有着尼姑袍服，而是换上了北极白狐镶边儿的红天鹅血色金丝斗篷，内罩江南少女喜穿的彩绢花条儿坎肩儿。下身儿穿的是粉缎百蝶团角仕女绣裤，头上戴着王昭君彩穗儿风帽。如果不仔细辨认，谁也想像不到竟然是妙善居士！自从到辽东以来，娟娟从未穿过这套衣裳，还是马皇后收她为养女、被朱元璋封为秉仁公主时，马皇后赏赐给的呢！只在授封大典上穿过一次。娟娟特意把衣裳带到辽东，时不时地拿出来看看，以慰藉思念皇娘之心。今日，明月长老再三叮嘱她定要穿上皇后赏的那套衣裳，你说李佑能不有意见、不气恼难耐吗？纳哈出看了打扮起来的娟娟，可高兴坏了，偷偷一眼接一眼地瞅哇，眼珠儿不停地转来转去，几乎快要神魂颠倒啦！认为金山乃至辽东，包括黄河以北诸地，再没有比妙善师父更艳丽的人了，她不就是当代的昭君、貂禅、金山的西施吗？纳哈出以前没见娟娟穿过漂亮的衣裳，以为不会有什么像样儿的服饰。今天突然一穿起来，显得格外的俊秀、高贵、典雅，况且又与他同行，心里就别提有多乐了。那是越看越美，越看越爱，恨不得一下子将娟娟搂在怀里。从娟娟的脸庞看，他似乎见到了一个非常熟悉的美人，心里琢磨着："怪了，她咋这么像某个人呀？到底像谁呢？"冷不丁想起来了："对呀，很像失去多年的楚绣绣！你看那脸形、眉毛、眼睛、鼻子，还有那张小嘴儿，真是太像了，越看越像，似乎是楚绣绣在眼前！"甚至觉得楚绣绣也没娟娟年少艳美、动人魂魄！纳哈出紧跟着娟娟，想法儿靠近她。而娟娟却大步流星地一直走在前面，头都不回一下，内心憎恶死身后的老鬼了。恨他真是色胆包天，竟敢打我秉仁公主的主意，简直让人恶心！若不是为了寻找生母，为大明的军务之需，早就一刀了断老狗的性命了！

　　娟娟走了一阵儿，越走越来气，心想："我怎么能跟一个色迷迷的仇人相伴呢？凭啥呀，绝不能！分明是仰仗权势，欺人太甚！"一怒之下，竟忘记师太的嘱咐了，突然转过身来，疾步径直往回走。纳哈出当即一愣，想予以阻拦，以便问明缘由，娟娟理都不理。明月长老见此，知道这孩子的拗劲儿又上来了，在路上还不便说什么，只好跟着回来了。娟娟前脚儿刚一迈进屋，便再也忍不住了，把头藏在师太的怀里放声儿哭了起来。而此刻愣被娟娟晾在半道儿的纳哈出咋样了呢？无奈之下，只好讪不搭地一个人回到了自己的住处。进了屋，那是气血冲顶啊！拿起茶杯就摔，见到东西就砸，哐啷一脚把桌案踢翻了，将床上的被子全扬了。众奴婢见丞相大发雷霆，吓得瑟瑟发抖，跪了一地，不知无名之火缘何而起。

　　单说明月长老、娟娟、李佑所住之处，这些日子田田来过几次。自从与师太、姐姐、李佑分开后，时常想念他们，得空儿便想进丞相府一侧探视。尽管田田是金山大帐掌印大将军，却不是可以随意进出的。萨家奴更不用说，也是无法入内攀谈。为什么会这样呢？因为丞相府现在有七门总督兵马司乃颜扎布大元帅把守。此人做起事来特别认真，派兵丁分班巡查，严令不得有误。娟娟他们虽然住在纳哈出丞相府一侧，进出如入无人之境，但架不住乃颜扎布的巡兵看得紧呀！你刚想去哪儿，兵丁的眼睛立刻跟到哪儿，离不开这些人的视野之内，极为不便，感到像与世隔绝一般。特别是李佑，在屋里呆不住，天天都想出去，好顺便了解些情况，然而十分困难。曾不止一次地发牢骚，吵着说纳哈出的病已经治好了，咱们正好借此赶紧出去，再住下去，还不得把人憋死！他更看不上纳哈出那一双贼眼总盯着师妹，有事儿没事儿地找借口在娟娟面前晃来晃去的，一看就让人气不打一处来。

　　其实，娟娟和明月长老也不愿在丞相府院儿里住，只因为想要摸一摸相府的底细，特别是月牙楼的内情，才不得已而为之。可住进相府七天了，虽然掌握了一些情况，但无法进一步弄清月牙楼。明月长老几次单独找娟娟秘密合计过，并没找李佑，不是信不着他，倒是挺可靠的。

不过有时太冒失，脾气不好，不是看不上这个、就是瞧不上那个的，天天嚷着要离开。对这样的人，有些话不必讲得那么清楚，让他在迷蒙之中跟着干或许更好。另外还有个好处，即不易被纳哈出察觉。明月长老在与娟娟的一次商议中，曾暗示徒儿，要利用纳哈出的心思，张开罗网，钓一条大鱼。老人家的安排，李佑哪里知道？娟娟聪明得很，明白了师太的用心，便主动与之配合，找机会予以实施，终未成行。下一步该如何办呢？娟娟一时没有想好，内心十分焦躁。尤其是听说纳哈出近日将外巡，目的很清楚，针对辽阳去的。当然，其中更详细的情况，现在还没摸得那么准。再者，纳哈出对月牙楼究竟掌握多少，与曾家奴有什么进一步的密谋，到底想干些啥，都不得而知，你说娟娟能不急吗？如果能想办法抓到纳哈出的哪怕一点点破绽，从而破解一宗宗迷津，也算没白来一趟丞相府。从时间上看，是没希望了。因为纳哈出的病已经痊愈，继续在此呆下去，已毫无意义。何况明月长老后来也想早点儿搬出去，仍回田田那儿住。田田自然会很高兴，早盼着他们回来呢！于是，离开丞相府这件事儿就算定了。

　　一天，明月长老、李佑由田田陪同，到纳哈出处告别。当听说三人要搬出去，仍回住到田田府，纳哈出感到很意外，无论如何不让走，苦苦挽留道："是不是我的家人照顾不周，或是下人有得罪师父之处？还是本人礼貌待人尚欠，有使各位不满意的地方？既然进了府中，就要安心住着。你们是我的救命恩人，倘若搬出去，再传扬开，有损本丞相的脸面。人们会认为纳哈出是不容人之人，是知恩不报、忘恩负义之人，恳请三位师父务必给个面子。"说着，转过头来，冲田田训斥道："田田多尔济，咋这么不懂事儿呢，惹父王生怒？也不动脑想一想，哪能往你那儿接呢，应劝师父继续留在丞相府才是呀！"弄得田田举足无措，无言以对。还是明月长老反应快，笑了笑，说道："大丞相把话说远了不是？我们尽管不住相府了，可并没有走出金山呀，还在你的身边嘛。丞相是知道的，出家之人，以天下之苦为苦，以天下之乐为乐。我们搬出去，既可为更多的人治病，除除小疾，又可帮着你照看金山的众兵民，使他们安居乐业，难道不好吗？不正是帮助了大丞相排除忧虑、减轻负担嘛！若久住相府，由于出入十分不便，不易及时为当地兵民看病。以后大丞相只要有事儿，随时吩咐，我们随叫随到就是了。我相信，大丞相是最明事理之人，当然亦能体谅别人，一定会想到老尼心里去的。"

明月长老的一番话，弄得纳哈出一时不知说什么才好。虽然非常不愿意让他们走，但又不好继续留住于此。

说实在话，纳哈出表面上是留众人，其实是舍不得娟娟走，却又说不出口。经明月长老这么一讲，也没办法了，再找不出什么理由不让走，只好答应。然而还是一再相请，希望三位在府中住最后一宿，明日上午让田田来车轿接师父去田府。明月长老、娟娟、李佑三人对纳哈出死乞白赖地挽留很是无奈，非得急着当日搬出吧，显得有些过分，只好耐着性子答应再住一宿。下午，纳哈出决定，设晚宴和夜宴，以答谢明月长老、娟娟和李佑三人，宴席由乌迪什右丞相和相府七门总督兵马司大元帅乃颜扎布主办。

一般来说，在当时，通常是晚宴和夜宴连续进行，从下午的申时开始，到第二天的申时宴毕，这叫对碰宴。也有的是从申时开始，到第二天的卯时或辰时止，叫半对碰宴。宴席的时间挺长，通常情况下，席面儿要上十九道大菜，此次备的则是海鲜牛羊大菜。大宴中间，安排歌舞助兴，边唱边舞，你是吃喝也好、玩儿也好，分外热闹。纳哈出为让娟娟他们尽兴，还令特别能喝酒的乌迪什、乃颜扎布等相陪。宴会办得很是讲究、气派，可能把大丞相府里最贵重的珍馐、最新鲜的美味全都拿出来了，亮出了看家本事。明月长老年岁已高，又是出家之人，只吃了几样儿素菜和果类，便早早退席，回到寝处去了。纳哈出、乌迪什、乃颜扎布等见老人家已走，遂蛮有兴致地继续陪着妙善居士和李佑饮宴赏舞。娟娟坐了一会儿，实在看不了纳哈出那副百般献媚、令人作呕的嘴脸，更看不上乌迪什等人处处阿谀奉迎、丑态百出的奴才相，就借故身体不适、偶感风寒而推辞离席。不过临走时，没忘了有意扫了纳哈出一眼。

此时的纳哈出，见自己最心爱、最想陪伴的娟娟离席而去了，感到很是失落。刚才还呼号狂喊饮酒划拳呢，这会儿马上对一切没了兴趣，想离席却没能立即走开。为什么呢？那李佑愣是摽着他，一定要同大丞相喝酒。前书咱们多次讲过，李佑是个公子哥儿，享受惯了，好吃好喝的。特别是应酬上很有两下子，能喝酒，谁也比不了，喝到份儿了还异常兴奋。当时他心里话："好小子，今天让本爷爷来对付你们几个。不是想喝吗？那好，咱们比试比试，看谁能喝过谁，最后让你们全趴下。非如此，我就不姓李！"说实在的，纳哈出真是不怎么能喝，只得靠乌迪什、乃颜扎布替他抵挡。李佑心想："纳哈出你个老不死的，看我怎么收拾你。竟敢不知天高地厚地耍我师妹，休想！今天爷爷可抓住你不放了，非喝不结。不是张罗着要比嘛，咱俩一对一地喝、对缝儿咽，你说喝到啥时候，咱他妈就喝到啥时候，今天碰不完明天接着碰。反正我是这边喝下去，那边尿出去，撒完再喝，没事儿！"之后，李佑便与纳哈出等人没完没了地周旋，连行酒令带划拳的，也不知酒宴何时方休，一杯接一杯地一直喝下去。

再说娟娟回来以后，没进自己的房间，而是先去看望了明月长老。见老人家正手持佛珠闭目诵经呢，遂脚步轻轻地走到身边。明月长老感觉到有人进屋了，睁眼一看，见是娟娟回来了，便拉她坐下，说道："孩子，难为你了。回来的对，只要有佛心，才能俗尘不染。今天答应前去赴宴，我寻思或许能趁在相府突然抓住某个意想不到的机会，实施我们的计划，争取主动，遗憾的是时机仍没有来。不过别急，既然回来了，就早些歇息去吧。"也不知为什么，娟娟今天觉得特别孤单，非缠磨着明月长老，说在丞相府的最后一宿不自己睡，想与师太同住。明月长老轻拍了她一下道："这孩子，纯粹是让我给宠坏了，老大不小的了，晚上还要搂着师太睡。将来有一天我圆寂归天了，你还不睡觉了？咳，真拿你没办法。"娟娟撒娇地说："师太，您老人家长生不老，会天天搂着小娟娟睡觉的！"边说边拉着明月长老的胳膊，笑着拽到自己住的那间幽雅的卧室中去了。

娟娟的卧室布局十分讲究，与纳哈出的住室挨得最近。听佣人传言，此屋原是大妃与楚美人住过的，楚美人失宠疯了后，一直空闲着。离纳哈出住室稍远的是明月长老的屋，离得最远的便是李佑的卧房了。李佑对此常发牢骚："纳哈出就是好亲近女色。只因我是个男子汉，对他没用，所以才甩出这么远。娟娟师妹，你可悬乎，要多多当心哪，弄不好会把你当成他的贵妃了。"娟娟狠狠地申斥了李佑一顿，又连续捶了好几下子才算解了恨。不过她心里有数，认为师兄的提醒不无道理，故而早做了防范。

娟娟与师太躺在被窝儿里聊了一阵儿，到了丑时初刻，明月长老说："行了，再过几个钟头天就亮了，睡吧。""噢，那我睡了。"娟娟边答应着，边听话地把身子翻了过去。二人刚刚入睡，突然，挨着纳哈出住室那面的墙壁一侧有刷刷的声响，声音微小，一般人不注意是很难听到的。不一会儿，墙出了一道缝隙，缝隙随着刷刷声越来越大，竟变成了一扇门！原来这个房间的墙壁有暗设的机关，机关一动，完整的墙便可以自然分合，肯定是丞相府里特设之暗道机关的一部分。随着门开，忽地跳进一个人来，走道趔趔趄趄的，喘气儿粗重，呼出一股酒味儿，向睡榻边慢慢摸了去。看来此人对屋内所有的陈设相当熟悉，尽管夜已深，屋内漆黑一片，又在醉酒之中，却丝毫没有碰到四周摆设的衣柜、桌椅等物。

那么，躺在锦帐帘儿中睡榻上的明月长老和娟娟知不知道屋里进来人了呢？难道真睡得那么死、一点儿没有察觉吗？不是的。明月长老那是久在外地云游之人，又是得道高僧，什么声音能瞒得过她？娟娟的年纪是不大，经历的事儿不多，经验自然没有师太丰富。不过可别忘了，她是明月长老的弟子，对武林方面的知识全都知晓，生活经验还算有一定的积累，何况老人家经常不断地耳提面命呢！另外，他们对金山大寨早就做了探访，加上豁鼻马将军等人介绍过大寨的一些情况，自己也到处打听，间接耳闻不少。娟娟、李佑不是还曾乘黎明时分，闯入丞相府，除掉了都布多尔济、救出了叶旺将军吗？应该说，对丞相府的路径比较熟悉了。再说了，师徒三人好不容易逢良机住进了丞相府，哪能闲着呢？已不失时机地多方注意、处处谨慎小心地做了些秘密探查，掌握了较前更多的情况。如今，只是对丞相府较细密的东西了解得还不够，很想找机会能知道得再详细一些。

自打三人有幸住进了丞相府，多次明察暗访了府内的构建特点和诸种设施。特别是对月牙楼的情况，包括从哪条道儿去、周围有何设防、布置了多少兵勇等，一一做了调查，并且听说了丞相府内有不少的暗道机关。平日里，明月长老见李佑只要一呆下来，就是一副屋脊六兽、闲饥难忍的样子，索性把摸清暗道机关之任交给他了，叮嘱要佯装闲逛，多做了解。你还别说，李佑真是挺尽心地秘查了。天天看起来是无精打采地吹着口哨儿，闲来无事，实际上是这儿走走、那儿看看，遇着墙壁或奇异的角落便东摸摸、西敲敲的。由于李佑到处乱闯，被丞相府的七门总督兵马司大元帅吊眼儿狼乃颜扎布碰到过几次。虽然大元帅没因此发火，客气地将他送回了住处，但明月长老仍有些担心，嘱咐娟娟要好言劝劝师兄，今后多加小心才是。李佑不仅白天逛，夜晚出来的次数也不少。有时出外解完小手，还要四处走一气儿，不少人以为他有夜游症呢！李佑则将错就错，言称早先患有夜游症。明月长老亦顺杆儿爬，说他确有此病，治了好长时间未见好。一再唉声叹气地表示要设法治愈，装得倒挺像。

李佑这些天总算没白跑，真的查出了丞相府的墙壁有暗道机关。怎么查出来的呢？前面讲了，相府中有门，有长廊，装饰得很漂亮。可是李佑发现，暗地里纳哈出却很少从这些门与长廊中通过，而是走暗道。暗道可直通他卧房周围各个辐射形的花厅，又可进入各个妻妾的住室。就是说，不论是纳哈出明媒正娶的，还是被骗来和掠来的女子，只要把你安置在辐射形的花厅之内，夜间他便可以神不知鬼不觉地走进去，对那些女子进行奸淫或是双铺双息。当然，不排除把自己认为不听话的异己引入花厅，暗暗除之。然后再秘密地从暗道中将其弄走，一个大活人竟在光天化日之下，活不见人、死不见尸了，令人不寒而栗呀！明月长老听李佑讲的情况后，暗暗佩服机关暗道的设置可谓上乘之作，连经验丰富的武林高手也未必能察觉。故而嘱咐娟娟要倍加警觉，夜晚不能熟睡，静待中以备不虞。

娟娟本是个机智灵敏、心眼儿又多的女孩儿。她想，既然如此，我们不妨来个引蛇出洞，抓住七寸痛打之。于是，开始对纳哈出平时见到自己的那副眉飞色舞的丑态，装作视而不见、一概不知、大大咧咧的样子。尽管内心万分厌恶，表面上却摆出一副十分温柔的姿态，令纳哈出欲罢不能。娟娟心急如焚哪，眼看要搬出丞相府了，可到现在还有好多事儿没弄明白呢！真是坐也不是、站也不是，急得偷着跟明月长老边哭边说：“师太，难道咱们就这样白白进了丞相府一回，什么都没闹清楚便离开了？母亲疯走失案还得沉积到何年，月牙楼之谜什么时候才能破解呀？”明月长老抚摸着小娟娟的头，轻声儿安慰道：“孩子，要有耐心。遇事不要急，心急吃不了热豆腐，放长线钓大鱼嘛，按我的话办就是了。你没注意吗？纳哈出已经上钩了！放心吧，肯定能钓住他。”看来，明月长老倒是蛮有把握的。

娟娟听了师太的话以后，心中顿觉轻松了不少，劲头儿又足了，寻思着：“对呀，光着急没有半点儿用。还是应不放过任何机会，想方设法吸引纳哈出这条大鱼，让他抓住钩儿不放。只有这样，才能通过他的嘴，早日解开金山的一切迷津。”正因如此，晚上去赴宴时，明月长老便让娟娟穿上马皇后赏赐的凤冠霞帔，娟娟自然明白其中的含意。她在宴会上那副美丽娇羞、楚楚动人的样子，完全是做戏给纳哈出看的，看得纳哈出是两眼发直、神魂颠倒、摸不着北啦！后来娟娟谎称身体不适、起身要离席时，不是还故意看了纳哈出一眼吗？目的是让纳哈出想着她、惦着她，甚至马上想亲近她。纳哈出当时就蒙圈了，头也晕了，认为娟娟对他真的有情有意。可转念一想娟娟平时见到他的那种高傲、严肃、冷厉的目光及其秉性，又有点儿心里没底、吃不准了。其实，此举正是明月长老采取的一计，诱纳哈出早日出手，因为已经没有时间与他磨下去了。

纳哈出在晚宴和夜宴上，由于李佑的故意苦劝，便多喝了几杯。也不知是酒催人兴奋，还是人借酒劲儿，反正他是豁出去了，孤注一掷。不然，明宵美女要离府了，今天晚上不动手，还待何时？心中暗想，凭我对妙善的一片痴情，她又是那副柔情似水的样子，弄到手不是没有可能。所以，在娟娟离席时，纳哈出马上就想跟出来。可李佑却死死缠着不放，使得他特别有气，还不能表露出来。尽管人在酒桌上，心却早已离开了夜宴，飞到心中的美人娟娟那儿去了，最终总算以不胜酒力而迷迷瞪瞪地提前溜了出来。

纳哈出回到自己的住处后，急不可待地捻动了暗道机关，闯入了娟娟的卧室。明月长老和娟娟在墙体一动时，立马听到了声音，知道肯定是纳哈出这条毒蛇出洞了！娟娟刚要坐起来，被明月长老轻轻摁住，不让动，示意她半闭眼睛装睡，两耳仔细倾听动静。纳哈出对大妃和楚美人住过的屋子实在是太熟悉了，进来后，再也等不了啦，真是馋涎欲滴呀，径直扑向睡榻，伸手去摸炕上的美人。说时迟，那时快，恰在这个当口儿，一件东西突然从顶棚啪嚓一声落下，刚好将纳哈出罩在里边了。是件什么呢？原来是明月长老早就装好的扣天皮网！皮网一落下，纳哈出当时一惊，心想，不好！赶紧用手去挡。可那网很有意思，你一动，它便收缩。你越不停地扭动，它则随着扭动而越缩越紧，越缩越小。此时的纳哈出正是这样，越着急就越想动，皮网当然越收缩，脑袋只好随之往下缩，双手很快被紧箍起来，接着一个跟头摔倒在地上了。只几秒钟的工夫，皮网已将他裹缠成球儿了。纳哈出在皮网里憋得唉呀唉呀地直哼哼，连忙说："妙善师父，我是大丞相啊！不要怕，不要怕，是特意看你来了。因天天想得实在忍不住，才贸然而来，千万手下留情啊，快放开我吧！"就在此时，室内的油灯呼啦全亮了。纳哈出从网罩里往外一瞥，可吓坏了！你当他瞅着谁了？第一眼看到的是李佑！心里好个纳闷儿呀："咦？怪了，怎么会是这小子呢？"

怎么回事儿呢？原来宴会开始前，明月长老已交代李佑注意纳哈出的一言一行、一举一动，并可伺机行事。在夜宴进行过程中，别看李佑表面上咋咋乎乎地喝了不少酒，他可有量啊，暗地里那双眼睛始终盯着纳哈出呢！见纳哈出一开溜，知道机会来了，立马把酒杯一撂，悄没声儿地跟了出来，把那些与他喝酒的人都晒在餐厅了。李佑走得快呀，一出来，便快速绕到因酒喝得多点儿而晃晃荡荡往回走的纳哈出前面。到了住地，进了娟娟的屋，按明月长老的布置，先行把网张开，等待纳哈出来时就下手。这个大皮扣网，是早在娟娟住进没几天，明月长老让李佑给装好了的，专等抓黑贼，只是在此之前没向李佑明说罢了。今天，纳哈出果然用上了，可谓名副其实的落网啦！

纳哈出一见李佑在，心想："这下完了，一切全完了，我算吃了大亏了。看来他们早有准备，算计好了要设皮扣网抓我呀！"抬头一看，见锦帐大帘儿之内的卧榻上，不仅有娟娟，还有明月长老，而且两人身着完整，怒目横眉地望着他。李佑则站在地上，手中仗剑，直指他的鼻尖儿，那张脸上分明写着："老鬼呀，等了你多长时间了，今天到底让我给逮着啦！"他懊恼极了，心想："我纳哈出久战大江南北，什么样的英雄没会过？堂堂金山的大丞相、太尉，今天竟栽在这么几个人手里，成了他们的阶下囚，遭了暗算，主动跳进了事先设计好的陷阱之中了，也太窝囊！"越想越生气，在网中低着头，不出声儿。

这时，明月长老下了地，穿上鞋，然后冲纳哈出朗声儿说道："大丞相，我们向以金山为家，无论对你还是对金山，从没丝毫的造次之举。丞相的几次危难，都是老尼及徒儿们舍身相救的，应该说是尽力了。反过来，你却心存不轨，竟想戏弄、进而伸手夺我的弟子妙善居士，也太不仗义了吧，到底安的什么心？想没想过，身为一个父辈之人，可妙善呢，是前不久才过了十六岁生日的孩子！怎么能对她下手，难道利令智昏到如此地步了吗？俗话讲得好，兔子不吃窝边草，你咋做的？已经妻妾成群了，还奢求身边帮助过你的出家之人，这不是丧尽天良吗？纳哈出，当着真人不说假话，老尼早看出你是不可救药之人。不管如何相帮，却始终心存疑虑，从未信任过我们。我和徒儿对此不得不做准备，自从进到丞相府，一直担心被暗算，每晚只好以'一粒丹'相伴，防备你们夜里下迷魂药而被缚。也觉察出府中居室墙中装有暗道机关，故在妙善室内备下了扣天网，任何人只要进入居室，必被擒拿，看来真是设置对了！纳哈出，你是个地地道道的狼心狗肺、男盗女娼之辈。若是正道人家，哪有密设机关暗道之理？我不明白，为何非做见不得世面的匪类巨盗所干之勾当呢？本身为一朝之丞相，雄心勃勃，口口声声要重造大元天下。可此等所作所为能得人心嘛，人心失，尔何得天下？常言道：'得道者多助，失道者寡助。'你就是那失道之徒，已堕落成一个匪类，成为孤家寡人了。老尼看得明明白白的，金山之业不会长久，很快将会寿终正寝，像我们这样的人必须马上远离此地！"站在一旁的李佑厉声儿道："师太，少跟人面兽心的色狼费口舌，他根本不懂人语。干脆一剑结果算了，金山便平息了，他可是自投罗网！"说着，举起手中的剑，做出要砍下去的样子。可把纳哈出吓坏了，当时汗就下来了，带着哭腔儿哀告道："师父，师父，手下留情，手下留情啊！我对妙善居士完全是出自诚心，是真喜欢、爱慕她呀！各位如果愿意，欢迎永住金山，本丞相会给以供奉的。明月长老，请您相信，一定为大师在金山重造佛寺，纳哈出是说话算数的！"

明月长老和娟娟听了纳哈出的话后，对视一笑，知道大鱼终于上钩了。近些天来，心里急一阵愁一阵的，总算有个好的结果。但他们十分清楚，这条鱼不是那么好摆弄的，何况又是在他的老巢之内。今晚因为有夜宴，所以大家忙了半宿，酒喝了不少，院内的人多半已睡过去了。外头的护兵一般不进内院儿，巡逻打更的人，也知今日大丞相有夜宴。个个不敢大声儿说话，走路时脚步放得轻轻的，深怕影响了大丞相的美梦。乃颜扎布是负责保护大丞相的，当然不敢疏忽，得特别注意。加上又有三个外来人住在纳哈出一侧，越发小心，深怕出事儿。正是由于明月长老早把一切全考虑到了，故而跟娟娟说："既然已经把鱼钓上来了，则必须速决，不能拖，天亮怕不好办了。"此话讲得太对了，夜长梦多呀！幸好在晚宴上，李佑将乃颜扎布灌得够呛，否则早察觉了。他开始不喝，怕喝多了误事儿，徒增没必要的麻烦。后来见不能喝酒的主帅都在李佑的极力相劝下毫无顾忌地放开量喝，这才放心了，遂多喝了不少，以为不会出啥事儿。还认为自己是后到丞相府的，三位师父早与丞相认识，又有深交，不至于怎样，便放松了警惕。尽管如此，明月长老还是向娟娟、李佑使了个眼色，意思是务要抓紧。他们考虑到，纳哈出一向要面子，放不下大丞相、太尉的架子。那么，不妨抓他的短处，对症下药。另外，采取的策略要适度，既不能过硬，又不能过软。如若强逼，把人惹急了，可能什么都得不到。如若太软，他肯定不讲，同样一无所获。因此，只能软硬兼施。纳哈出不是一般的鱼，而是一条非常狡猾的大鱼，很难对付的。想从他的嘴里挤出油水来可没那么容易，必须得动一番脑筋才能达到目的。于是，三人坐在卧榻上，开始研究明月长老早就提出的对付纳哈出的三招儿：

第一招儿是"哄"。根据纳哈出的好面子、总摆臭架子的特点,自然是深怕半夜出来偷鸡摸狗的勾当让人知道,得多难堪、多出丑呀!那可是小人做的,哪是我堂堂大丞相应办之事呢?就抓住这一点,既要哄,护他的面子,又要以此相威胁,让其开口。

第二招儿是"吓"。明月长老在金山这段时间,对纳哈出已经摸透了,知道他是个胆小惜命、贪图安逸之人。根本不像纳木扎勒台吉那样具有大将风度,叱咤风云,不惧死亡。在金山过的是酒醉金迷的生活,每天有众多妻妾陪伴,吃香的、喝辣的,金衣美食,做梦都想当皇上。当年镇守长江当涂那块儿的百夫长、千夫长的英雄气概及万马营中的鲜血染红战袍、骁勇顽强的劲头儿早已磨没了,几乎丢得一干二净,一心只想抓紧时间享受。因此,关键时刻,可以抓住他怕死的心态,以杀头吓之,使其就范。

第三招儿是"柔"。即针对纳哈出的心理,必要时,以柔情相引诱。明月长老告诉娟娟:"孩子,为使纳哈出俯首帖耳,该装就得装着点儿,不必太露痕迹。"娟娟不解地问道:"装啥呀,为什么非得这样?我才不干那事儿呢!"明月长老笑了,启发道:"娟娟,你很清楚,现在咱们仍是在打仗。操起宝剑,刀对刀、枪对枪是打仗;拿起软剑,以柔情蜜意杀人,同样是打仗。该哄得哄,该吓得吓,看火候儿送他不同的眼色,有时给点儿软的,也是必要的。尤其对纳哈出这个具体人来说,或许惟如此,我们才能成功。"不管娟娟如何不同意,甚至对此种做法十分反感,明月长老并不急,还是不厌其烦地耐心相劝。后来,娟娟一看师太始终坚持,相信讲的一定有些道理,才勉强同意了。

明月长老出的"哄"、"吓"、"柔"三招儿多厉害呀,目的只有一个,即无论如何,也要将纳哈出这条老狗彻底俘虏。三招儿定下来后,决定按此策略,速审纳哈出。具体分工是:由娟娟唱主角,做主审;明月长老做后台,出主意、拿点子;李佑负责护卫,针对审讯的进展情况,时不时地扮演黑脸儿人。李佑可乐坏了,爽快地答应道:"好,我就扮做黑脸儿的暴君,太过瘾了。若是那三招儿都不行,说不定就真砍他一刀!"明月长老严肃地说:"不行!李佑,我可告诉你,千万不能乱来,务必看我的眼色行事。"

闲话少叙,咱们接着说此时的纳哈出,早已被李佑的皮网给吊起来了。在网里,他双手抱着头,缩个身子,像个球儿似的,伸又伸不直,相当难受。还一声接一声地"哎哟"着,哀求能原谅这一回,快些把他

东
海
沉
冤
录

放下来。娟娟没管那套，迅速下了地，搬过一把椅子坐下，仰着脖儿冲纳哈出说："大丞相，你我一向是朋友，要相信我们是通情达理之人。这样吧，问你几件事儿，必须回答。讲清楚了，立刻放人，咱们从此不再提今天晚上的丢脸事儿。如果与我妙善居士耍奸滑，胡说八道，存心蒙骗，可以先不杀。明天早上，把你吊在丞相府门前，让金山的所有将士前来看台大戏。大丞相手下的众将恐怕知道我们武功的厉害，任何人不在话下。更清楚我手中的阴宗双鹤剑不是吃素的，因此，谅他们也不敢为救你而自寻死路。我会当着大家的面儿，把你那只有龌龊小人才干的卑鄙勾当好好儿抖搂抖搂，看看堂堂的元朝大丞相、太尉的面子往哪儿搁，还有没有脸活下去！即便厚着脸皮活着，谁还能跟着一个无耻之徒去光复大元呢？你的名声将一败涂地，不少人会立即卷起铺盖卷儿，脚底抹油溜之乎也。纳哈出，告诉你没啥，妙善不是一般人，估计大丞相早已怀疑到了这一点。我有位干爹和干娘，皆是当代有头有脸儿的大人物。要是把他们请来，金山的弹丸之地立即就会崩溃、玩儿完！说吧，想走哪条道儿？任你挑、任你选。依我看哪，还是听妙善的话吧，明智一点儿，做俊杰为好。"说到这儿，有意停了停，借以缓和一下屋内的气氛。然后，换了一种口气继续道："大丞相，我挺佩服你是个男子汉，办事干脆，从不含糊。若真是识时务，妙善仍愿与你做朋友。论年龄，你是我的父辈，在金山美女如云。妙善已出家为尼，你何以能对一居士有非分之想？我一向敬重你，愿意在身边做帮手，也做了不少事儿。其实不用我说，大丞相是知道的。不过今晚莽撞入室，使妙善怎么都想不明白，大丞相不是这种人哪！后来一琢磨，肯定是因昨晚设宴为我们送行、饮酒过量所致。"说完，抬眼瞅了瞅纳哈出，看他是怎么个反应。

娟娟的伶牙俐齿真是了不得！那一推一拉、一打一捧、一硬一软的话语，把纳哈出的确揉巴够呛，心里是怕一阵儿、恨一阵儿、悔一阵儿、想一阵儿，一时不知如何是好。他是个聪明人，寻思了一会儿，觉得目前没有别的什么好办法，还是就势下台阶为上策，便道："妙善居士，唉呀师父，刚才完全说到我心里去了。实在话，日里梦里地期盼着身边能有你这样一位年轻貌美、武功高强之人哪！有了你，是金山之幸，又是最好的帮手。不过也知道，凭我个老头子，怎么可能得到天上的太阳呢？纯粹是老糊涂了，利令智昏，做了不该做的事儿，惹你生气，怎么处置都不为过。恳请三位师父息怒，不要因此离开我，真是舍不得你们搬出府衙。酒席宴上，我是多贪了几杯，醉酒了。后来看你和明月长老走了，一想到明天将离开丞相府，心中万分难受，怕再见不着了，便想前去找各位倾吐衷肠。也不知是如何迷迷糊糊离开宴席的，更不知是怎么回到住处的。只是恍惚记得当时大骂着屏退了奴婢，后来竟鬼使神差地闯进了妙善的屋里，酒醉办蠢事。我绝没撒谎，要是说的假话，出门让马嘎嘣踏死。哎呀，肠子早悔青了，酒真是害人之刀哇！"说着，也弄不明白到底是真情还是假意，呜呜地哭了起来。三人你瞧瞧我，我瞅瞅你，还是头一次看到纳哈出这个丑态。明月长老向娟娟和李佑使了个眼色，并指了指纳哈出，意思是行了，别让老头子在网里遭罪了。再说前些日子病挺重的，眼下刚好些，审到半截儿病犯了或死了，仍然是一场空。

应该说，明月长老是对的，想得远，纳哈出要是真的死了，将十分不利。为什么呢？因为曾家奴和扩廓帖木儿都希望他快点儿死，这样，元朝内部就少了一个与之勾心斗角之人。如果形成此种局面，起码目前对大明并不是好事儿，故而还得保住纳哈出。可李佑不愿放他，心想："你个老东西，老眼昏花了吧？找美女也不看看是谁，竟敢打我师妹的主意。找死呀，还是活腻歪了？"那醋劲儿到现在还没消呢，便像没懂师太的意图似的，站在那儿愣不动地儿。娟娟只好亲自上前，放下了皮网并解开，纳哈出赶忙钻了出来。明月长老走了过去，搀他坐在太师椅上。此刻的纳哈出真是羞愧难当，不知所措。刚才差点儿没憋屈死，这会儿总算松快了，很是感激。他长出了一口气，说道："明月长老、妙善、李佑师父，千不看万不看，看在金山大业的份儿上，请饶恕一个蠢人的罪过吧！只要能够严守此夜荒唐之举，为我遮羞，情愿一切听师父们的。可不知要问啥，要我做些什么，是否有能力办。"一面说，一面瞟着气呼呼的李佑。

这时，娟娟搬着椅子凑过来，坐在纳哈出的左侧。李佑依然仗剑在手，站在纳哈出的右侧。娟娟开始审问："大丞相，我问你，楚绣绣在哪里？"此话一出口，只见纳哈出一愣，随即反问道："问她干啥？"娟娟厉声儿说："大丞相，咱们不是说妥了么，我问什么，你老老实实地回答什么。若冒出半句假话，其后果你是知道的，干吗反过来问我？"纳哈出马上连连点头道："是是，不该问。楚绣绣嘛，说良心话，不知为什么，是她自己跑没了。到底去了啥地方，不只我不知道，谁也说不清楚。若有半句假话，不得好死。"娟娟进一步逼问："是不是你暗害了

东
海
沉
冤
录

她?"纳哈出急了,忽地站了起来,极力表白道:"妙善师父,根本没那档子事儿!我不但没有杀她的任何居心,反而欠她的情。请你们详查,若是纳哈出干的事儿,怎么办我,都心甘情愿地领,这还不行吗?"娟娟说:"我再问你,乌曼、塔拉格现在何处?"纳哈出听罢一惊,显得有些慌张,低头不语。李佑见此,立马提剑闪过身来,把个纳哈出吓得直哆嗦。娟娟的声音略有提高:"你倒是说呀!"纳哈出只好无奈地回答:"她们在押。""圈在哪儿了?""月……月牙楼。"娟娟进一步探问:"楼里是不是也有楚绣绣?"纳哈出忙说:"没有,没有,楚绣绣确实是疯了走失的。至于乌曼和塔拉格,是因为不听管,防止她们再跑。怕跑走以后到处张扬,传出去对我不好,不得已才押进月牙楼的。"娟娟像没事儿人似的顺口来了一句:"把月牙楼打开,我进去看看。"纳哈出说:"什么?你想去走一遭,那可打不开。月牙楼修成之后,我还从未入内看过呢!"娟娟觉得奇怪,接着问:"此话怎讲?"纳哈出回道:"说出来你们可能不相信,我虽然是金山之主,但大寨的事儿,并不是我一个人说了算。"站在一旁的李佑不耐烦了,怒喝道:"纳哈出,放老实点儿!不是在耍我们吧?你没权,谁相信哪,若不说真话,小心割掉你的舌头!"纳哈出分辩道:"唉呀,真是长十张嘴也说不清啦!金山这块地方是我选定的不假,可修月牙楼之事真的不是我干的。元帝应昌驾崩,元帝之子爱猷识里达腊太子嗣位,元帝的玉玺封诰及大元朝文宗皇帝图帖睦尔、宁宗懿璘质班、惠宗妥欢帖睦尔的御影等,皆在嗣帝爱猷识里达腊之手。由于当年战乱,明军攻杀甚紧,大漠无法留存,便与我商议,准备带到金山私藏。为此,他派来现在宁夏的扩廓帖木儿和曾家奴,奉御宝来金山,专请原大都的匠师建楼。当时因我忙于征战,再说他们不让过问此事,所以不仅没多想,也没重视。开工前,他们讲得挺好,说是将来月牙楼建成后,由我来管理。谁知建完了,不理我咱不说,还将月牙楼的所有图纸,包括暗道机关之秘密绘图全带走了。并再三嘱告,不许踏入楼内一步,更不能到处随便乱摸、乱碰。里边的暗道机关相当多,冒蒙进去会中箭,必死无疑。因此,直到现在,我不但边儿没沾,而且对月牙楼的内情不完全清楚。只知楼分三层,仅地室的钥匙掌握在恭格拉之手,关押乌曼、塔拉格就是由他办的。你们可能不知道,恭格拉之妹,是新皇帝爱猷识里达腊之聪妃。恭格拉由于有这样一个身份,又是扩廓帖木儿之爱将,故而一向趾高气扬的。后来他被调拨到金山来,看似与我关系近如股肱,实际是爱猷识里达腊和扩廓帖木儿的心腹，谁都得让他三分。我一直想重振金山，要想达到目的，必须借恭格拉之口，联络黄河一带大漠的元人，因此不敢失掉他。以上说的全是实情，原原本本，没有半点儿隐瞒。"娟娟有意点他："恭格拉眼下已身残，告老回家，哪里还有那么大的号召力？不要故弄玄虚，拿恭格拉说事儿，遮掩你在金山的实权。"纳哈出说："妙善师父，倘若不信，咋认为都行，我也没办法。不过恭格拉已安好假肢，名为退隐，实为府中主事，仍在驾驭金山。"

　　娟娟与纳哈出的一问一答，使一旁的明月长老和李佑很震惊，原来金山的内部还挺复杂，是以前根本没想到的事儿！娟娟继续问道："大丞相，恭格拉的脖儿扬得那么高，还不是你给的权力吗？"纳哈出说："咳，今天既然说了，索性和盘托出吧，这正是我为什么对你们讨好、犹豫不定、一忍再忍的原因。之所以如此，是想给自己留条后路，以求将来得到师父们的帮助，把三位当成我与他们争斗的砝码。外表看，金山很有名，秩序井然，好管理。其实，擎起一个家业相当不容易，我每天不得不拼命挣扎才活着。众目所视，八方受敌，怕的还真不是明朝，而是时刻担心内部有人放暗箭，想杀掉我的人不是没有哇！我真的希望你们留下，为的是能够在身边出出主意，想想对策。为什么不敢得罪恭格拉呢？因为我清楚他一定知道月牙楼的秘密，能帮着打开此楼，得到元朝的玉玺。到那时，便可向南称帝了。不光是我，眼下扩廓帖木儿等人同样在企盼着能得到御宝，全在争夺恭格拉。因此，我只好奉迎他，希望能够站到自己一边，共谋大事。恭格拉自从被妙善居士砍伤后，简直恨透了，执意要兴兵擒拿你们。而我却犹豫不决，对各位师父一直抱有幻想。恭格拉故此极为不满，认为我脚踩两只船，不可靠。自从都布多尔济死了以后，他更加坚信你们是南朝的人，提醒让处处防着点儿。明说了吧，不是为了讨好儿，听了可别生气，正是在恭格拉的一再催促下，加上为了防范咱们之间的频繁接触，才强行命我换了令牌的。妙善师父的总寨主并不是本人给撤的，他们始终信不着你，为此还认为我老奸巨猾。说什么表面上是为大元争个名分，暗地里却勾结着南朝的人。咳，有很多话不知如何解释才好。另外，又新从大漠调来了多位将军，执掌着金山的兵马。连府上的七门总督兵马司大元帅乃颜扎布，我与他都不怎么熟，只是互相认识，也安插进来了。这个人原是扩廓帖木儿的得力大将，后镇守大宁、察哈尔，被恭格拉要到金山后，直接掌管相府的兵马。我完全明白恭格拉的用意，主要是为了保护月牙楼，防范御宝被南朝夺去，怕我软弱，不能承担此任。"

明月长老、娟娟和李佑边听纳哈出的讲述，边观察他的态度，看出有不少的愁肠、为难和积怨，心情很是复杂，不完全是装的或在说谎。其中或许有虚假的成分，但金山内部确实是勾心斗角、尔虞我诈。在元朝的残余势力中，纳哈出并没占上风，心中一直窝口气，是个受气包。明月长老一行进入金山后，纳哈出这个赫赫有名的漠北大英雄，在他们面前从来都摆出一副威风凛凛、刚愎自用、不可一世的架势。而今天，没成想却见到了他的另一张面孔，竟也会有那么多不痛快的事儿，日子并不好过。对此，三人心中不禁泛起了一丝丝的怜悯和同情，往日的猜测、怀疑、戒备消散了不少。明月长老站起身来，给纳哈出端来一杯热茶，劝他不用急，喝完后再接着讲。

纳哈出从三人的眼神儿、态度上，看出对自己不那么敌视了，并有些理解，很是感动。饮了几口茶后，又讲道："师父们，咱们之间已经唠了很多了，没必要再躲躲藏藏了，该露露自己的底细了。恭格拉早就告诉过我，一切应小心才是，声言你们都是朱洪武派来的。妙善居士是金枝玉叶，南朝钦封的秉仁公主、武威安抚使，又是刘伯温老军师之义女；明月长老是南京明月庵的住持，已受皇封。其实，不用他介绍，我比他知道得还早呢！"娟娟一听，十分惊讶，忙问："大丞相，听谁说的？告诉我，为什么没下手？"纳哈出笑了，说："干吗要那么小肚鸡肠呢？我纳哈出对南朝的人向来是网开一面的，想当年朱天子对我不也是如此吗？想想看，既然你们能钻进金山来，难道我们就不能钻进南京去么？所有这些，皆是由恭格拉掌握并一手操办的。"娟娟试探着问："恭格拉是从什么渠道来的，一定是豁鼻马了？"纳哈出纠正道："豁鼻马是堂堂正正之人，怀疑他可太不应该了。要是讲出来，会吓你们一跳，恐怕得认为我在有意妄说了。""请讲无妨。"纳哈出说："好，那我便告诉你，恭格拉的耳目、金山在南朝的内线，就是萨家奴！"纳哈出讲这话时，看起来十分自然。

此话一出口，三人的心着实咯噔了一下，萨家奴装得可真像啊，竟一点儿没看出来！转念又一想，不会吧，或许是纳哈出另有所虑，从中作梗，故意挑拨？便互相使了个眼色，明月长老还向娟娟努了努嘴，意思是先别谈这件事，换个话题，慢慢再琢磨琢磨他的话是真是假。聪明的娟娟马上领悟了，整张脸上，对萨家奴之事一点儿诧异的表情都没显现，话锋一转，言道："大丞相，我想再打听个事儿。有个身残的僧人，你们为啥不放过？引大火焚烧了人家住的山洞，使之不知去向，何以心狠手辣到如此地步呢！"纳哈出说："对山洞燃火的情况，不瞒你说，我实在不知，可以找恭格拉、萨家奴问问。说真的，我与残僧人无仇无怨，各不相干，没有理由欺侮他。此人挺可怜，原来不是僧人，而是恭格拉的部下。你们可能听说了，他便是郎格泰。据传是受伤以后，被一个神僧给救了，又引入佛门的。说起他，我心里并不好受，从不愿意提起。是那个不成器的败类都布多尔济硬夺了郎格泰的妻子，使他没脸活在人间，才遭到半生的不幸。罪过，罪过呀！"娟娟问道："大丞相，你讲的这些没有欺骗我们吧，全是真的吗？"纳哈出回道："把心放到肚子里吧，没掺半句假。既然讲了，就没想隐瞒，敢负其责。说心里话，我很佩服大明天子朱元璋，为人一向仗义。不仅下旨放了我，给以关照，还多次接到他亲自书写的奉劝降明的密信。我是重情重义之人，朱天子不杀之恩一直记在心里，恐怕也是敬重妙善师父的一个原因。这些年来，十分感谢朱天子的胸怀，可又不甘心放弃金山的霸业。即使我不占金山，肯定别人也会占，当然不想让任何人得此便宜。故而，小车不倒往前推，走着瞧，事实证明日子很不好过。我派兵出师攻打辽阳，不是大为失利、损失惨重吗？万万没想到马云、叶旺二位将军那么有智谋。"娟娟说："大丞相，人各有志，我们不想多说什么了。不过还是诚心诚意地希望你们能采纳我朝皇帝旨意，放下屠刀，多做积德之事。哪天想归降本朝，将依然如故地欢迎你，随时等候佳音！当然，也知道你是一个敢作敢为之人，以后仍可以继续较量。看谁笑到最后，笑得最好，两条路由你选。咱们是不打不相识呀，说是朋友没错吧？要相信我们会在暗中助你清除异己的。非常感谢大丞相的一番恳谈，请放心，一定说话算数，对今夜之事绝不外传。住在金山多日，打扰了。谢谢大丞相的关照，感谢你的儿子田田大将军所做的一切，那是个正派之人，不准欺侮他。好了，很快要离开金山了，咱们后会有期！"纳哈出一边听，一边连连点头。

明月长老、娟娟、李佑三人在对纳哈出的审问中，审时度势，不失时机地进行开导，说得有理有据。使他不仅很受感动，倍感亲切，还庆幸自己总算保全了面子。看似审问，有问有答，实际是一次相互间颇为真诚的交流和心理上的较量。采取的是边打边拉、既不推出去、又保持一定距离的策略，使其想恨恨不起来，想亲亲不了，想离又舍不得。通过夜谈，纳哈出深感对三位师父所采取的举措是适中的，恰到好处。不能像恭格拉似的，主张什么一网打尽哪，就地掐死呀，极端得很。那样的话，等于无形中帮助了扩廓帖木儿、曾家奴，对己不利。如今这种做法，便于有进有退，算得上高明。不但在大明朝中有朋友了，而且与扩廓帖木儿的争权中，多了一条生路。应该说，纳哈出的确不白给，老奸巨猾。然而明月长老早已揣度出了他心里想的是啥，于是，便顺理成章地以软刀子突破，效果不错。接下来纳哈出似乎还要问些什么，娟娟则尽量回避不答了。为什么呢？也怕言多语失呀，毕竟没有钻到对方心里去看啊！待天快亮时，为防不虞之患，及时将他从侧门送了出去。纳哈出终于松了一口气，回到自己的卧室，就此不提。

话说次日一早，娟娟、明月长老、李佑由乃颜扎布陪同，从丞相府到了田田府。见到了田田，免不了一番交流，娟娟又把下一步行动的想法讲了讲。早膳后，由田田引领，马不停蹄地去找萨家奴，想把他究竟是敌是友彻底弄个明白。到了萨家奴的住处附近，田田因有事儿要办，便返回去了。

当娟娟一行突然出现在萨家奴面前时，他当即惊呆了，整个人木了，知道大事不好！为什么会这么想呢？一般来说，只要有什么事儿，都是萨家奴秘密去见娟娟，娟娟从不到他的住处。一看今天很反常，三人板着面孔，破天荒地直接摸到家里来了，肯定是凶多吉少，知道事情败露了！萨家奴见此，刚想抽腿乘机溜走，早被愤怒的娟娟一把抓住，李佑随之上前"啪啪"两个连环脚，使他没有缓冲的时间，当即被踢倒在地。动作何以这么快呢？咱们前书讲过，萨家奴不简单，是个有能耐的人。娟娟来辽东时，半路遇到的那个海盗不就是他吗？也是文武奇才呀！武功特别厉害，在海上行走如飞，如履平地，娟娟他们曾领教过。所以，必须先下手为强，不能让他缓过手来。

这时，娟娟从腰间刷地抽出了阴宗双鹤剑，指向萨家奴的鼻尖儿，喝道："萨家奴，痛快给我说说馒头山的事儿。要是不说，剑不饶你！"萨家奴开始还装糊涂，吞吞吐吐、指东言西，不讲实话。娟娟早已等得不耐烦了，再一看他那个样儿，肺几乎快气炸了！将剑一抖，嗖地一声削掉了他的左耳，顿时鲜血直流。萨家奴本是个滚刀肉，很有挺头儿，啥都不在乎。不过再有钢条儿，耳朵掉了可是长不上啊，只好哀告道："秉仁公主，手下留情，我说，我说！是恭大人，啊……不，是恭格拉知道你在窥探月牙楼后，才让我多注意的。后来，发现了那个僧人在帮你，便将此事告之了恭格拉。他听了这个情况后，严令我务必除掉僧人，焚烧山洞。"娟娟问："你是怎么知道我在探查月牙楼的？"萨家奴回道："我受恭格拉之命，一直在暗中监视着。那天看你装扮成运垃圾的兵勇，穿着圾运兵号坎儿，就跟在后边。待到了馒头山，方知原来是去见那个残肢的僧人，而且接连去了几次。不瞒公主，我将此事也告诉了恭格拉。"娟娟又问："你是什么时候知道那儿有个残肢僧人的？"萨家奴回答："不瞒您说，早就知道。他本是恭格拉手下大将郎格泰，自杀未遂，被一个云游僧人所救，我们始终盯着呢。后来发现了在帮你们了解月牙楼，恭格拉很生气，便下了狠心。在你走后，命我烧毁山洞，一并烧死他，以铲除后患。"娟娟一听，气得手直抖，眯起眼睛，压低声音吼道："萨家奴，我们一向把你看成自己人，当做朋友。你却放着人不做，两面三刀，阳奉阴违，还干了些什么坏事儿，统统老实招来！"萨家奴扑通一声跪在地上，哪里知道娟娟他们究竟掌握自己多少事儿，只好交待道："说实在的，你们叮嘱的那些事儿，我也遵照吩咐做了。没办法，为了谋生，两面都不敢得罪，真是不好活呀！现在看来，最有罪的是我，不是人哪，还将各位在南朝的身份告诉了恭格拉，该死呀！"娟娟一听，不但自身的底细被萨家奴和盘托出了，而且不少事儿是他暗中干的。平时装得那么像，如同自家人一样，结果把大家全骗了，真是知人知面不知心哪！一想到这些，更是恨透了可恶的奸细、败类，脸涨得通红，牙咬得咯咯响，怒不可遏地将剑又一抖，嗖的一声削掉了萨家奴的右耳，狠狠地说："快招，还干了什么见不得人的勾当？不说一剑劈了你！"李佑随之向前跨了一步，与师妹配合得很是默契。

此刻，自称天不怕、地不怕的海舅舅萨家奴，双手捂着流血的耳部，疼得浑身一个劲儿地哆嗦。一看秉仁公主是真不客气，说杀就杀、说砍就砍呀，生死掐在人家手里。耳朵掉了能活，可脑袋要是掉了，命不就没了吗？还是先保住小命要紧哪！于是，马上告饶道："秉仁公主，饶了我，饶了我吧，小人啥都招！我还与……与南朝大丞相胡惟庸有联系。"娟娟等人一听此话，如同天空突然响起一个炸雷，全愣住了！李佑大声儿喝问道："你跟我老岳丈还勾搭连环？到底怎么回事儿，快说！"萨家奴诺诺连声，回道："胡惟庸与元朝不少人有来往，买卖马、办皮货、运售海鲜等，他从中渔利，大元朝的人皆称其为'胡小鬼'。他还经常把南朝的事儿告诉我们，此次叶旺将军和你们一起来辽东，便是他透的信儿。过一阵子要办的皮板大集，南朝的主要客商，也由胡惟庸亲自派去。"李佑听后,惊诧得圆瞪双目直晃头。

　　萨家奴的交待,非同小可,引起了娟娟、明月长老的高度重视。万没想到南京出了内奸,而且不是别人,竟是受皇上重用的胡惟庸!如此看来,事不宜迟,必须尽快将这个信息奏报给朝廷。明月长老问道:"萨家奴,恭格拉身藏何处?"萨家奴说:"他可鬼了,一天换好几个地方。要有事儿的话,就派人传我到临时指定的地方见面,我怎么能知道他究竟藏在哪儿。"说完,偷偷斜眼瞅了瞅明月长老。萨家奴的这一举动,被机灵的娟娟注意到了,随即冷笑一声,说道:"萨家奴,可给我听好了,要再敢耍滑,绝对不饶!你在登州海滩已经骗我们一次了,今天休想再骗第二次。能说真话便罢,否则,一块肉一块肉地先卸了再说!"话音刚落,李佑掏出了匕首。萨家奴的耳部钻心般痛,血仍在不停地往下滴,抬起胳膊用袖头儿擦了擦,寻思着:"已经到这个份儿上了,骗有何用?想不到今天竟会落到他们手里,都是恭格拉逼的,我干吗非听他的?又是何苦呢,还帮着隐瞒什么?干脆诌出来算啦!"便一咬牙,说道:"秉仁公主,请跟我走,现在就领你们找他去。"李佑仍不放松,紧盯道:"刚才秉仁公主可说了,想留住命,只能办真事儿,不许哄骗我们。要是活腻歪了,想咋做,自己酌量着办!"边说边掏出锥子在萨家奴身后威逼着。萨家奴忙道:"各位大人,小的不敢再耍滑了。要是信着我,马上跟我走,到那儿一切全清楚了。"娟娟冲李佑摇了摇头,李佑会意,将锥子收了回去。于是,由萨家奴引路,娟娟等人随其出了金山城。

　　原来,恭格拉正像萨家奴所讲,并没住在自己的府上,而是住进了东山口儿的一个四合院儿里。一行四人来到门前,娟娟冲萨家奴努了努嘴,萨家奴乖乖地上前哚哚哚敲门。恭格拉的佣人见是萨家奴来了,后面还跟了三个人,也没在意,顺手把门打开了。娟娟、李佑押着萨家奴在前面走,明月长老于后面压阵,进院儿后,回手将大门关上了,直接来到了上屋。恭格拉一看,当即懵了,整个人像呆傻了一样,吓坏了,立在那儿不会动了,做梦想不到妙善等人会突然而至!娟娟飞身跳将过去,猛劲儿薅住恭格拉的脖领子,双手用力往里一收,那张被勒得扭曲的脸立刻涨红了,然后咬牙切齿地说:"冤有头,债有主,今天是来找你算账的!老实交待,把郎格泰抓哪儿去了?好久未弄懂郎格泰在黄绢上写给我的'迫等君,思情深。共焚火,是真凶'啥意思,这回明白了,真凶就在我的眼前,是你恭格拉呀!说吧,郎格泰眼下在何处?"

恭格拉吓得屁滚尿流、魂出七窍了，浑身筛糠似的抖着，上牙磕着下牙，忙不迭地说："实不相瞒，我是要烧死郎格泰。可还没等烧着他呢，那小子挣脱出去了。当我的兵从石缝儿里追出来后，别说人影儿，连鬼影儿都没见着！对馒头山，我们没他熟，不知究竟钻到什么地方去了。我与萨家奴将金山所有的山洞、石缝儿全搜遍了，仍没寻着，是死是活，谁也说不准。"娟娟说："我知道，关于月牙楼的内幕，你比纳哈出清楚。今天来，是要问问你，月牙楼到底是怎么个情况，必须老老实实地讲来！"边说边狠狠耸了耸恭格拉。

恭格拉本是个多变之人，奸诈得很。刚才还被吓得浑身乱哆嗦呢，此刻听娟娟一问，反倒平静下来了，像冷丁抓住了一棵救命稻草一样。心想："噢，你秉仁公主急不可待地到东山口儿来，原来是想得到有关建月牙楼的秘密呀？想得美，门儿都没有！我被你断腕了，仇还未来得及报呢，凭什么告诉你？好嘛，在没弄清月牙楼真相之前，谅你不会把我怎么样。否则，不就前功尽弃、啥也得不到了吗？咱们接着斗吧，看谁能斗过谁！"于是便摆出一副满不在乎的架势，挺了挺腰板儿，轻蔑地说："秉仁公主，你别忘了，咱们可是敌手相遇。我绝不能像纳哈出那样没有骨气，吃里爬外，恨只恨当时没有早点儿抓住你们！奉劝诸位干脆死心吧，从我这儿休想得到月牙楼的半点儿情况！"说完，还哼了两声。

李佑没成想恭格拉忽然变脸了，心想："好小子，还敢嘴硬，看来是苦头儿吃得少吧？再给点儿更苦的让你嚼嚼，好好儿品品滋味，那张嘴又该变软了吧？"边想着边走了过去，站在恭格拉的背后，掏出那把细锥子，照其双肩捣蒜般猛刺。疼得恭格拉满头大汗，浑身抽搐，仍咬紧牙关硬挺着，一声儿不吭。李佑看他没当回事儿，遂收回锥子，拿出匕首，一步跳到恭格拉的对面，边斜视着萨家奴，边将拿着匕首的右手伸向恭格拉的胸膛，刷刷刷地一块块儿往下割肉。方才还趾高气扬的恭格拉，这下可受不了，杀猪般嗷嗷地高声儿嚎叫，血像蹿线儿似的顺着胸脯往下淌，佣人们吓得赶紧把脸背了过去。李佑冷笑道："怎么样啊？滋味不错吧，到底说不说呀？不说也成，那就看爷爷我怎么割死你！"说此话时，手仍在不停地削。

萨家奴是滚刀肉哇，有点儿钢条儿。可恭格拉那是一个位高权重的大将，多年的安逸生活早已使他变得娇弱了，哪经得住这种野蛮的折磨呀？先是"唉呀，唉呀"地小声儿叫着拼命忍受，后来实在挺不住了，只好服软，交待道："我所做的一切，是受大宁曾家奴之命而为。开启月牙楼的机关十分隐秘，必须按图纸操作，才能打开。若弃图愣开，将万箭穿心，楼阁坍塌，里面的硫磺自引大火，诸御宝神器俱焚。要想破此楼，得先到大都，还需破解'草下寻芳一字间，兄弟二人地坐穿'十四个字儿的含义，方能找到建楼之人。据说，只有建楼人，才能打开月牙楼。这些年来，我只是奉先帝和幼主之命，看守月牙楼。凡敢犯楼者，务除之。"娟娟逼问："你护守月牙楼的目的，是不是专门为了防我们？"恭格拉狰狞地笑了，说："防你们？那有何用，根本不配一防！既不知道月牙楼的底细，也无法近前或捞到什么，防啥呀？实话告诉你，真正要防之人乃纳哈出。他在本朝和南朝都有朋友和心腹，我们担心他很可能联络幽燕的名匠，破解月牙楼。本身为大丞相，月牙楼又在其府内，表面上还是护楼第一人，最易窃得大宝。尔等不知，大元天子爱猷识里达腊已继位于大漠和林，建立了北元王朝。月牙楼之宝应归回和林，岂能为妄想称帝的不轨之人所获？当必严守之。本将早已想好了，纳哈出若得此宝，将宁可玉碎，不为瓦全！"各位阿哥听到了吧？恭格拉都死到临头了，还摆出一副大英雄的架势。

娟娟强忍着怒火，大声儿说道："恭格拉，要想活命，就快把下一层的钥匙交出来，救出乌曼、塔拉格等人！"恭格拉又摆出一副不屑一顾的样子，说道："不用你们多此一举，也救不了。他们有吃有穿的，生活得很好，勿劳任何人操心！钥匙没有，至于谁那儿有，休想从我口中知道。"这下可把站在一旁的李佑气坏了，挥拳刚要揍恭格拉，娟娟没让，随即喝问道："尔等下一步想做什么？快说！"恭格拉狠狠地瞪了娟娟一眼，头一扭，干脆不理了。娟娟见此，冲李佑把头一甩，李佑上前手脚并用，连踢带打地接连一顿折磨。恭格拉呻吟着，拼出仅剩的一点儿力气喊道："扩廓帖木儿与曾家奴筹办皮板大集，实为合心议政，汇残元之势以成大业。朱元璋休要得志猖狂，来日天下，尚未定谁来主其沉浮尔！"说完，狂笑不已。笑了好一阵子，脸都扭曲了，快笑没声儿了，最后竟昏了过去。多么傲慢，多么嚣张！

那么，此刻萨家奴是如何表现的呢？那是尽显其匪性，又像在登州被俘时一样，满地打滚儿，高唱匪调儿："老子没白来世一场，死后二十载，萨家奴我仍来人世。来也走也，走也来也，乐哉悠哉！"边唱边疯了一般嗷嗷地叫着。李佑死死摁住他，一只脚踩在脖子上，不让喊出声儿来，回头瞅着娟娟，意思是尽快了结算了。明月长老倒想劝徒儿放生，娟娟没答应，向李佑使了个眼色，脸上分明写着："不能再让两个贼子活在世上了，他们恶贯满盈，坏事做尽，死有余辜！"于是，娟娟与李佑横刀挥剑，刷刷几下立斩了萨家奴和恭格拉。然后命四合院儿的奴婢和佣人抱来干柴，点火焚烧，两具尸体在熊熊的烈焰中很快化为焦炭。李佑将恭格拉的财产尽数分给众奴婢，并将他们全部遣散，自讨方便。随后放火烧了房子，这座四合院儿和它的主人，从此从金山永远销声匿迹了。

次晨，纳哈出得报，恭格拉和萨家奴因醉酒，引发大火被焚而亡。心中暗自高兴，如释重负，表面上却脸含伤悲。忙命乌迪什、田田等人备办香帛纸马，全城祭奠，斋戒七日，以祷亡灵。恭格拉一死，形势立马变了，金山总督大权重归于纳哈出一人之手。他首先调离了大宁在这儿安置的一些将领，如将恭格拉的心腹大将、就任不久的丞相府七门总督兵马司大元帅乃颜扎布派去驻守粟末水站赤，丞相府总督应办之事，由自己兼理；将金山大寨三城总督兵马司大帅蝎子虎仇海牙遣往东路的虎尔哈部站赤，充任达鲁布花大将军；将金山大寨三城总督兵马司大帅之职，交给了义子田田大将军兼任。所有的变动，皆是按照妙善师父嘱咐办的，以此向娟娟传出了友好的表示。

过了几日，纳哈出收到了由田田将军转来的娟娟、明月长老、李佑三人的告辞信函，大意是：为云游各地，准备即刻进关，去原大都诸地为民治病却灾。感谢大丞相的知遇之恩及热心关照，并诚祝金山繁荣！

娟娟、明月长老、李佑在与纳哈出夜谈后，收到了预期效果，进而除掉了内奸萨家奴和元帝爱猷识里达腊在金山的忠实干将恭格拉。既帮助纳哈出解下了压在身上的重负，从此可自理金山之事，又便于明朝对金山的控制和争取，以文的方法促使纳哈出受降。即便他继续负隅顽抗，毕竟势单力孤，容易对付。经过一番较量，娟娟和明月长老深切体会到，破月牙楼并非那么简单，其背后与大元残余势力有着千丝万缕的联系。可以说，不灭大元的残部，就难破月牙楼。若想破月牙楼，从恭格拉的供词可知，必先去关内原大都之地，寻访筑建月牙楼之人。否则，鲁莽行事，只会是楼塌宝失。看来，此非一日之功，性急是办不成的，只能从长计议。再说，金山大寨的情况已基本弄清，应尽快转移地点，金山诸事可由田田、岳索图以及巫顺兄弟、卜家奴等人分头进行。娟娟思来想去之后，决定速去北平府。为什么呢？一是按恭格拉的供词，需到大都去找秘语诗中所说的"草下寻芳一字间，兄弟二人地坐穿"的建楼之人。只有找到，此棋才能走活。父亲刘伯温和徐达大将军常讲："辽东之事非只辽东之事，应先扩大辽东为大都一带。大都辽东联手，诸事可破，故应曰北方之事。"结合目前摆在眼前的具体情况，觉得二位长辈讲得很对，有先见之明；二是萨家奴在交待中，说出了胡惟庸与大元的私下联系。这是重要的新发现，必须尽快奏报朝廷，只为此，也应尽快去北平府。

　　明月长老来辽东已有数月，时间久了，心中不免挂念庵中之事。娟娟、李佑也觉得师太年纪大了，不能再让老人家这么东奔西跑了，该回南京歇歇了。娟娟真是难舍难离呀，只好忍住悲伤，与师太话别。之后，又苦苦哀求道："师太呀，您最好能跟我和师兄同去北平府。自从大都改为北平，您老还没去过呢！既然来了北方，就该顺道儿看看，然后再返回南京也不迟。若能答应的话，徒儿求之不得，保证不会再缠磨您了。师太，跟我们去吧，好吗？"明月长老挨不过娟娟的这一手，考虑去南京有两条道。一条是由海上乘吴祯老将军掌管的船只，走水路回南京；一条是同娟娟和李佑一块儿过山海关，走北平府同样可以回南京，走哪条都行。于是，便拍拍娟娟的脑袋瓜儿，笑着应允了。娟娟见师太终于答应了，乐得像个小孩儿似的直蹦高！李佑当然愿意单独与娟娟走了，见师太要继续同行，哪里敢露半点儿声色？只有暗中叹息的份儿了。三人离开金山时，田田、扎浑多尔济，还有现赶来的岳索图等人一起前来送行。纳哈出没来，说是请田田代表了。途中，大家不免互相嘱告，道些离别之情，咱们不细说了。

　　去北平府的一路上，李佑、娟娟、明月长老边走边琢磨："这'草下寻芳一字间，兄弟二人地坐穿'到底是什么意思呢，是不是个字儿？要是的话，那究竟是个什么字儿呢？是两句一个字儿，还是两句两个字儿？"李佑认真想了想，说道："要我看呀，两句肯定是一个字儿。你想啊，'草下寻芳一字间'怎么拼，也只能是字儿的一部分。唉呀，对了，'草下'一字不就是个半拉儿字儿'业'吗？"娟娟一拍大腿道："师兄，你猜的有门儿！对，'草下寻芳一字间'正是个'业'字头"。说完，右手点着自己的脑门儿，自言自语道："兄弟二人并坐，把地坐穿，什么意思呢？"想了半天没想出个子午卯酉来，索性招呼明月长老和李佑下马，三人便坐在地上画了起来。娟娟是边寻思着边不停地画着，小木棍儿画折了好几根儿；李佑是嘴里一边叨咕着，手一边画着，听不出都嘟曦些什么；明月长老则一直沉默不语地在地上画来画去的，有时还停下来思索一会儿。

就在三人画了好一阵子、百思不可解的时候，娟娟忽然兴奋地大叫起来："师太、师兄，我猜出来啦！月牙楼绘图人很可能是位姓华的师傅，那个字儿分明是'华'字！"李佑忙问："为何说是'华'字呢？"娟娟手拿木棍儿在地上边画边说："你们看，上半句是'业'，下半句是'坐'，不正是'坐'字下边穿透了么？"明月长老和李佑往地上仔细一看，见两个半拉儿字儿拼到一块儿，正是"華"，即"华"的繁体字，对，没错儿！娟娟笑道："这下可好了，咱们去北平府，专门查大元时有名的华姓鲁班师傅。如果有，肯定是他无疑！"李佑为难地说："偌大个北平府，怎么打听啊？可真成了地地道道的大海捞针了。再说了，华师傅要是全家搬走了，更要命了，上哪儿找哇？难哪！"娟娟说："师兄，别净说丧气话好不好？有志者事竟成嘛！咱们先在北平府一个人头儿一个人头儿地扒拉着找，不信问不到！反正我是下狠心了，就找华木匠，他毕竟是元大都最有名的大师傅。凡是名师名匠，不光北平府，其他地方也会有很多人认识。细想想，其实并不难，如果绘图人真是我们说的华姓大师，就一定能找到。师兄，你要有信心哟！"明月长老表态道："我看娟娟说得对，天下无难事，只怕有心人嘛。只要下了功夫，没有办不成的事儿！"李佑听完乐了，说："好好好，那咱听师太和师妹的，赶紧走吧！"

明月长老、娟娟、李佑骗腿儿上了坐骑，很快来到了长城脚下，忽然发现不知从哪儿奔过来的一支马队，把前面的路都塞满了。队伍正向关外挺进，卷起漫天的尘埃，浩浩荡荡，一眼望不到边。三人一看，兵卒全部穿着元军的号坎儿、盔甲，知道此为出外征战的元兵。琢磨着这是要到哪里去呢，何处有战事？得想法儿摸清是到什么地方执行军差。从金山出来时，为防万一，田田多给了一匹备用马。一路上，李佑是骑一匹、后链一匹地往前走。他忙向娟娟说："师妹，你和师太躲进林子里等着，待我去查看个究竟，以口哨儿为号。"娟娟点点头，表示同意，李佑便仍骑着一匹马、后链着一匹地冲了过去。

大队人马疾速行进，征骑跑得飞快。不过总会有些掉队的，比如马受伤或者病了，疲劳跑不动了等等。有个小校可能是坐骑出了毛病，便落在了队伍的后边。恰在小校极力往前追赶、马又跑不动、正着急时，忽然瞥见道边儿有个骑马的人，身后还链着一匹良驹。他高兴了，急忙冲李佑喊："快，把马牵过来，我有用！"李佑大声儿答应道："行，行啊！不过你得告诉我，你们上哪儿去呀？"小校本是个急性子，听李佑一问，不耐烦了，喝道："哪那么多废话？快点儿，把马给我！"说着，朝李佑这边而来。李佑一看，乐了，心想："来了好啊，正没辙呢！"随即挥鞭驱马，跑到了小校的前头。小校哪里肯放？在后面紧追不舍。跑着跑着，李佑将缰绳往旁侧一拽，马一歪身，就钻进明月长老和娟娟藏身的那片林子里了，小校立刻跟了进去。李佑见他过来了，故意放慢了速度，等候着。待到了跟前，突然一纵身，跃到了小校的马背上。顺手一推，没费吹灰之力，小校头冲下跌了下来。李佑随之下马，还没等他喊出声儿来呢，弯腰抓起一块连泥带水的烂布，堵住了小校的嘴，将那匹马也掠了过来，然后吹了声口哨儿。此时，元军大队人马已经呼呼啦啦地走远了。

明月长老和娟娟听到李佑的口哨儿声，立即寻了过来，三人在林中开始审问小校。他交待道："刚才过去的马队是曾家奴率领的两路军中的一路，准备出关与纳哈出的金山兵马会合。之后在辽阳附近，以曾家奴号称的四万兵马和纳哈出的一万兵马形成钳围战术，秘密攻打马云、叶旺据守的辽阳城。此次是用了功夫并下了狠茬子的，发誓将奋力夺之。方才过去的是曾家奴的前锋赤兵，大队人马还在后头。说是五万，那是吓唬人的数，实实在在说，只有三万。两路军分别走两条道，一路由高家奴率领走敖汉旗，一路由曾家奴率领从山海关出关，走小寺沟奔辽阳。"娟娟、明月长老、李佑听后，根本没在乎，他们心中是有数的。因为在乌蛇岭众英雄聚义时，马云和叶旺早已预见到，辽东与燕州的元兵将会合起来包剿辽阳，企图拔下大明朝插进辽东的这把钢刀。对此，二位将军早有充分的思想准备，并对兵力进行了合理的部署。前些日子，纳哈出率千人仓促出兵试探，果不然，被打得落花流水，还引发了昏厥症。从而说明辽阳不怕他们围剿，元军此番合兵而至，相信马云、叶旺会是胜券在握的！三人没有丝毫的担忧，只是默默地对马云、叶旺说："那咱就各办各的事儿吧，我们还是尽快赶去北平府。"于是，处置了小校，轻松地骑马上路了。

娟娟和李佑从未到过北平府，早就盼望着能来此一游。明月长老曾在大元至正年间，随师姐云游过当年繁华的大都，算来距今已十多年过去了。而大明天下的北平府，却没光顾过，也是初访。三人一路走来，眼看要进城了，内心非常激动。娟娟想："真是太好了！在这里，又能见到大胡子叔叔——叱咤风云、威名远震的明朝右丞相徐达大将军了。"
她是多么想念徐叔叔呀,何况有不少事儿,包括从恭格拉嘴里知道的朝
廷有内奸那些跟别人不能随便讲的秘密,除了自己的父亲刘伯温外,都
想同徐叔叔说呢!于是便放马疾行,恨不得立即跨进北平府,明月长老
和李佑紧随其后。

　　话分两头儿,只能一头儿一头儿地说。各位阿哥,咱们且不讲娟
娟、李佑同明月长老如何兴高采烈地向北平府赶来,让我朱伯西先介绍
一下幽燕故地、风华盛景的北平府,领略一番此城的风光。前书说过,
自从北平由大元手中归于大明之后,徐达大将军便受命领兵镇守,使得
这原来的大都市井繁华,郊外的农夫耕耘有序,童子欢笑,五颜六色的
风筝飘向天空,呈现出一派平静、祥和的景象。那么,现已时过数年,
北平府又有哪些变化呢?听我慢慢道来。

　　洪武初年时,朱元璋的义子李文忠大将军率兵攻占了元朝京师大
都,并改名为北平府。接着,又与徐达联手扫北,使河北、山东、山西
不少要地尽收大明之手。在此重压之下,元朝残余势力仓惶逃至大漠以
北,进入青海、宁夏、新疆等地。尽管如此,也无济于事,陆续被歼。
为了巩固已取得的战果,扼守北平及幽燕之地,大明天子朱元璋采纳了
刘伯温的建议。近几年来,不仅派马云、叶旺去辽东镇守,统辖了东
海、粟末水的大片土地,使纳哈出困于强大的罗网之中,进退维谷,还
派大将军徐达严控北平府,像一把钢刀插入幽燕之地的心脏,令元朝残
部四分五裂,首尾难顾。

　　既然说到徐达奉旨镇守北平,就要讲讲与徐达关系甚密的一位老
友。此人姓华,名云龙,定远人氏。家祖乃大元泰定和天顺年间的大都
府城之修缮官员,拥有建筑工艺的家传秘法,不但对大都地方十分熟
悉,而且许多楼庭馆舍多由其设计修建的。华云龙之父因酒醉污言,冒
犯了大元太子爱猷识里达腊,犯下了弥天大罪。虽经人再三说情,死罪
得免,但必施以枷杖三百。本来就年高体弱,怎经得起这样的杖刑?竟
被活活打死在大堂之上。华云龙对此杀父之仇刻骨铭心,便于元朝末
年,聚众居韭山,抗击元廷。朱元璋起兵反元时,华云龙率众来归,从
此随其南征北战。先被任为明军千夫长,下集庆路时,生擒元将,得兵
万人。后在攻克镇江时,再立大功,遂被委以军中总管之职。

　　华云龙何时与徐达相识的呢?是在他任豹韬卫指挥使期间,受命跟

随徐达大将军攻取高邮，随之进克淮安。之后，华云龙留守淮安，任淮安卫指挥使。过了一段时间，华云龙受命随大军北征，拿下了山东一些郡县。接着率兵与徐达在通州会师，共同攻克元朝都城。二人在多次的共同征战中，感情越处越深，如兄弟一般。徐达深知华云龙不但攻战有勇有谋，屡建奇功，而且善于治政，多次被任指挥使，将留守之地治理得井井有条。

徐达同李文忠合兵夺下大都以后，便以华家久居大都、其祖先做过此地修缮官、谙熟风土人情为由，上奏朱元璋授以华云龙为大都的都督府金事。大都改名北平府，华云龙受命率兵留守北平，出任大将，兼北平行省的参知政事，可以说整个北平府的军政大权系于华云龙一身。此时，正逢洪武二年秋，即朱元璋分封诸子为王的时候。分封到北平的，是其心爱的四子朱棣，封号为燕王。朱棣当时年纪小，尚不到就藩年龄，不能来北平主事。徐达与朱元璋商量，能否将华云龙擢任为燕王左相，当即得到了准允。这样一来，华云龙不仅掌管北平的军政大权，还是燕王府的总管。燕王府在哪儿？即在刚刚被推翻的元朝的皇宫。也就是说，待朱棣来北平就藩时，便住在皇宫里，行使亲王的权力。燕王左相是干什么的呢？乃燕王之下的亲王府里第一大官，总理燕王府的一切事务，权力不小吧？亲王的冕服车旗仅下皇上一等，王公大臣都要俯首拜谒，不得钧礼。由此可见，王权相当高。而华云龙能成为燕王朱棣身边的亲信、最有权势的管家人，足以证明朱天子是多么重用他。

那么，徐达为啥如此卖力地为华云龙说话呢？因为他俩在战场上的长期合兵征杀中，结下了深厚的友情，可谓生死之交，这是个重要因素。然而，力保华云龙做燕王的第一辅臣，还有一个更深层的原由，那便是徐达在替朱棣的未来着想，要选一位有才能、为人诚恳、能协助做出一番事业的知根知底的良臣来辅佐，是为燕王打底子呢！而他看华云龙正是这样一个人，勤奋、可靠，还有建筑方面的特殊技能，所以才极力推荐之。

徐达又为什么不遗余力地帮衬朱棣呢？因为在朱元璋未做皇帝之前，老哥儿俩便在一起秘密订下了儿女亲家。朱元璋看中了徐达的大姑娘，觉得不单单长得好，而且举止娴雅，性情温良，聪明好学，诗文底子厚。这些方面都对自己的心思，便对徐达说，我要把你大姑娘娶过来，做朱家的四儿媳。徐达听后，二话没说，高兴地一口应允了。洪武二年四月，朱棣被封为燕王。洪武九年，朱元璋正式册封徐达长女为燕王妃。后来，燕王当了皇帝，徐达长女被立为皇后，就是著名的仁孝皇后。朱棣的儿子叫朱高炽，即承继大宝的仁宗皇帝，此为后话。正因为有了这层关系，徐达对朱棣就藩所涉及到的一系列问题，当然会很关心，特别是由谁来辅佐他更得力。朱元璋也希望徐达坐镇北平，以便先期替朱棣料理好燕王府的诸事，一切信着他了。

应该说，徐达让华云龙辅佐燕王，真是选对人了。洪武四年冬，按功劳，华云龙被封为淮安侯，成为侯爷，官职越来越高了。这且不说，他没有辜负皇上的恩宠、提拔和重用，也没有忘记好友对他的信任和希望。为发展祖上的建筑工艺，为燕王的分封之地风光更美，有新的起色和变化，便在对北平周围进行一番勘查之后，拟出了奏陈北平建筑折。言曰：

> "北平边塞，东自永平、蓟州，西至灰岭下，隘口一百二十一，相去可二千二百里。其王平口至官坐岭、隘口九，相去五百余里。俱要冲，宜设兵。紫荆关及芦花山岭尤要害，宜设千户守御所。"

又言：

> "前大兵克永平，留故元人翼军士千六百人屯田，人月支粮五斗，所得补偿费，宜入燕山诸卫，补伍操练。"

从此奏折里，可以看出华云龙勘查得十分细致。对隘口有多少、怎么分布的皆了如指掌，对为镇守北平该如何利用等等，提出了切实可行的建议。朱元璋看后很是欣赏，所提诸项全部予以采纳，并拨出专款，让华云龙组织修筑。

华云龙任北平都督府金事兼燕王左相期间，几乎没闲着，干了不少事儿。为了北平及燕王府的安宁，他亲率大军，扫荡北平周围的元残余势力。距北平三百里的河北赤峰以北的白河西岸有座云州堡，元朝的平章曾家奴就盘踞在那里，以牙头为营地。高家奴叛明后，也藏于此，成为压在北平府头上的一块巨石。华云龙为搬掉"二奴"，率军直抵云州，趁月黑夜以猛虎下山之势突袭营地牙头，擒得曾家奴、高家奴，尽俘其众。可惜的是在往回押运俘虏的途中，狡猾的曾家奴、高家奴乘人不备，突然跳涧逃脱了。华云龙又兵发上都大石崖，即后来的锡林郭勒盟达兰旗塔附近之地，攻克了刘学士诸寨，把元朝的大将驴儿国公赶入了漠北。正是由于华云龙的发兵扫荡，北平府再无内犯者，华云龙之名一时威震幽燕之地。

华云龙在任时，另一功劳就是主持修葺了元朝的宫殿，即现在的燕王府邸，增筑了北平府城墙诸设施。北平之修建，最早是从金代完颜亮开始的。不过真正大的建筑，还是在元末明初。华云龙对北平，特别是对燕王府的重新规划、设计及整个工程的实施，功劳甚大。在他的精心筹划之下，燕王府邸的内城和外墙，既坚固又有特点，并设有地下暗道、出入口、甬道等，可防守隐蔽兼用。后虽经多次修竣，并有所发展，但建筑之原设计，皆为华云龙的智慧，出自他的手。这些建筑，为后来燕王于华云龙死后第八年的仲夏，在燕京起兵讨伐惠帝朱允炆时发挥了重要作用，把政权夺了过来，建立了永乐朝，朱棣成为永乐大帝。此变化当然是华云龙事先没有想到的，咱们不去多说。

说书人于这里，再为各位阿哥讲一段儿华云龙的故事。华云龙在元朝京师大都，即现在的北平府一带赫赫有名，故事很多。别的且不讲，咱们单就五月十三的娘娘庙会讲起。当时的元大都，每年在这个日子皆举办娘娘庙会，已有几十年的历史了。庙会异常热闹，不管是大庙、小庙及各个寺院，皆四门洞开，迎接八方香客。从黎明到夜晚，香火不断，钟鼓齐鸣。络绎不绝的善男信女们，有的来迎请观世音菩萨，祈求家宅永世吉宁，福寿安康；有的答谢神灵保佑，来庙还愿；一些小男小妇则来拜谒送子观音，祈请子嗣。不仅庙里，连街头巷尾都挤满了人，像过节一般。

就在娘娘庙会的吉祥日子里，有户人家同庙会一样热闹，屋里聚了不少人，而且全是些大英雄、出名之辈。这户人家居于什么地方呢？在元朝京师的丞相府，也就是历史上有名的高门楼、大宅院、大元朝至正年间威名远震的老丞相脱脱的府邸。细看此座府邸，四周为青砖砌起的高墙，大墙里排列着一座座漂亮的瓦房。院子的大门是五楹排楼，白玉石阶，玉狮子分守两侧，门前还立有白玉的上马石和下马石，好个显赫的人家呀！

脱脱是蒙古人，任元朝中书右丞相时，曾主持编修辽、金、宋三史，主持发行了"至正通宝"、"至正交钞"，领着人马治理黄河，功绩卓著。可惜寿命不永，四十岁时，被同僚用毒，死得极惨，成为元朝一恨。因为他亡命于自家宅子里，又是屈死的冤魂，所以从此再没人敢踏入这座丞相府邸。此宅早成空楼，内里荒蒿鼠窟，传讲夜有鬼哭之声，甚是阴森恐怖。可世上偏有不信邪之人，不仅不怕，还搬了进去。你道他是谁吗？就是本书所讲的英雄华云龙。

华云龙随徐达、李文忠打进大都之后，住在燕王府外巡哨营的一个很不起眼儿的小房子里。有一天，徐达带李文忠、傅友德等人前去看望他，见所住之处十分狭窄，憋憋屈屈的，又暗又潮。徐达问道："元臣元将逃走后，北平府有不少空闲的庭院，你为什么非选了这么个地儿？"华云龙笑着说："不是挺好嘛，没挑的，能住就行。"徐达是华云龙的好友，又是西线征虏大将军，于是开玩笑地激将开了："你是北平府的管事，应该住得好些。据我所知，有座房舍豪华得很，高墙大院儿的，相当宽敞，人称'鬼府'，一直无人问津。你看怎么样，想不想去试试？"华云龙问："何处？"随军大将李文忠夸张地插嘴道："脱脱府哇，终年四门紧闭，谁都不敢进去住。天天夜闹鬼哭，睡到夜半三更时，会不知不觉地被抬到院子里。很多人知道那个令人心惊肉跳的地方，大将军敢去吗？"大将傅友德也添油加醋地说："脱脱府可是北平府的阎罗殿呀！怎么进去的，就得怎么搬出来，何必呢？我看还是另找一处吧。"说完，眯起眼睛微笑着看华云龙是个什么反应。华云龙原本好信儿，偏不信那个邪，说道："什么地方能吓住我华某人？大元帅，把这个府邸分给我吧，倒很想去会一会阎王爷呢！"徐达慨然应允。于是，第二天华云龙真的住进了脱脱府，屈指算来，已经三年有余了。刚进去时，每到夜晚便横刀仗剑，呼喊着阎王爷和鬼卒们快快出来！可喊了一些日子，终无声息，而且住得十分安宁。后来，他的妻室儿女们也由江南搬来，一同住进了脱脱府，日日平安无事。市井邻里觉得奇怪，问华云龙可见到鬼魂了么，小鬼长的什么样？华云龙大笑道："说脱脱府闹鬼，纯粹是流言飞语。所传之言，全是捕风捉影、自欺欺人而已。"

光阴荏苒，一晃到了洪武六年五月十三娘娘庙会的日子。因为华云龙、徐达把北平府治理得挺好，社会安宁，商埠活跃，物资丰富，百姓笑逐颜开。所以，今年的娘娘庙会愈加热闹非凡。北平府的各个寺庙香烟缭绕，人头攒动，百合香、紫檀香、桂花香、龙涎香的香味儿弥漫于大街小巷。还真是巧得很，这天又是华云龙大将军的生日。他是大元宁宗朝至顺三年壬申五月十三日生，到今年的五月十三，正是四十二岁的华诞之日。近几年来，华云龙在北平府过生日，皆是一些老哥们儿齐聚华府，说古论今，杯酒谈心。今年胜于往年，府门里欢声笑语、喜气洋洋，来的人比以前还多，有徐达、冯胜、李文忠、傅友德等将及其同僚。如果说此次是新朋故友前来府中贺寿，还不如说是华云龙请兄弟们来府，以酒茶为他们不久前的西线征虏失利表示安慰。让大家在一起换换心思，乐呵乐呵，泄泄心中的郁闷。

近些天来，因为西线征虏的失利，大将们愁容满面、垂头丧气的。为什么会是这样呢？前书表过，洪武五年夏秋之间，徐达等人聚在北平府练兵，准备与西线元将扩廓帖木儿决一死战，摧垮元朝西部的残余势力。在刘伯温告老还乡时，朱元璋曾征询军师还有何嘱咐。刘伯温沉思了一会儿，说道："目前国基虽已初定，但陛下对元朝的残兵败将仍不可小觑，要东西兼顾，加紧攻防，不容疏忽。东边是纳哈出，西边是扩廓帖木儿，尤以西敌地域辽远，鞭长莫及。青海、甘肃、新疆面积太大，往北深入大漠数千里，可谓满目风沙之地，我们从未去过。只知那是死亡之谷，不好征讨，辽东还好办些。显而易见，攻防力量的重点要放在西部。"还特别告诫徐达："千万不能轻敌，务须谨慎，切忌仓促进兵。不要以为本朝已奠定国基，元帝败亡，什么事儿都好办了。其实不然，元势未竭，穷寇犹猖，应全力歼之。"正是按照刘老军师之言，朱元璋降旨，命徐达为征虏大将军，带领全部兵将在北平镇守、练兵，熟悉北方的水土风情，等待时机西征，务求全胜。徐达便遵圣命，率部在北平附近摸爬滚打地演练起来。

数月后，由于当时求战心切，大家主张应快些西征。皆以为兵卒们经过适应西域水土和大漠生活的训练，不会有什么问题了。徐达也觉得这么长时间的演习，应该是差不离儿了，趁热打铁、及早动手不无好处。于是，在洪武六年春三月，兴师西征。徐达作为西线的征虏大将军、大统帅，率兵出雁门，趣和林。什么叫"趣和林"呢？就是直接迫近和林，进而夺取之。李文忠为左副将军，出居庸，趣应昌。应昌即元帝败死的地方，明朝曾打到并占领了那里，后来又被元兵夺回去了。冯胜为征西将军，出金兰，趣甘肃。三路兵马同时进发，大将军徐达为中路，左副将军李文忠为东路，征西将军冯胜为西路，各领五万骑兵。徐达命身边的大将都督兰玉为先遣，率万人先行。

单说徐达的中路大军追歼扩廓帖木儿至土喇河一带，已接近大漠深处，距京师约两千余里。此地源于喀尔喀部鄂诺河西北下游与鄂尔坤河相汇合之处，放眼望去，黄沙铺地，沙涛没马，狂风呼啸，可谓无草无树无鸟无水的死亡荒漠之所在。以前，徐达他们光听人们讲过那里，并不知实际情况，这回算是领教了。开始时，他们抓到了一些扩廓帖木儿的兵将，便以为完全可以与之交战了，就顺着扩廓帖木儿逃跑的路线追。扩廓帖木儿是蒙古人，从小在大漠中生活，深谙大漠之威，知道在这种环境下该如何生存，怎样辨识方向以及用啥招儿躲避。否则，必找不准东西南北，不知往哪儿走，甚至被风沙吞掉。大漠中还没有水，别说走不出去，渴也渴死了。扩廓帖木儿一看明朝来了不少兵马，又知道徐大将军的厉害，所带几员大将皆很精明，与兰玉、李文忠、冯胜等都鏖战过，如果一对一地打，肯定抵不过。事实的确如此，他哪有那个实力呀，根本不行。于是，采取了以佯败、丢盔卸甲诱敌深入的办法，欲将明军引向大漠深处。

徐达等大明兵马不知是计，以为元军正在溃败，也是求胜心切，随后乘胜追击，想就地铲除。觉得多年来与敌交战，总是打一回，他跑一回，等你撤兵了，他又回来了。这次得赶紧像拍跳蚤一样，一下子拍死，彻底歼灭多年未能制服的嚣悍之敌，西征奏凯，西部便可安宁了。然后再挥师辽东，剿灭纳哈出，大功即可告成。越是这样想，越是精神抖擞，喊声震天，勇猛地冲向沙漠深处。在歼击中，已有不少马匹陷入沙丘而毙，徐达并未因此停步，仍急令继续追杀。正在他带领兵马急切向前深入的时候，便出事儿了。只见眼目所到之处，皆为黄沙，山丘、沟谷披上了沙衣。没有树，一片绿叶儿也看不到。此时，炎暑如焚，茫茫沙海被太阳一照，就像火盆一样灼热，能将鸡蛋烫熟！将士们的脸被烤得肿起来了，眼睛睁不开了，尽管衣服一件一件地全脱了，还是浑身冒汗。人脚、马腿多被灼伤，不要说走哇，连气儿都喘不过来了，似乎空气中充满了肉眼看不到的火焰。尤其是百里不见水源，掘地七尺，仍为沙丘，滴水皆无，渴死的人马狼藉遍野。兵士们走一走，突然扑通一声倒下了，再也起不来了。实在没法儿办了，只好杀征马，以它的血当水。徐达见势危急，立即传令，命傅友德等人砍杀喝马血的将士，怒曰："谁敢再砍马饮血，斩无赦，宁死不可杀战骑！无马，安可出大漠？必死无疑。人与马同在，或许还有生路！"就在明军万分危难之时，熟悉大漠生活的扩廓帖木儿与同伙儿贺宗哲从东西两路跃出，直接杀向徐达大将军所率之兵马。勇士们此时已是只有喘息之力、而无征杀之能了，结果被杀死数万，狼狈败北。

徐达征战数十年，由于指挥有方，几乎百战百胜。此番出兵，却吃了平生最最丢脸面的一次败仗，你说他哪能不上火呢？那火可上大发了！回到北平府后，一病不起。华云龙闻之，赶紧将徐达接到自己的府中，终日侍奉，耐心劝慰，近日刚好些，但仍为带病之躯。副将李文忠当时也陷入了重围之中，经殊死血战，损失甚重，好不容易返回了北平。惟独冯胜获胜而归，总算出了一口恶气。

　　三路大军回到北平后，徐达以十分懊悔的心情，将西征败北的战况奏报了京师，请求圣上惩处。朱元璋看了奏折，考虑到徐大将军功高盖世，不仅对失败之责未予追究，还抚慰徐达及众将要好好儿休养一番，并勉励将士们："胜败乃兵家常事，要认真总结经验，吸取教训，好生练兵。按徐达将军的意见，明年可再度出兵，务求全功。"又叮嘱徐达，要继续多多过问幽燕和辽东诸事，不可疏怠。徐达谨记圣意，今天与众兄弟相聚，不单单是为华云龙祝寿，更是为了振奋士气，凝聚力量，重新组建兵马，以利再战。准备转年开春，西征复仇，与扩廓帖木儿一决雌雄。

　　说来也巧，今天在华云龙寿诞上的几位老哥们儿皆为同乡。徐达、华云龙、冯胜、傅友德、都督兰玉乃安徽人，其中，华云龙、冯胜、兰玉还都是安徽定远人。只有李文忠幼年在江苏，十四岁跟着舅父、后拜为义父的朱元璋到了安徽。他们与徐达一起血战多年，能不亲嘛，那真是生死莫逆的亲兄弟呀！更巧的是，论起年龄来，老哥儿几个又是同庚之人，徐达、冯胜、华云龙、傅友德均属猴。当时，世人没有不知道朱元璋手下有"安徽四猴"的，打仗总在一起，相处得极好，感情深厚。今日聚首华府，共同开怀畅饮，以此为徐达大将军解忧。大家是众口相劝："大将军，对西征的失利，今后吸取教训就是了，以后绝不能吃这样的亏了。""大帅，吃一堑长一智嘛，咱们再不会往大沙坨子里撵元兵了。""下次悄声儿去，在他们没进大沙坨子之前便实行包剿，那不就结了？明年肯定擒拿扩廓帖木儿，跑不了他，大帅放心吧！"徐达边听边点头。

　　就在大家你一言我一语唠得正热乎的时候，忽然门军来禀，说秉仁公主、南京明月庵明月长老及弟子李佑在门外等候求见！这一声传报，有如一股温暖的春风，顷刻间将多少天来的愁云全驱散了，真是令众将军万万没有想到的喜事呀！秉仁公主那是无人不知、无人不晓哇，都知道既是刘伯温军师之义女，又是当今天子朱元璋和马皇后的掌上明珠。皇帝钦命她随马云、叶旺东征，为武威安抚使，身上还带着圣上的御旨呢！徐达本来正侧卧于睡榻上同大家兴致勃勃地聊着，一听秉仁公主他们来了，立刻精神了，忙坐了起来。娟娟是大将军最熟悉、最喜欢的小丫头了，也是从小看着长大的。在北去辽东时，徐达曾亲自赶回京师，与朱元璋一起到江岸送行。认为眼下她能至此，说明在辽东诸事顺遂，现在是按刘伯温的嘱咐到北平府来了。再说，娟娟虽然只是个孩子，但名分与身份摆在那儿，不能怠慢。于是，赶紧起身下了地，率领华云龙、冯胜、李文忠、傅友德、兰玉诸兄弟出了客厅，命侍卫将府门大开，敲锣打鼓，恭迎秉仁公主驾临。不用说，五月十三这天的脱脱府，气氛将更加热烈了。

此刻，在门外等候通报的娟娟、明月长老和李佑忽听鼓乐齐鸣，又见府门洞开，甚感吃惊。惊诧未定之时，就见华云龙等人笑着迎出来了，徐达边走边兴奋地说："诸位辛苦了，今天是喜鹊当头叫啊，有喜事临门哪！"三人高兴极了，娟娟忙跑过去，拉住徐大将军的手说："哎呀，徐叔叔，何必有如此隆重的举动呢？"徐达没好直接回答，只是说："我的小娟娟来了，叔叔哪有不接之理呀？快，咱们到屋里好好儿叙叙旧。"娟娟回身拉过明月长老走在前面，大家随其后步入府内正厅，徐达请秉仁公主、明月长老上坐，又按朝廷之礼仪欲行大礼。娟娟哪能答应？急忙阻止，徐达力主不肯，说道："这是军师早已定下的，朝廷要按礼行事，安可违拗？何况你身带圣旨，有如陛下亲临北平，岂有不拜之礼？"娟娟无法，只好将随身携带的装有圣旨的小玉匣儿放在桌案上，然后谦恭地后退一边。徐达、冯胜、华云龙、李文忠、兰玉、傅友德依序给秉仁公主叩头，向明月长老施礼，明月长老则揖首还礼。娟娟又以刘伯温之女的身份向徐达叩拜，给众位叔叔施礼，向兄长李文忠问候。有些人娟娟是初次相识，像华云龙、兰玉、傅友德、冯胜等，李佑也是头一次见到，徐达为他们一一做了介绍。华云龙唤来仆人，令重新摆上酒宴，请秉仁公主、明月长老、李佑用膳。三人一路上也真是饿了，便没客气，坐下端起碗吃了起来。席间，当娟娟、明月长老和李佑得知了大家聚到一起是为了向淮安侯、燕王府的左相华云龙致贺寿礼时，三人又起身一块儿给华云龙拜寿。

话不多说，咱们单讲徐达。他可不是一般人物，现在是太尉、中书右丞相、魏国公、统帅兵马大将军，受朱元璋之命，常驻北平府。除治理北平，还兼理着山西、青海、甘肃、宁夏、新疆、河北、辽东诸省之事。可以说，长江以北的要务都由他掌管，肩负着大明的半壁江山。辽东的马云、叶旺既要渡海与京师密切联络，又要直接听命于徐达。况且二人原来就是其部将，遇事更要不断沟通，随时听从调遣。娟娟等人此次到北平府来，理所当然地也要见大将军，向他禀报辽东军情。他们知道，北平府可不像辽阳，那里与京师联络极为不便，需经海路和陆路，信息传递缓慢。北平与南京常有快马传书，信息相当畅达。你今天在北平府向徐达通禀了，明天便会传到南京，皇上会很快得知辽东的一切，方便快捷得很。

晚上，娟娟、明月长老、李佑向徐达介绍了到辽东之后所了解和掌握的诸方面情况，一宗宗一件件地讲得极为详细。徐达听罢，对娟娟等人大加赞赏。他说："你们到辽东后的一些情况，我们早知道了。做法不错，很合本将军之心，让人高兴啊！这次到北平府来恰是时候，正好可以共同议一下如何制服曾家奴和高家奴。我想是不是从三个方面入手：第一，目前，应把注意力放在驻守北平府以北之云州的曾家奴、高家奴身上。二人近日因西域扩廓帖木儿得势，在土喇河一带打败了我朝派出的西征大军，就以为自己的力量了不得了，既与本朝抗衡，又与辽东的纳哈出争权。为此，扩廓帖木儿将与曾家奴、高家奴相互勾连。为制止他们狼狈为奸，咱们首先要力破即将举办的皮板大集，擒拿'二奴'。曾家奴仗着幽燕云州一带山多地阔、易守难攻的优势，同我们不断地进行周旋。前一阵子，华云龙曾率兵前往云州攻伐，曾家奴则采取游兵之术顽抗。我攻他退，我退他攻，久不可解。再说，云州离北平府很近，哪能不担心曾家奴出来骚扰、致使此地遭到破坏呢？这样一来，我们难以拨出兵力援助辽东，只有靠马云、叶旺他们自己去防守了。近日，曾家奴和高家奴发兵三万，长驱直入辽东，与纳哈出共同形成了合围之势，企图夺回由马云、叶旺占领的重地，赶走本朝之力量。为此，我已秘密派人到辽阳，命马云、叶旺全力进击，不可大意，更不能上当吃亏，估计二位将军是有能力战胜曾家奴的。第二，若想破皮板大集，则需尽快破解月牙楼。我与曾家奴的部将征杀时，从俘虏口中得知了月牙楼的一些情况，同你们掌握的差不多。李文忠在擒拿元嗣帝爱猷识里达腊之后，也从他那里得知，元帝玉玺等珍宝就藏在金山的月牙楼内。如此看来，元朝的各方残余势力，为圆争当皇帝之梦，必然都要去夺玉玺。如果我们能够先破解月牙楼，便扼住了他们复辟大元之梦，削其气焰，北地元势必亡。你们千辛万苦地掌握了破解月牙楼之关键，即是须找到姓'华'的师傅。我敢说，燕王府的华云龙可不是一般人，或许与要找的那位华师傅有关也未可知。因为淮安侯华云龙祖上擅长建筑工艺，元大都的许多宫廷馆舍，皆出自其祖上之手。华云龙本人亦经此道，燕王府的修缮事宜，全部由他经略。我意不妨同华云龙共议此事，相信必有柳暗花明之效。为此，如果愿意的话，你们可暂住华府，与他交谈起来颇为方便。将这里权当各位的家，多歇息些日子，不要过于着急。娟娟，叔叔知你寻母心切，我同样惦着。但此事只能从长计议，现在务要集中力量，破解月牙楼。如果觉得住不习惯，也可回京呆一阵儿，反正两地往来十分便利。"说到这儿，侧过头来，看了看身边的娟娟。

娟娟听徐叔叔这么一讲，执意不肯，忙打断了话头儿："我立誓北上寻母，可目前尚无着落，更无头绪，何颜回京师？不，我就住在北平府，与各位叔叔在一起，做你们的'跟腚虫'。徐叔叔，您一定得管哟！"徐达笑着应允道："好，好哇，那住下吧。"李佑也表示不走，要与娟娟一起留在华府。明月长老因出门日久，很是惦记庵里的事儿，不知了慧、了静二徒管理得怎样。何况经皇家拨款、重修之面目一新的明月庵还未曾见到，心里着急呀，想回去看看，再说衣装也该换换了。娟娟已来北平府，又在大将军身边，完全可以放心了。故此，老人家便与娟娟、徐达商量，准备回南京，二人准允了。徐达大将军接着说到第三点："关于你们了解到的胡惟庸暗地里的背叛行为，事关重大，必须严守机密，守口如瓶。如不慎泄露出去，恐难抓其把柄，他反倒要更加责怪军师。这件事待我奏报圣上，再请旨定夺。"三人听后，点了点头，表示一定按大将军说的去做。

次日，明月长老见一切安排妥帖，决定不在此耽搁了，即刻取道回京师，二位徒弟出府相送。娟娟嘱咐道："师太，一路多保重。到了青田，替徒儿看看我那日夜思念的父亲，真是惦记他老人家呀！"李佑也叮嘱了一番，让师太注意身子骨儿，千万别累着。明月长老说："放心吧，师太不在身边了，你俩就多照顾自己吧，不要让我担心。"说完，便随同兵马司传报官办事乘坐的车轿，返回南京去了。

话说娟娟、李佑留在了北平府，徐达命华云龙亲自陪同先逛逛这座城。北平是有名的元朝皇宫大内所在的大都，又是当时幽燕第一大埠都，到处可见从漠北、黄河故道来的骆驼队，驼铃声声。街道铺着沙石块儿，有的一色是用西山一带的花岗岩凿成的小碎块儿拼嵌铺成的花饰纹形石头路。轿车、牛车、马队，特别是大铁车在石头路上一走起来，声音特别大，夜深人静之时，铿锵之声可传出几里远。北平府内尽管人多，熙熙攘攘、嘈杂喧闹，小贩儿挑担儿的叫卖声更大，可也盖不过那石子路上的马蹄声、车轮声，成了北平府的一大特点了。

　　印象颇深的再一个特点，即北平府内的海子①很大，碧蓝清阔。听华云龙介绍，大面积的积水潭，是由附近的一些河流、小溪堵塞汇流而成，水很深。早在元大都时，便成了当地的一处美景了。百姓沿海子网鱼摸虾，府内卖的鱼虾，其中不少就是从这片水里捕捞来的。积水潭是北平的宝水，也是一大景观，引来不少游人驻足，欣赏渔家网鱼的忙碌景象。

　　第三个特点尤使娟娟难忘，那就是坐落在北平府的当年元朝皇宫大内的宏伟气势，在集庆，即现在朱洪武坐殿的南京城是绝对看不到的。南京的鸡鸣山等山水风光显现的是江南风景的秀丽，许多宫楼的设计别具匠心，典雅倩美有致。北平府则是北国大埠，不仅人们的衣着、说话口音、一举一动有别于南京，城市建筑也远远超过它。宫阙中的景山、小桥、流水虽不如南京宫楼中那么多、那么美、那么娇秀、那么小巧玲珑，但其宏伟壮阔却远非南京可比。

　　元大都的名望，主要来自它独具一格的皇宫楼阁，技艺之精，让人叹绝。后宫的建筑，最早始于金代海陵王完颜亮之时。完颜亮于天德三年，金熙宗天会二十一年，由上京迁移到此建都，如今算来已有二百二十多年了。宫殿曾屡遭战火，由于年年修缮，仍保留着原有的规模。现在的北平府中，放眼望去，四周几乎全是土香土色的平房，掺杂有市井小木楼。最有气势的，则是元朝廷的楼阁殿堂，金碧辉煌，鹤立鸡群，从十几里外就能看到。黄瓦、红宫墙、鲜艳的彩色花纹十分耀眼，楼顶儿的风铃迎风摇响，萦萦悦耳，清脆好听。古树上鸦群栖枝，不时传来嘎嘎之声，颇有一种"老树昏鸦"的气韵。宫内建筑也很壮观，幽静、深邃，显现一派王者之风。华云龙告诉娟娟和李佑，往昔这些元朝的宫殿已受圣命改为燕王府了，宫城建筑有不少楼阁的设施及宫内地下水道的流系等，均出自他祖上的工艺。还介绍道："我祖上是燕州一带出名的建筑师傅，有从晋以来保存至今的家传秘法和《墨线神法》十三卷，由华家世祖珍藏。遗憾的是，后来因罪遭贬，《墨线神法》十三卷被焚。"娟娟不懂，忙问道："华叔叔，什么叫'墨线'？"华云龙回道："'墨线'是木匠师傅必用之器，传自鲁班仙师，约有千年历史了。不论做什么器物，必先打墨线，然后按线制材。墨线的走法、动法、连法的

----

　　① 即水泡子。

不同，便可形成世上千奇百怪的宫楼俊阁，其中很有讲究，亦相当有学问。俗话讲：'没有规矩，不成方圆。'没有墨线，安有匠工？"娟娟听了华云龙的一番介绍，才明白了墨线的含义和用场，感慨地说："华叔叔，元朝皇帝老儿太坏了，只凭他焚烧《墨线神法》这一条，就该杀！杜工部有诗云：'安得广厦千万间，大庇天下寒士尽欢颜。'如果《墨线神法》十三卷能流传于世，那该多好啊，将能建筑出多少各有特色的楼台馆舍呀？不仅可以供人安居，还会使昔日的元大都更加漂亮呢！"

娟娟在观赏元宫时，又想起了月牙楼。为什么呢？因为她看到不少的宫廷建筑与金山大丞相府内月牙楼的风格十分相似，只不过月牙楼没有元朝宫城里的楼阁那么挺拔、高峻而已。于是，便向华云龙请求道："华叔叔，请您讲讲纳哈出的月牙楼好吗？月牙楼与这里的楼型模式差不多，如此看来，造楼匠人肯定是从北平府请去的。据传讲，建造月牙楼的大工匠也姓华，跟叔叔是一家子。您仔细回忆一下，认真想一想，是不是家里的哪位师傅亲自给设计的呀？我不想再去看各个宫殿了，什么也比不上月牙楼让我感兴趣。叔叔，咱们找个地场坐下来，您就讲讲这座楼的事儿，娟娟爱听，行不？"华云龙禁不住秉仁公主的缠磨，只好从命。遂于元宫城，即现在的燕王府中左相府内，选了一处雅静的地儿，命卫士们备好茗茶，让娟娟、李佑先坐下喝点儿茶，歇一歇。

华云龙是这座元宫的大管家，被朱元璋钦封为燕王府左相，具体差事是：一须护卫好当年的元朝宫殿，防止闲杂人等或匪徒袭扰、抢掠、破坏；二要不断地加固，及时地修缮，使之虽旧犹新；三要为燕王府配置好必备的设施，待燕王来此就藩时，诸方面之必需皆已齐备，一应俱全。因此可以说，华云龙目前在北平府官最高，权力最大。徐达大将军等，只是率军常驻，属于外来客人。傅友德曾逗笑道："华大哥，要我看哪，除了皇上、燕王，你是北平府的地老大。为啥呢？不是嘛，连我们的大将军徐达右丞相也不得不听你的喝呀！"此话其实讲得没错，事实真是这样。

趣谈咱且搁下不表，再说说华家的历史。各位阿哥，前书已介绍过华云龙，对其家只讲了个大概，不够详细，有必要再把他的家中情况讲一讲。大约在大元英宗至治初年，华云龙的祖上被朝廷召去修建遭雷击而倒塌的宫中楼阁。因为工程期限长，既要修筑很多宫墙，又要扩建宫殿，没个三年五载是干不完的。所以，朝廷命他把家从江南迁到大都。当然，被召的不只是他一家，还有十几户工匠也随之而至。从安徽搬来时，华家是父子两人，即华云龙的爷爷和父亲，老家那边还留了不少人。为啥要父子同来呢？一是朝廷有命，需带家眷，当然不能父亲一个人来；二因华云龙的祖父当时是定远一带有名的木匠，外号儿"华大锯"。意思是说使起锯来巧如神、快如风，锯什么，什么成型。小自各种家具、陈设，大至楼堂廊舍，无不令人叹服。干起活儿来既利索又省料，做得美观、精巧，谁都甭想挑出半点儿毛病。一来二去的，便得了个"华大锯"的美称。更重要的是他心中有《墨线神法》十三卷的秘诀，神人比不上，要不千百个人里，咋非选中他了呢！可老头儿当年已经七十来岁了，又有肺痨症，朝廷要人，不去还不行。没办法，只好让大儿子跟着一块儿去，寻思反正干一年两载的就回江南定远老家了。到了大都后，没成想由于爷儿俩干得特别好，被留住不放了，有啥招儿哇？只好常住下来。"华大锯"大约活到大元文宗时代病逝，儿子"华小锯"在宫中做修缮差役，得总库万户的赏识，任"修缮"之职。娶了京畿女为妻，生长子云海，次子云龙。长大以后，二子皆为木匠，其父"华小锯"后被治罪。

华云龙将上述之华家历史介绍过后，端起茶杯，呷了一口茶，接着讲道："我的祖籍虽在安徽，但出生在大都，长在大都，对这里太熟了，像自己的故乡一样。父亲后来怎么被治了罪呢？说来很简单。自做了'修缮'之官后，需领一些匠艺修缮内宫，便能经常看到一些妃子呀、宫女呀，还有皇太子呀等等。他是个直性人，在宫中，见太子爱猷识里达腊天天不是抱这个妃子就是搂那个宫女的，十分看不惯，遂对人说，太子过于轻佻了。正是由于冒出了这么句话，可遭了大罪了，立即被五花大绑地抓了起来，打入监牢。父亲本来性情耿正，刚直不阿，不服啊！气得张口痛骂昏君，结果是罪上加罪，全家被抄剿。表面看，似因一句话获罪。实际上，是由于他对宫中房舍太熟了，朝廷为防不测，借此除掉罢了。父亲一入狱，母亲日夜忧伤，溺河而亡，兄长领小妹逃往他乡。我一气之下，也离开了大都，去投奔义军。徒步走了五十多天，没想入什么刘福通、韩林儿、张世诚那帮儿，而是专寻郭子兴投军。为什么非投他呢？因为当时听到一首歌谣中讲：'找见郭子兴，仇债一身清'，我正是一心想报仇啊，不久还真找着了。到了郭子兴那儿，结识了朱元璋，从此跟随着朱大哥、当今的大皇帝闯天下，成了生死弟兄。在战场上，天天东打西杀的，没工夫想家。再说了，即使想，也回不去呀！直到与徐达打进了元大都，重回北平府，才得闲想起了我的家。已经有些日子了，一直在访查哥哥和妹妹的下落，然而一点儿音信都没有。咳，假如能找到他们，或许可以解开月牙楼之谜。月牙楼是否真的与华家有关，我不知晓，兄长要是在的话，肯定能说个清楚。他的建筑才艺，全是由父亲传授的，技艺比我更胜一筹。"娟娟问道："华叔叔，您哥哥如今该有多大岁数了？"华云龙说："兄长比我大差不多一旬。我属猴，今年四十二岁，他该是五十三四了。眼下不知是活在世上，还是已经故去了，更不晓得可怜的嫂子有没有。大元朝可把我们家折腾苦了，那是家破人亡啊！"说着，眼泪不禁扑簌簌地落了下来。娟娟不好再问，怕问多了，愈加刺痛华叔叔的心。

娟娟和李佑仍由华云龙陪着，在燕王府用晚膳。华云龙看出娟娟一脸的惆怅，知道她的问题没全问完，对自己有所保留的回答并不满意，便一边吃一边笑着安慰道："娟娟，用不着发愁，我是怕全说出来，你又该刨根问底儿地没完没了了。说实在话，我跟徐达大将军早把破月牙楼这桩子事儿放在心上了。关于此楼的建筑风格，过去只是听人说，从未目睹过。如今经你们活龙活现地一讲，还真像亲眼见到一般。依我的分析和判断，月牙楼的结构特点，很像是按我家的祖传建筑之法而造的。可以说，大元朝以来人称的'华家塔'、'华家楼'及不少佛寺的塔楼等，皆出自华家的工艺。设计十分考究、缜密，工艺相当严格，不可有半个头发丝儿的错谬。建好以后，能禁得起风雨的侵蚀、地震的晃动，千百年不会歪斜塌倒，可谓毫不含糊的大技艺呀！辽东金山的月牙楼始建于大元末年，现在是洪武初年，时间不算长。这个期间，肯定能从黄河以北请到建楼的赫赫有名、屈指可数的第一号大工匠。可以料定，在元朝的爱猷识里达腊、扩廓帖木儿、曾家奴、纳哈出等人眼中，只有华家的技艺最高。那么，建月牙楼的人究竟是谁呢？我又做了深一步的推测。若真是华家工匠给建的，毫无疑问，他必是我们家族中德艺双馨的掌门人，其他任何人没这个能耐，也没这个手艺。为啥说呢？因为华家工艺是世代家传的技法，尽管祖上的《墨线神法》十三卷被元顺帝给烧了，其秘技工法却在掌门人的脑子里，是永远抠不出去的。另外，我们家族的祖传技法，世代定的规矩是传长不传幼，传男不传女。我哥哥是当代最高的建筑大工匠，那是活鲁班呀！由此足以说明，除父亲之外，那位华家工匠必是兄长无疑了。进而可以断定他没死，还活着，月牙楼的秘密全由大哥掌握着。我之所以不愿意讲，是因为有个心事。据传言，眼下元朝各方残余势力都急于想找到建月牙楼之人。他们有两个目的，一个是为了打开月牙楼，另一个可能是要杀害造楼人。因为要想独占月牙楼，获取玉玺，成为王位的继承人，则必须想尽办法控制造楼工匠，杀人灭口。这样，月牙楼的秘密当然不会传出去了。在这种情况下，我很担心兄长的安全，怕遭他们暗算。目前已知纳哈出尚无动静，最急着出手的、也是最危险的人物就是曾家奴、高家奴、扩廓帖木儿和在和林坐殿的元朝小皇帝爱猷识里达腊他们几个。我们绝不能麻痹大意，既要抓紧时间去寻，又要做得隐而不露。只要找到大哥华云海，一切便会迎刃而解了。"娟娟和李佑像听传奇故事一样，聚精会神地听着华云龙的分析和讲述，时不时地点头表示赞同。

三人唠到月上梢头、戌时正刻才分手，娟娟、李佑回到了华云龙为他们在燕王府中挑选的下榻之处歇息。旧历六月中浣，明月正是又圆又亮之时。娟娟坐不住、睡不着，往院中望去，四外通明，索性出去散步，又打了几路拳。恰在这时，李佑急匆匆地跑来叫她，让快到议事庭，即正殿侧面原来皇上接待臣子的偏殿，徐达大将军率众将来了，不知有何紧要军情。娟娟忙收住拳脚，随李佑到了前大殿的偏殿，见徐达、冯胜、华云龙、李文忠、傅友德、兰玉等所有的大将全到场了。徐达抬眼看了看，让娟娟和李佑坐在身边已经为他俩留好的两把太师椅上，然后说道："我刚接细作①飞马传来急报，曾家奴和高家奴与纳哈出的三万兵马已会合，困住了辽阳。由于他们突然而至，使那里甚为吃紧，恐怕此城难保。细作见形势紧急，没敢深入，飞马回来通报此信儿，故而未来得及与马云、叶旺取得联系。弟兄们，看来得赶紧想办法，大家议一议吧。"李文忠、兰玉、傅友德等纷纷建议道："咱们今即发兵，一夜奔袭，便可赶到辽阳，应该能解城下之围。"华云龙、冯胜两位大将听了以后，均晃了晃脑袋。华云龙说："不能这样做，没有十分的把握。要我看，最好的办法是先端掉曾家奴在喀喇沁的老窝，断其后路。他们听到信儿之后，必快速返回，那不就使辽阳脱离困境了吗？"于是，众人就此各抒己见，争执不下，认为两方面提出的办法都不错，但各有利弊。

为啥这么说呢？如按前一种办法，兵马即刻齐发，驰援辽阳，行不行？完全可以率军千里奔袭而去。然而那样做，势必造成人力、畜力消耗甚重，不利征战。就是说等赶到了辽阳，人马皆已精疲力竭，如果曾

---

① 满语：送信人。

家奴反扑过来，明军受到的损失可太大了。若按后一种办法，即去端掉曾家奴在喀喇沁的老巢，当然可以。但驻扎在喀喇沁的元兵太分散，东一窝西一窝的，究竟端哪个更有利呢？不得而知。何况曾家奴不一定很在乎失去喀喇沁等城池，最关心的恰恰是辽阳。因为得了此城，等于拔掉了明朝插在辽东的一把钢刀，夺不回来，日子便不好过，所以，他们是宁舍漠北的一些小据点，也要冒死攻辽阳。特别是去端喀喇沁元兵老窝的结果，会使曾家奴越发气急败坏，弄不好将增加马云、叶旺战胜元兵围攻的难度。如此看来，确实是各有各的长处，各有各的弊端，一时还真难以决断。

此刻，一直坐在那儿听大伙儿议论的徐达看了看娟娟，对她说："孩子，你向来喜欢跟着我们的军师大哥、你的父亲学习兵法，说说看，这个仗该怎么打好哇？大胆讲！"娟娟不好意思地笑了，说："徐叔叔，您真能逗乐，这么多的叔叔和兄长都是能征善战的大将军，哪能轮到我一个女孩儿家胡乱讲话呀？还是让各位多谈谈吧，我很愿意听呢！"华云龙、冯胜以前虽未见过娟娟，但知道她是军师的爱女，又有秉仁公主的名分，也听说她聪明好学，秉性刚直，办事有韬略，机警果断，而且武功很好，练就了一手阴宗双鹤剑的高超技法，此次去辽东干得相当不错，你说这样的孩子谁不喜欢、谁不疼呀？请将不如激将，于是华云龙像对待自己孩子似的冲娟娟言道："丫头，大将军方才讲的是真话，你是皇封的东征武威安抚使，有权就得用啊！说吧，看看咱们怎么做好。此事若是由秉仁公主来办，该如何去解辽阳重围、救你的马云、叶旺大哥呢？不要怕说错了，没关系，后头不是有大将军、你的徐叔叔兜着吗？"娟娟仍犹豫不决。徐达笑着说："娟娟，叔叔是大将军，今天我可下命令了，把你的想法一股脑儿给我端出来！"娟娟这下有主心骨儿了，正了正身子道："既然一定让晚辈讲，那我就试试。先问一句，曾家奴他们去辽东走的什么路？"听娟娟一问，徐达身边的一个得力参将马上拿过地图，摊在桌案上，指点着介绍道："曾家奴和纳哈出的兵马是从三路分头驰向辽阳的。曾家奴和高家奴带有两路兵马，一路是从喀喇沁走小寺沟，直插义县奔辽阳；另一路是从敖汉旗直奔贝子府，越过望海山，从山沟儿穿过去进入辽阳。第三路为纳哈出关外的兵马，是从开原南下，从东助攻辽阳，大致上形成了一个对辽阳的合围之势。"娟娟一边听，一边微皱眉头思索着。

参将讲完之后，徐达眯起眼睛，一脸微笑地瞅着娟娟，心里话：

"我们这代老喽，孩子们长起来了。真盼着他们个个生龙活虎，将来叱咤疆场，做大明朝的顶梁柱啊！"娟娟看到徐叔叔那鼓励的眼神，心里较前平静了，觉得有底了，胆儿壮了，这才说道："各位叔叔、各位兄长，依我看，目前的形势没什么了不起，曾家奴、纳哈出多半是虚张声势。拿纳哈出的一路兵马来说吧，讲好的是协攻，实际上不一定真出力。我们已摸透了纳哈出的脾气，他那老奸巨猾的劲儿，不仅不会轻易出兵，也不会实心实意地帮曾家奴。夸口出万余兵马，能出五千都是好的，还得见到曾家奴率军真的攻辽阳城了，才会命自己的兵马上去。所以，对他这路兵马，不必花太多的力量去对付。此次全力要抢辽阳城的，当为西部的曾家奴和高家奴，我们的注意力主要应放在如何对付那两个老贼的身上。我同意华云龙、冯胜两位叔叔的看法，若派兵长趋驰援，人困马乏，鞭长莫及，不一定能发挥及时雨的作用。就曾家奴的出兵路线而言，不管是从喀喇沁出关也好，还是经敖汉旗奔辽阳也罢，哪一路都需千里奔波，远比纳哈出从开原奔辽阳费时、费力。兵法最忌长途奔袭，此经验之谈，各位叔叔、大哥要比我清楚得多。我们能不能抓住曾家奴的这个弱点，采取'扼其后路，断其血源'之策。既然他要从喀喇沁出关，那此地肯定是重要据点，另一路所经敖汉旗则为其属。如果明军做出举兵攻占喀喇沁的样子，扼其后路，断其给养之道，曾家奴必慌忙退缩，不敢在辽阳围城恋战。徐叔叔，我朝不妨以一部分兵马奔袭喀喇沁，造成大将军要倾巢出动夺取喀喇沁的假态。同时以最快的速度，秘密将兵发到喀喇沁至辽阳、敖汉旗至辽阳的半路上，选一有利地形埋伏起来，以逸待劳，中道聚歼返回的曾家奴之敌。这样做，我想定会取得解救之全功！"

在座的众位将军听了娟娟的分析和应采取的策略后，高兴得纷纷竖起大拇指，称赞小丫头挺聪明，不愧是刘伯温军师的后代。讲得不错，想得也细，很对路，是个好主意。徐达自然更高兴，美滋滋地看着娟娟，笑在脸上，甜在心里。大家又七嘴八舌地商量了一阵子，基本上同意了娟娟的意见，认为此议可行。徐达便把娟娟刚才讲的归纳了一下，下达了命令："各位兄弟，这次咱们就按秉仁公主的想法办，用全部兵力扼其退路，半道掐死曾家奴和高家奴，以求全胜。冯胜、傅友德，你们扼住敖汉旗到辽阳中路之兵；李文忠、兰玉，你们扼住喀喇沁到辽阳中路之兵，自选山势隐蔽而战。华云龙领兵驰奔喀喇沁，大造假声势。待冯胜、李文忠两路兵马获胜之后，赶紧返回北平府，不必恋战。我坐

589

镇北平府,指挥和协调三路兵马的攻战事宜。大家记住,一定要利用此机会,狠狠地教训曾家奴和高家奴,雪西征之恨。"将令下达后,各路将士分头准备去了。娟娟一看着急了,不答应了,问道:"徐叔叔,您不是说我们也是大将军的部将么,为何不摊派差事?"徐达笑了,说:"丫头哇,哪能忘了你呢?你们熟悉马云、叶旺那块儿的事儿,立刻去辽阳,将我的亲笔信函交给他们,主要是抓紧做好破皮板大集的准备工作。"娟娟听后,这才乐了。

徐达同娟娟正唠着,只见李佑把满头大汗赶来的巫顺领进了屋。巫顺先见过徐达,又见过秉仁公主,回身坐在椅子上。他干什么来了呢?是为禀报曾家奴和高家奴等秘密筹办皮板大集情况的。巫顺说:"小的受纳哈出之命,专程去喀喇沁见了曾家奴,商定了皮板大集之事。因事关重大,我想还是应先来拜见秉仁公主,尽早禀告才对。"于是,便将曾家奴如何筹办皮板大集做了详细的介绍,还提醒道:"总之,他们的目的,是利用皮板大集扩充自己的力量,与明朝决一死战。对于这一点,千万要心中有数才是。"徐达对巫顺及时报来消息表示感谢,给以鼓励,并要求他需随时将曾家奴他们的活动情况告之,然后让娟娟同巫顺具体商议。因徐达此时正忙于战事的准备,时间很紧,所以交代完之后便走了。娟娟略微考虑了一下,嘱咐巫顺道:"务必按徐大将军的意旨办,注意观察曾家奴、纳哈出的动向,我们将另有对策。不要怕,更用不着担心,依计划行之即可。你马上回辽东,先去金山。如果纳哈出不在,估计已出开原,赶紧带几个人沿路寻找。在半道儿若见到了就告诉他,对攻击辽阳之举还是收敛些为好,不要随帮唱影,以免将来后悔,可以说这是我让你转告的。今天不留你了,速去速回!"巫顺领命,匆忙离去了。

曾家奴统率着号称四万人马的大军,一想到将与纳哈出合力一举夺下辽阳,心中很是得意。认为出的是奇兵,整个运兵过程,徐达根本不可能晓得。待知道后再去支援,无论如何来不及,肯定是晚三秋了,黄瓜菜都凉透了。在此次合围中,即使他纳哈出不怎么出力,单单是自己所带的兵马,两路夹击,也会使辽阳无法抗衡。再说辽阳不会有那么多明兵,仅就现有的兵力,必难于对付我曾家奴所带的蒙古骑兵。骑兵们跑起来,可谓万马奔腾、似排山倒海一般,真要是碰上了铜墙铁壁,仍阻挡不了其锐利之势。可见曾家奴信心十足,蛮有把握攻下辽阳城。他

东
海
沉
冤
录

还想，攻下辽阳后，便设法惩治按兵迟来的纳哈出，或者干脆占据金山，赶走这个白眼儿狼。去掉心中之患，少了个冤家对头，从此辽东不就归入我的手中了吗？势力将会更强。到那时，连扩廓帖木儿也奈何不得。他想得挺美，梦做得挺甜，以为很快可以信手拈来。曾家奴的两路兵马，一路是由大儿子冒帖和高家奴指挥，一路是他亲自指挥。由于心中高兴，道上是精神抖擞、跃马扬鞭，率领着大军风驰电掣般扑向辽阳。

　　再说纳哈出这路兵马扬言一万，实际正像娟娟估计的那样，不过五千人。由纳哈出亲自率领，乌迪什、乃颜扎布、乌莱、庆起、拜柱等几位大将军随其后，向辽阳慢慢腾腾而来。纳哈出一再叮咛将士们："大家慢点儿走，不用着急，不必往前抢功。"纳哈出从来是独断专行，原本一直想自己取辽阳，哪肯为曾家奴当垫脚石？所以，一路上派出许多探马，看曾家奴的兵马到了何地，目的是绝不走在他的前头。即便最后同曾家奴一起攻辽阳，也要等他先冲上去了，眼见明军溃败了，自己所带的一路兵马再去帮着抓俘虏，别的啥事儿不管。一句话，我纳哈出就是个助战的！

　　纳哈出的马队走得很慢，一天三歇，游游逛逛。当到了离辽阳四十里处时，突然看到巫顺了。巫顺慌里慌张地来见纳哈出，说是在北平府见到了妙善师父，让转告大丞相，明朝徐大将军对辽阳的防御早做了准备，曾家奴前去围攻会吃大亏的。接着，又如此这般、这般如此地警告了一番。纳哈出暗地里对徐达一向十分佩服，认为那是位名副其实的大将军，而且对娟娟的话深信不疑。因此，听完巫顺的转达，心中更有数了，随即命令乌迪什："你率兵马三千，到辽阳城二十里处扎营，将'纳'字大旗高高竖起，让曾家奴知道我们来了就行了。记住，只在那里摇旗呐喊，不许妄动，听我之命，见机行事。若见曾家奴攻不下辽阳、不得不撤兵时，你就速速掉转马头返回金山，免得被明兵追歼。此乃军令，不可抗拗！"乌迪什当然遵命，点头称是。

　　咱们回头再说曾家奴，为了赢得奔袭辽阳的全胜，他跃跃欲试，做了非常周密的部署。前书多次讲过，元朝末年，元残部中的曾家奴、高家奴、达家奴是有名的"三奴"。其中，达家奴已被大明除掉了，现在数曾家奴力量最强，与扩廓帖木儿、纳哈出并称为元末明初的三大巨魁。扩廓帖木儿据西域，曾家奴据燕北，纳哈出据辽东，对明朝构成了极大的威胁。前不久，徐达等大将西征，在西域受到了扩廓帖木儿的反击而败北。曾家奴便想扩大战果，继扩廓帖木儿之后，再伸出拳头猛击一掌，撵走大明在辽东的兵马。只因要与扩廓帖木儿比功，显示自己的实力，奔袭辽阳才下了狠茬子的。为秘密进兵，打明军个措手不及，他采取了严酷的"铁注进兵法"。何谓"铁注进兵法"？就是命所有参与军事行动的将勇出了山海关之后，全部脱掉元兵号坎儿，偃旗息鼓，乔装改扮而进。每抵一地，就将当地土民集中起来，不准随意流窜。大军过后，还要留下兵马看守村寨，严禁任何人进入，违者格杀勿论。行军途中所遇之人非囚即杀，如同这个地方已被铁水浇注一样，死亡沉寂，一点儿声音不许有。按此之法，一路上他是杀人如麻，血雨腥风刺鼻。到了辽阳形成合围之时，方张旗击鼓，向城中猛袭。

单说辽阳城里的马云和叶旺也没闲着，做了诸多方面的迎击准备，并派出不少细作探听消息。可万万没有想到曾家奴采用的是毒辣的"铁注进兵法"，使之连一点儿进兵的消息都未得悉，只探听到纳哈出率领万余元兵从开原向辽阳杀来。又细探之，扬言一万人马不过是虚张声势，实际上顶多五千人。而且是走走停停，晃晃荡荡的不像在进兵，倒像是扭大秧歌一样，真不知纳哈出的葫芦里究竟卖的什么药！叶旺、马云尽管对此感到很奇怪，又觉得十分好笑，由于猜不透来意，丝毫不敢懈怠。辽阳城内外及平顶山上的万余明兵早已顶盔贯甲，严阵以待，誓歼来犯之敌。他俩惟一没有想到、细作也未探到的是，曾家奴的元兵会从天而降，由西、由北两路偷袭辽阳城。曾家奴的兵马是到了距辽阳城五里远处时，才突然亮出了旗子，马队排山倒海般蜂拥而进，其势难挡。马云、叶旺迅即调动兵马抗击，坚固城门，死守辽阳城的屏障平顶山和老鸦山。可是已经来不及了，曾家奴早命高家奴全力进攻老鸦山寨。高家奴原来就驻守老鸦山寨，对那里再熟悉不过了，便率兵从东山口儿的峡谷攀援而上，放火烧掉了鹿砦高栏，直冲入老鸦山寨。杀死砍伤明兵无数，尸体遍地，血流成河，很快占据了大部分地方。叶旺得知老鸦山寨失守，大吃一惊，赶紧领兵去救。他手握阳宗双鹤剑，左杀右砍，勇猛地冲进了山寨。四下一看，元兵太多了，如蜂群一般砍杀着明兵，城寨火光连天。当时肺都要气炸了，立马举刀挥剑，奋力迎敌。正在酣战之时，哪成想却被高家奴所布下之罗网扣住，紧接着又上来一群元兵，就势将他五花大绑。马云一听到这个消息，可急坏了，忙飞马来救。当到得山寨之时，突然冲出上百的元兵，里三层外三层地将其团团围住，直逼马云。

正在这危急关头，突然不知从什么地方杀出两员素不相识的女将来。她们上身儿穿光板儿小皮坎肩儿，头上戴着很少见到过的野鸡翎子编成的小彩冠。下身儿是光板儿黄色皮子染成的花纹短裤，脚登一双黑毡靴鞑。其中一员女杰身魁力壮，模样长得挺吓人，大脸庞、大眼、大嘴、大耳朵，两只手胖得像两个小肉磙子。真不知是从哪里来的探海母夜叉，不用说与之对打，只凭那长相，便能吓趴下一大片！另一位女将同前一个正相反，苗条倩美，小巧玲珑，即便五个这样的女将，也装不满那个五大三粗女杰的肉皮囊。二人是一胖一瘦，一高一矮，一大一小。每人使的家巴什儿也不一样。结实而健壮的母夜叉手执一根金铁大擀杖，碗样粗，丈八长。握在手里像是摆弄一根烧火棍，挥舞自如，不费吹灰之力；娇小女杰双手使的是牛耳小尖刀，尺八长。虽像削萝卜刀，但舞动起来照样刀光闪闪，只见小刀影儿，不见女儿身。

魁伟母夜叉见冲出一队人马堵住了马云，便拔腰纵身一跳，当即踩死了六七个兵卒。随之双手将马云和叶旺从乱军中向上一提，像扔土豆子似的甩进了明军队伍之中，众明兵立即将二人保护起来。此刻，只见她手指元兵，声如震雷般地吼道："快快给我住手！从哪儿来的黑心强盗，干吗以多压少欺侮人，太不仗义了吧？本奶奶看不惯，今天就让我来玩玩儿你们这帮贼小子！"曾家奴见此，在马上大喝道："你是何路歹徒？休要干系此事！快快退下去，本将的刀枪可没长眼睛，否则后悔莫及。弟兄们，给我上！"那女杰根本没听这套，把金铁大擀杖往外呜呜地一抡，刹那间，元兵连人带马一下子倒了一地！曾家奴全仗机灵，双手一勒坐骑，马蹄竖起，金铁大擀杖便从马蹄边儿扫过去了，差点儿没碰到马腿，把他吓出了一身冷汗，急忙往后退。女杰边抡擀杖边冲曾家奴喊道："小子儿，你他妈才后悔呢！奶奶我生来只懂得用铁杖抡人，抡一下倒一片，还专爱看这个玩艺。看惯了，有意思，比天天吃大肥膘肉都香百倍。来吧，倒吧，快给我趴下吧！"她在元兵中间不停地抡，抡了一圈儿又一圈儿，像北方拿大钐刀割草一样，在发出呜呜响声的擀杖下，不一会儿，竟躺倒了三四百人！

元兵从未见过有这种兵器和如此打法呀，一个个直往后退，躲那铁棒子，谁敢往前上啊？再说女杰打的也没个招数呀！被她呜呜地一抡，元兵本来是上万人挤在一起，骑着马的，马则互相碰撞、踢咬；步行的，因人多拥挤，无处可躲，则人压人，人摞人，躺倒了一大片，摞了好几层。于是，马踢人、人打马地可就彻底乱了营了，曾家奴原本设想好的阵法根本施展不了啦！没想到碰着这么个愣头儿青，喊也喊不住，叫也叫不住，全被打蒙圈了。

　　再说那边还有一位小个子女杰呐，她更有趣儿。人家骑马她不骑，在地上是忽而腾上，忽而跃下。忽前忽后、忽左忽右、忽高忽低地专用一双小牛耳尖刀捅马屁股，刺马肚子，割马卵子，扎马眼珠子，还划骑马人的脚腕子。这招儿也挺厉害吧？那刀扎到哪儿，哪儿不疼啊？只见一匹匹马眼睛扎瞎了，肚子划开了，屁股捅成一道道的口子，卵子割掉了。不少马疼得咴儿咴儿地怪叫，尥蹶子跑，人随之摔下来了，许多兵卒被马踏而死。一胖一瘦的两位女杰是越战越勇，像欢兔子一样蹦来跳去的，任谁甭想打着他们，自然一点儿伤不着。这还不算，此时细作又慌慌张张地前来告知曾家奴："徐达大军分三路奇袭喀喇沁、敖汉旗，堵住了咱们的退路，欲夺漠北大营！"曾家奴一听，不仅前头打乱了，后院儿也起火了，还了得！忙令身边人鸣金退兵。命令一下，人马越发乱了，踩死的、踢死的、踹死的不计其数，号称四万人马的大军，只剩下万八千往回溃逃。

　　曾家奴的败兵逃走后，两位女杰可能是累了，满脸满身都是汗，索性扑通一声坐在地上，脱下靴鞋，光着脚，晾着湿漉漉的脚丫子。随后，又脱掉了上衣，整个半身裸露出来，一点儿不在乎地用毛巾擦着前胸的奶子和后脊梁上的汗，边擦还边冲元兵逃去的方向哈哈大笑着，笑得前仰后合的。远处看热闹的纳哈出之将领乌迪什，见明兵在两位女杰的帮助下，已将曾家奴打得溃不成军，损失惨重，忙鸣锣收兵，兴高采烈地回去禀告纳哈出了。纳哈出听后，很是幸灾乐祸，心想："曾家奴此次兵败，必垂头丧气，我纳哈出却毫发无损。多亏听了妙善师父之言，保存了自己的实力，没有上当吃亏，真乃万幸也！"

　　再说明军由于两位不知名女杰前来相助，赶跑了出其不意偷袭老鸦山寨和平顶山的元兵，两位统帅得以救下，这才使辽阳城转危为安。曾家奴的兵马溃逃半个时辰后，马云、叶旺便命清理沙场，整顿人马，修理被破坏的营房。众将士在刚才的一场混战之后定下神来，含着眼泪收拾弟兄们的尸体，就地掩埋。与此同时，也将死在这里的曾家奴的兵卒和马匹抬到一块儿，摞了一堆又一堆，架起干柴点燃。烟雾迷漫在上空，尸体的烧焦味儿刺鼻难闻，连烧了三天不说。在打扫完战场时，他们看到那两位神勇的女杰正坐在地上晾着脚丫子，擦着身上的汗水，毫不在意地袒露着乳房，倒把兵将们羞得不敢正眼瞅了。马云、叶旺令大队人马回营，然后赶忙走到近前，恭身施礼，并说外面有风，小心着凉，快快穿上衣裳。那位魁伟母夜叉边穿边站了起来，死盯着马云说："喂，不要忘了，你是我给救下的。问一句，你们是不是朱元璋的兵马？"马云点头称是。"那认不认识明月长老？我们俩是专门来找大师父的。"二人听说是来找明月长老的，知道她们肯定是自己人，叶旺忙说："认识，认识，太认识啦！老人家已经到北平府了。不过没关系，请二位跟我们进城，先到府上安歇。待明日我让人带你们去北平，就能见到明月长老了！"两个女杰没多说什么，随着二位将军在卫士的护拥下进了辽阳城。

马云、叶旺一行人刚刚回到府衙，便有探子来报，说曾家奴、高家奴两路溃逃的兵马双双遭遇了徐达大将军设下的埋伏。西路残兵被李文忠、兰玉杀得只剩曾家奴带千余人逃回了喀喇沁；北路残兵被冯胜、傅友德砍得更惨，高家奴险些丧命，仅带百余兵马逃回了敖汉旗。马云、叶旺听后，非常高兴，知道本朝能获此大胜，与天降恩人相助有关，当晚设盛宴款待女杰。宴间，马云、叶旺询问其来历。开始二人不说，后在一再请求下，方告知她们是姊妹俩，来自东海窝稽萨勒奴妈妈部落。这次千里步行来此，是为寻找明月长老拜师学艺的。叶旺忽然想起来了，她们不正是在乌蛇岭、蚰蜒洞遇到的那个萨勒奴妈妈部落的人嘛，可真是巧了。姊妹俩关于其他细情一字未露，显然不愿多讲，马云、叶旺也就不好再问了。

经过几日休整，辽阳一带恢复了往日的平静。叶旺忙着到平顶山、老鸦山充实兵力，修筑壁垒工事，一连几天住在山上。马云也挺忙，天天领着兵将修缮毁坏的辽阳城池。二人为此次遭偷袭损失甚大，心情十分沉重，都想向徐大将军表示：自己不堪此任，没能尽到守城之责，有负圣命。恳求制裁，请辞同知之职。叶旺火上得不小，满嘴燎泡，马云由于愁闷劳累还生了病。而两位仗义女侠住在辽阳城这几日歇息得倒蛮好，加之马云、叶旺对救命恩人的热心关照和派人侍奉，一日三餐换着样儿地给送上来，很快养足了精神，情趣勃发。

这日，马云的病刚好些便披衣坐起，还没等下炕呢，忽听外面有人对护卫大喊："我要进去找当家的！"马云在屋内一听声音，知道是那位魁伟的恩公大姐来了，忙下地出来恭迎。叶旺也听到了喊声，马上推开门走了出来。二人边走边纳闷儿："可真是怪了，怎么能叫出个'当家的'呢？"马云猛然琢磨出来了："噢，对了，可能指我和叶将军是辽阳的都指挥使司同知，还算得上是'当家的'。"随即把这个想法告诉了叶旺，叶旺笑着说："是呀，咱俩想到一块儿去了，除此叫不出什么'当家的'来。"二人见来的是姊妹俩，赶紧恭请二位进了客厅，侍卫献上了茶。叶旺冲胖恩公问道："大姐，你想找谁办事儿？"她还是那句话："找我当家的。"叶旺又问："是生活上有什么不安适、不如意吗？"胖大姐对叶旺的问话理都不理，两眼一个劲儿地直勾勾看着马云，把个马云给瞅愣了，觉得怪不好意思的，一时不知该说什么好了。叶旺说："大姐，有什么话尽管讲来。你是我们的恩公，如若有事儿，一定遵办就是。"胖大姐开门见山地说："明军能保住辽阳城，你俩没被抓走，没忘靠的是谁吧？"叶旺忙道："怎么会呢？我们万分感谢恩公大姐，将永世不忘。还要申奏朝廷，为大姐请功赐赏呢！"胖大姐说："我才不稀罕啥请功受赏呢，又不是为那个才帮的。说实在的，当时没工夫弄清两边谁是谁，更不知道你们是明月长老一边的人。我平生最恨无故欺负弱者的恶人，好打抱不平，不打手痒痒。妹子也是这样，看谁吃亏了，我们就帮谁。"马云说："恩公大姐，你们真是好心人，武术高强，今后干脆为国家效力吧。"胖大姐见马云搭腔儿了，很是高兴，走过来一下把马云的手给抓住了。她那手又大又有劲，随之狠劲儿一攥，把个马云疼得哎哟哎哟直叫，根本抽不出来。胖大姐说："当家的，告诉你吧，我相中你了，这辈子跟定你啦！"马云听后是丈二和尚摸不着头脑，心想，胖大姐精神不正常吧？刚要发问，可一想人家是救命恩人哪，哪句话说错了有所得罪反倒不好，话到嘴边又硬咽回去了。叶旺也觉得不是个味儿，还不便多说什么，只是含糊了两句："哎呀，别开玩笑嘛，有话咱们慢慢唠。"胖大姐很干脆地说："谁开玩笑了？我是说正经的呢！俗话讲得好，有仇报仇，有恩报恩，二位将军怎么报答我们的恩吧？要不咱到外边比试几下子咋样，来吧，你俩谁敢上？"叶旺没吱声儿。然后，转过脸冲马云说："哪怕把你打趴下了，那也没关系，仍然是我当家的，咋的都跑不了喽！"马云一看，嗑儿不能往下唠了，越唠越离谱儿了，忙敷衍道："这些好办，大姐，还让我帮你干啥？"胖大姐说："当家的，你得领我去北平府找大师父明月长老。我不认识道儿，从乌蛇岭到你们的破辽阳城，差不多走了两个来月，到处打听却问不明白，跑了不少瞎道儿。不过算是没白走，没成想刚巧碰上了你们与土匪遭遇，正好赶着帮上了忙。回过头该帮帮我们了吧？总得还人情嘛，把我和妹子送到北平府去就行了！"说完，才撒开手。

596

马云、叶旺听胖大姐把想法一说，悄悄儿合计了一下，觉得亲自送她们去北平府还真行。这尊佛可留不得，说不准再弄出别的什么来，快点儿送走也好。再说自从奉命到了辽东，一直没机会去趟北平，有不少事儿需要向徐达大将军禀报。特别是辽阳突然遭曾家奴的偷袭，损失惨重，正写奏折申奏朝廷下旨，严罚同知失职之责，应该当面儿陈述有辱圣命、不堪重用之罪。好在眼下辽东诸事已就绪，完全可以交给众将领分别管理，借此机会抽身走一趟。他俩商定后，痛快地答应了胖大姐的要求，通告给护城、武卫和平顶山、老鸦山众将领，明确分工，各尽其职，不可敷衍塞责。如有马虎，严惩不贷。交代完毕，回头告知两位女杰，二人将一同送姊妹俩去北平府寻找明月长老。胖大姐听后乐了，一再说："这么做就对啦，是个男人，像我当家的！"说完，啪地拍了一下马云的肩膀。可能是用力过猛，又来了个冷不防，马云差点儿没蹲在地上。

马云、叶旺恨不得越早把姊妹俩送走越好，次晨天刚明，去马厩选了四匹坐骑，每人各骑一匹，又多带两匹，以便路上备乘，背着干粮、水葫芦上路了。四人打马疾行，快到山海关时，胖大姐突然骗腿儿下马，说是要撒尿去，边说边快速地钻进道旁沟下一小树林中。一会儿，胖大姐的小妹妹也下马钻进了林子，马云、叶旺见此，只好停下静等。工夫不大，只见小妹妹从林子里走出来，大声儿唤马云，叫到林中去一趟，说姐姐有事儿找他。马云犹豫着不想去，叶旺说："叫去就去呗，都老大不小的了，怕啥？或许有什么话要跟你单独说。去吧，没事儿，我在这儿看着。"马云想："去就去，有啥呀？反正不去，她不出来，谁都走不了，索性看个究竟。"一边想着，一边把马缰绳交给了叶旺，然后从道边下沟了。

马云走后，叶旺不经意间扫了一眼那个小妹妹，方注意到她的长相和姐姐大不一样，很是文静、秀气、好看。说实在的，这么长时间里，叶旺还真没来得及细细地面对面地打量她。二人性格也不同，妹妹不像姐姐那样有啥说啥，火爆、泼辣，而是寡言少语，彬彬有礼。叶旺不由得想起那天在与曾家奴拼杀的征战中，她双手挥舞着小牛耳尖刀，速度极快，似乎全身都是刀，根本看不清人影儿，把曾家奴的兵马杀得落花流水。又特别机灵，跃跳腾飞如狸猫猿猴，在马肚子底下蹿来蹿去，专刺马肚子，割马卵子。所用的招儿真够新鲜的，挺毒，是蝎子屁眼独一份儿，还从没看见有这个打法的，不禁暗暗佩服姑娘的神奇武功。小妹妹此刻与那天完全不同，静静地站在马的旁边，远望着群山，一声儿不吭，也不看叶旺一眼。

叶旺正琢磨着，突然听到林子里胖大姐大喊大叫起来："当家的，你好大胆子！话可撂到明面儿了，不同意讲啥全不好使，只要我说了，必须照办。要是不答应，看我怎么拍死你！"又听马云一个劲儿地求饶："别这样，别这样，好说，有话好说还不行嘛！"叶旺一看不好，莫不是要打起来吧？也顾不上马了，赶忙跳下沟，三步并成两步地向林子跑了过去。进里边一看不要紧，当即吓傻了！只见马云仰颏儿躺在地上，胖大姐骑在他身上，一只大手摁住马云，一只大手正举起来，看样子非狠拍马云一巴掌不可。叶旺着急了，心想："凭马大哥刚刚病愈的瘦弱的身子骨儿，哪能经得住像熊瞎子掌一样有力的巨手拍呢？不得给活活送到西天去呀！"忙扯开嗓子冲胖大姐连喊带叫的："哎呀，我的大姐，你是活菩萨还不行吗？有话慢慢讲，千万手下留情啊，马大哥可受不了那巴掌呀！"一面说着，一面上前护着。

叶旺这么大呼小叫地一嚷嚷，恰好惊动了路上的两个人。也真是巧，你道那行人是谁吗？正是娟娟和李佑。他们是奉徐达大将军之命，来辽阳看望马云和叶旺的，紧驰慢跑地刚到了长城外。正催马赶路呢，便听到前边的树林中，恍惚有喊叫声。二人不免一惊，以为有匪徒抢劫，急忙前来搭救。到了林子边儿又一细听，是叶旺大哥的声音，觉得甚是奇怪，挥鞭飞马冲入林中。娟娟一看，见一个膀大腰圆的女子正骑在马大哥的身上，拳头都举起来了，以为必是强盗或元军的暗探呢，遂高叫一声："好大胆，竟敢谋害我的两位大哥！"随即将手中的袖镖嗖地一甩，不偏不倚，正中胖大姐的头，胖大姐应声儿倒地。

娟娟和李佑下了马，上前拉起马云。令马云和叶旺万万想不到的是这二人来了，可真是喜出望外呀！娟娟忙问："马大哥，怎么回事儿？"马云和叶旺便将几天来发生的事情和偶遇两位陌生女子以及她们如何帮助杀退曾家奴，救了他俩的性命，两位恩人又怎么让送她们去找明月长老之事讲了一遍。叶旺还逗趣儿道："胖大姐也忒厉害了，说啥是啥，我们哪敢不从啊？只能委委屈屈地受些窝囊气。"娟娟一听，立马明白了，说道："叶旺大哥，你可能忘了，咱们在乌蛇岭时，东海女真的女罕萨勒奴妈妈不是说过她那里有两位女子教习武术吗？是汉人，要回内地，还要拜明月长老为师呢！"叶旺问："难道就是她俩？"娟娟回道："看来肯定是了。"边说边走了过去，蹲下身来，见胖大姐由于中了袖镖，已昏睡过去。于是，让两位大哥和师兄李佑将胖大姐轻轻抬出林子，向大道走来。

此刻，牵着马等在道边儿的小妹妹抬眼一看，姐姐竟被抬了出来，脑袋嗡的一下，知道是出事儿了。急忙迎上前去，刚要发问，娟娟走过来拍着她的肩膀说："好妹妹，不要怕，咱们是自家人。大姐只是昏睡，一会儿就能醒过来。到时候，我会向她致歉的。"小妹妹倒挺通情达理的，没说什么，更没有嗔怪，赶紧帮着把姐姐抬到了马上。娟娟当时没想给胖大姐使解药，担心她脾气暴躁，一时说不通，再要闹起来，会影响赶路的，遂对四人说："先让她睡一会儿，等咱们赶到山海关，住进客栈，再向大姐解释这场误会也不迟。"大伙儿认为只能如此，便骑马上路了。

一行六人大约走了一个时辰，来到了山海关城下一座无名的小客栈，要了两间清静、整洁的客房，三女三男分别住下了。胖大姐醒来后，经娟娟一番苦劝，总算平静下来，不去细说。

单说次日晨，娟娟等一行六人继续赶路，晚上便到了北平府。马云、叶旺首先去将军府拜见了徐达大将军，禀报了辽东的军政诸务，并请罪免官。徐达说："此次系曾家奴偷袭，虽遭受损失，但情有可原。何况我们乘势堵截，获得全胜，胜败就算抵消了。尔等数月忙于辽东的镇守，成绩斐然，朝廷皆知，是有功劳的，我也为你们高兴。日后须抓紧操练兵马，严密布防，提高警惕。"二位同知感动不已，谢过大将军的宽恕，又拜见了冯胜、华云龙、傅友德、李文忠、兰玉等将领。大家许久未见，倍觉亲切，当晚聚首一堂，杯酒欢颜，通宵未眠。

再说两位女杰，尤其是胖姐姐在娟娟的真诚感召下，与先前大不同了，像变了个人似的，相互之间不但越来越熟悉了，而且越来越亲近了。她俩曾听萨勒奴妈妈讲过，明月长老身边的妙善居士，是大明朝军师刘伯温之女。手使阴宗双鹤剑，武艺高强，万马丛中无人能敌。还叮嘱说："你们到了那里，一定要与妙善居士好好儿相处，那可是明月长老的心肝儿宝贝呀！"此话她们一直记在心里。姊妹俩还挺懂事儿，大姐不敢再高傲、胡闹了，收敛了不少，表示一切愿意听娟娟的。娟娟告诉她俩："我的师太，就是你们要找的明月长老已回南京看望众徒弟去了。再说前一阵子出来多日，庵中有不少事情等着老人家处理，只好暂时回去一段时间。不过请放心，安排妥帖之后，师太还会来北方的。她本是大慈大悲的得道高僧，从来是有求必应，早说过你们要来。我还知道老人家已经答应收你俩为徒了，临走时曾念叨过此事，只是不知何时能相见罢了。师太若得知你们到了，一定会很高兴的。今后咱以师姐妹相称，因为都是明月长老的徒弟嘛，是吧？这里还有一位师兄呢，他是一块儿来北平府的李佑，我给你们引见引见。"说着，娟娟把李佑唤来，让他正式见过了两姊妹。娟娟又道："从今以后，李佑是师兄，下面是我，再下面是你们姊妹俩。"二人听娟娟这么一说，马上施礼，拜娟娟为师姐，拜李佑为师兄。师兄妹四人越唠越高兴，越唠越投缘，经娟娟详问，才知道了两姊妹的真实身份。

原来，体魄魁伟的姐姐叫鲍龙花，瘦弱清秀的妹妹叫鲍龙卉。其父鲍鲱是元朝战将，元亡不久，流落福建沿海为盗。后降明，随靖海侯吴祯老将军巡逻于黄海，已因病亡故。鲍龙花、鲍龙卉由于母亲早亡，父亲又流落在外为盗，无人照看，便被福州城中的一人贩子骗卖。后全仗圆觉禅师收留，才算得救，被带到武当山习武。随圆觉禅师云游至辽东时，住进了医巫闾山中的望海山僧院。当时，明廷初兴，圆觉禅师又将她俩送到了东海窝稽，让在野人部中传授武功，并嘱告说："三年后，必有一位女长老到此采药，她差不多年年来东海一带。尔等可离开东海古寨，拜大师父为师，为国出力，亦可有终生存身之地也。"这不，二人遵圆觉禅师之言，在女真女罕的指引下，来找明月长老了。娟娟多次听师太讲过，说一派门宗中有月禅禅师，还有圆觉禅师，皆是武当同宗佛门掌门师父。看来鲍氏姊妹千里投奔而来，也是有佛缘的呀！为此很是喜欢两个师妹。在同她们的接触中，娟娟看出鲍龙花心事重重，到底是为什么呢？她忽然想起李佑曾说过："我从叶旺那儿得知，鲍龙花初到辽阳和那日在林中闹事，都是为了马云大哥。鲍龙花总是喜欢叫他为'当家的'，不知何意。"刚开始时，娟娟没太在意。现在想想，对呀，我真笨得要死，这不明明是鲍龙花相中马大哥了吗？哎呀，可是一桩大好事儿！马大哥年岁不小了，都快四十的人了，早该成个家了。好，此事就包在我身上了！

娟娟是个细心人，又是热心肠儿。一天晚上，她开诚布公地问鲍龙花："师妹，我问你，你是逗笑儿叫马云大哥为'当家的'呢，还是真相中了他？告诉师姐实话，我会给你做主的，必要时，可请徐丞相徐大将军为你主婚。掏心窝子说，同意嫁给他吗？"娟娟一问，反把一向泼辣、啥都不在乎的龙花给问住了，一时不知怎么说好了，脸还红了。娟

东海沉冤录

娟一看有门儿，便斜眼瞅着她，故意带搭不理地说："噢，若不是那么回事儿，就算我没说，以后再不管了，也不提了。"鲍龙花一看师姐真要不理这个茬儿了，着急了，忙上前一把抱住娟娟道："哎呀，师姐，谁说不同意了？我早有嫁给马将军的心思。要不，能在树林子里骑到他身上逼婚嘛！"娟娟扑哧一声笑了，用手使劲儿点了点龙花的脑门儿，又道："师妹，我再问你，妹妹龙卉呢，她有没有心上人，许配过谁没有？"龙花说："哪有哇，妹子今后也得靠师姐给赏赐个如意郎君呢！"娟娟听罢，微笑着沉思不语。

深夜，娟娟睡不着，龙花睡得倒蛮实蛮香的。在明亮的油灯下，能看到她于梦里甜甜地笑着。娟娟侧过头来，又瞅了瞅睡在身旁的龙卉，左看右看就是看不够，甚至高兴得流下了眼泪。龙卉比龙花长得清秀、美貌，长长的黑睫毛、瓜子脸、樱桃小口，使人越看越爱看。娟娟从小在浙江青田长大，常随父到海边儿观瞧渔家女织网、捕鱼、晒鱼干儿，印象颇深。觉得小师妹龙卉可是具有典型的福建海滨渔家美女的风韵，天生丽质，应该帮着找一个最能让她幸福的伴侣才对。娟娟越想越激动，索性不睡了，起身披衣下地，轻轻地出了房门。

华云龙将娟娟与鲍氏姊妹安顿在燕王府歇息，徐达大将军、冯胜、傅友德、李文忠、兰玉，还有马云、叶旺、李佑也都住在这儿。尽管如此，偌大的燕王府邸仍有几百间房屋空着。因朱棣尚年幼，未到北平就藩，此处的一切全权交由华云龙左相管理护守着。虽然燕王府的名称对外早叫出去了，但实际上，只是空有虚名而已。娟娟信步来到外面，见长廊的灯依然亮着，几扇窗子透着灯光，看来屋里的人还没睡。她知道每间房里住的都是谁，右侧最末的那间，就是马云和叶旺大哥住的地儿，便走了过去。到了窗前，听见里面在攀谈，声音不大，听不清说什么。她凝望了一会儿，在院子里徘徊了半天，心中酝酿已久的决心最后下定了。可跟谁说好呢？此刻的娟娟同鲍龙花一样，特别想见明月长老，有满肚子的话要一股脑儿全吐出来，可惜老人家不在跟前。琢磨了一阵子，突然感到轻松了，对呀，师太不在，徐叔叔在呀！一向拿我当亲生女儿待，跟父亲的关系那么近，完全可以代表我的长辈。叔叔还是右丞相，乃当今天子最得力、最信任的爱将佐臣，同父皇像亲兄弟一般。父皇和皇娘十分信赖他，从这一点看，又能代表皇上和皇后，此事应该同徐叔叔讲。想至此，心里顿觉踏实了，反身回到房中，脱衣上炕，很快进入了梦乡。

次日早膳后，娟娟去拜见徐大将军。徐达开始觉得挺奇怪，问道：
"娟娟，什么事儿呀，还郑重其事地来见我？"娟娟言道："叔叔，眼下
您坐镇北平府，远离天子，远离我父亲。您是天子派来的重臣，可以代
表我的父亲，无论什么全能做主的。"徐达说："孩子，话不能这么讲，
到啥时候我都是徐天德。皇帝是皇帝，刘伯温是刘伯温，我叔叔没那么
大的造化和能耐，谁也代表不了。丫头，究竟是何意呀？有话直说，咱
们不用讲官场话，就是侄女同叔叔一起唠家常嗑儿。说吧，啥事儿？"
娟娟回道："我想请叔叔做主婚人，给您的部下完成大婚之礼。"徐达笑
了，忙说："哎呀，小娟娟，我以为怎么了呢，你是着急了不成？与叶
旺成婚叔叔早就同意，可是你们自己给拖至今日呀！这会儿怎么想着办
婚事了呢？好啊，好啊，我举双手赞成！"娟娟红着脸解释道："叔叔，
别逗笑了，不是您想的那样，我说的是马云大哥。他已四十多岁了，总
是孤身在外，没个人照顾，长此下去总不是事儿呀，应尽快成家才对。
临从南京出来时，父亲一再嘱咐，让我们帮助马大哥物色个合适的人，
好快点儿有了家口，以便安心永戍北疆。前些天恰好碰到个不错的女
子，是我的师妹鲍龙花。其父鲍鲜，早年在靖海侯吴祯老将军手下为参
政，已过世。龙花曾于圆觉禅师处习武，武功高强，特别喜欢马大哥。
徐叔叔，请做主把师妹许给马大哥吧，求您了！"徐达忙不迭地说："是
件好事嘛，马云愿意不？"娟娟回道："说的是呢，全在叔叔您了。大将
军不发话，马大哥敢在阵前娶妻么？"徐达一听，心里琢磨开了："娟娟
这孩子想事儿蛮周到呢，真是提出了一个很重要的问题。是呀，马云多
年来一直一个人东奔西颠的，早该有个家了。娟娟非一般庶人，那是秉
仁公主、钦命的武威安抚使，有生杀予夺之权。今天提出了一件老将娶
妻之事，理应认真对待才是。"于是便道："娟娟，你想得好，想得对。
为帅者不仅领兵打仗，也应关心将士的生活，叔叔以往做得不够。此事
当然可以，这样吧，我明日就同马云说。不过，鲍龙花那边你务要保到
底，别是我说动了马云，鲍龙花再不同意。到那时，做主帅的脸可没地
方放啊，你得为徐叔叔负责哟！"此时的娟娟高兴得像个孩子似的，根
本没顾及什么秉仁公主身份，扑过去搂住了大将军的脖子，跳着脚说：
"徐叔叔，太好了，真是位好叔叔！放心吧，我还怕您说不通马云大哥
呢！"说完，转身乐颠颠地跑走了。

第二天，徐达告诉娟娟，马云同意娶鲍龙花了。娟娟听后，长舒了
一口气，那颗提溜了一宿的心总算落了地，刚想再问什么，未等开口

呢，大将军称有事儿要办，边说边往外走。这下娟娟着急了，几步跑上前拉住徐达的手说："叔叔，先别走，我还有更重要的大事儿没说呢。您可千万给侄女做主，帮忙说情，在这儿给您老叩头了！"说着扑腾一声跪下了，咣咣磕了两个头，然后双手抱住徐达的大腿不放，眼泪也流出来了。徐达一惊，忙道："孩子，可使不得呀！起来，有话慢慢讲，咋的了？"娟娟没动地儿，固执地说："此事您务必得帮我，要是不答应，我就跪在地上不起来。"徐达无可奈何地说："好，好，别折杀我了，叔叔答应还不成吗？小公主哇，你今天是怎么了，倒跟徐天德作起对来了。告诉叔叔，为啥呀，莫不是让我老头子反过来给你跪下不成？"娟娟听徐达这么一说，才站了起来，眼含热泪、悲伤不止地问道："叔叔，您是不是从小看着我长大的？"徐达回道："是呀，没错。"娟娟又问："我的父亲现在青田，而小女正在您的跟前，叔叔像我的父亲一样是吗？"徐达回道："娟娟，说得对，是我的好丫头，还给咱们大明增光了呢！"娟娟接着问："我的母亲楚绣绣您认识吧？"徐达说："当然，岂止是认识，而是非常熟悉。孩子，今天为啥提这些，是不是犯什么毛病了？"娟娟说："叔叔，那您对侄女的身世肯定清楚了。您晓得我为什么叫娟娟么，是不是在金山还有一个与我同母所生的弟弟叫田田？叔叔，记得小的时候，您常教导我不许撒谎，说假话不是好孩子。您今天也应讲真话，如实地告诉娟娟，好吗？"徐达说："孩子，关于你的身世，叔叔的确知道。因为当年我和胡大海陪同朱元璋去婺州时，见到了你的生母，而且在一起呆了好几个月。当时是怎么个情况，几乎天天看在眼里，哪能不知道呢？后来我同刘老军师以及老嫂子安夫人曾多次谈起你出生时的情况，每唠一次，不免要为你的遭遇掉不少眼泪。咳，孩子，别说那些了，什么我都清楚，只是过去没对你讲而已。你很刚强，硬是弄清了身世，找回了自己的名分，叔叔佩服你。可为啥今天非端出身世的事儿来？好孩子，以后别再提了，行吗？"娟娟不语。

此时，徐达这位久经沙场的老将军，一说起娟娟的身世，便想起了老嫂子安夫人，想起了至今仍在青田的刘伯温，想起了楚绣绣的不幸遭遇，很是伤感，眼泪竟然也止不住地扑簌簌往下掉，娟娟更是哇哇地哭了起来。过了一会儿，徐达挽娟娟坐在太师椅上，娟娟仍然哽咽不止，边哭边说："自从知道了自己的身世，无时无刻不在想我的生身母啊！此次去辽东金山，知道母亲已被逼疯，失踪两年了，至今没有音信。惟一的收获，就是遇到了一个与我同母所生的弟弟，实属意外。弟弟可能是我母被李善长霸占后所生的，乃李家之根，眼下在金山纳哈出处任帐前大将军。之所以叫田田，想来或许是母亲为了怀念在青田丢下的我，才起了这个名字。我们姐弟已经下了决心，今生今世一定要找到生母，哪怕只是骸骨。母亲生我俩一回，孩儿不救她谁救？叔叔呵，世上最苦的是女人。男人折磨了女人没事儿，女人却遭了殃，太不公平，娟娟非要以行动讨回公理不可！我早想好了，这辈子不找到生身母亲，誓死不嫁！"徐达一听此话，着急了，忙说："孩子，可不许胡说呀！你与叶旺的婚事是皇帝下旨钦定的，因东征才不得不顺延完婚。你是明白人，不能冒傻话。若真像刚才说的那么去做，不是抗旨吗！不行，绝对不行，千万不能有不嫁的念头，那可使不得呀，我的孩子！"话虽这么说，但心里却想："娟娟将来会有出息的，是我戎马生涯中遇到的第一位如此刚强、烈性、富有情感的女子，不能不刮目相看。既是个好孩子，又是一位具有崇高品格的女中豪杰，令人佩服。"娟娟接着以斩钉截铁的语气告诉徐达："叔叔，此事就定了。在皇上、皇娘面前，即使打死我，都不会改口的。再说了，谁知何年何月才能找到生母，怎忍心耽误叶大哥？他已经到了成婚之年，不能因为我的一己私利，而将人家的婚姻大事没完没了地拖下去吧？那样的话，我可对不起叶大哥了。叔叔，真是老天有眼哪，帮助了娟娟，得以认识了鲍氏姊妹。我发现鲍龙花之妹鲍龙卉品貌端庄，是个绝代佳人，而且武功高强，远在娟娟之上。请叔叔做主，让龙卉与叶旺大哥成婚吧！娟娟明日即削发为尼，暮鼓晨钟，永做佛门弟子，空静一生不还俗，保证无恨无悔，万望叔叔帮我、救我、成全我！"说完，又跪在地上，苦苦哀求，眼泪像断了线的珠子噼里啪啦往下掉。

娟娟的哭声，搅得徐达心里阵阵酸楚、难受，进也不是，退也不是，不知如何办才好。只能偷偷擦掉男子汉大丈夫的眼泪，强装笑脸儿，不停地以好言好语劝慰着。他从心里同情娟娟的不幸遭遇，可怜孩子一来到世上，便承担了离母被弃、常人难以忍受的痛苦。娟娟是个人人喜欢的女孩儿，长得又好，哪方面都那么优秀。智慧过人，武功超群，做人坦荡、无私，怎么老天爷偏偏给了她一个不尽人意的身世呢？徐达强忍悲伤之情，极力地劝说着，试图抚平娟娟内心的痛楚，缓缓地说："孩子，按说呢，你与叶旺的婚事已有圣命，我徐达还能怎么样？你聪颖、明事理，其中的利害不用谁多讲，全清楚。但叔叔是同情你的，一定想办法满足你的心愿。哪怕舍掉头上的乌纱，丢了大将的身份，也在所不惜。可是娟娟，凡事不能太急，总得有个过程不是？不要总是哭，哭不顶用，咱们得一起想想办法。咳，这样吧，我明日拟折上奏朝廷，奏明你在金山看到的一切和寻找生母的决心，请皇上、皇后开恩允准。叔叔还想到一点，应找人去打动马皇后的心，那是最通情达理之人。只要皇后明白和理解你的心愿，从她的为人来看，必会出来说话的。娟娟，听叔叔的，等信儿好了。为了安夫人，为了楚绣绣，为了你，我徐达豁出去了！不过得提醒你，此事千万不要对外讲，记住没？"娟娟听后是热泪盈眶啊，边答应："记住了，谢谢徐叔叔！"边又磕了三个响头，方站起身来，此事只好就此暂放。

　　转天，娟娟在华云龙的引领下，去了宫外不远处的一座尼姑庵，名曰"慧灯庵"。庵堂金代就有，在元代大都皇宫的旁边，尼姑不多，香火甚旺。说到此，诸位阿哥或许会问，华云龙怎么领娟娟到尼姑庵来了呢？事情原来是这样的：徐达在答应了娟娟的请求之后，马上叫来华云龙，悄悄告诉他："要精心照顾好秉仁公主，绝对不能出一差二错，更不能由于她一时心情不好而窝出病来，千万保护好。"华云龙不解，忙问："出啥事儿了？"徐达说："一切都不要问，你给我看护好、关照好秉仁公主便行了。"华云龙立即收住话口儿，再没多讲一个字儿。正好当天早上华云龙前来看望秉仁公主，娟娟借此提出，要他引领着到附近的庙宇看看。华云龙无法推辞，只能照办。娟娟进了慧灯庵跪地叩拜住持，表明自己是南京明月庵的妙善居士，师父为明月长老。老师太的声望可大呀，再说了，明月庵也是一座挺出名的庙宇。特别巧的是，这位住持还真知道集庆鸡鸣山的明月庵，又听了娟娟要剃度的缘由，深受感动。出于娟娟的心诚，又由于有燕王府的左相华云龙相陪，才破例照顾，当即举行了法事，为妙善居士正式剃了发。当夜，娟娟身披袈裟，在佛堂诵经一宵未眠。诵毕心想："若圣意不允，刘娟娟决不再出庵堂见俗人！"

　　华云龙离开慧灯庵，诚惶诚恐地径直来到了将军府，将娟娟剃度之事禀报给了徐达。大将军听罢，十分难过，别无办法，只好等待圣意。第二天早膳时，不见了娟娟，马云、叶旺、李佑哪里知道是咋回事儿呀，便向鲍氏姊妹打听。二人亦不知师姐的去向，遂问大将军，徐达只是绷着脸说："娟娟出外走一走，玩赏几日就回来了。"他们见说得很严肃，也不敢多问，心里愈加不放心，干着急。李佑更是坐卧不宁，认为娟娟肯定是又在想她的生身母亲、犯魔症病了，不禁暗暗埋怨："师妹，心里不好受怎么不跟我说呀？让师兄陪你出游，免得出事不是。这可倒好，连个招呼都不打，一个人走了，大家得多牵挂呀！"

七日后，明月长老匆匆由南京返回北平，此次是专为娟娟而来。老人家先拜见了徐达，呈上由马皇后口述、贴身公公代书之懿旨：

"天德钧启：同帝议准，秉仁公主孝诚可悯，允其削发，册封与武威安抚使职沿袭依旧。马云、叶旺婚仪，天德选配，赐银帛如例，洪武六年吉旦。"

徐达看过后，心中的一块石头才算落了地，马上命华云龙带路亲自去慧灯庵请秉仁公主。

徐达、华云龙及随行待卫到了慧灯庵，拜了住持，见了秉仁公主，告之马皇后传来懿旨。娟娟听后，赶紧收拾一下，跟着回到了燕王府。进得正厅，徐达将懿旨拿了出来，请秉仁公主亲阅。娟娟看毕，激动万分，跪地向南朝宫阙叩头谢恩。站起来，重又跪下，给徐达大将军叩头，感谢为其书写奏折、巧言申诉、感动圣躬、鼎力相助才玉成此举之大恩大德。随即急忙去看望想念多日的明月长老，一进屋，便忍不住了，紧紧搂着师太哭了起来，像有多少委屈似的。那满脸的热泪，是百感交集所致呀！既为苦难的身世哭，也为未见过面的生母哭，还为甚感对不起的叶旺大哥哭，更为自己能够如愿以偿高兴而哭。总之，复杂的心情难以言表。明月长老搂着娟娟，边给她擦眼泪边说："孩子，别哭了，师太就是不放心你才来的呀！刘老军师那儿我去拜望过了，身体安康，不用惦念。他还嘱咐你，要学会安乐自摄，要高兴。我知道徒儿是不撞南墙不死心、一条道儿跑到黑的人，这下好了，总算心满意足了，应感谢皇上、皇后对你的怜爱。孩子，以后咱们永远不再分开了，一切都是命定的呀，阿弥陀佛！"

叶旺原不知娟娟到哪儿去了，也不知为什么会六七天不归，还胡乱猜测了一气。后听明月长老和徐达大将军说了，才恍然大悟，明白了事情的缘由。他既为不能同娟娟结为连理而难过，又对娟娟的孝母之诚油然起敬，十分同情和理解。虽有终身之憾，但娟娟已经决定了，更何况接了懿旨，讲什么都没用了。娟娟很是大方得体，一见到叶旺，便含泪拜道："叶大哥，娟娟实在对不起，终生欠你的债。实不相瞒，我心疼大哥已到而立之年，远在北疆，不可常日单栖，身旁该有知疼知热之人陪伴、照顾。看来娟娟今生今世没这个福分，不能承担此任了，万望哥哥能原谅妹妹。事已至此，尽管心如刀绞，却别无他法，咱们以后仍然兄妹相称吧。"说完，早已泪流不止。叶旺强忍着夺眶而出的泪水，望着娟娟，嘴唇嚅动着，难过得一句话也没说出来。

此时，李佑含泪站在一旁，听着本应是夫妻的兄妹话别。娟娟与叶旺、李佑三人之间，一向是知人知心、相互鉴之、相互理解，从不隐藏躲闪。娟娟走到李佑跟前，真诚地说："师兄，你的一片赤诚之心，将给娟娟留下终生烙印；你那无微不至的照顾、帮助，娟娟永世不忘。我非常感激师兄，无以回报，只为你积攒下了万两白银。师兄是有妻儿之人，近些年光为我操心了，理当给些补偿。也算是娟娟的一点儿微薄心意吧，请师兄收下，并要送回京师，还是应同嫂嫂团聚的。如果执意不听劝，从此就不认你这个师兄了；若能答应，娟娟心里会记着你、想着你，你永远是我的好师兄。"李佑能说什么呢？同样是百感交集呀！他最理解娟娟的心了，对师妹的为人处事及秉性更是清楚。而且从明月庵追到辽东，又从辽东追到北平府，在一起相处了好多天，还有什么摸不透的？更知道只要娟娟定下的事儿，惟有同意，没有选择犹豫的余地。于是，便含着眼泪说："娟娟，十分感谢赠之银两。请放心，我一定按师妹说的，将这片心送回南京，尽早与妻儿团聚。是啊，该回去一趟了，老父老母都在惦记着呢！到家中料理一下后，还会来看你的，务必得收留师兄。再说了，早已向师妹起过誓，帮助寻找亲生之母。我不糊涂，知道金山的帐前大将军田田，那是我的骨肉弟弟。哪怕走到天涯海角，只要一息尚存，定与你们同行，去找母亲，矢志不渝。"娟娟听完师兄的话，感动得跪地致谢！李佑随之也扑通一声跪在地上，动情地说："娟娟，不必如此。今后倘若有苦有难，我李佑定会与师妹分忧，说话算数！"

一天，徐达遵照马皇后的旨意，在燕王府的南大殿，为马云、叶旺完婚。二位将军还有什么说的？这是懿旨，乖乖向南朝宫阙叩头谢恩。婚礼办得很排场，华云龙为总司仪，徐达代表皇上、皇后做主婚人。当马云手握红绸牵着鲍龙花、叶旺牵着鲍龙卉步入喜堂时，顿时鼓乐喧天，鞭炮齐鸣！由于两对儿新人的婚事带有传奇色彩，又在昔日的元朝皇宫举办，而且由燕王府的左相操办，徐大将军主婚，使得街谈巷议，无人不知，无人不晓，轰动了北平府，吸引了不少的京师名宦、商贾豪富前来祝贺。连四周各府县、运河的督办，还有徐达派出镇守各地的大将，如朱亮等人也分别或骑马、或乘轿前来致礼。人越来越多，怎么挡都挡不住，一时间，燕王府是车水马龙、人头攒动、热闹非凡。明月长老、娟娟、李佑以及冯胜、傅友德、李文忠、兰玉等众将军一个没落地全到场了，他们向马云、叶旺表示衷心的祝贺，祝愿新人永结同心，百年好合。洞房就选在燕王府邸西花楼的两间画阁，墙上悬挂之宋元名画和精致的摆设，更为花烛夜增添了光彩。

大婚第二日，马云、叶旺前来拜见徐达，感谢朝廷对自己的厚爱，并请大将军准允，即日返回任上，处理辽阳军政要务。徐达说："二位刚刚完婚，按理说应多住几日。既然不放心辽阳之事，我不强留，那就后天动身吧。鲍氏姊妹可能还有些事儿要办，再说也得容空儿准备出行的车轿，需由华云龙大哥调派。这些天他忙里忙外的，够辛苦的了，你们别催得太急。"经徐达一说，倒提醒了马云、叶旺，忙辞别了大将军，又到燕王府左相议事厅，叩见华云龙，向其致谢。华云龙爽快地笑道："二位将军，我帮你们张罗婚事是应该的。再说喜事儿大家办嘛，何必这么客气？还有什么事儿尽管讲，不论咋说，北平府是我的管辖之地，一切都好解决。"马云说："华相，其实没啥要紧的事儿，只是我与叶将军想尽快赶回辽阳，不知……"华云龙赶忙打断道："好吧，放心，由我安排就是了。"二人再一次表示了感谢。

不说马云、叶旺与华云龙亲切攀谈，再说明月长老为践行与萨勒奴妈妈的约定，将鲍龙花收为了弟子。现在又多了个鲍龙卉，老人家决定也一并收下。为此，请华云龙帮助在燕王府后宫大佛寺中，正式摆案拜师。诸项齐备之后，由娟娟带领鲍龙花、鲍龙卉来到佛寺，向佛叩头，再向恩师明月长老叩头，明月长老又命姊妹俩向师兄李佑、师姐妙善叩头。该拜的都拜过之后，明月长老开始讲佛法、佛规、戒律，让务必一一铭记。鲍氏姊妹表示，一定谨记在心，一切按佛规的要求去做。明月长老嘱告说："你俩很快就要赶回辽东了，娟娟将来也得去。在北方，要常与你师姐联系，多做善事，杜绝不义之举。切记：善有善报，恶有恶报，多行不义必自毙，阿弥陀佛。"

在明月长老率徒儿于佛寺中做佛事的时候，出了一件事，引起了大家的注意。什么事儿呢？这庞大的燕王府中，院落多，房屋更多，约有数百间。为了取暖，所有房子的地炕、火墙、暖室每年都要用从运河那边运来的柳荆之类的烧柴，数额甚巨。故而建了多处府内后库，设了负责运输、管理烧柴以及执掌后库的百人长。府中这种专用的房子不少，各个宫、各个楼所用木柴及其他生活用品，全由各个后库向各处分拨。

东海沉冤录

那些库有专放衣服、被褥的，也有专放家具、瓷器、纸张的，还有专放食品的，放烧柴的大库离大佛寺很近。

这天，百人长领着众人从车上卸下一早由运河收来、又从通州运回北平府的烧柴。有的搬运着柴木，有的用锯将木头截断，再一块块儿整整齐齐地摞在一起，用绳子捆起来，然后装入府内后院儿的大库。百人长指挥着大家干得正欢时，忽听佛寺中有诵经之声，感到很是奇怪。他听说自元帝逃离大都之后，这座宫殿始终空着。虽说现在变成了燕王府，但燕王还未来此坐殿，只是华相为其掌管着。在此之前，未曾有人到大佛寺里诵经、做佛事，为何今日竟有木鱼之声传出？不仅吸引了百人长，也引起不少干活儿人的好奇，纷纷停了下来，走过去观瞧。百人长一看，活儿不干了哪行？便喝令几个小头目，赶紧领大家该搬的搬，该锯的锯，该摞的摞，不准溜号儿，不许出声儿，好好干活儿，不要在大佛寺附近驻足。尽管把大家撵走了，自己却禁不住好奇心，于是从后头绕到了前头。那时，宫殿里的房屋都是木头窗棂，窗户是用纸糊的，纸上喷的油，大佛寺亦如此。为什么要喷油呢？一是在阳光下显得亮，二是经得起风雨，结实耐用。他轻轻走到窗前，听见里边的诵经之声像唱歌一样好听，夹杂着一位老尼的说话声。为了看个仔细，就用小手指舔上唾沫，把窗户纸戳出个小眼儿，再从小眼儿偷偷往里瞅。只见大殿内点着数十根高烛，特别亮堂，把殿里的一切照得真真切切。那从地上一直竖到屋顶儿的高大金佛甚是好看，佛前点着香烛，香烟缭绕。有一位穿着尼姑袍的老者，一手敲着木鱼，一手打着佛号，耐心地向坐在蒲团上的几个年轻人讲说着什么。细一瞅，长者的旁边是一女一男，面向大佛坐着的是两个女子。瞅着瞅着，忽然觉得身穿彩服艳装、面向大佛的两个女子的背影儿咋那么熟呢，不会是龙花和龙卉吧？待二人站起身来转过脸时，正好面冲着百人长。这一看不要紧，竟不由自主地抽泣起来，并且越抽搭越厉害，鼻涕一把泪一把的。后来实在憋不住了，呜呜地哭出了声儿。哭声把佛殿里的人惊动了，明月长老忙问：“何人在外啼哭？”边说边向窗前走去。娟娟和李佑腿儿快呀，几步蹿到门口儿，打开大木门跳将出来，看见一个人手按窗棂正趴在那儿往里瞅着抹眼泪呢，哭声尚未止住。娟娟走了过去，拍了一下那人的肩膀，他才直起腰来。

此时，在大佛寺另间房里的华云龙也闻声儿走了过来。他是管燕王府的呀，一见有人偷看，还哭个没完，很是生气。心想：“是谁呀？不知好歹，不是给我丢脸嘛！"一面走一面厉声儿喝问："是哪个敢在大佛寺胡闹？"百人长一看华相来了，吓坏了，赶忙跪下禀道："大人，小的不敢。小的看里面两个女子好像是走失多年的妹妹，以为不是在做梦吧？想起多年来我家经着的一些事儿，心酸得一时没忍住，搅扰了大人，小的有罪！"说着噼里啪啦地打自己的嘴巴。娟娟连忙制止道："别打了，别打了。这还不容易嘛，叫她俩出来与你相认一下不就行了？亲人相逢是大喜事儿呀，该高兴啊！快起来吧。"华云龙见娟娟如此说，便不再责怪了，百人长才怯生生地站了起来。这时，明月长老和鲍氏姊妹一前一后地从佛殿里走了出来，还没等娟娟开口向师太讲刚才是咋回事儿呢，鲍龙花、鲍龙卉一眼就认出了站在一旁满脸是泪的人。当即激动得啥都不顾了，双双跑了过去，抱着百人长带着哭腔儿嚷道："哥哥呀，哥哥，可想死我们了！天天盼望着能找到你，找得好苦啊，哪成想今个儿碰得这么巧。哥哥，你怎么在燕王府哇？"百人长紧紧地搂着两个妹妹，边哭边说："好妹子啊，哥对不住你俩呀，活拉拉地给丢了。我是到处打听也打听不到哇，差不点儿没急疯了。要是再不见影儿，到九泉之下可怎么向父母老大人交代呀！还是老天有眼哪，阿布卡恩都力的庇佑，这不真的给我送来了朝思暮想的两个妹子嘛！"一时间，三人哭得泪人一般。

兄妹相逢动情的哭声，引来了相府不少人，有的也跟着悲泣起来。在娟娟和明月长老的一再相劝下，三人才渐渐平静了下来，眼泪仍然止不住。百人长告诉娟娟："我叫鲍戎，是鲍龙花和鲍龙卉的兄长，元末时，我们兄妹还在一起。一天，我领两个小妹前去福州闹市观风景，不幸被一个江湖人所骗，致使兄妹走失。之后，我在福州找了多少个来回呀，到了儿也未找到妹妹。实在没法儿了，只好徒步来到了北平府。当时是又累又饿，加上天特别冷，感觉快冻僵了，不知怎么就在燕王府外的石狮子脚下晕了过去，不省人事。燕王府的差役出门扫雪，见雪中有人，用手一试鼻息还有气儿，急报华大人。华大人命差役将我抱进府内，好半天才缓醒过来，并令郎中给以调治。又听说我是一个无家可归、无依无靠的人，出于可怜，便收留在府中做差役。问到名字时，我只说叫戎儿，一块儿干活儿的兄弟们以为是姓戎，都喊戎哥。时间长了，看我为人忠厚、诚实，还能吃苦，经华大人提拔升任为百人长，主管燕王府后大库柴木诸事。真是吉人天相，没想到在这儿竟能见到失散多年的两个妹子，太奇了，我是喜极而泣呀！"听了鲍戎的一番话，王

610

府上上下下的人无不为之感叹。

众人散去后，鲍戎听了两个妹妹介绍这些年来的情况。方知她们练就了一身好武艺，不但帮助解了辽阳之围，而且拜得道高僧明月长老为师，并双双与大明朝的两位辽东大将成亲，心里很是欣慰，连连说："太好了，太好了，此乃咱鲍家之幸啊！"鲍龙花和鲍龙卉又领着哥哥拜见了明月长老及师姐娟娟、师兄李佑，还上门儿去认了两位妹夫马云和叶旺。亲人相见，倍感亲切，自不必说。

徐达听华云龙讲了这件喜事后，更是高兴，特准马云、叶旺可多住几日。二人则向大将军表示："谢谢将军的关照。边务事多又急，需要快些回去处理，实在不敢久留。"徐达深解其意，答应了爱将的请求，并叫来娟娟，一起详细商议了辽东诸务。嘱告他们，一定要继续抓好所有站赤的防御，尽量扩大本朝管辖的地盘儿。经娟娟建议，调卜家奴、巫顺到辽阳，委以重任。巫顺任理事官之职，专司破皮板大集，卜家奴为辽东站赤总经略。同时，重新调配了乌蛇岭、蚰蜒洞两个站赤的驿丞。徐达特别叮嘱马云和叶旺："要严密注视纳哈出的动向，不可马虎，随时与武威安抚使、秉仁公主通报信息。娟娟不能马上去，为寻找华云海等事，还需暂时留住北平府。"

诸事安排完毕后，马云和叶旺要先行返回辽阳。走之前，分别嘱咐自己的夫人，过几日可去辽阳。华云龙说："你俩放心走吧，用不了几天，我们会用车轿安安全全地将她们送回辽东的。"徐达、明月长老与众将军将二人送至府门，娟娟、李佑及鲍氏兄妹三人，骑马一直送出百里之外才相互道别。

马云、叶旺离开北平府三日后，明月长老和李佑辞别了娟娟，回南京去了。临行前，李佑劝师妹也回去小住几日，然后再陪着一块儿返回北平府，娟娟婉言谢绝。再劝，仍执意不肯，只好作罢。娟娟已下定决心，抓紧时间，哪怕单枪匹马，务将月牙楼查个水落石出。她就是这么个人，不但刚强，而且有韧性，不管做什么事儿，不达目的，决不罢休。

娟娟留在北平后，仍住在燕王府。华云龙受徐达之命，为她精心挑选了一个清静的住处，专门设了佛堂，并派了八个侍女陪护左右。每天除了诵读经文、早晚练功外，便是坚持去查有关建月牙楼之人的线索。好在有华云龙的照顾，鲍氏姊妹尚未离去，加上几个侍女陪伴，并不感到寂寞。

鲍龙花、鲍龙卉之所以没跟夫君一起回辽阳，是为了同失散十多年的兄长好好儿团聚一些日子，共叙别后之情。鲍戎当然高兴能有这样的机会，再说了，刚见面哪能放妹妹走呀，还没亲近够呢！鲍戎现年四十五岁，早已娶妻生子。妻子王氏是通州运河岸边一个穷苦的纤夫之女，岳父叫啥谁都不知道，人称"破烂王"。据说他早年不做拉纤活计，为了逃难，不得已才带着闺女躲到此地混日子的。到通州后，同当地的一个老太太相处得挺对劲儿，便一起过了。他们自己动手，在运河岸边搭盖了座小土房，四周用一些破板条子、旧席片子围成个小院儿。由于房子紧靠着一个石头崖，倒还遮风挡雨。"破烂王"平时遇有拉纤的活儿，就跟帮跑一趟，随货船从通州到山东、江苏，最远到过浙江。一般来说，纤工在接活儿之前，要同货主协商，按拉纤途程议价。双方对商定的价格认可了，这趟纤活儿才算说定了。若双方对纤价感到不合适，或有一方不满意，货主则另找纤工，纤工再向其他货主揽新的活计。元末明初时，运河水少，加之匪霸猖獗，货主不敢轻易找纤工运货。纤工也怕半途突遭匪患，性命难保，故而运河的生意与纤活儿很少，不容易揽上得心的活儿。"破烂王"为了养家糊口，经常在运河边儿捡货主扔掉的破衣、破布、碎家具、旧瓶子、废纸、破麻袋及破铜烂铁什么的，经过一番整理，再拿到通州去卖，换点儿饭钱。然而捡的挺多，卖出的却少，天长日久的，石崖下那座房子的四周和院子，堆满了各种各样的破烂杂物。

"破烂王"为人很好，老实忠厚，膝下一女叫勤勤。姑娘在家没啥事儿干，也跟父亲和继母在运河边儿捡破烂，不久认识了一个隔上十天半个月必来此为官府购买、搬运柴木的差役。说起这对儿年轻人的结识，真是天缘凑巧。那时，运河上总有从山东一带运来的柳木、榆木、木墩子等，还有一些杂木，一垛一垛地堆在岸边，专等着卖给附近的官府或富豪之家。为什么呢？因为买柴木很费银两，穷苦人家是烧不起的。小勤勤在河边儿总见一些差役在此搬运柴木，时间一长，渐渐全认识了。有时自己闲下来了，便主动上前帮忙，一块儿从船上把木柴卸下来，再装上车。差役们要是渴了，马上从家里端来开水给他们喝，大伙儿都挺感激她。其中有个年轻的差役，心眼儿特别好，对勤勤格外照顾。见她挺大个姑娘家，脸儿和头发倒洗得干干净净的，长相也挺好，然而全身上下穿的却是补丁摞补丁的衣服，可是够寒碜的了，就时不时地尽自己所能帮点儿银两。一来二去的，俩人慢慢熟了。

一次，那个年轻差役渴了，勤勤领他到自家破烂成山的小房里去喝水。一进屋，见姑娘的老父亲正卧病在炕，还发着高烧，遂问勤勤："老人家病得这么重，为什么不请郎中？"姑娘说："请不起，付不了药钱，没招儿哇，只好挺着。"差役心想："老人如果继续高热不退，不容易烧坏了吗？硬挺哪是事儿呀！"于是，便从自己的俸禄里拿出些银两，交给了勤勤，让她赶紧去药房抓药，给父亲看病。由于差役常接济勤勤一家，帮助他们渡过难关，使姑娘的父母深受感动。"破烂王"老两口儿看后生既善良、懂事，又知疼知热，很是中意。加之一块儿闲唠嗑儿时得知，后生同自家一样，也是个逃难之人，孤单单地一个人在北平府混日子。听来反倒觉得他更难，倘若有个头疼脑热的，身边都没个人照料，便有意将勤勤许给他。这个年轻差役是谁呢？就是鲍氏姊妹的哥哥鲍戎。

　　前书说过，此时鲍戎正在燕王府里当差。要知道，那个年月，普通百姓能在王府里混上个差事很不容易。为保住饭碗，自然得老老实实地按规矩办事儿。华云龙对本府的差役要求特别严，告诫他们，任何人不准以燕王府的名义在外头唬人、欺人，更不许随便出进。由于正值兵荒马乱之时，好人歹人全有，故而还要求差役出去不得到处讲自己的身份，惹出事端定要治罪，并逐出燕王府。正因为有这些规矩，所以，鲍戎在与勤勤的接触中，丝毫没露自己谋生的具体地方，人家"破烂王"从来不问，反正是信着他了。而勤勤同样挺喜欢鲍戎的，觉得人好，心地善良，非常勤快，横竖是看上了，愿意嫁给他。就这样，于前年腊月时节，鲍戎与勤勤在老人的同意下，将"破烂王"住的破房子用一个大幔帐隔成了两小间，老两口儿住一间，另一小间做了洞房。当时穷得哪有钱办什么婚礼呀，两个年轻人只是给"破烂王"夫妇磕了头，便算是成婚了。从此，鲍戎做了"破烂王"的上门女婿，成了当时河北一带常有的"养老姑爷"，不仅是勤勤的丈夫，还是勤勤父母的干儿子。姑爷也好，亲上加亲也罢，就是在一起过日子呗！虽然家境贫寒，日子过得十分艰难，但小夫妻俩却恩恩爱爱的，对老人很孝敬，倒也其乐融融。转年的腊八节，勤勤给鲍戎生下了个大胖小子，家中开始有了生气，"破烂王"对老太太说："胖小子进了咱们家门儿，既是小外孙，又是小孙儿，咋叫都行，那可是天神给咱们送来的宝贝呀！"边说边乐得合不拢嘴。

　　鲍戎很能干，吃得了辛苦。他在燕王府当差，平时住在府里，不准回家。只能是趁派去通州运河岸边搬运烧柴时，才抽空儿回去一趟，看望岳父母大人和妻儿。因为时间紧，通州离北平府又远，约有九十来里地。所以，鲍戎常常是跟勤勤温存一气儿，偶尔住一宿，然后急急忙忙小跑着返回燕王府。这一切，府内的人并不知道。时间长了，他见一直没被发现，胆儿也就越来越壮了，索性每天都跑回家一趟，第二天一早再蹿回来。鲍戎为人仗义，做事勤快，厚道本分，人缘儿不错。其人品传到了华云龙的耳中，为了证实真伪，开始暗中观察。发现确如大家所说，是个挺好的人，还是块干活儿的好料，十分满意，便将他提为大库运柴班的百人长。百人长大小算是个官了，手中有点儿权力了。即使是升了，鲍戎对所率领的伙计们仍然那么亲近，从不欺压人。平时像个大哥哥带帮小兄弟一样，谁有为难遭窄之事，总是热心地解囊相助。岳父经常告诉他："戎儿，人生在世，心一定要放正。宁肯自己苦，不能占别人丁点儿便宜，那样心不静。人活着不易，应当是你帮我，我帮你，绝不做沾尖取巧的缺德事儿。"岳父的为人，对鲍戎的影响很大，从心里把"破烂王"看成了自己的父亲。

鲍龙花和鲍龙卉之所以暂留北平府没走，就是要与哥哥多呆几天，唠唠家常嗑儿。两姊妹不住地打听哥哥的生活如何，十几年来是怎么过的，有嫂子没，我们有小侄儿没，住在哪儿。鲍戎当然应该告之妹妹一切，可想说却不敢，只能一个劲儿地支吾搪塞，对家里的事儿始终隐瞒着。不单单是对妹妹不肯说，对别人也是这样，燕王府里的人都不清楚鲍戎家居何处，更不知家境如何。当差弟兄只知道他为人热心，总是帮这个帮那个的，不少人得到过他的关照，一直想到家里去看看，表达一下弟兄的情谊，但鲍戎一概不答应。为什么呢？一有隐情，不好说；二是怕露馅儿，一旦众弟兄看到家里穷得很，会反过来帮助他，觉得于心不忍。这回可倒好，同两个失散十多年的妹妹相逢了，还一再地缠磨，非要到家里不可，把他难为坏了。心想："我那是个啥家呀？两个妹妹若是去了，见到破烂成堆的土房子，从此哪能放得下心呀？再说了，一间小破房现在已有五口人住了，再加俩人，咋挤呀？"另外，他还有个顾虑，担心妹妹一看哥哥的日子过得贫困潦倒的，心里不好受不说，重要的是倘若把此情况说给燕王府的左相华云龙，岂不更麻烦了？不纯粹是没事儿找事儿嘛！为什么鲍戎会这么想呢？原来，他与勤勤结婚以后，与岳丈相处得挺好，岳丈告诉了一个秘密，说道："我是个隐姓埋名、为避难跑到通州来的难民，千万不可向任何人讲出咱们的住地。真

614

要露了，可就害死我们老两口儿了，也断送了你的前程。"鲍戎当时追问过，是什么原因必须躲着藏着的？岳父回答说："孩子，不必问，不知道比知道好。"这种情况下，鲍戎怎能向人讲出他的家居地址呢？更不能领人去了。对外只好说自己是老哥儿一个，每次回家，自然得偷偷地跑来跑去了。

再说鲍氏姊妹不管鲍戎怎么说，就是苦缠着哥哥，一定要见见嫂子和家里人。鲍龙花说："哥哥，我和龙卉不知你的生活实情，今后无论走到哪儿，心不落体呀，你说是吧？现在我俩得到娟娟姐姐和徐大人的帮助，找到了正当主儿，嫁的又是当朝的高官，还是正房，不是什么偏房小妾，可以说是一步登天。我们是好了，怎能不挂念哥哥你呢，总得去认认门儿吧？"越是这么说，鲍戎越紧张，心想："岳父讲过是逃难到此的，又没告诉到底犯的什么罪，还叮嘱绝对不能让朝廷知道。我要是把两个妹妹领去，将来妹夫再听说了，不是自投罗网吗？那不就害了岳父一家了，连爱妻勤勤和小儿也难逃其咎，可咋办好呢？"急得他直搓手。两个妹妹不依不饶地坚决要去哥哥家，鲍戎是左挡右拦地讲不清为啥不让去，后来实在没招儿了，便煞有介事地说："妹子呀，哥哥实不相瞒，我是光棍儿一条哇，一天三个饱一个倒、混吃等死啊！这回见到了你俩，又都得了主儿，总算心满意足了。今后，你们姐儿俩过好就行了，不用管我。眼下哥哥在燕王府里蛮不错的，还管点事儿，不是全看到了嘛，还问啥？"两个妹妹哪里相信，仍然没完没了地刨根问底儿，鲍戎故意把脸一变道："我的事儿不用你俩管，一个人不是挺好嘛，问那么多干啥？还是早点儿回辽阳吧！"这一撵，小妹妹特别难过。鲍龙卉心眼儿好，诚恳善良，想事儿比较简单，立马心疼地说："哥哥，那可不成。你都多大了，还要单身？我去跟秉仁公主姐姐说说，请她给你找个家口，要不然，咋能放心回辽东？你生活得不好，让我们总是牵挂着，怎么行呢？"一时急得双眼噙满了泪水。

此时的胖大姐鲍龙花是怎么个情况呢？别看她人挺粗鲁，但粗中有细，根本不相信鲍戎说的话，认为是在唬她们姐儿俩。心想："我和妹妹来了些日子了，经常发现哥哥说不见就不见了，不知去向。还总是夜里走，一早回来，看来外面准有个宿处。他为什么不告诉我们呢，或许是去嫖娼？不能啊，哥哥不是那种人，肯定有其他原因，还是有什么不可告人的秘密？现在社会上啥匪类全有，元贼尚未平息，难道哥哥是一只脚踩两只船？如果这样可糟了，那是掉脑袋的事儿呀！"她越想越害怕，想着想着便觉得没路了，心里憋闷得要命，撒腿跑到一个空房间里呜呜地哭开了。龙卉见此，赶紧跟了过去。鲍龙花这个人有时像个傻大姐，似乎心眼儿不很够使，咱说你哭也行，倒是小声点儿呀！可她不，抽抽搭搭地越哭声儿越大，后来竟放开嗓门儿号啕起来。哭声被在屋内诵经的娟娟听到了，心想："哎？不是鲍龙花在哭嘛，是谁胆儿这么大，敢把她给惹翻了？都知道那是个母夜叉，惹急了还能得好？"边想着边急忙走了出来，循哭声到那间空屋子里，只见龙花脸朝里蹲在墙角儿，眼泪一对儿一双地往下掉，龙卉正在一旁劝呢！

龙卉一见师姐来了，忙推了姐姐一把，龙花不理，还在哭。娟娟问："咋的了？龙花，谁惹你了，哭得这么伤心？浑身武功、力大无穷的，哪个有多大的胆子敢欺侮马云大哥的夫人呀？谁要是活腻歪了甭客气，用大巴掌狠狠地拍他！拍死没事儿，我给你做主。"龙花听师姐一说，擦了擦眼泪，渐渐地不再哭了，仍蹲在那儿不吱声儿。娟娟看了看龙卉，龙卉也不吭声儿。怪了，姐儿俩今天是怎么了？娟娟接着又问到底为何啼哭？问了半天，龙花才轻描淡写地说："没事儿，就是心里憋得慌，觉得哭出来好受些。秉仁公主，请回屋吧，我和龙卉该回去歇了。"说着，站起身来，伸手拉过妹妹转身便走。娟娟的眼睛多厉害呀，一看就知道其中必有缘故，于是吩咐龙花进了自己的屋子，龙卉随后相跟了来。

三人坐好后，娟娟再问："龙花，说说吧，咋回事儿？"鲍龙花是个直肠子，一向有啥说啥，心里要有事儿，想藏也藏不住，更不会装。何况刚才好不容易憋了一会儿了，经娟娟开口一问，索性一股脑儿抖落出来了："秉仁公主，哥哥跟我俩藏心眼儿，不让知道他家的情况。问他时，左推右挡地不说，怎么着都不让去家里，就说目前仍是一个人生活。这么大岁数了，天天夜走早归的，谁能信他没家呀？不仅不说实情，还一个劲儿地撺我和妹子回辽东，你说能让人放心吗？"说着，眼圈儿又红了，忍了儿忍没忍住，伤心的泪水扑簌簌地滚落下来，龙卉亦在一边默默地抹着眼泪。

娟娟一听是这么回事儿，长出了一口气，笑着劝道："哎呀，我当咋的了呢，只为个针鼻儿大的小事儿哭哇？你俩疼爱自己的哥哥，心情我能理解，可有什么不放心呢？你哥哥在华大人的手下当百人长，干得不错，得到了华大人的赏识，生活过得去，天天出出进进的不挺好吗？夜走早归是与他的差事有关，何必想那么多呢？不会有啥事儿的。你们盼见嫂子和家人，应该的，人之常情，相信将来会见到的。眼下燕王府正在修缮，活儿很多，大家都挺忙的。不妨这样吧，把你哥哥的事儿交给师姐，由我去打听。你们俩既是我师妹，又是我嫂子，马大哥和叶大哥一准在惦念着他们的夫人呢！新婚才几天呀，总不能老在北平呆着不回家，你们说对吧？既然兄妹见面了，别后情也叙得差不多了，我看你哥哥说得对，还是早点儿回辽东为好，何况华大人已经备好了车轿。"姊妹俩一听，觉得师姐说得在理。是呀，哥哥在华大人的手下办差，能有啥问题？仔细一想，便放心了，并答应马上回辽东。龙花说："哥哥的事儿，师妹拜托师姐了。劳华大人费心，我们不用车辆，骑马回去就行了。"可娟娟不同意，说道："这哪儿成？骑马走那么远的路，让人跟着提溜着心不是？再说了，你们现在可是命官的家室，一路必须得有人马护送，此乃朝廷的规矩。"龙花、龙卉见娟娟讲得十分坚决，知道保准是华大人他们的意思，只好作罢。于是，告别了娟娟，回到自己的住处，准备上路的行囊。娟娟随后将鲍氏姊妹回辽东之事与华叔叔讲了，华云龙按娟娟之意，很快安排了车轿和三百名护送兵勇。鲍龙花、鲍龙卉带着收拾好的物品，即刻登程。鲍戎一看，不禁乐了，想来一定是秉仁公主帮自己卸下了大包袱，赶紧走到车轿前，高高兴兴地与两个妹妹告别了。

单说鲍戎的蹊跷行为，其实早就引起了娟娟的注意。那天，鲍龙花、鲍龙卉在大佛寺拜师太为师、鲍戎在窗外见到两个失散的妹妹痛哭并相认时，娟娟便已留意。在后来与鲍戎的交谈中，特别是涉及到他的身世及生活状况时，鲍戎显得忐忑不安的，说话总是半吞半吐的。师太问他家住何处、有几口人时，更是支支吾吾地不愿讲，并有意把话茬儿岔开了。李佑也问过他的家事，仍没问出个所以然来，当时曾不解地说："华云龙咋这么糊涂呢，用了一个身份不明的人。"娟娟赶忙做了个手势，试图止住李佑的话，不让他胡嘞嘞。李佑没听，又道："别看鲍戎老实、勤快，若是另有所图，华云龙可悔之晚矣呀，出点儿啥事儿不得吃不了兜着走哇！"他才不管那套呢，后来还当着华云龙的面儿，表明了自己的态度。

一天，娟娟在与华叔叔闲谈时，唠到了鲍戎。华云龙只知道他是个流浪儿，被府人所救并留下当差，很是勤勉肯干。至于家中的情况，每天大事儿都管不过来呢，哪还顾得上细问？娟娟私下曾向同鲍戎在一起的人打听，大家对他的印象挺好，皆说肯于助人、能干、为人实在。至于为什么常常夜走晨归，家里有些什么人，靠啥为生等，一概不知。他们说："鲍戎从不对任何人讲家的住址，也不谈家中之事，更不说同谁生活在一起。他不讲，我们当然不便问，谁那么不知趣儿。"娟娟是个不放过任何疑点的人，决心将一切追查清楚，弄个明白。明月长老和李佑劝她一块儿回趟南京小住些日子，看看家中的老父和兄嫂，然后再回来，她却舍不得工夫。一个是怕耽误了对月牙楼的调查，再一个是想抓紧时间了解鲍戎。徐达担心她寂寞，心里烦闷，想领着去郊外观看数十万雄师的马赛，再到云州一带饱览漠北草原，打几只黄羊回来，痛痛快快地吃一顿野宴。她没同意，全放弃了。这些日子，徐达将军等去西北巡视，兰玉、冯胜已接圣旨，返回了南京，将去云南围剿反明的残余势力。娟娟每天在斗室中诵经，之后就专门琢磨鲍戎，越琢磨越觉得他甚是奇怪。

娟娟自从住到燕王府，便对鲍戎的不寻常举止发生了兴趣。尤其是又听鲍龙花讲的与兄长之间发生了冲突，惹得她痛哭流涕，遂更加怀疑鲍戎了。心想："不许外人去他家还有情可原，连自己失散多年的胞妹要去登门看看都不行，未免太有悖于常理了，岂不十分反常？"又想："鲍戎必有说道，应想办法弄清楚他的真面目。哪怕此事与我寻母无关，与一统辽东无关，也要帮华云龙叔叔这个忙，查清他部下的真实情况，耽误点儿时间是值得的。"娟娟的内心想法并未告诉华云龙，觉得华叔叔忙得很，分不开身，怕是借不上更大的力。娟娟以为，要查的是鲍戎，与他刚刚团聚的两个妹妹无关。何况龙花和龙卉是马云和叶旺两位大哥的新婚夫人，我理应关照她们。再者，要查鲍戎的情况，没必要让姊妹俩知道。如果参与其中，鲍戎的身份又不清，她俩再追问得过急，尤其是那鲍龙花一上来拗劲儿必要起来，谁都挡不住，会对其兄的调查不利。若一旦发生什么意外，比如鲍戎有过激行为或产生不好的后果，出个一差二错的，哪能对得起两位大哥哥呀！所以，娟娟早早把龙花、龙卉支开，让华云龙赶紧张罗车马，将她们送回辽阳。姊妹俩一走，娟娟就可放手暗访鲍戎，弄清他究竟是人是鬼，还是背后另有见不得人的名堂！

娟娟是个有主见的姑娘，而且啥事儿想干就干，有种天下任我行的豪气。加之武艺高强，真没啥可让她惧怕的。话说一天晚上，娟娟正准备出去暗访，华云龙来了。华大人常来看娟娟，一是怕她寂寞，二是看有什么事情需要帮着做。娟娟知道华云龙心粗，这种秘密行动要是让他知道了，不小心再露出去，对暗访不利，便想早点儿脱身。其实，华云龙对娟娟并不怎么熟，也没十分在意她，只当做是个小姑娘，把娟娟看得过于简单了。只因有徐达的嘱咐，让多关心、照顾秉仁公主，不能不来而已。华云龙进屋后，问了问有什么事儿没有，生活上还缺什么？娟娟表示一切都挺好，啥也不缺，请叔叔放心好了。华云龙听罢，又叮嘱了一番，才转身离去了。

华云龙走后，娟娟向身边的侍女交代道："你们各自到房中歇息，不用管我。没有听到吩咐，任何人不得前来搅扰。"侍女们诺诺遵命，赶忙退下了。娟娟已猜测到，鲍戎今晚又要出去，什么时辰走，也已摸准了。在此，说书人还要向各位阿哥多讲几句。娟娟虽然已经剃度，但其装束，在不同的场合却是不一样的。平时诵经、出外散步、到各个庙宇云游及做佛事时，穿的是僧袍。按马皇后的懿旨，尽管削发为尼，仍然是秉仁公主、武威安抚使，皇上给的册封、官印照旧。这样，她在处理政务时，仍可穿凤冠霞帔或官服。是公主，自然就是金枝玉叶，为皇亲，穿凤冠霞帔则显现了一种荣耀。武威安抚使的官职也很高，安抚使的"使"字，表明她是代表皇上督巡各地、行使权力的，多大的将军以及各州府衙门的官员都得接受她的巡查、质询甚至调遣。说起来，她是军政大权在握，对军事、行政等各方面的事儿，有权督察。当然了，马皇后为娟娟争来的官职和名分，倒不是让她直接去管军务、抓各个衙门及官府等政务之事，而是为其寻母到各地进行必要的联络创造条件，提供方便，以期得到各州府衙门、各军旅将军们的支持和帮助。官有官服，穿了官服才有官威。所以，她执行军政要务时，就不能不穿官服。大家知道，娟娟的剑功、轻功十分了得，在夜行暗访时，当然得换上短打扮。

闲话表过，咱们再来说娟娟今晚为暗访鲍戎，穿上了紧身夜行服。据她所知，鲍戎还在府中，没有离开。眼下天不太黑，穿夜行服太显眼，故而又外罩了一件柔丝缝成的白底粉色团花儿的花斗篷，这是北平府华贵之家的女人常穿的一种长衫。打扮好之后，悄悄儿走出府门，隐入了燕王府对面的一片丁香树林之中。假如游人过路看到她，会以为是哪个贵妇人在漫步，不会引起注意。娟娟虽在树林里，但眼睛一直盯着燕王府。过了一会儿，发现右侧的红漆小门儿开了，从里边走出一个人来，细看正是鲍戎。他身后背个小背囊，轻步走下石阶，往东面一直奔去。此时已近深秋，白天渐短，约在酉时正刻便渐渐黑下来。当晚没有月亮，更显天色暗淡。娟娟知道，燕王府一般在戌时正刻关门落锁，所有的宫门紧闭。鲍戎每次都是在落锁前半个时辰离府，次晨开锁后半个时辰归来。这不，今天出行也是戌时，娟娟果然抓得挺准。

娟娟见状，忙脱下斗篷，装在小背囊里，并拿出一条黑色英雄巾绑在头上。英雄巾配上夜行服这么一打扮，根本看不出是女流之辈，完全是位武士模样。随后，将装衣服的小背囊挂在一棵不被人注意的老槐树的丫巴儿上，立马走出林子，追了过去。

鲍戎穿街过巷走得飞快，可能是常年练的，还真有点儿神行太保的味道。如果没有一定功夫的人，一准会被落下，使之走脱。可娟娟那是武艺高强之人，又有明月长老的亲身传授，行走的速度远在鲍戎之上。走了一段路后，鲍戎开始放慢脚步，有时走得快一些，有时走得慢一些。娟娟两眼盯着前方，紧跟在后边，保持一定的距离。鲍戎几年来就这么走来走去的，一直平安无事，做梦都想不到今天会有人在后面跟踪，仍大步流星地走着。

话要简说。天已经完全黑下来了，娟娟跟随鲍戎始终是一前一后地往东走，出了北平府，穿过了密林、旷野、山谷，前方便到了一个集镇。娟娟没来过此地，当然不知是何处。再看鲍戎并未停步，仍继续小跑着往前赶路，心里暗暗佩服："鲍戎还真行！经常来回疾速地行走，那可不易，道儿的确不近，不是每个人都能走得了的，他究竟要到何处去呢？"不一会儿，前面闪出一个村落，村边儿挨着一条大河。鲍戎沿着这条河岸走到一个山崖处，山崖下有一堆黑糊糊的东西，看不清楚是什么，跳下石崖就不见影儿了。娟娟着急了，赶紧快走几步，到了石崖边儿往下一看，见他进入了石崖下面的一个很破旧的小土房，屋里亮着灯。

娟娟为了到房前细细观瞧，须先察看屋舍四周的情况，是否有埋伏或其他什么不安全的因素存在。她看见房子的外面是用破木板条子、破席片子围成的小院儿，院子里堆放着一些乱七八糟的东西，很像一个大垃圾堆。堆儿很大，似乎小房眼看要被埋在垃圾堆里了，心想："眼前是个什么所在呢？难道能是堂堂有名的燕王府百人长鲍戎之家舍？为何选这么远、这么破旧的地方来住？"脑海中闪出了一连串儿的问号。她抬头往远处看了看，见附近的那条不知名的河因没有月光，河水显得黑糊糊的，偶尔能看到渡船在水上漂流。娟娟见没有发现什么异常，想趁房里尚有灯光，到跟前瞅瞅屋内的情景，便轻轻跳进了小院儿。她特别小心，怕一旦踩着地上的破烂儿或碰响什么，引起屋里人的注意。好在踩的正好多是破麻袋、破纸片儿、破布之类的较软的东西，往左边一瞧，那里堆放些破铜烂铁。于是，举步绕了过去，悄悄儿摸到了破土房近前。

小土房坐北朝南，只有一扇纸糊的窗户，背靠山崖。由于有高崖的遮挡，使矮矮的土屋显得越发幽暗。加上娟娟动作又轻，一点儿没有声响地来到窗下，屋里的人丝毫觉察不到。因房子很低，娟娟只好蹲在地上，用手轻轻把窗纸捅出一个小洞儿，然后往里仔细观瞧。见屋里是南北炕，北炕上有两个白发苍苍的老人，老头儿披着被子坐着，老太太躺着。老头儿的岁数约在七十左右，满脸的白胡子。眼睛挺大，高颧骨，精瘦，使得那张长脸快成刀条儿脸了，一副有气无力的样子，似乎是在病中。南炕上有个胖小子，盖床小花被，睡得挺香。一个女人正在地上忙着，给鲍戎往炕上的一张小桌上摆放着饭菜。鲍戎坐在炕沿边儿，还没等饭菜全端来，赶忙拿过筷子端起碗，狼吞虎咽地吃了起来。看来他一气儿跑了这么远的道儿，早已又累又饿了。女人穿着花袄，长相挺俊秀，浓浓的眉毛，大眼睛挺有神。只听她温和地对鲍戎说："慢点儿吃，别噎着。爹爹一直没睡，等你呢！"北炕的老头儿说话了："戎儿啊，听说朝廷来了个秉仁公主，还挺机灵，你可得小心点儿。这几天吃的都买来了，有勤勤照顾我，不用惦着。要有啥事儿的话，会让勤勤进城去找你的，别老往家跑了，挺累的，听到没有？"鲍戎没搭话，一边往嘴里添，一边大口大口地嚼着。吃饱后，碗筷一推，衣裳一脱，钻进被窝儿先躺下了。女人把碗筷拾掇完了上了炕，躺在鲍戎身边，扑的一声把灯吹灭了。顿时，没有一丝光亮，小屋里黑洞洞的，啥也看不清了。娟娟站起身来，绕过脚下的废物，跳出小院儿，上了山崖。站在山崖上，再看那黑糊糊的所在，只剩下一片宁静，心想："这里到底是什么地方呢？不过没关系，今天既然知道了，那就好办了。来日方长，再慢慢打听，何况路已记熟。"于是，反身按原路往回走。走到燕王府对面小树林中，取下了挂在老槐树丫巴儿上的衣囊袋，几步来到了燕王府的墙外。选了一个僻静之处，跃上宫墙，疾行到所住的宫殿的后院儿，跳下墙来，巡逻的兵勇一点儿动静没听到。又蹑手蹑脚地到了自己的房前，由于事先有准备，没有插上窗钩儿，便用匕首插进窗棂，捅开窗户，跳进屋里，洗洗脸后脱衣上炕了。这时，只听更夫敲响报子时的梆子，娟娟算了一下，来去共用了三个时辰。

第二天早晨，娟娟起得很早，先到院子里练了一会儿功，然后来到燕王府正门内的草坪处等候。大门开锁后的半个时辰左右，鲍戎从外面进来了，一眼便看见了站在那儿仰颏儿上望的娟娟，心中一惊，忙半跪施礼道："秉仁公主，您早啊！"娟娟说："百人长，一大早就起来了，到哪儿去了？"鲍戎回道："小的喜好长跑，练练脚力，跑了一大圈儿。"显然他是撒了谎。娟娟心里明白，也没再问，干脆不理这个茬儿了，鲍戎讪不搭地赶紧走掉了。

吃过早饭后，娟娟见没有别的什么事儿，便按照昨夜所走过的路，又一次来到了离鲍戎家不远的那个集镇。这回看到的，与夜晚所见完全不同，原本寂静的山镇变得热闹起来。河边儿人来人往，有的正从船上往下卸货，有的把堆在岸边的粮食、木材、建筑用的各种石料及其他物资装上马车，准备送到各处，大车小辆还真是不少。岸边不远处，是一排挂着五颜六色的小幌、大幌、双幌、三个幌或四个幌的饭馆儿。店主站在门外，大声儿吆喝着，请客人进屋用餐。当风吹过来时，顺风可听到另一处传来的叫卖声。走近一看，有卖杂货的、食品的，也有卖衣服、帽子、鞋、靴子、袜子的，还有卖旧物的，总之卖什么的都有，品种还挺齐全呢！娟娟进了闹市，边走边瞧，向一个人打听此处是什么地方。那人说："这块儿你都不知道？是有名的通州啊！"娟娟听后，心想："噢，原来是通州，自己正置身于北平府之东、大河岸边的一个繁华所在。"在同几位坐在路边卖呆儿的老者闲唠时，一白胡子老头儿热心地告诉她："通州可出名啊，是北平府的咽喉之地，你看挺热闹吧？南来北往的人多得很，全从这儿走，不少货物也在这儿交换。挑担儿叫卖的，摆摊儿占卜的，耍把式卖艺的全有。眼前这条河就是京浙大运河，为南北的交通要道，是全国闻名的漕运之河。它始建于春秋末期，说起来算是很早哇。隋朝和元朝时，有两次大的扩展，把一些天然的河道同人工挖掘的河道连通起来。大运河挺长，北起北平府的城边儿，南至杭州，中间经过北京、天津、河北、江苏、浙江等两市四省，总长差不多有四千来里路。全程分七段，北平府到通州是大运河的第一段，叫通惠河，既深又宽，是成千上万的人一锹锹挖出来的，不易呀！"说完，捋了捋胡子，显现出一脸自豪的神情。

娟娟又同几位老者唠了一会儿，便起身告辞，顺着热闹的街市往东走，来到了昨天晚上鲍戎曾进去的山崖下面的小破土房前。见院子里有个女人，正是夜里给鲍戎端饭的那个主妇，不用问，肯定是鲍戎的妻子。她将一块布绑在身后，布里包着个孩子，小脑袋瓜儿往旁边歪着，睡在妈妈的后背上，娟娟索性在一旁看着。女人很能干，也有劲儿，背着个孩子，手提着大水桶，噔噔噔噔地去远处的运河打水。回到院子后，把水哗地倒进大木盆里。然后将捡来的一堆烂布和麻袋片儿扔进去，卷起袖子坐在小板凳儿上，一块儿一块儿地洗。洗完了，把水倒掉，又到运河那儿拎水。拎回来仍倒进盆里，继续清洗，光提水就得来回折腾两三趟，才能把那些烂布洗干净。之后，晾在小院儿里拴的绳子上和破院墙上，满院子挂的全是烂布条子和破麻袋片子。而且从不歇一歇、缓缓气儿，紧接着把先前洗过的差不多快晒干了的烂布一块块儿地抚平、叠好，一摞摞地摞起来，再用皮条儿捆扎，捆得四四方方的，看起来很是规整。

娟娟看了一会儿，走进了院子，同那女人打招呼道："大嫂，你好啊，洗烂布条子干什么用啊？"女人抬头看了看，见是个陌生的年轻女子，也没搭话，心想："她穿得干净利落，绝不是一般人家的姑娘。可能是哪个船主、老板的千斤随船来的，下了船没事儿干，来找人唠嗑儿的。附近住的人我都认识，从没见过模样如此俊俏的闺女，肯定不是这块儿的人。再说了，哪有时间理你呀？自己的活儿还没干完呢！"娟娟见她不理不睬的，仍站在那儿不走，等她说话。女人一看，闺女没动地方，便开口道："你有吃有穿的，问这干啥？我们是靠拉纤过日子，可是哪有那么多活儿呀，只好捡些破烂布什么的去卖，为的是换几个大钱吃饭呗。"娟娟和气地说："噢，原来是这样。大嫂，我看你挺累、挺辛苦的，像这些可卖的东西，一天能捡多少？"女人说："咳，谁都知道躺着望天儿舒坦哪，没办法呀，想活命就得干。别看破东烂西的不起眼儿，卖了也能救救急，天天得到河边儿遛，有时能捡得多些，有时少些，说不准。"女人一边洗着，一边同娟娟唠了起来。

据年轻女人讲，通州像她爹那样的纤夫很多，但活儿却很少。老人由于多年的劳累，加上饥一顿饱一顿的，现在身板儿已经不行了，有肺痨症。道儿走多了，或是累着了，容易犯病。一犯起来，得连续十几天地咳嗽、吐血，折腾得够呛。干拉纤的活儿非常辛苦，几百里甚至上千里地光着脚丫子拉着船走，没有力气还真不行。干慢了，老板不答应，多结实的人常了，都有一身的病。娟娟听了这些情况后，很受触动，为穷苦人的辛酸和不得不苦熬岁月而难过。她看女人一直不停地洗，挺心疼，就帮她整理、晾晒破布、破麻袋片儿。女人见闺女不怕脏，主动伸手帮助自己干活儿，便渐渐少了些生分，较前亲近多了。她告诉娟娟，老爹原来不是拉纤的，是元末大乱时躲灾躲到通州后，才干起纤夫活计的。听女人这么一说，娟娟很想进屋看看。经一再请求，女人觉得实在是不好拒绝，便勉强答应道："咳，一个破屋子有啥看头儿？好吧，你要愿意，咱进去吧。"随后，娟娟在女人的引领下，来到了昨晚鲍戎进过的那间屋子。

门一推开，有股潮霉味儿扑面而来，娟娟并没在乎，径直进去了。站定后，一眼看到老头儿仍躺在炕上，老太太站在灶前熬着汤药。女人说："爹爹，这个好心的姑娘来咱家看看你老。我寻思屋子太脏太乱，连个下脚的地方都没有，不让她进。可闺女偏不听，只好带来了。"仰颏儿躺着的老头儿一听来人了，微微抬起头，瞪着那双两个黑窟窿似的眼睛望着娟娟，挺吓人的。他有气无力地说："闺女，你是来找人干活儿的吧？我也想挣几吊子钱，可是不行了，干不动了，去找别人吧……"话没说完呢，一口痰上来了，赶忙起身趴在炕沿边儿，接连咳了好几声才吐到了地上，喘得很厉害，再不吱声儿了。娟娟一听，原来老人以为自己是来雇纤工的，马上解释道："老人家，好好儿养病，我只是来看看你，不是雇人的。"娟娟走到灶前看了看老太太熬的药，一股辛辣味儿直冲鼻子，便问道："老人家，熬的什么药哇？"老太太说："噢，是治肺痨症的。"又问："你们家还有什么人哪？"看样子老人不想说，年轻女人接了一句："没啥人了，孩子他爸在外头帮工呢。"娟娟接着问："在哪儿帮工啊，是做什么的？"女人刚要回答，老头儿立即插嘴道："咳，哪有啥正经地方？这年头哇，到处瞎混呗！到底做什么，我们也不清楚。"娟娟继续问："那他在乡下还是在城里呀？"停了半天，老太太才回道："在通州城里。"然后，一个个全不吭声儿了。娟娟从腰囊里取出五十两银子，递给老头儿说："这些银子给你老买药吃吧，治病要紧。"在当时，五十两银子可不是小数啊，一个整工十天挣不上一两银子。老两口儿从未见过这么多钱，吓坏了，说什么不敢收，并问娟娟是哪地方人。娟娟说："你们收下吧，不要怕。我住在北平燕王府邸，今天是闲着没事儿出来走走，看看二老。告诉你们那给人帮工的儿子，我或许能认识他呢！"老头儿、老太太相互看了一眼，接过银子，含着眼泪千恩万谢不提。

次日，娟娟把徐达和华云龙找到一起，直截了当地讲了昨天所办之

624

事。她说："华叔叔，我已查清鲍戎所住的地方了，就在通州运河边儿，家中有岳父、岳母和妻儿。岳父尚有病，做纤工，是逃难过来的，不过以前不是干拉纤营生的。鲍戎的家很穷，其实原本不奇怪，百姓家家不是如此吗？可他为什么总是遮遮掩掩、不肯露一点儿口风、对谁都守口如瓶呢？我想其中必有不可告人的秘密。只冲这一点，显然华叔叔用人不当，是有过的。"娟娟一向心直口快，又是刀子嘴，说出的话语气很重。无论你是谁，只要我认为该说，绝不放在肚子里，必须摆到桌面儿上来，像她的父亲刘伯温。不管怎样，此话是从秉仁公主、武威安抚使的口里讲出来的，华云龙有点儿吃不住劲了，心想："小丫头挺厉害，要是朝廷真的治罪，我还不得吃不了兜着走哇！"忙起身认错儿道："秉仁公主，是华云龙之过，对鲍戎家里的具体情况确实不知。"说完，看了看徐达。

前书咱们讲过，徐达跟华云龙不是一般关系，相当密切。他一直把娟娟看成是自己的孩子，对了就表扬，错了就批评，因此便开口道："娟娟哪，咋的了，是不是犯急了？华相很关心你，不能那么苛刻地对待叔叔，刚才谈的鲍戎家情况当真？"娟娟回道："没错，我昨天在通州查访时，见到了鲍戎的家人。"华云龙说："既然如此，那这么办吧，我把鲍戎叫来，让他务必讲清是咋回事儿。是呀，也怪了，他干吗非藏着掖着呢？晚上去早上回来，来回跑九十多里地为啥呀？肯定有说道，或许比想象的复杂得多。要真有罪，我立刻贬他的百人长，还要严罚，再逐出燕王府，决不袒护。"华云龙说话是算数的，忙命护兵把鲍戎叫来，并请秉仁公主审问。

当护兵到了后大库，高声儿叫着鲍戎的名字时，他立即知道坏了。因为昨晚回去后，听家人说了白天来人的模样及给留下银两的事儿。今晨回来时，又见秉仁公主在正门内草坪处站着，显然事情彻底败露了，很是忐忑不安，心想："既已如此，再哄骗下去肯定是不行了。是啥罪就得交代啥罪，否则，绝不会让在燕王府里混职了。"再说了，他哪经着过这阵势呀？吓得腿都直打颤，乖乖地跟着护兵走了。

鲍戎哆哆嗦嗦地进得厅内，慌忙扑通一声跪在地上，边给徐达、秉仁公主、华云龙叩头边说："小的有罪，欺骗了秉仁公主，欺骗了将军和大人，罪该万死！万望看在两个妹夫和妹妹的面子上，饶了小的吧！如果今后不能继续在燕王府干下去了，我们全家就会饿死呀，请大人开恩！"娟娟问道："鲍戎，你这么做，究竟为何？"鲍戎回道："只因小的岳父是从外地逃难到通州的，靠在运河上干拉纤的活计挣点儿大钱度日，所以不敢声张。至于他什么时候、为啥逃离家乡，我并不知底细。由于近年匪患连连，又是运河枯水期，纤活儿甚少，岳父只好靠捡烂布、碎纸、破麻袋片儿等废品变卖度日，人称'破烂王'。小的可怜那夫妇俩，二老心眼儿好，待我如亲生父母。内荆勤快、贤惠，知疼知热，我对一家人也是感激万分。小的真不知道他们还有其他什么情况瞒着，只知岳父一向胆小怕事，处处谨慎，一点儿犯戒的事儿不敢做。小的所说全是真的，一句假话没有。"娟娟又问："你岳父过去是干什么的？没做亏心事，不怕鬼叫门，为何如此惧怕？必须老老实实讲来。你都知道些啥？讲吧！"鲍戎说："秉仁公主，小的确实知道不多。只听内荆讲过，她老父亲以前也是大都的人，噢，是北平府的人。对了，还有一件事儿小的得交待。刚结婚时，内荆曾给我拿来一个铁匣子，盖儿上用五个不同的锁头锁着，说是只有搁在我这儿才放心。还千叮咛万嘱咐地让一定收好，可不能丢了，最好藏在一个保险的地方。我手捧铁匣子就寻思，哪里安全呢？琢磨来琢磨去，呼啦一下想起来了，燕王府最保险！于是便留下了。至于铁匣子里装的是啥，我从未打开过，一概不知。"娟娟心头一震，忙问："铁匣子在哪儿？"鲍戎说："回秉仁公主话，在我住的大库后屋地下埋着呢！"徐达听后也一惊，华云龙气得啪地一拍桌子，喝道："好大胆！鲍戎，私藏铁匣子这么大的事儿竟敢不禀报本相，该当何罪？"鲍戎吓得连连哀求道："小的该死，小的有罪，请大人饶了小的吧！秉仁公主、大将军哪，小的绝无歹心，完全出于对可怜的岳丈天天胆战心惊熬日子的同情。我们相处好长时间了，总觉得他不像是什么祸国殃民的人啊！"边说边磕头如捣蒜。

各位阿哥，你说华云龙能不生气吗？娟娟刚才当面儿指责他的过错，一点儿情面没给留。开始还以为可能是娟娟好挑毛病，一个小丫头，话说得重点儿，算不了啥。这下好，鲍戎交代在府内大库地下埋有赃证！可不是小事儿呀，真是打了他一记响亮的耳光啊！有歹人将赃物放在丞相府里，作为燕王府的左相却不知道，能逃脱得了罪责吗？要是传到朝廷里，怎么治罪都不为过。坐在娟娟身旁的徐达没啥说的了，实实在在为华云龙捏了把汗，心里话："华云龙啊，华云龙，你咋能这么大意、这么麻痹呢？谁都敢用，歹人竟敢放在身边，该是多大的漏洞啊！"此刻华云龙是真的挂不住了，脸涨得通红。为什么呢？你想啊，不光秉仁公主在场，徐达大将军也在场，那是朝廷丞相啊！圣上封赐他为燕王府的左相，出了大错儿，岂不是严重失职、有负圣命吗？华云龙真恨鲍戎不给自己争脸，心想："我对你一向很信任，任为百人长。你倒好，不但给我上眼药，而且是当着大将军、秉仁公主的面儿惹出那么大的乱子，不是活活要气死我吗？看怎么收拾你！"于是，高声儿命令护军："把鲍戎给我捆上！"护军们刚要上来捆绑，被娟娟挡住了，说道："我看还是等一等，不忙押入大牢。应先让他去大库的住处，把铁匣子起出来。"华云龙当然得听命，便让护军押着鲍戎在前头走，他与徐达、娟娟在后跟随，一行人前去后库看个究竟。

　　到了大库鲍戎的住处，在他的指点下，护军们把地上的石板搬开，露出了沙石地。一看，确有一块四方形用红沙土填塞的地方。鲍戎说："就是这儿，往下挖吧。"几个护军手持锹和镐，刨了五尺深，才挖到一个木箱子并拎了出来。华云龙见此，疑惑地问道："是它吗？"鲍戎说："是，铁匣儿在木箱子里头呢。外面的木箱子，是怕沙土腐蚀铁板，用来防护铁匣子的。"接着，护军把木箱子撬开了，露出了厚厚的棉花。扒开包裹着的棉花，又见一层层的黄纸。撕去纸张，映现在眼前的，是一张缝合的光板儿鹿皮。华云龙命人用刀把鹿皮划开，一块儿黄布显露出来。待拿掉黄布，才看到一个不大的、长方形的、十分精致的小铁匣儿。铁匣儿的盖儿正如鲍戎所说，用五个不同形状的小铜锁锁着，整整锁了一圈儿。很清楚，五把小铜锁，必有五把不同的钥匙了。众人看了颇觉奇怪，以为里面装的或许是什么宝物吧？要不为啥左一层右一层地包了好多层，还冒死放进了森严壁垒的燕王府中保管？这可是最保险不过的地方了。华云龙本来胸中一直憋闷着无名之火，便没管那套，上前一把将铁匣子拿了过来，提起斧头刚要劈，却被徐达和娟娟拦住了。娟娟小声儿对左相说了几句什么，华云龙马上宣道："事儿没查清之前，为防止鲍戎出外走动，先关押在燕王府后宫的铁笼牢监。待弄清铁匣儿的真相后，一并处置。是留在燕王府，或是逐出府外，还是治他的罪，到时再说。"鲍戎含泪无语，只好听命，顺从地被护军押走了。

　　一行人回到燕王府后，华云龙和徐达想把铁匣子交给秉仁公主保存，娟娟说："两位叔叔，铁匣儿事关重大，留在我处不妥。还是由华相放到燕王府中的珍宝宫殿为好，一定要秘藏，不可走漏消息。命令武士们提高警惕，尤其晚上更须注意，绝不可疏忽职守，以防夜盗。"徐达同意娟娟的意见，于是照此行之，由华云龙派设定哨和巡逻哨严加守护。对铁匣儿的出世，徐达、华云龙、娟娟异常重视。他们认为，铁匣儿内装的绝非一般之物，应尽快弄清。可怎么办好呢？华云龙说："看来，解铃还需系铃人。既然铁匣子是鲍戎岳丈让他拿到燕王府邸秘藏起来的，要想解开其中的谜团，就没必要等了，应马上派人去通州把鲍戎的岳丈找来问个究竟。"可徐达觉得不妥，认为这样兴师动众，容易走漏风声。若真有暗中监视之人，不仅对成就此事不利，对鲍戎岳丈的安全也构成威胁。经一再商议，华云龙和娟娟的一致意见是，当晚把鲍戎全家秘密接进燕王府，只能在府中武士的严密保护下进行，绝不能让外界知晓。好在审问鲍戎和挖掘铁匣儿时，除了徐达、华云龙、娟娟在场外，其他仅仅是几个华相的心腹护军。并且已要求他们严守机密，万万不可张扬出去。

　　诸事商量完毕，华云龙命两个护军将鲍戎押进议事厅，徐达大将军、秉仁公主和左相早已在那里等候。华云龙让他坐下，又令护军退下。徐达说："鲍戎，给你一个立功赎罪的机会，想办法让你岳丈把铁匣儿之事的原委讲出来，能办到吗？"鲍戎回道："禀大人，你们待小的那么好，那么信任，还任为百人长，两个妹妹又是朝廷命官之妻，已经很是感恩不尽了。小的心向朝廷，绝无歹意，错就错在没把实情及时向华大人禀报。这回一定遵大人之命，让小的咋办，小的就咋办。小的之所以不顾狂风暴雨、风雪交加、每天都得回家的原因，就是因为家里人不放心，哪怕一天见不到我，便会以为出啥事儿了。如果我回去了，则确认为无事，铁匣子也安全。大人哪，如果小的今晚回不去，岳丈肯定不放心，会惶惑、惧怕，很有可能躲出去，不知将隐蔽到何处。若真如此，可难办了。"徐达问："为什么是这样，难道有人威胁他吗？"鲍戎回道："他不想把具体是怎么个事儿告诉我，只恍惚听说有个叫'鬼见愁'的世外高人找过岳丈，要他去破什么阵，岳丈宁死不干。正因如此，他才当了纤夫，到现在还没逃出贼手呢！"娟娟听了以后，马上警觉起来，觉得鲍戎讲的情况非常重要，必须认真对待，遂侧过头来对徐达和华云龙说："二位叔叔，事不宜迟，应立即备马，带着兵丁赶到他岳丈那儿。眼下是个关键的时刻，无论如何得保护好他的家人，不能出任何差错。"徐达和华云龙赞同地点点头，然后徐达命令鲍戎道："你配合我们的行动，马上去居所，把全家接出来，躲开那个是非之地。"鲍戎感激涕零，诺诺称是。于是，华云龙速点五百兵马，同娟娟、鲍戎一起直奔通州而来。

再说徐达待华云龙他们走了以后，知道此事必有背景，忙草拟了一封信函。然后唤来李文忠，让他持信函去燕山找朱亮，传大将军的谕令，务要加强防范。李文忠拿好谕令，翻身上马，疾驰而去。

燕山乃由潮白河河谷直到山海关，东西走向，主峰雾灵山。多隘口，绵延数百里，是北平府东北的一道大屏障，又是南北交通的重要孔道。这地方从宋、辽时就设府管理，辖境很广，包括北平府郊区及昌平、通州、大兴、固安等地。大明占据此地后，徐达指派大将朱亮控制之。因山势连绵，沟谷颇多，峻峭难攀，便于隐蔽，故而曾家奴、高家奴也常于周围活动，对北平府构成了不小的威胁。徐达为什么立即想到派大将李文忠去告诉朱亮，要他加强对曾家奴、高家奴的防范呢？因为鲍戎所交待的"鬼见愁"，很可能为"二奴"所派之人，估计是从燕山秘密进入北平郊区附近的。它后边的屏障即燕山，如不严防，北平府恐怕要遭难。"二奴"的目的很明显，就是企图控制北平府，阻断大运河的交通运输，干扰这一带的正常生活，造成一种满目萧条的局面。

朱亮精明强干，字诚臣，怀远人，是元至正年间太原的守将。元亡以后，降常遇春，又随徐达转战南北，得到器重，派去镇守燕山，以保护北平府东北的门户及防范元朝残部曾家奴等侵袭北平。现任燕山护卫千总，忠于职守，熟悉燕山一带的形势。接到李文忠传来的徐达手谕后，一点儿没敢耽搁，急忙同李文忠一起飞马赶至通州，等待华云龙和娟娟所带之兵马。时间不长，两方便于运河口岸会合，华云龙与朱亮做了分工：由华云龙、娟娟带领鲍戎和一队兵马，直接到山崖下的破土房，保护鲍戎的岳丈、岳母及妻儿；朱亮负责在外头做好护卫工作，防止任何贼党逃出去或钻进来。

双方按分工开始行动，刹那间，到处是岗哨林立、壁垒森严，华云龙很高兴，觉得这回差不多了。哪成想当与娟娟来到山崖下那个垃圾成堆的小土房时，傻眼了。不仅门被踢碎了，屋子里空空荡荡，一些破烂东西扬得到处都是，鲍戎的岳丈、岳母、妻子、儿子也不见了。知道来晚了，让对手占了先，人被抓走了。眼面前儿可是万分危急呀，鲍戎跑来跑去地到处喊、到处找，就是不见踪影。因为鲍戎一家已在这儿住一年多了，所以周围的邻居和河边儿的人都认识他们，知道他岳丈是"破烂王"。鲍戎向那些人打听岳丈及家人的去向，皆摇头说不知道，没看见去了哪里。

恰在鲍戎急得手足无措之时，运河上停着的一艘拉粮食的货船老板和船工见一些人似乎在寻找什么，便问道："你们是不是找破房子里的人哪？"鲍戎忙回道："是呀，请问看到他们去哪儿了吗？"老板说："哎呀，下晌歇着的时候，听到破房子里有哭声和喊叫声。等我们起来到船板上往那儿细瞅时，没见什么人，也听不到动静了，一直到现在都没声儿。"鲍戎和娟娟听他这么一说，证明了先前的分析没错，的确是有歹人抢先一步，把老两口儿和鲍戎的妻儿掳走了。正琢磨着可能劫到什么地方时，邻里的一个小孩儿走上前来说："我看到一个单臂瘸僧人，别看腿脚不好，上蹿下跳可厉害了，把他前头的三个人撵得没命地跑。还一面撵一面喊：'快给我站住！哪儿来的歹人，休想跑掉！'对了，那几个人就是从山崖下过去的，向东北方向跑了。"边说边用手指了指。

娟娟一听有个瘸僧人，心中为之一震："难道是他、金山的苦僧？他还活着！不过怎么会在通州呢？"一连串儿的问号在娟娟的脑海里闪现。她为什么一下子想到了是苦僧呢？这些日子以来，娟娟以为他早已经死了，再也看不到了，时常为此难过。可是方才听小孩儿一讲，觉得世上哪有那么多单臂瘸僧啊？十之八九是苦僧朋友。眼下因为救鲍戎岳丈要紧，所以娟娟来不及多想，就对华云龙说："华叔叔，咱们快到附近再找。"她怎么想的呢？从小孩儿的话里听出瘸僧武艺高强，真若如此，估计被他追赶的三个歹人不会走远。再说瘸僧轻易不能让歹徒把人抢走，极有可能是撵跑了他们，将鲍戎的岳丈、岳母和妻儿藏到什么地方了。于是，华云龙和娟娟立刻带着人马分头去寻，鲍戎则沿河边儿到处打听。

众人找来找去的，忽然在一个山沟里发现了处破房子，进屋一看，正是鲍戎的岳母、妻子和孩子，三人正在屋里抱头痛哭呢！岳母急巴巴地告诉鲍戎："赶紧去救你爹，他被'鬼见愁'给抢走了！"经娟娟详细询问，才知道原来下晌，家里突然闯进来三个人，其中一个便是"鬼见愁"，用刀棒逼着一家四口儿马上离开。病中的老头儿走不动啊，可不走不行，声称不走把孩子摔死。老头儿没法儿了，只好挣扎着起来了。孩子又哭又叫的，老太太走路还慢，歹人怕走漏了风声，在后面连推带搡地一再催促着。恰在此时，不知从什么地方忽地蹿出一个单臂瘸腿的僧人，行动非常迅速，走路快如风，武功更是了不得，到跟前就同三个歹人交上手了。歹人一看不好，仨不顶一个，打不过人家，便顾不上那好几口人了，只把老头儿抢走了，放下了娘儿仨。僧人怕娘儿仨再受害，将他们安置到这个破房子里，让先呆着别动，也不知把老头儿给弄到什么地方去了。老太太带着哭腔儿哀求道："求求你们了，求求各位大人，快救救我那可怜的老头子吧，本来就有病，再晚了还不得折腾死呀！"华云龙命人赶来马车，拉祖孙三人暂到一所驿馆安歇，并派兵卒守护，然后与娟娟领着鲍戎和众将士沿着陡峭的山崖往前找。他们四处寻摸着，仔细搜查着，找啊找，突然发现在崖下的一棵老榆树上，倒吊着个人。跑到跟前一看，鲍戎不禁号啕大哭，认出正是自己的岳丈！大家七手八脚地有抱腰的，有抱腿的，有的用刀割断了绳子，将已经昏死过去的老头儿救了下来。华云龙和鲍戎轮流背着老人疾步前行，很快到了运河口，找来附近一位郎中，鲍戎苦苦央告老先生一定要救活岳丈大人。郎中一看是燕王府的人，哪敢怠慢哪，赶紧给以救治。经过口对口地做人工呼吸，又用银针扎了几个穴位，好在昏死的时间不长，老人哎哟、哎哟地哼了两声，长出了一口气，才缓了过来。然而特别虚弱，神志不清醒，不能说话。

一阵忙乱之后，为便于医治，大家先将老人送到郎中的药店，由娟娟在身边守护。两天两夜过去了，仍不见好转，娟娟有点儿坐不住了。一方面担忧老人的身体能否恢复过来，好多事儿尚未弄明白，另方面又怕"鬼见愁"那些人再返回来寻机杀害老头儿。她知道此事相当重要，老者的背景肯定不一般，怎么办更好呢？正在冥思苦想之时，老者突然醒了过来，睁开眼睛要水喝，并问老夫人在哪儿，还要见女儿勤勤和小外孙。娟娟高兴极了，忙叫鲍戎快去驿馆，把岳母和妻儿接到药店。待娘儿仨进了屋，老者看到了家人，才放心了，精神似乎也好了一些。经娟娟询问，老人像冷丁想起什么似的，有气无力地说："噢，对了，你们快去抓'鬼见愁'！这个人太坏了，已经跟踪我四五年了，天天在惊怕中生活。今天非逼迫着把一样东西交给他，你们不知道，那可是我的命根子呀，是家中的传世珍宝哇，怎么能给他呢？我坚决不从，他一看达不到目的了，便把我吊了起来。多亏不知从哪儿来的一位好心的瘸腿和尚，虽身残，但武艺高强，与他们对打起来。三个歹人累得呼哧带喘的，硬是没干过他，还让瘸和尚给打跑了。荒郊野外的，哪有人呀？再说我倒吊着，也喊不出声儿啊，渐渐地不知何时人事不省了。可能是他去追歹人时，你们就来了，这条老命是那个瘸腿和尚和各位给救下的。没有他，没有你们，老朽必死无疑了。"说完，疲倦地闭上眼睛，又昏睡过去了。

这时，老郎中进来了，告诉娟娟不要让老者多说话，他不能太激动。接着嘱咐周围的人，说话尽量小声点儿，不要吵扰病人。因老者被折磨得过重，倒吊时间过长，心肺有淤血，精气神儿受到了极大的损伤。加之肺痨沉疴，又经一吓一怒，诸病合一，已到了不好回转的地步。还悄悄儿告诉娟娟："此病难以治愈，有啥事儿快点儿问，老者不会有生路了。"娟娟听了此话，异常难过，忙命鲍戎去外面找来正在部署兵勇继续搜寻歹人的华云龙。

华云龙进得屋来，娟娟向他重复了刚才老郎中说的话。华云龙听后，万分焦急，一再跟郎中讲："老先生，你把最好的药用上，不管花多少银子，本相全包了。"郎中说："左相大人，您有所不知，眼下不是用什么药的事儿了。药只能治病，却不一定救得了命啊！我已做了最大的努力，可惜他的身心伤得太重了，怕是治不好了。"华云龙没想到病势竟到了如此危笃的程度，心疼地坐在床前，仔细地瞧着。见老人骨瘦如柴，满脸皱纹，一头蓬乱的白发扎煞着。高高的颧骨，鼻下有一绺儿白胡须，塌陷的双眼紧闭着。看了半天，觉得以前没见过，不认识。身边的鲍戎小声儿告诉娟娟："岳丈脱相了，我都认不出了。"

不一会儿，老郎中来到病床前，给老头儿灌进了七粒祖传的"起死还阳丹"。这药是金红色的小粒儿，香气扑鼻，说是用人参、鹿茸、紫合车、灵芝、蛤蚧等精制而成。郎中告诉娟娟："虽说此药可通阳，但只能暂时缓解一下，仍挽救不了性命。有事速办吧，拖延不得。"正像郎中所说，"起死还阳丹"真挺灵，没多大工夫，老人苏醒过来了，紧闭的双眼也睁开了，那眼神儿分明是在找自己的家人。鲍戎马上把岳母、妻子勤勤叫到床前，老人一个一个地看了一遍，还让把小外孙抱过来，又亲上一口。之后，叫鲍戎坐过来，看样子似乎有话要说。鲍戎赶忙坐在炕沿边儿，低下头，耳朵冲向岳丈的嘴边。岳丈吃力地问道："铁……铁匣儿在否？"声音极其微弱。鲍戎回道："铁匣儿安在，放心吧。"岳丈紧闭双唇，轻轻点了点头。鲍戎又手指娟娟介绍道："爹，来救咱家、救您老的这位，是当今天子驾下的秉仁公主。您老昨天见过的，就是给咱们五十两银子的那姑娘。"老人家可能是听清了，只见他头略微抬了抬，手哆嗦着，下颏儿的胡须都在抖动，想要说什么，嘴张了几张，终于没能说出来。

接着，鲍戎指着华云龙说："爹，这位大人是我的上司、大明朝燕王府的左相、北平行省参知政事华云龙，我就在华大人手下听差。"此话一出，老人一愣，似乎怕耳朵不太好使，别是听错了，忙颤巍巍地问道："谁？你……再说一遍，叫……啥名儿？"华云龙赶紧凑过来，欠着身子坐在炕边儿，轻声儿道："老人家，少说话，别累着，再伤了身子。我呀，是华云龙！"老人不听则已，一听是华云龙，不知怎么了，立刻来了精神了，半闭的眼睛完全睁开了，定睛看了看，问道："华云龙？天下有几个华云龙啊，叫这个名字的多吗？"声音也比先前大了一些。华云龙说："还真没听说有人跟我重名呢！"老人加重语气又问："那……华云海你认识不？还有个人，她叫来弟，你……可知道？"听老人家一问，华云龙不由自主地站了起来，双手紧紧抓住老人的手，惊喜地说："你老怎么认识他们？华云海是我大哥，来弟是我妹子呀！"老人听罢，瞪大无神的双目，死盯着华云龙，拼出力气说："你……你是三宝？浑小子，连老哥……都不认识了？我就是云海呀！"说完，眼里淌出了老泪，激动得又昏了过去。华云龙扑通一声跪在地上，手把着炕沿儿哭叫着："老哥，老哥，三宝在你身边。快醒醒，醒醒啊，弟弟想你想得好苦哇！"此时的华云龙、血战经年的大英雄已是泪流满面、痛哭失声！周围的人全跟着掉泪。娟娟立即喊来郎中，给华云海掐了掐人中，老先生请华云龙及众位最好不要哭出声儿来。

　　安静了好一会儿，华云海开始一声接一声地咳嗽，憋了半天的一口痰总算咳了出来，长长地出了一口气，又缓醒过来。他示意老伴儿和女儿帮着慢慢地侧过了身子，面对着华云龙，满脸淌着泪水，枕头全湿了。欲说还说不出来，光张嘴却没声儿，舌头平伸着，半天才倒出一口气儿。缓了缓，说道："三宝兄弟，自从咱爹走了，我便躲到了通州一带。从大元至正末年兄弟分手，再也不知你的去向了，到处打听都打听不到。洪武初年，被曾家奴、高家奴给绑去干苦力，后来趁看管的人不注意才逃了出来。近年他们又找我，扬言要杀人灭口。没法儿呀，只好各处躲藏，一年三搬家，居无定所。多盼着能见到弟弟呀，可你怎么不找我们呢？"华云龙回道："老哥，哪能不找啊，自从到了大都，就是今天的北平府，还真来过通州一带。问谁谁摇头，根本没人知道哪户是姓华的人家呀！"这时，一直在身后搂着华云海的老太太接过话茬儿，流着泪对华云龙说："不知你是三宝兄弟，老哥可想死你了，天天念叨哇。因为曾家奴他们到处找你哥，熊他、逼他，还常说要杀他，所以早就不敢露真名实姓了。周围的邻居只知道你哥叫'破烂王'，就以为他姓王，不少人还叫他'穷王'、'王哥'、'王大爷儿'，通州一带的人不知道他姓华。三宝兄弟，我跟你哥在一起过好几年了，近两年才告诉我他姓华呀！"说完，抬起胳膊，用衣袖儿擦了擦涌出的泪水。

此时的华云海似乎有点儿力气了，接着说道："三宝，你大嫂小产，早已经走了。这是你新嫂子，我们在一起搭伙快七个年头了。唉，也没办什么酒席，就是你帮我、我帮你、穷帮穷呗，生活上全仗你嫂子了。没有她，说不准大哥早死了，今天哪还能看到你呀！"华云龙忙站起身给嫂子施礼，之后问华云海："大哥，为什么不进北平府找我呢？"华云海说："我那个姑爷鲍戎虽然像亲儿子一般，对我们老两口儿挺孝顺，但从没告诉过他我的真名实姓。这孩子心眼儿好，不嫌家穷，叫他怎么做，就怎么做，处处听老人的，从无二话。天天大老远地跑回来看我们，还图啥呀？知足了。是我没想去北平府，没打听过他的上司是谁。只知道是当今皇帝的辅臣，看守着大都皇宫、现在的燕王府。我信得过鲍戎，便把咱家祖传的、爹爹筑建大都的图纸放在铁匣子里，让他藏在燕王府。即使曾家奴、高家奴抓到我也没用，实在不行一死了之，他们任啥别想捞到。"华云龙又问："大哥，月牙楼是你帮助建的吗？"华云海说："可不是嘛！不是告诉过你，我曾被抓到塞北吗？那就是给他们建月牙楼去了。图全是我绘的，还有九道机关、十七条暗道。尽管没有见到你，可我心中有数。当时，朱天子已坐殿集庆府，大哥知道你在那边，哪能帮大元的忙呢？建完以后，一刻没敢耽搁，马上带着图纸逃了。他们开不了楼，当然到处找我，此次正是为这个来的。可万没想到的是，三宝兄弟的人却赶到了。"华云龙接着问："大哥，来弟呢？"华云海停了一会儿，伤心地说："咳，三宝啊，咱妹子没了。她跟我一起干跑船拉纤的活儿，前年运河、淮河段水特别大，一天在过崖口时，可怜的来弟被洪水卷走了。可惜个好年龄呀，刚刚二十五岁，只为了帮助哥哥，未等出嫁就没了。全是哥哥的罪过呀，对不起她啊，更对不起九泉之下的二老，没照顾好咱的妹子哟！"老人说着，深陷的眼睛涌出了热泪。华云龙听后，怕兄长过于激动，赶紧拍拍肩膀劝慰道："好了，好了，不说了，那些伤心事儿都过去了。"然后拿出手帕，给哥哥擦了擦滚落下来的泪水，自己的眼泪也止不住了。

其实，华云海方才在说那些话的时候，是拼足了最后的一点儿力气，艰难地向弟弟交待这么多年所发生的一切。讲一会儿，歇一会儿，昏过去一会儿，醒来再接着讲，看来已经到了病入膏肓之时。他瞅了瞅老伴儿，又看了一眼哭泣的勤勤和鲍戎，再看看华云龙，断断续续地说："三宝啊，我……我不行了。大哥把你嫂子和侄女托付给你了，祖传的那点儿家当……总还是保存了下来，也交给你了。等到了阎罗殿去见咱爹时，算是交了差了。月牙楼等图……在铁匣儿里，铁匣子……钥匙在我……我……”老人家终于说不出话了，只有出气儿，没有进气儿，不一会儿，便闭眼没气儿了。

华氏兄弟就这样突然相逢、又突然转瞬间诀别了！华云龙号啕不已，伏在兄长身上哭喊着：“哥哥啊，哥哥，你别急着走哇！咱们兄弟刚刚见面，好多话还没来得及说呢，三宝没跟你唠够哇，咋能忍心丢下弟弟一个人走了！老哥呀，我的好哥哥！”在场的人没一个不跟着落泪的。华云龙哭了一阵儿，便让人端来水，亲自给老哥擦洗身子，换上新衣。在换衣服时，发现哥哥的右肩用几层白布缠裹着，缠得挺紧，像缝在身上一样。从外表看，仿佛是由于有骨伤而缠着绷带。他轻轻将白布一层层解开，解到最后，竟露出一个紧贴在肩上的小红布口袋。拿开布口袋一看，肩上并没有伤处，完好无损！华云龙感到很奇怪，拿着布口袋左看右看的，终没看出什么名堂来，于是回过头问老太太：“嫂子，这是怎么回事儿，哥哥为何把口袋缠在肩上？”老太太说：“你哥从来没讲过，我也没问过，还一直以为他肩上有瘤疾呢！”华云龙疑惑地把红布口袋打开了，见里面装着一个小布包儿。又把小布包儿解开，才露出了庐山真面目，原来竟是五把钥匙！他立刻想起了鲍戎所讲的铁匣子有五把小铜锁的话，不用问，这正是开那锁的钥匙。

华云龙把大哥华云海安葬之后，又将其家人接进了北平府。该住在哪里好呢？不少人的意思是让他们住进脱脱府，华云龙执意不肯。他从自己的俸禄中拿出些银两，于燕王府附近买了座新房舍，给嫂嫂一家居住。当然，从此鲍戎回家再不用跑那么远的路了。

华云龙料理完兄长的后事，又妥善地安顿了嫂子全家，一切完毕后，便将陈放在燕王府珍宝宫中的铁匣儿取了回来。仍是徐达、娟娟二人在场，华云龙用从兄长右肩上取下来的五把钥匙，将铁匣盖儿上的那五把铜锁顺利地开启了。揭开铁匣盖儿一看，里面装的全是绘制的图纸，多为大都元宫的图样，地宫、水道等走向标得十分清楚，对于华云龙正在修缮、扩建北平府及燕王府是大有帮助的。在翻检这些图纸时，意外地发现了月牙楼工绘秘图十二份，注年为至正二十七年。由此说明，月牙楼为至正二十八年始建，洪武三年竣工。娟娟两年来为此事到处奔波，吃了不少苦，真是老天不负有心人，今天终于如愿以偿。她异常兴奋，激动得小脸儿红红的，拉住华云龙的手说："华叔叔，有了月牙楼的图纸，破楼可以易如反掌。我要抓紧时间，尽快把月牙楼的图纸全部抄绘下来。"华云龙说："娟娟，不必这样。看图纸有很多学问，你又不晓得建筑工艺，还是让我仔细看看吧。等叔叔弄通以后，再一一讲给你，自然就懂了。只要掌握并暗记心中，即使不拿图纸，进入月牙楼同样如入无人之境，任何暗道机关皆不用防范了。"娟娟听后，高兴地点点头。

华云龙这些日子一直住在燕王府，没日没夜、废寝忘食地仔细研究着铁匣子里的建筑图纸，并按娟娟之意，首先破解月牙楼之绘图。娟娟一步舍不得离开，像个小支使似的，帮着华叔叔忙这忙那的。比如华叔叔口渴时，倒个茶润润嗓子呀；困倦时，端上洗脸水，洗把脸精神精神呀；需要记下什么时，递上笔墨纸张呀等等。华云龙怕娟娟累着，知道年轻人熬不了夜，几次撵她走，她都不走，就在那儿守着。徐达有时过来瞧瞧，看破解得怎么样了，并嘱告华云龙："云龙啊，眼下咱们拿到了兄长保存的图纸，等于得到了大都元朝宫殿、特别是月牙楼的全部秘密。如此看来，月牙楼已完全掌握在本朝手中了。我想，曾家奴他们对此绝不会善罢干休的，必然要垂死拼争。弄不好，会来个鱼死网破，毁掉月牙楼。所以，一定要十分小心，务必提高警惕才是。为此，我已派马云、叶旺注意金山的动静，命朱亮接应燕山的行动，守护好燕山的关口，全力与你配合。同时，又令李文忠和刚从南京赶回来的兰玉攻打兴和，用兵于古北口和喀喇沁周围所有曾家奴的据点，以钳制元军的兵力。在这多事之时，你不仅须日夜守护燕王府，尽快破解图纸，还要在部署兵力上多用些心思。"华云龙边听边表示赞同，点头答应着。站在一旁的娟娟插嘴道："徐叔叔，我已转告给在金山的弟弟田田，让他严加监视纳哈出，暗中组织力量。必要时，就把兵力拉出来，由咱们统一调遣。待华叔叔破解了筑建月牙楼的图纸，我立马返回金山，尽快为开启月牙楼做准备。请徐叔叔不必挂念，辽东不但有田田弟弟、岳索图大将，而且有我的两位兄长马云和叶旺将军，力量是比较强的，取得全胜应该没有问题。"徐达笑着说："好哇，看来大家都有事儿干了，本帅也不该闲着。我率兵马秘密西征，控制扩廓帖木儿，抓住机会，设法包剿，将他一网打尽！你们放心，这回可不会有去年那样的事儿发生了。绝不能让他把我们再骗进大漠，第二次蒙受重大的损失，惨痛教训我是记住了，轻敌不得呀！这样的话，我得将主要精力放到西域扩廓帖木儿

东
海
沉
冤
录

那儿去，辽东金山的事儿，燕北曾家奴的事儿，一并交由你同华叔叔带领众位将军一起去办了。记住，务必要办好!"娟娟开心地笑了，朗声儿答应着。

时光很快进入了洪武七年的小雪季节，北平府降下了头一场洁白的瑞雪，满城清幽、恬静，甚是美丽。这些天来，华云龙因有朱亮重兵于北平府西北一带布防，把守各个关隘要道，便放心了，专心致志地破译着月牙楼的图纸。通过仔细地验看，发现此楼的构建确实精密，设计别具一格，很是佩服已经逝去的云海大哥之高超技艺。心中暗想："我们华家的工艺可以说是前无古人，后无来者，首屈一指，堪称当代一绝，犹如鲁班再世啊!"他越看越兴奋，越看越思念大哥，索性放下图纸，端起茶杯，坐在椅子上边喝茶边寻思："大哥多可怜哪，活在世上一天没得好，就那么走了。如果现在仍活着，凭我的官位和俸禄，完全可以让他快快乐乐地度过晚年。可作为弟弟却未能做到哇，没照顾好兄长，老了老了，还让他受了那么多的苦，遭了那么大的罪，真对不起大哥呀! 惟一能做的，就是打开月牙楼，使华家的高超技艺光耀于世，为大明朝廷出力。"想着想着，不禁潸然泪下。正是受兄弟手足之情的驱使和触动，华云龙把什么都忘了，每天只是一门心思地想着一定要把月牙楼的秘密破解开。

说起月牙楼的建筑，真是别具特色，既有筑造古塔的结构，又有楼台馆舍的主体设计。月牙楼的最上层，可陈放佛经、佛像、舍利子等佛塔中的宝物。保存这些东西的地方，具有密封功能，除非佛塔毁坏了，否则任何一件宝物拿不出来。就构造而言，不是用和好的泥漫上，加上一堆土石封好而成，而是施以高超的工艺，一个咬一个、一个卡一个地将许多块儿砖石互相咬合在一起、相依在一起，像整块大石头一样，可经得起百年、千年风雨的侵蚀及大地的震动。若没有秘传的技法，想建筑如此坚固的塔楼是绝对做不到的。楼的中层和下层可以居住，你是诵经啊、食宿呀很是方便，并有极好的观赏价值。人在楼里住着不得用水吗，水怎么上去呢? 原来塔楼的各层皆设有水源供应。食物的保存则更为技高一筹，在塔里放上几年都不会腐烂，不招虫子，不发霉，还不受鼠类的侵袭。再说废物的处理，人需吃需喝，当然得拉撒。排泄的废物以及生活垃圾往哪里存放呢? 又怎么才能排出去，以使塔楼保持干净，不脏乱，空气还要好? 必须设有合理的排出废物的流通系统，才能及时排放到楼外，在楼里哪怕一年半载不出去，也完全能正常地生活。这且不算，更为绝妙的是月牙楼设置远比一般的塔楼高超，普通塔楼不必设有自卫机关。什么是自卫机关呢？就是当歹人要攻打你的时候，你得怎么办？毫无疑问，肯定是全力防守，想办法保护住塔楼，不能让他们进来。就得有自保自的防卫系统和机关暗道，随时随地保护自己，防止歹人的侵袭。月牙楼层层皆设有机关暗道，层层有险，层层设卡，层层难攻，层层自保。自卫机关十分繁杂，包括有暗弩、暗井、暗铡、暗火、暗毒、暗牢等。外来者不识机关，将遭此六险，即使难脱其一，也必死、必伤、必缚无异。

华云龙没白费心思，经过对图纸的认真推敲和仔细思忖，终于在一天夜里，将月牙楼全部破解了。他发现由于追求工期速成，惟一的缺陷就是千古难破的月牙楼本应为砖石结构，实际有些地方却以土为基，以木为骨。使它易遭雷击、火焚之险，不宜久安。华云龙为使娟娟便于掌握如何安全进得月牙楼，还归纳出二十八字的《月牙楼诀》：

一平二错三点步，
四左五右六收腹。
七伏八仰毒焰箭，
九九佛宝任君拂。

华云龙将秘诀讲给娟娟听，并告诉她，若按此二十八个字行之，便可避开层层暗道机关而顺利进楼了。若有丁点儿马虎和违谬，必有生命之危，更谈不上破此楼。一楼无事；进入二楼须左右错步而行，以防陷阱；到三楼得脚尖儿着地而进，因地上机关甚多，有暗箭、喷枪，突然射出可穿透身心；四楼、五楼要躲过飞刀、飞箭穿过；六楼需俯身而行；七楼八楼只能从楼顶儿蝎行而入，不能踏实。因地皆旋刀，可立削双足，并且全是带毒有火焰的毒刀毒箭。中者无法治愈，最多七八个时辰毙倒；当进入九楼之顶端，楼中诸宝才尽可入手，抚摸摘取，则万事如意。那么，前书我们讲月牙楼只有三层，怎么出来九层了呢？按总体设计来说，的确是三层。不过每一层里又分三个格儿，有三层楼板、三层砖隙、三层销销，这便是暗道机关的系统，同三层楼的建筑是两码事。娟娟听了以后，直咂舌头，好家伙，凶险得比老虎还厉害。看来，如不知晓此楼的秘密，是根本无法进入的。华云龙嘱咐娟娟，务要深解破月牙楼的二十八字中每个字儿的真意，熟背秘诀，一字不能差，不可有半点儿马虎。

此时，正是午夜刚过，华云龙还在面对娟娟讲解着月牙楼的特殊建筑结构，一再叮嘱要切记秘诀，不可错了顺序，这是生死攸关之事。娟娟手抚腮帮仰着脸，目不转睛地盯着华叔叔，聚精会神、认真仔细地听他一遍遍地讲解该注意之事项，十分入神。突然，窗户处咔嚓一声响，嗖嗖投进两支飞镖，细木做的窗棂立马折断了。当时，多亏背对着窗户坐着的华云龙机灵，猛然往前一低头，一支飞镖紧贴着头顶儿飞过去了。否则，飞镖将不偏不倚正中他的后脑，投得就这么准。躲过飞镖之后，华云龙只觉得头顶儿发热。而坐在他对面的娟娟则是脸冲着打进飞镖的窗户，那眼睛多尖哪，在听到窗棂咔嚓一声响的刹那间，见有两个东西飞进来，知道一定是暗器，不禁脱口大喊一声："不好！"随即将身体往右侧一躲，一支飞镖便从她原来正身坐着的位置打过去了，只听吧嗒、吧嗒两声，两只飞镖都打在了娟娟身后的墙板上，然后掉在地下。娟娟动作快、躲得急，要不然，其中一支将正好扎在她的额头上。娟娟腾地拔身而起，华云龙随之也跳将起来，两人几乎是同时推开窗户，跃出了窗外。华云龙并没觉得自己伤着，赶忙关切地问娟娟："孩子，碰到哪儿没有？"娟娟回道："伤不着我，叔叔放心吧！"于是，二人蹿上宫殿的房梁，夜色中，看到两个黑影儿在前面迅跑。娟娟弹开腰下剑囊的按钮，刷地抽出阴宗双鹤剑，拔腿追了上去。华云龙虽然年纪大些，但并不示弱，在后面紧紧跟随。跑了一阵儿，就觉浑身乏力，只好停下脚步，跳下宫墙。这时，燕王府中的兵将们被惊动了，全都跑了出来。大家见左相正在院子中，知道有夜盗闯入，马上鸣锣吹号，杀出燕王府，却没有看到贼人的踪影。

娟娟从燕王府追出数里，见两个黑影儿隐入了东北方向的密林，朝西山逃窜。因势单力薄，怕有埋伏，回头没见身后的华叔叔追上来，所以只好返回燕王府。刚进入府内，便见华叔叔正在院中等她。华云龙看娟娟平安无事地回来了，这才放心了，说道："娟娟，不必非追不可。曾家奴的营地分散在北平府的北部和东北部，绵延数百里，很难找到他们的巢穴。咱们还是从长计议，再想办法。走，回屋吧！"边说边上前拉着娟娟的手往回走。

娟娟顺从地随华叔叔进了屋，坐在灯下，抬眼瞅了瞅，突见叔叔头顶儿有血，吓坏了，惊叫起来："哎呀，华叔叔，你受伤了，头上出血了！"经娟娟这么一喊，华云龙才觉得头皮有刺痛感，用手一摸，果然有血。娟娟忙去后墙地上找到方才打进来的飞镖，捡起来一看，是两支三棱扁形带有红穗儿的飞镖。拿到灯下仔细再看，飞镖做得很是精致，一支镖面儿上刻有"曾"字，另一支刻有"百日乐"字样，然后递给了华叔叔。华云龙接过来瞧了瞧，想起了在攻打云州时，曾得过此种飞镖，是曾家奴和他的徒弟们专用的暗器。曾家奴手下有一帮"死卒"，全是他的徒弟。那些人为报效曾家奴，在与明军交手时，死打、死拼、下死手，不胜则自裁，是一伙儿亡命徒。眼前的两支飞镖是带毒的，中镖者二十日内不会有不良反应，三十日后才开始发作，并且一天天加重。若弄不到解毒镖的药，到百日必死无疑，故而称"百日乐"，即给百天的活期。如此看来，投进的飞镖很厉害，在当时挺有名。因此，当华云龙一看镖面儿，便知道是中了曾家镖了。

　　娟娟急忙将华叔叔中毒镖之事告诉了徐叔叔，大将军得知后，非常重视。他当然晓得曾家镖的致命毒性，若要保住华云龙的性命，必须千方百计地找到专解此毒镖的药，才能尽早救治，否则将有生命危险。心想："怎么才能弄到解药呢？无疑是件大难事儿。"想来想去，只能用最后一招儿了，即通过心腹拿到此药。徐达在漠北征战时，长期养着一些暗线，用来做联络工作。因为只有畅达的信息，才能知己知彼，百战不殆。大将军为啥打仗那么厉害、每每胜券在握呢？他说敌我双方对阵时，须先了解对方的情况。那么怎样才能知道人家的一切呢？于是养了不少的内线、外线，靠他们打入敌方，将所有的兵力部署摸得清清楚楚，从不打盲目、无把握之仗。不像一些鲁夫，单凭本事或用兵勇去挡，一点儿不爱惜兵将的性命。认为反正人多势大，死了一批再换上一批，没啥了不起，有的是人，那是最可恶、最无能的将军。一个好的主帅，不仅爱自己，也爱将士，绝不拿将士的躯体去堆个人的官位，更不能用兵勇的鲜血染红自己的头盔。若真是如此做了，是极其卑鄙的。徐达平生最恨这样的将军，认为还何谈什么将军？纯粹是狼子野心！所以，他把属下的将士看做自己的亲人，平时同大家的关系处得十分融洽，都愿意在其麾下为将、为卒，元朝的不少降将纷纷主动投奔于他。对于徐大将军的做法，刘伯温就很赞成，朱元璋亦甚为佩服。

　　闲话少说，徐达为救治华云龙，决定启动暗线。他在元兵中有一些这样的人，前书说过的豁鼻马大将军，便是其中之一。他后来不就是因为自身在纳哈出内部，又利用给以的官职，才顺利地干出了一番轰轰烈烈的大事来吗？那么徐达又找的暗线是谁呢？此人叫王点，是曾家奴身边的心腹。说他是曾家奴的心腹，倒不如说是徐达打入其内部的亲随更准确。曾家奴只知他叫王点，其实是化名，真名叫张玉，字世美，祥符人，为明史中比较出名的干才，将来本书还要讲到。张玉生于至元二年，如今四十来岁，正当壮年。聪明、机灵，为人坦诚，跟谁都如兄弟一般相处，体谅、关心他人，几乎找不出做得不周到的地方。因此，皆愿与其共事。元朝末年，他在枢密知院任差。元亡后便没事儿干了，曾到过江北，又于北平等地混日子。一天被徐达在街市中发现，随便一唠，感到此人举止非凡，言谈风雅，很有韬略，遂收为心腹。后来，在同曾家奴对阵时，将他派出，混入其队伍谋事。张玉善于联络，巧于应酬，渐渐得到了曾家奴的信任，现为身边的参军，得以重用。凡曾家奴内部的事儿，别人不知道的，张玉清楚。曾家奴部的枢密情况，张玉全掌握，并悄悄儿传给了徐达。别看曾家奴勇猛、厉害，可算盘却握在徐大将军的手里，工于心计方面远逊于徐达。平时，曾家奴今天到哪儿去了，明天又出去做什么事儿了，徐达了如指掌，这里不妨向阿哥们插说几句。

马云和叶旺曾为一件事觉得有愧于徐达，犯下了不可饶恕的罪过。什么事儿呢？就是二人曾向大将军推荐了高家奴，还让他去了北平。结果却受了高家奴的蒙骗，说是去北平府，实际上投奔到曾家奴那儿去了，给朝廷和徐大将军带来不少的麻烦。为此，直到现在，马云和叶旺的心里一直深感愧疚和不安。尤其叶旺更后悔，肠子都悔青了，觉得对不住恩师，恨自己不辨真假人，介绍了一个败类。其实，高家奴跟曾家奴接触上并勾搭连环后，徐达就知道他叛变了。谁告诉的呢？王点。因为是机密之事，所以徐达只字没跟马云、叶旺透露过，装作不知道。当然从另一个角度讲，也是为保持单线联系，不暴露王点的内线身份。如果不小心露出去了，王点不遭殃了吗？由此可见，曾家奴那根风筝线，一直是拽在徐达大帅手中的。眼下由于事情紧急，有关华云龙兄弟的生命，大将军只好把这张心爱的王牌用上了。

单说王点得到了密信，一看是徐达的指令，能不办嘛，自然要使出浑身解数，千方百计地从曾家奴处盗得解药。他很有本事，经一番谋划，果然解药顺利到手了。心想："看来，我不能再在曾家奴处呆下去了。药一盗出，曾家奴那么鬼，哪能不察觉呢？对，趁早离开他。"想至此，马上带着解药，连夜逃到了北平大将军府。徐达见张玉亲自带药归来，知他已不能再回曾家奴那儿了，便拍拍张玉的肩膀安慰道："这样也好，还有许多重要的事儿等着你去做呢！"接过解药后，立即交给了华云龙。华云龙吃下后，果然灵验，病情很快得以好转。

张玉到北平府后，徐达将他留在自己的麾下，做了护军将领。一天，张玉偷偷告诉徐大将军，燕王府里有曾家奴的暗探。徐达听后很是震惊，让他详细讲来。张玉说道："大将军，华云龙中毒镖的那天晚上，不是有两个人夜闯燕王府吗？那便是曾家奴之子和其死卒'鬼见愁'。正是因为曾家奴得到了燕王府暗探的密告，说月牙楼的机密已全部被徐达他们得到，华云龙正在全力破解，所以想置左相于死地，以使明廷无法打开月牙楼。曾家奴的儿子和'鬼见愁'之所以能闯进燕王府，并能详知华云龙与娟娟所在的房间，皆是隐入燕王府的暗探引导而为。大将军，你想啊，元朝的皇宫、现在的燕王府房屋数百间之多，华云龙和秉仁公主又是极其秘密地在其中的一个房间里破解图纸，若没有暗探指引，外人怎会知道？"徐达忙问："可知隐入的暗探是谁么？"张玉回道："此人是燕王府后库房的总管娄永。"徐达迅即将华云龙叫来，告知了详情，并问："你知否娄永的来历？"华云龙回道："大将军可能忘了，三年前，此人是由你从京师带来交给我们的。"经华云龙一提醒，徐达一下想起来了："对呀，当时是胡惟庸求我给安置娄永，于是便将他引荐给华云龙了。看来，这里有问题呀！"当即下令，派护军擒拿了娄永，抄没其家。经查抄，娄永在燕王府后库中，藏匿各种皮张三千多。由于徐达的严审，娄永不得不如实交待，原来那些皮张都是为皮板大集准备的，全系胡惟庸的私产。拟以"江夏商埠"的名义，在曾家奴筹办的北方皮板大集上兜售，牟取暴利。还说他已被曾家奴收买，现为其参军，挣着俸禄。就是说，娄永一个人挣着元明双方的俸禄。他为什么答应帮着杀死华云龙呢？因为在一次查大库时，发现了鼠患，华云龙不仅狠狠地罚了娄永的俸银，还鞭责了他。从此怀恨在心，死心塌地为曾家奴在燕王府内做暗探。

接着，娄永一股脑儿地向徐达大将军说出了事情的内幕。原来娄永和曾家奴的儿子及其死卒、掌门师傅"鬼见愁"经常来往，秘密接头，互通信息。当发现鲍戎引起了娟娟的注意并跟踪到运河边儿探查时，娄永立刻把此情况告诉了曾家奴。曾家奴认为纳哈出一时不会知道"破烂王"掌握着月牙楼的图纸，就是明朝的机灵鬼徐达也不可能探知底细，故而决定先将秘密掐在自己手里，只需派出心腹、死卒、掌门师傅"鬼见愁"他们到运河边儿暗里监视"破烂王"一家就行了。如果没什么变化，暂时不必惊动他。曾家奴为啥这么想呢？一是怕自己真要动了"破烂王"，波及的面儿肯定不小。那样的话，很容易露出图纸去处的底儿；二是觉得现在必须集中精力，抓紧办好皮板大集之事。通过皮板大集聚拢人马，把明朝能利用的力量都拉过来，将元朝被打散的人马全搂过来，以壮大自己的实力。到那时，再抓走华氏掌门人"破烂王"，把华氏家族掌握的所有图纸弄到手蛮赶趟儿，完全有力量对付一切。待抓了"破烂王"之后，即赴金山破月牙楼，擒拿纳哈出，辽东便可顺顺当当地归入自己的囊中。

哪成想就在曾家奴的如意算盘打得正响之时，突然接到娄永的密报，说徐达、华云龙、秉仁公主他们已先动手，抓了鲍戎。曾家奴立马着急了，赶紧派"鬼见愁"带着人速去运河边儿取宝。所谓取宝，是他们的暗语，即擒拿"破烂王"，将他全家抓到喀喇沁，以防落入徐达之手。"鬼见愁"便按曾家奴的指令，连夜前往通州，抓了"破烂王"。不料中途却杀出个瘌僧人来，把事儿给搅了，只好空手回来禀告曾家奴。曾家奴气得暴跳如雷，大骂其无能，纯粹是个废物，并要亲手杀死"鬼见愁"。正值"鬼见愁"生死攸关之时，突然娄永传来密告，说华云龙已从本家大哥华云海手中得到了铁匣子，正与秉仁公主破解月牙楼的秘密呢！"鬼见愁"一看有立功的机会，赶忙抓住这根救命稻草，跪地一再哀求道："请曾将军再给小的一次机会，让小的去除掉华云龙，拿回铁匣子！"曾家奴也觉得既然月牙楼的图纸掌握在华云龙手里，只有杀了他，才能把此楼的秘密掌握在自己手中。不仅使华家的传人变成粪土，控制了华家的筑建工艺，还能牵着纳哈出和扩廓帖木儿跟着我走，使他们束手听命。因为惟有我曾家奴能破月牙楼，月牙楼破了，此盘棋就走活了。否则，可白费劲儿了，几年来的惨淡经营和所有努力将化为乌有。于是，对"鬼见愁"说："好吧，给你一次机会，不过话可撂到这儿，只能成功。若失败了，不要活着来见我！""鬼见愁"见曾家奴答应了，在九死一生中有了一线生的希望，才松了口气，下决心定要置华云龙于死地。

"鬼见愁"深知，要想把杀华云龙之事顺利办成，必须得掌握燕王府内的一些具体情况及房间是如何分布的。他赶忙与娄永联系，让他详查华云龙与秉仁公主在府中的哪个房间议事、破解图纸以及什么时间在。一定得弄准，倘若错了，将凌迟处死。娄永一听，怕极了，心想："都说曾家奴狠，看来'鬼见愁'更狠，死前也得抓个垫背的。如果办不好，还不要了我的小命啊！"这么一想，你说他能不害怕吗？立马做了详细的调查，并绘制了华云龙所在的房间位置图。然后，把掌握的有关情况告诉了"鬼见愁"，送上了绘图。"鬼见愁"为把握起见，与娄永约定，让他在华云龙与秉仁公主破解图纸所在的房间窗户外面，贴上一张圆形的白纸作为暗号儿。各位阿哥请想，那么多的房子，偶尔有个房间的窗子上贴一小块儿白纸，哪能注意得到哇，这招儿厉害吧？如此一来，"鬼见愁"能在众多的房子中，很容易找到华云龙和娟娟所在的那间屋。而且根据约定，贴的白纸还要正对着华云龙，"鬼见愁"将从圆形纸处将飞镖打进，准确无误地杀死燕王府左相，可见他们计划得何等周密呀！已经做到了这一步，"鬼见愁"仍不放心，为了能十拿九稳，又与娄永商定，自己要先行进入燕王府。娄永是后库总管，燕王府的吃喝拉撒都归他管，就是后厨从外面买进的粮食、蔬菜、果品、牛羊肉等，也得经过他。"鬼见愁"和曾家奴之子马上以送牛羊肉的小工名义，推车送货进了燕王府，进去便没出来，娄永将二人藏在库房里，定好夜里办完事儿以后，再走出燕王府。他俩是会武功之人，掌握夜行术，能蹿房越脊，别看高墙大院儿，根本挡不住。于是，在娄永的帮助下，才发生了"鬼见愁"与曾家奴之子夜里向华云龙和娟娟偷袭之举。真是老天保佑，华云龙命大没死，秉仁公主毫发未伤，紧跟着追了出去。"鬼见愁"和曾家奴之子见大事不妙，不得不慌里慌张地蹿上房顶儿逃跑了。

娄永把事情的前前后后一交待，可把华云龙气坏了，那是怒不可遏呀！圆瞪双目，指着娄永的鼻子痛骂道："可恶的无耻之徒，怎么能相信你？原来竟是个人面兽心的奸细，活在世上还有何用！"边骂边抢起大如铁锤的拳头向娄永的头上砸去。徐达刚要伸手制止，但已经晚了，那大拳早落了下来。谁的脑袋能经得起这样的狠砸？顿时脑浆迸裂，扑通一声倒地而亡。

徐达一看，知道坏了，肯定惹下了祸端。为什么这么说呢？你想啊，娄永原本是胡惟庸安插在燕王府的人。现在出事儿了，娄永的家人能不告诉他嘛，知道后哪能不插手呢？胡惟庸是什么人哪，那是个小肚鸡肠、偏袒、护短的家伙，手下死了，不管才怪呢！何况娄家又是一个详知他的底细、关系到今后命运的人，更会用尽一切招法进行干预，这样一来，当然麻烦了。胡惟庸乃本朝左丞相，愣是把皇上给迷惑住了，深得信任。在朝中，可以说是皇帝一人之下、众臣之上的说一不二之人，连汪广洋都不在话下。朝中上下人等多是其亲信、党羽，只要说什么，几乎是一呼百诺，你说他还怕啥？是不是胡惟庸可以一手遮天了呢？也不是。当年刘伯温老军师在朝时，他就很在乎，眼下怕的是徐达、华云龙他们，担心把娄永的罪过禀奏给皇上，皇上迁怒于他。为防这一手，必将极力颠倒黑白，替娄永说好话儿，不能让他有罪，甚而会对徐达、华云龙等人造谣中伤，说不准会编出些什么话来呢！那么，此事该怎么办好呢？徐达想，不管咋的，得速把娄永所犯罪过及与胡惟庸的牵连直接秘密奏报皇上，让皇上知道左丞相利用娄永在外做了不少危害朝廷的勾当，应引起注意。与此同时，也需告知早已退居浙江青田草堂的刘伯温。为什么要让他知道呢？不仅因为此事关乎到义女娟娟，还因为老先生一向是个讲正义的人，敢说话。不管你是天王老子还是谁，只要犯了罪，决不客气，必直陈其言，无所畏惧。再说他为开创大明功不可没，朱元璋亦十分尊敬和欣赏，总像对待自己的师傅一样。只要昔日的军师出面说话，一般是管用的。徐达左思右想，为了大明朝的稳固，为了保护华云龙和秉仁公主，只能这么办了。

　　娟娟从徐达的口中，已知娄永的供词，清楚这件事处理起来会很麻烦。华云龙在吃了张玉拿来的解毒药后，虽然身子骨儿渐渐好了起来，但脾气越来越暴烈。受此毒药之人，最忌讳心血来潮。脾气一上来，血液流通将加快，尽管吃了解药，对消毒也不利。本来大家都希望华云龙静心安养百日，别生气，不要多说话，少到处走动。可华云龙哪里静得下来、呆得住呀！你想啊，燕王府出了鲍戎私藏铁匣儿之事，接着是华云海离世，他能心静吗？万万没料到的是，紧接着出了娄永在府中协助同伙儿用暗器伤害他和秉仁公主的举动，这对华云龙的刺激太大了，哪能受得了哇？何况娄永是他重用之人。暗恨自己不辨真假人，为此上了一股急火儿，使原本可以恢复的身体在中毒的七十日后，突然感到不适，走路不用。什么叫"不用"？就是腿迈不动步，心里想要走，但腿脚不听话，怎么着都不好使。另外，还听到从朝中传来的风闻，胡惟庸已申奏皇上，说华云龙在北平府居高傲上，妄住元丞相脱脱之府，擅自开启了元宫里的珍宝宫。事实是个什么情况呢？开过珍宝宫不假，可那是受徐达之命，为确保铁匣子的安全，才把元宫存放珍宝的宫锁打开了，将铁匣子搁了进去。因为此宫日夜有重兵把守，只有放在里面，才比较保险。胡惟庸造谣说华云龙动了珍宝宫里元朝皇上用的珠宝，岂不是天大的冤枉？朱元璋听了禀奏，不但不调查，而且特别有气，大发雷霆。果不然，不久朝中来了快马，圣上降下旨意，召华云龙进京复命。皇上圣旨到时，徐达正好有事儿出去了，没在府中。娟娟急坏了，然而圣命难违，有什么办法？华云龙只好带病南下。由于腿不好使，抬不起来，上不了轿，遂由燕王府的兵卒将他抬到车里，快马奔向南京，娟娟等人含泪送行。

次日，徐达返回，闻知此事大怒！急命李文忠、兰玉、傅友德速接华云龙回北平府。徐达为什么要派人追赶呢？他想："华云龙绝不能回京，胡惟庸是不会放过他的，必死无疑。看来须马上亲自去京师，有天大的事儿，应由我徐天德一人担着。"还好，半道儿上，李文忠等人把左相给接了回来。华云龙本来就有病在身，再这么一折腾，病情愈加严重，后来便昏迷不醒了。

徐达简单整理了一下出行的衣着，又对众将嘱咐了一番，就率李文忠直奔南京。到京师后，没进皇宫，而是先去青田找刘伯温了。徐达见到了刘老军师，自然很高兴，寒暄过后，便急不可待地将北平府最近发生的事儿讲了，并请刘大哥一起叩见皇上。刘伯温说："老朽实在是不想前往。我意你们干脆拿着由娄永亲自画押的罪状面君，圣上是明白人，诸事会公正裁定的。暂时不要涉及胡惟庸之过，讲了反而不利。"徐达听后，便按老先生的话，迅速回到南京，叩见皇上，将娄永画押的一大摞口供文书呈交御览。朱元璋看后，方知内情，自言自语道："圣旨已发，如何是好？"徐达回道："华云龙现已病入膏肓，不久于人世。臣建议，请陛下收回成命，别让来京了。"皇上点头允诺，遂问道："燕王府今后将由谁管理？"徐达回道："据臣下所见，圣上的义子道舍阁下可堪此任，不如先代任燕王府的左相。"朱元璋准了，并降旨，大意是日下华云龙有疾，道舍刚刚赴任，燕王府诸事则由大将军徐达统理。徐达谢了隆恩，一场风波暂时平息了。

徐大将军回到北平府后，召来道舍，密告其事。说起道舍，我们不妨介绍一下。他的原名乃何文辉，字德明，滁州人。朱元璋下滁州时，收十四岁的何文辉为义子，赐姓朱氏。初起之时，朱元璋收了不少像何文辉这样的义子。待义子们稍稍长大了，便命他们同众将分守诸路。如周舍守镇江，道舍守北国，马儿守婺州，柴舍、真童守处州，金刚奴守衢州等。其中的周舍，即后来的大将沐英，柴舍即朱文刚，马儿即徐司马。而道舍者，即何文辉也。此人作战神勇，为人和善，颇得军士爱戴。曾跟随徐达取淮东，下平江，战功赫赫，并与徐达结下了深厚的友情。他同华云龙亦甚友好，在救助其兄华云海时，那是积极出力的。因此，华云龙被胡惟庸余党陷害，徐达才力主由何文辉继任北平燕王府邸代理左相之职。尽管皇上降旨燕王府诸事由徐达统管，实际上他将一切事务均交给了文辉管理。文辉与周围人的关系处得很好，与秉仁公主娟娟也是兄妹相称，十分融洽。徐达将他找来，两人共同商量了守卫燕王府的一些事情，且不去细说。

三月间，华云龙重病不起，徐达、李文忠、何文辉、娟娟、兰玉、傅友德、朱亮以及鲍戎夫妇、华云龙之嫂皆在场日夜守候。一天，华云龙命人将铁匣子取来，亲手交给了徐达，说道："我寿命不永，不能再为朝廷效力了。这些祖传之大都等筑建工艺图纸都交给朝廷，可为燕王府修缮参鉴之用，云龙死可瞑目也。"说此话时，声音十分微弱。徐达接过铁匣儿，含泪谢了左相。华云龙艰难地转着头，看了看围在周围的每一个人后，便闭目而逝了，可叹终年仅四十有三。由于胡惟庸从中作梗，死时未得任何封赏，葬于北平府西郊。徐达、娟娟以及亲朋好友，在万分悲痛中祭奠了华云龙左相的英灵。

华云龙大将军战功赫赫，在任燕王府左相期间，为府邸的修缮和管理日夜操劳，是徐达最亲密的挚友、得力的助手。与此同时，还结交了不少燕北好友，如朱亮、张玉、何文辉、朱亮之子朱能等，后来皆成为燕王朱棣的得力辅臣和心腹。其中，张玉、朱能更是燕王起事的重要将领，立下了不可替代的功劳，为永乐朝的巩固和发展奠定了坚实的基础，这是后话。

华云龙所保存的图纸，由徐达全部收藏。他深知暂时不能将铁匣儿奉于朝廷，若递了上去，必落在胡惟庸之手，那就很有可能又会辗转到曾家奴处。所以，始终放在珍宝宫里秘密保存。洪武十七年病危时，才将铁匣儿交给了心爱的女婿，即后来的永乐大帝朱棣，这也是后话。

单说哭声未止，又传悲声。华云龙死后不过一个来月，即洪武八年四月初夏，娟娟等人正在为破月牙楼紧张忙碌之时，京师急传檄徐达、娟娟速回。娟娟一惊，想必是有大事发生，便与徐叔叔当夜上路了。到南京后得知，德高望重、赫赫有名的军师、娟娟之义父刘伯温老先生溘然长逝，停灵青田！二人听罢，如头上惊雷炸响，悲痛欲绝！朱元璋亦是万分难过，茶食不进，在宫内设了灵堂，辍朝五日，戴孝祭奠。皇帝不能离宫呀，由马皇后代表皇上率宋濂等群臣到青田亲祭，徐达和娟娟随同皇后前往。马云和叶旺打马疾驰，从辽阳赶回南京，再赴青田。明月长老率了慧、了静也去了，青田知县和各州府官员皆前来叩祭。在人群中，还有一位最惹眼的，那就是胡惟庸左丞相。他头缠白纱，全身缟服，显得异常悲伤。老军师的府上，已经搭好了灵棚，刘伯温停灵于内。青田的父老乡亲纷纷前来，络绎不绝，悲声恸天！当马皇后一行将要到达青田时，刘琏夫妇、刘璟夫妇远离家门一里跪接，娟娟全身重孝，号啕大哭着来到父亲灵堂前叩拜。

祭礼隆重自不必说，大家在安葬刘伯温的同时，不由得想起了老军师一生的所作所为。他刚直不阿，光明磊落，睿智过人，远见卓识。几十年如一日地为朱元璋谋划军事，使之屡屡得胜，被视为神机妙算的诸葛武侯在世。他从不阿谀奉迎，欺上瞒下，而是清清白白做人。看不惯李善长、汪广洋、胡惟庸等人相互之间的勾心斗角、尔虞我诈、为名利你争我夺那面红耳赤的丑态，曾暗暗讥讽道："投其所好，实其所欲。早知早好，晚悟晚报。"可这些利欲熏心之人，哪里会理解其意呢？刘伯温还曾写过箴言："可叹飞蛾贪光耀，翩翩飞舞乐逍遥。不忌天风张罗网，到头依做火中肴。"把那些贪欲之人为求名利，不择手段，到头来必然引火自焚的情态描绘得入木三分，此名句后来成为了历朝的座右铭。老先生因同势利小人格格不入，所以在朱元璋坐殿集庆之后，主动后撤，不往前争，不要名位。其实早就想退隐，只因朱元璋不放，才迟迟未能成行。当终于对李善长等人苦苦钻营、讨官要官、沽名钓誉的行径实在无法忍受时，则坚决自告离朝，回青田做农夫。隐居田园之后，以一介平民的身份，同百姓相处得十分融洽，过着日出而做、日落而息的生活。一生中，由于太正直，对什么事儿向来是就是是，非就是非，从不含糊，因而引起了一些贪利之人对他的无比仇恨，成了他们的眼中钉、肉中刺。朱元璋从一接触刘伯温，便对他是既尊敬又怕，很多时候还是愿意接受汪广洋、李善长、胡惟庸等人的啥好听说啥，不愿意听刘伯温那些非顺情说好话的劝告和感到刺耳的话。特别是当了皇上、成为一代君王之后，明显地变了，打江山时曾有过的长处渐渐没了，拒绝良药苦口，甚而听不得与自己相悖的话了。刘伯温看出了他的变化，感到不能再在君王身边了，伴君如伴虎。但是，为了江山社稷的安危、黎民百姓的利益，不管朱元璋是否愿意听，也不管能否听得进，仍然在极其关键的时刻讲了一些很重要的意见，出了不少决策性的计谋，后来验证

东海沉冤录

了全是对的。比如朱元璋特别喜欢、信任胡惟庸，刘伯温就常跟他讲此人不行，绝不能重用。然而却没听，结果胡惟庸真的做了叛徒。朱元璋这时才感到先生的预测的确很准，看人很毒，不能不佩服老军师的料事如神。可已经晚三秋了，使朝廷遭受了无法弥补的损失。

正因为刘伯温具有高尚的人格，使之在朝廷里得罪了不少势利小人，进而恨之入骨，甚至千方百计地想谋害他。刘伯温究竟是怎么死的，到现在谁也说不清，乃一大谜团，成为千古奇案。刘琏当时痛哭流涕地告诉妹妹娟娟："咱们的父亲死得蹊跷啊，很可能是被人害死的。有一天，胡惟庸突然来到家中，说是给送药的。我一看，真是拿来了一包药，父亲丝毫没戒备，就服下了。胡惟庸走后，待到夜半之时，父亲突然肚子剧痛，上吐下泻，大叫几声便没气儿了。我十分疑惑，马上将此事报给了当地的官衙。由于父亲是军师，前来看望的人是左丞相，青田的州府衙门谁敢出声儿呀？皆闷闷不语。我又找了不少郎中，他们看完之后，同样不敢说什么，只是摇摇头，最后一个个蹑手蹑脚地走了。父亲死得不明不白呀，冤出大天啦，肯定有问题！"娟娟听哥哥这么一讲，觉得很是诧异。因为有秉仁公主的身份，能跟马皇后说上话，马皇后又特别喜欢她。所以，马上把此猜测哭诉给了皇娘。马皇后听了甚觉奇怪，想了想，说道："是啊，前些天，哀家问刘老先生一些事儿的时候，他还谈笑风生、精神头儿十足呢！听说又乐居田园，常到大地里走动，锄禾耕种，日日不闲，身板儿挺好。眼下才六十五岁，按他那个硬朗劲儿，再有十年不够活，缘何突然死了呢？是有点儿让人琢磨不透。"很显然，也对胡惟庸送来的药起了疑心。

前书咱们讲过马皇后，她与刘伯温和安夫人两口子的关系很好。尽管安夫人故去的年头儿不少了，还是经常念叨她，每每见到刘伯温，总要提起一些往事。而今老军师突然离去了，她能不伤心吗？尤其是对死去的原因又产生了疑虑，当然对胡惟庸的行为很重视，便告诉了悲痛中的皇上。朱元璋听后很是在意，说实在的，一提起刘伯温，他就觉得有些愧疚。为什么呢？因为自从刘老军师告老还乡以后，总是借故朝中事情多，分不开身，一直没前去看望。过去，常因军师的耿正而不悦，常因直言不讳而不快，所以没想去探看。如今想想，虽然军师同自己有些个不愉快，但什么事儿又离不开他。回到青田后，还时常想念老先生，朝中有要事时，总要一次次地将其请回相商。然而，直至今天却没去看望过，真是慢待了军师呀！掏心窝子讲，朱元璋对刘伯温是有感情的，他们以前经常坐在屋子里一唠就是一宿。朱元璋向来没有那么大的兴趣听别人说什么，惟愿听刘老军师讲，并主动向他请教。现在，当得知军师的死是有人谋害所致时，先是大吃一惊，心想："不会吧，有多大的仇恨非要如此呢？"可又仔细思量了一下，觉得不是没有可能。前些日子徐达来报，说胡惟庸与曾家奴要共办皮板大集，目的是从中渔利。最近还听天德讲，胡惟庸的心腹娄永交待的罪行中，谈到了胡惟庸涉嫌报复、中伤华云龙诸事。马云、叶旺、秉仁公主也曾密报过，说胡惟庸和元兵站赤有着见不得人的往来，如果继续下去，将后患无穷。想到这儿，决定详查此案。

正在朱元璋要查询刘伯温之死与胡惟庸是否有关时，秉仁公主又奏报了胡惟庸的一桩罪行。事情是这样的：汪广洋之亲随刘铎，因为戏弄汪广洋的女婢，被汪广洋当众扒光衣裳鞭责，刘铎对此恨之入骨。刘铎与刘琏有一面之交，一日前去青田见刘琏，将一机密泄露，说道："胡惟庸与汪广洋原为左、右丞相时，有一次，胡惟庸到汪府赴酒宴，狂饮之中吐露了真情。他说：'早就恨刘伯温谗言于圣上，久必除之。'当时，刚好我在场，便听到了。可直到现在，汪广洋一直知情不举。"刘琏将刘铎的一番话告诉了妹妹，娟娟马上前往皇宫，奏报了皇上。朱元璋十分重视，当即降旨督察院，尽快查清此事。经审，刘铎证明确有其事。秉仁公主得知后请皇上主持公道，对为虎作伥、知情不举、可恶至极的汪广洋应从严惩治。朱元璋奈不过马皇后、徐达、马云、叶旺的奏请，只好答应了，还安抚众臣说："朕必严办汪广洋，尔等速返北疆，抚北为重。"后来，在马皇后的一再催促、监督之下，朱元璋于洪武十二年冬赐汪广洋死，此为后话。

娟娟匆匆到青田奔丧完毕，便与两位哥哥、嫂嫂挥泪作别，随马皇后车驾同回京师。到了南京之后，马皇后特将徐达、马云、叶旺、娟娟、明月长老请入宫中，摆宴款待，皇帝朱元璋亦亲自驾临。宴前，大家先聚在马皇后的宫里，天南海北地唠了起来。娟娟此次从辽东回到北平府，因忙于破解图纸和祭奠父亲亡灵，一直沉湎于悲痛之中，还没有来得及向皇上禀报北疆之事。今日到宫内，皇帝、皇后见娟娟长高了，脸上多了几分勤于思索的气韵，风姿秀逸，显得越发的美貌，更加成熟了。把个马皇后喜欢得不得了，一直微笑着不错眼珠儿地瞅哇，那是打心往外表露出来的一种母爱。接着又把娟娟搂在怀里，亲也亲不够，心里直说："这可是天下少有的美人啊，真像，太像我的绣绣妹妹啦！"朱元璋往日的冷漠情态不见了，乐呵呵地将秉仁公主从马皇后那儿叫到自己身边，仔细地端详着。见娟娟的个头儿、长相、风度及言谈举止，简直跟年轻时的楚绣绣一模一样，二样儿不差。越看越心驰神往，越看越激动不已，于是详细地询问了此去北疆的收获及寻母的进展情况，娟娟一一做了回禀。当得知楚绣绣已经疯了、没了踪影、不知去向时，朱元璋深表同情，并为娟娟的诚孝之心所感动。娟娟讲了在辽东找到一个同胞弟弟，叫田田，是心向本朝的。在座的人听说后，皆暗恨李善长、胡惟庸欠下的风流债，朱元璋更是愤恨至极。娟娟还有意从侧面谈及了华云龙，说道："金山月牙楼内，有元帝玉玺和各种宝物。现已找到建筑月牙楼和燕王府的图纸，皆为华云龙家传之遗存，原在华云龙之兄华云海处收藏。华云海过世前，将那些图纸交给了华云龙，华云龙全部献了出来。华云龙到了北平，忠心于皇上和燕王，淡泊人生。有人谣传他妄住脱脱府，实为破脱脱旧居闹鬼的传言才有意搬进去的。住进后，清除了满院杂草，做了简单的修缮，使之不至于逐年破损，以保持脱脱府的原貌。小女认为华云龙是位有功之将，对他处理不公，人已死，魂难安，望皇上、皇后明鉴。"娟娟同她的军师父亲一样，是个耿正之人，就这么毫无顾忌，直抒胸臆。马皇后听罢，立刻截住话茬儿道："好姑娘，讲得好，皇上会听的。以后再说，还是唠点儿别的吧。"那么，马皇后为什么不让娟娟说下去呢？她是怕朱元璋不高兴。本来今日兴致蛮高，若突然被娟娟的直言打下去了，会使皇上很不开心。何况此时还没入宴呢，只好遮掩过去。说实在的，朱元璋内心很喜欢秉仁公主，许多地方像深爱着的楚绣绣。但又不喜欢她的那张嘴，说起话来跟刘伯温似的，实在是够犟够倔的。

　　这时，公公来奏，酒席已摆好，请君臣入宴。因军师新丧，所以马皇后设的是斋宴，还特让太子朱标、四皇子朱棣参加。朱棣是大元至正二十九年，即庚子年生，现今十六岁了，少年英俊。朱元璋恨自己从小没上过学，是后来才学的，因此对诸子的教育十分重视。在宫中特设了大本堂，贮藏古今图籍，征聘四方名儒教育太子和诸王，轮班授课。还时常赐宴赋诗，谈古说今，讨论文字。朱元璋在对儒臣们指出皇子的教育方针时说："有一块精金，得找高手匠人打造；有一块美玉，须有好玉匠才能成器。人家有好子弟，不求明师，岂不是爱子弟反不如爱金玉？好师傅要做出好榜样，因材施教，培养出人才来。朕的孩子们将来是要治国管事儿的，诸功臣子弟也要做官办事。教的方法，要紧的是正心。心一正，万事都办得了；心不正，诸欲交攻，大大的要不得。你们要用实学教导，用不着学一般文士，光是记诵辞章，一无好处。"朱元璋还注意到，诸子的学问要紧，德性尤其要紧。因此，他除请儒生经师而外，又选了一批有传统德行的端人正士，差事是把"帝王之道，礼乐之教和往古成败之迹，民间稼穑之事，朝夕讲说"。朱棣就是在这种严格的教育下成长起来的，是诸子中学得最好的一个，各个方面很是符合朱元璋的要求。他从小不但习文，而且少长习兵练武，并得到岳父徐达的亲授。大将军每次回到京师，必到朱棣处审看习武情形，他此时的个头儿差不多有已为东宫太子的大哥朱标高了。朱标的个头儿虽高，但因从小身子骨儿瘦弱，长得单细，行动多了便要出汗乃至咳血，感到浑身没力气，自然武功也不行，宫内的人没有不替他担心的。而朱棣则长得膀大腰圆，身强力壮，魁伟剽悍。乍看起来，倒像是朱标的大哥了。徐达特意挑十几个壮汉与朱棣较量体力，摔跤、举石鼎、抢石臼，从二百斤、三百斤直至千斤，把身体练得棒棒的。

朱棣是马皇后的心肝儿和骄傲，今晚之所以让四皇子来参加夜宴，一个是让他见见众位将领，再一个是可当众练练武功。朱棣与田田的岁数相差无几，比娟娟小两岁。由于徐达的教授，加上肯于吃苦，他的刀剑全能。原本在明月庵见过娟娟的剑法，因此，今天很想同秉仁公主比试比试。宴间，朱棣果然提出了此请求。开始时，娟娟不肯，一再推辞。后来马皇后再三表示想一睹娟娟的武技风采，明月长老也嘱告不要驳了四皇子的面子，应陪着练一练，又经徐达的力劝，娟娟才走入圈儿内与朱棣比剑。朱棣一出手，娟娟便看出其剑法基本上是阳宗双鹤剑的剑路，来自徐达，与叶旺大哥同宗。朱棣也从娟娟的剑法中，见识了阴宗双鹤剑的厉害。双方的比试，各有千秋。娟娟出剑特别谨慎，收放十分小心，深怕伤了弟弟。朱棣则十分卖力，剑舞得甚有造诣，得到了围观者的连声儿叫好儿。只打了儿个回合，娟娟便收起剑，跳出圈儿外，笑着说："好弟弟，剑法果然了不得。盼着四皇子快快长大，早日就藩北平府，以一展雄才！"朱棣只笑不语。

临散宴时，朱棣将自己的珍珠金丝玉带送给秉仁公主，请她收下，真诚地说："姐姐，弟知你已入佛门，钦敬之至。皇父皇娘也日夜诵念佛经，我亦敬佛，喜素斋。万望姐姐不弃，收下弟弟的心，朱棣永在姐姐身边。待过三四年成人了，即去北平府就藩，那时定同姐姐一起寻母。之后，姐姐就住在燕王府吧，永远不要离开我。"此番表述确实是四皇子的心里话，而且是当着皇娘马皇后及明月长老的面儿讲的，很是直截了当。娟娟从中体味出了朱棣对她的情感，不仅仅是姐弟之情，还含有另一层意思，脸腾地红了。心想："我一个出家之人，怎么能收四皇子的珍珠金丝玉带呢？这很不合适。"刚要谢绝，明月长老忙轻推了她一下，说道："娟娟，弟弟送的礼物理当收下。几年很快会过去的，到那时，四皇子将就藩北平府，说不定还能帮你寻母呢。收下，收下吧！"马皇后也在一边催促着："珍珠金丝玉带是四儿给姐姐的，送别人礼品还是头一遭呢。惟有你呀，我的好娟娟！"娟娟一看，不能再说什么了，只好收下。

娟娟为在北疆寻母，顺利征服辽东，请求皇上能赐一道金牌令箭。一旁的徐达不停地帮着说情，加上马皇后一个劲地吹风，朱元璋便答应了，特赐秉仁公主、武威安抚使金字"各路兵马依旨行事"的如意形令牌一块。娟娟拿到这块令牌，等于手里有了尚方宝剑，权限立马大了。不但能调动三军，而且可随时喝令州府县衙大小官员按意旨行事。那么，在这件事上，徐达为啥帮助说话呢？因他清楚娟娟的文才、能力和品德，有女帅之风，又是自己的得力助手。再说由于连年征战，甚感体力不支，真需要有人帮一把。徐达对其他人都没看上眼，只看娟娟是块料，曾将心里话暗地里向朱元璋、马皇后讲过，二人听后感到挺欣慰。大明朝当时还没有女帅之职，况且娟娟已削发为尼，又有秉仁公主的身份，怎能任命为帅职呢？现在有了令牌就不一样了，完全可以行使御北之大权，再过几年，定能为朱棣就藩北平铺平道路。

朱元璋的儿子不少，在这些皇子中，他与马皇后尤其看重的是四皇子之才。朱棣也深知父王和母后对自己的期望，至于其他的哥哥、弟弟们，他多少还是有点儿数的，说实在的，没太放在心上。朱棣天资聪慧，机敏过人，常在父王、母后身边接触国政，从小就受到熏陶。加上又有众臣的厚爱和关照，因此成熟较快，早有抚威天下之志。他同秉仁公主一见面便相中了，特别喜欢与姐姐在一起，口口声声称"皇姐"，叫得挺甜。娟娟同样喜欢朱棣，认为既是一表人才，又有文韬武略，将来必成大器。于是，朱棣请求父皇和母后说："华云龙已故，何文辉兄长又刚去北平，尚不了解府中的情况。不妨请皇姐住在燕王府，以便帮助皇儿管理，如何？"朱元璋、马皇后征得徐达的同意后，一一准允，并赐秉仁公主为燕王府的"辅相"。待朱棣入藩，再自行销任。可谁又能想到此后所发生的事儿呢？这一赏赐，后来竟使北平府与辽东连在一起了。朱棣入藩北平后，与辽东关系尤为密切。又由于田田也入驻燕王府，帮助朱棣团结了不少天下英雄，安固了北方女真诸族，使他们一心向着朝廷，向着燕王，为朱棣起兵推翻恭闵帝、创建永乐王朝打下了稳固的基础。实际上，所有一切都是徐达精心策划的，虽然历史上没讲，但事实的确如此。朱棣得天下，最大最有功之人，应是其岳丈——徐达大将军。

娟娟在宫中的事情办完之后，随明月长老回到了明月庵。自打参与东征、随师太北上之后，已是多时未回庵了。此次归来，见明月庵早已修葺一新，很是壮观，可以说在南京城中，是上数的佛地了，非常高兴。了慧、了静和众师兄弟、师姐妹皆来见过，又增加了不少新徒，纷纷拜见妙善。明月长老深情地对娟娟说："我老了，不能陪你北上了，除非要事之外，其他没精力再管什么了。北方你已熟悉，好自为之吧，待找到生母后，还要回庵中修炼。"娟娟边听边点头答应着，随后与大家兴致勃勃地唠了起来，一直聊到很晚，这夜便宿于庵中。

徐达临返回北平府之前，又被密召进宫，朱元璋嘱咐他："回去之后，勿谈胡惟庸、汪广洋之事，朕自有主张。军师刘伯温在世时曾言：'静观以待，老账可算。'朕仍任其为相，卿等继续查通谋之证，可也。"徐达听皇上如此这般地一说，那颗一直悬着的心才算落了地。

徐达出宫后，率秉仁公主、马云、叶旺同赴北平府，一路上，边走边互通情况。马云、叶旺详细介绍了辽阳的形势及纳哈出的动向，叶旺说："纳哈出、曾家奴各揣心腹事，既联合又各自独立，相互勾心斗角。目前看来，经多年的联络，特别是近一年，由于娟娟、明月长老和田田等人的努力，纳哈出的态度有些变化，对明廷反倒比对曾家奴和扩廓帖木儿更近些。所以，眼下应齐心协力地先对付曾家奴和扩廓帖木儿。若西域与塞北平抚了，纳哈出窃据的辽东金山就挺不了多长时间了，很快便到终期了。况且华云龙留下了宝贵的筑建图纸，让我们牢牢地掐住了元残部的咽喉。这样，他们想夺玉玺的美梦会随之破灭，在和林的元帝爱猷识里达腊也该寿终正寝了，大元将彻底败亡。"徐达想："是啊，此次北上北平府，就是要集中力量，发兵力歼扩廓帖木儿和曾家奴。西征取得胜利，辽东必然收入本朝囊中，可使天下太平矣！"

徐达待娟娟如同自己的亲生女儿一般，从心底里喜欢她、爱护她、关怀她。既是由于娟娟年轻有为，其人品、聪慧和才能超群，又因为与刘伯温夫妇的生死之交，加之娟娟坎坷辛酸之经历，令徐达百倍地同情，格外地关照。特别是娟娟的秉性和一往无前的精神，尤使他感动、钦佩，认为将来一定会成为本朝的一代女杰，并会帮助自己的爱婿朱棣治理好北疆。故而处处有意栽培、锻炼娟娟，遇事要先听她说个见解，事事让她多出头。而娟娟则把徐叔叔看做是最敬重的大英雄、最亲近的长辈，内心最佩服的有两个人，一个是父亲刘伯温，一个便是徐达大将军，认为徐叔叔是本朝的第一伟人。娟娟不图富贵，不自恃高傲，向来礼让待人。这种高洁的情怀和品格，不仅使徐达喜爱，也令马云、叶旺敬慕不已。徐达多年来不但能做到一切心中有数，从不显能炫耀，鞠躬尽瘁，一心一意报效朝廷，而且从不夸赞自己，不随便品评他人，谦虚恭谨。刘伯温在世时就说过："天德为人，天下惟一，君子难为也。"还曾嘱咐朱元璋："两耳可闭塞，惟要坚信徐天德，本朝可代代永替。"至于徐达的所有功过，无需我们赘言，自有后人评说。

　　徐达带着娟娟等人回到北平府后，便把众将请到一起，商量一下军情要务，主要是议一议如何守卫辽东、确保西征胜利之事，并指名让秉仁公主辅相谈谈下一步的战法。面对大将军的突如其来点将，娟娟是怎么做的呢？一个是因为徐叔叔发话让她讲，再一个是燕王府新任的代理左相何文辉及其他将领知悉秉仁公主的身份，都很尊重她，皆表示愿意听听辅相的看法。在这种情况下，实在无法推辞，才朗声儿说道："好吧，我先讲讲。徐叔叔，您带众将士西征，那么燕北一线所剩人马就是我的何文辉大哥、朱亮叔叔、张玉叔叔，此外还有燕王府的将勇了。马云、叶旺大哥他们也算一份儿，当然重点是放在掌管辽东之要务上。而我们燕北的差事，则是必须想办法擒拿曾家奴和高家奴，他们恶贯满盈，该到算总账的时候了。这样，我以为需把所余之力量拧成一股绳儿、攥成一个拳头才会有力，方可奏效。"应该说娟娟的想法十分切合实际，讲得言简意赅。

　　徐达听罢娟娟所谈，陷入了沉思，仔细想来，眼下真是这么个情况。曾家奴所占的喀喇沁位在燕山之中，北连大漠和一望无边的蒙古大草原，是元代末年与大明抗衡的主要力量。其兵力分散，活动范围广，处处皆有。只要明军一去，元兵立马跑了；等明军回来扎营驻寨，元兵则又向南入侵，总是跟你打拉锯战。因此，北边的黎民百姓天天处于兵乱之中，受了不少苦，遭了不少罪，生活之悲惨，令人不寒而栗。徐达受命坐镇北平府，首先面对的就是攻伐不利的难题，对剿北很是头疼。明朝打击元残余势力，如同拿个大拍子拍跳蚤一样，也不知那伙儿人今天在哪儿，明天又在哪儿，想拍都拍不到。为什么呢？去大的兵力吧，用不了那么多人；去小的兵力吧，又抓不到人，觉得十分不好办。眼下他认为，我到西域去攻打扩廓帖木儿之前，北平还真需要好好儿安排一下。正像娟娟说的，各方力量务必统一调动，集中兵力，才能形成一只有力的铁拳。由谁来调动呢？当然是秉仁公主。不过她身边得有几个得力的人，使之能用上，我去西征才能放心。出于此种考虑，徐达首先对刚从曾家奴那儿回来的部下张玉说："你熟悉北边的情况，掌握曾家奴的内情，可谓优势所在。留下来全力辅佐秉仁公主，做好她的参军，不能怠慢。"张玉表示："请大将军放心，一切照办，定会尽全力帮助秉仁公主擒拿曾家奴。"紧接着，徐达把另一位爱将介绍给了秉仁公主，谁呢？朱亮。朱亮在东边战线占的位置十分重要，所率之兵久据燕山，保卫着北平府。对北平的安全，对秉仁公主计划的实施，对将来擒拿曾家奴和高家奴以及破月牙楼，将是一支主力。徐达嘱咐道："朱亮，你清楚北平府一带的山形地貌，对元兵布阵情况了如指掌。在我西征时，要听从秉仁公主的将令，不得有误。"朱亮诺诺称是。徐达看了看刚刚就任的燕王府代理左相何文辉，知其原来镇守过应昌，深知大漠作战的特点，本身带有五千兵马。遂令他以燕王府的兵力和财力，全力支援秉仁公主。再命马云和叶旺将军，不仅要镇守好辽东，还要做好准备，随时听从秉仁公主的调遣。这样一部署，便将几支力量集中起来了，统由秉仁公主指挥，准备与曾家奴、高家奴、纳哈出一决雌雄，进而生擒之，拿下月牙楼。

娟娟姑娘很聪明，脑袋瓜儿好使，听大将军喊哩喀嚓一点将，心里立刻明白了："好哇，徐叔叔，岂不是把北平的事儿全交给我了，你带着兵马到西边去了，那怎么行呢？本身是大将军，掌握着兵权，北平怎么能离开兵呢？"于是，笑着冲徐达说："徐叔叔，方才部署得倒是挺周全的，可我无论如何不能离开徐叔叔呀！反正您得做好准备，我是死贴住您不放。您走到哪儿，我就跟到哪儿，肯定当那'贴树皮'。想要撂下我们躲清闲去，那可不行！"徐达哈哈大笑道："叔叔这样安排不好吗？你还不满意呀，我的小娟娟？"娟娟说："兵法云：'兵者盾也，亡兵力危。凡是离了兵，诸事难成。'即是说，有了兵力，才等于有了后盾；没有兵力，便没有后盾，马上会来危险了。叔叔，您兵权在握，就是我们的后盾。没有您，神人照样制服不了曾家奴。"徐达诙谐地说："嚯，好厉害呀！这下可好，连我大将军也给锁在秉仁公主的帐下啦！"大伙儿听了都笑了起来。娟娟的话说得在理，后来的结果亦是如此，真正制服曾家奴的，还是徐达率领的能征善战之兵马。

兵力部署完以后，大家分头按分工做准备，以便尽快擒拿顽抗到底的元朝残部曾家奴和高家奴，使塞北久未归附之地，早些纳入大明的版图之中。徐达为使众将能更多地了解和掌握情况，在行动之前，请张玉详细向将领们介绍一下塞北的情况。张玉开口道："曾家奴在塞北的兵力说是四十万，只是个保守数，实际还要多些。因为有不少牧民和猎民被笼络在他手中，随时可能从草原调来参战，力量也不小。对这一点，绝不能小觑，更马虎不得。曾家奴兵力的分布特点是比较分散，占有的地域相当广阔，东西绵延七八百里之遥。西起兴和、花皮岭、云州、土城，东至长山屿、下板、喀喇沁、敖汉旗等地，像撒芝麻盐一样，哪块儿都有，哪块儿又不怎么多。而且他的兵力游移不定，有时集中在这儿，有时集中到那儿。这样，使得你找不到他们的主要兵力究竟在何处，也正是咱们剿灭元兵的难度。另外，有的地域虽然本朝的兵力已经占进去了，但其中的沟沟坎坎，特别是一些偏僻之地，还有曾家奴的兵力。往往是你中有我，我中有你，互相咬合在一起。他的骑兵多，说来就来，说走就走，捕捉起来非常不易。据查，近一个时期，曾家奴的主力聚集在长城以北的雾灵山。雾灵山是燕山山脉的一座高山，山峰险峻，树木密集，沟谷颇多，他便借此地势藏了不少兵。雾灵离北平府不远，曾家奴随时可以以雾灵为据点，骚扰北平府，又可南下至蓟州等地。目前，他在雾灵的据点是雾灵以东的娘娘洞，周围全是高山大谷，易守难攻。此地北有密奇河，我朝兵马进攻时，他们若守不住，即可顺密奇河山谷北上，进入草原大漠之中。如果得势，又可从密奇河南下，进入应手营子山区。那里皆为石头山，山势陡峭，是个很重要的地方。它西连北平附近的宝坻，东连玉田，可直通海道与运河以南的诸省联络。曾家奴就是凭借这样优越的地理条件和机动的兵马与我朝长期抗衡的，像大跳蚤似的，今天蹦到这儿，明天蹦到那儿。要是咱们去的人马多了，大拍子反倒拍不着他们，劳民伤财。待兵马撤走了，人家不知又会忽然从哪个地方钻出来骚扰你，总是没法儿消灭。过去，我朝兵马为此吃了不少亏。曾家奴还利用此渠道，联络所有能动员的力量，壮大自己的实力。另外一点，曾家奴想通过皮板大集，想方设法把各地的大亨、货商联系到一起。为什么呢？草原和山区的渔猎特别多，各样的皮张应有尽有。他可把握有利条件，在皮板大集上聚资敛财，用来抵制我们去破月牙楼，干扰北平府的安宁。"接下来，张玉又介绍了有关皮板大集的一些情况。

　　这里，说书人要插几句。曾家奴办皮板大集是极为诡秘的，一切都是私下联络、悄悄儿进行的，并不像咱们在书里所说，好像是明摆着的。徐达他们之所以能知道这些，那是由于巫顺将此情况密报了朝廷。皮板大集选在什么地方呢？准备于北平府东边不远的雾灵一带举办。曾家奴这招儿也是很费了一番心思的，为什么呢？要知道，他们在北平附近举行这么大的活动，大明朝廷不能不担心北平府的安宁吧？谁都得说那可是个相当重要的地方，元大都嘛！朱元璋曾一再告诫徐达："一定要控制好北平府，严密保护，千万不能出一点儿差错。"曾家奴完全明白这个道理，徐达你不是得到建月牙楼的图纸了吗？我偏让你办不成。于是，把大部分兵力集中在北平府周围，先举办皮板大集，以此牵制你，搅和你，使你没有精力去顾别的，总不能放下北平府不管而去破月牙楼吧？

　　曾家奴这次办皮板大集有两个目的，一个是可以聚敛资金。当时在市面儿上流通的钱，不仅有明朝刚刚发行的洪武通宝，还有没有作废的元朝货币，即由原脱脱府老太师脱脱丞相主持发行的铜钱、纸币。曾家奴想在大集上卖皮张赚钱，用以养兵、养马及买各种物资。再一个目的是通过皮板大集，以商会友，以商联武，组织反明力量。表面上看，皮板大集或是卖皮张和各种货品，或是以物易物。实际上是曾家奴在联络人马，结交各地牧民，收拢元兵的残兵败将。曾家奴、高家奴鬼得很，并不公开出面，而是由他们的亲信出头。那些人扮成客商、老板或皮货通，以收购皮货的身份，暗地里为主子招兵买马。认为这样做，不显山不露水，不易引起明廷的警觉。比如前边说到的巫顺，不就是乌蛇岭站赤的达鲁布花、一个有兵权的人吗？可却对识别皮张有神技，被人们称为"神眼"，纳哈出、曾家奴、高家奴都佩服得五体投地。所以，便让他扮成了辽东皮货的总代理，招揽兵马，为其效劳。

　　万万不可轻视曾家奴举办的这个皮板大集，还真是很得人心。为什么呢？元朝的统治民族是蒙古族，向以游牧生活为主，牧民马匹多，皮张也多，堆起来像座小山似的。可他们又极度缺乏生活必需品，如何解决？只能把积攒的皮张卖出去，再买回粮食、盐、糖、酒及布帛、家具

东
海
沉
冤
录

等。怎么才能卖出去呢？就是凭借集市，自由买卖，互通有无，大家皆乐此不疲。因此，元朝历年都举办皮板大集，以活跃畜牧业的发展，繁荣经济，成为了一种广受牧民欢迎的传统措施。当时的交易地点，辽东有辽阳，长城以内则以京师大都为主，是重要的"集散地"。一到举办之时，百里千里以外的牧民纷纷赶着车或马驮子纷至沓来，到此以物易物，交易互换，很是热闹。到了元末，朱元璋的势力起来了，元顺帝只顾逃命，哪还顾得上举办什么皮板大集呀？后几年便停了下来，皮板大集黄了。北方的民众十分向往、也需要皮板大集，曾家奴抓住了大家的心理，非恢复不可。牧民们听说后，能不高兴、不踊跃参加吗？认为这下皮张又可以卖出去了，能买到我所需要的许多东西了。皮板大集上的货品在元朝时，能南下中原甚至运到欧亚各国，应该说是很有名望的。牧民只知道皮板大集是一次难得的交易机会，哪里会想到曾家奴是期盼着利用此传统交易的形式，招兵买马，秘密联络反明势力，将被打散的元朝零散力量重新聚拢起来，组成新的反明大军呢！

　　书归正传。众将听了张玉的介绍，知道了曾家奴、高家奴的兵力部署情况，也明白了他们为什么要办皮板大集及深层意义何在。正在议论之时，巫顺来了。他现在可不只是个一般的站赤头领，而是大明朝在辽阳的振东将军，是马云、叶旺之下的重要将领，其弟巫利为乌蛇岭站赤的头领、驿丞。巫顺眼下仍然是一身挎俩衔儿，既吃明朝的俸禄，也吃曾家奴、纳哈出的俸银，一只脚踩两只船。当然，这只是表面现象。大家全明白，他一只脚是实实在在地踩到了明朝一边，另只脚在曾家奴那边不过是虚踏而已。曾家奴、纳哈出并不知他已降明，更不知还是明朝辽东的振东将军，一直以为是自己人呢！巫顺虽属马云、叶旺在辽阳的官员，但由于表面上是曾家奴的人，为掩人耳目，不被他的手下人察觉，故而不在辽阳坐镇，还在乌蛇岭，名义上仍是那里的头目。此次到北平府是秘密而来，目的只有一个，就是传报近些日子曾家奴紧锣密鼓筹办皮板大集的情况。

　　巫顺的到来，犹如一场及时雨，使在座的人异常兴奋。他首先见过了上司马云、叶旺，又见过了秉仁公主，再由秉仁公主引见给众位将领。当突然看到王点时，先是一愣，心想："他怎么会在这儿呢？在曾家奴处我常见到呀，那可是人家身边的大红人哪！"后经娟娟说明，方知王点本名叫张玉，乃徐达大将军的部将，到曾家奴处是做眼线的。巫顺笑着向张玉致意、问候，张玉也对巫顺表示了敬意，二人互述衷肠，感慨不已。娟娟说："巫顺大哥，刚刚众位将军还在议论曾家奴筹办皮板大集的事儿呢，你就进屋了，来的正是时候。在座的没外人，全是自家人，有些什么情况敞开讲吧，让大家都听一听，心里也好有个数。"巫顺端起茶杯，喝了一口茶，向众位将军讲了起来。

诸位阿哥还记得吧，巫顺在曾家奴率兵去攻打辽阳时，曾来北平一趟。可是刚到燕王府，娟娟便让他赶紧回辽阳，劝纳哈出不要搅和到曾家奴攻辽阳的行动中来，纳哈出也真照此话办了。巫顺说，之后不久，他就收到了曾家奴的密信，让马上去喀喇沁。经与马云、叶旺商议，认为曾家奴由于攻打辽阳大败，正在火冒三丈之时，此去可借机探听虚实，于是同意巫顺仍以原乌蛇岭站赤首领、皮货总经办的特殊身份前往。一路他马不停蹄地驰奔，一到喀喇沁，马上拜见了曾家奴和高家奴。"二奴"对巫顺的到来极为重视，毫无保留地向他讲明了此次办皮板大集的时间、地点和规模，嘱咐要将皮张的优劣分辨好，卖出好价钱。尤其是需想方设法把全国的所有皮货商都招集来，参加的人要多，规模要比以前历年大。还不无得意地炫耀什么已经请了武林高手前来帮助护卫皮板大集，不怕徐达他们破坏等等。巫顺觉得这些情况很重要，所以离开喀喇沁往回返时，并没回辽东，也没告诉纳哈出，而是径直来到了北平府。因秉仁公主和徐达大将军曾叮嘱过他，凡是有关皮板大集的新情况，必须随时禀报，以便及时掌握曾家奴的动向，采取相应的对策。应该说巫顺人不错，只要答应了，绝不食言。这不，在喀喇沁得知了有关皮板大集的举办情况后，立刻赶来了。大家听了巫顺的介绍，觉得不少信息很重要，提出能否介绍得更详细些。

据巫顺讲，曾家奴正在争分夺秒地全力筹备皮板大集，下了不小的功夫。各个方面考虑得十分细致，做得很是到家，声称要办得非常有气魄。为加强防范，他将自己的兵马调出一部分，秘密隐藏、埋伏在大集周围的百里方圆。一旦有突发情况，陈兵即出，以确保皮板大集的安全，顺利开张交易，达到预期的目的。曾家奴有三千多名死打硬拼的武士，凶猛、强悍、不怕死，豁出命为主子效劳，是其死党，又叫"死卒"。这些亡命徒由掌门师傅"鬼见愁"率领，被派到皮板大集四周的各个角落、各个地方，而且全是化了装的。有的扮成买卖人，有的扮成车夫，有的是饭店跑堂的，有的则是柜台掌柜的，由他们去了解情况。倘若有事儿，可随时报警，及时应对。曾家奴还命令一些打手秘密潜入北平府、通州、云州、宝坻、玉田、辽阳、沈阳、登州、徐州等地，招揽皮货商、百货商，网罗八方人士。并特意派人去草原深处，动员牧民到时候都来参加皮板大集，估计前来的人不会少。

皮板大集的举办地点选得好，定在雾灵山附近。具体一点儿说，距雾灵山八九里的地方，有一个山沟儿曰杖子沟，杖子沟里有座佛寺叫宝华寺。该寺是怎样建起来的呢？杖子沟后面有座团团圆圆的山，不怎么高，群松环绕，十分幽静。据说，因此山很有灵气，所以当地的土民叫它宝华山。元朝中期，有几位游僧到各处募集善银，得到了许多善男信女的捐款。他们就用这笔银子，在宝华山的山巅之上，建起了宝华寺。绿树掩映之下，像一顶金黄色的皇冠一样，戴在宝华山上。寺庙虽不大，但修整得规矩、雅致，皮板大集便选在风景秀丽的宝华山上的宝华寺了。现在宝华寺的百里方圆之内，皆有曾家奴的兵马驻守，还有不少打手及死卒保护着。只要认为你是不明身份之人或明朝的人，不用说在杖子沟的宝华山哪，即使离它还有几十里之外照样被卡住，根本进不去。只有清楚你是真正来参加皮板大集的商人及卖皮张的各地牧民，才能允许进去。

皮板大集举办的时间，定在翌年五月端阳过后的六月二十六。为啥不马上办呢？因为曾家奴还要招揽生意，扩大范围，广布宣明。要使各地的商人、各处的牧民都知晓此事，全来参加，得需要一定的时间。另外，他的兵力部署及举办地诸方面的筹备，总得用一些工夫才能四脚落地呀，所以只能拖至明年。又为什么非定在六月二十六开市呢？因为这个日子是宝华寺文殊菩萨的法日。到了那一天，将寺门大开，广迎天下香客。不少的善男信女要前来拜佛、进香，宝华寺的众僧人要在文殊菩萨殿内讲法，是个祥瑞吉日。宝华山很有意思，就在宝华寺的庙门外，有一块大约十里方圆的草坪绿地，人们称其为'十里坪'。目前已把此地保护起来，并修缮一新，将在那块儿架起大小不等的临时房舍，作为皮板大集的集市。为了显得更庄重，又在文殊殿前，搭起了三丈多高的两个木头架子，上挂两幅大对联儿。从宝华山下二里外向上遥望，可看到高高的木头架子上以红布为底、金字书写的对联儿。上联儿是："文殊大士，妙应无方，座前狮子兽中王"；下联儿是："妙意吉祥，花雨天香，神刹宝智透心光"。每个字均为抱宽丈长，在阳光下金灿灿的，闪得耀眼。文也写得妙，妙就妙在把整个文殊大法的广布、弘扬佛法的气派、意志及深邃的思想写到家了。看来，曾家奴为举办皮板大集真是绞尽了脑汁。

由于曾家奴的属下天天声嘶力竭地鼓吹届时一定会游人如织、交易者如潮，所以，不少小商小贩及经营各种皮货、百货的商人都想进皮板大集。你想啊，好长时间不办这种集市了，突然有人操办得如此热闹，谁不想去看一看哪？正好以物易物哇！他们现在就开始号地方、盖房子，有些人还准备开办小饭馆儿以及买卖门市等。可以预见，皮板大集的开张之日，从宝华山下到山上十几里的路上，肯定是人来人往、络绎不绝、喧闹非凡，临时门市的货品必会琳琅满目。

不仅如此，曾家奴为了确保皮板大集的万事顺遂，能压住阵脚，特请了一些武林人士为其护驾。他们的名字起得挺特别，分别叫西里杜、西里库、伯尔舒、伯尔度，亲封四大高手为"四大天王"。在"四大天王"之下，设有作为天王保镖护从的"四老大人"，即董老大人、庞老大人、丘老大人、蔡老大人。在"四老大人"之下，设了作为护兵和打手的小保镖，称"坐山虎"。每位老大人之下有九只"坐山虎"，算来就是四九三十六只，共同护卫"四大天王"。无论是"四大天王"也好，还是他下面的帮手也罢，皆未露出自己的真名实姓，均为化名。已知"四大天王"是曾家奴从大漠深处的名刹古寺中请来的僧人，差事是帮助管理和镇住皮板大集。一旦出事儿打起来，可请他们出面，因为都是武艺高强之人。"四大天王"之下的那四位老大人，其实是走江湖的绺子、土匪头子，或是占山为王、落草为寇的首领。他们在元朝亡了以后，趁朝廷无人管、社会治安混乱之时，扯起大旗，招兵买马，占山聚首，抢男霸女，欺压良民，经常活动在燕山一带，号称董大旗、庞大旗、丘大旗、蔡大旗。不仅仅反元，主要是抢黎民百姓的财物，抢商店、饭店，抢老板的金银珠宝等。总之一句话，是一帮打家劫舍之辈。如今，那些人却被曾家奴收罗来了，成为他的大帮手、大打手。绝不能小瞧土匪绺子，不但有绝身的武艺，而且不怕死，个个是滚刀肉。曾家奴任他们为宝华寺皮板大集各路的先锋官、总管，什么总监军、总银官、总库官、总簿记等。这几大官，全由四老大人去干。

所说的总监军，那可厉害呀，权限很大，专司皮板大集开市期间所有的守卫、防御和押解。凡有闹事者，有行窃、打架斗殴、行为不轨者，有敢违抗、扰乱、破坏皮板大集贸易事态者，皆由总监军督管，同时还负责监视明朝的细作、兵卒闯入皮板大集。如发现有这样的人，务将其控制起来，或尽早密报给曾家奴，及时杀戮，以防消通。

再一个是总银官，即管钱粮的，销售皮货挣的银子需入账，大集的账簿都由他管。他们向各地来的皮货商和销售皮张的各部落牧民搜罗税银，抽取红利。你卖的东西多，占我宝华山皮板大集之地，就得给我分利，即抽红。总之，总银官的差事是管销售银账、征税银账、抽红银账、总理银库等。

总库官则专司各路皮张的库出库入事宜。皮张运到皮板大集的集市里，不能放在外头，如果下雨，不浇坏了吗？因此，要有些房舍装皮张。那些房舍是由皮板大集的操办者搭建的，可以租给你用，每天要交一定数额的银两。装皮张的大库需要有人精心管理，丢了皮张不行，库出库入的一笔笔账也得记清，故而才设了管库的总库官。

还有一个官就是总簿记，专司各路参与皮板大集的商贾、商号及南北各省贩售皮革人员的登记造册，记下你的商号名儿、老板名儿、商埠的原来买卖叫什么名儿、此次来了多少人等，安排士农工商八方来客的吃喝拉撒睡之事。因为这些人来了以后，必须有住的地方、吃的地方，需由总簿记派人出去采购。然后按册分配给他们每天吃的、用的东西，给人一种宾至如归的感觉，到了皮板大集如同到家了，以此招揽生意。

曾家奴对皮板大集的方方面面考虑得非常细，除以上各官之外，又特设了一个赈济官。这个官也很厉害，挺能拿人，受人欢迎，让人佩服，是他独创的。大元朝时，历年办的皮板大集中，从没设过此官。设置赈济官是干什么用的呢？主要是赈济那些无依无靠的丐帮和穷苦人。本着老吾老以及人之老，幼吾幼以及人之幼的古语，凡是天下的穷人，只要你到了皮板大集，自然是看中了这里，捧了大集的人场。不卖货也行，只要来，便给你吃的、住的、穿的，还给银两。就是说，皮板大集愿意收容普天下的穷苦人。这一招儿打出去以后，不少的穷人和乞丐十分高兴，企盼着皮板大集快些开市。到那时，就有了可吃可住的地方了，不用天天蹲庙台、沿街乞讨了。曾家奴特别要求赈济官，哪怕他是土匪、兵痞流氓，或者以前干过杀人越货之事及绑过票的恶人，只要到皮板大集来，没说的，不记旧恶、旧仇、旧迹，一律收容，皆可入伙儿。将来若愿意，还可做元朝的兵卒，把号坎儿一穿，摇身一变，即成了我曾家奴的将勇了。这个官名义上很好听，冠冕堂皇，看似办慈善之事，实际上，是曾家奴别有用心耍的伎俩，以此招募兵卒而已。他对赈济官的差事格外重视，给单拨了不少银两，强调赈济是几个督办中最至关重要的，要求务必做好。

在皮板大集的各职官中，曾家奴最看重和亲自抓的有两个职官：一个是为他搂取银两、增加积累的总银官，再一个是赈济官。他尤其关心来了多少新人、叫什么名字、愿否投军等方面的情况，两个重要的职官当然须由最亲信的心腹来任职。曾家奴和高家奴说是亲自坐镇、过问和掌管皮板大集，可平时行踪很是诡秘，谁也不清楚他俩重点坐镇在哪里、身在何处，更不知会在何时、何地出现。即使真正到了皮板大集开张的那一天，恐怕都不会知晓到哪儿才能找到他们，要办的一些事情，基本上是御用之人出面，他二人则躲在后面。究其原因，主要是怕有意外，怕有明朝的兵马出现和暗探查追。那么，谁能知道曾家奴和高家奴的行踪和所在的地方呢？就是"四大天王"，那是他们的外围。因此，要想破皮板大集，首先须擒拿"四大天王"，这一点至关重要。巫顺在讲的时候还特别强调，别看皮板大集开张的时间是明年，似乎很遥远。可光阴如梭呀，日子不抗混，很快便会来到的。本朝应给以百倍的重视，认真对待，各方面要充分做好应对的准备。惟如此，才能达到破皮板大集的目的。

巫顺谈得很是详细，众将听了以后，对皮板大集的内幕有了全盘的了解。谁都没想到的是，曾家奴竟把皮板大集涉及到的诸事考虑得非常细致，安排得井井有条。看来是拼了老命来搏一搏的，真不能小瞧，确实得认真对待才行。之后，秉仁公主又请张玉把所掌握的关于曾家奴的内幕及密探到的情况向各位将军通报一下。前书已经谈到了，张玉可不简单哪，是徐达打进曾家奴部的内线，化名王点。在曾家奴的大本营里，表面上为主子出点子，暗地里却帮助徐达到处打探，对曾家奴的内部情况一清二楚、了如指掌。张玉说："巫顺讲得挺好，基本上都介绍了，我再补充一些，供各位将军参考。皮板大集开市之前，还有个举措，就是于杖子沟口儿设了擂台。在雾灵山下，凡是能通到宝华山的地方，均设有卡子。那些被视为不轨者、无请帖者、私闯集市者从卡子是过不去的，将由哨卡的兵勇把不请自到的人领到大擂台处。为什么去那儿呢？因为早有规定，有帖子的，才能通过卡子；没帖子的，必须上擂台比武。什么帖子？曾家奴搞的一切举动，请谁来，就给谁发帖子。说白了，那帖子是请你来的凭证，像皮板大集这样的活动也不例外，当然要发帖子。此帖子制作得很特殊，用的是绢丝，周围刻上或绣上花儿，中间用墨字写上邀请某某、哪年、哪月、什么时辰莅临皮板大集，并盖有大印。有绢丝帖子的，便可以上山；没绢丝帖子的，则认为值得考查，很可能是明朝的细作来破坏皮板大集的。所以，凡是没有凭证的，或被认为将对皮板大集产生不利因素或制造麻烦者，都会在哨卡被截住，让你到擂台处打擂，打死勿论。跟谁打呢？跟方才巫顺说过的曾家奴从外边请来的'四大天王'打。能打过的，证明你厉害，他们得服，承认管不了，遂带你上山；打不过的，则休想进去。当然，'四大天王'不是那么容易打的，皆练就了一身好武艺，身手不凡。实在不想打擂的，得拿银子来，用银子数来顶。什么叫银子数？你不是非要上山参加皮板大集吗？那是有一定银价的。不拿出多少多少千贯铜钱，或多少多少白银，休想迈上山一步。由此看来，看管得极严，不是任何人可以随意上山参加曾家奴办的皮板大集。若'四大天王'不在擂台时，将由'四老大人'代替，总之，都不是一般的守擂者。你若是不打擂还吵闹，就由那些'坐山虎'来收拾。目前已摸到信儿了，擂台近期要开擂，并不等到明年，早已开始控制杖子沟了。"说到这儿，张玉停了下来。

张玉的介绍，提醒了在座的每一个人，大家七嘴八舌地说开了，一致认为必须尽快想出良策，去对付那精心设置的擂台。张玉见议论得差不多了，接着又道："我再向众位兄弟讲讲那'四大天王'。'四大天王'本是师兄弟，皆为离这儿数百里之遥的大漠深处和林那边金刚寺的僧人。寺里有个大喇嘛，法号'妙天广法活佛'，'四大天王'皆为他的弟子。妙天广法活佛很出名，是一位德高望重的上师，为人不错，无论是蒙古的牧民还是汉人，没有不尊敬他的。活佛的那些弟子不能说就是坏的，不要以为凡是曾家奴请来的全是坏人，其实不完全是。西里杜、西里库、伯尔舒、伯尔度就挺好，之所以能来此，估计多半是被曾家奴用花言巧语蒙骗来的。只要咱们向几位师父揭开曾家奴的内幕，相信他们是有头脑、有分析能力的，肯定不会帮他。据传，四位弟子是偷着下山的，妙天广法活佛并不知晓。可能因为他们是蒙古人，有所谓的正义感，想要帮助元朝已经失败的元帝的儿子、现于和林坐殿的爱猷识里达腊，为自己的皇族打抱不平。或者是要跟明朝比试个高低、帮助皇族出口气这么个目的，才背着师父下山的。我想妙天广法活佛要是知道此事，绝不会同意的，因为他慈悲为怀，最忌杀戮和欺压。要想破皮板大集，依我之愚见，还是应想办法说服曾家奴请来的'四大天王'，使其明白事理，不要助纣为虐。他们知情后，会重返金刚寺的，曾家奴便成了光杆儿司令了，没人帮他，也就自消自灭了。当前至关重要的是先攻心，攻下'四大天王'。我在曾家奴处，曾亲眼见过其中的两位师父，即西里杜和西里库。他们跟我说，下山没别的目的，只是为了宣扬佛法。我知道二位的威望很高，是得道高僧，一向主持正义，精修佛法，从不行胡作非为之事。拿二师兄西里库来说吧，性情耿直，善解人意，通事理。他的法号叫'悟空'，根本不叫西里库，那不过是现在用的化名。西里杜也是化名，他的法号叫'识空'。他们用化名的目的，是不愿让大家知道其真面目。在'四大天王'中，闹得凶点儿的、又调皮捣蛋的，是两位小师弟伯尔舒和伯尔度。伯尔舒的法号叫'净空'，伯尔度的法号叫'虚空'，四位师兄弟的法号都犯'空'字，不是旁门左道之人。或许是因为其中的那两个师弟的原因，老大和老二才不得不下山，为了规劝师弟而来也未可知。我之所以向大家介绍这些，即是对他们应以礼相见，好好儿做工作。眼下最关键的是，要尽快找到中间搭桥的人，不知谁熟悉四位师父，能够说上话儿。我虽认识，但没有深交，故不易说服之。本人还知道一个底儿，是听悟空师父讲的。说他的恩师妙天广法活佛与武当山的菩提大师是挚友、同道关系，很密切，常在一起谈法，甚至每每谈至深夜仍不愿离开。假如我们能请到菩提大师，可通过他老人家，去告诉金刚山的妙天广法活佛。上师若知此事，毫无疑问，肯定会下山来。到那时，他的四个弟子有师父之言，哪还敢轻举妄动？会乖乖回到山上，不就把曾家奴给晒起来了嘛！'四大天王'走了，谁能帮他呀？擂台当然打不成了。为什么呢？没有真正能主擂的强手，擂台怎么可能摆得了哇？所以，我的意思是尽管曾家奴准备得井井有条，控制得相当严密，实际上是空架子。只要我们认真做好师父们的工作，使他们明白真相，曾家奴立马会现出原形，所有的云雾都将散开，其骗人的伎俩便不攻自破了。"

　　张玉的话说得详尽透彻，众将军听得痛快淋漓，异常振奋。娟娟很是感谢张叔叔出的请菩提大师这个招儿，与此同时，一个人突然跃入脑际。她开口道："众位将军、各位叔叔、兄长们，张叔叔的话使我猛然想到了一个好朋友，就是金山大寨的苦僧。他在生命垂危之时，是被武当山菩提僧人救活的，不但施以治疗，而且将其引入佛门，教给佛法和武术。如果能找到这位朋友，再通过他帮忙，估计能见到菩提僧人。可惜，我始终没有看到苦僧，不知怎么样了，总是不放心，十分想念、牵挂他。前不久，为了救华云龙将军之兄华云海，苦僧在通州出现了。本以为他还在辽东，没想到竟已进了关，并且仍在关心开启月牙楼之事。据当地一些孩子讲，曾在运河边儿看到一位瘸僧人，武功特别厉害，想来必是苦僧。正是他，为救华云海，打败了曾家奴的死党'鬼见愁'，使之不得不逃之夭夭。苦僧为了追'鬼见愁'，便不知去向了，到现在一点儿音信没有。华云海故去前，也说见过一位瘌僧人，灵活机敏，身手不凡，帮了全家的大忙了。要是能找到他，对我们将是很有用的。不过，我的师太、明月长老的师姐月禅禅师和圆觉禅师都在武当山呆过，皆为菩提大师的弟子，只要求到他们，说明由头，相信二位禅师一定会鼎力相助的。马将军和叶将军的夫人、我的两位师妹鲍龙花与鲍龙卉以前受教于圆觉禅师，是否可以让她俩速速去请禅师来？要我看呀，她们去倒比师太更方便些。圆觉禅师大慈大悲，乐拯世间，不会袖手旁观的。"说到这儿，侧过头来，冲马云和叶旺问道："二位大哥意下如何？要是同意的话，今天可要搬请两位嫂子、我的师妹出山了，让她俩帮忙，你们能舍得放吧？"叶旺回道："娟娟，你是不知道哇，龙花、龙卉在辽阳自从听巫顺讲了曾家奴要举办皮板大集，立马坐不住了，声言非要帮师姐干些事儿不可。而且知道金刚寺所在的地方，并称有师兄在那儿。再者，俩人的确说过她们的师父正是师太所讲的圆觉禅师，完全可以求助于他，肯定会帮助龙花、龙卉去平定皮板大集的。两个姊妹可是天不怕、地不怕、独往独来惯了，龙花定下来要做的事儿，龙卉必然跟着走。这不，我和马云大哥同她俩刚说此事先要跟娟娟通个气儿，之后再去办。还没等把话说完呢，龙花当即就炸了！说我凡事不知急缓，等同师姐商量完，黄瓜菜都凉了，皮板大集早开张了。然后拉上龙卉拔腿便走了，已于十几天前去了湖北封县。听说当地的参岭峰上有个龙严宝刹，她们大概是去了那儿。娟娟，我看这事儿咱们先别急，等信儿吧。"娟娟一听，乐了，忙说："哎呀，真得好好儿谢谢两位嫂嫂，太让人高兴了，我放心啦！好，请各位叔叔和兄长接着刚才的话题往下唠。"说完，看了看马云。

马将军可是小徐达呀，平时话语虽不多，但点子多，在场的朱亮、何文辉等没有不佩服的。说起来，朱亮的年岁不小了，已是近六十的老将了。何文辉只有三十多岁，而马云则四十来岁，正当年。要说娟娟佩服的人，马大哥算一个，印象亦最深。此时，整个大厅静得很，各位都在思索，都在琢磨着如何才能顺利地破了皮板大集。马云当然也不例外，正想着，忽听娟娟冲他说："马云大哥，请你说说看。"娟娟一点将，马云当然得讲了，先轻轻咳嗽了一声，清清嗓子，之后胸有成竹地言道："今天在座的各位都在想破皮板大集的点子，依我看，点子已经出来了。巫顺和张玉均是从曾家奴那儿来的，没白呆呀，对情况十分熟悉。兵书上讲：'知己知彼，百战不殆。'刚才二位针对实际谈得很具体，而且切中要害，听了以后，让人心明眼亮。我看就以他们讲的为主，依计而行即可。到明年的六月二十六，掐指算来，时间确实挺紧，还真得快点儿行动。曾家奴是摆出了背水一战的架势，不可轻视，我琢磨着是不是这么办：其一，目前咱们掌握了月牙楼的全部底细，曾家奴对此无可奈何，肯定是又怕又急呀！自然想利用皮板大集打乱我方阵脚，以便混水摸鱼，趁机纠集八方力量进行对抗。在此种情况下，我们不妨把开启月牙楼的事儿放一放，先集中力量破曾家奴的皮板大集。只有破了大集，全歼他的人马，再开启月牙楼便容易多了，完全可以信手拈来。大家的确不能小看皮板大集，应认真对待，全力投入。有如攀山，不登上山顶儿，就无法拜访山顶儿上的月牙楼；其二，我认为那曾家奴太嚣张了，满心以为雾灵山一带还控制在自己手里。在杖子沟办皮板大集，是要引诱我们深入，进而听他的摆布。阴谋休想得逞，想得美，算盘打错了！眼下早已不再是大元朝那个时候了，而是大明的天下，还要搞什么聚众议事，哪能由得了他们呢？绝不能让他掐住雾灵山以及周围的地方，得想办法把那儿占了，一切由咱们说了算。朱亮大哥，是不是合议一下，我辽阳出些人马，你出些人马，强行攻进雾灵山，控制娘娘洞。进去以后，尽量接触宝华寺的方丈，把他安抚过来，将那一带控制在大明兵马的手中。这样，此事就好办多了。然后，再秘密地在宝华山四周安插些人，控制皮板大集。表面看，都是他们的人，实际上主动权却在咱手里掐着，方能使得皮板大集开合自由，说开就开，说收就收，何愁鱼鳖虾蟹不入瓮中？其三，曾家奴是有实力的，至少握有四十多万兵马，可称得上是他强有力的后盾。何况又占据了塞北的很大一片地盘儿，应给以足够的重视。还是得请徐达大将军速调部分兵马，参与围剿曾家奴，以武力压住其势，死死地钳住他们，此为一条主力线。另一条线则由娟娟、鲍龙花、鲍龙卉以及从湖北邀请来的众位大师，设法说服武林豪杰西里杜等人，使之明了真相，不为曾家奴所利用。如此做，等于瓦解了曾家奴的另一路人马。"大家听了马云的一番话，纷纷点头表示赞同。朱亮说："我认为马云大哥的意见很好，也同意巫顺和张玉所言，应该先破曾家奴的皮板大集，其他的事儿暂时放一放。擒贼先擒王，要想擒住曾家奴，必先削其左右臂，这点很重要。只有此事做好了，下边一切该做的才会迎刃而解。"叶旺插话道："我意请徐大将军最后定夺。刚才谈到的先将西征的部分兵力用在制服曾家奴上，毫无疑问，这是上策。"

　　大家议论得正热烈的时候，刚巧兰玉将军从兴和风尘仆仆地归来，坐在旁边一直没开口的徐达笑着说："兰玉将军，我们恰好议到了有关西征用兵之事，请你先讲讲获得的情况吧！"兰玉说："我受徐大将军之命，率兵到兴和探查扩廓帖木儿的动向，得知他尚未从漠北南下，仍龟缩在土喇河及和林元嗣帝爱猷识里达腊那里。还有一个确切的消息，扩廓帖木儿近一个时期大口大口地吐血，由于病魔的困扰，使他难以动身。爱猷识里达腊很是心疼这个爱将，令其在和林好好儿养病，还在北衙庭特意建了房舍，并派去侍女、奴仆侍奉。"说完，接过娟娟递过来的一大碗茶，咕嘟咕嘟一口气儿喝了下去。

　　大将军和众将听了这个消息，高兴得鼓起掌来，徐达说："好哇，此乃上天给我们创造了一个极好的机会呀！我决定，仍由兰玉将军率领一万兵马部署于兴和一带，加修据点，建立防线，随时注意观察扩廓帖木儿的动向。既然他现在暂时不能率兵打仗，又远在和林，并未骚扰我西部的城镇。那么，其余大队人马就按方才议论的那样，先投入平塞北之战，拿下曾家奴。咱们擒拿了曾家奴，等于彻底搬掉了压在北平府头上的大石头，再去开启月牙楼，夺了元朝的玉玺，剩下的纳哈出、扩廓帖木儿便好对付了。命李文忠、傅友德任征虏大将军。李文忠为西路大将军，扫清云州一带残敌；傅友德为东路大将军，以喀喇沁、敖汉旗为主攻方向。朱亮配合傅友德兵马，既导引又参战，娟娟等人则从内部将曾家奴所请之高僧说服瓦解。然后，李文忠、傅友德两路兵马齐攻宝华山，擒拿曾家奴。"兰玉、李文忠、傅友德等将得令后，立即分头进行准备。

　　恰在徐达将一切部署就绪、各路兵马积极备战、单等鲍氏姊妹湖北搬兵归来便可行动之时，细作来报："元朝西域著名大将扩廓帖木儿在和林北衙庭病死，其妻毛氏自尽身亡！"扩廓帖木儿本为汉人，姓王名保。因自幼过继给舅舅察罕帖木儿，是个蒙古人，王保才改名叫扩廓帖木儿。扩廓帖木儿之死，使明朝在西部少了一个重要对头，虽然他的儿子和下边的部将还有一定实力，但无大碍，西域从此基本上可以平静下来了。徐达迅速拟折将此事奏报朝廷，内心也踏实多了，感到能轻松地抽出身来，集中精力准备平抚塞北曾家奴了。

　　花开两朵，各表一枝。再说李佑自打同明月长老惆怅地告别了执意不离北平府的娟娟之后，不日回到了南京，先到父母家里，叩见了娘亲。吕氏见儿子回来了，那是又惊又喜呀！双手抚摸着李佑，含泪道："儿呀，怎么一去音信皆无哇？令你父和我日夜牵挂。你父早就病了，不能说话，快进屋看看吧。"其实，李存义瘫痪在炕已有好长时间了，四肢不用，口歪眼斜，语言失音，与其兄李善长是一路病。不过，李善长救治得比他及时，除了行走不便些，其他方面还行，神智仍清醒，现于府中颐养天年。李佑听说父亲病了，很是难过，赶忙随母亲进屋看望。李存义瞅了瞅，总算不错，认出了儿子。只是呜咽着流泪，嘴巴一开一合的，不知说些什么。吕氏怕李存义过于激动，本来火上得不小，再因此而加重了病情，顺手拉儿子往外走。李佑听话地含着眼泪随母出屋后，问道："母亲，我妻胡氏女和儿子呢？"吕氏说："咳，她带着孩子回娘家了，已有数月未归。说来，你父那时没得病呢，身子骨儿挺好的。儿是知道的，他的脾气有些怪，看儿不在，又好长时间不回来，是既想你又生气，便对你妻发牢骚道：'夫妻伉俪相亲，尔竟连自己的夫君都恋不住，何颜苟延人世，你们胡家就如此训育儿女吗？'你妻看不惯公公的脸色，加上你父突然病重，府内上下一片忙乱，她索性带着儿子走了，从此一直未登门。我曾派老管家周福到胡家去了几趟，想打听看望一下，却被胡惟庸的小夫人拒之门外。最近闻听你妻已经离家出走了，尚不知是真是假。儿呀，快去看看吧，你老大不小了，不能这样混日子了。不喜欢胡氏女，可休了她，娘托媒人替你选个更好的。要是愿意继续与她过，就不能扔下他们母子不管，那成何体统？儿呀，千万别让你父操心了，虽然说不出来，但心里明白呀！你们哥儿几个，他最心疼的就是你了，这一点儿比谁都清楚。现在不仅不能再受刺激了，也不能惹他生气，那样会要了老命的。我的儿呀，你出门在外，哪里知道娘天天是怎么熬过来的哟！"说着，两眼滚下了热泪。

李佑听了母亲的话，心情很不好，也为妻子的出走而着急，第二天一早赶忙去了胡丞相府。刚到府门，老管家常爷儿一见是丞相的姑爷来了，忙请进府，领到上房去见秦夫人。各位阿哥，知道秦夫人是谁吗？乃胡惟庸的大夫人，正房。胡惟庸现有四房妻妾，管理胡府家务事儿的，当然是这位大夫人。她心眼儿挺好，为人平和，从不争风吃醋。无论胡丞相在外做什么事儿，向来不闻不问，只是平静地生活着。除一日三餐，就是念佛诵经，不管其他闲事儿。生养一女一男。一女便是李佑之妻，一男于常州任府尹。由于秦夫人不生事端，又是胡家长子的生母，故而胡惟庸挺看重她。

秦夫人听管家常爷儿禀报，说姑爷来了，忙放下佛珠，从内室走了出来。见到了李佑，哪怕是再平和的人，多少天来积压心头的怒气也得发发不是？因此，还未等姑爷施礼呢，便没好气儿地说："李佑，你还知道回来呀？我早想命人去李家要闺女了，只是碍着你父与丞相有交情，不好撕破脸皮才没去。今天正好来了，快把我闺女交出来吧！"李佑听罢，感到既吃惊又奇怪，忙问："岳母大人，我妻现在何处？"秦氏说："我怎么知道，她不是早去找你了吗？"李佑十分诧异："没有哇，我真的不知，到底是怎么回事儿呀？"秦夫人说："你问我，我问谁去？还不都怪你长期离家不归、撇下她们母子不管嘛！在婆家受了不少的冤枉气，憋屈得难受，天天偷着掉眼泪。后来，你父的脸色实在让她受不了啦，才跑回了娘家，住起来又没完没了，你说这算怎么档子事儿呀？说是被休了吧，没有休书；说是没休吧，又带着个孩子守活寡。你岳丈看不惯，更怕丢面子，好说不好听啊！一怒之下，要将你妻另嫁。偏巧这时，你岳丈的门生、吏部员外郎刘崇道新近丧偶，遂有意将你妻许于他续弦。人家来府上看后，还真相中了，可你妻硬是不从，搬出什么'生为李佑妻，死为李佑鬼，好女不嫁二夫郎。'咳，说来挺可怜见儿的，她对你是一片真情啊！你岳丈一逼她嫁，她就嚷道：'即使到天涯海角，也要去找我的夫君。'说不准是啥时候，人家扔下孩子不告而走了。这不，我得专门找了嬷嬷看你的儿子，你的妻、我的儿却不知去向。你岳丈知道后，火冒三丈，大发雷霆，怪我当娘的管教不严。他一闹不要紧，我受不了哇，大病了一场，昨天才刚刚好些。"说完，唉声叹气地抹起了眼泪。

李佑见此，安慰了岳母两句，表示一定去寻找妻子。告辞后，由管家常爷儿陪着，到另一间屋子去看五岁的小儿子。刚进屋时，见孩子正睡在帐子中，可能是睡得还不实，李佑的脚步声将他吵醒了。孩子睁眼看了看，对李佑并不亲近，两只小手紧紧地搂着老嬷嬷不放。李佑看儿子连父亲都不认识，难过得转身走了出来，实在不想在这个家多呆了。为什么呢？他过去对胡惟庸的印象挺好，一向挺敬重的。可自打去辽东，知道了岳父的许多为非作歹之事，看法就变了，由原来的尊敬变成了蔑视。那么，现在该上哪儿去呢，回自家吗？思来想去不愿回。因为从知道娟娟的身世后，对自己的大爷、老丞相李善长及父亲李存义，均抱有深深的憎恶之感。此刻，他对两个家皆感到是那样的陌生，毫无留恋之情。既不想看到只知傻哭、不会说话的父亲，也不想多与岳母周旋。于是，离开了胡府，信步来到大街上，无目的地徘徊了许久，一种从未有过的心灰意冷袭上心头。边走边想，觉得眼下惟一最亲近的家，只有鸡鸣山的明月庵了，拔腿便往那儿去了。

明月长老回到庵里，众弟子自然喜出望外。了慧、了静围在老人家身边，一件一件地讲述着师太离开这段日子庵中的情况，包括弟子们的课业、庵中的佛事、施主们的来来往往以及庵内的膳伙支出等。了慧还讲了件奇怪的事儿，她说："在师父回来头几天的一个深夜，突然庵门外来了个佛门同道，是位拄着大铁杖的身残僧人。他戴顶草帽，后背背着个大包囊，说是从远地方到此来见长老的，有要事拜求。我们说师太北上未归，不过请别急，很快就会回来。他听了挺高兴，当夜没走，留住在庵中。住下后，没讲自己的事儿，我们也不便打听，觉得反正是师父的客人，别急慢就是了。谁知，师父回来的前一天，这位僧人不知从哪儿带到庵中一个可怜的女子。据说该女子要投水自尽，被他救下，同时还带来两个捡到的苦儿。他让我们无论如何找个宿处安置一下，给些饭食，救他们一命。安顿好了女人和两个孩子后，他却告辞了，言称要去湖北太和山会他的师父，过些日子再回来。听说话那口气，是很想见到师太您，又十分熟悉妙善，并正在找她，这才找到咱们庵来了。"了慧讲时，了静于一旁随声附和着。

明月长老听了这番话，心中一阵高兴，马上想到了此僧人必是金山大寨馒头山的苦僧了。阿弥陀佛，娟娟朝夕为之牵挂的人，总算有了踪影，那颗一直为在乌蛇岭扔下苦僧、结果遭到恭格拉暗算而悔恨的心，也可以得到些许慰藉了。又想到，苦僧为什么事儿万里迢迢来到南京找我们呢？咳，无论如何，只要他活着就好。这可是个大喜事儿，该快些告诉娟娟，说不定多高兴呢！可惜徒儿眼下仍在北平府，只好等苦僧来了，让他到燕王府去找。老人家听说苦僧还救了一个女子和两个男孩儿，正住在庵中，便让了慧、了静头前带路，去看望他们。

明月长老来到了三人的住室，见两个男孩儿玩得正欢，女子却坐在炕上啼哭。一位小尼说："师太，这个女子一听说这里是明月庵，不知为啥特别害怕。咱们这儿又不是啥吃人的地方，而是专行善事，怎么能把她吓成那样呢？还拼命挣脱，已经跑了两次了。我们受了慧、了静师姐之命，费了挺大的劲儿才把她找回来，好生侍候着。可天天仍是茶饭不进，泪流满面，好像有不少冤屈在心头。"明月长老听后点点头，缓步走到女子身边坐下，问她叫什么名字。女子不但不回答，而且把那张脸转了过去，背对着老人家。明月长老是有经验之人，看到这种情况，遂让了静、了慧带两个孩子先出去，以便与女子单独谈谈心，了解一下她的身世，帮着解除心中的疙瘩和忧愁。再说了，在庵里长呆哪是事儿呀，总得把她送回自己的家里才好。可不管问什么，女子啥也不说，只是一个劲儿地哭。问急了，便硬梆梆地甩出一句话："真恨那个瘸和尚硬把我拉到这儿来，他就不该救，只求一死了之！"说此话时，脸还是没转过来。

明月长老问了半天，始终没问出个头绪来。见女人固执得很，口口声声说要死，便不敢深问深劝，只好等稍稍平静下来，再另做打算。明月长老出来后，向了慧、了静交代说，要多多给以关照，帮着排解内心的痛苦，尽量使她开心。还叮嘱道："女子情绪不稳定，务要多方注意，严加保护。一旦跑出去寻了短见，我们可对不起那位瘸僧人了。僧人费劲巴力地把她救下来，并带到庵里，足见对明月庵是信任、敬重的。咱们宁肯累点儿，也要救人，让世间俗人脱离苦海，否则就是罪过了。"二人一边听，一边点头答应着。

明月长老向了慧、了静嘱咐完后，回到了禅堂，为那个可怜的女子诵经祈福。恰在这时，李佑走了进来，见师太正在闭目诵经，不便打扰，于是轻轻地跪在后面等候着。他此时的心境烦闷得很，既自责、自恨，又想念北平。总之，像一团麻似的剪不断、理还乱，想着想着，竟忍不住呜呜地哭出声儿来。

正在诵经的明月长老突然被呜咽声所惊动，回头一看，原来是弟子李佑在哭。遂站起身来，走到李佑跟前说："没个出息，堂堂的男子汉，抹什么眼泪呢？说吧，究竟为了啥事儿？"边说边将佛珠放在神案上，回身坐了下来。李佑擦了擦眼泪，站起来立在一旁，向师父禀告了自从回到南京后，精神上所受到的打击。妻子失踪了，儿子没娘了，自己成了无家可归之人了。并哀告师太能答应他从此住在庵里，要学娟娟师妹落发脱俗，图个清闲、利索，过干净、一心无挂的日子。明月长老对自己的两个弟子的秉性了如指掌，心想："如此看来，不必再费唇舌相劝了。过去就曾告诫过他，长此下去，早晚得走到这一步。当时却鬼迷心窍，听不进去，如今恐怕说已无济于事了。他是不撞南墙不回头啊，将来走着看吧。"再说了，明月长老很同情李佑，想说什么也不能现在说，那样会加重他痛苦的心情。觉得还是应多关心他，帮助他，尽早找到妻子为好。想至此，便同意了让李佑住在庵中。

　　明月长老与李佑正在漫不经心地谈着，了慧来报，说庵外来了几位客人，求见师父。老人家忙问是谁来了，认识否？话音未落，门开了，鲍龙花、鲍龙卉、铁杖瘸僧，还有大和尚圆觉禅师、一空和尚等鱼贯而入。圆觉禅师身魁体胖，大高个子，长了一副罗汉面孔。大圆脸、大眼、大耳、长长的白眉毛，声如洪钟，刚进门儿就大声大气地说："阿弥陀佛，善哉，善哉，小师妹在哪儿呀？师兄来也！"明月长老一看自家人来了，高兴极了，忙迎上前去，请诸位坐下，又吩咐了慧、了静上茶。圆觉禅师上坐，其余的哪肯就坐，皆肃立一旁。

　　明月长老先揖手给师兄下拜施礼，然后说道："圆觉师兄，多次听月禅师姐讲到您，可惜无缘，总未能如愿相见。今日大师兄能降临敝寺，乃佛光普照，也是我明月庵的荣耀啊！此庵便是师姐所创，现不知她在哪座山，老尼可是想苦了。还要动问一声，师兄由何处而来？"圆觉禅师回道："师妹，我们从武当山来。老纳能见到你，打心眼儿里高兴啊！你师姐不爱尘世，仍在太和山上辟谷修行，她知我要到你处来，让老纳代为致意了。"明月长老得知师姐的消息，真是喜出望外呀，并请师兄代向师姐问安。接着又问："师兄来此可有事否？"圆觉禅师说："老纳此次来，是为了悟空那几个闹事的小弟子才下山的。龙花她们到了武当山后，愣是缠磨不放，非让帮忙不可。我推不过，只好拜见了师祖菩提大师，一一禀明了情况。菩提大师将此事通禀金刚寺的妙天广法活佛，活佛当即写了法谕，交给了菩提大师。菩提大师得到法谕后，转给了我，让带到北平府，亲自传谕悟空、识空、净空、虚空，命他们速回山上。"说完，请明月长老坐在一侧的椅子上，然后让自己的弟子拜见明月长老。一空揖手叩拜道："一空给师太见礼了！"圆觉禅师又指着铁杖瘸僧说："这位师妹可能知道，是菩提大师在金山收入佛门的弟子。苦僧，来，快给师太叩头！"苦僧忙放下手拄的大铁杖，一步一瘸地走了过来，揖手俯身说："明月长老，小徒在金山恭候有日，没能与师太相见，只结识了妙善。之后又遭不幸，终未如愿。今日能到明月庵来，见到了日夜思念的师太，可谓千里有缘来相会呀，苦僧在此给明月大师稽首啦！"尽管他是单腿单臂，跪拜不便，还是下拜了。

　　苦僧这么一拜，明月长老坐不住了，忙站起身走上前，双手拉住苦僧道："何必如此？快坐下，坐下。"了慧拿过一把椅子，明月长老慢慢搀着让他坐了下来，然后说："苦僧啊，我和妙善很是担心你呀，就怕有个三长两短。妙善至今还在忧伤，后悔当时不该离开，使你遭到厄运。今日见你平安无事，真是令人高兴啊！阿弥陀佛，佛祖庇佑。"明月长老由于激动，虽然嘴里说高兴，眼里却含着泪花儿。这时，鲍龙花、鲍龙卉上前来叩拜明月长老，龙花说道："我和妹子听说曾家奴要办皮板大集，深怕秉仁公主吃亏，急忙上山求师助阵。承蒙师父和师祖的庇爱，答应亲自前来，便陪师父急急赶了回来。本应速去北平府，但苦僧师兄说必须到明月庵来，有至关重要的事儿要办，加上师父圆觉禅师很想来南京看看您老。于是，我们走旱路到宜昌，又改乘船顺流而下，这才到了南京。"李佑也过来拜见圆觉禅师，又见过一直未碰面的苦僧、一空和尚和相别不久的鲍氏姊妹。大家此次相见，异常兴奋，感到无限的快慰。

　　互相拜过之后，圆觉禅师对明月长老说："师妹，我们此行，一是看望你，二是有件要案将在这里办，绝非来闲逛的。请师妹在庵中交代一下，千万保密，不要对外人讲庵里来了好几个人。"明月长老表示："请师兄放心，我叮嘱一下就是了。"李佑问道："师太，既然大家都来了，是不是快马传书，让娟娟回来一趟？"圆觉禅师说："往返徒劳，我看不必了，叫妙善在北平府等信儿就行了。不过，不妨以书柬告知秉仁公主他们，说吾侪为追捕歹人，已到了南京，不日将去北平府。望先不要妄动，务等我们的消息。"明月长老马上命李佑按圆觉禅师的意思，写一书柬递枢密院，由那里专送快柬的探马交于北平府。李佑受命写好后，亲自送到了枢密院，并嘱之，此乃专呈徐达大将军和秉仁公主的快柬，须速办！枢密院急忙派探马送信不提。

　　一应事情安排完毕，明月长老让了慧、了静二人准备斋宴，请圆觉禅师等人用膳。宴间，苦僧向明月长老和众人讲起了在金山大寨馒头山的经历，他说："我受菩提大师之命，监视月牙楼的动静，等待明月长老的到来。后来有幸见到了妙善居士，就是娟娟、秉仁公主，我俩便一起观测月牙楼，并探讨将如何破之。那一天，妙善来告诉我，说有急事必须到乌蛇岭去，让我在原地静候，不要走开。还说回来时，可能把明月长老带来，以便共同切磋有关开启月牙楼所涉及到的一些具体事宜。听了以后很高兴，一心盼着妙善早去早回。妙善走后，我依然每天到馒头山山顶儿，边继续观察边等妙善归来。可左等右等，一连等了好多天，不见她的影儿。一日，天刚亮，我正在山上盘坐练功，突然从山下上来一个人，自称萨家奴，说是妙善命他来的。当时丝毫没有提防，轻易地相信了，并告知了我在山中住的秘密洞窟，还领着到那儿去了一趟。哪知当天夜里，萨家奴竟领来了一队兵马，为首的是恭格拉。我认识呀，本是死对头，是他把我害成这个样子的。一见大势不好，只好拼命往洞外冲，左臂让乱石划出了口子，血顺着胳膊淌了下来。这时，恭格拉命人焚烧山洞，顿时燃起了大火。当时火势很猛，洞里浓烟滚滚，呛得萨家奴、恭格拉他们根本睁不开眼睛。我乘机赶紧拿出包经书的黄绫布，用手指蘸血写了十二个字儿，塞入洞口儿左侧的一棵古榆树的洞中。倘若有人来找我，特别是妙善，那棵树她是晓得的。因为我俩常在古榆树下切磋一些事儿，每次送她离开时，总是于此处告别。而且古榆树有个不太大的洞，她是知道的。放好后，由于我长期在馒头山居住，对这座石山的山势、走向很是熟悉，就乘乱顺利地从西南角儿的山沟儿中钻出去了，躲过了恭格拉的追杀。逃出后，又回头往住的山洞方向瞅了瞅，那里仍然是浓烟四起，他们已彻底焚毁了我的住地，知道从此不能再在馒头山呆下去了。可又怕妙善因来找我而受到伤害，没敢走远，尽量在馒头山的周围转。连躲了两天，未见妙善来，倒是天天看到恭格拉派来的兵马轮番搜寻。后来实在没招儿了，只好离开馒头山，到金山附近的罗锅哨站赤求见岳索图大人。因为妙善曾告诉过我，她走以后，如有什么事儿，去找岳大人，那是咱们的人，尽可以和他讲。到了罗锅哨，果然见到了岳大人，他告诉我，妙善为查找月牙楼建筑图纸去了北平府，你要愿意的话，就去那儿找。当时我想，罗锅哨不是长久逗留之地，不如像岳大人说的，去北平府找妙善，也好帮助她破月牙楼。于是背起破布囊，拄着铁拐杖，往西向关内来了。"讲到这儿，停了下来，夹了一筷头子菜，放进嘴里嚼着。

在场的人全大睁着眼睛盼听下文呢，谁也没插嘴。苦僧端起茶杯，喝了一口茶，继续讲道："真是冤家路窄，哪知刚离开金山不远，就碰上了两个行踪诡秘之人。我不仅对那条道熟，对本地人的行为举止、衣服装束也熟。从神态、穿戴和说话的口音，能分辨出二人不是金山当地的人。再看他们东瞅瞅、西望望、鬼头鬼脑的样子，听那吞吞吐吐说话的口气，估计是干着什么不可告人的勾当。心想：'他俩究竟是干什么的？既然从外地到金山而来，当然不是纳哈出的人。行动又十分诡秘，会是什么人呢？起码是纳哈出的对头，说不定是曾家奴派来的。如果真是的话，他们到此没别的目的，十有八九为了月牙楼。'越是这么想，越不敢放松，始终注意着这两个人。经过几天的跟踪，断定了他们确实是曾家奴派来的探查金山大寨月牙楼的武林贼子。这个时候，很可能是已经探查过了，正在往回赶，索性一直在暗中盯着。当过了关，到了敖汉前八里的老羊圈地方，一看前边不远是敖汉了，心里便琢磨：'必须得在进入敖汉之前逮住他们，街里人多乱哄哄的，收拾起来不方便。'想好后，随即从密林中钻出，趁俩小子边走边唠、唠得挺热乎、对外界根本没有防备之时，突然抡起大铁杖横扫过去，将他俩打得像死猪一样趴在了地上，然后一手拽一个地拖进了壕沟。二人的腿虽被打坏了，但头脑还清醒，经一再追问，才不得不说了。原来是为办皮板大集，来金山大寨偷画地形图的。我先把他们画的图纸掏出来烧了，之后逼问谁让来的？开始不想说，我把铁杖一举，喝道：'说不说？快说，不说要你们的狗命！'二人吓坏了，忙哀求道：'饶命啊，招，招！我们是崽子，被'鬼见愁'掌门师傅管着，就是受他之命而来，专门绘制月牙楼地形图的。'就这样，从他们嘴里，知道还有个叫'鬼见愁'的人。我想，一定要找到'鬼见愁'，那才真正能帮妙善办好大事儿呢！听俩小子交待，'鬼见愁'受曾家奴之命，正于通州一带监视一家老小。说那家可能是绘制图纸、造月牙楼的人，掌握着此楼的机密。二人还说，曾家奴不让现在把底牌揭开，只命'鬼见愁'先秘密监视着，必要时再动手。听他们一说，我愈加感兴趣了，立刻处理了俩小子，转道直奔通州，去寻找'鬼见愁'。到了通州，天天夜里闲不着，东瞧西看地到处寻找。真是功夫不负有心人，终于在通州运河岸边，发现每晚总有几个奇怪的黑影儿，有时是一个，有时是两三个在河边儿小山崖下的一座破房子处晃动，我只好躲在暗处盯着那几个黑影儿。不知怎么弄的，却被'鬼见愁'发现了，觉得有人瞟着他们，立马逃走了。我哪里能放？在后面紧追不舍，追出约几百里。从玉田追到宝坻，从宝坻追到通州，又从通州追到燕郊一带，寻思着无论如何不能从我手里跑了。后来一想，根本用不着追来追去的，因为他们终究是要对崖下那户人家动手。于是又返了回来，在运河边儿那座小破房附近，找了处较隐蔽的山崖。早上，吃点儿饭，休息一下；到了晚上，往暗处一蹲，替那家人守夜。虽看了不少日子，但从未进去过，'鬼见愁'也无法进去。有一天，'鬼见愁'不顾有人监视，化了装，突然闯进破房，要抓走那家人。我急忙上前，推门进了屋，与'鬼见愁'打了起来。几个回合后，他见打不过，遂放下老少三人，只带上老头儿跑了。我焉能就此放过？匆忙安顿了老少三人，一直在后面追赶。'鬼见愁'并没向喀喇沁及燕郊北边跑，而是往南跑。

当时也不管他往哪儿跑，反正就是个追，一直追到了南京。到了南京以后，你们猜他到哪儿去了？"一时无人接茬儿。

各位阿哥可能会问，为什么谁都不吱声儿呢？因为苦僧讲述的时候，大家听得聚精会神的。他突然这么一问，来不及思考，没有思想准备呀！所以，当时在座的人你看看我，我看看你，皆摇摇头表示猜不到。苦僧说："是呀，不仅你们想不到，连我也没想到，'鬼见愁'竟然进了一所漂亮的府邸。寻思了一会儿，猜测这府门可能是官宦人家，到远处的小饭馆儿一打听，方知是当今朝廷右丞相胡惟庸的丞相府！开始还以为或许只是个骗局，进去一会儿肯定得出来，可他始终没露面儿。为了探个究竟，我选了一处隐蔽的角落，蹲在那里窥视着。几天后，从丞相府里出来一个身穿蓝皂衣的人，看打扮，像是个管家。再仔细一看，觉得与'鬼见愁'的模样差不多。当时很是奇怪，琢磨着难道'鬼见愁'的巢穴在京师，而且在相府？明朝的丞相与元朝的残兵败将会有什么往来，或者府里有与曾家奴相勾结的人？一连串儿的问号引起我更加注意，认为肯定是个大发现，非弄个水落石出不可，解开相府之谜。又在那儿盯了三四天，却再未见'鬼见愁'出现。后来感到总这样下去不行，一个人看不过来呀，总得吃饭、睡觉吧？要是刚一离开，他溜走了怎么办？便想到了妙善居士对我讲过的，明月长老在鸡鸣山上的明月庵，不如去庵里求师太相助，于是来到了庵中。一打听，正赶上师太不在，只好等。可不能老是等呀，估计'鬼见愁'那小子马上不敢动弹，就急忙上武当山去搬兵了。真是凑巧，到了武当山，恰好龙花、龙卉在，师父遂命我同师兄等人一块儿来明月庵。这不，今天又返回来了，就是为要抓'鬼见愁'的。"

大家听了铁杖僧人的讲述，都从心眼儿里佩服，齐声儿称赞他的机智、勇猛、果敢。圆觉禅师高兴地说："苦僧啊，苦僧，干得好啊！你是本宗的好弟子，师父交代的事儿，全做到家了。不怕苦累，不顾身残，尽管行动不便，做起事来却兢兢业业。好，好样儿的！不单单是帮了秉仁公主，也是为大明朝立了一大功啊！"众人边吃饭边唠，越唠越热乎。这时，苦僧冷丁想起一件事儿来，把筷子往桌上一放，冲明月长老问道："师太，那日救的女人现在怎么样了，精神好些没有？对呀，我得去看看。"刚一起身，倒提醒了明月长老，忙说："可不是嘛，哎呀，光顾同大伙儿唠了，忘了领你去看望那位客人了。她倒是有人照顾，不过好几天了，什么都不吃，就是一个劲儿地哭，可愁坏老尼了。

这回好了，走吧，跟我一块儿去看看。"边说边站了起来。鲍氏姊妹听说女子一直在啼哭，觉得奇怪，也站起身来，要随师太去。于是，由了静、了慧陪着明月长老、苦僧、鲍龙花、鲍龙卉一同往外走。李佑看师太和苦僧等人全去了，心想，我何不去瞧瞧那可怜的女人？一边想着，一边拔腿赶紧跟了去。

　　一行人来到后殿右侧的一处房舍，明月长老在前，李佑在最后，鱼贯而入。到了屋里，见那女人正脸朝里躺在炕上掉眼泪呢，桌子上放着的饭菜，看样子一点儿没吃。正在地上玩耍的两个男孩儿已换上了明月长老让人送给的新衣裳，一看进来好几个陌生人，立刻不玩儿了，怯生生地站在墙角儿瞅着。明月长老走到孩子跟前，亲了亲小脸蛋儿，又拍了拍小脑袋瓜儿，让他们到屋外玩儿去。然后走过来坐在炕边儿，对那女人说："还没吃饭吧？总不进食哪成啊！我把救你的师父领来了，要不跟他走吧，你看咋样？"女人没言语。苦僧凑过来说："这位大姐，我临走时不是告诉你了嘛，明月长老是大慈大悲的高僧大师。只要到了这块儿，该吃就吃，该喝就喝，有什么苦跟长老诉，不要老在心里憋着，会憋出病来的。实在不行，我送你回家，你看怎么好，咱就怎么做。"女人还是不吭声儿。龙花、龙卉着急了，劝道："姐姐，你不是犯傻吗？不能跟自己过不去呀！吃了饭，有了劲儿，再生气也行啊，饭总得吃吧？"女人只顾抹眼泪，仍然不理不睬。

　　李佑开始只是低头听着，觉得眼前的女人太不懂事儿了。人家救了你，不仅不感谢，反倒饭也不吃，劝也不理，有些不通情理了。于是，便从人堆儿往里挤，边挤边说："你也太拗了，即使碰到天大的事儿，总得吃饭哪！不用怕，有啥委屈竹筒儿倒豆子一股脑儿说出来，我们帮你打抱不平，人得听劝不是？"此话一出口，女人闻声儿当即不哭了。先是一愣，随即扭过脸来，两只泪眼死盯着李佑。然后扑棱一声坐了起来，麻利地穿上鞋下了地，推开鲍氏姊妹，上前一把将李佑抓住了，又是拍又是打地哭喊着："好个李佑啊，上天入地就是为了找你呀！咋那么没良心呢，心肺让狼给掏了？我早想到阎王爷那儿告状去了，知不知道？你扔下妻儿不管，一个人走了，到底上哪儿去了？可苦死我们娘儿们喽！"女人这一号啕大哭，倒把苦僧、明月长老和鲍氏姊妹给弄愣了，不知是咋回事儿。李佑光顾护着脑袋了，根本没往对方脸上瞅。待抬头一看，原来竟是分别多日的妻子，急忙抱住了她，索性让她哭个够。待妻子哭了一会儿，李佑扑通一声跪在地上，带着哭腔儿说："夫人，情况我都知道了。为你的事儿很是难过，天天愁得无法解脱，刚才师太还令我一定要想方设法找到你呢！我有罪，对不起你们娘儿俩呀！"明月长老见此，手一招，苦僧、鲍氏姊妹及了慧、了静等人立马出去了，屋子里只剩下李佑夫妇。

李佑夫妻俩互诉别后的衷肠，原来对妻子不理不管的丈夫，现在却送上了满脸的愧疚和真情；那哀哀怨怨的妻子见到丈夫，又听到了发自内心的忏悔，心立刻软了下来。她早就想好了，若是能找到丈夫，纵然千刀万剐了他都不解恨。可一见面，不知怎么全变了，不禁泪如泉涌，湿透了李佑的前襟儿。这是他们数年来从未有过的恩爱，当日二人温柔、甜蜜地度过了一个美好的夜晚。

第二天，圆觉禅师、明月长老、苦僧、一空、鲍龙花、鲍龙卉、李佑在明月庵的后堂密室中议事，商量如何尽快擒拿"鬼见愁"。苦僧将他自去年以来跟踪飞侠"鬼见愁"所了解到的大概情况和特点做了详细的介绍，他说："'鬼见愁'武功高强，从不骑马，最喜夜行，而且行走如飞，即使骑马也不一定能跟上他。那快马每到一地还得歇一歇、喂草料、饮水呢，'鬼见愁'则是身上带着吃的和水，边走边吃边喝，不停歇，持之以恒，速度不减。哪怕遇到风雨雷电，仍照行不误，日行五百，有时可达六百。此人从不露真名儿，只在武林中报号'鬼见愁'。行事时，像他的名字一样，不露真容。善扮老年、壮年、乞丐、平民，甚至一日数换，一般情况下，不易被人认出来。所带兵刃是一把软钢片儿刀，兼用暗器与迷药，神出鬼没，难以对付，要不怎称'鬼见愁'呢！他的行动相当灵活，有一次，见被我追得紧，转瞬间蹿上一条篷船，躲在篷杆儿上。其实，我早已看见，便上了一条开往杭州的同行的船。哪知船刚一靠岸，'鬼见愁'又以极快的速度，上了旁边一条开往南京的船，我只好再一次跟着跳上了另一条同行的船，一直陪着到了南京。正是在京城，才发现他进了胡府。现在尚不知到底是与胡府人有关呢，还是府中之人？事不宜迟，咱们应该迅速设法查找'鬼见愁'，以便早日抓到，他肯定知道曾家奴和高家奴的底细。只有把'鬼见愁'掐在咱们手里，方可弄清事情的真相。"明月长老说："此事好办。李佑，胡府可是你岳丈家，能不能找个府中熟悉的人，让他帮助寻到那个贼人？"李佑回道："还用别人吗？我不是把夫人找到了嘛，把她领回家，由你们谁跟我进去，看看有没有'鬼见愁'不就行了？"苦僧说："李佑，要不我先见见你夫人，把'鬼见愁'的长相和体貌特征告诉她，让她想想府中是否有这样一个人，你看怎么样？"圆觉禅师和明月长老异口同声地表示赞同，于是，李佑立即回房去找妻子胡氏女。

不一会儿，胡氏女跟着李佑来了。今天的胡氏女可不是昨日大家看到的哭哭啼啼、见人不说话、一脸悲戚的样子了，而是穿戴得干干净净、利利索索，还带着满脸的笑意。进到议事厅后，看了看大家，规规矩矩地向明月长老和众人见了礼。明月长老笑着说："好了，好了，这回再不脸一扭、谁也不理、只知道哭、跟谁都不说话了吧？那时始终没弄懂为啥不愿见我们，若说出是找李佑的，不早告诉你了嘛，何必流那么多眼泪、愁那么些日子呢！"胡氏女笑眯眯地讲了真心话："明月长老恩师，其实我知道您。因过去常听李佑讲在长老处如何习武等事，我怎能不晓得明月庵和老人家您呢？咳，那天深更半夜的，是大师父救了我。当时真是痛苦万分，就觉得没活路了，只想一死，一点儿没活下去的心思了。后来，大师父把我背进庵里。开始不知道是啥地方，当听说是明月庵，可吓坏了，几次跑全没成。长老一回来，更害怕了，怕你们认出我，那得丢多大的脸哪！再说了，我这个样子，李佑的面子也不好看呀。为了他的脸面，能跟姐妹们说什么呢？只想尽早离开明月庵。"说到此，胡氏女脸上现出了羞愧的神情。明月长老说："好了，你们夫妻能团聚，大家同样跟着高兴啊！以后再遇到什么事儿，要往宽处想，总会有路可走的。之所以让李佑把你请来，是救你的大师父有件重要的事儿请求帮助。"胡氏女忙道："长老说哪里话，师父大慈大悲救了我一命，还未来得及感谢呢！既然有事儿要办，何谈什么帮不帮的？理当尽力才是。说吧，师父，啥事儿？"苦僧说："我想打听一下，你父府上是否有一位大高个儿、瘦身材、右眉上有个小刀疤、左手六指的人？噢，对了，他的功夫挺厉害的。"胡氏女回道："按师父说的样子，倒是有这么个人。他是父亲府上的大管家，人称常爷儿，外号儿'常六指'。此人右眉上的确有个刀疤，不过没听说他会武功，平时看起来老实巴交的。"说完，抬起手来，理了理头发。

龙卉可是个机灵鬼，一听胡氏女说府里有那么个人，心中马上闪出道眼来，但没立即说出来。只是问了常管家在府中的一些情况，比如平时的威望怎样，影响如何以及秦氏对他的印象好坏等等。胡氏女一一做了回答，并说："常管家是个大好人，府中没有不知道的。他与大家的关系处得挺好，特别是对我的父亲、母亲更是照顾得无微不至、面面俱到，二老很是喜欢，要不能让当管家吗？我对他的印象也不错，想不出一个又听话又老实的人，能办什么坏事儿。"龙卉笑了，冲苦僧言道："苦僧哥哥，如果你讲得准，同嫂子说的是一个人，我倒有招儿将那人骗出来，让你偷着好好儿看一看，仔细辨认一下究竟是不是他。"苦僧忙问："什么招儿？快快讲来。"龙卉调皮地眉毛一扬，逗趣儿道："还问啥呀？师兄乖乖听师妹安排就是了。"一句话，逗得大家全乐了。圆觉禅师、明月长老同意龙卉说的，觉得是应先把人辨认清楚，得准成点儿，千万不能弄错了。否则，抓错了人，不仅打草惊蛇，还会让真的"鬼见愁"逃之夭夭。苦僧说："好吧，就按龙卉妹妹说的办。"鲍龙花、鲍龙卉姐妹俩又要大显身手了，于是，决定让龙卉演这场戏。

次日一早，吃完饭，李佑同妻子胡氏女由鲍氏姊妹陪同，手拉手地双双返回胡府。鲍龙花、鲍龙卉先一步到达，对门房说："你家姑爷已经找到姑娘，两人和好如初，现前来看望秦夫人，并接孩子出去租房单过。他们担心二位老人家记挂，让我俩先来报个信儿，小两口儿随后就到。"门房听罢，赶紧进屋通禀去了。

诸位阿哥，这是怎么回事儿呢？此乃照计实施。鲍龙卉早就预想到，李佑的妻子胡氏女在家本是个娇小姐，秦夫人只生了这么一个女儿，哪能不疼爱呢？何况前不久是不辞而别，离家多日，不知去向，做母亲的自不必说，那是忧心忡忡、心急如焚哪！现在忽听门房来报，说小姐同姑爷将双双回府探望，马上要到了，你说秦夫人能不喜出望外吗？理所当然地得出门迎接。女主人出来了，大管家常爷儿哪能不相陪呢？再说了，常爷儿既然对府中人都好，对胡氏女会更加亲热、关照。此刻得显现出格外的热心，必会走出府门前后照应，而且能做得周周到到。常爷儿一出来，苦僧便可在暗处观察个仔仔细细，是真是假会辨认得清清楚楚，鲍龙卉想的办法挺高明吧？你还别说，果如鲍龙卉所料，门房一通报到后堂，秦夫人立即高高兴兴地走出门外相迎。待李佑携同胡氏女到达门前时，府门大开，常爷儿满面春风地从门里出来，说是奉老夫人之命，前来迎接小姐和姑爷的。此时，隐蔽在暗处的苦僧看清了，大管家常爷儿，不折不扣正是"鬼见愁"！眼下同过去所见不同之处，只是他的打扮不是原来那样儿了，而是穿了一身儿大管家的衣裳。当鲍龙卉、鲍龙花听到了苦僧的暗号儿，证明此人就是"鬼见愁"后，遂同李佑夫妇一同去了后堂。

在后堂门外等候的秦夫人一看女儿真的回来了，母女相见不免一阵相偎相依，随之又抹了一顿眼泪。之后，秦夫人才看到还有一胖一瘦的两个女子，便问道："二位是……"胡氏女忙向母亲介绍道："她俩是亲姊妹，前来帮忙的。女儿从家出去，四海茫茫，难过至极，走投无路。正要投河时，姊妹俩将我救了下来，并领到家里，给以无微不至的关照。我们相处甚好，女儿一直在她们家住着。在李佑到处找我时，真是老天保佑哇，他从姊妹俩的邻居处得知了我的下落，立刻找上门儿去，夫妻才得相聚。因女儿不愿离开这对儿姊妹，李佑为了我，就在她们家附近找好了房屋。女儿回来，一是看望父母大人，二是接孩子准备搬家的。"秦夫人听女儿一说，忙起身向鲍氏姐妹对女儿的救命之恩大礼致谢，龙卉急忙扶住秦夫人说："夫人，万万使不得。我和姐姐同夫人的女儿相处得如同亲姐妹，何言相谢？小姐和姑爷搬过去，由我们照顾，老夫人尽可放心好了。"秦夫人见小夫妻俩已团聚，又结交了救自己女儿的两姊妹，别提多高兴了。于是，关心地询问起鲍氏姊妹姓甚名谁，家居何处。鲍龙花回道："夫人，小女姓龙，家住城西龙家村。"这不纯粹是胡诌的嘛！可秦夫人一天大门不出、二门不进的，哪里知道得那么详细呀？自然是信以为真了。龙卉又向老夫人说道："夫人，那边房子已经收拾好了，我和姐姐今天是来帮助拿东西的。"秦氏一看，知道肯定留不住。再说李佑浪子回头，夫妻团聚是件喜事儿，让小两口儿亲热亲热也好。就没有强意挽留，答应放他们走了，并命常爷儿带女婢们帮小姐拾掇东西。大伙儿一归拢，物件还真不少，为什么会有那么多东西呢？因为自李佑走后，胡氏女将小夫妻所用之物全搬到了娘家，能不多吗？常爷儿急忙张罗车辆，装上了一应之物，秦夫人唤来两个婢女，吩咐去侍候小姐。李佑无论如何不答应，硬是婉言谢绝了，让龙花把孩子抱上了轿车。随后，胡氏女辞别了母亲，上了车，秦氏手把轿门儿流着泪对女儿说："儿呀，你们可要好好儿过日子，再别让娘惦念了。等你父从朝中回来，我会告诉他的。"管家常爷儿见秦氏依依不舍的样子，走过来讨好儿地说："请老夫人放心，回屋吧，由我去送小姐。"没想到常爷儿竟考虑得如此细致，主动提出亲自去送，这下可乐坏了鲍氏姊妹，正是心之所愿啊！

两辆车子由胡府的两个车夫赶着，一前一后地出了府门。前面是轿车，坐着胡氏女和她的小儿子，还有鲍氏姊妹；后面是拉物品的车，日常所用和穿的、铺的、盖的装得满满的。常爷儿和李佑在后跟随着车辆也出了胡府，穿过几条街道，往城西偏僻之地而去。越往西走，行人越少，只听车轮发出咣当咣当的响声。常爷儿问道："李老爷，咱们这是往哪儿去呀，家居何处哇？"李佑说："一会儿就到地方了，往前走吧，快了。"轿车往哪儿走，表面看起来是听鲍氏姊妹的指挥，其实是苦僧在暗中指引着路线，她们哪里熟悉集庆古城的街道呀？龙卉想，反正哪块儿人少往哪儿走，越僻静越好。车老板儿当然得听鲍氏姊妹的话了，自己的差事是赶车，坐在车里的人让怎么走，咱就怎么走呗！此刻，龙花和龙卉早已移至车门口儿，只让胡氏女和儿子在里面坐着，李佑则紧跟在常爷儿身后。

再说常管家在胡府中假装不懂武术，实际上却是多年闯荡江湖、武艺高强且诡计多端之人。你想啊，一个自称"鬼见愁"的人，即是说连鬼见了都发愁，可见是精明到了极点。走了一会儿，常爷儿四处瞅了瞅，越来越觉得不对劲儿，心中甚是奇怪："李佑也是大家子弟，怎么会跑这么远找住的地方呢？不可能啊！况且城西全是贫困的渔家，房屋破旧，他无论如何不能领着我家姑娘住如此破烂的房舍、与那些穷人为伍呀，不对，其中肯定有事儿。"边想边警觉地一手按住了缠在腰间的软钢刀，准备倘若遇有不测，立即逃之夭夭。正在琢磨着，忽然前面闪出一个头戴草帽、挂着大铁杖的人，威风凛凛地堵住了去路。常爷儿一看人形，马上想起来了，他不就是这阵子常常跟踪自己的那个人吗？心里一急，扭身就想跑。此时，早已站在他身后的李佑将去路挡住了。常爷儿一看走不出去，随即来了个旱地拔葱，纵身一跃，弹起一丈多高，试图从李佑的头上逃过去，并顺势把腰缠的那把大刀刷地抽了出来，寻思道："没想到老子今天上当了，看来几个歹人是要捉拿我呀，哼，没那么容易！"可毕竟对方好几个人，只觉浑身冒出了冷汗。

就在常爷儿向上一纵之时，鲍氏姊妹早已做好了准备，防着这一手呢，鲍龙卉几乎是同时腾身一跃。由于她身轻如燕，又是从车上弹起，自然比常爷儿跳得高。龙卉的飞旋术，在辽阳与曾家奴的搏斗中曾显露出来，杀退了千军万马。今天对付常爷儿，哪里还在话下？她这一跳，恰好跳到了常爷儿的头上方。常爷儿没有防备，本想先弹起来，抽出软钢刀结果了李佑的性命后再逃。当时只顾往下瞅了，并没防范身后头上还有一个武功十分了得的女子，正要用小牛耳尖刀刺他的后背呢！在常爷儿的钢刀没有刺到李佑的一刹那，觉得身后嗖的一股凉风，似乎有人袭来。马上灵机一动，就地十八滚，想从地上滚出收他的罗网。没料到，早有跳下车的鲍龙花持棍站在身后，便急转身欲从另一个方向逃走。可刚一转过来，只见那个戴大草帽的人扔掉了帽子，现出原形，持杖站在前面。常爷儿见前后皆有人堵截，知道只能硬拼了，随即抡起钢刀想要杀出一条血路。这时，扔掉草帽的人喝道："'鬼见愁'，休想再逃，该到束手就擒的时候了！"边说边迎上前与之对打起来。鲍龙花见此，大喊道："苦僧哥哥，何必理他？交给我吧！"话音未落，已手使大棍杀向前来。那棍子一抡起来，呜呜作响，任何人也躲不开。常管家闻声儿，并没收住手中的刀，仍向苦僧砍来。苦僧往旁边一闪，躲过了钢刀，常爷儿扑了个空。待再回转身对付鲍龙花时，大粗棍子尖儿已抡到了他的左身，打了个正着，只听嘎巴一声，左肋骨折了好几根儿。常爷儿哎呀一声躺在了地上，当即瘫了。两个胡府的车夫一看打起来了，吓坏了，哪见过此等阵势呀，撂下车马刚撒腿要跑，早被李佑三拳两脚地撂倒在地了。就这样，顺利地活捉了风云一时的"鬼见愁"，并捆绑起来，扔到装货的车上。李佑随手扯过一件大衫儿，苫在他的身上，谁也看不明白究竟是咋回事儿。车夫此时哪里还敢轻举妄动？只好继续赶车，按着李佑的喝令，奔向了明月庵。

两辆大车到达明月庵后，圆觉禅师对明月长老说："我们在南京的事情已经办完，不能再耽搁了，须迅速北上，以防夜长梦多。"明月长老担心娟娟等得着急，赞同道："行，这样也好。"就在圆觉禅师、鲍龙花、鲍龙卉、一空、苦僧准备北上时，李佑执意随同诸位一起去北平府，明月长老劝道："李佑啊，你们小两口儿分别很久了，好不容易才得团聚，怎么能马上分开呢？你是知道的，胡氏女为找日夜思念的丈夫历尽了千辛万苦，遭了不少罪，甚至绝望到要投河自尽呀！一定要看在往日夫妻的情分上，珍惜妻子的一片真情。若是现在离她而去，不仅对不起妻子，对不起救她的苦僧，还枉费了在北平为你牵挂的师妹、娟娟的一片苦心哪！听我的劝，你们一家就住在庵堂的客室之中，好好儿团聚些日子。待日后师太去北平看娟娟时，再带上你，总可以了吧？"圆觉禅师、苦僧、鲍氏姊妹、一空等人全都跟着耐心相劝，苦僧一再说："李佑，不要亏待妻子，她是个挺好的人。那么忠心于你，诚心诚意地等你，应以心相报才对，留下吧。"胡氏女自然舍不得夫君走，痛哭流涕地苦苦挽留，李佑没办法了，只好留了下来。在圆觉禅师一行将离开时，明月长老给"鬼见愁"带了不少口服的治红伤药，又让鲍氏姊妹拿了些外用药。嘱咐路上要为"鬼见愁"的伤敷药，须勤洗勤换，主要是怕他半道儿就一命归天而断了线索。为使一路的安全有保障，也为"鬼见愁"的伤口不至于由于车的震动而疼痛,明月长老索性给他用了迷魂药,让其始终处于昏睡状态。圆觉禅师当然明白,觉得师妹想得周到,大家可以省些心思,不用专门照顾他。另外,一行人由于要押送"鬼见愁",仍需胡府的两个车夫赶车。李佑为让他们安下心来,送了一些银两,等于是雇用。二人哪敢不依?顺从地赶着车,出了明月庵。在庵门外,明月长老、李佑夫妇与北上的一行人依依惜别。

话说简短。圆觉禅师他们为尽早赶到北平府,一路上是车不停轮、人不歇脚、日夜兼程啊!当行至离北平府大约还有三百里的地方,即涿州地界时,被用了迷魂药的"鬼见愁"突然苏醒过来,大嚷大叫着说啥不往前走了,声言定要见见什么亲人。圆觉禅师思量过后,决定车马暂时停在涿州,令鲍龙花、鲍龙卉飞马赶到北平燕王府邸,接秉仁公主速速来此。

放下圆觉禅师为什么暂停涿州不说,再表此时北平府的情况。自徐达、秉仁公主收到明月长老从明月庵送来的快柬之后,徐达便做了部署,单等鲍氏姊妹接武当山的圆觉禅师归来。已命马云、叶旺回辽阳坐镇,监视纳哈出的动静;令李文忠、兰玉、傅友德等大将,率军秘密埋伏在喀喇沁等地;派朱亮去燕山雾灵布阵;责成何文辉将燕王府兵马分为两部分,一部分守卫燕王府与北平府,一部分交给秉仁公主调遣。真乃一切就绪,万事齐备,只欠东风。

正在众将急盼西边的消息、摩拳擦掌地等待一举擒拿曾家奴、破皮板大集的时候,鲍氏姊妹回到了北平燕王府,翻身下马,进得府门,龙花急不可待地向师姐秉仁公主报了信儿:"师姐,我和龙卉到武当山把师父圆觉禅师请下了山。他率徒弟一空师父,还有你认识的苦僧先到京师,在明月长老和李佑的协助下,擒拿了害华云海的'鬼见愁',并押解来北平。刚到涿州,不知为什么,'鬼见愁'忽然大哭大闹起来,非要停留下来不可,圆觉禅师答应了。我俩现受师父之命,来请师姐速去涿州。"娟娟听了之后,虽尚不知为什么停留在涿州,但也非常高兴。一是圆觉禅师亲来北平,有望尽快收服曾家奴请来的"四大天王";二是想念已久的苦僧不但有信儿了,而且会很快见面,可谓喜事一桩;三是曾家奴的帮凶"鬼见愁"被擒,是个非常好的契机,将使征讨曾家奴有了进一步的把握。她迅速禀报给了徐叔叔,大将军听了更是兴奋不已,叮嘱道:"娟娟哪,既然让你到涿州,肯定有必去的原因。那就代表我全权前去处理'鬼见愁'的事儿吧，务要办好，我在北平府恭候圆觉禅师等众位师父的到来。"娟娟得令后，立即带着张玉和新提起来的护卫鲍戎，在鲍氏姊妹的陪同下，打马奔赴涿州。

回头咱们说说圆觉禅师一行为什么要停留在涿州呢？本来"鬼见愁"由于吃了迷魂药，一路上不吵不闹，只是昏睡，很是安静。待走了一千来里地快到涿州时，迷魂药的劲儿逐渐消失，这小子随之从长时间的昏迷、做梦状态中清醒过来，立马感到浑身疼痛，左肋一点儿不敢动，直劲儿地哼哼。他听车夫向圆觉禅师、一空和尚、苦僧说："师父，一连几天人困马乏的，又饥又渴，光吃干硬的面饼泡水太上火，该给我们开开荤了。前边是涿州城，离北平府不远了，赏一顿美酒好菜吧。"圆觉禅师答应道："行，难为二位一直连夜赶路，辛苦了。到涿州找个饭馆儿，让苦僧给你们办去。""鬼见愁"的耳朵可真灵，猛然听车夫讲前面不远是涿州，便不顾身上的疼痛，使尽力气大声儿喊道："快，快，快停下，我要到涿州去，那是我的家呀！他妈的，死也要瞅一眼妻儿。各位行行好吧，让我看看他们行不？若是答应了，哪怕到阴曹地府，都会感恩不尽的。要不答应，那好，我就死给你们看！"苦僧过来向车里吼道："'鬼见愁'，喊什么？越喊越不停。若放老实点儿，还兴许能考虑找个地方让你歇歇。""鬼见愁"一听，知道硬来不行，马上把嘴闭上了。

圆觉禅师听"鬼见愁"声嘶力竭地一喊，心头猛然一震。首先想到的是："鬼见愁"是朝廷的要犯，既是曾家奴的亲信、死卒，又同胡惟庸的关系密切，还有许多机密没有从他口中吐出来。绝不能让这小子瞎折腾，一旦伤口迸裂而死，那不糟了吗？必得先安抚住。又想到：捉住"鬼见愁"这件事，务必得保密，不能露出一点儿风声。不仅不能让曾家奴知道，也不能让胡惟庸知道，得找个僻静的地方会审他。再说了，明月长老在送离京师时，一再嘱咐要多多注意，事事小心，不可出差错。可是，究竟于哪里审"鬼见愁"更稳妥呢？圆觉禅师可是云游各地的高僧，对关外的辽东，对长江南北、黄河两岸的各个民族、各个部落很是熟悉。觉得北平府原是元朝的大都，聚集了各方面的人士，人多嘴杂，什么消息都容易露出去，不易严守秘密。涿州是北平府的外围，离城不远，较那儿安静许多。他仔仔细细地想过一遍之后，便改变了主意，答应可以满足"鬼见愁"的要求，在涿州停留下来，就地会审。那么，停在涿州何处为好呢？圆觉禅师平时有个习惯，到各地之后，从不住客栈，专找庙宇落脚。哪怕是小破土地庙，只要能存身，也不嫌弃。他对涿州庙宇的分布情况了如指掌，决定就去最不被注意的关帝庙，那里十分隐蔽，特别方便，还不易被人发现。于是，一面命车夫向城外的关帝庙赶，一面令鲍氏姊妹速去北平府，接秉仁公主前来。

圆觉禅师一路指挥着车辆，很快来到了城外的关帝庙。此庙位于城北，离涿州的住户较远，十分僻静。整个庙宇被古松树围绕着，绿荫蔽日，尤显雅致、肃静。围墙内，是座五楹大厦，有正殿和偏殿。正殿供奉着一丈多高的关云长关老爷，两边是关平、周仓，看起来高大、精神、威武。偏殿三间，乃香客进香和游僧客居之地。由于建筑时间久远，泥墙和正南木板门上的红漆早已脱落。又因战乱频仍，庙宇眼下没人看管。大元朝时，有这样一种风气：各个庙宇都接待天下的游僧，有可供借宿的留客室，并设有水井、灶房、小茅厕等，很是方便。不管庙内是否有人管事儿，只要你自带行李来到此处，皆可居住。走时自觉地打扫干净，将庙门一关，便可离去，关帝庙亦是如此。

两辆车赶进关帝庙后，圆觉禅师让一空师父和苦僧把车上的东西拿下来，将"鬼见愁"抬进偏殿住下，车停放偏殿旁一侧，卸下来的马赶进庙后的松林之中。那里本来就有车马棚子，供五月十三关帝庙会时，各地来的香客们存放车马之用。在车马棚子的旁边，盖有一排专供车老板儿居住的简易板棚子。将车老板儿和车马安置好后，一行人全到偏殿住宿。圆觉禅师与一空同住，苦僧与"鬼见愁"同住，一空师傅有时也过来，与苦僧轮流守夜护卫。余下的一间供秉仁公主、龙卉、龙花三人下榻。一空到镇上买来米和蔬菜，在两个车老板儿住的板棚中起灶、做饭，并告诉他们："二位放心，我师父不是讲了嘛，等走时，必领你们到城里设宴致谢的。"其实，两个车老板儿还行，挺忠厚的。加之一路上大家对他们多方关照，车赶得越发认真，相互之间都很满意。

大伙儿在庙宇里吃完饭后，圆觉禅师来到"鬼见愁"与苦僧住的屋子，帮苦僧为"鬼见愁"换药。一打开包伤的药布，只见伤口流着浓水，刺鼻的臭味儿扑面而来。尽管路上鲍氏姐妹多次为他连洗带擦的，伤口还是化脓了。圆觉禅师忙命端来热水，为"鬼见愁"擦洗了伤处，敷上药，重新裹上洗得干干净净的药布。换药时，"鬼见愁"疼得满头大汗，嘴里仍不停地哀告着要见家人一面。大家见此，觉得"鬼见愁"的家说不定真在涿州，倒是可以让他见见。还是圆觉禅师想得周到，认为"鬼见愁"这小子鬼心眼儿太多，或许是要什么计谋，此地有他的同

688

党也未可知。要是现在答应让他见家人，一旦走漏了风声，再出个一差二错的，可就功亏一篑了。

正在这时，娟娟、张玉、鲍戎、鲍龙花、鲍龙卉飞马赶到了关帝庙。五人下马后，坐骑由马夫牵走，放到松树林里喂草料，娟娟、张玉、鲍戎由鲍氏姊妹引领，去见圆觉禅师。圆觉禅师吩咐鲍氏姊妹守护"鬼见愁"，其他人一起来到了大师住的屋子。娟娟久闻圆觉禅师其名，今天是头一次得见，进屋后便要大礼参拜。圆觉禅师马上手打佛号，制止秉仁公主，自己先给公主施了主子与臣僚之礼。礼毕，才正襟危坐，受妙善弟子一拜。娟娟特别高兴，不仅与多日不见的苦僧相聚，又认识了一空师父。见礼后，像见到了久别的亲人一样，走上前把苦僧的右手握住了，激动地说："苦僧师父，从龙花、龙卉那边论，也是我的师兄，妙善感到太过意不去了，让您受了那么多的苦，心里一直牵挂着。后来在通州运河边儿，从孩子们的口中得知了师父的踪迹，却未能见到，使我更加思念。真没想到，这些日子里，您帮我们大忙了，还擒拿了钦命要犯'鬼见愁'。我代表徐达大将军向师父致谢，日后定报朝廷，给予封赐。"然后转过身来，向在场的人说："在这里，我转达大将军的问候，并欢迎圆觉禅师、一空师父前来协助我们破贼。兵将早已严阵以待，只等众位师父的到来，一举擒拿曾家奴。"说完，领着张玉向诸位一一做了引见，圆觉禅师方把"鬼见愁"突然提出要在涿州见家人以及为什么停在此地向秉仁公主做了禀报。娟娟听罢，觉得大师想得很周到，说道："关于'鬼见愁'要见家人的事儿，可由张叔叔同他谈。"边说边回过头来叮嘱张玉："张叔叔，您认识'鬼见愁'，不妨单独跟他唠一唠。就说朝廷盼他改过自新，重新做人，不要再与大明作对了。假如能够帮助本朝，将不记旧恶，别说见见家人，还会给他一条锦绣前程的！"张玉点头称是，于是按秉仁公主的吩咐，去房里面见"鬼见愁"。

"鬼见愁"一看来人，当然认识，知道他是曾家奴身边的心腹王点。开始时十分惊讶，寻思大明的徐达是真有办法，竟将曾家奴平章的得力干将弄到自己身边了。王点可比咱有名气呀，他都降明朝了，我还有什么可说的？后来，通过张玉一番真心诚意的劝导，使"鬼见愁"很受感动，并从张玉的口中，得知了秉仁公主在此。那是当今皇家的金枝玉叶、大明朝已故军师刘伯温之女，早在胡惟庸府中时，曾听说过有关她的情况，对公主所做的一些事情打心眼儿里佩服。心想："秉仁公主年龄不大，却很有骨气，非常正直，名分是自己争来的。如今公主就在眼前，已经到这个分儿上了，有啥可隐瞒的，何不全向她说了呢？"于是提出，让张玉把秉仁公主请来，有事儿当面儿禀告。张玉不知他究竟要说什么呀，只好赶紧去请，随来的有鲍龙花、鲍龙卉、鲍戎等。娟娟一进屋，"鬼见愁"便强挣扎着起来要给公主见礼，娟娟忙扶住道："不必了，快躺下，要说什么就说吧。""鬼见愁"谢过，遂将自己的身世毫无保留地和盘托出了。

原来，"鬼见愁"这个名字，乃近两三年来在北平府一带传开的飞侠之美称，也是曾家奴他们故意哄扬出来的。"鬼见愁"的本名儿孙常祥，因能跑擅走，人们给起了个外号儿叫孙大脚丫子。原是鲁运纤夫，即在山东那段儿运河上拉纤的，常年奔走于微山与聊城之间的运河线上。开始是跟帮的纤夫，后来自己立帮，带着十几位兄弟揽活儿，在数百里的山谷、河滩上留下了孙大脚丫子的足迹。他很能干，又能吃苦，武功精到，故而有了些名气。由于元末时，常遭匪患欺压，一怒之下，与众兄弟在微山湖西岸谷亭地方树起了大旗，自号"鬼见愁"。拉起了帮伙儿，很快强大起来，成为了反元的一股力量，后被常遇春收服。李善长见他年轻力壮，身材魁伟，出手不凡，便收为门军。过了些日子，转赐给了胡惟庸。

胡惟庸为了招揽生意，有不少货物需经运河北上，到北平通州一带兜售。然后再把北平府北边的一些皮货等经运河南下，运到苏杭一带。于是，秘密地选派孙常祥做自己的帮手，称之为经略，当他的运货人。那个时候，在运河上的所有纤工和货主全是有帮有派的，一般人还真不敢干。必须得有后台、有势力，才能吃得开，不至于受人欺侮。大船一过，只要听说是什么什么帮、什么什么伙儿、哪个号的，土匪都不敢动。当时有很多的帮，什么南帮、北帮、鲁帮、浙帮、通帮等，每帮皆有自己的经略。这经略可不简单，有生杀大权。对所雇用的人说杀就杀，不好就不用，好了就给你银子。做经略的人不但胆儿要大、能办事儿、能挣钱，而且得有经济脑瓜儿。一个帮只要有了好经略，一心一意帮助操持，才可能干大事儿、赚大钱。胡惟庸当时之所以选中了孙常祥，任命为自己航运的经略师傅，掌管货物的销售和运输，是因为非常了解孙常祥。知道他原是鲁运的纤夫，不仅对运河上的事儿明白，对运河的帮派、规矩也清楚。并且人又能干，肯于卖力气，精明得很。孙常祥果然不负所望，干得相当出色，得到了胡惟庸的夸奖和称赞，孙经略便越来越出名了。

运河上不是有各帮各派嘛，其中有个叫北派的，实际上是由曾家奴管辖。这一派很有势力，能挣大钱，早被孙常祥看在眼里。他便绞尽脑汁、想方设法地秘密与北派的经略师傅勾结在一起，成为了好友，于是北派经略把"鬼见愁"介绍给了曾家奴。曾家奴看他挺能干，遂聘为自己的行帮经略，一来二去的，又成了曾家奴的心腹。从此，孙常祥开始脚踩两只船，有权又有势。曾家奴只知他叫"鬼见愁"，胡惟庸只知他叫孙常祥，喊常了，称起了常爷儿。常爷儿天天两头忙，这头帮胡惟庸挣银子，那头帮曾家奴揽活儿。由于他的靠山硬、会武功，谁也不敢欺侮，渐渐便有了一号。在运河上做货船生意就是这样，运货的老客见你势力大、腰板儿硬，肯定用你的船运。为什么呢？保靠哇，不遭土匪呀！再者，因为孙常祥各方面都强，一些小的运货行帮不敢跟他较量，更不敢与之抢活儿，所以他的活儿最多，亦能挣大钱。时间长了，孙常祥给两头挣的钱越来越多，胡惟庸高兴，曾家奴也满意，他在二人跟前全吃香，视为离不开的名手。

近几年来，胡惟庸为了在朝中争权夺势，放松了一些运河的生意，派常爷儿去包揽活儿的事儿少了。这头虽少了，但曾家奴那头不仅没减少，反而增多了。揽活儿跑生意不说，曾家奴所策划的杀人越货之事也参加了，深得其信任和喜爱，进而成为曾家奴实现野心的帮手。由于孙常祥在胡惟庸府里当差，故对大明朝廷内部的许多事情全清楚，并偷偷将一些情况传递给曾家奴，成为他在明朝内部的重要耳目。这样做，你说曾家奴能不重用吗？孙常祥越来越红了，被封为"死卒"的掌门师傅，视为手下的一个得力打手。在曾家奴处有闲或遇到灾难的时候，他就悄悄儿回到南京的丞相府中，以总管家的面目出现。为什么两头跑却不受胡府的责问呢？因他在胡惟庸府中已经干了很长时间了，给丞相挣了不少银子。又会来事儿，对谁都挺好，胡惟庸及大夫人秦氏特别信任他，大管家的位置当然十分稳固。再说，孙常祥在胡府有一批心腹下人，当需要到北边去时，则把一些事情委派给那些人去办，替他应付着，可以轻松地遮掩过去。何况胡惟庸在朝中事儿多，经常不在府里，夫人秦氏天天诵经，谁能老看着常爷儿干什么呀？便任其所为，忽来忽往，自然有机会两头儿照应了。这次因为曾家奴下了死令，让他务必控制"破烂王"，所以出来的时间长些。哪知办此事中，竟被苦僧秘密盯梢，举足不得。实在没招儿了，只好先逃回南京，想躲躲风声再说。没想到神勇无敌的苦僧却死缠不放，一直跟到了南京，抄了他的老窝儿，

第三章　星灿燕北

691

才成了阶下囚。

　　孙常祥在向娟娟讲了自己的身世后，苦苦哀求道："秉仁公主啊，不瞒您说，小的妻子和两个儿子在涿州藏着。我知道被朝廷捕拿，肯定是脑袋搬家了，再见不到他们娘儿仨了。哪成想正好从此地路过，公主啊，求您了，让小的见见妻子和儿子吧！听说当今的皇上和皇后特别喜欢您，又是身边的红人，所以才愿意把一切原原本本地告诉公主。想来一个要死的人最后的请求，您无论如何会答应的，这才请到小的屋里来，以便直接跟公主说。要能答应小的请求，小的先谢谢您，死也无憾了。"娟娟问道："你为什么把妻子和儿子放在涿州而不带在身边呢？"孙常祥回道："我常年四处奔波，居无定所，忽而南京、忽而北上的。知道脚踩两只船危险，不知哪一天弄不好船一翻，自己将陷入其中一方的罗网之中，是必死无疑的。之所以不敢把妻儿放在南京，怕将来一旦不得不在曾家奴处落脚，那就是个妻离子散。又不敢放在喀喇沁，徐大将军厉害呀，所率领的明兵凶猛异常，指不定哪天会杀入喀喇沁的，我的全家岂不更遭殃？为此真是费尽了心机。最后决定把妻儿安置在离北平府不远的涿州，倘若有事儿，自己再换个名讳，仍可到涿州与妻儿团聚。"娟娟说："孙常祥啊，孙常祥，你的如意算盘打得太精细了，只是苦了妻儿哟！好吧，本公主今天就答应你们一家四口儿见上一面。"孙常祥一听答应了，真是感激涕零啊！一个劲儿地道谢。娟娟立刻命鲍龙花、鲍龙卉、鲍戎三人，按照孙常祥提供的地址，速去接他的妻子和孩子来关帝庙。

　　时间不长，鲍氏兄妹就将孙氏和她的两个儿子一起接来了，并送到了偏殿孙常祥所在的屋子。母子三人一看躺在炕上不敢动身、满脸痛苦的孙常祥，不知咋回事儿呀，趴在他身上大哭起来。娟娟见状，领着众人退了出去，在侧室偷听着。只听那个女人边哭边埋怨道："我跟你说过多少遍了，咋劝都不听。现在可好，失散多年的哥哥没找到不说，你又伤成这样，要有个三长两短的，我和孩子可怎么活呀，我的天哪！"孙常祥带着哭腔儿劝道："好了，别哭了。我何尝不知道两头干是在刀刃上翻跟头、早早晚晚得栽了呀？当初不就是想辛苦点儿，如果真有那么一天，好多给你们娘儿仨留点儿银子嘛。如今看，这么做不仅对不起你们娘儿仨，还对不起你那老哥哥呢！"听了孙常祥此番掏心窝子的话，女人更是哭得死去活来，号啕着说："常祥，我想好了，你走到哪儿，我带着孩子跟到哪儿，咱们死也死在一块儿，看来这辈子是见不到大哥了！常祥啊，我的天哪，可咋办好哇！我的云海大哥啊，你究竟在哪儿呀？"躺在炕上的丈夫跟着妻子一起流眼泪，都快哭不出声儿了，断断续续地说："来弟，来弟……求你了，别哭了。我越哭……身上疼得越厉害，快喘不上来气儿了，快……快……"说着说着便没声儿了。女人一见丈夫不行了，急得一声接一声地呼唤着："常祥，常祥，你怎么了？醒醒啊，可别扔下我和孩子不管呀！老天哪，快让我们一块儿去死吧，全家去死还不成吗？就算对我们的惩罚吧！"边哽咽边叫，渐渐地也没动静了。

孙常祥夫妻一字字、一句句的对话，娟娟听得真真切切，鲍戎亦听得一字不漏。当孙常祥提到云海大哥时，鲍戎心里猛一惊！后来一想，世上重名儿者甚多，何必大惊小怪？娟娟听到这个名字时，起先也是一愣。接着又听孙常祥叫他妻子"来弟"，更惊诧了。后来忽然屋里没声儿了，便按捺不住了，赶紧同大家一起进了屋。众人见孙氏的脸正伏在丈夫的脸上，俩人的泪流到了一起，孙常祥满脸，包括耳朵两侧都流淌着泪水，两个孩子在旁边愣愣地瞅着，不知如何是好。鲍龙卉走上前去，倒了一碗水，给孙常祥吃了药。娟娟把孙氏拉了起来，为她擦了擦眼泪，并仔细端详着。看上去，年纪有三十多岁，很年轻，相貌不错。那模样似乎像谁，面孔好像挺熟，像谁呢？想了想，冲那女人说道："你叫来弟，家住通州。大哥叫华云海，还有个二哥叫华云龙，很早投入了反元义军。你嫁给个姓孙的纤工，就是孙常祥，对不？"女人一听，大吃一惊啊！瞪大了眼睛，半天才说："对，对呀，我是来弟。因家里触犯了朝廷，惹出了祸事，二哥三宝南下，一气投军。我跟大哥逃到运河边儿，隐姓埋名，靠做撑工谋生，跟哥哥一起拉纤。有一次发大水，我落入洪水中，冲出好远，幸好被孙大脚丫子给救了。后来我们结了婚，还生了两个小崽子。可丈夫他不听话呀，为了给我挣点儿银子，当什么'鬼见愁'。咳，早知道准有这么一天哪，我是来给他收尸的呀！"说着又呜呜咽咽地哭了起来。哭了一阵儿，扑通一声跪在地上，给秉仁公主叩头道："请问你们是哪个绺子的，是不是曾家奴的死对头？求求各位好人了，千万刀下留人哪，饶了他，就等于饶了我们一家四口儿的性命啊！他若死了，我和孩子咋能活得下去呀，把银子全拿出来还不成吗？"说完，趴在地上痛哭不已。

娟娟、鲍龙花、鲍花卉、鲍戎走上前，把来弟硬是搀了起来。鲍戎感慨地说："这么说，咱们是一家人了，华云海是我的岳丈，你就是我们的姑姑。岳丈现已过世，老人家始终惦记着你，临终时还叨念呢，以为早淹死了。做梦都想不到哇，咱们一家今天竟能在涿州见面呀！"说完，手指鲍龙花、鲍龙卉道："这是我的两个妹子。"然后又向她引见娟娟："这位是当朝的秉仁公主，又是朝廷钦命的东征武威安抚使。"听了鲍戎的介绍，来弟和已经醒过来的孙常祥全愣了，紧接着便为云海大哥的去世哭泣不止，也为在关帝庙能见到几位亲人喜极而泣。哭过一阵儿后，来弟对鲍戎说："你既然是我的侄女女婿，姑姑求你了，可要救救你的姑父啊！"娟娟听了此话，气愤地说："来弟呀，你知道孙常祥做了些什么吗？他为曾家奴所驱使，干了许多坏事儿咱们不讲，单说你大哥华云海的死吧，同样是这个人一手造成的。孙常祥，我问你，在抓捕'破烂王'的时候，知不知道那是你们的大哥？"孙常祥回道："秉仁公主，当真人不说假话，确实不知道'破烂王'是我妻要找的大哥呀！只知大哥叫华云海，不晓得原来的身份，我们从未见过面。"娟娟说："就算不知道'破烂王'是你大哥，难道可以为了点儿银子认敌为友、帮助曾家奴伤害一个体弱多病的老人吗？你去抓'破烂王'的时候，他正在病中，全仗苦僧师父的帮助，才没被你抢走。可是由于惊吓，又把他倒吊在树上，致使老人很快离世了。孙常祥你说，华云海的死，不是由你亲手造成的吗？多么的狠心呀，一个老人都不放过，良心何在？"孙常祥听到这儿，心如刀割，拍胸顿足地愧悔莫及，伤口随之迸裂，疼得哎呀一声昏了过去。来弟此时对丈夫是又恨又可怜，见他不省人事了，忙喊道："常祥，常祥，你醒醒，醒醒啊！"不一会儿，孙常祥醒了过来，眼中流着泪，直勾勾地瞅着妻子，嘴里叨念着："我真不是人哪，害死了哥哥，没脸活了。来弟，对不起你，让我死了吧，十条命也不够赔呀！"说着脑袋咣咣地直往炕上磕，来弟上前把他抱住了。

聪明的娟娟见孙常祥有了悔悟的表示，立马想到这个人得留着，不但了解曾家奴、高家奴的底细，而且对徐叔叔完成皇上交给的秘密使命，即调查、了解、掌握胡惟庸的劣迹也是重要的佐证。不能让他死了，起码现在是个宝贝呀！于是开始软硬兼施，换了种口气说："常祥啊，常祥，你懊悔何用？错已酿成，人已故去，涕泪何用？惟有一条光明之路，便是应为来弟的哥哥报仇，为朝廷效力，以功赎罪。朝廷会以今后的功过来评判你的生死，或可不念旧恶，为朝廷所用，全看自己的路怎么走了。你那颗心要是肉长的，就得让来弟受苦受难的大哥华云海在九泉之下能闭上眼睛！"此话说得很有分量，让人听了特别揪心，来弟哭得几乎快背过气了。孙常祥躺在那儿，闭着眼睛，咧着嘴呜咽不止。娟娟看火候儿差不多了，便命人通报当地知州，要他秘密将这些人从关帝庙移至馆驿居住，为什么呢？她考虑到圆觉禅师年事已高，不能总住在空冷的破板房子里，得改善一下居住条件。再说，孙常祥的伤势严重，需要有个干净的环境养伤，使之尽早痊愈。涿州知州按照秉仁公主的吩咐，不但很快安排了舒适的住处，而且找来最好的郎中，给孙常祥疗治。由于边疗伤边给服用了大补元气之药，加上来弟在身边精心照料，伤势好得很快，六天之后，就能够自由活动了。在这个期间，孙常祥向秉仁公主交待了不少曾家奴、胡惟庸干下的宗宗件件坏事儿，大家为孙常祥的转变感到高兴。娟娟见目的已达到，与圆觉禅师商量后，决定速返北平府。

娟娟一行在回北平府时，由鲍戎帮忙，带来弟和两个孩子一同前往。到北平后，鲍戎将娘儿仨领到了自己家中，来弟激动得哭着见了嫂子和侄女，此次是多年来头一回与亲人团聚呀！孙常祥也希望能住到鲍戎家里，但不好直说，因自己愧对华家。娟娟看出了他的心思，便同徐叔叔商量，徐达表示同意。这样，孙常祥才被送到鲍戎家，与妻子来弟住在一起，两口子为朝廷的宽容感激不尽。还有令他们想都不敢想的是，当晚徐达设宴为圆觉禅师、苦僧、一空等人接风洗尘，并请孙常祥夫妇一块儿参加。孙常祥自知坏事做尽，是朝廷的罪人，不敢莅席。娟娟鼓励道："浪子回头金不换嘛！从今以后，只要报效朝廷，对得起你的云海、云龙大哥就行了。"孙常祥和来弟那是热泪盈眶呀，扑通一声跪下了！暗下决心，往后一定拼上命为朝廷效力，再不能给云海、云龙大哥丢脸了。

又过了七天，孙常祥的伤口全部愈合，徐达大将军派人带他来到帅帐，任为军中谋士，在元帅身边听用。孙常祥感动得一时不知说什么好了，眼泪像断了线的珠子噼里啪啦往下掉哇，受宠若惊啊！心想："自从降了大明，不仅没有掉脑袋，还成了大明朝的右丞相、卫国公、赫赫有名的徐大将军身边的谋士，这真是莫大的殊荣呀！我也长一颗人心，要是不好好儿干，能对得起谁呀？你们今后就看我孙常祥的吧！"

前书咱们表过，征讨曾家奴的战役，各路将士早已做好准备，单等圆觉禅师等人一到，就将开战。在圆觉禅师到达北平一旬后，徐达大将军下达了命令，一场塞北之战打响了！圆觉禅师同秉仁公主率弟子一空、鲍龙花、鲍龙卉等人，由张玉引导，化装前往雾灵山杖子沟下的娘娘洞。这里的确热闹得很，曾家奴选出的五百多名壮士，正在"四大天王"、"四老大人"的教授下，日夜习练武技，将一直练到明年六月二十六。名曰以武交友，以武会友，以武习友，结交天下好汉，切磋武林技艺。皮板大集的"雾灵天王擂"搭建完毕，并已开擂。进门处，有个用木头和石块儿堆成的高架子，上面张贴着醒目的《雾灵天王擂示告天下》的征召文告。圆觉禅师等人详细看了一下告示的内容，写得蛮有气派。从告文中得知，"雾灵天王擂"共分三个擂：一为童擂，即少年拳、童子功；二为拜师擂，是专门为求师而来之人准备的。每日定时有武师讲授武术、擂规、擂技；三为天王擂，凡天下各路英雄好汉皆可报号打擂。规定不许用暗器、迷药，要以艺胜人，以艺超人，伤死勿论。擂败为输，赢者占擂，往替为王。擂台分上晌、下晌，一日两次开擂。凡参擂者，簿记名讳，不收半文，晌午可赏饭水一次。当日为擂主者，赏银千贯；三日为擂主者，赏银千两；五日为擂主者，赏银一千五百两；七日为擂主者，赏银两千两。依次增赏，拥戴天王。看起来，告示听讲的"雾灵天王擂"的酬银价码还真不低，这或许是吸引不少各路英雄好汉前来打擂的缘由吧。

圆觉禅师看过告示，来了兴致，便与女扮男装、一身少年武士打扮的秉仁公主以及鲍龙花、鲍龙卉、一空等人高高兴兴地来到了擂台前。擂台很高，是用一块块的大木头搭成的，很是壮观。四周有围栏，上方有木棚，可遮阳光或挡雨水。地面用木条儿拼成，上铺羊毛毡，从高处腾空纵下不会发出一点儿声音。观擂的人不少，附近的、远道儿的、骑马的、赶车的纷纷前来，有男有女，有老有少，络绎不绝。

说来，武术在河北燕山一带素有传统，人人爱练、爱参与、爱看，是山村享有声誉的一种活动。年年有摆擂的，获得擂主者，会受到人们的敬重。甚至把打擂、占擂、赢擂之人拜为英雄，为他十字披红，鼓乐相迎，荣耀得很。英雄们到饭店里，店主没有不赏饭、赏银子的。可自从元亡后，大明又初建，燕山一带的摆擂之举停了十来年了。这次有人重新摆起擂台，倒成了件新鲜事儿，当然会吸引很多人前来凑热闹。多少年盼着看打擂，今天总算开擂了，谁能不来呀？说实在的，都争先恐后地往杖子沟赶。今年参擂有新规定，不仅不收任何费用，赢家还能得到不少赏银。即使被打败了，得不到赏银，只要上擂，中午则由擂台盟主管饭水。于是，人们蜂拥而至，一些沿街乞讨之流丐中有武功者，也想来比试比试。谁管他输赢，只要在擂台上能伸伸胳膊撂撂腿，就算过了瘾啦！曾家奴正是摸透了大家的好奇心理，才用此招儿引来了不少天下豪杰。

圆觉禅师在人群中一打听，知道已经开擂十来天了。登擂者甚踊，已有几位高手接连两天占擂，盟主真的赏了白花花的银子。被打下擂台的，盟主绝不食言，给了饭水。如果本人愿意，还可收留到他的帐下跟班习武，这是以前从没有过的事情。前几天是几个老大人占擂，今天圆觉禅师他们来得挺是时候，占擂的擂主恰是曾家奴从金刚山请来的高僧西里杜等。人们纷纷传告说，今天占擂的可不一般，是从金刚山来的妙天广法活佛的弟子，武艺肯定高强，比擂一定会相当热闹，是多少年看不到的千载难逢之擂，快去看吧！这么一宣传，人越发多了，擂台下挤得水泄不通。

圆觉禅师正听人们边看边议论之时，便见西里杜、即识空师父登上了擂台。他今天头戴白布蓝箍英雄帽，脚蹬白面儿蓝底儿快靴。身穿白色英雄紧身装，腰系英雄缎带，一身儿以白为主的短身小打扮，很是精神、气派。西里杜站在台中央，抱拳大声儿说道："今日，本擂主望求结交天下豪杰，有愿比试者请登台，当虚心求教。若有闪失，则请海涵，你我皆按登擂规条行事，绝不改悔。今天不同往日，没有此前的习练比试，不是先让几招儿再接着比试，也不是赢了一把就可得银百两。前几日为什么总是先让三招儿，然后比试，只要赢我一招儿便可得银两呢？那是因为大家在一起不过是习作玩儿一玩儿、交交朋友而已。今天之所以如此，是因为本擂从即日起将正式比擂，胜者为王，败者下台。各路英雄豪杰，何人上来？在下施礼了！"说着，抱拳见礼。

你说圆觉禅师他们来得寸不寸吧？一到杜子沟就赶上了正式开擂。西里杜刚讲完，圆觉禅师正往台上看呢，还真有应声儿的，就听下边一声喊："在下不才，愿与师父讨教！"随着喊声，便见从几个壮士中走出一个人来，到了擂台跟前，一抬脚，利落地纵了上去。西里杜忙抱拳道："好汉，请报名。"来者二十多岁，个子不高，又胖又壮实。穿一身蓝衣裳，系英雄缎带，也是短身小打扮。听到问话，马上抱拳道："本为五台山上的野游者，路过此地，讨教一番。"说着亮出了招式，腾飞起脚，猛如雄狮。西里杜只是躲闪，并未还手。那人却挺来劲儿，变换着各种招式向对方进招儿，西里杜仍站在原地不动手，只是身子左右挪动着。紧接着，小伙儿猛力蹿跳，扑了过来。西里杜借机从背后处突然一掌击出，没看使多大劲儿，小伙子却像被巨木撞了似的，双手扬开，两脚噔噔噔地向后退着，退到擂台的栏杆处也没挡住，一个跟头摔到台下去了。好在没碰着头，双手摁地，半天才站起来。擂台盟主见他鼻口全是血，忙令人搀到后屋上药去了。

正这时，擂台突然蹿上一个人来，抱拳道："好厉害，我偏要会会你，在下乃人称大漠金雕手是也！"没容分说，一个大鹏展翅，直扑西里杜。西里杜这回可没敢怠慢，只见他腿一弯，缩身一闪，躲过了对方的雕手勾。随即反身用右掌顺势狠狠地拍向对方的后背，速度相当快，几乎是那人的雕手勾刚划过，西里杜的反手掌便跟了过去，而且来势极猛。台下观看的人吓得不禁哎呀一声，以为此人对西里杜的猛掌肯定躲不及了。哪知金雕手早有防备，马上左翻身来了个大鹏登空，随之侧身一倒，致使西里杜的反手掌扑了空。在西里杜急忙收掌时，那人腾空的双脚直踢向西里杜的大下巴。要是被踢上，西里杜脑袋下半截儿的下巴、鼻子、嘴立马全没了。速度之快，用劲儿之大，令台下又是一惊，以为西里杜得彻底玩儿完了，有的竟吓得忙捂住了双眼。哪知西里杜就势来了一个猛虎腾跃，拔身而起，飞起两丈高，不仅躲过了对方施展之大鹏登空的狠踢，还令那人一时摸不准自己的去向了。金雕手一犹豫，心里想着怎么人突然没了呢？还是他擂台经验不足哇，比擂最忌讳的就是犹豫，哪怕喘口气儿工夫的发愣，都可能给对方以还手之机。正是瞬间的停顿，西里杜在其头顶儿之上，来了个双腿旋飞。当那人发现时，已经躲不及了，只听叭叭两声，大漠金雕手的前胸和后背各挨了一脚，当即瘫倒了，大口大口地吐着鲜血，不一会儿便死在台上了。盟主命人上台收拾了尸体，又让将染上血的羊毛毡撤下去冲刷，再抬上一张崭新的白羊皮毡铺好。之后，西里杜在台上抱拳说："这位同道，抱歉了！望上台者要量力而行，不可莽撞。要是没能耐，千万别充好汉，擂台无情啊！西里杜向同道致哀了，也是他从此脱离了人世苦海，得大自在也！"接着又一抱拳道："各位师傅，在下因连续两场，有些累了，现由我的师弟上来陪众位玩玩儿。需要提醒的是请务必小心，师弟技艺远高于在下。"说完，退入了后台。

西里杜下台后，紧接着上来一位师父，抱拳自我介绍道："在下伯尔舒，是西里杜的三师弟。方才大师兄连胜两人，现在由我代师兄会会天下武林高手，不知哪位敢上来与在下展示几招儿？"话音刚落，只听一声亮嗓儿"我来也！"众人循声儿一看，是个年轻后生。后生对刚才西里杜的态度十分不满，为被打下台的武士气不公，更为擂主的傲慢憋了一肚子火。说什么"陪众位玩玩儿"，简直是目中无人，欺人太甚！难道我们燕山没人了，那么好欺侮的吗？他在下面无论如何坐不住了，刚要跳上台去与伯尔舒决一高下，圆觉禅师一看孩子太嫩，上去不但得吃亏，而且有可能被伯尔舒伤了，忙高声儿制止道："这位小哥先停下，待老僧上去替你出气，然后再玩玩儿也不迟。"圆觉禅师有个偏脾气，就看不上有人以强欺弱。本来听西里杜刚一登台说大话时，已站起身来，想上去把妙天广法活佛之法谕交给他，以便让他快点儿偃旗息鼓回金刚山，不要在擂台上为曾家奴张目了。可是台上一交手，却来了兴趣，便坐下来看了一会儿。见西里杜真是狠呀，竟下死手，心想："佛门中人，本应慈悲为怀，爱惜生命。连扑杀飞蛾都不忍心，何况人乎？既然是打擂，以武会友，怎么能手出真招儿呢？"他在心里默默地念着："阿弥陀佛，罪过呀，罪过！若是你们的师父妙天广法活佛看到徒儿这样做，肯定会怒不可遏呀！"后来实在忍不住了，决定上去教训几下，让他们知道天外有天，人外有人。于是，叫住了年轻后生，没让上台，怕他吃眼前亏。

圆觉禅师把禅杖交给徒弟一空师父，仍身披袈裟，从人群中疾步来到台下。随即一个旱地拔葱，挺身直立着腾空而起，轻轻地落到了擂台上。台下的人一看，此功夫可太厉害了，皆啧啧称赞，报以热烈的掌声。圆觉禅师冲伯尔舒说道："阿弥陀佛，善哉，善哉，尔等何故如此狠毒？点到为止也是赢，为什么非要将人打死？老僧看不惯，特上来会一会。"伯尔舒看老和尚长得很是魁伟，往那儿一站，快把擂台占去一半儿了。论块头儿，大得能将自己装下；论高矮，得仰着脸看人家，便阴阳怪气地讥讽道："你个老和尚，说话没有道理，明明讲好了死伤勿论，没能耐别上来呀！老和尚，若觉得不是对手或怕死，赶紧下去，别在这儿占时辰，本人还想多打死几个呢！告诉你，我的拳脚可没长眼，念你岁数大了，长这么胖不易，快下台养膘去吧！"边说边哈哈大笑着，这下可气坏圆觉禅师啦！伯尔舒见老和尚仍不下台，又道："既然不下去，就报个名儿吧，我手下没有无名之鬼。"只见圆觉禅师两道又长又白的眉毛抖动着，下巴颏儿的胡子也在左右摆动着，高声儿说道："休得胡言，还不知谁死呢！来吧，老僧不动手，让你先下招儿。若能几拳几脚打死我，或是打飞了我，皆认输。准你先进九掌九腿，之后我再还招儿，来呀！"声如洪钟，双目直视伯尔舒。

伯尔舒一向傲气，听了圆觉禅师的话，心想："哎呀？走遍天下还没听到有如此说大话的人。让我九招儿，简直太瞧不起人了，不用九招儿，三拳两脚就把你老东西送上西天去！"这么想着，便不说话了，握紧拳头，以猛虎掏心之势，单拳直冲圆觉禅师心窝儿而来。圆觉禅师并不躲，伯尔舒的拳像捶在一个大棉花筒儿上一样，只听扑的一声，软咕囊囊的，根本打不出劲儿来。接着又用脚踢，不但没踢出声儿来，而且又弹了回去。圆觉禅师太胖了，满身都是肉哇！伯尔舒一看，老和尚膘过于肥了，也打不疼啊，于是使狠的了，来了个地勾腿。什么叫地勾腿？就是右脚尖儿往里一勾，同时上拳直冲对方的脸打。其实上拳为虚招儿，是引起对方注意的。你一防上面，他乘机在下面将腿往上一弹，脚尖儿往里一勾，正踢你的阴部，那是必置死地而无疑。他用的这第七招儿，早被圆觉禅师看明白了，马上就地后仰，让过上拳，紧接着来个罗汉扑蝶，一反身，把大屁股扭给了伯尔舒，还狠劲儿往后一撅。当伯尔舒的地勾腿从圆觉禅师的下裆处弹过来时，圆觉禅师用那双大手牢牢地掐住了伯尔舒弹过来的右腿，再用力向上一提，这下伯尔舒可就站不住了，身子往后一仰，吧唧一声摔在了地上。全仗铺有厚厚的羊毛毡，否则，后脑着地必脑浆迸裂。在伯尔舒倒地时，圆觉禅师将他的右腿用力一撅，只听嘎巴一声，右腿骨折了。伯尔舒疼得爹呀妈呀地叫着，满地打滚儿，盟主忙让人将他抬下去了。台下的人一看，老和尚把伯尔舒打倒了，为上擂台比武的人出了一口气，都高兴得鼓起掌来，交口称道武功的神勇。

这时，曾家奴请来的"四大天王"之二师兄西里库从后门儿上台来了，冲圆觉禅师喊道："老和尚，你找死呀？那好吧，我是西里库，为师弟报仇来了，拿命来！"说罢冲上去就是叭叭叭一连串的旋天腿，想以此压住阵脚，就势将胖和尚打下擂台。说起旋天腿，可谓相当厉害的一招儿。是用周身的旋转之力，狠打对方，力量既急又猛，几乎无法抵挡，想躲都躲不及。武艺不精深者，几个旋天腿便将你打蒙了，不是被踢死，就是被打成残废，异常凶狠，何况是连续的旋天腿呢！但它有个短处，即身子腾空，腿飞旋的环形必须在一定的高度上，身体自然暴露给对方。破此招数得极力躲开旋天腿的飞环区，再乘机利用对手在空中旋转之时，对于身体的暴露部位急速予以打击。因其正处在惯性的旋转中，想以旋力制服对方，根本无法防范自身暴露部位受到致命的打击。圆觉禅师恰恰抓住了旋天腿的弱点，别看他那么胖大的身躯，还挺灵

东
海
沉
冤
录

活，突然来个鲤鱼入水，向下一滑，坐在地上了。然后上身往后一仰，顺势倒下。而西里库此刻正头朝下双腿飞旋不断地转打着，却打不着圆觉禅师，想停又不能马上停下。就在这时，只见地面上的圆觉禅师举起双臂，用双掌击向了西里库的头部，看得出用劲儿较小，并未发力。若是狠打，毫无疑问，肯定会把脑袋击碎的。因圆觉禅师与菩提僧人以及金刚寺妙天广法活佛的关系都很好，他不能那样做。尽管只轻轻一拍，西里库仍觉头发晕，天旋地转，两眼直冒金花儿，眼看着身体失控，从空中摔了下来。

　　说时迟，那时快，躺在地上的圆觉禅师见状，即刻张开双臂，将西里库抱住，并说："悟空，别闹了，自家人。"西里库一听老和尚叫的是自己的法号，又感到了对方没下死手，否则必是死命，知道不是一般人。忙站起身来，刚想开口道歉，哪知站在台旁的西里杜、伯尔度不让了，异常气恼地冲了出来，手下的董老大人、庞老大人、丘老大人、蔡老大人也一跃而上，要齐斗圆觉禅师。一空、鲍龙花、鲍龙卉、娟娟哪能答应啊，随之全跳上了擂台，看样子，相互非要决出个高低不可。圆觉禅师见状，立即大喝一声："一空、鲍龙花，尔等退下，谁让你们上来的？"一空一听圆觉禅师有话，当然不敢造次，娟娟向鲍氏姊妹使了个眼色，四人乖乖地退了下去。而那边的西里杜等人还想围攻圆觉禅师，西里库忙大声儿制止道："师兄，不可无礼。高僧并未伤我，是师弟甘拜下风，快快下去！"这一喊，西里杜的心里比谁都明白。因为方才他在一旁看得很清楚，西里库与大和尚的打斗，是由于师弟有破绽才被击中的。而老和尚确实是手下留情，没有伤到师弟，不是人家的过儿。于是，马上命人赶紧退下。"四老大人"听命转身退了，惟有伯尔度仍在破口大骂，并挥动拳脚，狠击圆觉禅师。圆觉禅师只是东躲一下，西闪一下，并不动手。

　　伯尔度一看赢不了眼前的胖和尚，便拿出了损招儿，想以毒箭暗害之。刚要出手，就听台下有人怒喝道："住手！混账的虚空，还要毒杀你的师兄圆觉禅师吗？"这一嗓子可把众师兄弟镇住了，定睛一看，原来是尊敬的上师妙天广法活佛来了！西里杜、西里库、伯尔度搀着受伤的伯尔舒慌忙跪地叩拜师父，圆觉禅师、一空、鲍氏姊妹、娟娟跪地迎接活佛，"四老大人"也跪下了。圆觉禅师致歉道："给活佛叩头，弟子有罪，戏伤了师弟。"妙天广法活佛说："原本给菩提僧人一函，让他派你传我法谕，招回弟子。又担心这些弟子争强好胜的，不一定听圆觉你的话，再伤了和气，才特意赶来。识空、悟空，你们是师兄，竟带领师弟们如此胡闹，真是该罚！当前大明天下已定，如江河东流，不可阻挡。尔等却逆天妄为，搅扰朝廷平定大业，实乃罪过。要迷途知返，不可贪求无度，速与我回金刚山去。"识空、悟空、净空、虚空诺诺称是，拜别了圆觉禅师，当即收拾行囊。他们将曾家奴赏的所有金银财宝一并留下，因师父要求概不许收纳，然后跟随活佛迅速离去。圆觉禅师已完成了菩提师祖交办之事，不想再继续逗留下去，就此告别，带一空和尚返回武当山。因为急着要赶上妙天广法活佛，以便同行一段，所以走得很是匆忙。

　　擂台上，由于四大天王和圆觉禅师的倏然离去而平静下来，台下的人绝大多数不知所以然，还在抻脖儿张望。秉仁公主、鲍龙花、鲍龙卉、张玉等人乘机登上台去，向众人宣讲大义，揭露曾家奴在杖子沟设擂的阴谋，申明大明朝廷的德政。正在这时，朱亮带人赶到，将董老大人、庞老大人、丘老大人、蔡老大人及其同伙儿皆收降。当场宣示，凡曾家奴手下的人想还家的，由朝廷拨银，协助其安置田产；凡喜务农者，给予耕牛、种籽及立业之资；愿意投军者，收入燕山护卫营，按其所能，量才任用。就这样，没费一刀一枪，雾灵山下杖子沟寰时间尽归朱亮管辖。

　　曾家奴失去了"四大天王"，没了靠山，顿时士气大衰，那真是树倒猢狲散哪！尤其是一向视为心腹的、对自己了如指掌的重要人物"鬼见愁"已归附了大明，对于曾家奴而言，损失可太大了。不仅把他惨淡经营多年的老底儿给兜了出来，还将精心组建起来的誓死卖力的"死卒"队伍全部遣散。一些顽固不降者，被孙常祥手刃示警，余众皆降服了大明，收纳至朱亮副千总的燕山护卫师。这样一来，曾家奴真是惶惶不可终日，手下人马亦无心再为复元而战。乘此良机，大病痊愈的孙常祥秘带李文忠、兰玉、傅友德等人，在喀喇沁包剿了曾家奴两大牧场，痛歼了十余万兵马，又于敖汉旗俘虏五万多人。曾家奴见无法立足喀喇沁，只好带领剩下的五六万人马逃入大漠，往和林而去。洪武九年初，李文忠、兰玉大将率兵在喀喇沁以北的骆驼岭子一带，消灭了曾家奴的部分残敌。至此，雾灵山紊乱的社会秩序得以平定，往日的骆驼和马帮活跃起来，开始一队队地行走在长城内外，北国变样儿了。

　　当年春夏之交时，大明朝廷考虑原由曾家奴发起的皮板大集早已宣传出去了，全国客商尽知，百姓皆晓。如不按期举行，不仅有失民意，对本朝也不利。于是接过手来,六月二十六,在雾灵山下杖子沟宝华山上的宝华寺前十里坪地方隆重开集。全国客商人来人往,皮张货物交易旺盛,成为明初北国的一大盛事。皮板大集的总经略,为本朝右丞相、魏国公徐达,副经略为燕山护卫千总朱亮,总舵主为振东将军巫顺。由于准备得充分,场面之大、货物交易之多,超过了历次。如此盛况,令不少元朝后裔啧啧称赞,声言办得好,胜过大元时期。由此,大明声威大震,此习一直沿袭到明孝宗弘治中期。后因朝廷内的党争、擅权等原因,才不得不停下来,这里不去详述。

回头咱们再说李文忠、兰玉、傅友德、朱亮等将追剿曾家奴、高家奴的情况。曾家奴在明军的紧紧追赶之下,又使出了惯用伎俩,将人马分散开,遍地开花,掩藏于大漠之中。也有几十人一伙儿、百八十人一群的,边逃边躲,使林莽、沟壑、峡谷、河滩、牧场等凡能隐蔽之地,都藏有他的兵马。有些则换下元兵号坎儿,装扮成牧民、猎人,让你无法辨认。尽管明军在无水无粮的极其困难条件下,下决心深入数百里进行追剿,然而收效甚微,有时还要腹背受敌。李文忠为此心急如焚,只得将此情书函,并速派亲兵传报给徐大将军。徐达得信后,深怕西征之弊重现,众将有什么闪失,急忙传令停止追剿,速返北平府。这样一来,曾家奴虽损失惨重,但总算保住了性命。因他在西部仍有不少兵马,便赶紧重整旗鼓,准备伺机而动。

徐达大将军得李文忠的传报之后,先命停止追剿,又来到燕王府,与何文辉、秉仁公主以及陆续返回来的李文忠、兰玉、傅友德、朱亮等大将共同谋划如何对付曾家奴。在商议中,大家对这棘手之事伤透了脑筋,渐渐地失去了耐性,有的显得烦躁不安,有的甚至跺脚发脾气。本来开始进剿时挺顺利,连续推进,歼敌数万。没想到元兵退入大漠之后,给明军的追击设置了重重障碍,不少人怒骂曾家奴太狡猾。徐达也坐不住了,原想迅速平定塞北,然后围攻纳哈出,直取月牙楼,使辽东尽快归入本朝。可眼下偏偏不那么随人意,连连失利,让人既焦急又无奈。娟娟前些天的心情还挺好,认为征伐曾家奴进展得得心应手,如此下去,很快便能解决西部之元兵了。这样,徐叔叔会分给我兵马东进,神秘的月牙楼重见天日的一天就要到了,为此楼丧命的华云龙、华云海可瞑目九泉,受到极大伤害的苦僧也会感到欣慰。哪成想现在形势却有了变化,元兵悄然消遁,一时亦不知该如何是好。

就在徐达、秉仁公主、苦僧等人无计可施之时，有探马来报，说纳哈出有变，正在紧逼辽阳。具体是怎么个情况呢？纳哈出见徐达大军直逼燕山，曾家奴节节败退，便成了惊弓之鸟。于是不像过去那样对曾家奴心存戒心了，更不想再以秉仁公主为后盾、与曾家奴抗衡了，而是变得兔死狐悲、同情起曾家奴来。对大明朝廷反倒越发疑虑重重，甚至忌恨、警惕，所以才极力用兵辽阳，给马云、叶旺施加压力。特别是对娟娟等人的态度也改变了，还想像以前那样直接去金山大寨探察月牙楼，已经是绝对不可能的了。听报后，大家感到攻打了曾家奴，却难破月牙楼了，是原来没有预料到的事儿。在此形势下，众人不但关心什么时候擒拿曾家奴、高家奴，而且更关心如何才能顺利地开启月牙楼。这座楼在纳哈出丞相府的院内，正在他们鼻子底下，怎么做能避开纳哈出呢？大伙儿都在想计谋、出主意，的确是大伤脑筋哪！

放下诸将为西部、北部战事焦虑不安不讲，单说孙常祥夫妇自从到北平府以来，得到了徐达大将军、秉仁公主以及方方面面的关照。尤其是对孙常祥，丝毫没有因为获罪采取任何轻视和敌对之举，而是不计前嫌，倍加爱护，看成了朝廷的重要将领。由于华云龙为朝廷做出了贡献，献出了祖传建筑工技图绘，是位大功臣。孙常祥夫妇又是华云龙、华云海的胞妹、妹夫，且浪子回头，故而受到了格外的尊敬，视为前北平府都督金事、燕王府左相华云龙的至亲。孙常祥常对夫人说："来弟，荣耀属于你的哥哥。而我却做出了对不起朝廷、对不起两位兄长之事，何颜享此殊荣？一想起那些，就感到无地自容啊！"来弟安慰道："常祥啊，反正已经做了，再提也没用，关键是今后的路得走好。"这些天来，来弟发现孙常祥总是一个人愣神儿，不知在那儿冥思苦想些什么。问他，也不答话，让人不得其解。

一天，孙常祥跟妻子商量："来弟，我非常愧悔自己是杀害咱们哥哥的刽子手，心实难安哪！这几天琢磨个事儿，想和你说说，不知同意否？"来弟感慨地说："常祥啊，我同你一样，也是日夜无颜苟活于世呀。赶快讲，到底是啥事儿？也可能你想的正遂我心呢！"孙常祥说："你知道，我是最熟悉曾家奴、高家奴的人，过去始终为他们探求月牙楼之谜，曾到处巡察和奔波过。正因如此，曾家奴和纳哈出都重用我，纳哈出更是百倍地信任。为什么呢？他十分清楚，只有我能把曾家奴的所有底牌全摊开。目前，曾家奴给朝廷制造了障碍，将兵力分散，到处躲藏。不过在徐大将军、秉仁公主和苦僧等人的眼里，那必定是条断了腿的死狗，只要朝廷一用劲儿，就会将他敲掉。估计大将军他们眼下最惦念的，应是如何对付纳哈出、开启月牙楼。我想不妨以密告曾家奴把月牙楼图纸放于奈曼为由，诱使纳哈出出兵，前去奈曼取图纸。纳哈出一走，金山大寨必为空城，秉仁公主等即可乘机而入，巧取月牙楼。为此，我必须得去金山大寨一趟，你看这么做行不行？"边说着，边真诚地注视着妻子。

来弟闻听此言，马上警觉起来，以为丈夫又犯老毛病了，想借机逃走，便生气地说："想得倒美呀，去纳哈出那儿，诱他出兵，谁相信哪？你的外号儿'鬼见愁'、'孙大脚丫子'，又精又坏，为了钱到处跑，谁不知道哇？全得认为你在耍花招儿，欺骗朝廷，是想逃出去。反正肯定不会往好了想，连我都这么看，何况人家？常祥啊，常祥，你究竟怎么想的？秉仁公主对咱咋样，徐达大将军对咱又咋样，不是不明白吧？那良心让狗叼去了，咋不知悔改呢？你个黑心肠，兴许能蒙他们，可骗得了你媳妇吗？"边说边直劲儿地哭。孙常祥忙解释道："来弟，你误会了，刚才说的不是那个意思。我是想……"没等孙常祥把话说完，来弟立马打断了他，带着哭腔儿道："孙常祥，别人不知道，我还不知道吗？告诉你，从今以后，我走我的阳关道，你走你的独木桥，咱们井水不犯河水。我是绝不会跟你胡来的，朝天每日提心吊胆的，那日子早就过够了！从今以后，我带着孩子跟嫂子过了。你滚吧，滚得远远的，滚！"说着一屁股坐到了炕沿边儿，身子背向了丈夫。

孙常祥一看来弟气得浑身直哆嗦，的确是错怪自己了，着急了，诚心诚意地恳求道："来弟呀，别哭了，耐心听我把心里话唠唠好不？这次是真心想帮助秉仁公主，只身打进金山大寨，想办法破月牙楼。过去是我不好，可是经历了一桩桩、一件件的事儿，即使再浑，不能总做忘恩负义、吃一百个豆儿不知豆腥味儿的人吧，怎么连自己的丈夫都不相信？可愁死人了。我也是个七尺男儿，身上流淌的是鲜红的血，与其这样，不如让你验证一下丈夫的心。"说着，顺手拿起匕首，没等来弟上前拦呢，只听咔嚓一声，手起刀落，将自己的小手指剁掉了。当即鲜血淋漓，痛得满头大汗，把个来弟心疼得忙起身走过去，掏出手帕赶紧把手给包上了。来弟一看夫君决心很大，急得哭着说："你咋这么虎啊，我只是随便说说，就动起真格儿的了？"孙常祥泪流不止，难过地说："来弟，要是妻子信不过，我还有啥活头儿哇！"来弟边说："我信，我信。"边把丈夫紧紧搂在怀里，二人相抱而泣。

哭了一会儿，来弟轻轻抚摸着丈夫断指的那只手，有些为难地说："常祥，我相信你是真心实意想帮秉仁公主。可是，怎么能将此事说得清楚，让他们信着咱呢？难哪！哪怕我去帮着说，也未见能行，凭你'鬼见愁'的臭名声，谁能真正放心让你飞出巢呀？"孙常祥认真想了想，眼前突然一亮，说："对，有了，咱们全家四口人保荐，总行了吧？"来弟没明白，忙问："什么叫全家保荐？"孙常祥解释道："为了证明咱们是一片诚心，我把你和两个孩子绑上，全家一块儿去见秉仁公主和徐大将军。以你们娘儿仨的人头做保，向他们力荐由我去诱骗纳哈出，以开启月牙楼。就是说，倘若其中有假，我情愿将妻子、两个儿子交给朝廷，任其发落，他们还能不相信？如果这样都不行，我可再没辙了。"来弟听后，觉得是个好主意，马上赞同道："行，我和儿子今天豁出去了。只要朝廷能信着你，让我们娘儿仨干啥全成，情愿以性命担保，孙常祥不是要逃跑，而是要帮助大明朝廷。"来弟是个有啥说啥之人，办啥事儿向来侃快。

两口子商量完后，来弟又把丈夫的伤手重新包扎好，孙常祥将妻子和一个刚九岁、一个还不到六岁的儿子用绳子捆绑起来。两个孩子不知咋回事儿，吓得哇哇直哭，随着父母一同来到燕王府，夫妻二人声称要叩见徐大将军和秉仁公主。门前的护卫忙进内厅禀告："孙常祥捆绑妻儿在外求见！"徐达和娟娟听后，愣了一下，你瞅瞅我，我看看你，感到很是奇怪。忙起身出得门来，将孙常祥一家四口儿迎进屋内，让座倒茶，孙常祥夫妇及两个儿子却扑通、扑通地全跪下了。娟娟走过来，关切地问道："来弟，你们这是干什么？快起来，起来，别把孩子吓着。"徐达当然也是丈二和尚摸不着头脑，不知出了啥事儿，走到孙常祥跟前，伸手搀他，可孙常祥无论如何不起来。徐达便弯下腰，先给跪在地上的来弟松了绑，又给哭着的两个孩子解开了绳子，并将六岁的那个抱了起来。来弟哭着说："大将军、秉仁公主，我和常祥真是有愧呀，没帮朝廷办一件好事儿。可朝廷仍然看重我们，照顾我们，真是无以回报。他跟我商量，想出去办件大事儿，绝不是要私逃，而是为了朝廷，恳求将军能同意。相信他吧，全家人愿以性命担保，也是我俩共同合计定下的，请答应了吧！"孙常祥涕泪交加地接着说："我前半生干了不少缺德事儿，知道自己的名声不好，这么个人谁能相信呀？来弟开始都不信，后来实在没招儿了，才砍掉了小手指以示决心。大将军、秉仁公主，五六年来，我一直在替曾家奴、纳哈出寻找绘制月牙楼图纸的人，关内关外地到处奔波，为此伤了不少无辜的人。曾家奴已经惨败，溃散四逃，我或许能找到他隐藏的地方。还有把握凭着这张嘴，把纳哈出从金山大寨的老窝儿诓骗出来，创造破月牙楼的机会。并已摸准，纳哈出是最多疑又贪图小利之人，给他点儿好处就能上钩。我琢磨着，曾家奴的人马已四分五裂，敖汉、奈曼一带有不少是从雾灵、喀喇沁逃过去的。不如让纳哈出随我前去收降他们，可以谎称已查到的掌握月牙楼图纸的人，眼下正在那一带，他会相信这些话的。纳哈出为了充实力量，梦寐已求地想把月牙楼图纸掐在自己手里，一听机会真的来了，肯定能带兵离开金山，跟我去奈曼。这样，你们可在'九九'重阳之前，赶到金山大寨纳哈出丞相府，秘密地开启月牙楼。等纳哈出得了些兵马、占了点儿便宜、心满意足地从奈曼回来之后，月牙楼已空空如也。到那时，即使是跳着脚骂，又有何用？一切将一去不复返。大将军，以上所讲就是孙常祥之愚见，若能准允，我将照此去办。"听得出来，他的决心很大。

说实在的，正在大家绞尽脑汁想办法、犯愁难破月牙楼的时候，能听到一条锦囊妙计，怎能不高兴呢？徐达说："常祥啊，说句掏心窝子话，我们从没把你当外人。本是个纤工，需养家糊口，为了生计办些错事儿情有可原，谁都没放在心上。再说前一阵子追剿曾家奴时，那也是立了大功的，怎么能不信任你呢？而且始终看成是云龙弟弟的妹夫、自家人。你确实是动了脑筋，想出的计谋挺好，等我同众位将军商议后再告诉你，好吗？""好，好。"孙常祥点头答应着。娟娟又安慰了夫妇俩一番，然后命人送一家四口儿回去了。

在进剿曾家奴最紧要之时，孙常祥献出了绝妙的一计，徐达同将军们商议时，皆认为此计可行。苦僧说："要我看，由于朝廷对孙常祥一家的关爱，加上徐大将军和秉仁公主无微不至地照顾，使他们深受感动。孙常祥提出的计策，不是虚情假意的讨好儿，更不会有诈。根据啥说呢？就朝廷对孙常祥的态度而言，他本可以安卧家里，照拿俸禄，完全不必主动去担这个风险、吃这个苦头。但他却不顾个人的生死，非要只身入虎穴不可，还不是为了朝廷、为了赎罪吗？我们应该信任他。"众人异口同声地表示此话有理，同意苦僧的判断。于是，徐达大将军下了命令，当即分派了差事，马上开始准备。

按照孙常祥所说，徐达确定这次行动主要办两件事：一件是要寻找曾家奴的老窝儿，捉拿曾家奴、高家奴；二是秘密潜入金山，配合孙常祥，开启月牙楼。为实施上述计划，所有人马先由孙常祥引导，路经新杖子、魏杖子、宋杖子、叶柏寿、喀喇沁，进入南部的大青山。那里森林密布，山势险峻，处处悬崖峭壁，再往前是闻名的断魂谷。孙常祥对众将说："据往昔的了解，大青山一带可能就是曾家奴、高家奴的藏身之地。曾家奴太狡猾，设有许多藏身点，甚至一天三变。凡是做过他的贴身护卫全知道，为曾家奴保驾太累了，很难跟得上。今天头晌儿住这儿，下晌儿住那儿，晚上刚躺下身来，立刻叫你起来，又换地方了。所以，他的具体藏身地点，我说不太清楚，但大的范围不会错。大约北边不出西拉木伦河、哈尔庙、白音塔拉，西边不出棒槌山，东至大青山。在方圆大约二百到三百里之内，仔细搜查群山阔野，肯定可以抓住'二奴'。"久经战阵的徐达大将军根据孙常祥的介绍，决定在那一带埋伏重兵。还进一步推断，包围圈儿完全可以缩小，不一定二三百里。大青山的断魂谷险象环生，易守难攻，曾家奴选此地藏身的可能性最大。随即命李文忠、朱亮、兰玉率三十万兵马埋伏和搜查西拉木伦河及棒槌山一带，余下三十万兵马将大青山的断魂谷包围起来，层层设防，像一口大缸，专等贼头曾家奴、高家奴出来往里钻，瓮中捉鳖，一网打尽。总之，曾家奴即便再狡猾，哪怕狡兔三窟，恐怕也难摆脱从西拉木伦河至棒槌山、喀喇沁至大青山的围追堵截。

　　与此同时，徐达大将军还命傅友德领十万兵马为"赶杖子的"。"赶杖子"是什么活儿呀？此为狩猎者的术语，即猎人上山打猎或捕野兽、野禽，像沙半斤、野鸡了，就有"赶杖子的"。这"赶杖子的"有骑马的，有步行的，人挨人、马挨马地平行推着往前走，边走边喊边敲着棒子、梆子、锣鼓什么的，故意将野兽和飞禽惊动起来。由于人特别多，野兽没地方躲，只能往前跑。猎人们便在后面追赶，等撵到前头时，专有抓捕之人，一般情况下，很难逃得出去。由此可见，"赶杖子的"就是赶着那些野兽和飞禽往口袋里钻。打仗也是一样，专派一支人马把敌人从窝儿里赶出来，待赶进埋伏圈儿后，再一举歼之。

　　兵贵神速，一切准备就绪，徐达传命，各路兵马务要静等号令。为什么呢？刚才说了，抓捕曾家奴、高家奴，要同破月牙楼相配合去完成。为此，孙常祥同娟娟、苦僧一起，在何文辉率兵护卫下，离开了大青山，继续东进，前往金山大寨。临走时约定，待金山之事有了头绪，这边便可迅速行动，并于"九九"重阳节前，赶到金山大寨会合。

孙常祥带着秉仁公主和苦僧穿山越涧，飞马驰奔，来到了离金山大寨二百来里的地方。娟娟让何文辉所带的兵马停下，不能再往前走了，以免人多，被纳哈出发现。令孙常祥单独去金山大寨，自己和苦僧换上了僧人打扮，向罗锅哨站赤而去。此前五日，娟娟早已让鲍龙花、鲍龙卉告别鲍戎一家，返回了辽阳。

娟娟和苦僧骑马来到罗锅哨，面见岳索图。岳将军见二人回来了，忙请进正厅上座，并派人传告帐前大将军。田田得信儿后，当即由金山大寨飞马来到了罗锅哨，一见到娟娟便合不拢嘴了，高兴地说："姐姐，真想你呀，要是再不回来，非到北平府找去不可！"娟娟笑着说："弟弟，不用着急，咱们在一起的日子很快就要到了。你先稳下心来，把纳哈出的动向讲一讲。"田田说："他现在可变了，自从知道曾家奴在燕山筹办皮板大集，就跃跃欲试，想夺头功。又听说曾家奴的兵马于喀喇沁、敖汉旗等地，被徐大将军打得落花流水、丢盔解甲。这个消息对于他来说本该高兴才是，没成想反倒着起急来，替曾家奴担心。曾跟我说过，自打扩廓帖木儿死了以后，他感到最亲近的还是曾家奴。也难怪，他们毕竟是一伙儿的呀，深怕遭到与曾家奴同样的命运。眼下他对金山大寨防范得很严，极力扩充力量，以免自己遭殃。姐姐，绝不能回金山哪，纳哈出要是知道了，肯定会杀了你！"娟娟平静地说："情况我已经知道了，用不着担心，会有办法制服他的。"接着，又向田田和岳索图说明了此次的来意。二人听后，异常振奋，总算有出头之日了，能不高兴嘛！但在谈到具体的行动步骤时，又看出田田、岳索图面有难色。娟娟明白他们的心思，自然是对能否接近纳哈出比较担忧，知道那老东西比以前更狠了，便说："岳将军、田田弟弟，不用发愁，有个秘密暂时还不能说。无论怎样，也不用管哪天怎么办，目前把咱自己的差事完成好是最重要的。'九九'重阳节那天，破月牙楼肯定能成，别的事儿有人去做。记住，对今天所说的一切必须保密，听清了吗？"岳索图和田田听后点了点头，这才有些托底了，心想："所谓的秘密，准是徐达另有安排。只要有大将军坐镇指挥，还有什么可愁的？"

四人商量的结果，一致认为接触月牙楼最方便、最近、最适宜的地点，就是金山大寨以西的馒头山，偏僻、荒凉，便于隐藏。岳索图告诉苦僧："自从那次恭格拉领兵焚烧了馒头山山洞，驱走了你，再没人去过。"苦僧说："我这回还到那儿去，住原来的山洞。别看恭格拉放火烧过，毁了不少的经文。可不管怎么烧，有些东西是烧不了的，他未必能找得到。再说馒头山又不是一个山洞，多得是，许多东西并没放在住处，而是藏于其他山洞中了。比如敲的磬仍在山上，可以肯定，他们永远找不到。我呢，回到老窝儿去住，秉仁公主不一定去了。咱们以罗锅哨为基地，将馒头山作为前哨，我天天给你们瞭望，'九九'重阳之前赶过来就行了。大家在那儿相会，你们看好不好？"田田、娟娟当然知道苦僧的耐力，何况又长期在馒头山生活过，对一草一木非常熟悉，便同意了。娟娟则由岳索图负责安全，住在了罗锅哨。田田为让苦僧住得舒服些，特带着府上的几个亲兵，前去帮着打扫了洞中的灰尘，搭了床铺，送去了被褥。一切安顿停当，娟娟嘱咐田田："要密切注意观察纳哈出的动向，只要他离开金山大寨一步，务必立即告知，绝不能耽搁。"田田说："请姐姐放心，此事包给弟弟了。"

　　说书人在这里需交待一下，秉仁公主一行来金山时，皮板大集尚未举办。纳哈出像热锅上的蚂蚁一样，坐卧不宁、心烦意乱，天天盼着能得到曾家奴的消息。他想，皮板大集若顺利举行，证明曾家奴没啥事儿；如果办不成了，说明曾家奴肯定出事儿了。心情很是复杂，既怕曾家奴的力量一天比一天壮大，兵强马壮，对自己不利；又怕曾家奴被徐达打败，势力受挫，对自己还是个不利。天天反复思来想去的，一个劲儿地掂量，你想他能不焦躁吗？当然吃不好也睡不香。亲信大将乌迪什早就看出了大丞相的心思，安慰道："请丞相宽心，曾家奴离我们甚远，他的成败与咱何干？走自己的路，不用管那套。"可纳哈出不这样看，说道："恰恰相反，如果曾家奴的力量强大，至少可以牵制住徐达的大部分兵马。他若有闪失，徐达必会全力出关，支援马云和叶旺围攻金山，我怎能不想呢？曾家奴同咱们应当说是密切相关呀！"纳哈出还有个想法，即一旦曾家奴受挫，被徐达打败了，其兵马必四处溃逃。得想办法将那些被打散的兵马迅速收入自己的手中，以壮大现有的力量，万万不可被明军收降，那样损失可太大了。有朝一日，要是徐达率领大军压境，我就不好办了。然而一直到现在，曾家奴那边的情况究竟如何，纳哈出并不清楚。天天盼星星盼月亮地盼着曾家奴的心腹能来，也好知道个底儿。

　　纳哈出最希望来的有两个人，一是高家奴。认为不管怎么说，高家奴过去是我的人，如果曾家奴真的被打败了，高家奴有可能往我这儿跑。可转念又一想，此人来的可能性或许不大，为什么呢？前书我们讲了，高家奴在去曾家奴处时，纳哈出曾将他的儿子作为人质扣在金山。

东海沉冤录

710

没成想一年前，竟因一时疏忽让他们跑掉了，肠子都悔青了，却使高家奴抓住了把柄，并与他断绝了联系。再一个盼的就是"鬼见愁"，觉得这个人肯定会向着自己的。因为曾以重金雇佣他，好几年加一块儿，吃的银子不算少了，应该已经被收买了。尽管尚在曾家奴那边，也是人在曹营心在汉，他暗地里为曾家奴控制着有关月牙楼的消息和线索，实际上等于是我纳哈出秘密地插了一手。再说几年来悄悄儿给我办了不少事儿，行动十分隐蔽，曾家奴一直蒙在鼓里，根本不知道"鬼见愁"吃里爬外的勾当。此时，纳哈出急盼着能早些见到"鬼见愁"，尽快知晓曾家奴的一些情况。

正在纳哈出朝思暮想、翘首企盼之时，"鬼见愁"突然来到了金山，你说能不叫他喜出望外、高兴至极吗？那是热情款待、奉如贵宾呀！再加上孙常祥的嘴巴又会说，把自己是如何来的，像编故事似的讲得同真的一般，就是任何人听了，都不会引起丝毫的怀疑，让你不能不信。自从恭格拉被除掉后，纳哈出为充实自己的力量，把吊眼狼乃颜扎布等将领重新召回丞相府作为心腹。这样，身边除了乌迪什、乃颜扎布外，还有五毒蛇乌马儿、蝎子虎仇海牙以及佟世泰、危仁、旦巴、拜柱等。手下的重要将领虽然很忠诚，但对外面的情况却不如"鬼见愁"了解得多，也没那么有计谋。所以，对"鬼见愁"的到来格外重视，当晚破例设酒宴，手下众将皆到场相陪。大家见"鬼见愁"来了，知道他是最了解曾家奴底细的人，便不停地打听这个、打听那个的。孙常祥心想："越是在关键的时候越要稳当些，不能多说，言多语失。"于是，只是简单地回答众将关心的问题，并不详细、具体地讲。即使是这样，众将也很感激他。认为下的可是及时雨呀，正盼着想知道塞北情况，就把消息带来了，对金山是不小的帮助啊！为此纷纷向"鬼见愁"敬酒。

话要简说。酒宴结束后，纳哈出把"鬼见愁"引入丞相府的密室，关上了门。纳哈出盼了这么多天，总算把心上人盼来了，能不细唠吗？首先要听听塞北的曾家奴与大明朝徐达鏖战的情况，还想知道曾家奴现在究竟咋样了。孙常祥是个多机灵的人哪，又长期与纳哈出勾搭连环，对他的脾气、秉性早已摸得透透的。知道爱听什么，不爱听什么，爱吃哪一口，最忌讳的又是哪一口。而且清楚目前纳哈出的方寸已乱，坐也不是，站也不是。只想着用啥办法才能保存金山的实力，别受损失，别吃亏，别让大明朝的徐达哪一天给包剿了。孙常祥正是抓住他的这种焦躁不安、不明了塞北实情而急于想知道的心理，用了个连吓带唬加蒙的招数。虽然知道纳哈出一向争强好胜，就怕别人超过自己，但不能把对方说得太弱，或者说成是只死老虎。那他会觉得没什么争头儿了，更不怕了，便不太容易将其牵出丞相府。必须得说曾家奴只是伤了点儿元气，仍然挺厉害，是只地地道道的活老虎。只有这样，纳哈出才能感兴趣，才会想办法从曾家奴身上刮些油水来充实自己，使力量不断壮大，起码不能矮于曾家奴。

其实，孙常祥随纳哈出进入密室时，早已想好了该如何同他讲。因此，当听到问话时，马上显露一副神神秘秘的样子，先向四周看了看，然后附在纳哈出的耳边小声儿嘀咕。事实上，屋里只有他们两个人，不用担心谁听见，完全不必如此。孙常祥的做法，就是故意要造成一种紧张的气氛，目的是在精神上给纳哈出施加压力。他说："大丞相啊，你可别受大明朝散布出来的那些流言飞语所迷惑，说什么曾家奴平章已经被打败了。根本不是这样呀，千万不要上当啊！告诉你实话吧，曾家奴平章表面上装出一副虚弱得不堪一击的样子，那是用来麻痹徐达他们的。暗地里留了后手，早把兵力分散屯驻各地，保存了实力。他有个大兵库，云州、兴和、雾灵、喀喇沁、敖汉、奈曼等地全有屯兵，到处嚷嚷有四十万，实际上百万也不止呀！"纳哈出听"鬼见愁"云里雾里地一说，冷丁一激灵，心想："哎呀，曾家奴还有那么多兵马呀，原来可没想到哇！"

孙常祥是边说边观察着纳哈出的神色，见他现出了一脸的惊愕，遂继续说道："丞相你想，曾家奴所属大漠的牧民，不都今天是民、明天拿起刀矛便是兵吗？牧民是他的兵源，深藏于大漠之中，是没办法算出具体数字的。丞相啊，不要犯傻呀，当今之世，有兵为王，无兵为寇哇！你的兵力不多，可别像扩廓帖木儿似的，到头来惨死衙庭，可怜他的夫人也自尽而亡。咳，说句心里话，大丞相听了别生气，没办法，心腹就得为主子着想。眼下看来，大元兵马力量最强的，还得当属曾家奴。丞相比不了，差一大截儿呢，那才是真正的首屈一指呀！"经这么一激，纳哈出的表情有些发呆，看出心里正琢磨着什么。孙常祥见此，又添油加醋地说："曾家奴以雾灵为诱饵，借办皮板大集之名，同徐达开了一仗，打得的确不怎么顺利。可丞相想过没，曾家奴能把徐达大兵引到大漠，赢则名利双收，败则仅伤一指而已，没什么了不起。而徐达劳师远征，即使是一地多卒，何伤曾家奴平章之大体？反而造成一种舆论，大元天下真正堂堂之阵、敢于同大明朝抗衡的，惟有曾家奴！无形中不仅扬了他曾家奴的声威，还会让远在和林的新皇帝爱猷识里达腊满意，大丞相为什么不照此做呢？哪能只踞于辽东一隅，与外面不通消息，那怎么成就大业呀？一定得跟曾家奴争个高下才行。必须要想办法，不动脑筋哪成，我替你着急呀，大丞相！"各位阿哥，你们听到了吧，孙常祥的嘴有多巧、多会说呀！

孙常祥的一番话，使纳哈出站不稳、坐不住、满屋子转来转去的，口中自言自语道："没想到哇，原来是这样。还以为自己早已声威大震，今天看来，曾家奴依然如故，比我强多了，真的不能大意呀！"转了一会儿重新坐下来，问道："'鬼见愁'，听说曾家奴并未抓到月牙楼的建筑绘图人，果真如此吗？"孙常祥说："哎呀，大丞相，又上当了不是？此话乃曾家奴有意放出来的，是专为你而造的迷魂药啊！很明显，本意在于让大丞相麻痹，不去跟他争破月牙楼之功。他要是告知已经得到了月牙楼绘图之人，你能让吗？所以便往外散风儿，说是未见其人。实际上那个绘图的高人已掐在他手中，正藏于奈曼之地，而且是我亲手擒拿的。今天来就是要告诉大丞相，此人是华氏家族的后裔，我早早晚晚要将他交给你，请放心吧。"听到这个话，纳哈出大为感激，上前紧紧攥住"鬼见愁"的手，动情地说："好兄弟，谢谢你！"孙常祥进一步展开攻势，鼓动道："大丞相，你可不能坐视曾家奴日渐嚣张塞北，一定要想办法削弱其势。据我所知，他现在只用一部分兵力与徐达对峙于雾灵，其余的皆藏于敖汉、奈曼等地。兵将们并不是想象的那样，以为都和他一条心，不少人有自己的打算。比如奈曼部的阔可道尔曼老首领，这个人你也认识，德高望重。因为曾家奴飞扬跋扈，所以特别看不惯，早有反心，丞相差啥不争取他呢？奈曼离金山不远，只要多去拜访，给点儿好处，完全可以拉过来，况且不止他一个。这样，你的力量不就壮大了嘛，何愁无兵？"说得像真的似的。

纳哈出一听"鬼见愁"提到了阔可道尔曼，就没信心了，唉声叹气地说："咳，你是不知道哇，说起老首领，我们之间原本有过很好的交情，是不错的朋友。可恨我那儿子都布多尔济哟，事儿都出在他身上，给老父惹出了乱子。咋回事儿呢？阔可道尔曼有个女儿，嫁给郎格泰为妻。后来让都布多尔济给夺过去了，结果被人给杀了，弄得我再无颜与老朋友相见了。当真人不说假话，都布多尔济太不争气了，也是为父的管教不严，是他坏了我的大事儿呀！"孙常祥乘机劝道："大丞相，不要紧，这事儿好办。我与阔可道尔曼的关系不一般，可以从中周旋，让他与丞相重归于好。"纳哈出高兴地说："只要你能帮我，本丞相说话算数，今后这里必有你一半儿，咱们有难同当，有福同享，共掌金山！"听了此话，孙常祥当然不会往心里去，知道是妄说，便没接茬儿，又道："丞相，有一个好买卖敢干不？相信你准行。咳，怕你胆儿小，算了，不说了，还是唠点儿别的吧。"欲言又止，显然是故意卖关子，吊纳哈出的胃口。

纳哈出想知道个究竟呀，哪肯罢休？忙道："唉呀，讲有何妨，为什么吞吞吐吐的？再说了，有啥可怕的？你又不是不知道，我纳哈出怕过谁呀？端出来吧，我听听是什么好买卖，这年头儿，能赚点儿蝇头儿小利也干哪！"孙常祥说："丞相，曾家奴、高家奴正在与徐达周旋，不少散藏各处的兵将都在注视着鏖战的输赢，然后决定自己的进退。那些人可不是傻子，不完全听曾家奴的摆布，心中各揣小九九，哪边风硬往哪边倒。何况有不少原来是从扩廓帖木儿处笼络过来的，还有一些是逃散的兵马，经封官许愿才成了曾家奴的属下。拢在一起，估计总有十余万之众。他们本来早同曾家奴不和，那些已被调去与徐达对阵的兵将，一看人家带来的像李文忠、兰玉、傅友德、冯胜、朱亮等全是赫赫有名的大将，有万夫不当之勇，肯定心有余悸。为啥呢？因很多人同这些战将打过仗，亲尝了他们的厉害。大丞相，你不是也认识并交过手吗？如此一来，曾家奴手下的将领便会暗自保存实力，不肯往前冲，尽量往后撤。这正是大好时机，大丞相可速去敖汉、奈曼，密召那些兵马归金山所有。你想，现在最为安全、平静的地方，就是辽东金山，简直如同世外桃源一般。而且肥如油，离大明朝廷远，不在徐达大军的围歼之内。真是山高皇帝远，自在又逍遥，谁不愿来呀！不如趁机去挖曾家奴的墙角儿，将与他不和之将士劝归到金山，何乐而不为呢？务要把握住老天赐给的难得机会，机不可失，时不再来，千万不能错过呀！"孙常祥真是使出了浑身解数摇唇鼓舌。

纳哈出听"鬼见愁"这么一说，兴奋得眼睛都直了，脑袋瓜儿里不停地转转，心像揣个小兔子似的嘣嘣跳，忙不迭地称赞道："'鬼见愁'，你讲得太好了，的确是一招儿好棋呀！可又觉乘人之危而谋之，不仁也。"孙常祥见火候儿差不多了，进一步煽惑道："丞相，此言差矣。曾家奴平章所为，何尝不是乘人之危而求之？那些苦你不是也受过嘛。他已占了不少便宜，谁都知道，以前并没少挖你丞相的墙角儿哇！不用说别的，高家奴平章等人原来皆为丞相的股肱，后来还不是让曾家奴笼络

东
海
沉
冤
录

过去了，你恨不恨？兴和之将大多数是扩廓帖木儿的心腹，眼下却为曾家奴重金厚养，封官许愿，不是同样又挖了扩廓帖木儿的墙角儿吗？当时，他怎么没为扩廓帖木儿想想，而把人家的兵马完全归为己有呢？丞相，识时务者为俊杰。天下兴亡，贵在权谋，无毒不丈夫。若一味谦让，学佛心、好心、善心，最后必临其害呀！"边说边做了个向下砍的手势。

孙常祥不愧是铁嘴，磨炼得十分油滑。那话是句句有劲儿，字字在刀刃儿上，把个纳哈出说得坐不住了。越听越感到对极了，越想越觉得有道理，甚至认为"鬼见愁"的的确确是在替我纳哈出着想啊！他忽地站了起来，犹豫了几秒钟，然后问道："依你之见，该如何办好？"各位阿哥，咱们已经讲了孙常祥来金山之前，对于见到纳哈出后，第一步该怎么做，下一步该干啥，早与徐达及众将密议好了。就是无论如何，也要想方设法把纳哈出引出金山，离开那个自认为是固若金汤的老窝儿。为此，孙常祥与徐达商定，这段时间，敖汉、奈曼不要有明兵出现，让纳哈出在那一带招募曾家奴的兵马，给他点儿便宜占。徐达特意对担任"赶杖子的"傅友德大将交代道："一定要记住，你的兵马以敖汉为线，敖汉以东不能去，只管往西赶杖子。"傅友德完全清楚主帅的意思，当然不折不扣地按令行事。于是，孙常祥就照事先的约定，对纳哈出说："大丞相，我可是专为你的将来而来的。从长远看，现在该速率强大的兵马，由我为丞相引路，从布尔嘎郎、海斯改往西进入敖汉、奈曼、喀喇沁一带，去收拢曾家奴的藏兵。另外，还能与奈曼的阔可道尔曼老首领见面，我会力求让你们和好的，联手合军，互为依托，共同对付大明。你在那儿能收多少兵马就收多少，尽量抢夺曾家奴的兵源。所藏之牧民若全能归入丞相之手，便会在一日之间，变成拥兵最多的王者。到那时，马云也好，叶旺也罢，即使是徐达来了，又能怎样？至于曾家奴想与你抗衡，总得掂掂分量啊！这样一来，大丞相坐镇辽东，岂不较今日更充实、安稳，心中亦愈加有数了吗？"孙常祥的三寸不烂之舌真是了不得，话说得滴水不漏。

纳哈出被孙常祥的一番鼓动振奋起来了，庆幸天降福祉、天赐良机竟轮到了自己头上！他本是个兵家能手，左思右忖，认为按"鬼见愁"的话去做，有利而无害。要说有什么短处，那便是对不起曾家奴，分明是在做釜底抽薪之事。可退一步想，觉得"鬼见愁"讲得也对，曾家奴何尝不是能抢则抢、能刮则刮、能搜则搜呢？一直在拆别人的台嘛。再说了，与他从来不是以朋友、君子相交，而是利益的结合。世上哪有只许你拆我的台，我就不行拆拆你的台？这个买卖，不花本钱，却能坐收渔人之利，何乐而不为呢？遂问道："'鬼见愁'，你看得去多少人合适？"孙常祥说："多多宜善呀，早去早回嘛。"纳哈出认为讲得没错，趁热打铁，人多好办事儿，速去速回，理应如此。

　　纳哈出终归是老奸巨猾、考虑问题比较细致的人，感到这么大的举动，自己不要贸然定下，别有什么闪失。于是次晨，把心腹乌迪什、乃颜扎布、田田等找来商量，听听他们的想法。乌迪什认为是件好事儿，但又觉得对曾家奴的打击太大了，既不仗义又不够朋友，会遭到世人唾骂。也知道曾家奴不是什么好东西，挺着人恨的，为人最不讲究，专挖同道的墙角儿。不过想办就办了，算不了什么，是他应得的报应。乃颜扎布是个老将军，不管在谁的麾下，一向对主子忠诚，有一不说二，遇事想得多。他直言道："大丞相，不行，不能这样干，千万不要去占他的便宜。你想啊，削弱了曾家奴的力量，不就等于在削弱自己吗？显然不妥。目前，大元的兵马只能相互支持，惟如此方可共存。若图一时之利，必然遭害，将会后悔莫及的！"纳哈出听后，心中很是不快。为什么呢？他可是一宿没睡呀，翻来覆去地琢磨到天亮，最后认定此举可行。而乃颜扎布却唱反调儿，左一个不行、右一个不妥的，好像啥都能似的，你说纳哈出那么自信的人听了能高兴吗？田田心里明白呀，当然同意父王动手，表示该办，没说的。其他众将如拜柱、佟世泰、乌马儿等见丞相去意已决，亦一致赞同帐前大将军田田多尔济的意见，并说曾家奴总自以为大，目空一切，不必怜悯。收纳他的人马，既是为金山谋福，也是为大元着想，大丞相的力量越强，元朝未来的希望越大。不仅同意，还讲了不少歌功颂德的话，异口同声地给以支持。尽管乃颜扎布反对，却无济于事，纳哈出仍决定派兵前往奈曼一带，收拢曾家奴的兵马。孙常祥乘机提出了建议，说是曾家奴要在"九九"重阳节那天设酒宴，招待从各地赶来的将士，以鼓舞士气。如此看来，"九九"之前，是动身前往的最好时机。因为他们正忙于酒宴的准备，无暇顾及其他，我们的行动不易被注意和察觉。飞马而去，用不了多长时间，一天一宿足够了。一到那儿，马上下手抢人，速战速决，然后尽快返回金山大寨。

　　纳哈出按照"鬼见愁"的建议，决定在"九九"重阳之前发兵远征。这个时候，他主要是考虑两件事：一是带谁前往，二是留谁看守金山大寨丞相府。诸位阿哥，纳哈出并非无能小辈，那是名符其实的身经百战的统帅。无论做什么事儿，不是头脑一发热，就啥都不顾了，或者什么也不想了。恰恰相反，往往想得很细致，究竟是应进几步，还是需退几步，皆有全盘的考虑。你想，这么大的行动，哪能不瞻前顾后、不对重要的基地金山大寨之防范做周到严密的部署呢？他怕呀，怕前脚儿走，后脚儿让人端了老窝儿啊！琢磨来琢磨去，权衡利弊，决定由帐前主帅田田大将军坐镇金山大寨，小儿子扎浑多尔济负责前方与后方的沟通。具体就是从金山直至前线，临时建立一些驿站，用三千兵卒飞马传递消息。传什么消息呢？即随时向在前方的纳哈出通报大寨的情况，使出门在外的他能及时掌握家中的动向。扎浑多尔济善于管联络之事，因此才让他每五十里建一站，往返于金山大寨和西征兵马百里之间，每天不间断地通报信息，这是纳哈出下的第一道命令。

第二道命令：乃颜扎布留下，亲率两千人马，在罗锅哨以南、距金山的二百里处设防，以抵御辽阳马云、叶旺的突然偷袭，此为第一道防线；一百里之内，由岳索图率兵两千，保护金山大寨的安全，此为第二道防线。

第三道命令：乃颜扎布另选手下精兵一千，由身边亲信参将率领，与田田、扎浑多尔济合兵守卫丞相府。你看纳哈出多么狡诈，显然对帐前主帅不放心，不那么信任。田田听完前两道命令时，还挺高兴的。一看家里人空了，一切皆由自己来管，什么事儿都好办了。后来听到第三道命令，心里咯噔一下，父王如此做，不是用乃颜扎布的一千人马看着我吗？这样的话，娟娟姐姐可怎么刺探月牙楼啊？

纳哈出自认为已把后方部署得没有一点儿漏洞了，这才下令：本人任统帅；"鬼见愁"为军师，做向导和参谋军事；乌迪什任副帅；拜柱和乌马儿各带两千人马分两路西进。九月初七，纳哈出集合了出征的队伍，出发前，向士卒们训话道："这次前往奈曼，主要是掠人抢财。将以掳来兵马的额数多寡赏诸位，额数越多，犒赏越重。本帅鼓励将士们奋勇争先，不当孬种，多多收拢曾家奴的兵马。对不同意归附者，就地砍杀，绝不姑息！"然后命大队人马夜离金山，飞骑出寨，从小道儿西进，驰奔大青山。

各位阿哥，世人后来传讲，纳哈出发兵去抢曾家奴的人马，纯粹由于鬼迷心窍、利令智昏所致。是在"鬼见愁"的鼓噪和诱惑之下，彻底蒙圈了，乃完全丧失理智的一种表现。没有仔细想一想，"鬼见愁"为什么会来帮你抢财宝、抢人，抢得对不对？能去自食骨肉，或许就是天意，表明大元气数已尽，连他自己也没几年蹦跶头儿了。纳哈出可能从未思谋过，离开了丞相府，把大权交给田田大将军，实际上等于拱手让给了大明朝。事实正是如此，纳哈出率军刚离开丞相府，田田便排兵布阵，严加防守。然后，与岳索图很快赶到罗锅哨，将纳哈出离金山的消息报给了娟娟。娟娟又同他俩一起匆忙去了苦僧所在的馒头山，四人共同商议了下一步的行动。娟娟知晓了纳哈出派定看守丞相府的人，不仅有田田、岳索图，还有乃颜扎布。乃颜扎布本人虽然带两千兵马镇守在二百里以外的南线，不在丞相府，但其亲信却率领一千兵马留驻府内。根据这个情况，娟娟说："金山大寨丞相府有乃颜扎布的兵，则等于钉上了眼中钉，给我们夜探月牙楼造成了极大的不便。可知那驻守府内的亲信是何人，能否做做他的工作？"岳索图回道："我已问清楚了，率领乃颜扎布一千人马守卫丞相府的参将，是其大女婿董塞帖木儿。此人狡猾得很，正面做工作肯定不行，必须得想办法将他支开。"田田说："很好办，父王临走时讲了，让我镇守丞相府。况且又是大帐的总参军，说话算数，有权调动兵力。一个小小的参将，当然应该听上司的，还能说出什么来？只让他负责丞相府四周的安全，把一千兵马都部署在丞相府之外，任何人不得进来。这样，咱们便可以放心地在相府中动手了。等父王回来后，爱咋说就咋说，我已经做了，他能怎么着？不碍事儿。"娟娟和岳索图一听，觉得可行，于是便定了。为了尽快行动，免得夜长梦多，四人做了分工。娟娟考虑苦僧身体不好，请他坐镇馒头山，在外瞭望，观察动静。倘若有事，从山上击磬为号。即随着风声儿，击打磬所发出的声音可传到金山大寨，借以报信儿。为避耳目，娟娟化装成田田身旁的护卫，同弟弟一起去大丞相府，准备进月牙楼探宝。岳索图随后以禀事为由进入府内，负责防卫。分工完毕，四人立即行动，娟娟和田田直奔丞相府。

姐弟二人到达丞相府时，乃颜扎布的大姑爷董塞帖木儿带来的一千人，已守候在府外。董塞帖木儿见田田大将军来了，立刻叩拜："末将奉命至此！"田田命令："由你负责相府周边的安全，所有兵马不得擅自离开一步，不准外人出入丞相府，违者斩！"话说得极为严厉。董塞帖木儿听后，跪拜道："得令！"当即传令把整个丞相府包围起来，田田则带着自己的人马、亲随，当然娟娟也在其中，进入了丞相府。不一会

東
海
沉
冤
录

儿，岳索图带着护卫来了，董塞帖木儿上前参拜，岳索图还礼道："董参将，忙你的。我受田田总参军之命，来府议事。"说完，大摇大摆地进了院儿。岳索图前来很正常，罗锅哨的达鲁布花嘛，谁也挑不出毛病，找不出过错。因此，董塞帖木儿见到岳索图，当然没什么想法，更不会有啥防备。

　　单讲丞相府大院儿内布下的所有岗哨，皆为田田府中之人。有些不太可靠的，或者容易寻衅闹事的，早已被田田下边的人替换了。通往月牙楼交通要道上的岗哨，那是精心挑选过的，其他人根本靠不了边儿。田田把一切安置就绪后，见岳索图已经来了，相互点了点头，便同姐姐一块儿向月牙楼而去。此时的娟娟，早不是以前的那个活泼、好动、对一切都感到新奇的小姑娘了，而是位显得更加成熟、沉静、有智慧的女杰了。她仰望着月牙楼，心中百感交集。几个月来，为它所思，为它所想，为它费尽了心机。今日，终于要开启了，既感到亲切、激动，又是那样的渴盼和急切。前一阵子，在华云龙的指导下，熟悉了月牙楼建筑的楼基及一砖一瓦、一木一石，包括各个木钉儿。甚至每扇窗户、每层的构建、图纸的每条线全在心中，脑子里刻一张异常清晰的图像，犹如自己亲自构建的一般。她永远不会忘记，为开启月牙楼，华叔叔用了多少心思呀，还把如何应对此楼每层所设的暗道机关编成了"月牙楼诀"。一再叮嘱"月牙楼诀"非常重要，一定要记住、背熟。只有按歌诀一字不错地去做，才能安全地进入月牙楼，进而探明之。否则，即便是记错一个字儿，不要说进不了楼，恐怕连命也没了。她遵照华叔叔的遗训，早将歌诀默记于心，并暗暗向华云龙表示："叔叔，您的歌诀娟娟没忘，今天终于要探月牙楼了，请在天之灵庇佑我们吧！"朱伯西不妨再给各位阿哥把"月牙楼诀"重背一遍：

一平二错三点步，
四左五右六收腹，
七伏八仰毒焰箭，
九九佛宝任君拂。

　　娟娟站在月牙楼下，第一次近距离地审视它，想着华叔叔讲的每句话，默念着为此编成的"月牙楼诀"。今天要与娟娟一块儿开启月牙楼的，只有她的弟弟。为了让田田能同自己顺利入楼寻母，娟娟早已做了准备，教他背熟了"月牙楼诀"。各位阿哥，这里要向大家说一下，娟娟为什么只选弟弟一人陪同呢？她想，进入此楼，虽有华叔叔编好的"月牙楼诀"，但仍然很危险。不用说秘诀是否有什么漏洞，哪怕到里边走错一步，便会毙命啊！必须得提着脑袋去干的差事怎能让别人去？不能对不起人家，只有自家人承担才是。再说母亲或许在楼里，如果还活着，姐弟二人正好可一同拜见生母。所以，娟娟没带其他人。他们姐儿俩在楼前反复地做了一番演练，复述了"月牙楼诀"，设想了一些可能出现的难题。并且还要抓紧时间进楼，不能拖拉，事儿要办得利落。因他们知道，董塞帖木儿就在外面，一旦被发现了，进楼不成是小事儿，将惹出更大的乱子。于是，二人相跟着迅速进入了楼内，打响了月牙楼寻宝之役。

这一天，正是洪武九年九月初九，娟娟和田田亲探月牙楼。岳索图带护兵在楼外守卫，离楼稍远一些的地方，则由田田的心腹之人放哨巡逻。现在，咱们单讲姐弟二人进入楼中的情况。他们先是按照"月牙楼诀"所讲，进入了月牙楼的第一层。一楼其实没有铁锁，只有木插棍儿，很容易打开。只是因为传讲有暗道机关，所以任何人不敢轻易往里闯。再说了，如不掌握图纸，谁愿冒那个险呀？纳哈出以前曾命兵勇试探过几次，结果遭到不幸，以后便不敢再让人去了。娟娟与田田仗剑在一层中巡察，到处阴森森的，潮气扑脸，令人颤抖。因多少年没人进过了，故而蜘蛛网遍布，灰尘很厚。四周有小窗，里边不算暗，确有地牢，上有板盖儿。把盖儿搠开一看，见下面是条深深的地道。二人顺着梯子刚下到里面，立刻感到浑身发冷，寒气袭人。沿地道往前走没多远，见一小门儿，没上锁。推开门再看，地面铺有木板，木板上平放着三具尸骸，一具个子高些，另两具个头儿矮些。由于年深日久，尸体早已腐烂，只剩骨头架子了。所穿的衣服成了灰，浮在尸骸上，一经有人走动，立即飘散了，露出了白骨。很显然，三具尸骨都是被纳哈出强行捆绑关押在里面的人的遗骸。

姐弟俩寻母心切，见了白骨，首先想到，这里会有母亲吗？即使真的被关在楼中，也是必死无疑了。此刻，二人的心怦怦直跳，眼泪夺眶而出。再一看，每具尸骨的前头都有一个小木牌儿，牌儿上写有名讳，其中两具分别写着乌曼、塔拉格。娟娟和田田知道，这两个人均是纳哈出从草原娶来的夫人。前书咱们讲过，是都布多尔济替他父亲迎娶的，中间还发生了些故事。后来，乌曼和塔拉格在纳哈出身边失宠，才被关

东
海
沉
冤
录

押到了月牙楼中，眼下已化为骨骸躺在地上。另一具个子大的，仔细看时，不禁使娟娟和田田大吃一惊，原来木牌儿上写着华云海的名字，而且旁边还标着此为筑楼人。二人很是奇怪，怎么可能呢？本来是我们救了他，病逝后，许多人还参加了安葬仪式。可楼里又出了个华云海，不纯粹是胡扯嘛！娟娟想明白了，准是曾家奴怕有人去找筑楼人，了解进入月牙楼的秘密，特意制造的假相。目的是给人一种感觉，即造楼者已经死在楼内，不必在外面继续寻了。因为他清楚，别人无法打开月牙楼，想进来的人逐渐也就打消了破楼的念头。这样，便可以以假乱真，混淆视听，将来独霸此楼。木牌儿上标的自然是个借用的名字，不知殉死在楼中之人是哪位可怜的兵卒，做了华云海的替身，遭此厄运。娟娟和田田又搜寻了地牢内所有的旮旯儿、犄角儿，再没找着第四具尸骨，确信楼里地牢内正如纳哈出所言，没有别的人了。可以断定，生母不在月牙楼中，说明所讲的楚绣绣疯后走失、不知去向之言是准确的。娟娟和田田心中稍安了一些，既然母亲没有被害在月牙楼中，那就有一线希望，可能还活着！

娟娟和田田查遍第一层后，又谨慎地按照"月牙楼诀"顺利地将二层、三层、直到第九层的机关暗道都打开了。二层以上的门上仍没有锁，全是以机关控制着。有的是用箭头儿一按，木销吱扭一响，铁门才开；有的则用宝剑点两下门之后，只听像闸门似的哗啦一声，当即就开了。他们如此这般地连续将各层的门打开，然后仔细地搜寻，一直登上了第九层。进了门，发现有一金匣儿摆在书案之上，旁边放着不少漆盒子什么的。将金匣子打开，见内装一个雕刻着盘龙的大印，不用问，此乃大元皇帝的玉玺。旁边的一些漆盒子中，有的装着珍珠玛瑙，有的装着皇帝的御书和封赐用的册文，有的则装有元朝皇帝家族祖先的影像。时间紧，不容细看，娟娟让田田将所有的东西全部装入囊袋背出去。装好后，匆匆下楼，边走边将各层的门恢复了原样儿。当来到第一层时，就听楼外好像有吵架声，原来是岳索图在大声喊叫，可能是故意让田田和娟娟听到："董塞，你好大的胆，到院子里来闲逛啥？还不快回到府外，领你的兵卒按密令镇守。要是出了事儿，必严惩不贷，我看你长几个脑袋！"董塞回了几句，不一会儿，便没声儿了。姐弟俩向门外看了看，左右无人，于是悄悄儿地快速出了楼。岳索图见他俩安全地出来了，十分高兴，笑着说："方才不知轻重的董塞帖木儿进来了，让我给轰走了。"田田将背囊交给岳索图，嘱咐道："务将这个拿好，马上离开丞相府。"随后让两个护卫牵过马来，装出一副巡查岗哨的样子，向府门走去。到了门外，叫过董塞帖木儿，命令道："董塞帖木儿，快带上人，跟我去南山巡逻。"董塞帖木儿听命，忙令身边几个随从翻身上马，一同往南山去了。

再说岳索图早把那大囊袋背在背上，利用此机会，护送着娟娟出了相府，丝毫没有引起兵丁的注意。二人先赶到馒头山，找到了正在树上瞭望的苦僧。娟娟激动地告知，月牙楼寻宝已顺利完成，赶紧收拾一下，马上离开。苦僧高兴得热泪盈眶，心想："对嘛，是不能就这么走，咱不能在馒头山留下痕迹呀！"随即动手把住的洞穴恢复成原来破破烂烂的样子，没忘了把田田送来的铺盖也一并卷了起来，又将山洞里藏的佛经和用的神器、包括木鱼等，装进一个背包里背好。说实在的，他对馒头山是很有感情的，知道从此将永远离开这里。因此临走时，一步一回头地向馒头山又是合揖又是祝祷的，之后随娟娟、岳索图一起去了罗锅哨。

天明了，娟娟与苦僧正在焦急等待之时，田田才匆匆赶到了罗锅哨。为啥比原来约定的时间晚了呢？原来他又对丞相府的上下人等做了一番交代，让董塞帖木儿在府外忙乎着，以便将来向他的岳父乃颜扎布好好儿说一下田田大将军是怎样认真督导守卫之事的，使其不产生怀疑。就为这个，才耽搁了一会儿。田田到后一看，见娟娟姐姐已做好离开的准备，很快要起行了，着急了，忙道："姐姐，我说什么也不在这儿呆了，定要与你同行。你到哪儿，我跟到哪儿；你受什么苦，我愿跟着受什么苦，必须带我走。"田田的话让娟娟特别感动，心里挺难受的，含泪安慰道："好弟弟，不要着急，日后还有更重要的差事需要你完成。金山的事儿，全交给你与岳将军去办了，眼下怎么能离得开呢？听姐姐的话，不许耍孩子脾气，到时候我会捎信儿给你的。"一听姐姐这么讲，田田还能说什么？只好答应下来。娟娟带上从月牙楼取出的大元御宝，由苦僧陪同，与田田、岳索图依依不舍地话别后，翻身上马，重返北平。

娟娟和苦僧一路如箭出，疾速回到北平府，拜见了徐大将军。徐达见娟娟平安归来，非常高兴，一直悬着的心总算落了地。又过了几天，孙常祥也顺利回返，徐达与众将为三人摆宴接风，祝贺他们马到成功。宴后，由徐达亲自率一行武士将大元朝的玉玺及所有月牙楼中的各种宝器一并送往京师。朱元璋看后，龙心大悦，称赞秉仁公主等人的莫大功劳!

在派人完成了月牙楼取宝、引纳哈出上钩儿的差事后，徐达速命李文忠、兰玉、傅友德等部同时行动，围歼曾家奴，继而擒拿之。娟娟、苦僧、孙常祥知道大仗开始了，执意要出征，徐达无奈，只好准允。三人受命，急奔大青山而去。

娟娟、苦僧、孙常祥与朱亮所带的兵将一路催马疾驶，很快进入了大青山，直抵重峦叠嶂、古树参天的曾家奴隐蔽之地——断魂谷。这里真是别有洞天哪，数丈高的古松遮天蔽日，一望无边的密林雾霭缭绕，给人一种神秘莫测之感。因林深幽暗，不熟悉路径的只要走进去，就不容易辨出方向而迷失在里面，很少有人能出得来，大多会饿死、困死。因此，人称此处为断魂谷。眼下已有十几万人马涌入林海中，像块铁板一样，一个挨一个，逐渐收缩包围圈，怎能不围得水泄不通？那是插翅难飞呀！

咱先放下朱亮所带大军在断魂谷静待"二奴"不讲，再说自四大天王被妙天广法活佛带离杖子沟后，曾家奴和高家奴便失去了左膀右臂，深感孤立无援。不用说皮板大集办不成了，甚至在杖子沟一带连个站脚的地方都没有了，正是福无双至，祸不单行。接着，又得知誓死效力的死卒队伍被"鬼见愁"解散了，还有几路兵马让徐达、李文忠、兰玉收降了。在这种情况下，"二奴"感到已无路可走，只能选择逃跑。正准备下令时，忽有探马来报："平章大人，大事不好！秘密潜伏在奈曼一带的十几万牧民和兵卒，受到从东面杀来的纳哈出率领的几万大军抢掠，有些已被连人带马拉到金山大寨去了！"二人一听，吓坏了，这前有明兵，后有纳哈出，可是雪上加霜呀！心想："纳哈出啊，纳哈出，你不是落井下石嘛，怎么糊涂到里外不分、竟帮起明将徐达来了？"气得跺脚大骂不止。

曾家奴与高家奴一合计，觉得形势实在是不妙哇！如果逃向大漠，西拉木伦河必遭徐达大军堵截。因为在他们看来，蒙古骑兵肯定进入大草原。对了，此次不妨来个反其道而行之，咱们秘密逃入大青山，专往山林里钻。定下后，遂命大队人马往北进大漠。曾家奴、高家奴二人则避其锋芒，轻车简从，只带少数护卫向东南奔大青山的断魂谷而逃。他们耍了个花招儿，没与大军一起走，目的是躲过明兵的追赶。以为如果被徐达发现了，自然得去撵往北边行进的人马，绝不会想到他俩已去了大青山。再说了，即使知道在断魂谷，由于所带人少，断魂谷山高林密，在哪儿都能藏得住。而徐达的十几万人马不便进入林中，来了也不易找到。曾家奴一路上很高兴，对高家奴说："咱们的招儿对呀，躲进断魂谷后，好好儿歇息一下，再找机会杀出重围。日后运气好了，重整旗鼓，首先要给纳哈出那个贼子点儿厉害，以报背后捅刀之恨！"他是轻松而又洋洋自得地往密林里走着，觉得断魂谷太安全了，除了百鸟的叫声，就是风吹绿叶的沙沙声，根本不可能有战马的嘶鸣声。心想："总算躲过了明军的追赶，进入了安全地带，这才是留得青山在，不怕没柴烧哪！将来一有机会，便可随时聚拢人马，卷土重来。"他听那百鸟的鸣唱，不但悦耳好听，而且像是为自己庆幸、祝福呢！

就在这时，断魂谷中突然号炮连天，伏兵四起，李文忠、兰玉、傅友德、朱亮率兵从几个山口儿杀出。曾家奴与高家奴一看，完了，没想到竟主动钻到人家早已预备好的口袋里啦！只听密林四处都在高喊："曾家奴、高家奴，明军到了，快快下马受降！否则，死路一条！"他俩才不听那套呢，立即打马不顾一切地往断魂谷深处奔逃，边跑边想："就往林子里进，他们肯定追不上，再说深处不可能有明兵。"二人来到一个悬崖峭壁之下，此处一片宁静，只见古树参天，看不到林外的一切，也听不到明兵的喊叫声，以为侥幸躲过劫难了。恰在悬着的心刚刚落地的一刹那，只听悬崖上一声断喝："秉仁公主在此！曾家奴、高家奴，你们恶贯满盈，快快下马投降，断魂谷就是自掘的坟墓！"二人全吓傻了，秉仁公主可厉害呀，又是死对头，知道这下算玩儿完了，死到临头了。正在惶然不知所措之时，娟娟手仗阴宗双鹤剑，苦僧举着大铁杖，冲着二骑从高崖上跳将下来。娟娟不偏不倚，落到了曾家奴的马上，手起剑落，鲜血四溅，曾家奴的头颅像球儿一样掉了下来，滚进了山沟儿，身子扑腾一声倒下了。苦僧更不用说，稳稳当当地落在了高家奴的坐骑上，突然有人砸在了身上，马一疼惊跳起来，高家奴吓得当即摔于马下。苦僧将大铁杖一抡，砸在他的头上，只听扑哧一声，随即脑浆横飞，小命彻底交待了。

可怜曾家奴威风一时，在大元朝末年战功显赫，与扩廓帖木儿、纳哈出并称"三雄"。扩廓帖木儿一年前死于病中。而今天，争功急切、不可一世的曾家奴竟也走投无路，于断魂谷悬崖下，带着无限的遗恨魂归西天了。高家奴这个可耻的叛明之徒，终于受到了应有的惩罚，死于非命。徐达的十几万大军在森林中奏响了胜利的凯歌，曾家奴残部人马全被收降，塞北之地从此归入了大明版图。

再说纳哈出掠到曾家奴的部分牧民和兵卒后，美滋滋地凯旋了。回到金山不久，就听探马急报，说曾家奴、高家奴被徐达大军斩于断魂谷，塞北之地已让大明所占。这一报，令纳哈出吃惊不小，恍然悟到自己所为岂不是帮了徐达的大忙？等于从背后亲手杀死了曾家奴和高家奴，从此将真的是孤掌难鸣、孤军作战了，"二奴"的遭遇很可能要轮到自己了！这才知道上了该死的"鬼见愁"的当，气得捶胸顿足地大骂其背信弃义。但转念一想，不管怎么说，此次出征是对的，捞到了不少兵马。倘若不去，曾家奴、高家奴的那些人不得被徐达所获吗？现在落到我手，总还是元朝的力量，对今后反明抗明有利嘛！又想到，如今月牙楼可再没有第二个人争了。扩廓帖木儿没了，曾家奴也死了，远在和林的那个小皇帝不会来，楼里的大元皇帝玉玺终于是我的了。看来真是老天有眼哪，相中本帅了，承继元祚之人惟我纳哈出也！一时越想越美、越想越急，哪里会想到月牙楼已是一座空楼啦！他命人迅速备办乌牛、白马、白羊百只，择吉日祭天，答谢上苍和祖灵，庇佑大丞相开拓元朝江山的实业。

不说纳哈出正做着黄粱美梦，单说娟娟自从返回燕王府，便暂住在府内。苦僧本也住在这里，前些日子去了趟武当山，看望了师祖。回来后，执意要回辽东，并告诉娟娟："我是辽东人，应落叶归根，回到故乡去。又特别喜欢东海的风光，那可是一方净土啊！早想就地选址建庙，做个东海僧人。在云游辽东时，还可帮助你寻找生母，一旦有什么信息，会想法儿告诉你的。如有什么事儿需要我做，也请告之，咱们不要断了联系。"娟娟依依不舍地说："苦僧哥哥，有朝一日，我会去东海的。自从结识了萨勒奴妈妈以后，很是想念他们，一直心恋东海呀！"二人含泪而别。

苦僧走了以后，娟娟颇感寂寞，饭也吃不下，觉也睡不好，忧心忡忡的，终日在燕王府里为祈念生母诵经。徐达大将军看她这个样子，很是心疼，为能多少给以一些宽慰，便带她去看望鲍戎一家。鲍戎同岳母、妻子住在燕王府院外，环境挺舒适，可不是原来在通州时那样破破烂烂的小土房了。鲍戎的姑姑来弟同丈夫孙常祥带着两个孩子，由于朝廷赐银所盖的馆舍尚未建完，也一同暂住在鲍戎家。鲍戎在燕王府为官，天天闲不着，忙忙碌碌的。孙常祥此次在消灭曾家奴之战中立了大功，经徐达申报，得赏银千两，并被任命为参将之职，全家八口儿过得十分开心。来弟见徐大将军、秉仁公主来访，脸上堆满了笑容，上前拉着娟娟的手说："我们全家能有今天，太感激朝廷了，更该谢谢大将军和秉仁公主啊！说实在的，自打常祥归附了朝廷，人可真变了，大伙儿早已忘记他是原先的'鬼见愁'了。你们来了，我真是高兴啊，说什么也不能走，咱们摆桌酒席，一起快快乐乐地好好儿聚一聚。"二人推辞不过，只好答应。于是，孙常祥、鲍戎又将燕王府左相何文辉、张玉将军、朱亮千总等逐一请来赴宴。因此时李文忠、兰玉、傅友德调赴云南讨逆，所以未能前来，鲍戎一家甚觉遗憾。然而，能有机会与徐达、秉仁公主、何文辉、张玉、朱亮等大明的赫赫有名之人一块儿畅饮，仍感格外高兴。

真是浪子回头金不换哪！由于孙常祥聪明、机智、肯干，又通晓蒙语及民情习俗，徐达对他特别重用。常派去只身深入大漠，刺探土喇河一带蒙古的情况，屡建奇功，后来官升至平虏金事之职。洪武十四年，不幸被元嗣帝爱猷识里达腊杀害于和林，留尸大漠。徐达闻知，悲痛不已，这是后话。

话说京师传来怪闻，令徐达吃惊不小，忙将此事告知秉仁公主："据传，胡惟庸从东海裸裸国捕来了一些野人，个个全身是毛，咿呀怪哼，不知所言之意。观看的人还让他们裸阳物向女子抚而自慰，吓得宫中侍女不知所措，惊呼四逃。一次，胡惟庸请皇后去看，野人怒扯之。皇后故而惊悸成疾，宫内人慌乱不已。听说胡惟庸已命护兵将野人囚于铁笼，于骄阳下暴晒，供宫中人戏赏。"娟娟边听边自言自语道："宫内竟有这等事？"徐达又言："马皇后被吓出病来已有月余，服了不少药，总算治疗得差不多了。近日闻听秉仁公主为寻母十分忧伤，很是挂念，特下懿旨召你进宫。"娟娟忙先叩拜接了懿旨，然后对徐达说："叔叔，什么野人呀，那是东海女真人！您知道的，他们坦诚、正直、好义，帮了咱们不少忙。我们曾见过的萨勒奴妈妈，就是位令人尊敬的东海女真人的女罕。将他们弄进京师，因进笼中让人观赏，不纯粹是欺侮人、耍戏人嘛！大元时代，从不把东海女真人当人看，难道大明朝也要重蹈覆辙吗？叔叔，必须奏报圣上，应以礼敬人，勿污蔑所谓的野人。人各有各的生路，人家好生生地在东海生活着，为何非要擒拿到京师，当野牲野禽供人玩耍呢？我即使没接皇后懿旨，为了此事，也要进京面君，找皇娘去救女真兄弟！"说着，气得眼泪都流出来了。

东
海
沉
冤
录

娟娟在与田田弟弟一起探月牙楼时，心中充满了希望。期盼能在月牙楼中见到生母，那会是平生最快慰的事。不仅不负自己多少个日日夜夜的苦思、苦寻，还可陪生母回原籍，照顾在侧，尽女儿的孝道。结果却一无所获，仍不知母亲流落何方，那颗悬着的心始终平静不下来。自探楼归来的这些日子里，天天是在凄苦中度过的，感到无限的孤独和忧伤。在情绪低落的情况下，尤其觉得十分无助，更加思念亲人。娟娟心中视为亲人的，一个是北平府的徐达叔叔，还有至今仍留在金山大寨的、到辽东后碰巧遇到的同胞弟弟田田，再有就是远在浙江青田的刘琏、刘璟哥哥了。除此，对马皇后亦是由衷的亲近。不但是养母安夫人的故友，而且认识生身母亲楚绣绣，她们相处得如同亲姐妹一般。娟娟认为，自己能有今天，那是马皇后帮着争来的名分，不由得心存感激，时时想念皇娘。此刻接到皇后的懿旨，召之进宫，当然倍感亲切，非常高兴，郁闷的心情顿时有所缓解。特别是听说马皇后让胡惟庸弄来的野人吓病了，甚为挂念，恨不能立即回到皇娘身边，加意守护照料。于是，拜辞了徐叔叔，乘车轿急返南京。

娟娟到了京师，便进后宫探视马皇后，叩头问安，知皇娘已病愈，才觉坦然。马皇后见秉仁公主回来了，眼睛笑成了一道缝儿，上上下下打量着。见娟娟的个头儿越长越高，举止、神态完全是位成人了，而且美貌端庄。不过比上一次回来稍显瘦了些，脸色有点儿憔悴。知道是由于日夜思虑生母，加上探访月牙楼、征战曾家奴、军务担子沉重所致。心想："别看是个小丫头，可是一员万马丛中的上将、徐达大将军最得意的左膀右臂呀！"马皇后一边双眼盯着看，一边命人赶紧禀报皇上，说秉仁公主回来了，请皇上到后宫来。

不一会儿，朱元璋驾临马皇后的寝宫，娟娟按君臣之礼叩拜皇上。朱元璋忙让快快起来，马皇后上前一把将娟娟搂在怀里，动情地说："我的宝贝姑娘，皇娘和陛下都很想你呀！此去为朝廷出了大力了，听说以后，那就是高兴啊！你称得上是文韬武略盖世，没有辜负刘伯温老军师的苦心栽培，干得好，是一个儿！一开始，封你为东征武威安抚使时，皇娘还担心怕把公主压趴下呢。如今看来，实在是多余，好样儿的，名副其实！"说完，开心地笑了起来。朱元璋也乐了，接茬儿道："皇娘说得对呀，娟娟，你们是如何在雾灵山说服'四大天王'离开曾家奴、高家奴，使其成了光杆儿司令，不得已逃进断魂谷的？又是怎样争取了'鬼见愁'反元降明，从金山大寨诓出老奸巨猾的纳哈出，顺顺当当登上了月牙楼，将元嗣帝爱猷识里达腊和元将们都在争夺的传国玉玺以及元帝的御影、宝物平安送回京师的？这一宗宗、一件件朕全想听，快给朕一一道来。"娟娟听命，将前前后后的事儿怎么办的做了简略的禀报。朱元璋是边听边啧啧称赞，之后说道："娟娟哪，朕感谢你、钦佩你。将来有机会再多讲讲，朕爱听，也让皇子和诸王来听一听，长长见识。你的年龄虽不大，但声名和功劳却不在本朝众位大将军之下。好哇，有出息！"朱元璋越来越感到秉仁公主的名号赐得对，赐得好，真是给他增光啦！

秉仁公主来京，给宫中带来了一片欢乐。太子朱标与妃子吕氏前来看望，还把已能满地跑的二儿子允炆带来了，屋子里顿时充满了生气。允炆长得又白又胖，很是招人喜欢，可却长了对儿八字眉、八字眼。娟娟自幼在刘伯温身旁，又久随明月长老，便有了些判相之能。见了允炆后，心中不禁一震。此儿"众"字脸，元阳外溢，气不藏神，必有大悲。只是略一思索，小允炆早张着两只小手跑过来了，一头扑到娟娟怀里，让她抱。孩子仰着小脸儿瞅着秉仁公主，那么亲昵，好像早就认识、特别熟似的。娟娟低下身，把孩子抱了起来，亲了亲。允炆捧着秉仁公主的脸笑着、嚷着，搂着脖子不松手，谁让放开都不听。最终还是吕氏过来，才把孩子连哄带劝地抱过去了，边抱边高兴地说："允炆哪，别缠姑姑了。快快长，长大了，好让这位有能耐的大姑姑帮你！"小允炆似懂非懂地点点头。

说来，马皇后召秉仁公主晋京，有几层意思。一是思念她，想好好儿团聚一阵儿；二是怕娟娟思虑生母过度，忧郁成疾，回来总可以散散心；三是秉仁公主协助徐达立功颇多，表示慰问、鼓励和酬答之意。除此，就是想让自己与娟娟年龄相仿的儿子们见见她，希望他们学学公主的文才武略。朱家子弟将来若都能像秉仁公主刘娟娟那样泼辣、敢闯、能文能武、天不怕地不怕，又有智谋和主见，什么事儿全能拿得起来摆得下，那朱氏天下便可万年吉祥了！徐达也曾多次在皇帝面前夸赞过秉仁公主，能受到大将军钦佩的人不多呀，尤其是还讲过："可惜呀，娟娟是个女孩儿家。要是个男儿，徐天德情愿把大将军之职交给她，我放心！"此话的分量挺重啊，不是轻易能说出口的。所以，马皇后很想让秉仁公主这样的能人带带皇子们。

马皇后先后生养了五个儿子，即朱标、朱樉、朱棡、朱棣、朱橚。朱标是长子，元至正十五年生于太平农夫陈迪家中，为人友善，是个心慈文静之人。可惜朱元璋与马氏当年在反元征战中，经年在外四处血拼，斩将夺寨，无暇照看儿子，只好将他藏匿在陈家。由于陈家贫寒，吃住条件太差，致使朱标多病，年幼时即小疾不断，落得个虚弱的体质，令朱元璋、马氏慨叹不已。朱标品行正派，谦和仁厚，深得朱元璋、马皇后的喜爱。朱元璋自立为吴王时，封朱标为王世子，从师宋濂。大元至正二十八年，朱元璋在集庆称帝，即帝位，册封马氏为皇后，立长子朱标为太子。朱标的大弟朱樉、二弟朱㭎虽甚勇猛，体魄魁伟，然好耍玩，勿精于学，屡遭朱元璋斥责。四子朱棣则不同于二哥、三哥，自幼勤勉好学，聪慧过人，朱元璋、马皇后视其为掌上明珠。还在幼时，朱元璋便给他聘了大将军徐达之女为妻，朱棣从此有了位威名赫赫的岳丈。徐达不负朱元璋之托，将全身武功着意教给了朱棣，要求极严。每当自己忙不过来时，从不因此而停授，立命爱徒叶旺前去辅导。故而，在马皇后生的五个儿子中，朱棣是武功最强的一个。他身材也很魁伟，仪表非凡，在朝中为众臣所夸耀。这不，娟娟一回来，朱棣马上带着新婚的妻子徐氏一块儿看望一向敬重、喜欢、与自己年龄相仿的秉仁公主。其实，他们曾见过几次面。第一次是娟娟与叶旺在华盖宫的御花园表演三丰剑法时，朱棣来看过，并对娟娟的剑法赞不绝口。第二次是娟娟从北疆回来为父亲刘伯温送葬返京时，也与朱棣碰过面。娟娟对朱棣的印象一直很好，再说早就知道朱棣之妻为徐达叔叔之女，因此三人相见，更感格外亲切。

诸位阿哥，说起这位四皇子，别看年轻，却蛮有志向。再过几年，将整备旗鼓，到北平就藩了。从他的言谈中得知，不愿意像哥哥朱樉、朱㭎那样，到了藩地之后，靠父皇赏赐的藩地封号作威作福、享乐度日，而是想干出一番轰轰烈烈的大事，辅佐父皇，当好燕王。要选一得力的辅弼之臣，干出个样儿来，让父皇、母后及兄长们看看。表示决不负父皇、母后之望，不辱长兄太子标之念，做栋梁之臣、虎贲之将，捍我干城，将燕北治理成为北地锁匙。还曾多次缠磨母后，希望请秉仁公主回宫来，想聆听姐姐讲讲北疆所见，以便更多地知晓当地的民俗俚语。今天秉仁公主终于回来了，他能不高兴嘛，能放过大好的机会嘛，立即把夫人领来了，让她也听听北方诸事，待入藩北平时，能够做到知情达理，不辱使命。朱棣与娟娟一见面，亲热地拉着姐姐的手问这问那的，唠个没完没了，还恳求道："秉仁公主姐姐，你若再去北地，就把燕王府当做自己的家吧，我是一万个欢迎啊！住在那儿慢慢会习惯的，别走了，让弟弟来帮你寻找母亲。我也很爱北方，爱辽东，听姐姐讲的塞北女真人那么好，一直想去看看呢！"态度特别真诚。

朱棣的话音未落，外面传来几声凄厉的叫声，像哭又像喊，大家不禁为之一惊。朱棣边侧耳细听边说："听，野人又叫了！"此话一出，屋子里的人立刻紧张起来了，娟娟趁机将话题故意引到了野人身上，随即问道："皇娘，听说您被吓着了，宫里难道有野人？"这么一问，马皇后、吕氏、徐氏和所有在场的人显得很害怕，直往后退，好像野人已到跟前一样。马皇后说："姑娘，可别在皇娘面前提他们了，怪吓人的。那真是野人哪，什么都不懂，是胡丞相给弄来的，说是让见识一下人中的怪物。这不，现在还在铁笼子里圈着呢！"朱棣插话道："母后，我已经看过了，根本不是什么怪物，而是东海女真野人。不能太狠心了，为什么把人家锁在笼子里？"马皇后说："皇儿，别再说了，你们不懂。小时候就听说过野人不吃熟食，茹毛饮血，还吃人呢！这回可真看到了。"娟娟说："皇娘啊，我们在辽东的东海窝稽部乌蛇岭地方，见到了东海女真部落的女罕。此人耿直、热情，带领着部落的人住在大森林里，过着四处游荡的生活。族人正义勇敢，团结友爱。大元时，把他们抓去充当奴隶，随便役使，纳哈出亦步后尘。其实，东海女真野人的称谓只是当地的叫法，同咱们一样，也是堂堂正正的人，只是生活方式不同而已，为啥说人家是野人呢？不仅如此，还抓来当奴隶，像看妖怪一样，耍戏人家。如果今天的大明还像大元时那么对待所谓的野人，天下必然大乱，大明将不是个万民拥戴的天下。"马皇后忙制止道："好姑娘，不要胡说，一会儿让他们领你看看便明白了。"娟娟说："皇娘，我方才不是讲了嘛，曾见过东海女真人，还打过交道呢，是些挺好的人。对呀，通晓东海女真语的人有啊，为何不找来问问？"马皇后、太子标同时问道："找谁呀，谁能懂啊？"娟娟告知："找我师父明月庵的明月长老啊！皇娘可能忘了，她常到东海女真部落去，懂得一些女真语，在那儿的威望蛮高呢，皆称她是月亮奶奶！"马皇后一听高兴了，忙道："是嘛，若能听懂野人说的啥，那可太好啦，皇上正为此犯愁呢！娟娟哪，你快去趟明月庵，把明月长老请来。"娟娟叩道："儿臣遵命。皇娘，放心在宫中等着吧，儿臣马上去接。"马皇后遂命太子标预备车轿，又令朱棣陪同秉仁公主前往明月庵，快去快回。

车轿很快到了明月庵，明月长老见朝思暮想的宝贝徒儿来了，高兴得不禁淌下了热泪，关切地问道："娟娟，你怎么回来的？"娟娟就将自已被马皇后召进宫的缘由说了，还把胡惟庸抓来东海女真野人献给皇后，闹得宫中不安以及皇后要召师太进宫的事儿告知。明月长老听了，脸上现出怒色，自言自语道："罪过呀，罪过，东海女真野人那是咱们的好朋友啊，怎能如此对待？阿弥陀佛。"边说边简单收拾了一下，准备随娟娟进宫去。这时，住在后院儿的李佑闻听师妹来了，赶紧领着夫人胡氏女前来问候。寒暄过后，由于娟娟忙于带师太去宫中看望被圈起来的东海女真野人，便没再去李佑屋内逗留。李佑听说了宫中的事情，当然落不下，也跟着去了。

　　明月长老、李佑进宫后，叩拜过马皇后，便由太子标、燕王朱棣陪同，前去囚押东海女真野人的地方。他们一起来到后宫，见在马皇后住的宫院旁边的一棵老槐树下，有一个大铁笼子，里面圈着一老一小两个女真人。笼子外边围了许多看热闹的人，有太监、嫔妃，还有皇帝家族的男男女女、老老少少，另有侍卫看守着。笼子里用绳索捆绑着的老人十分瘦弱，满下巴是脏兮兮的胡子，披着乱蓬蓬的长发，光着身子，赤着脚，全身黑红色，只在脐前围一块儿破皮子。小孩儿光着屁股，正坐在那儿吃着什么，围观的人大呼小叫地戏弄着一老一小。过了一会儿，侍卫打开铁笼，把二人从笼中提出，解开绳索，推进了深水池中，让大家看他们游泳。围观的人为取乐，纷纷往池子里扔洪武大钱、洪武铜宝之类的钱币，边扔边让下到水底去取，不取就往里扔东西砸他们。老少二人只好一会儿取钱币上来，一会儿又下到水里，来回扑腾着。看的人嘻嘻哈哈的，一会儿吆五喝六，一会儿哄堂大笑。有个阔少爷，可能是宫中宗室的纨绔子弟，像天女散花一样往池中抛了一把洪武铜宝，逼着那老人下到水底去捡。你别说，老人水性真好，在水下潜游了半个多时辰才上来，双手捧出一把铜宝来。这还不算，有人竟往水里扔一些吃的东西。听侍卫讲，已经一天多没给野人吃的了，故意饿着他们。正因为饿急了，只见一老一小抢着抓水里的饼、馒头、包子什么的。抓到了立马往嘴里塞，两个腮帮子全鼓起来了，看出真是饿坏了。时间一长，又不停地上来下去的，便把二人折腾得筋疲力尽，抻脖儿看的人却站在一旁边观赏边捧腹大笑。有些宫女对此是既害怕又有兴趣，半羞涩、半遮掩地偷眼瞅着。

　　明月长老、娟娟看不下去了，赶忙让太子标出面制止，不要耍戏东海女真野人。太子标一发话，围观的人停了下来，往后退了退。两个侍卫走上前去，把一老一小从水中提出，重用绳子捆上，囚进铁笼内。女真野人可能是被折磨得实在难以忍受了，站在铁笼中，双手抓住铁栏杆，使劲儿地前后摇着，圆瞪双目愤怒地吼叫着，继而暴跳如雷！这时，明月长老向铁笼子走了过去，旁边马上过来两个侍卫，阻拦道："老人家，不能过去，他们挠人哪！手指甲可长了，能抠进肉里，已经有俩人被抓伤了。"明月长老手一摆，没管他，一直走到铁笼前，用东海女真语同老人说了几句话。老人一听，立即平静下来，脸上露出了惊讶的神色，不再那么生气了。明月长老把手伸进笼子里，老人扑通一声跪下叩头，然后站起来轻轻将长老的手抓住。明月长老又问了问，老人做了回答后，主动把手放开了。明月长老抽回手，转身对众人说："你们看，他们也是人，不是野兽，不是猫和狗。老人说是在东海海边儿打猎时，被咱们的人抓来的。他的耳朵上戴有大海螺，脖子、手腕上戴有野猪牙、海象牙，标志着这是位德高望重的长者。他并没有罪，为啥抓来？又凭什么把人家囚在笼子里呢？"大伙儿纷纷围在明月长老身边，十分好奇地听她讲。

笼子里的老人似乎听懂了明月长老的话，像见到太阳带来了光明一样，高兴得满脸淌泪。那个小孩儿也走过来了，向明月长老嗷嗷直叫，哭得泪人一般。明月长老对太子标说："还等什么？应该给老人和小孩儿松绑，把他们从笼子里放出来。"长老这么一说，太子标马上回过头来，命侍卫放人。侍卫不敢听令，站在那儿没动，一再声称他们会吃人的。明月长老生气地说："吃什么人？放出来！要吃绝不会吃你们，人家还嫌那肉脏呢！"太子标看了看秉仁公主，显然是想征求一下她的意见，娟娟忙道："听师太的话，快放人。"太子标对在场的人说："你们不是怕吗？那正好，赶快离开这里！"众人呼啦一下全散了。然后再一次命侍卫打开铁笼子，侍卫哆哆嗦嗦地上前开了锁，把一老一小放了出来。此时已是九月，南京的天气虽不算冷，但由于二人长时间在水里浸泡，浑身起了鸡皮疙瘩，不禁直劲儿地颤抖，上牙不停地磕着下牙。明月长老和娟娟、李佑走上前，把他俩搀进了宫房旁边太监住的屋子。太子标令侍卫拿几件衣服，让他们穿上。看俩人饿得不行，又命人端来了热饭热菜。明月长老知道东海女真野人生活在鲸海边，爱吃鱼和兽肉，特意让人添了些牛羊肉和鸡鸭肉。可能由于几天都没能吃上一顿饱饭了，此刻看到满桌子香喷喷的饭食，一老一小狼吞虎咽地大嚼起来，吃得特别香。

吃过了饭，按照女真人的习惯，在房外笼起了火，明月长老、娟娟、李佑让一老一小一边继续烤肉吃，一边攀谈起来。据老人讲，部落有十几个人一起被抓来了，只将他们爷儿俩送到这里，其余的关在别处。并自我介绍道，他叫乌勒甘，是赫思痕妈妈部落的人。明月长老说："真是太巧了，我们去过乌蛇岭，见过萨勒奴妈妈。"乌勒甘一听，睁大了双眼，目不转睛地看着眼前这仨人。打量了好一会儿，才点点头说："噢，对了，认出你们了，那次我是同萨勒奴妈妈一块儿去的！"当唠到部落目前的处境时，老人止不住眼泪了，痛哭流涕呀，对大明朝的人把他们抓来异常愤怒！背井离乡不说，还不当人看，当猴儿耍戏。接着又哭喊着哀求道："一同被抓来的十几个人，眼下都押在一个大哈番那块儿。请比牙妈妈行行好，设法把兄弟们快点儿救出来吧！"明月长老将此事向太子标和朱棣说了。二人听后，非常生气，当即想到了东海女真野人肯定是押在丞相的府中。认为胡惟庸太坏、太狠毒，太有失大明朝的体统啦！

太子标一点儿没耽搁，赶忙将这件事奏报于父皇和母后，娟娟、明月长老也一再请求皇上下旨救人。由于这时胡惟庸已获罪受审，朱元璋便命督察院的监察御史，速派人到胡惟庸的相府，查一查有没有被囚禁的东海女真野人。

经过调查，果然有十余人被囚在胡府的地牢里，受着非人的待遇。监察御史将此情奏报皇上，朱元璋很是生气，立刻降旨，马上放人，并请秉仁公主和明月长老等前去安置。娟娟等人奉旨，带着那一老一小赶去胡府，接出了圈在府内的十余名东海女真野人。族人见面倍感亲切，相拥着号啕大哭啊！哭了一阵儿，乌勒甘将明月长老、娟娟和李佑一一介绍给同部落的人。经三位的一再安慰，他们才好了些，并揭露了胡惟庸与辽东纳哈出以及东海窝稽裸裸国的人如何秘密勾结、迫害女真人的罪行。乌勒甘说，胡惟庸从东海抓了不少女真野人，捆绑着运回来后，高价卖给县州府的一些官宦人家。有的被当做玩物，有的作为奴隶役使，残害致死者不计其数。娟娟十分同情他们的遭遇，经奏报皇上、皇后，准允将这十几个东海女真野人带到朝廷的驿馆中安歇。以远方朝圣的客人身份对待，派专人照顾饮食，并由礼部官员领着他们游赏南京城。

朱元璋近一阵子由于操劳过度，特别是胡惟庸的案子使他很恼火，因而患了眼疾。以前是那么相信胡惟庸，很多要事全听这位丞相的，一直委以重任。可胡惟庸不给长脸呀，罪恶越查越多，不可收拾。朱元璋吃惊不小，后悔莫及，恨自己当初没有听已故军师的话。各位阿哥都知道，刘伯温早就嘱咐过皇上，不要重用胡惟庸。若重用的话，由他驾驭的车必碎无疑。你说今天已经到了这一步，朱元璋的心情哪能好？眼睛都急红了。经宫中不少御医调治，终未见强，经常流泪，难受得吃不下、睡不香。

十几个东海女真野人自被救出后，住在馆驿之中，不仅吃得好、住得好、睡得好，还有人领着去游玩，天天乐得嘴都闭不上了。长这么大，从未享受过此等礼遇呀！当听说拯救和厚待他们的皇上得了眼病后，心里很是焦虑不安。为了表示感激之情，想要献上珍藏的土药土方，以救治皇上。有个女真野人毫不吝惜地将脖子上戴的殊角珠儿摘了下来，磨成粉末儿，再制成药，献给了皇上。殊角即海象牙，十分珍贵。既可以雕刻成各种价值连城的工艺品，又可研制入药，治各种炎症，却大热、解毒、消炎火，属于去寒之物。开始时，太监们不敢用，怕治不好不说，再出个一差二错就遭了。可朱元璋出身贫寒，知道民间的土方土药很有效，告知不用怕，可以拿来用一下。皇上身边的田公公找到献药的那个女真人，详细询问了使用的方法。回来后，按照女真野人所说，将殊角末儿放在刚刚打上来的井水中浸泡，再用泡药的凉水给皇上洗双目。也真神了，只使用了一天便见效了，眼睛不疼了，不发涩了，看东西也不那么花了。

正发着高烧的马皇后听说女真野人用殊角粉将陛下的眼睛治好了，高兴极了，心想："好几天了，不知为啥总是高烧不退，郎中说是骨蒸痨热。可连羚羊角都用过了，还是不顶事儿，不妨也用女真人的土方土药试试。她把这个意思让侍卫同女真野人讲了之后，有个人很快提出了治疗方案：一是用女真人戴在身上的玳瑁加鸟羽做帽箍，套在头上；二是把玳瑁磨成粉，配以殊角末儿及几种草药冲服。马皇后用后，果然热退了，病好了，直夸殊角是宝啊，了不得，过去一点儿不知道哇！朱元璋和马皇后自打用东海女真野人的土方土药治好了病，不但心存感激，而且有了新的认识。二人说，怎么能把人家说成野人呢？他们很有智谋，咱们有些地方还比不上呢！由于看法变了，便想和东海女真人交流了，这不，今天还特下旨设御宴招待。通过相互之间的交谈，朱元璋和马皇后特别兴奋，了解了不少关于东海人的生活习俗及族中的历史。

十几个东海女真野人在南京住了一段时间后，就要回到辽东东海窝稽部的故乡了。逗留期间，其中有几位与娟娟相处得很有感情，马皇后不仅不惧怕了，反倒喜欢他们了。尤其是燕王朱棣考虑得更细，想到不久将到北平就藩，那些人对自己会有帮助的，遂向娟娟说："我准备留几个女真野人在身边，待将来到北平府时，可通过他们，更多地了解北方的情况。这样，与东海女真人联络，便有了向导和桥梁，利于沟通。"娟娟认为此想法很好，于是朱棣特请父皇准允，将乌勒甘老玛发等四人先留在南京，待日后再随燕王一同去北平府。四位女真野人很高兴与秉仁公主他们在一起，表示愿意留下来，为朝廷效劳。其余的一些人由礼部选定日子送至登州，从登州渡海到旅顺，再由旅顺到辽阳，转交给马云和叶旺。二位将军将他们送到乌蛇岭，转交给巫顺，最后由巫顺送回东海女真部落。离京前，皇上降旨，赏给玉帛、衣装及银两若干。东海女真野人接到赏赐后，激动得哇哇直哭啊，由衷地感谢朝廷对他们的体恤和关爱。

娟娟已经回来不少日子了，一是有些事儿尚未办完，二是被马皇后一再挽留，三是燕王朱棣缠磨不放，所以一时半会儿还离不开京师。这些日子，她除了向马皇后、诸王子讲些北疆故事外，就是受燕王朱棣之请，教授阴宗双鹤剑。各位阿哥，前书介绍过，双鹤剑本有阴阳两宗。阳宗双鹤剑由徐达大将军掌握，先是传给了弟子叶旺，后教给了自己的女婿朱棣。阴宗双鹤剑原由明月长老掌握，后传给了娟娟，即现在的秉仁公主。本已掌握了阳宗双鹤剑的朱棣，眼下又向秉仁公主求教，想学得阴宗双鹤剑的技法。这样，他便可以成为大明朝两宗剑法集于一身的武林高手。事实上，对他后来起事，登上九五之尊，的确起了不小的作用。

放下娟娟教授朱棣剑法多么细致、耐心不讲，再说她回到京师还有一件机密大事尚未办完。什么事儿呢？就是徐达大将军受皇帝朱元璋之密旨，详查胡惟庸与北国的联系。通过多方调查，又得到曾在胡府任管家的孙常祥举报，现已掌握了胡惟庸大量的罪证，徐达将这一切交由娟娟带回京师禀奏皇上。在娟娟未来京师之前，胡惟庸的事情已露端倪，然深入查下去很难。一是他善于伪装，二是朱元璋让他给迷惑住了，过于信任，抹不开情面。但有两件事，使皇上对胡惟庸有了怀疑，两人的关系随之渐渐开始疏远。

头一件是刘伯温之死。马皇后等人曾向朱元璋密告过，很多迹象表明，是胡惟庸害死了刘老军师。开始朱元璋不信，认为不可能，没有根据，空口无凭。后来娟娟拿出了不少铁证，才使他有所醒悟。第二件事，是促使朱元璋对胡惟庸感情发生变化的主要原因。自胡惟庸成了一人之下、万人之上的大丞相后，便以手中的权力和地位，想尽各种办法把其他人给贬了，连李善长和汪广洋也下去了。从此，他在朝中可以说是独来独往，极为嚣张，无论是谁全不放在眼里，包括朱元璋都不在话下。朱元璋听到了不少议论，在君臣面议之时，直截了当地提出了大丞相的好多做法不妥。胡惟庸听后，极为不满，气哼哼地说："我身居高位，乃当朝丞相，必有人忌妒。皇上难道是昏君，竟听此恶语谗言？即或说我傲慢，做了些僭越之事，作为丞相并不为过。"朱元璋从起兵直到当了皇上，那是天老大、他老二呀，从没听过有人敢粗暴地顶撞他。何况此人是他最信任的胡惟庸，怎能不感到窝火？特别是还狂妄地骂他是昏君，简直是无君无臣，比皇上还厉害，岂不令人发指！这件事对朱元璋的打击太大了，心想："胡惟庸竟不知天高地厚了，已到了要凌驾于皇帝之上、不许朕说话的地步了，还了得！"心中非常不快，开始对胡惟庸有了戒心。

此间，朱元璋还从身边的侍卫口中，知道了许多关于胡惟庸贪赃受贿之事。有人说，凡是想进胡府的人，不拿出百两银子是进不去的。还有人说，胡府有银库、帛库、玉库、绫绢库等不下十处，养兵马、卫士、武士两万余人，大都秘藏于京师及各个州府之地。尤其不可轻视的是，胡惟庸有亲信外官百余人，分别通晓蒙语、倭语、女真语、西域的回语等，皆听他的调遣。平时，与胡府私下联络，听胡惟庸之命而行之。甚至密令外官，凡陛下有犯胡惟庸之举，要衔车驾缚之。由此可见，已经到了国中有国、军中有军、京师之外另设京师的地步，是何等的危险啊！朱元璋得知后，方大梦初醒，惊出了一身冷汗。心想："有个时刻与你分庭抗礼的人在身旁，焉能高枕无忧当皇帝？历朝多有弑君之事，胡惟庸的羽翼若再丰满些，说不定会让朕人头落地呢！"想到这些，那是不寒而栗呀！于是下了决心，一定要清君侧。马皇后也一再催促皇帝，让他主持正义，为蒙冤者撑腰。娟娟把大将军及自己所掌握的情况按照徐叔叔的嘱托，向皇上做了禀报，请求圣上速速铲除胡害，此乃百姓之幸、社稷之幸。不除胡害，忠良离心，朝廷的群臣众将安能同心戮力？陛下将遭众叛亲离之虞！朱元璋至此，终于在洪武十三年春降旨，以擅权枉法之罪名，赐胡惟庸死。

田公公在御林军的护卫下，带着皇上的圣旨和毒药到了胡府，向胡惟庸宣读了圣旨。胡惟庸一看，御林军已围住了府邸，跑是跑不掉了，只好含恨服毒而亡。所有与胡惟庸有关的人等，尽皆伏诛，连德高望重、已于洪武十二年故去的靖海侯吴祯老将军也被牵连了进去。吴祯一生是有功于明朝海运的，不仅尽收了辽海未归附之地，还曾率舟师追倭寇至琉球大洋。自受命总理海上军务以来，勤勤恳恳办差，经过一番艰苦的努力，终于使海上得以安宁。为奖其功，病逝后，追封为海国公。在调查胡惟庸一案中，督察御史查出老将军生前曾给胡惟庸运输过多起私货，故而获罪，被削了海国公之爵，徐达、明月长老、娟娟、马云、叶旺等都为此感到惋惜。

各位阿哥，胡惟庸一案，不仅仅是牵连一些人这么简单，而是涉及面很广、震动相当大呀！先说朱元璋。从胡惟庸的案件中，他的内心发生了很大的变化，觉得连一向信任的大丞相都不同自己一条心，还有什么人可信赖、可依靠？受猜疑心理的支配，从此对任何人不相信，皆要设法防备，也是他后来杀戮许多功臣、建立特务机构——锦衣卫的重要原因。事实证明，锦衣卫和诏狱的设立，为明朝留下了一大祸乱。

朱元璋还吸取了胡惟庸专权的教训，趁此机会，取消了以丞相统领的综掌全国大权的中书省，由皇帝直接管理国家政事，并立下法度，以后不许再设丞相这一官职。其令曰：

"自古三公论道，六卿分职。自秦始置丞相，不旋踵而亡。汉、唐、宋因之，虽有贤相，然其间所用者多有小人，专权乱政。我朝罢相，设五府、六部、都察院、通政司、大理寺等衙门，分理天下庶务，彼此颉颃，不敢相压，事皆朝廷总之，所以稳当。以后嗣君并不许立丞相，臣下敢有奏请设立者，文武群臣即时劾奏，处以重刑。"

这里所说的朝廷就是皇上自己，说是分权管理，实际是皇帝综揽一切政事，成为真正的独裁者。

还有一点，即胡惟庸虽被赐死，其罪状却随着统治集团内部斗争的发展而逐渐扩大。最先增加的罪状是胡惟庸私通日本，接着扩大私通蒙古。日本和蒙古是当时大明朝廷的两大敌人，通敌当然是谋反了。后来又发展为串通李善长谋叛，有更多的人被牵连了进去。死于胡案的主要人物有：御史大夫陈宁、中丞涂节、太师韩国公李善长、延安侯唐胜宗、吉安侯陆仲亨、平凉侯费聚、南雄侯赵庸、荥阳侯郑遇春、宜春侯黄彬、河南侯陆聚、宣德侯金朝兴、靖宁侯叶升、申国公邓镇、济宁侯顾敬、临江侯陈镛、营阳侯杨通、淮安侯华中,大将毛骧、李伯升、丁玉和宋濂的孙子宋慎等。后宋濂也被牵连,贬死四川茂州。被斩的皆以家族论,杀一人即是杀全家。就说处死李善长吧,假托有星变,须诛大臣应灾,遂把李善长和妻女弟侄七十余口儿一块儿斩了。总计来看,胡案中处死的人数不下两万,当然此为后事,这里不去详说了。

单说胡惟庸被赐死后,娟娟亲赴青田故舍,身披重孝,随兄长刘琏、刘璟到父亲刘伯温坟前祭献。三人摆好供桌,点燃高香,连连叩拜,娟娟哭得泣不成声,刘琏兄弟俩也是涕泪涟涟。然后由刘琏宣读亲书的祭文,告慰亡父,胡逆已除,杀父之仇已报,伏祈先考在天之灵安息矣,伏维尚飨。

三月吉日,朱元璋下旨,时年二十岁的燕王朱棣,携徐妃、子高炽就藩北平府。圣旨一下,朱棣及众人马上起程,随行者有燕王辅相刘娟娟。太子标率爱妃吕氏及众臣送至江滨,旌旗伞盖,蜿蜒数十里,好不威风、气派!

此番燕王入藩北平,选用了张玉、朱亮及其子朱能等贤臣,操练兵马,雄据北方。喜结东海女真野人和黑水女真诸部,开疆固土,屡派使者遍访塞北地理人情,兵势日强,成为大明天下朝野瞩目之域。朱棣助娟娟东海寻母,留下许多悲愤故事,方引出秉仁公主千里寻殊角,纳哈出猝死辽东,大明宫阙多事秋,马皇后恳挚劝元璋,娟娟血荐生身母,请听我朱伯西继续讲唱末章乌勒本。

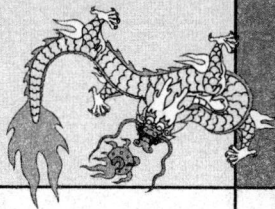

各位阿哥，本章乌勒本从东海女真先人留下的一首《星星谣》开讲。别看是一首小民谣，却饱含深情，歌颂了大明朝的第三代国君，现在由我说书人把它复述一遍。

　　卡丹花儿在海滨闭眠的时候，
　　咕咕雀儿在崖顶入巢的时候，
　　东海浪儿在风中喧跳的时候，
　　裸裸噶珊在月下狂欢的时候。

　　用槽盆里新酿的甜酒敬天吧！
　　用独木舟新网的鲑鱼敬天吧！
　　用岩片新宰的海豹敬天吧！
　　用千人手新编的福穗敬天吧！

　　地上的篝火天上的星，
　　天上升起一颗吉祥的星。
　　那是达鲁布花走了，
　　朱禄瞒爷降临啦。

这首民谣来自东海女真野人赫思痕部，是古老历史的见证，已流传几十代了。前文所讲胡惟庸献给马皇后以供观赏的裸裸国人，即是赫思痕部落的人。在元代，他们一直遭受着非人的凌辱和欺压，至明朝建国才逐渐得以解脱。燕王朱棣就藩北平以后，重用秉仁公主、田田等一些知晓辽东夷民习俗的谋士和武将，对女真人平等相待，敬之如宾，减少了一些盘剥和劳役。使他们各安其乐，东海及黑水、粟末水、呼尔哈河、乌苏里江等地女真各部出现了新的繁荣，响起了歌声和笑声，也就产生了此民谣。民谣中，将朱棣比做天上的一颗吉祥的星。作为女真东夷民族来说，能对汉人给予如此高的赞誉，应该说是很少有的。

女真人在萨满信仰中，自古以来，将"朱禄瞒爷"看做是宇宙双体大神。因为"朱禄瞒爷"总是一双一对儿地出现，象征着友谊、互助与和睦。女真语的"禄"与"棣"本谐音，歌谣里便以"朱禄"代表朱棣来歌唱。

在民间传说中，燕王是个活跃的人物。年少居于深宫，长得可爱，好动、好学，而且彬彬有礼。凡入京觐见朱元璋的武将文臣都喜欢皇上的四子，时常带出去玩耍。由此，朱棣有幸结识了不少父皇欣赏的英雄豪杰。他被封王时，刚刚十岁，因分封于燕，故称燕王。按制，年龄小时不到藩地，待二十岁成年时，由皇帝下旨，才赴藩地就藩王之任。史书所言秦、晋二王，是指朱棣的两位兄长，即二哥朱樉藩陕西，三哥朱㭎藩山西。正因他俩年岁比朱棣大，所以早于朱棣就藩。小朱棣特别聪明，凡事好刨根问底儿，尤其对自己的藩地北平府之人情物阜、地理名胜感兴趣，想尽早知道得更多些。凡有北征回京的人，他总是好言相求，缠磨不放，问这问那，恭耳细听。由于其岳父徐达、表兄曹国公李文忠以及中山侯大将军汤和等，曾攻打、坐镇过北平，对北平府了如指掌，故而常与他们交谈，获益匪浅，并敬为挚友。

据传，当朱棣从岳父徐达口中得知燕王府左相、大将军华云龙功劳卓著、深谙建筑才艺时，便有结交之心。后忽闻其遭毒箭，卧病在舍，不能来京拜见，就想亲自北上探视。他多次恳求母后，望能在父皇面前替皇儿说情，以得到准允。马皇后被缠不过，只好与朱元璋商量。二人十分疼爱四子，对他的一心治国之志，尤为喜欢和夸赞。当时，年方十五岁的朱棣已是弓马娴熟、出了名的小将了。朱元璋自小是闯荡出来的，自然愿意让儿子出外闯一闯，因此对朱棣的请求有答应之意。偏巧正在这时，率兵马于北平府操练的大将军徐达捎来信儿说，希望朱元璋大哥不要阻拦朱棣北上，应支持他，虎将都是从小锻炼出来的。朱元璋见徐达与自己的想法不谋而合，于是爽快地同意了朱棣随同率兵北征兴和的都督兰玉同行。兰玉可不是一般人哪，开平王夫人的弟弟、常遇春的小舅子，与朱元璋是同村的儿时伙伴，后来成为皇上身边勇猛善战之大将。让他去北平时，顺道儿带上朱棣，肯定会很安全。可马皇后仍不放心，徐达没辙了，遂命自己的两个贴身侍从到南京去接朱棣，马皇后又令五个带刀宦官陪赴，这才离开了京师。兰玉一路上对微服而行的朱棣格外小心照护，将他顺利地带到了北平府，见到了华云龙。那时，左相正卧病在榻，见燕王来了，忙挣扎着起来叩拜，被朱棣制止了。两人一见如故，日夜攀谈，华云龙讲了许多以前从未听到过的故事及北平府的一些建筑，使小朱棣长了不少见识。

兰玉将朱棣送到北平府后，便率兵攻打兴和去了，即后来的张北地方，在那儿围住了元朝国公帖里密赤率领的守城军。小朱棣听到此情况后，很是兴奋，无论如何坐不住了，非让华叔叔领着到前线看看兰玉如何打仗的不可。华云龙犯难了，即使再给他几个胆儿也不敢哪，怕出事儿呀！可是架不住朱棣这顿磨呀，那张小嘴儿又会说，好话说了千千万，最后磨得实在没办法了，只好由着他。他们到了兴和大营，见到了兰玉，正赶上大将在发愁呢！怎么了呢？原来兰玉已将兴和包围不少天了，却久攻不下，帖里密赤拒不投降。听他一说，朱棣暗里一合计，马上有了主意。别看年纪小，人倒蛮聪明，小脑袋瓜儿机灵着呢，一转一个道眼，便对两位叔叔说："不是讲兵不厌诈嘛，老是大军压境围着，帖里密赤必拼力严防，反不易攻。不如我给你们出一招儿，准保行！"兰玉忙道："好啊，端出来吧。"小朱棣说："我意可扬言因接朝旨，移师江南。此风儿一散出去，敌方肯定放松警惕。将军乘机派一师先行掩幡息鼓而退，秘密设伏，转路从后尾包剿。再乘其侥幸欢喜、麻痹不备之时，天兵速至，帖里密赤安可逃遁乎？"兰玉和华云龙听后，吃惊不小，皆拍手称奇。想不到一个十五岁的孩子，竟通晓兵法，提出了如此绝妙的上乘之策。于是即刻按燕王之谋，与众将秘密议定实施步骤。待一切部署就绪，遂以迅雷不及掩耳之势，一举攻克了兴和，元将帖里密赤被俘，残兵五十余众悉数降。

兴和大捷后，朱棣、华云龙随兰玉得胜大军一同回到了北平，华云龙向燕王介绍了将来燕王府的建筑工程，朱棣听了非常满意，一再感谢左相的良苦用心。华云龙跪伏在地，叩拜道："臣身体不支，将不久于人世，不能陪奉燕王左右，心甚惭憾也！"说着涕泪满襟。朱棣不免一番安慰，嘱咐要多多保重。不日，便与左相挥别，随兰玉返回了京师。当华云龙病逝的噩耗传到京师时，朱棣闻之，十分悲痛。后来，他常向人讲起有幸与华云龙的最后晤面，认为是一次难得的邂逅。

再说兰玉返回京师交旨，向皇上禀陈了拔和林的经过。朱元璋得知是燕王出计擒得了元国公帖里密赤，便更加喜爱四皇子，由衷地称赞其智勇超于朕。从此，朱棣的声望大震，高过太子标之下的诸王。

前书讲到，洪武十三年，朱棣二十岁，奉旨就藩北平。为给四皇子送行，朱元璋、马皇后在后宫摆下送别宴，长兄太子标带妻吕氏和四岁的小儿子朱允炆前来参宴。允炆精明，长得又白又胖，特别招人喜欢，朱棣与徐妃平日里十分疼爱他。今天看允炆也来了，徐妃便将珍珠项链解下来，然后系在小侄儿的脖子上。允炆嘴巧，很会讲话，忙说："谢王妃婶娘!"众人听后全乐了，朱棣高兴得把小允炆抱起来亲了又亲。同样的送别宴，在朱樉、朱棡就藩时曾举行过，只是圣驾借故朝中事忙并未莅临。而此次朱元璋、马皇后两位圣躬亲自到席，这可不同以往，是莫大的殊荣啊！宴上，朱棣为父王、母后舞剑作歌，唱曰：

> 圣驾耀日兮，明煌煌。
> 四海升平兮，喜融融。
> 龙蛟沧海兮，腾云霓。
> 河山永固兮，国运昌。

歌罢、舞罢，为人忠厚平和的太子标首先带头叫好儿，众人鼓掌响应，也得到了朱元璋、马皇后的夸赞。夫妻二人喜欢四子的文韬武略，听他唱，看他舞，觉得顺心。朱元璋随着年龄日增，特别爱听颂扬之词，朱棣唱的这几句歌词，很合他的意。一听到当今圣明天下、大明煌煌、四海升平、诸王分藩国中、如蛟龙入海、兴云霓而安天下、万民其乐融融、江山永固、国运其昌等词语，那是越听越爱听，心里乐开了花儿，嘴都合不拢了。

其实，朱元璋、太子标并没有细品朱棣即兴咏唱的真谛，尽管几句歌词的文采一般，却反映和表达了朱棣对父王朱元璋的敬重、感佩，倾吐了自己的雄心和抱负。"龙蛟沧海兮，腾云霓"一句，是表明他要开创一个新天地的鸿鹄之志。朱元璋对儿子们是相信的，希望都能像朱棣那样，不安于享乐，承继父业，不负寄托。

燕王朱棣起程北行，车驾潮水般向着北平府流淌。前头是六面龙旗以及由执幡、执幢、执伞、执扇、执立杖、执立瓜、执仪刀、执骨朵、执斧、执响鞭的校尉所组成的仪仗，其后是带有燕王护卫标识的马兵。接着是燕王、燕王妃及随驾重臣的车辇，最后面压阵的是一队护兵，声势很大，相当有气魄。其中，紧随着王妃大轿车的是谁呢？便是朱棣钦敬不已的姐姐、朱元璋和马皇后非常喜欢的智多星、谋士、卫士、目前兼北平府辅相的秉仁公主。

诸王就藩前，总要选几位得力的辅臣，以助自己的王业。燕王来北平府，首先挑中的便是聪明美貌、武艺高强的秉仁公主。之所以选她，一是娟娟确有才能，又熟悉北地；二是个说不出口的原因，即打心眼儿里爱着娟娟姐姐，要与她天天在一起。只是惧其威严，没有胆量明说，不敢造次而已。对朱棣的这份儿心思，娟娟早已明白，在参加马皇后赐的御宴上，连明月长老都看出来了，曾暗中嘱咐娟娟："孩子，务要心中有数，你们不是一路人。就是看在你徐叔叔的面子上，也不能那么做。"为什么明月长老提到徐达呢？因为朱棣之妃徐氏女，是徐达大将军的爱女。

提起这段姻缘，真可堪称"天作之合"，是皇上一手促成的婚配。当年，朱元璋听说徐达有个贞静好学的女儿，便把大将军找来商量："你我乃布衣之交，自古以来，君臣相契即可结为姻亲。朕考虑好长时间了，你的长女与朕的四子配婚，可否？"徐达毫无异议，点头应允，徐氏女和燕王的红线就牵成了。订亲之日，选在了洪武九年正月的一天，由宣制官在宫中正式宣布"册封徐氏为燕王妃"。之后，皇上遣使臣持节到魏国公徐府，行纳采、问名之礼，并确定迎亲的日子。结亲那天，燕王乘坐玉辂，率王府随从官属以及仪卫为前导来到徐府门前。徐府鼓乐喧天，花团锦簇，傧相站于府门一侧等候。当接亲队伍到后，按古老的仪礼，由一名"引进"跪拜到新郎倌儿的驾前，问道："敢请事？"新郎倌儿说："我奉制迎亲。"他的话由"引进"传给傧相，傧相再禀给新郎倌儿的岳父，徐达方迎出大门，互相致礼。朱棣便在"引进"的导引下跨入府门，身后跟着一名执雁的随从。进至府内，将雁交给徐达。接了雁，则说明岳丈无异言，已经接受了女婿。待新郎倌儿拜过岳母大人，新娘子由宫人"傅姆"款款搀出，蒙着"罩头红"站在父母面前。徐达按照千篇一律的嘱词嘱告女儿说："戒之戒之，夙夜恪勤，勿或违命。"母亲抹着喜泪，哽哽咽咽地接着嘱咐道："勉之勉之，尔父有训，往承惟钦。"新娘子这才被放行了，乘上凤轿，随同新郎倌儿的玉辂，在一片鼓乐声中赴皇宫行合卺之礼。当年，朱棣十七岁，徐妃十五岁。成婚后，徐氏女谨遵父母之教诲，苦读圣贤书，仿历世之贤妇淑女，养妇德，以助夫成大器。也深懂"男儿成器，妻荆之功"的道理，一心相夫教子。

娟娟对徐妃的庄懿之德是十分敬重的，对他们"天作之合"的婚姻亦很感佩，怎么可能有许身于燕王之心呢？可是朱棣却在心里默默地喜欢她，不愿意离开她，总是存有非分之想。在要去北平之前，还暗暗恳请母后准允，让秉仁公主与之结为伉俪，同赴北平。马皇后则严厉制止道："儿呀，结为伉俪之事万万不可！我深知娟娟非一般之女，那是天马行空、可望而不可即呀，皇儿休存此胡念。要是不听，惹恼了这个天马，小心会踢死你！"朱棣当然不甘心，便退了一步，希望母后能劝说秉仁公主做燕王府的辅臣，帮助他成就大业。马皇后自然考虑到皇儿的未来，又知晓娟娟的能力，答应试试看。经多次相劝，娟娟觉得实在不好推辞，只好答应兼做燕王府的辅臣。

娟娟本打算在南京再逗留些时日，因为有几处还没住够，想同明月长老多说说话儿，也想同庵中的姐妹们多亲热亲热。所以，宫中的事儿一完，马上去了明月庵。妙善一来，姐妹相聚，极为高兴，有唠不完的嗑儿，晚间便与明月长老同宿一房。娟娟向师太倾诉了衷肠，探月牙楼寻母未见，心情不快，近些日子甚是烦恼。没想到明月长老听了有关月牙楼的情况，却高兴地说："孩子，这是喜事儿呀，为啥愁眉苦脸呢？说明你母亲没有死，还活着！应一鼓作气，接着寻母，定要查个水落石出！究竟是生是死，此次前去或许能弄清楚了。孩子，师太反倒不想留你继续呆在南京了。应尽快随燕王北去，依靠他寻找母亲，相信作为一位王爷、未来的君主会帮忙的。你现在帮他，也可能就是帮了自己。"娟娟听后，若有所思。

之所以留在南京没走，还有一个原因。由于马云有病，被召回京师，龙花陪同前来，侍候夫君，娟娟想借机与他们多呆几日。可是，朱棣要北上，无论如何一定让姐姐陪伴。马皇后见四儿执意如此，便劝娟娟道："燕王对北地陌生，你多年在那边，人情物阜均熟悉，他哪能离得开你这个姐姐呢？好孩子，就帮帮燕王吧，皇娘知道，四儿不会亏待你的。"在燕王的一再恳求、缠磨和马皇后的劝说下，娟娟又是个懂事理的姑娘，有啥招儿？只好答应。于是简单收拾一下，立即起程，含泪与前来送行的明月长老、马云大哥和已是两个孩子母亲的龙花嫂挥泪而别。

燕王北上，马皇后还特意让身边的一个心腹宦臣田陆随行。说起这个人，朱伯西得向各位阿哥多讲几句。田陆可不是一般人，本是元宫中的宦臣。专门侍候元帝，总理宫阙诸事，宫中全部礼仪、程序、法度皆由他一手操持，为后宫的总师仪。由于管理得十分严格，宫中上下从未出过什么不德、亵慢、邪祟之事，元帝甚是满意，几次下诏赐赏。徐达在率兵打进元朝宫廷时，俘获了田陆。当得知他是后宫总管时，便问了一些关于大都的元宫之事，回答得毫无隐晦之处。由此认为田陆正派，又懂宫中礼仪，对朱元璋大哥做新皇帝、建立内宫很有用，是个宝贝，遂介绍给了朱元璋，又引其见了马皇后。马皇后同他交谈了一会儿，觉得挺中意。你想，朱元璋也好，马皇后也罢，皆出身贫寒，哪里懂得皇宫中的那么多礼仪呀？更不知对三宫六院、七十二嫔妃该有什么样的节制、程序、法度。于是，二人将这一切都交给田陆大师仪去做。经过精心的调停、摆布，果然没用多长时间，就把纷繁的宫闱诸事操持得井井有条。甚至连皇帝今天御幸哪个妃子、如何侍寝等全由他安排、调教，朱元璋同样很满意。

田陆在元宫中虽是总管，但主要侧重于宫中的礼仪，不细管各嫔妃之事，同皇后呀、妃子呀、贵妃呀基本不接触。现在不同了，不仅经常出入于皇后之宫，还能直接接近其他的妃子。他觉得作为宦臣总这么出来进去的不好，为表示自己的洁雅忠诚，便禀告朱元璋说："皇上，宫中的宦臣不能跟皇后、嫔妃随便走来走去的，有失体统。"朱元璋问道："依你看，该怎么办？"田陆回道："陛下，奴才以为，凡宫中的宦臣皆应'洁身'。"所谓"洁身"，即指宫刑，是古代的一种阉割生殖器的残酷肉刑，做太监的必行阉术。朱元璋听后一激灵，心想："哎呀，竟有这一说？"此后的阉术即是从田陆处学来的。马皇后闻之吓坏了，心想："那得多痛苦啊，宦臣可要遭老罪了。"可田陆一再禀奏皇上、皇后，非如此不可，否则有可能祸乱宫闱。当时，尽管年岁已不小了，仍坚持首先从自身做起，行了刀割火烙之术。疼得他惨叫不止，似受酷刑，撒尿时疼痛难忍，两个月后方愈。接着，又给宦官一个个全做了。朱元璋、马皇后对此能不感动吗？从内心佩服田总管，觉得宫中真是缺他不可。久而久之，竟忘了田陆是元宫之人，并且待如知己，处处事事皆由总管处理。田陆在后宫中名声很好，各宫有事儿皆找他。不仅朱元璋、马皇后信任他，连众嫔妃也都尊敬他，什么事儿不隐瞒他。田陆平时不论跟谁说话，总是那么恭恭敬敬、笑脸儿相迎的，礼貌有加。无论大事小情，只要吩咐他去办的，尽管放心好了，准令你一百个满意。有些事儿即使你忘了，他绝对不会忘，肯定替你想着呢！慢慢的嫔妃们送给总管一个绰号，叫"甜若蜜"，后来又称"甜蜜蜜公公"、"甜公公"，田陆的本名儿倒是早已没人叫了。

燕王朱棣就藩北平府，对于马皇后来说，像从自己身上割下块儿肉一样心疼，什么都不放心，深怕心肝儿宝贝在外遭罪，一应车帐、侍从等皆由田公公去安排。田公公当然理解马皇后的疼爱皇儿之心，也更领会燕王的意愿，因此，特别为朱棣在北行队伍中备了车轿两辆。这可不是一般的车轿，而是插着旌旗、四周镶嵌着飞虎、百鸟等图案、还有黄色的王旗、上写"燕"字的九骏飞虎轿车。当然不能镶龙凤，那只是皇帝、皇后才使用的。为什么预备了两辆同样的大轿车呢？一辆是燕王和正身怀次子高煦、行走不便的徐妃乘坐，一辆乃朱棣叮嘱田公公专门给尊贵的秉仁公主乘坐的。还有三辆规格略低一些、图饰简单一点儿的轿车，是给朱棣与徐妃之子、三岁的朱炽以及众奶娘、婢女们坐的，另有两辆则分别给田陆公公和专程来南京接燕王的张玉大将预备的。张玉将军主要是率领兵将骑马护从，若在长途行进中倦累了，亦可在轿中小歇。除此之外，又备了三辆木板大车，上面搭着席棚子。其中两辆装着燕王和徐妃的日常用品及衣物等，第三辆里坐着前书讲到的四位愿意随燕王和秉仁公主去燕王府做听差的东海女真野人。一路上，大队人马旌旗伞盖，威武气派。田公公可是个大忙人，虽有轿车可坐，但多数时间还是骑马而行。觉得非常方便，可以自由地跑前跑后，随时听从燕王的吩咐。朱棣从小就熟悉"甜若蜜"公公，已经有十多年的交往了，一切都非常习惯。田陆对四皇子也很疼爱，关怀备至，是一天天看着他在马皇后身边长到二十岁的。正因如此，马皇后才特别指名要这位心腹照顾侍奉，陪送皇儿去北平府，只有他去才放心。

　　队伍向北走了一阵子，朱棣把一直陪在车轿旁边的田公公唤住，公公问燕王有何事吩咐？朱棣说："我到你的轿中，有事儿求公公。"田公公自然从命，让辕手停车，将朱棣接到了自己的轿里。田公公问："啥事儿呀，还得到小的轿里说？"朱棣寻思了半天，觉得张不开口。其实，田公公早已摸透了他的心思，笑着又问："是不是为了秉仁公主啊？"朱棣轻轻推了田公公一把，悄声儿道："知道了还问？公公快帮我。"田公公说："中，中！不过小王爷可要多想想唠些啥，前头的路长着呢，正经得走几日。等思摸好了以后，再到秉仁公主的轿里去不迟，要多议论国政，那些话她准爱听。秉仁公主可是个心高志远的人，凡事得顺势趋之，万万不能着急，更不要轻举妄动，好事儿得慢慢来。"朱棣也怕弄不好姐姐会生气，知道母后和田公公都这么劝他，一定是有道理的，便更加注意了。对娟娟越是敬重，就愈加思恋，亦越发爱慕。正因为朱棣心中有个娟娟，所以在十数年中，除徐妃之外，没有另娶妃子。一心忙于幽燕的治理，一心追求娟娟，对他后来得天下，冥冥之中起了重要的作用。

再说娟娟随燕王北归，马皇后给予了特殊的礼仪，一路上坐在田公公为其置备的九骏飞虎轿车之中，美丽、端庄、神情严肃。她对大明宫中朱氏家族的看法与父亲刘伯温一样，只佩服马皇后，还有四弟小朱棣。马皇后是她的皇娘，给予了很大的帮助，自不必说。再就是认为朱棣少年得志，有出息，令人钦敬。刘伯温在世时，曾在酒后与夫人安氏讲过："我跟随朱元璋这么多年，只是君臣之义。要是说心里话，从人品上，所佩服的惟有姓马的和她的四儿子。对老朱家的其他人，还真没看出哪个该让老朽欣赏。"安夫人听了此话，吓了一大跳哇！忙用手把老伴儿的嘴给捂上了。娟娟同她父亲一样，是个倔脾气，朱棣有时也惧她三分。

此刻，朱棣几次想征得姐姐的同意，到她的车上聊天，娟娟是左推右托地不允。后来，在燕王的一再请求下，感到不好深伤弟弟的情面，这才答应。朱棣上了娟娟坐的车轿，田公公忙从后车端来一尊白瓷彩釉的小壶与两个杯子，请燕王与秉仁公主边饮边聊。公公离开后，娟娟马上指着壶问："里面装的什么？"朱棣回道："此乃'逍遥饮'，我特意让田公公拿来的，喝它可以消乏解累。"早年，长途出外之人，坐在颠簸的车轿中很是乏累，更不能安静入睡。故而多喝"逍遥饮"，可以很快进入梦乡，这点娟娟是知道的。朱棣端起壶，给娟娟倒了一杯，然后说："既然公公已经带来了，喝点儿无妨。我很少喝什么酒，'逍遥饮'不是酒，而是茶，挺好喝的。"娟娟并未动怒，平静地拒绝道："姐姐不愿意喝，王爷日后少用此种歹物，会伤神伤智的。"朱棣红着脸诺诺称是，只好说："不喝就不喝，放在一旁吧，其实我并不喜欢喝。"接着又告诉娟娟："等到了北平府后，弟弟给你做一种酒，也叫'逍遥饮'，是用海龟血和中药熬炼而成的。那可是增智增力的壮骨酒哇，都说北方酷寒，喝了它大有好处呢！母后每到冬春两季，皆配制此酒。'逍遥饮'制好后，存储年头儿越久，性能越佳。"娟娟边听，边"噢噢"地顺口答应着。

朱棣和娟娟唠了一会儿，忽然停住了，往下不知道该说什么好了。娟娟侧过头来，把脸转向车轿右边的窗户，向外眺望着旷野，依然那么沉静。朱棣坐在她旁边，身体紧挨着，能感觉到姐姐轻微的呼吸。在宫中，朱棣总愿意与娟娟碰面，曾多次见过，一唠起来没个完。随着两人年龄的增长，朱棣被封为燕王，并已娶妻生子，娟娟开始注意了。不但不再近乎了，而且话也不多了，在朱棣面前很少有笑脸儿或半点儿的随意举动。朱棣倒不在意，仍像原来一样，愿意亲近娟娟。此刻坐在轿车里，又以往日小弟弟耍娇的样子，乘机将姐姐的手抓了过来。娟娟忙回过头道："王爷，别这样，老实坐着聊天好不？否则，我可要叫你下车了。"朱棣笑着说："今天咱们可真是到一起了，我早就盼着这一天哪！好姐姐，请放心，到北平后，弟弟一定帮你寻母，那也算是我的母亲呀！"娟娟的心怦怦直跳，脸腾地红了，故意淡淡地说："此话已经听过多少遍了，姐姐求之不得，只盼王爷别口是心非就行了。"说完，脸又扭向了窗外。

那么，娟娟喜不喜欢朱棣呢？毫无疑问，喜欢！师父明月长老早就看出来了，也最懂得徒弟的心了。知道她是个刚强、好胜的姑娘，心目中理想的男子是那种有生龙活虎的闯劲儿、人到哪儿、能把生气带到哪儿的人。朱棣一向争强好胜，什么都不在话下，什么都不服气，都敢碰一碰，天下没有他惧怕的事儿！正因如此，儿时，便在宋濂等大儒家的栽培之下，将四书五经背诵如流，还写得一手锦绣文章。其楷书曾被马皇后作为礼物送给宫中众臣，皆知道四皇子的字写得好。朱元璋曾高兴地说："朱家世代贫寒，四儿可称得上本家的大儒啦！"朱棣天生不怕苦累，不怕流汗，从小就习练武术。而上头的几个哥哥却与他不同，觉得学武技太苦，每天起五更爬半夜的不说，踢打蹲压，直练得骨柔筋折，真是吃不消。朱棣不在乎这些，既有耐力又能忍受，终于不仅学成了阳宗双鹤剑，其剑法不次于叶旺，还学得了阴宗双鹤剑，成为双剑集于一身的第一人。朱棣长得红光满面，浓眉大眼，厚鼻阔口，身材魁伟，英俊潇洒。上边的几位兄长，包括太子标远没有他那样壮美、匀称，匀称得让人看上去多一块儿肉是胖，少一块儿肉是瘦，恰到好处，称得上京师第一美男子。其超凡脱俗的仪表，落落大方的举止，令不少美女暗动芳心。

娟娟对身边经常打交道、年龄相仿的男子有自己的评价。比如认为原来准备要嫁的叶旺大哥忠厚沉勇，武功高强，有其师徐达之威。但稳健有余，稍欠虎劲儿，不如疾恶如仇的苦僧有男子之风。马云大哥敢闯敢拼，办事认真，有头脑。但有时考虑问题过于细致，不像有些人干啥都风风火火、雷厉风行的。时常对二位大哥遇事四平八稳的劲儿看不惯，甚至急得暗替他们攥紧拳头，可到头来总是干使劲儿帮不上忙。师兄李佑是阔家子弟，胸无大志，仅为自己喜欢的女人活着而已。所看中的人，还真就是朱棣，有魄力，有阳刚之气，虽比她小一岁，却处处合心。可惜那是皇帝之子，又是燕王，更有她所崇敬的徐达叔叔的爱女为妃。觉得从自己的身份、处境、遭遇和追求来看，不该有什么非分之想。因此，娟娟尽管喜欢朱棣，却一直克制着感情。朱棣纵然多次对她赤裸裸地袒露心迹，从送给礼物以及言谈话语和眼神儿的期盼中，皆表明要与姐姐成就百年之好。可娟娟根本不可能做朱棣之妾或偏妃，何况已正式遁入空门。明月长老在娟娟来北平府前还一再叮咛，就怕一时心软，把握不住，到头来只能害了自己。

然而，遗憾的是人终归是有感情的。今天，在朱棣的强大攻势下，作为年轻女子的娟娟，还是瘫软了下来。虽然嘴上拒绝，但行动上却愿意让朱棣紧紧攥着那双发烫的手，身体紧紧靠着自己，没有丝毫的嗔怒。为了平静狂涛般的心潮，过了一会儿，才语意温情地说："好弟弟，咱俩还是坐后车吧，去看看那几个东海女真野人去，他们才是需要你兴德政拯救的人啊！要记住孟子之言：'天将降大任于斯人也，必先苦其心志，劳其筋骨。'这字字要义，若能实之，才能沛然德教，溢乎四海，望弟勿在儿女情长中苟延。娟娟我夙志未践，安可贪欲？弟今膺陛下之托，幽燕域北，沃壤阡陌，岂任纳哈出之流跃马横威，心能安乎？王爷务以收北为志，以慰陛下，姐姐将竭诚不怠。"说着，双目信任地注视着朱棣。

娟娟是位才女，一席教诲愈加激起了朱棣对她的敬佩，那颗滚烫的心全部放在了难以扼制的情爱上。越看，越觉得娟娟从外表到内心皆是世上最美的女人，激动得一把将娟娟搂在怀里，深情地说："姐姐所言，字字珠玑，朱棣必终日记之，终生求之，并请助我行之。棣惟缺姐姐这样的人疼之，日思夜想，今天算逃不了啦！"娟娟急忙挣脱道："好弟弟，快快放开我！田公公就在车旁跟着，兵勇随行甚多，如不松手，姐姐何颜再出车外呀？"朱棣说："姐姐，不用担心，外面只有公公。公公知我心，也知姐姐心，其他兵勇早让公公催调到车轿前后去了。好姐姐，今天弟弟说什么都不想走开了，只跟心上人在一起啦！"边说着，边将娟娟抱得更紧，继续柔声儿道："不管姐姐怎么骂、怎么生气，反正我喜欢你。也不管姐姐愿意不愿意，我就抱着你，这是朱棣的一片心，已有年矣。我不怕任何人，即使父王为此不让当燕王了，那便成全朱棣了，立即同姐姐一起去辽东寻母，咱们生生死死永在一起！"此时的娟娟被朱棣的柔情彻底征服了，毕竟是个女人呀，正处在青春勃发时期，有感情上的需要，况且眼前在一起的正是一直深爱着的弟弟呢！她再也不能自持了，长久抑制的感情如岩浆迸发，不顾一切地反过来把朱棣紧紧搂在怀里。朱棣乘势将娟娟外罩的衣衫带子偷偷解开并脱了下来，娟娟没制止，任其所为。朱棣边疯狂地亲着，边脱着娟娟的内衣，又把早已斟好并摆放在车内小桌子上的"逍遥饮"拿了过来，自己先喝了一口，然后送到娟娟唇边，让她抿了一口。一会儿，酒劲儿上来了，二人的激情越发高涨，热血沸腾，如江涛宣泄！此刻，轿车正被九匹骏马拉着飞跑，跟随在车外的张玉和田公公边闲谈着，边催促着护兵迅速赶路。田公公好哼小调儿，骑在马上悠然地唱起了当地的吴歌：

> 日丽风和艳阳天，
> 群鹅展翅戏湖间。
> 一只白鹅潜入水，
> 激起长湖浪儿掀。
> 鹅呵鹅呵忒凶狠，
> 闹得四邻不得安。

燕王车驾十日后抵达北平，徐达率众将、群臣出城迎接，当地的黎民百姓纷纷扶老携幼地特意出来观看燕王和燕王妃。朱棣和娟娟在即将到达北平府之前，便出轿骑马而行，在城外四十里处与徐达大将军的欢迎队伍相会时，相互于马上揖礼。然后，徐达、燕王、秉仁公主三人并辔奔向燕王府，后有张玉、傅友德、朱亮等大将及田公公跟随。燕王府今天像过节一样热闹，张灯结彩，府门大开，所有的侍卫、役工、奴婢在鲍戎的率领下，跪地相迎。接着，早有燕王总管过来吩咐，将车轿赶进内宅后院儿，即元朝时的后宫。燕王妃徐氏下轿，在众女婢护拥下，进入以前元后所住之颐安宫，奴婢们将所带物品谨慎、小心地搬入宫内安置。

一切安排就绪，徐达等来到后宫，徐妃以女儿的身份叩见父亲。父女叙谈少许，鲍戎便来禀告，欢迎燕王入藩喜宴马上就要开始了，请王妃、徐大将军过去。酒席摆在原西宫宴楼，十分排场，来的人很多。除北平府的所有大小官员外，还有山东、山西、河南、河北诸地的官员前来叩拜致贺，连辽阳的叶旺、龙卉夫妇也来了。宴楼内，一片美酒醋歌，气氛异常热烈；街巷中，到处灯花闪烁，高跷、秧歌扭得更欢，呈现出十几年来没有过的万民同庆的太平景象。

徐达大将军虽年未到五十，但由于多年转战各地，日夜操劳，身子骨儿一年不如一年。时常咳血不止，有时一次能吐半瓷盆儿，令人很是惊恐和担忧。燕王担心岳父住在帅府侍从照顾不周，再三恳请移至燕王府，专拨"青晖阁"为大将军居住，徐达只好答应。住进后，除有郎中调治外，徐氏亦常来身边照顾，这是父女十数年来难得的团聚。一段时日后，徐达终因病体难支，异常虚弱，请求朝廷允准静养。朱元璋考虑北平府的重要，下旨徐大将军仍驻镇北平，由郎中调治，年终可回京师小憩，来岁再去北平府。可怜魏国公尽管重病缠身，却还需执掌北国的军政要务，直到五年后已临病危，才从女婿、女儿处，即燕王府被抬回南京，不久便诀别人世。徐达在知自己寿命不永时，竭力将燕北之事托于爱婿燕王。为了壮大朱棣的力量，除力荐一向看重的秉仁公主为辅相外，又推举张玉将军为辅臣。认为他不但深谙元裔情况，熟悉北方，而且智勇双全，能征善战，堪当此任。接着荐贤朱亮将军为副总兵官，说他了解燕山形势，为人耿正，对主子忠诚，有助于燕王的大业。这之前，徐达曾将自己信任的两位心腹爱将，一位是华云龙，一位是何文辉推荐给朱棣，先后受皇封为燕王府左相，可惜皆在燕王入藩前相继去世。华云龙之死，前书已经说过。何文辉病于洪武九年春，被召回南京后，卒于那里。从此，燕王府诸事则由徐达亲自兼理，秉仁公主辅相协助经略。燕王就藩，徐达见他能把娟娟带来，又知道是真正喜欢，心甚安慰，遂嘱咐二人道："北平非独有燕王府，还要统辖黄河以北诸省，勿顾此失彼。北疆安固，则大明安适；北疆小乱，则天下难顺也。"徐达的话，说明了北平府的重要军事地位，正符合朱棣之所想。他早就暗下雄心，南有父王皇帝，北有儿子燕王，天下可稳固矣。

一日，徐达躺于卧榻，徐妃为父亲喂饮羹汤，朱棣在一侧相陪，娟娟前来探视徐大将军，坐在另一侧。徐达忽然考问朱棣和娟娟："儿等洞观形势，燕北近期可有兵事乎？"朱棣道："本王初到燕北，不可揣测，请秉仁公主说解。"娟娟道："以我观之，兵事必来，不可不防。"朱棣闻听此言一惊！刚想细问，徐达抢先问道："缘何？"娟娟回道："徐叔叔请想，而今燕王初到北平，元兵残部仍在燕北跃马，必乘势奇袭，以示元人在此，岂让尔大明朝的燕王高枕安眠哉？以娟娟之见，应先发制人，奇袭燕北元兵，以削其势，将必偃旗北遁。"朱棣拍手称赞，情不自禁地把娟娟搂住，笑着说："好姐姐，行啊，你也似我岳丈魏国公啦!"娟娟脸一红，轻轻推开了弟弟，没说什么。徐达冲朱棣说："孩子，别闹了，娟娟之计正合我意。好哇，一拍即合呀！我已命傅友德做好准备，待抓住时机，率兵扫北，剿永平、灰山之元敌。"果不出娟娟所料，冬日，还未等傅友德率兵出征呢，元兵残部突然南侵。由于徐达、娟娟早有防范，傅友德、沐英等大将奋力迎击，使敌手不仅没占着便宜，反而于洪武十四年春，被傅友德部占了大宁东北的灰山。沐英在此战中，也取得了很大的胜利，元兵只好偃旗息鼓，向北遁去。

燕地安宁后，徐达让朱棣乘机扩大自己的地盘儿，主张将辽东纳入燕王管辖之下。为什么呢？朱元璋在洪武三年和十一年两次分封诸子为藩王时，将全国重要地域都交由皇子们去驻守，认为可以稳固国基，惟独辽东未有藩王控制。直到洪武二十五年时，朱元璋才将韩妃所生之子、已分封到卫、即河北大名府一带的十五子朱植封地移至辽东，此乃后话。正因为当时辽东仍无归属，所以，徐达便让爱婿插手辽东。占了辽东，燕北就有了巩固的后方，其人口、地利皆甲于西北诸地。可见徐达是很有眼光的，不愧为右丞相，为燕王想得十分周到。

朱棣颇有君临天下的王者之风，尽管年轻，又是刚刚来到北平就藩，目光却远远超出了幽燕之地。按照岳丈徐达的嘱咐，在秉仁公主的帮助下，首先对辽东之地展开了攻势。他知道，控制了辽东，既有渔人之利，又有不尽的兵源，盈实武库，幽燕必成强中手。当把内心的想法同娟娟讲了之后，娟娟毫无二话，表示一定诚心诚意地相助。她现在同燕王已非一般关系，此时就住在燕王府，日夜与朱棣厮守在一起，情意绵绵。娟娟的内心很矛盾，觉得对不起徐叔叔和徐妃，可感情这个东西有时是自己左右不了的。燕王酒后常与娟娟忘情私语："姐姐，本王心在东海。得东海，得兵财之源，天下在手矣，姐姐必当为后。"娟娟总是制止说："好弟弟，勿胡言。力行寡言，天人一心，可也。"此话讲得挺深奥啊！

各位阿哥，朱棣后来真的君临了天下，可以说非一时之功，也非一人之功，有不少人帮他。就拿此次对辽东的攻势而言，前书我们讲过，燕王从京师带回了乌勒甘老玛发等四个女真人做燕王府的听差，现在派上了用场。朱棣让他们带着拨给女真人的钱和粮，回到东海，娟娟、叶旺、卜家奴亦随同前往。到了故乡后，经乌勒甘老玛发等四人的说服和娟娟他们做了大量的工作，终于在洪武十五年春，于雅兰地方建立了雅兰卫。它是大明在东海的第一个地方政权，标志着南部的广袤地域已控制在朝廷手中。过去，西海岸北部约色河一带无人管理，究竟有多少部落、多少人口全不清楚，可以说是朦胧之地。通过走访，将散居在山中、经年以渔猎为生的五十余个大大小小部落的千余口人全部划入了大明户籍，并对这些地方做了较详细的记录。

娟娟受燕王之召返回北平府后，叶旺、卜家奴不顾艰辛，又率人从东海岸苏昌河河口顺海岸线北上，经雅兰河、希鲁河、呼野革河、赛金河、塔那河上溯到伊曼河源，行程七八百里，沿途访问了女真野人诸部。他们原来生活得十分闭塞，有的根本不知世上是何朝何代，从未见过官府之人。山野部落的子子孙孙，朝发夕归，渔猎为食，老死少生，循环往复而已。而今，叶旺、卜家奴在这些地方建起了东海驿站。从绥芬河、瑚布图河，越过锡霍特山西麓到东麓，约三百余里之遥。山路崎岖，马、狗、舟船皆不好行，只能步行。每隔三十至四十里设立一个步站，互相击铁相连，传报信函，以人背篓儿徒步往来。从苏昌河西行，沿海边儿进入晒鱼湾，再进入珲春恤品路，于那里设立了珲春恤品卫。自洪武十三年至洪武十五年夏，由于派去的四位女真人和叶旺等人的努力，使东海女真人与内地辽阳、北平府的关系越来越密切。还因建卫、设立驿站、步站，所以朝廷对当地物产、习俗、各部落的历史、生计、户籍都有了较详实的记录。元代时只是概算，没有做过认真的调查，并且很多地方始终无人管理。目前不同以往，大有改观，真正使东海南域进入了大明的版图。

叶旺考察之后，带着那四位女真人专程去北平府拜见燕王和秉仁公主辅相，将几个留于燕王府当差的女真人交还之，并把所得到的情况一一禀奏。二人听后大喜，设宴款待。因朱棣生性好动，故而自离宫以来，犹如出笼之鸟，早想尽情飞翔，到各处周游，开阔视野，广览天下名胜。今听叶旺谈到东海风光，不由得生发出心驰神往之望，在席间突然提出："好哇，本王愿同秉仁公主、叶旺将军同赴北域东海。以前去过浙江之东海，然未到过辽东之东海，到那儿巡游一定其乐无穷也！"叶旺害怕呀，护王远行一旦有个闪失可怎么得了？一时不敢应承，便瞅了瞅娟娟。娟娟多聪明啊，明白叶大哥的意思，是在征询自己的意见。她心中始终惦记着寻母之事，由于回北平府后，一直被朱棣缠着，故未与田田弟弟联系，当然不能成行，只有暗自着急。此刻一听燕王提出要巡游东海，心想："若能随同北去，正好对母亲的踪迹可详查个究竟，是个好机会。"于是欣然同意道："叶旺大哥，放心吧，燕王北上有兵马护卫，不碍事的。路上最好着民装，要严加守密，使知晓者越少越好。皇帝之子亲临东海巡游，前所未有。本朝有此一举，可谓朝廷对北疆的眷顾，乃国家隆兴之表现，东海之福祉也！"娟娟的一席话，说得朱棣心花怒放，忙道："就这么定了，按秉仁公主之言，一切听姐姐的安排。"叶旺听后，琢磨着燕王要带兵马、侍从，又扮妆前往，有辅相陪同，估计不会有大事，便放心了。

洪武十五年春四月，朱棣挽留田公公迟回京师两个月，令他照应好后宫诸事，特别是王妃的食用等项马虎不得。还嘱咐妻子要多多保重，带好孩儿，精心侍奉父亲徐达。又交代张玉主管战事，鲍戎统管库用，朱亮仍镇守燕山。然后便在众兵马的护拥下，由辅相秉仁公主和叶旺将军陪同，带着两个当差的东海女真野人其黑纳和西郎哈，悄然离府，向山海关而行。

燕王这次北上，化名为祝公子。娟娟和叶旺皆武士装扮，外人看去，只道是富家子弟外出远游。一切就绪，下令起程。刚至城门，突接京师急报，马皇后痼疾又起，急求北域殊角治热症。朱棣心想，去东海正好可采收殊角，回到京师献给母后。一队人马不停地疾行，很快到了辽阳，打算小歇几日。娟娟趁此机会，去叶旺家中看望龙卉。见她虽然有了五岁的女儿，比龙花的孩子小，由奶娘照看，但还是那么苗条、修美，一点儿没变。娟娟自是高兴，忽然想到龙卉原来就住在东海，对女真人颇熟，何不请她同行？忙将想法一说，龙卉特别高兴，早想故地重游，叶旺当然同意妻子伴随娟娟了。

此间，娟娟陪同燕王巡视了辽阳府衙。如今的辽阳卫比当初有所扩大，为加强治理，朝廷早降旨卜家奴、巫顺升任辽阳副都指挥使司同知。他们一见燕王来府，马上大礼参拜，而后卜家奴禀道："前些日子，田田和岳索图二位将军不顾纳哈出的反对，齐心合力把站赤的管理权拿到了自己手上。这样一来，辽东的所有站赤，已完全归属大明，纳哈出只能龟缩在金山一隅了。"朱棣很是满意，笑着说："好，干得不错！"娟娟乘机有意向燕王讲了田田弟弟的另外一些故事，朱棣兴致勃勃地听着，越听越喜欢田田的品德、为人和武技，或许是爱屋及乌吧，那是从心里亲近。于是对娟娟说："田田将军是熟悉北方诸部的传奇人才，天上难找，地上难寻。真想请他来北平府，本王将聘为谋士和辅臣，只盼能早早见到才好。"娟娟听罢，爽快地答应下来，说道："好弟弟，放心吧，田田将来一定会成为你的重臣。不过眼下还不能如愿，因为已令他在金山驻守一段时间，待皇上降旨最后解决金山问题时，需和岳索图大哥与我们里应外合办好军务大事。你不用着急，等从东海巡视归来，姐姐让田田、岳索图一并来叩见燕王就是了。"朱棣边听边点头答应着。这时，站在一旁的巫顺向燕王叩请能否将自己的胞弟巫利也收下，娟娟赶忙介绍道："巫利是元朝站赤的首领，生于北方，熟悉女真语，实为不可多得之能人也。"朱棣信任娟娟，啥话没说，慨然应允了。从此，巫利便从乌蛇岭驿站的一个小头领，一下子升进了燕王府当差，可谓一步登天哪！巫顺激动得跪地代弟弟叩谢王恩，然后立即命人传巫利。现在的巫利确实不同以往，受兄长巫顺的影响，不少劣迹早已消除，俨然变了个人，成了稳健、成熟、干练的大将了。来了以后，为表示被王爷重用的感激之情，用八担弓在苑中射了一头鹿，供燕王一行人享用。朱棣看了甚喜，封他为燕王府武备，即备御职，管理军旅。其家口暂不动，待燕王归返北平府时，再带着一同前往。此次燕王北行，巫利随之，以备御身份护驾。

　　看罢辽阳，燕王一行向东海进发，其黑纳和西郎哈走在前面做向导。其黑纳回过头来问燕王："王爷，东海很大，想去巡游什么地方啊？"朱棣说："本王跟着你们走，这样吧，先到你俩原来所在的部落看看吧。"于是，二人便带他们去了东海锡霍特山下赫思痕部所属的一个小分支——艮兑部落。

　　艮兑部落的部落长叫艮兑妈妈，是位年轻的女首领，部落的名儿就是根据她名字而起的。该部落仅有四十多人，皆在山旁的高阜之上挖地而居。地屋很有特点，房盖儿上面有门，以木梯通行内外。屋子的里面依山势筑有地仓，弯弯曲曲的，不怎么宽，约两人深。四周用石头垒起，再墁以泥草，很是坚固。多口之家的，住三室相连的地仓，小家子的则一室一仓。室内有炕，于地中间的坑中笼火，烟从顶部开之洞口儿而出。冬日全住这样的屋子，尽管外面雪厚数尺，地下却暖烘烘的，光裸着身子都不冷。春末之后，天渐渐转暖，人们便从地屋迁到于高树上搭建的树屋居住。所谓树屋，即在树上盖起的小房，有单体式和连体式的。从远处看，像鸟巢一样，不过比鸟巢要规整得多，也大得多。林海深处，树木密集，将树头削掉，就可一个连一个地接连搭建起十几间相通的连体树屋。特别是在密度大、跨过山岭的丛林中，更方便搭建高低有序、大小有致的连体树屋，看上去十分壮观。树屋搭建得高低，主要取决于树基，即树干有多高。树高则室高，树矮则室矮，参差错落，起伏于山林之间。它是用各种树皮、皮革、草编而成的，色彩斑斓，颇为美观。人在树屋中居住，既防地下的虎狼，又防潮湿，夏天凉爽、干燥，不生病。树屋之外，悬挂着乌头等草药，可防蟒蛇袭扰。每个树屋都有悬梯，供人们上下时用。悬梯有两种，一种为软梯，如吊杆儿、吊绳儿等。一种为硬梯，搭在固定的地方，如楼梯一般。每当夜深时，把软梯收到树上，免得野兽或歹人爬上去，早晨用时再放下来。

东海女真人多居住于依山傍水的地方，树林里的野兽多，水里的鱼也多，多到一瓢可以舀上十几条，大鱼的骨头还可以盖小屋用。生活环境决定着他们以游猎为生，狩猎捕鱼，兼采人参。养狗亦很有名，因除了狩猎用狗之外，冬天山道里须用狗橇作为交通工具。所穿之服装多用兽皮、鱼皮缝制，鞋有用兽皮做的，有用鱼皮做的。不论男女，皆喜穿长袍儿、短裤，外有套裤，脚登鱼皮温得。妇女围头巾和胸巾，戴一对儿大耳环或双耳环，男的戴银环和鼻环。在锡霍特山里居住的女真野人爱好文身，身上文有各种式样的花饰，并将用针刺过的皮肤表面染上颜色，终生不掉，以表示自己的信仰和观念。

当燕王一行走近艮兑部落居住地时，其黑纳、西郎哈分别拿起木棒和石块儿，边走边噼噼啪啪地敲击着树干。往林子里走得越深，敲得越响，而且不断变换着各种声音。与此同时，还双手捂着嘴，发出一种尖厉的叫声。燕王询问其意，其黑纳解释道："禀王爷，这是暗号儿，本部落的人听到后，就知道我回来了。不然的话，族人很可能从哪棵树上，或者哪个洞口儿、哪片草丛中冲出来，张网或射箭，把咱们当成坏人抓了，甚至毫不客气地杀掉。"说完，敲击得越来越紧，声音越来越大，并一声接一声地呼叫着。

忽然间，只见从林海四面吵嚷着冲出数十名女真野人。有的手拿木棍，木棍的一头儿用皮条儿绑着木槌儿、石斧、石矛，有的拿着用铁磨得锃亮的大刀、短刀，也有手握石匕首、骨匕首的，个个耀武扬威。当他们看到了其黑纳和西郎哈时，纷纷争抢着上前搂抱着，大声儿吵叫着，听不出说的是一种什么语言。相互间还抱着啃咬耳朵、脸蛋儿、下巴颏儿，不停地蹦着、跳着，不知怎么乐好了。那个亲劲儿呀，让谁看了都得目瞪口呆，而且会不自觉地跟着咧嘴笑。巫利告诉燕王："他们是在问候呢，打听二人是怎么回来的，以为早让虎狼给吃了呢！还说今日能见面，真是大喜呀！其黑纳正在向族众介绍来的是何人以及那些天的不幸遭遇，怎样受苦、怎样遇到好心人帮助等等。并说眼前的这些人心肠好，是朋友，全仗他们把我们十几个人救了出来。"由于有其黑纳、西郎哈的引荐，女真野人对朱棣等人的态度甚为友好，主动走到跟前表示欢迎。他们也不知道什么王爷呀、公主哇，只是叫着来人的名字，对外来的朋友同样连抱带喊的。巫利见此，赶忙用女真语阻拦道："轻点儿，轻点儿！我们的公主体格软弱，可经不起使劲儿抱呀！"人家根本不听，不管是男是女，就是个抱啊、跳啊、叫啊的。娟娟早在乌蛇岭蚰蜒洞见过女真野人，也体尝过这种热情，因此并不觉得有啥不妥，由着他们。女真野人就这样碰来撞去、搂来亲去的，越跟他近，越觉得你的心都交给他了，没藏心眼儿，便越发高兴。

大家相互簇拥着，很快来到了一个地方。此处林深且茂密，绿荫蔽日，树上排列着整齐的树屋。地下是个平场，有几个火塘，支架上正吊烤着狍子、鹿和野猪、野兔呢！草坪旁有个用石头堆成的小水池，将从山上流下来的潺潺泉水储存在池子中，作为餐饮、洗漱之用。草坪的另一侧圈了三个围棚，围棚里分别养着马、牛、羊、鸡、鸭，很是齐全。山泉旁边开出的小片儿荒地上，种着各种蔬菜，有白菜、野芹菜等。在一山坡儿处，可见用树枝围成的茅厕。看来，这便是该部落的居住地了。燕王、秉仁公主和随从全是头一次来到艮兑，对处处都觉得新奇、可爱，兴致蛮高的。他们看到各家的生活井然有序，根本不像传说的那样散乱不堪的，只是居住地不同，生活上的规矩、习俗不同而已。还看到，靠西面有个地方矗立着高大的树桩，上面刻着各种各样的动物和人的头像。朱棣很好奇，遂让叶旺问一问高高的柱子是做什么的。叶旺马上走过去向那些人打听。其中一个人告诉他："那是艮兑部落桩子，也就是祖先桩，部族的象征。上面刻的人像是部族各代的女罕王，族人年年祭祀，杀生时，须往桩子上抹兽血。"面对代表世族标志的桩子，仔细一想，的确觉得很神圣。桩子的下方堆着不少动物的骨头，有牛的、羊的及各种兽骨，显然是祭祀时上供用的。供上的是整只动物，时间长，肉烂没了，剩下的自然是白骨。

朱棣、娟娟等人走进了一座小泥屋，见里边放着女真野人自己造的石磨，用来碾米磨面。屋外的树上拴着皮绳儿和草编绳儿，绳儿上晒着一排排的肉干儿，在太阳底下呈暗红色，有亮光。正到处观瞧时，传来话儿了，说部落女罕请客人到树屋问话。

其黑纳、西郎哈领着燕王一行从硬梯攀援而上，见各树屋之间，有天桥相通。所谓天桥，即指这座树屋同另座树屋之间，用圆木铺成的甬道。为行走安全，甬道两侧钉有扶手。因为树很高，从直上云天的树上往下看，又是山岭又是山涧的，眼晕哪！妇女和小孩儿便把着那些扶手前行，就不至于害怕了。到了夜间，也可防止由于天黑，不小心一脚踩空或风大掉下去的危险。可见女真野人对所生活的环境可能发生什么意外情况考虑得很是周到，对不安全因素能防患于未然，看着这种由此而产生的极为实用的设计，怎不令人敬佩！燕王在上面走着，真像到了另一个世界，觉得新鲜，更感惊奇。难怪呀，像朱棣等皇室里的人，从生下来整天住在深宫里，哪里能想得到会别有洞天、一个与自己的安乐窝完全不同的生活处所呢？娟娟、叶旺也是头一次登上树屋，看着这一切，同样大开了眼界。进了树屋里面，见四周多以兽皮、鸟羽装饰，在充足的阳光照射下，显得五光十色，格外美丽。铺的坐的十分松软、舒服，你道为什么？原材料皆为皮子，那能不暄腾吗？门多以草编或皮张缝合，门钉儿一色是木头磨制的，门帘儿则用皮条儿拼就而成，挺严实，可以防风。

　　女首领艮兑妈妈热情地将大家请到自己住的房子里，从她颈下所戴的野猪牙看，年纪不算大，约三十岁上下。头上戴着鸟羽翎翅的彩冠，冠顶儿镶有一个大珠子，中间乃鲸鱼的眼珠儿，外圈儿用红宝石镶嵌，为女罕所特有，是权利的象征。身上穿着猞猁皮的大披衫，脖子上、手腕儿上戴着珠串儿。耳朵戴着金环，并且是两个环儿套在一起的双金环，金灿灿的闪闪放光。旁边侍奉她的侍男，耳、鼻均戴耳环和鼻环，光着的身上有彩绘的文身，腰间围着用皮子做的花饰围腰。从远处望去，好像全身缠着彩绸一样，非常好看。侍男们年龄不大，十七八至二十岁之间，有不小的权力，在部落地位很高。从不出外打猎、捕鱼，只有一个差事，就是侍奉女罕。巫利小声儿告诉燕王和秉仁公主："这些人全是女罕亲自挑选的爱男，夜晚与她同眠，白日护侍于左右。他们所生的子女，均由指定的人带到另一树屋或地室抚养，长大便是部落的人。可以说，部落中的男女多是女罕所生。女罕到了一定岁数，身子骨儿不支了，要将她请下台。不愿下的，就毫不客气地往下轰，再选部落中聪明美丽的年轻女子为罕。女罕的选定多经角斗和征杀，每个女罕都有一伙儿人，待战胜对方后，立为罕。因此，次次动荡，部落皆有生死之争，两三年后才能渐渐平息下来。这位艮兑女罕已在位十二个年头儿了，共生十个孩子，七儿三女。她吃得好，穿得好，睡得好，只管生育。北方虽冷，但婴儿由于适应了北地的寒气，冻不死，成活率很高，惟一怕的是瘟灾。不过山中人少，一般不与外地联系，瘟灾并不多见。"巫利讲得津津有味，朱棣和娟娟像听故事似的抻着耳朵听着，生怕漏掉一个字儿。

艮兑妈妈与人的见面礼很是奇特。凡自己部落的孩子见到女罕，要跪下叩头，然后跪爬到女罕面前，轻轻用额头碰一下女罕大乳房的奶头儿，象征是孩子来亲亲妈妈。外来的客人则要俯身过去，用手轻轻摸一下女罕的奶头儿，表示对妈妈的崇仰。东海女真野人之"乳礼"，不但很讲究，而且高尚、尊贵。在年轻人中，若是男子用手轻轻托一下女子的乳房，意思是求爱；若是男子用手指轻打一下女乳，则表明不喜欢这个女子，便各走各的道儿；如果女罕或年轻女子与男子见面后，故意用树叶儿、皮革、羽服等把自己的乳房围上，意为所见之人并非心心相印，或对其敌视、蔑视；妇女若在众男女面前公开袒露摇晃乳房，则表示对所有的人都亲昵无间，没有隔阂，信任备至。

燕王、娟娟等人对女真部落的这些礼俗十分尊重，当来到艮兑妈妈面前时，亦俯身致意，旁边的其黑纳向首领——介绍客人。女罕高兴地站了起来，让所有拜谒她的人，分别轻轻摁了一下自己那两个高耸、丰美的乳房，并笑吟吟地点头示意回礼，嘴里不住地说："葛莫安巴乌勒滚①！葛莫安巴乌勒滚！"然后坐了下来，再招呼客人坐下，随之捧出装有榛子、山里红、灯笼果的托盘，请各位品尝。又献上了各种肉干儿，如狍子干儿、鹿干儿、兔干儿、鹌鹑干儿、鱼干儿、蟒蛇干儿等，让大伙儿边说话边嚼。肉干儿是怎么做成的呢？先用盐水、花草水、桦木水、椴木水、槐木水、番草水等浸泡，之后于阴凉处晾晒。待干得差不多了，接着用野番椿、野芹菜、麝香等进行第二次浸泡，放到地窖中存放一年取出即可食。不但能饱腹，而且清香可口又不硬，吃而不腻，嚼而不厌，口中香气久久不散。

东海女真野人部落的特殊吃法，令燕王等人大增了胃口，从心底里喜欢锡霍特山里的人和这块儿质朴淳厚的风水宝地。朱棣看女罕手上戴的金戒指挺特别，忙问从何得来？女罕答过之后，再由其黑纳翻译给燕王听。原来东海各个部落所需的日用百货和金银首饰是从三条渠道进来的：一是将本地产的貂皮、狐皮和土特产向元朝大都或金山纳哈出进

---

① 女真语：都大喜。

贡，他们则赏赐一些日用品或金制品；二是族人带着本地之皮货、土产，到辽阳集市以物易物得来的。女罕手戴的金戒指，就是三代女罕温温妈妈从开原金店用二百张猞猁皮换的，临死前送给了她；三是有些尼堪贩郎挑担子或赶着马车进山叫卖，能买到诸如针线、发卡、木梳、刀、剪、布帛等物。女罕旁边的男侍说："对以物易物的做法，因为我们不会算，所以很亏账。大明朝的都城南京离我们部落太远，一个来回要用几个月，走不起。大都，即北平府倒近些，月余便能往返一次。可是现在世面儿挺乱的，盗匪又多，不敢离家到处走。何况金山纳哈出大帅还设了不少巡逻兵，若是碰巧遇上他们，就得被囚禁、关押或收为他的兵勇，再也回不到部落里了。"女罕补充道："我们这儿特别缺铁器用具，像什么铁盆儿、铁锅、铁勺儿、铁叉、铁锹、铁镐等，只是山外的尼堪或多或少有一些。可东海人很难弄到那样的宝物，要想得一件，得用上几十张貂皮加几张虎皮、豹皮换才行呢！"朱棣边听，边若有所思地点点头。

唠了一会儿，女罕领着燕王、秉仁公主等人下了树屋，走到泉水边，那里有几个大白石盆。是怎么制作的呢？很简单，就是把大石头的中间凿出凹形，这便成了，称之为石盆。可以用来盛水，很重，几个人合力都抬不动。有的是把小块儿石头四周凿一下，成为半圆形后，接着凿里面，打造出盆形，也名曰石盆，需两个人能搬得动。用来做饭的家什更有趣儿，是将一块石头经过两年多的日日磨凿，凿成大锅样儿，称之为石锅，上面没有盖儿。把它放在用石头和泥土垒的灶上后，从此再不搬动，下面升火。用石锅做饭或煮肉、烧水，得烧好几个时辰才能热，煮出的肉半生半熟的。通常情况下，女真野人吃生食，食生米、生肉、生鱼的习惯，与他们的生活条件有很大关系。再说凿石锅那是个慢功活儿，要有耐性，一点儿不能马虎。若操之过急，石头易于断裂，就得重新凿，需再选石料，很麻烦。在部落里，凿石锅算是个手艺活儿了，一般人还真干不了。选石、磨石、凿石、看石纹均有讲究，古代人有古代人的特技，不是所有的人都能干得来。燕王见到这一切，不只是长了见识，还对女真人的生活艰苦深表同情，感慨地向女罕说："本王知道了你们的苦处，待回去以后，会想办法弄来一些锅碗瓢盆及日用百货的。一定能帮助大家，使族人的日子尽量过得好一些。"娟娟转过头来同朱棣商量："等把纳哈出制服后，咱们可否在各地驿站设商货点，按时供货。最好于春秋两季办'谙达卖'大集，以便互通有无，以物易物。"朱棣当即点头表示赞同，艮兑妈妈笑着说："要是那样敢情好了，族人还不得盼星星、盼月亮似的盼着大集开张啊！"朱棣说："本王记在心上了，放心吧，这一天会到来的。"

接着，女罕又向燕王等人讲了一件令人痛心的事儿，当知道龙卉也会女真语时，便请她来给翻译。女罕说："这件事儿男人讲不清楚，只有女人才能说得明白，是本部落三代女罕温温妈妈的故事。温温是因为难产而死的，死时只戴二十七颗野猪牙。"女罕此话是什么意思呢？东海女真的女人是从一岁时戴第一颗野猪牙，每增一岁加一颗，说明温温妈妈只活了二十七个年头儿就死了。她接着讲道："温温妈妈不但貌美，而且特别能干，把部落治理得井井有条，威望很高。她有身孕后，初期还挺高兴，可到夏天该生孩子的时候，却是难产。由于天气炎热，族人将她赤身裸体地抬到树荫下，折腾了好长时间，憋得嗷嗷直叫，怎么也生不出来。在锡霍特的山林中，上哪儿弄催生药哇？再说现采不赶趟啊！女真部落有个规矩，罕王有难事儿，人人必到场。部落的男女老少全来了，纷纷跪在地上，祷告众神保佑。由萨满跳神击鼓，族众围着女罕含泪高唱，祈求神祇给以力量，护佑孩子能够顺利降生。可是不管族人如何不停地唱啊、跳呀、喊哪、叫哇，还是不成，一点儿没帮上忙。她躺在草编的软席子上，腹部鼓得高高的，不少男侍跪在地上，用手给揉着肚子。有的还摁着她的两条胳膊和大腿，帮助使劲儿，怕疼得忽然坐起来到处乱跑。大家声嘶力竭地为女罕加油儿，安慰她，鼓励她。女罕使出了全身的力气，阴门已张得很大，仍然不见婴儿的头。族中的老人看她那痛苦的样子，真是心疼啊，便去劈石片儿。大伙儿从最薄最尖厉的黑石片儿中，终于找到了石刀，并用石刀划开了女罕的肚皮。随之只听嗷的一声，疼得她昏了过去，鲜血四溅。孩子是取出来了，可怜的温温妈妈却离开部落走了，永远地走了。"讲至此，女罕已是满脸泪水了。朱棣也眼含热泪，关切地问："那个孩子在吗？"艮兑妈妈说："在，在，就是我身边的'小都都'！"大家一看，眼前站着的是个长睫毛、红脸蛋儿、大眼睛、头上扎个钻天椎儿、脖子上戴着五颗野猪牙的小女孩儿，看来三代女罕温温妈妈已经去世五个年头儿了。当听大人们说到她时，赶忙躲到了女罕的身后，胆怯地探出个小脑袋瓜儿，吃惊地瞅着这些陌生人。娟娟很是喜欢，走到女罕跟前，蹲下身来，把小姑娘抱进怀里。艮兑妈妈叹口气说："咳，当时要是有铁或有刀，温温妈妈就不会走。那是我们部落的英雄啊，直到现在，大家始终忘不了她呀！"

艮兑妈妈领着燕王、秉仁公主等人来到了部落氏族的墓地，看到在一根高三丈、刻有虎头、百鸟的大原木的图喇柱下，有数百个坟包儿，每个坟包儿上插着佛朵。坟包儿后是用石头砌成的长方形墓穴，墓穴里面有的是僵尸，有的是白骨。据女罕介绍，墓穴里，有些是死在部落中，点火焚烧后，将尸骨放在里面；有些是死在野外，把尸骨捡回来再放到墓穴里。一代女罕因到处征战，尸体早已无处寻觅，所以为她建了一座只有个鹰头的空穴。里面所放之白骨不是人骨，而是族中人为上供祭献的百禽及猪、鹿等百兽，年久肉烂没了，只剩下白骨。二代、三代两位女罕死后，行了天葬。即树起高木架，将尸体陈放在架子上，以接受太阳光的恩赐。尸体全部腐烂之后，说明神灵已经收留了她的魂灵，再将其白骨如数收入石墓之中。艮兑妈妈指着部落的图喇柱说："此为鹰头椿，柱子上的两只鹰眼睛，是取两位已故女罕每人一块儿腕骨做成的。它象征着女罕仍在指引族众披荆斩棘，共同战胜天灾人祸，努力开拓生存之路。"这时，朱棣看到在墓地一侧有个白骨屋，便好奇地走过去观瞧。女罕告诉他，那是将上千块儿骨头用草与柳条编串成的尸骨房子，又称骨骸楼，是用本氏族部落同外氏族部落历次争斗中被杀死的人骨搭建起来的。其中，两次争斗都是为争水源、争山头儿而起，部落的人死伤甚惨。为了纪念死去的族人，大家分头把尸体抬回来，将其颅骨放在房脊上，其余的骨骸填充到房子里，建起了骨骸楼，也是氏族的大坟地。骨骸楼还在不断扩大，因为当时有些人并未找到，后来才陆续找回来了。女罕手指着另一处方圆很大的尸骨坑说："那个坑埋的全是仇人部落的骨骸，有的是在争斗中被我们杀掉的，有的是被掳来囚困、死后扔到尸骨坑里的。日积月累，坑越挖越大，逐渐变成了今天这个样子，是秃鹰、野狼常常光顾之地。"众人见尸骨坑的骨骸横七竖八地摞了一层又一层，已快把大坑填满了。

经了解，艮兑妈妈的部落只是个小部落。在锡霍特山中，像这样的部落能有几十个，相互间有的有联系，有的根本没联系。每年春秋两季，有联系的部落都在山里举办部落间的交易，规模不大，互换食品、衣物，互通有无。还有的部落间常有"谙达"聚会，即朋友之间的聚会，男女老少皆可参加，有摔跤、射箭等竞赛。更重要的是男男女女有机会在聚会上相识、沟通，进而结合。当时，有些女真部落的规矩是，本部落的男女不能结婚，只能受外部落的礼聘。故此，形成了不少舅舅部落、姑姑部落。

在"谙达"聚会时，不同部落的男女相互中意者，可以在大地野合。野合时，在住处外面悬挂野花儿束或柳树圈儿，别人见了，便不会打扰，氏族也不得阻拦。并说这样的结合，生下的儿女聪明健壮，能使部落丁口兴旺。燕王问女罕："我看你们部落的人丁不多呀，怎么能有这么多的骨骸墓，还有外部落人的许多骨骸呢？"艮兑妈妈说："锡霍特山是我们祖先部落之地，前边八里远有个大山洞，叫赫思痕洞窟。本部落的人在那里已经有百余年的历史了，部落的名称即是'赫思痕'。这个洞窟附近有些有毒的大黑蜘蛛，因部落的人已与毒蜘蛛相处十几代了，所以也就不怕了。山中风光好，猎物多，战事少，可以安居乐业。那还是三十多年前，来了一支元朝的马队，约有上千匹骏马、万余兵丁，说是为抄剿逃进锡霍特山的女真人。这样一来，原来住在此地的东海女真人可遭殃了。元兵大肆烧杀抢掠，掳去了部落两千多人，如果不是迅速逃进深处，更多的人很难躲过那场灾难。大家见元朝马队走了，又纷纷回来了，收拾了本部落族人的尸体，并找到附近一些分支部落被杀死的人，堆积起来，才有了今天的白骨堆。赫思痕妈妈是我们部落的主支，眼下在伊曼河一带。于北方离这儿四百多里的地方，还有分支部落，女罕叫萨勒奴妈妈，住在海滨，我这个部落只不过是其中的一个小分支。元朝可把东海女真人害苦了，被驱赶得四处逃散、背井离乡、苦不堪言哪！"娟娟、叶旺、鲍龙卉、巫利等听完女罕的讲述，方知艮兑妈妈的部落，原来是萨勒奴妈妈的晚辈部落。

前书说过，娟娟、明月长老、叶旺、李佑等曾在乌蛇岭见过萨勒奴妈妈，娟娟便问："艮兑妈妈，去看望萨勒奴妈妈该怎么走？"女罕说："要是从山里走小路，十多天差不多能到。听说萨勒奴妈妈已经过了大岭、到伊曼河河源去了，如果真是那样，得用一个来月的时间才可能寻着。我们已跟他们断了联系，再说相互间隔得太远，各占一些山头儿、一片海边，自谋生路。又由于金山纳哈出常来袭扰，只好各顾各、自保自了。"艮兑女罕是个热心肠儿，尽管并不清楚来的客人都是什么身份，只知道是自己的孩子其黑纳和西郎哈作为朋友引来的，就认为肯定可靠，也才一五一十地把所知道的情况全部做了介绍。岂知女罕只是出于率直，说者无心，听者却是有意。燕王从她口中得知了东海女真人的生活状况后，马上产生了应该实施救助的想法。等回到北平府后，准备一一落实，以示对艮兑妈妈盛情款待的感谢。

艮兑妈妈待客尤为热情，特命族人捕来三只鹿，又从乌苏里江上游网了二百多斤重的大勾辛，用烤香汁鹿脯、生鱼丝以及自己酿造的果酒、鹿奶酒款待来客。燕王在宫中早已吃腻了百样菜，也是平生第一次到北疆东海女真部落享用当地的佳肴，过去从未看到过、亦未听说过、更未品尝过又肥又嫩的大勾辛生鱼丝。对此道菜的做法尤感新奇。只见女罕命七八个人抬来一个用大块石头凿刻成的石凹，将切好的生鱼丝倒进去，再放里十几种山野菜，还有什么野香料、野花蕊、野蜂蜜、野酸浆等，又加进些东海人自己熬制的海盐一起搅拌，这便成了。入宴时，大家围着石凹席地而坐，旁边篝火熊熊，边烤着鹿肉边喝着酒，随意而餐。姑娘们在大家吃喝之时，围着篝火跳渔舞、猎舞，唱起粗犷的献酒歌。男人们则拍手击节，时不时地高声儿狂呼，气氛异常热烈。朱棣面对此情此景，高兴极了，实在按捺不住激动的心情，不禁跟着高声儿唱了起来。后来逢人便讲："那次在东海，艮兀妈妈的款待，是我二十多年来吃过的最香最美的一顿佳肴。"称帝后，曾把东海女真野人请到宫中，专门为他做女真野宴。

　　燕王朱棣和娟娟一直挂念着病中的皇后，知其需要殊角治大热。殊角即海象牙，海象产在北冰洋及堪察加的北海中，只在冬季捕猎时才能得到。艮兀女罕听说以后，很是热心，一定要与他们同去海滨，帮助弄此物。她说："你们是外来人，去了未必能行，我可以在那里的部落中搜集到。"为去海滨，女罕命人牵来马鹿。经过了解得知，这些马鹿都是从小捕来自己驯养的，跟人相当熟了，一吹口哨便会跑来，可以乘坐。生性喜啃地上的碱，爱吃盐，只要给它一点儿盐，就跟你亲近。惟怕生疏的人，见生人立刻跑走，越喊越逃得快。马鹿善穿林越涧，能上山，行动迅速，比马灵巧。体魄健壮于梅花鹿，其驮载能力亦远远超之。由于特别适于山区骑用，故而东海女真野人的一些部落户户驯养马鹿。下人牵来了十几头马鹿后，女罕对客人们说："大家随意吧，愿意骑马鹿的，那就坐上；不想骑的，仍可骑马。"朱棣年轻好动又勇敢，机会岂能错过？表示一定要骑当地的马鹿。娟娟、叶旺、巫利、龙卉也跃跃欲试，照此行之，自己的坐骑则由随从和护卫牵引着跟在马鹿的旁边。女罕身边带着十数个男侍从，自然少不了其黑纳、西郎哈，显得蛮威风呢！他们于前面引导，燕王在众人的护拥下于后面跟随，一行人马向东而去。

　　因为人人都骑马鹿，所以没走平时常走的猎道，而是从森林中山谷的鹿道穿行。尽管本没有路，只是一片丛林，有的地方甚至是满目蒿草，然而却挡不住马鹿，极其灵巧地穿过去了。再往前去，有时是走山谷中溪涧边儿的荒路，有时是在半山腰儿上穿越林海。燕王等人已完全不辨方向，分不出东南西北了，只是跟在女真野人的后面往前走。锡霍特有不少高高的山巅，也有十分陡峭的峡谷，骑马鹿走在上面，根本不敢侧身往下瞅，那可是万丈深渊哪！过了深涧，时而可见群鹿、黑熊在林间奔跑，从上俯瞰，像是一些小蚂蚁似的，令人头晕目眩。女罕告诉燕王："东海窝稽部是个神秘的地方，凡是逃到此地的人，只要隐入林莽之中，纵有千军万马，也难以寻觅。山高林密，洞穴甚多，沟谷纵横，巨石嶙峋，地产的植物千万种，能食用的就有几百种。山中泉流交织，水量充足，野兽、野禽多得是。不愁吃，不愁穿，不愁喝，更不愁藏身。所以，从宋元以来，凡来东海窝稽之地藏身者，皆逃过了官兵的欺凌、搜捕。东海窝稽部是天神的怀抱，只要投入其中，任何人休想擒拿住。"朱棣边听女罕介绍，边仰望着无边的密林和高耸入云的群山大谷，深感这里真乃天神赐予的宝地、福地！

　　女罕带领众人经过近十天的行程，终于来到了海滨部落，燕王同样是第一次见到海天一色、一望无际、波涛汹涌、异常壮观的鲸海。叶旺前不久倒是来过，还建立了雅兰卫所，却不知此地有艮兑妈妈的小妹妹率领的海滨部落，为艮兑妈妈下属的小部落。姐妹俩的分工是：艮兑妈妈部落以猎业为主，小妹妹的部落以熬海盐、捕鱼为主。冬日还需沿海滨北上鞑靼海峡，进入白令海峡，打海豹、海狮等。艮兑妈妈的妹妹也像姐姐一样，热情地招待了燕王一行，并送给精选的上等殊角五根，朱棣对东海人的慷慨和盛情感激不尽！

　　在海滨部落住了两日后，因急于将殊角送回南京，燕王决定与东海女真部落告别返还，女罕族众载歌载舞地送客人五十余里。不过有件事一直使朱棣感到困惑不解，便在回程中问艮兑妈妈："我们一行数十人多有打扰，蒙女罕盛情款待，如遇故交。可是为何始终不问我们是哪里人呢？若纳哈出之辈也来骚扰，女罕亦如此乎？"龙卉马上将此话做了翻译。女罕笑答道："纳哈出的兵将若来，族人早隐入深山，何有相见诚待可言？我们的一切以声音相系，同声相吸，同气相求，部落有自定的暗语。当你们初进山时，其黑纳已经发出了暗号儿，知为自家人，何必防范？至于各位究竟是何处人，更不必狐疑了，能将我的孩子们从南京救回，必是大恩人。而且看得出你可能是当朝高官，身边有如此众多的侍从保护，我们怎能心中无数呢？只求贵官知道东海女真人生活之苦就行了，乞望改观耳。"朱棣听后很是感动，让娟娟从背囊中取出白银千两，接过来亲手交给女罕说："艮兑妈妈，仅以此略表心意，望收下，待吾等日后再重报。其黑纳、西郎哈已经给以很大的帮助，家室又在这儿，不必跟回去了。"说着，手指娟娟、叶旺道："日后我若不来，他们会来看望你们的。"女罕由衷地感谢燕王的赠赐和对部族人的救助，相互依依不舍地分手了。

其黑纳和西郎哈也带着妻子、儿女前来为之送行，对燕王让他俩留在家乡十分感谢。朱棣和娟娟、叶旺再一次对他们的一路操劳深表谢意，燕王说："全仗二位带路，将我们领到一个新奇的世界，还交了诸多朋友，看到了从未见过的美景，谢谢你们！"然后令娟娟另赏每人白银百两，二人更是千恩万谢。其黑纳诚恳地表示："今后如有用我们之处，尽管吩咐，将随时效劳！"娟娟说："你俩若是愿意为朝廷效力的话，可以去金山找一位叫田田的大将军。在他手下当差，不但不会受气，而且还会重用的。如果能如此，今后有事儿再找你们，可就方便多了。"二人听后，激动得眼含泪花儿说："我们愿意，愿意！"于是，娟娟从身上掏出一块绣有天鹅的白手帕交给其黑纳，叮嘱道："这是我从金山田田将军处拿来为互通情况用的，他见了此物件，一切自会明白。"其黑纳小心收好，并告知了回去如何辨别林中暗做的路标，然后与西郎哈一块儿向众人深情叩别，打马回本寨去了。

燕王、秉仁公主一行按原路穿林越涧往回走，没有了向导其黑纳和西郎哈，便由巫利、叶旺、龙卉带路。走了一会儿，果然看见林中人怕迷路而暗做的路标，有的刻在山崖上，有的刻在古树干上，有的则在树上挂着一个兽头骨或一个草圈儿，全都是指路的记号儿。直到这时，他们才弄明白，东海窝稽部虽然住在密林深处，没有正式的路与外界相通。但是由于千百年来族人在山里穿行，马踏人踩的，已基本形成了路，既有林中正道儿，也有一些支道儿。只要在林子里呆常了，就能够找到大致上为一个立着的 H 字形路。东边是一条海滨大道，南通南海，北往鞑靼海峡，中间有一条横跨锡霍特山的大岭连接东西的山道。过了大岭，便是西边的一条沿乌苏里江行走的南北道。此刻娟娟看出来了，从此处往北走，就是去萨勒奴妈妈部落的那条道儿，顿时很是伤感。心想："咳，我什么时候还能往北走？"朱棣看出了娟娟的心思，安慰道："请姐姐放心，弟弟一定想办法陪你去北方的部落，寻找咱们的母亲。"

东海沉冤录

娟娟听罢，感激地点点头。

　　一行人来到了乌苏里江上游一带，这里也有东海窝稽部的部落，方方面面皆比东山里的艮兕部落好得多。因受内地影响，生活环境、家庭摆设以及房屋的搭建，较之山里进步不小。人们住的尽管还有些地窨子、马架子，然而更多的，则是泥土搭建的苫着草的起脊大土房。一栋栋房子连接起来，形成了一个个大的村落。村子里炊烟袅袅，鸡鸭鹅狗家家都有，人声、犬吠声及各种禽类的鸣叫声交织在一起，显现出一派勃勃生机。村外是一片片庄田，族人们正赶着牛、拉着犁、时不时地甩着鞭子吆喝着，忙于耕种。此情此景同关内的农家相差无几，大家边观赏风光，边加紧赶路。燕王过去一直在宫中住着，不知外面的天地什么样，对所看到的一切都感到新鲜。觉得此行心情十分舒畅，庆幸自己能来东海，不但了解了女真野人的生活状况，结交了不少真挚的朋友，知晓了很多过去闻所未闻之事，而且更觉肩上责任的重大。

　　话要简说，燕王一行马不停蹄地来到了辽阳地界，朱棣对叶旺、龙卉说：“你们已经到家了，不用往前走了，就此分手吧。”二人执意不肯，龙卉恳求道：“王爷，此路歹人很多，不可小觑，须多加小心才是，还是再陪送一程吧。”燕王只好准允，遂问叶旺：“眼下元兵之势如何，哪些地方最险要？我堂堂大明已立国十数年，难道元人尚敢跳梁吗？”叶旺回道：“王爷，元人败北早定。然其小股势力犹存，多游移于大漠山野之中，像蚊虻忽来忽隐，难以捉摸。元朝残余之势，除金山纳哈出外，燕北仍有数十万之众，袭扰不宁，令人棘手。”朱棣一听，蛮有豪气地说：“我朝而今如日中天，何惧哉？如尔所言，小王偏要从漠北绕道儿而行，从敖汉、喀喇沁返回北平府，倒要领教一下元人的那点儿能耐！”娟娟忙劝道：“弟弟，此举来日方长，还是快些赶路为好。母后正在病中，送殊角为第一要务哇！”朱棣觉得姐姐说得在理，这才放弃了自己的想法，继续前行。

　　他们边说边走着，忽见前面的林子中，有不少人在那里吵闹不休。看样子像是村里人不知为何事相互争斗起来，其中一方把另一方的一个人五花大绑地捆了起来，往高树上吊起，有的挥舞着棍棒打被吊之人。那被吊的人正大吵大骂：“朗朗乾坤，竟这么不讲道理！谁说大明朝与日月齐辉？纯粹是妖言惑众，天下如此黑暗，百姓怎么活呀？”朱棣本是个火性子，何况初出茅庐，哪看得了有人被欺侮？气愤地说：“那是一伙儿何等歹徒，竟敢大白天抓人吊打？明摆着是仗势欺人嘛，还有没有王法？被吊之人为什么出此恶语中伤本朝，真气煞我也，两伙儿人皆该处死！"说着，也不与众人商量，打马冲了过去。娟娟等人一看不好，要出点儿啥事儿还了得？忙飞马跟去。叶旺在朱棣后面紧紧追赶，边追边喊："王爷，请站住，何必亲自去？待我上前问个明白不就行了嘛！"不论叶旺怎么喊，朱棣根本不听，一边往前冲，大声儿制止道："快住手！光天化日之下聚众殴斗，成何体统？"林中的人一看燕王奔过来了，立刻停止了打斗，那个被吊起来的人不知怎么突然从半高的树上纵了下来，高叫着："兄弟们，报仇之时已到！快，快，杀死朱元璋的儿子，不能给他留全尸！"话音刚落，两伙儿立刻变成了一伙儿，一窝蜂地冲向了朱棣。

再说此刻的朱棣正打马往前疾行呢，再一看，不对呀，怎么那些人全冲我来了？一时难以收缰，眼看要被对方围住了，心想："这下完了，不等于自投罗网吗？"他虽然武功高强，但来时毫无准备，又身在马上，想下来都难。况且马已停不住蹄子了，根本使不上劲儿，更不用说动手还击了。就在万分紧急之时，叶旺英姿勃勃地飞马驰来。各位阿哥要问，叶将军咋会来得这么快呢？一是在燕王一马当先冲出去的时候，叶旺反应极快，紧随其后跟了上来；二是叶旺久经沙场，有丰富的经验，加之常在辽东，对当地的情况了如指掌。他陪燕王一路走着时，其实早已提高了警惕，眼睛并没闲着，不停地盯向四处，心里默念着，小王爷可千万不能出事儿呀！可以说最累、最辛苦的便是叶旺，还有他的夫人龙卉。此处是叶旺分管的一亩三分地，小王爷来了，等于皇驾到了一样。不让来还不行，王爷一定要走走，谁敢挡啊？来了，叶旺的担子自然重了。当突然看到一些人聚众殴斗时，脑子里马上划开魂儿了："林子远离屯寨，哪里来的好几十人呢？很可能是劫匪。"这么想着，心中便有了提防。正在他仔细观察、认真判断、还没有结果的工夫，冷不防燕王冲了出去，知道大事不好，随之边喊边飞马紧跟。在对方围向朱棣之时，叶旺双腿用力踩镫，来了个雄鹰登空，从坐骑一下子弹了起来。马很懂主人的招数，当即四腿紧紧蹬地，用腰间之力，猛地将叶旺推起。人借马力，马助人威，叶旺在半空中往下降落之时，接连一个空中大滚翻，双腿向左右两个方向猛蹬。那是真准呀，只见他一只脚踢在了冲在最前面、想用大刀狠砍朱棣的那个贼人脸上，一只脚则踢在另一个跳过来相助的歹人头上。力量太大啦，一个半边脸被踢飞，另一个脑浆迸裂，俩贼人顿时像死猪一样毙于马前。

就在叶旺腾空而起之时，鲍龙卉也精神抖擞地跟着丈夫飞马而至。到了跟前，忽地滚鞍下马，就地来了个十八滚，滚到敌阵之中去了。那些贼人全在马上，只想拼力抓住朱棣，做梦想不到地上会有人袭击他们呀！鲍龙卉使出了地滚刀、神腿飞刀的功夫，在地上蹿来蹿去的，专割贼人的腿，兼刺马肚子和马卵子。马一疼，嘶叫着狂尥蹶子，把贼人全摔到地上了。当马的四蹄落地时，不偏不倚，正踩在躺倒于地面的贼人头上和身上，约有十来个当即被马踏而死。这时，娟娟赶了过来，从腰间刷地抽出阴宗双鹤剑，纵入敌阵左右搏杀。那伙儿歹徒有四十来个，虽死了多人，但余下的仍拼全力一齐冲向娟娟，相互交手了。哪成想他们根本不是对手，一看占不了便宜，便又转向了燕王。由于朱棣有娟娟、叶旺、龙卉护着，贼人根本无法接近，只好放弃。其中一人吹了声口哨儿，霎时四散奔逃，跑得特别快，像兔子似的，想追都追不上，迅速隐没在密林草莽之中了。

贼人跑了，大家急忙过来看燕王。只见他被突如其来的袭击完全弄懵了，连话都说不出来了，半天才吐出了一句："可吓死小王了！"是啊，朱棣自幼久居深宫，尽管学了不少武功，可那都是自己学、自己练，没有对手。即或有时唤护从与之对打，也全是看着小王爷出招儿，一招一式格外小心，深怕伤着，实际上就是陪他玩玩儿。而此次经历的可是真刀真枪的生死较量，必须得拿出真功夫、真本事与之对抗。活了二十多年，他是头一遭遇到拿兵刃指向自己的人，又是第一次亲眼目睹了什么是歹徒，什么是敌手。杀也好，砍也罢，那全是下死手。朱棣从未见过啥叫打仗，啥叫真功夫，一直觉得自己的武功还挺强，这回才明白啥样才算有能耐了。心想："自己临阵不沉着、不冷静，有劲儿使不上，差得远呢，全仗叶旺两口子和娟娟啊！当时叶旺若回了辽阳，不在身边，后果不知是咋样呢！"娟娟走了过来，拉住惊魂未定的朱棣的手说："弟弟，贼人已被打败逃跑了，别怕，把你吓着了吧？"叶旺、龙卉等人纷纷围了上来，安慰着燕王。朱棣很快镇定下来，一看有十几具尸体抛于荒野，血流满地。暗自庆幸还算不错，自己所带之人没一个白给的，更无受伤的。

叶旺、巫利等与众护卫把那些被杀死的人抬着扔进沟里，用土埋上，只可惜没有抓到活的。他们发现每具尸体的外衣里面都穿有元兵的号坎儿，方恍然大悟，原来这是元人专为刺杀燕王乔装而来的。可见朱棣出巡北疆之举，元人已打探到消息，并采取了行动。全仗有叶旺等人护卫，燕王才安然无恙。

　　燕王一行歇息片刻后，继续上路了。叶旺与龙卉一直护送着过了山海关，进入燕王防地，见到朱亮前来迎接，才与之告别。朱棣在与叶旺夫妇分别时，紧紧攥住叶旺的手，那是从心里佩服啊！认为不愧是岳丈徐达大将军的高徒。另外，朱棣经亲眼所见，也真正认识了鲍龙卉。觉得很了不得，武功太厉害了，为他后来起兵三请鲍龙卉留下了伏笔。朱棣神态凝重地看着叶旺，说道："叶将军，请多多保重，马云将军已因病回到京师，皇上将来全靠你在北疆坐镇了。小王此行收获不小，深感北地之重要，深知守疆将士之苦。回返后，必禀奏父皇，并让徐大将军知晓。对北疆将士的俸禄与给养，须按时拨下，不得迟误。今后有何难事，告诉小王，定当鼎力相助。"说完，与叶旺握别。叶旺与鲍龙卉眼见众人南行后，方打马返回辽阳驻地。

　　朱棣平平安安地回到了燕王府，见过岳丈徐大将军和徐妃，并向他们讲述了去东海所见之风光和所遇之险事。徐达、徐妃听后，又惊讶又欣喜，知道全仗叶旺等相随才转危为安，没有半点儿闪失。说实在的，自朱棣北上后，徐达和徐妃是日夜牵挂、心急如焚哪！徐达本不想让朱棣去，可又一想，燕王是北疆未来的统帅，为将者不知所兵临之地，不知己知彼，安可为帅？觉得朱棣久居宫闱，多出外闯荡闯荡也好，不经一事不长一智嘛，并用此言安慰女儿徐妃。徐妃尽管不放心，不过听父亲讲得很有道理，便不好再说别的了，只好同意丈夫北去边关，到东海巡游。朱棣此行，是一生中经历的极为重要的历程，也是仅有的一次。上溯历朝诸代，皇帝与皇子真正去东海女真人住地，又到东海海滨亲自巡查的，历史上惟有大明朝这位未来的永乐皇帝。可以说，他堪称亘古一人！

　　诸位阿哥会问，为何在明史中未记载朱棣北去边关呢？各位有所不知，燕王是聪明的君主，有抱负，有志向。然而一些事儿又不得不做得隐秘一些，因深知当时上有父皇朱元璋，又有太子长兄朱标。作为仅被封为燕王的他，只能治理北平府一带，不可把手伸得太长。人家若是知道你去了辽东，必会询问跑到东海所为何事？虽然那里尚没有封藩，但父皇也未有旨意让你去管呀？所有那些举动，都是朱棣自作主张而为，当然不能外露，怎能记入史书中呢？至于朱棣回到北平府后，为控制辽东，苦练兵马、加修城堡、暗中充实兵力之举，则更是只能默默地做，而不能让史官记录或张扬出去了。

娟娟此次随燕王北上，到北疆东海女真野人部落巡游，既对燕王有很大的帮助，又使自己开阔了眼界。以前虽然同明月长老去过乌蛇岭，但只是到东海北疆的边缘，并没有深入东海腹地。这次到北疆，也是平生第一次，差不多走过了东海大半拉儿土地。尽管未发现母亲的踪迹，却掌握了东海窝稽部的分布情况和东海女真野人的居住地域。若寻找母亲，还得找机会去北疆萨勒奴妈妈那里，请萨满、奇特的能预卜百事的安巴达妈妈为她指点迷津。

燕王此次在徐达、娟娟等人的支持下，巡游东海北疆，大长了见识。清楚了北国的形势，知道了元残余势力仍很嚣张，正觊觎幽燕。要想牢固地占据幽燕，并以此为基地扩展地盘儿，则必须有自己的兵力。为什么呢？因为有兵则威，无兵则虚。若扬幽燕之威，务如岳丈徐达所言，抓住辽东，镇住元残余势力，使辽东成为坚实的后盾。惟如此，才可叱咤一世。朱棣归来后，想了许多，并亲笔写下了古人名言的条幅，挂在书房醒目的地方，每次进门便可看到，以激励今后不断地奋志韬进。

第一幅是北宋苏轼的名句：

> 古之立大志者，
> 不惟有超世之才，
> 亦必有坚韧不拔之志。

第二幅是战国屈原的名句：

> 闲心自慎，
> 经不失过兮；
> 秉德无私，
> 参天地兮。

朱棣还与娟娟商议，特拨给东海女真艮兑部落生铁千斤，自炼其必用器皿；麻布二百丈，补鱼皮服之不足；粮粟四十担，可同鱼肉并食；男女旧服二百袭，可赏族众遮体。另赐白银五百两，由巫利率三百兵运输护送。另外，在娟娟的请求下，朱棣从燕王府银库中拨出白银千两。

其中五百两赏赐给叶旺，以助其调养身体；另五百两给叶将军率领的众将士，以慰御边之苦，一并带去。

东海女真艮兑部落收到燕王的赏赐后，又经其黑纳、西郎哈介绍，方知来此地造访之人，并非一般的公子，而是当今皇上朱元璋的四皇子、燕王朱棣。女真野人有幸见到了燕王，还收到了赏赐，激动得在艮兑妈妈的率领下，分别向西，即北平府方向、向南，即南京城方向叩头谢恩。厚感大明王朝体恤女真野民，给以关怀、救助，齐声儿讴歌燕王的大恩大德。叶旺等辽阳的文武官员，亦深谢燕王之情，更加矢志坚守辽东，诚听燕王调遣。朱棣的举动，将辽东紧紧纳入了自己的执掌之中，其威望大增。

娟娟自闻听马皇后病重，心里着实不安，恨不能尽早弄到殊角，以解除病痛。与燕王回到北平府后，本想马上去南京，由于燕王府有些事情需要安排，一时还不能脱身。朱棣这些天一直忙于训练护卫，实为暗中增兵，徐达对此大力支持，并调拨给了不少将勇与兵器。燕王府邸房舍千间，其中有数百间是用于放兵刃的，而且惟有张玉、鲍戎知晓，因是由他们率人夜间搬运、置放的。朱棣心里明白，暗藏兵器是犯忌的大事儿，不过并未对娟娟隐瞒。娟娟知道后，嘱咐燕王要小心行事，不要传于父皇耳中。朱棣故意言道："姐姐，本王身边之人，皆由咱俩选定，我一向信得过。只要姐姐不讲，父皇是不会知道的。"娟娟假装嗔怒地推了朱棣一把，说："胡诌什么，你还不相信我吗？"朱棣听了一笑，偷着亲了娟娟一口。娟娟同朱棣商量道："弟弟，不知皇娘的病怎么样了，带回来的殊角应马上送回京师。别人去我不放心，你既然不能去，就由姐姐送给皇娘吧。"朱棣舍不得娟娟离开，可一想别人去不合适，只好如此，便答应了。

各位阿哥，你道朱棣为什么不能回京师吗？因为他是受封的皇子，没有皇命是不能轻易入京的。前书咱们讲了，朱元璋的二十六个儿子中，除了太子标和早夭的第九子和第二十六子外，其他二十三个儿子全部封王建国。他们互相之间都很注意，如果谁单独回京师到宫中见了父皇或母后，马上会传出闲言碎语，甚而胡乱猜测。说什么某某王回京师为了什么呀？为啥他能回去，我们却不能回去？又为啥待遇不平等呢，这里或许有什么事儿也未可知。故此，朱元璋有令，凡入藩各地的皇子，非有旨，不得随意离开藩地。这样，诸王谁也不敢回京师。只要回去，大家一块儿去；需要离开，大家一块儿走，省得令人生疑。就是这

东海沉冤录

么个十分简单的原因，使朱棣不能与娟娟同行，尽管他那么愿意去。为了隐瞒东海北疆之行，只好说殊角是燕王派人从东海女真野人部落买回来的，现由秉仁公主辅相代表燕王送给皇娘。回京的头天夜里，娟娟与朱棣谈了一宿，次日一早便起程南去。

娟娟到了京城，直接入宫叩见皇娘，问病、请安。躺在卧榻上的马皇后见秉仁公主来了，如同看到了亲生女儿，高兴得含泪拉过她的手说："孩子，皇娘想你呀！噢，对了，还有事儿找你呢。"说着，忙命侍女从柜子里拿出一个镶金花儿的犀角皮小方匣儿。马皇后拿着方匣儿，挣扎着要坐起来，娟娟忙上前搀扶皇娘坐好。马皇后说："犀角皮小匣子可不易得，是养父郭子兴送给哀家的嫁妆。过去随同你父皇经年打仗，别的东西全没了，惟独这个小物件一直保存到现在。"说着，开启了方匣儿，从里面取出一个白丝绢包着的东西。打开丝绢，见是一条绿玛瑙镶金的大项链，中间嵌着一颗亮晶晶的宝石。马皇后又道："此项链是当年养父从张士诚处缴获来的，原本是一对儿，都给了哀家。后来哀家将其中的一条送给了你的母亲，剩下的这条你拿去吧，日后或许有用。哀家感到身体不支，一天不如一天，怕等不到见绣绣之日了。你倘若有一天见到母亲，可把项链拿给她看，与她那条对上，就等于是我们姐妹相逢了！"说着，眼含热泪，哽咽不止。娟娟忙叩头谢恩，收下后，又安慰了皇娘一番。

近些日子，因为马皇后病势沉重，太子标和太子妃吕氏天天带着儿子允炆过来侍候母后。娟娟回宫后，自然便同他们日日相见，而且十分处得来。太子标为人正派，性情稳重，宫中的人没有不敬重他的。对秉仁公主很是钦佩，并同情其遭遇，常在一起聊天。吕氏也愿意与娟娟相处，俩人一块儿侍奉马皇后，如姐妹一般亲密。吕氏接近娟娟，心中还有一个打算，那就是自己的儿子允炆已渐渐长大，授业武师，非娟娟莫属。小允炆此时六岁，什么都懂了，特别喜欢同娟娟姑姑一起玩儿。这样，娟娟白天在坤宁宫侍奉皇娘，夜间则被吕氏拉着到东宫同住。故而，娟娟在京师的日子里，便住在太子的东宫府中。吕氏年长于娟娟，当然应以嫂相称。然吕氏却让娟娟喊她为姐姐，认为姊妹相称显得更亲近。

马皇后身边由于有娟娟如女儿般的尽心护持，加之服下了娟娟和朱棣从东海带回来的殊角磨成的粉，觉得好些了，大热转轻，宫中的人闻知皆很高兴，朱元璋那颗悬着的心也放下了。可是，因为马皇后的疾患积年已久，并不是一种药物便能留住寿命的。所以过了些天，又转沉重，身子热得发烫，娟娟和吕氏急得直掉眼泪。马皇后告诉干女儿："好姑娘，别再为哀家忙活了，皇娘不行了。哀家知道，眼下就是天上的龙肝凤胆，恐怕都搬不倒这病了！"娟娟听后流泪不止，一再安慰道："皇娘说哪里话？别着急，慢慢养着，病会好的，会好的。"嘴上这么说，心里却焦虑得了不得。

再说，朱元璋见马皇后病重，命在旦夕，更是方寸大乱，心绪如麻，辍朝不理政事，终日茶饭不进。马皇后多次劝慰朱元璋："皇上，千万保重龙体呀，要照常临朝听政，处理诸事，勿伤百官之心哪！"还言道："臣妾病无碍，人之生死乃天定，妾不惧也。惟愿陛下龙体永健，此大明之福也！"马皇后原来是红军元帅郭子兴的老友马公托付的养女，自打二十一岁时，同二十五岁的朱元璋结为夫妻之后，帮助丈夫从镇抚、总管、总兵官、元帅、丞相、吴国公、吴王直至做了皇帝，她以夫贵，从夫人成为皇后。在朱元璋吃不饱饭的日子里，她宁愿自己挨饿，也要想法子让丈夫吃饱；在朱元璋军事上失利、孤立无援时，她鼓励将士，抚慰眷属，稳定后方；当朱元璋的大军后勤供应不上时，她带着妇女们替将士缝战衣、做鞋子。马皇后本不识字，为了帮助丈夫，就求人教自己认字。做了皇后，还让女官教她读书。识字后，帮丈夫归纳一日所做的事，省了朱元璋不少的精力。可以说，夫妇二人伉俪之情数十载，相互帮助，恩爱情笃。

马皇后聪慧、贤淑，在众宫妃中德高望重。她能爱人，能知人，能恕人，故而在百官中甚被崇仰。几十年来，马皇后是丈夫贴心的谋臣、智多星，朱元璋常讲："朕得天赐，外有刘伯温，内有皇后马氏女。"马皇后堪称一位贤内助，朱元璋有时对军师刘伯温所言之语，感到话中多讥刺时，往往是先拂袖、后认过儿。可马皇后由于摸透了丈夫的脾气，对他有自己的高招儿，即软硬兼施。结果是不管什么样的话，只要是从夫人的嘴里讲出来的，朱元璋准爱听，亦能照着做。所以，夫妻俩尽管有时也发生争执，最终还是马皇后为赢家。而且更奇怪的是，朱元璋虽然爱妃那么多，却总离不开马皇后。无论什么事儿，包括临幸哪个妃子及宫中诸事都问皇后，大家说"马皇后是朱元璋的头"。朱元璋确实事事按马皇后的话办，特别是刘伯温去世后，朝廷许多大政的处理，皆与马皇后有关。为稳固朱氏江山，她力主皇子分封，力劝皇上罢黜图谋私利的李善长，主张诛杀胡惟庸，赐死不主持公道的汪广洋，为朱家天下可谓费尽了心思。

　　这一天，朱元璋又来到后宫探视马皇后。他见众妃及皇子、公主围坐了一圈儿，皇后躺在那儿喘着粗气，极其虚弱。于是命他们退下，然后单独与病榻上的夫人相依而坐，告慰皇后要静心安养。马皇后含泪轻声儿道："陛下，妾已知阳寿将尽，你我夫妻之缘走到头儿了。"说着，忍不住哭了起来。朱元璋泪流满面地安慰道："皇后，别讲这个，朕舍不得夫人走，你也不能走啊！你走了，剩下朕怎么掌管偌大的家业呀？"马皇后说："陛下的龙体是大明王朝的基业，万望珍惜、保重，可哀家心里有话不能不说呀！皇上知道的，在众皇子中，妾最疼爱者，朱棣也。此儿有龙种之风，妾生他时，就有奇感。三龄聪颖异常，五岁学诗，六岁习武，均超过众兄长。可性情暴烈，从不服输，帝要好情待之。妾忧者太子标也，他是羸弱忠厚之人，恐其寿不永，妾虑也，帝要善情抚之。还有一点，妾望帝寻高僧诱教诸皇子。妾走之后，只希陛下多宽以待人，少生猜嫌，忌杀戮。嫉为大害，国家不安，伤及后世，望帝切记、切记。"马皇后在与皇帝朱元璋执手相谈中，慢慢地闭上了眼睛。待急唤宫中御医来到时，皇后已经寿终正寝，时为洪武十五年八月丙戌，享年五十有一。朱元璋抚后恸哭不止，众臣跪劝。

　　马皇后大葬时，分在藩外的众皇子皆入京拜灵，朱棣、娟娟更是涕泪泣拜。一个月后发丧，九月庚午葬于孝陵，谥曰孝慈高皇后。马皇后宽人，爱人，识大体，永为朝野铭念。宫人思念马皇后，为其作歌曰：

　　　　"我后圣慈，
　　　　化行家邦。
　　　　抚我育我，
　　　　怀德难忘。

　　　　怀德难忘，
　　　　于万斯年。
　　　　毖彼下泉，
　　　　悠悠苍天。"

　　皇帝朱元璋出于感念，从此不再立后，以示对马皇后的敬爱终生之情。

马皇后过世后，朱元璋遵其生前嘱咐，开始为分藩各地的众皇子遴选高僧做师父。这可不是一般的挑个僧人就成，而是一件非常庄重的大事，一定得是德高望重的才行。那么谁能了解各地高僧的情况呢？当然是朝中专管庙宇和僧人的僧录司了。于是，朱元璋下旨，命僧录司左善世宗泐全权办理。左善世即专门负责传播佛法，广结佛缘，掌管朝中与皇帝日常庙堂的宗祀礼仪与祝祷等规训的法师。宗泐奉旨将目前在各名山宝刹的具有大德重望的高僧一一列出，写明每位方方面面的情况，然后奏报皇上。由皇上选择、准允，再下旨配给各个藩王。

单说配给燕王朱棣的高僧是谁呢？乃道衍和尚。马皇后在世时，特别喜欢四皇子，最先想到的则是为朱棣找一师父。认为四儿暴躁刚烈，应有高僧帮助指引，规度其秉性。戒杀生，广爱庶民，以为万民敬仰。她曾跟秉仁公主说："娟娟哪，燕王很快要就藩北平了，帮皇娘选位师父吧，以便经常给朱棣以规劝。"娟娟对此十分热心，几次找师太，恳请协助在名寺中遴选。明月长老对燕王不但很是喜爱，而且情有独钟。觉得他年轻有为，聪明能干，未来的发展无可限量。故而马上答应下来，并说："放心，我一定帮忙为他选一得道高僧。"说实在的，当时她就想到了道衍和尚。圆觉禅师在帮助徐达、娟娟破皮板大集时，也曾向二人举荐道："我有个大弟子，名叫道衍。他有心计，佛法造诣深，善卜测，智勇如诸葛亮。为人好，对政事、国家之事尤为关心，有些治理朝政的办法。如果能得名主，必成其股肱。"徐达闻之很高兴，暗记心中。后来在与明月长老见面时，还特意了解了有关道衍的情况。表示能否请长老帮忙，跟圆觉禅师说一说，将其大徒弟道衍介绍给燕王朱棣，明月长老慨然应允。

道衍何许人也？俗姓姚，名天禧，后改广孝。祖籍汴梁，出生的时候，其家已在长州①。祖上贫无寸土，靠行医谋生，使他不可能读书、做官。家里原想让广孝继承祖业，钻研医术。殊不知本人却讨厌学医，不甘为"杏林"，倒是想去"丛林"里找一份儿和尚的衣钵。之所以有此想法，是因为某一天，他在长州街上闲逛，行人忽然骚动，纷纷躲闪。待在人丛里举目四看时，见街上前呼后拥地过来一行人马，以为来人定是高官，想不到却是秃头的和尚。心想，僧人亦能如此威风，我何

---

① 今属苏州。

不也去做和尚，走一条出人头地的捷径？于是，便于十四岁时去了武当山，皈依圆觉禅师门下，剃度为僧。

姚广孝天资聪颖，兴趣广泛，胸怀大志，城府高深，在寺宇里虽有向禅之心，但更有博学之志。平日里，不仅念佛诵经，也钻研经史，又工诗又通儒。犹嫌不足，还学黄老之术，兼读儒书。精通"易经"，熟悉阴阳数术，并研习兵法。道衍昔日的好友，个个不甘寂寞，皆通过种种门路入朝为官了。而他却不为所动，暂栖佛门，等待机缘。有一天出游嵩山，在寺庙中结识了一位叫袁珙的相士。袁珙朝他上上下下瞅了一遍，突然惊异地大叫："噫唏，这是何处的怪僧？三角眼，形如病虎，生性必定嗜杀，准是刘秉忠之流的人物哇！"道衍的模样的确令人不敢恭维，三角眼不说，只那死黄黄的面皮也叫人讨厌。但是称他为"病虎"，这说法挺新鲜，似贬而实褒，听了叫人熨帖。至于生性"嗜杀"，却与佛家的"善哉"背道而驰。道衍听此言不但没恼怒，反而高兴地说："倒要看你的眼力如何，看我是不是刘秉忠！"

刘秉忠是什么人呢？道衍知道，乃元朝开国功臣。少年便出家为僧，元世祖忽必烈为亲王时，将他召入王府。继而辅佐忽必烈即位，设官定都，建立了大元王朝。这之后，道衍以袁珙的话为动力，发誓要做个掀天翻地的大人物，遂与其结为好友，并题诗明志：

> 岸帻风流闪电眸，
> 相形何以相心忧。
> 凌烟阁上丹青里，
> 未必人人尽虎头。

从诗中可以看出，道衍睥睨天下，对"凌烟阁"里的那班大臣是瞧不上眼的，然而却命运多舛。明朝朱元璋当过和尚，一心向佛，曾有过一次征召天下高僧入京，道衍因病错过了机会。在眼下的这次征召中，道衍无论如何想被征，圆觉禅师看透了弟子的心思，又知道一直喜欢从政，才乘机介绍给了明月长老。因明月长老与宗泐甚熟，经常一起谈经说法，颇为投缘，感情处得挺深，很自然地将道衍推荐给了承办此事的左善世法师。

其实，宗泐早在八年前，通过赋诗唱和，对道衍已有所了解。那是他们一道从京师返回吴中，经镇江北固山时，两人为了排遣路途之无

第四章　东海的甜歌和苦歌

777

聊，相互赋诗。当时，道衍发思古之幽情，叹怀才不遇之感，曾吟道：

> 谁掳年来战血乾，
> 烟花犹白半凋残。
> 五洲山近朝云乱，
> 万岁楼空夜月寒。
> 江水无潮通铁瓮，
> 野田有路到金坛。
> 肖梁事业今何在，
> 北固青青客倦看。

宗泐听罢，咂嘴笑曰："这哪里是出家人的诗呀？"道衍不答，宗泐也不再问，只是频频点头。而今，当明月长老向他推荐道衍时，忆及往事，不忘旧情。不但将道衍的才学奏报于皇上，而且还按明月长老之意，特请皇上准允道衍为燕王之师。朱元璋本来就喜欢朱棣，又有马皇后的临终嘱托，听完宗泐的介绍后，痛快地旨批准奏了。

朱棣初见道衍，只觉其人相貌怪异，目光犀利，其他方面的印象并不太深。然而通过交谈，却产生了好感，继而由衷的敬佩。道衍说："燕王在燕地，'燕'为燕子，燕子乃飞升之鸟，迅捷机敏，超出百禽。燕王之名与燕地相合，此天时地利人和之象，王之前程不可估量。"朱棣最爱听此话，当然很高兴，心里美滋滋的。道衍见四周无人，又道："若能允我赴燕地，当奉一顶白帽子给大王戴。"朱棣一时没弄清说的是什么意思，再问其语，道衍则笑道："天机不可泄露。"燕王琢磨了一会儿，顿然明白了话中的真谛："王"字上头戴一顶白帽子，不是个"皇"字吗？这明明是道衍要帮我朱棣当皇上啊！就凭此话，燕王决心将其收入门下。

朱棣得了道衍之后，心里十分满意。又想到师父是心爱的娟娟和尊敬的明月长老帮助推荐的，为表达感激之情，便去兄长太子标处看望住在那儿的娟娟。进了东宫，先拜见嫂子吕氏，而后见了娟娟。娟娟祝贺燕王寻得一高僧名师，并说对未来的发展会非常有用，等于有了左膀右臂。姐弟二人好长时间没见着了，有许多话要说，正谈得高兴之时，小允炆来看叔叔了。他跑过来给燕王见礼，然后扑到朱棣的怀里撒娇，搂着脖子不松手。小允炆已经懂事了，特别讨人喜欢，故去的奶奶马皇后和皇帝爷爷朱元璋平时就愿意抱这个孙子。孩子记性好，大人说话，他听到了准能记个差不离儿。还好刨根问底儿，既聪明又顽皮，时常逗爷爷、奶奶开心。几个叔叔也疼他，都知道小允炆是皇帝、皇后的心头肉，朱棣见了更是亲个没够。不知为什么，小允炆格外亲近朱棣，只要知道四叔来了，总是缠住不放。

朱棣正逗允炆呢，吕氏走了过来，朱棣说："嫂子，允炆长得真快，再大大可抱不动喽！"说完，便用胡子使劲儿扎允炆的小脸蛋儿。允炆疯笑着，身子扭动着，声言不怕四叔的胡子扎。吕氏喊儿子快下怀，说叔叔累了，别没完没了地缠磨了。可小允炆说啥不下来，并问朱棣："叔叔，啥时候能带我去北平府，到你家看看？"朱棣笑着说："等你长大了，当了国家的大将军再到北平府去，四叔会以将军之礼迎接的！"允炆小脸一绷，认真地说："不行！叔叔，我不当将军，要当王爷，当皇帝！"吕氏吓得忙捂住了小允炆的嘴，照他的屁股啪啪狠打了两下，生气地说："不许胡说，可吓死人了。要是被爷爷听见，不砍你的头才怪呢！"小允炆哭着说："有叔叔在，允炆不怕，我不怕死！"朱棣听此言，心头一震："孩子这么小，竟出此狂言！"可是嘴里却一再劝嫂嫂："允炆还小，不懂事儿，嫂嫂何必在意？"朱棣又问允炆："小侄子，告诉四叔，最想去什么地方？叔叔领你去。"允炆回答道："我就爱海，爱大海。叔叔看过大海吗？一到了大海，谁都找不到我啦！"娟娟听了允炆的话，笑了，说道："嫂子，别看孩子小，净说大人话，真招人喜欢！允炆，姑姑可知道大海在哪儿哟，将来领你去找大海、看大海好不好？"小允炆乐得边拍手边嚷开了："太好了，太好了，姑姑说话得算数，一定带我去！"吕氏赶忙说："他四叔和娟娟妹妹，你们别捧他了，不能由着孩子的性子来。听宫里的那两个女真野人说他们的家住在大海边儿，允炆不知怎么记住了，天天嚷嚷着看大海，非要去找不可。孩子心里装话儿，天生记性好，大人说啥得小心点儿。倘若被他听到了，那就缠磨个没完，这不，刚才还让我领着看海去呢！"几个人又坐下来聊了一会儿，朱棣才起身告辞。

各地藩王要返回封地了，燕王当然不例外，必须回北平府，不能再逗留京师了。朱棣离不开娟娟，劝她随自己回去。娟娟也舍不得弟弟很快就走，希望能再多呆两天，然后二人一块儿返北平。那么，为啥娟娟不能马上走，还有什么事儿吗？原来被皇帝降旨召回南京的马云大哥近几天病情加重，瘫痪在床，腿脚、手臂不听使唤，口齿亦不那么伶俐了，说话笨得很。夫人鲍龙花看夫君病成这个样子，心急如焚，日夜啼哭。她既要侍候夫君，又要照顾一男一女两个孩子，每天劳累极了。原本又胖又壮的体格，现在瘦了一圈儿，颜面十分憔悴。为马云的病，明月长老天天到驿馆为其熬药、针灸、按摩，但效果不怎么明显。娟娟一直敬重马大哥，同龙花的关系如亲姐妹一般，在此种情况下，怎么能离去呢？于是决定留下来，帮助料理、照看马云，开导痛苦中的龙花，与她做伴儿。

朱棣得知此事后，不仅同情马云，也敬重马云的妻子。虽说原来并不认识，但经过东海之行，知道鲍龙花是鲍龙卉的姐姐，便从心里感到亲近。娟娟要留下帮助夫妻俩，共同渡过难关，他认为是应该的。其实还有一个原因，即娟娟除了不放心马大哥的病之外，还惦记着皇上。自从皇娘马皇后去世后，朱元璋改变了过去的偏见，很是心疼娟娟，待她比其他的儿女亲。尤其是在宫中不愿同别人唠，惟喜欢娟娟在自己跟前，一聊起来就没完没了，而且挺投机。或许是老年人思念故旧的一种情怀吧，娟娟对此完全理解。皇上这些日子心情不好，病得挺重，茶饭难进。身旁的侍卫和太监尽管精心照料、百般侍奉，却总是不能使皇上得到慰藉。太子标和吕妃见父皇忧闷不快的样子，十分担心，不知如何办好。太子标老实忠厚，为人诚恳，平时话很少。即使在皇帝面前，同样没有更多说的。他有两位册封的妃子，一个是元妃常氏，即开平王常遇春之女。再一个是继妃吕氏，为最心爱的妃子。他们三人同娟娟的关系都不错，尤其是吕氏很会处事，善于亲和人，与娟娟挺近，常唠些知心话。她动员娟娟道："姐姐劝你别走了，在宫中多住几日，陪我们好好儿侍奉侍奉皇上。大家全看出来了，妹妹在身边，皇上的心情好多了，还能吃点儿饭、饮点儿茶了，精神亦好一些。娟娟，在皇上跟前你比我们有面子，帮帮忙吧。"太子标说："秉仁公主，听你嫂子的吧，帮助病中的父皇度过这段艰难的时日。我知道，会让你受累的，也会很操心，辛苦你了。"娟娟心想："大明初创，世事艰难，皇上可不能出一差二错呀！我是该多留几日，帮助太子照顾皇上，多个人多个帮手嘛！"想至此，才点头答应了。

各位阿哥，说书人在这里要向诸位透露一个秘密。刚才咱们讲了，娟娟多留几日，一个是想陪陪皇上，一个是帮龙花照顾马云大哥。可是，吕妃留她就不那么简单了。那时候，一位母亲生儿生女大不一样，男尊女卑嘛。太子标的两位妃子中，元妃常氏生的是女儿，继妃吕氏生的是儿子。这样一来，母以子贵，吕妃特别吃香。在太子面前，在皇上、皇后面前，说话更有分量，甚至许多大事小情太子朱标愿意听她的。吕氏很有心眼儿，比常氏会交人，一再挽留娟娟，表面上对朱棣说："他四叔啊，你宽宽手，让秉仁公主陪嫂子住些天吧。她能说会道的，皇上挺喜欢，比我们面子大。又有韬略，能出一些治理国家大政的主意，让她晚回去些日子好不？求你了。"实际上，吕妃有自己的小算盘。她是怎么想的呢？心里琢磨着："朱棣呀，老四，你真行啊，啥好事儿全往自己身上划拉，并把娟娟拉过去帮衬你。教授了阴宗双鹤剑不算，还能为你出招儿，时不时地做这做那的。既然已有厉害的老岳父徐达大将军相助了，靠山多硬呀，腰杆儿比哪个王爷都粗，咋就不想想当太子的大哥呢？他身子骨儿不好，异常虚弱，你作为弟弟不心疼吗？小允炆眼看着长大了，该学习武了，啥能耐都得从小练起。当叔叔的理应替侄子做打算，让他学学武术，难道不应该请娟娟教教允炆吗？再说了，往日里，大哥啥事儿不是替弟弟着想？反过来，在关键的时候，怎么一点儿不为你大哥想呢？"可以看出，吕妃强留娟娟，实际上是为了让她帮助太子，做朱标的辅相。咋样，想法不一般吧？吕妃还寻思："一旦有一天，太祖皇爷洪武帝晏驾，太子身边哪有什么可靠的武臣呀？没有哇，一个都没有，那怎么行？"可这些话不好说呀！因此，只能讲之所以留娟娟，是为了侍奉皇上。

朱棣倒没想得太多，反而觉得嫂子说得极是。认为大哥虽为太子，但在父皇面前只是唯诺称臣，说不到一块儿，故而父皇很少找他谈国政。同时也看出来了，目前在朝中，娟娟是父皇最青睐的人。不但貌美讨人喜欢，而且智勇绝伦，在北方有卓尔不群的表现，是一位难得的女中奇才。难怪徐达曾说过："只因娟娟是个女子，若是男儿，我早把大将军之任交给她了！"几个皇子的确没有一个可与之比肩的。眼下惟有娟娟陪伴父皇，两人才有话说，天南海北地一唠，父皇会觉得心宽不少。自己尽管很爱娟娟，一时一刻离不开，离开了便觉站不稳、坐不住的。然而为了父皇，只好忍痛割爱，让娟娟暂留宫中。于是，爽快地答应了嫂子的请求。

朱棣在与姐姐告别时，娟娟十分挂念弟弟，嘱咐道："回北平后，务要做好三件事。第一，王爷既然去过东海，当知此地民情，更知北疆尚未完全收复。毫无疑问，现在是重任在肩。须厉兵秣马，苦练精骑，不可松怠。其他事儿皆可放，必要时可暂停，惟加强武备一刻不能松懈；第二，要真心依靠谋臣。俗话说得好，江河不嫌滴水，大海不拒细川。要广揽贤才，勿嫌其丑，勿笑其贫，勿耻其业，各有其长，各怀其能，贵在善用。用人贵在信，贵在诚，用人不疑，疑人不用。要依靠沐英、朱亮及其子朱能，还有巫利、鲍戎等各位将领，日后必为燕王干城之将。另外，明月长老、宗渤诸师引荐之道衍其人，足智多谋，应以军师待之，必有大用。再者，目前看来，对纳哈出所占据的金山到了该解决的时候了。陛下会速下决心收网，割此毒痈，时间不会太长了。我已捎书金山，让田田弟弟速速反正，率兵由海路来京师。田田深谙北方各部族，应以重用，可助燕王一统北地。恰好咱们都在京师，你暂不要走，可等他几日；第三，北平府后依燕山，尤需注重晋地与大宁的形势。尽管有晋王在，弟弟也应力踞其威，做到心中有数。大宁安，北平则安；大宁撼，北平难稳，望弟深思之。凡此三则，若能如愿，何愁北域幽燕不鹤立鸡群？未来之势，确难可料定也。"朱棣听后，觉得这位姐姐实在是太聪明了，佩服得五体投地，更加深爱娟娟，敬佩娟娟，心悦诚服地说："好姐姐，弟弟会慎依姐姐之言行事的。"之后，为避人耳目，娟娟将朱棣领到明月庵附近李佑新购置的房舍静住，自己仍居于宫中太子府。

在燕王住进李佑新居的三日后，田田、岳索图从辽东来到京师，是由叶旺、龙卉带着小女儿一家三口儿陪同而至的。叶旺是为送田田、岳索图，并向皇上禀奏而来；龙卉是来探望姐夫马云病情的，也为能与分别很长时间的龙花姐姐见个面。娟娟听说田田、叶大哥他们到了，高兴得先跑到李佑的新居告知了朱棣，而后又马不停蹄地去了田田、岳索图下榻的驿馆。娟娟先将他俩带到明月庵，拜望了明月长老，见过了李佑。又领着去了燕王暂居处，叩拜毕，朱棣请二位落座、饮茶。田田、岳索图这是第一次见到燕王，不免一番寒暄，然后讲了他们此次从金山纳哈出处领兵杀出来的经过。

原来田田收到娟娟姐姐的密函后，马上跑到罗锅哨送给岳索图看。见函中说眼下金山已瓜熟蒂落，让他们迅速率兵反正，开赴辽阳。二人高兴得不得了，这可是盼望已久的事儿，终于熬到头儿了。经过仔细的研究，当夜将在金山所控制的五千兵马及家眷、辎重悄悄儿地开向了辽阳，与叶旺的兵马会合。等纳哈出、乌迪什知道消息派兵追赶时，他们已离金山三百多里了，无论如何追不上了，气得只能是拍胸顿足、大发雷霆而已。纳哈出的损失可太大了，不但失去了五千兵马，而且自己最信任的两员大将也离他而去。特别是义子田田，那是帐前掌印大将军，对金山的机密及兵力部署情况了如指掌，你说他能不害怕吗？田田、岳索图的率兵反正，可以说是釜底抽薪，给了纳哈出以沉重的打击，动摇了部将的军心。

　　燕王等人听罢，一想到此刻纳哈出急得不知怎么抓耳挠腮呢，开心地笑了起来。田田还告诉娟娟："姐姐，东海窝稽部的其黑纳、西郎哈已成了我的参将，也随军到了辽阳。我们来京时，接朝廷徐达大将军之命，反正大军开赴北平府，估计现已到了那里。"娟娟边笑边说："好，好哇！这两个女真人是东海通啊，如今看来可是宝贝喽！"大家又唠了一阵儿，娟娟向燕王和众人说："你们等着，待我进宫奏报皇上，然后回来再通禀各位。"说完，一阵风儿地跑走了。

　　娟娟进得宫中，直奔大政殿，叩见父皇朱元璋，禀奏道："陛下，金山的胞弟田田已到京师！"朱元璋本在愁闷之中，听娟娟这么一讲，顿时来了精神。因他曾听已故的马皇后和娟娟多次讲过，楚绣绣被李善长、李存义兄弟俩霸占之后，生下一子，密藏在秦淮河的一户农家。送楚绣绣前往辽东时，她千方百计地把儿子带到了金山，逼纳哈出收为义子，成为金山大寨帐前大将军。还听说田田乃文武奇才，早与娟娟在金山相认，并秘密协助本朝，将辽东的大小站赤暗中换了旗号，归入大明。从对楚绣绣的情感和田田对本朝的重大贡献考虑，朱元璋当然想看看，遂立即传旨："赶紧召辽东的田田等人进宫，朕要见见他们。"娟娟又禀道："眼下徐达大将军身体欠佳，燕王为了田田的顺利归来，出了不少力气，北疆的事情全靠他来做了。因此，儿臣暗中已将燕王留下，准备一块儿款待北疆来的众位英雄，父皇不会怪罪吧？"朱元璋现在可是全听娟娟的，娟娟怎么说，他就怎么做。这不，马上便说了："朕恕你无罪，别走了，同朕一起召见田田等人吧。"田公公听命向殿外传旨，请北疆来的一行人等大政殿见驾。

　　燕王朱棣首先进得大殿，叩见了父皇，赐坐一旁。接着应召入殿的有：原金山大寨帐前大将军田田、原金山大寨达鲁布花岳索图将军，还有叶旺、鲍龙花、鲍龙卉等，马云因病没能上殿面君。众人向皇上行三跪九叩之礼，朱元璋微微抬抬手说："平身。"赐坐后，秉仁公主向皇上详细介绍了众将的业绩，还特别讲了二位女将鲍龙花、鲍龙卉的功劳。朱元璋听罢，欣喜地点头称赞道："朕今日能得见众位很高兴，你们为北疆的安宁，为讨元残敌屡建奇功，朕甚感欣慰。今后北疆之事，可由燕王节制，一应礼制由秉仁公主协助燕王一体行之。田田哪，过来，让朕好好儿看看你。"边说边目不转睛地瞅着田田。

田田正忐忑不安地坐在那儿，听皇上叫到自己的名字，便有些紧张，娟娟赶忙上前拉着弟弟走到皇上面前。朱元璋言道："听说将军是江南人氏，又是秉仁公主的亲弟弟，能得以相认，不易呀！你与岳索图将军在残元内部为本朝做了不少好事儿，现又带来五千人马，立了大功，朕必命兵部赏赐。"说完，继续仔细地端详着，想从那张脸上找到昔日所爱之人的影子。看了一会儿，问道："田田，你的名儿谁给起的？听起来是婴儿之名嘛！"田田叩拜道："禀陛下，此名儿乃母亲在我襁褓时起的，后来再没起大名儿。"朱元璋说："如今已是个领兵的大将军了，又归附了本朝，回到了生养你的江南故土。为了纪念这个日子，朕觉得还是起个大号为好啊！"朱棣接过了话茬儿："父皇讲得极是，田田大将军是应该有个成人名儿了。"然后又转向田田道："田田，想起个什么名儿啊？说出来，我可以帮你在父皇面前选定一个。"娟娟紧接着插话道："弟弟，皇上和燕王这么关心你，不妨说说看。"田田略一思忖，回道："以前曾琢磨过起个大号，可一想到我的名字是母亲给起的，一直以来十分想念她，便没改。今天秉承皇上和燕王的旨意，让起个大号，那就把过去想到的几个名字说出来，请皇上和燕王听听。我虽出生于江南，但大多数时间生活在漠北，因此非常熟悉那里。依北方的特点，想在几个名字中选一个，有亦失哈、亦其纳、都尔汉，还有巴凌嘎、依姆根等，全是女真人常用的美名。"朱棣问："这些名字中，'亦失哈'最好听，是什么意思呢？"田田回道："'亦失哈'是女真语，即松鸭。北方的松鸭异常雄健，不管雪有多深，寒风多大，它依然在雪中振飞，并且是抱群的。夜间，总有一只松鸭不睡觉，为的是给同类站岗。它飞得相当远，能往返北海，是寒冷北域的主人。我喜欢松鸭的品格和精神，所以曾想用这个名儿，以鼓励自己勇往直前。"朱棣表态道："好，好啊！我看叫'亦失哈'挺好。"说着忙问皇上："父皇，您看怎么样？"朱元璋说："噢，倒还不错。不过要看田田是否同意，叫什么名儿，最好让他自己定。"娟娟忙冲田田催促道："既然父皇和燕王喜欢，弟弟呀，你干脆定了吧。"在座的几个人也都认为此名儿不错，于是田田才决定下来。就这样，于朱元璋议政的大政殿上，在燕王建议、皇上赞同、本人同意的情况下，田田从此在官场上正式改叫亦失哈了。史书上记载的亦失哈，即秉仁公主的胞弟田田，在永乐年间，为开拓北疆立下了丰功伟绩。

闲话少说。晚上，朱元璋在宫中赐宴，款待从辽东抗元前阵归来的田田、岳索图、叶旺、鲍龙花、鲍龙卉及众将士。皇上因身体不适，所以没去参宴，由太子标、燕王朱棣与秉仁公主代为莅宴。次日，娟娟向燕王建议，请他带田田、岳索图先返回北平府。因为皇上还不让娟娟离开，需要在父皇身边陪伴一段时间，所以不能同行。叶旺与龙卉需帮鲍龙花照顾马云，也得在京师住些日子。朱棣无奈，只好同意，遂与娟娟依依惜别，带田田、岳索图起程了。叶旺军务在身，不能多呆，没过几日便返回了辽阳。

燕王返回北平府后，首先拜见了岳丈。徐达大将军因病，未能去赴马皇后的葬礼，心里急得不行。朱棣在向他介绍京师情况时，特别讲了娟娟提的三条建议，徐达听后，拍案叫道："娟娟哪，非寻常之人，此话真像刘伯温军师在世呀！不必我赘言，尔用十年功夫践行娟娟之意，幽燕必换容颜也，届时何人敢撼吾婿耶！"朱棣与岳丈别过，前去看望得道高僧道衍师父。自从明月长老、宗泐、徐达、娟娟将道衍推荐给燕王之后，朱棣将他安置在庆寿寺为住持，准许可随时来王府相见。于是，二人之间，不是你去寺院，就是他来王府，经天纬地，讲古论今，一日不见如三秋兮，果真成了知己。朱棣虽有亲王之尊，但结交僧道，可看做时尚，并不奇怪，是子效父之表现。他父皇朱元璋不但有好多僧道朋友，而且常有与和尚、道士谈禅论道之作问世。因此，燕王与道衍也往来甚密，无所不谈，道衍常给出谋划策。朱棣按照道衍的谋略，极力扩充实力和武备，心胸和目光较前更开阔、深邃了。与此同时，道衍还向燕王举荐了在北平府中以卖卜为生的术士金忠。此人善易卜，街巷人等向其求卜，每每说得准，众皆称奇，呼为神仙。道衍将此人领进王府，给燕王观相。金忠卜算后，叩拜道："燕王贵不可言。"朱棣心中高兴，又请其卜未来。金忠让燕王随便写一个字，朱棣顺手写了个"问"字。金忠看了半天，说道："这个字儿左看像君，右看像君，燕王未来有九五之尊。"朱棣听了，既忐忑又高兴，便将金忠收入燕府，成为身边的又一重要谋士。就这样，朱棣身边文有道衍、金忠，武有张玉、亦失哈、岳索图、朱能等将。不久，朱亮病逝，朱能继父职，掌燕山兵务，燕王军威日震。

自洪武十五年秋至洪武十八年，是朱元璋称帝以来最不顺利的一段日子，许多重大灾难性的打击，向大明天子接踵袭来，令他痛不欲生。朱元璋刚稍稍平息了与其戎马征杀天下的恩爱妻子马皇后撒手人寰之悲，不想当年的冬日，得力心腹爱将、姐姐的儿子、义子、一块儿起兵反元并屡建奇功的曹国公李文忠大将突然一病不起，日渐沉重。急得他多次去府上探视，又降旨淮安侯华中选名医、抓良药加紧抢治。可李文忠的病情却急转直下，于洪武十六年三月初病逝，享年四十有六。朱元璋闻此噩耗，难以自制，悲恸得几次昏倒。稍平静下来后，觉得这么健壮的年轻武将死得奇怪，怀疑是华中做了手脚，用药毒死了义子。故而贬去华中淮安侯的爵位，放逐外地，并将凡给李文忠治病之郎中及其家属全部斩首。李文忠死后，朱元璋亲自书文致祭，追封为岐阳王，谥号武靖。

洪武十七年夏，朱元璋突接北平府燕王朱棣禀奏，太傅、魏国公徐达大将军背生痈疽、现已病危的凶信儿。朱元璋心急如焚，立即遣徐达长子徐辉祖前去探视，叮嘱必接回京师调治。徐达被辉祖接回南京，治疗无效，于次年二月病笃遂卒，享年五十有四。徐达死后，追封为中山王，谥号武宁，赐葬钟山之阴，配享太庙，以纪其功。徐大将军的去世，大明如泰山坍塌，万民悲泣。他追随朱元璋数十年，跃马驰骋，转战南北，功高盖世。刘伯温在世时多次讲过："大明有天德可固……昭明乎日月，大将军一人而已。"明朝的不少将领是由徐达带起来的，许多将军都佩服他。认为此人治军有方，身先士卒，从来没有大将军的架子，皆愿意在其麾下做战将。还说他爱兵如子，能笼络住人，威望极高，在众将中有一呼百应之威。徐达的去世，使朝廷顿时失去了统理兵权之人，如同断了一条臂膀，朱元璋怎能不悲痛欲绝呢？

大明朝此间太不幸了，接二连三的变故真像天塌地陷一般，令人难以承受。朱元璋一天都离不开的贤内助马皇后撒手人寰了，心腹大将、义子李文忠走了，朝廷的金梁玉柱徐达大将军溘然长逝了。这还不算，就在徐达的国丧刚刚办完不久，一直重病在身的抗元大英雄马云将军虽经众位郎中的全力救治，但无有回天之力，于寓所闭目而终了，享年四十有九。根据其妻鲍龙花的意愿，葬灵于鸡鸣山，与葱翠的古松为伴。六个月后，皇上身边册封未几的摄掌六宫之事的淑妃李氏也于洪武十八年九月薨逝了。朱元璋的后妃中，除马皇后外，曾于元末，纳元军元帅马世熊义女孙氏为妾，时年十八岁，即位时册封为贵妃。薨逝时，年三十有二。现在，他的身边只有一位妃子，即宁妃郭氏，再没有其他的嫔

东
海
沉
冤
录

妃了。因此，这位大明天子倍感孤独。

一日，朱元璋与娟娟闲聊，他十分真诚地说："娟娟哪，朕已品了好长时间了，看得出你是个十分懂事的好孩子。一直以来很体贴朕，并放弃了去北平府辅助燕王、寻找生母的机会，留在朕的身边，陪着一起忧伤。这一切都是为了朕哪，朕明白，你是个好儿呀！朕自碍情面，许多话不知从何开口，不过还是得说。朕对不起你的母亲，有朝一日，如果真找到了她，一定代朕谢罪呀！"说着，眼圈儿红了。娟娟曾憎恶过朱元璋，认为他不够男子汉大丈夫，知过不敢正视。现在总算听到了表示歉疚的话，内心也很激动，暗自叫道："母亲啊，告诉女儿，到底在哪里呀？皇上向你赔罪了，听到没有？"朱元璋又道："娟娟哪，徐达曾向朕多次举荐，封你个大将军。当他感到年寿不永时，最愁的是有兵无帅，有帅而又无有韩信样儿人耳。娟娟，你去东海寻母，朕不想阻拦。不过暂时还需留在朕身边，谁也要不去，得帮朕几年。这期间，可随时打听母亲的下落，寻母治政两不误，朕求你了。"娟娟听此言，特别感动，心想："朱元璋一向是刚强之人，是大明朝顶天立地的大英雄，从未在人前说过软话。今天能在女儿面前吐出个'求'字，算是够份儿了，是皇上对自己的器重，应给他这个面子。国事和家事相比，应以国事为重，岂能撒手不管？若那样做，便不是刘伯温的女儿，不仅对不起喜欢我一回的皇娘马皇后，也会让徐达叔叔失望的。"于是便道："父皇，娟娟自幼读圣贤之书，国事家事、孰重孰轻能分得清。请放心，娟娟谨遵圣命就是，可留在陛下身边能做些什么呢？"朱元璋高兴了，笑着说："帮朕谋划一下朝廷的要务呀，如今朝野上下朕信任者寡。娟娟，你说说，当今之境况，朕应急办何事？"娟娟不假思索，脱口而出："依儿臣之见，应速行徐达之志。徐叔叔人虽去，虎威犹存，一鼓作气耳。"朱元璋兴奋地催促道："娟娟，快快讲来，不妨细言之。"娟娟说："当今应思虑的，乃燕北及辽东之蒙元残势也。趁众将率兵四野，咄咄逼人，挥戈剜痈之时到矣。对纳哈出，帝心甚慈，已静观十数年。不可再任其割据一方，应以众兵灭其势，亦该收网罟鱼矣。"朱元璋又问："何人堪此罟网之任？"娟娟回道："父皇，娟娟久在徐叔叔身边，知其用兵之奇。徐叔叔常讲：'文忠忠厚，不怕死；冯胜勇谋兼备，狡奸而莫测。'陛下可记否，徐达西征扩廓帖木儿时，他与文忠皆失利，独冯胜获胜券。帝虽宽恕了大将军，但他为此事病了多日，愈后常常回忆那场战事，自称诡诈奇兵，天德不如胜也。冯胜智勇仅在徐达之下，罟网纳哈出，冯胜可为之。"朱元璋笑着说："好姑娘，你真像伯温老先生与天德弟在与朕谈兵啊！多日没有听此侃侃阔论，幸哉幸哉，娟娟在朕前，天佑大明也！朕再问你，冯胜为主将可也，为防不虞，何人为副将耶？"娟娟侃快地说："傅友德、兰玉。"朱元璋接着问："那么两位大将谁为上将军？"娟娟回道："傅友德和兰玉皆为徐大将军两只座前虎，凶顽难伏，惟徐达驭之若猫，他人难驭也。娟娟在北疆静观之，叹徐叔叔治军有方，知其禀性，因人而用也。他们都具大将之才，剽悍无敌，所向皆捷。二人比之，兰玉尤勇于傅友德。兰玉乃开平王常遇春之妻弟，向为帝器重。他傲骨铮铮，常人不放在眼里，又喜结朋党，为其两肋插刀者如云。其势不小，左右无敢欺者，故现今骄蔑众将，不可一世。而傅友德出身微贱，无有姻亲，与陛下亲密，故有勇而无名威压人之势。凡用人，陛下多用兰玉，傅友德从之可也。兰玉向有天下英雄之威，傅有德乃喜图小惠、不求虚名之人，两人各有特性。陛下仔细品之，兰玉争强好胜，傅友德随其后，不会因此而计较，必效犬马之劳，绝无怨言。"朱元璋听完娟娟这番话，认为剖析得十分透彻，深记在心，后来对他处置冯胜、兰玉和傅友德确实起了作用。

朱元璋于洪武二十年丁卯春正月下旨，钦封冯胜为征虏大将军，早已晋为颖国公的傅友德、永昌侯兰玉为左右副将军，率师二十万北上辽东。随军北征者，还有南雄侯赵庸、郑国公常茂、曹国公李景隆、申国公邓镇等。同时下旨，燕王朱棣派军助攻，辽阳都指挥使司同知叶旺亦助阵北攻，并遣被俘降明的纳哈出原部将乃喇五带着亲笔圣旨前去招降纳哈出。

冯胜随已故徐达大将军西征时，长驻北平府，熟悉金山形势。接旨后，留兵马五万驻守大宁，建立大营，然后派军直冲金山。纳哈出在冯胜大军未到前，便见到了乃喇五送去的朱元璋亲笔招降圣旨，内心已经开始动摇。又因田田率五千余众日前已降燕王，自己无力再与冯胜大军对抗。加上乃喇五向他详细介绍了朱元璋为慈善皇帝，器重将军之才气，降明之后必封爵，利禄全收，并力劝不可错过时机。所以，当冯胜大军逼近金山时，纳哈出一看大势已去，根本无法支撑，只好开门受降。冯胜俘虏元兵二十余万，缴获牛、羊、马驮、辎重颇多，率军押解着纳哈出及其元兵将士很快返回京师。朱元璋闻之大悦，派使者远迎冯胜征师凯旋。至此，纳哈出割据之势彻底结束了，金山及月牙楼被大火焚毁，不复存在。

第二天，朱元璋在大政殿召见纳哈出。纳哈出被押上殿后，扑通一声跪倒在地，说道："罪臣二次被押至宫阙，蒙圣明君主惠顾，此番由衷诚服，惟求一死，以赎罪孽。"这时，只见站立一旁的秉仁公主向皇上耳语了几句，朱元璋抬起头来，说道："朕以慈悲为怀，恕尔死罪，封赐海西侯，以报效本朝。"纳哈出一听此言，简直不敢相信自己的耳朵了，做梦都没想到朱元璋仍能如此宽宏大量，那真是感激涕零啊！泪流满面地赶忙叩头谢恩。自此，于北方割据十数年的枭雄归附了大明，唯诺称臣。皇上又降旨："纳哈出可率家眷暂住驿馆，择期拨银，修筑府宅。"

明月长老在娟娟的引领下，前去见纳哈出。说来，纳哈出在京师已看到了明月长老和娟娟，感到羞愧万分，忙跪地叩头。明月长老连说："起来，起来，咱们是老朋友重逢，用不着客套。你既然已降明，那就是一家人了，不必这样。"纳哈出说："无论如何，罪臣、败将也应给两位师父叩头。"娟娟上前把他拉了起来，别的没讲，开口便追问母亲楚绣绣的生死。纳哈出一听，原来两位师父是为此而来，心中不免一震。因楚绣绣的走失，全是他一人所为，只是一直隐瞒到现在而已。今天重又提起了不愿谈及的话题，为感谢朝廷宽大不杀和被封侯之恩，才如实地交代了楚绣绣走失的真正经过。

原来，纳哈出自从有了新欢，便开始虐待楚绣绣母子。楚绣绣是个刚烈女子，哪受得了这个？终日愁容满面、忧惧不安，慢慢地被逼疯癫，病势日渐沉重。天天忽唱忽骂、忽哭忽笑、忽进忽出，整日不宁，数十个女婢也看不住。纳哈出对此虽恨得牙关紧咬，但尚有那么一丝旧情，不忍将楚绣绣押入月牙楼死囚。又怕疯闹日重，有碍声誉，经冥思苦索，终于想出了一个办法。于是暗中派乌迪什于一个深夜秘密将楚绣绣捆绑后，装入囚车，拉出金山二百多里之外，解开绳索，任其四处游荡。此事惟纳哈出、乌迪什知晓，二人约定，绝不外传，只说疯后走失了。纳哈出讲完后，娟娟强压怒火，问道："究竟把人扔到哪里去了？"纳哈出说："至于楚绣绣当时押走到哪里以及怎么放的具体情况，你们可问乌迪什。他已被田田俘获，现关在北平燕王府的囚牢之中。"娟娟得知此情后，立即书函田田，告知纳哈出所言。并叮嘱弟弟，务必找到乌迪什，详审生母的下落。待姐姐在朝廷的事儿办完后，再与弟弟同去寻找母亲，哪怕是天涯海角，切切！之后，将密信派人送给了田田。

再说纳哈出在南京终日闲呆，夜里常有刺客袭扰，吓得他赶忙报给了朝廷。朱元璋听后，甚感奇怪，遂让已从北平府归来的田公公"甜若蜜"将娟娟召来商量一下。当天晚上，娟娟为查明真相，带领鲍龙花等人严密巡防纳哈出住地，很快擒得一夜贼，此乃李存义府上的阍者段四儿。经与御使审问，段四儿交代为李存义指使，内与李善长有关。因惧怕纳哈出密告他们之间相互勾结之事，李存义给了段四儿白银百两，让他到纳哈出处的门上插上匕首，加以恫吓。意思是责令纳哈出缄口不言，倘若不听，则绝其命。娟娟将所得情况连同已掌握的李善长与纳哈出勾结的罪证一并禀奏了皇上，朱元璋甚怒，命御使与锦衣卫联合秘密详审以奏。娟娟向皇上提出，最好能暗中将纳哈出转移，以保其性命。朱元璋略一思忖，准允此议，命纳哈出随傅友德征战漠北。哪成想纳哈出因惊吓和心情郁闷，在路经原金山的馒头山附近时，竟猝死于马上。一个做梦都想叱咤风云的曾独霸金山的元太尉、大丞相，就这样一命呜呼了。

燕王见金山顺利收复，认为时机已经成熟。便与道衍秘密商议，决意拥兵自振，威赫燕北。朱棣知道，要发展壮大自己的力量，控制北疆，冯胜、兰玉、傅友德这些徐达手下的大将是绊脚石。他们能征善战，勇武强悍，实难与之匹敌。若不及早剪除，后必受制。怎么办呢？道衍眼珠儿一转，出了个主意，说道："可查冯胜北征的过失，禀奏皇上。"于是，燕王依计派人，甚至暗中动用锦衣卫，搜集冯胜北征中的一举一动、一言一行，从中寻找证据。经查，果然发现了问题，燕王悄悄儿来到南京城，告之了秉仁公主。娟娟当即将冯胜之过转奏给皇上，禀道："冯胜此次北征，奢华骄纵，私匿纳哈出良马为己有。并使阍者行酒于纳哈出之妻，求大珠异宝，王子死二日强娶其女，失降附心。"皇上春秋已高，本多猜忌，闻听此言，雷霆大怒！下诏切责冯胜，收其大将军印，就第凤阳，无圣旨不许动。从此，冯胜败落下来。

冯胜被治罪后，由兰玉行总兵官事，移屯蓟州。时元顺帝之孙脱古思帖木儿继承大位，不时用兵，扰乱塞上。洪武二十一年春三月，朱元璋下旨，命兰玉大将军率师十五万征剿。兰玉之精骑出大宁，至庆州时探马报知，北元主正在捕鱼儿海一带。马上又日夜兼程进至百眼井，结果不见元兵，便欲班师返还。定远侯王弼提醒兰玉："吾辈率十余万之众深入漠北，无所得，速班师，何以复命？"兰玉觉得王弼的话值得考虑，当即命军士穴地而爨，毋见烟火，乘夜移师至海南。不日，探子报，敌营在东北八十余里处。兰玉见机会已到，遂命王弼为前锋，疾驰击其营。元兵以为明军缺乏粮草，不能深入，且又大风扬沙，一片灰暗，故未防备。因此，明军已至，元兵尚未发觉。于是，没费吹灰之力，俘获了脱古思帖木儿的次子、妃子、公主以下百余人，元官属三千余人；一举杀了元太尉蛮子等人，降其众，追获牧民、役工男女七万七千余人；缴获宝玺符敕金牌金银印信等诸物，马驼牛羊十五万余，焚其甲杖、蓄积无数，只有北元主与太子天宝奴以数十骑逃遁。奏捷京师，朱元璋闻之大悦，摆宴庆功。从此，元朝在北疆大漠的残余势力，基本上被抚平。

在朝野上下喜庆之时，随冯胜、傅友德、兰玉诸将征战的叶旺将军回到辽阳之后，因受刀伤，失血过多，身体十分虚弱。虽经郎中的全力救治以及卜家奴、巫顺、鲍龙卉等人的精心照料，终因伤情过重，于洪武二十一年春三月去世，终年四十有三。叶旺与马云自祖上被元兵由辽东掠入江南，便就此住了下来，后为家焉。奉旨赴辽后，忠心不二，翦荆棘，立军府，抚慰百姓；垦田万余顷，造福于当地之土民，遂为永利。在辽东尤久，有十七年之多，兢兢业业，为辽人德之，百姓无不敬重他们，怀念他们。叶旺逝去后，辽阳的民众百里哀哭，将其棺椁葬于辽水之滨，永与辽民在一起。朝廷为嘉其功，下旨召其妻鲍龙卉奉灵牌回京师，赏赉重金。从此，鲍龙卉、鲍龙花姐妹聚在一起，安度晚年。二人一心护养子女，还常到明月庵拜望明月长老，娟娟也时不时地去家中探访师妹。

再说娟娟自打从纳哈出处了解了生母走失的真实情况后，对太师李善长和李存义合谋将母亲经胡惟庸送至辽东的无耻行径更加痛恨。此事败露了，二人不仅不敛其行，反倒更为嚣张。娟娟想，李氏哥儿俩坏事做尽，好事俱沾光。几年前，李善长一手栽培起来的同党胡惟庸罪孽昭彰，圣上已经赐死，而李善长和李存义却逍遥法外，仍若无其事地活着。这不行，该让朝廷的老罪魁寿终正寝了！她的心里很是不平，于是，便将所掌握的李善长的所有罪证，俱陈于皇帝面前，并痛哭流涕地请圣上为其做主。说实在的，李善长是朱元璋眼下最不愿意提到的一个人。每当提及此人所做的龌龊之事，就深感对不起已故的马皇后，对不住楚绣绣，也有愧于娟娟。娟娟在他面前一哭诉，又把对李善长的旧恨勾了出来，心烦添堵。也是李太师恶有恶报，此时他干了一件更加大逆不道的事，竟唆使弟弟李存义指使飞贼"黑刀王"行刺秉仁公主。由于哥儿俩的谈话恰好被李存义之子李佑听到了，遂暗中保护，娟娟才免受其害，但李佑却遭"黑刀王"的暗器毒伤。

这是怎么回事儿呢？一天夜里，娟娟正在自己的宫房里休息，忽听外面有动静。她噌地蹿下地，匆忙跑了出去，听到宫楼上有厮打之声。当疾步蹿上房顶儿、定睛细看时，见一黑影儿正从房顶儿跳落下去。随即大声呼喊宫中护卫，于后面紧追不舍，终于活擒了"黑刀王"。待娟娟再返回住地查看时，见房顶儿上躺倒一个人，上前仔细辨认，哪成想伤者竟是师兄李佑！回头忙命侍从将师兄抬入内室，发现身中毒刀，半臂和左肋已变黑。经郎中紧急调治，昏迷中的李佑突然睁开眼睛，微笑着拉住娟娟的手，断断续续地说："师妹，你无恙……我就满足了，师兄总算帮你……办了点事儿……"话没说完，便因毒血入心而亡。娟娟抚尸痛哭，悲愤不已。

两日后，秉仁公主将审问"黑刀王"所得实情禀告父皇，朱元璋听后震怒，高叫道："简直是大逆不道！"又联想到李善长和李存义兄弟俩与胡惟庸相互勾结、私通大漠之罪，便假托有星变，得杀大臣应灾。于洪武二十三年五月下诏，赐韩国公、太师李善长死，杀了包括李存义在内的妻女弟侄家口七十余人，并将此事布告天下。

各位阿哥，李善长被赐死，当时在大明朝可是天地震动啊！不单在朝内，就是在村庄野民中都如同响起了一声惊雷，吓得不得不捂住自己的耳朵，以为听错了。那李善长是元勋国戚，身居高位，为当朝太师呀，始终是朱元璋最倚重的权臣。洪武三年大封功臣时，朱元璋授予他开国辅运推诚守政臣、光禄大夫、左柱国、太师、中书左丞相、韩国公，岁禄四千石，子孙世袭，有罪可免二死，子免一死，这是何等的殊荣啊！朱元璋长女临安公主嫁于李善长长子李琪，拜驸马都尉，其家的权势之大，大明时那是第一人。李善长活到七十七岁，仍在朝野中指手画脚，安然自若。如不赐死，可谓除朱元璋之外，功高名实者第一人。李太师的被杀，朝野尽知，人们都说看来皇上开始清君侧了。正如虞部郎中王国用于李善长死后第二年上书朱元璋有言："臣恐天下闻之，谓功如善长且如此，四方因之解体也。"后来，此话果然应验了。

本书开篇讲过，刘伯温好唱一首自大元朝以来一直流传在民间的小调儿，叫《好报令》，是这样唱的：

实其所欲，

投其所好。

早知早好，

晚悟晚报。

老军师之所以常唱此民谣，是因为小调儿把世上的贪欲之人必遭报应写得入木三分。他要唱给时人听，以示警戒，暗谕世人为争利争权失宠的可悲下场。宦海仕途，逐利贪贵者，到头来皆逃不出那十六个字儿的结局。前八个字儿，是指一些能驾驭权谋之人；后八个字儿，是指想得到权谋之人必遭报应的结果。惟有刘伯温把十六个字儿悟透了，不逐名，不争利，事成后则退隐青田，让人总是怀念。李善长、杨宪、汪广洋、胡惟庸等，一生追逐名利，名声显赫，却不识时务，到头来死于宦途。

朱元璋一生，随着地位的变更，性情也有所变化。到了晚年时，总怕皇权不稳固，疑心甚大。他不顾马皇后临终前的少杀戮、勿猜忌的劝告，设立了直接受其指挥的锦衣卫，用以查听、侦伺臣僚属下，及时掌握有害帝业的言行。有了锦衣卫，等于皇帝有了自己的侍卫和亲军，他们可自行缉捕反对皇家的人，其权势远在都察御使官员之上。特别是当李文忠、徐达相继去世后，朱元璋对所有的领兵大将皆不放心。尤担心自己百年之后天下不稳，权臣争雄，没有可控制那些大将之人。故对曾与之征战多年的拥兵大将持以百般的疑虑，倍加警惕，并一个接一个地加以处置，以诏狱镇压故旧。显然，灭异己之举，愈来愈变本加厉。这个期间，他所能信任的人，只有自己的儿子。为此，要求分藩各地的诸皇子必须抓紧练兵，加强武备。可在他的儿子中，真正有武将之才者，当属二皇子秦王朱樉，然力量薄弱。惟四皇子燕王朱棣拥兵自振，兵强马壮，最为厉害，成为徐达死后据幽燕形胜重地、控制大明朝域北、钳制北方诸将的主要依靠力量。

洪武二十五年四月，对大明来说，是个凄风伴着苦雨的月份儿，本来就体弱多病的太子朱标突染沉疴。这日夜交二鼓，洪武皇帝正伏在乾清宫御案上审阅各部衙门送来的奏章和札子。其中，有风雨海溢要求赈灾的，有礼部需更定冠服、居室、器用制度的，有天下郡县赋役黄册编毕请皇上御览的等等，惟有兰玉的一份儿奏章让他颇为踌躇。是什么内容呢？兰玉提出在征伐之地建立卫所，请求籍民为兵。朱元璋想，此奏章究竟合理不合理，是否有不可告人的目的？犹疑中传来兵部当值的主事，令其介绍兰玉征伐地的情况。主事有问必答，历数无遗，从而理清了皇帝的思路。遂决定不理兰玉的茬儿，既不增卫，也不征兵。

刚处理完兰玉的奏章，又抽出了督察院的一份儿折子，恰恰是弹劾兰玉的。告他"自恃功高，专恣暴横，目空一切，不把任何人放在眼里。认为自己在大明朝将领中，是首屈一指的猛将，谁也奈何不得。"还具体开列了五条罪状：一是蓄庄奴假子数千人，横行乡里，乘势渔猎。尝占东昌民田，百姓向御史告状，御史依法到兰府调查，被兰玉捶而逐之；二是北征途中，"私其珍宝驼马无数"；三是夜间带兵经过喜峰口，门吏验符请问，兰玉竟大怒，随之"纵兵毁关而入"；四是兰玉冒天下之大不韪，睡到了元帝故妃的床上；五是总兵在外，擅自黜陟将校，鲸刺军士。甚至进止自专，违诏出师，恣作威福。朱元璋阅罢，心中不免郁闷，将折子搁置起来。此时已近午夜，乏劲儿猛袭上来，起身去郭妃的坤宁宫歇息。

朱元璋到了坤宁宫，刚刚躺下，便有急促的脚步声传来，接着只听奏道："太子殿下病危！"一声禀报，如同炸雷一样在头顶儿轰响，令他震惊，怔怔地自言自语道："怎么会这样呢？"急忙起身，穿上衣服，坐上肩舆，赶往东宫。就在踏进东宫门坎儿时，冥冥中听到有个声音说："皇上来得晚些了！"是啊，真的来晚点儿，见太子已是蜡黄的脸、失神的眼、上气不接下气了。他难过极了，如利箭穿心，差点儿没跌倒在病榻旁。还未等站稳呢，太子哇的一声，吐出最后一口血，只有三十九岁年华的朱标，匆匆撒手人寰了。

洪武皇帝在受到了巨大打击、经过很长一段时间的哀痛之后，开始考虑东宫由谁继任的问题。他有两种选择：一是在诸王挑选一位，册为新的太子；二是不再册封太子，而是将皇世孙朱允炆册封为皇太孙，待自己百年之后，直接由孙辈继位，两种办法皆通古礼。想到立皇太子，便把秦王、晋王、燕王、周王、楚王、齐王以及庆王、宁王、岷王、谷王、韩王、沈王、安王、唐王、伊王等二十三位，按着嫡庶、长幼的顺序，全在脑子里过了一遍。首先想到的，当然是位居老二的秦王朱樉。他本来对秦王是很器重的，但觉得这小子不识抬举，就藩后多过失，屡行不端，不良于德。若不是朱标为其开脱，可能早被削去王号、废为庶人了，怎么能把国家的神器放在此种人的肩上呢？不行。然后想老三晋王朱棡。三皇子眼珠儿白多黑少，为人多智数，气量褊狭又极骄横，胸中装不了万里江山，也不行。接着想燕王。说来奇怪，同是亲哥儿们，四皇子跟其他的兄弟不一样，不仅五官与自己酷似，而且禀赋、气质、性格等方面更像朕。尤令欣慰的是，在对北元的征讨中，朱棣出奇制胜，表现出智勇大略、推诚任人、与将士同甘共苦、不争功、不自傲、深受众望的优长，显然高出秦、晋二王一筹。他又琢磨五儿周王朱橚。那个人呀，玩世不恭，放荡怪诞，令人想起来就感到恶心。若不是皇后特别关照，可能早被自己打死了。朱伯西在这里，需插说几句。相传，马皇后临终前交给朱橚一件衣服，是她一针一线缝制的。又交给皇上一根棍子，说："若此儿有错儿，先让他穿上我给做的这件衣服，然后你用这根棍子教训他。"皇后的话，倒让朱元璋对五儿没了办法，当然也不可能立为太子。觉得自周王以下的所有庶出之子，不是年岁小历练不够，就是难于独挡一面，更缺少威震八方的气势。想来想去，惟燕王最突出，若另立太子，非棣莫属。立皇世孙是一条选择，可反复寻思过多次，委实不想这么做。太子标本有两个儿子，大儿子朱雄英早已夭折，只有二儿子朱允炆。皇世孙不但相貌不讨人喜欢，而且禀赋、气质看上去还不如其父，不像是帝王的材料。当然，不是说孩子没有过人之处，还是绝顶聪明的。比方说五六岁时能背诵一首首唐诗、宋词，十一二岁时能创作出极佳的律诗和绝句。尤令朱元璋皇爷爷动心的，是允炆的至孝之心。

那是太子朱标的"七七"忌日，按照礼俗，其父要去灵前祭奠。于是，朱元璋便去了东宫。到那儿以后，所看到的一幕和听说的一切，使他对皇孙朱允炆产生了好感。朱允炆作为朱标的儿子，被置于丧事的突出地位。"小敛"的时候，是他亲手给父亲穿上一层又一层的寿衣，再套上裹尸的布囊，覆上夷念[①]。"大敛"时，又是他将父亲的遗体抱入棺内，顿足哀号，好几个人费了挺大的劲儿才将他拉了起来。从父亲闭目时起，一直到"卒哭"之日，他的眼泪几乎没有干过。按礼俗规定，太子朱标的灵梓要摆放在东宫正殿前的西阶上。西阶意味着客位，说明太子已不再是东宫的主人，而成为"宾客"了。"礼记"规定："天子七日而殡，诸侯五日而殡。"殡不是葬，离安葬入土还有五个月的时间。朱允炆令人在院子里临时搭建了简易草棚，此谓之"庐"，然后就在没有泥墁、四面透风的"庐"内陪伴着亡父。夜睡时，头枕着土块儿，身

---

① 即被子。

盖着草苫，一如古制。不时还要起来，往长明灯里添油，烧化纸钱。朱元璋来至东宫，看到朱允炆正跪在灵前，其容貌冷不丁吓了他一跳！只见孙儿眼睛红肿，眼角儿溃烂，为去心火，眉心和太阳穴处已揪出紫斑。嘴角儿干裂，露出血丝，确是形销骨立，愀然作色。朱元璋是最重德行的，从朱允炆的孝行中看出其品性敦厚，致使他关于"储君"的决定不免有些犹豫。

洪武皇帝想到东宫虚位将会影响到国家的安全，对这个万众瞩目的大事，必须尽早做出决断。于是，在东角门召来群臣，议论"储君"人选。他经过几个月的思考，开宗明义地对众臣说："朕已老矣，国家不幸，太子薨亡。古称国有兴君，方足民福，皇长孙弱不更事，朕恐其难承大统。朕的四子贤明仁厚，英武似朕，朕意欲立燕王为太子，卿等以为如何？"殿堂上无人应声儿。皇上接着又问了一遍，只有几个大臣声音很小的回应道："陛下圣明！"可是微弱之声刹那间被一片唏嘘声淹没了。这时，一位老臣扑倒在殿前，高声儿喊道："臣有话要说！"朱元璋说："今天就是请众卿唠唠，可随意讲。"老臣奏曰："皇孙年富，且系嫡出，孙承嫡统，古今通礼，望陛下慎思之！"皇上问道："依卿所言，朕欲立燕王，竟是不妥了？"老臣答曰："若立燕王，将置秦王、晋王于何地？弟不可先于兄。臣意不如立皇孙，皇世孙嫡大统，礼也……"朱元璋听此言，觉得很有道理，便于洪武二十五年九月庚寅，册封十六岁的朱允炆为皇太孙，继其父朱标为太子。

朱元璋的这一决断，顿时在诸皇子中引起了轩然大波，为后世埋下了血战征杀的隐患。表面上看，并没有什么大的反应，可是各种势力在暗中的较量和格斗已经开始了。说起来，当时对此册封最不心服口服的，就是四皇子朱棣。本以为向来被父皇喜爱，又拥兵燕北，文韬武略皆在众兄弟之上。兄长太子标死后，自己无疑将登太子之位，并已于城郭外置"龙亭"，陈仪仗，迎接立太子诏书的到来。然而从"龙亭"取出来的诏书，却大出所料，立之太子乃朱允炆。他无论如何不明白为什么会是这么个结果，不甘心哪，连着几夜饮酒，根本不能入睡。徐妃力劝，听不进；还是道衍劝他，才如梦方醒。道衍说："燕王，太子名讳虚名耳。英雄争其实，何慕虚名？潜龙在海，人不知其威；一朝出海，沧海桑田也！王宜敬谨陛下朝臣，自壮而备也。"道衍的话使朱棣顿开茅塞，一语道破眼下不是去争名分的时候，重要的是要想办法充实自己的力量，成为强者。

当时，燕王暗中与之争雄者，除了已被治罪的冯胜，剩下的还有蓝玉、傅友德等。蓝玉现正掌大将军之印，并被封为凉国公，叱咤一时。特别是在讨伐四川建昌卫指挥使伊鲁帖木儿的叛乱中，擒拿了伊鲁帖木儿，更是声威大震。他是已故太子的舅父，向有朱标的支持和厚爱，在朝野上下很有影响和威望。而且善于广交各路英雄，与之交好的名将和权臣甚多，并待为知己。不少人寄希望于太子朱标有朝一日君临天下，蓝玉的地位不可预测，故趋炎附势者如炽。太子标故去了，其子、皇世孙朱允炆若能承继大宝，蓝玉及其众友好仍是朱允炆的得力拥戴者。蓝玉的头脑可不简单，对朱棣尤其注意。一次，他在北征凯旋归来后，对太子朱标说："臣观燕王在北平，暗有不臣之心。"建议太子派人查其操练兵马、自行扩大实力之事，提醒应有所防范。太子朱标老实厚道，没有重视，也没亲奏皇上。蓝玉见太子竟如此不在意，又道："殿下待臣恩厚，我是担忧啊！"蓝玉的这些举动和与朱标说的话，早被朱棣暗中掌握的、遍布朝廷内外各个地方的、包括太子宫中的锦衣卫所了解，密传给朱棣后，当即对蓝玉恨之入骨。此次乘太子标发丧来京时，立马叩见父皇，历数了蓝玉的罪状，还说："现在诸公侯纵恣无度，不诛，将有尾大不掉之忧。"朱元璋本来就看过督察院的折子，上列的笔笔宗宗，已使他对蓝玉的种种行为甚为不满。现在又有最信赖的儿子来举发，进一步促使他暗暗下了决心，定要处置之。

洪武二十六年初春，农历惊蛰日，凉国公蓝玉像往常一样，穿上了大独科花一品绯袍，赴早朝来至西华门。其时，天尚未明，守门的锦衣卫借着灯光检查他的牙牌，见上刻有个"勋"字。但一锦衣卫却不承认这块牙牌是他的，并手指着鼻子问："你是凉国公蓝玉吗？"蓝玉刚回答，立刻被五花大绑地押走了，并且没有直接囚往刑部或大理寺的牢房，而是进了锦衣卫的镇抚司。一般来说，押至此处的，不死也得脱层皮。

蓝玉案受惊动最大的人，就是东宫的吕妃。吕妃自丈夫去世，终日以泪洗面，苦叹太子标扔下了孤儿寡母无人管。想到自己出身微贱，常妃早已薨逝，何况与之关系不甚亲密。蓝玉既是太子的舅父，也是其爱将，眼下却出了事儿，可叫允炆去依靠谁呀？身边没有得力的武将护卫，没有知心的帮手怎么行？又想到若是蓝玉确实有罪，皇上重罚了他，允炆以后的日子会很不好过。那样的话，燕王必占上风，一准儿得挟控允炆，到头来还不知要出什么乱子呢！吕妃深知陛下虽喜欢她这个儿媳，但皇上历来独断专行，除马皇后外，没有一个人敢去找陛下说情的。于是想到了去找宁妃郭氏，可那是个静心寡语之人，不会帮忙的。寻思来寻思去，寻思到了秉仁公主，觉得求她去为兰玉说情最合适，恳请皇上宽恕。吕妃便去找了秉仁公主，把自己的想法讲了，痛哭流涕地哀求望能帮帮忙。娟娟内心十分矛盾，说实在的，从哪个方面讲，朱棣、兰玉、朱允炆皆是她所亲近和喜欢的人，不希望他们之间有争斗。可如今真的就出现了问题，她都想帮，又都不好帮。碍着吕妃与自己的交情，还是去找了父皇，以表明心迹，禀奏道："兰玉不同于李善长，乃开平王之妻弟，身经百战，战功卓著。即或有罪，陛下可折其功而惩之。若重罚，恐伤诸将心，望陛下思之。"朱元璋听后，令人唤来锦衣卫，将所查兰玉结党谋反之奏册拿给娟娟看。娟娟阅后，不禁大吃一惊，感到爱莫能助了。

再说兰玉被押进镇抚司后，大喊大叫着："我要见皇上！"却没人理会，只有一件刑具摆在面前。先是一般性的拷打，继之是拶夹。就是用三根夹棍儿把他两条小腿夹紧，再由两个行刑人左右拽绳儿，兰玉立时痛彻骨髓。后又有人取过谓之"木手"的手槌儿，有节奏地敲击他的两肋，兰玉疼得在嘭嘭嘭的响声中昏了过去。待醒来后，还是誓不认罪，大喊："我纵有罪，只是贪馋喜色而已。自恨素无拘谨，才遭此祸，应得也！然本将自为陛下坦荡无私，忠心朝廷，肝胆涂地，神人共鉴！可悲啊，帝何昏庸至此？兰玉死不足惜，太子在天之灵悲伤耶！"一旁的锦衣卫指挥蒋献大骂道："混账！死到临头了，还敢诬陷太子？"兰玉说："请奏陛下，太子孱弱，恶人中伤不辨乎！陛下可愁皇太孙来日之境乎？"说完，不是好声儿地哈哈大笑着。接着，行刑人又连续施以车辐、火炙、烟熏，最后把一双"红绣鞋"给他套在了脚上。

所谓的"红绣鞋"，乃锦衣卫镇抚司的独创，是一种鞋状的铁器。先把这"鞋"给人穿上，然后加热、烧红，直到皮焦肉烂。兰玉熬过各种刑罚之后，心想："无论怎样都是个死，不如来个痛快！"遂大呼道："朱公啊，朱公！"他已不再喊陛下了。"果然是飞鸟尽，良弓藏，狡兔死走狗烹啊，朱公以为天下太平了吗？何不留一二大将以防不测……"说完一头撞向狱墙，脑浆迸裂，倒地而亡。锦衣卫的人能说好话嘛，朱元璋闻奏大怒，好个兰玉呀，敢骂我"昏庸"！立即下旨，凡与兰玉有关者一律问斩。此次坐堂论死者，除兰玉全家外，主要人物有"一公"、"十三侯"、"二伯"。即开国公常升，景川侯曹震、鹤庆侯张翼、舳舻侯朱寿、普定侯陈恒、宣宁侯曹泰、会宁侯张温、怀选侯曹兴、西凉侯濮玙、东平侯韩勋、全宁侯孙恪、沈阳侯察罕，微先伯桑敬、东莞伯何荣及吏部尚书詹徽、户部侍郎傅友文、都督黄辂、汤泉等人。皆被"夷三族"，"磔于市"，总计诛者将近两万人，真是血流成河啊！这是大明朝以来杀戮最多的一次，使原来的那些元勋宿将相继去矣，往日亲近太子朱标的众臣也差不多被清除殆尽。兰玉有逆臣录，把用刑讯得的口供和判案详细记录公布，让全国人都知道他的罪状。

凉国公兰玉的悲愤而死，与其交好者的惨遭杀戮，京师里一时间阴森可怖，人人自危，深怕被锦衣卫破门捕去，死于非命。单说，这下可惊动了烈性汉子傅友德。他来自砀山，元末从刘福通党李喜喜入四川。喜喜败，从明玉珍。玉珍不用，走武昌从陈友谅。朱元璋攻江州时，友德率部归降。本是绿林中人，仗义助人，不惧生死性喜酒。冲杀中大口饮酒，手执一柄大砍刀，全身是伤而不惧。且越战越勇，见之胆寒，无人敢敌。征讨元将乃尔布花时，被三千元兵困在黄河岸边，身边将士皆陷入埋伏，死百人。友德仍奋勇冲杀，乃尔布花喝令生擒之。元兵冲了上来，友德身中数箭，还在扑斗。刀柄折断了，便用双手斯杀，抱住元兵，啃其脖子，喝其血，咬死七人。众元兵见他像血葫芦一般，怕被咬死，吓得仓惶逃窜。后徐达的援兵赶到，齐心协力，终夺灰山。

傅友德历冒百死，伤痕满身。箭夺左目，独目搏敌；右臂被砍去红肉，只露白骨；喉因刀伤，声音嘶哑。总之，他为大明朝立下了赫赫战功，功封颖国公。其子傅忠，妻为朱元璋第九女寿康公主，与朱元璋是皇亲。由于忠勇，朱元璋屡敕奖劳，太子标死后被加封为太子太师之位，够显赫了。傅友德一看兰玉那么有功的大将被诛，十分气不公，便到朱元璋处讨公道，结果遭贬斥。他心直口快，是个烈性人，说这是圣上杀鸡给猴看，卸磨杀驴。此话传到了朱元璋的耳朵里，为此很是恼怒。傅友德早对朱棣怀有异志有所察觉，经百般思忖，觉得燕王不但势力大，会办事儿，而且又是当今皇上最喜欢的皇子。就不想屯兵于北平府，受制于对他管制苛刻的燕王，还不敢返回京师逗留，惧怕锦衣卫的无端暗查。想来想去，不得不冒死请命，以自己之功劳，请求皇上给他怀远四千亩良田，告老还乡。并表示："今后一旦需要臣，定为陛下舍命献死！"朱元璋一听，心想："他是什么意思呢？告老还乡还要千亩的土地，不纯粹是要挟朕吗？"心中大为不悦。又深知傅友德是猛张飞脾气，自己百年之后，倘若有人闹事，他准是第一人。为啥这么想呢？因为朱元璋太了解傅友德了，知道谁也治不了颍国公，留在朝廷，将是最大的隐患。

恰值此时，锦衣卫查出傅友德和定远侯王弼在私谈中，曾说过"皇上春秋已高，旦夕且尽我等，奈何？"的话。意思是说皇上年岁越来越大了，早晚得算计咱们，怎么办？朱元璋得此禀奏，深恐二人谋反，认为早除为佳，不除后患无穷。遂于洪武二十七年冬十一月，派锦衣卫到二人府邸先后宣诏，赐颍国公傅友德、定远侯王弼死。二人相继被诛后，已被削去兵权的冯胜深感不安，知道自己的末日已近，便每日隐于府中，哪儿也不去，经常含泪哭拜在兄长冯国用灵牌之前。在傅友德、王弼被赐死不到三个月，即洪武二十八年二月的一天，突然锦衣卫来冯胜府上，送皇帝赐的御酒，命饮下。冯胜明知是毒酒，可因是皇上赐的，不能不喝呀，只好跪地谢恩，一饮而尽，当即暴亡。可叹在大明朝的勋臣中，位居第二的宋国公冯胜大半生跟随朱元璋反元，数十年转战大江南北，胜功无算，功高盖世，就这样活活被毒死，真是可悲至极！冯胜死后，诸子皆无嗣。

自冯胜、兰玉、傅友德、王弼相继伏诛或被赐死之后，军事力量最强大的、最威猛的便是燕王朱棣。兵权已尽落手中，皇上若有重大讨敌之举，总是命他率师出征。为平息幽燕以北的元残余势力，朱元璋令燕王出兵辽东。后来闻报元残部袭扰大宁，又命他剿大宁，败残敌于彻彻儿山，随即乘胜追杀元兵于兀良哈、秃城。几仗取胜，燕王的势力更加强大，本人亦日益自负，不可一世，大明各藩王难与为匹。

就在朱棣自鸣得意之时，皇上册封第十五子朱植由卫王改为辽王。朱植本是朱元璋的爱妾韩妃所生，韩妃早亡，马皇后将他当成自己的孩子抚养大。此人老实忠厚，朱元璋很是喜欢，于洪武十一年封为卫王。洪武二十五年，又将他改封到自己比较看重的门户之地辽东为辽简王。朱植受职后，于洪武二十六年就藩于辽东广宁，即现在的北镇。当时北边的辽东大部分是荒寒之地，啥也没有，更无宫殿可言。因此辽王就藩后，先暂住大凌河北，建了木围墙，以树栅为营。而后抓的第一件事，便是在广宁建宫殿。朱植虽勤习军旅，但兵力极其微弱，基本没有御敌守卫之能。跟与之毗邻的燕王相比，那可是小巫见大巫，根本比不过朱棣在北疆之兵强马壮之势。

即使是这样，朱棣心里仍不高兴，为什么呢？本想拥有辽东，作为

东
海
沉
冤
录

自己的财富和兵源之所。现在来了个辽王，不等于给他安上了钉子吗？于是，表面上装出一副对弟弟友善的样子，派张玉、巫利、朱能前去广宁，代其操练兵马。暗地里却大造舆论，无中生有，恶意中伤。他多次向父皇禀奏，说十五弟来后，只忙于筑建宫室，别的什么也不干。松弛兵防不说，很多事儿都得我去做，不如将辽东归入北平府管辖。朱植心向京师，对四哥的人品早有了解，知道他的心地不好，故而不仅不信任他，还暗有戒心。朱元璋并不糊涂啊，听了朱棣的奏报，便命人秘密调查。方知朱植并无实力，到藩地较晚，辽东实为燕王所控制，遂对朱棣的请求拒之。朱元璋觉察出了他们兄弟之间有矛盾，那为什么还要敕封卫王去辽地呢？因为他早看出诸藩王中，只有燕王鹤立鸡群。而且眼下不比从前，羽翼已丰，狂傲不逊，竟提出要占辽东，想方设法扩充自己的领地，显然有心怀叵测之打算。觉得这个儿子太厉害，太不好斗、太不得了啦，甚至连他自己都害怕。怕什么呢？怕日久燕王势力太大，长江以北难以调动。更担心百年之后，皇太孙朱允炆尽管做了皇帝，也肯定不那么好当。派卫王去辽东的目的，就是想让他占北域，便于牵制燕王。朱元璋为了替皇太孙着想，后来还派了最喜欢的、与马皇后所生的宁国公主的驸马、汝南侯思祖的儿子梅殷辅佐朱允炆。梅殷有谋略，精弓马，在朱元璋十六个女儿的众驸马中，是出类拔萃的一个。朱元璋又于洪武三十年，派武定侯郭英、都督杨文去督办辽东诸卫所，以严边卫，然而皆无济于事。

暂且放下朱元璋忧心不讲，单说一日在宫中忽听御史密报，从月牙楼所得玉玺被田陆盗走，当即惊出一身冷汗。前书说过，田陆系元朝顺帝宫中的总管，降明后，一直在明宫中任总管。他总是给人一副诚恳、忠厚的样子，显得特别谦恭，上上下下打点得十分周到，从不令人生疑。还得到了马皇后和众嫔妃的信任，称之为"甜若蜜"，啥事儿都找他。就是这个田公公，在隐藏了十几年后，露出了真面目，盗走了国宝玉玺。朱元璋认为玉玺丢失乃不良之兆，心中顿感懊悔，恨自己竟被一个元朝内奸诓骗。书中暗表，此元朝玉玺后来归返了大漠。直到二百多年后，皇太极于天聪九年讨伐蒙古时得之，并因得玉玺而称帝，国号大清。此为后话，本书不赘述。

玉玺已丢，过去的传统观念是得了玉玺，等于得天下；失去玉玺，等于失去天下，朱元璋为此很是憋闷。这一窝囊不要紧，遂于洪武三十一年五月躺倒了，一病不起。朱棣听说后，未等皇帝宣诏，便自行来京，到宫中叩见父皇。说起来，往昔藩王入京，有旨可入，无旨不许去。其他的藩王都依旨而行，惟独燕王不遵守，有事即来，无诏也来，仗义得很，朝臣皆不敢多言。朱元璋身体大不如从前，朱棣既已来京，只好表示宽让，未责此事。

朱棣来到坤宁宫，朱元璋披衣坐在龙榻之上，秉仁公主正与宁妃郭氏在身边侍候。朱棣叩拜，请安，关切地询问父皇身体如何？帝曰："只是偶感风寒，头昏目眩、四肢乏力而已，不碍事，免皇儿挂念。"随后赐坐。朱棣坐下后，一张嘴便把矛头指向了十五弟朱植，直陈道："陛下，由于辽东简王无能，那里民无安业，纷纷流窜到小王的北平府，致使盗匪四起。儿臣见都督杨文有勇有谋，堪为重用，想命他帮助剿匪。武定侯郭英仍驻兵广宁，协助安抚辽东，使我幽燕之地不受瓜连，社会安定，不知陛下允否？"说此话的目的，不外是想把朱植从辽东起出去。因杨文与朱棣的关系密切，是要好的朋友，故而极力推荐之。朱元璋一边饮着宁妃郭氏奉上的莲子汤，一边思考着，本对朱棣所提之事不满意，又不想伤害他，于是说道："这事儿可与武定侯郭英、都督杨文商议后，再奏上来。"朱棣忙道："陛下，事不宜迟，小王意已决。都督杨文从我，武定侯郭英从朱植，还有备御开平等，俱听小王节制，可也？"朱元璋一听，心想："此前并未同朕商量过，你就定下来了，真是武断得很。"可他身子骨儿十分虚弱，精神头儿又不足，一时也没有别的什么不错的主意，只好说："按皇儿的话，朕下旨行之。"随即命人拿来文房四宝，由秉仁公主遵陛下口谕，书就草诏。然后念了一遍，交于燕王，朱棣接旨叩拜。

秉仁公主和宁妃代皇上送燕王于宫门口儿时，朱棣回头笑着告诉娟娟："姐姐，同我来京师的还有你的弟弟亦失哈。他一是随我来，二是为看姐姐，说有要事找你呢！"娟娟方才见燕王在皇上面前趾高气扬的样子，心中很是有气，觉得如今的朱棣可不是以前的那个小朱棣了，有些盛气凌人了，竟敢凌驾于皇帝之上。她是个烈性人，当时是压了几压，才未讲出来。心想："陛下身体欠佳，人家是父子，我何必插言？说多了只会增加父皇的烦恼，对养病没有什么好处。"话虽未出口，但心里一直觉得朱棣做得不对，开始对四皇子有了新的认识，脸色自然不悦。当听朱棣告知田田来京师了，这才有了点儿笑模样，知道弟弟是为寻母之事而来，便对朱棣说："你先走一步，我随后赶去。"说完，与宁妃反身回去了。

娟娟回到内宫，嘱咐皇上好好儿养病，按时服药，并说弟弟亦失哈来了，想去看看。朱元璋听罢，把娟娟叫到身边，眼含泪花儿，变得那么慈祥，像个老父亲一样，没有一点儿往昔大将的威严，拉着娟娟的手说："孩子，朕知道寿命不永了，对未来的事儿没精力多费心思了，听天由命吧。朕要感谢的有两个人，一个是那已故的皇娘马皇后，一个就是娟娟你呀，的确能体贴朕的心哪，谢谢啦！朕不想把着你不放了，早该走了，去寻找绣绣生母去吧，何况朕也对不起她。要记住，这里的事儿以后不要再为谁操心了，朕亦无能为力了。"说着，落下了老泪。朱元璋的话里分明有话呀，只可惜娟娟当时没在意，更没细想，忙跪下给父皇叩头，又给宁妃郭氏叩头，深情地致谢道："感谢父皇放儿臣寻母，诚望陛下善待龙体，多多保重。"说完泪流不止，起身告辞，朱元璋向她招了招手。

娟娟离开了朱元璋的寝宫，出了坤宁宫，边走边擦着眼泪。这时，她看到燕王并没走，正等着她呢。朱棣见娟娟哭了，忙跑过来拉着她的手说："好姐姐，怎么了，哭什么呀？说心里话，我真想姐姐，此次是特意从北平府来看你的，准备接姐姐一块儿回去呢！"娟娟抽出手来，说道："燕王，咱们走吧，田田弟弟现在何处？"朱棣回道："他在兵马司会馆，我们都在会馆里歇息，今天姐姐也住那儿吧。"娟娟想了想，说道："看过田田，应去东宫看看嫂嫂，她很想你呀！我就不住会馆了，还是住在东宫为好。"朱棣听后没吱声儿。

娟娟和朱棣来到了兵马司会馆，看望弟弟。田田已有多日未见姐姐了，很是想念。一见面，便感到分外亲切，迫不及待地想把所知道的情况一股脑儿全告诉娟娟，兴奋地说："姐姐，我已从乌迪什处审问清楚了。说那年他将疯癫的母亲用车拉到了粟末水江边，解开了捆绑的绳子，放下母亲立马回去了，其他没说出啥来。不过其黑纳告诉我，他数日前回到艮兑部落，听艮兑妈妈讲，姐姐打听的赫思痕妈妈部落目前在伊曼河上游锡霍特山的东侧。还听说那里有位女罕叫赫思痕安巴达妈妈，戴有一串儿玛瑙项链，可惜不会说话。姐姐呀，咱们能不能亲自去认认，或许她就是日思夜想的母亲呢！"娟娟听了非常高兴，虽然还不能确定赫思痕安巴达妈妈是要寻找的生母，但不管怎么说，没白费劲儿，总算有了点儿线索，一定得想法儿到北疆伊曼河去看看。说过话儿后，娟娟让田田在驿馆中歇息，她要同燕王去东宫拜望吕妃。朱棣本不想去，为什么呢？从心里讲，其实是怕见皇太孙朱允炆。对允炆，他已不像过去那么喜欢了，而是变得十分憎恶这个名字，恨不能有朝一日世上没朱允炆才好呢！可娟娟一定要去看嫂嫂，朱棣又不便说别的，只好随着去了。

朱棣随娟娟到了东宫，拜谒嫂嫂，吕妃忙道："他四叔来了，如今可不一般了，威名远扬，还有闲空儿来看你寡妇嫂子呀？"朱棣说："这是哪里话？嫂嫂是我心中最尊重的人，将永敬嫂嫂。今后有谁敢欺负，棣当不会漠视，一定会为嫂嫂申冤的。"吕氏暗察朱棣言行举止，见对自己一如既往，心想："也可能四弟本来就没什么坏心，是不是咱把人家想错了？"因朱棣不想见皇太孙朱允炆，所以简单聊了几句后，赶忙拉着娟娟告辞了。

二人出了东宫，朱棣让娟娟领他去拜望明月长老，然后去探访龙花、龙卉姐儿俩。娟娟一听立马明白了，说道："噢，怪不得，你现在正用人哪！姐姐知道，你最想看望的不一定是明月长老，而是鲍氏姊妹吧？"朱棣很是吃惊，心想："秉仁公主太机灵了，真是不好惹呢，我的心思她或许觉察到了？"忙道："好姐姐，你说哪儿去了，我找鲍氏姊妹有何用？只是觉得过去挺熟的，该去看看才对呀！"娟娟历来是心直口快，嘴比刀子还厉害，得理不让人，言道："明知道我有父亲刘伯温的卜测之功，难道想在姐姐面前假充菩萨吗？弟弟，你心里想些啥，我全知道，只是不说而已。姐姐只盼你勿伤陛下之心，勿违皇族之义，少让在地宫中的皇娘为她的皇儿流泪。"朱棣听罢，出了一身冷汗，感到秉仁公主的确了不得，厉害着呢，啥也瞒不了她。心里是又爱又怕又恨又没辙，更不敢露出半点儿异样的神色，便试探道："好姐姐，嘴巴总是不饶人，弟弟服输行了吧？可千万别乱说，给朱棣留下个脑袋，日后好陪姐姐唠嗑儿呀！陛下十分器重你，相信会有一天，凭姐姐的文才武略，很可能是本朝又一位女徐达右丞相兼大将军也未可知呀。到那时，朱棣得靠姐姐多帮忙呢！"娟娟一听，很显然，朱棣是在套自己的心迹。觉得不妨告诉他，让他把心放到肚子里，不必防姐姐。于是便道："弟弟，你咋这么健忘呢？姐姐一向对朝中之事是不在意的。之所以没离开京师回北平，不只是由于陛下的旨意，还因怀念已故的皇娘，加之可怜病中的父皇身边无亲人才留下的。不过，现在皇上已允准我走了，很快要回到北方，到东海窝稽去找母亲。决心早定，无论再有什么事儿，都不能改变了。"朱棣心里明镜似的，如果有一天起事，最怕的就是刘娟娟。怕她成为自己的对立面，怕到那个时候，文武奇才的秉仁公主被朝

東海沉冤錄

廷膺请。而且对娟娟的为人，朱棣早摸透了，她是扶弱驱强、心慈怜悯之人。因此，一旦朝廷有难，必躲不过朝臣们对她的举荐。心想："若真如此可糟了。娟娟武功高强，在朝中很有威望，父王亦颇为重视，任何人不敢得罪她。另外，身边偏偏有鲍氏姊妹，同样是惹不起的主儿。毫不夸张地讲，当今皇上惟一的文臣武将，正是眼前的秉仁公主。倘若动起手来，扒拉扒拉挑挑，真没有能抵挡过她的人。况且在武当山还有一伙儿强人，有求必应，那里的师父和师祖可是她的后台呀！"想到这儿，觉得无论如何得放聪明点儿，用尽甜言蜜语、使出浑身解数也要将刘娟娟牢牢地控制在自己手中。

一路上，朱棣磨来缠去的，对娟娟说尽了好话。说说唠唠，很快到了明月庵。刚迈入庵门，见龙花、龙卉姐妹俩正巧也在，互相见了礼，然后由二人引领去拜见明月长老。这是一位长寿老人，身体还那么健壮，思维敏捷，耳聪目明。燕王朱棣、秉仁公主娟娟进屋后，她一边让座，一边吩咐鲍氏姊妹帮助了静、了慧两位师父做素席，让燕王和娟娟在此用膳。三人说了一阵儿话，互相打听了一下情况，晚膳便备好了。宴后，朱棣非要拉着娟娟到他歇息的兵马司驿馆去住不可，却让明月长老给挡住了。长老撂下脸子说："燕王，你先回去吧，我跟娟娟还有话说。再者她已好些日子没到这儿来了，大家没亲热够呢，今晚就留宿在庵里了。"朱棣见明月长老满脸的不高兴，哪能再说呀？只好一个人回到了驿馆。

朱棣走后，明月长老两眼盯着娟娟，语重心长地说："娟娟哪，在我收下的所有弟子中，最疼爱的就是你了，时时处处打心眼儿里惦着。务必要把佛事放在心上啊，国政之事、朝中之事不必管得太多，更不要因政事丢了自己的功课。人心叵测，你的心眼儿又那么好，千万不能上当啊，有时间就多背背经文。"娟娟一边听一边点头答应着。明月长老端起水杯喝了一口茶，接着又道："我也看出来了，你挺喜欢朱棣。但要知道，那燕王可不是一般人哪，工于心计，许多道道儿恐怕是你想不出来的。依我看，他不是真正爱你，而是用你。别看嘴巴像抹了蜜似的，净挑好听的说，得注意同他保持距离。我已多次跟你讲过这个事儿，好孩子，心不能太软，若不然最后淌眼泪的恐怕是你自己呀，师太是真不放心哪！"娟娟听罢，心里很不好受，那是酸甜苦辣咸五味俱全，一头扑到明月长老怀里，保证道："师太，请放心，娟娟记住了，一定不会忘。"

这时，外面下起雨来，越下越大。明月长老和娟娟正唠着，忽然了静、了慧推门进来，说有三位过路人要到庵中避雨，还特意求见师太和秉仁公主。二人听后，甚感惊讶，心想："过路避雨之人找我们做什么？不过既然人家提出来了，怎好拒绝？"想至此，只好让了静、了慧将他们请进客厅。三人急匆匆地大步进了客厅，只见头上都蒙着雨布，遮得挺严，根本看不清他们的脸面。其中一人走到娟娟面前，把头上的雨布搁了一下，故意露了露脸儿，娟娟认出来了，忙附耳告诉了师太。明月长老知道了来人的身份后，便让了静、了慧退下，嘱咐精神着点儿，看好庵门，严加防范。在二位弟子走后，明月长老将三人又从客厅领到了自己的卧室。

　　三人进了屋，才把头上罩着的黑色雨布拿了下来，明月长老一看，可是吃惊不小。来的不是别人，而是吕妃和皇太孙朱允炆，另外一个是太子标小时候就在身边的张老公公，吕妃和朱允炆是由张公公领着找到明月庵来的。明月长老要给吕妃和皇太孙跪地叩头，被吕妃挡住了，并十分诚恳地说："师太、娟娟，今夜是特意找你们来的。请帮帮忙，救救我们，我和允炆给二位跪下了！"说着，拉着允炆就要下跪，被明月长老和娟娟急忙扶住。站起来后，明月长老请母子俩坐下，有话慢慢说，又让张公公坐在一旁的太师椅上。为了避免其他人知道，便没唤小尼姑过来送茶。吕氏开口道："娟娟很快要北上了，真舍不得她走哇！以前我跟娟娟说过，早想来拜望师太，帮我们娘儿俩解解心中的疑团。只因多有不便，考虑再三，才拖至今天。"明月长老关切地问："有啥话请尽管讲来，不要客气。那么，是什么疑团呢？"吕妃说："师太，娟娟知道我的心事，也不想瞒您。当今皇上正在病中，日见沉重，朝野上下议论纷纷。我们娘儿俩无有他法，万般无奈之下，只好来求师太相救，给您添麻烦了。您是佛家之人，大慈大悲，相信会帮忙的。燕王正拥兵北平，力量日益壮大，两只眼睛紧盯着皇上那个大龙垫呢！我与允炆孤儿寡母，身边没有一个顶用的大将，兰玉、傅友德、冯胜等一些大将军都走了。朝中陛下的老将只有沐英，现在云南，远水解不了近渴。还有汤和，见皇上疑忌功臣，早已告老还乡，绝口不谈国事。再有就是长兴侯耿炳文，遗憾的是年纪大了，已经六十多岁了。另一位是武定侯郭英，可他们全是排在那些大将后边的人，很难抵过燕王。我担心允炆这个皇位坐不住，别最后弄得不好，再闹个杀身之祸呀！可允炆是老皇爷封的皇太孙，只得秉皇帝圣旨，硬着头皮也得接下册封。近些天来，不

東
海
沉
冤
録

知怎么了，眼皮总是跳个没完。昨日半夜，又梦到允炆满身是血，话没说转身走了。我急得又哭又叫又嚷的，拔腿刚想追，却迈不动步，结果急醒了。看了看天，刚刚丑时，还没亮呢。师太呀，今天来，是想请您给卜测一下允炆未来究竟能怎样，可否？"说完，两眼期盼地注视着老人家。

明月长老听完吕妃的话，感到很是为难，半天不语。心想："这可不是一般的事儿，弄不好会招来杀身之祸的。不露则已，露出去，必祸灭九族啊！朱允炆当上皇帝还好，若当不上，连我的姑子庵都得被掘呀，吓人哪！"想到这儿，头上渗出了冷汗。转念又寻思："娘儿俩已经来了，咋好推出去？即使推出去了，恐怕也是罪责难逃啊！唉，此乃造化，既来之则安之吧，只能应付过去了。"正琢磨呢，吕妃站起身来，拉着允炆走到明月长老面前，扑通一声跪下，恳切地说："师太，求您了，什么样的结果我们娘儿俩全认。为了表示诚心，我和允炆跪在您面前，请给测吧。师太若不测，今天便不走了！"明月长老和娟娟无论怎么劝，吕妃和允炆就那么直挺挺地含泪跪在地中间儿不起来，一脸哀求的神情。

说实在的，明月长老听娟娟讲过许多朝廷之事，对朝中目前的情况知道不少。比如皇上正在病中，晚年杀了不少有功的大将军，都是太子的人；在朝中举足轻重、不可一世的朱棣眼下拉着架子，磨刀霍霍，将该办的一切已摆布得清清楚楚；太子标去世后，吕妃和允炆处境孤单，的确像吕妃所讲，身边没有一个顶用的大将，难得很，等等。面对这些情况，明月长老想："吕妃呀，你是当事者迷呀，事儿不都明明白白地摆在那儿了嘛，还要别人说什么呢？眼下的形势应该能看得出来呀！大明在朱元璋百年之后，必有一场血争。弱肉强食，胜者王侯败者贼，局势已定，不可逆转，很可能将来的权柄就落在朱棣之手，还用说吗？"明月长老一看，实在是无法推辞，便虔诚地漱口、洗手、洗面，又到室内的佛堂前燃上香柱，让吕妃和允炆跪在佛龛前。明月长老诵经祈祝后，请吕妃取出佛龛上金箔匣儿内的竹板签儿。吕妃并没动手，而是让儿子叩头。允炆三跪九叩礼毕，站了起来，恭恭敬敬地取出一根竹板签儿，交给了明月长老。长老看罢不语，将签词记了下来，然后把签儿谦恭地放回到金箔匣儿中，晃了晃，让朱允炆再次叩头取签儿。允炆按第一次的程序，又取出一签儿交给了明月长老。长老看罢仍不语，记下签词，将签儿放回金箔匣儿中，晃了晃，让朱允炆第三次跪叩取签儿。允炆取出第三根签儿，交给明月长老，记下签词后，再次将签儿放入金箔匣中，这才让朱允炆和吕妃站起来，并请母子俩坐在原来的椅子上。允炆挽着母亲走回到椅子处坐下，等候长老讲解神签儿的内容。明月长老看了看记的签词后，勉强笑了笑，说道："签儿抽得挺有意思，允炆皇太孙手气不错，三次拿到的是同一个签儿，而且是三请三准，乃天下奇有之人哪！多不易呀，又多奇特呀，说明暗中有神人助佑啊！"其实，只不过是明月长老讲的一些安慰话，关键并不在于你抽的是不是同一签板，而是签儿上写的什么。

那么，签板上的签词到底写了些啥呢？原来是这么几句话：

> 沧海茫茫，
> 无涯无边。
> 要寻海水，
> 仍在海间。

明月长老把签词给吕妃母子俩念了一遍，二人听后，茫然不解地摇了摇头。娟娟也在思索着，觉得此卦不好，到处是水，太险了，人不是被困到水里去了吗？这么想着，便抬起头来，看了看师太。明月长老解签儿道："允炆皇太孙手抓三签儿，皆为同一签儿，神示意坚，惟此一象。求其象惟有水，海天一色，无涯无边。依老尼愚见，来势甚凶，无处可避，说明对己不利，只有想法儿躲避了。其他尚有何意，如'要寻海水，仍在海间'一句，是谁寻海水，为何如此，又是谁在海之间等等，老尼尚不可解。此卦深奥，如海之莫测，容日后对验吧。请吕妃还是处处小心、早做防备为好，最佳的选择是顺应其势，不与海争，或许可以躲过劫难。"其实，明月长老已经暗示娘儿俩，你们是斗不过朱棣的，还是躲着点儿，别跟他争了。吕妃有点儿坐不住了，说道："这回可倒好，孩子从小就天天吵吵海呀海的，签儿里真出来海了，看来小允炆这辈子跟海是搭上亲了。可究竟怎么个躲法、避法，把江山拱手让给燕王？"允炆马上反对道："允炆自受命于皇祖，与先父一样宽和无私，老天还为难我么？有天助人佑，绝不甘心，死而无悔，定要对得起皇祖和先父太子的在天之灵！"别看小允炆平时多余的话不讲，啥事儿不往前抢，挺老实的。可在关键问题上却当仁不让，不但不想退，而且要争一争。不过，其结果真的让海给吞了，这是后话。

此刻，坐在旁边的娟娟见允炆的态度很坚决，挺像个男子汉，便出主意道："允炆哪，凡事都是好事多磨。切记：忌杀戮，讲亲和，广结友善，方可得道多助。如果一旦有什么闪失，我这儿有燕王秘密腰牌一件，把它给你，务要妥为保管。不是总吵吵要看海嘛，将来有一天，姑姑帮侄儿寻大海。可以往北去，出关找东海，就是你小时候听到的东海女真野人住的地方。那里荒山野岭，山高林密，任世代逍遥。"娟娟这话说的可了不得呀，显然是给允炆找了个退路。谁又能想到隔墙有耳呀，后来她遭到的杀身之祸，与此有很大的关系。允炆不解地问道："姑姑，倘若要有啥事儿，我最怕的是四叔发兵。他在北方，我再往北边去，那不是自投罗网吗？"娟娟说："傻孩子，俗话讲：灯下黑。要往别处跑，他必然会想方设法抓捕你。有了此令牌，化装成平民百姓北上，混入燕兵之中，谁能知道是皇太孙呀？可以到东海找我，姑姑正好去东海，明天起程。不过，也只是随便说说，还不知以后是个什么情形呢，凡事好自为之吧。"吕妃叮嘱道："师太、娟娟，以后无论怎样，千万别说见到我们母子了。就此告别，得回去了，不敢多呆呀，宫中要是有人知道怕不好。"明月长老说："吕妃，请相信老尼，放心吧，会永守秘密的，绝不会从我们嘴里吐露出半个字儿。老尼给你们稽首了，祝万事如意，阿弥陀佛。"之后，吕妃、允炆、张公公出了庵门，很快隐入茫茫的细雨之中。

次日，刘琏、刘璟和美娘专程从青田来南京看望娟娟妹妹。刘璟和美娘也为了看看嫂子龙花，再同去鸡鸣山为马云大哥扫墓，龙卉便随他们一起去了。归来后，一块儿到了明月庵，明月长老让了静、了慧给大家做好吃的仿形清蒸扬子江鳌花鱼，用罢午膳，相互泪别。分手前，刘琏不放心，再三嘱咐娟娟："此次北去，务要保重身体，尽快找到母亲，早日返程。回来时，让母亲到青田安度晚年，咱们还同住水乡的竹茅楼舍。"娟娟点头答应着，难过得直掉眼泪，依依不舍地送走了哥嫂。待一切事儿都办完了，又与师太、众师姐妹唠了一个多时辰，吃了最后一顿团圆饭，明月长老动情地说："娟娟哪，师太不能陪你去了。一个人出门在外，路上要多加小心，免得让师太挂念呀！"边说边将象牙佛珠儿摘了下来，戴在娟娟的脖子上。又把一件新尼姑袍拿出来让带上，说是穿上这件袍子，就等于看到师太了。娟娟眼圈儿红了，双手接过袍子，跪地给师太叩头。待站起身来，明月长老搂抱着娟娟祝愿道："徒儿，佛祖一路保佑你，阿弥陀佛。"师徒二人含泪而别，明月长老拄着禅杖一直送出很远还挥着手呢!

　　娟娟走了一段路后,便见燕王骑马前来迎接,同行的还有亦失哈弟弟,因他们事先已约定好了。此次回返北平府,朱棣征得娟娟的同意,先坐轿船,再改乘朝廷专为皇家诸王备用的龙凤彩船北去。娟娟喜欢静,不愿吵得慌,所以没让朱棣带闲杂人等。朱棣由于信不过,也没让朝中侍卫护送,全是自己从北平府带来的心腹护卫和仆婢。那些人这两天一直住在另一所河滨驿馆,等待燕王起行。

　　第二天早晨,娟娟刚上了护卫把守的轿船,开船的话音未落,就听岸上有两个人边喊边叫,忙与燕王、田田出舱察看,原来是明月庵的了静、了慧赶来。她们上了船,上气不接下气地告诉娟娟:"昨夜寅时正刻,明月长老诵经后,梳洗一新,安坐于席榻之上,两手放在双膝上,瞑目圆寂了,仙寿九十九岁。师太遗言:'妙善弟子不必来庵参加圆寂之礼,身边有了静、了慧及鲍氏姊妹等众弟子即可。惟愿娟娟北上顺利,老尼与尔同行。'"这真是晴天霹雳呀!娟娟茫然不知所措,后悔为啥不多住一天,竟与师太永别了!她没有哭,眼泪在眼眶里转了好几转,硬是憋了回去。师太是仙逝,回归兜率院与众佛祖同坐,是无上之福。娟娟在船上向明月庵方向跪拜,燕王、田田也随同叩拜,然后与了静、了慧分手,互道珍重,舟船扬帆起航。到了运河口,又转乘龙凤彩船北上。此船真的既大又阔气,两个卧室,另有客厅、茶室厅,还有小戏楼,可供名伶唱戏。娟娟告诉燕王,她心情不好,愿静住一室,夜间可诵经。朱棣与田田住另一客舱,其他人全在随行之舟船,共三只船,皆有安歇之所。

　　燕王心里很是甜蜜,计谋终于达到了,总算把娟娟接回来了,所有的做法,全是为了期盼已久的那一天。他深知秉仁公主非一般人物,时下在朝中甚有影响,为当今陛下身边的红人。比如像尚书齐泰、太常寺卿黄子澄、户部侍郎卓敬、翰林学士刘三吾、朝中儒士方孝孺等一些朱元璋身边的重要文臣,不但是皇太孙朱允炆的主要支持者和谋臣,而且他们之中没有一个不佩服秉仁公主的。皆说不愧是刘伯温的爱女,武艺高强,才智过人,尽管是朱元璋的晚辈、马皇后的义女,却仍可当皇上的半个家。大家都奉迎她,不敢得罪她,就是太子标在世时,亦很敬重她。过世之后,其儿子朱允炆和吕妃主要是靠秉仁公主帮助出主意及与皇上沟通的。正因如此,朱棣比以前更重视娟娟姐姐了,为了自己的未来,能把秉仁公主接回北平府,就等于搬掉了朱允炆的最后一个靠山,也等于把父皇的心摘过来一半儿。现在他才舒了一口气，觉得踏实了，将来篡权基本有把握了。每当想到这些，心中很是高兴，美滋滋的。

　　洪武三十一年闰五月，秉仁公主娟娟在燕王朱棣、弟弟亦失哈的陪同下，由通州乘车轿回到了北平燕王府。其时，府前彩灯高照，鼓乐喧天。迎接燕王和秉仁公主的有道衍师父、张玉、朱能、巫利以及府中的所有官员，各库的总经略、总管和男女仆奴也在其列。让秉仁公主没想到的是，徐妃领着两个世子朱高炽、朱高煦亦出门迎候。实际上，这些都是朱棣安排的，意在让娟娟高兴。秉仁公主在府门前下了轿，徐妃急忙上前，娟娟刚要叩拜，却被徐妃扶住了，连说："免了，免了，咱们之间不用那么多繁文缛节。姐妹许久没见，真让人想啊！快进屋说话。"说罢，一手拉着秉仁公主，一手拉着小高煦径直向内厅走去，朱棣和高炽跟在身后。

　　进了内厅，女婢奉上茗茶，大家一边喝着茶，一边兴致勃勃地聊了起来。半个时辰后，朱棣有事儿出去了，室内只有徐妃、高炽、高煦和娟娟。徐妃唤过十二岁的高煦让娟娟看，见他已长得挺高了，像个懂事的大孩子了，很招人喜欢。徐妃笑着告诉娟娟："小哥儿俩一点儿不一样，高煦勇敢、好动，从小爱武功，像父亲，朱棣也用心教他。高炽文静、寡言，爱看四书五经，不喜武术。高煦总欺负高炽，只要用他的小手狠劲儿攥一下他哥哥的手，高炽便疼得嗷嗷直叫，我还得给他们哥儿俩拉架，告诉弟弟不准这样对待哥哥。高煦天不怕地不怕，娟娟你看，他长得虎头虎脑的，是个武将的坯子呢！"娟娟伸手拉过高煦，拍拍他的小脑袋瓜儿道："看得出来，是块好料，长大准错不了。高煦呀，好好儿学，得超过父亲才行哟！"徐妃说："娟娟，孩子的聪明劲儿可像你了，啥话不用多说，一点就透，鬼精鬼灵的。练功不怕苦，善用脑子，学了就会。"又转过头冲高煦说："煦儿，姑姑回来了，是你的福气呀！她可是位武功高强的师傅，连你那燕王父亲都拜姑姑为师呢，学了好多本事。啥时候打几套拳，耍耍你的剑法，让姑姑给指点指点。"小高煦还真不怕生人，看着眼前的姑姑，虽不熟悉，但觉得格外亲近，走上前抱着姑姑的肩膀，笑着凝望这位武功高手。一会儿，又把自己的衣带解开，露出缠在腰间的一把软钢剑让姑姑看。娟娟看着高煦可爱的小样儿，乐坏了，忙将他抱在怀里，紧紧地搂着，激动得双眼满含着泪花儿。

朱棣晚上在燕王府举行盛宴，热情款待秉仁公主，徐妃带高炽、高煦也到场了。宴后，由朱棣引领，道衍、张玉、朱能、田田等人随从，带娟娟到府内各处参观。朱棣边走边说："姐姐，我领你看一个地方，极为隐秘，外边任何人不知道。"那么，朱棣领娟娟去了一个什么所在呢？就是燕王府的城中作坊，建在城墙下的一个挖地很深的隧道里。城墙的左侧有座门军的住房，只有进入房内，打开墙帘儿，才能看到隧道的门。进去以后，越往里走越宽，墙上有兽油灯照明，很亮。走过三十米远，便是一间连一间的房舍，有数十间之多，皆为打造各种兵刃的场所。燕王告诉娟娟，属下兵将使用之兵刃，其中有不少出自此作坊，都是我们自己制作的。他们看了一会儿，走出隧道，穿过门军的房子，回到院子里。这时，娟娟才发现院子里养了不少大鹅和鸭子，那咯咯的叫声，可使外面的人听不到里面打造兵刃之声。

随后，朱棣又领着娟娟向燕王府外通往通州的路上走去，走了没多远，便见道边儿有一片密林，周围全由燕王的兵马守护着。这个地方，当年娟娟与华云龙追夜盗时曾经来过，很是熟悉。进入密林一看，原本是一个大的围场，即早年大元朝皇帝的鹿苑，现已变成演兵场了，里面是训练十八般武艺的地方。凡招募来的新兵全部先在此苦训，练一段时间后，再分入各个兵马营中。朱棣还饶有兴致地进入场地，与武士比剑、比枪、比刀棍。在他的一再恳请之下，秉仁公主也换上了短身小打扮，表演了剑法和腾飞百棵树头的轻功。演练轻功时，张玉、朱能、田田、道衍及众兵将随娟娟的动作往上望去，见她像只黑乌鸦一样，在高树之巅上飞行，蹿跃得那么轻捷迅疾，连树叶儿都不被踏踩下来，只见影儿不见声儿，实在是太厉害啦！不一会儿，众人正在寻找人飞到哪棵树上之时，秉仁公主已经轻轻地站到他们面前了。至于是何时、从哪个方向、怎么飞来的，全然不知，谁也没看清，可真是大开眼界了，纷纷高声儿赞叹，鼓掌叫好儿！燕王兴奋地向大家说："秉仁公主之能，大明朝第一。尔等勿骄勿惰，练功之路何其长，学秉仁公主武功之皮毛，也得十年八年。好了，速去练功吧，练好了，本王选优嘉赏！"将士们叩拜散去。

在练兵营中，娟娟见到了鲍戎之子和孙常祥的两个儿子，方知鲍戎已于去冬病逝了。据他们讲，燕王手下的这些兵勇，多数是由田田大将军和巫利备御从辽东与东海招募来的。田田功劳不小，给燕王带来了三千人。岳索图将军又秘密去了辽东，准备再次招揽兵马，目前尚未归来。与三人说过话儿，娟娟便在张玉的陪同下，前往华云龙的妹妹住处看望。来弟见秉仁公主来了，顿时喜出望外、涕泪满面呀！互相嘘寒问暖，一表别后的衷肠。唠了一阵子，娟娟和来弟一同去看望了鲍戎之妻，即当年在通州运河边儿，后背背着个孩子涮洗破布的那个叫勤勤的女人。时光过得真快呀，她老了许多，精神头儿也不比从前了，娟娟与之聊了一会儿便离开了。临走时，分别给来弟和勤勤留下了一千两白银，略表慰问。

诸事办完之后，回到住处，娟娟与朱棣相依而谈。娟娟正式告知朱棣："好弟弟，姐姐明天就要北上了。此次分手，时间不会太短，你千万要保重自己呀，勿要我挂心。"燕王内心十分清楚，秉仁公主既已决定，那是挽留不住的，便说："姐姐，此番北上可不比过去，斗转星移，辽东已经完全变了。纳哈出的金山与他本人一样，早就烟消云散了，只剩下断壁残垣。目前主宰辽东的人，也不是逝去的马云和叶旺将军那样的人了，而是父王分封去的辽简王朱植。这个十五弟呀，蔫捅故懂，向来跟我当哥的不一心，成了很难办的棘手之人，见到他可要多防着点儿。巫顺在广宁简王府听差，为经略，据讲因心情不好，眼下告病在舍。我有意叫巫利去，把巫顺全家接到燕王府，他们兄弟同在一处，想来巫顺的精神和身体会好些。弟弟这儿请姐姐放心好了，幽燕各地的驿站经亦失哈和岳索图的多年治理，已尽归我手，一切都在有序地进行。"娟娟嘱咐道："你要尽量少树敌，必要时，先取下大宁，幽燕便安稳了。辽东的田田、岳索图、巫利已在你手，何必考虑太多？此次姐姐北上，弟弟不必惦念，我有陛下命兵部尚书齐泰发给的军令牌。除本人身份之外，令牌是陛下与兵部的，简王朱植真知我去，也会另眼相看。他只会用我、敬我，绝不敢欺我，放心吧！不过姐姐想从你手中要三个人，不知肯放否？"朱棣忙道："噢？姐姐从来没向弟弟张过嘴，想要谁？尽管讲来。"娟娟说："弟弟田田、巫利和其黑纳，一行四人足够了。我不愿兴师动众，带那么多兵马，反而招风惹事。"朱棣笑着一一听命，并告诉娟娟："真是巧了。我早就下了决心，将委派亦失哈去黑水出海口地方，对各部族的生活进行考察，并代表朝廷看望那里的土著居民，力争把元朝办的各个站赤正式接管过来，而且此差事已同他讲过了。这样吧，待你们寻到生母后，亦失哈要继续北上，到乌苏里江江口一带，进入混同江，顺流而下，访问乞列迷等部落。再到出海口，去苦兀各地之使鹿、使犬部，将每家每人立丁户簿，然后回报。"娟娟听后，高兴地谢过。

次日，娟娟告别了徐妃，又与高煦、高炽相抱许久，这才挥泪而辞。朱棣带着道衍、张玉、朱能等人率护兵前行，送出五十多里。朱棣动情地拉着娟娟的手，含泪说："秉仁公主，我代表父皇感谢你，并为姐姐送行。一路多多保重，注意安全，望早日觅得佳音。知母亲所在地址后，速报我们，朱棣必彩轿旌旗喜迎姐姐！"说完便跳下马来，张玉、道衍、朱能等人也随之翻身下马。娟娟刚欠身离开坐骑要下来，朱棣抱着她的双腿无论如何不让下，只好作罢，揖手拜别。朱棣命朱能护送至山海关，到辽简王朱植地界后，再返回燕王府。朱能唯诺称是，谨遵王命。待娟娟等人与朱能向北走去后，一点影儿都见不到了，燕王一行方跨马返回。

书中暗表，没想到娟娟与朱棣含泪揖别，万语千言尽在一揖中，此去竟是魂飞北国！后人曾留下几句短诗，以抒胸臆：

> 今日长相依，
> 明朝两梦知。
> 揖别即诀别，
> 东海无归期。

娟娟带着弟弟亦失哈，在巫利、其黑纳的陪同下，由朱能率兵护送向北走去，心情复杂得很。她想，此去经年，何时能与燕王再相会？说心里话，还真有些难舍难分。其实，明月长老早已看到了下一步棋，故而才多次提醒徒儿。娟娟确实爱朱棣呀，那是发自内心的，又是感情丰富之女子。可是既然已经接受师太的劝戒了，也下了保证了，只能按说出的话去做。在从南京回北平府的船上，尽管朱棣几次非与娟娟同住一个船舱，然而她都穿着尼姑袍，苦念佛经，没让朱棣碰，朱棣自然不敢造次。应该说，娟娟还是没把朱棣看得很清楚，总对四弟抱有很大的期望。故而这次分别，她是在急切想完成寻母这一终生夙愿和舍不得离开燕王的矛盾心情下，在盼离别又难分手的情结下告别北上的。一行人直至山海关，朱能才就此止步，率护兵返回，娟娟从真正意义上开始了寻母的艰难跋涉。

娟娟一路上不愿骚扰沿途州府，更不想有劳辽简王朱植的虎驾，专走偏僻小道儿，悄悄儿地穿过一些州县城镇。她系念巫顺，知其身子骨儿不好，心中很是不安，便对巫利说："巫利呀，你就不用陪我去了，路上有田田为伴儿即可，不会感到寂寞的。你去兄长处，尽快帮他搬到北平府。到了燕王那儿，必会受到重用的，也能更好地施展才华。听我的话，去吧，这里不用挂念。"巫利一再推辞，娟娟坚决不肯让他随行，只好从命，揖别后往广宁而去。

娟娟与亦失哈、其黑纳继续往前赶路，边走边想："时光过得太快了，当年与田田弟弟从金山飞马北去寻找明月长老、叶旺大哥、李佑师兄时，走的就是眼前的荒道，屈指算来已有二十来个年头儿了，如今自己也近不惑之年了。人生如流水，一晃即逝，何其短暂啊！在辞别父亲刘伯温赴辽东时，还只是个风华正茂的小女子。之后，不惧威严，得到了马皇后的喜爱，被册封为秉仁公主，授东征武威安抚使之任。为了寻母，坎坎坷坷二十余年，终因诸事缠绕，未能如愿以偿，算来如今该是四上东海窝稽部了。不少所尊敬的人，像明月长老、马云和叶旺大哥、李佑师兄都一个个离我而去了，真是想念他们呀！"想至此，娟娟百感交集，慨叹不已，向亦失哈说："田田，你看，这条路咱们非常熟悉了。况且你已查问过乌迪什，现在又有其黑纳陪着，我看不如直接去拜见赫思痕妈妈部落。自那年分手，已过二十多载，不知有何变化，但愿赫思痕妈妈还活着。我们去找她，请求帮忙寻觅你曾说过的戴项链的东海女真野人部女罕。从那儿寻查线索，会省时、省力，不必四处乱走，你看怎样？"亦失哈说："好吧，就依姐姐之言，由其黑纳带路，直接去锡霍特山伊曼河谷拜访赫思痕部，到时候看情况再做打算。"其黑纳也高兴地赞同道："行，主意好极了！其黑纳谨遵秉仁公主和亦失哈大将军之命，定将尽全力快点儿把你们领到赫思痕部。我虽从未到过那里，可对山路熟，通女真语，啥也难不住咱，放心吧！"娟娟和田田一看其黑纳那个憨态可掬的样儿，不禁乐了。

三人正兴高采烈地往前走着，突然丛林中螺号齐鸣，在一阵鼙鼓声中，杀出一彪人马，足有二百来人，把前方的路给堵死了。为首的是一位大明朝的游击官衔的将领，在马上喝道："来者何人，是否有辽王的腰牌？快快拿出来！"娟娟、田田、其黑纳被突然闯出来的兵马给闹愣了，心想，怎么还设有关卡？娟娟忙迎上去，于马上揖礼道："这位将军，我们准备到前面的一个部落拜访故友，还需有腰牌么，什么腰牌？"马上游击仔细打量着眼前的三个人，见都穿着一般的民装，便轻蔑地说："少啰嗦！什么腰牌？就是辽王爷发给的腰牌。如果没有，不准过，赶紧下马就缚！"娟娟和颜悦色地问："请问将军，别的腰牌好使不？"马上游击不耐烦地回道："别的腰牌？即使是皇上的也不行！方圆千顷，全归辽王爷所辖，惟有他老人家的腰牌才顶用！"娟娟刚想再解释，亦失哈却没了耐性，火儿噌地蹿到头顶儿，过来对娟娟说："姐姐，少跟这种人磨牙，让我来对付他。"然后将马向前一带，大声儿说道："你咋不讲理呢？我们事情急，忙着赶路，本是一家人，要什么腰牌？拿出来吓死你！快快让开，别挡道！"马上游击一听，没想到来人说话如此不客气，气得火冒三丈，破口大骂："混账东西，竟敢跟本将顶撞，不要命了？快快给我拿下！"不容分说，兵卒一窝蜂地冲了上来，要擒拿亦失哈等人。没等娟娟抽出阴宗双鹤剑呢，田田早有防备，一端马镫，从背上刷地一声抽出了宝剑，先于娟娟飞奔过去。那个领兵的游击举着兵刃，仍高声儿吆喝着，命手下不要放跑不明身份的人。亦失哈实在气不过，纵马跃到了他的跟前，手起剑落，只听扑哧一声，那人的头颅早已搬家，骨碌出去好远。众兵卒一看，带兵的首领丧了命，谁还敢杀呀？跑吧！撒腿飞一般四下逃散了，扔下了不少刀、棍和铠甲。娟娟见状很是生气，批评亦失哈："弟弟，为啥不讲清楚就动手？要是说出咱们是北平府来的，都是大明朝的人，不至于闹成这样。还杀了一个人，刚来东海便欠下辽王的债了。"田田尽管表面上不以为然，实际上，心里感到自己的确有些鲁莽。

　　三人继续赶路，田田怕娟娟因刚才的冒失不高兴，便兴致勃勃地给姐姐和其黑纳讲述如何同岳索图设巧计、一天收降七个站赤的故事。他说："我早已与岳索图合计好了，要尽早从纳哈出手里收回辽东站赤，交给马云、叶旺大哥他们。可纳哈出下了密令，要求各站赤务要日夜坚守，严防明兵突袭。别看岳索图是位少只耳朵、身材魁梧、体格肥胖的将军，可脑袋瓜儿倒挺灵。他见那些站赤都围在山根儿底下，分布在盘山道旁，于是想出个绝招儿。选了去七个站赤差不多远的、恰于中间的山冈处，放了三大桶蜂蜜，招来不少蜂子嗡嗡地叫着来采蜜。还叮嘱我，只管带兵抓人，别的事儿不用管。交代完后，穿上了熊皮服，头上戴顶熊头帽，故意往身上抹了不少蜂蜜，往山冈上一站。从远处看，纯粹像一头大黑熊招来了不少蜜蜂围着他转，在身上采蜜。因为山高哇，四周站赤的铺兵能从不同的方向瞭望到山上有个老黑熊在吃蜂蜜，也馋着想吃点儿。一连几天过去了，馋兵们实在忍不住了，纷纷偷着往山上爬，想赶走黑熊，抢蜂蜜吃。他们费了挺大的劲儿，攀山越涧地爬到了山上，见有三大桶蜂蜜，可乐坏了，争先恐后地要搬走蜂蜜桶。我们趁此机会开始收拾了，上来一个抓一个，上来仨不抓俩。抓住以后，摁到一个土窑子里圈起来，由兵丁看守着。等到第七天，可倒好，七个站赤快空了，百十号兵丁都被我们给抓了。于是，我跟岳索图领兵神不知鬼不觉地就这么一天一个地把七个站赤全给收了，纳哈出还不知是咋回事儿呢，辽东站赤已入了马云、叶旺大哥之手啦！"讲完，开心得哈哈大笑起来。

正这时，前边突然螺号响起，鼙鼓咚咚，又有一彪人马从林中杀出，堵住了三人的去路。抬眼望去，见马上的首领也是一位游击，冲他们喊道："站住！拿出辽王的腰牌，否则，就地乖乖受缚！"与刚才如出一辙。田田这回稳住架儿了，记住了姐姐对他的斥责，知道没有说明来历就动手不应该，便大声儿解释道："将军，我们是从北平燕王府来的，去东海探望亲人，途经此地，请让开路……"还没等田田说完呢，马上游击的脸色已大变，喝道："说得倒好听，什么探望亲人？反贼的属下竟敢闯入我辽东地界，必心存不轨，快快给我拿下！"不容分说，众将士冲上前来将田田他们三人团团围住，马上游击举刀刚要砍，大刀早被眼疾手快的田田从左手射出的飞箭打掉了。原来那飞箭恰好穿透了他举刀的手腕，疼得拿不住刀，大刀当啷一声掉在地上。田田纵马过去，把游击顺手一扯，当即从马上拽落下来，并用剑直指他戴钢盔的脑袋，眼睛盯着四周的人，高叫道："你们谁敢再动一步，我先杀了他！"一声断喝，吓得众兵卒不敢动了。田田命几个兵卒拿绳子，把他们的头领捆上。兵卒哪敢呀，谁敢捆自己的首领啊？全站在那儿没动。田田一看，见不仅没一个动手的，还直往后缩，遂把剑一挥，只听嚓的一声，将一个兵丁的左耳削掉了，顿时疼得不是好声儿地号叫着，半拉儿脸全是血。田田吼道："快，给我捆！要不然，我就把你们每个人的耳朵统统削掉一只！"说着，又举起了宝剑。兵卒们一看，吓坏了，忙过去用绳子把游击给捆上了。接下来田田又吩咐把首领提溜起来，绑在道边儿的大树上，命令道："你们给我乖乖地守着，看谁还敢乱来？一个个不分长幼，不问上下，连我们的话都不听，还了得！"说罢回过头来，催促姐姐和其黑纳快走。娟娟见田田此次没杀人，觉得跟这些人纠缠起来没个完，还是赶路要紧。于是头也没回，继续上路了。

娟娟他们正快马往前行进呢，可能是刚才那伙儿兵卒的人有跑去报信儿的，不一会儿，忽听后面有一队人马追来。回头一看，为首的是一员身穿白袍儿的小将，边打马边亮开嗓门儿高喊："敢问前边的几位贵客，其中是否有我的秉仁公主姐姐？小王来迟了，失礼了！"边喊边跑，后边跟着二百多兵卒，还有三个穿着大明副总兵官服、头戴钢盔、身穿铠甲的将领，护着那位白袍儿小将。

娟娟一听叫自己的名字，忙勒住马。放眼望去，只见白袍儿小将头扎着金缨冠，两条白丝绸带从肩上飘下，戴着白盔，身穿白铠甲，腰间挎着一柄大长剑。长着一对儿大眼，两道剑眉，英俊潇洒。待走到近前，双手抱拳道："敢问三位贵客是哪里人？"说着望了望娟娟，敬慕地又抱拳道："敢问您是不是本朝秉仁公主大驾到此？"娟娟一看认出自己了，便回道："本人正是，请问你是谁？"这么一答，白袍儿、白铠甲的小将慌忙滚鞍下马，其他随从的将领也都跟着下了马。小将于马前下拜道："小王辽简王朱植是也。在父王和大皇娘面前，从幼年就知姐姐的威名，仰慕已久，今日得以一见，真是三生有幸！"娟娟、田田忙跳下马，扶起了朱植。

朱植这个人咱们前书讲过，在他生母韩妃死后，是由马皇后带大的，故而将其称为大皇娘。正因为一直在马皇后身边，当然就知道有位姐姐，父皇钦封为秉仁公主。娟娟见他的装束奇怪，便问道："你怎么如此打扮，为何身穿白袍儿？"朱植满脸含悲地回道："难道姐姐不知道吗？父皇已经晏驾归天了！圣命我们在各自国中奠祭，不让到京师拜灵、送丧。"此话一出，娟娟如五雷轰顶，眼泪像断了线的珠子涌出了眼眶儿，心想："自那日朱棣来接我，与陛下分手没多长时间呀，当时看还算精神，没想到竟驾崩了，也太快了！"尽管知道皇上身体不好，病情很重，来日不多，然而一时仍难以接受。娟娟与皇上、马皇后一起相处的年头儿不算少了，感情亦比较深。特别是前一阵子陪伴在皇上身边，朱元璋许多心里话都对她讲，十分信任她，如今突闻噩耗，当然受不了。娟娟摘掉头上的簪花，从腰间掏出白丝带缠在头上，然后问朱植："弟弟，为何动用这么多兵马，准备到何处去？"朱植请求道："请姐姐先不要急着走，咱们坐下来唠一会儿吧。"说完，回过头来示意随军打开行帐。随军立即在林边郊野搭起了帐篷，铺上地毯，摆上桌椅，端上茶水。

说起来，辽简王很有意思，此时尚没有宫殿，与北平府的燕王不一样。他到辽东来，是在大凌河那儿，四面围以木栅为营，而广宁的新宫殿只是刚刚建起来。所以，他走到哪儿，就在哪儿搭棚，那便是宫殿。

后头跟着的这些兵，是随时架屋的人。朱植站在帐门旁，请娟娟、田田、其黑纳进入大帐。大家落座后，朱植才问："不知姐姐从何处而来？"娟娟如实地告诉辽王："我是五月初从京师出来的，父皇允准可北上寻母，去接我的是燕王朱棣。到了北平府后，稍许停留，又出来了。由于忙着赶路，故不知时日以及都发生了什么，很想知道京师之事，请弟弟告知。"说罢指着田田介绍道："这位是我的弟弟，名叫亦失哈。原来于金山纳哈出处为帐前大将军，早已归附咱大明了，我们姐弟是二十年前在金山相遇的。"又指着其黑纳说："这位是女真部落的人，叫其黑纳，陪我北上的。"朱植听后，一一点头。

娟娟边介绍边观察朱植，看他像一位忠厚的人，老实、诚恳，又很谦恭，并不像燕王介绍的那么奸诈吓人、不好接近。心想："不知朱棣为何对十五弟印象不好，是不是有偏见哪？"正寻思着，只听朱植说："秉仁公主，我早就想结识姐姐了，却一直无缘。今日老天有眼，让小弟得识姐姐一面，真是又庆幸又高兴啊！姐姐，父皇已驾崩两个多月了。前日传来京师密信，先皇陛下葬至孝陵，皇太孙朱允炆即帝位，明年为建文元年。京师连发圣上旨意，各地藩王务要恪守忠职，勿可聚论非议，勿可号令兵马，严加守护所藩之地。如发现有可疑之徒，悉力擒拿不息。小王听命于皇上，终日率兵马日夜巡查辽地，恐生枝节，怕圣上怪罪下来，诚惶诚恐也。"娟娟道："何必如此小心？我知道允炆陛下心地善良，禀性纯厚，与其父已故懿文太子一样。"朱植说："姐姐有所不知，陛下允炆的确很仁慈，可新任用的兵部尚书齐泰却十分凶狠。兵事管得甚严不说，已下令牌十几道了，催我们管好自己的藩地，出事则以抗旨定罪。前不久，我的五哥周王橚，已被李文忠之子、曹国公李景隆奉旨从开封抓到京师，言其有不轨行为，废为庶人。姐姐，实在是太可怕了，小王不敢越雷池一步啊！"说着，不禁瑟瑟战栗。

看来，朱植是个胆小的人，绝不像朱棣那样桀骜不逊。至此，娟娟才知道了京师的全部情况，而且是亲自从辽简王的口中得知的，相信不会错。朱植一再诚恳地挽留秉仁公主，希望能到广宁歇息几日，然后再北上。娟娟则几次辞谢道："谢谢弟弟的诚留之意，既然已经走出很远了，就不能再去广宁了。"朱植见秉仁公主执意不肯，便说："姐姐，我可一向敬佩你。知道姐姐是大皇娘和先皇身边的掌上明珠，又是刘老军师之女，还是徐达大将军经常夸赞之人，他们都喜欢你。再说，大明朝谁不知道秉仁公主呀？我一直盼望能见到姐姐，也知道与四哥燕王的感情甚密，难道真的不给小弟一点儿面子吗？请姐姐一定到广宁去，那是辽东的有名之地，不去可谓一大遗憾呀！"朱植的确挺会说的，极力宣传他那广宁。

广宁即现在锦州附近的北镇，清以前一直以此名称之。该城素称古幽燕之地，在医巫闾山之东麓，与北平府是表里相依的关系，辽代泰和年间就属北平管辖。此刻，朱植不住嘴地介绍，想方设法套近乎。言外之意是姐姐你那么亲近北平府，为什么惟独不亲近我们广宁呢？这么好的地方，总该去看一看吧？朱植见秉仁公主有些犹豫，马上见缝插针，接着介绍道："元朝时，那里是辽东的广宁府路。当时有个闻名的蒙古蒙鲁古歹，就是广宁的王。据说广宁王的古墓在临潢年久，遗迹全无了。"娟娟一听，朱植的历史知识还懂不少，讲得也蛮生动，觉得不好再推辞，更不能驳面子。只得客随主便，由辽简王朱植陪同去广宁，好在是顺道儿。

广宁有朱植新建的王宫，虽挺辉煌，但规模甚小。刚建了几所宫殿，还有一些只是搭起了架子，尚未建完。这里与燕王的大都王宫相比，绝对是小巫见大巫，无法比拟。说是一个天上、一个地下并不为过，就是比起其他的王爷府，亦相差甚远。朱植像对待京师圣驾来临一样，热情款待秉仁公主，使她很是过意不去。攀谈中，朱植给了娟娟和田田一个特别好的印象，感到他与燕王朱棣俨然不同。一个是王爷派头十足，盛气凌人，目空一切；一个则一点儿王爷架子没有，反倒像个忠厚的书生。在简王的卧室中，看到墙上挂有不少朱植书就的诗赋，多是讴歌塞北风情的，也有借景抒发个人抱负和情怀的，颇有才艺，不像出自一位武将之手。

大家在一起唠的时间长了，朱植便不那么拘谨了，讲了许多他们皇子之间的事儿。朱植说："皇子中，我岁数小，与人交往不多。心中最敬佩的是懿文太子朱标，最轻蔑的是燕王朱棣。四哥从小好斗，好习武，好要尖儿，谁也不能超过他，一切都得听他的。二哥朱樉、三哥朱㭎、五哥朱橚都挨过他打，可父皇还向着他，说四儿有闯劲儿，像男子汉。父皇的态度愈加助长了四哥的傲慢脾气，不服输，不服管，我们没有不怕他的，直到现在还欺侮人。"秉仁公主笑了，说道："做哥哥的总得让着弟弟才行，要不咋叫哥哥呢！哥哥欺侮人，那可令人耻笑，他还怎么欺侮你？"朱植回道："姐姐，你问这个，小弟正想说呢。对有些事儿我曾想到父皇那里分辩分辩，可哪能争过四哥呀，前不久父皇又归天了，上哪儿说理去？姐姐来得太好了，要不没个人可以讲。我是辽王，按照大元以来的疆域，辽东地界近在辽水，远在粟末水，再远到黑龙江、精奇里江、牛满江、乌苏里江。北抵北海，东抵东海，境域何其大，而今应是我管的地盘儿。可是，这里的驿站不知为什么，被四哥接过去了，根本不让我碰。自就藩到此，所带的三个爱将徐贵、陈德、孙福，因为驿站的事儿，在一个月之内全被他给杀了。本来应归辽王的驿站，却不许我过问。只要一问，他的兵立马来了，啥也不说，就是个杀！我眼下不敢动，动则得咎，越雷池一步便有错，必须得听他的，他成了老大了。说实在的，原来包括北平府以北、幽燕以北的大漠之地及长城以东所有的辽东之地，皆应该属于我简王管辖。可四哥把手伸过来了，大片的地域想当然成他的了。他是满地打滚儿，费尽心机占地盘儿，占得越大越高兴。后来父皇一看四儿太横了，占得太多了，跟我哥哥们的地盘儿相比，谁也比不过他。加上越来越不听话了，州府衙门纷纷奏报他夺地篡权。于是，为制止燕王地盘儿的不断扩大，父皇于洪武二十四年封十七子朱权为宁王。宁王在喜峰口古会州之地，东连辽左，西接宣府，为北方要地。洪武二十五年时，朱权和我同时就藩。他到大宁，占据燕之北；我到辽东，占据燕之东。即是说，四哥以后不能再往北去了，到燕山让宁王给卡住了；也不能往东去了，到山海关让我给卡住了。我们小哥儿俩像个大枷板，把他狠狠夹上了。这样一来，四哥不答应了，本来满地打滚儿惯了，现在却不能乱蹦乱跳了，有了约束了，那能干吗？又不敢说父皇怎么的，只能拿两个弟弟撒气。靠他兵强马壮，身边的将领多，处处熊我们。还总在父皇面前指责我俩无能，啥都不如他，任吗干不了。姐姐，你既然能辅助四哥燕王，就能帮帮小弟我。姐姐已给四哥介绍了田田大将军、岳索图大将、巫利等，何时给我介绍几位将领？小弟将不胜感激！”说罢，以期待的目光注视着秉仁公主。

娟娟坐在那儿，静静地听完朱植讲的一番话，才呼啦一下反过腔儿了，原来朱权和朱植小哥儿俩对我这个当姐姐的不满意呀！不禁扪心自问：“如此看来，真不可胡乱出主意。过去不知道下头的情况，对藩王之间的一些嫌隙也不清楚，必须得承认，我的确太偏向燕王了，对弟弟们不公平。来前还告诉朱棣，要控制大宁，那不等于让朱棣欺侮他的十七弟朱权吗？作为姐姐这么做可太不对了。父皇在世时，十分注意诸王间的平衡，应该说是很有谋略的。过去我曾同意朱棣的想法，认为不该把大宁拨给另一个王，亦不能往辽东再派藩王。今天一看，陛下的做法是从全局考虑的，乃不得已而为之。朱植、朱权无论怎么争，绝争不过朱棣，他的权势太大了，小哥儿俩只能受气。怪不得从南京刚出来跟父皇拜别时，父皇还特别嘱告说：'你去寻找母亲，要记住，这里的事儿不必为谁去操心，朕也无能为力了。'可惜当时并没理解此话的意思，没往心里去，如今看来，陛下是非常有远见的。说明当时已经看出我向着朱棣了，知道会给出主意的，因此叮嘱不要帮他。帮忙的结果，反倒引起兄弟间的不和，使国家不得安宁。可惜现在才明白，实在是晚三秋了！"

娟娟颠过来倒过去地琢磨，回忆自己还有哪些做得不妥的地方。朱植一看，秉仁公主愣在那儿了，紧皱眉头，凝神思索，不知想什么呢，忙又接上了话茬儿："姐姐，尽管我们都知道你跟四哥好，但小弟还是要说。燕王常派兵欺压我，要求必须听他调遣，扬言不听就平了我，你说有这个道理吗？兵部尚书齐泰总怕我与燕王联手反对当朝，四哥又威逼我服从他，作为明朝的王，我哪能做反对朝廷的不忠不孝之事呢？可也不会受制于燕王。朝廷现在盯上四哥了，认为他的所作所为，确有异志。我非常担心，处境很难，如果真要发生什么事儿，朝廷怪罪下来，可是有口说不清，日子会很不好过呀！这且不算，还得防着四哥发兵进入辽界，天天带兵日夜巡查。正是为此，方才有的将领得罪了秉仁公主，万望姐姐见谅。"听了朱植的话，使娟娟想起了田田刚刚杀死了辽王的一员游击，觉得很是过意不去，忙致歉道："弟弟，真是对不起，我们做了一件错事儿。愿拿出白银两千两，给受害的那位将领做抚恤之用，并向其家眷诚表秉仁公主误杀无辜之罪。"朱植说："姐姐说哪里话，全是弟弟嘱告不周所致。责任在我，该由本王拨银抚恤，勿需姐姐费心。"唠过之后，辽王朱植要亲陪秉仁公主、田田、其黑纳游览广宁的街镇，观赏峻峭的医巫闾山迷人的景色，再拜拜山神。娟娟哪还有心思呀，只是匆匆拜过了山神便回到了住处，准备在此住一宿，次日与辽王告辞北上。

当夜，朱植在盛宴招待秉仁公主后，送他们一行至驿站，关心地问道："小弟多嘴了，不知姐姐北上去何地？"娟娟遂将寻母之事讲了。朱植说："姐姐生母疯后不知去向，以前听说过。如今要到北疆寻母，那儿正是我的藩地，理当全力相助。何不把具体情况告之，我可以求助各方人士帮忙，目前有没有准确的线索呀？"娟娟和田田便把近些年所掌握的一些线索告诉了朱植,至于该如何寻找,不得而知,并请辽王拿个主意,看怎么办才好。哪知还真问对了,朱植大喜过望,忙道:"哎呀,姐姐咋不早说呢?你们所说的伊曼河源赫思痕部的赫思痕安巴达妈妈,是不是一位疯疯癫癫的长发魔女?她能唱能舞,却不会说话,被当地女真野人称为活神仙。至于到底是从啥地方来的,什么原因疯的,谁也不知道。皆说她是从天上降下来的'神女',是天神赐给部落的一个大萨满。"娟娟、田田听后,一下子愣住了,继而兴奋得脸都涨红了,大睁着眼睛问道:"你怎么知道的这些?"朱植说:"我天生好信儿,自打分藩到辽地,从洪武二十六年起谨遵父皇之命,终日带一些兵勇泥足跋涉。几年间,徒步数万里,多次去东海女真野人诸部,结交了不少女真朋友。其中,有南疆萨勒奴部的,还有北疆赫思痕部的,曾见到过长发魔女。姐姐是知道的,小弟自幼读圣贤之书,孔子曰:'子不怪力乱神'。于是向东海各个部落的族众说,所谓天降魔女,纯属愚顽之词,安何信乎?说过此话后,险些没被女真野人用刀砍死!全仗逃得快,好不容易钻进了一个古洞,才躲过了厄运。回到大凌河畔故地后,我查阅了不少古医书,《内经》曰:'重阳者狂','重阴者癫'。狂症者狂言狂语,逾墙上屋,弃衣奔走,哭笑无常,其态着实令人可悲可怜。说心里话,我多时就想帮助弄些奇药,尽力去救治那个疯女罕。只要能治好她的病,女真人自然不会视我为魔怪了,亦不会再痛打了。"说完,无奈地叹了口气。

　　听了朱植一席真诚的话语及对女真野人的那种衷心关注,使娟娟、田田很受感动,对辽王更加敬佩,刮目相看。觉得他心肠真的很好,一个王爷竟能对山中野民之生死如此重视,还苦读医书欲以治疗,与朝廷中以女真野人为观赏玩物的一些皇家子弟大相径庭!从朱植的身上,娟娟看到了仁义、谦和,故而从心里与辽王弟弟亲近了不少。此时,坐在旁边一直没吱声儿的其黑纳插嘴道:"听说赫思痕部在伊曼河上游,我们能找到。"朱植说:"小伙子,可不像你说得那么简单。伊曼河上源有六七百里路程,几乎全是密林、溪流、山涧、大谷,不通山路的人,走不出二里地,就得迷失在山林里。伊曼河有大蟒,其中身带黄花儿者小,但有剧毒。进山之前,须先吃上伊曼河边长的米吉尔草的小叶片,天天都要放在嘴里含着。这样,一旦哪天碰上了黄花儿蟒蛇,才不怕它的毒牙咬。否则,只要被毒牙刮上一丁点儿,立马没命了!而且,进伊曼河还经过七十二个小峡谷。为了引路,女真野人在每个小峡谷的石崖上刻有岩画儿，画儿很小，刻在十分隐蔽的地方。为什么呢？主要是怕山外的人辨认出来，而后据此闯入林中袭扰他们。若见不到秘密岩画儿，休想迈进一步，更不可能找到赫思痕部。去年春夏之交，赫思痕部的旁边新兴起一个雷鸟部落。该部落的人看中了赫思痕部的那片密林和在林中搭建的安适坚固、不怕风雪吹袭的树屋，便借口赫思痕部占了他们的水源，与之发生了争斗。一夜之间，双方死伤甚众，等我们知道信儿去平息时，雷鸟部已杀死赫思痕部二百多人，赫思痕妈妈也被杀死了。长发魔女，即赫思痕安巴达妈妈带领部落剩下的百多人，搬迁到伊曼河上游虎皮滩悬崖峭壁上的沙燕洞中落户。眼下只有到那里，才能见到赫思痕部的女罕，即安班达妈妈。"看来，朱植对赫思痕部的情况知道得真是不少。

娟娟听完了朱植的介绍，得知二十多年前所见到的赫思痕女罕已经故去，对她是个很大的打击。多少年来就盼着能再北上去找赫思痕妈妈，由她帮忙带领前去拜见赫思痕部落那位"神女"安巴达妈妈，可惜来晚了。娟娟敬服朱植，钦羡他对女真野人的情况了如指掌，成了东海窝稽部的女真通了。心中暗想："父皇的众皇子若都能像辽王朱植该多好啊！从不想权势，被分封一地，便以藩地为家，一心替庶民着想。不像有的皇子，天天系念如何争权夺势，眼睛紧盯着皇帝的宝座。他是一心向下，根本不像个王爷，倒像是普普通通的女真人，甚或是谙熟地理、民情的女真野人。也是冥冥之中明月长老的庇佑，让我与田田先结识了朱植这样一位热心、诚恳、通晓东海窝稽部的弟弟。虽然师太来不了了，却有朱植弟弟的指点，可谓是不幸中之万幸啊！"朱植接着告诉娟娟："秉仁公主姐姐，弟弟明日送你去北疆，我和当地的女真人已经成为好朋友了。疯女罕从不烦我，别人去了，她还不理呢！我一去，她准高兴，总是冲我笑，并给唱古歌听。再说了，深山峡谷中的岩画儿你们哪认识呀！姐姐，幸亏遇上了我，若是碰上别人，恐怕此次又是个白跑，说不定见不到长发女罕呢，看来姐姐是有福气之人哪！不过问一句，为何非要见那位女罕呢？"娟娟说："只是想认识一下这个奇特的'女神'，想知道是从什么地方、哪个部落来的。我与弟弟有同样的感觉，安巴达妈妈绝不是从天上掉下来的，一定是从什么地方走到北疆伊曼河上游的，真的很想了解她的来历。当年，我与马云、叶旺大哥到过乌蛇岭蚰蜒洞，认识了一位女罕，便是方才你说的已经故去的赫思痕妈妈。据她讲，赫思痕安巴达妈妈神奇得很，能卜测，还能预知未来。我想找到她，请求予以帮忙，或许能弄清母亲的下落。最近听说她脖子上戴有一条项链，我想看一眼，打听一下是怎么得来的。"说着，从背囊里取出一个小包裹，一层层地打开，里面是一个镶金花儿的犀角皮小方匣儿，内装一条亮晶晶的镶嵌着宝石的绿玛瑙大项链。娟娟说："十五弟，这是我皇娘、你的大皇娘马皇后亲手交给姐姐的。她说此项链是一对儿，一模一样。已将另一条赠给了她的妹妹，就是我的生母，姐姐此行也是为了找到那条项链而来呀！"边说边递给了朱植。

朱植很是感动，恭敬地接过项链仔细观瞧着，抚摸着日夜思念、十分敬重的大皇娘留下的遗物。他对马皇后的感情很深，看着项链，不禁流下了滚滚热泪，动情地说："姐姐，小弟母亲死得早，全仗大皇娘抚养我，从六岁时，就在宫里跑来跑去的。由于皇娘的钟爱，不少文臣武将把我当成大皇娘的亲儿子呢！皇娘薨逝时，我正在藩地，不能亲去送丧，心甚悲凄呀！"提起了皇娘，娟娟也一阵心酸，陪朱植掉了不少眼泪。他们来到朱植的卧室，见香案上供着朱元璋和马皇后的灵牌，香烟缭绕。娟娟、田田、朱植三人分别手拿大香，跪在灵牌前敬香，行三跪九叩大礼。礼毕，朱植又提起去东海窝稽部的事儿了，对娟娟说："请放心，此次我定领姐姐去，非帮这个忙不可。如果魔女安巴达妈妈真要是姐姐的亲生母亲，那可太好了，称得上天下奇闻啊！"此话说得娟娟、田田怦然心动，激动不已。

在朱植的一再坚持下，娟娟、田田十分感激他的古道热肠，同意由辽王陪着姐弟深入到东海窝稽部北疆伊曼河谷上游，去拜访住在虎皮滩沙燕洞的赫思痕安巴达妈妈的部落。临走前，娟娟对其黑纳说："既然有辽王陪行，又熟悉路，你就不用去了。可以先回南疆，看望你的部落和家人，然后返回北平府，禀告燕王不用挂念我们。"其黑纳闻听此言，感动得直掉眼泪，一时不知说什么才好。遂叩别了秉仁公主、亦失哈大将军和辽简王朱植，骑马去南疆萨勒痕部落探望了自己的家人和亲朋，然后返回了北平燕王府。

单说娟娟、田田在辽王朱植的帮助下，带着车驾五百多人向虎尔哈河方向进发。经过淀海，再沿乌苏里江东行，攀援锡霍特山麓，进入伊曼河谷。一路上，只见密林遮天，多年古树有四五抱粗，高耸云端。荒草茂盛而繁密，人骑在马上行进，连人带马都没入了草丛之中，若不熟悉路径，真是寸步难行啊！穿过几片林子后，朱植命兵将停止前进，围上木栅，搭起棚帐，人在棚帐里小憩，马匹全部收入木栅中。因山里野兽甚多，马匹放于林中，会被惊吓而跑散，难以追寻。待大家吃饱了喝足了，也歇息得差不多了，朱植便令百余名亲兵带着双人小轿，即由两人抬一人的那种小担担，随自己送秉仁公主和亦失哈将军向虎皮滩沙燕洞继续前行。余下的四百兵卒由三位参将带领留住原地，边打猎边等着他们返回。

朱植率领百余人沿山路而行，越往前走，越是难行。有很长一段路相当陡峭，下面是百丈深渊，河水流淌的哗哗声震人耳鼓。人只能紧贴着峭壁一点儿一点儿地往前挪，飞鹰在脚下盘旋，眼睛只能往上看，根本不敢往下瞅。只要瞄一眼，水流和白云像在地上飞跑似的，惊险异常。走过一段山崖路后，往前一看，是下山的路，也很难行，还是得一步一步侧着身子往下挪，一不小心便会跌入江心。山上的石头不仅滑，而且有些已松动，滑石倘若掉下来，必然砸到下面的人。因此，他们走得很慢，每迈一步都要试试石头坚实与否。只有确定可以踩，才能踏上石头往前走，真是捏着一把汗哪，每迈一步皆与生命息息相关。山路很怪，刚下到山底，又得往山上爬，仍是在立陡立崖的石壁上攀登。费了挺大的劲儿攀到山巅之后，再往前一看，下面还是深谷，深不见底，并有流水声。一行人越过几根圆木搭起的天桥，到了对面的山上，见这里依然是上山，笔直得像往天上去。下山又如跃入深谷，别说走在上面，只是看一眼，就能把人吓晕。

此时，一直低头走路的辽王朱植停了下来，对身边的秉仁公主说："姐姐，咱们现在走的路，是去虎皮滩必经的虎口岭。从山上下到山底，再由山底爬到山顶儿，深山沟谷，漫漫难行，一下一上差不多有三十里。快走需一天多，慢走得三四天。从对面的远处望虎口岭，特别像老虎向着高空张着的血盆大口，有不少行路人不小心葬身在虎嘴里，必须格外注意，险要得很哪！依我看，秉仁公主姐姐、亦失哈将军，你们别走了，动作太慢，耽误时间。像这么个走法，两天也过不去，何况又很危险，弟弟不放心。来，都上小担担，让我的兵卒把咱们抬过去！"娟娟、田田一听，哪能这么做呢？山路原本难行，还要人来抬，兵卒们多不易呀？忙异口同声地反对道："不行，不行，还是慢慢往前一步步挪吧。"朱植一看二人不同意，又说："你们有所不知，那些担担兵是当地的女真野人，只为此才招募来的。个个是爬山虎，一生一世、世世代代走这条道儿，对路径非常熟悉，一点儿不用怕。担起担子来行走又稳又快，如履平地，我是特意带来送你们的。快，快点儿上担子，别误了时辰。"说完，回头对兵卒们喊："小的们，把秉仁公主、亦失哈大将军给我装担子里！"此刻的辽王朱植，变得简直像个大将军，下起命令来了。还没等娟娟、田田答应呢，就被走过来的兵勇硬给摁到担子里，然后用宽皮带前后交叉地紧紧绑在担子上，人与担子固定在一起，很是牢固。绑好之后，每副担子四个人，两个人担，两个人在旁边护卫。只听担担兵们"起哟——起哟——"有节奏地齐呼着，便把娟娟、田田、辽王三人抬了起来。又听喊"下山喽——下山喽——"娟娟只觉身子往前一倾，不知怎么的，担子像在空中飞一样，异常平稳地直冲下去。斜视两边，只见树木在呼呼的风声中往脑后去，耳边是脚踏石块儿发出的咔啦咔啦声响，心恨不得快提到嗓子眼儿了。一看，已到了山下。又听"起哟——起哟——"和"上山喽——上山喽——"的呼喊声，紧接着身子不由自主地往后一仰，身下的石头子儿又咔啦咔啦地一阵响，耳边的风飕飕地往后吹，心一下沉到底儿了。再一看，到了山巅。

各位阿哥，朱伯西我边讲边形容，会让你感到山路走得挺快。实际上的确很快，不到一个时辰，担担兵抬着三人已跑过了老虎嘴三十里的鞍形路。娟娟、田田有生以来第一次体验令人叹绝的奇妙和惊险，若不是亲身尝试，只是一说，谁都不会相信世上的人竟会有如此高超的担力和脚力！要知道，那可不是一个人空手走，而是担着个人，能安安全全又十分快捷地从山下到大山之上，该是怎样熟悉这里的山和水呀？只有主人才能办得到，山山水水任他们自由的摆布，能不令人伸出大拇指由衷的敬佩嘛！这时，朱植发话了："小的们，放下担子吧，你们受累了。多谢，多谢啦！秉仁公主姐姐、亦失哈大将军，可以下来了，咱们该自己走了。"听辽王下令了，兵卒们放下担子，解开了绑在三人身上的宽皮带，娟娟、田田、朱植都下了担子。娟娟抬头往上一看，虽说是到了山顶儿，可山上还有山，高高的峰巅插入白云之中，真是山上有山、山山重叠、山势险峻哪！朱植走过来说："姐姐，这段儿山路平坦，咱们就围着山边儿往前走。注意，要贴着山崖石壁而行，千万不能往左去，左边仍是悬崖，山崖下面有的地方约有百丈深呢！"娟娟边听边点头答应着，于是，同田田紧贴着峭壁的右侧往前挪。

走着走着，突然，迎面出现一块立陡的黑色大石壁。原来石壁是耸立在山崖上的大巨石一个面儿，特别光滑，一点儿凸凹的地方都没有，很难见到这么平整、巨大、笔直的大石面儿。娟娟激动不已，惊叹宇宙间造物主的奇功！细一看，恍惚看到大石壁上似乎有刻凿的痕迹，便好奇地走了过去。到了近前，仰着脖儿往上看，竟是两首诗！心想："这茫茫阔野，渺无人烟，又是女真野人的居住之地，怎么会有人在石壁上刻诗呢？是前代古人到漠北东海窝稽部留下的呢，还是中原的文人到此一游所为呢？"忙喊田田、朱植前来观瞧。二人看后，也感惊讶，尤其朱植更是诧异。他多次来过此地，真没注意到石壁上刻有诗句，实在是太奇了！心里琢磨开了："怪了，为啥我和不少的巡山人没发现？前些天还从这儿过呢，并没见有啊，难道是神人所留？"三人又往石壁跟前凑了凑，见第一首是唐代诗人韦应物的五言绝句：

> 怀君属秋夜，
> 散步泳凉天。
> 空山松子落，
> 幽人应未眠。

此诗是为怀念友人、抒发思念之情的赠答之作，写得很有感情。他们又读刻在旁边的另一首，不是古人的诗，是凿石人自撰的抒情诗：

> 思君君会来，
> 必在秋月天。
> 休笑乌巢寺，
> 禅佛不知闲。

很显然，诗中表达了期待友人的到来和自己在山中小寺诵经自乐之心情。

娟娟眯起眼睛再细瞧，心中不禁为之一震！诗句之刻凿分明有新石的印痕，说明刻石时间不长，绝非是古代工匠而为，乃今人之举。她边看边想，忽然想到莫非是一位有情人在大山里等着自己？不禁热泪盈眶，便侧过头来问朱植："弟弟，听说过或看到过这一带有什么庙或僧人吗？"朱植好文、好诗，颇有文才，读后已知刻诗之人是在怀念一位友人，并盼着与其见面。一见秉仁公主眼含热泪，马上明白了一大半儿，知道刻诗人必是她熟悉之人，忙不迭地说："姐姐要不说，我还忘记告诉你们了。近两年有人传讲，在这座山的最上面，出现了一个小庙，不过我倒没上去过。从江边儿往山顶儿上看，小庙似乎隐没在云中，特别像乌鸦巢，当地人叫它'乌巢寺'。实际上，小庙原本没有名字。说是里边住着一个拄拐杖的神僧，武功高强，能手拄拐杖从山上、从树梢儿上飞升下降，很快便可到山下，专饮伊曼河的长流水。返回山巅时，仍靠拐杖腾跃而行。神僧是位独臂独脚的大师，心肠好，不仅住在这儿，也看守在这儿。凡遇到从虎口岭不慎摔落下来的人，他都背到小寺，弄些草药给以医治，救活了不少。女真野人路过此地，皆跪地叩头焚香，称其为阿林玛发①。如此说来，刻诗的人一准是他了。姐姐，难道你们认识？"田田高兴地嚷道："娟娟姐姐，这可太巧了，是苦僧师父无疑！他怎么会在虎口岭呢？"娟娟说："他与我分手时，曾说特别喜爱东海的山山水水，要来女真地界建庙。好哇，真是阿布卡恩都力的护佑啊，让我们又见到他了！"接着把苦僧如何帮助徐达大将军收拿曾家奴、高家奴、巧破月牙楼以及为父皇得到大元玉玺所立下的功劳讲给了辽王，朱植更加敬佩苦僧，说道："姐姐，既然这样，我们不能越门而过，他一定在山上等你。何不就此攀上山去，拜见师父？"话音刚落，只听从山上传来了洪亮的喊声："何必来看我？娟娟、田田，等你们多时了，别来无恙啊！那位一定是辽王了，苦僧特来叩见！"声音嗡嗡的，震得山间传出一声接一声的回音。

娟娟、田田、朱植及众担担兵和随从循着声音传来的方向抬头往上一看，见在山尖儿的一棵古松的树杈儿上，坐着一位僧人。古松树干粗壮，枝叶繁茂，主干斜着伸向天际，插入白云中，似乎是在天上游动。下面是百丈深渊，最底下是伊曼河水，哗哗地流淌着。僧人一条腿耷拉下来，悠荡着，像在打秋千。一只手扶着树干，另外一侧的胳肢窝下，夹着一根拐杖。要是不小心掉下来，必是粉身碎骨，然而看上去，却一点儿没有惧怕之意。娟娟和田田知道，惟独苦僧有此功夫。在馒头山的古松上，也是拄一根拐杖上上下下行走如飞的，多年不见，依然如故。娟娟不免激动万分，忙请苦僧小心些，慢点儿下来。只见苦僧收回耷拉到树干下的那条腿，站起身来，上身略弯曲，整个身子忽地往下一纵，落到了半空中的另一棵古松树上。紧接着又一纵，落入更低一层的树上，就这样一纵一落地站到了地面，拄着大铁杖向娟娟走来。娟娟忙迎上去，合手揖礼，然后高兴地握住苦僧的手。田田也走上前，紧紧抱住

---

① 满语：山爷爷。

了苦僧。

　　娟娟与苦僧自皮板大集分手，数年之后又在东海相遇，故人重逢，倍感亲切呀！相互简单说了一下各自的经历后，娟娟告诉苦僧："此次前去寻母，得到了辽王的热情帮助，一直陪着我们。真是巧得很，没成想在北疆见到了我日夜思念的师父，师徒能够相会是佛祖助佑啊！"苦僧说："我居高山之巅，风大苦寒，所住之处仅容一人，你们不便去，还是抓紧时间寻母为重。住在虎口岭已三年有余，特意选在靠路边儿的山洞里住，知你们必经此地。所以，就像当年在馒头山上等你定会去窥探月牙楼一样，天天下山坐在大树干上观望。老天不负有心人呀，没让我白等，你终于来了，安慰了苦僧这颗心哪！"说着，那只独眼闪出了泪花儿。

　　说实在的，娟娟这么多年来，从心里真正敬重的男子，一个是燕王朱棣，另一个就是苦僧。来的一路上，她冥冥中暗暗想过，苦僧一定在东海等我。今天果真如愿，你说能不欣喜若狂吗？可一听苦僧说不必到住处看了，便有点儿着急了，说道："苦僧哥哥，我们既然见着了，能不去庙上看看吗？馒头山的洞中庙我拜过了，赫思痕山的乌巢寺当然也得拜了。再说了，见面不易，去寻母并不差这点儿时间呀！"又冲田田吩咐道："亦失哈，走，咱们去看看。"边说边走，走了两步，回过头来对朱植说："辽王弟弟，你不用上去了，在山下等我们，一会儿就回来。"朱植说："那好吧，姐姐，你们快去快回！"然后令众随从坐下来歇息。苦僧看着这一切，再没说什么，开心地笑了。

　　苦僧依然那么精神，拄着大铁杖，在前边引领着姐弟二人噌噌地往山上走。别看独臂单足，攀援起来却比娟娟、田田的速度快，两人在后面紧紧跟随。不一会儿，三人到了山顶儿，山风很硬，吹得娟娟、田田直晃悠，好像要给刮到天外似的。苦僧将他俩领到一片古松林中，这才发现山上还有座小山，小山有洞。洞门是用砍来的粗木拼成的，搭成庙门样儿，只留下够一个人能进出的空儿。内用兽皮掩着，便于挡风，难怪当地人说山上有小庙。可以看出，苦僧是习惯于住山洞的人，也善于修理山洞。进入洞中后，见里面安置得井井有条。一侧为佛堂，一侧为卧榻、用餐之地，另一侧是洞中之洞。特别有意思的是，洞中之洞里堆了不少松树枝，娟娟和田田相互看了看，感到很奇怪。苦僧见此，上前把几根树枝掀开，哎呀，原来底下竟是些差不多有拳头大的蜘蛛！二人惊愕不已。苦僧说："你们听说过赫思痕部住的地方出毒蜘蛛吧？'赫思痕'乃女真语，即蜘蛛，这便是那毒蜘蛛。毒蜘蛛可是药材呀，用它熬制的蜘蛛精，吃后不怕风寒。腿如果受了寒症，吃了它，很快就不疼了。近几年，我已与毒蜘蛛交上了朋友，它并不毒我，每天都吃两个，自觉浑身有劲儿。还将蜘蛛精同从锡霍特山采来的几种特殊的草调和在一起，炮制出东海之神药，能治多种病症。你们知道明月长老为什么喜欢来东海吗？过去我也不清楚，现在才发现了其中的奥秘。那就是她老人家知道东海是宝地，出奇珍异宝和各种神药，包括毒蜘蛛。有了那些药，出家人可帮黎民百姓疗病，为他们做好事、善事。"说到这儿，娟娟难过地告诉苦僧，师太已于几个月前圆寂了。苦僧听后，半晌没说话，然后合掌稽首祝祷道："明月长老有德于世，常活在人间。东海人更忘不了她，我曾多次梦见师太教授精研东海之药的情景。"接着，又领娟娟、田田来到门边儿的一个小洞，同样是洞中洞。此洞外用细木为栅，像个小牢笼似的。仔细看里边，圈养着三只白鹰，皆蹲在横掌儿上。苦僧说："可不能小瞧白鹰，全是我的随从、好朋友，只只勤快得很。每天是靠它们送来山鸡、大雁和锡霍特山的斑鸠鸟，有时能给带来伊曼河里的山鲤鱼，供我饱腹，吃食丰盛得很哪！我时常下套子，能套到鹿、狍子什么的，不仅自己吃，也给白鹰吃。它们特别听我的话，即使放走了，还会飞回来，离不开我，可通人性啦！"说完，自管自地笑了起来。

　　三人又聊了一会儿，苦僧问田田目前在做什么。田田刚要回答，娟娟抢着说："噢，对了，我差点儿忘了告诉你了。师父，田田眼下于北平燕王府办差。皇上在世时，让他换个名字，起了个新名儿叫亦失哈，是东海的一种雄鸟松鸭的称谓。其实也好，此名儿与在金山大寨纳哈出那时的名儿分开了。师父还不知道吧？纳哈出早已投降并死在馒头山附近了！"苦僧说："娟娟，没想到变化这么大呀！我为寻找你母亲，曾访查过一些东海女真野人的部落。查来查去，觉得惟独赫思痕部的一位老女罕非常可能是你母亲。她来历不清，行为古怪，面庞不像东海女真人那样长有突起的颧骨。她的长相跟当地的女真野人一点儿不一样，面貌姣好，是上部略圆、下部略尖的瓜子脸，柳叶儿眉。从脸型看，似有江南美女之风。可惜看得不十分清楚，部落的人不让我仔细端详，怕亵渎了'神女'。你俩要寻母，还是去赫思痕部对。要真是你们母亲，想给她治好疯病的话，就来找我，有些药可用。娟娟哪，咱们是同宗，都是菩提僧人的佛门弟子。望你治好母病之后，还是归入佛门吧。没看见吗？你脸暗少光，俗心忒重，小心俗可害人呀！"很显然，苦僧是在有意提醒娟娟。

　　遗憾的是此刻的娟娟并没完全听明白他的话是什么意思，只知道苦僧是一心向佛之人，自己无法与之相比。再说事情那么多，又得跟朝政各方面的人打交道，的确不像尼姑中人，这点师太在世时曾多次讲过，也就没吱声儿。考虑到辽王正在山下等着他们，还需赶路，便就此告辞。苦僧执意陪娟娟下山，边走边说："我在山上自悟草药偏方，用以救治东海野民，主要是为了积德行善，今后用我时必到！虽住在山巅之上，但可闻二百里外的声响。只要想找我，不管是从南边还是东边，凡有自鲸海刮来的大风，顺风向北呼喊，准能听到。还可用铁石相击，连续拍击如捣鼓声，也能辨听到求助之声。我对这里各个部落的人都讲过，当过虎口岭时，一旦摔伤或出事儿了，拿起石头狠劲儿敲，我在山上听到后，必循声而至。所住之地，白鹰甚多，多栖息于山顶儿育雏，是我之邻、我之友。"说着，一吹口哨儿，从山巅的林中立即飞来一只白鹰，轻轻地落到了他的单臂上。无论怎么晃，那鹰爪抓得特别紧，根本掉不下来。苦僧爱抚地说："这是我驯的白鹰，知道每天给主人打食。现在，你俩将此鹰带走，让它认认路，很通人性，绝不伤人。只要不伤害它，它不但不会啄你，而且会助你。可喂些狍子肉和鹿肉，与你们住在室内或给搭一小鹰舍。若有事儿找我时，就在白鹰的腿上缝一丝帛，书明求意，它会及时送给我的。要是较长时间没啥事儿，可先放了它，过不多日子，仍会回去找你们。因为曾经喂养了它，便通晓一些人语，有了感情，所以会随时飞回来帮助它的主人。"娟娟好奇地左看右瞧，很是喜欢。

　　一行三人边说边到了山下，苦僧把落在手臂的白鹰交给了田田。辽王见此，命一随从过来，让亦失哈将白鹰放在随从的手臂上。由于随从是女真野人，会放鹰，也会摆弄鹰。因此白鹰就像懂事儿似的，双爪钩住那人的手臂，一动不动。苦僧说："你们快些赶路吧，别忘了有事儿时一定告诉我，咱们后会有期。"说完，只见他拄着拐杖，返身纵上了高树，身轻如燕。再腾跃而起，一棵树一棵树地越登越高，直冲山顶儿而去，只一会儿工夫便不见了踪影，所有在场的人全看傻了。

　　娟娟此次见到苦僧非常高兴，觉得只要有他在，什么难事儿都能迎刃而解，信心更足了，遂与田田随辽王朱植及众随从继续赶路。经过了一段极其难行的山间路，顺利到达了赫思痕部落的新住址。赫思痕部的三百多人，全住在立陡悬崖上的大小十几个石洞窟里。从地面到各洞窟，皆用山崖的古松做阶梯，阶梯和悬梯相连。从山下往山上看，那些石洞窟很像山崖上的沙燕窝巢，沙燕洞之名便源于此。每个洞窟从外面看很小，里面却相当宽绰。当往山崖深处走时，会发现有的洞穴还曲曲弯弯的，且洞中有洞，如同迷魂阵一样，需上下攀援而行。还有的洞穴则是只要从此洞口儿进去，里面却与彼洞穴相通。洞里都是以兽油灯照明，挺亮堂。山崖下部地面的前头，正好是一处平坦的大草坪，草大多是从石头缝儿里长出来的。说起这石山上的小草真是了不得，很顽强，只要有一点儿土，有一点儿缝隙，便能存活下来。朱植、娟娟一行到沙燕洞后，动手在石板地上凿出一些深坑作为火塘，又在深坑的上面搭了不少支架和吊杆儿。升起火后，把鹿大腿呀、熊肉啊、鸡鸭呀等等放在支架上烧烤，支架很快被火熏得发黑了。

　　辽王与部落的人关系很密切，不少女真人，无论是大人还是小孩儿都认识他，看来已来过多次了。朱植此次并没有着王爷的服饰，所带之亲兵也没穿武将、兵卒的号坎儿，全是女真人打扮，身处其中，浑然一体。女真人头披长发，皆戴头箍儿。为什么呢？因为头发太长，跑起来容易散乱，遮挡视线，只好用头箍儿拢起来。头箍儿有用皮子缝的，有用骨头做的，有钱人家则是用各种丝绢编的，还有的是用金子或银子、多数是银子打成的，上雕各种花饰，十分好看。辽王今天戴上了女真野人常戴的头箍儿，身披白板儿的鹿皮斗篷，上搭大披巾，腰间系一丝带。下身儿是猞猁皮套裤，脚登长筒鹿皮靴。左裤腿儿一侧单有皮囊，内插各种匕首，吃肉也好，自卫也罢，皆可用。身后背着一张大弓，看起来似去渔猎的俊秀后生，根本不像王爷。他一到，部落的女真人立刻围了上来，七嘴八舌地问辽王给他们带什么来了。朱植吩咐随从打开背囊，里面装的多数是糜谷，因山里谷子少。还有三袋荞麦、三匹麻布，再有就是女真人喜爱的盐块儿。把这些东西作为礼物分给部落的人，大伙儿非常高兴，一一收下。娟娟从女真人接过礼物的笑容中，体察到了辽王的仁爱、慈祥。

　　朱植领着娟娟、田田来到山下最低的洞窟，找到了一位穿着羽服的"老女人"。说是"老女人"，其实年龄并不大，看样子不到三十。那为什么叫"老女人"呢？只因她的着装和戴的头巾显得老气，如不细看，真像个老太太似的。当把头巾和披肩拿下后，方看出那是一位俊俏的年轻女人，双耳上戴的银环亮闪闪的，显得格外漂亮。她上身赤裸着，祖露着两个大乳房，肩上披着茅草编的长蓑衣，下身着用灰鼠皮缝合而成的腰围裙子，赤着脚。当见到朱植他们进来时，忙站起身来打招呼，相互寒暄，让人感到他们之间很熟。而且"老女人"还会说汉语，亲切地请大家坐下歇歇脚，十分热情。朱植将娟娟和田田介绍给她："这两位是我的好朋友秉仁公主和亦失哈将军，从京师来的。二十年前，他们还见过赫思痕妈妈呢！"一提到赫思痕妈妈，"老女人"好像以前听大人说过，有印象，便打听起比牙妈妈来了。娟娟一听高兴了，这不是在问师太的情况吗？东海女真人一向称明月长老为"比牙妈妈"的，于是简单地说了一下。当"老女人"得悉明月长老已经圆寂了，脸上立刻现出了难过的神情，感到非常惋惜，接连打了几个咳声。辽王告诉她，秉仁公主和亦失哈将军在部落需多住些天，想看望一下熟人以及朋友，请多多帮助和关照，她爽快地答应了。当朱植把一切交代完了，才得空儿告诉娟娟："秉仁公主姐姐，这位是赫思痕部女罕的帮手，都叫她玛尼妈妈，是已故赫思痕妈妈的大女儿，主持部落的对外联系和安排内部的一些事物。原来也是女罕，聪明、能干，很有威望。后来，部落在一场灾难中，遇到了赫思痕安巴达妈妈。正是她，拯救了濒临灭绝的部落，大家一致推崇为新女罕，玛尼妈妈则退居当副手，协助赫思痕安巴达妈妈料理诸事。"娟娟点点头说："噢，原来是这样。"朱植又嘱咐道："玛尼妈妈为人善良、心眼儿好，只要不欺骗她，就不会惹起反感。由于我们常来帮助他们，因此部落的人对朝廷的印象挺好，总是以诚相待。女真人率真、耿直，一就是一，二就是二，说话不喜欢拐弯抹角。今后你俩对他们也要有啥说啥，一些事儿需要求玛尼妈妈做的，她会答应的，亦会敬重你们。待住下以后，慢慢与她熟悉了，可以提出见赫思痕安巴达妈妈的请求，告诉她是为了寻找你们的母亲。在女真部落里，女人受到尊敬，尤其是作为母亲，那是最神圣的。你们找母亲，他们必然会同情，肯定能想尽一切办法给以帮助的。"娟娟说："弟弟，放心吧，姐姐记住了。太感谢你了，谢谢！"朱植不好意思地说："姐姐客气了，谈什么谢呀？眼下事情太多，不知什么时候会找我，因此不敢在此拖延，需立即返回广宁，咱们就此告别吧。不过，只要能脱得开身，我会常来看姐姐和亦失哈将军的。"说着，眼圈儿红了。

娟娟、田田真的非常感谢辽王朱植，不辞辛苦地一直把他们姐弟俩安全护送到了要寻找的部落，如果不遇上他，是很难独自来到沙燕洞的。对一路上朱植的所作所为，娟娟看在眼里，记在心里，又尊敬又感动，庆幸认识了一位真正的好心人，又是同父异母弟弟。朱植带着亲兵很快就走了，临走时，让随从把白鹰交给玛尼妈妈，告诉她："这是客人的，一定要精心点儿。"玛尼妈妈边答应边让身边的人接了过去，放到一个空鹰笼中。靠道边儿有一排鹰笼，部落里的人各有各的鹰笼，打猎需要时，可随时将白鹰取走，回来后再放进去。

娟娟、田田送走辽王后，又返回到玛尼妈妈的住处，玛尼妈妈笑着说："天朝的使者到了赫思痕安班达妈妈部落，就是到家了，何况又是大家最崇敬的比牙妈妈身边的人呢！那年，因我没去乌蛇岭，所以你们只结识了母亲赫思痕妈妈。看来咱们有缘哪，天地这么大，总还是见到了，好哇！顺便问一句，从我们这里走的鲍龙花、鲍龙卉两位可能认识吧，她们如今在哪儿？"娟娟连忙告知："鲍龙花、鲍龙卉是我的师妹，我们曾经在一起。眼下姐儿俩在京师南京呢，生活得挺好，都有孩子了。"玛尼妈妈听了，高兴得一个劲儿地点头说："好，太好了，是她们的福气呀！"此时的田田见玛尼妈妈的情绪很好，加之寻母心切，忙乘机十分小心地问道："玛尼妈妈，我想问一下，何时才能拜见受大家尊重的赫思痕安巴达妈妈？"玛尼妈妈想了想，说道："噢，对了，今天有'族火'。'族火'便是每个月月亮圆的一天，全族男女老少从洞窟中出来，到崖下的草坪石板地上燃篝火，围着篝火拜月、唱月歌、跳舞。传说这天月神下界，用银色照亮宇宙各个角落。只要被月神的银镜照过的人、照过的部落，将永远兴旺，没有污秽，所有的魔鬼无处藏身。你们赶得太巧了，恰好今天是月亮最圆的一天，夜里要举行全氏族的人盼望着的族火拜月亮。那时，我们的'神女'赫思痕安巴达妈妈就会从她住的那个最高的洞窟里走出来，为我们祈福唱歌呐！"一边说一边兴奋地打着手势。

娟娟和田田听后，再也抑制不住内心的激动了，眼中不禁闪出了泪花儿。难道这是真的吗？过一会儿，就可以见到多年做梦都想见到的长发魔女、东海女真野人女罕赫思痕安巴达妈妈啦！田田更是不敢相信眼前的一切，自从可怜的母亲从金山走失，便无时无刻不在期待着能找到她。可去过了好多地方，皆杳无音信，心里难过至极。此刻多么盼望能立即见到"神女"，看看那是不是自己离去多年、朝思暮想的母亲！这时，玛尼妈妈拿来了早已为辽王介绍来的两位大明朝朋友做好了的烤野兔脯、野鸡脯及野茴香汁儿，真诚地请他们品尝。部落的人常年累月以肉代食，很少有粮谷，谷类比白银还要珍贵。喝的是山泉水，一概生饮。娟娟和田田由于心里着急，根本没心思细品究竟是什么滋味儿，很快胡乱吃完，只等明月升天后的氏族族火大会了。

当晚，崖下点燃起九堆篝火，火光熊熊。氏族的男女各一伙儿舞蹈队，同时在鲸丝弦琴和口弦琴的伴奏下，在咚咚的磬鼓和抓鼓的敲击声中，欢快地跳了起来，气氛异常热烈。男女的穿着都是那么裸露，外面罩着柳叶儿衫或茅草衫。女子腰间系着柳叶儿围腰，头上戴着百花儿编织的花环，长发披于身后，脖子上吊有珠穗儿，还戴着耳环、腕环和足环；男子头戴用白板儿皮缝合、绘有兽头的头箍儿，有鹿头、虎头、豹头、狼头、鹰头、蟒头等。身上依每个人所戴的头箍儿不同，穿着与头箍儿相符的兽皮披衫。如头戴虎头箍儿的，身穿虎皮披衫；头戴鹿头箍儿的，身穿鹿皮披衫；头戴鹰头箍儿的，身穿用羽毛做的披衫；头戴蟒头箍儿的，身穿用蟒蛇皮缝到一起做成的蟒蛇皮披衫。他们边唱边跳边吼叫，女子的舞姿翩翩，轻盈优雅；男子的歌声粗犷豪放，震天动地，响彻夜空。

在族人的欢笑声中，女罕身边的侍女们将鲜花撒在悬崖最上部中央的一个圆形山洞周围之后，赫思痕安巴达妈妈缓缓地从洞中走了出来。娟娟和田田一看，她的穿戴非同一般，身体的大部分几乎都用皮革、彩珠儿包裹起来了。头戴鸡尾翎的高大彩冠，赤裸双臂，袒胸露乳，外披千颗海珠儿穿成的珠衫斗篷，在月下闪着银光。下身儿围着用花鼠尾做穗儿、白熊皮制成的围腰，上面镶满了金铃、银铃、海贝，走起路来，萦萦悦耳如鸟鸣，手里拿着一个大山羊皮抓鼓。悬崖下的族众见到女罕时，先是齐声儿欢呼，跪在地上迎请，男女各队的舞者在女罕熟练的手鼓声中，跳得更加欢快、激越。女罕赤着双脚，敲着手鼓踏着松树干台阶一步步地向崖下走。临离地一人高时，身子一纵，跳到了地上，很快融入族众之中舞了起来。此刻，明月当空，篝火熊熊。在九堆篝火中，中央有一大的篝火堆，族人们手拉着手，围着篝火堆，口中"嘿、嘿哟"地唱着，脚下不停地跳着。娟娟和田田并没闲着，早被族众拉入了欢舞之中，随大家边跳边唱边往篝火里扔兽肉、撒兽血。传讲此为女真儿女给月神妈妈献牲，用猎业的丰收回敬众神，感谢赋予之庇佑和恩赐。跳着跳着，只见女罕忽地从大火中穿过，娟娟、田田及族众也随之一跃而过，意为族人接受火的洗礼，可永驱邪恶。玛尼妈妈热心地告诉娟娟和田田："秉仁公主、亦失哈将军，你们完全不用担心是否能听得懂女罕唱的是什么意思。原来我们部落都用女真语唱，自从'神母'来了以后，因她喜欢用汉语唱歌儿，时间长了，族人就学会了，也用汉语唱，所以全能听明白。"一面说，一面脚步不停地舞着。

在篝火旁，娟娟、田田特别注意女罕的模样，因为主要是来认妈妈的呀！最想知道的，就是这位"神女"究竟是不是自己的母亲。可是，女罕头上戴着的羽冠花饰几乎把脸面的大半遮住了，何况又是在月光下，根本看不清。二人特意来到女罕身边，左边一个右边一个地跟着转来转去的，可还是看不清，把姐弟俩急坏了，满头是汗哪！女罕敲着手鼓边唱边跳，众族人则呼应着伴唱，一块儿呼喊。唱《月光歌》时，女罕每唱一两句，族众便相跟着"嘿啰，嘿啰"地伴唱着。

女罕唱道：

　　月呵，月呵，
　　银光如水的东海呵，

众人伴唱：

　　嘿啰，嘿啰。

女罕唱道：

　　跳呵，跳呵，
　　纵情欢快的东海人呵，

众人伴唱：

　　嘿啰，嘿啰。

女罕唱道：

　　跳得锡霍特山岭花草在月下欢唱，

众人伴唱：

　　嘿啰，嘿啰。

女罕唱道：

　　跳得伊曼河浪里的鱼群在月下嬉闹。

众人伴唱：

　　嘿啰，嘿啰。

下边由我说书人给各位阿哥唱一段儿女罕唱的歌：

　　我们是林中女真人，
　　无忧无虑，

嘿啰，嘿啰。

是因为有百神的庇佑。

嘿啰，嘿啰。

我们是林中女真人，

百难不回，

嘿啰，嘿啰。

是因为有百代的锤炼。

嘿啰，嘿啰。

我们是林中女真人，

人丁兴旺，

嘿啰，嘿啰。

是因为有百草的药师。

嘿啰，嘿啰。

在女罕高声歌唱的同时，人们应和着"嘿啰，嘿啰"，显得异常热烈、粗犷、欢快。玛尼妈妈告诉娟娟："下边的歌儿可好听了，我们都爱唱，代代唱不够。歌名叫《妈妈古歌》，单在明月当空之时，边跳着舞，边由女罕领唱，大家一齐跟着伴唱。这是对妈妈的祈福，对妈妈的颂赞……"玛尼妈妈没说完呢，赫思痕安巴达妈妈已敲响了手鼓，放开喉咙唱了起来。她的嗓音洪亮、清脆、优美，田田仔细听了一会儿，觉得歌声里，仿佛有点儿所熟悉的妈妈的声音，便悄悄儿冲娟娟耳语，把那种感觉告诉了姐姐。娟娟也侧耳细听，听了半天，却全然不知。因她在婴儿时，便被扔出了大墙外，没有接受过母亲的呵护，怎能分辨出哪种声音是妈妈的？田田和娟娟忘情地跟着族众一起唱啊、跳啊，全不顾自己是外来的客人，如同东海的主人、东海的女真人一样，一块儿不停地舞着，一块儿往脸上涂兽血、蜂蜜、花汁儿，边跳边抹。接下来唱的是女真的《妈妈古歌》，仍由女罕领唱，族众伴唱。女罕唱完第一句，族众接唱一句"这是妈妈"；女罕唱完第二句，族众仍唱一句"这是妈妈"，往下以此类推。《妈妈古歌》欢快、高亢、动听，充满了激情，是这样唱的：

嘿哟，是阿布卡给她的精血，

她立刻全身增加了火炭的力量。

这是妈妈！

嘿哟，是阿布卡给她的骨骼，
　　　她立刻全身运行起生命的力量。
　　　这是妈妈！

嘿哟，是阿布卡给她的营养，
　　　她立刻全身丰富起聪慧的力量。
　　　这是妈妈！

嘿哟，是阿布卡给她的魂魄，
　　　她立刻全身充沛起无敌的力量。
　　　这是妈妈！

嘿哟，是阿布卡给她十次满天圆月，
　　　她立刻全身孕生下新的生命。
　　　这是妈妈！

妈妈，妈妈，妈妈，
　　　她给氏族生下百个千个雄鹰般的儿女，
　　　她给氏族生下百个千个猛虎般的子嗣。
　　　氏族的青春，
　　　氏族的永固，
　　　氏族的明天，
　　　都是妈妈的哺育，
　　　都是妈妈的赐福。

妈妈是氏族的月亮，
　　　永远像大明烛。
　　　妈妈是氏族的太阳，
　　　永远像热火炉。
遗忘妈妈的人，
　　　不如污泥和粪土。

丢弃妈妈的人，
　　　不如猪和狗。

　　娟娟和田田头一次听到这么动情的歌儿，句句镂骨铭心。想到自己的母亲还未找到，好像刀扎在身上一般疼痛，搂着女罕跟着跳啊、唱啊，大声儿呼喊着："这是妈妈，这是妈妈！"深切的思念与感情的震撼，使得姐弟二人激动极了，跳得满头大汗，若狂若痴，可四只眼睛却始终没有离开女罕。女罕的身影闪来晃去的，无论如何无法辨认，娟娟急得眼泪都流出来了，一再追问田田："你在母亲身边那么长时间，难道她的身材和模样一点儿记不清了？"田田无可奈何地说："姐姐呀，我离开母亲十几年了，之后的变化哪能想象得出来呀？再说女罕又是这样的一身装束，脸还被遮住了，难认哪！"娟娟一看没招儿了，索性停了下来，拉着田田去找正跳得起劲儿的玛尼妈妈。
　　二人来到了玛尼妈妈跟前，将她拉到一边，娟娟眼含着热泪如实说道："玛尼妈妈，我和亦失哈将军是姐弟俩，从小便同母亲分开了，由好心人抚养大的。赫思痕妈妈曾告诉我们，二十年前，你们部落遇上了瘟灾。正在族人即将灭绝时，突然从'神树'上降下一位'神女'，给大家吃百虫，治好了瘟病，氏族从此在'神女'的护佑下发展壮大起来。赫思痕部落能有今天，就是'神女'赫思痕安巴达妈妈赐给的！说她是从天上来，还说她脖子上戴有一条绿玛瑙项链，是不是这样？玛尼妈妈，恳请能告诉我们。我与弟弟万里迢迢而来，是为了寻找生母的，估计很可能是这位赫思痕安巴达妈妈。可她总是在跳，不知如何才能辨认得清，心里着急呀！"玛尼妈妈听后，抬眼看了看亦失哈将军，见也是满脸泪痕。二人的真诚感动了她，于是深情地说："你们寻找慈母之心，令我钦佩。女罕是天降的'女神'，不会是哪个人的生母。她是天的女儿、月亮的姊妹，是东海赫思痕部的领路女王啊！"娟娟说："玛尼妈妈，我不否认女罕是天的女儿，只不过是想要亲近一下她。请允准吧，别让我们白来一趟东海，将用千尺布帛、千斤石盐、千担米谷酬谢部落的帮助。"田田则在一旁帮腔儿，不停地劝化，玛尼妈妈终于被说服了，爽快地答应道："那好吧，我告诉你们，待会儿女罕跳累了，要在草坪的豹皮褥上睡一阵儿，醒来后才返回洞窟中安歇。到时候你们可凑近她身边看看，不过必须穿上女真人的衣裳，她才会认为是自己的儿女。一看你俩现在的装束，便知是外地人，女罕向来不喜欢外人靠近。

别看她不说话，可神志清醒。若动起怒来，能把你们撕碎，因此千万小心才是。"娟娟与田田按玛尼妈妈的吩咐，当即换上了东海野人的皮服、皮裤裙，戴上了草帽，看起来同女真人一模一样了。

　　不一会儿，月亮偏西了，族人们仍跳着舞，有的边高声儿唱着边吃着烤肉。女罕感到有些累了，玛尼妈妈赶忙上前搀扶着，走到草坪的豹皮榻处。女罕坐了下来，满身是汗，一声儿不出。玛尼妈妈给她摘掉了戴在头上的羽冠，扎在头顶儿的长发垂落下来，长得快拖地了。又给她脱去了彩珠儿斗篷，这才露出了本来的模样，看得出那俊美的脸庞并不消瘦。娟娟和田田悄悄儿走到女罕的对面，瞪大眼睛反复地端详。初始，田田还是辨不太清，相别的时间太久了，面相肯定有些变化。何况母亲在金山时，天天用宫粉梳妆，哪那么容易认呀？他的心怦怦直跳，觉得快要跳到嗓子眼儿了，又眯起眼睛，仔细地打量着。忽然，母亲年轻时那清秀的面庞和端庄的神态出现在田田眼前了，而且越来越清晰，兴奋得忙一把拽过姐姐，使劲儿攥住娟娟的手说："姐姐，像啊，太像了，像咱们的母亲！"娟娟一听此话，激动得浑身发抖，连声音都变了："弟弟，光说像不成啊，必须得说是还是不是。别急，再好好儿看看！"田田一时不知怎么办好了，左手轻拍着头，在原地直转圈儿。好在山中有密林包围，对面又有立陡的石崖挡着，光线较暗，别人看不清他着急的样子。田田赶忙回转身，到一暗处拿出特意带来的母亲在金山穿的几件绢纱衫。之所以保留这几件衣裳，是为排解思母之情的，见衣如同见了慈母。他多有心计呀，想得如此周到，竟带到了东海女真野人部落。田田与姐姐商量了一下，决定拿着衣装，一块儿去哀求玛尼妈妈给女罕换上。

　　玛尼妈妈本是个热心肠儿，又被姐弟俩的寻母之心深深感动。加上从未见过中原王朝最高贵的女人穿什么，以为也像他们一样，都穿皮服呢！当她看到绢纱衫，听说是天朝的皇家人才能穿，自然认为神圣得很，一点儿没打奔儿就同意了。娟娟说："女罕是圣洁的'神女'，最配穿这样的衣裳了。族人要是喜欢，待回去之后，一定派人给你们送来百套。"田田手中托的女装一经打开，立即散发出淡淡的桂花之清香，女真人好奇得很，纷纷围拢过来。他们见衣服上绣着各种花饰，还有鸟及龙凤的图案，个个称奇。皆言中原王朝是神仙呆的地方，穿的衣服太漂亮了，那鸟和凤像真的一样，肯定是"神女"绣的。玛尼妈妈和娟娟，还有几位侍女走到豹皮榻前，先扯起了鼠皮帐将豹皮榻围了起来，然后给榻上的女罕轻轻换上一身儿天朝的宫服，全是楚绣绣当年从南京带走的马皇后送给她的衣裳。丝绢女服上有很多纽襻儿，玛尼妈妈她们第一次见，哪里会穿呀？怎么系纽襻儿，哪件是内衣，哪件是外衣，该如何穿，皆由娟娟亲自指挥，并帮助一件一件地给穿好了。在换衣服的过程中，女罕只是傻呆呆地坐在那儿，一言不发，任人摆布。玛尼妈妈不时地在她耳边小声儿说些抚慰的话，使之安静，不动怒。知道一旦暴怒起来，能上爬山，下跳涧，百人难敌。

今日，还真是天神庇佑，赫思痕安巴达妈妈顺从地随便娟娟和玛尼妈妈从头到脚给换上了全新的装束。穿上了新衣，登上了新鞋，头上插有宫花儿。又把耳朵上戴的大银环摘下了，换上了翡翠水晶耳钳子，娟娟还小心翼翼地往她的脸上扑了点儿宫粉，并看到了脖子上戴着一条绿玛瑙珍珠项链。打扮完之后再看女罕，当年那秀美、俊俏的面容活脱脱地显现出来了。田田只瞅了一眼，便认出来了，没错，正是妈妈！顿时涕泪横流，扑通一声跪下了，颤声儿问道："母亲啊，让儿找得好苦哇，你怎么流落到了东海？"娟娟见此，赶忙上前把弟弟拉了起来。田田马上明白了，姐姐是怕玛尼妈妈和族众有什么疑窦，会认为你们这是干啥，莫不是专门抢我们的女神来了？容易引起误会。为把握起见，还是得慢慢来。想到这儿，立刻压住了哭声，擦了擦眼泪。娟娟强忍着把泪水吞进肚里，向玛尼妈妈说："玛尼妈妈，你看哪，女罕多美呀，是不是一位天上的神女降临东海了？"此刻，玛尼妈妈及所有的女真男女老少全惊呆了，女罕真的变成了一位仙女啦，她是天上的神啊！纷纷扑通扑通地跪在了地上。其中，有的族人到内地去过，兴奋得大声儿喊道："今天月圆，是个好日子，月宫的嫦娥来到咱们女真部啦！"因他们在内地看过中原一些古画儿，画儿上的美女、天上的嫦娥就是同女罕一样的装束，以为是神女来了。

东海女真人的绝大多数尽管头一次见到中原王朝女人的服饰，可对美的欣赏，不论哪里的人都会有同感。族众喜欢自己的皮服、羽服，但一见到典雅、漂亮的丝绢女服，也会爱不释手。一致认为女罕比没换服装之前更年轻，更美丽多姿，并为此欢呼不已。娟娟和田田凑到安巴达妈妈身旁，附在耳边悄声儿问话，目的是引起她的注意。可女罕根本不认识，两眼发直，一声儿不吭。玛尼妈妈怕时间长了，女罕动怒就不好了。又同娟娟一件一件地替她把新衣脱掉，重新换上了羽冠、珍珠斗篷及白熊皮围腰，然后一边一个地搀着女罕，踩着松树阶梯，送回到了高崖上的洞窟。

　　娟娟抬头望望天，已是下半夜了，篝火将熄。族众纷纷离开草坪，各自登上悬梯，进入自己的沙燕洞安歇去了。玛尼妈妈将秉仁公主和亦失哈将军留宿在自己的下层洞窟中，怕他们冷，给铺上了厚厚的皮褥子，嘱咐有什么事儿可随时叫她。娟娟和田田表示现在不困，等一会儿再睡，并请玛尼妈妈早点儿歇着。之后，二人又来到方才举办族火盛会的草坪处，坐在母亲刚刚坐过的豹皮榻上，商量着明天该怎么办。田田说："姐姐，真是佛祖保佑，咱们的母亲还活着，看样子身体也挺好。只是疯病仍然很重，不能说话，像在金山时一样。可我弄不明白，她老人家是怎么到这个遥远的地方来的，不仅没受到伤害，还成了部落的女罕。真是好人有好报，冥冥之中有神人相助啊！"娟娟抬头望着天上大而亮的圆月，感到从未有过的甜蜜、幸福，满含深情地说："如今我们找到了妈妈，首先要想方设法治疗疯病，一定使母亲重新清醒过来，让她知道儿子和女儿都在身边。今后，咱们娘儿仨一块儿过团圆日子，一辈子不分开，生生死死在一起，用心侍奉老人家，相依为伴！"然后收回目光，瞅着弟弟说："田田，明早将白鹰放飞，让它去请苦僧，前来拯救母亲。师太不在了，今后苦僧就是我依托的师父，相信他必有妙手回春之术！"田田点头表示同意。姐弟俩高兴极了，毫无睡意，一直聊到快天亮了，才回洞窟歇息。

　　一大早，娟娟和田田来到山下的一排排鹰笼前，把装有苦僧送给他们的那只美丽的小白鹰笼子提了出来。田田剥了一小块儿桦树皮递给姐姐，代替常用的纸张。娟娟知道，鹰所带之物不能太沉，分量重会影响它的飞翔，又要把事情写得简而明。她思忖了一会儿，便在桦树皮上刻了"速来"两个字，认为苦僧见字后，会明白她心意的，然后交给了弟弟。田田接过来，用小刀将桦树皮轻轻划了一个小洞，再用布条儿穿过小洞系在白鹰的腿上，对白鹰说："白鹰啊，白鹰，烦劳你去把主人请来，越快越好！"说完手一松，放飞了。白鹰会意地在天空中盘旋了一圈儿后，嗯扇着长翅飞走了。

　　娟娟同田田吃过了玛尼妈妈给预备的早餐肉羹和鹿奶，便对玛尼妈妈说："今天我将请来一位大师父，给女罕看看嗓子，您知道在锡霍特山有位'阿林玛发'吗？"玛尼妈妈回道："知道，他可是神人，帮助女真人治好了不少病呢！"娟娟说："那好哇，请的就是他！只要让'阿林玛发'看了，肯定会想法儿治的。嗓子治好了，女罕就能给咱们传来更多神的话了，再也不至于张口没声儿了。"娟娟知道，赫思痕部人心特别齐，最崇拜的是部落首领。目前实际上有两位首领，一位是自己的母亲、那所谓的"神女"，另一位则是"神女"的助手玛尼妈妈，为实际上的管家人。她的权限很大，无论什么事儿，不经过她肯定办不成。玛尼妈妈的洞窟里平时只住她一个人，啥时候需要了，可以随时招呼所喜欢的男人来自己的居处住。她岁数不大，脖子上挂有二十九颗野猪牙，证明只有二十九岁。如此算来，娟娟、明月长老、叶旺、李佑等人当年去乌蛇岭时，她只有几岁。因常与山外各方人士交流，所以汉语说得不错，十分流利。曾去过金山大寨，见过纳哈出和站赤的岳索图将军，田田因不常出外，所以没碰面。可以说，玛尼妈妈是部落里见过世面的女首领，又通情达理，故而对娟娟找师父给女罕治病的请求根本没打奔儿便答应了。

晌午，天上的白鹰盘旋鸣叫，苦僧随之来到了赫思痕部的沙燕洞下，娟娟和田田领着玛尼妈妈出洞迎接。按照东海女真人的古俗，给女罕看病的外部落人，此前必须受到本部落对他的恫吓。验证心诚后，方可给女罕疗治，否则将被逐出沙燕洞。这些习俗，娟娟和田田事先并不知晓。此刻，玛尼妈妈没让苦僧进到洞窟里，而是先捧来一碗刚宰杀的野山羊血，递给他说："欢迎大师父给我们的'神女'治病，我代表部落老少敬你殷红的美酒。"苦僧接过，一仰脖儿，咕嘟咕嘟几口便喝下去了。之后，玛尼妈妈领他走到族人用干树枝堆起的一个大柴火堆旁，又重复前面的话："欢迎大师父给我们的'神女'治病，我代表部落老少敬你浴身之火。"说完，把火堆点着了。只见苦僧拄着拐杖，毫不犹豫地从熊熊燃烧的火龙中穿过去了，娟娟吓了一跳，深怕师父因此而被烧伤。其实，柴火燃起后，从外面看是红红的火，火苗儿蹿得挺高。由于那是干柴，遇火容易着，过火之后很快化为灰烬了。人从火中快速穿过，只会觉得四周热气腾腾的，伤不到皮肤。玛尼妈妈见大师父痛痛快快地按照自己的话做了，认为心很诚，非常高兴，握着苦僧的手说："大师父，咱们是一家人哪！"然后才攀上山洞禀告女罕，并劝慰她能顺从些，让大师父给看看嗓子，看完就能说话了。趁此机会，娟娟问苦僧："师父，事先知道玛尼妈妈要考验你吗？"苦僧笑着说："近几年，我在东海女真野人部落访贫问俗，知晓了不少当地的礼节，今天便是入乡随俗吧。"

不一会儿，玛尼妈妈下了山，请大师父随她去女罕住的洞窟，让秉

东
海
沉
冤
录

仁公主和亦失哈将军在山下等候，二人只好从命。本想跟苦僧一块儿给母亲瞧病的娟娟，遗憾地眼望他们上了山，一点儿招儿没有。半个时辰后，玛尼妈妈引导苦僧下了山，来到了自己的洞室，娟娟和田田也随之而至。玛尼妈妈刚说了几句话，因部落有些事儿急需处理，把她叫出去了，苦僧这才告诉娟娟姐弟："我刚才细心看了，女罕之病需慢慢调理，不可焦急，非一两个月、几十副药所能治愈的。沉痼入里，只能小心求索了。"二人听说一时半会儿治不好，有点儿吃不住劲了，开始沮丧起来。苦僧说："娟娟、田田，如果是真心爱母亲，使她未来能与你们同欢乐，享受人世间的亲情，过上平安幸福的生活，只能按我说的办。你俩必须静心住在赫思痕部，做部落的族人，照顾在母亲身边。我每天帮她调治，一年、两年、五年、十年都不可知，有此恒心吗？如若不然，这种痼疾，谁也没有药到病除之神功。医德要求首先要有诚实之心，如实将病情传告给病家。所谓药到病除之说，乃慰藉之语，华佗若在世，亦不敢出此狂言。"娟娟表示道："师父，请放心，我的心意已决，既然来了就没想离去，将终生侍候母亲。田田弟弟身兼踏查黑水之责，不日即返任上，这里有我一人即可。"苦僧说："那最好不过了，听了你的话，我放心了。我马上回山上取药，还要放飞驯养的那些白鹰。因为要是主人长时间不在，不能喂给它食吃，在笼子里会饿死的，放飞是让它自己去找食吃。我回来后，与你们同住在赫思痕部，一块儿去山中采药、熬药，共同侍奉你们的母亲。田田呆一段时日后，该返北平就放心回去吧，不用惦着，我会与娟娟照顾好老人家的。我相信，以诚求治，金石为开，安班达妈妈的病一定会有转机的。"娟娟、田田一听苦僧师父将陪他们住在赫思痕部调理母亲的病，高兴极了，一再表示感谢，此事便商定了。苦僧回到高山之巅将白鹰放飞之后，住进了沙燕洞，玛尼妈妈特意为大师父腾出一个洞窟，成了他的百草间。从此，娟娟和田田跟着苦僧踏遍了伊曼河四百里高山峡谷，跨水攀崖，采集各种草药。背回来后，苦僧还要与那百花、百树、百草、百虫日夜相伴，一心搜求开聪通智之方。

苦僧为治疗娟娟母亲的病，真是吃尽了辛苦。冬季大雪天捕百兽，以其血肉制药；春夏两季，需采百草百花、寻百虫之躯熬药。这样，女罕就可以天天饮百牲之鲜血，吃百花之果实。与此同时，配合做些按摩及骨针灸穴等。一段时间后，女罕的病开始有了转机，记忆正在恢复，有清醒的迹象。有一天忽然喊出了"金山大寨"四个字，把娟娟和田田乐得抱着母亲直蹦高儿，苦僧则更有信心了。又过了一些日子，在苦僧的精心医治下，在一对儿女的细心照料下，赫思痕安巴达妈妈的病情越来越好转。眼睛不那么直了，也不那么发愣了，竟在一天早晨醒来后认出了田田，拉着田田的手说："儿子，乌曼是个好姑娘，你快想法儿把她放出来吧，可别让老混蛋给折磨死喽！"听着那清楚的话语，苦僧知道服药和针灸有效了，离恢复成以前那个健康的楚绣绣时日不远了。娟娟激动得抱住了母亲，田田扑上去抱着姐姐，真个是好一阵哭哇！这正是喜极而泣、流的是喜泪呀！最后，还是让苦僧给劝住了。他说："好了，哭一会儿就行了，千万别刺激你们的母亲，别让她用脑太多。尽管眼下能回忆起一些事儿了，但思考仍很稚弱，不能累着，得慢慢来。待完全好了，成了正常人了，到那时再哭不迟呀！"说着，自己的眼睛也湿润了。

此后二十来天的一个清晨，女罕突然向玛尼妈妈说："你知道金山的田田吗？那是我儿子。"玛尼妈妈听后，一时愣住了，乐得差点儿没喊出来！欣喜若狂地急忙奔下山，把这句话告诉了娟娟和田田，二人更是兴奋不已。

当年是庚辰年，乃大明建文皇帝朱允炆登基的第二年，即建文元年。七月，巫利和其黑纳来沙燕洞拜见秉仁公主，代传燕王思念及问候之情。娟娟从他们口中得知，燕王以清君侧之名起兵了，急需兵源。遣巫利和其黑纳来虎皮滩沙燕洞的目的，就是请秉仁公主、亦失哈将军速与赫思痕部首领商议，尽快派兵支援。苦僧见此，劝娟娟不要管朝廷争权夺势的事儿，到头来劳而无功，弄不好反遭那些忘恩负义者之害。可娟娟心眼儿好，仍念朱棣之情，哪能袖手不管呢？便代燕王向玛尼妈妈请求帮助。玛尼妈妈知道大明朝对自己的母亲、原部落首领赫思痕妈妈有救命之恩，而且秉仁公主又与母亲熟识，你说她能拒绝吗？于是，商定部落先出些人力，以解燃眉之急，将来朝廷用粮粟、白银、铁器、布帛等来资助赫思痕部。玛尼妈妈办事一向利落，立即选出百余人，命他们骑上骏马，随同巫利、其黑纳前往北平府。

娟娟看母亲的病一天比一天见好，清醒时知道激动了，时不时地还流眼泪。尤其值得高兴的是能唠家常了，也辨认出自己是她的女儿了，为此天天乐得嘴都合不上了。认为母亲只要继续将养下去，不间断地吃苦僧的药，再过一年半载，肯定会更好。她对田田说："弟弟，你都看到了，咱妈的病大有希望啊！这里有苦僧施以治疗，有姐姐在身边侍候着，你尽可放心了。眼下正是燕王用人之时，我看弟弟应速去黑龙江踏查，然后再回北平府，不要在沙燕洞耽搁了。"田田既惦着母亲的病，又不能不尊重姐姐的意见，想了想便答应了。之后和娟娟上山看望母亲，田田坐在妈妈身边，说了不少安慰的话。楚绣绣好像明白了许多，拉着儿子的手，边听边不住地点头。唠了一会儿，田田跪地向母亲叩别，娟娟将弟弟送出洞外。田田嘱咐道："请姐姐多多保重，注意身体，其他事情少管，心宽为大。你远离京师和北平府，情况不清，不要操那么多心了。弟弟去黑龙江下游出海口一带，在那儿建立卫所，与当地的人交朋友，有很多事情要做，回来一趟不容易。咱们姐弟不知何时才能再相见，母亲只好请姐姐费心照顾了。"说着，流下了热泪，与早已哭成泪人的姐姐相抱而泣。过了一会儿，田田又道："在金山能碰到姐姐，并相识、相认，是我一生中最幸福的事儿了。姐姐说得对，弟弟是在朝之人，公差在身，只能暂时向姐姐拜别了！"说着，扑通一声跪地叩头。娟娟忙把田田搀了起来，说："好弟弟，去吧。母亲病愈以后，我立马带回北平府，让她在那儿安度晚年，届时燕王会接我的。盼着咱们姐弟在北平府见面，与母亲团聚。记住，姐姐一定在北平等你！对了，这条路不好走，千万要小心。噢，还有啊，我看辽王朱植是个挺不错的人，今后遇有啥事儿，可请他帮忙。"田田说："姐姐放心吧，你的话我都记住了，咱们后会有期！"姐弟俩就这样千叮咛万嘱咐、依依不舍地相抱泪别。田田和娟娟邂逅于金山，而今又在东海窝稽部分手，没想到此次离开竟是最后的诀别！

　　说书人要特别告诉各位阿哥，田田与娟娟是同母异父的亲姐弟，其性格完全不同。田田平时少言寡语，不管做什么，从来是默默而为。不像姐姐那样风风火火，在哪儿都有影响，引人注意。如果说娟娟是海面的浪花儿或大浪，田田则是海底之浪。为啥这么比喻呢？因为娟娟的所作所为，如大海掀起的波涛，汹涌澎湃，人们全能看得见。而田田的举止、行为，包括做一些事儿，则很难被人们一眼便注意到。不是说他掀不起大浪，而是那浪花儿在海内，看不出来。就此点而言，田田有李氏家族的血统。

　　咱们前书讲过，楚绣绣是从李府将田田带出来的。他的头脑同李氏家族的其他人一样，相当不一般。李善长也好，李存义也罢，皆是很有手段和玩弄权术之人。田田做人虽然与他们截然不同，但有心计，处处谨言慎行。他在金山纳哈出处是帐前大将军，从不显山露水，既不像都布多尔济那么张狂，又不像扎浑多尔济那样言听计从。谁都看不出他有多厉害，谁都感到确有一种无形的力量令人震慑，不可小觑。凡事心中有数，即使内心不同意，表面上一点儿看不出来，有主见，从不随波逐流。自从与娟娟相认以来，对姐姐十分尊重，而且特别真诚。然而对姐姐在一些事情上的安排，却有自己的取舍。咱不用讲别的，就拿娟娟让田田归到燕王麾下这件事来说吧。他按姐姐说的做了，也从不对朱棣加以评价，从不说是好还是坏。在燕王府的所作所为，朱棣不仅挑不出什么毛病，还很倚重他，多次让早已娶妻生子的田田把家眷迁来，对他说："你把家搬到北平府吧，这是元代的大都啊，比荒僻的辽东好多了。况且你在我燕王府受任，家眷仍远在辽东，不能享天伦之乐不说，生活多不方便呀！"娟娟亦不止一次地劝过弟弟。可田田有自己的想法，没那么做，并以家里人长年生活在北疆，已习惯于北地的风雪和山野为由相拒。当岳索图带全家住到北平府后，朱棣再一次劝田田赶紧迁家眷，他仍然不搬。最后选择了在杀出金山之时，将家眷和儿女搬到黑龙江下游，即混同江出海口一个叫乞列迷、清代叫飞雅喀的部落去住。之后，没让两个儿子随自己入仕，更没求燕王给个一官半职，而是叫他们同乞列迷部落的人生活在一起，夏用舟、冬用狗橇远去北海捕捉鲸鱼、海豹、海象等。由此可以看出，田田的脑袋不白给，善于思考，使朱棣只能用他，不能控制他。岳索图在永乐十七年时，被永乐帝给杀掉了。当时没有任何办法可以躲过劫难，因他本人和家眷全在北平，这是后话。

说到这，有的阿哥可能会问，田田在归附大明朝廷之后，朱元璋认为他该换个名字，田田怎么欣然同意并接受了皇上的建议、改叫亦失哈了呢？因为他明白，纳哈出已被历史唾弃，田田这个名字并不香，改了对自己反而有利。何况亦失哈之名，是他早就起好了的，亦很满意，只是还没改称而已。那么说书人在书中，为什么一会儿称他为田田，一会儿又称亦失哈呢？因特别熟悉田田的一些朋友和老人，包括娟娟喊他旧名儿已经习惯了，不习惯叫新名儿，说书人便随他们称呼了。明永乐年，也就是田田同娟娟分手到黑龙江后，亦失哈之名才日渐传开。在开发黑龙江入海口地区及建立卫所中，成效卓然，被载入了史册。

各位阿哥，说书人暂时放下亦失哈北上赴任和娟娟侍奉病母不讲，回头说说娟娟离开北平府后的一年多来，京师发生的惊天地、泣鬼神的一件大事儿。正如娟娟去东海女真野人部落的路上遇到的辽王朱植以及前两天巫利、其黑纳由北平府来东海向她所讲的那样，大明王朝宫楼依旧，老皇去矣，幼主登极；新桃换旧符，削藩之举惹出一场骨肉争斗，让我朱伯西慢慢道来。

大明开国皇帝朱元璋，于洪武三十一年闰五月癸未，病情愈重，晏驾西宫，享年七十一岁。他是继西汉之后，在中原历史上崛起的又一位布衣皇帝。在位三十一年，统一了全国，结束了元末二十年战乱的局面，开创了继大元之后的大明王朝，使百姓过上了和平安定的生活。神武英风，功劳卓著，成绩斐然，四海景仰。朱元璋梓宫葬于今江苏江宁县朝阳门外的孝陵，与马皇后同葬一个地宫，谥曰高皇帝，庙号太祖。各地藩王遵旨，均在国中，未去京师祭奠。燕王朱棣悲痛万分，与徐妃商量，决定委派世子高炽、高煦重孝前往京师祭葬。遵先皇帝遗训，皇太孙朱允炆辛卯即皇帝位，明年为建文元年。兵部侍郎齐泰为尚书，黄子澄为太常寺卿，参与国事。这些本来都是先皇的遗训和国家的定制，如按此意行之，不会惹出什么麻烦来。可惜的是，辅臣们却在此时，七嘴八舌地提出许多急办的事儿来。朱允炆又太年轻，突然被推到如此之高位上，头脑一时分辨不清孰重孰轻，只能任朝臣摆布。吕妃已册封为皇太后，若能铭记那天雨夜明月长老对她的一再叮嘱，事事慎行，不是一味迎合，以一国之母稳坐钓鱼台，使众臣围绕着她转，也就好多了。然而她并没那么做，不仅忘记了明月长老的嘱告，还毫无主见，听任朝臣们奏来奏去的。结果把事儿办砸了，惹出了天大的乱子，乃至无法收场，演成了夺权的血战。

朱允炆称帝后，齐泰、黄子澄、卓敬、方孝儒等臣，极力鼓吹允炆帝削藩，缩小众藩王的权势。其实，朱允炆早已为诸藩势力强大而烦恼。朱元璋在世的最后一段日子里，他同皇爷爷的一次闲聊中，曾不无忧虑地说："虏患不靖，可以诸王御之。若诸王不靖，谁去御防呢？"还有一回，他与黄子澄谈话时，也问到了诸藩不敬，该如何处置的问题。黄子澄说："臣以为此事不难，诸王府的护卫军士仅以自卫，而朝廷军卫犬牙相制。倘若诸王有变，只需临之以六师，谁能抵挡？汉朝七国并非不强，最后还是灭亡了，这便是以大制小、以强制弱的道理。"朱允炆从汉平七国之乱的故事中受到了启发和鼓舞，也就是从那时起，便有了削藩的念头。如今，恰好众臣提出了削藩之见，他自然是没有异议并允奏了。可究竟该怎么削藩，心里尚不托底。

恰在这时，户部侍郎卓敬秘密上疏，疏中说："燕王智虑绝伦，雄才大略，酷类先帝。北平形胜地，士马精强，金、元所由兴。今宜徙封南昌，万一有变，亦易控制。夫将萌而未动者，机也；量是时而可为者，势也。势非至刚莫能断，机非至明莫能察。"应该说，卓敬的疏折不失为远见卓识。如按此议行事，既照顾了叔侄间的"亲亲之情"，又可削弱燕王的力量。建文帝见奏后，琢磨了好一阵子，觉得确实该如户部侍郎所言，擒贼先擒王，首先动势力最强的燕王。可又想到，朱棣威势燕北，如果主动去碰，不纯粹是惹事儿吗？他正希望有人碰呢，那样的话，便可以借口向朝廷发难了。于是便对卓敬说："燕王为朕骨肉至亲，哪能那么做呢？"当即把奏折搁置了。可是，他抵不住众臣的一再蛊惑和怂恿，削藩总要有所举动啊！也巧了，没成想紧接着朱有炌有密折告发周王"谋逆"。这折子太宝贵、太特殊了，来得太适时了。鉴于亲子告亲父，无需调查，遂以此为口实，向周王开刀，传旨将周王橚贬为庶人，流放云南蒙化之"烟瘴之地"。接着，逼得湘王朱柏自焚而死，齐王朱榑、代王朱桂、岷王朱楩先后被废为庶人。

其实，齐泰和黄子澄等权臣怂恿建文帝削去那些人的王号，不过是敲山震虎，真正用意是威慑藩王中兵马最强的朱棣。为控制燕王，朝廷对北平布政史司和北平都司的主要官员做了调整，将原来与燕王府关系密切的几位全调走了。新任工部侍郎张晟为布政使，谢贵为都指挥史，张信为都指挥佥事。显而易见，是在向朱棣撒网，要将燕王变为"孤王"。朱棣鬼得很，看到这一切，马上把道衍召来，一起商议对策。道衍想了想，说道："兵来将挡，水来土掩，要用计谋制服之。朝廷若是派人来，必到府上探望大王，不如趁此机会，给他们演场疯戏看看。"言外之意，是让朱棣装疯卖傻。朱棣觉得反正只此一回，倒也无妨。于是，披头散发地光着脚满街到处乱跑，别人吃饭，他上去就抢。或者躺在地上，嘴里嘟嘟囔囔的不知说些啥，半天一动不动。大热的天，特意把火炉子升起来，围着炉子转圈儿，抱着膀儿直喊："哎呀，好冷啊，快冻死我了！"极力造成一种疯癫的假相。你们看燕王够厉害的吧？一下子竟成了个"疯子！"

正如道衍所料，下人来报，布政史张大人、都指挥使谢大人来见。燕王听罢，马上让把二位大人引进屋。张晟、谢贵进得屋来，见燕王两眼发直，神智不清，胡言乱语，全愣在那儿了。朱棣还故意让他俩到炉前烤火，说天太冷了，以后出门儿多穿点儿，可别冻病了。本来就是盛夏，屋里又升起了火炉子，热气闷人，哪能呆得住？二位大人只寒暄了两句，赶紧退出来了。他们急忙禀报朝廷，说燕王疯得厉害，不必再多虑了。可是有些人不相信，认为肯定是假相，何以突然疯癫至此？朝廷遂密派燕山百户倪谅来监视燕王。过了一段时间，倪谅密告朝廷："朱棣是装疯，心存不轨，早晚要反。他的兵马很多，足以起事，已经准备好了。"朱允炆听此报，立即下诏北平都指挥使谢贵、都指挥金事张信和布政使张晟，伺机捕拿燕王！

单说都指挥金事张信对抓捕燕王心里总有点儿犯嘀咕，觉得朱棣挺厉害，兵强马壮的，朝廷能斗得过吗，一时拿不准主意。晚上回家，无心用膳，回屋就躺下了。母亲见他忧心忡忡的样子，问道："儿为何事愁眉不展？"张信沉思良久，回道："皇上来了密敕，令我等逮捕燕王。""你说什么？"母亲大惊，边问边下意识地抓住了儿子的手。张信重复道："皇上令儿同张大人、谢大人一同进王府抓捕燕王。"母亲又问："儿欲何为？"张信摇了摇头说："咳，儿心里七上八下呀！依母亲之见，该如何是好？"这位母亲一直跟随着丈夫走南闯北，是见过世面之人，可谓"一副柔肠，遍身铁骨"，便对张信说："此事万不可为！一是燕王在北平府助困扶危，办了不少好事儿；二是你父在世曾多次说到'王气在燕'，如今已拥威势，说不定可登帝位。儿呀，绝不能轻举妄动。"张信平时一向孝顺，肯听母亲的话，可心里不托底呀！总想探探燕王是否真的有病，也想弄清燕王到底做何打算，几次前去燕府拜见，结果都被挡了驾。他寻思着，怎么才能见到燕王呢？琢磨来琢磨去，琢磨出一个招儿来。

一日的初夜时分，张信坐一乘女氏小轿，由两个轿夫抬着，出得都司衙门后院儿，专拣僻静街道迂回曲折地往燕王府走去。不一会儿，到了燕王府的侧门，即体仁门。他吩咐轿夫跟守门儿的兵丁打招呼，说王府某人的家眷有事儿，请准进。那兵丁看看轿里确实坐着一位"妇人"，也未细辨，就放了进去。然而，再往里走还有一道门，这回盘查得甚严。守门儿的是位小校，他掀开轿帘儿细瞧，不看则已，一看大吃一惊！哪里是什么女眷，分明是个长了胡须的大男人。张信一看露馅儿了，只好脱下女服，着三品武官的公服出了轿，说道："我乃北平都司指挥金事张信，有要事须尽快面见王爷。性命攸关，未敢迟延，烦快快通报！"兵校赶紧小跑着去通禀。不大工夫，见一千户匆匆走来，先向张信施礼，然后自报姓名曰朱能，并礼让道："王爷有请。"回转身头前引路，向存心殿走去。

到了存心殿，将张信领进了东阁。张信抬头一看，在木榻之上躺着一位颏儿下长髯、穿团龙黄袍儿的人，心想一定是燕王了。忙行拜礼，请王爷安，朱棣让他落座。张信坐下后，当然要先问王爷的病情。朱棣连连摇头，手指药铫儿，不愿答话，显出一副一言难尽的神情。张信又问："王爷的病可见好转？"朱棣回道："什么好不好的，我心中有数，能活过今年就有望了。"张信再问："臣近日连来数次，终得一睹王容。只想讨得一句话，王爷是否真的有病，乞请殿下实言告臣。"朱棣听后一笑，说："我真的患有重病，如今只坐等一死。"张信叹了口气道："咳，殿下不信臣，臣宁信殿下。臣有事如实禀告：日前朝廷密旨，示臣等捉拿殿下。张晟、谢贵正在调集兵马，准备包围王府，王爷该及早想办法应对才是。"说完，将暗中抄写的一份密诏从怀中掏出，呈给了燕王。朱棣一看有密诏，便情不自禁地直了直腰身。见密诏上写的一是对燕王削爵，二是令张晟、谢贵、张信逮捕燕王府的一批官属，看来是真的要对自己下手了。张信之忠诚让朱棣很受感动，于是，再没什么伪装了，忽地从卧榻上坐起，咚的一声站到地上，仰天长叹道："生我一家者，将军也！"随后朝张信倒身而拜。张信慌忙跪下道："臣不敢当，王莫如此……"燕王当即召来道衍，与张信一起商议起兵之事。

依照张信通报的张晟要捉拿燕王的日子，朱棣首先发动了瑞礼门兵变。建文元年七月五日夜里，外面黑沉沉的，风很大。朱棣依据张信的密告，把张玉、朱能所带之兵马藏于城墙的女儿墙后面。兵将们有的张开了弩弓，有的守在炮前，有的搬来了箭矢和檑木、礌石，张玉、朱能则亲率一批刀斧手藏于瑞礼门内。辰时许，谢贵、张晟果然带五百兵来到燕王府的正门瑞礼门外，命令部下喊话，要燕王打开府门接圣旨。正坐在对着瑞礼门之承运殿王位上的朱棣听此言后，立派金总管前去回话："燕王殿下病体未愈，早已卧于榻上，实在不能出门迎旨，请二位大人进府内宣吧。"谢贵、张晟心想，我们率有大兵在后，还怕你反了不成？进就进！不过二人还是合计了一番，然后张晟对金总管说："那好吧，理应体谅燕王的难处，头前带路，可随你入府宣旨。"话音未落，瑞礼门顿时大开。

谢贵、张晟往里望望，并不见陈兵列阵，便放心大胆地随金总管向瑞礼门内的承运殿走去。刚刚进入承运殿的正门，还未等向燕王请安呢，突见忽地从屏风后面以及殿外廊下涌进了无数精壮的兵士，个个手持利刃。他们首先捉拿了谢贵、张晟，下了身带的佩剑，同时抓了燕王

东海沉冤录

府内同谢贵、张晟秘密勾结和向倪谅告密的长史葛诚、护卫指挥卢振、府中伴读余逢辰及其家属八十余人。朱棣立起身来，提起拄杖，遥指南面京师的方向，气咻咻地说："哼哼！我何曾有病？不过是迫于奸臣的构陷，不得已而为之。齐泰、黄子澄等奸臣先是加害五弟周王，进而逼杀十二弟湘王，禁锢齐王，又废了代王、岷王。甚至连本王也不放过，两个儿子在京师被扣，险遭毒手。我万般无奈，不得不装疯卖傻，苟活人世，狗豸般游荡于街市，过的那是什么日子啊……"越说越激愤，越怒不可遏，用拄杖不停地敲击着地面，说到最后，气吞声咽，泪花儿飞溅。张玉、朱能等将见此，高声儿齐呼："杀了二贼！"朱棣说："且慢！"随即扔掉拄杖，顺手拿过张玉手中的剑，指向谢贵的心窝儿问："谢贵，可愿降我吗？"谢贵将胸膛一挺，昂首言道："我谢贵惟有一颗忠心，就献给朝廷吧！"朱棣大怒，将利剑向前猛力一刺，只听嗤的一声，殷红的鲜血从谢贵心窝儿喷出，溅了朱棣满身满脸。再看张晟，也是一副不屈的样子，便不再问，将剑交给了张玉。张玉接过剑，往张晟的左胸捅去，又是一股鲜血喷涌而出。之后，那被抓的八十余人亦照此处置，无一幸免。参政郭资、副使墨麟一看不好，觉得还是保命要紧，遂投降了燕王。

张晟、谢贵来时不是还带来五百兵吗？那些人马尚在瑞礼门外候着。等了一个时辰了，仍迟迟不见二位大人出来，便有些急躁，原来布阵在燕王府四周的四千余兵马也在观望等待。正在这时，从王府里驰出三骑，中间的一位是指挥张玉，两边各一名小校。张玉高擎令旗，冲着瑞礼门前的军卒大声儿喊道："燕王殿下有旨，张晟、谢贵矫诏谋叛，已被擒杀。令尔等各回营房，不得滞留！"然后又往西、往北、往东、再往南沿王城跑了一圈儿，一面跑一面喊，反复喊着上面的几句话。王城外面的兵将听说张晟、谢贵二位大人被杀，情知有变，顿时人心慌乱。面临都指挥使谢贵、布政史张晟已死，都指挥佥事张信又叛降了燕王的情势，群龙无首，纷纷撤逃，王城周围丢弃了大量的旗仗甲胄。此时，王府的兵将早已不再固守王城了，而是在夜色的掩护下冲出府外，与北平府守城的兵将展开了巷战，并乘势夺取了北平各门。当时的北平城共有九门，东为东直门、齐化门，西为西直门、彰义门，南为丽正门、文明门、顺承门，北为德胜门、安定门。这一夜，燕王府的兵马以迅雷不及掩耳之势，几乎是兵不血刃，顺利地占领了北平的各个要点。激战了一夜的北平城快要天亮了，突然寂静下来，市民们在睁开惺忪睡眼时，惊愕地发现城头儿已换了旗号！

瑞礼门兵变之后，燕王于建文元年七月七日，整军誓师，举行"祃祭"，即出兵之前的祭旗礼。从这一天起，朱棣正式举起了"奉天靖难"的旗号。

说起祭旗礼，办得很是庄严、隆重。在瑞礼门前，用木板儿、砖石搭起了祭坛，建牙旗祭旗纛。祭坛共分三层：一二层摆满了扁豆、簠簋、酒爵、酒盏和玉帛、牲畜，第三层则供了军牙六军神主及五方旗神，设战船正神、金鼓角铳之神、弓弩飞枪飞石之神等神位。所谓"牙旗"者，即军旗，谓之"将军之精"、"一军之形骸"。所谓"纛"者，即以牦尾为之旗头的军队或仪仗队的大旗。凡旗纛之祭只能选"刚日"，不能是"柔日"。七月七日，正是"刚日"。祭拜之前，先将"六纛"矗立于祭坛之南面，两面"神牙"分列于"六纛"之东、西两侧。往南是鼓角及军乐，再往南，则是一队队顶盔贯甲的将士。此时，燕王手下的兵卒已超过两万之众，军乐和鼓角奏响了，香烛和燔柴点燃了。这"刚日"的"刚时"，燕王身穿"武弁服"乘辇出瑞礼门，到祭坛下辇。然后在引礼官的导引下，一步一步稳健地登上了祭坛的最顶层，全场齐呼"吾王千岁，千千岁！"声浪滚滚，直冲云霄，朱棣顿觉热血奔涌，一种"天降大任于斯人"的豪气油然而生。赞礼官发出口令，燕王及全体将士向神位拜礼。礼毕，执事官将五只雄鸡的鲜血注入五只酒碗。燕王端起碗，将血酒洒在祭坛上，用以"酹神"。此时坛下的燔柴正燃烧至半，火焰甚旺，执事官拿起祭品，一样儿一样儿地将牛、豕、羊以及鹿脯、白饼、黑饼、枣儿、栗子、盐等投入火中。全体将士向牙旗行注目礼，在阳光、火光的映照下，"奉天靖难"的大旗飒飒诞生了。燕王向众将士慷慨陈词，同时也是向天地神祇解释为什么整军誓师。他声泪俱下地说："我乃太祖高皇帝、孝慈高皇后嫡子，国家至亲。受封以来，惟知循法守分。今幼主嗣位，信任奸贼，横起大祸，屠戮我家。父皇母后，创业艰难，封建诸子，藩屏天下，传续无穷。一旦残灭，皇天厚土实所共鉴。祖训云：'朝无正臣，内有奸恶，必训兵讨之，以清君侧之恶。'今祸迫于躬，实欲求生，不得已者，义与奸邪不共戴天。必奉天行讨，以安社稷，天地神明，昭鉴予心。今率尔等将士诛恶，罪人既得，则法周公辅成王，尔等其体予心！"众将士听罢，无不感动，振臂高呼："誓随燕王讨逆除奸，保我大明江山社稷！"

当天，燕王还向朝廷发了一封书奏，陈述了起兵的理由。在书奏

东海沉冤录

中，朱棣仍称朱允炆为陛下，称自己为臣，并谦恭地表示"事陛下如事天"。一再指出，迫害五王，乃齐泰、黄子澄等奸臣所为。最后援引了"祖训"，为自己的靖难兴兵寻找借口。说书人要向诸位阿哥说的是，这里所用的"祖训"，却与燕王誓师所用的"祖训"有所不同了。书奏上的"祖训"是："朝无正臣，内有奸恶。则亲王训兵待命，天子密诏诸王，统领镇兵讨平之。"好在朱能、张玉等人没有看过真正的"祖训"，也不会怀疑燕王在文字上做了手脚，咱就不去细说了。

誓师的第二天，朱棣便亲率大军攻打通州。因通州卫指挥原是朱棣的旧部，故刀枪未动，遂大开城门，迎接燕王。接着，燕军连克了蓟州、遵化、密云等城，真可谓所向披靡，势如破竹！而后夺居庸关，占怀来，连连得胜。在这种形势下，朱棣再一次给朝廷发出书奏，口气十分强硬，颇有叔叔教训不孝侄子一般。直到此时，建文帝才感到形势严重，急忙召集众臣来宫，商讨对策。几经酌议，终于决定：首先下诏削除燕王属籍，然后发兵征讨。在选择由谁挂帅出征的问题上，使建文帝颇伤脑筋。为什么呢？因所剩能征善战的元勋宿将已经不多了，几乎都被先帝除掉了。侥幸留下的几个，有的已无心征战，得过且过，只图颐养天年；有的与燕王关系暧昧，藕断丝连，不一定下得了手；当政的齐泰、黄子澄、方孝儒之辈，皆为书生，兵事非其所长。反复思忖，最终选任长兴侯耿炳文为征虏大将军，驸马都尉李坚、都督宁忠为左右副将军，择日出征。

征虏大军开到涿州时，已临近八月中秋。结果为燕军以二十车醇酒美食诱之，轻易地被夺去了雄县，并斩杀了大将杨松。而后燕王采用"设伏击援"之策，果然奏效，生擒了征虏大将潘忠。燕军每战必胜，征虏大军却连连失利，一败涂地。

耿炳文征燕失败后，朝廷又选了曹国公李文忠的后继者李景隆为大将军。说起这个人，留给建文帝的印象真是不错。倒不是因为他继李文忠为曹国公，也不是因其好读书，通经典。主要原因则是去年李景隆持朱允炆的密诏，赴开封逮捕了周王。此事办得挺漂亮，一可看出李景隆脑筋灵活，善于机谋；二可证明此人忠诚可靠，完全可以信赖。所以，建文帝同意由他来对付燕王。为给李景隆树立权威，还特别举行了仿效周文王当年为姜太公推车的不同寻常的遣将仪。尽管如此，李景隆在率军征燕中，仍未取得成效。朝廷无奈，便想请鲍龙花、鲍龙卉出征，擒拿燕王。可惜太晚了，鲍氏姊妹早已投入燕王的麾下，而且大显神威，帮了朱棣不小的忙。

壬午年五月，经过三年苦战的燕军就要渡江犯京师了。年轻的皇帝朱允炆觉得武力实在难挡燕王，便亲下罪己诏，并派马皇后之女、燕王的亲姐姐、允炆的亲姑姑宁国公主和燕王的二姐、建文帝的二姑庆成郡主去见燕王，答应可以划江而治。宁国公主、庆成郡主过江见了燕王，朱棣蛮热情地款待，还向二位姐姐倾吐了一肚子的苦水，然而并没答应划江而治。之后，建文帝又派谷王朱橞和曹国公李景隆两次去与燕王议和。哪想到议和不成，反倒是谷王和曹国公投降了燕王。

六月的一天，燕王身着弁服，率军来到江边儿。先祭了江神，又发了誓词，随即登船渡江。过江后，于六月十三日，在朱橞和李景隆的协助下，从金川门进了京城。当日午时前后，燕军扫清了守卫皇城的残兵，迅速占领了紫禁城。朱能等几位大将军率领士卒，对所有的宫殿、庑房及各个角落进行搜查，即所谓"清宫"，却未见到建文帝朱允炆，也未找到皇后。从此，明朝的一代君主无影无踪了。

燕军占领京师及皇城的当天，朱棣就废掉了建文年号，在应天城张贴"燕王令旨"的"奸臣榜"。未列入"奸臣榜"的建文旧臣，有一些已先后到龙江燕王行辕归降。不日，朱棣率文武官员前去孝陵，拜谒了明太祖高皇帝和孝慈高皇后。拜谒归来，便有许多人来到龙江行辕，递上"劝进表"。在三次劝进之后，燕王于洪武三十五年，建文四年的六月十七日于奉天殿登基，坐上了皇帝的宝座。册封徐妃为皇后，高炽为太子，接受了文武百官的朝贺，诏令以明年为永乐元年。

朱棣苦心积虑若干年，自入藩北平府起，无一日苟闲，为争王位而埋头努力。他曾惊奇朱允炆六岁时说过要当皇帝的话，当时认为是狂言，其实本人又何曾不是异志更早？而今终于如愿以偿了，成为大明朝的万乘之君——永乐皇帝。

朱棣即帝位后做的第一件事，便是对先后两批开列的"奸臣榜"百十来号建文旧臣大开杀戒，夷其九族。第一个被处死的，是太常寺卿黄子澄，接着是兵部尚书齐泰、礼部尚书陈迪、文学博士方孝儒，宗人府经历卓敬等。至于被贬谪、关押者，更无算。尽管如此，仍未感到圆满无憾。使他日夜难以平静的是，被推翻的建文皇帝尚未找到。虽然杀入京师时，严令擒拿朱允炆。但因当时宫中火起，一片混乱，搜遍了整个宫城，却活不见人，死不见尸，去向不明。接下来，朱棣又向江南、江北派出兵马，拉网般地搜寻，一天也没消停，终无影迹。俗话说得好：

天无二日，国无二主，朱允炆到底哪儿去了？朱棣不安心、不踏实呀！觉得无论如何不能让他活在世上。如果没死，将是最大的隐患，会对帝位构成严重的威胁。真有一天突然冒出来，那就很可能撼动我永乐天下呀！故此，朱棣下旨，在国中遍寻朱允炆的下落，哪怕上天入地，必须找到！

当时，有种说法传入宫中，说是一和尚模样的人，正于川滇广西巴蜀之地到处云游着，他就是朱允炆。朱棣在琢磨传闻是真是假时，猛然想起了朱允炆曾跟自己以及吕妃、秉仁公主讲过，他爱海，要到大海那边去，并让四叔和秉仁公主姑姑领着去找大海。娟娟当时答应了允炆，一定帮助他实现这个愿望。朱棣豁然开朗，朱允炆喜欢海，难道是从海上逃跑了？还是顺长江南去了，或许江浙海域有踪迹？于是，立马派宦臣到海上寻索，又令锦衣卫严查江浙海滨。后来传讲的三宝太监出海，便与查访朱允炆有关。总之，朱棣自坐殿之日起，从未停止查找，做梦都想从地底下把朱允炆给扒出来。

单说事情就是这么可悲，没有不透风的墙，隔墙有耳呀！三查两查，查到了明月庵。朱棣听有人密告，在太祖皇帝去世前的一天雨夜，吕妃与朱允炆曾秘密去明月庵见过明月长老和秉仁公主。他对此十分重视，觉得是一条重要的线索，遂派兵去明月庵抓来了了静、了慧，逼令她们讲出当年的情况。二人可遭老罪了，在酷刑之下，只好讲道："那天，是师太与妙善单独与来人交谈。至于具体唠些什么，我们不知道，只恍惚听到可往北去，北边有东海之言。"朱棣哪肯罢休？又进一步拷问，了静、了慧皆说除此不知。不过二位住持的话却提醒了朱棣，使他突然想起了次日接娟娟返回北平府时，船刚要起航，了静、了慧撵到江边儿，说师太圆寂了。当时甚感奇怪，明月长老好好儿的身子骨儿，头天还见过面，为何突然圆寂了？现在看来，很清楚，她是为了向吕妃和朱允炆表示自己的忠心，决不泄露机密，才坐坛圆寂的呀！想罢不禁怒火冲顶，立刻下旨焚烧明月庵，将了静、了慧囚入死牢，众尼姑限令如期还俗。自大元以降便有的鸡鸣山明月庵，曾得过开国皇帝朱元璋和马皇后的恩赐，香客不绝。至此，这座韶华秀美的庵堂在燕王的旨令下不复存在了，只深深地留在人们的记忆中。

放下朱棣对明月庵的焚毁不说，再来讲讲东海赫思痕部。此刻，部落的族众正敲锣打鼓、载歌载舞地欢呼庆祝。为的什么呢？受了大半辈子苦难折磨的楚绣绣由于苦僧的疗治，彻底清醒过来了，疯症痊愈，由魔重新变成了人。在部落中，可是天大的喜讯哪！刘娟娟这个从襁褓中便被遗弃的孩子，自懂事起就开始寻找生母，几十年来历尽了千辛万苦，终于如愿以偿。娟娟含着眼泪与母亲楚绣绣头一次拥抱在一起，得到了记事以来从未有过的母爱，那种滋味儿真是比吃了蜜都甜。并把马皇后给她的绿玛瑙珍珠项链拿了出来，与母亲脖子上戴的那条一比，正是马皇后和楚绣绣各自珍藏的一对儿。娟娟乐不可支，向母亲讲述了自己的经历，楚绣绣听后是百感交集呀！抚摸着当年在青田不得已扔掉的孩子，激动得热泪夺眶而出，颤着声音说："丫头哇，妈妈从没忘你呀！给弟弟起名儿叫田田，就是为了永远纪念他那没见过面的可怜的姐姐。妈妈欠你的账啊，对不起我的孩子，以为今生还不了了，没想到竟能活下来。是阿布卡恩都力的恩赐，让我生了个好女儿，万里寻母又救了母，才使咱们母女得以团聚呀！"母女俩有说不完的话、淌不完的泪。楚绣绣还向苦僧和玛尼妈妈表示了深深的谢意，感谢大师父治好了她的病，感谢东海女真部的族众不但收留了她，而且给予了热心的帮助和护养，此恩此情今生难报啊！

当赫思痕部落的人们知道了楚绣绣的家乡在江南、是汉人、乃大明朝的人、深受纳哈出之害而被逼疯时，皆切齿痛恨也曾欺压过他们部族的纳哈出，对楚绣绣坎坷的一生给予了深切的同情。赫思痕部落的族众仍推选赫思痕妈妈之女玛尼妈妈为女罕，统领全部落的族人，在伊曼河和东海一带猎兽、捕鱼，一年四季过着平静祥和的日子。

一日，辽王朱植来部落看望秉仁公主，还带来了布帛、丝绢等物，感谢玛尼妈妈的相助之恩。娟娟把辽王介绍给母亲楚绣绣，朱植走上前来，祝贺她的病体痊愈，并感慨地说："小王能结识秉仁公主，是一生之幸，由衷地为你们母女分别几十年后的重逢高兴啊！"娟娟也发自内心地感谢辽王，觉得十五弟是个好人、一个正直的人。和他在一起，如同与田田在一块儿一样，感到亲切、安全。朱植来沙燕洞，一是探望，二是向秉仁公主辞行的。他悄悄儿密告道："姐姐，弟弟不能在辽东呆了。因燕王日前已经起兵，眼下快打到京师了，声称怕辽王遭殃，令我和朱权都返京师。此次回去，以后大概不能再来看望姐姐了。望好自为之，多多保重。值得一提的是，姐姐今后千万要注意，一定要锐眼识真人。谁好谁坏，谁虚情谁假意须辨认清楚，不要只听表面之辞。我走以后，惟有一事放心不下，说出来，务请在意弟弟的话，不要生气。"娟娟说："好弟弟，说吧，啥事儿？"朱植直言道："弟弟请求姐姐，如果有一天，朱棣要给你们赠送什么礼物或赐什么赏，不仅绝对不能用，还要多加防范。"娟娟十分诧异，忙问："为啥？"朱植叹了口气道："姐姐，原谅弟弟不便多讲，就这么办吧。我担心姐姐的心地太善良，不解虎狼之心哪！唉，听天由命吧，只能让将来的事实说话了，谁不求个好儿呢？咱们尽量往好里想吧。"说完，含着眼泪告别了秉仁公主。

朱植走后不久，燕王果然如愿，得了天下。万般无奈之下，朱植没办法，只得去京师拜见四哥。可当他见到朱棣时，已登基坐殿的永乐皇帝哪里还认识十五弟？当即翻了脸。说辽王心存有二，跟自己不是一条心，并以此为借口削了简王藩号，再没让他得志，始终压着。十几年后，朱植郁闷而死，这是后话。

朱植与娟娟分别后没过一年，东海赫思痕部落正处于一片欢乐吉祥的时候，迎来了一位贵客。赫思痕部落沙燕洞下的草坪上空前壮观，大明朝的旌旗伞盖，亘古以来第一次布满了草坪；鼓乐齐鸣，惊天动地，呜呜的长筒号声传出十几里远；数千马队，铁蹄踏踏，惊醒了万年的荒山野谷；鞭炮助兴，噼啪山响，震飞了栖息在树上的惊鸟。谁来了？朱能来了。哪个朱能？就是秉仁公主来东海寻母时，朱棣特意指派前去护送的那位大将军。他现在可了不得啦，帮助朱棣得了天下，勇猛善战，功绩卓著，乃朱棣身边的重要辅臣。职衔也大了，特晋荣禄大夫、右柱国、左军都督府左都督、成国公。这次是率皇上钦赐之御军，代表永乐帝朱棣，来到北疆东海女真赫思痕部的。

朱能见到秉仁公主后，先叩拜，然后转达了陛下对秉仁公主的挚爱之情。话说得很是诚恳，情真意切，使娟娟深受感动。特别是朱能讲："陛下异常思恋秉仁公主，尤念与卿一起到东海巡查之难忘的不眠之夜，始终记得那些女真人的帮助，直到现在也没忘。"听了此话，娟娟更是激动不已，确信无疑。然后朱能打开圣旨，宣谕圣命：

> "奉天推正宣德广育秉仁公主，系念忘寝，公主惠兮。立
> 国垂功，公主耀兮。盼迎凤容，同享永乐。赏赉东海赫思痕部
> 丝绢五十丈、帛百丈、御酒十坛、钦此。"

圣旨是什么意思呢？"奉天推正宣德广育"，乃朱棣赐给秉仁公主的懿号。"系念忘寝，公主惠兮"，即我很想念你，觉都睡不着，公主眼下

好吗，身体和精神如何？"立国垂功，公主耀兮"，是说你为朕建永乐天下帮了不少忙，功垂千史，荣耀天下呀！"盼迎凤容，同享永乐"，就是我期盼着快些把你接回来，早见那娇美的面容，今后咱们将生活在一起，欢欢乐乐地共同享受永乐的天下。读起来的确很有感情，词句亦很美，下边那几句则是赐给东海赫思痕部的礼品。朱能读罢圣命便急于返京，并嘱告秉仁公主："与部族人等共饮后，整束用物一应停妥，迎车即到。"是说我朱能得赶紧回去，朝中的事情太多了。秉仁公主你同东海女真人在一起相处这么多年，相知相熟，就代表朝廷、代表朕，跟他们一块儿同喜共乐吧！今天特拿来御酒十坛，又是皇上赏赐的，让大家喝个痛快！然后，请你赶紧整理好行囊，迎接公主回京的车驾很快就到。娟娟听罢，由衷感念朱棣对自己的深情，眼泪扑簌簌地往下掉，边表示谢意边热情地送走了朱能及随来的人。

再说赫思痕部上下人等异常兴奋，如节日般快乐！山里的女真野人从未见过如此宏大、热烈的场面，对什么都好奇，看什么都新鲜。他们做梦没想到新皇上永乐帝刚登上大宝，就想到了东海女真人，给送来了好多的赐品，尤其是还有御酒，这是多大的荣耀呀！族众凑到跟前，摸摸封着口儿的坛子，看看上面卡着的金光闪闪的大印，又瞅瞅那些丝绢和布帛，心里就是个高兴啊！勤劳纯朴的女真人无论如何不会想到其中会有什么杀机，或者可能发生其他意想不到的事儿。他们太善良了，把普天下的人想得太好了，而且对圣上是无限的崇拜和敬仰，感动得流着眼泪纷纷向南叩拜。

就在这时，苦僧闻讯赶到，拉起娟娟的手回头便走，边走边说："赶快离开，不要在这儿呆着，此处是个是非之地！"娟娟一愣，站住了，不解地说："师父，到底怎么回事儿？今天是大喜吉祥之日，您该留下与女真兄弟同喜同贺、共度良宵才对呀！再说圣上赐来御酒，尽管您不喝，但是看着大家同饮共乐不一样高兴嘛。师父救了我和母亲，我们特别感激，今天借花献佛，用它算敬师父了。等喝完了御酒，与族人告别后，我再跟师父走还不行吗？您放心，肯定不回到朝中去，和母亲一块儿留在沙燕洞。"苦僧不同意，仍拽着娟娟不松手，也不讲别的，只是固执地重复刚才说过的那几句话："娟娟，听话，绝对不能喝，赶紧跟我走，带着母亲离开这儿！"此刻，苦僧是一定要拉着娟娟走，而娟娟着了魔似的坚决不动地儿。僵持了好半天，最后苦僧一看实在没招儿了，长长地叹了一口气，万般无奈地自言自语道："咳，看来命中如

东海沉冤录

此，劝有何用？神人难助也！"说完，大英雄的眼中热泪如泉涌，拄着铁杖叹而泪别。

娟娟哪里知道，朱棣得了天下称帝以来，最不能释疑的就是秉仁公主与东海族众秘密帮助建文帝朱允炆逃匿于海上之举。朝廷的兵马沿海搜寻得非常仔细，几乎无一处不到，被杀、被抢、被关的人不计其数。朱棣早已不爱、甚至痛恨想当初痴心追求的十分钦敬、喜欢、需要的秉仁公主了，不过与道衍密议，还是给了娟娟一个面子，没有派兵马去抓。为什么呢？道衍认为，虎皮滩那块儿是东海赫思痕部落，绝不能发兵。否则，肯定得罪北地剽悍的女真野人，对朝廷不利。故此，朱棣没用武力，而是派朱能鼓乐喧天地送去了圣旨和御酒。真是吃人不吐骨头哇，心狠手辣到无以复加的程度了！娟娟是个善良、坦诚的人，又看重对朱棣的那份儿感情，怎么也想不到这些呀，仍对他一片痴心。

再说盛宴中，玛尼妈妈和族众及其儿女们痛饮着御酒，围着尊崇的"神女"楚绣绣唱着女真的古歌，跳着欢快的舞蹈，娟娟亦身在其中，楚绣绣当然是又唱又跳地舞之、蹈之了。大家尽情地在大草坪上狂欢到了后半夜，沙燕洞竟突然静了下来，鸦雀无声！秉仁公主娟娟、刚刚从疯痴中醒来的楚绣绣，还有赫思痕部女罕玛尼妈妈以及凡是当时在部落的男女老少三百四十七人，全部被朝廷送来的鸩酒毒死。东海南疆萨勒奴妈妈那里，朱能也派人送去了钦赐的御酒。部落除了狩猎在外的，余下的一百九十余人皆喝了鸩酒，命丧黄泉。从此，东海这片女真人的美丽故乡，没有了歌声，没有了笑声，没有了欢乐，一片阴森、清冷、沉寂，荒山老树萧条了四十余年，天天晚上能听到狼嗥鬼哭之声。直到大明朝的弘治中期，一些逃难在外的赫思痕部和萨勒痕部的后裔们才陆续回到东海，选了头人，建起了部落，逐渐繁衍起来，东海的山谷、溪流、海滨开始重新复苏。然而，当年部落人丁濒临灭绝的情景，却永远留在了人们的记忆里，始终不能忘怀。那些后裔子孙出外狩猎时，常能在锡霍特山麓的沟壑、山洞之中，看到一堆堆当年族人中毒后横陈的白骨。

后世关于聪明、美丽、善良的娟娟传说很多，不少人喜欢娟娟、爱娟娟，也乐于讲娟娟、唱娟娟。民间传讲，娟娟生过一子，被永乐帝之贤淑的徐妃收养。徐妃当时正在孕中，由于活动多，胎儿受了震动，没有保住。她的二儿子早死了，便把娟娟所生的孩子当做了自己的二儿子，仍取名朱煦。之后，这个活泼、憨厚、聪明、勇敢的小朱煦，被皇上封为汉王。永乐帝对两个儿子的态度截然不同，待他们长大了，让喜爱的长子高炽做了皇帝，二子朱煦则被治了罪，未得善终。还有的传讲，娟娟没被鸩酒毒死，而是让苦僧救走，同修于锡霍特的山巅。经年之后，双双化为天上的智星，是两颗最亮的星，每天晚上从东天升起。当地女真人将那亮星叫"苏勒恳特"，即智慧星。寓意人们受此星的照耀，则心明眼亮，永远不会上当。朱棣原被女真人誉为"朱禄瞒爷"，"朱禄瞒爷"也是颗星星，是位在西南的一颗不太亮的小星星。自从娟娟死后化为亮星，"朱禄瞒爷"星就显得越发黯淡无光，有时甚至没脸在天空中呆了，逃匿得无影无踪。

本乌勒本史俗翔鲜，为人们所喜爱。乾隆、嘉庆年间传开，时有明派艺者，以擅说唱《情仇恨》、《大明开国录》红于江南、江北各书肆。后人听罢此书，作歌曰：

> 日月照鉴元明史，
> 百代荒唐摧肝肠。
> 美人娟娟今何在，
> 倚剑东海望八荒。

还有人歌曰：

> 锡峦痛哉千古泪，
> 伊曼悲兮百洞骨。
> 柔弦泣语声恻恻，
> 咏唱东海沉冤录。

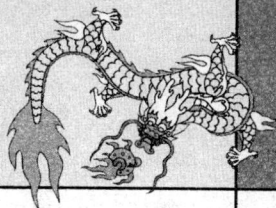

这是一部以元末杰出的农民战争领袖、明王朝开国皇帝朱元璋的国事与家事为经线，以刘娟娟的传奇故事为纬线交织而成的满族传统说部。

应该说，本书的叙述和描写，基本上同历史事件紧密连结在一起。在明王朝初兴的大背景下，把元末为反抗压迫、剥削揭竿而起的农民战争之时代特点、民族矛盾、阶级基础昭示得淋漓尽致，展现了朱元璋、马皇后、刘伯温、徐达等众多真实人物沉重、艰辛的心路历程，揭示了明月长老、楚绣绣、苦僧等传奇人物困厄、多舛的命运，浓墨重彩地阐释了美丽善良、刚毅勇武的刘娟娟之独特人生。正是由于这位巾帼英雄的沧桑经历贯穿始终，才使全书气势恢宏，跌宕迂回，情景交融，耐人寻味。说书人将刘伯温拾女、朱元璋认女、刘娟娟寻母、姐弟巧相逢等情节，讲唱得不仅富于历史的真实感，还颇具传统说部的审美感，引领读者不知不觉地置身于群雄逐鹿的矛盾纠葛之中，使之不禁为一幕幕情深意笃、悲壮惨烈的活剧激动万分。大明皇帝接受了军师诚挚的劝谏，出于巩固政权的需要，急速医治历经劫难的社会创伤，对北方各族实行怀柔之举措、采取诸种办法促进农村生产力迅速发展、努力改变战后残破状况的做法等，更令人视野开阔，并被五彩缤纷的北方少数民族，特别是满族先民女真人蕴藏着的共同心理感情、风尚、志趣、意识以及体现了骁勇剽悍性格特点的生活习俗所深深吸引。

因为《东海沉冤录》是一部涵盖着浩瀚历史画卷的长篇说部，所以，整理者于成书过程中，则必须在注重讲述人谋篇立意的同时，尽量了解和把握史实。为此，便研读了《元史》、《明史》，参阅了有关的人物传记和史料，精心地揣摩了从元到明、从朱元璋到朱棣的朝代更迭、皇帝易位之发展脉络。既要照顾到全书故事的连贯性，又要反复推敲，使前后矛盾、重复、段落衔接不上、人物取向随意变化等问题一一得到梳理。由此可见，记录、整理满族口头遗产——传统说部，绝非只是有言必录、纠正语病、能够表情达意即可那么简单，而是要做到仔细斟酌，合理铺排，使之收放自如，文通语顺，可谓一项艰难耗时的劳动。

我在实际操作过程中，根据满族口头遗产——传统说部丛书编委会提出的必须坚持科学性的首要要求，力图遵循以下原则：

　　第一，忠实记录，保持讲述人讲唱之原貌，使其具有口述史的原汁原味。

　　第二，慎重整理，注意民间文学的口头性，保留民族的、地域的方言土语和语言的香气与色泽。此为民族基本识别之标记，亦是满族传统说部的本体特征。

　　第三，尊重讲唱的客观性，记述有所本，取舍有所据，总体上符合历史真实，不失口头文学的固有风格。

　　五年来，抢救满族传统说部的实践使我体会到，此项工作是一个不断学习和探索的过程。尤其应注意把握分寸，绝不能将整理变成改编或再创作，使其失去原有的古朴韵味，失去非物质文化遗产的重要价值，这正是本人已脱稿的四部说部所始终坚持的准则。尽管从史实到事件、从结构到语言、从字词到标点万万不敢有半点儿疏漏，然而由于水平有限，又是从录音下载，难免有错误或不妥之处，敬希读者不吝赐教。

　　现将这部乌勒本奉献于世，以飨读者。

于　敏

2006 年 6 月

东

海

沉

冤

录

864

　　富育光，满族。1933 年 5 月生，黑龙江省爱辉县人，1958 年毕业于东北人民大学（现吉林大学）中文系。毕业后被分配到中国社会科学院吉林省分院文学研究所，投身于民间口碑文学挖掘、搜集与研究工作。1984 年 9 月，由吉林人民出版社出版了其搜集整理的满族传说故事选《七彩神火》。这是建国以来，我国最早一本满族传说故事选，受到国内外好评。1986 年 2 月，由中国民间文艺出版社出版合作整理的《康熙的传说》。1989 年 2 月，由中国文联出版社出版合作整理的满族传说《风流罕王秘传》。

　　富育光曾任吉林省民间文艺家协会理事、副理事长。现为吉林省民族研究所研究员、中国社会科学院民族文学研究所萨满文学研究中心顾问、长春师范学院萨满文化研究所名誉所长、吉林省民俗学会名誉理事长。1993 年起享受国务院颁发社会科学有突出贡献政府特殊津贴。曾承担和主持国家"八五"、"九五"萨满教研究课题，参与国家"十五"社会科学基金项目《满族史诗〈乌布西奔妈妈〉研究》。独立或合作出版萨满文化研究专著及论文集六部、民族文化研究编著二十余部、论文七十余篇。

于敏小传

于敏，1943 年生，吉林省德惠县人，大学本科，系中国戏剧家协会吉林分会会员。历任演员、播音员、《当代艺术》编辑、《中国戏剧年鉴》特约编辑、吉林省艺术研究院编审。

自上世纪 80 年代以来，始终致力于文化艺术研究、戏剧理论研究和文艺史志的编撰工作。主要学术成果有：在省和国家级报刊及全国性理论研讨会上发表论文、调查报告五十余篇，主编《文化管理研究》、《当代艺术信息》、《少男少女互赠箴言祝词》，任《新剧种论》、《吉林省志·文化艺术志·艺术》、《文化艺术资料汇编》第十集副主编。参与《吉林省志·文化艺术志·社会文化》（获中国地方志评比二等奖）、《吉林省志·文化艺术志·艺术》、《吉林省志·科学技术志·科技》、《吉林省志·建置沿革志》的编纂工作，其中撰稿一百一十万字，同时被聘为《吉林省志·科学技术志·科技》的特约编辑。是《中国共产党百科要览》、《中国农业全书》、《中国改革全书》、《吉林采珍》、东北沦陷十四年史丛书《苦难与斗争十四年》的主要撰稿人。

2002 年至今，投身于满族传统说部的记录、整理工作，首批问世的有《萨大人传》、《东海沉冤录》、《萨布素外传》、《绿罗秀演义》等四部，近两百万字。为满族传统说部申报国家级非物质文化遗产名录的纪录片撰写解说词两万伍千字，并兼解说，已获国务院批准。

图书在版编目(CIP)数据

东海沉冤录/富育光,于敏编著.
— 长春:吉林人民出版社,2007.12
(满族说部/谷长春主编)
ISBN 978-7-206-05474-7

Ⅰ.东… Ⅱ.①富…②于… Ⅲ.满族—民间故事—作品集—中国
Ⅳ.I277.3

中国版本图书馆CIP数据核字(2007)第181719号

东海沉冤录(上、下册)

丛书主编:谷长春

讲 述 者:富育光   整 理 者:于 敏

责任编辑:邢万生   封面设计:李晓东   责任校对:李 峰

吉林人民出版社出版 发行(长春市人民大街7548号 邮政编码:130022)

网 址:www.jlpph.com

全国新华书店经销

发行热线:0431-85395845 85395821

印 刷:北京铭传印刷有限公司

开 本:787mm×1092mm 1/16

印 张:55.75   字数:905千字

标准书号:ISBN 978-7-206-05474-7

版 次:2007年12月第1版   印 次:2017年5月第2次印刷

印 数:1-3 000册   定 价:138.00元(全二册)

如发现印装质量问题,影响阅读,请与印刷厂联系调换。

谷长春／主编

满族口头遗产传统说部丛书

东海沉冤录（上）

这是一部原在东海女真人中流传的秘史，这是一曲充满血泪恩仇的浩歌。在明朝开国皇帝朱元璋开疆拓土的斗争中，东海女真人浴血奋战，屡建奇功，涌现出众多有血有肉、可歌可泣的英雄人物，更有许许多多扣人心弦、脍炙人口的故事。情节跌宕起伏，扑朔迷离……

富育光／讲述　于　敏／记录整理

吉林人民出版社

满族口头遗产
传统说部丛书

爱新觉罗·启骧书

满族说部是我国
非物质文化遗产的瑰宝

周毓峰 题 丙戌年

满族说部是北方
民族的百科全书

九十三翁贾芝

丙戌之春

图为从中国境内拍摄之锡霍特山中麓远景

吉林省境内的珲春河。此河源自锡霍特山南麓流入我国境内，早年东海女真人常以此河为交通要道，与辽东各地经镐往来

黑龙江省境内瑚布图河。此河1860年以后成为中俄远东的边境界河，早年亦是东海女真人渔猎要地

满族先世女真人耕猎图

明末清初东北驿站遗址

此页图片均为荆宏摄
于吉林省伊通满族博物馆

明末清初东北驿路遗址

辽阳古城遗址

满族先世女真人早年以物易物的楚勒罕大会（拍摄于吉林省博物院）

满族先民野祭雅尔哈玛虎——豹神面具

满族先世女真人祖先铜面具

此页图片均为荆宏摄

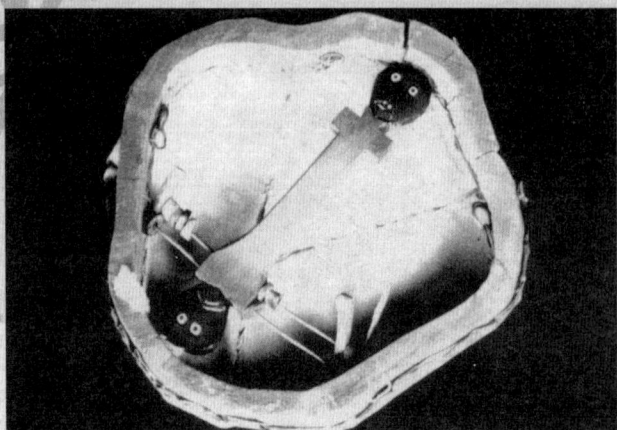

满族先民野祭追魂用的抓鼓

满族先民萨满古祭使用的围身腰铃

满族人及其先民生活中常
用之兽头帽

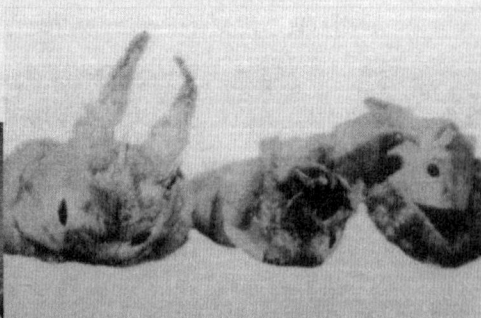

满族人及其先民生活中常用之狍皮靴及轧鞡鞋

此页图片均为荆宏摄

总序

　　《满族口头遗产传统说部丛书》在文化部和中共吉林省委、省人民政府的领导与支持下，经过有关科研和文化工作者多年的辛勤努力和编委会的精选、编辑、审定，现在陆续和读者见面了。

　　中华民族大家庭中的满族，同其他民族一样有着自己独特的文化源流，作为非物质文化遗产的满族传统说部，是满族民族精神和文化传统的重要载体之一。"说部"，是满族及其先民传承久远的民间长篇说唱形式，是满语"乌勒本"（ulabun）的汉译，为传或传记之意。20世纪初以来，在多数满族群众中已将"乌勒本"改为"说部"或"满族书"、"英雄传"的称谓。说部最初用满语讲述，清末满语渐废，改用汉语并夹杂一些满语讲述。在漫长的历史进程中，满族各氏族都凝结和积累有精彩的"乌勒本"传本，如数家珍，口耳相传，代代承袭，保有民族的、地域的、传统的、原生的形态，从未形成完整的文本，是民间的口碑文学。清末以来，我国社会发生了翻天覆地的变化，由于历史的、社会的、政治的、文化的诸多原因，满族古老的习俗和原始文化日渐淡化、失忆甚至被遗弃，及至"文革"，满族传统说部已濒临消亡。抢救与保护这份珍贵的民族文化遗产已迫在眉睫。现在奉献给读者的《满族口头遗产传统说部丛书》，是抢救与保护满族传统说部的可喜成果。

　　吉林省的长白山是满族的重要发祥地。满族及其先民世世代代在白山黑水间繁衍生息，建功立业，这里积淀着深厚的满族文化底蕴，也承载着满族传统说部流传的历史。吉林省抢救满族传统说部的工作始于20世纪80年代初。在党的十一届三中全会解放思想、拨乱反正精神的指引下，民族民间文化遗产重新受到重视，原吉林省社会科学院有关科研人员，冲破"左"的思想束缚，率先提出抢救满族传统说部的问题，得到了时任吉林省社会科学院院长、历史学家佟冬先生的支持，并具体组织实施抢救工作。自1981年起，我省几位科研工作者背起行囊，深入到吉林、黑龙江、辽宁、北京以及河北、四川等满族聚居地区调查访问。他们历经四五年的艰辛，了解了满族说部在各地的流传情况，掌握了第一手资料，并对一些传承人讲述的说部进行了录音。后来由于各种原因使有组织的抢救工作中断了，但从事这项工作的科研人员始终怀有抢救满族说部的"情结"，工作仍在断断续续地进行。1998年，吉林省文化厅在从事国家艺术科学规划重点项目《十大艺术集成志书》的编纂工作中，了解到上述情况，感到此事重大而紧迫，于是多次向文化部领导和专家、学者汇报、请教。全国艺术科学规划领导小组组长、中国文联主席周巍峙同志，文化部社文图司原司长陈琪林同志，著名专家学者钟敬文、贾芝、刘魁立、乌丙安、刘锡诚等同志都充分肯定了抢救满族传统说部的重要意义，并提出许多指导性的意见。几经周折，在认真准备、具体筹划的基础上，于2001年8月，吉林省文化厅重新启动了这项工程。2002年6月，经吉林省人民政府批准，省文化厅成立了吉林省中国满族传统说部艺术集成编委会，团结省内外一批专家、学者和有识之士，积极参与满族说部的抢救、保护工作。

这项工作，得到中国民间文艺家协会以及黑龙江、辽宁、北京、河北、吉林等省市民间文艺家协会和有关人士的认同与无私帮助，特别是得到了文化部和有关部门的鼎力支持。2003年8月，满族传统说部艺术集成被批准为全国艺术科学"十五"规划国家课题；2004年4月，被文化部列为中国民族民间文化保护工程试点项目；2006年5月被国务院批准为第一批国家级非物质文化遗产名录。这使我们增强了责任感、使命感和克服困难的信心。根据文化部和中国民族民间文化保护工程国家中心有关指示精神，我们对满族说部采取全面的保护措施，不但要忠实记录，保护好文本，还要保护传承人及其知识产权；不但要保护与说部的讲述内容和表现形式相关的资料，还要保护与说部传承相关的文物，从而对满族说部这一口头遗产进行整体保护。我们坚持保护为主、抢救第一的原则，以只争朝夕的精神，组织科研人员到满族聚居地区深入普查，扩大线索，寻源探流，查访传承人，利用现代化手段，通过录音、录像、文字记录等方式采录传承人讲述的说部。在记录整理过程中，不准许增删、编改，只是在文法、句式、史实方面作适当的梳理和调整，严格保持满族传统说部的原创性、科学性、真实性，保持讲述人的讲述风格、特点，保持口述史的原汁原味。

几年来的工作，使我们深感"抢救"二字的重要。目前健在的传承人多已年逾古稀，体弱多病，渐渐失去记忆。就在二三年前，我们刚刚采录完傅英仁、马亚川讲述的说部，还没来得及进一步发掘其记忆宝库，他们就溘然长逝了。一些熟悉往昔满族古老生活的长者和说部传承人，如二十多年前我们曾经访问过的黑龙江省的富希陆、杨青山、关墨卿、孟晓光，吉林省的何玉霖、许明达、关士英、赵文金、胡达千、张淑贞，辽宁省的张立忠，北京市的陈氏兄弟、富察·庄净，河北省的王恩祥，四川省的刘显之等先生都已相继谢世，使其名传遐迩、珍藏在记忆中的说部无以名世，成为永远的遗憾。今天出版这套丛书，也是对他们最好的纪念。

《满族口头遗产传统说部丛书》所选的作品，都是满族各氏族传承人讲述优秀传统说部的忠实记录，反映了满族及其先民自强不息、勤劳创业、爱国爱族、粗犷豪放、骁勇坚韧的民族精神，具有很强的思想震撼力和艺术感染力，可以说是我国民间文学中的宝贵珍品，具有较高的科学价值。它的出版，不仅是对弘扬我国优秀民族文化遗产，建设社会主义先进文化的贡献，而且也为世界非物质文化遗产保护工程增添了一分光彩。

一、满族传统说部产生的历史渊源

满族及其先民是一个有着悠久历史的古老民族。满族的先民肃慎人自古就在白山黑水一带繁衍。据《山海经》载："东北海之外……大荒山中有山，名曰不咸，有肃慎氏之国。"据《孔子家语》卷四载：肃慎就以"楛矢石砮"为信物贡服于周天子。而后，汉、魏、晋、南北朝之挹娄、勿吉，隋唐之靺鞨，辽宋之女真，明清之满洲，这些同属于肃慎族系，只是不同朝代称谓不同罢了。唐朝初年，靺鞨人曾建立"渤海国"，是北方少数民族的地方政权，史称"海东盛国"。辽代以降，满族先世黑水女真部迅速崛起，其首领阿骨打，承继祖业，敏毚韬晦，扫平有二百余年历史的桀骜特强的庞然大国——辽王朝，建立了雄踞北方的大金王朝。到金世宗乌禄时代，在文化和经济等诸方面均达到了鼎盛时期，史称"小尧舜"。明末，建州女真首领努尔哈赤统一女真诸部，建立中国历史上又一个东北少数民族地方政权"后金"。其后人又从建立大清国，到打败明王朝，定鼎中原。满族及其先民绵长的一脉相承的历史，是满族传统说部赖以产生的客观基础。

满族是一个创造源远流长、光辉灿烂文化的民族。满族及其先民女真人作为北方边远的游牧、渔猎少数民族，能够两度逐鹿中原，建立政权时间长达 420 年，对统一中国版图，形成多元一体的历史格局产生了深远影响，做出了重要贡献，这是与其以自己的文化养育顽强、坚毅的民族精神分不开的。一方水土养一方人。满族及其先民历经三千余年的风雨沧桑，世代生活在广袤数千里的山林原野，征伐变乱的砥砺，苦寒环境的锤炼，培育了自己的民族精神与品格，使他们成为粗犷剽悍、质朴豪爽、善歌尚勇、多情重义，"精骑射，善捕捉，重诚实，尚诗书，性直朴，习礼让，务农敦本"（引自《盛京通志》）的民族。渤海的武人颇喜角斗，以骁勇为荣，有"三人渤海当一虎"（引自宋·洪皓《松漠纪闻》）之谚。靺鞨人盛行歌舞之风，其渤海乐不仅传入中原王朝和日本，而且在民间不断延续流传。金太祖完颜阿骨打在对辽作战相当激烈的时候，便命开国元勋完颜希尹创制女真文字，在金朝建国不久的太祖天辅三年（1119 年）正式颁行，当时被称为国书。女真有了文字，促进了文化的发展，以歌伴舞在民间广为盛行。有些贵族子弟为求佳偶，常"携尊驰马，戏饮其地，妇女闻其至，多聚观之，间令侍坐，与之酒则饮，亦有起舞讴歌以侑觞者"（见《三朝北盟会编》）。这说明，女真民间一直保持先祖古朴的风俗习惯。随着北宋灭亡，金人大量入关，女真民间歌舞很快传遍中原大地，甚至在金、元杂剧中广为传唱。满洲统治者从建立后金到入主中原，注意保持满族及其先民尚武骑射和语言风俗方面的独立性，努尔哈赤时期创制满文，皇太极时期改革老满文，推动了民族文化的发展。康、雍、乾等几代皇帝，在强调"国语骑射"为治国之本的同时，也注意各民族之间的文化交流与融合，特别是积极吸收汉文化。这是满族传统说部得以滥觞的文化根源。

几度争战几度崛起，几度鼎盛几度衰落，漫长的历史充满着可歌可泣的英雄人物和壮烈悲怆的故事，构筑了深厚的文化根基，从而孕育和产生了古朴而悠久的满族民间口头文学——传统说部。满族说部的形成与传播，历史相当久远。满族先民，在从肃慎、挹娄到靺鞨以及创建大金国的历史过程中，各氏族、部落迁徙、动荡、分合频繁，到明中叶以后，随着女真社会内部矛盾日益尖锐，强凌弱，众暴寡，各部落之间互相争雄，连年战乱，及至进入清代，内部争斗不断，外患与内祸迭起，这使各个氏族都无法选择地交织在历史的漩涡里，涌现众多的英雄人物和感人的业绩。满族及其先民凭借自己对善恶美丑的感受和对社会现象的审视，把一桩桩、一件件值得传诵、讴歌的人和事，详细地记载在各个氏族世代传袭的口碑之中，以此谈古论今。为此，不遗余力地随时积累、记录、采集、传扬本氏族的英雄故事，以光耀门楣，激励族人。满族诸姓氏间，都以据有"乌勒本"而赢得全族的拥戴和尊重，"乌勒本"令族众铭记和崇慕。

满族传统说部的广泛流传得益于"讲古"的习俗。满族及其先世女真人，是一个讲究慎终追远，重视求本寻根的民族。他们通过"讲古"、"说史"、"唱颂根子"的活动，将"民间记忆"升华为世代传承的说部艺术。讲古，就是一族族长、萨满或德高望重的老人讲述族源传说、家族历史、民族神话以及萨满故事等。元人宇文懋昭所撰的《金志》中说，女真金代习俗，"贫者以女年笄行歌于途，其歌也乃自叙家世"。这说明在女真时期就有"行歌于途"，"自叙家世"的讲古习俗。据《金史》卷六六载："女真既未有文字，亦未尝有记录，故祖宗事皆不载。宗翰好访问女真老人，多得祖宗遗事。"从中可知，金代初期民间讲古的习俗就很盛行，已引起上层统治者的重视。据《金史·乐志》载：世宗不令女真后裔忘本，重视女真纯实之风，大定二十五年四月，幸上京，宴宗室于皇武殿，共饮乐。在群臣故老起舞后，自己吟歌，"上歌曲道祖宗创业艰难……歌至慨想祖宗音容如睹之语，悲感不复能成声"。世宗及群臣参与"唱颂根子"的活动，势必张扬民间讲古的习俗。满族先人的故事在"讲古"中传播，在传播中又不断被加工、修改或产生新的故事。讲古不单单是本氏族内部的事，各氏族间互相比赛，场面十分热烈。据《爱辉十里长江俗记》中记载："满洲众姓唱诵祖德至诚，有竞歌于野者，有设棚聚友者。此风据传康熙年间来自宁古塔，戍居爱辉沿成一景焉。"由此可见，满族早年讲唱"乌勒本"，是相当活跃的，甚而搭棚竞歌，聚众观之。此景与我国南方一些民族的歌圩相类似。

满族及其先民将"讲古"、"说史"、"唱颂根子"的"乌勒本"，推崇到神秘、肃穆和崇高的地位，考其源，同满族先民所虔诚信仰的原始宗教萨满教的多元神崇拜观念，有着十分密切的关系。原始先民在漫长的社会劳动和生活中，由于生产力的极端低下，无力与强大的自然力抗衡，于是幻想在人的周围有一种超自然的力量主宰一切，并认为自然的东西都有灵魂，是他们控制着人类，给人类带来幸福，也带来灾难。正如恩格斯所说的，"由于自然力被人格化了，最初的神产生了"。这就是万物有灵论和原始神话。原始先民有了原始信仰和原始神话，便利用各种方法举行祭祀，向神灵祈祷、膜拜，于是产生了原始宗教，即萨满教。在萨满教诸神中，除自然神祇、动物神祇（包括图腾神祇）外，最重要而数目繁多者便是人神，即祖先英雄神祇。宗教与民俗从来就是形影相随的，"讲古"的习俗与萨满教的祭祀仪式结合了起来。满族及其先民以讲唱氏族英雄史传为中心主题的说部艺术，正是依照传统的宗教习俗，对本族英雄业绩和不平凡经历的讴歌和礼赞。人们对祖先英雄神，供奉它，赞美它，毕恭毕敬，祈祷祖灵保佑族众，荫庇子孙。萨满教极力崇奉祖灵，亦包括对本族历世祖先和英雄神祇的讴歌与缅怀。所以，在萨满祭祀中，有众多歌颂和祈祷祖先神祇的神谕、赞文、诗文和祷语，亦有叙事体的长篇祖先英雄颂词。满族及其先民的"颂祖"、"讲祖"礼俗，世代承继不衰，是因为把勉励子孙铭记祖先创业艰难，承继祖德宗功，继往开来，奋志蹈进，作为祖先崇拜的根本目的和信条。特别是乾隆十七年颁布的《钦命满洲跳神祭天典礼》，统一了萨满祭规，使萨满祭祀变成家族祭祖活动，把祖先崇拜推向高峰。经年累世，各氏族在集体智慧的滋育下，赞文日益丰富扩展，情节愈加凝炼集中，使之逐渐升华为长篇祖先颂歌。这也成为满族传统说部的一种源流。

二、满族传统说部的本体特征

满族传统说部经过千百年来的创作、传承和演变，形成了独特的表现空间和表现形式。满族先民自古"无文墨，以语言为约"（《太平御览》卷七八四），所以，说部是以口头形式产生和传承的，讲唱内容全凭记忆。最初记述手段，用一缕缕棕绳的纽结、一块块骨石的凹凸、一片片兽革的裂隙，刻述祖先的坎坷历程。这便是说部的最古老的形态，也叫"古本"、"原本"、"妈妈本"。满族人将这种"妈妈本"尊称"乌勒本"特曷。古人就是通过望图生意，看物想事，唱事讲古的。随着社会的发展，氏族中文化人的增多，满族说部的"妈妈本"逐渐用满文、汉文或汉文标音满文来简写提纲和萨满祭祀时赞颂祖先业绩的"神本子"。讲述人凭着提纲和记忆，发挥讲唱天赋，形成洋洋巨篇。

满族传统说部内容丰富，气势恢宏，它包罗天地生成、氏族聚散、古代征战、部族发轫兴亡、英雄颂歌、蛮荒古祭、生产生活知识等，每一部说部都是长篇巨著。满族说部之所以如此厚重，主要有以下三个方面的因素：

（一）关于记录和评说本氏族所发生的重大历史事件的说部，具有极严格的历史史实约束性，不允许隐饰，以翔实的根据来讲述；

（二）说部由氏族中德高望重、出类拔萃的专门成员承担整理和讲述义务，整理和讲述时吸收了众人谈资，所讲内容全凭记忆，口耳相传，无固定文本拘束，因而愈传愈丰愈精，是群体创作的累积；

（三）具有民间口头文学的生动性。说部多由一个主要故事为经线，辅以多个枝节故事为纬线，环环相扣，错综复杂，又杂糅地域的、民俗的奇特情景，加之口语化的北方语言，因而有深厚的文化积淀和感人的艺术魅力。

据我们掌握的三十余部满族说部来分析，从内容上可分为四种类型：

（一）窝车库乌勒本：俗称"神龛上的故事"，是由氏族的萨满讲述，并世代传承下来的萨满教神话和萨满祖师们的非凡神迹。窝车库乌勒本主要珍藏在萨满的记忆与一些重要的神谕及萨满遗稿中，如黑水女真人创世神话《天宫大战》、东海萨满创世史诗《乌布西奔妈妈》、爱辉地区流传的《音姜萨满》、《西林大萨满》等。

（二）包衣乌勒本：即家传、家史。如富察氏家族富希陆、傅英仁从爱辉、宁安传承的姊妹篇《萨大人传》和《萨布素将军传》（又名《老将军八十一件事》），黑龙江省双城县马亚川先生承袭的《女真谱评》，河北石家庄王氏家族传承的《忠烈罕王遗事》，乌拉部首领布占泰后裔赵东升先生承袭祖传的《扈伦传奇》，富氏家族传承的《顺康秘录》、《东海沉冤录》，傅英仁先生传承的《东海窝集传》等。

（三）巴图鲁乌勒本：即英雄传。满族说部有关这方面的内容很丰富，可分为两大类：一是真人真事的传述，如金代的《金兀术传》，明末清初的《两世罕王传》（又名《漠北精英传》）、《雪妃娘娘和包鲁嘎汗》，清中期的《飞啸三巧传奇》等；一是历史传说人物的演义，如《乌拉国佚史》、《佟春秀传奇》等。

（四）给孙乌春乌勒本：即说唱故事。这部分主要歌颂各氏族流传已久的历史传说中的英雄人物，如渤海时期的《红罗女》、《比剑联姻》，明代的《白花公主传》以及民间说唱故事《姻缘传》、《依尔哈木克》等。

满族传统说部在长期流传中形成了自己独特的风格，凝聚了有别于其他口头文学的鲜明特征。主要表现在：

（一）讲述环境的严肃性。各氏族讲唱"乌勒本"是非常隆重而神圣的事情。一般在逢年遇节、男女新婚嫁娶、老人寿诞、喜庆丰收、氏族隆重祭祀或葬礼时讲唱"乌勒本"。讲唱"乌勒本"之前，要虔诚肃穆地从西墙祖先神龛上，请下用石、骨、木、革绘成的符号或神谕、谱牒，族众焚香、祭拜。讲述者事前要梳头、洗手、漱口，听者按辈分依序而坐。讲毕，仍肃穆地将神谕、谱牒等送回西墙上的祖宗匣子里。这一系列程序表明有严格的内向性和宗教气氛。不像平时讲"朱奔"（意为故事、瞎话）那样随便地姑妄言之，姑妄听之。

（二）讲述目的的教化性。满族传统说部与萨满祖先崇拜的敬祖、颂祖、祭祖观念密切相关。讲述祖先过去的事情，都是真实地记述，是对祖先英雄业绩的虔诚赞颂，不允许隐瞒粉饰和随意编造，否则则认为是对祖先的不敬。讲唱说部的目的，不只是消遣和余兴，而是非常崇敬地视为培育儿孙的氏族课本和族规祖训，是对族人进行爱国、爱族、爱家的教育，起到增强氏族凝聚力的作用。因此，讲述内容、目的以及题材艺术化程度，均与话本、评书有较大区别。

（三）讲述形式的多样性。满族传统说部多为叙事体，以说为主，或说唱结合，夹叙夹议，活泼生动，并偶尔伴有讲叙者模拟动作表演，尤增加讲唱的浓烈气氛。从《萨大人传》和《飞啸三巧传奇》中我们可以看出，有说有唱，甚至还记录了讲唱的曲谱。讲唱说部关键在于说，说讲究真、细、险、趣四个字。真，即真实，故事情节合情入理，真实可信；细，即细腻，绘声绘色，细致入微；险，即惊险，突出关键的地方，有悬念，有艺术魅力；趣，即语言要风趣幽默，使人发笑。说唱时多喜用满族传统的以蛇、鸟、鱼、狍等皮革蒙制的小花抓鼓和小扎板伴奏，情绪高扬时听众也跟着呼应，击双膝伴唱，构成跌宕氛围，引人入胜。

（四）传承的单一性。满族传统说部的承继源流，主要以氏族中的一支或家庭中直系传承为主，虽有师传，但多半是血缘承袭，祖传父，父传子，子子孙孙，承继不渝，从而保持了说部传承的单一性与承继性。《萨大人传》是富察氏家族的祖传珍藏本，其传承顺序是：富察氏家族第十一世祖、清道光朝武将发福凌阿传给长子、爱辉副都统衙门委哨官伊郎阿将军；伊郎阿又传给长子富察德连；富察德连又传给其子富希陆和其侄富安禄、富荣禄；富希陆又传给长子富育光。一般来说，讲唱人大都与说部所宣扬的事件及其主人公有直系血缘关系，他们既对本氏族历史文化有一定的素养，又谙熟说部内容，并有组成说部题材结构的卓越能力和创作才华。《厄伦传奇》的传承就是很好的证明，其最早的传承人乌隆阿，纳喇氏第十一代，他把家史传给曾孙德明（五品官，通今博古），德明经过梳理后传给其侄十六辈霍隆阿（笔帖式），再传给十七辈双庆（五品官，精通满汉文），下传伊子崇禄（八品委官），二十辈的赵东升继承祖父崇禄先生，对家史进行整理。这些传承人都有高深的文化和创作才能。他们把记忆和传讲自己的族史视为己任，当做崇高而神圣的事情，世代不渝。他们在氏族中自行遴选弟子或由自己的后裔承继传诵。传承的方法是口耳相传，心领神会。所以，传承人在满族说部的纵向传承与横向传播的过程中，为保存民族文化遗产做出了应有的贡献。可以说，没有传承人，就没有满族说部。

（五）流传的地域性。满族说部在一些地域流传过程中，深受广大群众喜爱。因此，有的说部逐渐脱离原氏族的范围，被众多氏族传承诵颂，如《尼山萨满传》、《红罗女》、《飞啸三巧传奇》、《双钩记》（又名《窦氏家传》）、《松水凤楼传》、《姻缘传》等，在长期传诵中，已成为该地域更多姓氏甚至外族群众讲述的书目，并代代传承。

满族传统说部和其他口头文学一样，在流传过程中也有变异性。在传播中，传承人根据自己对讲述内容的认识和理解，不断加工、升华，从而产生新的故事纲目。特别是，随着氏族的繁荣，分出各个支系，每个支系都有自己的传承人，在讲述内容和形式上也有了变化。所以在不同的支系、不同的地域出现了不同的传本，如《红罗女》在黑龙江省牡丹江一带流传《比剑联姻》、《红罗女三打契丹》，而吉林省的东部就有《银鬃白马》、《红罗绿罗》等不同传本，这是正常的现象。说部在传播中演变，获得新的发展，并吸收汉族的评书和明清小说章回体的特点，这正是满族传统说部具有顽强生命力的表现。

三、满族传统说部的价值和意义

满族传统说部,是满族及其先民在一定历史时期、一定社会中的一种意识形态的反映,其中蕴藏着丰富、凝重的社会、历史内容。

满族传统说部具有历史学价值。满族传统说部大都是以古代英雄人物为中心、以历史事件为背景编织而成的,是述说满族及其先民各个部落、氏族的兴亡发轫、迁徙征战、拓疆守土、抵御外患等"先人昨天的故事"。如《萨大人传》、《东海窝集传》、《扈伦传奇》等所讲述苦难的经历,不朽的宗功,都从不同的侧面反映了各个氏族充满血泪、卓绝斗争的雄浑壮阔的历史。从各个氏族的说部中,能使人更好地了解到满族及其先民是怎样从遥远的过去走过来的,经历了哪些曲折坎坷和历史沧桑,而且比起正史有更多底层人民群众的历史活动和当时社会各层面的具体细节。高尔基说:"如果不知道人民的口头创作,那就不可能知道劳动人民的真正历史。"说部的历史价值在于它是原生态的历史记忆,是"那时"民间留存下来的口述史。满族的先世在没有文字时,许多史实都靠各个氏族的说部代代相传,据《金史》卷六六载:"天会六年(1128年)诏书求访祖宗遗事,以备国史。命勖与耶律迪越掌之,勖等采撷遗言旧事,自始祖以下十帝,综为三卷。"金代统治者重视采集民间遗闻旧事,并根据民间传说给始祖以下十帝立传,编入金史,这是满族说部为民间口述史的很好证明。满族说部是满族及其先民用自己的声音记述自己的历史,对各个部落、氏族重大事件的生动描写,细致记录,很多实事是鲜为人知的,有的补充了史料之不足,有的供专家研究或可匡正史误。说部以浩瀚的内容、恢宏的气势展示北方民族生动、具体的历史画卷,提供了各个历史时期活生生的人文景观。在《两世罕王传》、《扈伦传奇》、《雪妃娘娘和包鲁嘎汗》中记述了明朝与女真的交往、马市的内幕、东海窝集部与乌拉部的关系、扈伦四部争锋角逐、努尔哈赤创建八旗对女真的分化等等,都是各部族祖先的亲身经历。这对满族史、民族关系史、东北涉外疆域史的研究,都有见证历史的特殊价值。

满族传统说部具有文学审美价值。满族传统说部之所以能够世代传承诵颂,因为它具有独立情节,自成完整结构体系,人物描写栩栩如生、有血有肉,是歌颂克难履险、不畏强暴、能征善战、疾恶如仇的英雄的壮丽诗篇，充满了对英雄的崇敬，对美好生活的向往。说部中讲述的故事曲折生动，扣人心弦，语言朴实无华，简洁明快，具有感人至深的艺术魅力。许多说部都展现了浓郁的民族风韵，朴素、剽悍的独特风格，贯穿了反抗强权、除暴安良、保家卫国、急公好义、扶危济贫、知恩必报的积极主题，突出体现了满族及其先世的人文精神。它对启迪人们的智慧，端正人们的品格，鼓舞爱国主义思想，增强民族自豪感，有着潜移默化的作用。满族传统说部中反映的内容，与人民息息相通，因而受到北方各族群众的欢迎和享用。像《尼山萨满传》、《萨大人传》、《雪妃娘娘和包鲁嘎汗》、《松水凤楼传》等故事早已在达斡尔、鄂温克、赫哲、鄂伦春、锡伯以及汉族中广泛流传，只是过去没有被发掘而已。说部的创作不排除有被流放到北疆的高官和文化人的参与，如《飞啸三巧传奇》把北方民族抗俄守边的斗争与宫廷斗争相联系做了具体生动的描写，就可见流民文学的影子。满族传统说部创世神话《天宫大战》，反映了原始先民与自然力的抗争，歌颂了掌管日月运行、人类繁衍的三百女神与恶神进行惊心动魄地鏖战，是我国史前文化的重要遗迹，可以同世界诸民族的古神话相媲美，丰富了世界神话宝库。满族传统说部中的史诗《尼山萨满传》和有着六千余行的萨满史诗《乌布西奔妈妈》，以北方民族的独特语言，瑰丽神奇的情节，宏伟磅礴的气势，歌颂了萨满的丰功伟绩，具有很强的震撼力。可以说，满族说部是满族及其先世的史诗，是民族文化的精华和古卉，是我国和世界学术界研究满族及其先民历史和文化的不可或缺的宝贵资料，填补了我国民间文学史的空白。

满族传统说部具有民俗学价值。满族及其先世，在长期社会生活中，主要靠口碑传承生产、生存经验。在《飞啸三巧传奇》、《雪妃娘娘和包鲁嘎汗》中介绍了用桦树皮造纸、皮张的熟制、不同兽肉的制作和保鲜、鱼油灯的制作过程等古老工艺，还介绍了北方各种草药的药性和采集，北方少数民族的海葬、水葬、树葬等民俗。在《天宫大战》中介绍了祭火神，"跑火池"，在《两世罕王传》中记述了明末清初一种娱柳活动——"跑柳池"等等。因此满族传统说部，为我们展现了满族及其先民等北方诸民族沿袭弥久的生产生活景观、五光十色的民俗现象、生动的萨满祭祀仪式和古时的天文地理、航海行舟、地动卜测、医药祛病以及动植物繁衍知识等，特别是有关生产知识，操作技艺，往往通过故事中的口诀和韵语得以传承。这为研究北方诸民族的人文学、社会学、民俗学、宗教学等学科提供了具体、真实、形象的资料，使这些学科得到印证、阐明和补充。所以，有些专家称满族传统说部是北方诸民族的"百科全书"，其言不为过誉。

满族及其先民，数千年来，在亚洲阿尔泰语系乃至通古斯文化领域里，做出了不可泯灭的贡献。特别是有清二百六十余年来，为世界文化保留了浩瀚的满学典籍及各种文化遗产，满语的翻译历来为世界各国学者所青睐，满学已成为民族学、语言学的重要学科。满语因久已废弃，现存满语仅是清代书面语的沿用。近年来，我们采录了黑龙江省孙吴县78岁的何世环老人用流利的满语讲述的《音姜萨满》、《白云格格》等满族说部，它向世人重新展示了久已不闻的仍活在民间的活态满语形态，这对世界满学以及人文学的研究是弥足珍贵的。除此，在满族传统说部中还保留着大量的环太平洋区域古老民族与部落的古歌、古谣、古谚，故而具有丰富世界文化宝库的意义。

满族传统说部作为民间口述史，其中对历史的记忆也会有不真实、不准确的地方，但它毕竟是民间口头文学而不是史书，作为信史虽不排斥传说但不可要求口头传说与史书一样真实可信。满族及其先民由于受历史的局限和各种思想的影响，在说部中难免有不健康的东西和封建糟粕的成分，但这不是主流，它和所有非物质文化遗产一样，自有其存在的价值。我们把满族传统说部原原本本地奉献给广大读者，相信在批判地继承民族文化遗产的原则指引下，一些不健康的东西会得到剔除。我们在采录、整理、校勘、编辑过程中难免有所疏漏，敬请读者批评指正。

我们抢救、保护和编辑、出版《满族口头遗产传统说部丛书》，是为了贯彻落实党的十六大精神和"三个代表"重要思想，传承中华文明，发展社会主义先进文化，为建设社会主义精神文明和构建和谐社会尽绵薄之力，希望这套丛书的出版能发挥它应有的作用。

谷长春

2006年6月

《东海沉冤录》传承情况

满族传统说部《东海沉冤录》，在长期流传不衰的满族众多民间口碑说部之中，独具特色和艺术魅力。全书的孕生，开篇便有非常明晰的表述。清初皇室中一些主要执政者，为总结前朝治国方略而凝生成此罕世说部故事，在满族众多说部中是独一无二的。正因如此，《东海沉冤录》并非讲唱清代满族往事，而是以清前朝开国皇帝朱元璋等群英勋业为说部核心背景，以气势磅礴、恢宏壮阔的感人情节，以众多有血有肉、可钦可赞的英雄人物，栩栩如生地展现了一段鲜为人知的逐鹿荒漠辽东和东海女真人的血泪生存史。故事新颖跌宕，纷纭错杂，扑朔迷离，成为清前代朝野各层人士朝夕最喜听讲的热恋书目，而在东海女真人中传咏尤炽，备受崇誉。各氏族除烟火不断、盛祭频仍外，自有本部落激扬慷慨的"乌勒本"，向儿孙传讲当年祖宗血泪沧桑的经历。众多扣人心弦的传说，众多荡气回肠的长歌，像数不尽的涓涓山溪水，在数百年的奔腾流淌中汇集成了浩瀚的泱泱说部，传播于白山黑水乃至京津内地，脍炙人口，著称于世，为人们缅怀、敬慕、慨叹、传咏，在我国北方有着广泛而深远的影响。

考《东海沉冤录》在漫长的历史进程中，由清宫大内传入臣僚，由庙堂传入各地民间，必有史官的综述和街谈巷议的无数散在故事，最终凝聚成为完整的满族长篇说部，结构壮观，历史跨度很大。仅从故事形成的蛛丝马迹分析，约成书于明清两朝，传于顺康时代，雍乾后得以成体。《东》书所涉猎时期，系发生于大明朝朱元璋洪武年到燕王朱棣废恭闵称帝之时。全书涵元明两代东海故事，是往昔诸多文档中实难查询的史地民俗记载，恢宏庞阔。上自皇家，下至燕冀辽东以及东疆各部族庶民，远至日本、朝鲜李氏王朝，皆入本书表述之中。

《东海沉冤录》在长期流传中有不少大小范本。本书发端所传的初始范本，据知为口耳相传的长调祭歌，边歌边叙，夹唱夹议，《赞美人》、《娘娘乐》、《东海号子》等曲牌达二十几个，可惜在流传中久已散佚，仅知者亦难录其全。

本部《东海沉冤录》的流传，最先始的讲述者源出于后金开国大将、世居珲春之舒穆禄氏杨古利。其侄女舒穆禄格格，乃巾帼豪杰，武艺超群，由太宗恩允，嫁于太宗爱将哈勒苏将军之子、宁古塔城守尉虽哈纳为内室。杨古利与哈勒苏同佐太宗御前共事，尤有姻亲之谊，交往挚密。杨古利据有上通大内、下达东海故地之优势，能够晓知本说部之机奥是可想而知的。舒穆禄氏家族，长期生活在东海窝稽部锡霍特山南麓乌苏里江源罕噶哩松岩一带，世代同当地的土著民众朝夕与共，谙熟东海民情俚俗、语言掌故、碑史古话，亦是情理中之事。舒穆禄格格自进入富察氏家族后，便把自幼听到的所有东海故事悉数带到了吉林、宁古塔，传给了富察氏家族上下人等。故居住在宁古塔的富察氏家族得天独厚，能够很方便地听到《东海沉冤录》故事，并发扬光大，传播开来，成为后来富察氏家族所据有的满族传统民间说部文化财富中的又一重要组成部分，随时作为婚寿祝福时的余兴，令人百听不厌。康熙二十二年（1683年），富察氏家族中之一支托雍额携子伯奇泰，随萨布素将军奉旨永戍爱辉后，又将《东海沉冤录》故事带到了爱辉新址，常常在战斗空隙时，给宁古塔、吉林、盛京等地来此戍边的八旗将士们讲唱。因其史料鲜闻，生动离奇，而为兵勇称道。其实，富察氏家族传讲的《东海沉冤录》尚属本说部的待成雏形。当年在爱辉八旗营中，还有一位很著名的清廷大人，擅讲与《东海沉冤录》名异情近的长篇说部《血荐情缘传》，他就是马喇。姓纳喇氏，满洲镶白旗人，顺治朝以来曾在清理藩院、礼部、工部等重要部门任职。博古通今，善交天下人士，尤通晓北方索伦、蒙古、飞牙喀、俄罗斯等几种语言，对北疆诸民族生活区域民俗掌故极其熟悉。早在京师理藩院时，便向外国公使戏讲《东》书，可见很早就熟悉此说部。他受命随彭春等由京师来到爱辉参与指挥雅克萨之战，督军统领们为激励将士，夜晚篝火如昼，军帐里笑语喧哗，唱讲各族故事。其间，富察氏家族的《东海沉冤录》，马喇大人从京师带来的《血荐情缘传》等，常常是人们必听的选段。两部书虽然都是由明金陵传闻演义而成的满族说部故事，但《血荐情缘传》的情节，要比富察氏族众讲述的《东海沉冤录》更为丰富，增加了明初朱洪武身边众多谋臣良将的传说，还有关于金陵、秦淮河、燕京等地市井名胜和庵堂禅事等描述。自有体系，独具一宗，使全书更具有完整性和可信度，尤其增添了本说部的时代气息和全书社会历史价值的厚重性。从爱辉地区富察氏家族传承的《萨大人传》满族长篇说部可知，清康熙朝保卫雅克萨战争胜利结束之后，汇聚爱辉的各路清军八旗将士分别返回京师、盛京、吉林、宁古塔和黑龙江将军所辖卜奎、墨尔根等地。原在清军八旗将士中，讲唱满洲传统说部"乌勒本"和演唱满洲乌春、表演满洲"玛虎玛克辛"，即戴面具的"玛虎戏"等活跃军心的各种文化形式，也随着被带到了各地，在满洲等各族中广泛传播开来。马喇将军讲唱的《血荐情缘传》，因其情节涉及长城内外，物阜民丰，博文广记，曲折动人，俨然一个我国北方元末明初的社会万花筒。因此，《血荐情缘传》在当时影响较广。爱辉富察氏家族后来于整理和讲述《萨大人传》的同时，对舒穆禄氏家族早年传述的《东海沉冤录》，在反复聆听了《血荐情缘传》之后，由本族说部师傅们在唱讲过程中不断切磋，不断进行合理地吸收、丰富和充实，才形成了今日特有的格局，并仍沿用固有的书名传承和流传下来。这便是满族传统说部《东海沉冤录》早期诞生、成书及其传承的概略影迹。

自康熙朝以来，《东海沉冤录》在我国北方长期流传过程中影响日广。该书引起多方喜爱，究其因，就在于东海在大清国心目中，是一块既遥远又繁华，既野蛮又神秘的所在。东海地区有漫长的海岸线和广袤的沃土，物产丰饶，故而招来八方生民。也正因如此，金、元、明以来，东海向成为各路兵家、地方政权、各部族争相窃据、染指、火并之患难深重之域。东海故事，因其生动奇特，不单满族人家喜爱听，汉人和其他各界人士也喜欢听，不胫而走，不分尊卑，书肆客满。

许多事例证明，一部满族长篇传统说部的存藏与发展，并能持有旺盛的生命力，与传承该说部的满族家族氏族凝聚力和自身的文化素质条件，有着密切的关系。富察氏家族是北方著名的望族，自古沿袭极严格的祖训，"每岁春秋，恭听祖宗'乌勒本'，勿堕锐志。"讲唱说部，成为阖族训育氏族子孙治家之道。凡所得说部档册资料，均由管家奶奶或萨满在西墙神匣中存放。族中长老们责成专师诵念熟记，再传授给各支弟子讲唱。满族传统说部《东海沉冤录》，就是如此保存下来的。

我现在讲的《东海沉冤录》，则是依据祖上富察氏家族爱辉地区珍藏的传本讲述的。据本族重要文化传承人富希陆先生1961年秋回忆，本传本形成为近代完整而独具系统的长篇说部，约有二百多年的传承史了。这期间，有过几次补充。最突出的一次便是本家族传讲，康熙年萨布素将军在他的好友马喇大人返京师之前，应族人之约把他接到富察氏家族营地款待，专门求教，聆听对《东海沉冤录》的评监，马喇大人还耐心地传教不少故事段子和唱调。从乾隆朝以来，本族在修缮家传说部

《萨大人传》的同时，亦不断修润《东海沉冤录》等说部。清末同治、光绪年间，富察氏家族《东海沉冤录》的主要传承人是富小昌萨满和毓昆大萨满，后传于先祖伊朗阿。伊朗阿庚子俄难战殁于大岭，"乌勒本"的传承人中断了十余年。进入民国时期，居住在大五家子官屯的富察氏家族，因社会变迁，家道衰落，阖族各支分居而过。尽管如此，祭礼、族规、传讲说部的古制，沿袭不变，仍由伊朗阿二子德连和全连兄弟统理。家族每逢节庆、迎送、寿诞、祭祀、婚丧等重大事项，必有妈妈或玛发讲唱说部。由于本族到爱辉地方年代久远，除讲唱《东海沉冤录》外，传承和积累的满族说部书目很多。如《音姜萨玛》、《天宫大战》、《飞啸三巧传奇》、《萨大人传》等，有口皆碑。德连于1934年病逝，《东海沉冤录》由其子富希陆承袭之，因教务甚忙，便由姐夫张石头代之。张石头自小长在富察氏家族中，虽没有文化，但聪敏好学，通晓满语满俗，过耳不忘，甚得祖父母喜爱。他擅长讲唱，一连几宿不睡觉，口若悬河般讲唱数不尽的传说故事，在附近四村颇有声誉，深得族众拥戴。后来因我母病逝，弟妹稚幼，他家便热心地搬到孙吴镇居住，以帮助我们。两家相处得亲密融洽，先父富希陆有暇时，常跟姐夫一起追忆和切磋喜爱的《东海沉冤录》。此时，适逢1947年春节，孙吴小镇尽管人口不多，却地处去往逊克、爱辉、黑河交通要枢，商贾行旅密集，畸形繁华。小城茶肆栉比，除讲一些评书曲艺外，南街口"三合茶社"开播小段儿《东海风尘录》，即《东海沉冤录》原型故事。讲此书的老板，就是从张石头处学去的。此人外号儿"刘大板儿"，讲唱河间大鼓，自弹弦，夫人唱。夫人非同寻常，誉传小城，系日伪时期本镇"新街基"的一位名妓筱黛玉。解放后，与"刘大板儿"从良同居，长相美貌，嗓音甜脆，取艺名"筱美花"。此书由刘大板儿改说唱路子，夹叙夹唱，别有一番韵味。先父富希陆先生和姐夫张石头曾于1947年秋至1948年冬多次被邀去听他们夫妻合唱的书，客座兴隆。据讲，后来这对艺师回关里等地求财去了。

本书稿系富希陆与张石头共同切磋而成的。1947年至1949年间，富希陆先生回故乡大五家子村居住，利用农活儿空隙，又记述成翔实的备忘纲要，后经多次不断地充实润改整理，形成手抄文本，土改间佚失。1978年我返里探亲，听先父富希陆先生口述后记录，存放有年。欣逢盛世，承蒙我省各级领导对濒临消散的民族文化遗产的关爱重视，2002年应满族口头遗产——传统说部丛书编委会之邀，用半年多时间在兴奋中口述录音完毕。在此，还要特别提及并由衷感谢吉林省艺术研究院的于敏先生，热忱于满族说部，不顾多年失眠顽疾，精心润录，使久被世人忘却的满族著名书目才得以拂尘面世。

现在开讲的《东海沉冤录》，说的是一段极其悲怆激昂的东海古史。这里有我朱伯西①对东海之族众的沉痛悼祭和思念之幽情，也有对先人们的深切缅怀和无限崇敬。由于口笨舌拙，生怕学说不全、不恭不敬，恳请众位阿哥见谅。

那么，怎样才能讲好此说部呢？得靠两条。一条是祖上先人之梦托，即祖上先人通过托梦，赋给说书人以智慧；另一条是牢记师傅们的殷殷叮嘱，即只有潜心从命，废寝忘食，仔细思忖，翻箧展册，才能彻悟其理。还需把师傅们讲故事的记录、卡片汇总到一起，结集成书。为什么要这样做呢？因《东海沉冤录》的故事历史跨度大，大约起于元末，又经历了明洪武、建文时期，直至永乐年代。具体说来，由于元朝末代皇帝的昏庸无道，统治者的残酷剥削和压榨，致使百姓忍无可忍，纷纷揭竿而起，高擎义旗，烽烟遍地。出家为和尚的朱元璋义无反顾地投身于反元大军，行天道，顺民意，异军突起，率军将大元皇帝逐出大都，进而推翻了元朝，开创了大明王朝，故事以此为发端。接下来讲到明太祖朱元璋开疆扩土，奠定大明基业；惠帝允炆继位，激起群雄争斗；成祖朱棣力克诸王，从其侄手中夺得皇权，开辟永乐盛世。全书涵盖了元明两朝东海的故事，恢宏而广阔，上说到皇家诸事，下讲到北国辽东各部族的繁衍生息，重点详述了美丽善良的娟娟女之身世以及在东海寻母过程中，联络当地各部族，为大明开疆扩土屡立奇功的壮举，确可堪称一部"奇书"，又称其为《东史》。随着时间的推移，传唱范围逐渐扩大，吸引了更多的人参与创作和讲唱，使故事内容越来越丰富，越来越波澜壮阔，而且情节跌宕起伏，曲折生动。清道光朝曾流放到黑龙江省卜奎②的大学士英和大人，称赞该书乃"东海实录"，此评语实不为过也。

《东海沉冤录》最初之所以能传开，仰赖于世居珲春的后金开国大

---

①　满语：说书人。

②　今齐齐哈尔。

将舒穆禄氏杨古利。其父为库尔喀部酋长，杨古利随其父早期归附了建州部首领努尔哈赤，隶正黄旗。杨古利在随努尔哈赤统一女真各部的征战中，伐辉发，破窝稽，灭乌拉，屡建奇功，深受努尔哈赤的宠爱，收为额驸；天命年间，又于伐明的萨尔浒战役中，战铁岭，拔沈阳，战功卓著；继之从太宗皇太极收明军，夺明关，松山之役后，薄明都，直逼京畿，英名赫赫，亦甚得太宗皇太极和孝庄皇后的宠幸。崇德年间不幸战死朝鲜，其弟接过黄龙旗，承继伐明大业。在这个显赫的家族中，战事之余或节庆之日，常有人讲唱《东海沉冤录》。后来杨古利将侄女舒穆禄格格经太宗恩允，嫁于富察氏家族的太宗爱将哈勒苏之子、宁古塔城守尉虽哈纳为妻，此说部便被带进了富察氏家族。后金天聪年间，素有敬祖礼俗的富察氏家族家祭之后，除了讲唱歌颂本家族的英雄业绩和人物传记外，已将舒穆禄家族讲唱之《东海沉冤录》作为喜庆之余兴，每每讲起来，族人皆喜欢听。时日益多，便成了该族不能不听的书目之一。清康熙二十一年，舒穆禄的儿子、首任黑龙江将军萨布素奉旨抗击罗刹[①]，永成爱辉。在军中的闲暇之时，常让人同随来的吉林乌拉、宁古塔、盛京的八旗将勇们讲唱乌勒本[②]大书，《东海沉冤录》的一些段子是必讲之内容，因其史料详实、情节离奇、脍炙人口而受到大家的称道。于是，随着各地兵将的回返，《东海沉冤录》开始在爱辉、宁古塔、吉林乌拉一带传开了，而且流布的地方越来越广，听的人越来越多。尤其是满族诸姓，逢年过节或寿诞喜庆之日，口才佳秀者都愿意选讲《东海沉冤录》的某些段子给族人助兴。

据富察氏家族的传人介绍，最早到爱辉讲《东海沉冤录》的是马喇大人。此人博学多才，会几个民族的语言。与彭春公、郎谈、萨布素等参加保卫雅克萨的大仗中，常在征战之余向士卒们讲唱《东海沉冤录》。后来他回到了京师，升为护军统领，由于通晓俄罗斯语，又调到管理外交事务的理藩院办差。黑龙江将军萨布素大人曾说："马喇大人常对外国公使戏讲《东海沉冤录》，以为趣事。"可见《东海沉冤录》不仅传播于国内，对外国人亦有影响。

传说清乾隆年间，乾隆爷为体察下情，除在宫中听讲子弟书、八角鼓书目外，还一定要听风靡一时的《东海传》。《东海传》是何书？即

---

① 原意指恶鬼，此为对俄罗斯入侵者的蔑称。

② 满语：传、传记之意。

《东海沉冤录》。连乾隆爷都非听不可的书，你说流传能不广吗？过去在京师和吉林、卜奎市井中街头讲唱，有说《大明公主哭东海》的，还有说什么《东海古谣》、《大仓豪族》等等，其实这些段子都是由《东海传》书名派生出来的。故事特别招人听，有欢乐，使人捧腹大笑；有悲伤，令人撕心裂肺。讲得活龙活现，真实感人，百听不厌。不单单满人高兴听、汉人爱听，不少俄罗斯人、高丽人、日本人也极有兴趣听，不仅听人讲唱，还到处传诵这些故事。从乾隆以来，经说书人不断整理、充实、修润，《东海沉冤录》的内容愈加丰赡、完善，传至咸丰年间时，在北京天桥书肆便有成本大套地说唱《东海奇缘》的了。听了具体的故事就知道，它同样是《东海沉冤录》的翻版。

　　既然《东海沉冤录》是满族说部，为什么除在满洲人聚居地之外，还会在京城诸地和其他族人中广泛传讲呢？那是因为此乌勒本大书涵盖甚多，不但记叙了满洲先民——东海女真人的生活，而且述说了各个民族的故事。其中，既讲了与满族同宗的乌德盖人，即喀克喇人、奥罗奇人、俄罗斯境内称之为的那乃人，就是中国境内的赫哲人，也谈到了费雅喀人、朝鲜李朝时为逃生到东海的高丽人以及从东海漂流过来的倭人，即日本人或叫大和人。又介绍了虾夷的土著人、从山东半岛漂洋过海到东海谋生的齐鲁等地的汉人。还说到了居住在乌苏里江、绥芬河以西地域的众多女真部族的人，尤以海西女真中之乌拉部的故事最多。缘于那些部族的人与明廷交往甚密，有朝廷的支持，自恃高傲，常以地主自居，故而涉及到的人和事当然少不了。书中讲到的古民族，比我们列出来的还要多些。比如元朝末年，元军把许多东海人掠到关内，与汉族人生活在一起。日久天长，一些人的习俗便随了汉人，有些还入了汉籍。他们的后裔在此说部中，亦可找到本家族演义的踪影。这样一来，怎能不引起众多民族之人的关注并乐此不疲地传讲呢？

　　书中的故事，大多发生在东海。说起这个地方，地域广袤，沃野千里，物产丰富，气候宜人，向称北国的巴蜀，是各部族世代繁衍生息之福地。在那个时候，东海既荒僻又繁华，既野蛮又昌明，可以说是良莠、福祸同息。大明以来，更成了兵家、官家乃至各部族争夺不休的是非之地。正因为如此，在东海的宝地上，才发生了许许多多悲欢离合、可歌可泣的感人故事。经年之后，渐渐形成了现在要讲的满族传统说部——《东海沉冤录》。

　　那么，《东海沉冤录》在富察氏家族是怎样流传的呢？居住在黑龙江省爱辉县大五家子隶属正黄旗的富察氏家族，有记载的传承人有富小昌萨满和毓昆大萨满，是他们把该乌勒本传给了说书人的先祖伊朗阿。庚子年间，伊朗阿遇难身亡，便由伊朗阿的大儿子富察德连袭之。德连公于伪满洲国康德二年病逝，其子富察希陆继任朱伯西。富察希陆因任乡村教员，课务甚忙，所以有时无暇讲唱，遂由其姐夫张石头接替传承。张石头擅讲故事，口才是一流的。语言流畅，吐字清楚，嗓音洪亮，字正腔圆，抑扬顿挫掌握得恰到好处。凡从他口中讲出的任何一部乌勒本，都非常精彩，生动活泼，招人爱听，令你听后过耳不忘，打下深深的烙印。一来二去的，张石头在北方的说书人中，就有了一定的影响和威望。后来他搬到孙吴县腰屯居住，不仅人去了，也把东海的许多故事带去了。日子一长，《东海沉冤录》中的故事不胫而走，孙吴的许多村屯都知道了此书。到了 40 年代初，在孙吴县小城的茶肆中，除有人讲《杨家将》、《三侠剑》、《包公传》、《童林传》等评书外，还有讲《东海风尘录》段子的。《东海风尘录》的传说，实际上仍是《东海沉冤录》的故事原型。

说唱这部故事的是什么人呢？此人外号儿"刘大板儿"。他本人是弹弦儿的，老婆原是孙吴县"老牛圈"，即"窑子街"出名的妓女。人长得漂亮，嗓音甜润，会唱河间大鼓，艺名筱黛玉。"刘大板儿"先是为她伴奏，后来同其姘居，并花钱把筱黛玉赎了出来，结为夫妻。日本鬼子垮台之后，二人在孙吴县的热闹街面儿上租了间房子，开个小茶馆儿。还给筱黛玉改了艺名叫筱美花，唱河间大鼓，不但唱过去的旧段子，而且加了些新段子。这些新段子是"刘大板儿"从张石头处学来的，之后又买了下来，经过一番加工，采用河间大鼓的曲调演唱。说书人的父亲富希陆，曾在 1947 年秋至 1948 年冬，听过不少"刘大板儿"、筱美花讲唱的《东海沉冤录》段子，客座爆满，很受听众的欢迎。你可知道，《东海沉冤录》能在茶肆里讲唱，同《杨家将》、《包公案》、《济公传》、《三侠剑》一样受欢迎，这可是不简单哪！请想啊，《杨家将》等书已经讲唱了上百年，有了相当厚实的群众基础，人们有几个不知道杨令公、黑老包的？《东海沉冤录》与这些书相比，还算新书，听过此书的人毕竟比听过《杨家将》的要少。一部新书，能把人说住哪那么容易呀？你讲的内容不丰富，故事不感人，听书人立马不买你的账了，耳朵随之便溜号儿了。因为听不进去，扭过身与旁座听书的唠上了，干脆不给你听。你在上边讲，他在下边唠，这书还咋能说下去？你要是收钱，好，他拍拍屁股走人了，茶钱还得搭进去！要是书的段子好，故事引人入胜，那就不一样了。全场是鸦雀无声，喝茶的时候，眼睛都得直勾勾地盯着说书人的嘴，深怕漏掉一个字儿。要正赶上收钱，那好，毫不吝啬，一把一把地往盘子里扔。所以说，《东海沉冤录》能在茶馆儿站住脚儿，并受到广泛的欢迎，的确了不得，说明它已走向了社会，深得人心。

今天，说书人讲唱的《东海沉冤录》，当然不是"刘大板儿"改过的书路，而是根据我父亲富希陆和姑夫张石头共同磋商形成的稿本，保持了明末清初的讲唱风格。张石头在民国期间，原是富氏家族的长工，后招赘为养老女婿，成了父亲的二姐夫。德连公病逝，父亲又在外教书，顾不上家里的事儿，财产便全委托给张石头夫妇管理，可见他们之间的关系十分密切。此部说部就是在 1947 年至 1949 年，由张石头口述，父亲富希陆记录下来的，后来经过多次修润，才传给了我这个说书人。

本书开讲之前，还要说一段儿"引子"。汉族人写的小说前头，往往有一段话，叫"楔子"，其实就是"引子"的意思。满语把"引子"、"楔子"叫做"雅鲁顺"，多数的乌勒本在开讲前需说一段儿"引子"，土话称"书头"。汉族说书前边也有一段话，不过不叫"引子"，叫"开场白"。这"开场白"要想说得好，可不那么简单。因为不是照着事先编好了的词说，而是说书人临场即兴发挥的，即根据时间、地点、场合及对象现编现说的。满族说书前的"雅鲁顺"与汉族"开场白"不同的是，它是根据乌勒本的长篇内容而定。"雅鲁顺"多由唱领文，先唱后讲。曲调初始舒缓，渐次激昂、热烈、高亢，意在引起听众注意，提起精神，久久听之不倦不厌。"雅鲁顺"的演唱形式变化多端，活泼自如，无固定格式，单凭朱伯西的智慧和技巧现场发挥。

《东海沉冤录》讲的是东海人的故事，他们多生活在林中、海边，又叫林中人、海滨人，即林户、海户，故而引曲便保留着古朴的海号子、渔猎号子的雄浑气韵，独具一格，受到后世的称赞。《东海沉冤录》中书引子的曲调很多，目前，在珲春一带保留下来的民谣曲牌"跑南海"，便是当时"雅鲁顺"曲调之一种，属海号子。遗憾的是并不完整，只能算是残迹曲牌。

50 年代初，先父与杨青山、张石头等先辈们时常在一起切磋满族说部，每当兴致正浓时，不禁即兴哼唱起来，有诵有唱，互相补充，互相从师，饮酒作歌。我那时正在黑龙江省江边完小任教员，习教声乐，能识谱，也能记谱。恰好有幸听了他们的吟咏，便把所哼之曲调用简谱写了下来，还记录了几首歌词。自从事满族文化研究工作以后，每当翻看这些曲谱与歌词时，深感此乃极其珍贵的口头文化遗产。所记的基本是《东海沉冤录》中夹叙夹唱时用的一些曲调，有"赞美人"、"东海号子"、"娘娘乐"、"海的唢呐"、"赶海谣"等。当时的朱伯西即是运用这些曲调，见景生情，自如地填词，唱一段儿讲一段儿，绘声绘色，颇增本书的魅力和神韵。

各位阿哥，本来应当给你们学唱一下先辈们传流下来的"雅鲁顺"。但我实在是学不好，学不像，学不到家，只能把记下来的曲谱抄录在此，供大家欣赏。

第一个曲谱叫"赞美人"，是说唱本书的起调，十分悠缓，表现朱伯西那种美滋滋的心情。随着这个曲调，朱伯西连唱带扭动起来，为的是使场内肃静，将听众的注意力吸引过来。其简谱如下：

C 4/4

另一个叫"东海号子"，乃基调。什么是基调呢？在民歌里，一般来讲有个主干调子，这个主干调子即基调。在讲唱时，可以见景生情，随着情感的抒发，有时在主干调子里加进一些花点儿，使其有些变化，以突出朱伯西讲唱的个性化。张石头有张石头的风格，刘大板儿有刘大板儿的特点，但总的调子规矩不变。现在我记录下来的，就是东海号子的基调。尽管由于讲唱人、讲唱场合的不同而有些变化，也都是在这个基调上发挥出来的，它的特点是悠扬、奔放。唱"东海号子"时，必须放开喉咙，嘴巴张开，无拘无束地通过胸腔气韵的喷发，把自己的情感表达出来。嗓子越放开，唱得越有感情，亦越好听。

"东海号子"基调另有个名字，叫做"渡东海"，或叫"跑南海"，东海、南海皆指现在的日本海。为什么叫东海又叫南海呢？这便是由于沿海诸岛地处位置不同，所看之方向不同的缘故。"扯篷帆"是"东海号子"基调的另一个名字，两个名字一回事儿，叫法不同而已。这个调子没有歌词，只凭朱伯西演唱时的声音变化，创造一种适合本书内容的气氛，以便引起听众的兴趣。此曲牌的曲调如下：

C 4/4

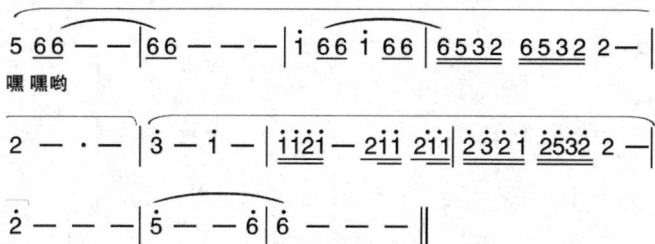

这里加的"嘿嘿哟"一唱出，很像大家共同喊着号子，合力扯起船帆，船马上要开动了一样。说书人把这帆船的篷儿一拉起来，书就要开讲啦！

再一个曲牌叫"娘娘乐"。东海的舞蹈在三百多年的流传中，保留了诸民族的秧歌及扭秧歌时用的秧歌调，可以说此为汉文化融进女真人的文化之中了。"娘娘乐"乃女真人扭秧歌用的一种曲调，所谓的娘娘，是指明朝的娘娘。这位千娇百媚的娘娘到了北方东海，同女真人在一起，她来了，同时也带来了秧歌。朱伯西嘴里唱着，身子便扭起了秧歌，那是连唱带比划兼扭动，欢快、幽默、诙谐，而且绘声绘色。东海人都爱听这个曲调，更愿意看扭秧歌，说书人这么一扭，大家自然就不想离开书场了。"娘娘乐"的简谱如下：

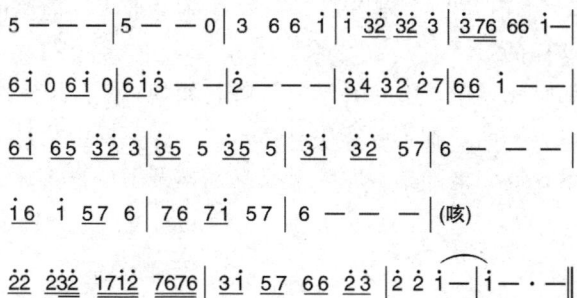

还有一个曲牌叫"赶海谣"。这个曲调朱伯西是要反复唱的，有时光哼哼调儿，有时添上词唱，词可以更换。听此曲调时，会使你的眼前呈现自家的姑娘、小子拿着鱼网和鱼篓儿，划着渔船出海打鱼的情景，海浪中漂着的小船摇摇摆摆、忽忽悠悠的那种意境跃然而出。其简谱如下：

C 2/4

5·6 | 1̇ 2̇ | 3·5̇ | 2̇ — | 2̇ — | 3·5̇ |

1̇ 6 | 2̇ — | 2̇ — | 2̇ 0 | 3̇ 3̇ 3̇ 2̇ |

1̇ 2̇ | 3̇ — | 3̇ — | 3̇ 0 | 3̇ 3̇ 3̇ 2̇ |

1̇ 1̇ 6 | 2̇ 2̇ 6 | 1̇ 7 7 | 6 — | 6 — ‖

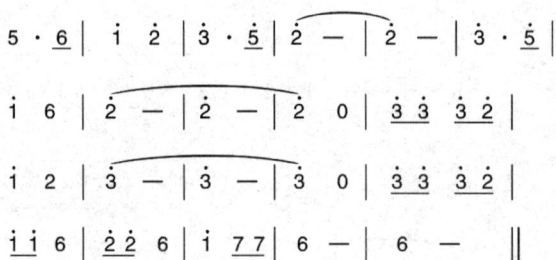

"海子唢呐"为短调，是朱伯西在说书中间随时换调子用的。唢呐就是喇叭。东海的喇叭和汉人吹的喇叭不一样，有的是把草叶儿放在嘴皮儿上摁着吹，有的外头加一个用牛竹，即骨头摵成的骨头管儿。如此一吹，能使声音传得远。这种喇叭在海上吹出来的声音发尖，听起来似乎是低调儿，实际上是高调儿。其简谱如下：

C 2/4

‖: 66 63 | 2̇ — | 66 63 | 2̇ 2̇ | 2̇ 1̇ 1̇ 2̇ 7 |

2̇ 7 66 | 6 3 | 5 — | 5 — | 5 — :‖

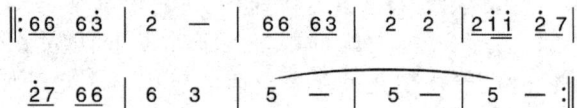

前面我把《东海沉冤录》的形成过程、传播情况、历史背景做了简要的介绍，便于听众了解它的来龙去脉，另外也将这部书的"书引子"所用的几个曲调做了说明，下面便正式开讲。在讲正文之前，先讲"雅鲁顺"，就是"书引子"。"雅鲁顺"仍然是连说带唱，前面的一小段儿引唱垫话是这样的：

唉嘿，那丹乌西哈①升上了北天，塔其妈妈②位在了东北方。夜深啦，人静啦，鸡不叫，狗不咬，牛马猪羊进了圈。西上屋灯光明亮，喜盈盈，乐融融，族家老幼聚一堂，正是乌勒本开书的良宵时刻啊！

---

① 满语：七星。
② 满语：计时星。

格灵①妈妈②玛发③，
格灵阿浑④阿沙⑤，
哈哈济⑥、萨里甘居⑦，
按辈分挤坐热炕上吧，
别嚷也别闹，
让圣洁的西上屋鸦雀无声。
洽拉器敲起了，
口弦琴弹起了，
安心叫我朱伯西唱讲乌勒本。

迎神年期香点燃啦，
迎神的洽拉器、神歌从神匣请出来啦，
供桌上方盘里肥鱼山果献上啦，
铜铸的大环哈勒玛刀，
穆昆达⑧玛发双手授予了我——
这是乌勒本开唱的古老礼节。

我跪叩手捧神刀，
哗啷啷，哗啷啷，
天降神兵来护场。
众族亲要洗耳恭听，
祖先神灵降临神堂，
同儿孙欢乐共享。
神圣的时刻，
庄严的嘱托，

引

子

---

①　满语：各位。
②　满语：奶奶。
③　满语：爷爷。
④　满语：兄。
⑤　满语：嫂。
⑥　满语：小子。
⑦　满语：姑娘。
⑧　满语穆昆即女真人的一种父系血缘组织，多以祖先名字及住地命名。组织成员公推一人为头儿，管理内部事务，这个头儿即穆昆达。

祖先神灵给我们意志，
祖先神灵给我们鼓号。

我代表祖先的音容，
我代表祖先的步履，
追叙数百年前的沧桑。
用我甘美的歌喉，
用我才艺的情态，
神祖赐予金口银齿，
口若清泉源远流长。
满室年期香馨芳，
窗外是明月星光，
我为阖族讲唱。

魑魅魍魉，
圣哲贤将。
落花生根，
拓土开疆。
先人伟业，
永志勿忘。

我心潮澎湃，
气宇轩昂，
愿我的激情，
不会令你困倦。
化生拼争的火花，
永不知气馁的希望。
守成不足傲，
建树当自强，
东海明朝，
世代辉煌。

朱伯西我唱完"雅鲁顺"，引起各位对东海先人们的敬慕和向往，盼着快快唱讲东海之歌。东海啊，东海！舜①妈妈升起之地，万道光芒皆是从她那里赐给大地，赐给我们温暖和生命。先人们讲东海、唱东海，还要先喊几声"巴图鲁吉勒冈②"，又称"喊号子"。那喊声激越、粗犷、豪放，袒露着大海儿女们的宽阔胸襟……

英雄调是这样唱的：

嘿哟嘿，哎嗨哟，

嘿，嗨嗨哟嘿嘿，

嘿嘿哎嘿哟嘿，嘿嘿哎嗨哟嘿，

哎嗨，嘿嘿哟嘿嘿嘿，

嘿——哟——嘿。

巴图鲁号子一出口哟，

东海人往昔的岁月蹉跎勾上了心头。

大荒片子绿茫茫没人烟哟，

赶海的尼亚勒玛③耶，

你可要找那藤蒿榛莽里的古道印辙。

窝稽排子如碧浪滔滔遮云日哟，

你可要瞧准老先人留下的凿灼毛格④。

大桦子笼火的穿地龙土坯马架子哟，

活像漂在绿海中热气腾腾的巨舟。

听乌勒本的尼亚勒玛耶，

我朱伯西哟，

就像是赶海的摇桨人耶，

你们像早年坐上槽子船，

随我去拜谒咱们玛发早年住的奥木拖克索⑤。

鼓乐是锡霍特的螺号，

扯满岁月的航帆耶，

引

子

---

① 满语：太阳。

② 满语：英雄调。

③ 满语：人。

④ 满语：照头。

⑤ 满语：海寨、海屯。

划哟，划哟，
嘿哟，嘿哟，划哟，
布鲁昆神鸟为我引路啊，
东海——
捷如电掣，
骇浪难遏。
我们重又回到了东海远祖桦皮巢楼，
男嫁女家那婚车羽舍。

一个个东海儿女哟，
冬涂鱼油，
身披貂裘珠珞；
夏体赤裸，
腰围条遮羞萝。
手弹鬓琴，
夜伴篝火唱情歌。
萨满①妈妈敲击着熊皮鼙鼓，
血族仇杀，传诵着悲怨和狂乐。
遥远遥远的过去啊，
东海的沉浮，
东海的拼搏……

---

① 满语：即司祭、巫师。

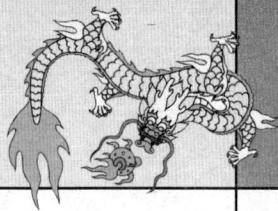

俗话说得好，树有根，水有源，万事皆有起根发蔓。今个儿我给众位长老、太太、外姓来客、本家子的阿浑、阿沙们开讲的乌勒本，叫《东海沉冤录》。这里所说的故事可算奇啦，是咱们满族众姓从未听过的一桩遗事奇冤。为什么说是"遗事奇冤"呢？因为故事产生的年代遥远遥远得很哪，是咱们翁姑玛发①的翁姑玛发以前，大约是元朝顺帝前后的事儿。

在我们的先人叫诸申、女真人的年代，舜妈妈领着一支人居住在东海之滨。那里有座绵亘万里的高高的锡霍特阿林②，古树参天，虎豹成群。老早以前，先人们还只会用钻木取火，生啖兽血兽肉，族众都是妈妈的儿孙，世代自称："窝稽勒玛"，即"窝稽人"、"林中人"。他们夏日赤裸，腰系鬃条儿遮羞，冬裹毛皮御寒。住在海滨的兄弟们则身穿鱼皮服，用鲸油点灯。东海沃野千里，冰涛雪海，壮阔甲天下；山富树果，海天鱼跃，百禽争鸣，万兽竞嘶，物丰冠天下。东海众族人就是这样年复一年、日复一日地生活着，倒也安宁。

自打中原王朝，唐宋以降，尤其进入元朝以后，东海这片富饶安详之地可就血泪横流了。元朝的官兵看此地富庶，纷纷前来索取貂皮等珍贵皮张，数量逐年增加，百姓的鹰贡负担亦越来越沉重。元朝兵马对鲸海之波、万象奇观的东海之践踏及疯狂的烧杀劫掠，致使民众的生活一年不如一年，苦不堪言哪！许多窝稽人、海户或被捆绑而去，或惨遭杀戮，或世世代代沦落他乡为异客，子孙后裔变为汉人、西域人。大元朝说来很怪，官员们只准许各族各姓放牧，却禁止渔猎。只要见到渔猎之人不是杀就是抓走，变为大元朝的蒙古兵。为此，东海人吓得只好藏到山林、古洞中，过着饥寒交迫的日子。元兵不但强行建立牧场，造成大片的土地荒芜，山林被毁，而且还在乌苏里江、尼曼河、瑚布图河、珲春河沿岸建起"塔丹包"③，掠去不少女真人替他们放牧。东海的渔民

① 满语：曾祖父。
② 满语：山。
③ 满语：帐篷。

是不会放牧的，不会就要被杀、被剐，甚至把人吊起来，冬天把你冻死，夏天把你晒死。

单说到了元朝末年，各族民众忍无可忍，纷纷举起刀矛，反抗元朝统治者。辽东乃受压榨最重的地方，更是刀兵四起，反元烽火熊熊燃烧起来，成为各路英雄豪杰的逐鹿之所，东海人的血泪总算快流到尽头了，本书就从大元朝的至正末年唠起。

元朝到了至正年间，已经是朝纲颓败、快要寿终正寝了。朱伯西不是说了嘛，当时，举国上下群雄竞起，各树义旗，各立头领，各立王爷。在这万马营中，安徽濠州出了一位了不起的人物，外号儿称"麻脸下巴"。此人便是大明的开国君主、人称"马上皇帝"的朱元璋。

这里，朱伯西我要向各位阿哥啰嗦几句。咱们女真人、索伦人、棲林人乃至锡伯、赫哲、尼堪①、李朝的高丽人及住在草原的蒙古弟兄全知道，女真人的先祖是从大明朝的手中接过的江山，建立了大清朝。现在朱伯西要追述的，可不是后期衰败的大明朝。凡事如此，像锁链的链条一样，一代接一代，代代都有兴与衰。光知道大明朝的衰败还远远不够，它也有兴盛的时期，今天便向各位阿哥讲讲大明朝初兴的丰功伟业、壮丽辉煌。因为有了它，才有了元朝的结束；有了它，才有了咱们东海的昨天、东海的生命、东海的希望。要说明朝的初兴，就得从朱元璋讲起。各位阿哥，可不能小看了他，正是这位大英雄的勇猛善战，率领身边百员战将和浩浩荡荡的义军东打西杀、奋力拼搏，才把个大元朝打得落花流水、一败涂地。继而广用人才，运筹帷幄，逐鹿千里，迎来了万里曙光，四海升平，创立了一个堂堂正正、显赫二百七十多年的大明王朝。

说来，朱元璋为建立大明功高盖世，非常值得赞颂。过去，我们只听说他的一些短处，其实还有许许多多别人没有的长处并不完全知晓。应该把这些长处学过来，这是作为满洲人首先必须做到的。是啊，咱们的先人正是不断地吸取前代英雄豪杰的优长补己之短，适时地总结经验，才建立起了大清王朝。康熙爷不是特别尊敬朱元璋吗？为治理江山，就应该有此样的胸怀和气魄。单单为了这一点，我朱伯西也要好好儿讲讲大明朝那个兴国立业的朱元璋。

---

① 满语：汉人。

朱元璋是安徽濠州人，幼名重八，又名兴宗，字国瑞。"国瑞"这个雅号说起来很有意思，据讲是他爹妈从一位饱学先生那里淘换来的，但从来没人叫过。因其家境贫寒，人们叫他重八、兴宗，就算是看得起了，哪还有称呼国瑞的？不过，"国瑞"这个字还真起对了，不但有着非凡的一生，而且皇上当得也不错，广受拥戴。尤其注重减负，百姓生活祥和、安定，称得上"国瑞"。咱回头再说他小时候的事儿。由于家里穷，小国瑞连裤子都穿不上，是个光腚娃娃。六岁时出了天花，脸上留下了不少大大小小、深深浅浅的麻子。别看一小儿瘦瘦瞎瞎的，长大成人后可变了样儿啦，是个大高个儿、宽肩膀、体态魁梧、四肢发达的标准小伙子。相貌怎么样呢？大眼睛、大罗汉耳、大嘴唇子、大下巴颏儿向前撅着，高额头、高颧骨、高鼻梁儿，真可谓奇男子，没有长得像他那么怪的。可在这怪中，又有一种超尘拔俗之灵性，气宇轩昂。当时，不少的相者看到他都倒抽一口凉气，偷着背过脸去，私言此儿相貌非凡，非等闲之辈也。又言："此儿是劣者为贼，祥者当为国瑞。"什么意思呢？就是说这孩子从相貌看，可了不得。如果学坏了，那是个贼，还不是一般的贼，而是江洋大盗；如果学好了，成才了，那是天才，堪称国瑞，是国家的祥瑞。

果不然，朱元璋真就中了相者之测。小国瑞从小坎坷度日，十七岁时，父母和哥哥相继亡故，你说可怜不可怜？贫不克葬，没钱发送。全靠二老平时为人好又善良，邻里帮助他，芦草裹席，将父母、兄长送到荒郊野外，挖个坑埋上，草草了事。小国瑞趴在坟头儿号啕大哭，眼泪和泥水混到一起，哭得死去活来、天昏地暗，谁也拉不起来。是啊，今后怎么活，靠谁呀？没地方去、没地方投哇！但他少有异志，哭了一场之后，把泪一擦，将身上的土拍掉，关门儿过起了日子。当时有不少的富商大贾瞧这孩子忠厚勤快，想收为螟蛉义子，而国瑞却胸怀四海，婉言拒之。他想，爹妈给我一副结实的身板儿、一双有力的大手、一双能行万里路的脚，还有聪明的脑袋瓜儿和特殊的大下巴脸，只凭这个便可以走遍天下。难道会没有我吃的、我活的，能难住我？不可能！他并不为那些有钱人家想收自己为义子而高兴，心里话："我才不给你们磕头、请求帮忙呢，靠别人养着，寄人篱下，不干！不能只为温饱而活着，那有什么意思？"他说："人不畏艰，苦乐自立"，这八个字儿后来竟成了小国瑞安身立命的座右铭。认为人不能被困难吓倒，畏惧退缩不可取，苦乐皆是自己创出来的。有了苦或有再大的难处，都不能惧怕、趴倒，那不等于心甘情愿地成为一个孬种、一个失败者了吗？更不能因有了欢乐而沉醉于欢乐，或迷失了方向，丧失了前进的力量。各位阿哥，"苦乐要自己去创立"，此话仔细想来是很有意义的，道出了人生的哲理和真谛。小国瑞还常用一句话来鞭策自己，即："不学雏雀求食"。就是说自己虽孤苦无依靠，生活艰难，但得有志气。不能像黄嘴丫子未褪的小鸟只知道在窝里喳喳叫，单等大鸟来喂食。从以上这些，皆可看出他的骨气和勇于拼搏的劲头儿。

从此，小国瑞按照自己的想法一个人生活。没有衣穿，就出外捡些破烂衣裳裹身，还常到附近一所只有三间青砖瓦房的不起眼儿的小和尚庙，即皇觉寺去走走，帮助和尚们除除草、耕耕田、浇浇水。日子一长，便认识了庙里慈眉善目的老住持。老住持很是心疼这个破衣烂衫的穷孩子，见人挺勤快，相貌又不俗，隔三差五地把他留下来一起吃点儿僧饭，喝点儿热水、粥、汤什么的。小国瑞渐渐地离不开小和尚庙了，也是佛缘普度，又一心向佛，一日跪倒在老住持面前，请求剃度为僧，愿做皇觉寺内的一个小和尚。老住持十分喜欢他，并觉着孩子将来会有出息，答应收留下来了。剃度以后，老住持教他识字、看书、习读经文。国瑞果然绝顶聪明，对一些经文过目能诵，理解能力亦很强。这样一来，越发受到老住持的器重，常常让他在前殿整这弄那地忙着。他办事认真，从不偷懒，干得挺好。老住持还给起了个大名儿，叫朱元璋。这便是朱元璋名字的由来，后来传扬开去，在大清以前，历代王朝历史上占据了一个相当重要的位置。

说来很蹊跷，老住持常听小和尚们来传告，讲的什么呢？说是师父呀，这可真怪了，朱国瑞住的房子外，夜里常常见有红光闪闪。小和尚传一次，老住持没在意；传两次，仍未当回事儿；传三次以后，心中开始产生了疑惑："是呀，怎么能见到红光呢？"

一天夜里，老住持披好袈裟，悄悄儿出了禅房，向前殿右侧徒儿住的青砖小房走去。这是老住持为了让朱元璋安心学习经文，特意单独拨出的一个小房，平时总是嘱咐他："元璋啊，你眼下要好好儿学，多读点儿书，多长点儿见识，将来有用啊！"国瑞说："请师父放心，徒儿一定谨遵教诲。"白天师父讲经时，他认真听，从不打盹儿；该献香时献香，该干活儿时干活儿，从不耽误；到园子里浇水、除草、铲地抢着干，从不偷懒；还抽空儿常给金鱼换换水呀，到老住持住的屋子里帮助整理整理褥子、被呀，打扫打扫灰尘什么的，很是勤快。老住持常说：

"元璋，这些活儿不用你干。"可国瑞照干不误，而且样样儿做得令师父满意。每天夜里，看书看得很晚，背诵师父留下的经文。不仅念，还要默写，常常是师兄师弟都睡了，他也不睡。

老住持脚步很轻地来到朱元璋住的青砖小房，从后观瞧。见屋里的烛光亮着，知道他没睡，肯定还在那里学习经文呢。又绕到前面，从远处看这房子。不看则已，一看不禁大吃一惊！果然如小和尚所说，皇觉寺别的小院儿内的青砖瓦房顶儿上啥也没有，惟独朱元璋住的房舍上头有红光笼罩，闪耀彻天，真是太奇了！老住持走到砖房的窗前，想弄个仔细，以为是不是点了什么东西才发出红光。为能看得清楚，用手蘸上唾沫在窗纸上慢慢揉，只几下便把窗纸揉出个小眼儿来。于是，探头从小眼儿往里细瞅，见朱元璋恰在正襟危坐习读经文。老住持很高兴，心中暗想："能有红光护身可了不得，那是吉兆也，朱元璋将来恐怕不是平常人哪！"

第二天，老住持把朱元璋叫进了自己的禅房，与他攀谈志趣。开始时，朱元璋只是听，不说什么。可老住持那眼睛多尖哪，说实在的，已经注意这个徒儿好长时间了，早把他看透了，对其为人、品德以及学习经文的认真态度都很满意。同时，也看出孩子心事重重，话语很少，饭吃得不多，总是紧皱眉头，没个笑脸儿，好像有万钧之力压在肩上，舒展不开。心想："朱元璋长相奇特，有红光笼罩，看来是个有很大抱负的非同寻常之人。眼下住在皇觉寺，只是暂时栖身，绝非长久之计。尽管跟佛有缘，跟我有缘又有情，可孩子心里却装有更重要的事儿啊，他忧国忧民哪！咳，应该圆了这个梦，让他做该做的事儿去吧！"想到这儿，开口问道："元璋啊，跟师父唠唠，到底有什么志向。难道你想在小小的皇觉寺里，跟我这么个七十多岁的白发人和众师兄弟们度过一生吗？在佛的面前可不能说假话呀！阿弥陀佛。"老住持的这番话意义深远，那意思是说，你小国瑞在佛的面前应当襟怀坦荡，心里怎么想的就怎么说。佛光普照，世上的一切，佛会看得清清楚楚的。朱元璋当然知道，师父怜爱他像自己的慈父，到皇觉寺后，给予了无微不至的照顾。穿的衣服多是老住持年轻时穿过的，一件一件地全给了他，连脚上的僧鞋都是老住持节省下来的。晚上睡觉时，时常觉得有人给掖被子，检查蚊帐放没放好，从脚步声中，听出那是师父。老住持对他真是太好了，反过来，他对老住持也很有感情。朱元璋想，对佛不能讲假话，对师父更不能有半点儿的虚伪。便扑通一声跪在地上，给师父磕了三个响头，然后言道："师父，在佛的面前，我向师父说实话。徒儿虽在皇觉寺，但仍怀忧国忧民之心，专心苦读经文，是想用佛法拯救天下之黎民。请问师父，佛法能不能拯救百姓倒悬之苦？当今，天下大乱，民不聊生，奈何？国瑞自幼生长在贫寒之家，饱受大元之害，和我一样受苦的人很多。现在一心想为国出力，铲除元朝那些害民之官，救民于水火，让众多百姓，包括师父及师兄、师弟们皆有吃有住，这才不枉父母生我一场。说实在的，住在皇觉寺，看着天下民众受苦而不顾，心里不安啊！师父，若觉得徒儿的想法不对，就打吧，罚吧！我不能虚伪说谎，不能瞒着师父，那将对不住师父的一片心哪！"说完，不禁号啕大哭起来。

老住持听了朱元璋一番掏心窝子的话，为他的赤诚所感动，觉得没有看错这个年轻人。别看人小，心里却装着天下的黎民百姓，难能可贵呀！目前兵荒马乱，多少人想躲开刀兵之祸，可一个孩子竟要挺身而出。好啊，有出息，将来必成大器！师父看着徒儿，轻轻地打了个咳声，双手把他扶起来，拉坐到自己身边。平时，在皇觉寺里，师父坐的座位，徒弟不能坐。师父坐着，徒弟要站着。今天，师父不仅让朱元璋坐在自己的凳子上，而且还把他紧紧地搂在怀里，像父亲对待自己的儿子一样。老住持说道："国瑞呀，你的心事师父早已看出来了，也想到了，皇觉寺不是你的长久安身之地。这些天来我一直在暗暗观察，看出你不安心，然不知究竟为什么这样。现在看来，你确实是正直之人，想得太好了，这就对了！师父答应你的要求，同意你的想法，离开皇觉寺，到该去的地方去，相信不会给皇觉寺丢了名声。什么时候想回来，随时可到皇觉寺来，这里永远是你的家。'国瑞'之号很好，只有你能堪当。'国瑞'，'国瑞'，国家之祥瑞，要把这当做你的座右铭，为国家的祥瑞献出所有的智慧和力量。师父送了你一个名讳，即'元璋'二字。'元'者，隐言今朝，又寓开元创纪之意。成事皆从元宗开始，期待你打乱旧的，创出新的；'璋'者，古王侯权柄玉器也。希望你能掌握这个权力柄，开创新的世纪，为黎民百姓办事儿。因此，还要把'元璋'这个名字也当做座右铭，做一个百折不挠、顶天立地的男子汉。"老住持这番满怀深情的话语，真是肺腑之言哪！感动得朱元璋又扑通一声跪在师父面前，双手抱住师父的双膝，脸贴着双腿，动情地说："敬谢恩师抚爱之心，徒儿定会记住师父的教诲。无论走到哪里，哪怕天涯海角，只要还有一口气，都将按师父的话去做。请放心，离开皇觉寺，徒儿就正式用师父赐的大号朱元璋，并把它当做座右铭。"老住持再一

东
海
沉
冤
录

次把朱元璋拉了起来，嘱咐道："元璋，既然这么决定了，赶紧收拾东西早点儿走吧，跟师兄弟们不用说什么了，由我去同他们讲。你虽然离开了皇觉寺，但要记住，曾在这里住了一段时间，拜了佛，剃度了，读过佛经。作为一名僧人，要时刻约束自己，绝不能给寺庙丢脸。还要告诉你，不管以后办什么事情，即使再忙，每天总要挤出时间诵金刚经、大背咒、大光明咒、心经、准提咒。这样做了，在你的一生中，自会指导你、护佑你的，阿弥陀佛。孩子，去吧，去吧。"于是，话不多说，朱元璋简单地收拾了行囊，然后叩拜师父，到大殿拜过众佛，便离开了皇觉寺，踏上了新的征程。

话说朱元璋离开皇觉寺的时候，正值元朝末年。君淫宴于上，臣跋扈于下，征敛日促，水旱灾荒频年不绝。当时，民间尚有《醉太平小令》，其谣曰：

> 堂堂大元，
> 奸佞专权。
> 官法滥，
> 刑法重，
> 黎民怨。
> 人吃人，
> 钞买钱。
> 可曾见，
> 贼做官，
> 官做贼，
> 混贤愚，
> 哀哉可怜。

百姓流离失所，饿殍遍野，已到了官逼民反、民不得不反的地步。元祚数尽，江淮一带遍举义旗，群雄竞起。有的千八百号人，有的几百人，也有的十几个人甚至三五个人，说句："哥们儿，由你做头儿!"这便好使，把旗子一打，就是一个绺子。

朱元璋脱下僧袍，蓄发还俗，换上戎装，在赫赫有名的勇将郭子兴大将军麾下做了一名亲兵。他的相貌的确不一般，谁看了都觉得奇怪。

过去不是有句老话嘛：“其貌不扬，其人者祥。”意思是指相貌不扬者，属于官相。什么叫官相？即是说这个人虽然看着长得不怎么样，不突出、不惹眼的，但很可能是个出名之人，“人不可貌相，海水不可斗量”嘛！郭子兴就没有以貌取人，不嫌朱元璋麻子脸、大下巴颏儿挺难看的，而是相中了他机智、果敢及聪敏过人的才能。不过话别说绝了，郭子兴也看出了朱元璋相貌非凡，相貌还是起了很大作用的，这一点很可能是他赏识朱元璋的另一原因。因为当时有个算卦相面的，说朱元璋有德相。中原王朝向来是重视德行的，郭子兴自然不例外，喜欢德行好的人。所以，当他听了算卦人的话后，心中甚喜。这一喜可不得了啦，竟把自己收养的义女、年少貌美的马氏女许给了朱元璋为妻。朱元璋时年二十有五，没过几日，便在郭子兴的主持下同马氏女结了婚。马氏女贤淑通达，颖慧机敏，从此帮助夫君举义旗打天下，成了名垂青史的人物，此为后话。

郭子兴自接纳了朱元璋之后，常常有人向他打小报告、进谗言，说朱元璋的坏话。这样一来，郭子兴对朱元璋开始怀疑了，有点儿不完全相信了。可朱元璋不在乎这些，仍然一心辅佐之。至正十五年初，郭子兴得了场大病，后来没想到却病殁了。于是，义军的权柄便落在了朱元璋手上，成为督军，执掌帅印。朱元璋是布衣出身，为人随和，没什么架子。更重要的是他有救民于水火的远大抱负，心胸豁达，好结交天下豪杰，知人之明。能指挥十万大军，不会让你指挥一万；能指挥百万大军，不会让你指挥十万，绝不埋没人才，这些可比郭子兴强多了。故而江淮割据之大小义旅，闻元璋好义，来归者日众。对这些义军不管绺子大小、人数多少，来一个，朱元璋亲自接待一个，而且同来归者的头目在天地面前叩拜明誓，结为兄弟。只要是反元的，那便是好的，就是哥们儿。来者不拒，全部收下，以礼相待，甚至可以为弟兄们两肋插刀。他说：“你帮我，我帮你，大家有饭吃，生死在一起。”这个口号一打出去，那可笼络人心哪！其他不少义军的兵卒都听说了，纷纷归顺之。就这样，朱元璋的人马越聚越多，声势越来越大，成为当时反元最强大的中坚力量。可以说，他的队伍是鹤立鸡群，所向披靡，谁也不敢惹，威名震撼江淮一带。

朱元璋的声威之所以这么大，还因为当时手下聚集了一大批武艺高强、能征善战、披肝沥胆的将领。在这些将领中，首屈一指、赫赫有名的大将是徐达，字天德，安徽濠州人，朱元璋同乡。二十二岁时，随其

东
海
沉
冤
录

一块儿投奔了郭子兴义军，日后成为朱元璋身边的心腹大将，并受到赏识。

再一名大将为常遇春，字百人，是个江洋大盗。长得虎背熊腰，擅使箭，很多人都怕他。当时，他跟着一个绺子头儿叫刘遇的到处抢劫，后来归附了朱元璋。朱元璋不仅没有因此嫌弃或瞧不起他，还对常遇春说："官逼民反，做盗者是元帝，罪在他身上，你没罪。如果国家兴旺，安居乐业，谁愿做强盗？百人兄弟，跟着我干吧！"人和人之间就是这样，你敬我一分，我敬你十分；你敬我十分，我敬你百分。常遇春听了朱元璋的话，觉得顺耳，又见对自己那么诚恳，很受感动，从此便死心塌地跟着朱元璋打天下。在与元军作战中，冲锋在先，一往无前，真可谓鞠躬尽瘁，死而后已。

另一名大将叫胡大海，原来也是个盗贼，手使大板斧，到处抢劫。自从被朱元璋以礼相待、以兄弟相称而感化、争取过来后，很快成为手下一名重要干将，战场上总是不离左右，处处保护之。在胡大海看来，自己的年龄比朱元璋大几岁，老哥哥保护小弟弟理所应当，就该舍生忘死，尽心尽力。

李善长，字百室，定远人，是个文人秀才，在当地算得上一位名士。少年读书，有智谋，胸怀大志。朱元璋前去拜见时，像三请诸葛一样把他请来当师傅，参赞军务，成为身边的智囊，常常为其出谋划策。由于朱元璋的大军是许多绺子合在一起的，将士亦来自各方，要想组成一个号行令止的大军，哪那么容易呀？何况要把许多人像锅缸一样地锔到一起，拧成一股绳儿，肯定是很难的。不过李百室有这份儿能耐，不但甚有谋略，倜傥周旋，左右逢源，而且能把大家的力量全能调动起来，让各路兵马皆能各尽其才，发挥各自的优长。

有名的大将汤和算是一个，字鼎臣，也是朱元璋的同乡，打小就认识。汤和知道朱元璋小时候很贫苦，是光腚娃娃，长大以后起来了。他信得着朱元璋，一直随着一块儿拼命。还有两个人，一个叫冯胜，一个叫冯国用，是哥儿俩。元朝末年，天下大乱，冯氏兄弟怕所住的寨子遭殃，便把家丁组织起来，成立了自保自的小武装力量，以武力保护之。二人不是打元朝，而是领着家丁防备匪患。后来，朱元璋率军路过他们庄子，冯氏兄弟对朱元璋的所作所为特别钦敬，于是带着众人一同随了朱元璋。一段时间后，朱元璋看这二人不错，勤快，人挺好，遂让做了身边的幕僚，成为心腹。

另有一个叫傅友德的，原来是名副其实的大盗。而这个大盗，却是专门拦路要买路钱的绿林好汉。他手使两把大片儿刀，胸脯上长着密密的胸毛，大肚子露在外边，一看便知是个地道的武将。人很烈性，遇到有钱人，把刀往自己腿上一扎，血直淌，吼道："你给钱不给？不给，那好，我还扎！"有些秀才一见吓坏了，忙说："好，好，爷爷，别扎了，我给银子。扎你自己，我都心疼！"他就是这样一个人。元代末年，傅友德先是从当时反元起义的将领刘福通。跟了一阵子，觉得没啥意思，后来又追随反元将领明玉珍。过了一段儿，感到明玉珍也不行，加上与其政见不和，只好到了武昌，投靠了反元义军的头领陈友谅。时间不长，忍受不了陈友谅的心胸狭窄，认为那不是个什么英雄，没看上眼，还是不行。这么跟来跟去的，后来正好碰上了攻打江州到小孤山的朱元璋。他观察了一些时日，很是欣赏其才能，高兴地说："这回我傅友德可找到主儿了，他便是朱帅！"立马带着百十号人在小孤山那儿投奔了朱元璋，成为手下的一员大将。东打西杀，威猛无敌，不怕死，身上伤痕累累。

　　如此看来，朱元璋身边的这些人都是天下豪杰、好汉，谁能跟他比呀？比不了！大将们戮力同心，视死如归，所率之义军的力量怎能不强大？怎能不成为大元皇帝的一大克星，又安能不怕？朱元璋之所以能把英雄好汉聚拢到一起，凭的是他的胸襟、智慧及知能善任。凡克一城，先了解此城有什么名人、名将没有。只要有，便亲自到府上拜谒，求取灭元之良策，征求伏元之计谋。并命令兵勇，不仅不许扰害这些名家、名人，还要鼎力保护。长江上下皆传："见元璋，天下昌"，威名日炽。朱元璋就是靠着起义弟兄的团结和睦、兵源广、民心旺，才打得元军落荒而逃，节节败退。而另外一些叱咤风云的绿林英雄，像刘福通、韩林儿、张士诚、方国珍、明玉珍、陈友谅等，一个个却含恨溃败，成为昙花一现的短命英雄。

　　朱元璋识时务，十分重视民心的得失。对所率之师号令甚严，任何人不可扰民，曾下令道："民为吾之父母，扰民即亵渎吾父母也，斩无赦！"此话若用白话说，即百姓是我的爹娘，谁祸害、欺压他们，就是亵渎我的爹娘，一定杀掉，决不饶恕。正值天下大乱、群雄奋起、盗贼蜂拥之时，朱元璋提出这样的口号，能不受到民众的拥护吗？"不可扰民"四个字儿说起来容易，真正做起来并不那么简单呀，但朱元璋做到了。这么说吧，几千年来能做到不扰民的，应该说是极少！所以，朱元璋的口号和军令一下，每到一地，老百姓无一不是载歌载舞、箪食壶浆地迎接他。

大元朝至正十六年春三月，朱元璋的义军集中力量围剿江南大埠集庆。进攻之前，他向全军约法三章，尤其强调入城不可扰民。大军攻陷了城池，降敌三万六千人。当时，集庆的老百姓并不知道义军入城会怎么样，特别担心他们抢掠，故而大惧。朱元璋深谙民心，选派亲兵五百，解甲进城，要求一律百姓的打扮，使人们见着不害怕。亲兵入城后，严守纪律，在城内各处认真巡逻，保护黎民，维持市井秩序。只要发现有骚扰百姓的兵勇，立斩不赦。民众见此情景，人心大安，齐颂朱元璋的义军乃仁义之师，到处是箪食壶浆，以迎王师。是呀，谁能不欢迎这样不扰民的队伍呢？与此同时，朱元璋还命李善长起草告示，让兵卒在城内到处张贴。宣谕：

> "元政渎扰，干戈蜂起，吾来为民除乱耳。万事安居如故，贤士吾礼用之，旧政不变者除之，吏毋贪暴殃吾民。"

布告说的是什么呢？有这样几层意思：元朝的朝纲败坏，权臣们骚扰、欺压、祸害黎民百姓，已经到了忍无可忍的地步，这才引起全国上下干戈蜂起，反对元朝的暴政；我朱元璋这次到集庆来，就是为民除乱的，必赶走元朝的贪官污吏，治理集庆，还百姓一个安定的生活。大家可以安居乐业，经商的经商，网鱼的网鱼，耕田的耕田，照常生活如故；对集庆的善良之士，必以礼相待，并加以重用；对那些继续实行元朝暴政的官吏，则要全部除掉；各个衙门的元朝官吏，只能老老实实地为民办事，切毋再贪赃枉法、欺压良民、祸害百姓了。告示一贴出，真是深得民心呀，集庆的百姓大喜过望啊！不仅如此，朱元璋认为，打下了集庆，便是应天命、顺民心，遂下令将此城的名字改成了应天府，一个多好的名字啊！

接着，朱元璋的义军挥师北上，拔镇江，克庆德，连下数城，无一处不受到百姓的欢迎。元至正二十四年春，李善长等率众将劝进。于是，朱元璋于应天府即吴王位，随之建百官，以李善长为右相国，徐达为左相国，常遇春、俞通海为平章政事。下谕曰：

> "立国之初，当先正纪纲，元氏暗弱，威福下移，驯至于

乱，今宜鉴之。"

在此后的四年间，朱元璋亲率众将征武昌、汉阳、沔阳、荆州、岳阳等地，皆取。后徐达克泸州，常遇春得胜于江西。元至正二十七年末，汤和由海道克取福州。至此，黄河、长江两岸，尽为朱元璋统御之下。

元至正二十八年春正月，朱元璋在百官连连上表劝进之下，于甲子日乙亥吉时，率群臣祀天于应天府南郊，即皇帝位。戴上皇冠，坐上金銮宝殿，开始了一个新的朝代，取国号曰"明"，建元洪武，是年为洪武元年。当年，明军攻取元朝首府大都，彻底推翻了元朝的统治。从忽必烈元世祖在大都称帝算来，共享天祚九十有七年的大元朝至此寿终正寝了，一个原来轰轰烈烈的大元最高君主，已被从小放过牛、当过小和尚的一介布衣朱元璋代替了。朱元璋之所以用"日月"二字合并为国号之名，其意乃"日月在天，光华永世"。也为表明，经过十六年群雄逐鹿的局面结束了，江南江北的百姓受战火煎熬的岁月告一段落了。就像拨开了阴云，见到了朗朗的青天，从今以后将开始过四海升平、万民尽欢颜的日子了。

朱元璋登基的当年，将作为都城的应天府，下诏改名为南京。南京作为中国大都会的名称，便是从此时叫起来的。朱元璋为什么能在南京建都呢？是因为这座位于长江南岸的城市不一般，乃历史上赫赫有名的古城。各位阿哥，咱们的家乡在北方，距中原遥遥万里，对南方，特别是对南京不熟悉。现在，我借这个机会，对古代名城南京说上三两句。秦时，称南京城为秣陵；战国时，叫金陵；蜀、魏、吴三国中的吴国在此建都，称建业；晋时称建康，先后有吴国、东晋、宋、齐、梁、陈、五代和南唐在这里建都。由于六朝粉黛宫阙皆建于此，所以连江水都有脂粉味儿。真可谓风流宝地呀，世上的美景，所有的风花雪月，哪儿也比不上南京城。今明太祖朱元璋也看中了，在此建都，你说这地方有名没有？自古以来，中原王朝歌颂南京古迹风光的诗词歌赋比比皆是，我就不一一列举了。

回头咱们再说朱元璋。他出身布衣，既务实又明智，并没有因做了皇帝、建起了大明朝而忘了社稷。登基称帝之时，元朝的大都还没有攻克，故而常常居安思危。为此事，屡将最信赖、最崇拜的军师刘基叫来，一块儿商量谋划。各位阿哥，前面在介绍朱元璋身边的大将时，并没有提到他。那么，刘基是何许人也，缘何得到朱元璋如此之信赖呢？刘基，字伯温，浙江青田人氏。幼时聪颖异常，其师对他父亲说过："君祖得厚，此子必大君之门矣。"元朝的至顺四年，举进士，任高安县丞、江浙儒学副提举。后因论御史失职，弃官隐居。再出任江浙行省都事，又由于反对招抚方国珍而被革职。曾著有《郁离子》一书，以寓言揭露元朝暴政，表其志向。朱元璋下金华、定括苍时，听说了刘基之名。以币聘，刘不应。多次致书，基始出。刘基到朱元璋帐之下后，陈述了经深思熟虑而得出的时务十八策，并劝说其赶紧脱离已称帝的韩林儿，此主张深合朱元璋之心意。刘基博通经史，于书无不尽窥，尤精象纬之学。朱元璋常常问计于他，所言之策于实践中每每得效，自然十分尊崇和信赖。

朱元璋把刘基召来之后，问计曰："立朝之后该如何行动？"刘基答曰："我朝虽立，但北边尚有元朝的皇帝坐在大都的金銮殿上，灭元的战事并未停止。因此，现今当务之急就是大军北进，攻取大都。"决定北进后，该选何人率军前往呢？朱元璋身边有两员倚重的战将，在当时可是赫赫有名、盖世无双。即第一位是徐达，第二位是常遇春。大明建朝之后，徐达任右丞相、太子少傅；常遇春为鄂国公、太子少保。两人各有特点：常遇春擅使硬弓，弓法纯，而且勇武不怕死，威猛异常，元将一听到他的名字皆望风而逃；徐达则智勇双全，不喜杀戮，元朝的一些降将都愿跟着他。二将相辅相成，配合默契。因此，大军北进，挂帅出征者，非他二人莫属。

大明洪武元年七月，北征的圣旨下来了，任命徐达为征虏大将军，常遇春为征虏副将军，其他将领在这两位大将麾下。正副二将分东西两路北进，直取大都。徐达率领兵马出南京奔安徽，然后神不知鬼不觉地进河南，到了汜水的虎牢关。此关隘是秦始皇建的，位于黄河岸边，悬崖陡峭，道路险阻。元兵哪里想得到明军的动作会如此神速，像飞来的一样。汜水是黄河南岸的一条小支流，虎牢关正卡在汜水岸边的山口儿。元将托音帖木尔兵败之后刚刚退到这里，还未来得及整顿一下残兵败将、补充一些给养、喘上一口气儿呢，即在虎牢关被徐达的兵马层层包围了。围得里三层外三层，到处是明军的旗帜，金铎鸣响，喊声震天哪！托音帖木尔一看，完了！只好仓惶对阵。可他哪能抵得住徐达的进攻啊，根本招架不住，只好在护军的保护下大败而逃。有一位叫阿鲁温的梁王爷没办法逃出去，见大势已去，便要在一棵树下上吊自尽。上了树，刚把绳子拴到树杈儿上，就被徐达的骑兵们看到了。一骑兵跃马上前，一把将他从树上薅了下来，梁王爷只得跪地投降。徐达大获全胜，整顿兵马，乘胜前进，直逼陕西的潼关。这时，探马来报："常大将军已经攻下汴梁，圣驾要去那里，请徐大将军速往面圣。"徐达听报，按兵潼关，仅带少数兵马奔赴汴梁。

　　常遇春这一路大军先克东昌，直下山东诸郡，很快攻取了汴梁。那么他进展得为什么会这么顺利呢？前面说过，常遇春是个不怕死的勇将，既使刀又使枪，还用弓箭。打仗的时候，什么得手用什么，敌将很难抵挡。在进入山东之前，朱元璋对他说："好兄弟，全看你的了，无论如何得想办法把张士诚给我堵住。"张士诚是另一伙儿义军的头领，所率之兵马占据了太湖一带富庶之地。且在各路义军里挺出名，绰号儿九四，非常勇猛，一向不服朱元璋，处处与其作对。为什么不服呢？他也想夺取元朝大宝称帝位呀！所以，很早便自封为吴王，占据了长江中游，与朱元璋的地盘儿紧挨着，都在金陵附近。如今朱元璋已经称帝，怎能容得下还有个吴王睡在自己身边呢，那不是心腹之患吗？这才把得力干将常遇春请来了。朱元璋虽然做了皇帝，但是与常遇春之间仍习惯于称兄道弟，对他说："老弟，你必须用几天的时间打败张士诚。要是能抓住，或者是杀了他，哥哥皆给你庆功！"常遇春接旨之后，果然不负朱大哥的嘱托，直奔太湖大战张士诚。张士诚哪里打得过常遇春的兵马呀？没战多久便逃之夭夭了，原来所占之地尽归朱元璋所有。后来张士诚无法存活，上吊自杀了，这是后事，不去表。

　　常遇春在太湖大胜之后，继而转战东昌，又奔济南同徐达会师。然后向北征讨，连下许多城池，一路大捷。在回师进攻河南时，元兵于洛水之北陈兵五万以待。常遇春单骑突其阵，大喝道："我常遇春来也！"元兵二十余骑攒槊刺之。常遇春左挡右杀，一抬手用弓箭将元军前锋射死，随即手一挥，其麾下的兵马狂风暴雨般向元军冲去。元军大溃，常遇春率兵追剿五十余里。此仗打过之后，常遇春在河南境内斩关夺寨，一路征杀，如入无人之境。元兵一听说常大将军来了，吓得立刻麻爪了，心里话："谁能对付得了这位不怕死的呀？打不过可别硬打，保命要紧，逃吧！"于是扔下城寨回头就跑，致使常遇春每到必克，没费吹灰之力攻下了汴梁。

　　汴梁同样是一座古京城，战国时期的魏国、五代时的梁、晋、汉、周以及北宋皆曾建都于此。皇帝住的地方，自然是块风水宝地。所以，当朱元璋听到攻下汴梁的捷报时，异常高兴，当即起驾出宫去那里看望众将士。常遇春攻下汴梁之后，本打算速向洛阳进发，与徐达会师。可恰在这时，京师传来圣旨，说圣上已经出宫，亲自摆驾汴梁犒赏三军，命常遇春就地恭候圣驾。常遇春接旨后，号令三军休整待命。过了两天，徐达也风尘仆仆地到了汴梁。二人见面，免不了互道辛苦，交换军情，在此不去详表。

单说朱元璋这位明朝的开国皇帝这一天来到了汴梁城，徐达、常遇春于行宫叩拜了皇上，皇上在此摆酒赐宴，犒赏将士。宴后，朱元璋同两位北征大将商讨继续北征的路线、策略，君臣说说唠唠，十分开怀。一致认为，眼下黄河两岸已尽收明军之手，下一步的主要目标即是集中兵力直捣大都。只要占领了大都，元朝就彻底玩儿完了。于是，他们又重点商量攻取大都的办法。徐达奏道："皇上，臣以为现在正是攻打元朝老窝大都的最好时机，元朝的主力越来越衰弱，已再没有救援大都的兵力了。咱们乘胜直取大都，肯定会旗开得胜、马到成功的！只要大都落入我手，剩下的残兵败将必将军心涣散，失去战斗力，为我们彻底肃清元朝势力创造条件。"朱元璋听后，龙心大悦，异常兴奋，笑着说："好啊，就这么办了！趁热打铁，乘胜前进，不要给元兵留下半点儿喘息的机会。"常遇春心里早痒痒的，恨不能一下子扑过去直捣大都，一听圣上决定了，那是一百个赞成！

直捣大都定下后，徐达、常遇春又向皇上问道："如果元顺帝逃跑了怎么办，咱们去不去追？"朱元璋想了想，说："你们此次北征要稳扎稳打，夺下大都后，尽快将城内的百姓安置好。不许害民、伤民，也不许扰民，让他们安居乐业。对元朝的官吏和元军之将，尽量少杀戮。顺帝若是跑了，可以追。不过不追也没关系，跑了今天跑不了明天，早晚是朕的囊中之物。"二人听罢，拜别了圣上，领命而去。

徐达和常遇春仍旧分两路北进。徐达领兵疾行至河北，连下卫辉、彰德、广平。从广平继续北上，入河北境内的临清，已到了运河区域。在这里，他派出心腹大将傅友德率骑兵轻装前进，顺运河北上，马不停蹄，日夜兼程，直奔大都。又派顾时率兵乘船而上，到了运河中游山东的著名大城市德州。此时，常遇春已率兵攻克了德州。两军会合后再北上，攻取了长芦，进占了直沽。紧接着在运河上搭起浮桥，水陆并进，打下了通州。通州位于大都城的东郊，到了通州，差不多就到大都了。

元顺帝一看明军进了通州，知大势已去，慌忙带着身边的妃子、皇太子，乘半夜偷偷出了建德门，往北跑了。

在元顺帝逃出宫的第二天，徐达、常遇春率兵马从齐化门进入了大都路。由于元朝的监国淮王帖木儿布花、左丞相庆童、平章迭儿必失、朴赛因布花、右丞相张康伯、御史中丞满川等人誓死不降，故而被大军斩杀，其余未戮一人。徐达令指挥张胜以兵千人守护元帝宫殿各门，派宦官护视诸宫妃、嫔人等，禁止士卒入内侵暴。命封存府库，严加把守，保护稀世珍宝。同时发布告示："大都内的居民人等，生活如旧，安居乐业；各行商贾，照常营业；所有官兵，不许扰民害商。"以此确保了大都吏民安居，市不易肆。为防止元朝的援兵骚扰，又派将军傅友德分兵驻守大都四周的交通要道，另派将领镇守大都以北的重要关口——古北口。

洪武元年八月，刚刚坐上明朝金銮宝殿的朱元璋驾临大都。一进城里，他是百感交集呀！血战了十六年，有多少爱将、兵士阵亡于沙场，有多少百姓丧生战乱啊！今天终于攻占了元朝的首府——大都路，怎能不让人又悲、又喜、又泣呀！遂下诏，将元朝京师大都路改为北平府。元朝的重要城镇原来皆称之为路，路之下，领取各个县。现在改了，称之为府，北平府就是从这个时候叫起来的。

有一天，朱元璋率领徐达等众位大臣到元帝皇宫各处巡看，望着北方的燕山，长长地叹了一口气。徐达见此，问道："皇上，我们拿下了大都该高兴才是，为什么长吁短叹呢？"朱元璋紧锁眉头，一字一板地说："好兄弟，咱们虽然夺下了元朝的首都，但要知道，元帝并没死，仍在燕山以北的大漠聚集着力量。一想到这些，朕心不安哪。不能就此贪图安乐，最后的庆功酒眼下仍喝不下去呀！"徐达忙说："启禀皇上，我们早已打算好了，准备趁势继续北征。不过此前，先要把北平周围的城镇全部夺下来，这样才可以稳稳当当占有这座城市。否则，他们必会派骑兵来骚扰或回夺的。北平稳固了，我们便可以集中兵力解决山西、陕西、甘肃的问题了。"朱元璋一听，紧锁的眉头舒展了，心中暗暗高兴："徐达呀，徐达，不愧是我的好兄弟、爱将、心腹啊，知我者是你徐达呀！"于是，马上下旨，任命徐达为征虏大将军，常遇春、冯胜为征虏副将军。继续剿元，迅速攻占陕西、山西、甘肃及北平府四周的各城，一统大明天下。

大事定下来之后，徐达等领命去做准备，朱元璋则骑马到各处巡看。他是马上皇帝呀，不用坐八抬大轿，边走着、看着，边暗暗下了决心，一定要迁都北平。又侧过头来，看了看身边的军师刘伯温，见他呆呆的，好像正在想什么心事，便问道："军师，在想什么？"经皇上这么一问，刘伯温如梦方醒，忙说："回皇上话，臣正在盘算何时迁都北平呢！"朱元璋听了，微微一笑，心想："知我者还有刘基呀！"朱元璋在北平呆了三天，便摆驾回了南京。

徐达、常遇春受命之后，着手进行夺取北平附近城镇以及进取山西、陕西、甘肃的各项准备。粮草要筹集，兵源要补充，还要打造、修理各种武器，一眨眼的工夫，就到了洪武元年的年底。这时候，常遇春有点儿坐不住了，对徐达说："大哥，咱们是不是该行动了？这不，一年要过去了，人家急得眼睛都红了。"徐达边拉常遇春坐下边道："好兄弟，不光你急，我也一样啊！多少日子夜不成眠，看皇上唉声叹气的样子，谁能安卧睡榻呀？可再怎么急，总得先想好万全之策，有个稳操胜券的打法吧？兄弟，依我看，咱们不妨先拿下北平附近的各据点。待占有了这些据点，北平稳固了，再进发山西等地。不然的话，前方攻取山西，后方肯定不安定。若被元兵再夺回去，到那时，咱们有啥脸面见皇上呀？"常遇春说："大哥，北平跟前的事儿好办。你干脆坐在北平等着，十天之内，老弟准把周围的一些城池拿下来！"徐达说："你说十天？怎么个打法呀，怕不行吧？"常遇春说："打了这么多年仗不能白折腾啊，跟大哥学了点儿本事，需动脑子用计谋。"徐达盯问道："噢？说说看，什么计谋？"常遇春回道："我往西进攻，打自己的旗号；冯胜往东进攻，打大哥你的旗号；傅友德往北进攻，打皇上的旗号，这叫四面出击。元军一看，准慌了手脚，不用说打呀，吓也把他们吓得屁滚尿流了！"徐达听后乐了，兴奋地说："好兄弟，真有你的！行，我看这招儿成，就这么办了！"

常遇春的四面出击战术，你别说，还真成功了。战局的发展，正应了他的话了，元军一看这阵势，是不战自溃呀！为什么会这样呢？原来自打大都被明军占领、顺帝逃到大漠之后，保定、河间等地的元军将领十分害怕，各自自保，互相谁也保护不了谁，全成了惊弓之鸟，没人来打，就吓得直哆嗦。现在一看，从大都杀出三股儿兵马，打的又是朱元璋、徐达、常遇春的旗号。他们知道这些人都不是善茬子，来者不善，善者不来呀，咋办？连皇帝都蹽了，我们守这城守个什么劲儿呀？还是保命要紧，走人啦！于是，元朝兵马跑的跑、逃的逃、散的散，仅七八天的工夫，常遇春便收了北平周围所有的城镇，北平算是没威胁了，安定了。常遇春取胜后，战袍没来得及脱，又风尘仆仆地找徐达，说道："大哥，北平没事儿了，你说山西的仗咋打？快下令吧！"徐达笑了笑，拍拍常遇春的肩膀说："兄弟，这回哥哥有办法了。你先歇歇，换换衣服，洗洗脸，刮刮胡子，然后大哥再告诉你。"

　　说书人趁常遇春换衣服的工夫，得向各位阿哥交代一下。朱元璋一直担心元帝在大漠积蓄力量，目的是寻机向北平反扑。果不其然，在常遇春出奇兵扫荡北平周围各城元军之时，原来在太原驻守的元将扩廓帖木儿，听说徐达他们要进兵山西，知道这意味着将夺取太原。便组织骑兵，率领上万兵马，出雁门，走居庸关来攻北平。此前，因这支队伍从未同朱元璋打过仗，所以一点儿元气没伤着。扩廓帖木儿是沈丘人，原姓王，小名儿宝宝，大号是元帝赐予的，乃一员猛将，还有点儿韬略。他的手下全是蒙古人，骑的是清一色的蒙古马。蒙古人以食肉为主，出征时，一千兵马的后头，要有四五千的牛羊跟着。一路杀，一路吃，一路用，还要兼备战马。他们四肢发达，有一股子蛮力气，体格壮如牛，凶猛剽悍，一对一硬打，明军不是对手。别看蒙古马个头儿小，却皮实，吃苦耐劳，而且什么草料都能吃，什么陡坡儿都能爬，几天几夜不歇息照样跑。这支队伍在明军攻取大都时，拼死守住了太原一线。扩廓帖木儿善用骑兵，也善于出人意料出奇兵，很注意迅雷不及掩耳之战术。对于如此一支勇猛、敢冲敢打、速度极快的骑兵队伍该怎样制服呢？的确让徐达伤了不少脑筋。

　　待常遇春换好了衣服，徐达才对他亮了底牌，说道："兄弟，你刚才问起怎样才能打好山西这一仗。我看打山西，首先需打败扩廓帖木儿。此人善用骑兵，你也善使骑兵，完全可以较量一番。当然了，冲锋陷阵，骑兵最管用。但要攻城夺寨，光用骑兵不行。骑兵冲上去了，把前头打平了，后头还要有步兵跟上去才成。咱不能像扩廓帖木儿那样光用骑兵，而要骑、步兵相结合。他们的骑兵用枪用刀，又烧又杀又砍，还善使马术。如果事先估计不足，与其硬拼，必会使我们遭受很大损失。根据这种情况，我的办法是不同他们正面交手，来一个夜晚偷寨的战术。出其不意，攻其不备，让扩廓帖木儿的骑兵发挥不出威力，变成步兵，甚至是连步兵都不如的睡不醒的乌合之众。"常遇春听后高兴了，笑着说："好！大哥想得在理，只能智取，不能强攻。扩廓帖木儿这小子没挨过咱们打，不是惊弓之鸟，靠吓唬是吓不跑的。必须把他打疼了、打趴下才行!"于是,老哥儿俩坐了下来,边合计边详细地制定偷袭扩廓帖木儿的计划。

在说此次偷袭之前,要向各位阿哥介绍一个人。此人是谁呢?原是扩廓帖木儿手下的一员猛将,名字叫豁鼻马。他酗酒、好女色,不管到什么地方,都要抢几个良家女子供自己享乐。往往因此而耽误了战事,气得扩廓帖木儿不知罚了他多少次,甚至下令打过三百皮鞭。正是这三百鞭子,使豁鼻马怀恨在心了,他想:"扩廓帖木儿,你竟打我三百皮鞭,分明是要人的命嘛,凭啥还为你卖命?我再不和你们混在一起了,反正大元的气数快尽了,不如早点儿投降大明呢!听说徐达是个好人,怜恤仁厚,待投降的元兵挺不错,又给银子又给地的,还给妻妾呢!不像元朝的大将,不平等,不公正,对其他民族总是另眼相看。干脆吧,投奔徐达去!"想到这儿,他便偷偷地来找徐达,表示了投降的意思。徐达喜出望外,待他如兄弟一般,笑问道:"豁鼻马,你真的愿意投降大明?"豁鼻马爽快地答道:"愿意!说实在的,早想在大将军麾下建功立业了。"徐达又问:"你可愿意同我一起去擒拿扩廓帖木儿?"豁鼻马说:"我最恨的就是他,愿同将军前往。"于是,徐达将准备偷袭元军兵营、想让他做内应的想法说了。豁鼻马慨然应允,并同徐达一块儿商量了联络暗号儿及偷袭的时间。一切议定之后,豁鼻马又潜回了元军的兵营。徐达因为有了内应,所以放心多了,与常遇春等将领最后确定了作战方案。

在豁鼻马回去的第二天夜晚,徐达命孙兴祖等率兵镇守北平府,他与常遇春亲自率领选出的精兵良将偷袭元军。出发时,号令三军兵将衔枚,战马勒紧嚼环,神不知鬼不觉地奔向扩廓帖木儿的大营。扩廓帖木儿的军营在什么地方呢?谁都想不到哇,他竟把军营安扎在北平府通往太原的交通要道上。为什么会是这样呢?扩廓帖木儿的想法是:既要反攻收复大都,还要保住山西,因为山西是元朝的最后一道屏障。如果能将山西保住,陕西、甘肃也可保住,进而能把残部集中起来,为接回元帝、重新反攻大都积蓄力量;丢了这个地方,那元朝真的就完了,元朝的皇上亦不会再回来了,可谓生死攸关哪!

说书人在此要多说两句。元代的当时,山西确实很重要,吕梁正好守护着燕山。这样,前面是大都北平,后头是像靠山一样的太原保护着大都。又由于蒙古兵都是骑兵,相当厉害,你要按他们的阵法打,没个打进去。因此,只能出其不意,攻其不备,打乱他们的阵脚。前一段时间，徐达、常遇春曾率兵打乱了元兵的部署。元兵打仗是按部就班的，攻打完这个城市，再夺取那个城市。而徐达、常遇春不可能按元兵的招法来，他们是东打一下、西薅一下，绞尽脑汁地打乱对方的阵法。这样，会使你不可能总那么注意，往往顾此失彼。像这次突袭就是如此。把元大都占了以后，许多元朝的兵马怕擒王，立马去保护大都，其他地方自然顾不上。扩廓帖木儿更没想到徐达会往山西奔，当听到信儿以后，赶紧开过来了，想死守山西。朱元璋和徐达、常遇春也知道，只拿下大都，不迅速占领它后头的靠山山西，特别是太原、吕梁一带，则已经占领的大都很可能得而复失。只有明朝的力量在这儿固定下来，元朝的残兵败将才没法儿反扑回去夺北平，北平府就不会丢了，元大都也就不复存在了。正因为双方皆知道山西在战略上的重要意义，所以朱元璋号令徐达、常遇春要迅速进兵山西，扩廓帖木儿随之把大营安扎在徐达大军进攻山西的必由之路上。他想："大明要去攻打太原，得先从我扩廓帖木儿肩膀上走过去。我才不让过呢，哪能随你们便，想怎么样就怎么样？这次倒要看看你徐达究竟有啥能耐。"

那么，扩廓帖木儿仗着什么如此硬气呢？只因为他也是个善用骑兵布阵的将领。虽然所用阵法不像中原常用的八卦阵，有什么坎，代表水；离，代表火；震，代表雷；艮，代表山；巽，代表风；兑，代表沼泽。还有生门、死门、克门、杀兵，显得那么复杂，但很有威力。那几千的兵马，一看是黑压压一片哪，冲杀时，往往骑兵不动。对方兵马如不识此阵法，一进到他的圈儿里，便会分不清东南西北。只听兵士互相呼应，此起彼伏，震耳欲聋；只见到处是刀枪剑戟，斧钺钩叉，白光一片。不用打，就会被这阵势吓得魂飞魄散了，真的很厉害，绝不能小瞧。扩廓帖木儿尽管只万八兵马，有时靠此阵势，比百万兵马还要凶猛。他想："大明占了大都后，来打太原是必然的，在意料之中。我不能因声援大都而把太原给丢了，那样的话，元朝可彻底灭啦。就凭着这阵势，看你徐达还有啥招儿，怎么动我？靠打乱仗把我们的京师占了，靠出奇制胜把我们的皇上撵跑了。现在，不论再采用什么招法，要过我这一关没那么容易，必将死拼到底，誓报血仇！"

几天来，扩廓帖木儿不仅早已把阵势摆好，还隔一个时辰，便让探马报一次，看有没有动静，有否发现敌情，盯得挺紧。甚至连着几宿未安眠，只等徐达飞蛾扑火，自投罗网。想不到等了四五天却毫无动静，不过还得等，只等得兵困马乏呀！一天夜里，他命豁鼻马带兵巡逻。这可真是人心叵测呀，不但全然不知爱将豁鼻马为那三百鞭子记了仇，变了心，早已秘密地与明朝大将徐达联系上了，背叛了他，而且对其依然很信任，委以重任。他让豁鼻马出去后，就在大帐里一边点着蜡烛看军书，一边等着报信儿。一个时辰过去了，没有动静；又一个时辰过去了，仍没有动静。到了三更天的时候，忽听外面金铎哪哪、战马嘶鸣、杀声震天！又仔细听听，那马蹄的声响和人的喊声全不是自己的兵马，知道坏了，肯定是明军攻进来啦！随即霍地站了起来，慌忙披上战袍，登上皮靴，没等穿戴完毕呢，只听下头的兵卒来报："报——徐达大军已经杀过来了！"他也顾不得还有一只靴子没穿上，匆匆忙忙跑出帐门，去马圈牵自己的战马。可战马却不见了，不知是谁给骑走了。只好拉出仅剩的一匹瘦弱之马骑上，扬鞭狂奔，边跑边呼喊着，好让自己的兵勇跟上。跑了一阵子，回头一看，跟上来的只有十七八个卫士。他在一行人的护卫下，慌慌张张、呼哧带喘地连气儿跑了两个时辰，钻进了一片山林。看看后面没有追兵了，这才跳下马来，手扶在树干上，心急火燎地琢磨着："本来计划得好好儿的，出了什么岔子了，咋这么快就一切付之东流了呢？"越想越不明白，越想越生气，越想越觉得窝囊，遂拔剑要自刎。身边的几个卫士见状，急忙上前夺下了他手中的剑，劝道："王爷千万不要这样，得往前看，留得青山在，不怕没柴烧。"在大家的再三劝解下，扩廓帖木儿只好翻身上马，率领着剩余的卫士，狼狈地向大同方向败走。

徐达、常遇春这次在豁鼻马的策应下，一举打败了称雄一方的扩廓帖木儿，夺得甲士近万人，收降了豁鼻马及所带的几十号兵马。因为豁鼻马策应偷袭立下了战功，不仅赏了银两，还赏给妻妾，让他安了家。整肃战场之后，徐达、常遇春率领大军先攻已空虚的太原，继而进取大同。刚刚到了大同的扩廓帖木儿在明军的追赶下，不得不又从大同逃向了宁夏。就这样，明军顺利地克太原，占大同，夺取了山西全境。

洪武二年四月，徐达引兵西渡黄河，兵至鹿台，敌将张思道早已逃遁，遂克奉元。常遇春率兵转向河东，与冯胜大军会合，西拔凤翔。刚在凤翔落定，便有探马来报："元将也速绕道儿从山西兜了过去，要攻打通州！"接着传来皇帝旨意，令左副将军疾往通州，与平章李文忠率兵九万一起攻打也速所率之元军。常遇春按旨，迅速兵发北平。经会州，先打败了敌将江文清，夺下了锦州，接着率兵追赶也速至金宁，打得他落花流水。也速知道元顺帝在开平,马上带残兵败将星夜向那儿逃去。常遇春、李文忠率兵紧紧追之,遂拔开平。当明军攻进开平时,元帝又向北逃跑了。明兵在追赶中,抓到了宗王庆生及平章鼎住等将士万人,缴获车万辆、马三千匹、牛万头,还有元帝的子女、宝物等。常遇春、李文忠追问宗王庆生和鼎住,元帝及也速等人逃向了哪里?他俩死也不肯说,还破口大骂!气得常遇春刷地拔出剑来,嗖嗖两剑,将二人砍倒在地,血喷出老远。明军顺利地占领了开平,冀北一带尽归大明之手。

开平大捷后,常遇春和李文忠受命率兵班师。当大军行至河北龙门县柳河林时,常遇春突然大口吐血,未及治疗,便抱病亡于军中,年仅四十岁。李文忠派快马速报京师,朱元璋闻之,悲痛万分,号哭欲绝,并亲自为常遇春发丧。命礼官议天子为大臣发丧之礼,赐常遇春葬于钟山原,给明器九十事纳墓中。赠常遇春为翊运推诚宣德靖远功臣、开府仪同三司、上柱国、太保、中书右丞相。追封开平王,谥忠武。配享太庙,肖像功臣庙,位皆第二。

朱元璋何以如此重视常遇春呢?因为他是开国大将,沉着果敢,善抚士卒,冲锋陷阵,未曾败北。此人尽管不习书史,用兵却完全符合古今之兵情。虽长于徐达两岁,但从来将老弟当成大哥一样尊重,数年随其南征北战,听从指挥,谦虚谨慎,严以律己。在明军将领中,威名赫赫的最数徐达、常遇春二人,是朱元璋的左膀右臂。常遇春曾言:"我领十万兵将,可以打遍天下无敌手。"故而在明军中,又称他为"常十万"。这样一位大将突然暴亡,朱元璋怎能不有断臂之痛?当然亦会厚礼相待。

是年七月,朱元璋下诏,命徐达、李文忠合兵攻取庆阳。兵发后,元朝驻守庆阳之将张良臣见无以招架,只好率众投降了。徐达命薛显接受张良臣,并守庆阳。不日,张良臣发动叛乱,乘夜晚出兵伤薛显。徐达闻之,即刻率兵回师围住庆阳,逼得张良臣父子投了井。徐达进城后,将父子二人从井中捞出,又斩之示众。从此,陕西之地全部为明军所得。

洪武三年春,朱元璋命徐达为大将军、平章李文忠为副将军,分道出兵。徐达率兵自潼关出西路,走定西,直取扩廓帖木儿;李文忠领兵自居庸关出东道,进入大漠,追讨元嗣主。咱们先说徐达这一路兵马。潼关乃陕西、山西、河南三省之要冲,是古代最险要的关口,它的西边和甘肃的定西相连。此时，元将扩廓帖木儿正守在这里。徐达出潼关，奔定西，就是要同扩廓帖木儿决战。当大军到了定西的时候，扩廓帖木儿已退屯沈儿峪。徐达率军追之，在此隔沟对垒，殊死决战。扩廓帖木儿不敌，遂大败。徐达乘胜追击，擒拿了郯王、文济王及国公、平章以下文武僚属一千八百六十人，将士八万四千五百余人，马驼杂畜数以万计，扩廓帖木儿仅带妻子及数人奔了和林。徐达破扩廓帖木儿，即率兵自徽州至洛阳，克沔州，攻兴元，大获全胜。

咱们再说另一路大军，由平章李文忠率领出东道，走的是居庸关。居庸关旧称军都关、蓟门关，在北平昌平县的西北部，是洪武元年新建的内三关居庸、紫荆、倒马之一。李文忠的差事不好干，须十分隐蔽，一边秘密调查，一边向大漠深处慢慢进军，追寻元帝。他率兵出居庸关，由野狐岭至兴和，即河北的张北一带，降其守将。又进兵察罕脑儿，俘虏了元朝的平章竹真。再过骆驼山、开平，俘虏了元朝的平章上都罕等。正是在这里，李文忠听说元帝崩于应昌。

元帝是怎么死的呢？原来，在徐达大将军攻打大都的时候，大都里的官员和元帝纷纷东逃西散了。元帝先逃到开平，后被常遇春追赶，只好向大漠深处狂奔，最后躲到了应昌府。应昌府在克什克腾的达来诺尔以西，原是荒凉之地，元至元二年置府。元帝到这儿以后，连惊带吓，又不服水土，立马病倒了。你想啊，平时在宫廷里穿的、吃的、住的是啥？穿的是锦衣，吃的是美食，住的是皇宫大内。这里能比吗？他哪能受得了呀！加上饮食不好，一早一晚受风着凉，近一个时期开始连拉带吐，经府内郎中诊断为血痢。每拉一次，疼得他满脑门儿淌汗珠子，浑身一点儿力气都没有。就这样连续折腾了数日，便在一天半夜里咽了气儿了。

元帝驾崩，其太子爱猷识里达腊在内室的扶持下，继承了帝位。开始，他们不想让元帝应昌晏驾之事传出去，怕乱了军心，总是尽量瞒着，尤其不能让明兵知道。可哪能瞒得住呀？瞒得了一天两天，瞒不了十天八天，哪有不透风的墙啊？结果消息还是传了出去。当时正在伐元的明将李文忠就是这样得知了此信儿，当即率兵日夜兼程赶至应昌。可大兵到时，元嗣君爱猷识里达腊已在护兵的保护下，打马向北逃走了。只抓到了元帝的嫡子买的立八剌及后妃宫人、诸王将相官属数百人，得宋元玉玺、金宝十五，玉册二、镇圭、大圭、玉带、玉斧各一。再出精兵追至北庆州，也没抓到元嗣君。还军时经兴州，擒拿了国公江文清等，收降元兵三万七千多人。过红罗山，又降服了杨思祖之众一万六千余人。李文忠把大捷奏凯报京师，群臣无不兴高采烈，朱元璋更是高兴异常，命李文忠押解买的立八刺等人班师回朝，他将在奉天门朝贺徐达、李文忠等有功之臣。

　　说书人先按下洪武皇帝如何朝贺功臣不表，先说说李文忠派兵将元帝嫡子、妃子及王公押解到京师之后，朱元璋学习先朝对俘虏之君王采取的做法，以宽待仁慈之政策，允许被俘的王公、嫔妃穿上元朝的朝服进宫朝见。在接见时，朱元璋用一种大度得体的态度，以礼相待。他首先降旨，元帝因顺天命，在明军攻入大都时，自动退出，故此特加其号为"顺"字，即元顺帝。"元顺帝"之称便是这样留下来的。接着又降旨，赐给买的立八刺等王公、嫔妃冠带、府第，允许他们永住江宁东北之龙光山。皇上之豪举不仅对元朝战将震动极大，还成为了一段儿美谈，人们无不称赞大明天子明太祖朱元璋的英明。

　　此事表过，我们回头再说朱元璋下诏给徐达大将军和李文忠副将军，命他们带领所有战利品整军南归，迅速班师回朝。当年冬十一月，徐达、李文忠率得胜之师返回应天府，朱元璋亲率群臣、众将士，同南京府民出城相迎。长江岸边那是人山人海呀，并摆放着祀天祭地的香供和美酒、羔羊等犒劳之物。当大明王朝讨北的大军到达时，鼓乐齐鸣，欢声雷动，载歌载舞，可以说这是南京府百余年来从未有过的热闹场面。徐达和李文忠在奉天门叩拜皇上，洪武皇帝朱元璋走下墀台，拉着两位大将的手，热语衷肠地说："你们的北征，功高盖世，朕心大悦！今天刚刚归来，大家已是鞍马劳顿，早点儿歇息去吧。"之后，又命令大都督府和兵部："朕要大封功臣，你们速将所有参战将士和众臣的功绩上表呈奏，朕要亲自论功赐定。"意思是根据众将和群臣功劳的大小，由皇上来决定给以不同的颁爵行赏。因这是件庄严之事，大都督府和兵部早在徐达、李文忠他们没回来之前，就已做好了这方面的准备。所以，很快便把需要颁爵行赏的众将军和大臣的名字表上去了，朱元璋一一朱笔批复。

　　两天后，朱元璋先率领群臣及众位将军到郊外社庙告祭天地和列祖列宗，报谢神灵，然后回宫论功赏封。朱元璋下旨，向众臣宣布：晋李善长韩国公、徐达魏国公；封李文忠曹国公、冯胜宋国公、邓愈卫国公、常遇春之子茂郑国公；封汤和等侯者二十八人；封中书右丞相汪广洋忠勤伯、御史中丞刘伯温诚意伯。在大封群臣后，皇上设坛亲祭战殁将士。受封的公、侯、伯无不激动万分，山呼万岁，叩谢圣恩。朱元璋觉得仅此还不足以表达自己对功臣的衷情，又同马皇后一起在新建的富丽堂皇的金銮宝殿奉先殿大宴有功之臣，同时犒赏参战之将士。酒席宴上，朱元璋兴致勃勃地讲起了自己叱咤风云大半生的戎马生涯，说道："刚出乡里之时，本是图自全，无大想法，因此便跟着郭子兴除匪患。起兵之后，观群雄所为，没有为民做好事的，全是害民的。如张士诚、陈友谅等，无不如是，皆为无大志、图私利之人。朕这才下决心在群臣辅助之下，为国为民立一新朝。朕的想法即是布仁义，行解结，与众臣同心共济。对元朝，在战略上采取了出其不意、反斾而北、直攻大都的办法。经众将的浴血奋战，才有了今天的局面，是大家共同奋斗的结果。"朱元璋的这番话，对自己、对国家、对儿孙、对承继大业都有好处，也可以说是对创立大明朝的总结。

朱元璋这个人无论做什么，都是言必行，行必果，善始善终。说到这儿，有两件事得向各位阿哥交代一下。第一件，也是朱元璋久久牵挂于心的事儿，就是在他做了皇帝之后，曾秘密派内臣到自己的出生地安徽濠州，去了解、拜访小时候呆过的皇觉寺。朱元璋没有忘记那里是走入人生的第一座大学校、第一个课堂，皇觉寺的住持是他的第一位老师。朱元璋的父母也在濠州，他们对儿子当然是恩重如山了。可在朱元璋做皇帝时，两位老人家已经故去了。不过这用不着他惦记，因为父母的亲属该分封的早已分封了，家里再无其他什么人为他所牵挂，惟独觉得欠皇觉寺长老的那笔账没有还，心里一直过意不去。自从投军以来，东征西杀，军事繁忙，想回去看看都不能。做了皇帝之后，更是朝野内外诸事甚多，根本无暇去皇觉寺拜望。可他始终没有忘记恩师那慈祥的目光及对自己的亲切鼓励、谆谆教诲，便让内臣脱下朝服，换上便装，悄悄前往濠州去访查。看看皇觉寺现在怎么样了，了解一下长老是否还在人世，各位师兄弟生活得如何等等。查明后，速速回返，将情况如实奏报。

朱元璋为什么让内臣去私访呢？因为不想惊动当地的州官，怕给他们带来麻烦。只想等查清楚之后，再好好儿报答皇觉寺，特别是回报恩师对自己的栽培之情。曾不止一次地想过，是皇觉寺收留了他这个穷苦的孩子，给饭吃，给活儿干，给予生命和力量。也正是从这时起，开始踏入社会，跟着郭子兴举义旗才有了今天。朱元璋不是忘本之人，打算拨出银两，重建皇觉寺，重塑皇觉寺佛像的金身。如果长老愿意的话，还要将其接进皇宫大内，每日给长老磕头，天天孝敬他老人家。朱元璋本来是个敬佛爱佛之人，就是如今当上了皇上，在宫廷大内仍然供着佛，每天早晚抽出时间到佛堂诵经、敬佛。而且时刻记着从皇觉寺出来时，长老对他讲过的话："你做过和尚，已经剃度了，一定不要忘记作为一个僧人每天的课业。要日行所业，勿可荒厌。"这些年来，一直按长老嘱咐的话去做。

朱元璋派出的内臣没过几天便回来了，向皇上叩禀了访查的情况后，朱元璋痛心疾首，差点儿没号啕大哭！四十来岁的人了，那眼泪滴滴答答地直往下掉哇！怎么回事儿呢？原来派去的内臣到皇觉寺所在的地方一看，什么都没有了，听说早在六七年前被张士诚、陈友谅的兵马给烧毁了，现在连残垣断壁也踪影皆无！朱元璋又详细地问内臣所查之处是否有差？内臣回禀道："小的问了许多人，绝无差错。"朱元璋听了，若有所思。内臣还禀道："眼下那里架一片席子营，就是用破席子搭的棚子，里边住的是丐帮。"朱元璋忙问："大概能有多少人呢？"内臣回道："足有三四百号人，其中有男有女，有老有少。一个个破衣烂衫、蓬头垢面的，还有个丐帮头儿，领着这些人要饭。因此，人们称那里为席子营或丐子营。"朱元璋听后，这个悔呀！恨自己派人晚了，于是决定拿出宫中皇上御用的银两去安置丐子营。他命内臣带着吏部的人和三千两白银，再次前往濠州，找地方官商量，务要安置好丐帮的所有人员。或安排他们开荒屯田，或做其他生计，使衣食能有着落，生活安定。内臣领命而去不表。朱元璋还决定，用宫廷内省下的银两，在南京鸡鸣山修建佛殿，包括在新修大殿旁边曾有过的尼姑居所明月庵一并修好，以此表示对恩师的崇仰和感激之情。另外，他考虑到离开皇觉寺时，长老已七十高龄，现在肯定圆寂了。可惜不知长老千古之后埋于何处，只能待鸡鸣山佛殿修成之时，单设一佛堂供奉恩师的神容了。自此，告知内臣，朕要吃斋百日。马皇后完全同意朱元璋的做法，并表示跟皇上一起斋戒。

头一件表过，咱再说第二件，即此次封赏之事。说实在的，这是件大事儿，可不是朱元璋一时心血来潮封了那么多公侯伯子爵，而是苦费心思并找人商量之后才办的。

朱元璋办事一向认真、细致。前一段时间，他既忙着指挥徐达、常遇春、李文忠在前线与大元的诸将征战，又关心着傅友德对云南、四川一带的拼杀，还要顾及到李善长、汪广洋等在治理朝政上遇到的一些不可解的问题，忙得天天吃不下饭、睡不好觉。而现在，元朝的暴政铲除了，大明朝创立了，国威渐渐树起来了，万事遂心如意。他想，之所以有今天，是众将群臣抛家舍业、跟随自己南征北杀、浴血奋战的结果。有些人已经血染沙场，侥幸存活下来的，大多浑身伤痕累累，他们为大明江山的夺取是立了大功的。为了大明的今天，也为激励诸臣和众将争取未来，总应该有所交代，对一块儿摸爬滚打的弟兄们应予授功赏爵。只有这样做，才能对得起他们。

朱元璋又想到，大封功臣是件好事儿，做得周全、封得准，便会让人服气。只有封对了心思，把诸臣众将之心拉得更近，将那心里的熊熊之火点燃，共同照耀大明天下，才是真正的日月生辉。可是一旦办得不好，出现闪失，则将事与愿违，达不到预期的效果。那么，怎样才能办好这件事，对各位大将、众位臣子的功劳评判得恰如其分呢？确实不容易呀！应该说，对每位大将、大臣的表现以及品德、才识、功绩的高低、大小，早有自己的评价，过去对他们也一直是恩赏有加的。尽管如此，看人毕竟不像买东西，半斤八两分毫不差，总有个高低、好恶之分。为了办得稳妥，一切心中有数，真正做到准确定其次第、论功行赏，还是得找个人商量商量，听听他的看法。即使是同自己的见解相悖，总可以起参照作用。找谁好呢？这个人必须得心正，心态要好，真像一杆秤、一把尺一样，不摇不摆、不高不低、不长不短。如果是个心怀叵测之人，在评定人或事情的时候，便会因私利而左右摇摆、上下颤动、一会儿高、一会儿低、一会儿长、一会儿短，这样肯定不行。李善长、胡惟庸、汪广洋都是执掌朝政的大臣，人品还不错，找他们行吗？不行。宋濂是太子的老师、大学士，有学问，人品也好。但他四书五经倒是背诵如流，对其他人却很少了解，恐怕不一定能说得准确。徐达当然是信得过的老哥哥，为人谨慎、谦虚。可那是个大将啊，长期在外，对随他征战的将领能够说得清清楚楚、明明白白，对内臣的情况不一定掌握得那么具体了。朱元璋想来想去、比来比去了好一阵子，最后选定了像老师一样受其尊敬的军师刘伯温。刘老先生刚直不阿，敢说敢讲，是个有话就说、没话不讲的人，朱元璋对他是既喜欢又怕。为什么这么说呢？因为刘伯温不惧上、不惧下、不惧内、不惧外，一向不会顺情说好话。从来是实话实说，非常坦荡，心如白水一样清澈，没有任何掩饰。不管你是天王老子还是神仙大帝，只要有话必一吐为快、倾囊而诉，才不在乎你愿听不愿听呢！哪怕明知不愿意听，只要觉得是为你好，忠言逆耳，肯定直言不讳。有些时候，正是因为这样才出了乱子，也因此得罪了不少人。

各位阿哥或许还不知道，刘伯温在群臣之中很受尊敬，不过也有些人烦他、看不上他，甚至恨他、整他。缘何如此呢？因老先生只要认准自己是对的，从不趋炎附势，说话好带刺儿，让人听了不舒服。朱元璋完全清楚这一点，所以，总是暗暗替他撑腰。特别是有那么几个人经常在朱元璋跟前告刘伯温的状，时间一长，架不住听的多呀，有时对军师便不满意了。你想啊，谁不愿意听顺情顺耳的话，谁不要面子呀？朱元璋也是这样。可刘伯温不管那套，说起话来一点儿面子都不顾。只要让我讲，我就讲，决不话到舌尖留半句，一针见血地讲给你听。哪怕是听了生气，还是照直说，你以后吧嗒吧嗒嘴慢慢去品，这话究竟是香的还是臭的，是对的还是错的，他就是这么个人。

朱元璋对刘伯温虽然有时敬而远之，但又离不开。因为自朱元璋下金华、定括苍、请出刘伯温以来，大事小情都请教于他，而且从不直呼其名，口口声声称先生。正是依军师的谋划办了，使得一步步迈得稳、走得顺，才赢得了今天。有些计策朱元璋开始时并未听，随着形势的进展，后来还是得按刘伯温的话去做，照所指的道儿去走，结果证明是对的，否则就将功亏一篑。这些招法不是凭空而来，而是多年的不断磨砺，从经验教训中总结出来的宝贵财富。在这种情况下，朱元璋怎能离开刘伯温呢？就是此次论功行赏，应怎么办，宴请群臣时该说些什么，也全是遵从刘老先生的主意办的。如此看来，论战功、夺城池，徐达、常遇春当数第一；论谋略、掐点子，刘伯温功劳最著。

刘伯温一世清白，淡泊名利，我行我素。在他看来，我之所以帮朱元璋，那是看中了你，是为了大明的江山社稷，不是为了攀高结贵。对那些互相倾轧、尔虞我诈之事，向来不屑一顾。在开创明朝基业之时，刘伯温处处热心辅助朱元璋，这个事儿拿点子，那件事儿出主意，使之获益匪浅。当明朝确立、朱元璋称帝后，待刘伯温还像以前一样，从未以皇上身份面对他。然而刘伯温却十分注意礼法，君臣有别，处处与朱元璋按主从相处。朱元璋出于对军师的尊敬，觐见时不让他磕头，刘伯温则一定要磕；朱元璋要军师坐，刘伯温则说："只能君坐臣站。有君臣之礼，国家秩序才不至于紊乱，政令方可通达。过去我与皇上是哥们儿，现在不同了，是君臣之别。必须要树立君之威、臣之谨，依法而行。"自武洪元年之后，刘伯温做了太史公，专做立法施政之事。潜心研究唐、宋、元以来朝政的法制、规章，哪些可用，本朝就沿袭下来；哪些与本朝不合，便予以废除或加以改革。朱元璋对老先生所做的一切，既感激又非常满意。

此次找刘伯温合计一下封功臣之事，还有一个想法，就是征求一下军师对如何分封本人的意见。朱元璋知道之所以少走了一些弯路，少杀了不少人，很多事情办得特别顺利，主要是仰仗刘伯温的谋略。那么，该封给军师一个什么爵位才能满意呢？这些天为此也是冥思苦索。他还去了坤宁宫，跟马皇后说了自己想找刘伯温合计一下封功奖臣之事，目的是听听枕头风儿。马皇后跟皇帝的感情很好，有主见，对刘伯温十分敬佩，便说："陛下想得对，应当找先生一块儿商量商量，听听他的意见，只有好处没有坏处。"夫妻俩说说唠唠了半天，意见完全一致。

这样，在论功行赏之前，朱元璋便找刘老军师来商议，并谈了关于给群臣和众将受赏的具体考虑。刘伯温认真听了朱元璋的想法后，表示赞同做论功行赏这件事，同意陛下的安排，认为给每位臣子和将领的所有恩赏是得体的，并说："皇上这样做当属英明之举，是深思熟虑而为，大明的将来会更加辉煌。"与此同时，又为皇上出了许多主意。说书人在前面讲过的朱元璋亲自到江边儿欢迎凯旋归来之将士，场面布置得红火、热烈以及封赏的各种做法，包括皇上、皇后在宴请有功之臣时该讲些什么，全是刘老先生出的点子。刘伯温当时告诉朱元璋："陛下在宴会上对群臣众将不用讲别的，也无须过多表示如何如何感激。重要的是应当说些对大明的今天和明天有真知灼见的话，讲讲夺取天下的经验及为巩固大明江山今后需做些什么，肯定会鼓舞众将群臣、启示后人的。"朱元璋真的按照刘伯温的主意做了，在酒席宴上向大家说了一番十分中肯的话，效果确实很好。

朱元璋在同刘伯温的交谈快要结束时，忐忑不安地问道："对有功之臣都赏了，那么对先生您，朕该如何封赐呢？朕认为，先生为大明王朝功在首位，且功高盖世，岂是封个公、侯、伯、子、男的爵位可以的？如果没有您时时、处处、事事的深思熟虑，怎会有大明的今天？不知先生想要一个什么样的职位，只要说出来，朕定会满足心愿的。"刘伯温听后不高兴了，便道："陛下此言差矣，我怎么能与大将军徐达、相爷李善长等有功之臣相比呢？仅仅是做了应该做的，何况并不是每件事情都做得那么尽如人意。应该说，大明的每位臣属、将士都出了力了，各有贡献。只不过是寸有所长，尺有所短，每个人皆可为师，也皆为徒也。不要说哪个人凡事皆知，世上不会有这样的人。况且我刘基年事已高，难当公侯之任，惟为陛下的社稷，诚心诚意尔。"此番话说得朱元璋很是感动，从中还受到了启发，马上说道："既然先生不受公侯之位，那朕就封您诚意伯吧。"说完立即下诏，封枢密使忠诚刘基为诚意伯。诚意伯的"诚意"二字，原来就来自刘伯温"惟为陛下的社稷，诚心诚意尔"这句话。

朱元璋同刘伯温聊了一会儿，又问："先生，您对封赏功臣之事还有什么高见？"刘伯温想了想，回道："陛下对臣属之心可鉴。但凡事物极必反，予者愈多，则伤者亦愈多，望不可过也。"刘伯温此话是什么意思呢？即是说皇上答谢群臣的这番心意，大家都看得明明白白。可是什么事情只要做过了，则可能适得其反，会朝相反的方向转化。你给的越多，受伤害的也越多。陛下大封功臣之举，有这么一次就行了，以后不可再做了。在朱元璋正思考军师的话语之时，刘伯温接着又道："好了，好了，一切好了。"朱元璋听后，竟怔住了，没明白是啥意思。这时，刘伯温不管对方正在出神、发愣，站起来便向皇上拜别，朱元璋忙着起身送先生，可眼睛却一直瞅着军师犯疑，在想怎么个"好了，好了，一切好了"呢？想问吧，看先生的样子根本不想讲，还直往外走；不问吧，真的不明其意，心里免不了犯寻思。他知道先生有个怪脾气，常常让人对他所讲的话得想半天才能回过味来。有些人说不如称刘伯温为刘疯子，说话总是着头不着尾的，朱元璋却不这么看。他认为先生不直言其意，目的是提醒你、警示你，让你去思考、去琢磨、去品评。思忖之后，自己去多加注意。朱元璋想："这大封功臣之事，难道还有什么不好吗？"各位阿哥，随着我讲的听下去，你定能体会出刘伯温那句话的含意来。

刘伯温辞别皇上刚迈出门去，又返回来了。朱元璋一看高兴了，心想："好哇，先生回来，可能是要把方才说的话解释清楚。"这么想着，便急忙上前笑迎先生。刘伯温则站在那儿对皇上说："陛下，臣还有件事情想说，估计陛下会想到的。目前看来，北事已定，大功告成。但陛下不能掉以轻心，应同大将军商量继续北伐，尤其是对在甘肃兰州一带活动的扩廓帖木儿不可小觑。此人是个干将，有能力亦有谋略，正在扩充自己的力量，准备东山再起。也曾同大将军徐达、常遇春较量过，恐怕将来仍会是大明的祸患呀！"朱元璋听刘伯温提到了扩廓帖木儿，心想："其实朕知道他很有能耐，恨不能早些弄到手，为己所用。"刘伯温又道："这个人孤芳自赏，善用骑兵，而且勇猛善战，是难以对付的猛将。不过还有一位比扩廓帖木儿更厉害，臣请陛下注意。"朱元璋忙问："此是何人？"刘伯温答曰："就是盘踞在辽东金山的纳哈出。他降过大明，被放回去之后，依然是野心勃勃。眼下正养兵蓄锐，准备东山再起，重打元旗，另立天下。纳哈出头脑聪颖，多有智谋，掌握兵力很强，所占据之金山有独到的天时地利。我们与他对付起来，恐非陛下一代所能完成。"刘伯温谈得很是中肯。

朱元璋听后一惊，心里琢磨开了："自大明建朝以来，已是天下得安，四海升平，十几年的血战总算画上了一个句号，元朝的兵力及一些义军的势力早随之土崩瓦解。至于在辽东、甘肃、四川、云贵一带还有些元朝的兵马，只不过是残兵败将，不堪一击，怎么会有如先生所说如此严重的事情呢？"这时，刘伯温问道："说一句陛下不一定愿意听的话，此谓忠言逆耳，不知想听不想听？"朱元璋回道："老先生，您说，您说。先生讲的话，朕一向愿意听。"刘伯温刚张口要讲，朱元璋忙边拉着先生扶坐在太师椅上，边说："不急，不急，坐下来慢慢聊。"然后，命内臣献上茶，回身坐在了刘伯温的下首。刘伯温觉得这有失君臣体统，立刻站了起来，朱元璋硬摁着让他坐下，说道："老先生与朕不仅非一般的君臣之谊，还是兄弟呢，有话尽管讲。您一向是披肝沥胆为社稷，这一点朕心里比谁都明白。以此为前提，先生还有什么犹豫的？想讲什么一股脑儿全说出来，啥都行。"朱元璋的诚挚之情感动了刘伯温，于是便大胆地言道："现在朝中一片笙歌，这是应该的。然而有一股情绪，虽然尚不明显，也请陛下关注。常言道：'遇逆勿馁，遇顺勿骄。'这八个字儿中的前四个字儿很容易发生，而要做到后四个字儿不发生，则不易。然而，它却是立世之本，人生在世当须牢记。"他是一字一板地把话吐了出来。

刘伯温说的是什么意思呢？"遇逆勿馁"，即遇到逆境之时，常常容易气馁，失去了信心和勇气。因此，在逆境、不顺心的时候，当防备气馁情绪的发生；"遇顺勿骄"，即遇到顺境之时，每每容易骄傲，只看好的方面，忘记了还可能有不好的事情出现。所以，在顺利、事事如意的情况下，要防止骄傲情绪的发生。刘伯温接着说："陛下，大明朝正处在一切顺遂之际，君君、臣臣、父父、子子绝不能自满，骄兵必败呀！

第一章　明宫怪叟

只有'遇逆不馁，遇顺不骄'，陛下所创建的大明才能真正光耀天下，代代昌盛，一代更比一代强，希望陛下能委婉地提请徐大将军他们思虑这点。当然，徐大将军无论品德还是为人都很好，素为大家所尊敬，臣希望他常盛不衰呀!"刘伯温老先生苦口婆心地说了此番话，目的就是要引起皇上的注意。

朱元璋非常重视刘伯温的提醒，那是军师呀！过去每件事都说得很准，这些话当然也不例外，他是听一句答应一声。不过又觉得眼下并没发现有什么骄傲的迹象显露出来，心想，以后多注意就是了。刘伯温怕他犯老毛病，尽管表面上答应了，心里却不这么想，所以又强调道："陛下，我刚才提的不是小事儿。一定要防微杜渐，什么事情必须想到前头，可不能出现了问题后悔迟呀!"朱元璋笑着说："请放心，先生讲的朕都记住了。"刘伯温点点头道："那好了，臣告退了。"说着，叩别了皇上往外走。朱元璋赶忙站了起来，不拘君臣之礼，上前搀扶着先生。于是，老哥儿俩手拉着手，一步步向宫外走去。

正如刘伯温所讲的，自己年事已高，快进古稀之年了。精神倒是蛮好，腿脚可不那么灵活了，走得很慢。当老哥儿俩到了宫门口儿时，朱元璋命内臣："快去，把朕所用的那个小吱扭叫来，送军师回府。"刘伯温忙道："不烦劳陛下了，我愿意走，走走好。经常走一走，身板儿更硬朗。"朱元璋说："哪能那样呢，坐着总比走舒服呀！再说先生来此好长时间了，也累了，还是坐小吱扭回去吧，以便早点儿歇息。"说着话儿的工夫，内臣已将小吱扭唤来了。

什么是小吱扭？就是类似江南常用的供人乘坐的交通工具滑竿儿。即用两根长竹竿儿，中间架起后有靠背、两边有扶手的藤椅，被抬的人坐在藤椅上。为防日晒雨淋，藤椅上还用细竹竿儿搭一凉棚儿，不用时，可放下。人坐上之后，自然有了压力。当两个人扛起竹竿儿向前走时，随着脚步的迈出，竹竿儿上的藤椅一上一下地颤悠，走出颤颤悠悠的步子来。这样，使坐的人不感到蹩跶，抬的人亦不觉累，走起来能听到有节奏的"吱扭、吱扭"之声，故而称之为小吱扭。那时，几乎家家都有此种交通工具，一般是从这个院儿到那个院儿，最多也就沿着市井中间的道儿走走，既简单又方便。朱元璋过去在征战时常坐，现在虽然当了皇帝，有了龙辇，但出行时仍愿意坐小吱扭，已经习惯了。

朱元璋站在宫门口儿，望着小吱扭走出很远了，才慢慢返回宫里。他走在玉石铺成的甬道上，低着头，倒背着手，边走边琢磨着刚才刘老先生所说的话。越想越觉得好笑："这人哪，老了容易磨叽，过去军师可不这样。如今年岁大了，对我就像对小孩子一样，总怕听不懂他的意思。一句话能说成两句，两句话能说成三句，才不管你烦不烦，那就是个说。你还不能不听，他是军师呀，又是很自负的人。如果流露出一点儿不愿听他话的意思，转身便走，半点儿面子不给留。"朱元璋对刘伯温的脾气摸得透透的，因此，平时尽管有些话不愿听，却只能硬着头皮听下去。不论他怎么个讲法，是发脾气讲也好，瞪眼睛讲也罢，还是慢条斯理地讲，或者坐在那儿好半天不说一句话，朱元璋都做出一副认真听讲的样子，不动声色地听先生把话说完，然后自己再说几句。即便有些话听了生气，不愿听了，也得在先生走了之后，暗自生气。朱元璋今天听了刘伯温的话，觉得先生过虑了，有点儿小题大做、言重了。认为目前根本没有什么骄兵必败的表现，就算他姑妄言之，朕姑妄听之罢了，不必计较。想到此，还晃了晃脑袋。

单说朱元璋刚刚用过晚膳，内臣来报："启禀皇上，明天徐达大将军等人要去北平府了。皇上答应今晚为他们饯行，是不是该起驾了?"朱元璋听了内臣的禀报，忽然想起来了："对呀，是有这么个事儿。"原来那是在大封功臣之后，徐达提出马上率兵马返回北平府。一是坐镇北平，严守北疆;二是要在那里训练兵勇。他就是这样，办什么事儿一向雷厉风行，从不拖泥带水。启奏获准后，徐达与李文忠、冯胜、傅友德等众将商量，决定各自尽快回家安顿一下，准备行囊，抓紧调集所部的兵马，次日辰时出发北上。当时李善长赶来凑热闹说："陛下，徐大将军他们劳苦功高，常年在外，风尘仆仆的。好不容易回来一次，没休息好又要出发远征，今晚应给摆宴送行，以略表我们在京城的臣僚们对诸将的感激之情。"经他一提，汪广洋、胡惟庸一致表示同意，朱元璋也觉得是件好事儿，高兴地说："好哇，今天晚上咱们君臣一起，为远征的将士设宴饯行!"事儿就这么定下来了。

汪广洋为晚上的宴会做了细致的安排，准备酒宴之后，请来几位艺人给大家助兴。既有江南美女来唱吴歌，又有著名的评弹艺人弹唱《目连救母》和《桂英出征》。大伙儿皆认为考虑得挺周全，已经好长时间没听到吴歌了，真想听听。吴歌是很出名的，曲调优美、动听。从南唐李煜以来，北方很多人到了江南想听想看的，便是吴歌。再说江南评弹也是一绝，清婉、抒情。

朱元璋听了内臣的禀报后，忙令其去后宫再报马皇后，问皇后去不去。内臣回来禀奏，因王妃儿媳身怀六甲，皇后娘娘就不去了。朱元璋脱掉红袍，由内臣帮着换上明服，之后上了彩轿，起驾赴宴去了。在宴会厅等待的群臣见皇上来了，忙起身恭迎。朱元璋高兴地坐在了前面，特别嘱咐北征的几位大将挨着自己身边坐下，其余大臣各自落座。朱元璋左侧坐的是刚毅勇武的徐达大将军。在这次大封功臣中，他由原来的信国公又封魏国公、太子少傅、光禄大夫、右丞相，官位颇高，很是显赫。朱元璋十分崇敬徐达，亲切地拉着他的手。右侧坐的是著名小将李文忠，字思本，小字保儿，是朱元璋姐姐的儿子。李文忠十二岁的时候，母亲早丧，由其父，即朱元璋的姐夫李贞带着转辗于乱军之中。后在滁阳遇到朱元璋，见保儿甚喜，抚以为子，教他念书、习文，勉励苦练武功。从十九岁始便率军打仗，骁勇冠诸将。在历次征战中，都是临阵踔厉风发，率先垂范，冲锋陷阵，立下赫赫战功，是朱元璋得力的后起之秀。此次大封功臣时，特进荣禄大夫、右柱国、大都督府左都督，封为曹国公，同知军国事。朱元璋握住外甥的手，觉得很自豪，认为李文忠给老朱家争了光。自己的儿子们虽然皆已封王，但还没起来，没有一个能像李文忠这样成为独当一面的大将。坐在李文忠旁边的是远近闻名的大将冯胜。初名国胜，生时黑气满室，经日不散。待长大一些，威猛多智略，锋芒外露。他有个哥哥冯国用，也是一员大将。两兄弟俱喜读书，通兵法，在随朱元璋战三叉河、板门寨、鸡笼山中，皆屡立战功。朱元璋看这哥儿俩老实、厚道、肯干，而且打仗很勇敢，遂收为自己的帐下亲军，在身边做护卫。冯国用不仅在战场上敢拼、不怕死，还很有计谋。一次，朱元璋向他咨询天下大计，国用说："金陵龙盘虎踞，帝王之都，先拔之以为根本。然后四出征伐，倡仁义，收人心，勿贪子女玉帛，天下可定也。"此话深得朱元璋的赏识。可惜国用很早就战死了，享年只有三十六岁。国用去世，朱元璋十分痛心，在这次大封功臣时没有忘记他，追封为郢国公，并将其肖像列入功臣庙中。冯胜先是承袭其兄之职，统率亲兵。在征战中，功劳显赫，遂升迁右都督兼太子右詹事，又升至征虏副将军，此次被封为宋国公。坐在徐达旁边的是一位大将，那便是傅友德，也相当出名，将来在本书中要介绍。在大封功臣时，同样没落下他，同汤和一样，是二十八位侯爷中的一位，为颍川侯。其余在座的多为公或侯，皆是朱元璋的股肱、国家的顶梁大柱。因此，朱元璋对这些大将特别喜欢和器重，高兴地为他们饯行，希望出师得利，凯旋而归。

酒宴之后，看罢评弹，听完吴歌，大家尽欢而散，朱元璋坐着彩轿回宫。走到半道儿，突然把手一拍，叫道："哎呀，大事不好！"随从急忙叩向："陛下，怎么了？"朱元璋说："我忘了一件事儿，没有告诉徐达大将军他们关于刘伯温军师嘱咐的'遇逆勿馁，遇顺勿骄'的话。更未说要特别注意扩廓帖木儿等人，不能轻敌，一定要小心之言。"那么，他为什么忘了呢？因为朱元璋听刘伯温讲这番话时，总觉得先生把事儿看得过重了，不至于到他说的那个程度。所以在酒宴上，只顾同大家高兴地推杯换盏，又听琵琶又听吴歌的，老军师的提醒早忘脑后去了。此刻他想，这些话说说倒没啥坏处，是应该告诉天德他们。可又一想，行啊，没说就没说吧，大将们都很尽心，不会出啥事儿。

徐达、李文忠、冯胜三位大将于酒宴的第二天一早，率众将士号炮拔营起程，用舟渡过了长江，然后骑兵北进，直奔北平而去。闲话少叙，他们到北平后，便安营扎寨，训练士卒，天天早晚皆操练。在练兵的同时，向四方派出探子，侦察了解什么地方有元兵及具体活动等。这些探子全经过了乔装打扮，有的扮成猎人，有的扮成到大漠去售盐的商贩儿，也有的扮成砍柴的樵夫，或扮成贩马的、贩牛的、卖骆驼的、卖羊的，总之做什么营生的都有。这样的探子共派出二百多个，徐达将他们分成三拨儿。其中一拨儿过山海关，打入辽阳一带，因此时辽阳还在元兵手里。说书人要提醒各位阿哥，明代这个时候的势力并没有进入辽东，长城以外仍是大元的势力。出居庸关往北进入大漠蒙古之地，那是元兵藏匿的地方，从北平府的东北出古北口到科尔沁的道上同样有元兵。另外，从太原奔大同，再直接往西北进入大漠，还有蒙古兵。其中一股儿势力比较强大的元兵，就集中在甘肃兰州一带，头领便是从太原逃到那儿的扩廓帖木儿。另一股儿元兵由纳哈出率领，盘踞在辽东金山一带，力量不比扩廓帖木儿弱多少。其他地方有多少元兵，尚需详细侦察。

徐达、李文忠、冯胜将探子派出去以后，便在大营里天天练兵，着重训练骑兵。攻城略地主要靠步兵，而今后要进入大漠作战，那是数百里无人烟哪，步兵是走不起的，只能靠骑兵。再说大漠里树木不多，有的只是一片沙土、一片焦地，遇大风天沙尘滚滚，眼睛根本睁不开，很是艰苦。而且既缺粮又少水，全指仗征马驮着有限的粮食和水，马伤了或死了，随时需换马。因此那时出征，一个大将或骑兵在坐骑后总是备有两三匹马。倘若没有马了，可就寸步难行了，别说打仗，走都走不出大漠，得活活饿死、渴死。除此，为保证给养，在骑兵的后面，还得跟着大批的牛、羊、骆驼。这需要单有放牧人员，也属于兵卒，差事是饲养这些牲畜。其实，他们始终跟在大军后头一块儿走，同样很辛苦，一天二十四小时闲不着。比如给马饮水呀、喂草料哇，牛羊不能瘦了，必须随时放牧。牲畜即为口粮，供战士走一路、杀一路、吃一路。那时哪来那么多粮食呀，军队的粮食本来就不多，朱元璋又约法三章：大军进入屯寨之后，不得抢劫老百姓的粮食，违者斩；敢压价购买粮食者斩。要求各路军自备粮食，没粮只能吃牛羊肉。天天不是多吃饭少吃肉，而是倒过来了，以粮谷为辅，多吃肉少吃饭。就是这样，粮食仍不够，有时得把野菜、树叶儿同粮食掺到一起食用。

　　各位阿哥，要知道那时是很苦的。朱元璋还规定，南京宫殿里上下人等的膳食及御马的饲料，一天只能有一顿以粮为主，那两顿以肉、鱼为主，而且首先从他自身做起。宫内尚且如此，百姓更不用说了。前书也讲了，宫廷内臣到朱元璋故乡访问皇觉寺时，见到的席子营里有那么多衣不遮体的乞丐，这在当时不足为奇。由于长期征战，特别是十几年的讨元战争，致使土地荒芜，民不聊生。加之水旱荒灾，从洪武元年到洪武十年这段儿时间，粮食奇缺，元朝和现在的大明可以说都是乞丐之国，此话绝不是夸张之词。人们穿的是补丁摞补丁的衣服，出外要饭吃的实在太多了，卖儿卖女的、插草卖身的也不稀有，能把自己卖出去，就口念阿弥陀佛了。

　　放下徐达率众练兵、为征战做准备暂且不提，单说一天徐达等人秘密地接待了一个重要人物，是傅友德送来的。原来傅友德在带着十几个弟兄骑马到哨卡巡逻时，发现了一个可疑的人。抓到之后，那人直劲儿地喊："我谁都不见，就见徐达！"傅友德便按战场上的规矩，给他头上套上了猪皮口袋。这是一种北方常用的带毛的口袋，里儿冲外，缝得很严实，装水都不漏。你想啊，把皮口袋扣在人的头上，出气儿能不困难吗？真是憋得够呛。尽管此人连连叫喊："快打开，要憋死我呀？受不了啦！"傅友德没管那套。因为他知道，徐大将军办事一向谨慎，不仅是带兵打仗的元帅，还善于用探子刺探敌方的情报。每次派出去的都不少，情况了解得很细致，从不打无准备之仗。因此，经他指挥的战役从未失败过，真正做到了知己知彼，百战不殆。徐达还有个特点，就是对派出的探子皆称为朋友，并对他们的各个方面给以无微不至的照顾，像对待自己的亲兄弟一样。探子们也因此勇敢地入虎穴、探虎情、拔虎牙，很是尽心尽力。由于有了这些人的秘密调查、私访，使明军的耳朵不聋、眼睛不瞎，能知千里以外之事，几乎每次打仗皆能出奇制胜。探子不只是汉人，蒙族、东海女真及各个民族的全有，干什么行当的都有。不管你是蒙族还是原来做什么的，统一进行训练，到需要的时候，仕、工、农、商该用什么用什么。对手是商人，我就派商人去；对手是做工的，我就派工人去；对手是拉药匣子的，我的探子就是那郎中，这叫"对症下药"。当傅友德一听此人直喊要见徐达，心里有些明白了，估计很可能是探子。按军中的规矩，有徐达在，自己没有问的权力，可又不能大意。所以，便给来人的头上套上了猪皮袋子，然后带回北平府的中军大帐。

一进入大帐，傅友德便对徐达说："大将军，刚才抓来一个可疑之人，口说一定要见徐大将军，还说认识你。"徐达问："谁呀？"那人一听是徐达的声音，忙喊道："徐大将军，是我。憋得难受哇！快叫他们把这东西拽下去！快，快呀，喘不过气儿来啦！"徐达命人把那人头上的皮口袋扯了下来。此时，坐在中军大帐里的还有李文忠、冯胜，他们都把目光集中在这个人身上了。只见他个子不高，身穿紫色的蒙古袍子，腰间系了一条粉色的带子，脚登蒙古靴。为防寒，在盘着一根辫子的头上戴顶貉皮帽子，把脑袋捂得严严的，只剩一对大眼珠子，看不清他的面目，像个地缸似的往那儿一站。看穿戴是从北方来的，因那里的天气此时还很冷。徐达走近他，缓缓地说："把帽子摘下来，让我看看你究竟是谁。"那人把帽子一摘，扑通一声跪倒在地，咣咣咣地给将军叩头。徐达说："好了，好了，抬起头来吧。"那人把头一抬，徐达这才看清了，高兴地说："哎呀，豁鼻马，原来是你回来了，太好了！"李文忠也认识豁鼻马，忙走过来，让他站起来说话。豁鼻马站起身后，大步来到桌子跟前，不管是谁的茶杯，端起来咕嘟咕嘟一饮而尽。左一杯右一杯，一口气喝光了桌子上放着的四大杯茶水，然后放下杯子说："快把我渴死了，这回可喝个痛快！"徐达让他快坐下歇歇，回头对傅友德说："友德呀，去忙你的吧，这人交给我了。他来的事儿，不要对任何人讲。"傅友德答应一声"明白"，便退出了中军大帐，接着干他的巡逻布阵之事去了。

话说傅友德带回来的豁鼻马，便是前书讲过的在徐达、常遇春攻打山西时，投降过来的那个扩廓帖木儿身边的干将。因犯了错误，挨了扩廓帖木儿的鞭打而叛离大元的。也就是他，在徐达攻取山西一仗时，里应外合帮助明军打败了扩廓帖木儿。因此，徐达对他很好，当时不仅赏了银两，还给了妻妾。之后，按豁鼻马自己的意思，徐达也同意，让他回到了故乡科尔沁。可回去不到半年，又回来找过徐达大将军。你想啊，这豁鼻马原来是扩廓帖木儿身边的人，花天酒地、吃喝玩乐的日子已经过惯了，在那大草原上能呆得下去吗？赏给的银两倒不少，不过没到半年就花光了。赏给的两房妻妾也卖了一房，剩下的一个卧病在炕。在这种情况下，他才偷偷跑回来找徐达，想让徐大将军再帮些银两，给个出路。

徐达清清楚楚记得那次他回来的情景：当时，徐达在明白豁鼻马回来的目的后，看他眼睛滴溜乱转，嘴挺能说，还蛮机灵的。心想："对呀，这是个人物哇！看长的那贼性样儿就不是善茬子。眼下正需找人办一些事儿，他肯定是必选之人哪，何不再用一回？"这么想着，便问豁鼻马："要是愿意跟我干，可以给你点儿差事，不过必须得干好。若干不好，早晚挨收拾。即使跑到天涯海角，也能扭着你的脑袋抓回来，信不信？"豁鼻马忙说："那我信！从来都信大帅的，知道你神威天下。不但我怕大帅，而且元兵所有的将士没有不怕的，就为这，才来降的。那时我错了，根本不该回家去，我哪是个能在家呆得住的人呢？在外头，无论是领兵打仗，还是干别的什么全行。一回到家里，不是让看牛就是看羊的，我可干不了这个，一心只想跟着大将军出去拼一拼。再说年龄又不大，才三十多岁，还能干不少事儿呢！大帅，让我跟着你、保护你吧，准是谁也不敢碰你。谁要敢碰大帅半根毫毛，我把他两只胳膊扭下来！"徐达听罢笑了，说道："这样吧，咱俩事先讲好，像做笔交易那样，你有几分功，便给几分赏。我这个做将军的，领兵打仗从来一是一、二是二、说一不二呀！"豁鼻马表示道："大帅，让我做什么都行，给你牵马、收拾屋子、端尿盆儿全没说的。"徐达道："别说笑话了，哪能让你去做那些事儿呢？咱们说正经的。你是蒙古人，懂蒙古语，要真的愿意跟我干点儿事儿，就附耳过来。"豁鼻马急忙上前，徐达在他耳边如此这般地说了半天。

一开始，豁鼻马边听边瞪着大眼睛、仰着脖儿发愣。听了一会儿，便道："还有啥事儿？就这么点儿事儿呀，好办！"徐达又详细地嘱咐他该怎样去做，然后严肃地说："豁鼻马，可以告诉你，能不能做好此事很重要，绝非一件小事儿，而是关乎明朝大业的关键之举。若能帮助我们了解元兵的情况，一定会感谢你；对所提供的每个重要情报，都会重重赏你，可不只是像过去那样给几个银子、妻妾之赏。由于你帮大明做了好事儿，朝廷便会不分民族、一律平等地给予优待。"就这样，豁鼻马欣然接受了刺探辽东元兵情报的差事，做了徐达最重要的北方探子。他的差事具体说，即是要到山海关之外的辽东去，通过朋友或族人，了解辽东的情况，随时来报。为了通行方便，徐达还发给豁鼻马一个腰牌儿。这种腰牌儿过去全是木头做的，带着很不方便。尤其是夏天，不断地流汗，穿的衣服又少，在腰上别着挺硬的。现在改成用猪皮或牛皮、羊皮做的了，皮子熟得又软又滑，上头用墨笔写上字，然后刷一层胶，字儿才不容易掉，皮子上印有火印子。什么叫火印子？就是先将用石头或铜刻成的戳儿在火上烧一会儿，然后往皮子上吧嗒一摁，皮子一冒烟，闻着便有一股刺鼻的味道。再把戳儿拽下来，皮子就烧有一个黑色火印的印痕，怎么蹭都不会掉，哪怕字儿没了，印痕仍清晰可见。它是凭证，无论到哪个哨卡，凡是有明军的地方，也不管是哪路的，只要见到腰牌儿，必须放行。对持有腰牌儿的人还尽力给以帮助，没吃的给吃的，没喝的给喝的，没住的给安排住的地方，在明军管辖的地方可以畅通无阻。遇有急情险事，拿着腰牌儿到明军那里，或到明朝主理行政的所有衙门那里皆管用。

那么，豁鼻马将要完成的差事，以什么身份出现呢？徐达他们想来想去，决定让他扮成采购商人。因为当前到辽东去的人，多数是采购皮张、盐及海产品的。在这种情况下，以采购商人出现，是在情理之中，不会引起不必要的怀疑。豁鼻马接受此项重任之后，请求道："大帅，还是我一个人去吧。以前没干过这等差事，带的人多显眼，容易出事儿。单个人怎么办都成，方便。只要能把事儿调查清楚、弄明白，不就行了吗？"徐达答应道："行，你想咋办就咋办，愿意带人就带人，愿意自己就自己。但必须记住，一定要严守秘密，出了任何差错，可要拿你是问。"豁鼻马说："请元帅放心，我记住了。"于是，豁鼻马以采购商贩的身份去了关外辽东一带。

说起来，徐达与豁鼻马订的这个君子协定，还是两年前的事儿。此次他从辽东来，是要向徐达禀明情况的，未等拿出腰牌儿呢，便被傅友德给抓住并送到了中军大帐。徐达见豁鼻马来了，何止是高兴，而是兴奋！遂问道："这次来可带回了什么情报？"豁鼻马说："我按元帅之命去辽东之后，找到了元帅安排的已先去辽东的马云和叶旺两位英雄处，同他们一起了解了元兵的情况。此次把他俩也带了回来，因有急事要向元帅禀报。"徐达更高兴了，忙问："现在何处？"豁鼻马说："回元帅，眼下元兵到处流窜，我怕一块儿过来太显眼，先让他俩在狗驮子山崖下的树林子里躲着，待我来说明情况后再去接。哪成想刚到哨卡附近，没容分说，就让傅将军的人马给抓住了。"徐达、李文忠、冯胜一听全乐了，三人站了起来，徐达说："豁鼻马，让你受苦了！好，咱们立刻去狗驮子山，找叶旺、马云去。"于是，四人出了大帐，各骑战马，向狗驮子山飞驰而去。

马云和叶旺都是徐达的参军，两年前受命乔装打扮，秘密去了明军还没进入的辽东。在那里与豁鼻马会合后，便以豁鼻马奴才的身份，一起踏查了辽东的山山水水，了解调查了方方面面的情况。表面上，豁鼻马是个有钱的贩马商人八爷，马云和叶旺是为他牵马的奴才，一看就是主仆关系。实际上，二人管着豁鼻马。

徐达一行到了狗驮子山，见到了马云和叶旺，少不了互道寒暄，而后将他俩接进了北平府的中军大帐。傅友德从外巡逻回营，得知叶旺、马云归来，便走进大帐看望。傅友德同马云、叶旺很熟，因为这俩人是从其他军旅调过来的，就在他的麾下听命，后来才做了徐达的参军，三人见面自然十分高兴。当晚徐达摆酒席，宴请豁鼻马、马云、叶旺三人，除让李文忠、冯胜到场外，也让傅友德参加了。

说起傅友德，那可是徐达大军的核心人物，是其身边的重要心腹。早在跟随常遇春的征战中，冲锋陷阵，有勇有谋，立下了不少战功。后从徐达大将军北征，连连得胜，成为军中的主要战将之一。有时跟徐达一起出征，有时单独领兵作战，两个人是分而有合，合而有分。豁鼻马投降时，正是傅友德单独领兵伐蜀之时，故而他不可能知道豁鼻马已做了大明的探子之事，当然也就不认识此人。这次朱元璋要大封功臣，才将傅友德从西南调回，随徐达一起北伐。为什么非调他呢？因为傅友德以前参加过北征，曾做过徐达的探子，到过东海等地，对北方的情况比较熟悉。

诸位阿哥，咱们说句题外话，这部书讲的是东海沉冤。就大明而言，最先到过东海的将军是谁呢？就是傅友德。他去得很早，还是在元至正二十八年时，朱元璋已十分注意辽东的动向了。当时作为大将的徐达，想了解东海更多的情况，想知道女真人、辽东女真野人、蒙古人在那里的生活状况，便经常派人去打探。傅友德不仅会讲蒙古语，也会一些女真语，勇猛而且脑子好使，常常被派往东海。他的一只眼睛有玻璃花儿，那是在东海打仗时被枪给扎的，幸好没全扎到眼珠儿上，成了半瞎。在随徐达征战时，曾多次协助主帅管理派往各地的探子，听取他们传来的情报。所以，今天徐达才特意让他来参加酒宴，同李文忠、冯胜等人一起听听马云、叶旺、豁鼻马介绍有关辽东的一些事儿，让大家都能做到心中有数。

马云、叶旺在酒宴上介绍说，他们在辽东与豁鼻马会合后，利用其在辽东一个远房的表姐夫的亲戚关系，刺探元兵的行踪，这位表姐夫眼下就在元朝辽东行省参政刘益的手下做参军。诸位阿哥，我要告诉你们，刘益虽然作为元朝驻守辽阳的战将和行政首领，但并不为本朝大将们所信任。说起此话题，很有意思。屯兵于辽东金山的元朝大将纳哈出可是个不好斗的人物，本元木华黎裔孙，为元太平路万户。顺帝在时，曾将他派到江南，镇守长江一带。后来朱元璋率兵攻克太平时，将其抓获。朱元璋想，纳哈出乃名臣之后，应当笼络之，给以宽大和优厚的待遇，将来或许能为己所用。便按照军师刘伯温的意思，采取七擒七纵孟获之法以治之，放其北还了。七擒孟获那是诸葛孔明做的事儿，对孟获是抓了七次，放了七次。在此后的交往中，纳哈出对朱元璋的印象挺好，朱元璋也常给纳哈出去信。以为这样做，他会感谢大明，并以实际行动报效之。

可万没料到，这是放虎归山哪！纳哈出被放走之后，先到大都，拜见了元帝。元帝是个心胸狭窄、又很怯懦的人，由于纳哈出被朱元璋俘获过，便心存猜忌，总是在想："既然你曾到过朱元璋那里，不仅没杀，反而给以厚待，还放还了，能说得清这是为什么吗？很可能被朱元璋收买了，背叛了大元，做了对不起大元的不轨之事。此次回来，是做朱元璋耳目的，岂能收留，这不是心腹大患吗？"所以，始终不相信他。不但不信任，不授予任何官职，不给一兵一卒，而且派人处处监视，同朝的群臣对他也是另眼相看。纳哈出面对此情，一气之下，干脆没在大都呆，立马带着亲信离开了元帝，回到故乡科尔沁。在接近蒙古草原的马儿成群、牛羊肥壮的开原西面，即辽东金山一带，聚集兵马，屯兵扎寨，积蓄力量，发展自己的势力。朱元璋此时曾下旨诏谕过，可他没理睬，一直不给回信儿。纳哈出本来就勇猛善战，又有招募能力，那真是一呼百应啊！元朝许多残兵败将都自愿投奔于他，使其兵马越聚越多，力量越来越强，已到十几万之众，成为掌握众多兵马的大将。他凭借势力的逐渐壮大，占的地盘儿也越来越多，将触角伸向了辽沈一带，并控制东海的女真人，还有靺鞨人，即松花江一带的女真野人。也就是说，松花江沿岸，远至黑龙江边，东至东海，包括日本海的西海岸，尽属他的势力范围。

由于重兵在握，自命不凡的纳哈出愈加傲慢，对谁都看不上眼，包括元帝。元帝死后，元残余势力十分重视的人就是纳哈出。他雄心勃勃，决心不让大明染指辽东。又很自信，因下边有很多自己的将领占据着各个地方。凡是信不过的将领，就派出身边的心腹给该将领做副手，便于时刻监视，严加控制。对大明，则认为你在南面，我在北面，鞭长莫及。即或来了，我可以凭借虎狼之将、众多兵勇与你对垒，依据优越的地理形势和剽悍、强劲的兵力与你决一雌雄，俨然一副东北王的架势。正因如此，虽然元朝的大都已失落，元帝也亡故于大漠，但屯兵于辽东金山、掌握十几万兵马的纳哈出从未服输过。

纳哈出的老巢在金山，属辽东之地，当然会与元辽阳行省参政刘益发生关系。因纳哈出自己曾被俘过，所以从不相信辽阳路及沈阳路的元朝官员，怕他们心怀鬼胎，不一定什么时候便投降了朱元璋。特别是辽阳为当时辽东的军事、政治中心，而掌握这里大权的刘益，却偏偏是个汉人。纳哈出对刘益一直持怀疑态度，认为他不担事儿，没有恒心和魄力，早晚会投降大明，因此早就注意他了。刘益的老家是安奉路蒙城县。唐朝时，安奉路叫寿中，后改为寿春郡。宋代称宋春府或宋春县，元代时才叫安奉路。朱元璋的老家濠州也属安奉路，与刘益算是同乡，都在渭水河边。渭水是从西边流进淮河，再从淮河流进洪泽湖。蒙城即为西有濠州、东有怀远，位于濠州和怀远中间的一个县城，此地很是富庶。这样，纳哈出对刘益更不放心了，总是怀疑他，认为随时随地会卷铺盖走人。

其实，刘益生在安奉路蒙城县倒是没错，不过很早便去了集庆，即应天府，也就是现在的南京读书。如此说，刘益尽管生于安奉路蒙城县，却是在秦淮河畔的姨家长大的。小时候常到秦淮河边儿玩，对秦淮河上的歌妓很熟。他的姨夫是个刺绣商人，其印染、刺绣在江南很出名。姨夫对刘益挺好，用自己经商赚来的银两供外甥念书。刘益进士及第后，离开南京到太湖一带任职。后来由于他为官清廉，特别能干，便被调到京师大都做官。元至正年间，又调至辽东辽阳，升任辽东行省的参政，从二品。现已五十多岁，为人诚恳，心地善良，然而胆小怕事。其夫人是集庆的一个美女，姓秦，原来为秦淮河畔的一个采莲女。刘益到辽东任职时，将夫人也带到了辽东。

值得一提的是，秦氏小妹妹的丈夫在一次同明兵的征杀中战死了，她成了寡妇。因与姐姐的关系好，一个人又孤单，便随姐姐和姐夫一块儿来了辽阳。尽管已三十出头，不过看面相，也就二十多岁，仍然如窈窕淑女。不怪说江南出美女、秦淮河畔出美人呀，后来竟被纳哈出看中了，不惜重银要聘她为妾。刘益本不敢惹纳哈出，还总想溜须人家，深怕纳哈出怀疑他投降朱元璋。尤其是在传出朱元璋和他是同乡的消息后，更加坐不稳、站不宁了，天天提心吊胆的。现在既然纳哈出主动提出要聘自己的小姨子，是好事儿呀，于是赶紧做夫人秦氏的工作，要她同意这桩婚事。秦氏对丈夫一向百依百顺，自然痛快地答应了，并跟妹妹说了。妹妹考虑到自己住在姐姐、姐夫家，生活上要依靠他们。虽然姐姐、姐夫挺令人尊重，对自己蛮不错，各方面照顾得十分周到，但长此下去也不是个事儿呀，不能老在姐姐家呆着吧？咳，反正都这样了，嫁就嫁吧，便同意了。从此，刘益和纳哈出既是上下级关系，又是连襟儿，应该说是正经的亲属关系。即使这样，纳哈出对刘益仍然是十分戒备、万分小心的，总怕他变心，还把身边一个心腹叫马延辉的安插到了刘益手下。

马延辉这个人非常狡猾，是纳哈出从江南带回来的。原是马童，后来纳哈出把他提了起来，现在已经是平章、一个不小的武官了。刘益身边原本有一个参将，叫满卡踏，是齉鼻马的一个远房姐夫，同刘益的关系挺好。这会儿又来了个马延辉，也作为参将在身边，一举一动皆要受到马延辉的监视和控制。刘益对此当然不满，可又有什么法子呢？特别是近两年来心事重重的，元朝的顺帝死了，新皇帝到处流浪，大明朝创立了，而且越来越强大。觉得我这个元朝的官员，已是上无依靠、心中无底、没几天当头儿了。纳哈出手中掌握十几万兵马，自己有什么呀？啥也没有，甚至连粮饷、俸禄都没有了。所能做的，只是带着身边的几个好友照看着行省，单等着明廷来人接收了。这样下去，有什么意思呢？故而心情郁闷，每日就是个混吃等死。夫人见此，常对他说："咱不能天天呆着呀，得想办法挣点儿钱，要不吃啥呀，咋办哪？"刘益没吱声儿。他是个正直的人，为官多年，从来不刮不抢，家里十分清贫。夫人接着又道："要不咱们到江南贩绫罗带到辽东卖，再把辽东的海货带到江南去卖，像珍珠呀、海产呀，还有殳角什么的，一定受欢迎。殳角是那海象的牙，可以雕刻成艺术品呢，很值钱的，又是贵重的药材。听说多产于北海，在东海也能得到。把这些东西卖了以后，挣几个钱花，不是挺好嘛，你看咋样？"刘益一想，觉得夫人说得没错，总不能死等着。如果有一天连饭都吃不上了，那不没活路了吗？

正赶这时，豁鼻马来找他的远房姐夫，即刘益身边的参将满卡踏。豁鼻马是以商贩身份出现的，那参将又知道刘益想做买卖，便从中予以引见。豁鼻马和刘益见面后，谈得很是投机，还把马云、叶旺介绍给了他。从此，马云和叶旺就成了刘益身边的佣人，并帮着跑货。他们把东海一带的海蛤蜊里的珍珠，还有殳角及各种渔产和貂皮、虎皮、豹皮等上好的皮张收来，送到长江一带去卖。好在大明朝初建时，要求各地市贾依旧。虽对往来之人有些盘查，但只要不是不轨之人，不是元朝的军事人员或援兵，照样可以放行。所以，南北往来一直很顺利，没有受到任何影响。叶旺和马云借此之便，把辽东的货物带到南京卖出去，然后再由秦氏的娘家帮助，把从那边买进的丝绢、绫罗、绸缎、江南的器皿等带回辽东卖。两边来回这么一折腾，还真挣了些银子，补济了刘益一家的衣食之用。马云和叶旺为了能从刘益这里了解更多元兵的情况，那是事事注意、处处小心哪。要知道，这可是辽东行省参政的府内，是辽东的腹地，哪能大意呢？他俩挺会办事儿，而且啥事儿都想得特别周到，连剩下的散碎银子自己都不留下，尽量多给秦氏。把刘益及秦氏溜得快找不着北了，不仅秦氏高兴，刘益也很满意。秦氏当然感激这二位，知道他们一路风尘仆仆的，非常辛苦，有时就赏点儿银子，他俩却半个子儿不花。

咱们书中暗表，其实，马云和叶旺拿来拿去的东西根本卖不出去，每次都是装作卖出去了，拿回银子交给刘益和秦氏。那么，这些东西哪儿去了呢？原来全交给了徐达他们，由徐达给银两。可刘益和夫人不知道呀，一看买卖做得这么好，便认为他们俩会办事儿，有能耐。马云和叶旺刚开始时有些担心，因一路上有土匪，刀兵不断，挨抢怎么办？说实在的，能不能到南京都很难说。可走了两趟，很顺利，什么事儿没出，心里这才一块石头落了地。每次回来，二人挺会讲，说得很周全，使刘益和秦氏一点儿不怀疑，真以为是货卖得好，那是一千个满意、一万个放心，就信着他俩了。秦氏内心十分高兴，觉得豁鼻马还行，帮着找了这么两个能干的人。为此，常到佛堂上香、磕头，觉得此为佛祖的

东
海
沉
冤
录

保佑，是天赐的吉祥之人来到了身边。就这样，叶旺、马云、刘益、秦氏之间的关系处得越来越近，黧鼻马有时也来帮帮忙。一来二去的，刘益不能不吐露点儿心里话呀，常流露出悲观情绪。觉得前程未卜，这么一天挨一天地混吃等死，谁知啥时候是个头儿呀？如果哪天大明的兵马来了，自己必得成为阶下囚。马云、叶旺便抓住时机向他灌输，悄悄儿做思想工作，推心置腹地与其亲切交谈。多次劝道："大明朝的人非常好，从不轻易杀人，更不会给大人你出什么难题。只要不做坏事儿，不扰民害民，朱元璋绝对不会加害于你。倘若有功，还会重用的。"又讲了一路上看到不少元朝原来的高官，由于做了好事儿，降了明朝，朝廷不但给了他们官职，而且俸禄年年有，甚至比原来还高。刘益越听，心里越活。

马云和叶旺看火候儿到了，有一天，便向刘益公开了自己的身份。刘益和秦氏开始时有些害怕，马云苦口婆心地说："你们不必担心，大明是如日中天，徐达大将军正坐镇北平府，说来就来。可他们到现在并没来，为什么？就是等待你觉醒。还是趁早降过来吧，早降比晚降好。我们会向大明天子奏明刘参政的情况，他一定会欢迎你、信任你的，这一点请刘大人放心。大明天子同其他皇上不一样，他出身布衣，来自乡里，对下头人、底层人很是同情、爱护，对元朝各方面的人士、官员，特别是有文化教养的人一向十分尊重。不仅如此，还礼贤下士，从不摆皇上的架子。你如果降过来，他会亲自迎接、奉为上宾的。朝野内外都知道，大明天子胸怀大度，把天下的所有义士看成是好朋友、亲兄弟。只要愿意为民做好事，积极为大明朝稳固基业、改变元朝的残暴苛政出谋划策，他便会以诚相待。刘大人，不要彷徨了，不要怀疑了，要当机立断，早些弃暗投明，做一位大明的堂堂正正的官员、为民办事的臣子。可不能这样不明不白死在纳哈出手里，那样不觉得遗憾吗？若真有那么一天，你肯定会后悔的。正因为咱们如今已是肝胆相照了，似亲兄弟一般，我们才说这些话的呀！"马云说此番话的中间，叶旺也在旁边不时地插话，帮助劝导刘益。

刘益听了二人的肺腑之言，很是感动。他一直对朱元璋的印象特别好，不管到哪里，那都是个胜利之师。"见元璋，天下昌"的民谣早已耳熟，也为自己的故乡能出现一位大英雄而感到荣耀，心想："是呀，父母生了我，给予生命。现在又是位居元朝从二品的上层官员了，却整天无所事事，还等什么？应当弃暗投明。只要这样做了，离开黑暗的已经灭亡了的元朝，才会有出路，才会前程似锦。正像两位兄弟所讲，我能做很多事情，何必在这儿苟延残喘呢？"越想越觉得眼前只有一条路可走，于是便下了决心，投降明朝！

一天晚上，刘益屏退了身边所有的侍从，不准任何人来见。然后，以家宴的名义，把豁鼻马、马云、叶旺请到府内，由秦氏亲自上灶款待他们。做的全是辽东当地的土产，什么飞龙汤、鹿肉、东海的鲸鱼、海豹肉，还有参羹及用哈什蚂油做的哈什蚂羹等等。喝的是马奶酒、米酒和白酒。刘益将三人请到后花园里原来婢女们住的一处不起眼儿的、令人想不到的处所入宴，并在外面布下了层层着便装的卫士。若真有耳目，或是飞檐走壁来探府之人，也不易找到这个地方，很难观察到他们的秘密活动。为什么如此小心呢？主要是怕纳哈出的耳目刺探消息，更怕马延辉的监视和窥伺。那些人的嗅觉像狗一样灵敏，四处打探，能闻出刘益哪怕是一点点的风吹草动。

大家坐定后，刘益先端过一碗酒放在眼前，拿起匕首将自己的左手指一划，鲜红的血滴入酒碗里。然后用双手端起这碗血酒，跪倒在马云、叶旺和豁鼻马面前。三人见此，忙起身上前要搀，刘益制止道："请不要搀。马将军、叶将军，还有我的兄弟豁鼻马，你们来到这里，不仅拯救我刘益于水火，也帮了我的全家，真是万分感激！今天，不只是给三位兄弟跪，还是给大明朝跪，给大明天子朱洪武跪。朱洪武的所作所为让人佩服，为我们家乡增了光。从心里讲，我早有归附之心，不过不敢轻举妄动，怕出事儿。咱们兄弟自见了面，相处的时间不算短了，可以说是肝胆相照，很愿意把心掏给你们。也想好了，同意二位将军所言，你们怎么说，我就怎么做，向大明朝从心到外彻底投降。二位将军和兄弟豁鼻马在上，我把血酒喝下去，以表示自己的一片诚心。请相信，若有三心二意，神人共诛！"说完，咕嘟、咕嘟一口气儿把血酒喝了。马云和叶旺很是激动，上前抱住了刘益，三人紧紧地搂在一起。他俩一想到这些日子风尘仆仆地风里来、雨里去，不但做事，而且要随时抓住有利时机，对刘益做细致的劝降之事，总算没白来，终于使他幡然悔悟，完成了大帅交给的差事，这不光是争取了刘益一个人，而是意味着争得了辽东大片的土地以及所有女真野人部落，怎能不高兴不激动呢？不禁热泪盈眶啊！

大家高兴得边喝着酒、品尝着美味佳肴，边愉快地聊着。这时，只见刘益略迟疑了一下，想了想，对马云、叶旺说："二位将军，咱们如今心心相印，有啥说啥，应把一切摆在明处。依我看，今后你俩不要老跟我在一起了，会引起马延辉的注意。何况他已有些警觉，总说过去从没见过你们，咋一来就跟你刘益那么亲、过往那么密呢？怕是南京来的奸细。我注意到了，他已派人秘密地跟踪二位了，而且对你俩带货到南边去更是怀疑。希望二位听我的话，这里不必惦着，尽管放心走。你们不在跟前，我或许好办些，在一块儿反倒不一定有利。再说目前有很多事情要办，身边还有好几个兄弟呢，得做好他们的工作。为把一切办得周延，必须同兄弟们商量一些办法，这点请二位将军理解。别以为刘益还留一手，或者有什么二心。请相信，绝对没有！我要把事情做得十分圆满，使马延辉这条狗啥都嗅不到，悄无声息地将辽东的大片土地归于大明执掌之下。到那时，才算没白来人世一场！"叶旺说："刘大人，不要说了，我们完全相信你。其实，我俩也挺着急，估计到了马延辉会怀疑的。说得对，是该马上离开这里，回去向徐大将军报捷，使他知道后放心。然后还要做好准备，赶往京师，向皇上禀奏这件喜事儿。让大明天子及时了解刘大人目前的情况及对大明的一片赤心，等候有一天，站在宫门口儿迎接刘大人。请刘大人按我们约定的去做，并祝步步顺利，咱们后会有期，望在南京相见！"商量好后，酒宴很快结束了。第二天，齉鼻马、马云、叶旺告别了刘大人，以上南边办货的名义，乔装回到了北平府，辽东之事则由刘益具体去办。

在徐达举行的欢迎酒宴上，马云、叶旺、齉鼻马三人便把以上这些情况向徐达、李文忠、冯胜禀报了。徐大将军听了非常高兴，认为事情办得不错，比预想的还要好。遂命叶旺、马云赶紧收拾东西，去京师见当今的皇上，奏报此事。一是让圣上高兴，再就是使其心里有底，准备迎接刘益这些大元的降将，部署对辽东的治理。马云、叶旺站起来说："遵元帅之命！"徐达又道："你们二位今晚啥也别干了，跟着友德大哥好好儿歇歇。明天一早，吃饱了，喝足了，一同动身去南京。"于是，马云、叶旺和齉鼻马由傅友德陪着，到大帐的后边休息了，徐达、李文忠、冯胜继续商议军情大事。

这里要向各位阿哥简单说几句。马云、叶旺及傅友德，都有自己的心酸史。在《明史》中，只是简单地介绍了他们是江南某地方的人和一般情况，并没有做细致的说明。马云、叶旺的祖籍实际上不是江南人，而是辽东的女真人，二人皆是女真人的后裔。在大元朝时，因其先祖被强行掳到江南，他们也就生在了江南，因此不知道自己原本是女真人。

朱伯西我将把他们真正的身份和历史揭开，这也是一直以来很想做的一件事。

　　回头再说明朝现在是喜事连连，捷报频传，形势催人奋进。特别是辽东已有了好的征兆，免去了兵刃之苦。徐大将军很是高兴，令李文忠、冯胜二位将军抓紧操练士卒，充实兵源，筹集粮食和给养、马匹，很快将要开始西征，对手当然是穷凶极恶的元朝大将扩廓帖木儿。现在，元兵已将势力伸到大漠深处蒙古草原的土喇河一带，离北平府约三千多里。明兵到那里去，需经过漫漫的沙漠，甚至有几天要行进在寸草不生的杳无人烟之地。徐达在深入调查中得知，走这条路困难重重，生死难卜，必须带足水和粮食。否则，不用说打仗，就是那大沙漠，也会像虎狼张着大口一般，轻而易举地吞下大明朝的所有兵马。因此，在练兵中，务要训练士卒能适应那非人的生活，应对那迷漫得看不出二三里远的黄沙。尤其是还需对付一阵旋风刮来，只一袋烟工夫，就可能被风沙掩埋的险恶境地。这些，在北平大营里是练不出来的。徐达向李文忠、冯胜下了军令："眼下，最主要的是训练骑兵，充实力量，筹备粮食。每个士兵都要装满自己的粮食袋儿，也要准备好牛、羊、马群，率领将士出居庸关，到大漠那儿练兵。"于是，徐达、李文忠、冯胜三位大将军各率五万兵马，计十五万人，到西部昭乌达盟一带进行各种训练。除此之外，徐达还要完成皇上命他治理北平府的重任。北平府虽是元代的大都，但由于元代后期经济凋敝，财政困乏，加上贪官污吏的搜刮，并没怎么建设。尽管宫殿金碧辉煌，城市却很破烂，残缺低矮的土墙土房每年春秋经大风一刮，便倒塌不少，这哪行呢？因此，朱元璋到了北平以后，第一句话便说："咱们不仅仅是夺下北平府，还要建设好这座古城。"

　　早从洪武元年，徐达便奉旨开始抓北平的建设。他身边有一位爱将，叫华云龙，原来即是京师大都人，其父为建元宫的一位巧匠。故此，让华云龙留在北平府，主持北平城池的规划、修缮、治理和建设。徐达大将军在北平府时，要求华云龙直接向其禀奏修缮北平城池的情况，凡事必须得到他的准允。徐达是真忙，既要统率三军管理长江以北，当然也包括北平府的军事，还要负责北平府衙之事、修缮之事以及屯田、农庄设置、工商百业、市井的恢复等等。你说有这么多的事儿需要去做，去安排、督检，哪能不忙呢？徐达不是一般的官员，洪武三年

东
海
沉
冤
录

朱元璋大封功臣时，是其中职位最高、官衔最多的人，被授予开国辅运推诚宣力武臣、特晋光禄大夫、右柱国、太子少傅、右丞相、参军、受理国事、改封魏国公。可以说，他是大明朝朱元璋之下的第一人。皇上授予参军，就是掌握军权；受理国事，就是协助皇上处理国家的任何事情。这样，当然管事儿就多，每天亦最忙。很显然，朱元璋将其看成股肱，并委以了重任。徐达尽管名位仅次于皇上，却从不计较个人的得失，总是以国事为重。所以，在朝野中声誉很高，大家十分尊敬他、信任他。军队中的将领往往互不服气，你瞧不起我，我瞧不起你，相互勾心斗角，惟独对徐达佩服得五体投地。只要他徐大将军一声令下，那真是一呼百应、山摇地动，有股子大将军的八面威风！而且对朝廷一片赤诚，办事公道，赏罚分明，满朝文武皆服气。

大家知道，在大明朝野上下受尊敬的还有一个人，那便是军师刘伯温老先生。他大高个子，长着连鬓胡子，满腹经纶，很有才学。长期以来，为朱元璋身边的重要佐臣。据传，早在元代时，刘伯温于燕市得天文书一函，默读精研，掌握了天文之学。喜欢游览山水，爱访天下道观，看了许多道藏宝卷。又通易卜，懂风鉴，即会看阴阳风水。不仅如此，还通今博古，知天文，晓地理，善观象纬，可以未卜先知。尤其是会相面，且看得很准，百言百中，人惊其神。为人刚直不阿，眼里从不揉沙子，一就是一，二就是二，绝不把一说成二、二说成三。朝野人士皆言此人嘴巴又黑又狠，独具只眼，不少心怀叵测之人怕他。元代确有几位观相出名的人，比如大家知道的住在柳林一带的元巩，因其看相出名，故被称之为柳庄相法。这样一个权威人士对刘伯温也佩服得五体投地，十分赞赏，说刘老先生看事更准。刘伯温尽管才高八斗、智睿过人，却非常谦恭，曾多次跟朱元璋讲："陛下，徐达是大明王朝真正的勇将和良臣。有了天德，是陛下的洪福，是国家之幸！可以说徐天德乃当今一完人，心胸坦荡无私，从不存杂念，为大明的天下鞠躬尽瘁，心不怀二。陛下一定要记住，今后无论发生什么事，无论在什么情况下，无论何人进谗言，都要对徐达信任到底。凡事让他办准没错，把军权交给他，大明江山会永固也。"朱元璋真就没忘刘伯温的话，对徐达的信任从未动摇过。

刘伯温对每个人都有比较准确的评价，包括对自己。朱元璋在用人时，总是首先征询先生的意见，请他帮着出主意。如在洪武三年大封功臣之前，朱元璋曾认真请教过老军师对一些人的看法。从洪武元年开始选丞相时，选这个不行，选那个也不行，选来选去的，朱元璋最后还是向老先生征求了意见。朱元璋最早、即洪武元年时，选的左丞相是李善长，只做了几年，便觉得此人不行。认为他傲慢，心胸狭窄，私心太重，众臣不服。所以，洪武三年把李善长给罢了。罢之前，朱元璋曾多次将对李善长的一些不满情绪向刘伯温发泄过，老先生一再好言劝之，尽量帮助圆全。尽管如此，由于朱元璋对李善长早有自己的看法，就是不同意他再做丞相。

接着，朱元璋又摆出了几个人，先说到身边的杨宪。杨宪在当时挺出名，是位文臣，有才华，为人亦很好，替朱元璋做了不少事儿，而且认真、干练。他的岁数没有刘伯温大，俩人的关系不错，经常往来，像兄弟一般，是莫逆之交。朱元璋问刘伯温："杨宪是先生的好朋友，您看他能不能做丞相？"刘伯温马上说道："不行。杨宪虽有丞相之才，但有才无气度，做不了丞相。能做丞相之人，必要赤心如水，一碗水端平。心得纯，不能有杂念，对人需以礼仪为先，这些他不具备。"朱元璋又问："那么汪广洋怎么样？"在大封功臣时，汪广洋与刘伯温都是伯爵之位，汪广洋是中勤伯。此人也很出名，有智谋，朱元璋信任他。刘伯温说："他更不行。这个人处理事情偏颇，眼光肤浅。论治理朝政和做丞相之才，还赶不上杨宪呢！"朱元璋接着问："那么胡惟庸做丞相怎么样呢？"刘伯温说："陛下，他做丞相好有一比：比之一驾，惧其废辕也。"这话什么意思呢？就是说胡惟庸根本不行，不堪重用。就像一辆车一样，如果由他这匹马驾驭，必定能把车辕给毁坏了，成事不足，败事有余。这样的人做丞相，不仅朝纲要乱，还会把许多事情办坏的。朱元璋听了以后特别失望，诚恳地说："这样看来，朕身边的人没有超过先生您的呀！"刘伯温明白了，这不是要往自己身上推吗？忙道："陛下，我疾恶太甚，脾气不好，好管些看不惯的事儿。做丞相的，不能善于团结人、联络人怎么行？再说我的性格也不行，不耐繁缛，有风道空静之情。"意思是说他喜欢安静，不愿看到市井和人际这么繁复。"另外，我做不了一些很细致的为民之事，太忙乱了觉得受不了。不行，承担不了此大任。我要是做丞相，会辜负皇上对臣的信赖和洪恩的。"接着又道："陛下，天下何患无才，惟明主悉心求之。"就是说只要明主爱才，细心了解观察，会找到良相来治理朝纲的。然后还十分肯定地说："目前，陛下提出的这些人，臣没见到一个有什么真能耐、真正能成为一个好丞相的。"刘伯温的评价后来都应验了，的确挺准。杨宪在做左丞相不久，便因罪被朱元璋杀掉了。汪广洋和胡惟庸曾先后当过丞相，不过像走马灯似的，上来一个，下去一个，皆因罪被赐死，包括李善长后来亦如此。

刘伯温始终给予很高评价的、最信赖和佩服的，就是徐达。徐达作为大明朝的勇将和良臣，当之无愧，无二话可说。不喜外露，不张扬，简约、慎行。领兵打仗归家后，从来是轻车简行，尽量不打扰民居，使得很多人不知道他是大将军。又肯于助人，礼让于人，对所有的路人和百姓都是相敬相爱，遇到有困难的，必倾囊相助。眼下正在长江以北原来元朝的大都城北平府坐镇，为朱元璋执掌着北方的半壁河山。他兢兢业业，一丝不苟，对发现的问题往往想得很细。遇有军机大事需拿主意时，常常是别人睡觉，他就坐在院子里或于天井长时间徘徊，冥思苦想，最后总能拿出一个切实可行的方案来。平时沉默寡言，干起事儿来却大刀阔斧，雷厉风行。这些年，把元朝的大都北平府治理得很有成效，消除了匪患，百姓安居乐业。还将从河南、山西一带逃过来的乞丐、流民做了妥善的安置，让他们能耕田的耕田，能做生意的做生意，各有其业，各有其所。而今北平府的集市上早不那么冷清了，已有一些商贩往来叫卖了，卖什么的都有，显得热闹多了。

徐达的年龄不算小了，四十多岁了。因长期征战，不仅给身上留下了不少的病痛，还浑身战伤，可以说伤痕累累。吃饭常吐，胃疼，心脏时常感到闷痛。这些他都能忍耐，但有一种病很厉害，也是多年征战留下的疾患，特别折磨人。那是在元至正末年时，有一次随朱元璋追赶陈友谅。正追着，突然马失前蹄，徐达从马上摔了下来，像球儿一般顺着山坡儿滚到了山崖下边，先是全身麻木，不久便人事不省。当即把朱元璋和傅友德、李文忠、冯胜吓坏了，慌忙跳下马来，大家轮换着好不容易把他抬回了大营。在大营里，到处找郎中施治，有的用草药，有的用针灸或拔火罐儿。经过一段时间的治疗，总算把他从死亡线上拉了回来，手能动弹了，身子不麻了，渐渐便好了。真是老天保佑啊，全军将士始终悬着的心总算落了地，高兴得不得了。可是由此徐达却留下了病根儿，每年一到春秋两季，就浑身难受。现在正是春天刚过，前胸、后背开始不舒服了，而且越来越疼得厉害，饭吃不好，觉睡不了，躺也不是，坐也不是，好像有万把钢刀在一片片割身上肉似的。他是条硬汉子，有时疼得脸色铁青，黄豆粒儿大的汗珠吧嗒吧嗒地直往下掉，就那么咬紧牙关硬挺着，大家看着心里别提多难受了。他是真有骨气，在这种情况下，照样指挥众将士按部就班地进行各种训练。练了一阵子，大伙儿都劝他休息一下，徐达总是说："不用管我，没关系，哪有那么娇气？能挺住。"众将心疼他呀，多少年来，一直在想办法为大将军解除病痛。有时把毛巾往热水里一泡，扒下他的衣服，将泡热的毛巾往后背上一熥，立刻感到浑身发热。你说怪不怪，这一热，真就不觉得那么疼了，慢慢地还能睡一会儿了。正是在大将军的抱病日夜操劳、坚持治理下，北平府才发生了很大的变化，那是一天一个样儿，徐达高兴得天天乐颠颠的。

马云、叶旺、豁鼻马三人回来后，军营大帐更是喜事不断，不少元朝的将领来此降服，徐达同李文忠、傅友德、冯胜等人还时常到大都的田野中去走一走、看一看。一天，几个人又来到了大田，看到由于他们帮着弄来了籽种，牛正在地里耕田，农夫在扶犁播种。别看这是很平常的事儿，由于战乱连连，已是十多年不见的光景了。今天看了，心里比吃了蜜还甜哪！特别是看到了有人在放风筝，更是少见之举。大都的风筝挺出名，风筝会原本是此地的一大特色。这些年刀光剑影的，谁有心思放风筝呀？如今见到风筝重又飞上蓝天，是人们生活欢乐的表现，你说他们几个能不乐嘛！这是个什么样的风筝呢？是一条金翅红鳞的彩龙。它在天空飞舞着，龙身上闪烁着金色的花纹儿，张着大嘴，嘴里含着一个球。球被风一吹，发出呜呜的鸣响，声声悦耳，人称金龙戏珠。报春的风筝，给北平府带来了新的生机，吸引了很多人驻足观看。傅友德、李文忠他们这一刻全然忘了自己的身份，也像孩子一样，高兴地跟着大家一块儿往放风筝那儿跑去。尤其是徐达，兴奋得眼睛都红了。想到现在的欢乐祥和代替了群雄逐鹿，梨花飘香代替了战火纷飞，总算结束了长期的煎熬，揭开了四海升平的一页，激动得眼泪情不自禁地流了下来。当他又想到昔日的战友、今日的皇上朱元璋时，心里话："陛下，您要是能看到这乡野的春光，亲自闻闻那散发着土香的大地，一定会同我们一样乐开怀的！此景象是国家将兴的写照，真是应了一句古诗：'海跃烟霞开锦绣，春城花柳唤文明'呀！"

大家正高兴的时候，从远处嗒嗒嗒地跑过来两匹坐骑，速度相当快。待到了近前，才看清跑在前头的是徐达的护兵，后头跟着一个小将。二人到了跟前，急忙跳下马来，小将气喘吁吁地向徐达叩头下拜道："父亲，孩儿看您来了。"这一说，倒把他们几个吓了一跳！心想，徐辉祖怎么来了？

徐辉祖何许人也？乃徐达的长子。这孩子大高个子，身材魁梧，武功好，有才气。徐家枪是很有名的，他跟父亲学了一手精湛的长枪技法，十八般武艺样样儿精通，然枪法更是首屈一指。谁都知道徐达的枪法厉害，万人中没有能比得过的。辉祖并不比父亲差，好多武士一齐同他较量，就是个打不过。朱元璋特别喜欢他，常慨叹道："有什么样的爹，就有什么样的儿呀！"徐辉祖从小便跟徐达到处闯，十五六岁时，已是马上的一员虎将，随父东征西杀了。那么，这回徐达到北平府，他怎么没与父亲一同来呢？原来在徐达来北平府时，朱元璋曾同大将军商量："徐达呀，辉祖就别去了，留在京师吧，让他教教朕的那几个小王爷武艺，他们的功夫差得远呢！"皇上说了，徐达岂有不应之理？于是，辉祖留在了朱元璋身边。徐辉祖初名叫允恭，同皇太子朱标的儿子朱允炆的"允"同字，这便犯了忌讳，皇家人的名字不能碰。为避讳，有一天，朱元璋对徐达爷儿俩说："允恭一身武功，非常像父亲呀。朕看你不如改名儿叫辉祖，为国家争辉嘛！"从此，徐允恭改成了徐辉祖这个名字。

闲话少叙，书归正传。徐达惊诧儿子为何到此，急忙上前问道："辉祖，你匆匆来北平府，有什么事儿吗？"辉祖回道："父亲，大事不好，京师出事儿了！"此话一出，李文忠等人吓了一跳，异口同声地问："出啥大事儿了？"还没等辉祖回答呢，徐达便道："先别急，有话慢慢讲。"边说边转过身，命傅友德、李文忠、冯胜牵上马，赶紧回去。大伙儿牵过马来，徐达先翻身上马，随后辉祖同护卫和几位大将也上了马。徐达领着儿子在前头走，其他几位随其后。因为辉祖是来找父亲的，父子有事儿呀，别人自然不能往前凑。辉祖在道儿上向父亲禀道："朝廷出事儿了，刘伯温老军师已经向陛下递了条陈，准备告老还乡。言称要离开皇上，回到故乡青田去，在那里种田、观鹤，做个乡野之人，态度很坚决。听说前两天，老先生和陛下发生了口角。"徐达问："你是怎么知道的？"辉祖回道："前两天的晚上，军师的大儿子琏公子到咱家来过，要找父亲您。一听说眼下在北平，就见他心里挺难受，两眼立刻含满了泪水。我便问琏公子，到底为什么事儿找我父亲？琏公子告知说，这两天老父因跟陛下顶了嘴，心情很不好，不知是难过还是惧怕，整天茶饭不用，沉思不语。琏公子焦急万分，让我赶紧转告给您。因为京师谁都劝不了，谁也说不上话，包括汪广洋丞相在内。他们说刘老先生的烦心事儿，只有徐大将军才能帮助解脱。我想这个事儿陛下肯定着急，说不定正盼着父亲能赶紧回去圆全一下，只不过没来得及跟您说呢！"说完，焦虑地看着父亲。

徐达一听明白了，虽然表面没说什么，但心里十分清楚。最近一段时间，已发现军师和皇上有些顶牛。刘伯温说的很多话，皇上不愿听了；在一些事情的看法上，意见也往往相左。对这种情形，那是看在眼里，急在心里。刘老先生要告老还乡，绝不是因为简简单单的几句口角，恐怕还有别的事情搀杂在里边。他们之间的矛盾必须尽快解决，只有君臣一致，才是国家之万幸啊！说心里话，徐达非常敬重刘老军师。大明王朝里，他最佩服的、认为最有学问、最大度的，就是刘伯温，可以说功高盖世。徐达深切体会到，凡事只要有刘老先生帮助出点子或参与意见，并按所说的话去做，准有好果子吃，否则便要尝苦头。今天或许尝不到，明天必会尝到。在这方面，徐达不止一次亲身经历过，也因此把刘伯温看成了活神仙。

其实，朱元璋对刘伯温一向是十分敬佩的，先生说什么，他听什么，百依百顺。只是近两年来，随着形势的发展及大明王朝的确立，朱元璋由一个普通的农民、义军头领、自立为王的草头王，到了应天府登基，坐上了金銮宝殿，成了真龙天子。地位变了，臣僚则俯首帖耳，招之即来，一呼百应，自己的身上便不知不觉地多了些独断专行。说出的话，其他人不能反驳，不大愿意听与自己不同的意见。而且听不进别人劝，有时候连马皇后的话也不起作用了，以前还真不是这样。包括对刘伯温说的，哪怕是恳求的话，早不像过去那样听后认真思忖了，而是这只耳朵听、那只耳朵冒了，更别说有悖于自己的话了。刘伯温偏偏又是个不管做什么事情都十分认真的人，只要看不惯必得说，不说则已，一说就是透彻到底、清清楚楚、泾渭分明。意见端出之后，你要不按他的话去做，再不讲了，扭头便走。朱元璋当然不太满意刘伯温的做法，这样的情形，徐达曾多次见过。此次不知又出了什么事儿，俩人的矛盾任谁解决不了。刘伯温脾气犟，自尊心强，想说通他可不易。要说能给点儿面子的，只有徐达。而在皇帝面前能说上话的，还是徐达，一般人真没这本事。徐达想："看来得做两头的工作，既要说和刘老先生，又要找出好的办法来劝说皇上，让皇上礼贤下士，向刘老先生认个错儿。要不然，互相顶起牛来，很不好办。辉祖倒是受刘伯温儿子琏公子的请求而来，过不了两天，皇上肯定得找我，总如此下去哪行？从现在的情况看，估计皇上仍要用刘伯温，不一定马上让他告老还乡。"转念又想：

"这事儿可也难说。朝里人与人之间的关系挺复杂，有些人可能就喜欢看皇上和军师闹口角，希望老先生早一些告退，还会从中做手脚的。所以不能拖，得快点儿解决。"

徐达一边走着一边想着，走了一段儿路，便对儿子说："辉祖，这样吧，呆会儿你先回去。我还有一摊子军务要办，马上要西征了，总得安排一下，然后再回京。你到南京之后，要耐心地跟小琏说，让他一定安慰、照顾好父亲，千万别让老先生上火，一切事情等我回去再说。"徐达为什么一再地强调让琏公子照顾好刘老先生呢？因为他知道一向受人尊敬的老嫂子，即军师的夫人已于洪武二年病逝了，这对刘伯温是个极其沉重的打击。他们夫妻之间，数十年来一直相敬相携、情笃意重。可贤淑的夫人却突然离先生而去了，剩下刘伯温孤身一人生活，精神上是很苦的。因此，徐达不放心，嘱咐儿子快些回去，要刘琏照顾好自己的父亲。

吃过晚饭，辉祖没在北平府逗留，连夜赶回了南京。辉祖走后，徐达便把李文忠、冯胜找来，开了紧急军事会议，对练兵和西征之事做了详细的部署，然后带着傅友德飞马赶向京师。

各位阿哥，朱伯西在这里要多讲几句。若说起来，朱元璋灭元而有天下，建立大明朝，打出一片新天地，这是很不容易的。明从太祖朱元璋始，至思宗崇祯帝朱由俭止，传了十七帝、二百八十四年。翻开大明近三百年的历史便会发现，明代的帝君真正有作为的并不多。毫不夸张地讲，其中不少皇帝不仅创业不行，守业也不行，一代不如一代，让人看了痛心哪！在十七位皇帝中，我们不能不赞佩朱元璋，还有他那四儿子朱棣，即永乐大帝，这两位可堪称有作为的圣明帝君。既然说到明朝的不少成就，就不能不提到朱元璋、朱棣，特别是朱元璋。不是说万事开头难吗？此话没错，确实不易。是朱元璋开拓了北疆方方面面的事业，并逐渐扩展，波及的地域越来越广；又是朱元璋奠定了大明三百年来的基业，一代一代地传了下来，其成果是丰硕的，有目共睹的，甚至影响到清代。大清国的不少规章、典制是沿用明朝的，而取得的那些成果，则是朱元璋和他身边的几位辅臣共同切磋、创造出来的。如清代的六部衙门等，完全沿用了明朝的体制。而此种体制，却打破了元朝的那种专权、苛政和对少数民族的残酷剥削，给女真族和其他各个民族带来了希望和恩惠。

元朝的时候，只有元人为上等人，东夷人、包括女真野人都是他们的奴才，可以随意杀戮、关押、奸淫，人们被欺压得喘不过气来。明朝建立后，朱元璋彻底改变了这种高压政策，采用了令北方民族感到宽松的羁縻之策。什么是羁縻之策呢？就是对东北地区诸女真部族用金、帛等物进行个别招抚，分立为若干羁縻式的卫所，自成单位，分而治之。给予部族酋长以卫所军官职衔，许其秉承朝命世袭，并各给玺书作为进贡和互市的凭证，从而满足了各个民族的物资交换和经济要求。这些措施为清代招抚北疆之族提供了经验，使诸部族兴盛起来，发展起来，才有了今天。不要忘了，什么事儿都要寻其源，究其根。承继下来一个国家，如果兄弟不睦，勾心斗角，甚至相互倾轧，没个治理好。只有大家顺心、合心，共同努力，才能把国家建设得好，乃至兴旺发达。正因为有了朱洪武羁縻之策的实施，所以便有了后来大清的天下，也有了剽悍、护国的女真人。

说到这儿，我不由得想到在大清国初创时期，大清的太宗皇太极，还有顺治帝和孝庄皇太后，他们都很喜欢在空闲的时候，请当时赫赫有名的汉人大学士范文程、洪承畴二位老先生给讲颂扬朱洪武的故事或《明史》。怕听不懂，孝庄皇太后还命身边的名士将其译成满文，用满人来讲。顺治爷福临在位时，八旗兵营里曾流传着一些洪武故事的满文手抄本。圣祖皇爷康熙帝玄烨特别愿意读《明史》，经常翻阅。据传，有一次心爱的小皇孙，就是后来的乾隆皇帝跑到玄烨的内宫去了，见爷爷在看书，便问："皇祖看什么书呀？"玄烨非常喜欢这个小皇孙，笑着把他抱在怀里，说道："皇孙长大以后，也要读这本书。温故知新，明鉴可稽呀！"康熙帝在闲暇之时，常对身边一些重臣谈起看《明史》后的一些体会。他说："为政者创业维艰，守业尤艰，创而守成者艰也，守而复创者尤艰也，创而创者人生其趣也。"讲的什么意思呢？即是说作为一个执掌政权的人、一个英明的君主，创业是很不容易的；作为承袭皇位的人，能把祖先传下来的家业安安稳稳守住，把国家的事情办好，不出什么事儿，也不容易；创业，而且在此基础上把事业接续下去，仍不容易；不仅把祖先的家业很好地继承下来，发扬光大，还要进一步开拓、发展，那就更不容易了；若做到既能创业，又能守业，再不断地创业，竭尽全力发展事业，使国威日盛，国家日强，这将是人活在世上最有趣、最高兴的事了。此话讲得多好啊，寓意很深哪！乾隆帝弘历继帝位以后，也挺注意读《明史》，曾言："《明史》为宝镜，君臣宜读之；

东
海
沉
冤
录

为君临政者，展卷益人耳。"即是说，《明史》那是一面宝镜，为君为臣皆应该看。尤其是为君临政者主持国家的事情，更应翻阅《明史》，可以从中受益呀！

今天，我们说康熙帝也好，乾隆帝也罢，他们讲的都是至理名言。能谈出这样的话，那是多年实践、身体力行的结果。老皇帝们把《明史》作为宝镜从中受益，温故知新，明鉴可稽，得到了不少的经验和教训。作为满人讲述洪武的故事，比不得汉人那么方便，因为汉人有许多书可看。而满人不懂汉文，无奈之下，不少满洲先辈是用重银聘请汉家的老师将这些书翻译成满文的。有的把它刻在牛皮上，有的写在麻布上，有的则写在桦皮上，以便于携带，随时翻看。那是多么艰难之事呀，真可谓用心良苦也！

说书人恳请各位阿哥能谅解我为什么把书扯得这么远，讲到了《明史》，而且是从洪武帝说起，远远超过了平时说部的开头讲法。实不相瞒，这是行先王之训，受祖上之命，只能这样讲。咱们的先祖舒穆禄氏家族，有位赫赫有名的大将，就是杨古利。他长时间在太宗皇爷身边，转战沈阳、大凌河、山海关等地，功绩卓著。征战之余，常请汉家人讲《三国演义》，讲朱洪武的故事。目的是使族人能晓彻族史，深知祖业开拓之苦，慎终追远，抱本思源。为了这个，本书才从朱洪武讲起，从过去不知道的走过的路讲起。

闲言碎语咱不表，回头再讲朱元璋。这位大英雄很有趣儿，既有个性又有代表性，是个十分典型的人。在他身上，成绩和贡献是肯定的，毛病和短处也不少。特别是现在，那些举义旗反元的将领已经死的死、亡的亡、自尽的自尽，惟独他鹤立鸡群，赢得天下，建起了朱氏王朝。环境变了，人跟着渐渐变了，各个方面亦随之变化。坐殿南京的朱洪武，同以前转战南北的朱元璋已判若两人。眼下是以一呼百应、八面威风的气派，至高无上、惟我独尊的声势出现在大庭广众面前，的确是一个变化很大、生动的人物。今天，就是要对他的功过、得失进行认真的、细细的剖白，才能做到"明鉴可稽"。我们并没有完全按照《明史》来讲，因为说部的责任是要辨明孰是孰非，以补历史之不足。

在朱元璋坐殿南京以后，特别是到晚年的时候，京师流传着不少民谣。这些民谣是对时弊的某种褒贬，也是黎民百姓心情的一种表露。其中有首好报令，即民间小令，是给当了皇上的朱元璋画的像：

投其所好，
投其所予，
早去早好，
晚走晚报。

令中说的是什么意思呢？咱们不忙解释，请大家在听书中，自己去与这十六个字儿对号，看是怎么回事儿。小令对从万马营中杀出来的主帅、后来成为大明天子的朱元璋做了生动、形象的描绘，讲了他对待功臣勋将采取的手段、策略和权术，可以说是入木三分。它带有点儿佛家偈语的味道，等到朱元璋晏驾之后，谜底就会全部揭开。说书人请各位阿哥先记住这十六个字儿，再慢慢地品评、琢磨。

自古以来，多半是人在不得志的时候，心态一个样儿；得志以后，心态又是一个样儿，此话一点儿不假。仔细品味一下，每个人或多或少都有这种变化，只是朱洪武表现得更为突出而已。早年的朱元璋能笑纳百川，只要愿同他一起反元的，不论是三教九流也好，五行八作也罢，皆为兄弟。哪怕原是土寇响马，也照样收留，进而肝胆相照。那时是广招八方贤士，抚爱四海，能容天下难容之事，能忍天下难忍之苦。同众人一起摸爬滚打，同甘共苦，使得万民颂唱"见元璋，天下昌"。人们对朱元璋是那样的信赖，那样的心心相印，可以说是与本人的品格、胸襟分不开。他已把天下的庶民，包括大元朝各个品级的官员全吸引过来了，形成了强大的力量，万众一心，所向披靡。其实，大元朝并不是好惹的，为啥能败在朱元璋手里？凭的就是那种众志成城的力量，朱元璋统览天下的大将军风度和老百姓对他的箪食壶浆、以应王室的拥戴。当然，大元朝自身的天怒人怨、苛政重压也加速了它的灭亡。

徐达在回京的路上，心里一直惦着朱元璋同众臣关系的变化。虽然他的年龄比朱元璋大，但由于当年朱元璋是头领，便一直称其为大哥；朱元璋因为徐达比自己年龄大，所以也管徐达叫大哥。互相之间的兄弟相称，是为了表示一种礼让和尊重。这些年来，徐达早就发现大哥有不小的变化。此种变化对己、对人、对社稷皆是不利的，很为此着急，替他担心，这才飞马赶了回来。返京的目的，一是要安慰刘老先生，帮着解解气、顺顺心，以便继续辅佐朱元璋；二是要说和大哥，劝其应有所收敛。还要讲清国家正是用人之际，团结为重，可不能再伤人心哪！徐达知道，朱元璋的脾气挺犟，很傲气，是个咬住屎橛子给麻花都不换的主儿。更清楚朱元璋是从血拼征杀中打出的大明江山，沙场上死了多少人哪，他是侥幸保住了性命啊！有那么多比朱元璋还凶极一时的人物，不是一个个全没了吗？有的是被他通过血战给击垮了，有的是在同其较量智慧中败北了。朱元璋本身同样经历过不少的危难，有过心惊肉跳、死里逃生的境遇，是多少次地转危为安、多少次地力挽狂澜才有了今天。他深知天下来之不易，因此才要拼死保住江山。不仅自己须坐稳金銮殿，也要让儿子、孙子、子子孙孙都如此，使大明朝的天下一代一代地传下去。朱元璋深怕到手的江山得而复失呀，真乃日有所思，夜有所想，晚上常常是惊梦不断。马皇后跟众臣曾说过："陛下因头几年的东征西杀，现在得了一种夜症，睡睡觉忽地坐起来了，大喊大叫的。甚至会跳下地来，舞刀弄斧，有一次竟砍死砍伤了三个身边的内臣。还有一回，由于陛下的突然惊叫，竟把身边的一个妃子吓疯了。"此后的每天夜里，马皇后便吩咐派一些卫士守护朱元璋，怕他夜里睡觉出事儿或无故伤人。同时专门设立了御使郎中，为朱元璋调理汤药，治疗夜症。其实，朱元璋这个病就是由于担惊受怕、心里不托底、总怕坐不稳金銮宝殿所致。

朱元璋比以前又多了个毛病，即多疑症。只要他突然怀疑起一件事情或人来，从此便事事小心，处处防备。而且越看被怀疑之人，越像自己想象的那样。越想越害怕，怕被暗算，怕被杀，怕皇权哪一天没了。于是，千方百计地将被怀疑的人调离身边，以至于想法儿除掉才放心。对于这点，谁能提醒皇上注意呢？没人敢，即使在大明王朝的忠臣里，也很少有敢对朱元璋直言不讳的。能提醒皇上的、讲得最多的，便是马皇后。他们是结发夫妻，感情甚好，再说还是一起征杀过来的。在朱元璋做了皇帝之后，马皇后经常嘱咐他该克服什么、收敛什么。那么，其他大臣有谁敢呢？说实在的，徐达不敢，惟有大明王朝的怪叟刘伯温敢于这么做。作为朱元璋的军师，他早将生死置之度外，从不把仕途放在心上。让我做什么官，就做什么官，不争宠，不愿为此天天绞尽脑汁、勾心斗角。想待大明稳固以后，告老还乡，退隐山林，与山野为伍。所以，对皇上敢于直截了当地指点，说明这个事不该这么做，那件事应该那么做。朱元璋尽管十分敬佩老先生，可总觉得我是皇上呀，你这样跟皇上说话，是有失体统。加之刘伯温年岁大了，说起话来没完没了，朱元璋开始有些不耐烦了，不仅不满意，还渐渐有些疏淡。感情自然不像以前那么融洽了，有时很不愿意见他，只在有特殊军情要事时，才不得不召见刘伯温。

在洪武元年分封官职时，朱元璋将李善长、徐达都封为丞相，而把为自己出谋划策的刘老先生仅封为御史中丞兼赞善大夫。把与刘伯温、叶琛、宋濂同至应天的章溢，因与刘伯温的关系甚好，也封为御史中丞兼赞善大夫。当然，这个官衔，说低倒不算低，有气派，有权势。御史中丞是管监察、管案子的，监察朝中的文武百官是否有违反纲纪之事。谁要违反了，他们就有权过问、审查，进而收入监中、判你的刑期。当这种官的人，自身必须刚直不阿、公正无私才行。作为赞善大夫，还要辅佐皇上，帮助出谋划策，监察朝廷的礼仪，制订规章制度及为各方的风化、文化的开发、人们智力的开掘出点子。总之，帮助皇上做些有益于人民、朝廷之事。

刘伯温自打被朱元璋聘到帐下，先是做军师、太史令，后是做御史中丞兼赞善大夫，始终没有离开朱元璋左右。在千军万马的征杀中，在夺取一个城池后的安抚和治理中，在安置、救济数不清的流民、逃民、难民的过程中，凡涉及到的所有大事小情，皆离不开刘伯温，几乎都是这位老先生为朱元璋出谋献策、帮助筹划的。包括对于一些突发事件的产生和处理，也是靠刘伯温给以预测或拿出办法去应对的。使各个方面能进行得顺顺利利，做得周周到到，减少了不少疏忽和纰漏，朱元璋对此非常满意。

大明朝建立之后，百废待兴。开头儿做的之所以那么好，凡事遂顺，主要是靠刘伯温等众臣的谋划。可以说，老先生在臣子中，是最累、最操心的人之一。俗话讲："不在其位，不谋其政。"刘伯温由于长期处在军师的位置上，便养成了一种习惯，即处处事事很主动、很自觉地为朱元璋操心、谋划，凡事想到头里，也讲在头里。许多人想不到的，他能想到，并且料事如神，能预测出一些十分重要的、可能要发生的事，以做到有备无患。因此，朱元璋和群臣把刘伯温看成是神算手，说他无论什么事儿，均思虑得仔细，能够卜算未来，有气度。将其比之为汉高祖刘邦身边的谋士张子房、刘备刘皇叔身边的诸葛孔明，甚至称之为神人，全愿意听他的。

自朱元璋做了皇帝以后，刘伯温发现他越来越专断，顺者昌，逆者亡。排斥异姓，过分挑剔，而对自己的儿子、一窝子里的人却特别护短。脾气还越来越大，说发火儿就发火儿，有时甚至是无端的。就拿祭祀来说吧，开始时天气挺好，突然下起雨来，朱元璋便会跟群臣发火儿，责问为啥事先没想到能下雨？这种情况过去是没有的。刘伯温想，如此下去，君臣关系怎么会好呢？既然我是军师，为了社稷，理应忠诚直谏，哪怕有杀头之祸，有责任向皇上提出来。于是，以朋友、军师、兄弟之情，婉言劝之。可劝归劝，终究没有见效，是怎么个原因呢？什么事情都有一个发展过程，冰冻三尺非一日之寒哪！现在不同于过去了，以前打仗的时候，朱元璋把众将看做是拼死征杀的亲兄弟。如今不同了，纲纪已定，皇上是皇上，臣子是臣子，君君臣臣地位非常清楚。朱元璋既然是皇上了，你要有事儿同他说，那得启奏皇上；皇上对你说的话，那是下旨、下诏。所以，尽管刘伯温敢于指出皇上的毛病，诚心诚意地劝导，朱元璋却已经听不进去了，甚而根本不能接受，两人的矛盾随之逐渐加大。有时朱元璋还表现得十分反感，以至于与老先生口角起来，君臣关系亦越发紧张了。

那么，刘伯温向皇上谏言，有哪几件事儿未得准允呢？第一件是洪武二年五月，朱元璋的一位得力大臣、刘伯温的好友章溢含恨而死之事。章溢是洪武初年时，同刘伯温一起被朱元璋召为身边的谋士、拜为御史中丞兼赞善大夫的。此人刚直耿介，办案公正，从不受贿。开始时，朱元璋对一块儿聘来的刘伯温、章溢、叶琛、宋濂都挺重视，亦很尊敬。当年在请他们出山的时候，朱元璋表现得非常谦恭，礼贤下士。下拜时，曾诚恳地说："我为天下事，屈四先生。"为慰勉他们，像金屋藏娇一样，把个个看做宝贝，并经常虚心向其讨教定国安邦之策。这四个人也大有知遇之恩，愿意衔环相报，为朱元璋的事业那是鞠躬尽瘁，死而后已。

章溢自投到朱元璋帐下之后，在治理江淮时，让他管营田之事。当时正处于战乱时期，农村一片凋零，谁还种庄稼？可是军队需要供应粮食呀，章溢就安置逃民分地屯田，给以种籽和耕牛，让他们种地，安心农耕。而且南方气候温暖，一年四季皆可以播种。种地会有收成，不仅生活有保障，还能按时按规定缴纳给朝廷，逃民愿意接受这种安置，自然而然就不跑了。章溢干得很好，到了秋天便有粮食收获，民心大快，朱元璋也很满意。

什么时候出事儿了呢？洪武二年三月，朱元璋下诏，让章溢到福建一带征兵。此差事干得仍不错，可当他随军到处州时，母亲丧故。章溢是个大孝子，平时对老母十分孝敬，这一点满朝文武都知道。母亲死了，当然要乞求去为母守制。过去当官的父母丧故，那叫"丁忧"。就是把手头儿的事儿停下来，脱去官服，到二老灵堂或坟前致祭，一直守护三年。章溢向皇上提出请求后，朱元璋没答应，说："那不行，你不能回乡丁忧。现在正是需要征集兵马之时，此事很重要，办完再说吧。"章溢没办法了，知道刘伯温在皇上面前能说上话，便去求军师说情。刘伯温对章溢的丁忧之至很是理解，便劝说朱元璋："请皇上让别人去征兵吧，章溢回去葬母要紧。他是个大孝子，陛下这样做，不是伤了属下的心吗？等于用刀割他身上的肉一样难受啊！再说又不是没有别人可做征兵之事，为啥非留他不可呢？"朱元璋很固执，根本不听。刘伯温继续苦劝："皇上啊，不能不讲情理呀，丁忧之至，历朝如此。人最重要的，一个是敬天、敬地，一个是孝敬父母，'孝'字为大呀！你这样做，不仅伤臣子之情，也伤民心哪！"朱元璋却说："先生，言重了吧？我不怕！"那么，当时朱元璋知不知道章溢是大孝子呢？知道。以前那时候，只要听说章溢老母身子骨儿不舒服了，或有病躺倒了，马上便让章溢带上一些亲赐的礼品前去探望，有时还让自己的儿子帮助找郎中予以疗治。现在不同了，我是皇上，说出的话就是圣旨，你得按我说的去做。在这种情况下，章溢只好留下来，含憾继续组织兵力。直到把乡兵征集好了，按时由永嘉浮北上了，这才又向朱元璋提出请求："皇上，臣下的差事已完成。现老母尸首还停在那里，等候安葬，无论如何请准允到母亲灵堂尽孝。"向皇上哭拜时，他深怕不允，急得眼睛都淌血了，朱元璋始答应。章溢回乡后，看到母亲的灵柩仍停在那儿没埋呢，很是难过，立即背石头、挖土，为母亲建灵。由于伤心落泪，悲戚过度，总觉得对不起老母，便得了重病。百药不能医治，最后抱病而亡，时年五十有六。

章溢死后，朱元璋很是后悔，感到自己不对了，也没想到能出这么大的事儿呀，遂亲自到章溢的灵堂祭祀。可人死不能复生啊！刘伯温对此十分有气。觉得朱元璋不但变了，而且变得让人不认识了，心竟然这么狠，甚至有些不近情理！

第二件事是洪武三年四月，朱元璋不顾众臣的反对和刘伯温军师苦口婆心的劝导，执意下诏，封自己的第二子至第十子为亲王。本来封儿子为王这事儿并不大，封王算啥？历朝如此。主要是他的封王学了周汉以来的那种武王分藩之法，即把儿子们封为藩王，分驻在全国军略要地，各踞一方。一直以来，朱元璋心里总是不托底，深怕有人造朱氏天下的反，时不时地夜做惊梦。于是，便想让儿子们帮他占据各地，这样一来，看谁还敢反呀？由此足以表现出他对别人、对异姓的不信任，惟独相信自己的儿子，并坚决地下诏分藩。长子朱标是皇太子，已经定下来了，不用分藩，九子早亡。二子朱樉为秦王，占据西安；三子朱㭎为晋王，占据太原；四子朱棣为燕王，占据北平；五子朱橚为周王，占据开封。这五个儿子都是马皇后所生。六子朱桢是胡充妃所生，为楚王，占据武昌；七子朱榑是达定妃所生，为齐王，占据青州；八子朱梓也是达定妃所生，为谭王，占据长沙；十子朱檀是郭宁妃所生，为鲁王，占据兖州。从孙朱守谦，是朱元璋长兄的儿子朱文正之子，为靖江王，占据桂林。

分封已定，儿子们长到二十岁的时候，便要到各自的封地建立王府，驻守在那里，其责任就是八个字："外卫诸藩，内资夹辅。"什么意思呢？即各藩王坐镇藩府，对外要戍守边陲，保卫国家；对内则辅佐朝廷，治理地方。具体来说，就军事形势而论，诸藩的建立分为第一线和第二线，或者说是前方和后方。第一线各王的要务是防止北元入侵，凭借天然险要，建立军事重地，有"塞王"之称。诸塞王沿长城线建藩，又可分作外内两线。外线东渡榆关，跨辽东，南接朝鲜，北联开原，控扼东北诸部族；经渔阳①、卢龙，出喜峰口，切断北元南侵道路；北平地势险要，由燕王控制；出居庸，蔽雁门，逾河而西，北保宁夏；又西向控扼河西走廊，扃嘉峪，护西域诸国。内线是太原的晋王和西安的秦王。第二线，即后方诸王是对内的，开封有周王，武昌有楚王，青州有齐王，长沙有谭王，兖州有鲁王，成都有蜀王，荆州有湘王，桂林有靖江王等。诸王每年有万石的俸禄，在其封地建立王府，设置官属。每王下皆设相及各种重要的官员辅佐，俨然一个小朝廷。

以燕王朱棣来说，他把元朝的皇宫给占了，其威风不下于皇帝之宫殿。朱元璋给亲王的权力很大，冕服车旗仅下皇帝一等，真乃天下第二。公侯大臣见亲王都要俯首拜谒，不得钧礼。与周汉的分藩所不同的是，诸王地位虽高，却"列爵而不临民"，"分藩而不锡土"。什么是"列爵而不临民"呢？即王位在哪儿，王府便在哪儿。地方上的民间之

_____

① 今河北蓟县。

事不用他们管,不能统治人民,不能直接干预民政,由朝廷单派州衙府官去抓地方之事。"分藩而不锡土",即不像过去分藩那样,将土地一块儿一块儿地划给各王自己管。现在是土地不分给他们,还由朝廷来管。你住在那里,可以拥有王位。王府之外,包括土地由朝廷所任命的各级官吏治理。另一方面,诸王有统兵和指挥军事之权。每王府设亲王护卫指挥使司,有三护卫,护卫甲士少者三千人,多则可到一万九千人。塞王的兵力尤其雄厚,如宁王所部带甲八万、革车六千,所属朵颜三卫蒙古骑兵骁勇善战。秦、晋、燕三王的护卫特经朝廷补充,兵力最强。《皇明祖训》还规定,凡朝廷调兵,须有皇帝的御宝、文书与王,又得王令旨,方许发兵。这就使各亲王成了地方守军的监视人,是皇帝在地方的军权代表。朱元璋以为把军权交给儿子了,完全可以放心了,其实正是造成皇室内部矛盾的根苗。朱元璋死后,燕王朱棣不是起兵反了继承皇位的建文帝吗?此为后话。

朱元璋分封既定,朝廷上下引起了轩然大波。大家一看,当今皇上之下不是宰相群臣,而是这些王。只信儿子,不信臣子,由过去的选贤任能走向了封子立藩,由开明走向专断,由豁达走向多疑,由封赏功臣走向解兵权、杀良臣,真令忠心耿耿跟他的臣子们寒心哪!当时有些正义的大臣向皇上提出反对意见,指出:"这样做于国不利,于陛下也不好,一旦春秋之后,将给后世留下罗乱。前朝的教训还少吗?不就是因为分藩,诸王风起,天下才大乱的嘛,可不能重蹈覆辙呀!"

提意见的人中,一个是杨宪。此人聪明能干,为朱元璋属下重臣之一,很受信赖。他与刘伯温是好朋友,像老军师一样,不怕死,为朝廷社稷,宁愿杀头也敢于谏言。由于断案公道,又有智谋,百姓称其为杨青天,像宋朝的包文正再世。他见朱元璋分封诸王,十分担忧,便启奏道:"陛下,不能这么做。分藩表面看来挺好,诸王子亦满意。但是皇上要替后代着想,倘若由此引起诸王的征杀,将不利江山的永固,那大明很可能葬于萧墙之乱呀!"你想,朱元璋能爱听这样的话吗?认为不仅仅是直接冲他来的,还涉及其全家后代。一直钦敬杨宪的朱元璋当时就坐不住了,非常生气,大喝一声,将其轰了出去。并且还记了仇,心想:"你杨宪的话讲得也太绝了,竟联系到了朕下几辈子的事儿。还不往好了说,想象得那么坏,什么要天下大乱呀,儿孙们将互相械斗哇,多丧气呀!"

提意见的另一位是宋濂。其人幼英敏强记,通五经,自称儒者。太祖将他与刘伯温、章溢、叶琛并征至应天，除江南儒学提举，命授太子经。朱元璋常召他入宫讲《春秋左氏传》等。洪武二年诏修《元史》，命充总裁官。是年八月史成，晋翰林院学士。濂性诚直，满腹经纶，走路端庄，乃夫子之风，受到满朝文武的尊敬。他纯粹是出于对朱元璋的爱戴，所提之意见与杨宪是一致的，多次启奏皇上："陛下，从社稷的长远考虑，我看不该分封诸王子为藩。如若这样做了，恐怕未来会不安宁，有可能带来更大的麻烦。"宋濂是考虑再三，话说得很有分寸。即使是这样，朱元璋仍听不进去，把脸一扭说："请宋老先生回去安歇吧。此事朕心已决，不必再议。"宋濂一看皇上不听，脸还扭过去了，便打了个咳声告退，悄悄儿走了出来。心想："反正我的话已说到前头了，皇上不听又奈何？"

持反对意见最激烈、不管朱元璋愿听不愿听、仍然进行多次规劝的是谁呢？就是刘伯温。他想："我是军师呀，分封诸王是件大事儿。皇上不与众臣商量，一个人突然定了下来，并马上下诏，这未免做得太鲁莽、太草率了。朱元璋啊，朱元璋，你现在真不似过去那样了，确实变了。本来是个细心之人，怎么能如此仓促呢？这不是给儿孙造成罗乱嘛，未来的江山如何巩固？"刘伯温为此详详细细地跟朱元璋提出自己的看法，禀明其中的成败利害，反反复复地不知讲了多少次，还一再强调："陛下这么做，将来肯定会出连想都想不到的事儿，对陛下的王位和王位的继承，皆是不利的呀！"朱元璋说："先生，您是军师，别的话我都听，但这个事儿绝不是一时头脑发热，而是经过深思熟虑才定下并施行的。不要再说了，有其他建议可以继续提，再提分封之事，可显得太啰嗦了。"尽管刘伯温还是费了不少口舌，把利弊讲得很细，摆得很清，然而怎么说也不行，朱元璋干脆听不进去。尤其是不仅没听众臣的肺腑之言，反倒做得更坚决，除前面已分封的十子，又连续把其余的十六子也分封了。即郭惠妃生的蜀王椿、代王桂、谷王橞，胡顺妃生的湘王柏，韩妃生的辽王植，余妃生的庆王㮞，杨妃生的宁王权，周妃生的岷王楩、韩王松，赵妃生的沈王模，李贤妃生的唐王桱，刘惠妃生的郢王栋，葛丽妃生的伊王㰘，其他不知母名的还有肃王楧、安王楹等。后来诸王相间出现的许多罗乱是谁造成的呢？便是朱元璋，这是第二件使刘伯温碰钉子、卷面子的事儿。

第三件事也使刘伯温大失所望，耿耿于怀，是在洪武三年七月发生的。他的好友杨宪，此时已是中书左丞相，为皇上身边的两大丞相之一。杨宪字希武，杨区人。知识渊博，有苏秦、张仪之辩才。凡事头脑反应快，可以对答如流，朝廷里没有能说过他的。而且断案分明，思维敏捷，公正不阿，令朝廷、百姓皆满意。正因如此，才被升任了左丞相。任职后，各方面事情都做得挺好，朱元璋亦很欣赏。但有一件事却使他始终记在心里，那就是洪武三年四月，杨宪对分封诸王就藩提出了反对意见。因措词尖锐，故而得罪了朱元璋，觉得此人说话太损了，不能久留。是年七月，借故把杨宪杀了。找的什么因由呢？杨宪有个毛病，心胸狭窄。刘伯温曾说过："我这个弟弟是个好人，只是心不宽，做什么事儿有些小家子气，不那么大度。"杨宪当了左丞相之后，深怕位居副位的右丞相汪广洋超过他，总是心神不宁的。汪广洋聪明能干，很会处事，又善于在朱元璋面前表现自己。杨宪既看不惯又有些忌妒，于是想尽办法在中书省安插自己的力量，排挤汪广洋，还找了人在皇上面前弹劾之。这件事后来不知怎么被汪广洋知道了，那能有杨宪好吗？便向皇上奏了一本。朱元璋为查清事实，当即把弹劾汪广洋的人抓了起来，经亲军秘密严刑拷问，承认了弹劾汪广洋是杨宪让他干的。朱元璋一听此事立马来火儿了，心想："杨宪不是有意诬陷良臣吗？身为左丞相，怎么能加害辅佐你干事儿的同行呢？"又由于早因封子就藩之事记了杨宪的仇，所以，当审杨宪的折子一上奏，朱元璋即亲笔御批了一个"诛"字，杨宪的脑袋就掉了。

此事说起来杨宪办得确实不对，刘伯温知道后很生气，可也罪不当诛啊！顶多是个罢官免职、逐出朝廷而已。杨宪的死，对刘伯温是一次沉重的打击，他对朱元璋的处理办法十分不理解。事先不但没同自己商量，也没跟群臣商量，只听汪广洋一讲，亲军一审，御笔一挥，便把杨宪杀了。心想："哎呀，说罢就罢、说砍就砍呀，一点儿没有商量、权衡、斟酌的余地。如此的专断独行，不是已经赶上当年的秦始皇了吗？杨宪是心胸狭窄，不该办出这样的事儿。可要不是他直言不讳地向皇上力谏不应为其儿子封藩，恐怕不至于死吧？显然是皇上在借由子铲除异己呀！"想到这儿，不由得倒吸了一口凉气，不寒而栗："哎呀，铲来铲去，不就铲到我的头上来了吗？看来不能再在朱元璋身边呆下去了，太危险了，太可怕了，没想到他竟是这么个翻脸不认人的人。真是人生世上，宦海沉浮，一朝河东、一朝河西呀！人心难测，说变就变，说杀就杀，将来还不知杀到谁的头上呢！"刘伯温从此对朱元璋有了进一步的认识，对自己的仕途失去了信心，愈加心灰意冷，恨不得早一点儿离开这是非之地。

第四件事对刘伯温的震动更大。一向受朱元璋重用的李善长，是个很会阿谀奉承的人，一切顺着朱元璋，也最能体知皇上的心情。朱元璋心情好的时候，他会想办法使其好上加好；朱元璋懊恼的时候，也能以漂亮的言辞令其高兴起来。所以，朱元璋把他视为众臣之中名列第一的人物。尽管刘伯温是军师，朱元璋平时很是敬重，然而由于他说话又直又硬，故而只是敬而远之，不似对李善长那么贴心。尤其使朱元璋对李善长另眼相看的是，在朱元璋的队伍打败陈友谅、战胜张士诚之后，李善长一看时机已到，便率先拥护与支持朱元璋自封的吴王。由此，当然认为李善长劝进有功，尤为喜欢，视为心腹内臣，拜为右相国，职序最先，官职最高。李善长的优点是特别聪智，裁决如流，又娴于辞令，令朱元璋十分看重。军机进退，赏罚章程，包括高官之任免也多决于李善长。

在朱元璋为吴王之后，决定北伐。很快便平定了山东，南征军也降服了方国珍，移军取福建，水陆两路皆势如破竹，一片报捷之声，使应天府的文武臣僚欢天喜地，估计你死我活的战乱很快就会结束，统一全国的日子可屈指算出。这时，李善长又瞅准了时机，率文武百官进表，奉请吴王称帝。十天后，朱元璋搬进了新盖的宫殿，把要做皇帝的意思祭告于上帝皇祇说："惟我中国人民之君，自宋运告终，帝命真人于沙漠，入中国为天下主，其君臣父子及孙百有余年，今运亦终。其天下土地人民，豪杰纷争。惟帝赐英贤为臣之辅，遂戡定群雄，息民于田野，今地周回二万里广。诸臣下皆曰生民无主，必欲推尊帝号，臣不敢辞，亦不敢不告上帝皇祇。是用明年正月四日于钟山之阳，设坛备议，昭告帝祇，惟简在帝心。"就这样，朱元璋在李善长等人的拥戴下，打着此乃天意的旗号，决定称帝。你想啊，李善长不是又在朱元璋面前立了一大功嘛，怎能不器重于他？因此，在洪武九年大封功臣时，朱元璋说："善长虽无汗马劳，然事朕久，给军食，功甚大，宜进封大国。"乃授开国辅运推诚守正文臣、特晋光禄大夫、左柱国、太师、中书左丞相，封韩国公，岁禄四千石，子孙世袭。给予丹书铁券，免二死，子免一死。被封公的徐达、常遇春、李文忠、冯胜、邓愈及李善长六人中，李善长位列第一，褒奖亦最高，比做汉朝的萧何。可以说，当时他是位居人臣之极。

　　哪成想啊，还没等李善长乐够呢，却发生了变化。这人哪，地位一高，权力一大，往往便忘乎所以了。表面看，李善长挺宽和，实际上内多狡刻，常常在下面玩弄权术。凡事傲己蔑他，蛮横骄傲，使同僚惧怕。办什么事情，总是以我为中心，惟我独尊。谁要超过他，便会引起他的忌妒和怨恨，想尽办法把人家整下去，朝臣皆觉得难以与之共谋政事。参议李饮冰、杨希圣稍微对他表现出有些不满，马上找各种借口予以治罪，罢其官职。就是对御史中丞刘伯温也是一样，深怕超过自己。他见朱元璋特别敬慕、宠信刘老军师，很是气不公、吃醋，背地里多次在皇上面前进谗言、说坏话，诬告刘伯温，与之争宠。可朱元璋心里有数，一概不予理睬。刘伯温的岁数比朱元璋、李善长都大，平日里像个温文尔雅的大长兄，待人宽，对己严。对李善长的做法只是装糊涂，事事让之，采取借由子告退的办法回避矛盾。由于李善长的飞扬跋扈，使众臣不服，一来二去的，上告和弹劾他的人渐渐多了。朱元璋听得一多，遂有些看不上、甚至讨厌这位李太师了。

　　朱元璋曾为李善长的骄横、夸富、争宠向军师发过牢骚，说道："百室居官自傲，总认为自己是开国功臣，目空一切。惹得大臣们十分不满，三天两头来告状，这样下去怎么行？"刘伯温当时还帮李善长说情，好言劝之："陛下，善长是老臣，这些年帮朝廷做了不少事儿，是有功劳的。他有长处，善辞令，能调和诸将之间的纷争，是朝廷的顶梁柱、帝之股肱，还是多体谅一些才好。"朱元璋听后很是吃惊，说："哎？这就怪了，连朕都晓得李善长在背后整你、告你，先生自己竟会不知道？不仅不奏本，还找理由替他开脱？实话跟你说吧，朕觉得他已不堪任丞相一职，想罢掉，请先生代替他的位置，做左丞相，如何？"刘伯温忙顿首拜曰："陛下，这可使不得，臣下不行，也没那个能耐。国家的栋梁不能轻易更换，百室乃一棵粗木，伯温则是一根细木。原先支撑朝廷的是栋梁大木，对咱们的社稷、庙堂起到了很好的稳固作用。若突然换成一根小木支撑，那社稷、庙堂岂不要塌下来？不行啊，皇上，伯温不如百室。"

　　洪武三年四月，朱元璋突发圣旨，罢了李善长的左丞相之职，由胡惟庸任左丞相，汪广洋任右丞相。此消息一传出，像响了个炸雷一般，朝野震惊！胡惟庸原为宁国知县，很会阿谀奉承，特别巴结李善长，还把自己的一个女儿嫁给了李善长弟弟之子佑，两家成了姻亲关系。后通过这个关系继续讨好李善长，结果便把李善长给麻索住了。胡惟庸自到京师后，总是看皇上的眼色行事，会摆事儿，与众臣的关系处得也挺好。再加上李善长不时地帮他说好话儿，于是很快得到了朱元璋的赏识。刘伯温对胡惟庸早有看法，曾直言不讳地提醒过朱元璋，一再强调此人不能重用。可不管如何坦诚相谏，朱元璋就是听不进，还是委以了重任。这对老军师又是个打击，觉得自己说出的话，在皇上那里已经不顶用了。

再一点，也使刘伯温很有感触，这便是李善长的罢官同杨宪的罢官截然不同。对杨宪，不单单是罢其官职，而且是毫不宽容，说杀就杀了。作为皇上亲信的李善长的罢官则不然，罢他不是说有错儿，而是以身体有病承担不了大任为由罢的。既找了个下台的台阶，又给足了面子。不仅如此，在李善长被罢官时，朱元璋还给予优厚待遇。赐予临濠地若干顷，置守冢户百五十，给佃户千五百家、仪仗士二十家供他享用。俨然一个大地主，生活十分豪华、气派。又以其女临安公主下嫁于之子祺。这么一来，李善长虽被罢官，但仍然很有权势，像以前一样专横跋扈。

刘伯温对李善长和朱元璋的关系看得很清楚，深感皇上这是亲一些人、疏一些人，亲者、疏者两样处理。只要善于阿谀奉承、做表面文章、会看眼色行事的，就处处偏袒、保护，怎能不让人担忧？担心皇上如此目光短浅、忠奸不辨、是非不分、亲者宽、疏者严、被狭隘的偏见所迷惑，长此下去，会出大事儿的。他是又气又难过，心想："陛下呀，胡惟庸这个人无论如何不能用啊，早晚要吃他的苦头儿的，有你后悔的那一天哪！凭我这把年纪恐怕是看不到了，活在世上的人肯定能看到，让老哥哥九泉之下无法瞑目啊！"后来事情的发展，证明了刘伯温的担心不无道理，果然出了胡惟庸的反叛事件。

第五是刘伯温替朱元璋担心并多次向其谏言的一件事。什么事儿呢？就是从发兵讨元时起，朱元璋为了保护自己，设了亲军，专门负责他的安全，这在当时是无可非议的。做了吴王后，将亲军改成检校，并设一机构，叫拱卫司。拱卫司的人，足迹无处不到，差事是巡查官民人等的行踪和言论，及时奏报皇上。曾有过这么一件事：一位叫钱宰的，被征编《孟子节文》。罢朝归家吟诗道："四鼓咚咚起着衣，午门朝见尚嫌迟，何时得遂田园乐，睡到人间饭熟时。"第二天，朱元璋见到钱宰便说："昨天你做了一首好诗，不过我没有'嫌'啊，改作'忧'字如何？"钱宰一听，吓得出了一身冷汗，忙磕头谢罪。还有一件事，足可见检校访查之细。宋濂性格诚谨，有一次请客喝酒。转天朱元璋就问他："昨日喝酒了没有？请了哪些客人，吃的什么菜呀？"宋濂老老实实地做了回答。元璋这才笑着说："全对，没有骗我。"

拱卫司的人因为常在皇上身边，后头是朱元璋撑腰哇，所以个个狗仗人势、耀武扬威、吹胡子瞪眼的，对大臣们也是说呲就呲，说喝令就一顿断喝，谁都惧他们三分。后来，拱卫司又改名亲军督卫府，成员仍然不少，待遇十分优厚，成为特权人物。再后来，皇上到哪儿，他们跟到哪儿，连銮驾都亲自承担。刘伯温见这些人趾高气扬，特别跋扈，遂向皇上提出："督卫府的人不但私设公堂、监狱，看谁不顺眼，马上不问青红皂白地偷着把人抓起来。而且强抢豪夺，奸淫良家妇女，无恶不作，这样下去怎么得了？"护短的朱元璋一听此话，很是不耐烦、不满意。那些人当然知道皇上护着他们，更加无法无天、肆无忌惮，每天像暗探、特务似的，秘密探听朝臣们的行踪、有什么不轨行为、对朝廷有哪些不满或背地里说了皇上什么不该说的话等等。你今天说了，明天便会到朱元璋的耳朵里，一些大臣就是这样被制裁的。朱元璋听到的话，有的是事实，有些则是捕风捉影。然而不管真假，皆会毫不客气，立见行动。弄得大臣、武将人人自危，你防我，我防你，相互之间的关系十分紧张，不敢说一句越轨的话。这样一来，再不似共同反元时的人合心、马合套、和睦得像亲兄弟一般了。

刚直不阿的刘伯温见此情景，那是看在眼里，急在心里，又一次毫无顾忌地向皇上谏言："陛下，请想一想，亲军督卫府的人长此下去怎么得了？不利于君臣和睦，人心要散啊！臣下斗胆建议，还是撤销这个机构为好。"朱元璋哪里听得进？不仅不听，还很生气。心想："刘伯温呀，刘伯温，朕这么信任你、尊重你，你却自不量力啦！怎么啥事儿都管呢，管得太宽了吧？是不是朕太宠你了，宠成摆不正自己的身份了，忘乎所以、不知天高地厚了？"刘伯温心里也挺有气："陛下根本不重视我了，虽然口口声声称老先生、叫军师的，但说什么都不听，只当耳旁风。大概根本不需要军师了，那我在朝中还有何用呢？现在看来，不但没用，而且成了绊脚石了，干吗非找不痛快呢？不如早点儿离开朝廷，离开皇上，回到青田安度晚年，讨个清闲、干净、顺心。这样，也就不用天天为皇上操这个心、生这个气了。走，不能再呆下去了！"又想到：

"眼下，朱元璋是翻脸不认人的人，说啥是啥。我的脾气又不那么驯服，继续呆下去，下场肯定不会好啊！"他真的不敢往下想了，便决定不在朝中做事了，坚决回老家去，并立即给皇上上了折子，请求恩准告老还乡。

朱元璋这几天本来正闹心呢，看了折子，心里相当不痛快了："好哇，刘伯温，你上折子要不干了，想拿朕一把。走好啊，在朕跟前倒给添乱。今天这个事儿，明天那个事儿，别人没事儿，就你总有事儿。不是愿意走吗？不是要告老还乡吗？行！"马上拿起朱笔御批道："赐刘伯温告老还乡。"这么快就批了，倒是刘伯温事先没想到的。他本以为上了折子，能使皇上多少受到震动，可能做一些事情就会有所收敛，结果却大出所料。旨一下，刘伯温更有气了，心想："朱元璋啊，朱元璋，还真是狠心哪！我帮了你这么多年，没有功劳还有苦劳吧？本想能听我的话，认真思考思考，回心转意。可倒好，不听不说，竟把我扫地出门了，也太没良心了吧？"一气之下，回到家便倒在床上了，闹了一场大病，病得还不轻，茶饭不用。这可吓坏了刘伯温的儿子刘琏和刘璟哥儿俩。他们知道，只有徐大将军能帮助说和，劝劝父亲，再找皇上好好儿做做工作。于是，刘琏一早饭都没吃便来到了徐达的府上。没想到，徐达大将军不在，而在北平府。他着急呀，又找了徐达的大儿子徐辉祖，说明了来意。徐辉祖知道此非小事，拖延不得，随即连夜骑马奔北平府而去。

话要简短，咱们再接前书。徐达赶回南京之后，先去拜见皇上。哪知道，朱元璋因得罪了刘老先生而上了一股火儿，也病倒了。朱元璋同刘伯温之间的关系一向很好，兄弟相称，又有多年的友情。只是由于一时来了脾气，一气之下，批了军师的告老还乡之陈条，其结果等于把刘老先生赶出了宫门。火气一过，就后悔得直拍巴掌："我这是怎么了，咋能把老先生给得罪了呢？那是军师啊，什么事儿也离不开他呀！"心情十分懊丧。此时，他正半躺在后宫的卧榻上，身后靠着丝被，闭着眼睛似睡非睡，马皇后在侧亲自服侍着。马皇后对朱元璋始终是敬爱有加的，在一起天南海北地奔波了半生，感情很深。宫里有那么多人照顾皇上，她都不放心，非要亲自伺候不可。

徐达来到宫殿前，从远处瞧，见宫中好几层大门全开着，内宫看得清清楚楚。后宫的门也开着，能看到皇上的卧榻，内臣站立两侧。那时候的宫殿建筑，一般宫门内有三道门，每道门都有内室。皇帝如果有什么旨意或宣诏，是从里向外一道门一道门地传出。就在马皇后从宫女手中接过银耳羹、一勺儿一勺儿地喂给朱元璋时，只见内臣来报："魏国公徐丞相在宫外候旨求见。"朱元璋一听大将军回来了，马上下旨，快传徐达觐见。内臣一道门一道门地向外传报，徐达领旨，大步流星地走过一道道宫门，径直来到了皇上的卧榻前，跪倒在地，叩拜道："臣徐达给皇上、皇后请安。"朱元璋连连说："免礼，平身，赐坐。"徐达这才站起身来，在皇上卧榻旁边的一把象牙雕刻的、上镶珍珠的虎头椅子上坐了下来，内臣献上了冒着热气的茗茶。还没等徐达开口启奏呢，马皇后便笑着说："大哥来得恰是时候，我们正盼着呢！咳，皇上的脾气大哥是知道的，一着急就容易发火儿。我多次劝说过皇上，宫里宫外的事情又多又杂的，总得一件一件办，千万不要着急，更用不着发火儿。但陛下忍不住啊，这不，前些日子对军师发了脾气，惹得老先生十分生气。此事一出来，真让人着急呀！我知道，刘老军师那是好心人哪，处处为陛下着想，为社稷的绵远久长绞尽了脑汁、费尽了心思。有什么话从不顾自己的身家性命，该怎么说就怎么说，毫无保留。特别是年岁大了，说得多些、重些在所难免，咱心里都明白。可无论如何不能顶撞他呀，事情过后，皇上已经有点儿后悔了。这回你来了，必须得帮哥哥个忙，别人谁也不行。俗话说，一把钥匙开一把锁，惟有大哥这把钥匙最管用。请大哥到老先生那儿说和说和，替皇上道个过儿，使得气儿能顺过来，灭灭火儿，你看成不？"这时，半靠在卧榻上的朱元璋睁开眼睛，看了看徐达，说道："大哥，来了就好，要不朕也想召你回宫。请到军师那里去一趟，替朕探视一下他的病情，以表慰问，不一定非有什么道过儿的说辞。"很显然，朱元璋仍在摆皇上的架子，心里想服软，嘴上却不愿那么说。

徐达跟随朱元璋多年，关系十分密切，可谓生死之交。何况彼此之间都很了解，因此，朱元璋内心怎么想的，他自然清楚。徐达平时跟别人说话时，还要注意一些，而在朱元璋、马皇后面前，反倒没什么拘束，从来是有啥说啥。言道："陛下、皇后，就臣下同刘老先生的感情来说，当然会前去看望的。不过要办好这件事，光臣下一个人去不好。"马皇后忙问："那大哥说该怎么办？"徐达试探道："想出的这个办法，说出来恐怕皇上不一定高兴。"马皇后说："咳，大哥今天怎么了，还吞吞吐吐的？该怎么办就直说。"徐达笑了笑，说道："此事来的路上已琢磨好一阵子了，是想请皇上屈尊，由臣下陪着一起去刘府。为什么呢？解铃还需系铃人哪，这是皇上惹出的乱子。再说还下了旨，赐刘伯温告老还乡，皇上是金口玉牙，说出的话谁敢改？臣下一个人去了，说什么？只能安慰安慰，啥都解决不了。皇上去可不一样了，那是表明对军师的重视和尊敬。刘老先生对咱大明朝可以说是鞠躬尽瘁呀，朝里朝外哪有像他那样忠言直谏、有什么说什么的？只要想到的事情，从来是不厌其烦地嘱告，不完全是为社稷着想吗？陛下，不能只图一时口头之快、发发脾气就完了。《史记》中说得好：'有贤相良臣，民之师表也。'刘老先生几十年来，一心不二地忠诚于陛下，不怕得罪任何人。可谓一片丹心，够得上贤相良臣，堪称文武百官乃至万民之表率。对这样的人，为了大明朝，为了江山社稷，陛下就该礼贤下士、屈尊去一趟。"马皇后边听边点头。

徐达这番话说得合情入理，朱元璋听了以后，知道讲得对。不过始终端着的皇帝架子想放下却不那么容易，一时半晌还转不过这个弯儿来，不好意思马上去见军师，就靠在卧榻上发呆，一言不发。站在床边儿的马皇后看出来了，知道皇上是不肯轻易认错之人，更不会主动给谁倒过儿。马皇后可不是这样，为人侃快，是个热心肠儿，对大家非常关心，群臣众将都很尊敬她，也喜欢接触她。马皇后说："大哥，这两天陛下身体不适，从前天晚上到今儿个一直不太舒服，走动也困难。这样吧，我跟大哥去，代表陛下一同去看望军师，好不好？"徐达一看，只能如此，心想："马皇后去也行，她比朱元璋会说话，军师会更给面子的。"于是，马上赞同道："好哇，皇后去，臣下奉陪。"马皇后立即传懿旨，准备摆驾刘府。

皇后懿旨一下，内臣随之出宫宣告，仪銮司很快备好了仪仗。霎时，长号声声，鼓乐齐鸣。马皇后出门一看，准备的是皇后出行的全副銮驾，觉得太过于声张了。忙命收起卤簿仪仗，只坐了一抬小轿，在太监、内臣的护卫下，由徐达骑马陪同，去了刘伯温的府第。

不一会儿，马皇后一行便到了刘府，看门儿的小跑着向里通报。刘琏一听说皇后驾到，遂禀告了正在屋里躺着的父亲。刘伯温慌忙起身，披了一件衣服，赶紧领着两个儿子出来迎接。父子刚到门口儿，马皇后便从轿里出来了，徐达也跳下马来，随马皇后往前走。马皇后见上身儿穿一件白衬衣、下身儿围着麻裙、头上包着一块布的刘老先生由两个儿子搀扶着，跪在那里迎候，急忙走上前，欲伸手相搀，就听刘伯温说：

"没想到皇后驾临寒舍，老臣这里叩头了。有事儿当召之进宫，何必亲自来，不是折杀老臣嘛。"马皇后笑着把刘伯温搀了起来，说道："军师不必拘礼，身子骨儿不好，本不应出来。咱们是老熟人了，哀家作为弟妹来看看老哥哥不该吗？"边说边招呼刘伯温的两个儿子："刘琏、刘璟，好好儿搀着你父亲回屋，外头有风，别凉着。"这时，徐达走过来问候道："先生，身体可好？天德特意由北平赶回，看望您来了。"说完，上前拉住了刘伯温的手。刘伯温请马皇后先走，马皇后推辞不过，第一个进了屋。徐达扶着刘伯温一同进屋，后面跟着刘琏、刘璟两位公子。

大家落座后，刘琏献上了茶。马皇后说："陛下身体不好，要不会亲自来的，把先生惹生气了，心里挺难过。您是知道的，皇上就是这么个脾气，一上来火儿便忍不住，发火儿过后就拉倒。不管怎样，请军师一定海涵。"刘伯温一听马皇后说得十分诚恳，还能讲什么？心想："皇后亲自来，等于皇上来了一样，给了很大的面子。而且徐大将军在百忙之中，现从北平府赶回来看望，表示了对我的尊重，已经是够份儿了。"想到这儿，火气消了一些，忙说："皇后，不能怪陛下，是老臣的不对。可能是年岁大了，话说得太急，又没讲清楚，有些昏庸了。"马皇后笑着道："先生说哪里话？千万不要这么想，您可是朝廷不可缺的人哪！身子骨儿怎么样了，好点儿没？"刘琏代父答道："启禀皇后娘娘，父亲这几天偶感风寒，今日稍好一些，请不必挂念，谢谢皇后娘娘前来看望。"说完，给皇后叩了头，然后退到一边，咱们就不细说了。

马皇后一来，一片乌云皆散。其实本来没什么了不得的，都是亲近之人，关系那么好，见面后互相道个过儿，啥事儿都没有了。另外，马皇后会说话儿，人还好，能亲自来府上看望，早已让人很感动，就更没说的了。随后，马皇后像亲人一样，起身到府里各屋看看。她知道刘伯温目前没有新夫人，见家里的活儿全由刘琏媳妇的姐姐帮着做，便道："什么时候哀家给先生引见一位金陵的女子做夫人，可好？"刘伯温忙说："皇后，请不要提这事儿。我年岁大了，对此从来没想过，谢谢陛下、皇后的关照。现在生活得挺好，愿意一个人安心度过晚年，没有其他奢望。"

简单的寒暄过后，马皇后起驾回宫。刘伯温送走马皇后，又同徐达唠了很长时间。他们兄弟之间，感情相当密切，说起话来很贴心。徐达劝了劝刘伯温，帮助他解开同皇上之间的思想疙瘩，谈得挺开心。之

东
海
沉
冤
录

后，刘伯温一再挽留徐达在府上用膳，徐达说："军师，我一回来，就马不停蹄地直接去看望皇上和皇后，紧接着随皇后到老哥这儿，还没来得及回家呢！今天晚上必须返回北平府，那边的事情不少，军情正紧，晚饭不能在这里吃了，以后有的是机会相聚。望老先生保重身体，您顺心了，天德我便放心了。老先生是国家之宝哇，有您在，就是咱们皇上的福分哪！"几句话，说得刘伯温是老泪纵横，非常感动，抬起右手搭在徐达的肩膀上说："为这事儿，不仅把马皇后惊动了，兄弟你也从北边赶了回来，老哥还有什么可说的？天德呀，我跟皇上的感情是很深的，讲的一些话确实是为了皇上。但有时说话太急，不会拐弯抹角，说得又不细，确实不如老弟那么周延、妥帖，所以才出了皇上发火儿的事儿。不过你不用惦着，一切都会解决的。回家看过之后，尽早回北平府吧。"徐达说："老先生这么想，我就放心了。"

到了该分手的时候了，徐达发现刘伯温好像有话要说，刚要发问，老先生却先开口了："走前，老哥还有几句话跟你讲，前两天已经同陛下说过了。咳，有些话虽好，但讲多了会惹人不愿意。我这人就是个碎嘴子呀，不知今天天德你听了会不会不高兴啊？"徐达说："老哥哥，想哪儿去了，天德哪是那种人？老弟对军师是一百个敬重，您的话我都听。您是知道的，这些年来不全是谨遵军师之命吗？请老哥指拨吧，不管说的是什么，天德一定谨记在心，并按先生所讲的去做。"刘伯温听徐达这么一说，当即没什么顾虑了，便道："天德呀，依我看，眼下你在北边应着重抓好三件事。第一件，就是要加紧北平府的建设。北平在北边是个十分重要的城镇，又是元代的大都。现在虽然不是咱们朝廷的都城，但早晚要起都城的作用，将来肯定比开封重要，一定会辐射四方的。到那时，我可能已不在人世了，看不到它的辉煌了。因此，你必须抓好北平府各方面的事情，除要治理和修葺、扩建外，重兵把守亦至关重要。等燕王长大以后，可以立马率兵坐镇北平，使之成为南京在北边的陪都。天德兄弟，时间不等人哪，几年一晃就过去，可千万要抓紧，时刻把此事儿放在心上啊！"徐达说："军师，我记住了，请接着往下讲。"刘伯温说："第二件是我最惦记的事儿，即是对辽东那块地方万不可疏忽。现在纳哈出的强兵在北，占据着金山一带。对这股儿兵马绝不能小看。他现在控制的地方很大，是从开原北到黑龙江、乌苏里江、松花江、一直到东海好大一片呀！因此，夺下辽东、制服纳哈出无疑成了第一要务。我高兴的是你已派叶旺、马云先行一步了，争取了辽阳的平章降了过来，可谓大功一件。然而不要忘了，宋元以来，辽金的势力很强，屡侵中原。人们都说，东夷人相当剽悍，一男顶十虎。这样一来，如何安抚好东夷，使人心向明，跟朝廷没什么隔阂就显得至关重要。尤其是不能再使用大元欺压东夷的手段，辽东得安，即是天下得安呀！"说到这儿，停了下来，端起茶杯呷了一口茶。

此刻，徐达越听越兴奋，急盼着听下文，一边激动地说："军师讲得太好了！"一边不由得催问道："那第三件呢？"刘伯温接着说："第三件便是你已经同盘踞兰州的扩廓帖木儿交手多次了，以后仍要用重兵对付他。要知道，此人善于征杀，又有计谋，不要以为战胜过他就骄傲。记住，骄兵必败呀！对他不能有一点儿的麻痹疏忽，否则会吃大亏的。这三点，必须要重视起来。至于我同皇上之间的事儿，你不用挂心，明天就上朝去。但是，好兄弟呀，还要理解老哥，告老还乡之决，不是同皇上治气。我的年龄已大，应该让位那些后起之秀，由年轻人辅佐皇上岂不更好？况且我脾气不好，秉性疾恶如仇，再呆在朝廷里也不妥。为了同皇上永远保持好关系，是该退位了，回到家乡去。以后有啥事儿，可以随时找我，肯定不会推辞的。老弟呀，能明白老哥的这片心吗？"徐达点头道："完全理解先生之意，对选择告老还乡没什么别的想法，只是怕您一时想不开，影响了健康。如果先生身体好，无论到哪里，我都放心。回到青田，老弟必能到那儿去看您。"说完，两人紧紧搂抱在一起，四目满含着热泪。这是血战征杀铸就的友情，是心心相印的见证啊！徐达又道："放心吧，老先生讲的这三件事，天德我会一一照办的。好了，老弟要走了，请多保重！"刘伯温难舍难分地送徐达至大门外，看他翻身上马，二人挥手而别。

刘伯温可堪称南京大明宫中第一智者、德高望重的长者，这样说一点儿不为过。为什么呢？论年龄，他在明廷的君臣中算比较大的一位，生于元武宗至大四年，现今六十岁。皇上朱元璋生于元英宗至治二年，现四十九岁。一些主要大臣，如李善长五十七岁，徐达四十九岁，李文忠三十三岁。当然也有较刘伯温大一点儿的，比如与他同时被聘的当朝太子的老师、大学士宋濂，生于元武宗至大三年，六十一岁，大刘伯温一岁。还有一位大学士，叫朱升，字允升，曾对明朝有过贡献。那是元至正十七年朱元璋率兵攻打徽州时，问计于朱升，朱答曰："要高筑墙，广积粮，缓称王。"此话后来传得很广，是朱元璋取胜的妙计之一。他

东
海
沉
冤
录

生于元成宗大德二年，比刘伯温大十多岁，已于洪武三年去世了，其他当政者没有比刘伯温再大的了。既然宋濂的年龄最大，那怎么还称刘伯温为第一呢？因为宋濂在当朝威望、官品都要较刘老军师稍逊一筹，故而称之。

说起刘伯温的年龄，自然要涉及到生辰。具体来讲，他生于辛亥年，即元武宗至大四年腊月二十七深夜的一个世宦之家。生下来没过三天，便是壬子年。其父母曾请相者为儿子算命，卜曰："此儿生于吉期，辛亥年乃地支每轮之末年，壬子年乃地支每轮之首年。也就是说，此子出生时，正赶上地支之末、地支之首、地支之亥、地支之子、送旧迎新非常之时。亥时迎子时，首尾相接，长大必有开天迎朝日之才也。"你别说，后来还真应了这卜辞，确实是帮助朱元璋送走了元朝，迎来了日月同辉的明朝。刘伯温按生年该属猪，为表明心志，还根据属相立下了座右铭，用以激励、警诫自己，即："伯温本豕类，惟民献脔血，无所图也。"意思是说我本来是属猪的，理应为百姓献出自身的肉和血。不求什么功名利禄，只要能为百姓鞠躬尽瘁，死而后已则足矣。

刘伯温的一生完全是按照这个自提的格言去做的，朱元璋很重视、也十分崇敬他，常与之杯酒论天下安危。有时是相依而卧，彻夜长谈，十分投缘。朱元璋从刘伯温的博学里，受到不少启发，学到很多知识，教益颇深，很是感激。前书说过，凡是明朝典籍、刑法、规章等，皆出自伯温之手，当然不乏李善长、宋濂等人的协助。可以说，刘伯温对大明的立朝是做出了很大贡献的。不仅如此，他对明朝的许多大将，像徐达、常遇春、李文忠、邓愈、傅友德、冯胜以及其他一些将领，都给予过热心的帮助。为他们指点迷津，出谋划策，讲解战法。使众将在最艰难的征战中，能转危为安，化险为夷，所向披靡，捷报频传。当朱元璋向大将们授奖授勋时，个个皆对皇上说："主公，这奖我们不能得，应该授予军师，功劳要记在老先生的名下。"刘伯温听此言后，每每都是哈哈一笑，爽朗地说："那可使不得，我仅仅是说了几句话而已。仗是你们打的，血是你们流的，是诸位率领众将士冲锋陷阵才取得了胜利。功劳是你们的，伯温只是做了点儿微不足道的事情，怎能贪此大功？"对这样谦逊、礼让之人，谁能不感激、不崇仰备至呢？大家异口同声地称赞他为神仙、活诸葛、张良再世，一致推崇为大明第一智者、德高望重第一人。

评判之词表过，咱们回头再说马皇后来看望刘伯温的第二天早晨，老先生起得挺早，吃过饭便准备更衣上朝。心想，我跟马皇后表过态了，今天上朝去，说了就得做。可又一琢磨，不对呀，皇上已经下诏赐我告老还乡了，还能再上朝嘛，究竟去还是不去呢？正在犹豫不决之时，就听外面有銮铃之声。细一听，搀杂有咣咣的开道锣声，而且声音越来越近，猜想可能是哪位大臣到府里来了。刘琏、刘璟跑进来告诉刘伯温："父亲，那锣声好像是往咱们家这边来啦！"话音未落，果然听门房传报："右丞相汪广洋驾到！"刘伯温赶紧出门相迎，刚走到院子里，见汪广洋骑马过来了，后面跟着护从和轿子。汪广洋见刘老先生出迎了，便从马上翻身而下，大步流星地走过来，拱手抱拳道："向刘老军师施礼问安，广洋奉旨接先生来了。"刘伯温急忙还礼，并往屋里让。汪广洋表示不进屋了，说道："圣上有旨，召老先生上殿，有大事相商，请务必去。"刘伯温原本以为汪广洋可能是为圆全昨天的事儿，怕他不好意思露面，所以特意来接的。一听说的根本不是自己想的那样，马上答应道："好吧，广洋，我正要上朝，咱们一块儿走吧。"汪广洋说："军师，后边有大轿，请您上轿。"刘伯温在汪广洋进院子时，看见后面有一乘六人抬的轿子，当时心里挺纳闷儿："汪广洋是骑马而来，怎么还跟着一乘轿子呢？"现在明白了，原来这轿是为自己准备的。伯温以前上朝从来都是走着去或坐小吱扭，不愿坐轿，这次仍表示步行而去。可又耐不过汪广洋的再三相请："军师，一定得坐轿去，这是圣上的意思。您要不坐，我不是抗旨吗？"刘伯温没招儿了，只好从命，上了六人大轿。汪广洋骑上马，在前头领路，六个轿夫抬着刘伯温走得既齐又稳，相随着向皇宫走去。

汪广洋带着一行人在华盖宫外停轿，将马交给侍卫，走到六人抬大轿跟前，请老先生下轿。有人已把轿帘儿打开，刘伯温弯腰缓步下得轿来，汪广洋忙上前搀扶，一同到了华盖宫门前。内臣向宫内传报："诚意伯、赞善大夫刘大人宫外候见！"朱元璋听报，马上起身从龙书案后走了下来，快步到宫殿门口儿迎接军师。刘伯温一看皇上出得门来，一时心潮起伏，想了许多。他想："前些日子我顶撞了皇上，闹了个半红脸儿，真是有些气，回家还躺了几天。可皇上昨天派马皇后到府看望，今天特令汪丞相过府轿接，这会儿又亲自出宫相迎，说明皇上并没有记恨我，心里还惦记着老臣，也算行了。"这么想着，那一肚子的火气早就烟消云散了，反而开始自责起来："事情都怪我，说话又急又直的，不讲究方法，什么人听了能接受？也真是有些对不住圣上的地方。"此刻，刘伯温见皇上红光满面的，身穿龙袍，威武地站在华盖宫门口儿，几个太监、内臣在两旁簇拥着，便紧走两步，要长跪给皇上请安。朱元璋哪里能让军师大礼参拜？忙上前伸手搀扶，笑着说："不必多礼，元璋接您来了，先生可好吗？"语气仍像过去一样，似乎什么不愉快的事儿都未曾发生过，还亲热地拉住了刘伯温的手。这一搀一拉，尽管没多讲什么，相互之间却心照不宣，如同唠了千言万语，好像皆在说："这事儿是我不对，怨我，不怨你。"几天来所有的不满、怨气、激愤刹那间化为乌有，早已随风飘散了。于是，君臣二人相拥相携着走进了金碧辉煌的宫殿。

华盖宫是大明朝建都南京后新盖的宫殿，除大殿之外，还有一些小屋，朱元璋常同重臣在这里议政。华盖宫的名字，是刘伯温按天上星相的名称起的。《宋史·天文志》中说：

> "华盖七星，杠九星如盖有柄下垂，以复大帝之座也，在紫微宫临勾陈之上。"

很显然，是以"华盖"喻其光华之意。刘伯温在皇上的搀扶下进了正殿，在这里等候的左丞相胡惟庸赶紧迎上来，向刘老先生抱拳寒暄、问候。刘伯温尽管十分讨厌他，仍抱拳还礼，点头微笑着。朱元璋把几位大臣和刘老先生一同带进了正殿后的一个小屋，驾坐龙椅之后，请刘伯温坐在自己的左首，右首是左丞相胡惟庸、右丞相汪广洋，挨着刘伯温坐的是大学士宋濂。

那么，今天皇上召几位大臣来此究竟为了何事呢？原来朝廷最近有一件喜事临门，就是元朝驻辽东的行省参政刘益，派人来正式递交降表，呈送辽东行省地图和典册。大明朝受理这一切，等于接受了元朝盘踞的辽东之地，难道不是件天大的喜事么！今天即要举行受降表和地图、典册的仪式，皇上特别下旨，召来几位重臣前来参加。朝廷已准备好几天了，刘伯温尽管未登朝，却已从徐达捎来的信中得知了这一情况，只是没想到皇上竟把自己也请来了。心想，皇上果真只是为此请我上殿吗？总还是有些疑惑。

大家落座后，朱元璋令内臣宣刚刚从北平府回来的马云和叶旺觐见。两人进得殿来，向皇上跪拜请安，山呼万岁。皇上让其免礼平身，说道："请二位臣子向朕和诸臣禀报刘益降明之事。"二人遂将如何受大将军派遣，随豁鼻马以商贩身份深入辽东结识和劝说刘益之事——禀过。几位臣子听后，异口同声地说："这是当朝自收复元大都之后的又一大捷！"朱元璋高兴得把一切不愉快皆抛至脑后，病也全好了，兴致勃勃地与臣子你一言、我一语地交流着、谈论着，屋子里不时发出欢悦的笑声。

议论过后，几位大臣随皇上来到华盖宫的大殿，接受降者的礼仪马上就要开始了。这礼仪是由汪广洋负责准备的，早已做了周到、细致的安排。待朱元璋等人坐定后，在鼓乐声中，刘益派来的董尊和杨贤二位官员带领随从鱼贯而入，他们是专门跨海从登州上岸再至京师的。到了大殿之上，大礼参拜道："元朝罪臣董尊、杨贤受平章刘益之命前来叩见皇上，吾皇万岁，万岁，万万岁！现呈上降表，臣等心甘情愿降明，誓为大明天下效力，鞠躬尽瘁，死而后已！"胡惟庸、汪广洋上前搀起两位官员，接过降表，呈给了皇上。朱元璋看罢，龙心大悦，当即按原来刘伯温提出的、朝廷对元朝官兵来降如何处理的建议颁旨。什么建议呢？即不管此前在元朝是多大的官，无论文臣还是武将，除元帝之外，只要降过来就是好样儿的，明朝照样封你为官。原来是什么官，现在仍封什么官，或者比以前的官阶还高。而且既然已是明朝的臣子了，所降之地，依然由你来管。于是，分封了刘益等愿降的文官武将，授刘益以辽东卫所指挥使的身份，负责管理辽东之地。董尊、杨贤等官员，按原来的官品，分别予以了封赏。对其中有功者，所封官品较原来的官职要高些。这种策略，对元朝的官员很有诱惑力，吸引了大批元官一窝蜂地倒向了大明。应该说，这也是刘伯温的一大功劳，广用能人，固国安邦，且不去细表。

咱们再说这次对辽东元朝官员来降举办得如此隆重、热烈，还有一层意思，那就是做给关外的东夷人看的。宋元以来的统治者向来把长期居住在长城以外的少数民族视为野人，知道这些野人特别厉害，只要杀入中原，就会使那里的人们受到涂炭和危害，因此很惧怕他们。元代统治者对其采取了高压政策，即用强兵镇守，部落里皆派有兵马看着，使长城以外的各个部落似牢狱一般。明朝建立后，想改变这种做法，凡愿降服明朝的，给以优抚。明朝初期，需要解决的问题很多，尚没有力量顾及辽东，现在才刚刚开始用兵于此地。那么，到底怎样解决辽东的问题呢？徐达没发一兵一卒，只是暗中派叶旺和马云前去，靠着豁鼻马远房表姐夫的关系，接触到了刘益，进而劝降之，这在前书已说过，此处不再赘述。只是用了点儿计谋，便获得这么大的胜利，当然会引起相当大的震动。明朝将如何对待来降之人，不仅受到降将本人的瞩目，也为辽东各个部落所关注。所以，大明接受降者的礼仪才故意造成一种巨大的声势。

受降封官之后，朱元璋向降将董尊、杨贤赐酒，表示欢迎。两人手捧御酒一饮而尽，然后一挥手，命四个随从抬着一幅献给皇上的地图放在了大殿的中央。董尊、杨贤把大地图徐徐展开，众臣上前围住细看。朱元璋也站起身来，离开龙椅，高兴地拉着军师刘伯温的手，来到地图前。只见这张图大而精细，是用九十九块白色鹿皮连缀而成的。图上所绘辽东的土地面积很大，北边是黑龙江，再向北是北海；东边是乌苏里江连着日本海，再向东是东海女真野人的居住区。那山脉、河流、城堡、古寨、部落画得十分清楚。朱元璋边看边称赞道："此乃奇异的珍宝！"看罢，命人卷好收下，珍藏起来，并兴奋地说："待朕以后详细观之。"话音刚落，马上过来四个护军，把地图卷好抬走了。接着，董尊、杨贤又命一伙儿人抬进二十多个红油漆的楠木箱子，码放在一起是很高的一摞呀，里面装着辽阳行政参省的兵马钱粮库藏账簿档案及官员名册等。朱元璋见了自然高兴，命收下，护军又抬走了。然后下旨，令内臣取来给几位降将的见面礼。只见进来十几个人，每个人手捧一个紫檀木的匣子，匣子里装有官袍一袭、官印一个，还有金银财宝。降将们接过了皇上的赏赐，跪地高呼："谢主隆恩！"

典礼毕，朱元璋再次降旨，于后宫大宴群臣。与此同时，为弃暗投明的董尊、杨贤及其一行人摆酒接风，给他们洗尘，并致以祝贺。董尊、杨贤一听，大明皇上要为他们这些降将设宴，那真是深受感动啊！元朝皇上的宴席，像他俩这样的品级是根本参加不上的。陪宴的除左丞相胡惟庸、右丞相汪广洋、御史中丞刘伯温及宋濂外，还有刚从北平府赶回来的马云、叶旺。他们冒着危险潜伏辽东，费尽了心机，说降了刘益，劳苦功高。朱元璋已特命吏部迅速将二将的功劳写成奏表上疏，准备对其进行封赏。

此次酒宴，布置得细致、周到，内容十分丰富，汪广洋还特意请来京师一些著名的优伶献艺。大家边喝酒边观赏着江南的杂技、歌舞，听弹奏琵琶，很是赏心悦目。董尊、杨贤由于过度兴奋，喝得酩酊大醉。说实在的，他们在来京的路上，心中就像揣了一个小兔子，七上八下地嘣嘣直跳。以为作为降将，到大明朝的京师肯定会受到冷遇，没想到却得到了大明天子和各位大臣、将领的以礼接待。活这么大，还是头一次受到皇上的宴请，怎能不感慨万分？心里暖如三春啊！大明的确有办法，很会做工作，怎能不得天下、得民心呢？

不讲董尊、杨贤等人在酒宴中如何激动不已、感激涕零，再说大明天子朱元璋看万事妥帖之后，便命胡惟庸、汪广洋两位丞相好生款待辽东来客，等他们吃好喝足后，安置到馆驿安歇。明天为其开张路引，以便返回辽东，向刘益转达朝廷的欢迎之情。望不要辜负大明朝的信任以及朕的期望，尽心竭力，承担起辽阳指挥使司的重任。之后，来到刘伯温、宋濂的桌前，二人忙站起来迎接圣上。朱元璋对刘伯温说："朕敬请先生到宫中小憩，有事求教，不知可否？"刘伯温现在心情很好，以前那些不痛快的事儿早忘到脑后去了，对皇上的邀请当然欣然从命，忙问道："陛下，臣谨遵圣命。"宋濂见此，马上说："陛下既然与军师有事，臣已不能多饮，想早些告退了。"朱元璋回过头来，令汪广洋备轿送宋老夫子同府。然后手拉军师走出大殿，在内臣的护拥下，直奔自己的寝宫而去。

朱元璋与刘伯温一起走进了以紫微星命名的紫微宫。这座寝宫阳光明媚，宽敞、僻静，雕龙画凤，优雅漂亮。君臣二人落座后，内臣献上了茗茶。朱元璋特别嘱告内臣："没有极特殊的事儿，不许任何人进来打扰，也不要告诉别人朕在这里。"内臣听命，点头答应着，悄悄儿退了出去。朱元璋为什么要做这番叮嘱呢？因为宫中的人都知道，不是亲近的人，皇上从不往这儿领。他不愿让胡惟庸等人知道自己找刘伯温来紫微宫，怕引起一些不必要的猜疑，认为一些事儿有所提防和戒备是十分必要的。

刘伯温来朱元璋的寝宫，已不是第一次了。以前常同皇上在这儿秘议国政，彻夜深谈，有时还就此安歇。此刻，刘伯温刚喝了几口茶，便见皇上站了起来，抱拳道："先生，您是朕的恩师，前两天元璋做得不对，望千万海涵。"刘伯温忙放下茶杯，随之也站起来回礼道："陛下说哪里话？是我刘伯温粗鲁，性情像山野之人，没有礼貌，望陛下见谅。"二人互相道过儿之后，重又坐下，刘伯温先开口了："皇上，有啥话直说。说句实在的，老臣的年龄大了，应该告老还乡了。陛下下旨没错儿，感谢赐臣回青田。年轻人已经成熟起来，这是朝廷之福，应让他们多历练历练。不过，伯温还向陛下表示，今后有什么用老臣之处，随时下诏,一定万死不辞。"朱元璋听了很高兴,忙道:"军师这么说,朕心里就舒坦多了。"刘伯温笑了,问道:"陛下,这次要跟老臣谈什么呢?"朱元璋诚恳地说:"先生,您很快要离开京师回到家乡去了,元璋万分难舍难分哪,不知何时君臣再能见面。在您东归之时,朕有些大事儿想听先生赐教,就为此,才特请您留下的。朕想再耽搁您一点儿时间,费些心思,算是为朕留下临别赠言吧!无论如何也要给朕个面子。"刘伯温一听皇上这么说,心里咯噔一下。其实今天来的时候,已想到皇上不只是接他参加庆典,恐怕还另有事情,一看果然如此。刘伯温知道这话不说还好,如果两人说起来,再一叫真儿,又要惹怒皇上。他们之间的关系就是这样,不说什么都行,一说就不行,时常谈不来。刘伯温也想接受教训,心想:"今天皇上要我在离开京师、告老还乡之前,讲些军国大事。凭我的脾气和秉性,恐怕一说起来,便会忍不住,管不住自己的嘴巴。倘若是胡惟庸、汪广洋找我谈,既然请我说,为了陛下,为了江山社稷,我就说,有啥说啥。可今天是皇上找呀,自己又是个要走的人了,还是尽量别惹皇上生气为好,不说或少说些,最好装哑巴。"想到这儿,加上酒喝得多了点儿,于是借由子就势把头倚在太师椅上,闭上了眼睛。太师椅虽然是楠木的,但靠垫很暄腾,靠起来挺舒服。刘伯温眼睛是闭上了,可心里还在琢磨:"皇上若问的话,尤其是问到未来的一些事情,还是得说清楚呀。仍要有一说一,有二说二,不能粉饰现实,否则也对不起皇上和国家呀!你看着吧,绕来绕去,最后还得是我这张嘴得罪人。咳,等一会儿看看情况再说吧。"他就那么倚在太师椅上,半天没说话。

朱元璋看着刘伯温这个样子,真以为他喝醉了,睡着了,心中既着急又有些不快。但转念一想:"他可是德高望重的军师呀,不管有什么事儿,都要慢慢来,急不得。再说年龄大了,喝点儿酒犯困也是正常的,不好再打扰先生,让他睡一会儿吧。"边想着,边起身站在一旁瞅着刘老军师。刘伯温感到了皇上就在身边,知道今天是躲不过去了。过了一会儿,他像冷丁想起什么似的,睁开眼睛道:"陛下,想说什么说吧。"朱元璋这时才知道,刘伯温根本没睡,遂用十分尊敬的口气问道:"先生,元璋为天下计,可否请您给卜筮未来?"说完一看,刘老军师闭着眼睛,又好像睡着了似的。一会儿,刘伯温笑了,缓慢地答应道:"好,请陛下在桌案上提起御笔,任意写个什么吧。"朱元璋问:"写什么呢?"刘伯温说:"陛下爱写什么、画什么都行,随意而为即可。"朱元璋对刘伯温的古怪行为见得多了，已不足为奇。于是按先生说的，提起了笔，在龙案的宣纸上画了一个大圈儿，又在圆圈儿中胡乱打了几个大叉子。然后笔随着手一带，带出一个大横道子，立马成了一个特殊的图案。朱元璋啥意思呢？先生不是活神仙、有怪脾气吗？反正看不出朕是怎么回事儿，朕也不明白老军师心里到底怎么想的。既然让朕写画皆行，那就随便画，您猜吧，看能有什么神机妙算，难道真能把朕的心思猜出来不成？

朱元璋乱画一气之后，把笔往桌上一撂，抬眼看了看刘伯温。见先生仍然靠在太师椅上闭目养神，一副似睡非睡的样子，心中顿时又有些不快："唉呀，老先生，原来没在意呀？您让朕画，朕也画了，能起啥作用啊，岂不是白画了？"等了一会儿，实在憋不住了，便用手捂着那张画好的宣纸说："先生啊，您咋睡了？行了，算朕没画，不让您看了。能否猜猜朕刚才画的是什么？若是猜对了，证明您没睡；若是猜不对，先生啊，朕看您有点儿让人过意不去了。朕这么诚恳地求您，怎么还能睡得着觉呢？"哪知刘伯温突然睁开双眼坐了起来，笑眯眯地冲朱元璋说："那张纸上画的是一个圆圈儿，圆圈儿内横七竖八地打了几个叉子，还有一道杠儿，是个乱图，对不对？陛下，伯温没睡，眼睛闭着心却醒着，陛下的一举一动全在眼里和心里。看得出陛下的思绪很乱，画的那个图是表明正在惦记和考虑如何尽早统御荒乱的北方及治政诸事，并想让老臣就此出些主意，拿出良策，是这个意思吧？"朱元璋听后，那是大吃一惊啊！忙道："哎呀，先生如何猜得这么准，真的没有傻睡呀？是呀，朕现在惦着的正是如何治理北方之事。"刘伯温笑了，说道："陛下，臣可始终都在看着您的这支笔呀，为何说臣睡了？哪能睡得着哇！陛下画的那个图可以归纳出二十个字儿，即：'万事求圆满，天下繁乱中。惟寻安天道，百难持恒心。'可以说，这二十个字儿就是陛下目前的烦乱心绪。为什么这样说呢？咱一句一句来。先说第一句'万事求圆满'。陛下提笔画了一个圈儿，说明陛下认为天下一定会尽归大明所有，并能治理得很好，这便是所画圈儿之意。再说第二句'天下繁乱中'。圈儿里画了一些叉子，说明陛下认为目前天下正处于一片纷繁之中，很多事儿还没有个头绪。怎么办呢？接下来即是第三句'惟寻安天道'。这是说陛下想要能够寻找出治理天下、安定天下的办法和道理，那么只能按第四句'百难持恒心'去做。陛下最后一笔不是画一道杠儿吗？其实这仍是心绪的一种反映。如果想治理好天下，没有恒心和决心，那是什么事儿也办不成的。所以，陛下必须有耐心和毅力，持之以恒。无论碰到什么难事儿，都不能退缩，遇到再大的风浪，也能够稳得住。只要坚持做下去，才能求得圆满，天下的忧繁之事必会解决，并能安定天下。"说完，一脸笑意地看着朱元璋。

此刻，朱元璋是边听边频频点头表示赞同，打心眼儿里佩服军师讲的这番话，使自己大开了眼界。顿时豁然开朗起来，思考的条理开始清晰了，似乎懂得了安天下之道的真谛。即要在千变万化之中，始终不渝地抓住要领，不气馁，不退缩，百折不回。朱元璋诚恳地言道："军师，说句心里话，朕刚才那是不假思索随便乱画的图，只是想到哪儿就画到哪儿而已。尽管这样，军师的话已给了朕很大的启发。朕还想求先生在离开朝廷之前，多多教诲，指点迷津。也特别想听听先生的告诫，今后该如何做才能国泰民安。一想到先生快走了，朕心里很不好受，会想念先生的。今天您最好多讲些，朕定会终生永记的。"听皇上的话讲得如此恳切，刘伯温深受感动，说道："既然陛下一定让讲讲，那臣下直言不讳地说几句，伯温失礼了。"于是，便讲了治国三策：

"定国先安北，一也。今方元孽未除，拥兵诸地，作乱荼民。尤其是纳哈出拥兵辽东，野心为王，不可小觑也。辽东重地，为燕京左臂，三面濒夷，一面阻海，北连黑水远夷，东括东海野林险恶要地，历来为兵家相争之地。纵观古史，北方乃城略要地。北地多悍儿，箭马神勇，夷族野部，未纳教化。昔者辽金欺宋，定鼎大业。本朝立国固邦，宜抚恤东北远夷尤居当务。调兵马招抚辽东，北燕元裔，赐高禄，兵镇长城处，建卫屯田。陛下应切记，放大胆使用北儿。他们勇悍厚直，内地又无田产家私，只要受招，必一心为朝廷所用。且北儿熟悉北情，陛下应委其以重任。另马云、叶旺忠厚克职，亦当堪任。还要建海上通道，选精海运者连通北方，北疆可安适，帝业则高枕永固也。我朝若能如此，胜北可立国；若不能如此，亦可败北失国。"

刘伯温说的第一策，就是让朱元璋全力以赴地抓好北疆，特别是辽东的治理，绝不能疏忽大意。要接受宋元的教训，把北方的诸夷，即各民族安抚好、团结好。如果大明朝能如此做，国家方能站得住；若不这样做，将有可能被北方诸民族推倒，导致败北、失国。

诸位阿哥，刘伯温此话说得非常有远见，对世事看得很深、很透，称其神机妙算不为过，实在不简单。他早在朱元璋刚建大明的初期，就预见到了明朝在二百年以后，终因没有治理好北方而被清灭掉，真乃奇人也！

　　"定北用勋将，二也。《易经》曰：'帝出乎震，相见乎离。'自古以来，君臣不和，国不永，天下必乱矣，一向如此。故古人言：'帝王有出震向离之象，大臣有辅天浴日之功。'帝布衣得神器，皆仗众兄弟同舟共济，生死与共。务如昔日盼将似渴，得士似金，信爱广用，不疑不嫉。君亲将猛，誓效犬马，死不足惜也。创世择良将，固国赖良臣，陛下百世高枕无忧焉。夫今朝，江山既定，帝勿二心，攻讦不惑，荣辱不动，众臣必忠心为帝敬劳矣。"

　　这第二策，就是说靠谁去治理、安定北方呢？要靠身边的众兄弟，即过去跟皇上一同起兵的那些兄弟，尤其是现在已被封为功勋的大将们。在《易经》中，"震"、"离"指山河而言。皇帝得了天下之后，还要靠为陛下所有的、像山河一样的辅臣去巩固、去治理。因此，一定要做到君臣信任不疑，重用他们，相信他们，不能无端地怀疑他们，臣子才会一心向着陛下。君与臣之间是相辅相成的关系，如果君臣不和，互相猜忌，则国家不能巩固，天下亦必会大乱。皇帝不要忘了，你是从一个平民登上皇位的，全赖众兄弟同舟共济、生死与共方得今天。现在还要像过去一样，如饥似渴地求得良臣良将，要知道，得到一个文士比得到一块儿金子还要宝贵。对他们要诚信、关爱、不怀疑、不忌妒。皇上若对臣子亲，将士打仗定能勇敢，必然为皇上鞠躬尽瘁，死而后已。打天下靠良将，巩固国家靠良臣，只有这样，陛下才能代代高枕无忧。今天，大明的天下已定，望皇上对良臣良将不要存有二心，不管是谁从中挑拨离间、诬陷他人，都不要相信，不要受其蛊惑。无论是发达时，还是遇到困境时，皆应一心相信臣子不动摇。这样，众将群臣肯定会忠心耿耿地为皇上效劳。

　　刘伯温为什么反复讲此道理呢？因为他早已看出朱元璋对群臣开始有些怀疑了，不那么相信了。《明史》中所讲"太祖春秋多猜忌"，说的就是朱元璋到了晚年，总是无端怀疑各勋将，刘老先生正是针对这个才讲的。

　　刘伯温在讲到重用良臣一策时，又一次指出了朱元璋在洪武元年封子就藩的错误。他说："卫边镇阜，器用勋旧。帝步姬发封众子之心，重凿五霸七雄之辙，恕臣谏言，略表思心耳。忌也，错也。不宜荫子藩也，则益倡习经学武艺，不傲宗藩之势，凭智德与庶子比肩同殿。出类拔萃者万民敬仰，堪成陛下干城之臣，而免生棠棣纷争，煮豆燃萁之祸。"意思是说，守卫边疆坐镇城阜，一定要重用那些有功之老臣。皇上不应该重蹈五霸七雄分封儿子的覆辙，那么做是犯忌的、是错的呀！不宜给诸子分封就藩，而是应当让他们习经学武，增长才干。更不要仰仗宗藩、皇家子孙的势力晋升官职，而是要凭借他们的能力、德行和智慧与普通人一样比肩同殿。只有这样做，才不至给后人留下罗乱，避免兄弟之间互相争权夺势，或者出现三国时的曹植和曹丕之间煮豆燃其、相煎何急之祸。

诸位阿哥，刘伯温这人就这么正直。封子就藩之事虽然过去曾多次向皇上谏言，朱元璋每每听了都不高兴，但只要让我说，便直言相谏，把讲过的话再说一遍。告诫皇上，为国家的永固，务要重用臣子，他们会一心跟着皇上的。千万不要光重用自己的儿子，分封就藩，图一时之快。而从长远来看，这样做，肯定要留下祸患的。

"定力戒滥杀人，三也。昔日马皇后曾说过，定天下，安天下，皆应以不杀人为本，陛下喜之、从之，此言极是。古人云：'以德行仁者，王；以力嗜杀者，霸。'古为君者行德爱民，戒杀霸，政纪明，民心归一焉。行德政，曰心政、曰情政、曰理政。惟心、惟情、惟理，则民庶顺焉。百令可通，黎庶可化，河山稳序；滥杀行霸政，曰权政、曰苛政、曰力政。惟权、惟苛、惟力，则民庶怨焉。百令难行，黎庶不化，河山乱序，滥杀出也。勿草菅人命，恩惠一人则化万心，滥杀一人则怒万心，其乱无穷，其害无穷，临政慎哉。"

刘伯温在这里告诫皇上，一定要做到不滥杀人，不错杀无辜。古代人曾说过，以德行仁义者，才能做个真正的王，并受到民众的尊重；如果靠力气、霸道，动不动就杀戮，那绝不是君主，而是霸。做皇上若行德政，爱百姓，戒杀戮，政纪严明，百姓定会心向皇上。什么叫德政？即是心心相印，以心、以情、以理来感动和说服百姓，百姓不仅会接受，还将感激和拥戴你。也只有以心、以情、以理统治天下，民心才能顺，黎民方能感化，政令自会通畅，江山亦能稳定，社会秩序井然，不会乱；要是滥杀无辜，行的是霸道，以权力、以苛捐杂税、以强力压人，便会民怨沸腾，像大元朝那样如同坐在了火山口儿，受到百姓的挞伐和唾骂。没有秩序就要乱，百令贯彻不下去，政权必然垮台。这一切，皆由杀戮造成的。刘伯温十分强调民心不可侮，不要随意杀人。用感情感化一人，则能获万心；如果错杀一人，则会惹怒万人，其乱无穷，其害也无穷，这是作为皇上一定要记牢的道理。军师就这样直言不讳地一口气讲了三条治国之策，最后还叮咛道："陛下若持伯温所言三策，国邦永宁，万民荫福也。"

朱元璋听了刘伯温讲的三策，心中有自己的主见，并不是全能痛痛快快地接受，甚至还有些不快。不过当着军师的面儿，还是表示三策都很重要，的确是治国安邦的良策。当然了，感到刘老先生所讲，有的很顺自己的心。比如头一策"定国先安北"，正是朱元璋牵肠挂肚的大事儿。当今尽管大元朝灭了，元帝也死了，然而元朝还有些残兵败将蛮有势力。尤其是占据辽东金山的纳哈出及盘踞在西北兰州一带的扩廓帖木儿，很让人头疼。到底该如何征服他们，原来只是有个想法，并未理出头绪来。经刘伯温一指拨，讲得还那么透彻，使他骤然耳聪目明、勃然奋励、茅塞顿开了。其实，对北疆的治理，刘伯温早已出了许多好主意。比如徐达到北边去之前，刘伯温建议派可靠之人进入辽东观察动静，以做内应。所推荐的两位将军，便是马云和叶旺。因为他俩皆是朱元璋给刘伯温的，并与刘伯温的关系处得挺好，所以才又介绍给了徐达。说到底，刘益能那么快降明，有马云和叶旺的功劳，也是刘伯温出的点子好，这一点朱元璋当然知道。

刘伯温提出的第二策"定北用勋将"，朱元璋并未接受。表面没说什么，心里暗暗埋怨道："老先生真是好多管闲事儿，连朕家里的事儿都管上了。俗话说得好：'上阵父子兵'。最信得过的人，还得是自己的众王子、公主，把各地分给他们，朕放心。一朝春秋之后，在九泉之下心也安哪！外人总是外人，知人知面不知心哪，朕咋能那么做呢？军师呀，您可以那样说，却不能听您的，朕自有主见。"

至于第三策，朱元璋不仅没放在心上，还暗自好笑。认为杀伐决断，那是朕的权力，别人无权干涉。为权者，杀人如麻，确为人不齿。然杀一儆百，自古法理有之。何况生杀予夺、软硬兼施、刚柔兼济，亦为权者之策也。转念又想："老先生要归乡里，不知何时再见，索性让他多讲讲，把所有要说的话都留下，不一定是坏事儿。这样一来，自己的心中会更有数了。"便耐着性子问道："朕请军师明示，按先生看，对北疆军情治理之策，今后除找惟庸、广洋外，还该请教何人好，谁最熟悉北域民风民习？请军师告诉朕，最可信赖之人究竟应是谁呢？"朱元璋十分清楚，刘伯温作为军师，很善于调查。他能掌握那么多情况，不单单是神机妙算，更多的是通过多方了解而得。只有如此，才能做到凡事有的放矢，出的主意自然就得当。这一点，不只我朱元璋佩服，满朝文武大臣也没有不佩服的。

刘伯温对皇上提出的至关重要的该用哪些人问题，认真想了想，又停了一会儿，然后说道："臣积年帮助陛下挞伐元廷，熟知众将的出身家事，所掌握的一些情况，陛下不一定都那么清楚。比如傅友德大将军，陛下挺熟悉，也很敬佩，多次给以厚赏。不过陛下只知友德为安徽宿州人氏，后迁徙砀山，绿林出身。元代末年，先后从刘福通、明玉珍、陈友谅起事。陛下攻江州至小孤山时，友德率部来降。从此，多年来随陛下出生入死，英勇血拼。常率虎狼之师东打西杀，夺城斩将，如入无人之境，所向披靡，名扬天下。现在是铁甲沾满了鲜血，浑身疮痍，咽喉被刀刺断，声音沙哑，险些成了哑巴。走路颠瘸，以马代步。尽管如此，仍然那么勇敢、无畏，是一员猛将、虎将，又是陛下的爱将。然帝并不知其真实家事，老臣曾多次与友德夜谈，方知其家乡为辽东，不是安徽。他从未往外讲过，觉得这是悲伤的历史，说起来让人心痛！其先世为北方女真野人，会说番语，即北方少数民族的语言。本姓为蒲察氏，说来应归北方诸申，乃女真人之后。据其先人回忆，大约在元致和至天历年间，北方大乱。元军疯狂掠抢当地土奴充军，一时鸡飞狗跳的。尽管东躲西藏，被掳者仍达千人之多，调往江南镇守各地，还为元朝修洞庭湖、鄱阳湖，以防水患。当时死伤甚多，漂尸淮河，他的先祖也死在了那里。其父逃亡后，流落洞庭农家，娶当地女为妻，并于元延祐六年，己巳末年生友德。友德生于江南，长大后为生活所迫，流徙安徽宿州做脚行活计。他从老人处学会番语，通晓北方习俗，常思念辽东故地，迷恋北方，对北域充满深情。此人可信赖，为人勇直耿正，治北诸务可委之。除他之外，冯胜、兰玉、马云、叶旺皆可为御北之将。他们都曾随徐达大将军到北边去过，对那儿比较熟悉，马云、叶旺和北地亦有血缘关系。"

朱元璋听了刘伯温的一番介绍，异常兴奋，觉得友德确实是一御北的干才。过去根本不知道傅大将军有凄凉的身世，既然熟悉北方，朕将来就多用友德这些人，让他们去扫北、平北、镇北。接着又问刘伯温："老军师，朕的几个儿子您都熟，依先生观其相何如？"刘伯温停了停，半天才说："陛下，臣安敢妄言？那可不能随便讲。"朱元璋哀求道："先生，但讲无妨，纵可言之，朕不怪也。"刘伯温一看，知道挨不过去，便道："陛下，说起几个王子，那朱标已立为太子，何评之有？不过，观其相，善面白皙，鼻间有红痣，光彩薄弱乏力，有病象。陛下应请医验看，不可疏忘，切切。"刘伯温讲得很对，太子标真的体弱多病，没过几年就死了，这是后话。朱元璋问道："先生，请细谈之，其病碍寿否，可否承秉神器之象？"意思是说，太子标的病能妨碍他的寿路吗？能影响到承秉神器继承朕的皇位吗？刘伯温听后，半响不语，然后推托道："伯温经学才识浅薄，不敢妄议也。"就是说，我呀，天象学、观相学都不怎么样，很是浅陋，仅一知半解，不敢乱议论。随之又说了几句话："伯温昨夜披衣外坐，突观北辰与天罡①斗柄指燕地，其天枢灿明，其光掩南斗。"即是说，昨天我披衣在外边坐着抬头看星星，突然发现北辰与天罡的斗把儿指着北平府。其中天枢特别灿明，其光明亮得很，掩南斗。

那么，刘伯温此话是什么意思呢？古代人把七星分解得很细。北斗星是由七颗星组成的，依次为天枢——天璇——天玑——天权——玉衡——开阳——瑶光。从一到四为斗魁，或称璇玑；从五到七称斗柄。观星象，就是看这七颗星的光亮程度，依此来观测一些事情。所说的天枢灿明，是指北斗七星斗魁尖儿上的那颗天枢星非常明亮。亮到什么程度呢？它的光掩盖着南斗。南斗即"斗宿"，因同北斗相对来说位置在南，故称南斗。朱元璋对刘伯温的观星之说很感兴趣，遂请老先生细解。刘伯温被逼无奈，只好说："臣观天象，虚球②现出北边的天空，照彻若小月，远超紫微。此为奇象，帝可安心矣，皇室永固无疑矣。"朱元璋听来听去的，本来不懂星象，还是未听明白，仍一再追问刘伯温，让其深解何意，可刘伯温却不愿讲。这时朱元璋才看到，原来先生坐在虎榻上，不知何时已鼾声大作，竟然睡着了。此刻他不仅没怒，反而笑了，心想："老哥哥身子骨儿欠佳，多喝了点儿酒，又唠了这么半天，可能是累了，也真是辛苦他了。"只好不再刨根问底儿了，边喝着茶边坐在一旁静等。

一会儿，刘伯温睡醒了，见皇上仍然坐在身边，慌忙道："陛下，臣罪过，罪过，没想到睡着了。看来真是老朽了，望陛下见谅。"朱元璋说："哪里话，军师是太累了。今天别走了，可住在朕的寝宫，好好儿休息休息。明天用过了早膳，朕派车把先生送回家乡去。"说着，上

---

① 道家话，即指北斗七星。北辰指北极星。《尔雅·释天》："北极谓之北辰。"《论语·为政》："为政以德，譬如北辰，居其所而众星共之。"

② 即指二十八宿。

前拉着刘伯温的手，双双进入了寝宫内室。在内室，朱元璋忍不住又问道："先生，您对朕的几个儿子全都没讲呢，只谈到了太子，可太子也没说完吧？"刘伯温忙道："够了，够了，没有什么可讲的了。不过陛下，臣观四子朱棣，其貌修伟非凡，印堂光彩夺目，虎目龙颜，双耳垂肩，有文韬武略，必成大器。帝若有事时，务记伯温言，委棣皆成焉。"刘伯温对朱棣的评价很高，告诉朱元璋，如果皇上有什么事儿的话，可按我说的，就委托朱棣，他定会给办好的。朱元璋听后，不太懂刘伯温说的意思，问道："何谓'有事'，何谓'皆成'啊？"刘伯温只是诳说："太困了，太困了，万事办完，早早安歇去了。"说完，又是打哈欠又显得懒洋洋的，看起来十分疲倦。朱元璋没办法了，只好不再催问，命侍卫服侍先生歇息。

第二天清晨，刘伯温用完早膳，外面九马轿车已备好，先送他回府收拾一下。到家后，同儿子一起对所有的物品进行了一番整理。他很豁达，把零碎的东西全分赏给了邻里，只将一些必要的日常用品和书籍装到了车上，然后由太子标代帝护送一程。刘伯温就这样领着刘琏和刘璟，匆匆离开了南京，向自己的故乡——浙江青田驰去。

刘伯温终算脱身，离开了金陵帝王之地。他是个有仙风道骨之人，本有佛相，只图一身清静，心无挂碍。很多事情已经看透了，看明白了，早就想远离宦海仕途，也已厌倦朝中倾轧之苦。在与朱元璋夜谈时，好歹以装傻、装睡、装困应付之，有些话只是点到为止地传告给了朱元璋，心想："供你参考、供你去做吧，我求个清静足够了。"

刘伯温回到故乡青田后，便隐居在山中，所住的地方有水有山，风光秀美。他早先在那儿盖了一间小茅屋，以前是偶尔回来住住，这回就安居在草堂之内了。身穿粗布麻衣，不管到哪儿都背着一个用绳子编的袋子，球髻留起来了，头发也蓬松了，真像个山野之人。天天饮酒赋诗，有时同邻家人在一起下下围棋，从不讲自己过去的身世和历史，更不问政事。时常还在田里同农夫一块儿耕地，一块儿放牛羊，过着清静、超然自得的生活。村民中有些人知道他，有的人还真不清楚这个老头儿过去是干什么的。附近的一些县令听说御史中丞回来了，皆想拜见他、巴结他，希望能得到他的帮助，将来也好在朝中混上个一官半职。可又听说刘伯温刚直耿正，无视权贵，若穿县令的官服去拜望，肯定不会见，只好着百姓的衣裳前去。刘伯温从来是回绝不见，实在没法儿或避不开时，简单谈几句便送客。有一次，一个县令穿着民服来至家中。

刘伯温刚刚劳作完毕，挽着裤腿儿，赤着脚，扛把锄头，唱着山歌儿领着两个儿子回来了。进屋之后，看见有人等候拜访，招呼道："既然来了，咱们一块儿吃饭吧，我可是饿了。"县令没法子，听话地坐在了桌旁。刘伯温吃的是捞水饭，青菜蘸大酱，也不跟来人说话，在那儿一个劲儿地闷头吃。县令见不理他，这才说："刘老军师，我是青田知县。"刘伯温一听，忙道："哎呀，没想到父母官来了！"马上起来见礼，然后对儿子说："公子，快送父母老大人回去。我累了，一会儿还要下地，无所谈，无所告。"就这样，把县令给打发走了。

各位阿哥，说书人讲的这位曾在明宫中帮助朱元璋坐天下的怪叟、神算军师刘伯温，自从告老还乡之后，以山野为伍，风云远鹤。或对月吟诗，或下下围棋，在大石板上青白两子一走就是通宵达旦，不问天下事。剩下的时间便到田间去，赶着水牛耕地、播种。渴了，喝山间流淌的清泉水；饿了，清水泡干饭，就着大葱蘸大酱，嚼得蛮香，真也其乐无穷也。

回头再说说刘伯温离开皇宫之后，朝廷怎么样了呢？老军师临回故乡之前，在朱元璋的一再请求下，留下了治国三策，可以说对总理朝纲是极为重要的锦囊妙计。如果朱元璋和他的后代儿孙皇帝一步一个脚窝儿地踏踏实实予以实施的话，那大明王朝可就不得了啦！可惜，不但朱元璋未完全按三策行事，明宫后来的十六帝也没都这么做，故而没有出现让人惊心动魄的作为。古语云：天道酬勤。正因为没做到这些，大明王朝便渐渐不行了，此为后来的事情，咱们不去表它。

单说朱元璋对刘伯温还是很器重的，尽管已告老还乡了，只要遇到一些难办的事儿，依然去找他。刘伯温怎么做的呢？他曾说过："不管离去与否，仍按君君、臣臣、父父、子子去做。皇上说的话，那是圣旨，必须照办。君命臣死，臣不得不死。"因此，虽然回到青田故居，天天过着潇洒、轻松、自如的日子，既高兴又痛快，不用操心费神，没有朝廷中人与人之间的那些相互勾心斗角、尔虞我诈的烦心事儿搅扰，不用防备谁，爱说啥就说啥，爱咋唱就咋唱，爱咋玩儿就咋玩儿。但只要是皇上找他，就不能不去。这不，事儿真凑巧，这种日子还没过上二十天呢，朝廷便派太监坐着九匹高头大马的轿车来到草堂宣旨，召刘伯温晋京。皇上召见，尽管不知为何事，也一定得去。刘伯温一点儿没敢耽搁，赶紧吩咐长子刘琏、二子刘璟照看好家里一应诸事，庄稼地要按时侍弄，然后带上日常所用和几件换洗衣裳，匆匆忙忙随太监直奔京城而去。

刘伯温乘坐九匹马的大轿车刚刚进入京城，离皇宫还挺远呢，便见皇上已带领群臣前来迎接了。君臣相见，免不了一套礼仪寒暄，随之把刘伯温请进了宫内。落座后，内臣献上了茗茶，朱元璋边请先生喝茶边说："军师啊，又要麻烦您了，有些要事得商量商量。刚刚回乡不久，就把你宣进京来，朕万分过意不去呀！"刘伯温忙道："皇上说哪里话？这是臣子的本分，有事儿尽管说。"那么，朱元璋找刘伯温究竟为啥呢？原来辽东出了大事儿，朝中君臣为此十分慌乱。说书人前面不是讲过嘛，朱元璋曾下旨给当时元朝的降臣刘益，任命他为大明朝辽东的辽阳都指挥使司指挥使，其他降明众臣也都一一封赏了。一切本来办得挺顺利，刘益的投降，总算将大家心里压着的一块石头卸下去了，使辽东没费一兵一卒全部解决了。尽管仍有元将纳哈出盘踞金山，不过是残兵败将而已。应该说，这是一件大喜事儿。大家正在高兴中，近日突然接到辽东都指挥使司镇抚司的重要辅臣、刘益的亲信张良佐将军派人从海路来急报。报了些什么呢？待说书人细细讲来。

元朝辽东行省参政刘益投降了朱元璋，这对辽东来说，是件晴天霹雳的大事。他受封的辽阳都指挥使司指挥使的牌子还没挂出来，就惹怒了元朝窃踞金山的大将纳哈出。前书讲过了，自纳哈出把自己的心腹马延辉派去监视、调查、跟踪刘益后，马延辉便隔三差五地向主子奏报其动向。也知道刘益靠马云、叶旺给他南北贩货，可对细底不甚了解，故而没太在意。不料，刘益恰恰就是在马云、叶旺的策动下投降了大明，并受到大明皇帝的封赏，受命把守辽东。这时，纳哈出方知自己失算了，便将马延辉找去狠狠地申斥了一顿，大骂其无能！并命令他潜回刘府，想办法杀掉刘益，眼前决不能再出现仍享荣华富贵的叛元投明的奸细，定要干净利落地摘除心腹之患。

马延辉对纳哈出没有杀他是感恩不尽了，对交给的差事怎能不尽心去完成呢？回到刘益身边后，仍是以参将的身份积极帮助办差，暗中却在寻找机会谋划着杀死刘益的办法。刘益那也是从二品官员，平时身边跟随许多人，还有护从守卫，想杀他并非易事。问题就出在刘益虽然对马延辉的一些举止有些怀疑，也防着他，但并没有引起足够的重视。一天夜里，马延辉乘领兵巡营的机会，聚集了几个心腹和十几个蒙古兵，于夜深人静之时，冲进了刘府。先砍了护兵，又闯进刘益的住所，将刘益和妻子、三个女儿全部杀死于睡梦之中，然后放一把火将刘府点着了，焚尸灭迹。

　　大火一着起来，辽阳城就乱了。董尊、杨贤、张良佐等一看刘府起火了，赶忙带兵前来救护。马延辉也装成救火的样子，边取水灭火，边痛哭流涕地喊着："快救刘大人哪，肯定有匪徒闯进来抢夺财宝啦！一定抓住贼首，替刘大人报仇啊！"不仅连喊带叫了一通儿，还在众人面前单骑冲进火里，包括他的几个亲信也一同随着闯进去佯装捉贼。马延辉出来时，全身铠甲都被烈火烧黑了，看此架势，谁能说他同刘大人的关系不好呢？

　　谁知，马延辉的聪明反被聪明误。常年跟随刘益的董尊、杨贤、张良佐等人，以平时对马延辉的了解，觉得往日的这条狼，今天很奇怪，怎么一口一个要为刘大人报仇、还满脸泪痕呢？表现有些失常，显然是故意做给别人看，肯定是有原因的。其实，马延辉早就该逃走了。只可惜他把别人看得太幼稚了，以为这样做会唬住人家，绝不会把杀人凶手的罪名安在自己的头上。

　　为稳住马延辉，张良佐等人表面上劝慰他不要过度悲伤，要节哀，声言这是刘大人有仇人所致，并与其一同商量捉拿凶手的办法。暗地里，秘密收买了马延辉家的一个看门儿奴才。这位老人叫突尔丹，是蒙古人，老实厚道，干活儿从不偷懒。不过不知为什么，马延辉就是个看不上，对他十分刻薄。平日里说打就打，说骂就骂，吃的是冷灶、猪狗食，睡的是光板儿凉土炕，受了不少苦。张良佐通过与老人亲切攀谈，了解其身世，并做了细致的思想工作，很快便争取过来了。老人家早就看不惯马延辉这个人，天天得有七八个女人陪着，净做些男盗女娼的勾当。老人对张良佐说："有一天夜里，我给马延辉送奶茶去，刚走到窗前，听见屋里有说话声。可能马延辉以为是在自己府里，也没在乎，声音还挺大。开始只听他说要谋杀谁，还要点火，后来才进出'刘益'两个字儿。我当时心中一惊，挺害怕的。可总得把奶茶送进去呀，正要开门时，屋里却没声儿了，马延辉推门出来了。一看是我，厉声儿问道：'你在这儿干什么？'我说老爷不是天天晚上要喝奶茶嘛，这不，给老爷送来了。又问听到什么没有？我说刚到门口儿，啥都没听见呀！马延辉瞪了我几眼，让赶紧送进去。当把奶茶放在桌上还没放稳时，他立马十分有气地说：'快走吧，睡觉去，这儿没你的事儿了！'吓得我赶忙退出来了。"

東
海
沉
冤
录

听了突尔丹的一番话，张良佐彻底明白了，杀刘益的不是别人，正是纳哈出派来的奸细马延辉。谢过老人，回来同董尊、杨贤说明了情况，具体合计了一下除掉马延辉的办法。为防止潜逃，决定在当天的半夜，趁马延辉还没省过腔儿来，干净利落地收拾喽，给刘大人报仇。

子夜时分，董尊、杨贤、张良佐率人闯进马家，堵住了大门。张良佐带几个兵勇进了屋，连灯都没点，像马延辉杀刘益全家那样，挥刀喊哩喀嚓地一顿砍。梦乡中的马延辉赤身裸体被砍死在炕上，与他同睡的两个爱妾也见了阎王，还捉拿了一个叫八丹的平章和知院僧儒及兵丁三十余人。

在一片混乱之时，两个喽啰跑到辽阳城外的山寨报了信儿。这个山寨离辽阳很近，驻有纳哈出的兵马。马延辉之所以大意，就是仗着城外有元兵驻守，谅张良佐不敢对他动手。山寨驻守头领叫宏宝宝，同马延辉像亲哥们儿一样。他听喽啰一报，一面赶紧派人给纳哈出报信儿，一面带兵下山，直扑辽阳。到那儿以后，抓了大明朝廷派来辽阳的断事官黄仇，很快便离开了，直奔金山找纳哈出去了。

张良佐带的兵马在辽阳不但没有堵住宏宝宝，倒把朝廷派来的断事官给丢了，他们能不着急嘛！当时辽阳城内十分混乱，在这种情况下，大家推举张良佐代行刘益职务。另外，黄仇还带来一位副断事官吴立。因此人是朝廷派来的，便请他辅助张良佐，并把大明辽东都指挥使司的牌子正式挂了出去，以安抚民众。张良佐分析了辽东的形势，即大部分地方已为纳哈出所占据，辽阳几乎成了一座孤城。就现有的兵力来看，根本无法与其对抗，等于以卵击石。所以，才遣人带着奏折到京师急报军情，请朝廷速派兵马前去援助。

朱元璋接到辽阳急报之后，十分着急。汪广洋等文武官员，也为辽东一旦得而复失而焦虑万分，认为得赶紧想办法解决。不然，纳哈出占了辽阳，前段所取得的成功岂不化为乌有？到北平去找正忙着西征的徐达大将军吧，看来已经不赶趟了，时间太紧，等他到京早就晚三秋了。怎么办？众臣建议皇上，还是快些请回青田的军师商议对策。朱元璋采纳了此建议，立即下旨，从几百里外接来了刘伯温。

那么，刘伯温来京后，是怎样解决这个问题、怎么化险为夷的呢？他受皇上之命，反复看了辽阳派人带来的奏文。奏文曰：

"辽东僻处海隅，肘腋皆敌境。平章高家奴守辽阳山寨，

知院哈喇章屯沈阳古城，开原有左丞也先布花，金山则有太尉
纳哈出，彼此相依，时谋入犯。宏宝宝逃往，玺必起。乞留副
断事吴立镇抚军民，而以所擒平章八丹、知院僧儒等械送京
师。"

刘伯温从奏文中得知，偏僻之地辽东靠近海边儿，目前在元朝的残
余势力控制之下。纳哈出的心腹高家奴正镇守于辽阳山寨，知院哈喇章
屯兵沈阳古城，开原有元朝的左丞相也先布花，金山则直接由纳哈出控
制，元朝残兵败将都在辽东这块儿固守。他们之间互相依靠，时时筹谋
入犯辽阳城。眼下宏宝宝又抓了明朝的断事官黄仇大人作为人质，已押
至金山。这样，纳哈出很快就会发兵，抢夺辽阳古城。张良佐等人的意
思是，在等待朝廷援兵到来之前，暂由副断事官吴立镇守辽阳，安抚臣
民。与此同时，将所俘的宏宝宝和马延辉之心腹三十多个元朝兵卒押解
至京。刘伯温经反复琢磨，对朱元璋说："陛下，既然事情已经发生，
就不必惊慌，要沉着应对。依臣之见，张良佐、董尊、杨贤等人是可以
信赖的。如果没有他们的忠实于朝廷，固守着辽阳孤城，则更危险了。
陛下应迅速发旨，重用张良佐这些人，以彰其功。"朱元璋接受了刘伯
温的建议，马上拟旨：

"令张良佐等人为辽东卫指挥使司指挥佥事，官位正四品。
按尔等所议，吴立留任辽阳，辅佐张良佐。"

旨发之后，刘伯温接着建议皇上，命曾在辽东立有大功的马云、叶
旺两位将军即刻带兵驰援，接替刘益管理辽东，任辽阳都指挥使司同知
之职，作为并肩王共同治理和镇守那里。二将相互提携，相得益彰。朱
元璋也同意了，正要发旨，左丞相胡惟庸却提出异议，称军师的建议不
妥。认为马云、叶旺身居内地，只是去过辽东，不谙北情。不像刘益那
样，原来是元朝的将领，一心归了大明，长期在辽东，熟悉那里，治理
起来十分顺手。何况他俩又是武将，难当治理辽东重任。遂推荐了一位
著名的官宦、很早就降明了的元朝大将九昌宝。此人本是倭奴、住在倭
岛、经常行窃于日本海的海盗，后来降了元朝。由于他经常在海上活
动，熟悉东海语言及当地的民族风情，了解日本海的海情，善于观测海
上动向，还通倭寇，故而一度为元朝所重用。被明将衡海侯张贺所俘

后，便又降了明朝，现于胡惟庸身边做谋士，同时帮助管理海上之事。因此，胡惟庸认为九昌宝是作为辽阳都指挥使司同知的最佳人选，比马云、叶旺更合适。

朱元璋听了胡惟庸的禀奏后，默然沉思，一时不知如何办好。刘伯温见此，起而荐言："谁人都清楚，九昌宝是个海盗，名声不好，久与我衅，在海上做了不少坏事儿。后来，被张贺大将军他们俘虏过来的，这点陛下也知道。假如咱们不考虑以前的作为而任用此辈，难道是明廷没人了吗？能这么办嘛，要是讲出去大明重用了海盗，有多难听啊？必将影响陛下和朝廷的声誉！何况此辈做辽阳都指挥使司同知，无论是身份和经历，皆赶不上马云和叶旺。二位将军跟随陛下多年，又在徐大将军的身边转战南北，东挡西杀，屡立战功。而且对北方的治理相当有办法，辽东刘益能够受降，不就是他们二位努力的结果吗？从资历、身份、功劳哪方面来讲，都远远超过九昌宝。陛下细想，九昌宝虽然降过来了，但海上肯定还有其同伙儿。如果派他执掌辽东大任，一旦与海上那些人再相互勾结，恐酿大乱哪，后果不堪设想。让九昌宝赴任辽东不可，万万不可呀！"

刘伯温的话一针见血，讲得很有道理，众臣听了频频点头称是，一时议论纷纷，不少大臣表示了意见："是呀，九昌宝这样的人，怎么能担当辽东要地之重任呢，那不是给大明朝丢脸吗？""军师讲得对呀，九昌宝确实有同党在海上，将来他们联合在一起，则将后患无穷啊！辽东重地焉能交给这样的人去管理？"有人小声儿说："胡惟庸不是胡来吗？真是利欲熏心哪！九昌宝究竟给了他多少好处，这么极力推荐？"连与胡惟庸关系比较好的，像宋濂大人等，也都直晃脑袋，觉得他的提议很不合适。右丞相汪广洋激动得站了起来，公开反对胡惟庸的意见，说军师提得对，马云、叶旺二人堪当此任。邓愈大将表示军师讲得有道理，除马云、叶旺二将外，其他任何人没有能力管理辽东，亦没有资格充当辽阳都指挥使司同知。朱元璋听了众位的表态，深有感触，心想："还得是军师刘伯温哪，头脑敏锐，想得周全，为江山社稷仍敢于直言！胡惟庸怎么糊涂了呢，竟提出了这样一个人，咋会如此没有头脑？"于是，便按照刘伯温的荐贤，当即下旨，任命马云、叶旺为辽东辽阳都指挥使司同知，即刻赴任。

此事定下以后，胡惟庸作为左丞相，感到无地自容，脸一红一白的，也非常有气。本来刘伯温决定告老还乡，一向忌妒老军师的他知道后，是既高兴又痛快，在家里请了所有的友好同党，连喝了三天喜酒，庆贺刘伯温终于离开皇宫了。还扬言是被皇上给除了，驱逐出宫，从此少了颗眼中钉。可万没想到，这次皇上又把刘老先生给请回来了，你说他那脸往哪儿放吧？因此，为找回面子，在决定究竟应由谁来充任辽东辽阳都指挥使司同知的节骨眼儿上，想跟刘伯温较量一番，便把自己的心腹九昌宝提出来了，却遭到老军师的据理反驳，且讲得头头是道。对胡惟庸的力荐，众臣不仅不支持，有的还认为他别有用心，自己也觉得理亏。结果弄得满身不是，一败涂地，你说他能不有气吗？何止是有气呀，而是怀恨在心，恨不得置刘伯温于死地！

说起来，马云和叶旺都是刘伯温器重的将军，也是徐达大将军身边的爱将。按年龄来讲，尽管马云比叶旺大十来岁，可交往却从没有因年龄的差异而受到影响，关系始终挺好。二人跟随徐达大将军多年，久经沙场，互相间建立起了兄弟的情谊。马云骁勇善战，叶旺考虑问题细致，他俩凑到一块儿，真像军师所讲的，能相得益彰，有勇有谋。此次同去辽东，定能干出一番大事业来。

其实，朱元璋对马云、叶旺十分喜欢，早就视其为股肱，也是他的左膀右臂，认为是不可多得的将才。这次派去辽东，又是军师亲自荐举的，他当然放心。那么，二位将军究竟是怎样的人呢？《明史列传》做了记载，然而记述不多，只是寥寥数语。实际上，马云、叶旺在辽东的影响很大，一生的经历充满了传奇色彩，北方各族、各部落将其奉为神明。马云将军后来虽然没有故于辽东，但土民为了纪念他们，于当地除建了叶将军庙，也建了马将军庙，春秋祭祀总是香火不断，可见百姓对故人是何等的敬重！随着本书的逐渐深入，许多事情都同二位将军有关，故事亦十分生动，诸位阿哥会越来越清楚地看到马云、叶旺在治理辽东中的盖世功劳。

马云、叶旺的祖上并不是合肥人，元代管他们叫氓民。所谓的氓民，即朝廷对那些祖籍无法细考之人的一个总称。也就是一些人在强压之下，迁徙流动，其后代因多次的变迁，便无从知道自己的祖籍了。这些后代在关内流浪，有的成为乞丐，有的在市井中讨一个活计混饭吃，也有的投入了行伍之中，做个兵卒养家糊口。

此种情形是怎么造成的呢？前书说过，元代的苛政猛于虎啊！凡是与朝廷所订制度不合之人，或者统治者认为行为不轨之人，便用绳子捆

110

绑链成一串儿。然后全部往兵车上一装，由元兵押解着，将男女老少南北互迁。即是说，本来居住在北方的，把你迁到大南方；本来居住在南方的，强行迁到大北方。迁徙时，皆送到千里、万里之外，重新找地方居住。有的成为奴隶，有的沦为乞丐，有些则因衣食无着而冻死、饿死。可见，元代的百姓真是苦不堪言、啼饥号寒哪！这些人的子孙后代长大以后，仍到处流浪，找不到自己的祖宗和故居地，因无可考。这样一来，在哪儿讨饭或找到了活儿干，大元管户籍的人便将其记载为那个府县的人。他们一点儿招儿没有，只能往前看，往后没法儿刨根儿。自己到底是从哪儿来的，谁也不知道，年年有今天没明天地对付着活，这即是出现岷民的原因，在大元是不足为奇的。马云、叶旺就属于万万千千的岷民之一，无依无靠，生活非常凄惨。

追根究源，马云的祖上在辽东，其父是经商贩皮货的，后因祖上遭当时的广宁府千户欺侮而被迁徙的。什么是千户呢？元朝管理地方的官，有百户官、千户官、万户官。这个官管的地方有百十来户，叫百户长；有千十来户，叫千户长；有万十来户，叫万户长。也就是说，马云的父辈同千户长发生了争斗。为了什么事儿呢？广宁府的千户长强奸了马云的母亲，母亲含恨自缢，马云的父亲为此去找千户长报仇。结果，不仅仇没报成，还被千户长给抓了起来。之后，把马云的父亲和幼小的马云及妹妹一起押送到潭州，即湖南的湘潭地方。在这里，父亲沦落为当地的巴次巴尔巴千户长家的奴才，受了不少苦，遭了不少罪。尽管马云和妹妹美娘当时都很小，也要为巴次巴尔巴千户长干这个干那个的。到了元朝末年，父亲得了瘟疫而死。妹妹已经长大一些了，于是巴次巴尔巴动了邪念，欲强娶美娘为妾。马云本来打心眼儿里恨透了巴次巴尔巴，一看妹妹要遭禽兽蹂躏，便毅然决然地带着美娘，趁半夜人静之时逃出了虎口。

元末，正是反元义军风起云涌之时。马云带妹妹逃出后，投奔了义军，开始是在长枪将谢再兴的手下做护军。马云的父亲尽管是个商人，由于处于那种动乱的年代，又要走南闯北、跑来跑去地经商，特别是北地荒凉，人烟稀少，走几百里地见不到人家，马上驮的货物尽管不多，也值一些银两，要是没点儿能耐，很容易遭到盗匪的抢劫和元兵的欺压。为了保护生命安全和财产不受损失，便铆上了劲儿，学会了一些武功，尤擅使长枪。这些枪法，是马云父亲的祖上从汉家师傅那里学来的，后来祖上传给祖父，祖父传给了马云的父亲。每当长途贩运时，无论走路还是骑马，总是长枪不离手，随时提防盗匪的袭扰。另外，觉得使长枪方便，一杆长枪舞动起来，可以抵挡一面呀，马家枪在当时还算是有些名气。

马云和美娘从小受到父亲的熏陶，各使一银杆枪。有时需陪父亲练练枪，枪法都很厉害，远近闻名。正因如此，兄妹俩在谢再兴的手下，称得上是两员小虎将。开始时，谢再兴对他们挺好，二人很愿意跟着他干。后来由于谢再兴不能容人，没有军事头脑，常常乱打乱冲，跟周围战将的关系也没处好，便引起了内部的分化。马云和美娘一看，觉得总在这样一个人的手下不行，终归不是个办法，应投名主才对。于是，立马离开了谢再兴，反身投靠了当时赫赫有名的朱元璋，随着反元义军东打西杀。

过了一段时间后，朱元璋看兄妹俩精明强干，枪法又好，人还勤快，很是喜欢，遂收在身边，做亲随护军。后来，朱元璋请出了刘伯温，拜为军师。为表示对先生的敬重，就将已成为心腹的马云兄妹赐给了他，以做护卫。二人到刘老军师身边后，勤勤恳恳地做事，认认真真地护卫，相互之间的感情处得越来越好。有时前线急需用人时，马云兄妹也被调去，跟随其他大将上阵征杀，斩官夺寨。马云武功高强，威猛善战；美娘颇具巾帼英雄的气概，挥刀驰马，屡立战功。刘伯温见兄妹俩如此神勇，心里暗自高兴，那真是美滋滋的，由衷地感谢朱元璋把这么优秀的年轻人赐给自己。在日常生活中，他像对待亲生儿女一样喜爱他们，照顾他们。特别是看到美娘既勇武无敌，又十分温柔，便萌生了一个想法。

一天，刘伯温把马云兄妹找到跟前，说有事儿同他们商量，还要征求意见。什么事儿呢？刘伯温诚恳地说："有个请求一直没说，就是你们兄妹，尤其是美娘若不嫌弃刘家的话，能否屈就，做刘璟的续弦。这个儿子的命苦，妻子七年前过世了，留下一女。美娘如能答应做老朽的二儿媳妇，照看我那孙女，这可是全家最盼望的事儿了。当然了，美娘做续弦是委屈了些，让你为难了。此事已考虑很长时间了，不知是不是妥当，想来想去，还是决定把话直说了。如果不同意也没关系，啥都不用顾虑，无论结果怎么样，我都会万分感激的。"说完，慈祥地看着兄妹俩。

马云对刘伯温的印象非常好，觉得刘琏、刘璟人也不错。他清楚军师对待自己和妹妹就像自家人一样，根本没有亲疏远近的差异。所以，当一听到刘伯温提出的请求时，并未感到突然，反而觉得似在情理之中，认为是件好事儿，很替妹妹高兴。可这是美娘的终身大事，光做哥哥的同意哪成啊？得本人同意才行呀！便瞅瞅妹妹，看有什么反应。

美娘打从到了刘伯温手下之后，十分敬重其学问和品德，早已感到军师待她和马云哥哥亲如己生，所给以的温暖和照顾自不必说。刘琏、刘璟两位哥哥也不错，人品还好，待自己如亲妹妹般疼爱。今天，刘老军师直言不讳地提出可否做他的二儿媳，尽管美娘内心很同意，可一个姑娘家，怎么好说出口啊？便也侧过头，笑着瞅瞅哥哥，意思是说："我没什么意见，刘璟哥人挺好，我看成。"马云一看妹妹的眼神儿，立刻明白了，马上说："军师，我和妹妹特别感激您往日的恩情，待我们恩重如山，这如父般的情谊将永生难忘。刘璟哥为人忠厚，又好学，妹妹一向很是敬重。看来没有什么意见，同意续弦为正室。"马云说完，美娘羞涩地冲军师点了点头。刘伯温乐了，就这样顺顺当当地为二儿子找了个媳妇，很快选了个良辰吉日，热热闹闹地把婚事办了。从此，美娘成了刘伯温家中的一员，马云同刘家的关系更加亲密无间了。

说来挺有意思，刘老军师的两个儿子是文人，这回家里增加的兄妹俩是武将。刘伯温既通晓天文地理、经纬之学，又懂得一些兵书战法，过去常给儿子讲经论典，很少谈战场上的事情。现在所掌握的兵书战法可用得着了，每每在酒足饭饱之后，总是饶有兴致地讲给马云、美娘听。什么孙子兵法呀，排兵布阵之策呀，怎样斩官夺寨、怎么运用三十六计呀，一条一条地论，一件一件地说，讲得认真细致，鞭辟入里。马云本是疆场上的一员猛将，对他来讲，打仗像吃饭、喝水一样平常。现在听了刘伯温的亲自口授，知道了不少以前从未听说过的战略战术，这下便大不一样了，那真是如虎添翼呀！况且他有丰富的作战经验，经刘伯温一讲解就通了，一点拨就透了，有如心中亮起了万盏明灯，豁然开朗！从此，马云逐渐成长为一个智勇双全的虎将。美娘自从听公爹介绍了有关敌我双方对阵的知识，也是顿开茅塞，两眼如神光一样能照穿千里物，头脑越发清醒、灵活，懂得了很多杀敌之策。什么佯攻、什么退守呀，什么情况猛攻、什么情况施用缓兵之计呀等等，并将这些不同的战法都默记于心。

咱们再说叶旺。朱元璋在把马云兄妹分拨给刘伯温做护卫后，不久又把叶旺也分去了。刘伯温一见叶旺，便从他的眉宇间、一言一行中，看出是个久经坎坷的苦命之人。他与马云不同，马云岁数虽然比叶旺大，但做事又快又急，性格外向，有话就说；叶旺尽管年岁轻，做事却不慌不忙，十分沉稳，性格内向，总是愁眉不展，少言寡语。刘伯温想，这孩子肯定是受了不少苦，遭了不少罪，没地方诉冤，才养成了一种孤僻的性格。为详细了解叶旺的身世，也为了与之建立感情，本来睡觉一向是独自一人、不习惯身边有人的他，有时就单独拉叶旺到身边，破例让他与自己同榻而眠。时间一长，叶旺对军师由过去的敬重变得越来越亲近。军师晚上有时给他盖被子，有时还给扇扇子，赶蚊子，使叶旺渐渐从中感受到了一种父爱，有些话也愿意说了，刘伯温慢慢地知道了他的苦难家事。

据叶旺幼时模糊的记忆，他家的祖辈也是辽东人。脑子里经常出现两个人的影子，一个是蓬头散发的女人，还有一个是胡子扎煞着、浓眉大眼、十分剽悍的蒙古人。咱们先说这个女人。叶旺只是依稀记得，小的时候没有见过父亲，总是藏在那女人的怀里。此人善骑烈马，是北方勇猛的骑手，很多男子与之比试都甘拜下风，被奉为马上英雄，这就是他的慈母。母亲经常骑在马上，将他抱在怀里，让他吃奶、睡觉。尽管马不停地奔跑，他也能迷迷糊糊地睡着。有时，还会听到母亲的哭声，感到热热的泪水滴到自己的小脸蛋儿上。那时他还小，只有两岁，不懂事，不知道母亲为什么哭。

当叶旺长到三岁多的时候，母亲身边来了一个男子把他收养下来，此人叫安帖帖木儿，即上面提到的那个蒙古人。安帖帖木儿有时喂他马奶，间或也喂饭吃。天冷时，还把自己身上的皮袍子脱下一件，裹在小叶旺光溜溜的身上，用以防寒。每当抱着他骑马驰奔的时候，无论叶旺怎么喊，安帖帖木儿也听不着，有时尿和屎憋不住了，就拉到安帖爸爸的皮袍子里。于是，这个蒙古人会用大巴掌冲他屁股抡几下，把小叶旺打得哇哇直哭。安帖爸爸有时也挺疼他，当哭的时候，便用满脸胡茬子去亲他、哄他。安帖爸爸很凶暴，经常酗酒。叶旺懂些事儿以后才知道，母亲常被安帖帖木儿推进圈豹子用的铁笼子里，有时还拽着头发狠打。母亲跑了几次，都被抓了回来，当然是一顿顿地暴打。母亲搂着小叶旺一宿宿地哭，从不讲是什么原因挨打。在叶旺长到十来岁时的一天深夜里，因安帖爸爸要离家出征，临走时，又把母亲圈到铁笼子里。安帖帖木儿走后，小叶旺来到铁笼子跟前问妈妈："安帖爸爸为什么打你，咋对咱们这么狠呢？"母亲含着眼泪半天没说话。小叶旺把一只小手伸进笼子里，拉着妈妈的手，妈妈哭着道："孩子，要报仇，要报仇啊！"

说到这儿，母亲只是哽咽，不往下讲了，从笼子里伸出双手，紧紧搂着小叶旺。第二天，叶旺又到笼子那儿看母亲，却已不在了。后来，安帖爸爸回来了，当叶旺追问母亲哪里去了时，安帖爸爸说："你妈妈太坏，不愿跟咱们过了，跳河死了！"就这样，小叶旺从此再没有见到母亲，只是安帖爸爸带着他转战各地。

过了一段时日，安帖有了新夫人，叶旺也长大、长高了，对以往的事情似乎有些明白了。母亲的影子已留在了他幼小的心灵里，常常能想起母亲那瘦弱的身体、在笼子里哭泣的声音，有时会在梦中哭醒。朦胧中觉得母亲一定有深仇大恨，有说不完的冤屈。可是母亲现在究竟在哪里呀，是否还活在人世？他开始怀疑，安帖爸爸对母亲那么狠，能是自己的亲爸吗？难道世间会有父亲害心爱的儿子的母亲吗？他看到安帖对新夫人特别好，而对自己的母亲却那么狠，断定那绝不是什么亲生父亲。那么，安帖帖木儿到底是谁呢？叶旺真正的父亲又在哪里呢？不得而知。由于母亲、父亲都不在，这便成了他始终解不开的一个谜。幼小的叶旺被疑团沉重地压着，变得越来越不愿意说话，总是愁眉不展的，生成了忧郁的性格。他在南方的时候，就曾暗下决心，一定要拼死拼活回到辽东，找母亲的坟，或能知晓母亲活着的影子，找自己童年的足迹，把难解之谜弄个水落石出。

小叶旺很聪明，特别懂事，知道自己现在还小，既在屋檐下，怎敢不低头？所以，他对安帖表面上言听计从，仍像对待自己的爸爸那样，但心里却埋藏着一股熊熊的复仇火焰。有一年，安帖帖木儿奉命平息江南的民乱，便领着叶旺跨过长城，离开了住地。后来，又率元朝的兵马，到广西大山中去平叛彝族人之乱。那里到处是崇山峻岭、悬崖峭壁，安帖帖木儿带着个孩子，打仗不方便呀，只好把小叶旺放在广西元帅府的兵站里，想等打完仗再回来领走孩子。可哪成想安帖帖木儿一上阵，就被彝人乱箭穿心，死在了悬崖峭壁之下。小叶旺在广西元帅府兵站里等了好久，也不见安帖爸爸来接，急得了不得，哪里知道他已魂归西天了呀！

当时，正逢天下大乱，反元起义的兵马四方举义旗，一天比一天强大。广西的少数民族也揭竿而起，拿起刀枪，见元人就杀，见元将就砍。元帅府的兵站已无法立足，人们纷纷逃散，保命要紧哪！小叶旺被兵站几个认识安帖的蒙古兵带着，从广西逃到了安徽，又从安徽逃到了江苏。当他们反身从江苏逃回安徽时，却被韩再兴的兵马截住并收降了。韩再兴看叶旺长得虎头虎脑、胖乎乎的，个头儿还不矮，挺着人喜欢，便把他留在帐下做了一名马童。当问他叫什么名字时，小叶旺先是晃晃脑袋说不知道。之后，忽然想起恍惚记得安帖爸爸曾用蒙古话憨声憨气地叫他"也罔"，马上回答说叫也罔。韩再兴没听清，又问："再说一遍，叫啥?"叶旺抬眼瞅瞅韩再兴，怯怯地小声儿说："叫也罔。"韩再兴是个愣头儿青啊，扯开嗓门儿嚷道："啥也罔不也罔的，不好听，以后干脆叫叶旺吧!"从此，叶旺这个大号便留下了。叶旺根本不晓得自己亲生父母姓甚名谁，自然不知道自己该姓什么、叫什么、祖籍在哪儿。当时韩再兴手下的书记官登记花名册时，问韩再兴："元帅，马童的名字怎么填?"韩再兴说："我不是说了嘛，叫叶旺，你写叶旺吧。"书记官又问："那他的祖籍写哪儿呀?"韩再兴说："孩子是在这儿捡的，他不是从安徽六安那边过来的吗? 算六安人吧。"就这样，叶旺有了名字，也有了所谓的祖籍。

六安，在元代叫六安州，是个挺出名的地方，然而与叶旺却毫无瓜葛。只因他从江苏逃到安徽，这才有了六安人氏之说，历史书也就这么记载了，成为永久的笑话。后来曾有不少知情人逗叶旺道："你既然是六安人，应是江南的汉人，怎么口音和人家不一样? 听起来倒像蒙古人，恐怕是个地地道道的野秧子、蒙古种吧?"小叶旺一听可气坏了，睒睒着眼，紧闭着嘴，腮帮子鼓得圆圆的，小拳头攥得紧紧的，像两个小黑锤子，摆出一副要同人家打仗的架势。幸好有些人从中拉架，这才没打起来。

由于马云和叶旺都有苦难的经历及不幸的遭遇，后来又都在韩再兴身边，二人很快便结成了患难兄弟，感情亦越来越深。韩再兴的队伍分化之后，他俩一块儿投到了朱元璋帐下。过了些日子，朱元璋先后把马云和叶旺分拨给了军师刘伯温，做先生身边的护从，进而成为了刘家的家门挚友。

刘伯温既喜欢马云兄妹，又喜欢叶旺，三人虽有着不同的经历，但坎坷是共同的。特别是叶旺，连自己的父母都不知在哪里，也不知二老究竟是什么样的人，更不知祖籍是何地。像这样经历的人，在当时的元朝里并不少见，叶旺是其中比较典型的一个。刘伯温不仅同情叶旺的身世，还喜欢他的为人。前书说了，由于叶旺长期受痛苦生活的煎熬，逐渐养成了沉默寡言的性格。他为人忠厚老实，勤奋而又吃苦耐劳，为主子、为朋友不惜两肋插刀。做起事来不但认真，而且想得周到、细致。

只要交给他办的差事，即使再难，也从不表现出为难，每次皆完成得较为圆满。因此，给刘伯温留下了很深的印象，认为他年轻有为，是一块好料，常受到军师的夸奖，深得信赖。

自从叶旺来到刘伯温身边之后，两个人就觉得投缘，相处非常密切。刘老军师是个博学多才、通周易、有佛缘的人，总是觉得叶旺的名字挺有特点，经常琢磨"叶旺"这两个字儿似乎在哪儿出现过，可一时半晌又想不出是怎么回事儿。一天晚上，他喝完茶，出外溜达一圈儿，头脑顿觉清醒，忽然悟出"叶旺"俩字儿大有来头儿呀！刘伯温想到什么了呢？想到了明月长老给他留下的一条玉带，玉带里藏着几个字儿。当时他看过，只是觉得有些奇怪，没想太多，难道玉带里的那几个字儿同"叶旺"这两个字儿只是巧合不成？越想越兴奋，真是踏破铁鞋无觅处，得来全不费功夫啊，这是仙缘普照哇！到底是怎么回事儿呢？事情十分蹊跷，且听我慢慢道来。

金陵，即应天府，也就是现在的南京。城外有座山，叫鸡鸣山，山林葱翠，奇花异草遍地，是座名山。山上有座寺院，名曰鸡鸣寺。寺院的后面是满目的山石，沿着山石的窄路攀缘而上，过几道石廊、石阶，便可见一片浓郁的古松林。在松枝的掩映下，有座庙庵，曰明月庵。此庵说来要比鸡鸣寺建的年代还早些，原来的住持已经圆寂了。现在的住持是一位德高望重的老尼、多年得道的高僧，法号明月，叫明月长老，人们尊称为明月师太。她年高德劭，已过九十龄，平时从不言自己的年岁，徒儿们说师太已近百龄。别看岁数大，可体健如壮年，行走如飞，攀缘石阶的速度极快，年轻人跟不上。不但佛经造诣颇深，而且武术高强，走路总是手拄一根金玉镶嵌的、上有龙头的禅杖，从远处看，金光闪闪。相传，这根禅杖是宋朝的皇上赏赐给当时此庵长老的，作为庵里的传承宝物，已传到了明月师太的手中。她身边有女徒二十余位，除了诵经，也练武术。前两年，老人家还收下了一位世俗弟子，她就是刘伯温的义女娟娟。

众位阿哥，听到这儿，您一定会感到奇怪：前书只说刘伯温有两个儿子，没说有义女呀，娟娟从何而来呢？事情是这样的：有一天，刘伯温骑马从一小石板桥上经过。这种小石板桥，自宋代以来，在江南水乡很多。他刚踏上桥，就听桥下人声嘈杂。侧脸看去，只见潺潺流水的小河岸边，围着男男女女不少人。他们在看什么呢？刘伯温一时好奇，便下了马，仔细观瞧。这时，只听一老者气愤地说："咳，太造孽了。老天哪，快睁眼看看吧，这是什么世道哇！"刘伯温知道，这条小河，人们都叫它牛屎河。为什么叫牛屎河呢？离河岸不远，有一道高高的石墙。石墙里面，是座雕龙画凤的楼阁，楼阁墙面儿皆有彩漆绘画，非常好看。楼阁的楼脊上，雕有不少望乡猴等物，檐下挂着铜铃儿。风一吹，铃声叮叮当当，萦萦入耳。一看就知道，原来此座画楼不是一般的所在，乃青田有名的一家妓馆，名曰"醉花楼"。日夜红灯高挂，脂粉飘香，笙管笛箫之声不绝于耳。来来往往的多是达官显贵，没钱是万万去不起的。当时曾有人这样说："你的褡裢里若不是装有万八千两银子，还敢登醉花楼？"达官显贵来到这里，那就是个花天酒地，要听有唱的，要看有舞的，要睡则有众多美女相伴。正因为它是个特别的地方，便常有一些绢衣、金钗、残粉之类的女人用物，从石墙扔到外面的小河边，人们故而称其为"牛屎河"，自然也就引来不少游人、乞丐到这儿来拾些遗物。除此，还常常能听到一些被扔到墙外的弃婴的哭声。阿哥若问：小孩儿从那么高的墙上扔下来，不得摔死吗？不会的。别看墙高，孩子的外头可包着好几层丝被呢，并用丝带儿捆绑着。轻轻扔下，只能将小孩儿摔哭，不会摔死。一见有人扔孩子，来这里的游人、乞丐便争抢着那些包小孩儿的丝被，剩下没用的弃物和一些脏东西顺手扬到河里。有时也会从被子里面拾到银锞或金锞子、银簪、金耳坠子等，可能是扔小孩儿的人心疼孩子，自己又不能养，向那些救孩子的人表示感激之情。青田有些行善之人常常是边骂禽兽的世道，边把啼哭的弃婴抱回，收养了这些孩子。可有些乞丐就不那么义气了，只要金银，不要孩子，常把孩子往牛屎河边儿一扔，拿起被子、揣上银子转身跑走了。甚至还为争抢银两打得头破血流，而孩子却不去理会，或者被饿死，或者被野狗叼走。

刘伯温这天碰巧了，正赶上从石墙里抛出了一个孩子，也是包着多层丝被。丝被之类的东西已被乞丐抢去，只剩下红不棱登的女婴在那儿啼哭。见此情景，他十分痛心，不忍离去，便冲桥下大声儿喊道："把那个孩子给我吧，我要了！"桥下抢着被子的一个乞丐听到桥上有人要孩子，高兴了。说实在的，这种好事儿谁都愿意做，省得剩下个孩子，扔下怪可怜见儿的，那可是造孽呀！就抱着孩子慢慢上了台阶，递给了刘伯温。刘伯温接过孩子，又对那乞丐好言说道："你能把裹孩子的布单子给我吗？好将她包上，不然怎么抱哇？"乞丐还算好心，把布单子刷地撕下一大块，给了刘伯温。刘伯温用布单子好歹将孩子包上了，怕她受风，又脱下身穿的英雄氅，把啼哭不停的孩子裹在里面。然后翻身上马，赶紧抱回了家。

当时，刘伯温的夫人还健在。安夫人见丈夫从外面抱回一个女婴，忙接在手里，将布单子打开，看了看，问是不是从牛屎河那儿捡来的，刘伯温点点头。安夫人是位一心向佛的慈善之人，家里供有佛堂。两口子平日一向省吃俭用，有时宁可自己不花，也把银两施舍给穷苦的邻里，或给那些讨饭的穷人。能救孩子一条小命，觉得是做了件善事，倒蛮高兴的。

刘伯温将女婴抱回家的日子，正是他辞去高安县令、在家赋闲无事之时，即元至正十五年前后。前书说过，刘伯温在元朝时中过进士，做过高安县令。后来由于兵荒马乱，安夫人便对他说："先生，现在世面儿这么乱，盗匪猖獗，谁听你的？哪个违法哪个不违法都不好说，你管谁呀？算了，县令咱别干了。"刘伯温也是这么想的，连牢头儿、县里的衙役全跑了，剩我个县令还能干什么？就这样，他从高安县回来了，已在家闲呆五六年了。因无事可做，有时陪夫人出外走一走，有时拿起锄头种地，很愿意自己种粮种菜吃。余下的一些时间读读书，或吟诗作画。安夫人是大家闺秀，知书达理，通诗文。夫妻俩常在一起赋诗作对，过着较为安宁的生活。

自打刘伯温从石板桥下将女婴抱回家后，夫妇俩又多了件活计：伺候孩子。每当安夫人仔细端详怀中的女婴时，见她天庭饱满，地阁方圆，长得胖乎乎的，挺精神。只是由于出生不久，肉有些发红，不过已经变过点儿色了。小嘴一会儿张开、一会儿合上的，刚刚哭时脸上还带着泪呢，不大一会儿就不哭了，睁开眼睛仰脖儿往上看，瞅着安夫人笑了。这时会逗得安夫人异常开心，边乐边对丈夫说："你快瞧呀，笑得多好看，这孩子同咱们还真是有缘哪！"又低头拍着孩子说："欢迎宝宝到我们家来，刘家又添人进口啦！"从此，伺候得更加精心，并让侍女为女婴缝制了十几件小衣服以及小被褥、小枕头什么的。全家几乎都忙碌开了，儿子、儿媳也高兴得为婴儿做这做那的。平时，专有侍女、儿媳照顾着，可安夫人仍不放心，换尿布等一些事儿非要自己亲自去做。刘伯温则每天到外头给孩子买羊奶，打回来热好，再由安夫人一点点儿喂。夫妇俩对女婴细心呵护，视如己出。

时间过得真快呀，转眼就到女婴一生日的时候了。刘家按照"抓周"的习俗，准备让孩子"抓周"。什么叫"抓周"呢？就是在孩子周岁那天，选几样东西放到床帐的里边，看刚刚会爬的孩子去拿什么。所拿的那件东西，便预示着孩子的未来会向那方面发展，有那方面的出息和造诣。

这天，刘伯温和安夫人把刀、箭、笔、墨、粉黛、苏绣、佛珠儿等几样东西摆放好了，让孩儿去抓。哪知小丫头在全家的注目下，爬呀爬，爬到炕里边，别的什么都不摸不动，小腿儿一蹬，小手往前一探，就把佛珠儿拿起来了。安夫人当即着急了，忙道："怎么偏抓它呢？"便想把佛珠儿从孩子手里拿下来，让她重新抓。哪知小丫头握着念珠不撒手，拽不下来。刘伯温说："这孩子有佛缘哪，你不要让她再抓了。看来，将来肯定与庙堂有什么因果关系呀！"安夫人只好作罢，又让丈夫给孩子起个名字。伯温仔细端详着女孩儿手拿佛珠儿坐在炕上的样子，姿态十分可人，忍不住笑了，说："好了，我想起来了，干脆用苏东坡词里的'千里共婵娟'的'娟'字吧。娟娟，多好看的孩子，春水涓涓，未来的前途无量啊！"安夫人高兴地说："行，名儿不错，我看挺好，就定了吧！"刘伯温的两个儿子刘琏、刘璟也拍手道："爹爹给小妹起的名字真美！"娟娟这名字从此叫开了。

光阴荏苒，时光如流水，一晃几年过去了。这一天，娟娟醒得早，还一个劲儿地咯咯笑。安夫人本来是信佛的，见平时一向不爱笑的娟娟今天却笑个没完，认为一定有缘由，便翻过身来推醒了睡在身边的丈夫，高兴地说："先生，你听见没？咱们的娟娟笑了！笑声那么好听，笑的样子那么好看，快瞧呀！"刘伯温闭着眼睛道："咳，一惊一乍的，孩子笑有什么奇怪的。"安夫人说："娟娟笑，可能有喜事儿来呀！"没想到，还真让她给猜着了。

元至正二十年春三月，刘伯温四十九岁、安夫人四十七岁、小娟娟五岁的时候，喜事儿真的临门了。什么喜事儿呢？前书我们说过，刘伯温从高安县已回家好几年了。为躲匪患，这几年哪儿也没去，经常做的就是帮助乡里组织民团，保护屯子，以防盗匪袭扰。没事儿时，便在家里看书或到地里种田、种菜。单说这一天，外边来了几位骑马的将士。走在前面的大将是谁呢？就是邓愈大将军，受朱元璋的派遣，领着护卫前来拜访刘伯温。刘伯温把大将军让进屋后，邓愈便说明了来意。声言朱元璋自到青田，就听说了先生的大名。他是求贤若渴，希望您能出山，协助讨伐大元，给民众以安乐与祥和。刘伯温开始不太同意，不想出去，婉言回绝了。因那时乱军太多，都打着义旗。实际上不少人是挂羊头卖狗肉的，不干真事儿，他信不着。可是架不住后来朱元璋派邓愈二次、三次地邀请，再加之平日对朱元璋的一些了解，终于决定出山了。与刘伯温一起被朱元璋聘用的，还有宋濂、章溢、叶琛等名士。朱元璋将他们请至元帅府，亲自下拜，感谢鼎力出山，帮助朱某人讨伐元孽，救国安邦。刘伯温从此离开了青田，离开了夫人及两个儿子、儿媳，还有他喜欢的小娟娟，跟随朱元璋转战于江淮一带，成为其最信赖、最尊重的军师。

此后的八年中，战事不断，刘伯温很少有时间回家，家里就由安夫人料理。这是刘伯温帮助朱元璋定鼎天下的八年，也是安夫人日夜辛劳、牵肠挂肚的八年，直到朱元璋在应天府称帝，刘伯温才得以把安夫人和儿女们从青田接到南京。本来离散多年，现在能阖家团聚，共享天伦之乐，是件高兴的事情。况且刘伯温又在朝中任御史中丞、赞善大夫，大儿子刘琏也有了职位，一切尽如人意。可万没料到，噩兆却悄无声息地降临了刘家。

这年，按元朝算是至正二十八年，按新建的大明算是洪武元年，刘伯温五十七岁，安夫人刚刚五十五岁，娟娟只有十三岁。安夫人于五月初突然病倒了，而且病势一天比一天沉重。娟娟天天愁眉苦脸的，有时背着人偷偷哭，很是伤心，眼睛经常是红红的。安夫人心里明白，孩子是为自己的病势难过呀！安夫人本来好好儿的，怎么一下子病得如此沉重呢？原因是多年来的积劳成疾，也由于忧心忡忡所致。做女人的就是这样，那些年丈夫不在家，家里家外全由她操持，能不劳累吗？丈夫在外头征战，很少音信，兵荒马乱的，能不惦着吗？每日里不仅觉睡得不安生，连饭有时都吃不下。偶尔听到有关朱元璋队伍的消息时，马上为他们上香磕头，祈福安宁，精神上长期处于一种紧张状态。久之，病坐成了。至洪武元年全家搬到南京后，心里稍一放松竟躺倒了，秋天便撒手人寰了。

刘伯温同安夫人感情一向甚好，相亲相携，相敬如宾。特别是随军转战南北，根本顾不上家，家里的一切只能由夫人照料。日子过得本来不十分宽裕，还要节衣缩食，教育子女，天天穿衣、吃饭之事，没有她手不到的地方。这个家能有今天，是安夫人的辛劳、心血换来的，也是劳苦功高啊！安夫人的去世，对刘伯温来说，是一个沉重的打击，痛苦得哭昏过去几次，整日茶饭不想，心情郁闷不乐。朱元璋和徐达等重臣，帮忙出资厚葬了安夫人，时不时地劝说军师要节哀宽心，可刘伯温无论如何也止不住心痛啊！朱元璋和马皇后看老先生实在是孤苦难熬，便劝他续弦，朱元璋说道："军师，你是否看中了宫中的哪个才女？看中一个朕给你一个，要两个朕给你两个。"这些话并没有打动刘伯温，他想念的就是安夫人，决心后半生不再娶。

安夫人去世时，娟娟尚小，刘伯温只好把女儿交给长子刘琏两口子照看。刘琏夫人是江南刺绣的好手，除照看娟娟衣食之外，还耐心地手把手教她女红。可是，娟娟对此并不上心，每天总是伤心落泪，想念母亲。不怪孩子会因母亲的去世而如此难过，这些年来，她一直没离安夫人左右，是在身边长大的。安夫人每回做佛事，她一次不落地跟着；安夫人崇敬佛祖，她同样一心向佛；自从安夫人有病，她天天涕泪满面；安夫人去世时，她死死地抱住母亲不放，刘伯温和刘琏、刘琏夫人不得不一起掰开了她的手，才从安夫人的怀里推开了她。如此诚恳真挚的母女之情，怎能不让世人为之动容？娟娟承受不了母亲去世的打击，到现在仍不思茶饭，已卧病在床，这也是刘伯温每日挂牵之事。尽管刘琏两口子精心照料、热心相劝，却无济于事，娟娟天天还是哭着要母亲，非要跟母亲一块儿走，谁都没想到她竟这么烈性。

一天，娟娟来到刘伯温的屋中，扑通一声跪下了，说道："爹爹，孩儿想好了，决心走入佛门，去母亲常拜的明月庵，朝朝暮暮与佛相伴。晨钟暮鼓，诵念佛经，给母亲超度、祈祷。让母亲尽快脱离苦海，早早涅槃，升入佛国。"说完，又是泪流不止。刘伯温听罢，摇了摇头，劝道："那可不行，怎么能遁入佛门呢？孩子，明月庵不是你去的地方，同哥嫂们在家里不是挺好嘛。不要胡思乱想了，赶快打消这个要不得的念头，听话。"表面虽然力劝，但心里知道，这是天缘哪，孩子从小就恋佛。安夫人在世时曾说过："咱们的娟娟头脑聪敏，佛经背得特别流利，对其中的意思也能说得清楚。心经只要跟她讲一遍，很快便会背，是生来的佛缘呀！"刘伯温的劝说，对娟娟没起丝毫作用，仍然执意要去。并表示，如果父亲不答应，就跪在这儿，永远不起来。刘伯温看着满脸泪痕的娟娟消瘦了不少，脸色苍白，精神恍惚，很是心疼。知道这孩子挺烈性，怎么劝都劝不了，不答应肯定不行。只好打个咳声说："孩子，只要你不再哭，好好儿吃饭，好好儿睡觉，把身体养好，爹爹就答应你。一定帮这个忙，好不好？快起来吧。"娟娟一听爹爹总算吐口了，便站了起来。可刘伯温这几天因朝中的事情忙，再说还没想出什么更好的办法劝慰女儿，所以说出的话并没办，娟娟则不依不饶地天天催促父亲。

单说一天早上，娟娟又大声儿哭着、吵着，说父亲要不帮助办，立即就走，投寺庙出家。刘琏、刘璟兄弟俩好说歹说全不行，刘伯温急得一时不知如何是好。正这时，门子来报："外面来了一位老尼姑，说要求见军师。"刘伯温一听说有位尼姑来府，当时一愣："哎？没人请啊，怎么有尼姑上门呢？"边想着，边命人赶紧请师父进来。门子马上到外头传报，刘伯温掸掸衣服，也跟了出来。只见大门开了，走进来一位身体健壮、一头白发、满脸皱纹的老尼姑，手里拄着明闪闪的龙头禅杖，后头跟着一个女尼徒儿。还没等老尼姑打佛号表示敬意的时候，刘伯温忙迎上去，拱手抱拳道："没想到仙姑到此，刘伯温迎接来迟，望请恕罪！请仙姑入府喝茶。"老尼姑笑着说："军师呀，没想到咱们有缘哪，今天老尼是特意看你来了。"刘伯温忙道："请，屋里请。"说完，转过身来头前带路，向府内走去。

老尼姑走道特别利索，一步一步地落地有声，挺有劲儿，根本看不出实际年龄有多大。她拄着禅杖，随刘老先生进到屋里，落座后，刘伯温命人献上了茗茶。老尼姑端起茶杯，呷了一口，然后说道："军师，老尼是明月庵的明月长老，咱们虽然没有见过面，但您的赫赫声名，我们是如雷贯耳呀！今天，不单单是来拜望老先生，也是看您的千金来了。"刘伯温一听说来看娟娟，心中一惊，问道："仙姑怎么知道我的千金呀？"老尼姑笑了，笑声很爽朗，说："军师呀，什么事儿能瞒住佛家人呢？好了，好了，请叫娟娟出来吧。实不相瞒，军师每天忙着朝中之事，不知道老尼同已逝去的安夫人很熟，安夫人曾多次带女儿到明月庵去。可惜呀，安夫人不幸早早仙逝，老尼只能天天为她诵经祈祷，祝福早日升入佛国，阿弥陀佛。自从千金到庵里时，我就知道她是一心向佛之人，故而今天前来探望。老尼知道，母亲去世，女儿一定万分悲伤。老尼想，军师还是把孩子先交给我吧，这是娟娟前生之缘哪，又可安慰安夫人的在天之灵。"刘伯温听后，全明白了。原来眼前的老尼就是明月庵的住持明月长老，以前从没想到长老对自家的事儿都知道，只好让大儿子刘琏到内室唤出娟娟，来拜见明月庵的师太。

不一会儿，刘琏领着妹妹走了出来。娟娟一看，是明月长老来了，激动得立马扑了过去，像见到久别的奶奶那么亲，又像有多少委屈似的，在老尼姑的怀里低着头，尽情地大哭起来，嘴里不住地说："师太，您怎么才来呀？正想去庵里找您哪！我的想法同父亲说过了，父亲也答应了。师太，就让娟娟削发为尼吧，从此愿意伴随晨钟暮鼓，日日诵经，超度母亲的灵魂，早成正果。"明月长老边亲昵地搂着娟娟，用手抚摸着娟娟的长发，边说："傻丫头，说什么话？那样做，你爹爹、哥哥怎能舍得呢？师太也不敢留哇！再说，你的世俗尘缘未了，走不了的，将来还要为国效力呢。不过，孩子，我刚才跟老军师已经说好了。你不仅可以到明月庵去住，同师太一起拜神堂，一起诵经做佛事，我还要传给你些武艺。孩子，别哭了，赶紧收拾一下东西，有些事儿师太得和你爹爹商量一下。"娟娟听了明月长老的话，这才不哭了，擦擦眼泪，急忙走进内室，拾掇去庙庵的一应用物。刘琏媳妇跟在后边，帮助妹妹打点行囊。

此时，坐在外间的明月长老跟刘伯温唠了起来。长老说："军师呀，娟娟到我那儿住，您就放心吧，吃住都很方便，孩子的心情也会好一些。别让她为了想母亲而忧伤过度，若因此再得个什么病，不更让人操心吗？"刘伯温听了直点头，觉得长老说得在理。明月长老又道："娟娟是个好孩子，老尼已算定了她的未来。这回我带来一条玉带，有佛家的偈语，推算了娟娟的将来之事。等过几年孩子大了时，必有贵人们到您这儿来，他们皆会得到军师的帮助，成为国家的顶梁柱。其中有一位贵人，与娟娟有前世之缘，您女儿与他可能要到北边去，为国效力，并结为夫妻。"长老的一席话，使刘伯温吃了一惊！未待来得及细想，明月长老接着说道："军师呀，您会易经，又会卜测，老尼可没有您的造诣高深哪！这小小的佛家偈语，您一看就通，不过希望军师暂时不要泄露天机。"说罢，伸手从一块儿来的小尼姑手里接过一个用黄绫子布包裹着的小包儿，包得还挺严实。

明月长老轻轻把黄包儿放在桌子上，然后解开，拿出一条镶嵌玉石的黄绫布缝成的玉带。这是佛家常用的东西，中间宽，两头儿稍细一些，是往腰上系的。一些僧人游走各地时，常把带子系在腰间，内里包着佛家的经文和随时用的物品，随用随把腰带解下来，很是方便。这样的玉带，刘伯温曾看到过。明月长老解开玉带后，从里边抽出一本经书，经书里夹着一个在宣纸上写有佛家偈语的字条儿。所谓"偈语"，即佛家对一些事情的预卜话语，她把字条儿交给了刘伯温。刘伯温接过来一看，字条儿上的字儿写得规整、纤秀，猜想肯定是明月长老的墨迹，共十六个字儿："立木主世，双十并肩，日在西天，王者相伴。"边看心里边琢磨，什么意思呢？尽管刘伯温懂占卜之术，对字意也不会很快看透。坐在旁边的明月长老见此，笑着说："军师呀，佛家的话，您或许一时还悟不透。我相信，日后准会明白上面十六个字儿的含义，老尼就不多说了。但务要记住我刚才说的那句话，暂不要泄露天机。"刘伯温心想："对呀，它是预卜未来的。要过一段时间，有了那个环境，才会对十六字儿明了，现在还没到时候。"想到这儿，便恭恭敬敬地把宣纸字条儿还给了明月长老。明月长老接过后，仍夹在经书之中。又把经书放在玉带里包好，将玉带的扣儿系上，折了几折，外面再用黄绫布包上，然后交给刘伯温，郑重地说："军师，我把它给您，日后再打开看。"刘伯温虔诚地双手接过黄绫布包儿，转过身递与正在旁边倒茶的大儿媳，叮嘱好好儿珍藏起来。大儿媳边答应边把黄绫布包儿接了过去，送回了内室。

刘伯温聪明得很，其实对明月长老所讲的，早已心领神会。是呀，长老现在不讲，自己当然不能说。他十分相信佛家为女儿娟娟未来身世的预卜，过些年肯定有贵人来，娟娟的前程会很好。现在女儿的年龄还小，需要栽培，让她住到明月长老那儿去接受训教，是孩子的福分。这么想着，便道："娟娟从此就是长老的徒孙了，做父亲的了解女儿，知道去了之后，会听师太您的话的。可以说她现在什么都不懂，今后全靠长老教诲了，给您添麻烦了。"明月长老说："军师千万不要客气，您朝中事情甚忙，教育和栽培娟娟成人的大事全交给老尼吧。安夫人在世的时候，我们俩的关系非同一般，您相信她，也应该相信我。再说了，娟娟不是平常人，做父亲的更能看得出来。她聪明而机灵，有抱负，不愿安于家中做通常女子所做之事。老尼定会凭技艺和能耐用心培养这孩子的，除让她一心向佛，也将教授剑术，传习武功。请军师不必担心女儿的未来，她的前程似锦，会为国家做些重要的事情、为国立功的。您把她交给老尼尽管放心好了，阿弥陀佛。"刘伯温说："谢谢长老对刘家的帮助，并替已故的夫人拜谢长老对娟娟的关怀。"说到此，刘伯温又想起了安夫人故去时的情景。安夫人平时本来特别喜欢自己的宝贝女儿，从没把她看成是从外边捡来的私生子，而是视为亲生骨肉。临故去时，最惦记的还是娟娟。当她奄奄一息、说不出话的时候，眼睛盯着丈夫，手却指着娟娟。就这样，两眼含着泪咽气了。想到这儿，刘伯温暗暗对夫人祷告道："夫人，因你平时做了那么多的好事儿，感动了佛祖。所以，如今咱们的娟娟很幸运，要被明月师太接去了。如果在天有灵，看到这些，总可以放心了！"

刘伯温和明月长老仍在谈着，娟娟已打点完一应用品，提着个兰花儿布包儿，由嫂嫂陪伴，兴致勃勃地从内室走了出来。明月长老一看娟娟出来了，马上站起身来对刘伯温说："好吧，军师，老尼这就带孩子走了。"刘伯温点点头。娟娟先拜别了父亲，又拜别了哥嫂，然后随师太出了家门，刘伯温和家人恭恭敬敬地送出好远。

娟娟跟着师太到了明月庵，明月长老破例没让她和别的尼姑住在一起，而是与自己同住一间禅房，还给起了一个好听而又寓意深刻的法号，叫妙善居士。为何要在法号后有"居士"二字呢？因为明月长老说过，娟娟尘缘未了，今后还要为国家办很多事情，便没为她剃度，只是收做世俗弟子，故而称"居士"。这一点，明月长老在领娟娟来庵里时，已同刘伯温讲过。在明月庵里，眼下有"居士"二字的世俗弟子，只有娟娟一人。

娟娟自从来到明月庵，明月长老十分喜欢她，终日照料其诵经、拜佛，一句一句地讲解经文，耐心地教授武功。娟娟原本就是个聪慧明智的姑娘，记忆力好，学得快，还特别勤奋。除默记经文，对学武功更是上心，确实没有辜负师太的关怀和疼爱。越是这样，明月长老越是用心教，恨不得把自身的看家本事全传授给她。正因如此，娟娟比庵中的任何爱徒都受益匪浅，对所学的知识打的烙印也最深。

明月庵是处幽静的地方，建筑很有特点。明月庵嘛，所有的门窗皆是圆形的，似月亮一般，有的似弯月，有的似满月。月亮门、月亮窗全用红漆、绿漆粉刷一新，那红红绿绿的颜色，与古松翠柏相映成辉，别有一番风情。庵中有个后花园，园内设有练功场，还建了个演武厅。练功场是明月长老教徒儿练功之处，场子不太大，四面有高墙围着，显得格外的静谧。演武厅多为明月师太练功、休息的地方。练武人一走进练功场，马上会感到犹如到了神仙福地，将你带入一个脱离尘世搅扰、万念归一的环境。在此种特殊的氛围下练功，会使人万种杂念顿时烟消云散，只想着功法的秘诀、所练之功的套路。娟娟天天就是在这里，在师太的耳提面命之下，无论冬夏，无论酷暑严寒，披星戴月地勤学苦练。因她是世俗弟子，所以平时可穿一般的世人服装，也可穿道姑长袍儿。一进练功场，经常穿的便是明月长老送给她的壮士服。这套衣裳是当年师太穿过的，送给娟娟的时候，还像新的一样。上下衣都是白绢的，紧袖儿，抽裤脚儿，腰间还有一条蓝色花边儿的宽腰带。娟娟穿在身上既合体又美观，不知道的，还以为是特意为她缝制的呢！尤其是那宽腰带往身上一扎，把力和气全收到了丹田，显得特别有精气神儿。练功时，明月长老在前一招一式地做着，娟娟在后面一招一式地学着，教得非常耐心，学得更是认真。

明月长老曾说过："古之言兵者必言剑"。剑是最灵活、最便捷的武器，中国在上古时代便有了剑，至今已有三千多年的历史了。可以说，在中国的兵刃之中，剑为首宗。春秋时齐国的管子曾说过："昔葛芦之山，发而出金，蚩尤受而制之，以为剑。"就是说过去蚩尤的时候，即远古时代，在荒凉的大山里发现了一种金属，蚩尤拿它经锤炼而成为剑。剑之锋利，可以吹毛立断，削铁如泥。正因如此，在文字中，剑者检也。什么意思呢？检，即凡事物要经过检验、检查；剑，同样起着检验、检查防身之力的作用。身上有剑，寒光瑟瑟，震撼周围。有敌人来侵时，古剑可以知敌，贼来剑抵。剑可以防身，可以震鬼，可以驱邪。因而，自古以来，人人崇拜剑。剑有长有短，长剑九尺，短剑三尺，中剑六尺。不管是长剑、中剑、短剑，带在身上都很威武。带剑，人们把它看成是一种身份和正义不可侵犯的象征。这种兵刃不大，平时装在剑匣儿里，用时才拿出来。除剑把儿之外，皆可刺杀，因为剑是两边带刃的。前面是尖刺，无论砍、扎、挑、撅、削、剁、劈、旋、刺等，样样儿行。一剑在手，可以正反挥旋，伸缩自由，其力无比，游刃有余，相当灵活。自古以来的侠客、壮士、武将全喜欢佩剑，不仅因其精美华丽而显得气派，还因形制精巧，杀伤力强，便于使用。随着时间的推移，剑术也不断地向前发展。武士手中的剑如果旋转起来，可生八方，又可生八八六十四方，再由六十四方成倍增加，直至二千八百一十六方，最后整个人被剑光包围了，此乃用剑之上乘。由于有这样的剑术，万敌不可近，滴水不能入。剑术和造剑技术再向前发展，又有了单刃剑和雌雄剑。所谓雌雄剑或曰子母剑，即一个剑匣儿中有两把宝剑。用剑时，从剑匣儿里同时抽出两把剑，双手挥舞，犹如双鹤齐翔。不但如此，剑刃尽管是钢铸铁造的，也可在增加柔韧度后揻成圆的。所以，在造剑工艺中，又出现了子母弹簧剑。平时揻成圆形，围在腰间，外边有英雄氅一罩，根本看不见带剑。用时，一摁弹簧，便可从腰间抽出双剑，对防身、御敌极为有利。

明月庵的明月长老，不但腾、挪、闪、躲等功夫高人一等，而且又是用剑的高手。她在向娟娟传讲武功的同时，还特别注意教授用剑之法。将剑法中的单鹤亮翅、旋转飞身、哪吒探海、猛虎掏心、江蝉啄食、野马分鬃、双鹰展翅、雏雁凌空、沧海蛟龙、双风贯耳等一招一式，都认认真真地做给娟娟看，不仅传授动作，同时也传授剑诀。明月长老教娟娟使剑时特别严格，一招一式必须到位。手握剑的姿势要准，剑穗儿和剑把儿的方向要正，不能有分毫之差；转圈儿时，剑离身体的距离要始终如一，不可有丁点儿移动；腾空后的落地，站位要稳，稳如泰山，像钉在地上一样。只有这样，用剑才有杀伤力。否则，姿态哪怕差一分，那剑功就会谬千里，剑的杀伤力和进攻力则毫无疑问等于零。

在娟娟掌握了一般的剑术之后，一天，明月长老将她带到师祖的像前，让跪在那儿。然后拿出了一把珍藏多年的传世宝剑，说道："孩子，师太决定现在将此剑传给你。相信不会辜负师祖们的期望，未来要为国出力，做个巾帼英雄。娟娟，不要忘了，这宝剑来之不易呀，是我的师姐月禅禅师传给师太的。世人称它双鹤剑，双鹤剑法的口诀以后会一句句传授给你，必须刻骨铭心地记下。功夫不负有心人，只要煞下心来勤学苦练，一定能把剑练好，并日臻成熟。"娟娟在佛祖像前咣咣咣地磕了三个响头，又给明月长老磕头，立誓学好双鹤剑，决不辜负祖望。之后，恭恭敬敬地从师太手中接过了宝剑。

这口传世双鹤剑的确不一般，是在一个软皮的剑匣儿内，插着两把用软钢锻制的光亮亮的宝剑，就是平时可围在腰间，用时一摁弹簧，会随之弹出的那种。其剑法亦如此形，为著名的道家传下来的双鹤剑法。为什么叫双鹤剑法呢？因为它完全采用古代先人的形意剑法，即模仿飞禽走兽的形态，经过世代的锤炼、总结而形成之。具体则像两只仙鹤的飞翔啊，舞爪呀，相互鸽斗哇等等。用这些姿势编成了各种各样舞剑的形态，有双鹤啄食、双鹤探水、双鹤护仔、双鹤凌空、双鹤斗蟒、双鹤劈风、双鹤翻飞、双鹤登枝、双鹤舞爪、双鹤望月、双鹤卧巢等等九九八十一式。据讲，双鹤剑法最早源出张天师，为道家羽化观念而凝成的摄生养身之古术，后为道家弘扬形成阴阳两宗。阴剑之法九九八十一式，在此基础上又生成阳剑之法九九八十一式，都是模仿双鹤的各种形态而成的。阴阳互补，阴阳相合，使双鹤剑法达到了天衣无缝、宇宙浑圆的最神奇之境界，万剑难敌，所有兵器皆无法破此功。其剑力凶狠无比，其招式优美若舞。有人将它比做双鹤太极，即像太极一样胸怀八方。动作优美，软中有硬，柔中有刚；姿态飘洒、舒展、柔曼、轻盈，美观大方，为世人叹绝。

说书人在这里为刘伯温和去世的安夫人贺喜呀！为什么呢？是他们的祖上有德，使女儿娟娟有如此大的福分和殊荣，承继了道家之宝剑，为其所用。又幸运地得到了明月长老的亲传，掌握了双鹤剑法，该是多么不易呀，可喜可贺！

说来，在明月庵跟明月长老学剑术的，不单单有刘伯温的女儿娟娟，还有一位白面书生，他就是赫赫有名的原大明朝左丞相、韩国公、太师、极有权势的李善长的弟弟李存义之子、现在的左丞相胡惟庸的女婿李佑。当然，李佑用的剑，不是像娟娟那样的宝剑，学的也只是一般剑法。

李佑自从在庵里见过娟娟之后，便被其美貌所吸引，并想方设法地接近她，表现得特别殷勤。有一次，娟娟在做双鹤翔舞时，不慎摔倒了，右脚脖子崴了，当即肿得挺高，站不起来。周围几个尼姑忙要过去搀扶，李佑却抢先一步，把娟娟扶了起来，抱着送进明月长老的禅房。然后，颇有礼貌地退了出来。娟娟当时并不认识他，对公子的热心帮助自然很是感激，由此对他的印象不错。后来娟娟问明月长老此人是谁？从师太的口中，方知他是韩国公李太师的侄子。明月长老暗暗嘱咐娟娟，不要理会李公子，他是有妇之人，举止轻浮。还告诉她："李公子到这儿习剑，不过是雅兴。你跟他不同，自己当心就是了，其他事儿不要多管。"此后，李佑常来娟娟处搅扰。娟娟考虑得比较细，有自己的想法，对李公子总是以礼相待，尽量不得罪。

娟娟去明月庵的这段儿时间，刘伯温虽然对女儿十分挂念，但因朝中事情忙，无法脱身，不能前去探看。于是，便嘱咐儿子刘琏他们有工夫多去庵里关照一下妹妹，看都缺些什么，饮食如何，身体怎么样，打听打听住在那儿习惯不。娟娟一有空闲，也常回家来，看望父亲及两位哥哥和嫂嫂。

光阴荏苒，娟娟到明月庵已两年了。到了洪武四年下半年，刘伯温告老还乡，全家将要离开金陵。临走之前的一天，刘伯温带着家人来明月庵看望娟娟。明月长老盛情地挽留，为他们拨出房子，让全家在庵里团聚。别看此庵不大，房舍却不少，平时常留一些施主住宿。明月长老笑着对刘伯温说："今天大家不要走了，由我做东，给你们做素宴吃。"所说的素宴，主要指三道大菜，每道大菜包括好几样儿蔬菜，算起来总有二十多种。还有什么鱼呀，肉呀，形态俱全；天上飞的、地上跑的，在席上也能见到。不过，这些巧夺天工的各类菜肴，全是用豆腐做成的、煎、炒、烹、炸用的皆为豆油。素宴做好后，刘伯温一家着实品尝了一番，对这顿美餐那是赞不绝口啊！

第二天用过早膳，刘伯温领着两位公子及全家人同娟娟泪别，又向明月长老辞行，准备起程回故乡青田去了。娟娟尽管刚强，可亲人要走了，难过得眼泪像断了线的珠子顺脸往下掉，执意要送送父亲和哥嫂。伯温劝阻女儿说："孩子，不用送了，好好儿学，不要辜负了师太对你的关怀和教诲。我看庵里的环境和条件都挺好，做父亲的也就放心了。我们离开南京后，若有什么事儿，可以去找马云和叶旺，由他们替我传信儿。"娟娟边点头边答应道："孩儿记住了，请父亲和哥嫂放心走吧。"一家人就这样依依不舍地分别了。

这里朱伯西要向诸位阿哥多讲几句。刘伯温在告老还乡要离开南京之前，身边的随从护卫一直是马云和叶旺。自从朱元璋让他俩给老军师做护卫之后，三人之间的关系处得很好，如同亲人一般。刘伯温眼下要回故乡去，作为护卫的马云和叶旺当然不可能也随之去青田。朱元璋给他们分派了新的差事，让在枢密院任都督佥事，负责掌握北域边情，联络徐达大将军，做好北平府与皇上的上下通达之事。还因辽东的刘益是由他们劝降的，便由二人继续沟通朝廷与辽阳都指挥使司之间的关系。这样，马云、叶旺仍要留在京师。所以，刘伯温在走之前，托付二位代其照看娟娟。

其实，马云、叶旺在刘府之时，同娟娟已经很熟了，曾多次一起到明月庵拜望过明月长老，探询过娟娟小妹。再说二位都是武将，喜欢看庵中的武术演练，关心娟娟的习艺情况。说实在的，到庵里来的次数比刘琏、刘璟还要多呢！只要一来，对方方面面问得很细不说，总是耐心地告诉娟娟遇事该怎么做，不该怎么做，像对自己的亲妹妹一样，想得十分周到，娟娟很是感激。而她对马云、叶旺的印象一向很好，认为忠厚老实，谦虚诚恳，待人热情，因而也把二人看做是自己的大哥哥。现在刘伯温交代他们一定要照看好娟娟，马云、叶旺当然会照办。这样，二人便按照军师的嘱咐，常到庵里看望娟娟妹妹，再加上明月长老武艺高强，教授徒儿们一段时间后，总是要求徒儿互相间要进行比试。在练武场里有比刀的、比剑的，还有比棍的。对这些不同的技艺，看后会增加不少见识，开阔眼界，又可以提高自身的技能。马云、叶旺对此很有兴趣，在探望妹妹的同时，也看些招数的对抗，还常能聆听明月长老讲的经文以及武术的各种技巧、诀窍等。娟娟因为有马云、叶旺的照看，并能不断地从他们口中得知父亲的消息，所以并不感到孤独。在庵中认真学经，刻苦习武，很快掌握了明月长老传授的剑法，手、眼、身、法、步练得皆纯熟到位，剑诀记得挺扎实。叶旺、马云看到娟娟妹妹长进很快，非常高兴，认为将来肯定会大有出息的。但是，万事不可能那么顺当，总会有绊绊磕磕的时候。这不，庵里冒出个李佑来，就使娟娟十分为难，也令马云、叶旺不快。

前面我们说了，李佑出身豪门，好吃懒做，浮华得很。到明月庵来学剑法，不过是为壮壮门面，哪里肯下什么苦功夫？说此人懒，真是懒到家了，连穿鞋、穿衣都不自己动手，还得由带来的侍从、奴仆替他穿。马云对此十分有气，厌恶地说："他哪里是来学剑？分明是看这些姑子长得漂亮，心存歹意！"叶旺劝道："大哥，别这么说，咱们不去管他就是了。"可李佑却认为，凭李家的势力，谁敢把我李公子怎么样？在庵里那是横膀子逛，我行我素。

事实真是这样。李佑的大爷李善长曾为当朝一品，是皇帝身边的亲信。朱元璋不是说过嘛："李善长要有了大罪，犯两次死罪都可免死。"虽被罢去左丞相之职，但仍分给许多土地、上千奴仆，让他在临濠一带为皇上修建行宫，势力真是够大的！还有李佑的岳父胡惟庸也不得了哇，那是当朝的丞相啊，同样是说一不二的主儿。李佑就仗着这些，趾高气扬，谁都不放在眼里，何况小小的明月庵呢，谁敢惹他呀？当初明月长老是皱着眉头寻思了半天，终究没个办法，不得不把胡丞相派人送来的这位公子哥儿留下，那是不留也得留、不收也得收、不教也得教啊！

李佑这小子真是不学好，为非作歹，在庵里任人都敢碰。今天捏捏这个尼姑的脸蛋儿，明天摸摸那个尼姑的奶头儿，天天到处撩骚。不少尼姑被他欺负得偷着哭，有的则屡向师太告状，明月长老只能唉声叹气地说："行了，我知道了。你们自己多注意点儿，离李公子远点儿，没招儿哇，咱们小小的庵堂惹不起人家呀！"李佑曾看到军师来过，呆的时间不长就走了。刘琏、刘璟也来过，可那是文人，他根本没在乎。现在又见来了两位将军，一位是马云，一位是叶旺，全是武将，是大丞相、大将军徐达身边的红人。还听说二人收降辽东刘益立了大功，连皇上都喜欢他们，看重他们。偏偏两位将军是替刘伯温来看望和关照自己多日梦寐以求的娟娟的，这可使他醋意大发。李佑尽管有老婆，也有不少小妾，仍满足不了他的淫欲。只要看谁漂亮，便惦记上了，总要千方百计弄到手。现在又看上娟娟了，那能放过吗？琢磨着得想尽一切办法占有她。还没等下手呢，却来了马云、叶旺这么两个人，娟娟叫他们哥哥，他们称娟娟妹妹，你说他能答应吗，不是来了拦路虎了吗？岂不就成了他的眼中钉、肉中刺了嘛，无论如何也要阻挡这俩人和娟娟的来往。尤其是每一次马云、叶旺来看娟娟时，娟娟总是热情地同两位哥哥谈这谈那的，一聊起来就没个完。李佑看三人唠得那么亲热，越发生气，忌妒得眼珠子都红了。

那么，怎么对付这两个碍眼的家伙呢？李佑知道来横的肯定不行，那两个将军不可能怕他，眼珠儿一转，想出了个办法。以后每次马云、叶旺一来，他就装出一副笑脸相迎的样子，走到他俩面前，又拱手又鞠躬的，皮笑肉不笑地问候道："二位将军可好啊？"然后转向娟娟，一脸媚笑地说："妙善居士，我受师太的吩咐前来找你，让师妹务必静心习武，不许在这儿打连连，会误了课业的。"娟娟开始还真以为师太传话儿给她，便对马云、叶旺说："二位哥哥，咱们不能唠了。我得马上去了，改日再见。"道了万福之后，匆匆忙忙地去了练武场。等马云、叶旺一走，李佑便跑去对娟娟说："妙善居士，你不该跟那两个鲁夫在一块儿，有什么意思，还是能唠出个啥来？应该抓紧时间习练，不要辜负了师太的期望。"李佑的话，使娟娟很不耐烦，都是十四五的大姑娘了，啥不明白呀？她明知李佑不怀好意，也听尼姑们讲过有关李公子的不少事儿，看不惯那一见到女人就迈不动步或动手动脚的轻狂样子，对这一切心中是有数的。不过，娟娟有自己的志向和想法，朱伯西以后再讲。总之，她眼下不想得罪李佑，只是不吭声儿而已。

打这以后，每当过个七八天、十来天，李佑估计马云、叶旺该来明月庵看娟娟了，便先跑到大门口儿等着。待他俩一到，立马迎上前，嬉皮笑脸地说："哎呀，二位将军来了。不过很不巧啊，妙善居士正在禅堂读经书、静听长老讲经呢！实在对不起，请改日再来吧。明天，明天我一定会告诉师太，也告诉妙善居士。"叶旺、马云本不愿和李佑多说话，被他这么一挡，只当白跑一趟，扭头就回去了。李佑用此办法，多次阻止了马云、叶旺同娟娟妹妹的见面。

时间一长，马云、叶旺才发现，原来是李佑从中作梗。他俩一合计："咱们总不能让这小子给挡驾了，再说可是受军师之托呀！如果不去看望娟娟，对不起军师不说，娟娟真要有个啥事儿，怎么向军师交

东海沉冤录

代？不行，得想个办法。"动了半天脑筋，终于有了招儿，每当再去明月庵时，由马云一人从正门去找娟娟。果不然，门口儿站着李公子，仍然笑嘻嘻地对马云说："哎呀，妙善今天碰巧又有事儿，正在修课、打扫佛堂呢。她告诉我，如果将军来了，请先回去，明后天再来。"马云听了以后，向他表示感谢道："好，明白了，谢谢你。"李佑哪里知道，在他同马云纠缠的时候，叶旺已悄悄儿从另一处小门儿进去，过了一扇禅堂的圆门，直接到后花园练武场去找娟娟了。因为大家对马云、叶旺的印象挺好，都认识并尊敬二位将军，连明月长老也很信任他们，所以，叶旺进来时没人拦，顺顺当当地见到了娟娟妹妹。两人在一起谈谈、唠唠，很是开心，就这样把李佑给耍了。

娟娟知道李佑从中挡驾的事儿，也挺有气，然而仍不声张。有一次马云实在忍不住了，便跟娟娟讲："妹妹，做哥哥的不得不提醒你，千万要小心哪，李佑这小子心怀不轨。"娟娟却佯装不知，说道："是吗？请二位哥哥放心，妹子心中有数。"不仅如此，还从不讲一句对李佑不好的话，总是嘱咐道："以后你们不用管他说什么，就直接来找我，不要麻烦李公子。"听了娟娟的话，马云有些担心了，私下里同叶旺嘀咕："娟娟究竟是怎么想的，我咋看不明白呢？她好像认为李佑挺好，难道对李善长这个侄子明显的心存歹意没有戒备、不知道他是有妻之人？娟娟可不要上他的当啊！"叶旺说："马大哥，你想想，小妹是个聪明伶俐的孩子，什么不懂？估计是有自己的打算。放心吧，我相信小妹不会上当，你的猜测也不必和她讲。"马云听了叶旺的话，真的没把内心的想法向娟娟透露。

话说这天，马云、叶旺办完公差，又一块儿骑马去鸡鸣山的明月庵看望娟娟了。他俩直接走到禅堂门口儿，看见明月长老正站在那儿观望着什么，一眼看见二位将军来了，马上笑着迎上前，说道："好哇，将军来得正是时候，老尼的徒儿们一会儿要在练武场表演剑法、刀法、枪法。你们可以去看看，娟娟她们正在那里准备呢！"马云、叶旺听了很高兴，下了马，将缰绳拴在庵角儿门外一棵树上。然后随明月长老穿过禅堂右角儿圆门，走过一条石铺的甬道，再穿过长满葡萄秧蔓花墙的红圆门，就到了练武场。这里太热闹啦，简直像兵家征杀之地一般！尼姑们脱下了僧袍、僧鞋，换上了短衣小打扮，头上扎着英雄巾，腰间系着英雄缎带。身上穿的有的是白色，有的是红色、蓝色、绿色、黄色等不同颜色的绸子衣服。有拿棍子、拿棒子的，也有拿剑、扎枪的，还有拿刀的，总之拿什么武器的都有。有的在那儿舞耍，有的则在腾腾地折着跟头；有的对枪，有的对剑，有的对棍、对刀，演武场上一片噼噼啪啪的响声。"武士"们冲蹿、纵跃，像一群矫健的猿猴，看了真是令人振奋！

娟娟见马云、叶旺哥哥来了，高兴得快步走了过去，拉着他俩的手，相互问候着。李佑老远便看见了二位将军，仍像以前一样，赶忙主动打招呼。娟娟没理会这些，拉着两位哥哥来到场外的雕着各式花卉的鼓椅旁，让他们坐在铺有坐垫儿的石鼓上，说道："哥哥来得太巧了，今天正好看看我学的剑法。小妹初学乍练，毛病肯定不少，愿听哥哥指教。"李佑为了讨好娟娟，随即跟了过来，并附和着娟娟的话，装出一副笑脸儿，奉迎地说："二位将军真有眼福哇，一会儿咱们的妙善居士给你们表演传奇剑法。要知道，那可不是一般的剑法呀，还是师太亲传的秘诀呢！在我们庵中，惟她一人学得了此真功夫，大伙儿没有不羡慕的，我们都盼着有这么一天啊，可是谁也没得到师太这样的信任。等着看吧，妙善居士一定会把剑耍得非常出奇，那可是名副其实的天下独一剑、天下独一人哪！"李佑是使出浑身解数，尽量把娟娟吹得天花乱坠。说着，还转过脸来，拽了拽娟娟的衣袖子，极献殷勤地说："妙善，还是少说话吧，好不？你到那边歇一歇，好好儿静坐一会儿，养养神，全套剑法打下来，会很累的。"娟娟根本没听他那套，手一甩，不让扯自己的袖子，绷着脸说："李公子，不要胡说好不好，在我哥哥跟前乱吹些什么？我还是个没有出笼的雏燕，吹得那么邪乎干啥？"李佑造个好没趣儿，不过并不因此而生气。

不大工夫，铜锣响起，明月长老一声令下，众徒儿鱼贯入场，按照刀枪棍鞭剑这五类的顺序，一样样儿地逐个登场献艺。每完一样儿，由明月长老进行细致的审评。今天表演剑术的只有两个人，一个是妙善居士，一个是李佑。先是李佑上场，打了一圈儿，把所学的一套路子完成后便下来了。明月长老微微点了点头说："不错，大有长进，继续努力！"接着招呼道："妙善哪，上场吧。不一定把全套招式都献出来，只拿出十六式就行了。"娟娟遵照师太的吩咐，起身最后一个跳入圈儿内，压轴献艺。

明月庵的人都知道，娟娟是师太的心肝儿，武术是庵里的佼佼者，要表演的又是师太祖传下来的剑法。说实在的，不少尼姑没见过师太这

东
海
沉
冤
录

个剑法,谁不想看哪?此次有幸一见,肯定能大饱眼福啊!平时,师太向娟娟传授剑法时,不能有第二个人在场。今天破例,允许众徒儿不离场,尽管不是全套招式露出来,只露十六招儿,那也很难得呀!所以,大家屏住呼吸,不错眼珠儿地注视着场外的娟娟。只见她头扎白缎带儿,上身儿穿一件洁白的紧身印花儿白缎短衫,下身儿着长裤,腰围兰花儿紧带儿,前垂红绒英雄缎带,脚登英雄靴,显得十分俊秀、英武。进场后,先向场外抱拳,然后做了一个金鸡独立的姿势,再来一个滚场,即走着寸步绕场一圈儿,向各位表示谢意,道个过儿。意思就是我的表演如有不对的地方,有做得不好的地方,请各位师姐、师妹包涵了,多多指教。这时,她突然大喊一声:"嘿!"双手一摁腰间绷簧,只听得嘎嘎两响,弹出两把白光闪闪的长剑。双手各握剑把儿,手一甩,两把宝剑噌地亮了出来,随即来了个白鹤亮翅,接着便一招一式地舞了起来。周围的人鸦雀无声,紧张地注视着剑的走势。见她的双剑由开始的缓慢,继而转入快速,剑光上下翻飞,令人眼花缭乱,围观的人不禁连连喝彩!

马云和叶旺虽多次来过明月庵,知道娟娟在跟明月长老学剑,但究竟教的是什么剑法,并不清楚。一开始,满以为只是要要剑而已,没太在意,这次有机会看小妹的表演也真是赶巧了。马云不太在乎剑,使的一个是马家枪,再一个是马家刀。因他们家祖传不使剑,所以,平时对剑术的掌握不十分认真。叶旺则不同,本身是使剑的,剑是他的老本行。因此,看得很仔细,看剑的路子,看手、脚、步的各种姿势,看两剑的形态等。这一看不要紧,立刻被吸引住了,大吃一惊不说,还倒吸了一口凉气!果然非同一般,知道绝不是一般的剑术。他越看越惊愕,越发觉得不可解:"这个剑路子咋这么熟呢?怪了,怎么会跟我的剑路如此贴近呢?"尽管娟娟还只是个孩子,刚练不久,气尚未运好,直上喘。而且剑的舞动也不那么到家,显得稚嫩,很不成熟。比不得叶旺的久经战阵,剑法高超,使用剑的时间比较长,既年轻力壮,又有力气。不过,她的一招一式及剑的走向、形态,作为内行人一眼便会看出来,剑路确实不简单。叶旺看着看着,忽地站起来了,全神贯注、目不转睛地盯着娟娟,举手投足、一举一动都不放过,心想:"难道这个剑路子就是师父徐达大将军曾经说过的那个阴宗双鹤剑吗?可是巧极了,明月长老掌握的家传之剑,竟与我师傅的同出一系呀!找了这么多年,今天才找到,原来近在咫尺啊!这真是踏破铁鞋无觅处,得来全不费功夫呀，尤其持剑之人，没成想恰是喜欢的娟娟妹妹。娟娟学的剑，跟自己学的又是同一个路子、一个剑法，实在太让人高兴了！叶旺激动得直想拍巴掌，恨不得痛痛快快地大喊几声，却终究没有那么做。

就在叶旺万分激动的时候，娟娟已把十六招儿走完了，稳稳地站住了，将双剑弹簧一摁，刷的一声收进剑囊之中，围在了腰带之下，动作干净利落！然后，把上身儿的白缎英雄衫脱下一撂，抱拳向各位致谢，又向师太行了个半跪礼。明月长老说："好，很好！妙善哪，你还年轻，要锻炼好身体，能看出气力尚不足。使这把剑，首先必须有足够的体力才行，以后要继续勤于练习，不能懒惰，下去吧。"娟娟退下场后，又坐到了马云、叶旺二位哥哥之间。

娟娟刚刚坐好，哪知旁边的李佑没等师太再发话，便急不可待地站了起来，不是好声儿地喊道："师太！"全场的人一看李佑不同往常，似乎要耍疯，谁也没敢吱声儿，全看着师太。慈祥的明月长老稳稳地说："李佑啊，喊什么？有啥话就说吧。"李佑说："师太，咱不能光看自己的。马将军、叶将军都来了，又看了咱们的演练了。明月庵的武功那是远近闻名，谁不知道啊，谁敢招惹呀？"师太问道："李佑，你到底想说什么？有话尽管讲，不要闲扯些没用的。"李佑接着说："师太，我的意思是，该让马将军、叶将军露露本事了。咱们的底儿已经亮出去了，二位总应亮亮吧？走南闯北、久经战阵、舞枪弄棒的，露几招儿对他们来说，还不是小菜一碟？来吧，是骡子是马，拉出来遛一遛，让我们大家开开眼，长长见识！"话讲得很难听。

坐在一边的马云听李佑这么一说，气得直哆嗦，心想："你凭什么呀？简直太傲气了，这不是目中无人嘛！"刚想站起来，叶旺扯了一下马云的衣角儿，让他冷静些。这时，又听李佑在那儿向尼姑们大声儿白话开了："按武场的规矩，既然看了我们的武技了，就该以礼还礼，以艺答谢，拿出自己的功夫来！"又转过头，冲马云、叶旺轻蔑地说："马将军、叶将军，别犹豫了，快上场吧！"此话一出口，在场的人当然不愿得罪李佑，又觉得说得在理："是呀，应该是以武会武，以武会友。从大元朝以来，各地皆是这个风气，此乃武林界习以为常的事儿。人家敬你十分，你要回敬人家百分才对呀！"

说实在的，马云、叶旺那是打心眼儿里感激明月长老。二人知道，家传的神秘剑法，长老没有瞒着他俩，还让娟娟献了十六式，已经不简单了。很显然，可谓看得起他们，根本没当外人，而是当成了自家人。

从这点来说，着实让人感动。但李佑的话说得太难听，连损带挖苦加上瞧不起的，酸甜苦辣什么味儿都有了，即使是拂袖而走，也不算失礼。又一琢磨："不能啊，明月长老今天是主动让我们观看演练的，确实亮了底。只为此，无论如何不能走。何况按武林的规矩，是应以礼还礼，以武会友，表示一下感谢和敬意。"马云和叶旺正在商量呢，娟娟走了过来，笑着轻声儿道："二位哥哥，应该让我们一饱眼福，大家全盼着呢。别客气了，快进场吧！"叶旺便推了一下马云说："好吧，那就先让马大哥表演。"

马云本是个侃快人，早被李佑的话激怒了，心里像点了把火似的！一听叶旺让他先上场，心想："不知深浅的李佑，没瞧得起我们哥们儿是不是？好，今天让你开开眼，看看从没见过的马家刀！"想到这儿，忽地站了起来，一抱拳道："好，我给诸位表演祖传的马家刀！"马云穿的本来就是武士服，也不用换装，刀在他身上挎着呢，进场便舞了起来。马家刀的招式奇妙，刀光闪闪，上下舞动，神速至极，最后落得只见刀光、不见马云了。李佑张着大嘴看着，觉得技艺的确很厉害，了不得，连连叫好儿！所有在场的人兴奋得大喊大叫着助威。马云打了几场马家刀后，气不长出面不改色，刷地像钉子一样站在那儿了。刀先是背着的，而后麻利地收入刀囊之中，抱拳道："马云向师太和众位师妹献丑了。"众人报以热烈的掌声，马云跳出了场外。

接着不用说了，轮到叶旺上场了。大伙儿都转过头来看着叶旺，李佑连喊带起哄地带头鼓掌，尼姑们也附和着，请叶将军献艺。叶旺却一再推辞，婉言谢绝。为什么呢？他想："我上去表演什么？自己使的就是剑。如果把剑法全拿出来，肯定盖过娟娟，难道还跟妹妹比试个高低不成？那可是个孩子呀，而我是久经战阵的将军，在这儿显摆啥？即使大家夸我的剑要得好，也有点儿说不过去呀！既然马大哥的马家刀已经亮出来了，就算行了，没必要非露几招儿我的剑术不可。"这么想着，便站起来说："马大哥已经代表我了，再说真的没什么特别技艺可献，只是一般的功夫而已，请各位谅解。"越是这么礼貌相拒，李佑偏偏越纠缠不放，以为叶旺没啥本事。本来就想在娟娟面前出叶旺的丑，因为他早已看出娟娟对叶旺比对马云更好些，叶旺的年岁跟娟娟又相当，醋得很。从内心里希望叶旺越不行越好，是个癞蛤蟆才高兴呢，那不正好显出我李佑了嘛！

李佑看叶旺很为难的样子，还直往后缩，更高兴了，那掌鼓得越发响了，恨不得就此把叶旺羞死才痛快。心想："这回可有机会让娟娟好好儿看看了，看你口口声声叫着的叶大哥是个什么东西、什么货色！他不行吧？差多了，还跟他好呢，那不白瞎了你这个美人了？今天就让叶旺在明月庵丢人现眼，下不了台，没脸出这个院子！"边想着，边拼命鼓动大家鼓掌，叫喊着让叶旺上场。不仅如此，还走到叶将军跟前，拽着人家的衣袖子，很不客气地说："出来，出来，男子汉大丈夫不能退缩，赶紧遛一遛吧！"几乎是在骂人了，"遛一遛"这话，那可是冲马说的呀！娟娟看不下去了，快速走了过来，指着李佑制止道："放手！李公子，你想干什么，怎么这样无理？"娟娟的目的是想打个圆场，挡住李佑，心里话："叶大哥不想上场就不上呗，改日再献艺有什么不好？不能强求呀！"可李佑不干，硬是把叶旺拉入场内。又命随自己来的家奴拿来两把家巴什儿，一把是刀，一把是剑，对叶旺说："想使哪个？任选，选哪个都行，不表演可万万不行。吃着国家的俸禄，一年要用去多少俸银哪，一口一个将军地叫着你，难道却一点儿真能耐没有？要是让我太师大爷知道了，叶将军，那可要吃不了兜着走哇，准让你滚蛋！还是快表演吧，别耽误时间了！"李佑是一句好听的没有，用尽所能奚落叶旺。

娟娟听李佑拿李家的权势来要挟叶将军，觉得太不像话了，真生气了，高声儿喊道："李佑，不要无礼，不许说我叶大哥！"李佑愈加来劲儿了，讥讽地说："妙善，他叫个大男人，就要显出英雄本色。叶将军没本事呀，无能啊，难道还不允许我说吗？"场内气氛非常紧张，谁都不出声儿，娟娟对李佑是怒目横眉。明月长老一看，此时不能不说话了，赶紧走了过来，把娟娟推到一边，冲李佑指责道："怎么能这样？过分了吧，多不好？"然后转过身，对大伙儿说："献艺的时间不短了，有三个多时辰了。眼看天色已晚，各自把家巴什儿整理一下，回到禅堂去吧，晚上还要诵经作业呢！"显然，明月长老的意思是干脆把众人轰走算了。

明月长老为什么要这么做呢？说书人得多说几句。因为她知道自己惹不起李公子，当初，人家是左丞相胡惟庸命人送来的。而且交代说，让明月庵好好儿款待他的姑爷，必须好生侍候，并要耐心教授剑法。如果李公子高兴了，朝廷有赏；若惹得李公子发怒了，朝廷必关掉明月庵，遣送庵中的所有人等离开南京城。在这种情况下，不得已才收下了飞扬跋扈的阔公子。胡惟庸还曾派人威逼明月长老："不许把此事宣扬

东海沉冤录

138

出去。若走漏半点儿风声，照样封明月庵，谁都别想在这儿呆了。"明月长老没招儿了，几次下过狠心，想密告刘伯温。她知道，刘军师正直，是皇上身边最有威望、最信任的人，百姓特别敬仰他。可每次话到嘴边儿又咽了回去，一直没敢张口。她是怕朝中的事儿多，人多嘴杂，一旦露出去，不仅伯温军师办不成，明月庵要遭殃，恐怕连我老太婆也活不成了。想来想去，忽然想起了刘伯温已过世的安夫人，知道她身边有个捡来的义女。对了，不如去刘府一趟，把娟娟接到庵里来。这样，刘军师便会关照我们，从此有了靠山。倘若跟朝廷的胡惟庸那些人把事儿闹大了，不让我在鸡鸣山呆下去了，可领着娟娟去找刘伯温。相信老先生肯定能帮忙，会在当今皇上面前为我们说话的，明月庵方能化险为夷，转危为安。就为这个，她才把刘伯温的女儿收为自己的世俗弟子，并将家传的宝剑和剑法传给了娟娟。

咱们说完了明月长老去刘府接走娟娟的缘由，再接前书。明月长老觉得现在不能惹怒李佑，尽量别给刘伯温添麻烦，息事宁人为好。再看叶旺被李佑闹得站在那儿，尴尬得很，怎么着都觉得不好办。所以想出了让大家回去这一招儿，大事化小，小事化了。这么做也等于帮助了叶将军，使他能下得了台，再说总不能太勉强人家。明月长老紧接着又冲娟娟吩咐道："娟娟哪，你先到我那儿，师太想看看你那路鹤拳打得怎么样了。"说此话，不外乎是想尽快把气氛缓和下来。可李佑还是不干，抱着屎橛子不放，仍大呼小叫地喊着，别人走不走他不管，单要看看叶旺究竟有什么能耐。听李佑不停地吵吵，叶旺心想："好吧，都到这个份儿上了，那就应付一下，何必惹这么多人不高兴呢？"叶旺并没拿剑，认为如果拿剑，等于同娟娟比高低。还有一点，也是最重要的一点，即是拿剑，便会把师傅教的那个家传剑法露出来，那是绝对不可以的。因此，故意不露自己是使剑的，想给明月庵的人和李佑一个错觉，以为他是使刀的。

叶旺走到场内，低下身拿起一把刀来。是把什么刀呢？人称鬼头刀。此刀很重，有八十多斤，后边儿有一刀环，刀环下吊有红穗子。一般说来，面对沉重的大鬼头刀，身不强力不壮的人不用说要呀，若能稳稳当当抓住，连续举起来再放下，有那么二三十下，看的人就会哇呀呀叫好儿！那可是块铁呀，而且刀刃薄，刀背厚，把儿还大。因此，要刀的人，尤其使这种大鬼头刀，多为猛士才敢领教。叶旺正经有把子力气，多次在营房中同众弟兄比试过，全比不过他。曾左右手同时各抓住一头水牛的角，让别人用粗柳条打那两头水牛。水牛被打疼了，必然左挣右挣地想跑出去。可叶旺在那儿半蹲式的两手一拽，老牛愣是动弹不得，像被钉子钉在地上一样，你说力气有多大吧？在行武之中，他力大无穷是出了名的。此刻，当拎起那把八十多斤重的鬼头大刀时，看样子像拿个挖耳勺儿一样随便，心想："不管怎么样，我就是不露剑术。马马虎虎玩儿一下刀，能让李佑这小子放过自己便行了。"由于心中仍然有气，只是随意舞动起来，并没认真。

一般来说，鬼头大刀是在对敌招架时才用的，刀功不像剑功有那么多花样和技艺，也就是推、挡、砍、杀、挑这些招法。所以，一舞起来，只听嗡嗡的响声，没啥看头儿。众人看了，虽没兴趣也算行了，谁能说啥呀？可李佑是阔家子弟，家里养了方方面面的拳师和武功高手，尽管自己能耐不大，可见的多呀！他看叶旺只会耍大刀，没什么真本事，更不放在眼里了。认为纯粹是个鲁夫，不过有点劲儿罢了，便晃着脑袋、撇着嘴，阴阳怪气地说："哎呀，太俗气了，没啥脓水，乌合之众而已。"心里还十分得意："嘿，今天可让你叶旺现了眼啦，大家看吧，所谓的叶将军怎么出明月庵的门！就你这样，还想得到娟娟的爱慕？真给她丢脸。咱不必多说了，让娟娟自己去评吧！"

叶旺走完了三圈儿滚地刀法，把八十斤重的鬼头刀往地上一放，面不改色，气不长嘘，抱拳道："叶旺给师兄师妹献丑了。本人才疏学浅，武艺一般，只是个武夫而已。让各位见笑了，在下作揖了。"说完，在场内转了一圈儿后，跳出场外。这叶旺还真能装，你说我不行，我也不显摆。没什么关系，有没有能耐，将来疆场上见，一点儿不在乎别人怎么看。可很多人都知道叶旺了不起呀，怎么能这样就完了呢？一时弄不明白是咋回事儿。这时，娟娟走了过来，拉着叶旺，好像解围似的说："叶大哥的刀法真好，大伙儿挺爱看的，将来教教妹妹行不行，我要有你那么大力气该多好呀！"李佑却说："妙善，这个刀法算什么？我父亲那滚地刀法才是最拿手的。当年常大将军在世时，父亲就是从他那儿学来的，可以说在大明朝是独占鳌头！叶将军不行，要来要去的，走了那么三圈儿，有啥意思？"明月长老也笑着过来了，故意打圆场，请叶旺坐下喝茶。

此刻，可把坐在一旁的马云气坏了，早看不下去了。他是个烈性人哪，从来没受过这种窝囊气！一看李佑的表现，寻思不纯粹是仗着李家的势力，骑在我们脖梗子上拉屎吗？简直是目中无人到了极点！叶旺还在那儿愣挺，穷装什么呀？你哪是使刀的，不是使剑的嘛，为啥不露自己的真本事、显得这么软气呢？装个落汤鸡似的损样儿给人看，图个啥呀？瞧让人家给埋汰的，我跟你坐在这儿，脸都没地方放！马云不理解叶旺。他实在憋不住了，突然站了起来，冲着叶旺，实际也是冲在场的明月长老、李佑、娟娟及所有的人，大声儿说道："叶旺，这是何必呢，能不能把真本事给大伙儿亮一亮？好让师太知道你的来路啊！"此话一出口，一下就把事儿挑开了。

马云的这两句话，是话里有话、掷地有声啊！只见明月长老马上站起身来，对叶旺言道："叶将军，才听了马将军说的，老尼的脸可挂不住了，你到庵里来还客气什么呢？自古以武会友，当英雄面儿不说假话，以诚相待。是条好汉要拿出真功夫，这才仗义，才是敬重明月庵，也是敬重本老尼姑。叶将军，不能这样对待我们，那不等于耍人吗？听马将军这么一讲，我倒对叶将军有想法了，无论如何不应蒙人哪！原来想就算了，现在即使李佑不提，老尼都不能答应。可否给大家露儿手，让老尼和众徒儿长长见识，知道山外有山、天外有天哪？百尺竿头勤攀登，永不可孤高自赏啊，我们将静静地学几招儿。"娟娟一听师太发话了，高兴得蹦了起来，推了一下叶旺道："我的叶大哥哟，你可急死娟娟了，有本事为啥不露？这样做，我当妹妹的跟着没脸儿不是，让人家瞧不起。师太说得对，娟娟也想看看哥哥的真功夫，要是能跟着学几手才好呢！"李佑站在娟娟身边，撇着蛤蟆嘴，斜着眼睛说："算啥呀，小鸡拉屎能有多大个臭味儿？竟胡扯，有啥真本事，瞎吹呗！"此时的叶旺经马云这么一点火，再加上师太的责备、娟娟的激将，还有李佑不屑一顾的神情及近乎污辱人格之挑逗，心想："反正再躲是躲不开了，退又退不了了，露就露出来吧。师傅啊，不是我叶旺妄自傲慢非露剑法，实在是被逼无奈！徒弟只能不经您的允许，把剑法在明月庵表演一番了，望请原谅。"于是，他又二番脚儿站了起来，先向各位抱拳道："既然师太抬爱，又有妹妹娟娟的信任和鼓励，还有马大哥一定让我献艺，那叶旺便不客气了，给众位表演一下三丰剑法。"然后脱掉了平时武士身上穿的一件斗篷，放在石鼓椅子上，露出了里边的短身小打扮，疾步走进场内。

各位阿哥，刚才叶旺在耍八十斤重的鬼头大刀时，由于只是为了应付，缓解一下场上众人的不快气氛，所以很不认真，连外罩儿都没脱，穿着长衫儿便上场了。又没什么表演，大家自然看不上眼，还让李佑给损了一通儿。这回可就不一样了，他穿着黄地紫花儿绣有飞虎的英雄衫，腰间扎一黑缎子面儿的、上镶白色绸花绦子的紧身围腰，围腰下垂一条黄绒穗儿的护下腋的英雄宽带，双袖儿双裤腿儿全扎着绣的金缎紧身，头上戴一顶英雄壮帽，脚蹬一双黑绒盘丝的英雄靴，真可谓精神气派！这一身儿打扮站在众人面前，与方才耍刀的叶旺判若两人，把娟娟乐得直喊："哎呀，分明是个奇男子呀，俊俏极了！"明月长老看了更是高兴，不禁赞叹道："善哉，善哉，眼前是一位少见的英雄啊，英雄到我们明月庵来了！"这时，只听叶旺大喊一声："各位师兄、师姐妹，叶旺献丑了！"随即在场子里右脚一点地，忽地跳将起来，腾空连着两个鹞子翻身，又打了两个旋子后，没有一点儿声音地、像钉子一样钉在了练武场中间。紧接着来了个野马分鬃，两腿做骑马蹲裆式，双腿一叉腾起，右手往腰间一摁，只听咔吧一声，弹簧崩开，从软带中跳出两个剑把儿。继之两手握住剑把儿，顺势往外一抽，嗖地拔出两把白光闪闪的宝剑。从跃起到双手握剑，不过刹那间的事儿。如果稍不注意，你绝不会知道宝剑从何而来，动作就这么神速、这么巧妙。叶旺两手握剑一纵身，来了个猿猴上树，一把剑冲上，一把剑冲下。接着一个鹞子翻身，两把剑抡起成圆形，越转越快。围观的人往他身下看，先只见两只脚在动，而后竟变成了百只脚在动；往上看，先只是两只手舞两把剑，而后竟是百只手舞百剑，一片白光，神奇至极！说时迟，那时快，再往后则根本看不到舞剑人了，只有剑海一片。俗话说，外行看热闹，内行看门道。叶旺只来了个双鹤展翅、双鹤探水、双鹤凌空这么几招儿，便把坐在石礅子上喝茶的明月长老看呆了，不禁站了起来，口诵"阿弥陀佛"，激动地说："老尼久违了，仙师之剑，徒儿我今日方一睹真容啊！"回头忙不迭地命娟娟："快请叶将军收剑，不要再打下去了，老尼看到了，知道了！"娟娟马上双手捂着嘴，冲场内大声儿喊了起来："叶大哥，师太让你收功啦！"

明月长老的话和娟娟的喊声，正在舞剑的叶旺听得清清楚楚。为什么呢？因为只要是一个武将或剑侠，在场上不论转得多快，无时无刻不是眼观六路、耳听八方，这是武侠特有的、必须具备的能耐。其实，叶旺原本也没打算把路子全打完，就是想表演几招儿。一听师太有话，正合自己的心意，马上收回双剑，咔嚓一声，剑已收入软囊之中。只见叶旺只身一人站立于场子中央，气不长出，脸不变色。仿佛刚才舞剑的不是他，那剑神已经走了，站在跟前的仍是大家熟悉的叶将军。那么些剑，那么些手脚，瞬间消失得无影无踪！尼姑们全惊愕了，看得如醉如痴，可以说有生以来还是头一次观赏到如此精湛的剑法、剑功！好一会儿，众人才回过神儿来，场外爆发出雷鸣般的掌声。

娟娟当然比谁都高兴了，而且深受感动，对叶旺愈加敬重并刮目相看了。因为她是学剑的，一看叶旺使剑，觉得那动作、那剑法真是太漂亮了，完全可以做自己的师傅。心想："我同叶旺哥哥相比，差得实在太多了，是天壤之别呀！今后还得继续下苦功夫认真学才是。"明月长老更是激动万分，欣喜得双手打着佛号走到叶旺跟前，说道："善哉，善哉，多少年了，总算盼到了这一天。老尼久违了，今天重又看见这套剑法的真容啊！"并表示能否请叶将军摁一下腰间弹簧，让她看看珍藏的宝剑，也好死前长长见识，饱饱眼福。一再说："将军，望你一定满足老尼的心愿啊！"对明月长老的真诚请求，叶旺欣然接受，立即将双剑抽了出来，托在手上。

明月长老低下头来，一看这对儿剑，顿时惊诧不已！心想："难道是做梦？不是呀，是千真万确的事儿呀！"她用手抚着剑，觉得是那么的眼熟，想到刚才叶将军在场上的表演，那剑路同自己所掌握的剑法似同又不同，似像又不像。想着想着，猛然大悟，叶将军所使的剑，不正是娟娟现在用的阴宗双鹤剑的姊妹剑——阳宗双鹤剑吗？师姐在时曾多次说："师妹呀，以前师父讲过，双鹤剑和三丰剑是阴阳相加的两剑，各九九八十一式。我们所掌握的是雌剑，叫三丰剑，又叫阴宗双鹤剑。还有一把雄剑，也叫三丰剑，又叫阳宗双鹤剑，不知现今在哪位高人手中，或许已经失传了。咱姊妹俩无论如何得想办法，哪怕是历尽千辛万苦，也要找到那把雄剑。"可四处寻觅多年，终未得见。没想到连做梦都想求见的阳宗双鹤剑，今天竟突然出现在眼前，又是在叶将军手中，天下竟有如此的奇事、巧事！叶将军的剑既同娟娟所使的剑是同宗同派，按照过去武林的规矩，就该亲如一家，不管遇到什么难事儿，应生死相依才是。何况阴、阳双鹤剑是同一师祖、同一师父传下来的，岂不更是一家人吗？想到这儿，便走上前紧紧抱住叶旺说："孩子，老尼真是有福气呀，那么多年终于寻到了，原来你就是我和师姐要找的那个人啊！"明月长老兴奋得一时不知如何是好，边拍着叶旺的肩膀边落泪呀，就像个老奶奶见到了久别的孙子那么亲。又道："咱们能够相逢，正是佛祖有眼哪！阿弥陀佛，感谢佛祖赐下的洪恩，让老尼总算见到了阳宗双鹤剑。咳，说起来太不易呀，真是沧海桑田，终有时日啊，幸甚，幸甚，阳宗双鹤剑终于出世了！叶旺、娟娟哪，你们可知道，老尼盼这把剑盼得苦啊！以为圆寂之时都不会有希望了。没想到哇，我是真有幸、是修来的福啊，老了老了，还能亲自看到它，太叫人高兴了！说来我的师姐明月禅师至今已圆寂四十多年了，她在世时总想见到这把剑，遗憾的是未能如愿哪！"嘴里说着，仍止不住眼泪顺着两颊滴滴答答地往下掉。

这时，叶旺把软皮剑囊连同宝剑一起，交到明月长老手上。长老接过剑，紧紧地抱在怀里，低下头，脸贴在剑把儿上，亲啊亲，就是亲不够。随即大步流星地走到禅堂，焚香敲钟，把阳宗双鹤剑供在佛堂之上，领着娟娟、叶旺及众尼姑磕头祭拜。与此同时，让娟娟把阴宗双鹤剑也拿出来，一块儿供在佛堂上，重又跪下磕头祭拜。几十年雌雄二剑分离，今天终于团聚了，终于阴阳相合、阴阳归一了，这是多么令人激动不已的喜事儿啊！

阴宗双鹤剑和阳宗双鹤剑确实很有特点，明月长老在拜祭后，先拿起娟娟使用的阴宗双鹤剑。剑匣儿的外面是用绢布做的剑套儿，绢布套儿并非原有的，而是因原来的鹿皮剑套儿丢失了，所以才换成现在的绢布套儿。这把宝剑发寒光，寒气瑟瑟，犹如有冷气扑鼻，使人觉得凉爽。看了一会儿放下了，又拿起叶旺使用的阳宗双鹤剑。此剑的剑套儿是用鹿皮制成的，仔细看去，由于年代太久，皮子已有磨损。此把剑则暖气习习，给人以暖的感觉，发热，平和。真不知古人在锻造宝剑的时候，加进了什么原料，竟会使两把同样白光闪闪的宝剑，发出不同的冷气和热气，此乃两剑相区别的重要一点，怎不令人惊叹！其剑法虽然都有九九八十一式，又全是模仿双鹤的动作而成，但是阳剑和阴剑的招式和形态并不完全相同。阴剑主静，静中有动，以静为主；阳剑主动，动中有静，以动为主。各自的九九八十一式，互为补充，相辅相成。正因如此，双鹤剑自大元朝以来就非常出名，武林中人皆认为此乃神剑，称它为传世之宝。

各位阿哥还记得吧，明月长老在领娟娟去明月庵那天，曾与刘伯温讲过，说刘老先生家将来会有贵人去，并给他留下了十六字的佛家偈语，预示着娟娟未来的归宿。也就是说，娟娟将来要与符合这十六个字儿的贵人相结合，成为夫妻。明月长老当时一再嘱咐刘伯温，悟出偈语的意思后，暂时不要泄露天机，伯温当时答应下来了。那个时候，明月

东
海
沉
冤
录

长老并不知道十六个字儿所指的贵人究竟是谁。叶旺初来明月庵时，明月长老对他印象不错。常来常往后，这才豁然开朗，明白了原来叶旺即是偈语中所指的那位贵人。一有机会，便仔细、认真地观察、打量着叶旺，觉得无论从长相、品德以及文武之才等方面，都让人满意。为此不仅暗暗高兴、叫好儿，同时也为娟娟庆幸，认为叶旺和娟娟是天作之合。现在，又知道了叶旺是掌握阳宗双鹤剑之人，对他更是高看一眼，心想："是神人相助，才会有如此的巧合。娟娟手中掌握着阴宗双鹤剑，叶旺手中掌握着阳宗双鹤剑，他们的结合不正是阴阳归一嘛，你说这还不巧吗？是天下少有的事儿呀！"越想越高兴，感到余兴未尽，于是想请马云和叶旺当晚在庵中留宿，继续畅谈。对他俩说："时候不早了，我看你们别走了。今晚在庵里用膳，吃完后就住下，咱们的话还没唠完呢，可以接着唠。明天早晨回去，耽误不了早朝，怎么样？"由于明月长老的一再挽留，加上娟娟一个劲儿地缠磨着不让走，二人只好留在明月庵。明月长老马上吩咐厨房专门准备了素宴，摆在禅房里，热情款待二位将军，另有娟娟作陪。

宴间，四人边吃边聊，似有说不完的话、讲不完的事儿，很是亲近。叶旺、马云、娟娟哪里清楚是怎么回事儿呀，以为师太看到了久违的双鹤剑之阳宗剑高兴呗，不知另有其意。过了一会儿，明月长老说："孩子，你们想不想听听来之不易的阴宗双鹤剑的故事呀？"三人异口同声地回道："当然想听，太好了，快请师太讲来！"明月长老说："那好吧，趁今天老尼有兴致，不妨讲给你们听听。明月庵早在大元朝至顺年间，先师张三丰，也就是张君实曾云游到此。张三丰是道家派出名的得道高僧，先世原是江西龙虎山人。其祖父裕贤公时，为逃避旱荒，携家眷迁徙到山海关的辽阳懿州。张三丰这个人很有个性，不愿走科举之路，惟独喜欢学道。他风姿奇异，确有一股飘逸的道家之风，曾云游天下，遍历名山。所走过的地方，北抵燕赵，东至齐鲁，南达韩魏，往来于江淮一带名山古刹之中，修道多年，自号三丰居士。到元朝延佑年间，已年过六十，终入南山修道，造诣更加高深，自号为玄素。元朝泰定年春，适逢湖北武当山道友汇聚，谈经论道。当时，我的师姐恰在湖北西北部的武当山修道。这里有上下十八盘险路及七十二峰、三十六涧等胜景，更有紫霄宫、太清宫、玉虚宫等佛寺，为道教名山。师姐明月禅师在此修道时，不仅喜欢云游天下，还愿广交天下名尼、名道。就在这次武当道人汇集时，师姐有幸结识了颇有名望的三丰道长。此时的三丰道长用的名字为昆阳先师，后来又称玄化真人，也叫玄玄子。他们在一起越谈越投机，越唠感情越深，临别时，三丰道长跟师姐说：'我有祖上的两把宝剑，是师父传下来的双鹤剑。此乃传世之宝，愿送你一把，可惜现在没带在身边。放心，说话一向是算数的，几年后，定会送去。'大约过了十余年，即大元至正十九年的时候，昆阳先师云游江南，到了金陵，在鸡鸣山的道观里，拜见了他的好友、我的师姐明月禅师。明月禅师好生高兴，盛情款待，单独拨出一处房子，让三丰道长休息。此间，他们通宵论道，交谊日深。正是这次，三丰道长将一把宝剑——双鹤剑赠给了我的师姐，同时传授了剑诀，作为友谊的象征和永久的纪念。这把宝剑，便是现在娟娟用的阴宗双鹤剑。当时昆阳先师玄玄子说：'此为阴阳两剑，阳宗双鹤剑还在我那儿放着。"师姐遂问：'那把阳宗双鹤剑您打算怎么办？'昆阳先师没有多讲，只是说：'这事儿自有打算，天机不可泄露。不过你要记住，眼下大元山河不稳，动荡不安，民不聊生。待到社会稳定、国泰民安之时，必是雌雄二剑的邂逅之期。'后来，师姐圆寂时，便把阴宗双鹤剑传给了我，我又传给了娟娟。正如三丰道长所说，如今已不再是大元的苛政之时，而是换了新的朝代——大明朝。天下安定，四海升平，百姓欢歌。恰是在此时，雌雄二剑真就出世、相合啦，说来多么令人振奋啊！"明月长老讲完，端起茶杯，呷了一口茶。

叶旺、马云、娟娟瞪着三对儿大眼睛，聚精会神地听着，一眨不眨地全入神了，激动得热泪盈眶。明月长老的话音刚落，娟娟便迫不及待地侧过头来，两眼盯着叶旺，兴奋地问道："叶大哥，三丰道长的阳宗双鹤剑怎么会到你手呢？"明月长老说："是啊，叶旺，我就不叫将军了。这下你和明月庵可不是一般关系了，双鹤剑已把我们紧密地联系到一起了，成了同宗同派同师祖的后世传人了。敢问是怎么得来阳宗双鹤剑的，又是何时与三丰先师结下仙缘的？阳宗双鹤剑一定有它神奇的故事，老尼很想知道，也同谢先师的抚佑之恩哪！"叶旺在明月长老的恳请和娟娟的一再催促下，便讲起了阳宗双鹤剑的来历。

原来事情是这样的：前书讲过，马云、叶旺二人皆是武将，各自有惯使的兵刃。马云兄妹用的主要是家传的马家枪、马家刀。在两军交战中，马家刀、马家枪都挺厉害，用起来很方便，所以马家一直使用着。叶旺原来用的兵刃，是从其父安帖帖木儿处学来的蒙古人常用的大铁棍"蒙古棍"。当时虽然年龄不大，但特别有劲儿，一个人不是可拖住两条水牛吗？人称大力士。常用的大铁棍足有四百来斤重，没有点儿力气，肯定是悠不动、甩不动的。叶旺常练，练得全身是劲，浑身上下是筋疙瘩，胳膊、腿也很粗壮。越练，越觉得大铁棍拿在手里，像耍一根细木棍儿似的，轻飘飘的。可一耍起来，铁棍发出的声音却震耳欲聋！大铁棍外镀白银，故放白光，光芒耀眼，万夫难以靠前。一开始跟韩再兴时，使用的就是这个大铁棍。当叶旺和马云做了刘伯温的护从，一段时间后，前线需要人，刘伯温又把他们推荐给了徐达。徐达见他俩挺勤快，为人忠厚、诚实、肯干，很是喜欢，十分信任。由于军情的需要，常派二人打入元兵或者其他义军队伍里做分化瓦解工作，还曾派到刘益身边说服其归附大明。可在元军做内探，拿着长枪、大铁棍不方便呀，那不露馅儿了吗？再说平常根本用不上啊，怎么办？只好换兵刃。从此，马云不再使马家枪，想在马家刀上做文章，发挥马家刀的功力。他铆上劲儿，下了不少苦功，练得相当好，成了一绝。叶旺不会使刀，从没学过，便把大铁棍一扔，开始用小匕首。没成想怎么练怎么觉着不行，后来徐达给他出了个招儿："不如这么办，你拜我为师，改学剑吧。"于是，叶旺就正式焚香磕头，拜徐达大将军为师。

开始时，徐达只教叶旺一般的剑法。后来，看叶旺真的很聪明，学得既认真又快，十分刻苦。而且早晚都舍不得休息，使出浑身解数，一练一身汗，有时竟忘了吃饭。这下深深地打动了他的心，认为是块好料，孺子可教。徐达是个办事干脆的人，又特别爱才，只要看中的人，什么全舍得。于是，便把自己深藏的一把珍爱的宝剑——阳宗双鹤剑送给了爱徒，并教了剑诀。叶旺感动得跪谢了师傅，表示一定练好此剑，以报答其赐剑、训教之恩。从此，更加认真刻苦、废寝忘食地苦练，终于以他的韧劲儿、拼劲儿，练就了阳宗双鹤剑的硬功夫。打这以后，在任何的比武场中，叶旺精湛的剑技总是占上风，在明朝的大军中，立马出了名。许多将军，如李文忠、邓愈、傅友德、冯胜、沐英，包括常遇春大将军，都特别看重他。

那么，徐大将军是如何得到阳宗双鹤剑、又是怎样掌握剑技的呢？徐达是大元至顺三年五月，生于安徽凤阳一带的一户农家，和朱元璋是老乡。少年时就有大志，刚毅、武勇。因其家以耕牧为生，便随着父亲牧牛、耕田。元代至正七年，即徐达十六岁这年夏日的一天，爹爹让他上山去打草，同时把牛放一放。从家里出来时，天气挺好，天空晴朗无云。没想到进山之后，突然变天了，乌云密布，雷声隆隆，霎时大雨滂沱。只一会儿工夫，周围一片白茫茫的全是水了。风刮得很猛，连碗口儿粗的树枝也被折断了。徐达虽然只是个孩子，但并没在乎，对这一切已经习惯了。一看草割不成，牛又无法放，于是披上蓑衣，在大雨中牵着水牛，一步一步地往家走。雨像瓢泼的一般，借着风力，从头上直往下灌，睁不开眼睛，什么都看不见。他见走不了了，老水牛被雨浇得根本不迈步，只好往旁边的一个小树林里赶。此时，地上的水已经淌成了河，徐达脚上穿的草鞋早让水冲走了。只能光着脚，挽着湿裤腿儿，深一脚浅一脚地拉着老水牛在泥沼中蹒跚前行。

正往前走着，突然，徐达被地上一个软乎乎的东西重重地绊了一下。本来在大水中就站不稳，这下可倒好，实实惠惠地摔了个大跟头，浑身全是水了。他站了起来，抹了抹脸上的水，心想，是啥把我给绊倒了？低头仔细一看，原来是个人躺在泥沼之中！当时还真把他吓了一跳。尽管这里是处小高岗儿，那人的脸露在水面上，身子却泡在泥水里，露着胸脯和肚子，一点儿声音都没有，看上去像个死倒儿，便想赶紧牵着水牛绕过去。走了没多远，又一想："这是谁呢？不管怎样，总不能不管呀！或许他并没死，只是因为有病没有了气力，才被大水冲倒在这儿的。若是不想法儿施救，太不应该了，那可是一条命啊！对，哪能见死不救呢？不能走。"这么想着，又牵着水牛绕了回来。走到那人跟前，弯下腰，伸手放在他的鼻孔下面，觉得还在轻轻地往外吐着气儿。哎呀，竟然没死，还活着！徐达年龄是不大，由于天天干农活儿，练就了硬身板儿，还真有点儿干巴劲儿。他赶紧放开牛缰绳，低下身来，试图将泥沼中的人抱起来。可此人挺胖，浑身又是泥又是水的，滑得很，根本抱不起来。想了想，便一鼓劲儿，把那人先搁了起来。然后拽住他的两条胳膊，一反身，就搭在了自己的后背上。徐达的个头儿小，那人的个子高，他的两条腿耷拉在地上，背不起来呀，只好连背带拖、一点儿一点儿地向前挪着走。费了挺大的劲儿，好不容易背到山岗儿的一片空地上，放在石磙子上，后背正好可以靠着一棵老榆树，上面有浓密的树叶儿遮雨，浇不着。徐达见他的衣服全碎了，满身是泥浆，忙脱下了自己的蓑衣，披在了他的后背上。直到这个时候，才得空儿仔细地端详刚刚还倒在水中的人。

原来这是一位相貌慈祥、白发苍苍的老者。看那打扮，像是个道人，下巴留着三绺儿长须。头上本是梳着发髻、插着簪子的，由于雨大，发辫儿被冲开了，头发蓬乱着，松散地垂于两耳之间。他闭目靠着老榆树，一声不响。看老人的样子，似乎是长途跋涉而来，一路风尘，吃尽了辛苦。又被大雨淋得时间过长，造成身体不适，最后疲惫不堪地倒在水里，再也站不起来了。徐达很是心疼，到前面的树林里捡了些比较干的枝叶抱回来，铺在老榆树下的草地上。而后把老人轻轻捆起，放躺在用柳树枝铺成的"床"上，以便让他能歇息得更舒服些，也好缓缓劲儿。又脱下自己的上衣，给老人盖上了。可怜的老人可能是长时间没有合眼了，太累了，很快就睡着了。徐达光着个膀子，蹲在老人旁边看着。见睡得还挺香，显得很安详，顿时好像卸下了一块大石头，感到轻松多了。心想，还好，总算没事儿了。于是，便坐在了老者身边，微闭着双眼，等待他醒来。

一袋烟的工夫过去后，暴雨停了，太阳的光辉从密林的空隙中照射出来，大地明亮了，四周一片清新翠绿。阳光下，老水牛悠闲地嚼着鲜嫩的青草，不时发出哞哞的叫声。徐达睁眼一看，天晴了，太阳出来了，猛然想到："何不趁此把老人身上的破碎衣服脱下来，拧掉泥水，晾干后再给他穿上，那不就舒坦多了吗？"想到这儿，便轻轻推了老人一下。看来睡得很熟，没醒，这才开始动手给老人脱衣裳。好在周围全是旷野，没有行人，只有他们一老一少，再加上一头老水牛，全脱了也没关系。徐达先把老人外面穿的已经碎了的长衫脱了下来，长衫上满是一条条儿的硬口子，估计是走路时被树枝刮的。然后又慢慢地将湿裤子扒了下来，怕因此而着凉，赶忙用自己的衣服给盖上了。老人睡得可真死，任凭徐达把他的胳膊、腿抬起来又放下的，就是不醒，还一个劲儿地打呼噜。

徐达将老人的衣裳一件件拧掉泥水，再挂在树枝上晾晒。只一会儿工夫，便干得差不多了，除个别地方不太干，潮乎乎的也能穿。又见衣服已经破碎得没法儿再穿在身上了，就动手用麻绳儿把刮成条儿的衣服系一系、连一连。弄好后，再一件件地给穿上。费了不少力气，用了挺长时间，总算穿戴好了。穿上干爽的衣服，再看那老者，显得顺眼多了。由于老人身体魁梧，徐达又是个孩子，为给他脱衣服、穿衣服，翻过来捆过去的，把个小徐达累得够呛，满头是汗哪！

刚刚穿好衣服，老者就醒了。徐达一看老人家睁开眼睛了，很高兴，正要说话，他却把眼睛一闭，两只胳膊往头上一举，腿一蹬，伸了个懒腰，大声儿唱着说："好舒坦，好舒坦哪，神仙比不了哇，老朽的觉睡得真香啊！"好像旁边没有第二个人似的，一点儿不在乎。徐达站在那儿，愣愣地瞅着他，一声没出。这时，老人又把眼睛睁开了，慢慢坐了起来。按理说，他看见徐达在身旁，也知道人家为自己忙活半天了，总应有个表示吧？可老人不但没有感谢的意思，而且连孩子是从哪儿来的都不问一句，张口的第一句话就是："孩子，我的肚子可饿得很哪。这个臭皮囊跟我生气了，恼怒了，快点儿想办法给它弄点儿吃的。得先填饱娇贵的臭皮囊，吃完还要赶路呢！"一边说着，一边用手啪啪地拍打着大肚子。

此刻，徐达听了不仅没反感，反倒挺高兴。刚才还在泥水里昏昏沉沉、人事不省的老人，现在睁开眼就要吃的，这是好事儿呀！知道饿了，说明他有精神了。是呀，都好长时间了，老人肚子肯定会饿的，应该吃点儿东西了。正巧，在牛背上的柳条筐儿里，有老娘特意给带着的干粮，方才光顾忙着救人了，早忘了吃晌饭的事儿了。经老人这么一提，便急忙把挂在老牛背上的小柳条筐儿解了下来。柳条筐儿的盖儿盖得挺严，绳子绑得也挺紧，绝对不会掉下来。这是老娘怕孩子饿着想的办法，真是可怜天下父母心哪！徐达把装着饭菜的柳条筐儿连同筷子一块儿递给了老人，说："老人家，请您快吃吧。"老人接过小柳条筐儿，二话没说，将筐外缠的绳子解开，取下了筐盖儿，把饭菜拿了出来。顺手抓过筷子，一口接一口地大嚼起来，吃得蛮香。只一会儿工夫，就把柳条筐儿里的饭食吃得光光的，半点儿没留。吃完了，边打着饱嗝儿边吩咐道："这位年轻人，我的肚子已经填饱了，不饿了，可是渴得很哪，好长时间没喝着水了。你赶紧到附近的溪流舀点儿清水来，越快越好。"徐达说："老人家，您不要着急，我这儿带着呢。"说着，走到老牛身边，把吊在牛背上的水葫芦解了下来，拿过来交给老者道："请老人家喝凉开水，这个水好，是老娘特意给我准备的。溪流水太凉，喝了会闹肚子的。"老者也没说话，接过了水葫芦，打开盖儿，咕嘟咕嘟地一口气儿喝得一滴没剩。

现在，老人是饭吃得饱饱的，那叫咽下了一小柳条筐儿啊！水也喝足了，那是灌了一水葫芦的凉开水呀！他高兴了，盘膝而坐，大睁着双目，一对儿剑眉、凤眼显得格外精神。右手捋着白胡须，满面红光，非常慈祥。看上去，尽管年龄已经很大了，却有仙风道骨之风范！徐达想："老者肯定不是一般人，看那做派，就令人敬畏。"老人家此刻也上上下下地打量着徐达，看得很仔细。瞧了好一会儿，然后哈哈大笑道："善哉，善哉呀，后生可畏也。尔非等闲之辈，看你的相貌、五官、身

东海沉冤录

150

材和为人便可算定，日后绝非村野耕夫，乃大将之才。孩子，再过六载，必遇贵人重用你，那是出头之日也！"老人这么一说，徐达听了是什么都没懂，寻思道："可能是老人家太高兴了，随便夸奖几句而已。"一点儿没往心里去，还站在那儿听着。老人接着说："年轻人，咱们萍水相逢。今天来到濠州，有幸见到你并救了我，真是三世有缘啊！可能老夫正是为你而来的。既然这样，总不能白让你好心从水中将我救起，费了那么大的劲儿，背到老榆树下避雨；又晾晒衣服，干了后，再给穿上，使我这么舒坦；还给美食和凉开水，以饱肚腹，解决干渴。老夫一时无有所报，这样吧，孩子，教你一些武功吧，或许能帮尔等未来一世，愿意不？"徐达一时不知该如何回答才好，还没等吱声儿呢，老人又说了："孩子，我问你话，必须回答。要是不愿意，我抬腿便走，可说走就走了；要愿意，趁这个机会教你几招儿，传一些绝技，将来在大贵人面前肯定有用。要学什么？告诉我。"

　　徐达这人咱们说过，自幼便有奇志，是个勇敢、仗义疏财之人，好打抱不平。何况当时的元朝，软弱就会被欺。因此，他觉得老人家说得对，是应当学些武功。不仅能保护自己及父母、亲人，还能为屯寨的安全出把力，于是直截了当地回道："老人家，您要问起爱学什么，我只想学武功。并希望能拜您为师，请收下这个徒弟吧，教什么都成。"老人听了哈哈大笑，说："孺子可教也。是呀，学武功算对了，未来必有大用。可怎么教你呢？"老者真是与众不同，身上什么也没带，连个包袱都没有。坐在那儿，举目向四周看了看，视线之内的旷野里，除了树林就是绿草。他想了想，说道："这样吧，孩子，你到前边树林里撅两根儿直溜点儿的粗木棍子来。"徐达虽没明白这么做是什么意思，但还是遵照老人说的话，顺从地到前面树林里选了两根儿槐木棒子。孩子还挺有劲儿，把木棒儿上的树枝嘁哩喀喳地一顿削，然后将一人高、打削得干干净净的木棍子送到老人面前。老者看了看说："挺好，挺好，这便行了。咱们用它做兵刃，我拿一根儿，你拿一根儿，先教你几招儿。"其实，徐达不太相信老人能教他什么，心想："浑身上下破衣烂衫的，也看不出究竟有什么能耐，能跟你学到啥呢？"转念又想："老人家心眼儿好，一定要教授武术，是好事儿嘛。那就教啥是啥，跟着学呗，总比我强。"

　　这时，老者站起来一直往前走，腿脚特别利索，走得很快，脚步落地轻如猿猴。徐达一看，感觉这老人家可不一般，不能小瞧。老人把他领进树林里，找一块儿较为平整的草地，将周围的小树踩倒几棵，打出一个圆场，让徐达站在那儿。老人家先用气功围着徐达噜噜噜地走了一圈儿，说道："这是用太极之气，给你开七窍充智。可都是武功啊，一般人没这个本事，只有得道高人才有此能耐。"然后让徐达闭上双眼，直立在那儿。徐达照做后，感觉身体周围像有凉风吹似的，头上也有风，吹得头脑从没有过的清醒，这便是给他运气、充智。一会儿，老人在他头顶儿啪啪啪连续拍了三下，说："好了，现在我教你什么，你就全能记住了。"接下来，先教了一路拳法，又教了一路枪法，之后说："我教你的拳法，乃三丰拳的太极最高拳法。只有掌握了它，方可对付世上各样的拳，还能破解各种拳。第二个教你的，不是棍法，而是枪法。是枪，三丰枪。这根棍子上，再加上个矛头，那就是枪。可别小看这杆枪，练好了同样会是相当厉害。回去要勤练，千万不能忘了，绝对不许偷懒。"徐达边听边点头，表示道："请师傅放心，您所讲的每句话徒儿全记住了。"

此刻的老者看起来很兴奋，双眼盯着徐达，心里话："这孩子真不错!"接着说道："年轻人，我看你挺有仙缘，今天还要教徒儿一套剑法。它不是一般的剑法，而是三丰剑法。掌握了三丰的枪法和拳法，在万马营中，尽可显出上将之才。如果再练就了世上独有的剑法，则更会有万夫不挡之勇。此套剑法是三丰剑法中的一宗，叫双鹤剑法。内容十分宏富，可提太华之气，纳太虚之奇，汇百灵之态。双鹤剑法分上双鹤、下双鹤，为阴阳两宗。上双鹤即阳宗双鹤，下双鹤即阴宗双鹤，合到一起则是阴阳互合。我要教你的是上双鹤，也就是阳宗双鹤剑。学之前，首先要运用浑圆之气，打通你的智慧。"说完，老者站起身形，伸出双手，又双手相合。再半蹲式，双手分开，汇通天地之气。然后双眼微闭，说道："年轻人，跪在地上。"徐达按照吩咐，跪在了老人面前。老人又说："要双手相合，闭目而跪，受我手中之热。"徐达一丝不苟地照做。老人将一只手伸到徐达的左耳边，另一只手伸到徐达的右耳边，用天地之气贯通他的头脑。顿时，徐达觉得浑身发热，头发涨，好像要迸开一样。老者告诉他："我这样做的目的，是使你把教的剑法神速记住，终生不忘。好了，起来吧，跟我学剑。"于是，二人各手提一木棍代剑，老人在前面一招一式地做，徐达在后面一招一式地学。真神了!徐达也不知从哪儿来的这么一股子劲头儿、那么多的智慧，一学便会，好像已跟随师傅好多年了、早就会了一样，做得那么自如，那么熟练，记得那么清楚。

老者教了一通儿后，停了下来，吩咐道："好了，现在你给我做一遍。"徐达便按师傅刚才教的，认认真真地来了一遍。老人对个别招式做了些纠正，又讲解了一番，让徐达重做。就这样，徐达做了，老人做些纠正；徐达再做，老人再做些纠正。一直做到老人满意了，点头说："好了，好了，可以了"，这才停止。老人又嘱咐道："你务要把剑法的九九八十一式全都记住，而且必须天天练习，日日不辍。业精于勤，熟能生巧，熟能生奇，熟能生神韵。惟有勤思勤做，才能使剑法达到上乘之境，那阳宗双鹤剑也就成为神剑了。"徐达表示一定遵照师傅的话去做，决不辜负师傅的教授和一片用心，然后跪下请求道："请问师傅，能否把阴宗双鹤剑也教于徒儿？"老人家说："孩子，你命中所得只有这么多。阴宗双鹤剑已经有传人了，掌握了阳宗双鹤剑足够用了。阴宗双鹤剑不久会出世的，届时你们定能相会，阴阳相合。好了，不多说了，没时间了，我得赶回辽阳了。"说完，抽身便走。徐达急忙拽住师傅的衣角儿，叩拜道："我徐达今日能见到仙翁老人家，真是三生有幸。您就要走了，能不能将名讳给徒儿留下？不然徒儿日后想要报答师傅，却不知该怎样称呼。"老人说："孩子，咱们这次见面确是有缘，是三世之缘呀！以后不一定能再见到了。不过，要是想我时，可以在晚上焚上香，唤师父的名字。我是昆阳真人，还可称玄化真人或玄玄子，早先叫张三丰。总之，记住哪个名儿都行。只要喊三声昆阳师父，我必会来此与你梦中相见，照样传授各种神技，记住没有？"徐达忙回道："徒儿记住了。""好了，我要走了。"昆阳真人转身刚要走，徐达又拽住老人，心疼地说："师父，天色已晚，道不好走，您坐在水牛背上，让徒儿送一程吧。咱们见面不易，不知什么时候还能再见到仙翁恩师。"昆阳真人笑了，说："好孩子，我说来就来，说去就去，这是常事儿。眼下你可能还不理解，放心吧，今后我会惦着你这个年轻人的。既然已说了往后不容易再见，那好，我们在一起多呆一会儿，在你的牛背上再坐一阵儿，咱们师徒一起往家走。你走你的路，我坐我的牛，到时候我就走了。"徐达一听高兴了，赶紧将老水牛牵过来，把师父抱到水牛背上，看老人家坐好了，这才牵着水牛往前走。因道路泥泞，坎坷不平，怕蹾跶着师父，所以走得很慢很慢。

师徒二人边走边唠，老人说："孩子，你就在家等着，六年以后，准有人来接。这六年里，千万不能荒废教你的学业和武功，坚持天天一早一晚练。必须勤学苦练，勿张扬，不能跟别人讲，应虚怀若谷。"徐达点头答应着。老人又强调道："还要记住，不要祸害人、欺压人，如有哪一点违背了为师的话，随时会来惩戒你的。"徐达说："这一点，请师父不必担心，徒儿本来就不是那种人。"老人哈哈大笑道："孩子，我说的是戏言，实话告诉你吧，徒儿的为人和家事我都清楚。正因知道不是那种人，所以才把这些技艺传授于你，一定好好儿苦练，千万要牢记。"徐达一边牵着水牛往前走着，一边认真地听着师父说的话，并一口一个"是"地答应着。走了一段路，回头一看，水牛背上早已没有了师父，不知仙翁何时已经走了。

果然，在徐达向张三丰学剑之后的六年，即大元至正十三年、他二十三岁的时候，朱元璋的义军辗转返回到凤阳一带。一天夜里，朱元璋做了个梦，梦中有一仙翁告诉他："大帅，要想得大元的天下，必须用一个人，此人便是你濠州的同乡徐达。只要把他请来，就有了股肱之力，万事遂顺。"待忽然醒来时，知道原来是南柯一梦。心想："这梦境究竟是怎么回事儿呢？一个老道向我推荐个人，名儿叫徐达，他是谁呢？"于是，第二天早上一起来，便派人四处打听。打听来打听去，还算没白费劲儿，真的在家乡找到了叫徐达的人。他此时正按照师父的嘱告，边练功边在家里等人来接呢！来人把他领到了帅帐，朱元璋见徐达身体健壮，有赳赳武夫之气，内心十分高兴。唠起来又是那么投缘，很是谈得来，马上对他有了亲近之感。再加上朱元璋让徐达为众将表演武功时，见那拳、那枪、那剑更令人佩服。于是，徐达很快成了朱元璋身边的一员重要战将。后来，徐达晋升为朱元璋大军的统帅，还在帅府里设立了专门供奉恩师昆阳真人的神位。每每出征前，都要在夜里焚香磕头，请昆阳真人为他指点迷津。据说之所以每战必胜，皆是因为有师父在暗中相助。

徐达在征战中的一天夜里，突然做了个梦，看见仙师昆阳真人来了，对他说："孩子，有件东西由于当时太忙，没有来得及给你。现在，应正式传授给徒儿了。"说着，把道袍打开，从腰里拿出一个软皮的剑匣儿，将剑匣儿上的弹簧一摁，顿时亮出了一把寒光闪闪的金刚剑。昆阳真人说："这把宝剑，是我曾讲过的阳宗双鹤剑，你把它收下吧。"说完，将剑放在了床头儿。徐达一看，好长时间没有见到的昆阳恩师送宝剑来了，乐坏了，高兴得哈哈一笑，竟笑醒了。醒来一想，这才明白，原来是做了场梦。他无论如何睡不着了，索性坐了起来，揉了揉眼睛向四处看着。此时，正是半夜时分，月光从窗棂中透到屋里，显得那么宁静。于是又下了地，点燃了蜡烛，不经意间随便看了看梦中恩师放剑的床头儿。这一看不要紧，居然发现在那里真的摆放着一把阳宗双鹤剑！他愣了一会儿，以为还在梦中。使劲儿揉了揉眼睛，没错儿，我醒着，是真的。赶紧穿好衣服，在供奉昆阳真人的神位前焚香叩拜，感谢恩师赐剑。徐达就是这样得到了传世宝剑，后来在收叶旺为徒时，将阳宗双鹤剑赐给了叶旺。叶旺在接剑的时候，也在昆阳真人的神牌前焚香叩拜过。

叶旺讲完了徐大将军如何得剑的神奇经过，大家从这个故事里明白了，原来徐达在年轻时，有幸遇到了张天师的大弟子张三丰。他的拳、枪、剑皆是受张三丰的亲传，怪不得如此了得，不由得赞叹了一番。

放下此话不说，回头咱们再接前书，讲讲军师刘伯温被召进京一事。刘老先生从青田应诏急急赶到京师，叩见了皇上。皇上让他来，就是为了解决刘益受害后，由谁去辽东对付纳哈出之事。他向皇上推荐了由马云、叶旺前去镇守辽东，并得到了圣上的恩准。刘伯温办完此事，心想："行了，该说的都说了，该办的也都办了，再没我什么事儿了，应回青田去了。"在回乡之前，由于挂念娟娟，便到明月庵去探望。父女相见，格外亲切，明月长老亦为刘老军师的到来感到分外高兴，还特别告诉刘伯温："马云、叶旺二将军常来庵里看娟娟，你的女儿挺好的，放心吧。"

明月长老一提到叶旺，倒使刘伯温想起来了一件事。想起什么了呢？各位阿哥，数年前，明月长老去刘府领走娟娟的时候，不是留下了十六字佛家偈语吗？言说将来必有贵人至，这贵人有可能就是娟娟的如意郎君。伯温当时十分困惑，没有悟透那十六个字儿的真意。然而他毕竟会测字，懂相卜，经不断揣摩，近两年顿然感悟："所谓前八个字儿'立木主世，双十并肩'，不就是'葉'①字吗？后八个字儿'日在西天，王者相伴'，则是兴旺的'旺'字，连起来便是'叶旺'啊！难道皇上赐给我做护从的人，竟是到身边的贵人、娟娟未来的夫婿？果真如此，说不定是神的福佑和安排呢！叶旺确是百里挑一之人，又是我最喜欢的、年轻有为的将领。若能把娟娟嫁给他，那可是天大的好事儿呀，更是难求之美、天作之合啊！不仅我满意，夫人在九泉之下也能瞑目

① 即"叶"的繁体字。

第一章 明宫怪叟

155

了。"当刘伯温听到明月长老说叶旺常来看望娟娟，而且二人又分别掌握了阴宗、阳宗双鹤剑，别提心里有多痛快了，直想拍案叫绝呀！但天机不可泄露，还不能明说自己已破解了那十六个字儿的偈语。琢磨着两个孩子现在既然都在明月长老身边，又有师太的关照，他们的婚事不用我老头子多操心了。朝中的事儿办完了，孩子的事儿托底了，还是尽早返回老家去吧。

刘伯温从不贪恋京师的繁华，总愿图个清静，修身养性。自十几年前投入朱元璋的反元义军后，始终未忘记青田，特别酷爱自己的老家。咱们在前面并没有介绍刘伯温的故乡。讲到这儿，各位阿哥，说书人还真得说几句。

青田不是一般的地方，乃浙江东南部的山清水秀之地，临瓯江之滨，处方山脚下。瓯水过去叫永嘉江、温江，清澈见底，盛产鱼虾。因方山产叶蜡石，也叫青田石，故而称青田山。青田山不仅有叶蜡石可做雕塑之料传于世，更因其产仙鹤而称之为鹤城。青山绿水，田园野鹤，真乃人间别一番洞天。刘伯温就出生在这个美丽的地方，并且愿意一辈子生活于此。所以，他不顾娟娟、叶旺、马云的苦苦挽留，还有明月长老的亲切劝说："老先生，别回去了，不妨在庵里呆一段儿时间。愿意吃什么，我这里都有，又有地方住。愿意玩儿呢，明月庵也很好玩儿，不比别的地方差。再说了，孩子们全在这儿呢，天天和他们在一起不挺好嘛！"这一切，并没能把刘伯温留住，还是急匆匆地骑着马，头戴斗笠，一路上饱尝着旷野孤旅的滋味，单身一人回到了青田。

再说马云、叶旺那日演武之后，被明月长老留下，在庵里住了一宿，次日一早离开明月庵，上朝叩见皇上。朱元璋见二将来朝觐见，马上命传事官传来兵部齐震大人，共同商议分拨兵马镇守辽东之事。

大明朝建国之初，有个规矩，即为征战便利，始终是以帅统兵。就是各个大将都有自己的兵马，大将驻扎在哪儿，兵马则随大将驻扎在哪儿；大将被调动，兵马亦随之调动。这叫有帅有兵，无帅无兵，兵帅相凝，平战与共。此种兵制同以前的王朝不同，同以后的清朝也不同。前朝与清朝兵力皆是由朝廷分拨，尤其是清朝的八旗，以牛录为基层组织，将渔猎生产与兵战相结合。以一个氏族为中心，不管到哪里，边生产边征战。没有征战时，则渔猎，从事生产与镇守诸务；有征战时，男人出征，女人做后勤及耕牧、渔猎之事。兵部只起备案、注记、载功、行赏诸任，即哪个主帅在什么地方、兵有多少、尚缺多少、怎么补充等，备这个案，注记这个事儿。主帅率领兵卒在哪儿征战，有什么功劳，由兵部记载，再奏报皇上，论功封赏。明朝兵部只管下令让大将率兵驻在哪儿，攻打哪儿，不管具体兵力的分拨，也不管哪个将领率多少兵马和辎重。要打仗时，朝廷和兵部要和主帅商量，再通过主帅把他的兵马带到那里去征战，完全是以主帅为主。因此，长期以来，兵权掌握在各大将军手里，甚至占据一个地方，土地也归大将军所有，并有自己的奴才。这样，很容易造成各个大将拥兵自恃、割据分裂的局面。后来，朱元璋为了排除异己，集中兵权，利于朝政的统一，便撤消了各个大将手中的兵权，杀掉一些人，这是后来的事情了。

朝廷要派马云、叶旺二将到辽东去，必得有军力做后盾才行。而二位将军原来都是徐达大将军的部下，如今单独调出来叫他们拥兵镇守，手里没有兵啊，不带兵去行吗？刘伯温没走之前曾对皇上说："陛下，不能让马云、叶旺光身儿去呀，那哪儿成？张良佐的奏文讲得再清楚不过了，辽东僻处海隅，肘腋皆敌境，那可是四面受敌呀！元朝在辽东势力很强，马云、叶旺二将军去，是孤军深入，到虎狼窝里安家，时时刻刻有被纳哈出吞掉之虞！如果那样的话，可就前功尽弃了，以后若再往里派人也不像现在这么容易了。目前在辽东的张良佐等几个降明的元将，主要目的是想请朝廷快去兵马为后援，做他们立脚儿的得力后盾，这样纳哈出才不敢造次。依老臣之见，必须让马云、叶旺带着兵马去，亮亮大明朝的实力，让纳哈出看一看，这对北方肯定是不小的震慑。至于兵源该如何解决，只能想尽办法征集兵力。眼下，北平府、昆明等地用兵甚紧，抽不出人来。惟有靠马云、叶旺二将自己筹谋，兵部具体实施，力争及早成行，不可迟延。"朱元璋认为刘伯温的建议是对的，是啊，朕不能光下一道旨，让二将孤身而去，岂不是等于叫他们往虎口里跳吗？再说眼下的辽东，元朝的力量还很强，纳哈出拥兵几十万哪，不派兵怎么成？因当时朝中对此事的意见不统一，也就暂时放下了，准备以后再接着议。

光阴似箭，一晃月余，辽阳又来奏文，催办征兵之事。朱元璋心急如焚，便将胡惟庸、汪广洋两位丞相召进宫来商量，说道："刘军师临走前交代，应当让马云、叶旺带兵前往辽东，朕同意了。可至今兵源问题尚未解决，不抓紧不行啊，二位丞相看如何办理才好？"胡惟庸阴阳怪气地奏道："陛下，既然刘伯温提出派兵，他很可能就有办法解决兵源。不妨令马云、叶旺速找刘军师，求得良策，事不宜迟呀！"显然是推脱之辞。朱元璋想："刘老军师离朝回乡之后，目前朝中能够依靠的，只有你胡惟庸这根顶梁柱了。不仅不想办法解决，反而一推了之，朕让你坐在左丞相位置上白吃干饭呀？"想到这儿，很不耐烦地说："爱卿，刘军师已是告老还乡之人，怎么好张口向他要兵，此话不妥吧？"胡惟庸一听皇上有些不悦，急忙奏道："陛下圣明。臣不是不想为马云、叶旺二位将军征兵，实在是无处可征。何况现在也征不来，谁能那么快组织起兵力？这可不是两三天能办到的事儿。因此，臣才想看看军师大人是否有什么好办法。陛下知道，咱们的兵马一向掌握在大将手中。徐达大将军所率兵马正准备西征，沐英将军亦领兵向云贵一带进发，朝廷真的无有兵力呀，让臣上哪儿弄去？不好办哪！"朱元璋仔细一琢磨，也是这么个理儿。兵都在大将军手里，有的在北平，有的在成都、昆明，身边确实没有兵。随即又问："你看该怎么办哪？"胡惟庸眼珠儿一转，动起了心眼儿，像极为认真地给朱元璋出主意似的说道："皇上，这么办吧，北边的事儿得找徐大将军。他正在北平府，那儿离辽东又近，不如陛下发一圣旨，让他从自己掌握的十几万大军中分拨出一些，交给马云、叶旺带去震慑辽东。这样做，既省时，又不会对徐大将军有多大影响。依老臣之见，惟有这个是上策了。"朱元璋一看，再也没什么好招儿了，只能如此。于是马上下诏，书写完毕，派快马传旨给徐大将军。

不两天，徐达派人送来奏文回禀皇上，奏文曰：

"经得知，兵部命臣分出部分兵力给马云、叶旺二将军，实感无能为力。陛下知道，那扩廓帖木儿十分凶悍，不但在宁夏、甘肃一带活动颇频，而且于蒙古的西部和北部数千里之外也有布防。为有效控制其力量，臣与冯胜、傅友德、李文忠等几位将军只好分兵追剿。几十万兵力在数万里的战线上，像撒芝麻盐一样，甚显力量不足。眼下，扩廓帖木儿已进入蒙古的大漠深处，在土喇河一带屯兵。这样，又要分拨部分人马迅速追至土喇河。一路上，千里不见人烟，需杀马、杀牛，以其血解渴，以其肉充腹，十分艰苦，兵力少了是万万不行的。倘若兵力不够，不用说到土喇城迎敌，在半道儿上就可能被沙漠吞掉。如此看来，兵力本已极其紧张，故而不能再从这里抽人了。再说即使是把我的人派到山海关之外的辽东去，路途遥遥，赶到目的地恐怕也是不赶趟啊！还有一点须向陛下说明。臣所率之兵马，为适应大漠作战的需要，自到北平府后，便拉到百里之外的沙漠中练兵。天天没早没晚地与黄沙相依，训练怎样在大漠中生活，怎样找到水喝及在沙漠中的作战方式。还要在短时间内，尽早掌握蒙古族语言，以利与当地人沟通。经过这段时间的演习，兵卒已基本适应西部地区的生活，可以在战斗中发挥作用了。如果将他们调离这刚刚习惯的地方，而去另外一个陌生的环境，岂不是可惜了过去的所有努力？倘若现在突然把他们派往东部，同东夷人交战，必会因为不熟悉那个民族的生活和地域环境而不能很好地完成战事。以臣之见，还是应该听从老军师刘伯温的意见。臣记得刘大人曾经说过，我们不是没有兵源，是有些人惧怕辽东，进而不敢碰辽东才不愿出人，此为问题的症结。请陛下想想，不是这样吗？有些大臣就拥有不少的部将和家兵嘛，难道这些力量不能组织起来？愚臣望陛下把以上想法跟胡丞相说一下，让兵部以国家为重，动动脑筋，想想办法，兵源问题是可以解决的。具体该怎么办，请皇上仔细思忖后再做定夺为好。"

朱元璋看过了奏文，觉得徐达讲得很对，头头是道。

事实正如徐达所讲，刘伯温早在议论辽东之事时，曾说过一句话："陛下欲取辽东，翦除朝野惧辽痼习，诚用元虏，其功必成。"意思是说，皇上想要得到辽东那块地方，则必须首先铲除朝野上下怕辽、惧辽这种顽固的坏毛病。不能一听"辽东"二字就不寒而栗，或者认为东夷人剽悍，担心斗不过他们而不敢北上，没等去先怕了。如果大明的兵眼下对北方还不熟悉，可以用从元朝掳来的兵。把这些人组织起来，以强力去攻取辽东，必能获得成功。刘伯温临回乡之前，一再禀明陛下，一定得按他说的去做，千万不能轻视此事。而且反复强调做起来并非易事，解决起来亦有难度，要有思想准备。他为什么这么说呢？因为不仅仅是大明，几百年来各个朝代关内的人，对辽东都有个"怕"字。当朝的左丞相胡惟庸等人之所以提出种种困难，实际上就是怕，不想同窃踞辽东的纳哈出相碰。表面上说，纳哈出占据辽东，离我们很遥远，鞭长莫及，可先不去惹他，暂时不会有什么险情。实际上，他们对纳哈出根本谈不上什么惹不惹，而是在暗地里有着千丝万缕的联系，经常干着勾搭连环的勾当，书中慢慢会讲到。刘伯温早对胡惟庸这点有所察觉，很是有气，不止一次地同朱元璋讲："陛下，按照胡惟庸所谓的安于现状，我们很可能会永远失去辽东，此乃鼠目寸光之见。对辽东绝不能惧怕，必须主动出击，敢于同纳哈出争夺当地土民对大明朝之拥戴。他们受纳哈出的愚弄，对大明不甚了解。有些人由于受到元朝的镇压，是敢怒不敢言哪！让土民知道明朝的恤民、爱民、亲民的一片诚心，那将有百利而无一害。"

刘伯温之所以反复说明要皇上必须破除惧辽的痼习，不要为胡惟庸的话所迷惑，就是因为害怕辽东的顽症由来已久。过去几百年中，中原一带的人对长城以外、大漠以北的地方非常陌生，视为隐蔽、荒僻、神奇之所、鬼哭之域，令人既向往又十分恐惧。中原人一听谈到东夷之人，那是毛骨悚然哪！他们几乎无人到过长城以外，历史也很少记载长城以外的人和事。要说知道一点儿东夷人的情况，主要是来自一些神话传说及野史中的记载。一些人从《山海经》中知道，大漠以北的人都像妖怪一样，头上生角，长臂长腿。为什么会这么说呢？说是北边雪太大，腿长可以不被雪埋。胳膊特别长，长到什么程度呢？往树林里一伸，便能把林中的食物拿出来，即所谓的长臂寻食，可居高林之中。

其他的一些书籍和文献中，对东夷人也有介绍。如《竹书纪年》中记载道："帝舜二十五年，息慎氏来朝，贡弓矢。"可见在三皇五帝时代，肃慎已同中原有了联系。西晋杜预注疏的《春秋左传》中讲："肃慎为远夷"，又说他们是"夏则巢居，冬则穴处"。即夏天热，他们就在树上搭房子住，像鸟垒窝似的，巢居；冬天冷，雪大，则掘地为穴，在地下住，防寒。战国和秦、汉之间成书的《山海经·大荒北经》里讲得更细："东北海之外……大荒之中有山，名曰不咸，有肃慎之国。""今肃慎国去辽东三千余里，穴居，无衣，衣猪皮，冬以膏涂体，厚数分，用御风寒。其人皆工射，弓长四尺，劲强，箭长尺五寸，青石为镝。"即是说，荒凉旷野之中立座山，叫长白山，有肃慎之国。离辽东三千多里地的肃慎国的国民生活是什么样呢？住地下，以猪皮为衣。冬天冷时，把猪油涂在身上，涂得很厚，以防御风寒。肃慎国人皆善骑射，弓长四尺，射出之箭力量甚强。箭长一尺五寸，用石头做箭头儿。

《后汉书·东夷列传》中说："挹娄，古肃慎国也，在夫余东北千余里，东滨大海，不知其北所极。土地多山险……土气寒。""人形似夫余，而言语各异。"《后汉书·挹娄传》载："这里有五谷、麻布，出赤玉、好貂。"《三国志·挹娄传》载:"挹娄无大长,邑落各有大人。处于各山林之间,土气极寒,常为穴居。以深为贵,大家至接九梯。好养豕,食其肉,衣其皮。冬以豕膏涂身,厚数分,以御风寒。多则裸袒,以尺布蔽其前后。其人多秽不洁,作厕于中,圜之而居……北处山险,又善射,发能入人目。弓长四尺,力如弩。矢同楛,长一尺八寸,青石为镞,镞皆施毒,中人即死。"就是说,古肃慎之国,东濒大海,住的地方不知离北边有多远哪。他们是处于群山峻岭之中,那里有五谷、麻布,出产赤玉和貂,还没有形成部落联盟,只是进入野蛮中级阶段和父系社会的初期。由于居于山林之间,非常寒冷,因此常住地下,挖得越深越好,大户人家深至九层梯子可达。他们的吃食和穿着是:好养猪,吃猪肉,穿猪皮衣服。冬天冷时用猪油涂身,涂数公分厚,以抵挡风寒。到夏天时,全身则光着,只用猪毛或貂毛做成的小布遮挡羞处。个个善于使箭,射人的眼睛,一发即中。箭头儿皆有毒,中箭者立刻倒地而死。

《淮南子》又是如何讲的呢?"北地为裸国,为羽民。"是说北方人都赤裸着,赤脚、赤背,没衣服,光着身子,或穿羽毛做的衣裳。长期以来,中原的人们便是这样来了解东夷人,将东夷之地视为蛮荒之域。其地酷寒,寒彻袭人,七八个月风雪冰霜,把生活在那里的人们一概视为愚氓野蛮之人。如果抓来一个夷人,大家会争先恐后地去看。看看长得到底啥模样,牙有多大,胳膊、腿有多长,身子有多粗,像观赏一件稀世珍宝那样反反复复、仔仔细细地品评。加上对其所记文献甚少,单凭一些传说以讹传讹,结果则是越来越畏惧北方人,数千年来就是这样形成了一种痼习。

中原人之所以怕北方人,还有一点,即是因为那里的人异常剽悍。历史上,北方人有三次南下,打入了中原,致使中原人更加胆怯。在五代十国时期,契丹族的领袖耶律阿保机创建了契丹国,后改为辽。从辽太祖耶律阿保机开始,历经辽太宗耶律德光、世宗耶律阮、穆宗耶律璟、景宗耶律贤、圣宗耶律隆绪、兴宗耶律宗真、道宗耶律洪基直至天祚帝耶律延禧,共九代皇帝,统治二百一十有八年。疆域为:东北到黑龙江口,西北到蒙古中部,南至天津海河、河北霸县、山西雁门关与宋接界,同北宋相对峙,对其构成了严重的威胁。

辽灭亡之后,又由女真族完颜部领袖完颜阿骨打建起了金朝,都城会宁,建元收国。从他开始,历经了太宗完颜晟、熙宗完颜亶、海陵王完颜亮、世宗完颜雍、章宗完颜璟、卫绍王完颜永济、玄宗完颜珣、哀宗完颜守绪至末帝完颜承麟等十代皇帝，统治一百二十年。自建国后，先灭辽，又灭北宋，将宋朝的徽、钦二帝掠到白城，史称靖康之耻。金先后迁都北京、开封等地，其疆域是：东北到日本海、鄂霍茨克海、外兴安岭；西北到蒙古；西以河套、陕西横山、甘肃东部与西夏接界；南以秦岭、淮河与南宋对峙，是统治中国北部的一个王朝。由于金的南侵，始于赵构建立的偏安政权，越来越怕北方的蛮夷，甚至向北称为儿皇帝。上面怕，下面的人也怕，连老人吓唬孩子都常说："快闭嘴，金兵来了，别出声儿！"可见，辽金两代三百多年的辉煌历史，对中原有着深刻的影响，那里的人对北方民族有一种胆战心惊之感，也是历史形成的。

宋宁宗开禧二年的时候，蒙古族领袖成吉思汗建立了蒙古汗国，其势力伸展到黄河流域。从成吉思汗到蒙哥汗时，陆续歼灭了西辽、西夏、金、大理，并在吐蕃建立行政机构。后忽必烈定国号为元，灭了南宋，统一了全国，建都大都，即北京。这就是历史上统治中原面积更大、手段更苛刻的少数民族王朝——大元朝。元从成吉思汗至灭亡，历经十五帝，统治一百六十三年。若从忽必烈定国为元算起，历经十一帝，统治九十八年。再加上元朝的一百来年，中国便有四百来年是在北方民族的统治下。

大明推翻元朝后，睿智的刘伯温提出，大明的朝野上下必须树起一种扬眉吐气的气势，以恤民、亲民、爱民政策，把北方民族团结过来。一定要把历史上形成的畏惧辽东、害怕北方民族的心理状态彻底蠲除，重新认识辽东，转过弯子来。在谈到这个问题的时候，朱元璋本身就没完全想通，刘老先生则特别强调皇上首先要转弯儿。还指出，元朝的统治者对北方少数民族实行的是残酷的压榨政策，所以，深受其害的百姓觉得推翻了元朝，那是从苛政下解放出来了，重见天日了，尤其是白山黑水的女真人更会深深感觉到这一点，对大明朝抚民政策的实施是极为有利的。

事实正如刘伯温所讲，元朝之所以实行苛政，因为它是在推翻了金代的女真人后才建立起来的王朝，特别害怕女真人再反。故而对女真人及其后裔控制得最严，施用的手段最凶残，统治得最厉害，使他们一直喘不过气来。元朝统治者对在一地发展起来的女真人的望族和姓氏十分警惕，担心在一块儿呆的时间长了，联络的人多了，再起而反之。便以

东海沉冤录

游牧生产为由，用兵马押解着，强迫这些族人离开故乡，驱赶到另一个地方去，并将其分散。对他们的住地，则派蒙古兵丁和官员监守。当时，在女真人里，传流着不少反映元朝欺压、控制女真人的歌谣，如《半拉哈的土地》。这支歌谣，即是女真人被迫离开生养自己的土地时，唱的一首哀歌。其歌词如下：

> 半拉哈的土地，
> 半拉哈的江河，
> 我爱你十年整了，
> 我守你十年整了。
> 哈番①带我们离开，
> 像割我们的肉，
> 像剜我们的心。
> 跪拜一次，
> 向你永别……

还有如《妈妈的奶》，也是一首表现女真人不愿离开故乡及对所热爱的土地无限眷恋的悲歌。其歌词是：

> 妈妈的奶，
> 可以吃到我能会骑马打猎了。
> 祖先的山，
> 却不能让我纵情的爱恋。
> 明日太阳出山，
> 哈番要带我们到一个遥远的地方，
> 何年何月再能回故乡。

在大元朝里，生活在白山黑水的女真人各姓家族，还有个奇怪的现象。那就是元朝的朝廷要派一名官员，官名叫平章，驻扎在女真各姓家里。女真人的祭祀、婚丧嫁娶等，都得由派驻的平章说了算。他让你做，才可以做；不让你做，绝对不许做。甚至他要你娶哪个女子，你就

---

① 满语：官。

得娶哪个女子，不许说个"不"字儿。而且结婚初夜，那女子必须同平章一起睡，女真人对此是敢怒不敢言。当时民歌中有句话："平章都是女真家的姑爷"，恰好反映了这一史实。元朝当时不断向外扩张，需要大量的兵力，居住在白山黑水的女真家族，便成了兵卒的主要来源之所。征调的数目逐年增加，像填不满的沟壑似的。征调走后，再也回不来了，造成很多家庭妻离子散，天各一方。在歌谣《两个阴间》中这样唱道：

> 女真人有两个阴间，
> 一个阴间在地下，
> 走了的亲人永世回不来。
> 一个阴间在地上，
> 走了的兵勇永世难相见。

女真人在大元朝残酷统治的漫漫岁月里，苦难连连，惨痛无比，人口锐减十之四五。许多家族被拆散，将家中的长者抓去做各样的徭役，年轻的兄弟被捆走，不知去向何方。世世代代居住的白山黑水，土地荒芜，万木萧条。不少人为躲避元朝的苛政，不得不逃入荒山野岭，甚至偷跑至北海之滨。那里居住着的很多所谓的野人，就是元代逃过去的女真之后裔。其时，女真部落里出现了三逃：

一是逃兵役。刚才我们讲了，元朝统治者所用的兵卒，多数是从白山黑水的女真家族中征召的，差不多每个家族的年轻人有三分之二被征当兵。这样一来，各个家族看孩子快长大了，便赶紧想办法秘密地送出去，送入荒山老林或者到更遥远的地方。这样，起码父子和亲人将来还可能有见面的那一天，否则等于一死。尽管大元朝对女真人看得很紧，天天有兵丁把守，然而不少人还是靠自己的智慧逃了出去。

二是逃徭役。大元朝的徭役异常繁重，女真人更无例外。不论是男、是女、是老、是少，都要被抓去做工。抓走以后，别想再回来，那里有干不完的差事，每天被鞭子驱赶着，如同畜牲一般。吃的是猪狗食，干的是牛马活儿，没早没晚地劳作，从无闲着的时候。稍有懈怠，就要棍棒加身，甚至被扔到油锅里去，极为悲惨，惨不可言。抓徭役从不规定数儿，而是有多少抓多少。所以，人们非常害怕徭役，像躲瘟神一样，想尽一切办法逃脱。

三是逃迁徙。前书说了，元朝统治者认为女真部较大的家族时刻有再反的危险，因此便强行他们迁徙。迁徙中，还要受到元兵的奸淫杀戮，等到达目的地时，已所剩无几。就是剩下的那少数人，也要像囚徒一样被圈起来，没有自由。为躲避迁徙的灾难，许多家族一看风声不好，比如发觉已被某个平章盯上了，赶紧暗中准备，趁半夜举家逃走，藏到深山老林中去，以躲避被元朝强行流放的厄运。

这三逃，从一定意义上讲，保住了女真家族的安全和世族的繁衍，对元朝统治者则是沉重的打击。由于世居白山黑水的女真族的逃走、人口的减少，致使土地荒芜，粮食奇缺。而原来人烟稀少的边远地带及荒山密林，乃至黑水之滨、乌苏里江以东的数百里之外，人口却逐渐多了起来。从日本海的西部到乌苏里江的东部，中间有一座大山横亘南北，那便是锡霍特山。这里古树参天，丛林密布，河流纵横，也就是人们所说的东海之地。以前荒凉的不毛之地，本无什么人居住，现在却可见堆堆篝火。篝火之间，总有逃来的女真之先人三五家、七八家居于此，有的就同当地的土著人家联姻了，逐渐使这里发展起来。其他如乌苏里江以西有个北琴海，或称兴格定、后来又叫兴凯湖的地方，这湖滨沃野原来只是个渔乡，人不多，慢慢地也出现了不少女真家族。还有长白山麓以南的翠滨古地以及鸭绿江以东、朝鲜半岛北部等，都有逃去的女真家族在那里繁衍、生息。

刘伯温曾向朱元璋提出，辽东的土著居民有所变化，对陛下十分有利。应抓住好机会，利用这个变化，解决辽东问题。所说之变化，即指上述而言。还具体献策道："纵考元廷之世，罪愆难书。广交辽东土民，以诚相待，以信宣之。必振呼百应，同御金山，安惧哉。"这是什么意思呢？就是说总的来观察和思考元朝九十多年的历史，其罪过真是太多了，罄竹难书。尤其对当地的土民更是罪孽累累，你说他们能不恨元朝吗？多么希望有人能去那里解救之。只要大明朝的兵马一到，广泛与辽东的土民交朋友，以诚相待，讲信用，说话算数，鼓励屯田，奖励农桑，由部落长负责地方，跟元朝的苛政一反而代之。他们对朝廷的号召，必然会一呼百应。这样，我们再同土民一起去围歼盘踞于金山一带的元朝残部纳哈出，还有什么可惧怕的呢？刘伯温此话讲得真好啊，令人兴奋，使人心明眼亮！

朱元璋把前前后后的事情想了一遍，觉得如今要解决辽东事务，惟有刘伯温。去找胡惟庸吧，他只是给你提出一堆的困难搪塞，拖延时间；找徐达吧，目前的确难于抽出兵力。所以只能按徐达的建议，前去请教军师了。经深思熟虑之后，下了决心，立即把马云、叶旺召上殿来，命他们速去青田，叩见军师，将棘手之事告之，当面儿聆听训诲。并嘱告二位将军，抚辽一切事宜，按军师所言行事，万万不可疏忽。为了能尽快解决辽东之急，与此同时下了一道草诏，要刘伯温为抚辽东献计，令马云、叶旺按军师之言就地遵行。为什么"就地遵行"呢？因为诏书已说得明明白白了，必须按军师的话去办理，就地执行，就地宣诏，就不用今天到京师、明天再去青田那么来回折腾了，既节省时间，又十分稳妥。为办好此事，朱元璋还派身边内臣、带刀侍卫、刘伯温的好友钱俊前去协助办差。

钱俊是徐达大将军在征战北平府时，收降的元朝顺帝身边的一位谋士。虽然报的是元人后裔，实际是女真人。对北方比较熟，又有谋略，为人耿正，一直在顺帝左右。他目睹了元朝廷的颓败，从内心钦佩朱元璋，便在顺帝逃离大都时，自动投到了徐达帐下。徐达见是个谋士，遂推荐给了刘伯温。刘伯温一向主张："若要取胜，必知己知彼。"平时很注意与各方面人士的接触，尤其会想办法与元朝的人沟通。比如同钱俊相处得就很好，他向老先生介绍了许多元朝廷的弊端，也讲了不少元朝建政的秘密，这些对刘伯温为健全明朝的法规起了不小的作用。元朝好的东西，他就吸收过来；不好的东西，在大明朝建政之后，作为教训加以取缔。刘伯温觉得钱俊很有头脑，擅讲，人又可靠，可以信任，故推荐给了皇上。朱元璋一看是军师所荐，便留在了身边。

钱俊这些年也真是兢兢业业地干事儿，帮助朱元璋出了不少好主意。特别是对元朝的各种政策，像对元朝来降的人应采取啥招儿安抚，怎样做才能有效地扭转元朝之苛政等，提出了切实可行的办法。还向朱元璋介绍了纳哈出的有关情况，对将来如何对付纳哈出也献了一些计谋。这样一来，朱元璋能不重视钱俊吗？不仅将其晋升为带刀侍卫，还视为重要的内臣。此次为解决辽东诸务，特意派了钱俊与马云、叶旺一同办差。于是，朱元璋在皇宫大内，向几位心腹详详细细地做了交代。让他们速去拜见军师，讨教解决辽东之策，并立即就地按草诏执行。三人得旨后，当夜快马急奔青田。

青田这个地方，马云、叶旺因多次来过，已是很熟，也知道军师住在什么地方。但他们更清楚，那刘伯温似孤云野鹤，很多时候不在府内呆着，要想找到他并不那么容易。所以，一行三人到了青田，一边走一边打听。青田小镇市井繁华，叫卖声此起彼伏，非常热闹。有卖唱的，有做各种小吃的，有推车的，有挑担儿的，行人熙熙攘攘。叶旺他们对这一切没心思看，直接穿过青砖碧瓦的市井，奔青田郊外而去，不一会儿，来到了瓯江江畔。江畔上，生长着一片翠林。过了翠林，是座小石桥，桥下淌着潺潺流水，几只白鹅在戏水。桥的左侧，有三只小山羊正在树旁嚼食着嫩桑叶。就在这山野田园风光之中的颇有世外桃源味道的地方，有一栋茅草房，便是刘伯温的家。马云、叶旺领着钱俊飞快地来到了茅草房前，一看，正如所料，军师果然不在茅舍之中。经打听才知道，原来老先生正领着家人在后菜园子里锄草呢。他们赶紧来到了后菜园子，在几个锄草人中间，一眼就看出有位头戴细竹大斗笠、光着膀子、肩上搭着一条白汗巾、下身围着一件麻裙的完全是一副山野农夫打扮的长髯飘洒之人，那就是当年赫赫有名的军师刘伯温先生。旁边跟着的，是他的儿子、儿媳和孙子、孙女。

三人紧走两步，来到军师面前作揖问候。刘伯温一看，竟是马云、叶旺和钱俊来了，忙收住锄头，边用搭在肩上的汗巾擦了擦汗，边向他们还礼。他知道，这几个人前来，绝不会是为一般的事儿，肯定有要务。顺手把锄头交给大儿子刘琏，吩咐道："你们接着干，累了就歇一歇，我先陪京师来的贵客到屋里坐坐。"刘伯温对马云、叶旺从来都像待自己的孩子一样，呼来唤去的，随便得很。对钱俊就不同了，虽是朋友，但人家的身份在那儿呢，是皇帝身边的内臣。他来是代表皇上，能不以礼相待吗？于是，一只手拉着钱俊，另一只手往前一指，笑着说："走吧，我这刚搭成的茅草房前头有个小亭子，请你们到那儿看看。看装饰得怎么样，可全是老朽弄起来的呀！"三人听后，也跟着笑了起来。

刘伯温领着他们穿过茅草屋到了前院儿，院子里有几棵枣树，枣树下有花丛，各种各样的花儿开得特别鲜艳，蜜蜂、彩蝶在上方飞舞。花丛的前面，便是刘老先生说的那个小凉亭。凉亭建得挺好看，上头用茅草搭的盖儿，都是江南的"白头翁"，即那种草尖儿上带有小白穗儿的细芦苇草。将其编成圆形，像个圆顶儿帽子一样，下面用几根细木柱子支撑着圆棚儿。亭子里的桌子挺有新意，是用一个古树根子刨平后做成的，雕琢得十分自然，给人一种古朴的美感。桌子的四周摆四把椅子，同样很有特点，一色是用古槐木的树根雕刻成的盘龙椅。钱俊蛮有兴致地左看右瞧了半天，高兴地问："军师大哥，您可真有办法，古树根子是从哪儿弄到这儿来的呀？"刘伯温说："都是在山里找到的。我领着孩子们把它锯下，再搬回来，自己琢磨着雕刻成的，你看做得怎么样？"钱俊称赞道："实在是太好了，真有您的，没想到还有这方面的手艺呢！"马云、叶旺也边看边不住嘴地夸个没完。四人坐下之后，刘琏献上了茗茶，然后退了下去，领着家人继续除草去了，咱们不去细说。

单说当刘伯温知晓马云、叶旺、钱俊此次来是有要事相商之后，便说："我已是飞出笼子的鸟了，终日只知'锄禾日当午，汗滴禾下土，谁知盘中餐，粒粒皆辛苦。'没想到刚从京师归来没多长时间，又来找山野之人的麻烦了。"马云、叶旺刚要站起来想说什么，钱俊抢先道："军师大哥呀，这次可是皇上的意思，不是我们自己要来的。看来有许多事儿还得请军师帮忙指教，陛下总是离不开您哪！"接着，详细地介绍了皇上派他们来的具体想法。叶旺站起来补充钱俊大人的话，向老先生讲："征召赴辽东兵卒之事，一直到现在朝中并没有落实。胡丞相对您提出的办法摆出了很多难处，表示办不了，并把此事推到了北平府。言说想要兵，只能去找徐达。可徐大将军不久要去西征，本来兵源就不足，难于分拨。南边邓愈将军的兵全在广西、湖南、四川、成都一带，家里也没有兵，现去征召肯定来不及。后来徐大将军向陛下提出建议说，还是听听军师的意见为好。于是，皇上下诏，命我们到青田来，请您帮助出主意，拿出良策，解决兵源，我与马云以便早日去辽东赴任。皇上已下旨，让按照先生出的主意立办。"马云接着说道："我们是奉旨而来，请军师一定帮忙，此事不能再拖了。辽东的张良佐已上三次奏折了，讲到金山的纳哈出正准备南侵，时间长了恐怕会误大事的。我们得赶紧带兵前往，事不宜迟，陛下为此着急得很，您看怎么办好？"刘伯温听罢，完全明白了。闹了半天，原来曾向皇上提出的招募赴辽东兵源一事，绕了一圈儿，又转回来了，还得自己去解决。他顿足拍胸地对钱俊说："我当时是好心为皇上出招儿，也相信马云、叶旺有这个能力，没成想到今天还没办成。咳，本想图个清静，以为只要出了主意，皇上便会办了，不愿意再管此事了。现在看，是越帮越忙、越帮越乱，这算完了、完了！你们一来，我又得得罪胡丞相了。若是陛下不给做主，刘伯温的日子可就不好过喽！"钱俊说："正因为皇上想到了这点，所以才有草诏交给您。我们是陛下让来的，这件事也是陛下叫办的，他们谁还敢有什么不同意见？请先生尽管放心好了。"虽然钱俊一再解释，但刘伯温心里明白，朱元璋对胡惟庸一向很信任，也特别重用。对此，满朝文武都知道。

那么，胡惟庸同刘伯温何以成冤家对头了呢？前书讲过，刘伯温曾告诫过朱元璋，不要太相信胡惟庸，将其"比之一驾，惧其废辕也"，后来不知怎么传到了他的耳朵里。本来就是小肚鸡肠、好记仇的胡惟庸，不仅大发其火，还非常恨刘伯温，把此话深深地记在了心里。自当上丞相之后，便故意跟刘伯温摽劲儿。刘伯温说往东，他偏说往西；刘伯温说行的事儿，他偏咬屎橛子说不行。只要是刘伯温讲的，哪怕是对的，也愣不那么干。心想："我是在朝之人，手中又有权力，不说呼风唤雨也差不多。你刘伯温眼下是个啥呀？告老还乡了，能比得了我吗？今后专跟你找别扭，看能怎么着？"前些日子，朱元璋把老先生召到京师，商讨征服辽东之策。刘伯温建议去辽东的兵马就地招募，不能让马云、叶旺光身儿去。只有带着兵马，有了实力，才能在那儿站住脚。纳哈出这些元朝残部即使想惹我们，恐怕也得掂量掂量。胡惟庸听说后，很是恼火，心里琢磨开了："刘伯温呀，刘伯温，哪儿都少不了你，净瞎出主意，兵力哪那么好组织的？好，我非让他们组织不成不可，这回就叫你坐蜡！"于是，在朱元璋找他时，便借口朝中没有兵源，又东推西推的，想尽办法在中间作梗。另外，之所以不想让马云、叶旺带兵去对付纳哈出，还有一个原因，即是怕把他与纳哈出的关系露出去，故而一直顶着不办。认为是当朝左丞相，除了皇上，没第二个人了。李善长早下去了，已经不管事儿了；汪广洋没太大的魄力，似乎嫩了点儿，没有我说话算数。从目前来看，顶数我权最大，就坚持在皇上面前说没有兵源，别人能说什么，长几个脑袋敢跟丞相作对呀？

表面看，朝中确实没有兵源。可实际上，正像刘伯温所讲的，高官家里全有家兵。不用说别人，胡惟庸家就有胡家兵。不仅如此，他还收有很多元朝的降臣和兵将，在他的封地里耕田、练兵。明朝一直是这样，重要的大臣，包括武将都有自己的兵力。相比之下，胡惟庸的实力更大一些。这些事儿是秃子脑袋虱子明摆着的，没有不知道的，惟独瞒着朱元璋，有人即或想说也没那胆量。胡惟庸想："你刘伯温不是在陛下面前说了能招到兵吗？去招哇，招不到兵，不得在皇上面前丢脸哪，让大家看你的笑话。"对胡惟庸的种种表现，刘伯温看得十分清楚。然而千不看万不看，总得看朱元璋为社稷着想的面子上吧？结果还是出了主意。也知道这样做会对自己不利，本来已经告老还乡了，只要有人背后给你小鞋穿，故意无中生有地编派，你也不好办。可是为了朱元璋的事业，就顾不得那么多了。这不，话说完以后，果然惹出乱子来了。不用说刘伯温便知道，从中作梗的不会是别人，肯定是左丞相胡惟庸。心想："皇上没法儿办了，又把叶旺、马云派来找我，让帮助想办法。怕不给办，还特地将内臣钱俊派来了，你说办不办吧？不办，毫无疑问，那是抗旨。另外，不管怎么说，不能看朝中的笑话吧？何况这是个大事儿。只有辽东平，明朝才能安稳呀，因此不能眼看着不管。可要是办了，必然得罪当朝的大丞相胡惟庸，更得记我的仇了，将来也许置于死地也未可知。"此事真的让刘老先生非常为难。

　　钱俊最了解内情，也很理解刘伯温，知道有些不好办。不过他更清楚老军师是个热心肠儿、有正义感、为人耿正、刚直不阿之人，敢做一些别人不敢做的事儿。只要他认为是对的，哪怕掉脑袋，照样会去做。心里琢磨着："看来我得用激将法激一下，让军师知晓此事的利害关系，使他才能下决心帮这个忙。"于是便说："军师大人，我知道您现在的心情，有些左右为难。其实，朝中的事情哪个心里没数呀？孰是孰非，谁好谁坏，不仅我钱俊心里明明白白，徐大将军心里也清清楚楚。咱哥们儿说句肺腑之言，暂时还蒙在鼓里的，只是当今的皇上，把胡惟庸捧得那么高，但早晚狐狸尾巴要露出来。好人就是好人，坏人就是坏人，到时候一定会水落石出的。军师，怕那干啥？您做事向来堂堂正正，光明磊落，这一点不仅我知道，大明朝无人不知，无人不晓。办的每件事为的皆是社稷，可以说功高盖世，谁能说一个'不'字儿？就是胡惟庸也只能是背后忌妒而已。那有什么用，能奈何？看得出来，军师对辽东最关心不过了，不然怎么会冒着风险向皇上一而再、再而三地提建议呢？在大明朝的兵马占领了大都、仓惶而逃的元顺帝死于应昌以后，您立即向皇上提出，别的事情都不怕，重要的是要赶紧把辽东夺过来。有了辽东，大明方可安定。这个荐言，不单皇上同意，徐大将军、宋濂大学士，还有其他一些朝臣，全认为讲得对，所以才按您说的做了。也的确取得了成效，刘益投降了，大明得到了辽东，辽阳从此全归到了本朝手里。尽管目前辽东出现了反复，有元朝的残部纳哈出盘踞，可那里的政务仍掌握在我们手中，张良佐等人不是还在苦苦地支撑着吗？在这种时候，如果将辽东轻易放弃，拱手让给纳哈出，所得到的一切便会得而复失，到那时再派兵可晚三秋了。既然已经取得了初步的胜利，就必须赶紧让马云、叶旺二将军带着兵马去辽东，控制住纳哈出。当前的关键时

东海沉冤录

刻，您要不帮着出主意解决兵源，那么早已提出的建议不落空了吗？建议落空，只能使朝廷受害，而胡惟庸等一些小人们会高兴，甚至从中渔利，与国何益？其实不用我说，军师肯定能想到这些的。"钱俊的话，讲得一针见血。

那么，刘伯温对钱俊的话是否听懂了？又想到这些没有呢？他既听懂了，也早想到了。嘴上虽然说三人找上门儿来是给添麻烦，但实际上，已经想帮忙了。此刻，他并没有知难而退，对好朋友钱俊所说的话十分满意，觉得自己在朝中还是有知音的。于是激动地说："好兄弟，说得对。我刚才之所以那么说，不过是要你们清楚朝中的形势，吐露一下心中的愤懑而已。我这个人的性格恐怕朝中的人都知道，只要认准的事儿，咬死理儿，棒打不回头。从不在乎谁放暗箭、穿小鞋，倘若真惧怕了，就不敢在皇上跟前忠言直谏了。当然也不是不懂这样做，有时得罪的不单单是朝臣武将，甚至包括皇上，皇上对我是有看法的呀！好了，不说那些没用的了。钱俊，咱们言归正传，赶紧唠唠正事儿吧。既然皇上叫你们来了，说明还信得着我，仍把老头子当成军师，理应像军师一样帮着出主意。辽东的成败，事关重大，陛下能心系北疆，乃国之幸事，民之幸事。俗话讲得好：'射雁要射领头雁，套马要套领头马。'目前，大明朝在辽东的主要敌人是纳哈出。当然，西部还有扩廓帖木儿，为元朝的重要大将之一，务必得认真对待。他懂阵法，有谋略，可惜不愿降明。要是降过来，必是栋梁之材。目前正拥兵几十万，伺机向我们进犯。不过没关系，徐大将军已按照我的意见在征讨，只要谨慎行事，定会取胜的。对邓愈在湖广一带的征剿不必担心，因那里元朝的势力已是强弩之末，邓将军很快会凯旋报捷的。眼下最难于对付的，便是辽东的纳哈出。不但拥有兵将十万之众，而且与高家奴、哈喇章也先布花等彼此相依，时谋进犯。仍是原来说过的那句话，辽东安危关系到大明的命运，不可小觑。纳哈出是在北国高举反明旗帜之人，一日不砍倒这面旗，大明的江山就一日不得安宁，北疆的夷民亦无法去安抚。我们的办法只有一个，就是在辽东投入兵力，准备与纳哈出一决雌雄。惟如此，国运才能昌盛。值得高兴的是，皇上对辽东很重视，并下旨让马云、叶旺前去，这是件好事儿。为能征服辽东，我出几条计谋，望回去后向皇上奏明。一定要记住，不管遇到什么风浪，还是有谁在中间作梗，或者故意散布些流言蜚语，都不能听，要始终如一地坚持按我说的话去做。若真能一而贯之地行事，辽东必将是明朝的地方，大明的江山会永固矣。"钱俊、马云、叶旺三人异口同声地说:"恳请军师高见。"接着刘伯温向三人面授机宜,陈述了奇招儿妙计。

刘伯温说:"第一点,马云、叶旺,你们俩此次去辽东,不是暂时住些日子过一段再回来。而是必须带家眷去,长住在那里,以表卫护北疆的决心和勇气。不但你们要这样做,所有去辽东的将士们都要这样做。到那儿安家,并作为自己后半生献身的地方,与当地的人同甘共苦,辽东才会永远是大明的。"二人听后表示:"请军师放心,我们会按您的话去做。"刘伯温点点头。

刘老先生接着说:"第二点,你们到了辽东,遇事须谨慎,特别是对土民务要以诚相待。历朝历代的汉人边关大吏,一向把辽东人视做愚氓无知之人,作为奴隶供自己驱使。故此,当地土民始终将中原人视为仇敌。我们应一改过去历朝的弊端,要尊重、爱护土民,视为父母兄弟,心心相印。他们是辽东的主人,正是由于这些人的世代耕耘,辽东才开发出来的。因此要记住,一定不可扰民、虐民,更不可刮民。"说完,双眼以一种期盼的目光盯着马云、叶旺。二位将军说:"军师,我们记住了。"刘伯温又满意地点了点头。

刘老先生清了清嗓子,继续说道:"第三点,便是你们所关心的招募兵源之事。兵源肯定有,关键在于是否以诚相招。招集选征的对象,就是那些曾被我们打败的元朝的将士及逃逸的元人。要知道,这些人在元朝的时候,受尽了欺压和凌辱,过着牛马不如的生活。战败被俘后,有的流离失所,有的沦为奴隶,有的不得不远走他乡。离开了妻子儿女,生存艰难,过着啼饥号寒的生活,认为前程已经无望。在这种情况下,他们是多么想早日回到故乡啊!可是没有银子,回不去。咱们若真诚地将其招徕,不是当成阶下囚,而是晓以利害,施与信任、尊重和帮助,给以勇气和信心,定会受宠若惊,纷纷主动前来投充。依我看,现在就可以把招募元兵、元将的旗帜打出去,告诉他们,对前罪前恶一概不究,只要愿意随我们回到辽东故乡的人,皆可录用。录用后,按其品德和才能重新评定品级。只要此旗号一亮出,他们有机会可以回故乡了,有生路了,不是天大的好事嘛,将会有很多人踊跃来到二位将军旗下的,何愁没有兵源?必会马到成功!用不了多长时间,辽东军便能整顿起来,或许没几天,募兵营会人满为患的,恐怕还要经过筛选才能被留下呢!那些夷人原来居住在北方,熟悉北地的水土,组织起既熟悉北地民情、又同土民有亲情的兵马去征服辽东,不是如虎添翼吗?诸申野氓杂夷悍勇，能吃苦，个个如猛虎，听指挥，在军中也会安心。只要加强管理，岂不是兵威必震？军中应不用南人或少用为好，为什么呢？南人骄慢，不能吃苦，惧怕北土不合。由于他们的恋南畏北，会导致军心不安。当然，用元兵元将组织起来的征服辽东的大军，能否战而能胜，关键还在于马云、叶旺二位将军是否治理有方。如果治理得好，定会威猛无比！"

马云、叶旺、钱俊三人听得简直入迷了，觉得军师的点子太妙了，放着如此多的可用之人为什么不用？再说，这些人因生活无着，成了社会的累赘，干坏事儿是免不了的。倘若把散民组织起来，使生活有着落，充分发挥其智能和作用，不仅各地会安宁，也可解决征服辽东的大难事，可谓是对国对民十分有利的、一举两得的好办法呀！三人连连叫绝，兴奋地说："军师真乃神人也！我们回去马上禀奏皇上，立即去办。"刘伯温说："你们只去做，不必张扬。胡惟庸不是还在等着看热闹吗？不用管他，悄声儿做。等办成之后，再挥师北上，到那时候，我再给你们送行。"就这样，马云、叶旺、钱俊拜别了刘老军师，匆匆离开青田，回到了京师。

闲话少叙，刘伯温出的招儿，还真是有效。叶旺、马云谨遵老先生之言，经皇上恩准，到青田和金陵京师广招元逃逸之人及元军降人，凡喜返乡者，皆征召之。招募的旗帜一打出，募兵大营可热闹了，有不少降明的元兵元将前来应招，不单有京师一带的，连方圆几十里、几百里外的也没落下。你想啊，这些人天天盼北归，现在可下有机会了，能不争先恐后地报名吗？晚上仍有人到场。马云、叶旺他们忙不过来，没办法了，把明月庵的尼姑们全请来帮忙了。尤其那娟娟更是热心肠儿，天天跟着两位大哥忙乎着，认真地填写招募兵丁的花名册。登记时，对来报名的人问得可详细了，比如祖籍是哪里呀，在元军里曾干过什么差使呀，年龄及家庭情况啊等等，皆一一记录在册。见招募之人很有诚心，应招的人也就无所顾忌，敢于公开讲出先人是辽东人，为北国女真野人，自己是被元朝逼迫充军流浪到关内的。报名的人，有姓纳喇氏、富察氏、尼玛察氏、鄂嫩氏、董佳氏的，也有姓瓜尔佳氏、吴子氏、何舍里氏的，还有自称是金人后裔完颜氏的。总之，女真族的各个姓氏都有。不到十日，报名的人竟达八百之多，而且至今络绎不绝。更令人惊喜的是，有的甚至是带着家口来的，要求全家参军从征北归，此大好形势很让马云、叶旺喜出望外。

那么，为什么刘伯温能想出这样一个主意并能顺利实施呢？我们不妨多说几句。刘老军师与元军打了多年的交道，当然了解兵将的情况。史书上写得很清楚："元起朔方，俗善骑射。"就是说元朝的士卒善于弓马，以弓马取天下。他们凭着胯下一匹马、手中一张弓，曾经远征到欧洲，确有摧枯拉朽之势。可后来怎么会被义军打得稀里哗啦呢？问题不在于士兵不勇猛，而在于当官的治理无方、兵将之间的矛盾越来越尖锐所致。

元朝的军队，大致可分为五种。一是赤军，即皇帝身边的御林军、亲军。多为蒙古兵，异常勇猛；二是仪仗军。也在皇帝身边，为帝出行之仪仗，威武无比；三是巡逻兵。负责在京师一带巡逻，骑兵居多；四是震遏军。就像后来的警察部队，哪块儿出什么事儿，便派他们去那里镇压和控制局势；五是镇民军。差事是于各地管理地方治安的，为兵马最多的军队。有蒙古人、汉人，多数来自东北、西北的少数民族，其中较多的是女真人。此种兵力量强，勇于拼杀，能战敢冲。开始时，是征召十五至五十岁的人入伍。后来为了扩大兵马，连七十岁的都可被征。他们皆善于骑射，同女真人是马上民族有关。由于这支军队人数最多，又来自各个民族，故而矛盾亦最多。元朝的等级观念特别强，蒙古人为上等人，其次是汉人、女真人。就是说女真人连汉人都不如，受欺压最重，对他们的管理、监视、控制最严。

元朝直接管理兵丁的官员有百户长、千户长、万户长等。按规定，长官可以带妻妾、奴仆，下级官兵则不可，还不准他们探家。军士哪有不恋家的？加之长官的欺压、奴役和压榨，日积月累，造成兵将之间的矛盾相当尖锐，常常发生哗变，或是逃走，或是射杀长官。越是这样，惩罚越严厉，对抓住的反叛逃兵一律杀掉。有的处以极刑，有的火烧，有的剖腹，惨不忍睹。如此一来，军心能不涣散吗？成了元末元兵节节溃败的一个重要原因。正因为刘伯温对此了如指掌，所以才想出了一个良策，与其让降明的元兵到处沦落，不如把他们重新聚到一起，为大明所用。个个善于马术、弓箭，又剽悍、勇猛，组织起来后，放回故乡，再给以充分的尊重和良好的待遇，不成为一支有强大力量的军队才怪呢！

刘伯温的主意很快得到了朱元璋的认可，当即下旨：凡是降过来的元兵元将，现在没有职业、愿意为明朝效劳的，均可前来应招。被招募后，给予优待；眼下尚无家口的老兵，朝廷赏赐银两，帮助娶妻立家。圣旨一下，人心大快呀，谁不高兴啊？一些早已投诚过来的和战败被俘的元兵，从此看到了希望，怎能不踊跃报名应招呢？当时在招募营里，还出现了许多新鲜、感人的事儿，这里也向各位阿哥讲上几句。圣旨上不是说帮助没有家口的老兵安家吗？你别说，在应招的人员中，还真是来了不少三四十岁、五十来岁的老光棍儿。马云、叶旺当然没说的，遵旨照办呗！马上派人到集市上买来不少生活无着的贫家女，还有一些孤苦无依的寡妇。然后，让那些前来应招的老光棍儿与接进招募营里的女人、寡妇"对庆"，就是让他们相互看看是否合适。待双方都看好了，同意了，再由朝廷赏给他们银两"同贺"，即结婚成亲。"同贺"之后，夫妻双双携手入伍。这样做，不但赢得了降明元兵的心，而且使那些贫困之家和孤儿寡母因为有了依靠而对未来的生活充满了信心。不少孤男寡女在入伍前都成了婚，招募营里热闹极了，天天是一片喜气洋洋。于是，新兵营里便有了"轿家"，即结婚后坐着喜轿来入伍的；有了"篷家"，即有些蒙古人、女真人结婚时住在类似蒙古包的帐篷里，现在全家来入伍的；还有"竹楼家"，即一些汉人结婚时住的是竹楼，一家子一个不落来入伍的。每日皆有类似的一些人家闻风而至，使招募营里有男有女，有老有少，欢声笑语不断。兵营里的分工明确，诸如做饭、洗涮、缝补衣裳、营寨治理等事，均由女人承担，男人则终日在训练场上习练马术、弓箭。

为建立辽东军，皇上降旨，于京师东部钟山脚下的一片林莽建立连营大寨，又调拨千匹战马和各种兵刃供将士使用。同时旨下，由马云、叶旺负责成立各级指挥机构。在二位将军的统领下，很快便建起了千人大营，外面用木栅夹起来，里边是一座座的白布帐，连成了一片。一切就绪后，操练兵马的呼喊声、敲起金锣的喤喤声、击打铜鼓的咚咚声接连不断、此起彼伏地从大营传出，显得是那样的气魄、那样的威严！

由于应招的人十分踊跃，辽东军很快建立起来了。马云、叶旺非常高兴，日夜操练着这些新兵，只等一声令下，即出发北征。那时，出外打仗带家口是常见之事，并不新鲜。凡大军出征，后面通常要跟着牛群、马群、羊群作为给养，还有家眷的车辆。一路上浩浩荡荡，像长蛇阵一般，很是壮观。马云、叶旺经过商量，考虑目前正是大明初兴之时，世人一定会特别注意这支北上辽东的队伍，因此，必须选出善于组织后勤的人员，以便管好畜群，更要照顾好家眷。于是，便对以上这些都做了精心的安排。

单说万事俱备之后，马云、叶旺进宫叩拜皇上，禀明招兵和训练新军之事，并请旨出征。朱元璋听了二人的禀奏，十分满意，前些日子还为此事愁得团团转呢，如今总算一块石头落了地。全仗刘伯温军师推荐的两位年轻、干练的将军呀，办得这么顺当、这么快捷。当即颁旨，封马云、叶旺为辽阳都指挥使司同知，总辖辽东诸卫。为使大军及早北征，又命吴祯大将军率舟师北上，辅助马云、叶旺治理辽东。

那么，什么叫"舟师"呢？即用船将大军摆渡到某地的部队。自唐朝以来，要运送兵将到辽东，多是从山东登州府，即所谓的渤海里仙人居住的蓬莱仙岛那块儿登船，再渡海北上，到旅顺口下船。这是最近的、重要的海上交通线，运送给养和各种物资都很方便，要比绕到山海关、顺旱路去近得多。据传，唐太宗李世民率右领军中郎将薛仁贵东征时，就是乘船从蓬莱出发，经渤海海峡，一宿多一点儿的时间便到了辽东。再从那儿进入高丽，一番苦战，取得了东征的胜利。去辽东，唐朝时走的是蓬莱海道，宋、元时仍如此，大明的吴祯将军所带的舟师走的也是这条道。

吴祯已在海上航行多年了，是一位有着丰富航海经验的著名将领，原来不叫此名儿，而叫吴国宝。刚跟朱元璋打天下时，朱元璋说："什么'国宝'呀，太俗气，我给你起个新名儿，叫吴祯吧，多好听啊！"从此，吴祯这个名字就叫开了。他本是已故大将军常遇春身边的一员虎将，曾随其攻集庆，下镇江、夺广德、常州、江阴，皆立有战功。又善使水军，洪武元年时，奋力剿平兰秀山的海寇，被封为靖海将军。与冯胜大将配合得也很默契，勇猛善战，指挥有方，每每出兵均获全胜。后受皇帝之命，培训大明朝的舟师，功劳不小，洪武四年冬，被封为靖海侯。当时镇守辽东有个叫仇成的，也是一员大将，在辽阳驻守时的给养和物资，皆由吴祯派舟师供给。舟师有四万多人，经常走的便是蓬莱至旅顺这条道，一宿多点儿的时间，就能把粮饷经由海路运载到辽东。其实，海上并不平静，不仅风大浪高，还常有海盗出没。然而吴祯全没放在眼里，他既会观天象、知海情，又有战胜海盗的能力。尽管困难重重，由于经略有方，次次都能顺利地把物资和给养及时送到辽阳，供给仇成他们用，使辽东兵食无乏，所用无缺。此次马云、叶旺等千余人要东渡辽东，这是件大事，皇上怎能不重视？所以才把靖海侯吴祯老将军请来了。

朱元璋召吴祯到大殿之后，直截了当地命道："老将军，朕派你亲自督理舟船，无论如何要把马云、叶旺率领的一行人马和众多辎重平安地护送至辽东，以创建大明辽东都司大任。将来他们在辽东所需之给养，皆由老将军筹备，必须及时送到，不得有误，此事朕就拜托老将军了。"吴祯说："请陛下放心，全包在臣下身上了。"吴祯欣然领命，朱元璋心里便托底了。因他知道、也相信老靖海侯有这份儿能力，绝不会误事的。

吴祯之事安排已定，朱元璋宣马云、叶旺上殿，与老将军见面。二位年轻小将到了大殿之上，先叩拜皇上，再向吴老将军施礼。论职位，吴祯是侯爷；论年龄，那是六十出头儿的老将，马云、叶旺对他打心眼儿里佩服、敬重。吴老将军早就听说过两位小将的业绩，眼下又担负着东征辽东的重任，因而见面后，不禁流露出了对他们的由衷喜爱。双方互道寒暄之后，共同约定，吴老将军先行赶到山东的登州府，做好舟船准备。然后，二位将军率大队人马按时到达登州，由那儿乘船渡海北上东征。马云、叶旺十分兴奋，庆幸这次赴辽东不仅有皇上的重视，还有吴老将军亲自护驾，做强有力的后盾，没有了后顾之忧，必能增强将士征服辽东的决心。他们坚信，战胜纳哈出的日子不会太远了。

正当朱元璋与马云、叶旺、吴祯议事之时，内臣钱俊匆匆来到大殿，向皇上奏道："陛下，刘大人的长子刘琏公子带着军师书函到此。同来的还有明月庵的明月长老，他们正在宫外候旨，想叩见皇上。"朱元璋一听是刘伯温的儿子来了，一定是无事不登三宝殿，必有重要的事情禀告。他一向重视军师的意见，何况有书信捎来，怎能不见？便对马云、叶旺、吴祯说："好了，咱们先议到这儿吧。你们就按照今日的约定，回去各自分头准备北上诸事。"三人拜别皇上，退出了大殿。朱元璋目送三人离去，回头对钱俊说："宣刘琏、明月长老上殿。"钱俊领旨，快步出了宫门。

刘琏和明月长老应召上得殿来，向皇上行三拜九叩大礼，朱元璋微笑着说道："平身，快起来说话。"他本来就喜欢刘琏，现在一看，公子已有二十多岁，长得一表人才。文雅、谦逊、话不多，礼貌周到。因为平时刘伯温对儿子要求极严，不许与自己一块儿临朝，所以刘琏至今尚未入仕，仍在家中苦读。拜见完毕，刘琏恭恭敬敬地将父亲的书信呈上。这封信写了些什么呢？第一是向皇上禀明了女儿娟娟将与叶旺成亲，准备由明月长老做媒，在叶旺北上之前办了大婚之事；第二是介绍明月长老来叩见皇上，希望能恩准由这位德高望重的高僧做马云、叶旺所率领之东征大军的向导，为国献力。还说明月长老过去常去北海、东海辽东一带踏雪采药，谙熟北方，同当地的野人和土民亲如一家。此次是本人一再请求前去的，可她过去从未见过皇上，故老臣特派犬子奉书信予以引荐。

朱元璋看完刘伯温的信后，脸上堆满了笑容，朗声儿道："今天是喜鹊登枝头哇，喜事一件连着一件，令朕高兴！"又对明月长老言道："长老，感谢你的一片心意，自愿为国效劳，令朕欣慰。"明月长老说："陛下，老尼多次带徒儿们出关，到辽东东海之滨和锡霍特山中采药，对那里比较熟悉。锡霍特山中满目几乎全是悬崖峭壁，峻岭深谷无论冷暖皆有白雪覆盖，四季寒冰不消。更令人叹绝的是，有一种鲜花竟开于冰雪石崖、岩谷冰凌之中，真乃天下奇观。它叫冬花，是一种除热奇药，能治惊悸、癫狂等症。另外，东海有种长生草，主要产在海滨和海岛，十年一茬，迎阳而生，迎夕而消。即在圆月或潮水涨的时候，可以见到这种草；月暗或潮水退的时候，便不见了。据说有海蛇保护，很难寻觅。还有人们熟知的龙蛇胆、鲸黄等，是极为贵重的药材。为寻觅这些药，故而老尼常到东海去，对那里的山川、道路、海滨地理都很熟，对所有的沟沟坎坎、坑坑洼洼、各个河口、山谷皆了如指掌，并与世代生活于此的女真野人、土民交上了朋友。他们像儿女一样照顾我，常常一同进山，帮助寻找那些药材。若陛下需要联络辽东野人、土民，老尼一定可以办得到。希望陛下能够恩准前去做向导，诚愿为此鞠躬尽瘁，死而后已。"

明月长老是位久经世面、生活阅历丰富之人，连朱元璋这位包打天下的皇上也很佩服她。一听老人家熟悉东海的事情，并毛遂自荐赴北，当即龙心大悦，忙说："长老能为国献力甚好，求之不得呀！能有您这样的高僧相助，乃朝廷之幸也。老人家，朕谢谢啦！"明月长老见皇上已经恩准自己去做向导了，便又说道："今天特来叩见皇上，还有一个请求，望能满足老尼的心愿。就是请恩准我的爱徒、军师的爱女娟娟同叶大将军的婚事。老尼多年前为他们抽签儿，得了十六字的佛家偈语，表明他们的联姻是天作之合。叶大将军将要北上，此去经年，需久驻辽东，所以老尼很是着急我那苦命的徒儿娟娟的大婚。为此，也曾多次找过军师，军师表示同意他们尽早完婚。但老先生处处着眼于朝廷，怕由于办婚事而影响东征大事，更不愿为此搅扰陛下。在我的再三劝说之下，军师才答应为女儿完婚。因种的地还没铲完，便让老尼先来一步，今天晚上必会赶过来的。望陛下能成全两个孩子的婚事，为他们祝福，老尼万分感激了!"朱元璋听后笑了。

其实，娟娟与叶旺的大婚之事，朱元璋从刘琏带来的军师的信中已经知道了。你想，对于所尊敬的先生之请求，皇上能不往心里去吗？何况一位是军师的女儿，那也像他自己的女儿一样；一位是信任的爱将、徐达的徒弟，又是军师身边的护从。自古婚姻是喜事儿，"宁成十家亲，不坏一家婚"，对他们喜结良缘岂有不同意之理？朱元璋忙安慰明月长老道："老人家，娟娟与叶旺成婚，乃我朝的一件大喜事儿，可喜可贺！朕为他们高兴还来不及呢，怎会不恩准呢？再说了，理当早些了却军师的心愿。请您放心，此事不会影响大军北进的。依朕看哪，北进之前举办大婚，正合时宜!"说完，侧过头来冲身边站着的钱俊吩咐道："你去告诉汪丞相，仍由他筹办这桩婚事为好，一定要让长老、军师都满意才行。"钱俊"嘛嘛"称是，赶紧退了下去。两件事情全说明白了，明月长老便告别皇上，回明月庵去了。

今天，适逢中秋，当晚刘伯温从青田匆匆赶到了京师。实际上，他并不想来，而是明月长老硬逼着来的。怎么的呢？当明月长老得知叶旺马上要北上的消息时，心里琢磨开了："这一走，不知什么时候能回来，可就误了与娟娟的婚事。况且叶旺是领兵大将，受命北上，没有皇上的允准也不好办。应与老军师一同去京师面君，尽快促成此事才好。"于是，便向刘伯温说："你是军师，得亲自跟陛下讲明。不然，我一个出家人，怎么好开口呀？何况又未见过皇上，一国之君哪能听一个老尼的话呢?"刘伯温本想不管，觉得有明月长老照看就行了。再说了，婚姻之事得让年轻人自己去处，啥时候觉着行了，就啥时候办，也别太强求，一切顺其自然。可明月长老不答应，非要拉着刘伯温来京师不可。老先生被磨得没招儿了，只好叫大儿子刘琏拿着自己的手书，领着明月长老先到京师去叩见皇上，呈上书信。并告诉明月长老，中秋的晚上，他必赶到京师。在这种情况下，才有了我们前面说的刘琏与明月长老面君之举。

刘伯温赶到京师时，已经很晚了。刚要歇息，徐达大将军在马云、叶旺的陪同下，前来拜见老军师。自徐达到北平府准备西征，刘伯温告老还乡回到青田，两人再就没见过面。而且刘伯温几次回京师，总盼望着能看看他，也没见到。这次倒巧了，正赶上徐达要催运军粮，又受皇帝之召回朝议政，昨晚才由北平府赶来。一进屋，便听叶旺、马云说，军师中秋晚上到京。前书说了，徐达与刘伯温之间的感情相当深，是莫逆之交、挚友。徐达崇敬刘伯温，刘伯温佩服徐达，这不，刘伯温前脚儿刚到，徐达后脚儿便前来拜望了。刘伯温一见徐达，先是吃了一惊，没成想他能来。继而对此次意外相逢是分外的高兴，还有个新的想法，遂上前拉着徐达的手，笑着说："好兄弟，来得正好，何不一块儿在这中秋之夜去明月庵拜访明月长老呢？"马云、叶旺听两位恩师要去明月庵，乐得嘴都合不上了，立刻表示愿意相随。于是，四人上马蹬镫，奔明月庵而去。

刘伯温一行很快到了明月庵大门口儿，明月长老见老军师如期而至，十分高兴，马上领着小尼姑到房门外迎接。四人下了马，庵里的人把缰绳接过去，送到马棚去喂。因为明月长老这是第一次见到徐达，故而刘伯温为他们做了介绍。二人见了礼后，明月长老喜出望外地说："徐大将军，您的威名早已如雷贯耳。今日驾临本庵，是明月庵之幸、老尼之幸啊！"随即恭敬地将一行人让进了禅堂客房。这时，只见娟娟乐颠颠地从内堂跑了出来，先叩见徐达叔叔，深深地道了个万福。徐达把她搀了起来，像看自己的小女儿一样仔细地端详了一会儿，然后点了点头说："好哇，孩子，你长高了，越来越漂亮了，成材了。十余年来，我始终在暗访阴宗双鹤剑，没想到此番竟在明月庵里见到了传剑的师父和现在使剑的人。这是国家吉祥之兆，亦是徐叔叔之幸，真得祝贺你呀，我的小娟娟！叔叔知道，你从小就喜欢佛门之事，一定要拜佛学经。安夫人在世时，曾多次说过女儿有佛缘，看来果真如此啊！"又回过头来对明月长老说："师太，您老人家没有看错人哪，咱们阴阳两宗双鹤剑今天得以出世、相见、相合，这是佛家的点化，其中也有娟娟的功劳呢，得给她记功啊！"刘伯温笑着说："娟娟是有缘得以认识明月长老，不但收为徒，而且将阴宗双鹤剑传授给她。要说有功，那可是师太的功劳，是我们全家之幸。我要特别感谢明月长老，慈祥普度，关爱我的孩儿，并把她领进庵中学艺，这也是天缘注定。正因她随长老入庵，才有了琏儿同马云、叶旺常来庵中看望妹妹之举，又引出了娟娟、叶旺相逢于庵中的佳话呀！"徐达说："正是，正是。明月长老，我还要替安嫂嫂感谢您呀，谢谢老人家热心关照我的侄女娟娟，免去了军师大哥的惦念之心，这是做了件大好事呀！"他们是话越说越多，嗑儿越唠越近，越聊越投机。

当晚，明月长老在庵中摆宴。宴间，刘伯温早有准备，将那张写有十六字偈语的字条儿拿了出来。明月长老会意地让叶旺、娟娟站在刘伯温、徐达面前，然后念了十六字偈语，用以点化他们。指出叶旺、娟娟的婚事乃佛家之缘，为天作之合。俗话说得好，男大当婚，女大当嫁。其实，娟娟、叶旺俩人心里互相早已有了对方，因此一听到这偈语，那是喜出望外呀！叶旺自见到娟娟以来，发自内心地喜欢，真可谓一见钟情；娟娟在叶旺每次前来探望时，尽管李佑从中作梗，还是表示了对叶将军的爱慕之意。特别是看了叶旺的剑功之后，更是心动不已，佩服至极。二人听完明月长老读的偈语，叶旺先跪下给军师、未来的岳丈大人磕头，又给明月长老和恩师徐达磕头。娟娟是个女孩儿家，虽然早就钦敬叶旺的为人，两剑相会之时，便是两情相系之始。但当着众人的面儿，总有些害羞，红着脸随后也跟着跪了下来，给师太和徐叔叔叩头，感谢玉成之意。再给父亲刘伯温叩头，感谢对女儿的关爱之心。马云当然为他俩的婚事高兴，乐得不管不顾地一个劲儿高声儿道喜，庙堂里的尼姑们亦纷纷上前表示美好的祝愿。

十五的月亮特别圆，幽静的庵中充满了喜悦。宴毕，徐达、马云、叶旺因还有些事要办，遂告别了明月长老和刘老军师，回大营了。刘伯温本想去驿馆歇息，可由于明月长老的一再挽留，无法离开。徐达临走时也说："老哥别走了，回到驿馆还不是一个人？况且女儿就在这儿，我看不如在庵里多陪陪娟娟吧！"这样，刘伯温便留下了。

徐达、马云、叶旺走了以后，明月庵立刻静了下来，明月长老请刘伯温到院子里赏月。二人信步来到凉亭之中，坐在石凳上，迎着柔柔的秋风，看着天上的圆月，慢慢饮着茶，倾心而谈。就在这时，他们看到娟娟一会儿从禅堂出来，一会儿又进禅堂里去，或若有所思地绕着凉亭踱来踱去的。刘伯温发现女儿似乎有心事，又见明月长老直劲儿地给娟娟暗使眼色，并一再催促让回去安歇，不要在跟前呆着。刘老先生是多精明的人哪，什么事儿也瞒不过他呀，早已觉察到娟娟有些不对头。至于究竟是怎么了，一时弄不清楚。只听明月长老对向凉亭走来的娟娟说："早点儿回去歇着吧，师太和你父亲再谈一会儿，不要搅扰我们。好孩子，回去吧。"可娟娟非但没听师父的话，还进了凉亭，径直来到父亲跟前。先是俯身蹲在膝前，之后又亲昵地偎坐在身边。刘伯温一看，娟娟的一双眼睛始终盯着师太，明月长老也瞅着娟娟，说道："妙善，不是告诉过你嘛，要像个大人，心中应该平静如水。空即是有，有即是空，一切要深悟'空'字，勿沉醉于儿女情长，去睡觉吧。"娟娟扭了扭身子，仍不听，紧靠着父亲。刘伯温听了明月长老讲的一番话，心想："这是话中有话呀，难道她们有啥事儿瞒着我不成？什么空即是有，有即是空，一切要深悟'空'字？"便没吱声儿，继续察言观色。他看出女儿满怀心腹事，而且再藏不下去了，今天非要同自己讲出来不可。而明月长老却用一些佛家语来点化她，左拦右挡地不让说。刘伯温那也是会占卜之人，能背佛家的许多经文，琢磨了一会儿，便明白了。原来刚才明月长老对娟娟说的一些话，是佛家常讲的"空静"二字。就是说，佛家之人应对尘世的一切东西不入心、不入眼、不入情，要做到"空"，心要静。他想："现在看来，女儿心中没有做到'空'。所以，明月长老才让她不要把尘世间的事总牵挂于心，应平静如水。另外，大概长老是怕娟娟把心事讲出来之后，会影响我的情绪，或者更担心因此会受到什么刺激吧？"

　　实际上，刘伯温内心当然清楚，女儿是从外面抱回来的弃婴。是在自己的养育下一天天长大的，如今已成了十五六岁的大姑娘了。尽管是抱养的，许多方面却像已故的安夫人，聪慧过人，心中装事儿，善思考，善探求，不是一个碌碌无为、饱食终日之人。十几年来，他从没见到女儿像今天似的，一心巴火地想跟自己讲什么或是流露出什么不满。总是那么平静，那么安详，一副若无其事的样子。这样一来，做父亲的反倒不放心了，常暗暗祈祷："孩子，有啥话就说，千万别沉陷到什么可怕的境遇中去呀！"由于时常不放心，他多思多想的头脑有时会猛然紧张起来："不对，越静越容易有事儿！何况娟娟这孩子聪明伶俐，啥事儿好刨根问底儿。不像有些人吃完就玩儿，玩儿完就睡，睡醒再吃，一天天无所用心。女儿越来越大了，有思想了，很多事儿能辨个是非了，要问几个为什么了。可她却啥也不说，很不正常啊！"每当想到这些，心中尤感痛苦，觉得父亲不好做，尤其不是亲生之女的爹更难当，甚至认为对不起自己的夫人。

　　安夫人在世时，娟娟有啥心里话，愿意跟母亲唠，母女间也好说话。平时刘伯温对女儿有什么要求或不便直接讲的话，通过安夫人去说，都好办些。现在不同了，安夫人走了，女儿大了，父女之间有些事情不那么好讲，也不是很好接近。女儿有些话不说，做爹的还不好多问，较难于沟通，尤其对抱养来的女儿则更觉不知如何是好。如果把这层窗户纸捅破了，告诉她不是老刘家的亲骨肉，倒也无妨，早晚得让她知道，可眼下并没到和盘托出的时候。刘伯温曾发现女儿对自己的身世有些察觉，记得那是安夫人在世时的一天晚上，夫妇俩闲唠嗑儿。因为娟娟还小，只有三四岁，说起孩子的事儿没太在意，露出了她是抱来的话。哪成想小丫头机灵得很，耳朵还特别装话儿，马上就问安夫人："妈妈，你们说谁是抱来的，是我吗？"安夫人当时一愣，没有立即回答孩子的问话。娟娟便没完没了地哭着闹着，一定要让妈妈讲清楚。安夫人只好哄她说："小娟娟，怎么净说傻话呢？根本没这档子事儿。我和你爹是在唠别人家的孩子呢，不是说你，娟娟不是爹妈的心尖儿宝贝吗？"好说歹说，好不容易才把女儿安顿下来。尽管他们两口子以后说话十分注意，但那句"抱来的"话，却深深地刻在了娟娟的小脑袋瓜儿里，时常问安夫人到底是怎么一回事儿。

随着娟娟一天天长大，问的次数也就更多了。尤其是安夫人去世后，不止一次地向刘伯温问起那个事儿。刘伯温想，今天娟娟这样心事重重的，是不是又为了始终没能明了的身世呀？那么，他为什么会一下子就想到这儿了呢？听我说书人慢慢道来。

自从安夫人去世后，刘伯温就觉得娟娟同自己也说不清楚是亲还是远。你说亲吧，又不那么亲；你说远吧，又不那么远，但总有个距离。感到娟娟不是把他当成亲生父亲，从女儿的目光、神态中，能觉察出时时在猜测、琢磨着什么。究竟想的是啥呢？难道看出自己不是刘家的孩子，想寻找亲生母亲、亲生父亲？特别是当娟娟提出一定要出家时，越发使他感到吃惊，曾一再地问娟娟："孩子，你怎么想遁入空门呢，到底为啥非要这样做呀？"娟娟就是个哭，从不多说。在父亲的一再追问之下，只是搪塞道："孩儿爱佛，愿意学佛经。妈妈在世时，我就说过此心愿，还常跟着去明月庵进香。"刘伯温当时想："这孩子心事太重，看来在我家已经呆不住了。"刘老先生真说对了，确实如此。后来娟娟多次到明月庵去拜见明月长老，在师太面前没少哭，并掏出了自己的心里话。安夫人同明月长老处得挺好，交谊颇深，很谈得来，常到庵里给佛上香，送些布施。正因如此，长老对娟娟的感情自然不一般。这样，在安夫人去世后，娟娟向长老哭诉、说出内心的秘密，也就不足为怪了。一开始，明月长老为刘伯温着想，没有把娟娟的话告诉他。时间一长，在刘伯温的再三追问下，明月长老不得不告知他："你这个女儿可不简单，心计多，已知道自己是抱养的，不是刘家的人，所以要出家到明月庵来。而且还下了决心，长大以后，一定要找到苦难的母亲。她天天这么苦学剑法，是为了有朝一日，只身走遍天下寻母。务要弄清母亲为何抛弃她，是怎么流落为娼妓的，后来又到什么地方去了。"刘伯温想到这一切，又联系到今天明月长老总挡着娟娟，不让把话说出来，心里能不明白吗？立马便想到了，看来多年来怕说出的话，今天终于要吐出来了。

刘伯温非常疼爱女儿，那是自己一把屎一把尿伺候大的，真像亲骨肉一样呀！自打夫人去世以后，最让他牵挂在心的、最怕受到委屈的就是娟娟了。常常想："好孩子，爹爹何尝不愿替你找到那可怜的、苦命的亲生母亲呢？可茫茫人海，浩浩环宇，到哪里去寻呀？娟娟，你虽然长大了，但还太幼稚。人生世上是多么的艰险和复杂，爹爹对此是早有所思的，已经悟透了人生，遗憾的是不少人还在浑浑噩噩中苦度着。孩子，不要折磨自己了，不要再沉浸于那无穷无尽的悲伤痛苦之中了，爹爹求你了！"正因为刘伯温过去这么想过，又常暗自为女儿着急，所以便同意了娟娟随明月长老进明月庵学佛道，觉得或许是件好事儿，是救了女儿呢！让明月长老用佛法约束、引导她，使之平静地度过一生，与那些忧伤、恩怨、无尽的苦难永远分离。可是一看今天娟娟的样子，感到不对头了，显然不说是不行了，事情要真端出来还的确不好办。刘伯温此时此刻心里很是不安，只好佯装平静，默默祈祷，但愿万事顺遂，什么都不要发生。

刘伯温正在默默地祈祷着，身边的女儿娟娟却再也憋不住了，像一江的洪涛，一股脑儿地喷了出来，一泻千里，不可遏止。她扬起小脸儿，用手拍着父亲的双膝，泪流满面，哭得那么悲痛，那么伤心。在一旁的明月长老看着娟娟的样子，心疼极了，长叹一声道："阿弥陀佛，事在人为呀。妙善哪，想哭就痛痛快快地哭吧，都告诉爹爹，师太不挡你了。咳，我苦命的孩子！"说着，走了过去，将娟娟拉了起来，搂抱到自己怀里。哪知倔强的娟娟却从师太的怀里挣了出来，又走到刘伯温面前，说："爹爹呀，我不小了，不要继续蒙哄下去了。再说父亲不是不正视现实的人，若是那样，您便不是被大明朝上下尊重的军师老先生了。今天当着孩儿的面儿，揭开这个深藏心中的秘密吧。"明月长老说："军师啊，已到了将窗户纸捅破的时候了。我帮你对娟娟瞒了好长时间，她是个懂事理的孩子，已经学会了承受。军师，不要太痛苦、太委屈自己了，你是一位铮铮铁骨的硬汉子，应当设法帮助娟娟圆全好梦，找到她的家和亲人。不少事儿现在是不好说，不过也没啥，咱们可以共同想办法。我看阴阳双鹤剑同时出世，就是个好兆头，佛祖定会庇佑正直、善良的人。"刘伯温自言自语道："好，好呀！"娟娟又道："爹爹，此事已在孩儿心中憋了好多年了，早想跟您老一五一十地讲出来。'君子坦荡荡，小人常戚戚'，若再不讲，我不成了欺瞒老父的不孝之女了？"刘伯温见女儿的态度很坚决，挡是挡不住了，只好答应道："娟娟，既然想说，那就说吧。"现出一脸的无奈。

娟娟看了看父亲，又瞅了瞅明月长老，见师太点了点头，于是便含悲忍恨、振振有词地讲起了自己的身世："自从母亲过世，我就立志习武，并非出于好奇，而是为了解开自己身世的谜团。三岁多一点儿的时候，听过爸妈悄悄儿讲，说我不是刘家人，是抱养的。那时虽然小，但你们的话却像把刀子一样扎进我的心中，成了块一直不能平复的伤疤。随着年龄的增长，感到伤口越来越痛，为抚慰流血的心，曾多少次地追问您和母亲。开始，父母大人都哄我，不讲实情。后来母亲被磨得实在没法儿了，才在病重期间，向我说出了事情的原委。还一再嘱咐我：'娟娟，此话绝不能告诉你爹，那会伤了他的心。他可是最疼你的呀，若不是爹爹把你抱回来，救了你，怎么会有今天？每次散朝回家，都要先看看你、亲亲你、抱抱你，喜欢得不得了，可千万不能对不起他，要有良心哪！好孩子，能记住妈妈的话吗？'当时我向母亲发誓：'就让此话烂在孩儿肚子里，永远不说！'可时至今日，女儿再也无法继续憋在心里了！想来爹爹是一国军师，相信很多事情是知道的。因此，孩儿只能跟您说，并请天上有知的母亲原谅。我知道，孩儿是爹爹从'醉花楼'下的小河岸边捡回来的弃婴，精心照护如掌上明珠，非常感激二老这么多年的养育之恩。可娟娟还知道乌鸦反哺、羊羔跪乳之古喻，倘若不去寻找亲生父母，苟且偷生，岂为人乎？母亲在世的时候，孩儿系念她体弱多病，不忍远离。去世以后，娟娟故求遁入佛门，诚诵经书，以期佛祖垂怜，指儿迷津，或许可睹慈母尊颜。尤其感激师太的洪恩，不仅深谙娟娟，还教以经文，授以武技，助以钱财，鼓励暗访八方。三年来，孩儿的武功没有白学，走了许多地方，寻访了那里的市井街巷，问过不少早年的老人和农夫。过去一些心存疑难之事，现已水落石出，全赖神佑天助之奇功，更赖师太老人家的苦心帮忙啊！娟娟曾七访青田'醉花楼'，因深怕爹爹为儿分忧，故而七过家门而不入。这些事儿，爹爹当然不知道，琏哥哥亦不晓得。如今'醉花楼'名儿依旧，馆主叫黄三娘。她为人善良，怜我身世，又十分同情，便告知了实情。据黄三娘讲，大元至正年间，有个雅号叫赛嫦娥的，是爹爹当年在青田捡到弃婴时'醉花楼'的馆主，即现今馆主黄三娘的鸨奶奶。黄三娘当时还是个幼女，在馆中尚未开脸接客。听鸨奶奶言讲，时有婺州桑女楚氏，为义军头领占而弃之，含恨逃到丽水、青田，后被赛嫦娥引入'醉花楼'。楚氏在醉花楼生一女后，弃女私逃，然后便不知去向了。孩儿生于青田，父亲又是在醉花楼下小溪流边捡到的我。由此推断，那位婺州楚氏所生之女正是孩儿，婺州桑女定是娟娟的生母了。事也凑巧，真是天佑孩儿这片孝心，偏偏在明月庵中，让我结识了李佑公子。李佑何许人也？他是李存义之子、李善长的侄子。我们闲唠嗑儿时谈起家事，李佑夸说他大爷李善长有个怪嗜好，就是尤爱女色，秘密收养了从江南各地逃来的江淮娼妓、名伶百人之多。个个长得花容月貌，打扮得花枝招展，能歌善舞。为了收藏这些千姿百媚的名妓，李善长特建了一座'百花楼'，除供自己享乐之外，还以此广交天下豪富，用美色笼络人。于是，使得朝中的不少人追随他。不难看出，李善长表面上是太师，八面威风，暗地里却干着男盗女娼的勾当。孩儿为了解生母的下落，有意接近李佑。他本来心存邪念，又误以为与之有情，竟置妻子于一边而不顾，一心奉迎我，主动亲近我，处处顺着我的要求办。孩儿采取了将计就计、佯装情投意合、顺水推舟的办法，尽量不得罪他。这样，自然使得师太为我担心、着急，怕被李佑耍玩。我告知师太，徒儿心中有数，早已防范，请不必挂心。之后，开始利用李佑与我的亲密关系，想方设法让他带着去李家。为讨好我，他思来想去，终于答应了。从此，我有了机会常到李府去，结识了家里的人，打算通过李佑的关系，从他父亲李存义那里打听'百花楼'的情况。李存义的脑袋瓜儿比较简单，见他的宝贝儿子那么喜欢我，还真上了圈套了，一个劲儿地夸我长得好，声言希望将来能有这样一个好儿媳。当将'百花楼'之事提了出来，又在李佑的一再缠磨之下，李存义声称得向兄长李善长打听打听。其实，李存义是故意拖延时间，他完全清楚那些妓女的情况，因为他本人就是玩弄、霸占妓女的常客。在实在拖不过去的情况下，只好说从与兄长李善长的谈话中得知，'百花楼'的妓女中，确实有一个婺州桑女叫楚绣绣的。她美貌俊秀，为诸妓之冠，尽管年近三十，却俨如二九佳人一般年轻漂亮，一些名流士绅无不惊羡江南美女楚绣绣。也打听到李善长、李存义也为该女子所迷，将成群的妻妾抛到一边，皆想占有之，甚至为此

186

阋于墙，闹了不少争风吃醋之事。李善长以他的权势、威严镇住了弟弟，要独霸楚绣绣，最终兄弟反目成仇。楚绣绣在被李氏家族留住多年之后，至正十五年，李善长为结交降明的元将纳哈出，将她赠赐之，随去辽东，久无音信。孩儿所以知其详，不仅是李佑从中帮了忙，也由于李存义因争楚绣绣，对哥哥心生忌妒，故对此事记忆甚清甚确。现在看来，娟娟之母当在辽东。"

娟娟一五一十、头头是道地详细阐述了寻找亲生母亲下落的过程，刘伯温听后，那是大吃一惊啊！他特别信服女儿，认为虽然年岁小，但有极强的判断能力，对情况了解得比较全面，证据确凿，抓得很准。到头来，竟把十几年的迷津破解得如此清晰、透彻，十分了得！在这里，朱伯西要向各位阿哥多讲几句。这些年来，刘伯温一家对娟娟的父母亲情况知道与否呢？说实在的，自从刘伯温被请入朱元璋的大帐、成为义军军师之后，对朱元璋所信任的李善长的为人及其家里的一些事情还是了解的。也听说李善长养了许多妓女，然而并不知道娟娟的生母就在其中。如果这么说，那么刘伯温对娟娟的父母是谁完全不晓得吗？不是的。刘伯温抱来娟娟时，看见在孩子的右腿上系有一个小玉坠儿，看似不起眼儿，那可是当时的天子之宝。即是说，只有称帝之人才能有这样的物件，可见娟娟的父亲不是等闲之辈。不过，元朝末年反元义军太多了，不少首领自立为王，称什么公或什么王，还自比为什么龙，把妻子看成什么凤，皆想登上皇位。在那个时候，可以说是天子满天飞，每个所谓的天子手里，都有代表天子的玉器，表明一种权力的象征。那么娟娟的右腿上系着的玉坠儿究竟是哪个义军首领的呢？说来也巧，刘伯温最怕出现的事儿，还真的就来了。

怎么的呢？刘伯温在元至顺年间，进士及第后，做了高安县令。时值义军揭竿而起，市面儿兵荒马乱，他便辞去县令，退隐回至青田的家中。为了保护自己的家乡，遂把大家组织起来，守城护寨。乡亲们的生活平顺如常，他同妻子、孩子过得也算安闲。退官回乡的第二年，一股强大的义军进入了浙东，头领就是奉为吴国公的朱元璋。率军下金华、定括苍，占领了浙东之地，并在这里听到了刘伯温的名字。知此人博通经史，晓天文地理，可与诸葛孔明相比。于是，派人三顾其家，左说右劝，请出了刘伯温。刘伯温从此跟随朱元璋南征北战，被尊为军师，知道进入浙东的义军首领只有朱元璋。朱元璋先是占领了集庆，即后来的应天府。又同部将胡大海、常遇春一起夺取婺州，即火腿很出名的金华。在攻占了金华之后，于城西立起了大帐，建起了兵营，坐镇婺州。并以此为据点，围衢州、占括苍等地。集庆方面，则由朱元璋的夫人马氏和大将徐达主持。刘伯温得知一切后，吃惊不小，马上想到了原来娟娟腿上系的玉坠儿不是别人的，正是自己效命的当年义军首领朱元璋的啊！刘伯温同安夫人讲明这点之后，安夫人不禁一阵眩晕，惊出一身冷汗哪！哎呀，没成想孩子竟与朱元璋有关，可怎么办好呢？夫妻二人为此事大为不安。因为事关重大，哪敢声张啊？俩人商量来商量去，最后决定把小玉坠儿藏起来，今后无论在什么情况下都得咬紧牙关，终生不能露。

　　然而，事情并不如想象的那么简单。前书说过，刘伯温与安夫人在谈话中，偶尔露出了孩子是捡来的话，却偏偏被娟娟听到了。尽管她才三四岁，却总是抓住这个话茬儿不放，一再地刨根问底儿，非要问出个子午卯酉不可。尤其是当聪明的娟娟一天天长大了，慢慢地懂得事理了，你说这事儿咋还能瞒得过她？别说瞒呀，想回避都不成，刘伯温和安夫人为此可愁坏了，真是大伤脑筋。安夫人在世时，有时看出娟娟心里难受，时常听到夜里偷着哭，是又心疼又感到过意不去，常唉声叹气地问刘伯温："咳，怎么办好呢？总不能天天眼看着孩子难过掉泪吧，能否想办法尽快将娟娟的生母找到？找到以后，把她接到家中，和咱们一起生活。这样，不但娟娟高兴，而且咱们也是做了一件积德的好事儿呀！"刘伯温无可奈何地说："好是好，不过上哪儿去寻呀？没那么容易呀！"安夫人说："将来你看着吧，娟娟很难对付的，不说实话不行啊！与其瞒不住，不如彻底将身世揭开。"刘伯温心想："不行啊，这事儿关乎到皇上，闹大了不好收场啊！再一个是真要把事实一五一十、原原本本地告诉了娟娟，若出点儿啥事儿也不好办呀，还是挨着吧。"就这样，一拖再拖，始终没把真相对娟娟讲。而今看来，结果正像安夫人预料的那样，娟娟什么都知道了。安夫人要是在世的话，此事可能会处理得妥帖些，起码为了娟娟能加意处好同朱元璋、马皇后的关系。刘伯温却不注意这些，特别是对一些细心事儿不大会办。

　　说起来，刘伯温自参加了朱元璋的义军以后，被奉为军师，出了不少好点子，大家特别信得过。朱元璋同他的关系很密切，又十分敬重，从不直呼其名，平时总是一口一个先生地叫着。往往对别人的话可以不听，或者理都不理，而对刘伯温的话却洗耳恭听，甚至有时刘伯温发脾气，他能做到不出声儿，即使有了矛盾，亦很容易解决。为了商议军情，二人常是通宵而谈，或同榻而眠。相互之间毫无保留，有什么说什么，很是合手。不仅如此，连马皇后与安夫人的关系也非同寻常。若说刘伯温与朱元璋处得来，是出于治国安邦，那么安夫人与马皇后处得好则多了一层想法。什么想法呢？就是想通过与马皇后建立起亲如姊妹的感情后，找一个有利的时机，把娟娟的事情告诉她。因为安夫人知道马皇后一向开明，不是小肚鸡肠或好忌妒的人，心胸比朱元璋开阔得多。还善于联络人，在军中的威信很高。朱元璋所率领的义军不断壮大以及后来能成为一代君王，同马皇后的功劳是分不开的。很多大将打心眼儿里佩服她，亲切地称其为嫂子，或称婶娘、妈妈什么的。这样看来，此事暂时不能跟朱元璋说，而是得想办法先向马皇后透露。假如把娟娟的事儿跟马皇后说明白了，朱元璋那儿便好办了。怎么做好呢？只能是与马皇后的关系渐渐处得密切了，随之把娟娟自然而然地引到马皇后身边来。让她们二人一天天亲近，使之对娟娟的印象越来越深，越来越喜欢，能像对待自己的女儿一样则更好了。到一定的时候，便可向马皇后说出娟娟的身世，对方才容易接受。然后，再通过马皇后做当今陛下的工作，让朱元璋能名正言顺地承认娟娟是自己的女儿。可见安夫人为了娟娟应得的名分，真是费尽了心机呀！

安夫人正是出于这种想法，才跟马皇后越处越近，姊妹长、姊妹短地一唠便没个完，有事儿没事儿地常往一块儿凑。一段时间之后，同马皇后的关系确实处得不错。马皇后的年龄比安夫人小五岁，又没有皇后的架子，总是一口一个姐姐地叫着。只可惜安夫人寿命不永，竟在未向马皇后开口之前，于洪武初年与世长辞了。刘伯温失去了贤内助，对他来说，是个极其沉重的打击，从此决心不再娶。马皇后知道后，为失去一个最好的姐姐悲痛万分，并亲自为之吊丧。自此，娟娟的秘密被搁了下来，咱们暂且按下不表。

回头再说当今天子朱元璋和马皇后闻听刘老先生由青田老家来京，徐达大将军也从北平府前来奏报军情，君臣能得以相会，二人十分高兴。同时，还从钱俊处得悉，明月庵的明月长老占卜得到的"立木主世，双十并肩，日在西天，王者相伴"的十六字佛家偈语，原来乃叶旺将军的名字。这条偈语是佛家专门送给刘伯温之女的，也就是明月长老苦心教习的徒儿妙善居士的。佛家指明，叶旺是娟娟未来的丈夫，军师的爱女和徐达大将军的得意高徒受佛光普照，将要喜结良缘。听此消息，朱元璋兴奋异常，心想："叶旺即将东征，与马云将军一起去辽东赴任，这是在刘伯温老先生的具体筹谋之下决定的。刘伯温为解决去辽东的兵力，做出了多么大的贡献呀！若不是他，不可能在数日之内，征召到降明的千余名兵将，也不可能这么快就组织起士气昂扬、威武雄壮的东征大军。眼下大军万事俱备，只等诏书一下，便可挥师北上，去夺取辽东的胜利。"想到这儿，觉得应该速办娟娟的婚事，以慰刘老先生之心。此刻，他同马皇后一块儿谈着一桩桩喜事儿，心里相当的畅快，那是越唠兴致越高！

朱元璋这个人前书介绍过，从小很苦，自入皇觉寺后，对佛非常崇敬。从举义旗反元，南征北讨，一直到登上皇帝宝座，始终敬佛。就是现在，在宫殿的后面仍设有佛堂，每天要上香叩拜。马皇后同夫君一样，也敬佛。二人对明月长老的佛签儿上写的十六字偈语诚信不疑，不仅向刘伯温祝贺，向徐达大将军祝贺，还向他们共同喜爱的娟娟祝贺。因为知道娟娟是刘老先生和安夫人捡来的遗孤，又都见过这个聪明伶俐的女孩儿，而且特别喜欢。如今长大了，要办喜事儿了，能不与之同乐吗？尤其马皇后更是高兴万分，她同已故的安夫人亲如姊妹，对其女儿娟娟当然格外喜爱和器重了。自从朱元璋荣登大宝、做了皇帝，马皇后便跟着住进了深宫大内。尽管同安夫人不像以前接触那么频繁了，由于时常想起，曾在宫中多次召见过她们母女。安夫人去世以后，娟娟渐渐长大了，马皇后再没见过这孩子，娟娟从此也没到宫里叩见婶娘马皇后。

还有一件令朱元璋和马皇后欣喜的事儿，那就是徐达大将军所掌握的三丰阳宗双鹤剑与沉寂多年的三丰阴宗双鹤剑相会合啦！这对大明朝来说，是一件大吉大利的事儿。他们原来万万没想到的是，三丰阴宗双鹤剑竟掌握在京师明月庵的明月长老手中，继而又传给了刘伯温的爱女娟娟，怎能不让人喜出望外呀！自古以来民间传言说，越是在荒乱的时候、民不聊生的时候，宝物越不容易见到；凡是社会最安定的时候，一些奇兆、奇珍异宝便容易出现。名剑问世，这是国家昌明的一种吉祥的征兆。朱元璋、马皇后惊悉三丰阴、阳双鹤剑相会合，认为此乃大明朝之祥瑞，能不龙心、凤心大悦吗？他们不但在宫中敬佛祈祷，每日里佛堂明烛辉映，香烟缭绕，日夜木鱼传遍宫墙内外。而且朱元璋还宣旨，特召在京的徐达大将军、刘伯温老先生、胡惟庸、汪广洋二丞相、宋濂大学士、明月庵的明月长老率娟娟以及叶旺、马云等于次日寅时入宫，在御花园摆宴祝贺。那李善长太师原本是在灵蒙监修皇帝行宫的，近日由于身子骨儿不好回京调养，故而也被召来。

第二天寅时，皇上、皇后与太子、众王、众妃来到了华盖宫的御花园，按宫中的礼序，依次就座。徐达、胡惟庸、汪广洋首先率领众臣进宫叩拜皇上，接着是李善长，继而是刘伯温。因老先生已是告老还乡之人，故于众臣之后进宫。皇上、皇后见刘伯温来了，忙命内臣钱俊快快将老军师搀扶入座，并说："先生不必冗礼。"刘伯温不答应，执意跪倒在地，叩拜道："山野之人刘伯温蒙陛下、皇后隆恩，召之入宫，万分感谢。臣恭祝皇上、皇后万寿无疆！"朱元璋走下龙椅，上前搀起刘伯温，扶到自己的龙椅旁边，请老先生入座。接着是马云、叶旺等入宫叩见。最后，钱俊宣诏："明月庵明月长老觐见！"明月长老拉着徒弟妙善居士缓缓走进宫来，手打佛号说："阿弥陀佛，老尼叩拜皇上，吾皇万岁，万岁，万万岁！皇后千岁，千岁，千千岁！"随后娟娟叩头道："妙善居士恭祝皇帝、皇后万寿无疆！"朱元璋很高兴，忙宣道："平身，赐坐。"马皇后也笑着传下懿旨："赐妙善居士、我的好侄女娟娟到哀家身边入座。"话音刚落，早有侍女引领娟娟来到马皇后身边，另有侍女端来一把金丝绢绣彩凤的小靠椅让娟娟坐。马皇后笑眯眯地对娟娟说："好丫头，许久没见，越长越招人喜欢啦！来，让婶娘亲亲你，不必拘束。"边说边搂过娟娟。娟娟本来就与马皇后挺熟，小时候皇后还抱过她呢，便自然而然地与之亲昵起来。

所有的人就座之后，朱元璋看了看大家，说道："今日朕与皇后请众爱卿来，非同往常，是为了庆祝我朝千载难逢的几件喜事儿。纯属皇家与故友相聚，众爱卿不必拘于君臣之礼，咱们同喜共庆！"马皇后接着说："众位哥哥弟弟们"，她为什么这样称呼臣子呢？因为过去共同反元时，在万马营中常常是兄弟相称，已经叫惯了。"咱们都是转战多年的生死患难弟兄。过去相见没有那么多繁文缛节，都很随便，感到亲近。哀家还真不习惯现在的规矩，今天不妨破一次例，仍像以前那样吧，没啥讲究反倒自在些。刚才皇上不是说了嘛，咱们是皇家与故友聚首一堂，大家在一起好好儿乐呵乐呵，不要客气。"又侧过头对娟娟说："丫头唲，你是哀家的好侄女，安姐姐在世时，咱娘儿们每天早晚常聊。后来虽在宫中见面的机会少了，但也能见到，再往后便看不到你的影儿了，婶娘很想呢！今儿个是你与叶旺将军定亲的大喜日子，侄女的喜事儿就是哀家的喜事儿，一定要办好。哀家在这里替已故的安姐姐做主了，以慰在天之灵。军师刘老先生也在，想必会同意的。"之后，转过头来冲大家言道："何况又逢三丰雌雄双鹤宝剑出世，乃本朝之幸，该大喜大庆之，陛下非常高兴。阴阳双鹤剑相合，是百瑞降世，显示了国运兴隆，哀家和皇上在这里向徐达兄弟和明月长老祝贺了！陛下，可否让众兄弟共同鉴赏天下奇宝——道家先师张三丰阴阳二剑的真容，亲观传人的高招剑法？"朱元璋笑着道："好哇，就依皇后之言。"马皇后更乐了，瞅着太子标和十岁的燕王朱棣说："你们也见识见识，开开眼界。"因其他几个王爷已离开京师，驻到各地做藩王去了，眼下只有四太子朱棣在京，故而赶上了。朱棣很机灵，十分好奇，听皇娘这么一说，马上跑到身边抱拳道："儿臣遵命！"然后又扑到母后旁边的娟娟怀里，直劲儿地问："娟娟姐姐，宝剑在哪儿？快让我看看，让我看看嘛！"那个顽皮样儿特别招人喜欢。马皇后把他拉了过来，哄道："小王爷，别缠姐姐，一会儿就看见了。"朱棣便不出声儿了。

马皇后的话音刚落，只听内臣钱俊宣道："陛下有旨，命叶旺、妙善居士表演二丰剑法。"大家纷纷鼓掌，掌声异常热烈，都想见识一下多年未见的神剑剑技，以一饱眼福。首先出场的是叶旺。在此之前，师傅徐达向他嘱咐道："下场献艺选几个招式便行了，倒出更多的时间给娟娟。咱们要多观赏阴宗双鹤剑的剑法，也好让皇上、皇后好好儿认识认识娟娟，以便给他们留下深深的烙印。"徐达为什么特意交代一下呢？因为他知道内情啊，当然一再叮嘱叶旺这个傻小子了，别脑子不转弯儿，一说让你耍，就耍起没完，把时间全给占了。

叶旺精神抖擞地出得场来，先到龙案前给朱元璋、马皇后叩头，又向众大臣抱拳施礼，随即跳入场中。一个金鸡独立的亮相后，连续走了三圈儿，表演了阳宗双鹤剑的二十几个招式。他心中明白，皇后要看的主要是军师之女娟娟的剑法和功夫，自己不过是陪衬，可不能喧宾夺主。尽管只表演了九九八十一式中的二十几招儿，也可看出剑法很厉害，在场中是一连串的蹿上、跃下、腾左、闪右，大家只见白光一片，眼睛都花了。正看得高兴之时，瞬间白光没有了，叶旺双手握剑，一个跟头来了个大鹏展翅的姿势，纹丝不动地立于场中央。接着将双剑往怀中一插，弹簧一摁，咔嚓一声入鞘，随即围在了腰间。再向周围一抱拳，又一个连环功，退出了场地，疾步来到龙书案前，向皇上、皇后叩头谢恩。皇上点头称赞道："妙哇，好剑法，朕开了眼界啦！"叶旺在一片掌声中，回坐到徐达大将军身后，面不改色心不跳。

掌声过后，大家的目光回盯在场中央，只见随着一道白光的闪动，娟娟上场了。穿的是一身儿白绸短襟儿紧袖儿英雄衫，头上扎着白绸红缨儿英雄冠，矫健好看。纵入场中后，抱拳施礼，将外罩的英雄衫一脱，现出了里面白绸子的紧身紧袖儿紧腰的小打扮，更显出飒爽英姿。第一个招式是白鹤凌空，紧接着是白鹤亮翅、白鹤御风、白鹤戏水、白鹤腾空、白鹤斗蟒、白鹤驱虎。招式一个接着一个，一个快过一个，双手剑的剑形全是仙鹤的姿势。

咱们前书讲过，双鹤剑的每招每式都是把白鹤的千变万化的姿势融入武术之中，绘声绘色，逼真生动。各个招式柔中有刚，刚中有柔，招招连接，迅雷不及掩耳。故而，娟娟表演起来是只见白光不见人，令四座赞不绝口。她的阴宗双鹤剑的功夫与叶旺表演的阳宗双鹤剑的功夫是相辅相成的。阳剑刚在外，阴剑柔在外；阳剑多纵跃、高跳，阴剑多躺地、滚翻，阴阳两合，相映成辉。两宗剑皆为缓中求速，静中求动，而阴宗剑则更显优雅美观。看似柔，柔中有刚；看似雅，雅中有威。剑光闪闪，白如光球。为什么称"光球"呢？因为双剑舞快之时，只见剑光滚动，像白色的光球一般，不见人影儿。只听剑的飞啸之声，不闻运剑人的脚步声，充满了神光神韵，令人眼花缭乱。

正在众人大气儿不出地凝神观望场上表演的阴宗双鹤剑时，娟娟嚓的一声剑起，一摁弹簧，软剑已插回围在身上的剑鞘中，抱拳揖礼，随后跳出圈儿外。场内静了片刻，突然爆发出雷鸣般的掌声和接连不断的喝彩声。个个依依不舍的，觉得没看够啊，万万没想到刘伯温之女的剑法如此之美、之高！在座的文臣武将纷纷议论着、赞叹着，有的说："娟娟没进场之前，看上去只是一位倩美纤细、文静动人的小女子。可是一入场地，就感到她是那么威风凛凛，气压群雄，瞬息之间判若两人哪！表演起来动作轻如鹅毛，跃如猿猴，人剑合一，完全融入了奇幻的银光之中。把你顿时引入一个神奇的境地，让人遐思冥想，回味无穷。好剑法呀，妙极了！"有的脱口而出："如此高超的绝技，若在万马营中，要取敌方上将之头，犹如探囊取物一般，这是我大明朝之幸啊！"还有的竖起大拇指夸赞道："阴宗双鹤剑的出世，造就了一位了不起的巾帼女杰，实在是太让人高兴了！真是一代更比一代强、一浪高过一浪，后继有人哪！"

马皇后看得很认真，眼睛几乎看直了，那是一个劲儿地连拍手带喊呀："娟娟，好侄女，神剑，神剑哪，让婶娘开了眼界了！孩子，百尺竿头，更进一步，继续努力吧！"朱元璋头一次看晚辈中小女孩儿的剑法表演，乐得嘴都合不上了。他领兵打仗几十年，什么样儿的威猛武将没见过？什么样儿的刀枪剑戟斧钺钩又没使过？今天一看，娟娟的剑法的确不简单，尽管还显得稚嫩些，认定这孩子将来肯定有出息，前程无量。对娟娟是由衷的喜欢、赞佩，虽然没说出来，但那心里可是一千个、一万个满意啊！

徐达大将军看了娟娟的剑术后，高兴得也是赞不绝口。他本身就是阳宗双鹤剑的传人，自然很想见识一下阴宗双鹤剑的招式。今天娟娟把阴宗剑的九九八十一式全露了出来，使他痛快淋漓地目睹了阴宗剑法的风采。也看出了小丫头完全掌握了阴宗双鹤剑的神韵，悟性很好，一招一式皆做得到家、到位。说实在的，这点很重要，可不是花架子，是要打仗的、对敌征杀的。一招一式有虚有实，那是阴阳相辅，行家要看剑法到不到家、到不到位。徐达今天算是开了眼了，认为娟娟不错，有出息，是后起之秀，剑法不次于徒弟叶旺。将他俩放在一起，那才叫真正的天作之合、天生的一对儿、阴阳相配呢！他笑着走到娟娟跟前，拍着她的脑袋瓜儿说："孩子，你给咱们祖传的剑法增光啦！明月长老没白传哪，传得对呀，确实把阴宗双鹤剑剑法的神韵接过去了，好，好哇！"又大步流星地来到明月长老面前，先抱拳致谢，深深鞠了一躬，然后回身对皇上说："陛下，娟娟能有如此高超的剑法，首先要感谢明月长老的无私栽培和精心传授。能把一个女孩子的剑术训练到几乎是炉火纯青的地步，很是不易，看出长老费尽了心思。娟娟了不得呀，堪为我朝当今第一位巾帼女杰，是朝廷之幸啊！老臣为军师大哥和已故的安嫂嫂感到欣慰，同时为他们有这样的一个好女儿表示祝贺！"

徐达的话音刚落，马皇后激动得站了起来，一把将娟娟拉坐到身边，又搂进自己的怀里，说："婶娘与你母亲关系很密切，就像亲姐妹一样，是哀家最亲的人。今天见到你这么有出息，真为安姐姐高兴啊！她是好人啊，哪成想走得太早了，没享到福哇，没看到女儿这个出息劲儿哟！若是看到你的剑法，不知得高兴成什么样儿呢，哀家想念她呀！"说着潸然泪下。接着边擦眼泪边又转过头向刘伯温说："老先生，想跟你商量个事儿，能不能让哀家收娟娟做女儿，如何？"刘伯温忙道："这是娟娟的福分呀，只要皇后娘娘愿意这么做，那太好了，岂有不同意之理？"马皇后听罢，微笑着点了点头。

明月长老在旁边一听马皇后说的这话，赶紧叫妙善跪下叩头。娟娟

东
海
沉
冤
录

何等聪明啊，又是何其懂事明理呀，马上从皇后怀里挣出来，扑通一声跪在地上，咣咣咣连磕了三个响头，然后说："皇娘在上，妙善居士给您叩头谢恩了！"周围的人一阵欢笑，都替娟娟高兴。马皇后低下身来，伸手把娟娟拉了起来，上上下下地看呀，喜欢得不得了，乐得直淌眼泪。就这样，从小被扔到河边的苦命的娟娟从此便成了一位有公主身份的人了。朱元璋下旨道："明月庵的明月长老精心培育娟娟，弘布佛法，雄振国威，为本朝教授文武之才付出一片热心，其情感人，其志可嘉。特赏重塑众佛金身，赐修缮佛殿白银万两、明月庵金字匾额一块，以彰其功。"明月长老听后，慌忙跪下叩头领旨，谢主隆恩！

这里朱伯西要向各位阿哥插说几句。朱元璋对明月庵的赏赐，当即从库银中照拨。很快便将一座破旧的庙庵修缮一新，显得异常富丽、壮观，为鸡鸣山增色，为世人敬仰，此为后话。

剑法表演过后，该赏的也赏了，该赐的也赐了，内臣钱俊接着宣了皇上的旨意："今天晚上，皇帝、皇后在漱芳园摆御宴。让大家品尝秋蟹，痛饮御酒，君臣同乐，请各位莅席。"众臣听后，不禁欢呼起来。谁都知道，眼下是秋蟹最肥、蟹籽最多的时候，那真是美味呀！与此同时，钱俊听到有人遗憾地说："御宴美归美，可明月长老是信佛之人，不动荤哪！另外，马皇后近日因多年身有微恙，许下愿要吃七日素斋。这样，御宴她们是只能看不能吃呀！"钱俊听罢，马上奏明圣上，并请准是不是除开蟹宴，再摆一桌素宴？朱元璋听奏，恍然大悟，自言自语道："是啊，理当如此。"这时，刘伯温走了过来，向朱元璋和马皇后禀道："陛下、皇后，要吃素宴，何不摆明月庵的呢？大家可能还没尝过，做得很好，颇有特点。他们擅做百种素食，能在各种盛宴中，将菜调出不同的味道，创下了色香味形独具特色的明月庵素宴。所取之料，皆大块儿物料。什么是'大块儿之物料'呢？宇宙即大块儿，料是选宇宙中最好的物料，然而又非大块儿之实料。也就是说，它不是宇宙中的实际那个东西，而是仿造而成的。神哉、奇哉，妙在其中，美不可言啊！陛下、皇后，在他们的素宴中，有天上飞的、地下跑的、水里游的，百种俱全。可又并非是天上飞的、地下跑的、水里游的实物，有的是用花儿呀、水果呀雕琢而成，有的则用面呀、豆腐呀烹调而成。看起来很像，吃起来味美，细品才知道，竟不是原物。"说得是活灵活现。

朱元璋、马皇后听得兴致勃勃，恨不能立刻吃到嘴。明月长老见此，笑着说："若陛下、皇后喜欢，为表达对朝廷的感激之情，老尼愿献明月庵的一种东海素宴，请陛下、皇后品尝。此宴是以东海的花卉、林果为原料，兼用一些面食、豆腐之类制成的，不知允纳否？"马皇后说："那不是太劳烦师太了吗？皇上和哀家常吃素斋，全是请各个庙里的僧尼师父给做的，今天不妨尝尝明月庵的素宴。陛下，您看呢？"朱元璋当然高兴了，赞同道："好哇，皇后要愿意，那咱们就感谢明月长老了！"坐在马皇后旁边的娟娟忙说："皇娘，不费什么事儿的，很好做。不管做什么，反正都得用料，所费时辰是一样的，或许东海素宴还是陛下、皇娘在宫中从没有品尝过的一道美味佳肴呢！"汪广洋、宋濂、徐达、李善长等也表示很愿意尝鲜。这时，朱元璋发话了："钱俊哪，你去帮明月长老张罗张罗吧。"圣旨一下，明月长老、娟娟同钱俊一起，先行乘宫中小轿去明月庵了。宫里有个规矩，皇帝、皇后用膳，非同一般，必须经过宫中的御膳司。因此，钱俊立马通知了他们，让派人共同督办此事。去时，多带了两抬小轿和一辆车，以便将明月庵擅做东海素宴的几位僧尼和准备之肴料一起接进宫来。总不能在明月庵做好了，再往宫中拿，那不是既凉又落上灰尘了吗？因此，只能带料来，就在马皇后的御膳房里烹制。另一个御膳房则用从东海新送来的冰镇的龙虾、大螃蟹做秋蟹宴，双管齐下。

大约一个多时辰，两种盛宴做好了。钱俊禀奏皇上恩准，朱元璋陪着马皇后、领着众臣一起到漱芳园入宴。这里装饰得非常漂亮，园外绿树成荫，园内金碧辉煌，养殖一些花草、鱼虫，给人一种神清气爽之感。大厅中摆放了两张大桌子，桌上铺着好看的桌布。第一张桌，朱元璋坐在首席，汪广洋、宋濂、胡惟庸、徐达、李善长、马云、叶旺等几位臣子依次坐在皇上下首；第二张桌，马皇后坐在首席，旁边是太子标、四儿燕王朱棣，再就是明月长老、刘伯温、娟娟、钱俊等人。朱伯西在这里要插说两句。其实，此次御宴远不是上面说的只两桌。在园子的后暖阁中，还有三张桌子，用布帘儿挡着，为的是同前两桌分开。如果只吃蟹宴，便不会有这个安排。为什么呢？因为今天特殊，要吃明月庵置办的东海素宴，众王子、妃嫔、内臣都想尝个新鲜。尤其是朱元璋的几个爱妃，如胡充妃、达定妃、郭宁妃以及高丽妃、蒙古妃正是风华正茂之年，也愿凑热闹。于是经皇上恩准，才多开了三桌。这些妃子生的孩儿们，有的还很小，就由侍女们抱着，全来参加了御宴，三桌的情形咱们按下不去细表。

单说大厅内的那两桌，众臣和故友按次序坐定之后，钱俊问皇上是否开宴？朱元璋说："开始吧。"皇上旨下，奏乐声起，送菜的排着队，手端盘子鱼贯而入。因为有吃秋蟹的，有吃素宴的，皇后笑着征询大家的意见，怎么个吃法儿好呢？汪广洋提出一个很好的建议，说道："陛下、皇后，按说呢，蟹宴和东海素宴皆是皇上、皇后赐给的，我们哪个也不想放过。不吃的就看一看，爱吃的就吃一口，还是两样宴一块儿摆好。"此话说得多好听啊，那是真会讲啊。是呀，秋蟹御酒宴是皇上、皇后赐的，素宴同样是皇上、皇后赏的，你能说哪个不好呢？应该说都好。汪广洋的话很让马皇后高兴，大家听了也觉讲得妙，于是便按汪丞相所说，一张桌摆了荤素两种宴。两个御膳房的人在乐声中各走各的路，一块儿进入漱芳园，把一道道佳肴摆上桌。朱伯西不妨将其中的几道菜向各位阿哥简单介绍一下：

秋蟹是十分讲究的美味，有全蟹、蟹籽、蟹肉羹、蟹甲。有的蟹甲是用酒泡过的，清香扑鼻，煮好后呈红色。除此，还多加了龙虾肉和整个龙虾。每道菜装在圆形、方形、长形、椭圆形等不同形状的盘子里，在餐桌上摆成凤凰形、龙形、"寿"字、"万寿无疆"字样及各种花卉样式，奇特好看。就是不吃光瞧，也会让你目不暇接、爱不释手。

东海素宴更是出奇的好，一炮打响。明月庵这是头一次蒙受皇恩，赏赐了那么多银两，又亲赐匾额，怎能不由衷地感谢皇恩浩荡呢！明月长老嘱咐她的姊妹、徒弟们："你们要拿出高超的手艺来，露露咱们明月庵的本事，有多大能耐全使出来，一定把素宴做好。"几位明月庵来上灶的僧尼师父，那真是使尽了浑身解数，做得精益求精，堪称一绝。每上一道菜，在座的人没有不叫好儿、不鼓掌的，交口称赞，啧啧之声不绝于耳。菜名儿很特殊，什么"东海海花"，是用海中的长寿花做成的。它不单单是药材，也可以吃，味道清香，营养价值胜过人参、鹿茸百倍。什么"东海古菜"，是在终年不见天日的几十丈深的海底礁石上采集来的，可入药，又可做菜。还有什么"东海龙爪芽"、"东海海蛇叶"、"东海冰胆"等。"东海冰胆"是一种奇特的蔬菜，海中最冷的地方有水也有冰，它便是在冰中开的小团花儿。做成菜后，味道十分可口。另有各种海物仿形大餐，什么大刀鱼、海兽、蛟龙、海蛇、海龟、海鲸等等。只要一吃才会知道，那不是真物，而是用面、豆腐精制而成的。就是说，除礁石上的花草、古药等海中名产为真品外，其他的鱼、蛤等，皆由它物烹制而成，需经过烹调、油炸、雕刻等几道工序。仿形大菜中，除了水里游的鱼类，还有天上飞的禽类、地上跑的兽类，做得都很逼真。不算汤羹之类,东海素宴一共上了九道五十四肴,令在座的人开了眼福了,饱了口福了,尝到了从未享受过的美味佳肴。无不称道:"东海素宴观之,如入龙王宫中一游,样样儿飞禽走兽栩栩如生;吃起来清淡可口,香而不腻,既鲜且嫩,咸淡适宜,绝妙之至。"

在宴席上,明月长老特别指派了两位徒弟分别毕恭毕敬地站在皇上、皇后的身后,每上一道菜,就由他们分别向陛下、皇后禀奏一下此菜的名字、来历及烹制之法。朱元璋和马皇后感到吃了这餐素宴,仿佛去了一趟远离万里之遥的美丽陌生的东海,欣赏到了那里迷人的风光,增长了不少关于当地土生土长的珍贵的药用和食用知识。二人吃得十分开心,并约定明月长老今后要常来宫中,希望多多品尝明月庵的素宴。

大宴用了两个多时辰,朱元璋、马皇后和众臣、故友才离席,出了漱芳园,到前面的凉亭休息、饮茶。大家兴致未了,不约而同地对宴席又称道了一番,直到天色渐渐黑了下来,时间已经很晚了,才陆续向皇上、皇后拜别离去,凉亭里只剩下朱元璋、马皇后、军师刘伯温、明月长老和娟娟。

马皇后这个人向来侃快,善于与人交往。特别是此次见到明月长老,俩人说话挺对心思,很是投缘,大有相见恨晚之感,并觉得没唠够。故而一定不让师太走,婉请留下。娟娟是皇后刚刚认下的女儿,那是十个头儿的爱,当然也不愿意让离去,于是明月长老和娟娟都留在这里了。另外,军师刘伯温住在青田很长时间了,来一次京师不易,还能见多少次面呀?再说马皇后与老先生的感情很深,于是极力挽留说:"军师,不要走了,在哪儿不是呆着?咱们在宫中多唠一会儿,这是难得的机会呀!"而刘伯温恰好心里有事儿,正想同皇上、皇后说。什么事儿呢?当然是娟娟的身世。此事又不是随便什么时候都可以讲的,得在适当的时机才能开口,索性顺势接受了马皇后的一再相留未走。马皇后之所以没让明月长老走,还有一个想法,就是想让她给自己看看病。朱元璋明白马皇后留长老是为了什么,便没走,主动相陪。马皇后多年来转战各地,积劳成疾,表面只说身患微疾,谁又愿意把病说重了?实际上,她知道自己的病不轻,怕是寿命不长了。不过还想继续帮衬丈夫,多个人手多把力嘛,因此想尽快治治病,才能有力气做些事情。总之,这五个人各有自己的想法,只是没讲出来,所以全没走。他们坐了一会儿,闲聊了几句,马皇后抬头看了看天,然后说道:"陛下,还是请几位到哀家的寝宫里去吧。那里方便,屋子又暖和,在炕上坐着还舒服，硬椅子坐长了会感到疲劳的。"朱元璋说："好吧，就听皇后的。"于是，由内臣陪伴，几位一块儿去了马皇后的寝宫。

一行人到了寝宫，坐下来喝了一会儿茶，马皇后便亲切地对明月长老说："师太，这次有幸相识，很高兴，说明咱们有缘哪，很多事情能想到一块儿。哀家不拿长老当外人，不仅敬重，也很信任，不知能否给哀家把把脉？"明月长老答应道："好吧，那就请皇后娘娘坐在床上，头靠在被子上。"马皇后顺从地上了床，一个侍女赶忙拿了床丝被放在她的身后，让皇后娘娘靠着。明月长老随即也上了床，其他几位都围了过来，看长老如何给娘娘号脉，旁边还有四个婢女侍候着。床上摆着一张小桌案，上面放个小枕头，长老让皇后把右手伸出来放在枕头上，开始把脉。把完右手脉，又让皇后伸出左手，长老轻轻地摁着寸关尺，闭目体会着脉象，不说话，皇上在一旁注意地看着。半天，明月长老抽回手，说道："皇后娘娘的脉看过了，请把舌头伸出来。"马皇后照做了。长老仔细地看了看舌苔，然后点头道："好了，看完了。"马皇后闭上嘴，大睁着眼睛，急切地看着师太，想听听怎么说。明月长老迟疑了一下，这才语气悠缓地说："老尼得说实话，不过没关系，请皇后不要着急。娘娘还真有毛病，并且不是一天两天了，是老病，主要为思虑过度引起的心血不足。从脉象上看，娘娘疲于劳累，心为火，火不旺，其他的脉象就显得微弱了。出现芤脉，脉搏浮大而软，说明血不充足，按之中空，如葱管儿。血虚且微弱，看来娘娘的体虚有年。从舌苔上看，舌苔红滑，又有热症。"马皇后问："师太，那哀家该如何办，应用什么药治才好呢？"朱元璋插嘴道："过去曾请不少郎中看过，跟师太说得差不多。都讲皇后虚弱，血虚心悸，可用了药，也未见好。看看该怎么调理，是否能开个奇方？"明月长老说："这陈年老病，说好治也好治，说不好治也不好治，光吃些补药恐怕不行。依老尼看，得用海产的殊角及食饮东海龟肉、龟血，才可以补血去热。所说的殊角，只有北域海中出产，俗称海象牙，除燥热有神功。另外，东海千年巨龟的龟肉，滋补最佳，远超过参茸诸药。老尼常带徒儿冬去北方，夏季返回，用采集的东海药制膏丹，颇具长生不老之功效，多年来已经验证了是很起作用的。我回去看看，可能还有点药丸儿。如果没了，就尽快给皇后娘娘炮制一些送过来。服用后，若是觉得好使，老尼再到北方去，想办法多弄些殊角回来。"说着话时，显现出一脸的关切之情。

明月长老的介绍，朱元璋听得入了迷，颇感兴趣，由此对北海、东海一带的印象越来越深。马皇后也很高兴，庆幸遇到了仙师与知音，对其更加敬慕。又见老者心地善良，对人诚恳热情，精通药理方剂，没想到在京师咫尺之地，竟能求到活神仙，这可真是福分呀！想及此，十分感激军师刘伯温及其女儿娟娟。如果没有他们父女的引荐，怎么能认识明月庵的明月长老呢？皇后同师太是越唠越投机，越来越亲近，一心想要挽留于宫中住，总觉得还有许多话没说完，后来索性将此想法直截了当地同老人家讲了。

明月长老有个习惯，除非到外地远游或采药，一般来说，从不在外面留宿，无论多晚都要回到庵堂，诵经文、拜佛、修身养性。这次是为了娟娟，才离开明月庵的，直到这么晚了还未返回庵里。原来以为当今的皇上、皇后肯定是难见之人，一个老尼姑哪那么容易看到哇？现在不仅见到了，还深感他们竟是那么平易近人。尤其是皇后娘娘，没把她当外人不说，还不摆皇后的架子，非要留住在宫中。心想，这样也好，一方面有机会同皇后处得更近些，便于说娟娟的事儿；另一方面，可于夜里再给娘娘把把脉，对治病会更有利。马皇后是真心想留明月长老，又说道："师太，您老放心，住在宫中不会耽误诵经的。这里专门设有禅堂，大雄宝殿不会逊于你们明月庵的。"明月长老说："当然，当然。老尼那儿只是普普通通的小庙堂，大家对庵里的大雄宝殿就是那么叫，实际上只是一个很小的地方，哪能同皇宫大内之大雄宝殿相比呢？"马皇后说："您老就在宫中的禅堂诵经做佛事吧，为哀家斋醮、祈福，哀家将感激不尽。"在一旁的内臣钱俊插嘴道："长老啊，皇后既然留您，最好别推辞了，留宿一宵吧。"刘伯温和娟娟都向师太使眼色，意思是不让她走。明月长老笑着说："感谢皇后的盛情，让老尼在宫中留宿，只能搅扰皇后了。既然留老尼在身边，也就别让娟娟和军师走了，宫中能有歇息的地方吧？"马皇后高兴地回道："这点请放心，有的是地方住。军师家在青田，是长老的客人，又是哀家的客人。君臣难得一见，还没唠够怎能放走呢？当然得在宫中下榻。说到娟娟，那已是哀家的女儿了，没亲够更不能走呀，对吧？"就这样，明月长老、娟娟同刘伯温一同被留下了。

说来也真巧，是做梦都不易盼到的好机会，事情的发展没想到会这么顺当。夜晚，马皇后先命内监领刘伯温到皇上寝宫的另一处内室安歇。其实，过去老先生常因商议一些军机大事而与朱元璋住在一起，故而对所住的地方丝毫不感到陌生。宫中的内臣全都熟悉、敬重军师，照顾得周周到到，咱们不去细表。

单说马皇后与明月长老、娟娟在寝宫歇了一阵儿后，便同去明宫佛堂的大雄宝殿焚香拜佛。这座佛堂虽然在宫内，但不次于一个大型的古刹，里边有不少僧人在诵经。她们进去以后，皇后先领着娟娟到各个佛面前叩拜、焚香，然后明月长老命妙善居士为皇后跪诵大悲咒、菩提咒，祈福除邪。马皇后在佛堂跪拜敬香时，明月长老默念经文，并在皇后周围转了一圈儿，为她祈福。做完了佛事，三人一同返回皇后宫中。

尽管已时至深夜，马皇后仍无倦意，兴致不减。她命侍臣传上夜膳，其实谁都吃不动了，谁也没有吃下多少。撤下夜膳后，马皇后把娟娟拉到身边，笑眯眯地左瞅右瞧看不够。娟娟很懂事，知道皇后有些累了，便说："皇娘啊，让女儿给按摩一下怎么样？"她是从明月长老处学的按摩术，就是"罗汉杵"，全是用五指点穴，即用双手的十指点对方的穴位、经络。不同的穴位，施以不同的揉、按、点、压之法，可以通经活络，舒筋活血。

马皇后一听娟娟这丫头说要给自己按摩，很高兴，笑着答应道："好哇，哀家倒要看看女儿有什么能耐。说实在的，哀家一天下来累得厉害，觉得身子骨儿快散了架子似的，巴不得有人能给按摩按摩呢！"娟娟请皇娘把外衣脱掉，只穿内衣，趴在床上。侍女们上前帮着除去外衣，扶马皇后到炕上后，娟娟便用十指从头、肩、腰、背、臀部、大腿一直到脚心连揉带按，用劲儿十分均匀。然后又请皇娘翻过身，仰面冲上，从头到脚及四肢连点带压。马皇后觉得娟娟那手劲儿是真好哇，按得那么熟练、认真、仔细，以前还从未享受过此等纯熟手法的按摩呢，浑身上下顿时感到舒坦、好受。长时间以来，感到骨关节从里往外疼，难受得觉都睡不好。今天让娟娟这么一按、一点、一揉、一压，噢！所有的疼痛酸软皆消，轻松极了，浑身轻飘飘的，特别有精神，可把马皇后高兴坏了。这时，娟娟故意逗趣儿道："皇娘啊，起来吧，宝贝女儿做的罗汉杵收功了，觉得怎么样啊？"马皇后连说："好哇，好哇，丫头，你还真行！"边说边坐了起来。马皇后是从心眼儿里喜欢娟娟，觉得孩子既懂事又有能耐，又笑着说："娟娟哪，方才咏诵的大悲咒，哀家知道这是最难记的。看你竟能背得那么熟练，那么流畅，记性又那么好，小脑瓜儿灵着呢，难得呀，是个好孩子！不仅剑法好、诵经好、按摩好，还能文能武，咋这么聪明呢？你要是哀家的亲姑娘该有多好呀！

咳，丫头哇，看你的长相，不知怎么，总觉得挺面熟，似乎像谁，像谁呢？"马皇后就那么边琢磨着边打量着小娟娟，娟娟则调皮地眨巴着眼睛说道："像皇娘呗，我不是皇娘最疼爱的女儿吗？能不像嘛，这才叫真有缘分呢！"

此时，"真有缘分"四个字儿，立刻勾起了明月长老的心思。她想："这可是难得的机会呀，何不趁热打铁？正好马皇后情绪不错，不妨让小娟娟把苦难的身世在她面前全部吐出来，肯定能听得进去。对，就这么办！"于是马上接过话茬儿道："皇后娘娘，说来娟娟真是与皇上、皇后有缘哪！"马皇后对没头没脑的话一时未弄明白，忙问："是嘛，怎么个缘分呢？"明月长老说："这样吧，老尼叫娟娟给皇后讲个故事怎么样？哎呀，算了，今天太晚了，等明天有时间再讲吧。"马皇后听完不干了，着急地说："不行不行，哀家不累也不困。好娟娟，现在就给皇娘讲，哀家爱听。"明月长老说："哎呀，皇后娘娘，孩子有时说话不着边际，听了以后，要是怪罪老尼可咋办？一生气再跟皇上说了，那可是金口玉牙呀，下道旨，我们不被杀头才怪呢！"马皇后听了哈哈大笑起来，边笑边说："师太，你这是说的哪里话，哪有那么邪乎呀？再大的事儿，只要是师太讲的，只要是宝贝女儿娟娟讲的，哀家不但不会怪罪，而且能给你们做主呢！讲吧，没事儿，哀家愿意听，讲到什么时候都行。"说罢，还正了正身子，一心巴火地想听故事。

聪明的娟娟偷眼看看师太，见正向自己递眼色，便心领神会了。知道意思是让她此刻把所知道的那些身世赶紧一五一十地向皇后好好儿说说，说得越细越好，能使皇后越感动越好。于是，过去趴在马皇后的怀里，撒娇儿地说："皇娘啊，不，皇后妈妈，那女儿真的开讲了，可要认真听啊！"娟娟那顽皮逗趣儿的样儿，把马皇后乐得又亲了一下她的小脑门儿，说："讲吧，快讲吧，哀家爱听，爱听！"然后转过脸，吩咐侍女们："都退下吧，我们还要唠一会儿，不宣不必来搅扰。"众侍退下，寝宫中只有马皇后、明月长老和娟娟。

三人偎坐在金丝龙凤帐中，娟娟讲起了悲怆的身世。她说："相传，婺州有一采桑女，曾是反元义军一个大统帅的女婢。身材娇秀，美貌端庄，军中常以'小西施'称之。她聪慧过人，能用桑丝染绢绸，织出龙飞凤舞的锦缎，所织缎绣为军中人制作衣裙锦衿，人人称颂，誉为'绣姑'。义军夺采石，下集庆，当年集庆路更名儿'应天府'。"刚讲到这儿，马皇后便吃惊地突然打断道："哎呀，小娟娟，不是说到了咱们大

东海沉冤录

202

军的事儿了吗？看，传得多快呀，黎民百姓都讲上了，那'小西施'是我们家里的人哪！当年，正是哀家和陛下进了集庆，陛下改集庆路为应天府，就是金陵、现在的南京，算来已是十几年前的事儿了。娟娟，你这个故事一定很有意思，那后来呢？"娟娟说："皇娘，别着急，听女儿往下讲嘛！"马皇后连连道："好，好，快接着讲，皇娘听着呢！"边说边端起水杯，呷了一口茶。

娟娟双目注视着马皇后，接着讲道："大统帅挥师东进，所向披靡，夺长兴，克常州，下常熟，占徽州，又夺了婺州。"马皇后忍不住又插话了："娟娟，那婺州就是后来的金华呀，是陛下当年自己领兵夺下的。"娟娟边点头边道："皇娘说得是，夺婺州时，的确是大统帅亲自率军在城西与元兵死战，大破元敌，才得婺州城的。得后在城西立大寨，旌旗抖抖，改婺州府为宁越路。大统帅为了谋取浙东，久驻宁越，当时由'小西施'侍奉。后攻打浙东诸地，克衢州，定括苍，聘得刘基、宋濂、章溢、叶琛四先生，声威大震。大统帅返回集庆府后，不知何故，竟狠心将有忤于己的美女绣姑斥之出走，只身回了集庆。可怜的绣姑无依无靠，举目无亲，只好流落市井他乡，求乞为生。由婺州徒步行至丽水，又从丽水行至青田，穷困潦倒，惨病街头，好不可怜。"这时，只见娟娟的眼圈儿红了。

马皇后听到此，惊诧道："娟娟，你如何知道楚绣绣？那是哀家的好妹子呀，一直到现在都不知道怎么失踪的，心里始终惦着这个事儿呢！她随陛下前往婺州时，是胡大海哥哥陪着去的。后来见陛下自己回来了，哀家便问，楚妹妹怎么没回来呀？陛下说是征战中走失了。说实在的，一想起楚绣绣，哀家的心里就酸楚得很哪！娟娟，你讲的可是真的，听谁说的？"说着落起泪来，边用手帕擦眼泪，边催问娟娟绣绣后来到底怎么样了。

娟娟调整一下情绪，继续讲了下去："在青田，绣姑病卧街头后，幸好遇上了一位女子相救，给她饭吃，予以诊病。调养月余，救她的女子才告之了实情。言称此地是青田，有处几十年声名在外的'醉花楼'，为名冠江南的名妓歌馆，本人便是妓馆馆主赛嫦娥。后来赛嫦娥讲实话了，力劝楚绣绣身许娼楼。她说：'我看别的地方你不能去了，一个女人家往哪儿去？没路可走。不如在醉花楼谋生吧，不出工不出力的，能享尽人间富贵柔情，不是挺好嘛！'可怜的绣姑也没别的招儿哇，因时怀身孕六个月，无法逃身，只好含悲忍恨地应允了，单等生完孩子再说。四个月后，绣姑生一女。这时，馆主威逼道：'醉花楼无育子先例，必须卖出去或卖于本馆，待女孩儿长大后可为妓。若不答应，我可就命楼丁抢走！'这下愁坏了绣姑，心想：'我将来是死是活无所谓，只能看命运咋样了，但无论如何不能让娇小的孩儿再受苦哇，这不是作孽嘛！'想来想去，便把孩子用被子包好，偷着抛出馆外，以求好心人相救，育其成人。绣姑不甘心做妓女，一天乘夜深人静之时，逃出了醉花楼。真是天怜苦命人呀，该着她命大不死，后来被一太师收留，从此金屋藏娇。过了一段时间，太师知道了绣女与义军首领有关，担心早晚会露出马脚，危及自己的前程，于是将绣姑秘密转赐给了北国元凶纳哈出，眼下沦落在北国……"娟娟实在讲不下去了，一头扑到马皇后怀里，不禁号啕大哭起来。

马皇后被故事所感动，伤心得潸然泪下，明月长老也是涕泪满面。娟娟边哭边说："皇娘，给女儿申冤哪！那个被扔出墙外的女孩儿不是别人，正是娟娟呀，绣姑是我的亲娘啊！快救救她吧，皇后妈妈，娟娟给您叩头了，请给女儿做主呀！"马皇后边给娟娟擦眼泪边说："好孩子，不要哭，有什么话一股脑儿全吐出来，不要再讲什么故事、演什么戏了。直接说吧，这些你是怎么知道的，事情果真如此吗？当年咱们举义旗反元，不正是为了要打掉天下的不平之事、申天下难申之冤吗？大明建立刚刚几年，正事儿还没办完呢，自己家里倒出来麻烦了。必须得查问明白，谁的过就是谁的过，不能含糊，我姓马的从来讲究做人要仗义。娟娟、师太，你们要相信哀家，即使陛下知道了，也会这么做的。哀家决不护短，一定为女儿申冤，找到亲生母、我的好妹子。娟娟，那个收留你母绣绣的太师是谁？是不是李善长，说的到底准不准？"说此话时，显现出一脸的焦虑。

娟娟被马皇后的正直和深情所感动，心中升腾起一股希望之火，抹了抹眼泪道："皇后妈妈，女儿把此事都弄清楚了，已经暗访好几年了。我在师太那儿学会武术以后，有了能耐了，曾七次到青田，九次下苏杭，只为了解这个事儿。而且曾秘访李府，就是太师李善长的家，可用我的人头作保，肯定准！女儿是怎么知道李善长家的情况呢？因为李善长的弟弟李存义之子李佑，也在明月庵师太处学剑术，对我挺好。当时为了弄清真相，不管他怎么想，反正我是佯装与李佑投合。他心存邪念，为了奉迎我，表现得极其主动。正是经他帮助，使我认识了其父李存义，之后让李佑做他父亲的工作。李存义在儿子的再三恳求之下，才端出李善长收养众多娟妓名伶之事。李太师的家中确有许多名妓，终日陪伴着他，楚绣绣是其中的一个。一段时间后，李善长知道了绣女与义军首领有关，不敢继续留在家中，马上送给了纳哈出。当时我母虽已三十多岁，但仍是个很有姿色的女人，纳哈出不知实情，便欣然收下了。至于李善长和纳哈出究竟怎么个关系，我就不太清楚了，更不知李太师从中得到了什么好处。"马皇后说："行了，这回哀家知道了，你又叫得这么死，很好。今晚不早了，睡觉吧，待明天哀家找皇上，将此事告知。孩子，放心，皇娘一定要弄个水落石出。"说罢宣侍女进殿，服侍明月长老、娟娟安歇，自己则单独睡在龙凤帐中。

次日晨，明月长老惦念庵中之事，执意回庵。马皇后不便再挽留，遂令内臣钱俊备专轿，送老人家离宫回庵。

说来头天后半夜马皇后让明月长老、娟娟睡下后，自己并没入睡。你想啊，出了这么大的事儿，能睡得着吗？她本是个善于观察、遇事深思熟虑、沉着稳健之人，还是位巾帼英雄，不逊于朱元璋。朱元璋时常夸赞妻子聪明睿智，主意多、有办法，是当年万马营中最依赖的谋臣和智多星，在很多大小征战中立下了汗马功劳，义军中没有不佩服的。马皇后总是忙前忙后、忙里忙外地替丈夫安排安排这个、解决解决那个，排除了许多困难，竭尽全力、热语衷肠地联络众兄弟，参赞军机大事，说服降将，为灭元拼死卖命。可以说，朱元璋的许多要事皆是在马皇后的帮助下办成的。之所以能建立大明朝，朱氏的江山能坐得稳，有郭子兴及众将的功劳，也有马皇后不可泯灭的勋绩。所以，朱元璋一直万分感激她。

马皇后躺在铺着软缎被子的帷幔中，毫无困意，翻来覆去地怎么也睡不着，对昨天晚上娟娟痛哭流涕讲述的一切认真思索着。以她的判断，那故事绝不是捕风捉影、信口雌黄，单凭姑娘的性情和为人，不至于会恶语中伤、搬弄是非。况且从明月长老那坦然自若的神态、表情可以证实，这是她们老少经过几番思忖、反复掂量之后，才敢向哀家直陈的。明月长老是出家之人，不贪恋世俗之事，娟娟又是她的亲传得意弟子。为了前程，为明月庵的声誉及明月长老的一世美名考虑，断不会轻易造次，乱编故事，诋毁当今陛下和新建起的大明朝廷的重臣。李善长是太师啊，诬蔑他，犯的可是杀头之罪呀！她们不会那么糊涂，孰轻孰重，起码明月长老的心中是有数的。娟娟在陈述过程中，一旁的明月长老一点儿没有恐惧不安或想制止不让讲下去的意思，而是完全赞同，甚至看法都是一致的。很可能娟娟的某些想法和做法，早就得到了明月长老的认同，并施以帮助也未可知。如此看来，陛下过去确实做出了有悖于哀家的举动，此事定是存在并且准确无疑了。马皇后又精又灵啊，你看她想得多细！一想到这些，那同样是一肚子气呀："好哇，朱元璋，当初你硬说楚绣绣是战乱中遇难失散了，怎么找也找不着了，说的跟真事儿似的，把哀家给蒙住了。今天看来，一准是用假话欺骗了我，定不饶你！"

各位阿哥，马皇后终究不一般，我们刚才不是说了嘛，这位皇后不光想事很周全，做事亦十分慎重，总是想前一步，再退后想一步。当她有意识地舒缓了一下火气、镇定下来后，又琢磨开了："从娟娟的叙述来看，事儿就出在当今陛下朱元璋身上。我要是去找他说道说道，把陈年旧谷子乱芝麻全翻出来折腾，互相撕破情面算老账，成何体统？也不是那么回事儿呀！绝不能冒失，不该向丈夫发脾气。真要为此闹起来，弄不好再打起来，将会是儿败惧伤啊，没有一点儿好处。况且都不是小孩子了，为已经过去了的事儿伤了夫妻情分不值呀！还是应冷静下来，想出办法，尽量解决得恰到好处。"那么，到底该怎么办好呢？一时没想出什么辙来。

马皇后翻了一下身，不禁想起了十几年前发生这件事的实际情况。那正是征伐极其艰苦的时候，是难熬的烽烟岁月。当时，她与朱元璋一起为推翻元朝，率领义兵转战南北，拼死搏杀，极其不容易。元兵也是相当厉害的，两军交战往往打得难解难分，战袍浸透了鲜血，浑身湿漉漉的。这还不算，更危险的则是起义的兵马太多了，各自为王。不但跟元帝争天下，而且不择手段地互相吞噬，以强欺弱，大鱼吃小鱼，小鱼吃虾米，防不胜防。朱元璋义军的周围就有好多勇猛善战的兵马，比如像陈友谅、张士诚、韩林儿、明玉珍等都是难于对付的，为争王争霸拼死夺天下。朱元璋真乃八方受敌、危机四伏呀！他率领的兵将没睡过一宿好觉，夜夜得枕戈待旦，随时准备与突然而至的元兵或是哪股义军血战。谁勇敢不怕死，谁就能杀出一条血路活下来；谁是孬种，谁就会死在万马铁蹄之下。为了明天的出路，多至二三年，皆是和衣而卧，虮虱如糠，一抓一把呀！几乎天天打仗，累得喘不上气来。好在夫妻俩情深意笃，关系密切，团结了不少人。仰仗着兄弟们的同舟共济，硬是杀了一条血路，队伍随之越来越壮大。经过夜以继日的艰苦征战，终于攻下了集庆，即金陵、后改为南京的帝王之都，总算站住了脚，有了安身立命之地。为求得进一步发展，朱元璋跟马皇后商量道："咱们不能停留在集庆，得想办法往东扩展，把江浙一带夺过来。只有这样，才能在江南稳固下来，也才有能力跟陈友谅、张士诚等人比试高低，进而灭掉大元朝，夺取天下。"听了此话，马皇后认为丈夫说得极是。二人下了决心后，于大元至正十九年，朱元璋率兵攻取浙东浙西。随着一块儿去的有常遇春、胡大海，先是相伴东征婺州。开始是胡大海去攻，结果没攻下来。接着朱元璋亲自率兵强夺，这才占领了婺州，就是后来改为金华的地方。此为江浙一带的重要战略咽喉之地，朱元璋不敢轻怠，准备领兵镇守在那里。可当时恰赶上他身患痢疾，折腾得一点儿劲儿没有，走路直打晃儿，脸色灰黑，骨瘦如柴。马皇后见此很是心疼，便要同他一块儿前往婺州。朱元璋不同意，说道："不行，你要和徐达据守集庆大营。这块儿要是丢了，咱们的基地就没了，你必须留下来指挥三军。"马皇后见无法脱身，只好答应道："好吧。大统帅呀，我是担心你的身子骨儿，千万要保重啊！"朱元璋说："请夫人勿要惦念，一点儿小疾算不了什么，很快会好的，没事儿。"不管丈夫怎么说，马皇后还是不放心，觉得丈夫身边不能没人照顾，于是就把侍女楚绣绣叫来了，告诉丈夫："大统帅不是挺喜欢绣绣吗？就让她陪你去吧，像我的小妹妹一样，很会体贴人的。有她照顾着，我能少牵挂些。"马皇后正是在这种情况下，将楚绣绣派去侍候朱元璋了。

说起楚绣绣，本不是江南的采桑女，乃早年朱元璋和马皇后率军征战徐州时，半道儿捡来的一个女孩儿。原为北国东海女真人之女，其父征伐死于徐州。小女当时十三岁，姿丽乖美，马皇后和朱元璋都挺喜欢她，便收在帐下，成为皇后身边的一个侍女。马皇后对奴婢一向很好，对楚绣绣当然也不例外，待如自己的小妹妹一样，互相之间处得特别亲近。尤其是楚绣绣天资聪颖，善织绣，马皇后与丈夫的衿衣皆出于她之手。楚绣绣对朱元璋照顾得无微不至，深得大统帅的喜欢，作为夫人的马皇后并不因此而忌妒，默许了绣绣同自己的丈夫在一起。还特意嘱咐绣绣要好生侍候将军，注意他的冷暖健安、起居饮食。马皇后回忆到这儿，联想到娟娟讲到的义军首领身边跟着一个女婢，确实不假。那个首领就是朱元璋，那个女婢正是楚绣绣，说得很对呀！记得数月后，至正十九年下半年，正是炎热的夏天。朱元璋只身一人率部胜利返回集庆，却没有见到楚绣绣。问之，朱元璋声称战火中离散了。当时信以为真，还暗暗为绣绣伤心落泪，时间一长，也就淡忘了此事。今天听娟娟一讲，绣绣很可能还活着，这可是天大的喜事儿呀！更没想到绣绣竟被李善长得到，并于家中私藏，窃为己有，真太令人气愤了！别的事儿还能原谅，甚至朱元璋与绣绣有了孩子都可以谅得过去。但李善长这么做，却让人咽不下这口气，着实可恶至极！

马皇后此刻已开始冷静下来，对楚绣绣与朱元璋的火气渐渐消了，觉得这事儿绝不能张扬出去，那将有两大害处：一是有碍陛下圣容。皇上刚登基没几年，就出了不光彩的事儿，很不应该；二是有损本朝声誉。李善长身为太师，与陛下的关系那么密切，要是揭出他私藏绣绣之举，影响极坏。这两方面，一个是朱元璋，一个是李善长，皆为举足轻重之人。因此，只能是事先仔细想好了，然后再慢慢透给丈夫，想法儿处理得既近情理又稳妥。另外，这个事儿还不能撂下不管，那样做，就是娟娟都不能答应啊！她直截了当地向哀家提出了亲生母亲楚绣绣，明月长老又知道，若是明知不办，不仅哀家的名声丢了，事儿也完不了呀！何况人家那么信任咱，照直说了，哀家表示一定为她做主。既然已经答应了，就不能不管，必须平息娟娟一肚子的积怨，帮着找到生母，至少得让她知道母亲目前在哪里。此事不同于其他，孰是孰非，总得有个结果，否则交代不下去呀！

马皇后就这么平心静气地寻思来寻思去，觉得还真挺复杂，不那么简单，声扬出去当然不好，还是家里事家里办吧。要想圆满解决这件有伤风雅之事，其中的四个人是少不了的。一个是丈夫朱元璋，一个是军师刘伯温。老先生肯定知道一切，他的头可难剃，只要你不对，真敢直说。何况娟娟是他心爱的女儿呀，倘若哀家办不好，是绝不会答应的。另一个是李善长。这个人狡诈、奸滑，像条泥鳅似的，抓他的把柄不那么容易。而且权势相当大，朝里朝外都有他的人，想制服恐怕得费点儿功夫。如果要收拾他，有损朝廷的声誉。大明刚建，就把钦封的重要大臣给处理了，此话好说不好听呀！所以，得先把李太师稳住，然后再把他背后究竟做了些啥摸个清楚。还有一个就是刘娟娟，即明月庵的妙善居士。比较起来，这孩子还算好办些，就是替她出出这口气、平平这个怨，再找到其生母。要想让四个人都能说得清楚，达到真相大白的目的，只能暗地里进行。该调查的调查，该摸清的摸清，最后平平安安地不露声色地将陈年旧事弄清楚，这也是哀家眼下需抓紧必做的。

马皇后的确很会办事，有鬼点子。在上面说到的四个人中，她认为应首先找皇上。只有把朱元璋笼过来，站在自己一边，其他人或许会好办些。得想个什么招儿既让陛下把事儿说清楚，还不能使他感到尴尬，下不来台。要是生起气来大发雷霆，愣是跟你犟，顶起牛来那就糟了，反倒把事情弄砸了。马皇后和朱元璋生活了几十年，能不了解丈夫的脾气秉性吗？知道朱元璋是个有心眼儿、又特别爱面子、愿摆谱儿的人，轻易放不下那个大将军、大统帅、吴国公、陛下的架子，觉得真得给留这个面子。只要哀家不是出于忌妒，不吃醋，想来陛下不会怎么样。再说哀家已经步入了晚年，以前的那些儿女情长之事早过去了，现在也算不得什么了，何必纠缠？马皇后反复地把前前后后的事儿想好之后，决定去找当今陛下朱元璋。

　　这天，马皇后用过早膳，命内监引路，去奉天殿见皇上。守门儿的内监见皇后来了，急忙回身禀奏道："皇后驾到！"朱元璋正在批奏折，一听皇后临朝，很是诧异："哎呀？怪了，为什么事儿一大早来找朕呢？"遂赶紧让身边的钱俊接皇后进殿。钱俊前脚儿刚走，朱元璋便坐不住了，把奏折一放，也站起身来到门口儿迎接，边走边想："皇后匆匆忙忙地来这儿，是不是昨晚在同军师刘伯温、明月长老、娟娟的闲聊中，听说了什么鲜为人知之事，今天特来禀告朕？"刚走到门口儿，钱俊已将马皇后接进了大殿。朱元璋笑着说："皇后，怎么这样客气？有啥事儿让内监传报一声，朕去你那就是了，何必亲自来？"马皇后没说什么，夫妻俩缓缓进了内室。双双坐定之后，马皇后告诉内监钱俊："哀家同陛下有事儿要说，你们都出去吧。钱俊哪，有人要求见皇上，你先挡一下，不要进来。"屏退众内臣后，俩人坐在那儿，互相看着对方，谁都没说话。过了一会儿，马皇后才开口，小声小气的，话表述得温柔、缓慢，一点儿没有生气的样子。她说："哀家来见陛下，是想告知一件大喜事。昨天哀家听娟娟他们讲了才知道，咱们思念多年的楚绣绣有着落了，她还活着！"朱元璋听后一惊，急忙问道："皇后，消息准吗，人在哪里？"马皇后说："绣绣失踪后，曾被李太师藏匿了好长一段时间，后来据说又被李太师转赐给了纳哈出，回到辽东老家去了。"朱元璋又一愣，盯问道："噢，果真有此事？"马皇后说："千真万确，若不信，可问李百室。"边说边关注着丈夫的反应。

　　朱元璋真是不愿提及此事，一说便勾起了当年在婺州发生的那些不愉快的回忆。在婺州镇守时，他确实占有了楚绣绣。楚绣绣一向敬重马皇后，视其为自己的姐姐一样，性子刚烈。此事一发生，她毫不客气地指责朱元璋："大将军，你占了绣绣的身子，我没什么可说的。姐姐现还在集庆，她对你那么好，这样做不觉得心里有愧嘛，能对得起姐姐吗？我楚绣绣不是轻浮的女人，既然姐姐让来侍候大将军，我也愿意诚心诚意地照做。可你竟能如此做，不是有损绣绣的人格吗？我一向敬重大统帅，知道当前元军仍十分凶猛，我们刚刚得到一点儿胜利。在这种情况下，你更应当自重，好自为之，不该贪恋女色呀！"楚绣绣此话一出，特别是说到让朱元璋自重，对他的刺激太大了，觉得挂不住脸儿了，腾地涨得通红。于是，怒不可遏地站了起来，抬腿当地踹了楚绣绣一脚。绣绣根本没防备，扑通一声，结结实实地摔倒在地，伤心得躺在那儿痛哭不止。由于当时正忙于打仗，诸事繁乱，朱元璋没管绣绣，转身出门就同胡大海一起忙别的事儿去了。等回来时，绣绣已不知去向，这才知道着急了。立即派人四处去寻，找了多时，也未找到，绣绣从此离开了他。朱元璋回到集庆时，觉得这些事儿没法儿张口对马皇后讲，只好谎称说因战乱离散了。

朱元璋喜欢绣绣，钦佩她那刚烈的性格。发完脾气、踢了一脚后便后悔了，觉得对不住绣绣，有愧于人家。绣绣一走，他立马觉得空荡荡的，内心很痛苦。十几年来，始终思念着绣绣，连晚上做梦都常常梦到。事后想想，觉得绣绣讲得对，忠言逆耳，全是为我朱元璋好。在那战事紧急之时，绣绣的一番话完全以国事为重，是在安慰我、提醒我，果真是个难得的好女子，人家的的确确没什么错儿呀！所以长期以来，朱元璋的内心深处一直埋藏着一种难以名状的负疚感，并且从没跟任何人讲过，像块石头一样压在心头。没想到这个伤疤却让马皇后给揭开了，你说他的心哪能平静呢？一个是觉得对不起皇后，当初没说真话，欺骗了她。夫人一向对朕关爱有加，那时由于实在不能脱身陪着去婺州，才让把绣绣带在身边侍奉，皇后对朕是真体贴真好啊！早应当如实地向她讲明事情的来龙去脉。而朕不仅没讲，还一直隐瞒到现在，太不应该了。另一个是觉得对不起楚绣绣，绣绣是因朕情急之下的粗暴之举才离去的。此后经年，不知流落到何处，肯定是遭了不少罪。今天马皇后提起这个事儿，那朱元璋毕竟是朱元璋，让他把架子一放到底可不容易，仍然觉得不好对皇后讲出实情，遂佯装又惊喜又吃惊地说："是呀，皇后说得对，那就问问李太师吧。"

说到李太师，朱元璋心里更不是滋味。他想："李善长啊，李善长，

东
海
沉
冤
录

真是知人知面不知心哪！朕对你不错呀，在众人眼中捧到了第一位不感激也罢，反过来却这么对待朕，应该吗？你明明知道绣绣是我的人，是马皇后身边的侍女，怎么能将她秘密弄到自己手里金屋藏娇呢？太不像话了，朕恨不得杀了你！"真是恨透了李善长。

马皇后坐在旁边一个劲儿地瞅着朱元璋，看他的脸青一阵儿、白一阵儿、红一阵儿的，眉毛一皱一皱的，还把双手放在龙案上，似有很多话要说。马皇后知道丈夫的脾气暴躁，李善长的做法一定惹怒了他。朱元璋从来就有权力欲、领有欲、占有欲，绝不能允许其他人霸占自己喜欢的东西或人。一旦出现这种情况，不管是谁，那是说杀就杀、说砍就砍，决不留情。别人的话，他通常是听不进去的。过去，有很多事儿全仗夫人压一下或阻挡一下，才不至于做得那么极端。今天看来，他的火儿发大了，又要杀人了。果然，只见朱元璋气愤得全不顾皇后在跟前，脱口嚷道："真是可恶到了极点，此人留有何用？这是朕从来没想到的！"马皇后一看不好，忙细声细语地安慰道："陛下，请不要动怒，千万保重龙体，消消气好吗？"哪成想马皇后那柔情似水的慰藉之语，使朱元璋的情绪突然转了个弯儿，立即缓和了。为什么会急转直下呢？他听了夫人的劝解后，心里开始琢磨："朕那么对不起皇后，人家没生气不说，反过来却安慰朕，劝朕息怒，夫人真是让人感动啊！"这么想着，情绪开始有了变化。又想到："朕与皇后共处多年，相依为命。她从来都是心地善良，慈祥大度，宽容、体谅朕。即便做了再大的错事儿，也会得到真诚的原谅。何况与夫人的感情至深，已到了暮年，有什么非要再瞒着不可呢？"于是，朱元璋平息了一下怒气，对马皇后说："夫人，在绣绣出逃这件事上，朕有错儿，对不起你，也对不起绣绣。是朕一时来火儿了，使烈性的绣绣不辞而别，这些年来一直为此事忏悔。可是令朕特别有气、又难于容忍的是，李善长竟敢把绣绣秘藏于府中，霸占多年。而且他每天都和朕在一起，却从不露声色，真是奸险诡诈到了令人发指的地步！李善长平时对朕最亲近、最知心、最会处事了，是朕最信赖的重臣。可他却能办出此等见不得人的事儿来，不仅占有了绣绣，还转赐给了纳哈出，让人不可思议呀！可恶，可恶啊，朕实在忍不住了，必要问个清楚！"说完，遂命钱俊传旨，召在京因疾致仕的李善长太师入后宫，到皇后处陛见。

马皇后见朱元璋刚刚平缓的火气又上来了，马上制止道："陛下请息怒，万不可如此草率。绣绣若真是从李善长处被转送给了辽东金山的纳哈出，此中必有瞒人的关节，陛下是否想过，这可是事关重大呀！李善长这个人陛下是知道的，为人处事胆小如鼠，一向谨小慎微。他能干出这等冒死杀头的事儿来，必有同纳哈出暗里密切疏通的人助虐之，此人值得陛下关注，需要做一番细致的了解。待一切清楚了，才能从中认识一些人的丑恶嘴脸。陛下可以召李善长来，不过最好听哀家的。哀家的意思是陛下不要动怒，也不用说话，坐在那儿就是对他的震慑，由哀家来询问，如何？"朱元璋略一思忖，说道："那好吧，朕准允了。"随后，一切便按皇后的主意行之。

不大一会儿，内臣钱俊奏报，李太师奉召在宫外候见。已于后宫等着的朱元璋和马皇后互相会意地对视了一下，立刻传旨召见。李善长大步流星地进了后宫，很是坦然，一点儿害怕的意思都没有。为什么会这样呢？李善长是多机灵的人呀，对此事是做了准备的。原来，他早就知道楚绣绣的身份。那还是与其弟李存义日夜争宠楚绣绣的时候，每当夜晚，李善长独霸其身；到了白日，李存义则与之云雨不断。后来，楚绣绣被折磨得实在无法忍受了，一怒之下，向他们讲了实情，说自己是当今天子身边的爱妾、马皇后的干妹妹。兄弟俩一听这话，当时就吓蒙了，差点儿没尿裤子！他们对朱元璋是了解的，认为那是个杀人不眨眼的混世魔王。如今惹下了这样的大祸，能不被治罪吗？弄不好会祸灭九族的！李善长左思右想，越想越害怕，只好狠心割爱，把已经身怀有孕的楚绣绣送给了胡惟庸。胡惟庸得了楚绣绣，对李善长是千恩万谢，一再表示让他放心，决不说出去。从此，楚绣绣虽然易主，但仍受到没完没了的日夜缠磨，不久，在胡家生下一子。胡惟庸将孩子送给了郊外的刘老汉夫妇抱养，至于命运如何，这是后话。

李善长见胡惟庸把楚绣绣一直养在家中，怕一旦传出去对己不利，便偷着告诉他，速将此女送走，越远越好，别为一时肌肤之欢而断送了自己的前程。胡惟庸一听，也害怕了，于是借与金山之间的秘密联系，将楚绣绣转送给了纳哈出。同时，李善长同胡惟庸议定，若有人问起，就说楚绣绣想念在北方的故乡，回家了。

李善长之所以有准备，还在于此前，其侄李佑被刘伯温之女娟娟所吸引。出于情爱，李佑甘愿为其做一切事情，受娟娟之托，多次向大爷打听楚绣绣的情况。尤其是李佑的父亲李存义，因为对楚绣绣的事儿有的知道，有些是不知道的。为了儿子，也曾多次找哥哥了解楚绣绣的身世，一来二去的，便引起了李善长的警惕。他感到很奇怪，为啥父子两个都想知道楚绣绣的过去呢？本来是不能往外讲的呀，这事儿要是传出去，被当朝知道了，可是杀头、灭族的大罪呀！后来李善长几次逼问弟弟，为什么这样关注此事？李存义见实在推脱不了了，只得向哥哥老老实实地讲了原原本本的经过。李善长一听，如五雷轰顶，差点儿没气昏过去，当时是捶胸顿足、大骂不止："混蛋哪，混蛋，一点点诓骗就讲了出来，真是糊涂到家啦！存义呀，这不是等于亲手杀兄长吗？我死了，你们是能得什么好处呢，还是有啥便宜可占？不是同我一样死无葬身之地嘛！咋就不想想，那刘伯温是什么人哪，是咱们的死对头哇！你即便再生出二十个脑袋，也算计不过人家呀，防都防不过来呀！那公子哥儿李佑还要与刘伯温的女儿谈情说爱，真是愚蠢已极，不纯粹是上了刘伯温的圈套了吗？什么娟娟要了解，肯定是刘伯温出的损招儿，让他的姑娘出面，抓咱们的小辫子、找咱们的贼证、置咱们于死地，这老东西实在是太狠了！刘伯温哪，老王八蛋，等着吧，我李善长早晚得收拾你。想让我死，没那么容易，我也不能让你活！"李善长对刘伯温真是恨之入骨，又搓手又跺脚地咬牙切齿骂了半天后，心想："不管怎么样，总不能善罢甘休，还是要想办法去应付。"为此，他打发家奴把弟弟李存义找来商量。

李存义更故懂，满肚子坏水儿。他听李善长如此这般地一讲，便出主意道："兄长请别急，也不用怕，咱们有什么罪？应该说这是办了件好事儿。要是皇上找你问，不妨在皇上、皇后面前把来龙去脉和盘托出，根本不用藏着掖着。"李善长一听又来气了，开口便骂："你咋这么浑呢，长没长脑子？灌铅了吧，不是胡说嘛，还嫌害我不够哇？你把事情毫无保留地说给了刘娟娟，已经让人家抓住了把柄。我要是再犯傻，在皇上面前实打实地说，不更罪责难逃了吗？"李存义当然不敢发火儿，耐心地劝道："大哥，仔细想想，这算啥事儿呀？你是当朝太师、皇上驾前的红人，其奈你何？又能把咱们老李家弄到哪儿去？况且我也不白给呀，是皇上殿前的有功之臣，总得给个面子吧？想来不至于因一个女人被怪罪。何况皇上老儿朱元璋偷着在外头与小妾厮混，是啥光彩的事儿呀？肯定不愿把这丑事儿张扬出去。如若那样，对朝廷、对本人、对大家全没脸儿。我断定，此事只能使朱元璋暗暗窝火，讲不出个什么里表来，谅他不敢往外讲。在宫廷里，马皇后是最好说话的了，倘若能求得开恩，那你就啥事儿都没了。"李善长不耐烦地问道："想得倒美，我对马皇后怎么讲呀？"李存义回道："你可以说，我的确收留了楚绣绣，目的是为了救她。对于楚绣绣以前的情况，则至死咬定过去不认识，不知其身世，也不知她是陛下身边的人，更不知是皇后的侍女。再说了，皇宫内宫女那么多，怎么非一定得认识她？即使马皇后和皇上怀疑你，没证据，他们就没辙！"李善长一想，眼下没别的招儿，只好同意按李存义说的做了。

李存义见李善长接受了自己的招法，又使出浑身解数，进一步鼓气儿道："楚绣绣如今远在万里之遥的金山，皇上和马皇后上哪儿找去？找不到便无法对证，还不是只凭大哥上下嘴唇一吧嗒随便说嘛。为了表明不知她过去的身世，就说收留时，只知道那是个烟花女子，至于是哪地方人以及别的什么情况一概不知。"李善长说："好糊涂的弟弟呀，如果陛下知道我收藏烟花女子，不是罪加一等吗"李存义说："大哥呀，聪明一世、糊涂一时了不是？不能说收藏烟花女子，哪能往自己头上扣屎盆子呢？你得这么说，陛下呀，我这个人看不得邪行，心肠好，愿做慈善之事。大明朝刚建国不久，许多人在元朝的压榨下流离失所，缺吃少穿，娼妓遍地。娼妓那也全是苦难之人，因生活所迫，无依无靠，不得已而为之。我是为了积德做善事，才主动拯救她们，自己花钱为其赎身。再帮助找个合适的人家或另谋生路，你是耕田哪，还是做工呀都行，使这些人改邪归正。"说完，显露出一脸的洋洋自得。

李善长听后，觉得弟弟说得不错，起码有两点可取。第一，在皇上面前，不承认了解楚绣绣过去的身世，声言不知原来她是宫里的人；第二，极力说明收留娼妓的目的是为救她们出水火，是做积德造福的事儿。接着李存义又告诉李善长："至于楚绣绣为什么会落到金山纳哈出之手，你就说当时她苦苦哀求我，说自己是北方人，思念故乡，想回去。我为了成全她，给了些回家的银子。楚绣绣要走的时候，适逢至正二十七年夏天，纳哈出举兵出喜峰口，犯大宁，被徐达大将军歼其众，擒拿了平章万家奴等数人。陛下为感化纳哈出，亲自传旨，放万家奴及众降人北归。想来此事陛下不会忘记，是丞相胡惟庸大人一手经办的。哥哥，那胡大人可是咱们自己的人，应尽量给以保护，不能让他担什么责任。要特别强调，放纳哈出的降兵北归，是胡大人按皇上旨意去办的，一股脑儿全推到朱元璋的身上。再说，既然皇上知道有这么个事儿，你再讲当时胡大人是奉旨而行，也就顺理成章了。这样，便可以妄称是顺便求胡丞相把楚绣绣交给纳哈出派来的使臣，带到北方去了。至于楚绣绣后来被纳哈出纳为妃子，你就说那不过是传言，不可信。记

东
海
沉
冤
录

住，必须一口咬定：根本不知其详！"李善长琢磨了一会儿，觉得只能按弟弟说的予以搪塞了，再也想不出什么别的好办法。兄弟俩商量完后，当即派贴心家奴偷偷将此话传给了胡惟庸，于是在神不知鬼不觉中，与胡丞相统一了口径。

胡惟庸同李善长可不是一般关系，他能从一个县令升至当朝一品的丞相，全靠李太师的举荐，两个人那是志趣相投，沆瀣一气。李善长给胡惟庸传话儿，他肯定得照着去说；皇上若召见他问及此事，必会同李善长说得一模一样。由此看来，李善长对这事儿早都想好了，也安排妥帖了，能不胸有成竹吗？所以，当朱元璋召见他的时候，便心安理得地来到了华盖宫。

李善长见了朱元璋、马皇后，立刻匍匐在地，鼻涕一把泪一把地禀道："陛下将修建行宫的重任交给老臣，本当尽心尽力去办。由于老臣忧思成疾，身体不佳，不能临场视事，真是对不起皇上啊！之所以如此，是因为前不久，军师的爱女刘娟娟向臣追问其母楚绣绣的身世，臣有些事儿知道，有些事儿不知道，不敢诓言。就为这，可能触怒了父女二人，他们必会向陛下告状，陛下或许会责怪老臣。臣为此寝不安席，食不甘味，思虑过度，重病在身。今天陛下和皇后召见老臣，知道大概是为了这个事儿。臣冤枉啊，很多情况是真不知道哇，请陛下和皇后为臣做主！"说完干嚎起来。马皇后见此，不紧不慢地言道："太师，不要急，慢慢把事情告诉陛下和哀家就行了。"李善长说："回皇后娘娘，对楚绣绣的身世以及原来在哪儿、做什么的，老臣及家人都不晓得，也未听本人讲过。只知她是楚地的贫困潦倒、走投无路的烟花女子，看起来很是可怜，老臣便收留下了。其实，为臣收养了很多这样的娼妓，否则一个个将无家可归，到处流浪，啼饥号寒，有损大明朝的声誉。不仅救了她们，还把省吃俭用的银两赠之，以自谋生路，楚绣绣只是其中之一。有人说老臣霸占了楚绣绣，天理良心，不但从未招惹过她，而且也未占过任何便宜，更未霸为己有。这一点，请陛下和皇后可以问楚绣绣和其他妓女。至于楚绣绣回到北方，那是因她苦苦声言自己是辽东人，天天痛哭流涕地欲回归故里。老臣看她实在可怜，谁不想家呀，能不答应吗？偏巧，适逢胡丞相遵照陛下旨意，将大宁一役所俘虏的元兵、元将交还给纳哈出，纳哈出遂派来使臣接收万家奴等人。臣下赶忙求胡丞相将楚绣绣交于使臣，让他帮助带回北方，事情就是这么简单。据传讲，楚绣绣到北方后，为纳哈出所留。至于究竟实情如何，老臣确实一

215

概不知，不敢妄言，祈请陛下和皇后明鉴。"说完，愣是挤出几滴眼泪，好像受了多大冤屈似的。

马皇后看了李善长的一番表演，早有作呕之感，然而还是压住了火气，让太师平身、赐坐，然后说道："请不要为此过于难过，哀家只是想请太师说说是不是有这回事儿。并不想过多探究，更不想惊动众人。"李善长抬头看了看皇上，朱元璋没说什么，在一旁只是闷声不语。接着马皇后又道："太师千万不要想得过多，哀家和陛下只是随便问问而已。你是陛下重用的老臣，哀家也很信任你、尊敬你，哪能只听娟娟一个孩子信口说的话呢？即使听，总不会全听吧？谁好谁坏、孰是孰非，陛下与哀家心中都有数，根本没当回事儿。对楚绣绣的身世原本不十分清楚，只听娟娟说此女乃北方人，是她的母亲。不过，楚绣绣过去确实在哀家身边做过奴婢，你们也是知道的。哀家对待奴婢从来像姊妹一样，既然听说了，能不关心、不打听打听她的情况吗？好在楚绣绣已由胡丞相代为安置到北方去了，心愿得到满足，算是她的福气吧。有劳太师了，请回府安歇吧，楚绣绣的事儿依哀家看，以后不必声张了。"就这样，心平气和地打发了李善长。

李善长走后，朱元璋问马皇后："夫人，是不是把胡惟庸召来问一下？"马皇后说："哀家曾同陛下讲过，胡惟庸与纳哈出、胡惟庸与蒙古之间到底是一种什么关系，陛下不一定太清楚，更不知其底细。纳哈出并非寻常之人，陛下是知晓的。他明明知道楚绣绣是本朝送去的女子，为何很快便纳为妃子？请陛下想想，纳哈出能把一个不知底细的女子慨然纳为妃子吗？能如此做，是何缘故？哀家劝陛下要深思。对胡惟庸这个人，不可再过于任其所为，否则必生事端呀！"

朱元璋对胡惟庸一向十分倚重，听了皇后讲的话，不仅不同意，反而委婉地说："夫人，不要多虑。送归纳哈出被俘兵将之举，是朕与徐达等人议定的，胡丞相只是经办而已。"说到这儿，停了停，又看了看马皇后，继续道："有些话朕不能不对夫人直言，此事能小题大做到如此地步，是不是因为你太宠信老先生之女了？她缘何认定楚绣绣是自己的亲生母亲，这不是节外生枝、坏本朝名声吗？要朕看来，是军师过于娇惯女儿了。祸乱宫闱，成何体统？皇后也知道，刘伯温素与胡丞相、李太师有隙，互相间矛盾不小。要小心哪，勿坠入谷中，为其所惑而不知。"朱元璋的这番话，的确是他心里所想，又如实地表述出来了。马皇后听完却琢磨开了："丈夫能把真心话讲出来当然好，看来到现在根本不承认自己有错儿，还想推托和绣绣的关系。完全站在了李善长、胡惟庸那边，倒打一耙，发泄对老先生的不满。他呀，真假人不分，仍在混淆视听，企图把罪责推到主持正义、好心帮着将大事化小、小事化无的军师刘伯温和女儿娟娟身上，来个张冠李戴！"故而很是不满，生气地说："陛下如果这么说，那就应当让娟娟出来讲讲，为何一定认楚绣绣为母亲。陛下最好听她说个明白，否则不就是哀家惹是生非了吗？"朱元璋一看事儿不好，要闹大，这才有些着急了。他原本不愿公开自己与军师之间的隔阂，刚欲劝慰，但是已经不赶趟了，马皇后马上命内监到后宫内室唤娟娟去了。

娟娟听唤来至宫殿之上，跪地叩拜了皇上、皇后。马皇后说："娟娟哪，你详细禀奏给皇上，根据什么缘由，一定非认楚绣绣为母亲呢？好姑娘，起来慢慢说。"朱元璋一听皇后这么说，便不好再讲什么了。娟娟谢过皇上、皇后，站起身来立于一旁，说道："禀皇上、皇后，此事是小女经过多次调查得知的。小女已找到了醉花楼的馆主赛嫦娥，据她讲，在收留楚绣绣的时候，发现正怀有身孕，所以当时没让她接客。四个月后，生下一女。这时，馆主逼她接客，如果不答应，声言要卖掉其亲生女。楚绣绣含恨之下，把可怜的女儿、就是我用厚被包裹扔出了楼外，求世上仁人君子救小女一命。之后，她也乘夜逃跑了。现已查清，小女被军师、养父刘伯温从醉花楼墙外小河边抱养之时，正与楚绣绣逃出醉花楼的时间是一致的。"娟娟讲得清楚、肯定。朱元璋说："仅此怎么能断定你与楚绣绣是母女关系呀？只是个人的推测而已。孩子，不要胡思乱想，她不可能是你母亲。因为娼楼中弃婴之事太多了，事过十几年了，能指清哪个是谁的子女吗？朕劝你还是回庵中用心习武，不要白白虚度时光，好了，回去吧。"娟娟扑通一声跪地，带着哭腔儿道："陛下，楚绣绣肯定是小女的母亲。天经地义，不认亲，法理不容！"马皇后劝娟娟冷静些，回头对朱元璋说："陛下，不该这么心狠哪！我不愿当孩子的面儿多说什么，难道陛下一点儿不记得当时的情景，对娟娟讲的真不明白吗？"很显然，马皇后有些震怒了！觉得丈夫太不应该了，已经到这个份儿上了，怎么还咬着屎橛子不放呢？

正在僵持不下之时，内臣钱俊匆匆进宫禀道："陛下、皇后，刘伯温在宫外候旨，言称来接娟娟出宫。""谁，老先生来了？"马皇后猛听说军师来了，不禁惊问了一句。刚才她看朱元璋同自己僵起来的样子，情绪禁不住有些激动，不免伤感起来，心想："咳，本要把这件事压下去，家里出现问题最好在家里解决，别闹大了。为了维护刚刚建立起来的大明朝之声誉和圣上的尊容，绝不能露出去，那对谁都不好。可今天在这里的只有圣上、哀家，再一个便是娟娟了。至于娟娟，哀家已经认做女儿了，算是家里人。此事是秃头虮子明摆着，你朱元璋咋不敢正视自己的所作所为呢，怎么净瞪着眼睛说瞎话呀？本是个起义的大将军、堂堂正正的男人，咋如此不仗义呢？现在只差没把那层窗户纸捅破、打开天窗说亮话了。说实在的，连娟娟都明白她的父亲是谁，你还愣装啥呀？只是哀家和娟娟不愿将事儿做绝，才没有把话说得那么直白罢了。可我们全盼着你在家里人面前该咋回事儿就咋说，竹筒儿倒豆子来个痛快，何必硬犟呢？多伤人心哪！"这么想着，又看了看丈夫板着的铁青面孔，知道是不想放下君王的威严和架子。十分清楚朱元璋不管遇到啥事儿，只要他自己不想转弯儿，任你用一百条老牛拉也扭不过来，寻思道："就这么的吧，别跟丈夫太叫真儿了，不一定非得捅破这层窗户纸，放一放再说吧。真要是把事情端出来闹大了，肯定不好。陛下既然不想说，那就不说吧，坚持要揭往日的痛苦伤疤又有什么好处呢？对丈夫对哀家只能是徒增烦恼。行啊，好在军师来了，看他有什么办法使你讲出实情吧。"于是，长叹一声，冲内臣吩咐道："请刘老先生进殿。"内臣马上向外照宣了。

不一会儿，刘伯温进得大殿，先叩拜了皇上、皇后。然后走到娟娟面前，给宝贝女儿拭去了满脸的泪水，拉着她的手说："好孩子，你一向非常懂事，跟爹爹走吧，到明月庵去。明月长老说了，佛经里便能找到你的母亲。那经文可以照彻人的心底，会告诉人们要仁爱、坦荡、无私。"说完回过身来，郑重其事地向朱元璋、马皇后说："陛下、皇后，容臣启禀，当今天下方兴，百业待举。又值北虏甚嚣尘上，勿可为此区区小事而伤了陛下、皇后数十年的濡沫之情，更不可因而误了国事。算了，算了，过去的就让它永远过去吧。臣十数年前，得一弃婴娟娟，这事儿陛下、皇后不但知道，而且对她爱如亲子。内荆在世时，久久念念不忘皇恩，可惜突病早亡，不能回来谢恩。还有一件事，臣想启奏皇上、皇后。臣在抱养娟娟时，见她的右足腕上系有龙凤玉坠儿，显然是表明弃婴身世的证物。不过，弃婴身上只有半壁龙凤玉坠儿，相信另一半儿一定在。因那半壁究竟在何人之手臣尚且不知，所以才一直未将此物告诉娟娟。就是说，直至今日，娟娟并不知晓。现臣将此物呈上，不知皇上、皇后可识否？"说完，双手托着包着半壁龙凤玉坠儿的小包儿呈了上去。呈毕，遂携娟娟一同离宫而去。马皇后只顾低头看呈上来的白绢小包儿了，再抬头时，却不见了军师和娟娟，忙令内臣赶快出殿去找。少顷，钱俊回禀皇上、皇后："刘军师出宫后已返青田，娟娟也回明月庵了。"

且说马皇后将刘伯温呈上来的白绢小包儿慢慢打开，见包儿内是一枚由美玉雕成的半壁龙凤坠儿，一时竟愣住了，这不正与自己系于脖颈之上的半壁龙凤玉坠儿一模一样吗？遂将两个同模同样儿的半壁玉坠儿相合，恰是一起的。合壁为一时，两壁间的凸槽相压，即可合二而一。此玉是当年马皇后的干爹郭子兴赐于她的，与朱元璋成婚后，项下一直戴着这枚玉坠儿同丈夫转战各地。捡得楚绣绣后，楚绣绣便在帐下侍奉朱元璋和马皇后。随着时间的推移，马皇后与楚绣绣相处得越来越好，俩人的关系亲如姊妹。马皇后为表示与楚妹妹生死同心、患难与共的情怀，就把此龙凤玉坠儿的半壁赠给了绣绣，自己留下了另半壁。

朱元璋对这枚玉坠儿当然十分熟悉，他从马皇后的手中接过玉坠儿一看，半晌说不出话来，深感惭愧，那是无地自容啊！马皇后见朱元璋尴尬的样子，心想："这回看你还说什么、犟什么？龙凤碧玉坠儿已摆在这里，它原来就系在弃婴的小腿儿上呀！人家刘伯温为了保护皇上的声誉，跟任何人没讲过，连娟娟都不知道玉坠儿的事儿。"这时的朱元璋也是思前想后哇，很受感动，从心里敬佩老先生的豁达大度。

正在朱元璋不知怎么办才好的时候，马皇后提出，马上派人把明月庵的明月长老和娟娟接进宫来，还要下旨，召从北平府回京尚未走的徐达大将军以及丞相汪广洋、大学士宋濂、韩国公李善长等几位臣子来宫。朱元璋一时没明白到底是为何，便问道："皇后，接他们来干啥？"马皇后回道："陛下不是看到了嘛，刘老先生显然已被惹怒了，发了脾气，一气之下回青田了。既然事情已到这个份儿上了，还能焉不唧的不吱声儿吗？为收拾已出现的难堪局面，讨回娟娟对陛下的信任，使明月长老保留对陛下的良好印象，也为了取得军师刘老先生的谅解，陛下得赶紧当众表明自己的态度。难道直至现在，陛下还不感激军师刘老先生的一片赤诚之心吗？十几年来，人家明知娟娟是陛下的孩子，为了大明的声誉和陛下的人格，与安老夫人含辛茹苦、默默无闻地替陛下抚养着，且教子有方，使其长大成人。却从不信口讲一句闲话，可以说是守口如瓶啊！谁能有这么博大的胸怀，谁又能有这么崇高的品德？共事以后，陛下对刘伯温又是如何呢？初起还可以，给与了很高的信任。后来则胡乱地斥责人家，甚至跟那些居心叵测的小人中伤人家，这样做，不觉得汗颜无地吗？所以，哀家觉得应当马上召娟娟、明月长老以及众位大臣来，当着大家的面儿，公开认下娟娟为自己的女儿，名正言顺地封为公主。不要以为李善长真的不知道楚绣绣的身世，陛下在婺州与常遇春、胡大海在一起时，绣绣就侍奉在身边，他怎么会不知情呢？说不知道，那不纯粹是骗人吗？他骗陛下，陛下也装聋作哑、自己骗自己吗？依哀家看，只有坦荡承认下来才是正事儿，才能保住君王的声威与荣耀。臣子们来了之后，陛下可以不讲别的，但认下女儿是必须的。至于他们暗地里会怎样评议此事，愿意说什么就说什么，不必去管。"朱元璋一看，已经闹到了无法收拾的地步了，再没别的办法了，只好同意按皇后说的去做了。

话说朱元璋命人接来娟娟、明月长老，召来了众位大臣，公开认下了娟娟这个女儿，并下旨封刘娟娟、妙善居士为秉仁公主。皇上、皇后还做主，要为娟娟和叶旺择吉日完婚，可明月长老却说："娟娟执意要寻找生身母，表示不完成此愿，誓不出嫁。叶旺将军也要奉旨与马云将军同去北疆辽东远戍，大任在肩，时间紧迫，需赶紧登程。打算在辽东诸事安顿好后，再办自己的婚事。二人的心愿，老尼已同军师讲过，他觉得应该按孩子们的意见办。"朱元璋、马皇后听了很是高兴，认为考虑得挺周全，同意婚事以后再说。娟娟谢过了父皇的恩典，恳切地对马皇后说："娟娟本为居士，如今又是秉仁公主，想向皇娘要一个纪念之物，不知可否？"马皇后想了想，说："应该，应该的，哀家就送给秉仁公主一把心爱的小玉锁吧。要是你想皇娘，便把它带在身上，有了玉锁，宫中各处可随便去。锁在如哀家在，见锁如见哀家，谁都会另眼看待的。孩子，这回总行了吧？"娟娟边笑边揖礼道："谢皇娘！"于是，马皇后从腰间解下一把小小的玉锁，锁上系着一条长长的金丝盘花儿玉穗儿，是一种珍稀的饰物，做得既精巧又美观。娟娟接过小玉锁后，随即跪在地上，向皇娘叩头谢恩。因要去辽东寻母，娟娟又哀求父皇能够准允随叶旺一起赴北，朱元璋半晌未语。在她的一再请求和缠磨之下，才破例恩准，并御赐一件内放圣旨、即印有皇帝御宝封诰的绢丝绣匣儿，其文曰："特钦封秉仁公主刘娟娟为本朝武威安抚使，随师镇戍辽东，参赞东征诸务，扶正惩恶，精诚为国，勿辱圣望，钦此。"娟娟接过了绣匣儿，忙向父皇叩头谢恩。马云、叶旺二将尤其高兴，祝贺娟娟如愿以偿，既可帮助东征之师，又有机会寻访生母。明月长老一是为了采药，二是为了帮助马云、叶旺安抚东夷之民，三是因为不忍离开娟娟，也求得皇上、皇后恩准，随师北上。

明月长老于宫中该办之事办完后，便让马云、叶旺、娟娟随她一起回到明月庵，帮助准备外出的行囊。明月长老先安排了庵中佛事，嘱托了慧、了净两位心爱的徒弟在她走后，庵里一应诸事由二人料理，然后神秘地对娟娟、叶旺和马云说："知不知道为什么叫你们回到庵里来？"三人皆愣愣地摇了摇头："不知道。"明月长老扑哧一声笑了，朗声儿道："师太敢说，要是知道了，肯定会痛乐一宵哇！"三人你看看我、我看看你，还没等弄明白是什么意思呢，就见师太手一招，由了慧、了净引来了一位身穿道袍、头戴道冠的长老。他手拿羽扇，缓步走到大家面前，说道："善哉，善哉，贫道祝贺妙善居士和马云、叶旺二将军如今全随心愿。皇上封妙善居士为秉仁公主，任本朝武威安抚使，为国东征，肩负重任，真是可喜可贺呀！尔等此去辽东，如虎添翼，纳哈出将成笼中之鸟，娟娟之母必能找到，并会助你们万事顺遂的！"说完还摇了摇扇子。

娟娟、马云、叶旺一听，声音咋这么熟呢？仔细再看，原来长老不是别人，而是军师刘伯温在假扮道长、跟他们捉迷藏、顽皮地逗笑呢！娟娟乐得一下子扑到父亲的怀里，撒娇道："爹爹，爹爹，你不是回青田了嘛，怎么没走哇，咋骗人呢？"马云、叶旺也惊喜万分地说："军师，您老没回青田哪，那为啥不亲耳听听陛下和皇后诰封娟娟呢？"明月长老笑着说："傻孩子，你们哪里会想到，之所以能有今天这么好的结局，娟娟得到了陛下的封赐名号，全靠军师的巧妙计谋啊！"马云、叶旺一时没有完全弄懂明月长老这番话的意思，异口同声地问："为何在军师不出面的情况下，反倒使娟娟寻母的理想实现了，又能被皇上承认为亲骨肉、正式封为皇家公主的？"刘伯温开心地笑了，说道："是呀，孩子，你们是没法儿弄明白。说起娟娟的事儿，原来按我的打算，就想认命了，不去争了，不叫那个真儿了。让她到明月庵跟明月长老静心诵经文，学佛法，习剑法，一生做个与世无争的女孩儿便行了。人怎么着都是活，斗不起还躲得起吧，何苦一定要那样呢？可是我的娟娟不干哪，偏要弄清这个理儿不可。她的性格像我，要明明白白地活着，不糊糊涂涂地混一生。前程纵有万道难关，也要拨开乌云见青天，打破沙锅问到底。一定找到亲生母亲，把世上苦不堪言的不平事抖搂得干干净净，为苦命的生母申冤，为自己正名，证明不是无父无母无人管的弃儿。让那些投机取巧、得了便宜还虚伪度日之人，还其本来面目。孩子的想法我很赞成，明月长老多次劝我应为娟娟做主，必须帮帮她，娟娟的命太苦了。我深知当今陛下的秉性，是不会轻易认下娟娟这个女儿的。因此，只好在娟娟与陛下据理力争时突然到场，将娟娟小时母亲留下的半壁玉坠儿呈上，使陛下面对实物无言以对，惭愧就范，乖乖按皇后的心意行事。我当时说回青田，其实是用了个激将法表示对皇上不敢正视现实的嗔怒之情，怪罪陛下无情无义。只有如此，才能促使陛下横下心来，公开承认自己的过错，按皇后之意封娟娟为公主，为其伸张正义。这么一来，娟娟要北上寻母，就成了天经地义之事了，陛下不能不顺理成章地答应下来，日后娟娟母女便有了真正相逢、团聚的机会了。我预料这样做，会有好的结果，遂悄悄儿回到明月庵吃茶、歇息，等待佳音，咱们好同喜同贺呀！明白了吧，孩子们？"说完哈哈大笑起来，三人方才恍然大悟。

刘伯温接着又拍拍娟娟的肩膀，双眼关切地盯着女儿，语气凝重地说："好孩子，现在还年轻，青年应以立业为重。你与叶旺商量晚结婚是对的，很合为父之心。况且叶旺军务在身，孩儿北上寻母心切，这是大事儿，陛下和朝臣都赞成你们的做法。"说着，回头看了一下马云，嘱咐道："马将军哪，你可不小了，早该寻得一个合适之人了。但愿你们到辽东之后，一切顺利，叶旺、娟娟你们俩务要帮马云大哥找个妻室。我老头子不一定能赶上了，惟愿此去双喜临门，老叟翘首以盼啊！另外，还要告诉诸位，我的小儿刘璟和媳妇美娘愿与你们同行。原是美娘先提出来的，想随哥哥去北方，相依相伴。她本来身怀武功，是个巾帼英雄。时值国家用人之际，应该效力疆场，这是正当之事。我觉得挺好，很高兴，表示支持。既然美娘去北方，当然希望刘璟能跟着一块儿走，正好出去闯荡闯荡。美娘和马云此去，可谓同返乡里，去寻找祖先故土，乃人之常情。我的璟儿从未出过远门儿，更没到过北方。能有机会陪妻北游，开阔眼界，饱览江山沃土，实在是一生中难得之举。好在家中有你们的哥嫂琏儿夫妇，老叟不觉得孤单。尔等此去东征，务要记住老夫的十六字赠言，这是多年琢磨出来的，即：'逆元顺世，广交土民，就地生根，稳中求进。'你们若按十六个字儿去做，必会否极泰来，喜中生喜，祠满荒夷，其魂可归也。"

说书人在这里不能不多说几句。刘伯温的十六字赠言，可以说是平定辽东的方略，又是安抚北夷东海女真野人之诀窍。不仅在当时使马云、叶旺他们受益匪浅，后世也人人称道，一直是明清两朝平北所采取的正确之策。大家都知道，明朝曾对北方实行羁縻之策，此策略正是来自刘伯温的这十六个字儿。我们不妨把它简略剖析一下，从中可看出其影响之深远。其大概的意思是说，由于元代以来深重的民族压迫，人民生活惨遭涂炭。尤其是北方诸民族受到了残酷的杀戮，造成冤魂旷鬼遍于漠北大地。如今元朝已基本上被推翻，由大明执掌乾坤，那就要安抚好北方民众，使土民心向本朝，让所有的冤魂旷鬼得到安宁。要做到这一点，则必须"逆元顺世"。即不能再按元朝的苛政办事，应反其道而行之，体恤民众，顺民心，随民意，不扰害民众。还要广泛交好土民，即北方的各少数民族，和他们连结在一起，成为兄弟、亲人、手足，就地生根。只有稳扎稳打，稳中求进，北国的辽东才会成为大明的江山，黎民百姓才会和朝廷一条心，再不出现由于逆贼反叛而带来的横祸，世道便可安宁。

刘伯温献出十六字赠言后，叶旺、马云、娟娟又异口声地问老先生，能不能细讲讲何为"否极泰来，喜中生喜，祠满荒夷，其魂可归也"？刘伯温说："凡事务要逆元而行，顺世而动，方赢众心。尔等仔细推之，身体力行，吉象必生，早言何用？"此话是什么意思呢？就是说只要与元的政策相逆而行，顺应民心，赢得民意，极力推广这一政策，必然会出现好的局面。你们可仔细推敲琢磨，我现在更具体的说不明白，听了也不一定能听明白，早说有什么用呢？按老叟的话亲自去做便行了。

刘伯温的十六个字儿，颇有佛家偈语之妙。十余年后，马云、叶旺他们由于完全按照老先生的赠言办了，果真应验了，这是后话。娟娟随二位将军北去，方引出妙善踏金山探险，田田奋勇斗疯狼，姐弟相认将军府，师兄妹血刃贼子，豁鼻马仗义献身，英雄聚义展宏图，请听我朱伯西继续讲唱下章乌勒本。

东海"疯魔",女真语叫索罗妈妈,有的说部则称之为"长发魔女"。这且不去细论,咱们单说马云、叶旺、娟娟奉旨东征之事。

前书说到马云、叶旺、娟娟受命之后,随明月长老回到明月庵,准备北去的行囊。没成想竟意外地见到了刘伯温老先生,并听取了军师留给的十六字赠言。出征事宜准备就绪,单等令下,即刻出发。这天,皇上降旨,命新组建的东征军旅开赴辽东。接旨后,马云、叶旺、娟娟率辽东军来到江边儿,旌旗招展,千骑待发,气氛非常热烈,大明天子朱元璋带领仍逗留于京的徐达以及众将前来送行。人马集合完毕,号炮齐鸣,浩浩荡荡的队伍向东北开拔了。他们一路奔驰,晓行夜宿,五天后,便进入了山东地界。

辽东大军的行动为什么如神兵天将般的神速呢?

一是朱元璋、马皇后对这彪新军格外关爱。因为只有早日征服北虏,安定北域,招抚东海野民,大明方可江山一统,实现四海升平。否则,辽东一日不平,大明朝廷则一日难安。可见,此次东征事关重大。故而在大军出南京城前,朱元璋就颁诏沿途各州城府县,务要一路迎迓,饮食供应立足,不可延误行程。再说那秉仁公主为本朝的武威安抚使,参赞东征军务,随军镇戍辽东。她一路面带公主的威仪,身挎公主的宝剑,有生杀予夺之权,更有震慑八方的雄风。沿路官员知道此情,怎能不注意小心侍候?生怕有误军情,惹下祸端。

二是为早日抵达辽东,没有走经北平府、再至天津东拐那条比较远但好走的大道,而是由明月长老做向导,选了一条笔直的捷径。明月长老过去带领徒儿到东海采药时,经常走的便是这条道,故而对此路很熟。是从南京出发,先向北奔马拉、淮阳,由沭阳进入山东地界。再经济南、石臼①、胶南、胶州、莱西、龙口,就到了山东半岛的重镇蓬莱,即当时的登州府。然后从蓬莱乘船,向东驶向辽东。这条道虽然不如北道宽广平坦,并且由于元末明初海盗猖獗,一路十分危险。特别是

---

① 即日照。

海路风大浪高，常可能因此而翻船，致使人马葬身海底，但是能近几日的路程。

三是纪律严明，号行令止，奔北心切。前书我们讲过，按照刘老军师的主意，东征大军的成员多是元朝的降兵降将。被招时，这些人干什么的都有，挑挑儿的、担担儿的、当脚行的、沿街乞讨的、唱小戏儿的，还有走街串巷卖杂货的小贩子。看似一群乌合之众，加入进来后，只经过两三个月的训练，便成为了一支纪律严明的军队，创下了明史初期出名的一次大军东进。为什么呢？这里说书人不妨多说几句。

元朝征兵采取的是"签军"之策，尤其在辽东更是如此。女真人生下小孩儿后，要对婴儿进行登记造册。当长到十三至十五岁的时候，从三人中选一人参军，逃是逃不了的。若是真跑了，抓回来就是个杀，甚至全家连坐。那怎么叫"签军"呢？即官衙按照登记，把你的名字写在竹签儿上，然后将其中的一些竹签儿发给当地地保。到征兵的时候，地保按签儿上的名字去找人。不管是张三、李四还是王二麻子，只要有你的名签儿，无论什么理由，不去肯定不行。即使老娘要死、爹爹病重，也得捆绑着去当兵。被强迫当兵的人远戍江南诸省，一走最少得十年八载，有的则老死异乡，永远回不了故土。所以，元朝的百姓特别害怕征兵。尽管元朝被推翻了，可那些远离家乡的元兵元将却无钱、无力回去，孤苦可怜得很。有的只好在江南各地改了名、换了姓，有的连本籍都不说了，身在哪个地方，便说是哪个地方的人。在浙江的，就说是浙江人；在安徽的，就说是安徽人；在广州的，就说是广州人。反正是经年流落在外，再也见不到日夜思念的父母、兄弟、姐妹和亲人了。然而，令他们万万没有想到的是大明朝刚建，皇上下旨要征调流落在外的人入伍。此次应征入伍，同元朝的"签军"之策大不相同。元朝那是强迫你从家里出来，入伍后，还要受到残酷的压榨。而大明不同，是给你提供了返回家乡的机会。不仅如此，还蒙皇恩厚爱，赏赐给银两和口粮，帮助娶妻立家。说实在的，有的人大半辈子都没娶上媳妇，这回不但能参军，而且有了家，可以同新婚妻子一块儿回到久别的故土，不是世上难找、天下难寻的美事儿嘛！他们听到征兵的消息后，能不高兴、不从心眼儿里感激大明的开国之君朱元璋吗？能不争先恐后地去应征、为大明以死效力吗？被招来的兵将，当然士气高涨，并自觉接受严格的训练。由于他们思乡恋故之情心切，在穿上明兵的号坎儿之后，只想着大军能早日回归故里。因此，当开拔北疆的命令一下，一个个精神抖擞，气宇轩昂，听从将令。没有因路途艰难而叫苦的，更没有溜号儿逃逸的，那是大步流星地向北走，恨不得一步变成两步，几步能迈上故土才好。你说，这样的大军怎能不行动神速呢？

之所以如此，还有一个原因，就是由于马云、叶旺、娟娟组织得好。三人也真是下了功夫了，对人员做周密细致的登记造册，再划分成小组，选出头目，一个管一个，各负其责。为便于机动灵活、通达顺畅地调动指挥，又将浩浩荡荡的大军分为三路，由他们仨各负责一路，约定时间到达目的地。要求控制好各个小组，发现问题在组内解决，不得节外生枝，徒增麻烦。

第一路人马为开路先锋，是由经过精挑细选出的身强力壮之尚武男儿组成的。个个摩拳擦掌、意气风发，是东征大军的主力。武器装备充足，刀枪剑戟斧钺钩叉样样儿有，爱使什么武器就发给你什么武器，一路雄赳赳、气昂昂，威武雄壮。此路大军由叶旺率领，约九百来人。多是东海出外多年的兵将，归心似箭，恨不得立刻踏上生养自己的沃土，尽早见到阔别已久的亲人。儿子想见父母，孙子想见爷爷奶奶，叔叔想见侄男侄女，哥哥想见弟弟妹妹，行进速度极快。

第二路是由四十多辆两个轮子或四个轮子的勒勒车、轿子车、篷车和一些护卫马队组成。车上坐的多是女人，也有白发苍苍的老头儿、老太太，还有些携儿带女的，总计五百来人。一辆又一辆的车子，排出好长一溜儿哇，从头儿一眼望不到尾。加上车辆行进的速度快，掀起一路烟尘，成了最受人们注目的一大奇观。像这种男女老少皆有的队列，人们在元朝的时候曾见过。不过那是征召的兵士同其家眷被强行迁移时，常常是一串儿一串儿地捆绑着，排成长队缓缓前行。自大元被灭之后，已是多年未见的景象。现在又有了先前那样的车队，沿途的百姓自然会当做一件新奇事儿，扶老携幼地前来观瞧，边看边议论纷纷。他们眼中所见的车上之人，不再是愁眉苦脸、哀号不止了，而是舒展眉头、欢声笑语啦！这些人大多是东征大军的家眷，即是朝廷专为收容元朝的降兵降将安置的家口，一切生活用品皆由朝廷供给。大军既然东征，家眷亦随军到辽东，不仅可以与在故土的亲人团聚，还可随夫安家，安家费也是由朝廷赏赐的。得到了如此的优抚，他们能不兴高采烈吗？

起初，马云、叶旺曾为带众多的家眷一路同行而大伤脑筋。担心没有这方面的经验，再闹出什么麻烦事儿来，更怕由此耽误了大军的行程，很是提心吊胆。可几天一路行来，万事顺遂，车队跟着第一路近千人的大军有条不紊地向前奔驰。二人看在眼里，心里踏实不少。负责中路人马的是谁呢？不是别人，正是刘伯温的女儿刘娟娟。由于她刚刚被封为秉仁公主，东征的武威安抚使，出行自然会有车轿仪仗相随。但是今日并没有坐轿，而是身着征袍，头扎英雄巾，骑一匹红鬃烈马，后面跟着十多名卫兵护从，随车队一块儿前行，显得格外豪迈矫健。尽管地位显贵，却不因此盛气凌人，始终是跑前跑后地指挥号令着车队，跟紧第一路大军前进。在此路队伍里还有一位挺惹眼，就是军师刘老先生的二儿子、娟娟的二哥刘璟，是受父亲之命随军奔赴辽东的。因他是个书生，所以没有同会武功的妻子美娘并辔而行，而是与明月长老坐在一辆轿车里。

第三路则是由驴马驮子组成的队伍，驮的都是大皮囊口袋，里面装着大军一路上所用的被服、粮食、草料之类的辎重，由马云兄妹率领前行。

三路长长的大军，组织有序，行进迅速，过了一屯又一寨，飞跨一山又一岭，好不威风；一路旌旗伞盖，烟尘滚滚，战马嘶鸣，好不气派。沿路百姓见此情景，那是笑语欢颜、鞭炮齐鸣、鼓乐相送啊，格外增添了一分热闹！人们无不敬佩赞叹，有诗颂曰：

> 铁马征尘弥古道，
> 旌旗抖展撼山岳。
> 飞越雄关驰如箭，
> 惟凤捷传虏元虢。

这首诗言简意赅地真个把东征大军行进的壮观景象、兵将的畅怀欢悦之情以及东征的目的写得明白如话，深切地表达了百姓的由衷祝福。谁写的？不清楚。当时的文人很多，不知出自何人的手笔。可以说是大家留下的，是众人的一口同音，是对大明朝初期征战的豪举发自内心之礼赞！

咱们单说东征大军飞速地前进，跨州衙，过府县，到达蓬莱已指日可待。大家无比兴奋，相互激励、鼓舞着："哥们儿，眼看就要到达目的地了。到了蓬莱，便可以登舟跨海啦！"没过几日，队伍顺利抵达蓬莱，早有皇上颁旨钦定的靖海侯吴祯率舟师于此等候，准备送他们渡海去辽东。

　　说起吴祯，那可是明朝有名的舟师将军，乃江国襄烈公吴良之弟也。初名儿曰国宝，"祯"是皇上赐给的名字。始从朱元璋克滁州，攻采石，定集庆，下镇江等地。继而从常遇春大将军取池州，以舟师毁其北门入城，皆立战功，积功由帐前都先锋累迁为天兴翼副元帅。后又破张士诚水寨，擒拿骁将朱定，被授英武卫亲军指挥使。在随副征南将军汤和讨方国珍时，率舟师乘潮入曹娥江，毁坝通道，出其不意直抵军厩，迫使方国珍入海亡。在从徐达大将军平陕、随副将军冯胜驻庆阳时，都有不凡的战绩，故而朱元璋提升他为靖海将军，练军海上。当年冬，封为靖海侯。毫不夸口地说，吴祯是当朝一位有丰富海上作战经验的老将军。他接受皇上的以舟师送东征大军渡海之命后，做了精心的准备、周到的布置。在大军到来之前，为防奸细，还布置了哨兵守护海岸，蓬莱码头接应渡海的舟船早已整备齐全，列队以待。

　　马云、叶旺和娟娟率师到达蓬莱时，不但吴老将军亲往城外很远的地方敬候，而且山东的知府也率当地各级官员出郭恭迎。他们一起拜谒了秉仁公主，并要为马云、叶旺等将接风洗尘。为不搅扰当地百姓，三人早向山东知府传报，免去迎迓接送等各种礼节，不要有鼓乐喧天的举动，声言此次只是借路而行。所以，对前来之人在做了礼节性的寒暄后，遂立即指挥大军按吴老将军的舟船排列顺序，依次按号从岸上直接登舟，以便迅速北上。大队人马及所有的辎重、车辆，有条不紊地很快安置就绪，没给当地增添任何麻烦，知府等官对此特别感激。兵卒登船之后，哪几个人是这个舱的，哪几个兄弟是那个舱的，均已分好。在船舱坐定后，行囊一放，惟一要做的就是歇息、睡觉。食宿全在船上，既可作为安歇之处，又可随时号令继续北上。每只船舱都有吴老将军派定的两名侍卫做保卫和照顾兵将的生活，日常用品一应俱全，茶水、水盆等应有尽有，可供喝茶、洗脸、洗脚用。也备足了锅灶、碗筷，吃喝十分便利。怕有晕船的或头疼脑热的、生病的，各船还准备了各类外用和内服的药品。山东知府特意给北上的舟师拉来数车肉、蛋和海鲜，分拨给各个舟船，供应颇为充足，马云、叶旺、娟娟对吴老将军和山东知府如此周到、细致的安排再三表示了谢意。

　　入夜后，蓬莱岛一片宁静，明月升天，海浪轻轻地摇动着战船。从船上向远望去，波光浩渺无垠，隐约可见水面上的各种船只往来穿梭，有巡逻船，也有渔船，戒备森严。近处，停靠在岸边的一排排战船已鼓起征帆，正待远行。诸船之上，炊烟缭绕，兵将们正在舱里饮茶用膳呢！

吴老将军自奉旨率舟师至蓬莱已有月余，为运送东征大军日夜操劳，看上去有些消瘦，两眼充满了血丝，真够累的了，然而仍英姿抖擞，目光炯炯，精力充沛，令人肃然起敬。这不，吃过晚饭，马上带着几名护卫四周巡逻去了。见一切平静，无有异常，便去看望了马云、叶旺。之后由二人陪同，专门到乘载车轿的大帆船上，拜望秉仁公主和明月长老。

此时，明月长老和娟娟正在一艘舟船的内舱闲聊着，有人传报："吴老将军来见！"二人赶忙起身从舱里登梯子上来，走到船的甲板上等候迎接。这里备有茶桌、椅子，可以观景、歇息，并设专人侍候。吴老将军等人来到船上，大家一起见过礼、互道寒暄后，便坐下来饮茶叙话。明月长老虽然年过古稀，又走了很长的路途，但并不感到累，依然那么精神。她有个习惯，到远处云游，为防不测，从不穿宽袍儿肥腿儿裤，着的是紧身小打扮。干净利落，一点儿看不出年迈老态的样子，倒像个年轻的壮士一般。娟娟同样不是凤冠霞帔，而是一身女侠的装束，外披一件武士夜行斗篷，里头为短身小打扮。腰间围着软剑，俨然一位武将，随时能够应付任何突发而至之事。吴老将军向二位抱拳道："师太，您数千里劳顿，却没有疲劳感，令人很是欣慰，且万分钦敬啊！秉仁公主也不显倦意，仍飒爽勃发。看到你们能这样，老叟甚感心安了，也就不辱圣上的嘱托和军师的厚意了！"明月长老说："老将军这样高龄还为国操劳，为我们今天的到来，不知有多少个日夜没有很好安歇了。要说累，您是最累的；要说功劳，您最有功劳啊，大家非常感谢您哪！"娟娟对吴老将军并不熟悉，可吴祯对她却不陌生。为什么呢？因为吴祯素与刘伯温关系甚密，二人又都是徐达的好友、莫逆之交。安夫人在世时，吴祯常到刘伯温家里做客，没少喝安夫人备办的浓酒香茶，多次见过娟娟，只不过她那时还小而已。

在叙谈中，吴老将军听说刘伯温的小儿子刘璟带着夫人也来了，立刻到另一个舱去看望刘璟夫妇。吴老将军像对待自己的孩子似的问刘璟和美娘晕船没、累不累、吐了没有，嘱咐他们海上风大，吃点儿晕船药为好。之后，夫妇二人随吴老将军来到甲板上，吴老将军向大家说："各位还有什么需要做的事儿，尚缺什么，赶紧告诉我。以便尽快告知当地府衙的官员，他们一定会竭诚去办的。"别看吴老将军不是登州的人，只不过先来了一个多月，可此时倒像个主人热情地招待着来客。众人听后，异口同声地说："将军考虑得面面俱到哇，我们感激万分呀，再没什么需要了。"吴祯转过头来，冲身边的马云、叶旺言道："二位将军，今晨已观天象，夜间海风不大，正好北上。一切天遂人愿，明日子时，便可起航开拔。圣上、刘老军师和徐达大将军最惦记的就是辽东了，那是当今大明朝廷最头疼、最棘手的地方。东海女真野人连年乘我们讨元之机，起兵闹事，各据一方，相互之间还血战不已。何况纳哈出一伙儿正日益壮大，兵强马壮，不可小觑。此次东征，你们是重任在身哪！本将既然承担运送之责，就要安全地将大军送到辽东，这是至关重要的第一步。老叟的肩上，同样有担子万斛重的感觉，咱们必须要事事仔细、处处谨慎啊！"马云、叶旺听后，频频点头称是。

大家正谈着，不少人还在观赏着明月下的海浪、往来的舟船，明月长老突然一愣，似乎听到了一种奇怪的响动。你想啊，在海上，那是无风三尺浪啊！她能在浪涛的啪啪声、舟船运行的哗哗声、人们说话的嗡嗡声以及做饭的锅碗瓢盆碰撞之嘈杂声中，捕捉一点点不正常的声音，耳朵该有多尖呀，无怪乎是得道高僧、世外高人、武术强人哪，真有眼观六路、耳听八方之奇能！老人家循着那轻微的响声猛一抬头，见前头一艘战船的桅杆顶儿上，有个黑影儿突然一闪而过。接着又一闪，闪到了另一艘战船的桅杆顶儿上，瞬间就从那儿不见了，速度相当快，很多人根本没看到。惟有站在旁边的吴老将军在明月长老一愣神儿时，凭着多年捉拿海盗的经验，立即觉察到了有情况发生，感觉这声音来得很怪。他马上把身披的大斗篷呼啦往船上一甩，甩到了甲板上，露出了里边的短身小打扮。别看已是六十七八岁的人了，却依然灵活，随即纵身向上一蹿，嗖的一下登上了桅杆的横掌儿，噌噌几下便站在了大船的瞭望平台上。那个时候，大帆船的桅杆顶儿上，都有用铁笼子围的一个小台子，那是航行时的瞭望台。吴祯在上面往四周看了看，只见各船的将士们有的在走动着，也有三三两两地交谈着。再向远处望，只有星星点点的渔船于夜风中忽隐忽现。老人家见没有发现什么异常情况，又纵身跳下了桅杆。

此时的明月长老早已穿好了一身夜行服，带上兵刃，正向众人讲着她发现的情况。吴老将军到了甲板后，吩咐马云、叶旺："你们速传令各船严加防守，众将士要和衣而卧，随时做好迎战准备！"明月长老说："我断定那个夜盗仍穿行在舟船之上，只是不知现藏身在哪儿。从夜盗的行动来看，身形十分敏捷，是个有些功夫的不速之客。待老尼再去看看，你们不用惦着。"娟娟一听明月长老要去寻查，便执意随同前往，着急地说："师太，带我去吧。您教了徒儿那么长时间的轻功，平时只能在庵里练练，如今既然有了实战的机会，应当看看本事究竟怎样。请师太千万别嫌麻烦，徒弟在后面跟着您，不会误事的。"老人家一看娟娟讲得十分恳切，不好不带，只得答应道："好吧，权且算是检验一下你的功夫。跟我来，可一定要跟住喽！"说完，轻身一纵，早已不知去向，娟娟随之也不见影儿了。马云、叶旺立马传了将令，要求各舟船严加戒备，所有将士速回自己的舱内和衣安歇，静听金铎军令。

那么，什么是"金铎军令"呢？即以金铎作为各舟船之间的联络工具。它像个大铜锣似的，由主帅掌握。一敲起来，发出的哪哪之声，在大海之上听着既遥远又清晰，将士们按敲击金铎所发出声音的缓急和一二三四的点数来分辨将令。金铎军令就是舟船统一行动的命令，没有此军令，谁也不能乱动，只需抓紧时间休息、睡觉，以备随时征战。叶旺命哨兵加强巡逻，擦亮眼睛，百倍警惕；令将舟船上所有的篝火、炉火、灯火全部熄灭，不得有半点儿亮光。指令一下，各舟船随之一片沉寂，马云、叶旺、吴祯三人分别率兵卒持刀仗剑守护之，并搜查各处，严防海盗和元朝派来的奸细骚扰。

咱们暂且放下各舟船备战不讲，单说明月长老带着娟娟，以轻功巡行于各个舟船之间。一般的轻功，多在水面或树上穿行。踏在水面上，沉不下去；踩在树上，枝叶不动，轻得像棉花团儿似的。明月长老的轻功却非同小可，不但轻如鹅毛，而且于水面、树上穿行时，可以辗转腾挪，既快又无一点儿声响。如果说风多快，老人家的轻功便有多快，碰哪儿都没声儿。即使从你头顶儿上过，也只会感到似乎有微风吹过。不是用脚一踹你挺疼，而是几乎觉不出来，就这么厉害。

明月长老在前头带路，到各船上寻索，看海寇究竟藏在了哪里。一艘一艘地看，连舟船上的旮旯末角都搜得相当仔细。娟娟随其后，从船头到船尾、从船上到桅杆顶儿上，认真地查找，看有无隐藏之海寇的影子。突然，明月长老发现在远处一艘舟船桅杆顶儿上的风信旗下，有个黑影儿。为什么帆船上插有风信旗呢？因为需要看风使舵，根据风速、风向掌握船怎么走。看风看什么？就是看桅杆顶儿上呼呼啦啦飘着的风信旗。风往哪边吹，旗尾随之朝向哪边。舵工则据此喊号子，让船员和扯篷的人往一边儿使劲儿，这样才能破浪前进。那黑影儿因为有船帆半遮着，所以若是一般的眼力，再不仔细观察，是很难发现的。可明月长老独具只眼，看得十分清楚，确定了在黑暗的角落里，有个海盗紧紧贴身于桅杆，遁伏在那儿。她想："好家伙，桅杆那么细，那贼竟可以贴身于此，一动不动，真够厉害的!"还没等后面跟上来的娟娟看仔细呢，明月长老早已从腰间抽出一把小匕首，也可以叫飞镖，把儿上还带着穗子，心里默念着："毛贼，快给我下来吧!"随即嗖的一声，把飞镖投了出去。说时迟，那时快，明月长老在发出飞镖的同时，一腾身追了过去。为什么呢？因为她的飞镖一出手，如果投中了黑影儿，那个人就得掉下来。所以，必须跟随而至。

从远处看，大船是一只紧挨一只，跨过去似乎很容易。实则不然，船与船之间的空隙挺大的。为什么这么说呢？因为海上的风浪大呀，两船若挨得近了，海浪一起一落的，船必然涌动，会碰撞到一起。虽然船的外头都有软垫儿挡着，但船体容易伤着或被撞碎。故而，船与船之间必须拉开距离，才不至于相互碰撞。如此一来，从这只船跳到那只船，并不是谁都能做到的。倘若功夫不到家，一跳，很可能跳不到船上，反倒掉进海里去了。要真掉进了大海，不要说海水有多深，那大船的船身就很高，想上来谈何容易？明月长老可不是一般人，有轻功啊，只见她用脚尖儿轻轻一点，便从这只船飞身跳到另一只船上。跳过去一看，那黑影儿却向前移动了，心想："我的飞镖肯定是中的了，让你使劲儿跑，还能跑多远咋的？"边想着边腾飞、纵跃，紧追不舍。娟娟跟了一段儿，速度渐渐有些慢了，落在了后头。

明月长老正追着，眼看离那个黑影儿很近了，可猛抬头往上一看，却发现了另一个黑影儿。只见此黑影儿一个翻身，便从头顶儿的桅杆上向海里蹿去了。神奇的是当落到海面时，没有溅起多高的浪花儿，声音极小，而且在海面上疾走如飞。这个黑影儿可是太有能耐了，只见他在水面上辗转腾挪，如同踏在平地一般，有时腾空而起，有时落将下来。脚脖子刚刚插进水里，紧接着来个旋身功，又从水面上腾起。看上去像是脚在海面上只一点，就这么连续地向前跳跃着，足见其为轻功之上乘。若非如此，早已沉入海底玩儿完了。黑影儿在海上行走了一段儿，连续做了十几个旋身功，然后突然身子一拔，一个鹞子翻身，跳到远处的一艘大舟船上。接着又从那艘大船飞身跳上另一艘大船，速度之快，让人目不暇接；声音之小，就是从你的船上过去，都不会有丝毫察觉。明月长老暗暗佩服这个黑影儿的功夫，十分了得，真可谓出神入化。说实在的，老人家虽然武术高强，但没有海上御敌搏斗的经验，不知如何擒拿海寇。特别是在一排排的船只中纵来纵去的，过去很少经历过。加上对登州府的海港不熟悉，追来追去的，结果两个黑影儿全不见了。

明月长老正站在那儿、遗憾地跺着脚、叹着气、四处张望呢，娟娟赶上来了。她一看师太的样子，知道是把海寇给追丢了。俩人无不万分懊恼，自恨本来跟得挺紧，眼看要抓住了，怎么能把人给跟没了呢？就在二人愣神儿之时，突然，嗖地随着一股冷风，咕咚一声，像是一件什么东西被扔到了她俩面前。低头一看，原来是个全身湿漉漉的人，已经龟缩成一团，直喘长气。明月长老和娟娟一惊，不知这是怎么回事儿，忽地又纵身跳来一个人。仔细一看，不是别人，竟是靖海侯吴祯老将军。她们心中更奇怪了："吴老将军怎么会出现在此呢？"这时，吴祯说道："海盗自以为得计，可怎能逃出我的手心儿？老叟在海上几十年，跟海盗打交道不计其数。师太，抓海盗不能跟在他的后面，追不起。这些人像狸猫一样，精得很，对周围的一切非常熟。必须摸准他们常走的路，否则，追一追有可能追丢了。我早料到了这一手，断定他被你俩一撵，已知无法施展什么诡计了，只能逃跑。并且只有一招儿，就是逃离海面，上岸寻找繁华之地，钻进民宅之中，乘人不备，溜之大吉。刚来登州时，咱们的战船一停靠在码头，我便观察了周围的地形。知道了哪块儿凸、哪块儿凹、哪块儿有石崖、哪块儿挨着民宅、集市，以防海盗的侵扰。经几天的日夜守候，没有发现什么异常动静，估计若有事儿，必是在大军到来之后。果不然，人马一到，海盗随之也来了。为了吸引海盗，在去看望你们时，我故意大声儿喊话，使隐藏的海盗知道舟师的将领在哪条船上，以便让他们尽快露面儿。还算行，真的上钩儿了。咱们在闲聊的时候，海盗已经藏到了船只的桅杆顶儿上了，大家所说的那些话和一举一动，全都看见了、听到了。不过，令他万万没有想到的是，师太却发现了其藏身之处。随之一动、一追，海盗惊慌了。师太，你在追赶时，我已料定他必向蛇头屿那块儿逃窜。因为从蛇头屿上岸，可很快进入繁华的渔市，那里有民房藏身。只要钻进去，便不易被找到。所以，刚才我先到附近的一只船上等待、观察。当看到师太把他追了过来时，遂从海上先行一步，到了蛇头屿。由于海盗已被师太的飞镖刺中，右腿行走的速度自然慢，待一瘸一拐地爬上了岸，正好被等在那儿的我逮个正着。"明月长老听罢，那是打心眼儿里佩服老将军的谋略和精湛的武功。

就在这时，马云、叶旺带几个军士赶到了，看到海盗被擒拿，大家才放下心来。吴老将军命军士将受伤的海盗捆绑起来，又让随军郎中给他简单包扎了一下伤口，止住血后，带回了船舱。经过马云、叶旺、娟娟连夜突审，方知此非一般的到船上掠抢民财的小海盗，而是辽东元朝的太尉、丞相纳哈出派出的暗探。纳哈出听说大明朝廷发来东征之师，便向山海关与登州两处派出探子，访查其实力与机密。按照他的指令，暗探的差事是乘机在海中纵火，焚烧帅船，引起内乱。然后速返，向纳哈出禀报。军士们从探子所带的皮囊中，果然搜出了纵火用的硫磺、火药等物。

马云、叶旺请明月长老和娟娟到船舱中安歇后，向吴老将军禀明了突审的情况。吴祯说："现在看来，纳哈出已经开始动手了。事不宜迟，依老夫之意，目前风向渐转向北，夜间必有西南风，乃天助我也。原想子夜起航，主要是考虑大家长途劳累，应该好好儿歇息一下。可是不行啊，只能让众将士提前出发了，待天明后便可赶到旅顺口。"叶旺高兴地说："老将军之意乃英明决策，我和马将军也是这么想的。既然纳哈出已经知道咱们的行踪了，因此必须提前三个多时辰出发，出其不意，及早到达辽东。这样，才有可能争取主动。"三人商量一番后，马云、叶旺又征求娟娟、明月长老的意见，二人表示赞同此议。于是，决定大军立刻向北进发。马云、叶旺、吴祯分头传令，蓬莱码头当即响起了金铎之声。本来战船上都备有开航鼓，什么是开航鼓呢？就是战船上立着的一面大鼓。出征时，各船将敲起来，咚咚之声震撼云海，山摇地动，以此鼓舞士气，震慑敌人。此刻因是秘密进发，所以没有敲开航鼓。金铎响后，众将士马上从舱里走了出来，执刀仗剑地列队于甲板之上。舟师的所有舵工、水手扯起了风帆，拔锚起航。吴祯老将军、马云、叶旺与登州岸边的州府官员挥手作别，请他们转告知州大人，由于军情紧急，不得不提前出发了，来不及告辞，只能深表歉意了。大船依次驶离蓬莱码头，很快进入了深海。吴祯老将军在舟师帅船之上，看准灯塔，以金铎指挥着各船，不时调整着航线，严防与海上归来的渔船及海底的暗礁相撞。船队浩浩荡荡地行进着，要将大明朝廷派出的东征大军众儿郎，安全、迅速地送至辽东旅顺口，一路乘风破浪不去细讲。

单说马云他们为了掌握辽东金山纳哈出的更多情况，乘着夜航，再次审讯被擒拿的暗探，早有几名兵卒将其五花大绑地押至作为中军大帐的船舱。"大帐"里挺宽敞，摆有桌椅板凳，马云、叶旺、娟娟坐在正面长条儿桌旁的椅子上，圆瞪双目，显得十分威严。探子被推进来后，让他跪倒在三人的对面。那人穿得很单薄，满脸的络腮胡子，长着西葫芦似的长脸，尖下颏儿，一口大黄牙，看上去凶神恶煞的样子。帐内两旁站着十几名执仗的兵卒，有的卷着袖子，有的握紧拳头，也是怒目横眉。那人看了看这阵势，先是一句话不说，接着便倒在地上嗷嗷怪叫，装出一副右腿的伤口被碰疼的样子。其实，明月长老的飞镖尽管刺中了这个毛贼，但那是没有涂过毒药的，经过用治红伤的止血止痛药敷上后，已经止血了，不至于那么疼了。几个军士去叫他的时候，呼噜呼噜睡得正香呢，踢了好几脚才醒过来。他叫了一阵儿后，接着是骂不绝口："他妈的，碰到爷爷的疼处了！混蛋，为什么不小心点儿？"叶旺忽地往起一站，厉声儿道："你算什么英雄，叫唤啥？不就是碰破了皮儿嘛！一个猫咬那么大的疤，又涂上了药，有啥值得大呼小叫的？少在这儿装蒜，老老实实地照我说的做，必须讲出辽东的情况。若是不说，可听好了，我们随时都能用鲸鱼钩儿钩着你的心窝儿，扔进大海喂海龟去。是死是活，看你能不能说出实情啦！"马云在一旁配合着，用脚板儿似的大手往桌子上啪啪地一拍，震得茶杯哗哗响，高声儿断喝："少跟他啰嗦，快说！"故意显现出一脸的杀气。

探子先是一惊，随后抬眼偷偷往上瞥了瞥，看到了三双怒目。又向旁瞅了瞅仗剑的兵卒，心想："嚯，今天来审我的人真是不少哇！看这意思，只要三个主帅一声令下，不把我扔进海里去，也得砸成粉末儿呀，可老子不怕这个。"暗探是见过世面之人，看了看，又撇了撇嘴，然后仰面哈哈大笑起来，并笑个没完。马云怒不可遏地喝道："混账东西，笑什么？还不快快照实说谁让你来的，不然可要动大刑了！"叶旺和护卫们也齐声儿吼道："快说，快说！"边喊边用棒子敲打着船舱的地板。探子收敛了笑容，摆出一副若无其事的样子，慢条斯理地说："你们穷咋呼啥？吓唬两岁半的孩子呢，还是哄一个没经过世面的傻头呆脑的木鸡呢？出外打听打听，爷爷怕过谁呀？我看透了，你们几个纯粹是堆白薯！初来乍到吧，过去没在海上玩儿过对吧？"然后用手指了指叶旺和周围的人，轻蔑地说："不是小瞧你们，一帮旱鸭子吧？见过大海嘛，见过海神爷爷嘛，跟我说说他长几只眼睛？你们这些蠢货，奶奶的！"就这么猖狂、嚣张，一下子竟把马云、叶旺给噎住了，心想："哎呀？这小子倒比我们还横！"正在二人打奔儿时，那个探子又说了："咋的了，怎么不说话了？不是要审我嘛，倒是审呀！"边说边啪啪啪地拍打着胸脯，嚷道："告诉你们吧，我就是人称海神爷爷的舅舅——海神舅舅！在海上闯荡了四十年，玩儿海也玩儿了几十年，可以到辽东旅顺、东海的苏城沟不管是哪儿随便问，谁不知道我海神舅舅？你们不妨先看看这身上的伤疤，然后再听本海神舅舅讲讲海的事儿，好长长见识、开开眼！"

探子嗷嗷地一通儿自吹，反把马云、叶旺、娟娟弄没了主意。也难怪，他们是头一遭遇到什么海上的探子，头一回打交道，一时真不知道如何办才好。叶旺心想："不管怎样，船得走一宿，你不是能磨吗？那咱们就磨。反正我们坐着，你得在地上倒着，身子还有伤。靠呗，看谁能靠过谁！"这么想着，便说："好哇，兄弟，那只好委屈你了。既然不怕疼，愿意在船上靠，我们奉陪到底了。"然后侧过头，对旁边的马云说："他不是让咱们看伤疤吗？来人，扒光他的衣裳！"此话一出口，马上回头看了一眼娟娟，觉得话说得有些不合适，忙又改口道："噢，不用扒光，把上衣扯下来就行了！"两个护卫扑了过去，薅住探子的脖领子，刺啦一声便把上衣撕碎并扒了下来，那人的上半身露了出来。大伙儿一看，吓了一大跳哇！只见他身上没一块儿好地方，全是伤疤，一块儿连着一块儿。有的地方是疤痕豁成的沟，有的地方是肉疙瘩疤，那是伤疤聚到一起形成的。凹凸不平，红一块、紫一块、黑一块、白一块的，说惨不忍睹，一点儿不过分。在座的人从未见过这样的疤痕之体，谁看了谁不大惊失色？甚至都不敢看。娟娟只匆匆瞥了一眼，赶紧把脸扭到一边去了。这时，探子撇了撇嘴，狂傲地说："怎么样，眼珠子从没装过这些新鲜东西吧？就你们几个刚从娘胎里出来的嫩苗儿还想威吓个人？我经过的那些磨难和办过的事儿，以为一吓唬就能乖乖讲出来？敢审我，真是瞎了眼啦！告诉你们，海神舅舅可不是好惹的，看见锁子骨左右两个大黑洞了吧？这是大元至正元年，官府用双铁钩子钩着锁子骨把我吊了起来，吊了一个多时辰，没喊过一声妈、叫过一声疼。最后他们没招儿了，只好放了。再看看两肋上又黑又紫又红的肉疙瘩疤，是大元至正九年那会儿，官府对我施火刑，火烧双肋。折腾得昏死过去两个时辰，醒来没服一声软，不仅没得到一丁点儿口供，反把官府吓住了，海神舅舅依然如我！你们看我心口窝儿处，碗大的坑疤，能放下一个拳头，肉已经没了。这是大元至正十五年被官府签军征去时，我骂不绝口，遭到剐刑所致。那些兔崽子用快刀剐我的心口儿，剜下了碗大的一块儿肉，可见到心在嘣嘣跳，流出殷红的鲜血，那也没喊一声疼！我没有死，只是少了块儿肉，官府的人却全被吓傻了。若不是这样，哪能逃过去广西的兵役，仍在辽东老家东海横混？我看你们就省点儿心吧，别瞎子点灯白费蜡了，爷爷根本没把什么上大刑放在眼里。元朝的刑法最残酷吧，我怕过吗？没怕，都熬过来了，还在乎几个乳臭未干的毛孩子不成？说实话吧，你们到辽东，什么也得不到，大丞相、太尉纳哈出是帮我们的，大明朝跟他作对赢不了。为什么？因为东海千千万万的女真人同大丞相在一起！"探子就这么声嘶力竭地喊了半天，看不出一点儿惧怕的意思。

马云见探子还要喊下去，便打断他的话头儿说："行了，住嘴吧，不用再磨嘴皮子、兜圈子胡编海吹了，少讲那些陈年烂谷子臭芝麻的事儿。我问你，既然原本在辽东，为了什么赶来登州上了明军的船？到底啥时候到这儿的，怎么知道的我们也到此地？必须如实讲！"那探子瞪着一双贼溜溜的眼睛，语无伦次地说："啊？你说那个呀，我不是从辽东来的……噢，不对，我是从辽东来的，又怎么样？说实在的，早就知道你们来，啥事儿能瞒住我海神舅舅？哎呀，渴死我了，别他妈审起没完，给我水喝！"接着便耍开赖了，满地打滚儿道："你们太没人味儿了，打算渴死我还是怎么着，海神舅舅离不开水不知道哇？快拿水来，拿水来！"闭着眼睛一声接一声地喊叫着。

马云、叶旺、娟娟一看这种情形，觉得真是审不下去了。老是同探子针锋相对的，总不是个办法，你问一句，他有百句等着呢！而且他比你吵吵得厉害，还不停地嘲笑、戏弄，根本没瞧得起参审的人。再说了，时间紧迫呀，一宿很快会过去，眼看天要亮了，哪能跟他没完没了地穷掰呢？必须得想办法撬开他的口，知道其来龙去脉，弄清是怎么探得大明舟师要北上这个消息的。不能被他蒙骗过去、按他设定的圈子转，东一锒头西一棒子的，纯粹是在磨时间呢！若是再靠下去，就上当了，那将什么也得不到。看来，探子相当狡猾、老练，很难对付，得想个对策。三人意识到这点后，叶旺命护卫取来茶水给探子。那人接过碗，一仰脖儿，咕嘟咕嘟几口便喝光了。叶旺又令护卫把他搀到"中军大帐"旁边那个船舱内间的一张软床上歇息，严加看守，好生关照，并让送去米粥和山东大麻花。探子可能真是又饥又渴，一口气喝了四大碗米粥，吃了三根儿大麻花，嚼得挺香。

在护卫们将探子带到另一船舱后，马云、叶旺、娟娟三人静下心来，仔细分析了暗探的情况。从浑身的伤疤可知，他不是一般人，大有来历。从曾被征过兵、又逃跑过的情况看，对元朝廷是有仇恨的。他口口声声说自己是东海女真人，看情形，不像是蒙古人，很可能真的是东海女真野人。刘老军师曾讲过，对东海女真野人要采取安抚之策，那是我们的拯救对象。辽东当地的土民，是受尽了苦难之人，也是被元朝欺压得最重、剥削得最惨之人。大明反元，务要团结和依靠被元朝任意宰割的辽东东海女真野人，不能把他们看成是与己对立的仇人。从探子说话的口气，便看出了破绽。先是不承认从辽东来，后又急忙改口，自称是从那儿来的。由此可推断，他根本不是从辽东来的。那么，到底从哪儿来，怎么就到了登州？为什么对大明舟师火气那么大、怨恨那么深呢？其中必有文章，一定有重要的隐瞒之事，应该查个水落石出，绝不可小觑。

叶旺他们几个越想越觉得探子来历非同寻常，一旦弄清楚，或许很多疑团就会迎刃而解，辽东一些棘手的事情也会从中找到解决的办法，很可能是柳暗花明又一村呢！想到此，便不像刚才那样沉闷了，渐渐兴奋起来，又请来了吴祯老将军和明月长老。几个人在一起商量着，七言八语地出主意、想对策，很是热烈。合计了半天，一致的意见是尽量感化、说服，想办法快些撬开探子的嘴，使冥顽不化的头脑能够开窍儿，不与大明朝对立。只有这样，他才能主动与我们合作，讲出眼下急想知道的一些事情。那么，探子的嘴该如何撬呢？大家希望吴祯老将军能多说几句。

吴老将军认真想了想，然后开口道："依我这些年在海上的活动，再加上为给仇成大将军送给养，常去辽东了解到的女真人情况看，当地的土民、野人、女真人，对大明王朝是寄予希望的。从你们对探子的审问来看，尽管没有摸到什么细情，起码知道了他的身世。可以肯定，此人不是纳哈出的心腹、族人，只是个为纳哈出办事儿的女真人，这就好办了。东海女真人从骨子里讲是反元的，因为大元朝加害他们的事儿太多了，家家皆有一本心酸的血泪史。而今大明王朝推翻了元朝，把压在东海女真人身上的大石头搬走了，可以舒舒服服地喘口气了。因此，他们对大明朝廷的印象会很好的。仇成大将军曾跟我讲过，辽东的女真人特别佩服大明的三大活神仙，每当说到他们的时候，都虔诚地叩头烧香啊！哪三个活神仙呢？一个是刘伯温。说他能掐会算，可预卜未来，大明天子就是靠这位军师超人的智谋战胜了大元朝。故而全佩服他，说成是活神仙；第二个是徐达。说皇上能够讨平大元朝，第一有功的大将便是徐大将军。不仅自己能征善战，手下还有常遇春、胡大海等众将军，那是真厉害呀，令人佩服，不是活神仙是什么？第三个是当今的皇上。说他过去是个放牛的，后来当了穷和尚。能组织起这么大的队伍，打败群雄，推翻元朝当了皇帝，真是硬干起来的，没有点儿能耐能行吗？就是他把女真人救出来了，肯定是活神仙。女真人对以上三位明朝人佩服得五体投地，其中最受推崇的，当属军师刘伯温。你们是知道的，军师最戒杀人，主张对任何人，哪怕敌人也应该是'知其难，察其行，诱其醒；反敌为友，反祸为福，天下同荣。'刘老军师的这个策略，得到了圣上的赞同，亦受到女真人，包括蒙古人的赞成。许多元朝的降兵降将之所以能聚在大明旗帜之下，势不可挡，原因固然很多。对军师的印象非常好、信任度极高，乃其中的重要原因之一。"吴祯说到这儿，停了下来，端起茶杯，呷了几口茶。

马云他们四个人听得入神了，一边点头称是，一边急切地盼着下文。尤其是娟娟更着急，目不转睛地盯着吴祯，不禁催促道："吴老将军，请继续讲呀！"吴祯放下茶杯，看了看娟娟，以商量的口气说："既然如此，依老夫看，娟娟你就演出戏，当此戏的主角。穿戴上秉仁公主的凤冠霞帔，摆出当今皇帝的圣旨宝匣儿，亮出封诰，让探子知道你是最受万民敬仰的刘伯温老先生的女儿。为什么要这样做呢？我刚才已经说了，元朝上下人等从心眼儿里敬佩的英雄和圣人就是刘老军师，不是奉为活神仙吗？认为若没有他的神机妙算，大元朝不可能垮得如此之惨、如此之快！只要让探子知道你是刘伯温之女，是圣上亲封的秉仁公主，恐怕便不会对咱们那么敌视了，也不会那么冥顽不化、狂傲嚣张了，会立马变个样儿。娟娟，怎么样，试一试？"吴老将军完全是胸有成竹的口气。

马云、叶旺乍一听，没怎么理解吴老将军出的主意，寻思如此做能有啥用？探子哪会吃这套呢？后来一想，是呀，刘老军师的声望确实很高，一提到他的名字，不光大元朝众臣、将士知道，连北方女真野人都知道。由于刘伯温一向重视所采取的策略，注意团结人，虽然治军很严，但决不轻易杀人。所以，敌人也好，朋友也罢，皆对他十分尊崇，这一点吴老将军说得没错。仔细一琢磨，觉得此做法或许能行，叶旺说："娟娟，我看不妨按老将军之意试一试，要是灵验，探子如能因此而感悟过来不很好吗？"马云表示同意，又侧过头问明月长老："师太，您看呢？"坐在旁边一直没开口的明月长老表态道："老将军讲得甚好，要想获胜，首要的是攻心。老尼久去辽东，知道东海野人的古俗。一会儿，我打算见见探子，何况刚才已跟他打了一仗，并给伤了。只冲这一点，也应该去看看，向他致歉，就说手重了，然后再以族情加以感化。好在东海女真人有不少是我的朋友，对他们的生活习性和心态比较了解，人非草木，孰能无情？解其心，动之情，顽石可化也。"明月长老的这番话，说得大家更有信心了。于是，让娟娟出山的事儿便定下来了，各自分头去做准备。

单说明月长老同吴祯老将军一前一后走出"中军大帐"，来到旁边那个囚探子的小船舱。见外头有几个兵卒把守，舱门儿开着，是往上掬开的。从舱门儿顺下个梯子，需登梯子下去，才能到舱里。因舱门儿已开，一张舱板支在那儿，从上往下一看，就能清楚地看到舱里的人。二人见那探子躺在软床上，闭着眼睛，似乎睡着了。其实，这个小舱本来是船队头领休息的地方，现在让一个暗探住在里面，对他实在是一种优待。所不同的是，探子住进去之后，多了几个拿鬼头刀的护卫看守着。明月长老顺着梯子下去，进了船舱，紧随其后的是吴祯。明月长老摆手示意，让拿鬼头刀的护兵们退下。护兵全认识长老，又有吴老将军在，马上退出了舱外。明月长老心想："别看护卫都出去了，探子想蹿起来行凶可没那么容易，单凭我老太太的武功也能制服你，不过那不是我的目的。能进到船舱来，是想制造一种平和的氛围，然后与你进行心与心的沟通，掏出肚子里的话，这是最重要的。"应该说，明月长老想得很对。你想啊，刚才探子周围好几个拿着鬼头刀的护兵站在那儿，气氛多紧张呀，怎会利于以情化之呢？

护卫们一撤，小船舱里自然显得轻松多了。探子此时根本没睡，偷眼看了看，进来一位老人家。仔细一瞧，原来认识，这不是同自己交手的第一人吗？明月长老看他身上还被绳子绑着，便问吴老将军："可否给他松绑？"吴祯点点头，遂命两个护兵下到舱里，将那人身上、手上、脚上的绳索一一解了下来。之后，转身登梯子上去了，舱里只有明月长老、吴祯、探子三人。

表面上显得刚强、啥都不惧的探子，由于吴祯命人把捆住他身体的绳索除去了，顿感轻松了不少，似乎挺受感动。明月长老又亲自拿出红伤药，再一次为他治伤口，以便止血、止疼。这时，从探子狼一样的眼睛里流露出来的那种仇恨立马减少了，眼神儿较前温柔了许多，却仍不友好，怔怔地问明月长老和吴祯老将军："你们解下了我身上的绳索，难道不怕逃跑吗？别忘了，我可是海神舅舅，在海上如鱼得水。要是逃之夭夭，朝廷跟你们要人犯怎么办，不怕犯杀头之罪吗？告诉我，究竟是为啥？"明月长老走上前来，轻轻地拍拍探子肩膀道："好汉哪，不要这么硬气，我问你话，你要好好儿听着，是诸申尼亚勒玛吧？是艾痕哈喇艾乌克孙的人？"两句问话是什么意思呢？即是不是女真人，是哪个艾痕哪个部落的人。这么一问，那人当即一愣，万没想到船上还会有说女真野人话的！如同大难逢知己、千里遇故人一般，两只眼睛直冒亮光儿，显得格外亲切。只见本来是半躺半靠在软床上、一副爱答不理样子的探子，扑棱一声坐了起来，目不转睛地盯着明月长老，几乎不相信自己的耳朵，那脸上的表情分明在说："这熟悉的话语，真的是从眼前身穿尼姑道袍的老太太口中说出来的吗，她怎么会女真野人语呢？"旁边的吴祯老将军看他那么一愣神儿，马上明白了，说道："好汉，向你介绍一下，这位是德高望重的南京鸡鸣山明月庵住持明月长老。老人家常去辽东东海的一些地方、包括锡霍特山一带采药，因此很熟悉女真野人诸部的生活，结交了不少朋友。当地的男女老少闹各种叫不上名儿来的病，都是明月长老不厌其烦地一次次登门，最后给诊治好的。如果你有良心，是东海女真野人，对我说的这些事儿就能知道，也肯定听说过她老人家的名字。"探子听后，眨巴眨巴眼睛没吭声儿。

此刻，明月长老站在那儿，目光炯炯，微笑地望着探子。探子光着上身，侧坐在卧榻上，瞪着两眼，也从下往上打量着明月长老。老人家早已看清了他满身的伤痕，左肩膀处有文身的痕迹。花纹儿是一株葡萄叶儿，还有一根叶蔓，好像一株葡萄叶儿带着藤蔓覆盖在肩膀上一样。文完之后，曾用花汁儿水抹过，因此依然很清晰，甚是好看。明月长老知道，花纹儿的颜色同花儿的颜色是一样的。因为当时的文身，是用针刺完之后，须立即把花汁儿抹在肉皮上，花色很快渗入到肉里。这样，花纹儿一辈子不会消失，颜色也不退。她还知道，东海女真野人有文身的古俗，喜欢在身上刺各种花纹儿。所文花饰，即是这个人本族系的标识或符号。各个族皆有自己的标识，在东海，只要看身上的图案，便可知道他是哪个族系的、哪伙儿的、哪块儿的人，头领是谁。这些花饰绝不相互混淆，而是泾渭分明，以此区别于各部的地域、礼仪以及生活规范。

明月长老一看探子的文身就认出来了，此人并不是什么闯荡江湖的海盗，而是辽东东海女真野人部的成员。那些人剽悍、正直、勇猛、不怕死，又吃苦耐劳、淳朴忠厚。族众团结抱团儿，一人有难，大家会毫不犹豫地挡在前面。敢于拼杀，决不后退，为本族人两肋插刀。明月长老对东海女真野人很有感情，不仅由衷地喜爱，也十分钦佩。并且知道眼前的人肯定是被纳哈出欺骗了、利用了、上了当了，这才与明朝作对的。她用女真语大声儿问道："孩子，你家是不是东海赫勒痕霍通桑痕哈喇的人哪，首领是班布朗痕妈妈吧？那可是我的老妹子呀！你怎么到登州来了，为什么给纳哈出卖命？"这一问不要紧，那人完全蒙了。一听问得这么详细，这么具体，而且句句说得都对，甚至连自己的首领是谁都知道。可真是怪了，到底怎么回事儿呢？一时弄不懂。只见他立马变了样儿，再不恶狠狠的了，也不呼号乱喊了，反倒像只俯首帖耳的绵羊了。激动得头冲下一下子从床上滚了下来，爬到明月长老脚下，匍匐在地，双手紧抱着长老的双脚，捣蒜似的连连叩头道："小子我瞎了眼，不知老人家驾到，您难道就是我家妈妈常讲的那位金陵的活神仙、我们上香叩头的比牙妈妈吗？比牙妈妈，您真的来了？"说着，高兴得号啕大哭起来。

　　说来很有意思。前面我们讲了，慈善的明月长老因为常到辽东采药，故与当地女真野人部落的男女老少处得挺近，感情颇深，可谓是心心相印。尤其是与有些女真人来往频繁，像亲姊妹一样，为其治病。时常向他们讲解如何识别和采集野药，帮着选出一些草药进行炮制、晾晒，还教授怎样给本部落的人治病。比如治个头疼脑热了、眼睛起盲了、肚子胀泻了、女人生孩子生不出来该用啥招儿等等，真像活菩萨一般，族众因而非常敬重她。你想啊，在女真野人中间来了一位能治病救命的人，那不就是活神仙嘛，谁不供着、不崇拜呀？他们便问老人家叫什么名字，该怎么称呼。明月长老说："我呀，是明月庵的住持，人们都称明月长老，你们也这么叫吧。"女真野人不会说汉话，便不解地问她："什么是'明月'？"老人家比划着告诉他们："'明月'就是天上那个照到地下的月亮。"女真人明白了："噢，原来'明月'是天上的亮东西呀！"女真人管月亮叫比牙，这样，遂称明月长老为比牙妈妈，译成汉话即月亮奶奶。从此，明月长老就有了比牙妈妈这个雅号了。在东海，提别人兴许不认识，一说比牙妈妈，那沟沟坎坎、山山岭岭的人没有不知道活神仙的。被抓的探子当然也不例外，不止一次地听过这个名字，做梦都想不到竟会在船上见到了比牙妈妈，你说他能不一反常态、欣喜若狂吗?

明月长老低头看了看,然后弯下身子,拍了拍探子的头,将他搀了起来,说道:"孩子,快坐下,坐下。你刚才猜对了,我就是你们的比牙妈妈。"边说边笑了起来。那么,明月长老的话,这个东海女真野人能听懂吗?因为此人是专门搞联络的,长期在外活动,也认识一些明朝和元朝的官员,还会说不少汉话。所以,老人家所言之意,他基本能听得懂。明月长老又道:"孩子,行了,不要胡闹了。我们是从大明朝来的,到这儿是为拯救你们、惩治那些坏人的。在北方,元朝剩下的最大的官,便是金山的大丞相纳哈出了……"还没等说完呢,探子马上接过了话茬儿:"纳哈出是王爷,我们都得听他的,我就在他手下为官。"明月长老说:"你在他手下听令,那是过去的事儿。从今天认识我,又叫了一声比牙妈妈,以后必须听我的,不许再跟纳哈出干坏事儿了。那可是咱们的仇人哪,女真人祖祖辈辈受尽了他的欺辱,怎么能帮仇人害自己的兄弟姐妹呢?"那人茫然不解地看着明月长老,问道:"比牙妈妈,我应该怎么办呀?"明月长老说:"好吧,让我慢慢告诉你……"

咱们不去细讲明月长老都嘱咐、告诫了探子一些什么,单讲船舱里的人是越唠嗑儿越多,越唠越热乎。正在这时,就听船舱外有脚步声向这边走来。谁呢?原来是吴老将军领着马云、叶旺、娟娟来了。怎么回事儿呢?吴祯见明月长老与探子唠得挺好,觉得有门儿,很高兴,便悄悄儿地登上梯子出去了。来到甲板上,把娟娟、马云、叶旺全招呼过来。他们从舱门儿往里一看,见那探子的狂傲、蛮横和嚣张气焰已消失得无影无踪,也不再出言不逊了,而是像个孩子一样扑在明月长老的怀里,静静听着温和的训教。他哭一阵儿、笑一阵儿,亲昵地搂抱着长老,边听边不住地点头。东海女真人的性格和心胸就是这样,爱就是爱,恨就是恨,敬重就是敬重,淳朴、忠厚,从不遮遮掩掩。

娟娟、马云、叶旺随吴老将军下了小梯子,进到了舱里。探子见过他们呀,刚才正是这三个人审的他,怎么能不认识呢?一看到这些人,脸忽地红了,表情也有些不自然了。怎么个不自然呢?就是觉得有些过意不去呗!因为他已经知道了大明朝廷派出的人是来拯救女真人的,不感激且不说,自己还同人家吃五喝六的,当然不好意思了。没等吴祯说话呢,明月长老便吩咐道:"孩子,过去给他们磕个头吧。"这时,探子才仔细看了看,发现进来的几个人同方才的穿着不一样了。那个女的原来穿的是武侠衣服,紧身小打扮,现在却身着大明朝的凤冠霞帔。他不懂，也不知道这红色的、上边绣着十分好看的凤凰之霞帔，还有那头上戴着的镶有各种漂亮珠穗儿的金冠，该是什么人的穿戴。明月长老见探子有些疑惑，便轻声儿告诉他："孩子，上头坐的那位，是大明朝的秉仁公主。所穿戴的是公主的百珠霞帔，怀里捧着的是皇上的圣旨玉匣儿。快过去给秉仁公主叩头，她就是当今大明天子的女儿，也是大明朝被你们奉为活神仙的军师刘伯温的女儿。刘老先生不是都很受人尊重吗？现在他的女儿来了，去吧！"那人一听，忙跪爬过去，匍匐在秉仁公主的脚下，连连叩头，然后又给马云、叶旺二位将军叩头，说道："各位大人，小人本为北地的东海女真野人，原来给纳哈出当先锋官。我不是蒙古人，是萨勒痕家族的，名字叫萨家奴，现叩见天朝公主和众位大人。俗话说得好，大人不见小人怪，请各位大人别跟小的一般见识。我是个边塞野人，癫狂放任惯了，又常受到无缘无故的欺侮，所以把世上的人全看成是自己的仇人。今天真是有眼无珠哇，斗胆冒犯了天朝的恩人、众位活菩萨。该死，该死呀！别人咱不讲，就说刘伯温吧，那可是女真人敬佩的神仙。既然是刘老军帅的女儿来了，根本不用看你是不是天朝的什么公主，我服了！"说着咣咣咣地磕着响头。娟娟坐在那儿，慢条斯理地开口道："得了，你能认出真假人来，我们已经很高兴了，起来吧。"萨家奴没敢动。马云、叶旺过去把他拉了起来，有意安慰道："坐下吧，不必想太多，有话慢慢说。"萨家奴也没敢坐，仍然站在那儿。娟娟接着说："你不用奉承、亦无须懊悔了，咱们是不打不相识。认识了就好，还是坐下唠唠吧，想听你介绍一下辽东和女真人的情况。可以实话告知，我是奉旨专门为此而来，是为了给你们做主才赴北的。"萨勒痕的子弟萨家奴听后，顺从地坐在了娟娟的对面，护卫送上了茶，大家边喝茶边聊了起来。

　　征船在风平浪静的海面上行进得异常神速，此时，天快放亮儿了。娟娟、马云、叶旺、明月长老及萨家奴一宿没合眼，也怪了，全都不困，是越唠越精神、越谈越兴奋。娟娟等人为结识了一位辽东女真野人而高兴，萨家奴也为见到了救苦救难的恩人而推心置腹地说个不停。尽管海上的风光无限好，谁也顾不上到舱外的甲板上去瞧上一眼，他们就是这样真诚地、热烈地、详细地攀谈着。娟娟、马云、叶旺毕竟年轻，从萨家奴的述说中，了解了许多过去从未听到过的、仿佛是另一个世界的东海之生活状况，知道了不少新鲜、古怪的习俗，感叹世上的事情无奇不有，掌握了一些纳哈出的军事部署和机密，还知晓了萨家奴的身世。三人恨不得能多长出两只耳朵，生怕漏掉一句话，把萨家奴为什么能给仇人纳哈出干事儿的来龙去脉了解得清清楚楚、明明白白。年轻的娟娟从没经历过如此沧桑之世道，也是第一次到辽东，又听了那么多奇闻怪事，当然感到特别震惊。马云、叶旺尽管去过辽东，亲眼见过东海当地土民生活之悲苦，可无论如何想不到竟会有如萨家奴所讲的惨烈之事。总之，毫不夸张地说，他们所听到的，正是一部典型的辽东东海女真野人的血泪史。

说起元朝末期，辽东是很乱的。当时执掌辽东大权的，是大元至正元年于辽阳建立的辽东路总管府，管理着北到北海、东至东海这方圆很大的地方事务。总管府当时简称为辽阳行省，至正二十三年，改为辽东路总管府开源路，设辽东道玄尉司，掌管地方各族各部落的民情事务。元代的各种苛捐杂税多得很，徭役极其繁重。所设置的层层官衙，说是管理地方事务，实际上却是专门搜刮、压榨当地女真野人、收取苛捐杂税、强迫徭役的虎狼之所。那些衙门里的差役凶狠暴虐，用刑相当残酷，说书人在前书曾向各位阿哥简单讲了讲。这回咱们借萨勒痕家族之萨家奴对自己身世的介绍，再具体地说一说。

大元朝把女真各部族、各户的人口全部注册登记，标明性别、年龄、名字，然后按登记由辽东行省下达固定的军签儿。木制的军签儿上，刻着某部、某氏、某人、某系、何时该入兵籍等。到了规定的年龄，不管有什么理由，必须入兵籍，入后方可销签儿，异常严格。该入兵籍的，稍有疏怠，其罪甚重。女真人对此实在无法忍受，年年岁岁多有达军签儿、为不入兵籍而逃脱者。向哪里逃呢？无处可去。没有办法的情况下，只好离开亲人，逃入锡霍特山。此山靠近东海，峻岭林莽，重重沟壑，气候适宜，便于躲藏。藏身于那里，元朝兵将很难搜寻。再者，锡霍特山位于绥芬河乌苏里江以东，离辽东内陆很近，跨江即到。因此，逃到那里的人可以随时偷偷回老家探望。若是元兵来了，便过江往东跑入霍锡特山躲起来；元兵走了，再从锡霍特山跨乌苏里江回到家乡。当时的东海女真人，就是这样跑来跑去地与朝廷的官兵周旋。

兵役有时可以逃脱，苛捐杂税却是无法躲过的。名目繁多的徭役无休无止，贡赋的征调年年增加，逼得女真人无法生存。大元朝在辽东这块儿，一直设有海西辽东鹰房，即强迫各地女真人按时向朝廷纳贡名鹰的处所。还特别要求须贡给雏鹰，就是小鹰崽儿——海东青，因此各户要专门驯养雏鹰。到一定的时候，官府要来验看，看够不够斤两，毛色如何。合格以后，才能征收。各个鹰房把征来的雏鹰按时运到应昌，即元朝的大都，供给皇上和贵族放鹰玩儿或用它抓野鸡、沙半斤、小鹿、小兔等。大元朝的贵族玩儿鹰最盛，每个富贵之家都有鹰，连公主们也好骑马放鹰。他们为了享乐，把鹰分成等级，名鹰的房子要比人住的房子好上千倍，甚至一只名鹰需有上百个奴仆伺候。名鹰要是死了，奴才必须殉葬。这鹰是从哪儿来的呢？全是辽东女真野人到很远的地方抓来的，从小驯养大。为逼迫女真人抓鹰，便强行驱赶他们远涉重洋，到混同江、黑龙江以及黑龙江以北的北海海滨去。有的则到更远的地方，比如北海以北的库克奇一带去捕鹰，一走至少二三年、三五年不能回家。不少人不得不远离故乡，致使妻离子散，亲人们几年之内见不了面。为了捕鹰，有的冻死、饿死在北疆，有的被虎豹残害。也有的爬上石崖后，被毒蛇咬死，被鹰啄死，令人惨不忍睹。还有坠下悬崖、掉入大海的，尸骨无存。尽管捕捉之难，但贡鹰的额数仍与年俱增，百姓重负沉沉。

这且不算，元朝还要女真部落贡献皮货。什么是"皮货"？就是动物皮、野兽皮。按人摊派，大人交几张，小孩儿交几张，老人交几张，都有规定，到时必须按质缴纳，少一张也不行。在当时的大元王朝，辽东的所有统治者，不论男女老少皆愿穿皮服。所以，北方不单单建了很多鹰房收鹰，同时建了不少熟皮房。经熟皮房熟好的皮子，分为大兽皮，即虎、豹、熊的，还有狗皮。由于北方家家是猎人，打猎离不开狗，故而各家全养狗，狗皮的来源自然多。还有各种细软的皮子，像银鼠等。诸类、诸色的皮货，必须够等级，不可虫蛀、霉烂、短毛。毛色要光亮，长度要均等，不能这块儿长、那块儿短的，或哪块儿刮掉了，得像活的动物一样柔软好看。如不合等级，则要重罚，熟皮人将惨遭各种酷刑和劳役。

大元至正三年冬天，由于贡鹰没有交足，拖延了时日，辽阳行省便把东海女真野人诸部的二十六位首领抓去当了人质。扬言如果各部落不按朝廷规定缴纳皮货或贡鹰，必杀掉他们。女真人的性格是倔强的，你不是抓人吗？好吧，随便抓，我誓不再缴纳贡鹰、皮张了。其实，百姓真是没招儿了，实在无法完成贡赋名鹰额数了。官府就在老鸭山下的一片开阔地上，竖起高杆，把二十六名首领捆绑在高杆上，泼上兽油，点起了天灯，活活烧死了。像点燃了二十六根大蜡烛，照彻夜空，足足烧到后半夜。这下可把被欺压多年的女真野人的愤怒之火给勾起来了，也是逼到份儿了，忍无可忍，于是揭竿而起，大张旗鼓地奋起反抗元朝。松阿里、火儿阿、额多里、托温、乌苏里等地的女真人抱成团儿，杀向了辽阳，誓为部落首领复仇，一连闹腾了好长时间。元朝廷派兵进行了血腥镇压，反抗者死伤无数，血流成河。但是，女真人是有骨气的，杀死一拨儿，又有一拨儿重新组织起来，继续跟大元朝斗。此起彼伏，从至正三年到至正七年，连续不断。最后，那些反叛者才被辽阳等处中书省的武力平抚下来，好不容易将女真反元的怒火暂时扑灭了。

大元王朝，尤其是辽阳行省的官员尝到了女真人的厉害，吃了不少苦头儿，为此也付出了代价。他们见以硬碰硬不行，便不得不改变统治方法，不敢再狠狠地欺压女真人了，而是用了软招子，苛捐税赋有了些许减少。为平复女真人的积怨和复仇之心，元朝廷先是下令杀掉了辽东行省的两个领兵的平章，把罪责全推到了他俩身上。声言这二人因对女真人不好，才杀了二十六位首领，与朝廷无关，朝廷根本不知此事。与此同时，又下拨数万两银子，作为对杀掉的首领之安葬抚恤费用。为笼络女真人，还任女真几个部落的首领为平章副金事，协助大元朝廷安抚民众。并许诺新任的平章副金事，如发现再有哪些官员违反朝廷之命，欺压女真人，可以缉拿，有权处置；若有滥杀无辜者，有权惩治之，为朝廷主持公法，杀戮不贷，将概不究罪。这样，女真人总算取得了初步胜利。

在此次反元的斗争中，萨勒痕家族是冲在最前面的，为重要的中坚力量。眼下在场的萨家奴便是其中之一，因此，他对当时的情况知道得很详细。萨勒痕家族对外的符号即葡萄叶儿，人人的肩膀上刺有葡萄叶儿的文身。一看这个纹饰，互相就知道是自家人，不论男女都是一样的。在北方的少数民族中，特别是女真野人，除了腰间围一束柳叶儿或一张小皮子用以遮羞处外，其他地方全袒露着。每个人的名字后面有"痕"字，"痕"字一般是发"奴"音，因此才叫什么什么"奴"。萨家奴便是从萨勒痕的名字演变来的。"痕"字是他们部落的符号、部落的代称，也是部落每个子孙的代称。女真野人属母系社会，部落的首领皆是女性。萨勒痕家族部落的首领是一位年轻、貌美、勇敢、泼辣的女人，人们叫她奴鲁泰妈妈。在那次反元朝贡鹰时，她让自己的心爱之人，即大家称为依鲁泰的小叔叔率领，萨家奴已是个二十来岁的青年，自然是落不下的。在这里，说书人要向各位阿哥多讲几句。

在东海女真野人的原始部落中，其古俗之一，便是部落由女人掌权，女人说话算数，以女王为核心，并享有至高无上的权力。在女王妈妈的统属下，部落的所有人全是她的子女，组织严密，井然有序，纪律严明。大家共同生活，共同劳动，平均分配，谁也不许欺压谁。男儿长大以后，由女王妈妈与外部落联络，同他们的女子通婚。专有婚嫁的特殊礼仪，成为规范，任何人不得违拗，违者遭活埋或火烧。女王可以在众多的男人中，选出年轻、可心的放在身边，做自己的侍卫。奴鲁泰妈妈就选了二十多个棒小伙子，用土话讲，他们裆间都有一根像石头一样坚硬的小椎椎，即小索索。此为满语，指男性生殖器。说这些人是护卫女王的，其实主要是为了与他们同居，繁育自己的子孙后代。她跟二十几个壮小伙儿轮流睡，今天与这个住，明天又与那个住。同部族所有的儿孙，对凡是与女王奴鲁泰睡过的侍卫，即那些哈哈①皆尊称为额索②。这样，在东海女真野人中，子女知道自己的妈妈是谁，却不知道爸爸是谁。个个不认爸只认妈，把那些跟妈妈同居过的哈哈，统称为额索特③。

我们说到的依鲁泰，是和首领同居的二十几个小伙子里最有能耐、最讨得奴鲁泰妈妈欢心的哈哈，所以，奴鲁泰就把率众反元的权力交给了他。萨家奴当年便是在这个小叔叔的引领下参加反元的，并成为一员猛将，称依鲁泰为小额索，也叫阿玛④，不过不知道是否是自己的阿玛。依鲁泰相当威猛、剽悍，不怕死。每每领着众子孙杀入元阵，用牛耳刀捅倒一个兵卒之后，就抱着不缓气儿地狂啃那人的脑袋、鼻子、嘴。接着再把双耳咬下来，吧唧吧唧地吃掉，经他咬死、啃死、掐死的元兵无计其数。后来，在一次血战中，他被元兵用乱箭射穿心肋而死。依鲁泰之死，可把奴鲁泰妈妈心疼坏了，为失去一个最亲爱的哈哈痛哭了好多天。萨家奴也非常勇敢，敢打敢拼，有一股天不怕地不怕的劲头儿。几次反元斗争，身上落下了不少伤疤，可以说是刀痕累累，好在幸免于难，活了下来。

萨家奴在讲完了自己的身世后，无限感慨地说："我只有一个想法，就是要像依鲁泰叔叔一样坚决反元，身上的一块块儿伤疤都是元兵留下

---

① 满语：男人。
② 女真语：叔叔。
③ 女真语：一帮叔叔。
④ 满语：父亲。

的，这笔账一定要讨还。原来不懂，以为只要依靠纳哈出帮忙，便能报仇雪恨了，现在知道是我眼瞎了。"接着，又讲了他是怎样帮助纳哈出的。前面我们说过，为讨好女真人，元朝廷让各个部落选几个儿孙到辽阳的衙门中任职，声称要共同治理辽东。萨家奴则是被最受尊敬的生他的妈妈奴鲁泰选中的人之一，当时挑选出的还有曾家奴、齐家奴、高家奴、安家奴等，一块儿送到元朝辽阳行省，有的做了副平章金事，有的做了其他的官。萨家奴被封为先锋官，主要差事是负责联络军事情报。元朝大都被明朝占领之后，元帝外逃，于是辽东掌握在纳哈出手中。纳哈出是元朝的一个大丞相，既凶狠又有计谋，尤其注意笼络女真人的心。因此，原来在辽阳行省做官的女真人，什么曾家奴、齐家奴、安家奴等全依附了他。现在这些人分别坐镇北京北边的大宁、云州等地，高家奴被派到辽阳老鸭山秘寨驻守，萨家奴在纳哈出手下办事，为身边的一个护卫、先锋官。因萨家奴很讲义气，认真肯干，所以很快得到了纳哈出的信任和喜欢，成了亲信和知己。这次正是纳哈出把他派出来的，早在明朝东征大军到来之前，已于登州等候了。当然其中还有些秘密，说书人暂不多说。

　　萨家奴在说到纳哈出占据辽东时，特别强调地谈到，元朝的辽阳卫同知刘益降了明，后来又被元军杀了。派人去杀刘益的，便是盘踞金山的元朝最后一个丞相、太尉纳哈出。此时，他已成为辽东乃至黄河以北元残部的惟一最有名望的统帅和首领，可以说是一呼百应，辽东的大权被他一人独揽了。北平府四周以及新疆、甘肃、宁夏等地的反明复元势力，实际上也由纳哈出掌握。如果说遍布各地反明复元的组织像被放出的风筝，那无数的风筝线都握在纳哈出的手中，任其随意扯动。由此看来，毫无疑问，纳哈出是明朝廷的最大、最危险的敌人。他的野心不小，为了反明复元、登上大元皇帝的宝座，极力聚集、扩大反明队伍，许多元朝逃散的人员无处可去，几乎全投靠了他。大家也愿意抬他、捧他，因为元朝总得有个主儿嘛。先后组成了虎头军、豹头军、鹰头军、鲸头军、熊头军等五路人马，各路人马皆由纳哈出任命统帅，有至高无上的权力。为什么叫虎头军、豹头军、鹰头军、鲸头军、熊头军呢？是因为各路军战旗的标识不同。分别有虎头形、豹头形，熊头形，鹰头形，还有鲸鱼的鱼头形。在什么形制战旗下的人马，就叫什么军，仅这五路大军约有几十万之众。元朝那些旧臣、老将、皇亲国戚，在元帝逃离宫廷之后，惶惶不可终日。一看纳哈出举起了反明的旗帜，以为很快便可时来运转了，纷纷乘机奔向了辽东金山。还有什么元朝的宿将、不愿降明的辅臣、元帝的七姑八婆亦纷至沓来，连元宫廷中的后妃宫娥也来了不少。总之，凡不愿降朱元璋的人，蜂拥齐聚金山。如此一来，金山这块儿可热闹了，那些人做梦都想在纳哈出的卵翼之下东山再起，踌躇满志地妄图称霸一方。希望纳哈出有朝一日，获得背北面南之尊，重振大漠蒙古军威。

纳哈出为笼络人心，发展自己的势力，从杀死女真二十六个部落头领遭到反抗的事件中吸取了经验教训，采取了与大元完全不同的策略。即放松对辽东各地女真野人的控制和压榨，尽量安抚之，使其为他效劳。原先，元朝对女真人是虎狼之面。现在，聪明的纳哈出装出一副慈祥的面孔，自称要拯救女真部落，采用了一个"北松南紧"之策。什么叫"北松南紧"呢？所谓的"北松"，就是在北边，对辽东的女真各部尽量宽松些，不欺压，免除一些繁杂的贡物和徭役，使北方民族对他产生好感，不再处于敌视状态。这样，既可稳定后方，自己呆得更悠闲、更安稳，又可把女真人作为马前卒；所说的"南紧"，则是指对在南京坐殿的大明天子朱元璋采取强硬、对峙的态度，以武力与明廷决一死战。即使不能推翻明朝，至少也可偏安北方，在辽东重新建立元朝政权，画地为王。所以，纳哈出在实施"北松南紧"之策时，为防止女真人抱团儿驱赶他，遂利用女真各部族之间长期的积怨和仇恨，极力制造矛盾，怂恿、挑拨、分化各个部族。勤劳、淳朴的女真人真就上当了，各个部族都以为纳哈出对本部族好，是靠山，便仰仗他的势力，将几十年的积怨和仇恨全迸发出来了。过去被其他部族撵跑了的，现在也杀回来了，向另个部族讨还被侵占的土地及被掠去的人马。扬言若不把我原先的地方夺回来，誓不罢休！另个部族同样是如此这般地照做。于是，矛盾越来越尖锐，争斗越来越厉害，相互仇杀，相互血拼。凡是生活安适一点儿的女真人，皆被抢劫一空，故而不得不躲避灾难，逃往其他地方。而别的地方的人，再带着兵马至此，堵这个空子。这样一来，辽东乱了，地方上亦日益动荡不安，其根源就在纳哈出。在动乱中，不可免的又起来一些新的部落头领，带领族人拼杀。纳哈出又回头支持这些新的部落头领，攻打那些旧的部落头领，令部族间征战不已。而他却从中培植了自己的势力，坐享渔翁之利。新起来的一些势力，多以东海为基地，占地为王，互相攻伐。为什么他们要占据辽东呢？不仅因为此处偏僻，便于躲避，不易被征伐、追寻，逃来的女真人最多，还因它的地理位置、气候条件特别适于生存。

当时辽东女真野人在东海地方，形成了元初没有的三大部落，即北山部落、中部山区部落和南山部落。其布局基本是这样的：北山部落在北部依曼河流域，即乌苏里江以东的地方。依曼河发源于锡霍特山北麓，流向乌苏里江以及比新河。中部山区部落又称中山部落，在乌苏里江中下游和兴凯湖一带。这里地域辽阔，山峦陡峭，绵延纵横，适于耕猎，猎业分为林、海两项。南山部落在苏昌沟至珲春以南一带。同其他两个部落相比，它的历史较久，势力很强，人口最多。三个部落中，势力较薄弱的为中山部落，因它是后来发展起来的。南山部落所处的地理位置好，物产丰富，还产煤，当时叫火石。人们的造船技艺较高，能造大木船，可以乘船通过日本海到倭奴的岛上去。此地古代曾有人居住，常能发现一些古墓。所靠之海岸，比北部山区沿海一带诸区域的气温高，冬季结冻时间短。总之，由于各方面条件的优越，便为南山部落的发展奠定了良好的基础。前书说到的那个探子萨家奴，原来就是南山部落的，后来才北上的。

南部发展得比较活跃，从瓦尔喀山道往东去，到岩杵河、苏昌河，再从南边进入雅兰河。在雅兰河和苏昌河之间，有个西噶达阿林，位于锡霍特山南麓的边缘地方，离海很近。其山峦像人的手指头一样，分别伸向西、南、东三个方向，中间为纵横交错的河流，一直延伸向海岸而消逝。西噶达阿林有个白雕砬子，白雕砬子的下面住着西噶达山部落，首领是一位赫赫有名的"女魔"。白雕砬子附近有个蜘蛛谷，那里的蜘蛛个头儿大，如拳头，皆有毒。毒蜘蛛很厉害，能杀死小鼠、小鸟、小兔，甚至还可以毒死野兽、猛禽。因此，族人把蜘蛛谷称做赫勒痕霍通。"赫勒痕"即女真语蜘蛛，蜘蛛谷又叫断魂谷。西噶达山部落的人因长期生活在这里，不可避免地要与山谷里的蜘蛛打交道，所以，十分熟悉蜘蛛的习性。每个人的身上，随时随地都带解蜘蛛毒的药，时间长了，便有了抗御毒蜘蛛的能力了，也就不怕毒蜘蛛的蜇咬了。赫勒痕霍通掌管部落权力的，是一位年轻美貌、风姿翩翩的女首领，罕位是元朝末年从其母的手中继承下来的。她的母亲叫赫思痕妈妈，当时已六七十岁了，仍身体强壮，精明干练。继位的女儿叫阿吉赫思痕妈妈，只有二十六七岁。

赫思痕老妈妈年高德劭，威望很高，至于大家所说的她多大多大岁数，其实都是猜测的。北方女真野人有个古俗，就是不记岁数，不知道自己到底有多大。那时候记年龄的方法也不同，有的是在脖子上挂野猪牙或鱼牙，以牙的多少辨别岁数的大小。有的则在身上文上点儿，以黑点儿记录生下来多少年了。身上的黑点儿越多，表示年岁越大。只有年老的人，身上的黑点儿才会像黑豹子的花点儿一样，浑身全是。族人看着这些黑点儿，十分钦羡，觉得很是俊美，认为是正义、崇高的标志。点数越多，越受大家的尊敬，权势也最大，故而文点儿逐渐成了权力的象征。年轻人对身上豹花点儿多的人，会佩服得五体投地，叩头下拜，俯首听命。赫思痕妈妈的女儿阿吉赫思痕的身上也有黑点儿，文在胸前两个乳房中间，并列三排，每排九个点儿，三九二十七个，由此说她已经二十七岁了。

为什么文出来的是黑色的点儿呢？因为那点儿是针刺后，又用东海黑穗麦榨出的汁儿染过了，所以便落成了黑点儿。黑点儿排列的形状并不一样，有的文成星星似的，有的文成一排排的。由于他们称自己住的地方为蜘蛛谷，蜘蛛是黑色的，有毒，又特别厉害。因此，女罕王就取蜘蛛的颜色，每个黑点儿代表一个蜘蛛，以此来象征勇猛，成了权威的标志，又是当地罕王的标识。"赫勒痕"，即蜘蛛，尾音是"痕"，代表部落的即是"痕"。女首领的名字中用"痕"字，部落其他的人亦都用"痕"字，文身一律为黑色，谁也不许违拗这个约定俗成的规矩。有违反者，则群起而攻之，甚至杀掉或烧死。因而没有敢越权冒险者，不但名儿有"痕"字，而且黑痣文身，在蜘蛛谷已历经五代了。

赫思痕妈妈的姐姐当年带一部分族人到北部依曼河流域，建立了北山部落，自立为罕，把南山部落这个地方留给了妹妹。姐姐到北山后，改名儿叫萨勒奴妈妈。由此可见，北山部族是从南山部落分拨出去的。如今萨勒奴妈妈依然健在，年岁有多大，谁也说不清。他们住在锡霍特山北麓，呼吸着那里的新鲜空气，从没有什么疾病流行。吃的是野果、野菜以及野兽的胞胎、皮肉和内脏，这些食物皆可增强人的抵抗力和生育能力，使生命力异常旺盛，寿命自然长。人们只知道萨勒奴降生时，那些榆树还只是小树，现在已长成三个人搂不过来的参天老古榆了。老榆树根子又生新根，新根子上长出了小榆树，足足有一搂多粗了，变成了一望无边的大榆树林。受大家尊敬的萨勒奴妈妈不仅身体好，还显得特别年轻。更令人惊奇的是，那么大年纪了，仍一直不停地在为部落生儿育女呢！她非常能干，能征善战，率领族众不断地从其他部落掠来许多人丁牲畜，以壮大自己的部落，是治理部落有方的女罕。从目前看，她所带领的北山部落已渐渐兴旺起来，开始超过妹妹赫思痕妈妈的南山部落了。萨勒奴妈妈为了使自己的部落同妹妹的南山部落名字有所区别，便以"奴"字音为部落命名，作为本部落的代表。也就是说，萨勒奴妈妈部落里的人包括子孙们，名字后头必须加个"奴"字。在前书中咱们提到的高家奴、曾家奴、安家奴，都是从萨勒奴妈妈那块儿走出去的，做了纳哈出的部将，为纳哈出征战、掌政。拿叶旺他们所俘的探子来说吧，原来叫萨勒痕，后改名儿叫萨家奴。为什么呢？因为先前他是赫勒痕部落的，故而叫萨勒痕。后来又到了北山部落，便改名儿叫萨家奴了，其名字就是这样演变过来的。

说起萨家奴名字的变化，这里还有一段儿有趣儿的故事呢！大元至正末年，萨家奴在南山部落长大了，成为一个英俊少年。他当年受南山部落的女罕赫思痕妈妈与其女儿阿吉赫思痕妈妈的委派，领兵去北山部落，与北山部落的兵马到虎尔哈部抢掠民财和人口。小伙子很是精壮，十分勇猛，带领几十员兵将，很快便从虎尔哈部抢得了十几辆大轮车的财产，还有三百多口男女及众多的牛马。因抢来的这些人正当壮年，既能干活儿，又能生育儿女，所以萨家奴受到了北山部落的女罕萨勒奴妈妈的夸奖，并摆酒款待。萨家奴很聪明，能唱会跳，在南山部落兼做萨满。传说他有虎神、鹰神附体，故而每当唱起来、跳起来时，会令人惊心动魄，赞叹不已。在北山部落时，萨勒奴妈妈曾让他帮助办过祭祀，祭祀时，不仅歌儿唱得好听，虎神舞、鹰神舞也跳得很美。萨勒奴妈妈见小伙子聪慧、机灵，武艺高强，远远超出了她的两个老情人奴鲁欣和奴鲁春，很是喜欢。说到这儿，咱们还得回头讲讲萨勒奴妈妈这个人。

萨勒奴妈妈虽然年岁很大，但精力旺盛，性欲极强，生育能力不减当年。她找了许多壮小伙儿陪在身边，名义是侍卫，实际上是为满足自己性欲的需要而随时侍候在侧。奴鲁欣、奴鲁春就是她亲自选的、最满意的侍卫，身体壮得像牤牛，随用随到，不离左右。通过与两个小伙子的交合，还真为北山部落生育了不少儿女，成了部落的新成员。

萨勒奴妈妈喜欢上了萨家奴后，当即引起了奴鲁欣、奴鲁春的怀恨。一天晚上，二人趁夜深人静，放了把大火，烧了萨家奴住的帐篷。结果是萨家奴不仅没被烧死，还从大火中跳将出来，反倒把放火烧他的奴鲁欣、奴鲁春一手拎一个地扔进了火海，活活烧死了。他知道这下坏了，可惹了大祸了，烧死萨勒奴妈妈身边的两个卫士情人，那能轻饶吗？一准会受到制裁。也没别的招儿哇，刚想跑的当口儿，萨勒奴妈妈赶到了，立刻将他绑进了自己住的帐篷。萨家奴心想，能怎样处罚我呢？咳，肯定是死到临头了，是杀是剐，只好由她了。正琢磨着，只见萨勒奴妈妈喝退了众人，随手关上了帐篷的门。然后将身上的衣服一件件脱掉，连用以遮羞的、用柳条儿编的帘子也除去了，赤身裸体地走向萨家奴。越来越近，到了跟前，绕到萨家奴的身后，快速地解开了捆绑的绳索，双手紧紧抱住了他。萨家奴年轻啊，像头小牤牛似的，正是发情之时。再说以前从没遇到过这样的事儿呀，还是头一次看到萨勒奴妈妈全身一览无余地袒露在眼前，哪能控制得了哇？于是急不可待、三下五除二地甩掉所有的衣裳，不顾一切地疯狂扑到萨勒奴妈妈的身上……此后，萨家奴越发讨得女罕的钟情和喜爱，便不让他走了，留在了北山部落。萨家奴就是这样由原来的南山部落住进了北山部落，名字也由萨勒痕改成了萨家奴。在东海的女真部落里，人们所说的"北奴南痕"，即指凡是北山部落女真野人的名字，后头都用"奴"字音；凡是南山部落女真野人的名字，后头都用"痕"字音。如此看来，萨家奴用了"奴"字音，当然是名正言顺的了。他原来按照南山部落的古俗，身上文了些黑痣，即刺的那些表示年岁的蜘蛛点儿。到了北山部落以后，因为北山部落有葡萄叶儿文身，所以，又在身上文了葡萄叶儿。这样，他才有了双重符号。

当时，北山部落的生活条件要比南山部落好一些。它所处的地理位置与辽东的中心地带往来便利，不像东海的南部地区那么偏僻。北山部落靠近牡丹江、松花江，与外界联系广泛，同牡丹江一带的虎尔哈部、松花江沿岸的窝得里部关系很密切，同盘踞在金山的纳哈出联系也不少，交往比较频繁。萨家奴自被留在北山部落之后，一切顺心如意，生活得挺好。又由于有萨勒奴妈妈的宠爱和信任，地位立马提高了，掌握了北山部落的一些权力。人就是这样，生活条件变了，要求随之亦会改变。何况萨勒奴妈妈是一位年岁比较大的老女人，人老珠黄了，只能靠权威拥有男人。而萨家奴毕竟是个年轻人，也有权势了，渐渐便不喜欢萨勒奴妈妈了，开始寻求部落中年轻貌美、年龄与自己相仿的女人交往。过了一段时间，终于结交了萨勒奴妈妈身边的一个小主人萨勒甘妈妈，并与她日夜厮守在一起。

按照东海女真人的古俗，一个女人可以占有许多男人，而男人却不可有二心。如果男人除有自己的女人外，又占有了另外的女人，则为天下难容之罪恶，必被杀死。当萨勒奴妈妈发现萨家奴同萨勒甘的淫乱之事后，首先派人把萨勒甘杀了，紧接着抓捕萨家奴。萨家奴多机灵啊，听到信儿后，立即骑马冲出了重围，逃离了北山部落，去了金山，在纳哈出的手下专任武将。因萨家奴既在南山部落生活过，又在北山部落呆过，对各部女真野人的生活很是熟悉，对部落的每一位妈妈、女罕也都认识，所以，后来纳哈出便派他做女真各部的联络官和通事。又由于大明王朝的军队中，有不少是被俘的元将元兵，这些人多为辽东女真人，按签军制被强行征兵到军旅，在战场上被俘虏到明军之后，十分怀念家乡。纳哈出出于瓦解明军、涣散人心的目的，遂派萨家奴前去做秘密联络和策反诸务。

萨家奴在与明军联络的过程中，一来二去的，认识了大明丞相胡惟庸。他发现胡丞相也在极力发展自己的势力，建立地下大军，还诡称为"屯兵"。表面看，是以"屯兵"的名义为朝廷聚集人马。实际上，这支兵马控制在胡惟庸的手中，由他支配、调动，主要官员皆由自己的儿子、女婿、外甥、侄子、干儿子及亲信充任。萨家奴在了解到这一情况后，马上禀告给了纳哈出。纳哈出得此密报，如获至宝，高兴得一再称赞萨家奴，说他不但能干，而且为大元朝做了件大好事。接着便让萨家奴带上一封亲笔信到南京，当面儿交给了胡惟庸。信中写了些什么呢？大概的意思是说，我纳哈出可是认识大明天子，他对本太尉不错，常有书信往来。你胡惟庸竟敢大逆不道，暗地里组织自己的军旅，其用心何在？事情如果捅出去，告诉了当今的皇上朱元璋，你可就犯下了抄灭九族之大罪，胡丞相看怎么办好哇？显然，送来的是一封威胁信，逼迫胡惟庸向他就范。

胡惟庸一看此信吓坏了，当时便瘫在了地上，知道把柄抓在了纳哈出手里，赶忙连磕头带作揖地向萨家奴哀求、说好话儿："你回去告诉纳哈出大人，请他务必替我保密。只要不向我们皇上揭出这件事，本丞相一定俯首帖耳，一切听太尉之命。"并给纳哈出写了封回信，让萨家奴带了去。双方表明心迹，暗中订下了互通情报、生死相依的约定。即纳哈出不向朱元璋揭穿其秘密，胡惟庸则听从纳哈出的调遣，帮助他在辽东面南成尊。事成之后，给胡惟庸以好处，官可升至一品。胡惟庸如果违反，纳哈出定将他碎尸万段。为了方便联系，纳哈出将萨家奴派到了胡惟庸处，随时通报情况。这样，萨家奴就以上灶的厨师身份住在了胡府，朝廷若有什么动向，胡惟庸可通过萨家奴迅速传报给纳哈出。此次圣上旨派马云、叶旺北上之事，尽管行动十分秘密，也瞒不过胡惟庸呀！胡惟庸知道后，很快将这一消息经萨家奴传给了纳哈出，并叮嘱要严加观察动向。纳哈出通过脚快①传令，让萨家奴跟踪了解。萨家奴受命后，遂于马云、叶旺所率东征大军起行的前五天赶到了登州隐藏，专等明大军人马一到，伺机在海上焚烧大明北上舟师的帅船，以拖延到达旅顺口的时间。然后纳哈出命在辽阳驻守的高家奴平章大将军做好准备，及早动手，先抓住明朝事先派来的大将仇成，再等东征大军到达旅顺时，一举歼之。由于高家奴有胡惟庸的通风报信儿，又部署得十分周密，便顺利地在辽东抓住了仇成将军，囚禁在狼牙屿的水牢里。当马云、叶旺、娟娟听萨家奴说出了这些情况后，真是惊出了一身冷汗哪，无论如何想不到高居相位的胡惟庸，竟然是藏在大明朝廷、又是当今天子心腹的叛国之人！

　　说起仇成大将军，乃含山人，也是一位能征善战的明朝战将。曾随太祖朱元璋攻安庆，率陆兵与廖永忠、张志雄相配合，遂克之。后来任横海指挥同知，时四面受敌。他抚集军民，防御严密，守住其地。洪武三年，受徐达大将军派遣，同元降将、辽阳指挥同知刘益一起镇守辽东。刘益被马延辉杀死后，仇成仍留辽东，屯戍金州。在辽东各地逐渐为纳哈出占据后，便同吴立、张良佐等人一起守盖州。有一天，他带几个人出城查看情况，结果在城外不远处中了埋伏，被高家奴俘获，捆绑至狼牙屿的水牢里。仇成到辽东，是由吴老将军的舟师护送来的；在金州屯戍之前的一切给养，也是由吴老将军从海上运来的，直到退守盖州，才与吴祯断了联系。可以看出，吴老将军从洪武初年，就往来于登州和旅顺口之间，始终忙碌不停，功劳甚著。正因如此，才得到了圣上和军师刘伯温的信赖。这次东征，圣上又特别点名儿让吴祯负责海运，以帮助马云、叶旺的军旅顺利抵达辽东。

　　吴祯、马云、叶旺、娟娟同萨家奴经过一夜推心置腹的长谈，相互间已成为朋友了。不但知道了敌方的情况，也掌握了大明朝廷中有纳哈出内奸的重要信息。综合这些情况后，叶旺提出登岸后需做好三件事：第一，要想方设法将囚在狼牙屿水牢中的仇成大将军解救出来。纳哈出手下那些人手段残忍，凶恶至极，说杀就杀，说砍就砍。因此，必须及早营救，否则，仇成将军性命难保；第二，尽快赶到盖州，与那里的张良佐会合，设法擒拿高家奴。高家奴是纳哈出伸向辽东半岛的一只魔

---

　　① 女真语：奸细。

爪，只有抓住他，斩断这只魔爪，东征大军才有立足之地；第三，要向朝廷奏报胡惟庸的所作所为，揭开其真面目，以认清大明的丞相究竟是个什么样的人。眼下皇上对他仍十分信任，处处依靠之，实在是太危险了。

在大家具体研究这三件事该如何落到实处时，吴祯老将军说："依老夫看，件件都很紧急，要抓紧办好。但前两件比后一件更急，应该立办，第三件暂可缓一缓。为什么呢？因为前两件事直接涉及到我们上岸后能否立住脚跟，这可是迫在眉睫呀！我是受皇命负责护送东征大军的，最终得使你们安全抵达辽东，安稳地立足于此，才能够让皇上和军师放心，算是圆满交差了。至于第三件事，到辽东以后，派专人继续深入地了解情况，争取摸清并掌握更多的把柄，再酌情向朝廷奏报也不迟。这一点，老叟不便多言了。"应该说吴祯想得挺细致，讲得很有分寸。马云、叶旺认为老将军的想法是对的，不过又担心胡惟庸叛国之举如果现在不报，将来一旦出个什么差错，谁也负不起那么大的责任呀！琢磨来琢磨去，就想先派一个最亲信的人回京师，把胡惟庸的事儿通报给军师，由军师转奏给皇上。

这时，聪明的娟娟却晃晃脑袋说："两位哥哥，我不同意你们的做法，这是怕担责任。还是吴老将军讲得好，先办好前两件事，第三件缓办的提议是有道理的。凡事不要太急，对胡惟庸和纳哈出有些瓜连才刚刚摸到点儿须子，要是圣上和军师问起来，咱们能够讲得清楚、并且有理有据吗？起码现在不能。事关重大，目前只是听了萨家奴一面之词，并没有去印证。就此向上禀报，那哪儿行呢，能对得起皇上吗？这样做，也对不起我父亲对你们的信任呀！两位哥哥，圣上、军师既然派咱们来了，就得下力气把北上的事情办好。'不入虎穴，焉得虎子'，到辽东后，我们做些深入细致的打探，肯定会掌握更多的证据，稳稳抓住胡惟庸的狐狸尾巴。到那个时候，人赃俱获，再向朝廷禀奏来得及。眼下须抓紧办好前两件事，对第三件要严加守密，佯装啥也不知，静观其变。登岸后，一鼓作气拿下辽阳，救出仇成将军。然后广交朋友，想方设法去对付大元朝盘踞在金山的纳哈出。这样做，不要说皇上，军师听了也一定会高兴的。马云大哥、叶旺哥哥，你们看我说的行不行？"马云、叶旺，包括吴祯老将军都频频点头，叶旺更是暗中佩服。要知道，娟娟可是他的未嫁夫人呀，年岁那么轻，想事儿竟能如此周延、细密，你说他能不喜上心头吗？叶旺说："娟娟想得好，说得对。军师在我们临走的时候，赐给我和马云大哥十六字赠言，这可是锦囊妙计呀！我看娟娟提出的办法不错，完全符合老军师赠言的意思。从现在起，要踏踏实实地按照十六字赠言去做，力争把大明朝廷对辽东未来的打算通过咱们的汗水变成现实。只要这样做了，相信会如愿以偿的，其他一些需要解决的事情亦会随之好办些。马云大哥，你看呢？"马云表示完全赞同叶旺和娟娟的想法。

此时，舟师的战船已经开进了旅顺口，岸上一闪一闪的灯火隐约可见，站在指挥台上的吴祯老将军精神抖擞，命身边侍卫击铎发令。接着摇起铃铛，各战船所有的船工来到了甲板上，有的拿好杆子，有的抄起缆绳，准备登岸。马云、叶旺叫过萨家奴，问道："好兄弟，马上就要上岸了，打算帮我们做些什么呢？"萨家奴说："二位将军，承蒙你们开导了一宿，我的脑袋瓜儿彻底开窍儿了，全都明白了。为了更稳妥、有效地帮你们干事儿，最好先不要暴露我的身份，仍回到纳哈出那儿去，一切在暗中进行。这样做，只有好处，没有坏处。我先去岸上摸摸有关的信息和各方面的动向，了解一下高家奴他们在辽东半岛的兵力情况，然后咱们在金县相会。如果能信着，就按我说的办；若是不放心，仍把我绑在这儿。"娟娟笑了，说道："萨家奴，我们相信你。只要与大明一条心，为朝廷立功，回到京师以后，我定向父王禀奏，给你请封一个官职。到那时，自然有享不尽的荣华富贵，也为女真人增光添彩啦！"萨家奴表示道："请秉仁公主放心，小的必为朝廷万死不辞！"叶旺说："萨家奴兄弟，你可以先行一步，也同意暂不暴露身份、依然是金山纳哈出大丞相手下先锋官的想法，这很好。忙你的去吧，到时我们会见面的！"萨家奴很是感动，两眼闪着泪花儿，扑通一声跪下来，给二位将军、秉仁公主、明月长老磕头。然后站起来说："请诸位放心，我这就走了。你们务必注意岸上是否有埋伏，千万小心，不能吃亏呀。相信我萨家奴，后会有期了！"说完，还没等他们几个再回话，反身往后一仰，来了个后滚翻，一个跟头从船上蹿入海里，只听几声哗啦哗啦的水响，早已无影无踪了。

舟师的战船扇形摆开，靠近了旅顺口码头。海岸上十分平静，没有发现元兵的踪迹，吴祯命令所有的船只靠岸。停稳后，马云、叶旺赶忙督促各船兵卒抓紧时间下船，车马亦赶下舟船，动作要快。东征大军蜂拥般下得船来，仍按原来各队顺序，迅速隐入了岸上的一片老林之中。

吴老将军遵照圣旨，需帮助马云、叶旺镇守辽东。因此，安顿好了舟师后，也一同随军而去。

马云、叶旺刚刚将大队人马带入老林，忽然有几个卖鱼人的吆喝声传来，由远而近，听得清晰、真切。喊的是什么呢，只听喊："哎，卖海鳗了！贱啦，贱啦，谁要海鳗哪？"他们顺声音往远处望去，因为此时天才蒙蒙亮，只能看出点儿暗影儿，还辨不清。再细看时，就见有三个挑担儿的人，叫卖着向林子走来，一边走一边喊："哪位要海鳗呀？新网上来的，又大又肥哟！黄海特产喽，海鳗，海鳗，贱啦，贱啦！"卖鱼人的叫卖声，其他人并没有在意，而马云、叶旺一听，却抑制不住内心的激动，高兴得搂抱在了一起，相互祝贺着。怎么回事儿呢？原来他俩在来辽东之前，先与已在辽东的人订下了联络暗号儿，即叫卖鳗鱼。说实在的，在船上的时候，从送走了萨家奴，到看吴老将军指挥舟师靠岸，二人心里一直十分紧张，不知上岸后，能否听到那早就期盼着的、让人心动的声音。没想到，双脚一踏上辽东的土地，暗号儿立马传来了，你说他们能不高兴吗？那么，暗号儿是谁发出的呢？就是大家都知道的豁鼻马。

前书讲过，豁鼻马是蒙古人，原为扩廓帖木儿手下的一员猛将。马云、叶旺离开辽东时，安置他继续留在金山纳哈出的身边，随时了解和掌握其动向。此次，二人重返辽东之前，曾秘密派人暗中北上，与豁鼻马取得联系。一是让他探听纳哈出及其兵马的活动情况；二是约定在东征大军到达旅顺口时，以卖鱼声为号，与豁鼻马相见。因此，当马云、叶旺一听到那卖鱼的吆喝声，知道肯定是豁鼻马来了。那么二人对他的声音怎么辨别得那么准呢？原来豁鼻马说话声音嘶哑，嘴唇那儿又有个豁口儿，发出的声音和正常人当然不一样了，从老远就能听出他的声儿来。叶旺对身边的护卫说："快去把卖鱼的叫过来，咱们买他们的鱼吃！"护卫遵照叶将军之命，立即跑过去，冲着那几个人喊道："卖鱼的，快点儿，到这边来，跟我走！"三个卖鱼人乖乖地走了过来，由护卫领向林中大队人马停歇的一座新搭起的帐篷处。在一个暂短停留的地方，为什么还要搭建帐篷呢？这是专门为前军统帅临时议事设的，便于研究军情，其他人则于密林里休息。护卫来到了帐篷门前，回头对卖鱼人说："你们先在这儿等着，待我去通报一下。"然后便进去了。不一会儿，护卫出来喊："你们三个谁是掌柜的？只他一个人来。另外两个在外边候着，不许乱走乱动，否则可不客气！"话音刚落，其中一个自称是掌柜的，护卫马上领着他进了帐篷。外边的护卫看着另两个卖鱼人，卖鱼人眼睛只盯着自己的那几筐海鳗。

掌柜的前脚儿刚迈进帐来，叶旺遂命带他来的那个护卫到外面去守候，叮嘱一定要严加防范，不许任何人闯入。护卫出去了，百倍警惕地看守着大帐。马云、叶旺见前来的不是别人，正是豁鼻马，兴奋得笑着大步走过去，拉着他的手说："豁鼻马，我们好想你呀，来得真准时，有功啊！"要知道，此时辽东的天气已经很冷了，何况是在海边儿，夜里风又大，黎明时分气温更低了。叶旺他们觉得此地要比关内京师一带冷多了，至少能差三四十天的节气，浑身不禁直打颤。豁鼻马顾不上天气的寒冷，急忙摘掉戴在头上的羊绒皮帽子，施礼叩拜道："二位大人，我在旅顺已经等你们三天三夜了，真是急死人了。据守这里的仇成将军前些天被高家奴抓去了，怎么回事儿呢？有一天，仇成将军想领着人马出外看一看，查一查是否有元兵活动。手下的将士劝阻道：'请将军最好别去，咱是在元朝的地方，元兵就隐藏于四周，只是不知究竟在哪个沟沟坎坎。出去以后必遭袭击，千万不要上当。'仇成将军没听，到底还是离开营帐了，信马由缰地东走走、西瞧瞧。果不其然，没走多远便遇到了城外的埋伏，被元兵抓住并关押在狼牙屿的水牢里。你们要再来晚些，恐怕不赶趟儿了，肯定把他送到金山了。到那儿可难说了，谁也保不准是死是活，所以，得赶紧想办法救人哪！"马云、叶旺一听，豁鼻马同萨家奴讲的一样，便确信无疑了。本来对豁鼻马的印象就不错，现在更觉得此人既精明能干，又完全可以信赖。自从认识他之后，的确帮了不少的忙。做起事儿来认真，细致，而且件件办得圆圆满满、周周到到，真是很感激这位对大明朝有功之人。

接着，豁鼻马又向马云、叶旺介绍道："二位将军，我还得告诉你们一个关于高家奴的情况。"说心里话，这也正是二将想知道的，因为东征大军面对的首要敌人便是高家奴。马云问道："他目前在哪里？"豁鼻马说："高家奴眼下驻兵老鸦山寨，平时不敢动窝儿，只是派小股儿兵马出外侦察。而他在山寨里呆着，居高临下，便于观察。听说你们要来，正忙于军需，准备迎战。要想战胜高家奴，务必千方百计地夺下老鸦山寨。对那个地方绝不能小瞧，纳哈出把好多兵马放于此，力量挺强，将高家奴当成了一把先锋尖刀，直接对着旅顺口。凡有明兵到来，首先要过的，就是高家奴这个关口。二位将军，对付他可要慎之又慎呀！因为我对老鸦山寨的情况知道得不详细，所以，还没有找出什么好的办法进到那里。"看得出来，豁鼻马为此很是焦急。

马云听后，看了看叶旺，然后问道："豁鼻马，我问你，知道一个叫萨家奴、又叫萨勒痕的人吧，他怎么样？"只见豁鼻马眼睛顿时一亮，忙说："哎呀，将军，你怎么知道的萨家奴？他是女真人，属于另一部分人马，在金山不一般哪！如果说我们这些蒙古人是在地上，他却在天上，红得发紫啊！纳哈出不管办什么事儿，一向是用谁，就把谁放到前头。他为了壮大自己的力量，稳定地面，便把女真人看成亲爹一样。女真人眼下可吃香了，远比我们阔得多，还有权，过去不是这样。现在纳哈出用人家、靠人家呀，身边拥有女真野人的'四奴'。'四奴'都了不得，个个响当当的，有萨家奴、高家奴、曾家奴、安家奴。萨家奴即是将军方才提到的这个人，他的名字排在'四奴'的前头，他们是纳哈出得力的心腹党羽，全是大元朝至正年间册封的平章抚倭大将军。官比我们高，挣的俸饷比我们多，管事儿更超过我们。曾家奴坐镇在大宁路；安家奴坐镇在虎尔哈河和窝多岭那块儿，专管女真兵，目前仍在混同江一带；高家奴驻守辽东，辽东半岛紧紧攥在他的手里，坐镇在辽阳城附近的老鸹山寨。惟萨家奴很怪，从不干领兵打仗的事儿。战场上见不到他，前敌刺探似乎也没有他，活动异常诡秘，来无影儿去无踪。我为了给将军了解情况，一直在注意萨家奴，可到现在没能摸清他究竟是干什么的。只知道是纳哈出身边的一个极为有用的谋士，经常帮其出谋划策，然而在大庭广众之下，一般见不到他。萨家奴凡人不搭语，专门与纳哈出私下联络，具体差事不详，但可看得出他最有地位。我是在伙房里干事儿，给纳哈出送饭时，曾见过萨家奴鬼鬼祟祟地与纳哈出在屋里谈着什么。因为门儿总是关着的，戒备极严，所以很难听到他们说些啥。由此可见，他与纳哈出的关系不同寻常，相当密切。在金山那块儿，萨家奴有自己的房子，好几个夫人陪着，贪恋酒色，丢人现眼的事儿太多了。由于纳哈出对他的信任和重视程度远远超过其他'三奴'，故而想当然排在最前头。我分析，他一定是做最内层的机密重差，否则怎么会这样呢？不过二位将军，最近一段时间萨家奴可没在金山，正经有些日子没看到了。'四奴'都是女真人，生活习惯和所处的环境与蒙古人不完全一样，经历亦不同，对纳哈出的忠实程度也有区别。要是能把这几个人弄到手，对你们打进金山、直捣老鸹山寨及联络东海女真各部，将大有益处哇！"

豁鼻马说到这儿，停了下来，咽了口唾沫。忽然又像冷丁想起了什么似的，拍了拍脑袋道："咳！二位大人，我来了半天，光顾唠了，外头撂的两个弟兄忘安顿了。那是咱们的人，这几天可累坏了，为了找你们，已经在海边儿转悠好几天了，一直没机会安安稳稳地睡一觉。"叶旺笑道："哎呀，你咋不早说呢？"边说边走到帐外，命卫士赶紧把两个弟兄领到另一个地方，给吃的、喝的，让他们美美地吃一顿，好好儿歇一歇。回大帐时，还端来一大碗炒肉饭，放到豁鼻马跟前说："你也够辛苦的了，先消灭了这碗饭，然后接着唠。"豁鼻马真是饿了，遂端起碗来，拿双筷子，狼吞虎咽地吃了起来。

马云、叶旺从豁鼻马口中知道了很多情况，尤其对萨家奴的现状有了进一步的了解，证实了他的确是个很重要的人物。把豁鼻马介绍的与萨家奴讲的相对照，说明萨家奴还算诚实，没有撒谎。心里琢磨着，看来萨家奴或许不至于辜负我们，能帮助办一些事儿。马云同叶旺在暗地里商量了一下，然后对正吃饭的豁鼻马说："告诉你一个好消息，知道之后千万不要传扬出去。我们已经抓住了萨家奴，经审，供出了不少要事。现命他先去探探高家奴的行踪，以便设法捉拿之，估计一会儿能回来。"豁鼻马一听，高兴得忽地站了起来，啪地一拍大腿道："哎呀，二位将军，这可太妙啦，真得祝贺你们哪。能把他掳来，可大有用处哇！这小子机灵得很，鬼点子多着呢，要是真心归附大明，肯定能帮上大忙的。不过现在我不能暴露身份，还是不与他见面为好，你们看呢？"叶旺赞同道："对，你俩之间各做各的事儿，不必相通。"豁鼻马说："我正是这么想的，互不见面，对他对我都不是坏事儿，同时对二位将军负责。我仍然在纳哈出的伙房里干事儿，由于饭做得好，他很喜欢吃，无形中为我在金山内部的活动提供了方便。我与萨家奴平时关系一般，虽然认识，但很少说话。将军，可千万别跟他提到我，更不能说咱们熟悉，人和人之间还是提防着点儿好。一旦露出去，再有个一差二错的，或许讲不清楚也未可知。另外，我不想再在这是非之地呆下去了，太危险了。只是为了帮你们办事儿，才不得不在金山熬了下来，要不早就走了，从来没想混个什么一官半职。我呀，等把交办的差事办完以后，立马离开此地，回赤峰老家去，那儿还有一个从小与我一起经风雨、受苦寒的老妻在等着呢，很想和她一起过个舒适、安稳的晚年哪！"说到这儿，止不住流下了滚滚热泪。

马云、叶旺听罢，眼睛也湿润了，非常感激豁鼻马。别看他是蒙古人，自从归附大明以后，在徐达大将军面前表现得相当出色，已经帮了不少忙。大明朝能有今天，北方社会秩序安定，这里有豁鼻马的一份功劳啊！叶旺把皮囊打开，拿出一些银子来。全是特意为豁鼻马带来的赏金，一共是九锭，每锭一百两，计九百两。他手托白银，对豁鼻马说："这九锭银子，是朝廷给你生活用的。另外还有十锭，因为太沉，怕拿着不方便，我先替兄弟保存着。等有一天还乡时，再交给你。"豁鼻马感动得一时竟不知说什么好了，只是一个劲儿地嘿嘿咧嘴笑。叶旺又道："你呢，先把自己的这份儿白银收下。另外那两位弟兄，还有其他参与联络的一些人的银两，一会儿由马将军给你，你再交给他们。"豁鼻马替弟兄们谢了。叶旺接着说："下一步，真还有些事儿需要你做，只好请兄弟帮忙帮到底了。放心，大明朝不会忘了你们，功劳将会一桩桩、一件件记录在册的。那么，准备让你干什么呢？只有一个差事，就是要死盯着纳哈出，别的事儿不用管。尽量一刻不离纳哈出身边，了解他平常的一言一行及所有的动向，及时告诉我们。现在看来，能继续做伙房的头儿，证明纳哈出是很信任你的。我们绝对会保守秘密，请你不必挂心。为了安全起见，以后咱们之间不用老碰面，目标太大容易误事，可以找一个手下的亲信做耳目。千万记住，要挑一个最可靠的人，以后就通过他用暗号儿联系，不到万不得已，你最好不出面。这样做，既不容易引起纳哈出的注意，也能更好地保护自己。"说完，又在一些小事儿上细细地嘱咐了一番。

　　豁鼻马一看朝廷对自己这么好，马将军、叶将军想得又那么周到，便说："二位将军，我带来的两位弟兄你们看到了，那是自己人、身边的心腹。经常跟我联络的还有十几位，全是铁哥们儿。可以告诉你们，弟兄早已不愿恋战了，大元朝没了，此乃天命啊！没就没了吧，可纳哈出仍拼着命要干，已经死了不少人，谁还愿意继续卖命？都想回去。大家看明朝的人挺好，各样事儿如日中天，所以更不愿意跟着纳哈出打大明了。蒙古不少弟兄明着不敢反对纳哈出，暗中却希望快点儿散了、早点儿回家才好呢！我呀，因为与二位将军处得挺近，像兄弟一样，实在太想你们了，所以才特意前来寻找的。况且此次是兴师北上，事关重大，能不出面吗？无论如何得亲自出马，咱们好见见面。当然，有些事儿我的弟兄们也能转达，可总是不放心，再说还想把心里话唠一唠。刚才二位将军说了，以后前来联系的，不一定是我了。但是要记住，不管谁与你们联系，他准会拿着一个绿色的双头神龟玉坠儿。只要见到玉坠儿，便可以相信，那肯定是我豁鼻马派来的人。若没有这个，则不要同他打交道，千万别把我折进去。"说着，从脖子上摘下一根儿红线，红线上吊着个淡绿色的精巧美观的双头神龟玉坠儿。

马云、叶旺接过仔细一看，玉坠儿不大，比大拇指大一点儿，雕刻得很是精致、漂亮，连连称赞道："真是太好了，好像是个稀罕之物哇!"叶旺紧接着问道："豁鼻马，从哪儿淘换来的? 拿它做联系之物可有点儿大材小用了。要是让人偷去怎么办? 或者万一丢掉了，就联系不上了，那会耽误大事儿的呀! 再说了，这么贵重的物品，怎么舍得用来做联络物呢?"豁鼻马说："小瞧人了不是? 二位将军，别看我一向胆儿大，但做事儿心挺细，特别喜欢这个双头神龟玉坠儿，怎么会被偷或丢了呢? 它可不简单哪，本是金山大寨大元丞相纳哈出的宝物，常挂在脖子上。不少平章大人以及金山的王公大人、公主、夫人等，全见过这个从不离身的稀罕之物。那怎么会到我手呢? 说来挺有趣儿。由于我在纳哈出那儿当伙夫的头儿已有多年，他很吃得惯，认为做的饭菜有滋味儿，合胃口。所以，平时不但给他做各样的饭菜，而且到哪儿皆让我跟着，所办的酒宴，没有一次不受到他的夸奖。有一天，不知是怎么闹的，可能是他酒喝多了，有点儿迷糊了，便天南海北地侃起了大话。然后说是非常感谢豁鼻马老师傅菜做得香，让人爱吃，无以回报，边说边从脖子上摘下了这个元朝皇上赏赐给他的玉坠儿，要赏给我。我心里清楚呀，知道当他说完大话叫真儿时，肯定舍不得。当时便不管他舍得舍不得，当着众人的面儿扑腾跪下了，咣咣地磕头，谢赏感恩。此刻，他说出的话收不回去了，拉出的屎总不能往回坐吧? 只好忍痛割爱把宝物给了我。就这样，他的宝贝稀罕物从此到了我手里。二位将军，你们想不到哇，连我自己都没想到，得了宝物以后立马抬高身价了。我本是个不起眼儿的人，既没地位其貌也不扬，很多人瞧不起。自从脖子上挂上了大丞相的双头神龟玉坠儿，一下子就变了，所有的人不仅刮目相看，还向我下拜呀，认为必与纳哈出的关系不一般。我仅仅是个伙夫头儿，原来允许去的地方很少，现在却大不一样了，可以在金山大寨里任意走，什么重要的地方全能去，如入无人之境啊! 这样，我为二位将军了解情况、出来进去的方便多了，谁也挡不住，能多知道不少事儿呢，曾不止一次为此高兴过。大元朝有个老规矩，皇宫大内各个宫院之间不能随便走动。要想通过宫院，得用虎符，它像腰牌儿似的。如今双头神龟玉坠儿倒成虎符了，有了它才能过去，否则兵将不放行。你们说该多有意思，一想到此事，我就暗自好笑。这件稀罕物，原是大元朝皇帝的御

东海沉冤录

宝，纳哈出得到了，后来一时糊涂竟给了我，估计现在还心疼呢！"豁鼻马侃侃而谈，显露出一种抑制不住的高兴和自豪，对双头神龟玉坠儿喜欢得不得了。

马云、叶旺见豁鼻马拿着宝物爱不释手的样子，想来会加意珍惜，丢不了。而且能把心爱的双头神龟玉坠儿作为互相联络的物件，足见他把与大明联系的这件事看得很重，因此便放心了。然后，又跟豁鼻马谈了下一步要做些啥。马云说："眼下张良佐被困于盖州那座孤城之中，粮米奇缺。仇成大将军又因在狼牙屿，高家奴以雄兵据守辽阳，形势比较紧张。我们一方面要靠萨家奴帮忙，另外，你的担子也很重，回去抓紧了解纳哈出的动向。他若知道大明的兵马已进入辽东半岛，肯定不会老实坐等，必将兴师动众。所以，你要特别注意观察。"豁鼻马微微点头说："二位将军，我明白你们的意思，会记住这些话的，兄弟该走了。"叶旺忙道："不要着急，还要请兄弟见一位本朝的大贵人，就是过去曾经讲过的、你十分敬重的军师刘伯温的女儿。她原来跟着京师明月庵的住持明月长老学习经文，习练武术，法号妙善居士。后来承蒙大明王朝陛下和皇后的恩旨，封诰秉仁公主，并为东征武威安抚使，参赞军务。现已随军北上，是代表圣上到辽东来的。我们觉得你为大明做了不少好事儿，功劳不小，理当叩拜。再说了，秉仁公主也想见见你呀！"豁鼻马一听很激动，动情地说："将军，能够见到秉仁公主，兄弟真是太高兴了，能不能让我那两位弟兄一块儿来叩见？"叶旺说："好哇，当然可以！"叶旺马上命卫士把在外面的两位弟兄请到帐内。

不大一会儿，卫士来报："秉仁公主驾到！"只见帐篷门帘儿被人打开，娟娟、明月长老、吴祯鱼贯而入。豁鼻马等三人早已跪在那里恭候，见秉仁公主进来了，连连叩拜。娟娟以前从马云、叶旺口里，曾听说过豁鼻马这个名字，也知道他降过来以后表现得不错。叶旺和马云平定辽东，争取刘益降明，都有他的功劳。应该说，对大明打开辽东大门，是功不可没的，便朗声儿言道："起来，快快起来！豁鼻马，久闻你的大名，今天有幸一见，很让人高兴。"因豁鼻马个子不高，嘴上又有一个小豁口儿，一见秉仁公主那么英姿飒爽的，觉得怪不好意思的。特别是见到女的，更不知如何好了，于是用手遮着嘴，仍跪在地上叩头道："秉仁公主能来见小人，真乃无上荣幸，豁鼻马和弟兄们给您叩头了。"接着，侧过身来，面向明月长老叩头道："在这里，我们也给长老叩头了。老人家是世外高人，久有耳闻，早想盼求一见。今日有幸目睹仙颜，实为三生有幸。秉仁公主和明月长老此次到辽东有何事要小的去办，尽管吩咐就是。"之后，又叩拜了吴祯老将军。娟娟让豁鼻马等三人平身，落座，说道："你们早已是我大明的臣子，有功于朝廷，何必客气？咱们是自家人，今后还望多多提供良策，早日安抚辽东漠北，使百姓得以康宁。这是圣上之意，亦是此行之目的。待辽东山河既定，朝廷必会有旨，定论功行赏！"聊了一小会儿后，豁鼻马等三人与马云、叶旺、吴祯、娟娟、明月长老一起共进了早餐。

按照叶旺与萨家奴的约定，东征之师上岸后，将号令大军秘密向附近的小镇金州进发。金州小城是萨家奴的同族弟弟卜家奴所在的地方，当初他从舟船上跳进大海，便是径直到卜家奴那儿去了。去的目的，首先要劝说弟弟降明。卜家奴是个参将，目前受高家奴的指挥，镇守金州小城，对在纳哈出身边的哥哥萨家奴很是崇拜。又因为与萨家奴同族同宗，是自家人，所以对他几乎是言听计从。萨家奴到这儿以后，向卜家奴详细介绍了形势，说明了成败利害，劝其早日归降大明。卜家奴当即表示："哥哥，你说咋办就咋办，小弟全听哥哥的。你说降，咱就降！"这样一来，没费吹灰之力，萨家奴劝降了卜家奴。叶旺等人在与豁鼻马一起吃早饭的时候，便接到了萨家奴派人送来的卜家奴已降的密信。于是，叶旺立即传令，大军马不停蹄地向金州小城进发。

当马云、叶旺率领的东征大军迎着朝阳、踏着晨露飞快地赶到金州小城时，金州城寨大门早已打开，萨家奴、卜家奴正率城中官员站在城外恭候呢！大军被迎进城后，稍事休息，马云、叶旺他们就商量攻占金州附近的海岛、去狼牙屿救仇成将军之事。商定后，各自安歇。

第二天一早，由萨家奴带路，神不知鬼不觉地一举占领了金县旁边的一个海岛。然后马云命萨家奴带八十多名壮士，穿着元兵的号坎儿，冲进了海岛旁边的狼牙屿，打开水牢，顺利地救出了还没有来得及转移的大明将领仇成大人。仇成将军身子骨儿已非常虚弱，众将士将他安顿在大军的车轿之中，护卫着随军继续前行，向盖州进发。

说书人在这里需补讲几句。那么，此时豁鼻马和他的两个弟兄上哪儿去了呢？他们同马云、叶旺、娟娟、吴祯、明月长老一起在密林里用过早膳之后，遂与之拜别，悄悄儿从另一条路返回金山了。为什么没有随军去金州呢？因为豁鼻马已经表示了不愿见到萨家奴，怕暴露身份，那样对谁都不好，当然不可能去金州，在此也就不多说了。

回头咱们接着讲叶旺率大军攻占盖州之事。盖州是辽东半岛上靠近西部海岸的一个重要战略要地，高家奴十分重视这里，派自己的心腹达家奴带着一万多兵马驻守在周围。那么，为什么只驻守而不攻占该城呢？开始因为有仇成将军的保护，他们没能夺下来，城里一直被明军占着。刘益被杀后，张良佐曾到京师请求圣上派人支援。从京师返回并没有去辽阳，而是在仇成的帮助下，占据盖州，代理执行大明辽东卫指挥使司的行政事务。实际上，他并没有多少兵马，盖州只是一座空城。即使是这样，达家奴也不攻城，依然在城的四周困着。萨家奴告诉马云、叶旺："达家奴这小子挺坏，之所以不攻城，是想让盖州不攻自破。什么意思呢？他知道，天天围着你，里边的人出不来，外边的人进不去。到一定时候，城里没吃的了，自然受不了，必得自己开门投降，攻你们干啥？达家奴还有一个想法，即不到万不得已，不想与大明朝直接刀兵相争。他向高家奴保证道：'大将军，我自有办法，一定能守住此地。假如明兵从南边来，也没法儿跨过盖州城。'"萨家奴分析盖州眼下是这样一种形势，然后接着说："二位将军，咱们前两天打金县附近的海岛挺顺手，是因为占据那里的好些人是我的朋友，解决得当然比较容易，要对付达家奴可就难了。他虽然是北山部落的人，我们也都是弟兄，但他的心却向着纳哈出和高家奴，跟高家奴有手足之情。特别是达家奴的夫人和高家奴的夫人是亲姊妹，他们俩是连襟儿，因此，二人的关系挺近。要想取胜，必须得有奇招儿。"叶旺问道："依你看，该用什么招儿呢？"萨家奴回道："最好用骗降的办法。"叶旺没明白，忙又问道："怎么个骗降？"萨家奴说："还像攻海岛那样，我仍然率领百十名壮士，换上元军的号坎儿。你们再率领一百多人，同样身穿元兵号坎儿，一律马队。我在前面走，你们在后面跟着，不要跟得太近。我先过去，达家奴一看见我便会紧张，肯定认为是纳哈出大丞相派来的。因为这些人平时见不到我，一般跟我没联系，突然见到了，一时不会弄清是怎么回事儿。在还没明白过来之前，我已经到跟前了，只要一到，他们咋的都不好办了！必须记住，等我到达家奴面前时，你们率队赶紧冲上去，占领中军大帐，控制住指挥部。至于下边的兵将，由我来对付。"马云、叶旺认为此办法可行，点头道："好，就这么定了。"于是，按照萨家奴的建议，所带骑兵全部穿上了元兵的号坎儿。正要出发时，他的弟弟卜家奴也来了，要随同哥哥一起攻占盖州。萨家奴一看，好啊，求之不得呀！便并辔带领百余名壮士向盖州而去。

单说那盖州城外有一万多兵勇围着，马队不停地绕着城转。到了夜晚，笼起了堆堆篝火，灯笼火把一片片的，把个盖州城照得通亮。城外的元兵擎着火把、举着刀，呼号直喊，震慑城里的人，做出一副随时攻城的样子，造成一种剑拔弩张的声势。达家奴深怕明兵偷袭，不断地派奸细出外刺探，严令全副武装的兵卒于周边不间断地巡查。萨家奴和卜家奴所带之百十号人的队伍，那可是挺长一溜哇。何况又是夜间来的，由于路黑，也拿着火把，很快就被达家奴派到南路的奸细发现了。从远处看不清，以为是前来偷袭的明军。往前细一瞅，见兵卒们穿着元兵的号坎儿，便认为是自家的队伍。待再近瞧，前头带队的有两个人，其中一个是镇守金县的参将卜家奴，另一个没认出来，遂赶忙打马回报达家奴："有一队元兵朝这儿来，走在前面的，一位是卜家奴大人，还有一位小的不认识。"达家奴想："那另外一位是谁呢，谁会在这时候来？"边寻思着边骑着马往前迎。达家奴认识萨家奴呀，一看是他来了，当即吓了一跳！心里又琢磨开了："萨家奴那是大丞相、太尉纳哈出帅帐的红人，平时是不大露面的。只要出来，肯定是做秘密的要事，今天怎么来了？可能是大丞相有什么急务才把他派来了。"慌忙滚鞍下马，跪拜在道："小的迎接萨家奴大人。"这时，萨家奴才下了马，卜家奴亦随之骗腿儿而下，跟着达家奴向营地走去。

路上，萨家奴在暗中向卜家奴使了个眼色，卜家奴马上明白了。回头叫过身边的几个卫士，如此这般地吩咐了几句，卫士们微微点了点头。之后突然猛虎般扑上前，把达家奴的两个肩膀给摁住了，后边的随行卫士将他的刀也下了。达家奴自然不明白这是怎么回事儿，跪在地上问道："萨家奴大哥，怎么了？我没犯罪呀，在这儿守城守得挺好呀，干啥抓我？"萨家奴反问道："兄弟，你是听我的还是听谁的？"达家奴连忙回答："我当然听大哥的了。""那就好，给我闭嘴，不要声张！"萨家奴说完，向后边一招手，呼啦一队兵马过来了，为首的是两位穿着明朝官服的将军。他向达家奴介绍道："二位将军是大明天子派到辽东都指挥使司的都指挥同知。这位是马云大人，这位是叶旺大人，此次是来接管辽东的。达家奴，你是我的好兄弟，知道是个正直的人，不要再跟纳哈出他们走了。现在惟一的出路是降明，此为光明之路，不能再为元朝卖命了。纳哈出还有几天蹦跶头儿？过去女真人受他的害还少嘛，咱们的妈妈、很多的叔叔不都死在了他们的手里吗？听大哥的没错，让将士赶紧投降吧。你是个聪明人，若是不降，结果会怎样，眼前的形势还看不出来吗？可别犯糊涂啊！"说着，两眼死盯着达家奴。

达家奴一点儿不糊涂，实际上，他对纳哈出强行和明朝作对很是不满。更知道女真人所受的苦难，不仅目睹了别人受苦的情景，自己也亲尝过。正因为元朝欺压女真人，他才追随祖先起兵反元的。可起兵之后不久，就被元朝的猛将洪宝宝给打散了，达家奴从此便成了洪宝宝手下的一员属将。洪宝宝当时以平章大将军的身份驻守在老鸦山寨，保护辽阳城。他对辽阳指挥使司的指挥使刘益总是不放心，遂与纳哈出商议，派达家奴随同马延辉到刘益手下。刘益叛元投明被马延辉杀死后，达家奴又被洪宝宝带到金山，交给了高家奴。达家奴在这里亲眼目睹了纳哈出的心狠手辣，只要对谁有了猜疑，那是说杀就杀，非死即残。还不是一般的杀，而是采用剐刮的办法。即把人赤身裸体地绑在柱子上，任兵士用快刀一刀一刀地剐，乃至泼上油，点起天灯，真是惨不忍睹。纳哈出常对将士们说："谁要不听我的命令，都看见了吧？如法炮制！"此话的确令人胆寒，金山的人没有不惧他的，尤其是那些胆小鬼，几乎吓破了胆。女真人更怕纳哈出，当然，达家奴也不例外。

纳哈出手下的众将之间，谁都不敢跟谁多说什么，惟命是听。他们对纳哈出是既怕又恨，还不敢明目张胆地反对，只能是"身在曹营心在汉"，对纳哈出若即若离。达家奴便是如此。在高家奴派他去围攻盖州时，高家奴说："兄弟，给你一万人马不少吧？快点儿把盖州城给我拿下来。那样的话，整个辽东半岛又是咱们大元的天下了。"达家奴这个人尽管办事儿犹豫，脑袋却不笨，他不想得罪纳哈出手下的元将，包括高家奴这些人。还不得不防着，不敢交心，不说心里话。其实，高家奴也是女真人，他们是麻秆儿打狼两头害怕。因此，达家奴当时琢磨着："不能不听令，不听就没命了。"可他知道，大明的天下已定，不是一两个人所能改变的，辽东早早晚晚必归属人家。于是留了一手，没把事情做绝，心想："我采取'围而不攻'的招儿，给自己留一条退路。吴立、张良佐要是开门纳降，那是你们的事儿，与我无关。如果上司高家奴追问，就说自有办法使盖州归我所属，两边皆可应对。"方才经萨家奴这么一说，他顿时明白了："萨家奴是纳哈出身边的红人，他都能变，我有啥不能变的？识时务者为俊杰，何不顺水推舟呢？"想明白后，手一招，叫过侍卫，让他告诉大队人马："不要再围城了，从此将盖州城交给当今有道之君、大明天子派来的人管。咱们是女真人，应为女真人长志气，再不能受纳哈出的辖制了，应走光明之路。"他的大军当然听主子的话，就这样，在萨家奴、卜家奴的帮助下，达家奴率一万多兵马归顺了大明。

东征大军于黎明时分，浩浩荡荡地开进了盖州城，大明朝之指挥金士吴立、张良佐率领着众臣和乡绅百余人在城中迎接自己的兵马。全城人无不欢呼雀跃，一时鼓乐齐鸣，欢声雷动。看上去，吴立、张良佐消瘦多了，走起路来显得蹒跚无力。多少天来，早已抱定誓死守城的决心，忍饥挨饿，总算坚持下来了。此刻，他们兴奋得与马云、叶旺搂抱在一起，不禁喜泪横流。能够相聚真是来之不易呀，没想到还能活着见到天朝大军的这一天，那真是感慨万千啊！对此，说书人也来不及细说了。他们相互叙礼之后，就把大军引到了盖州府衙。入府之后，秉仁公主穿戴着凤冠霞帔，由众卫士们护拥着，安坐在府衙的中堂。左侧有明月长老捧着圣旨玉匣儿相陪，马云、叶旺二位将军坐在秉仁公主的右侧，靖海侯吴祯就坐于明月长老的旁边。纳哈出的降将萨家奴、辽阳参将达家奴、金州参将卜家奴因为在征讨辽东中立下了功劳，现在当然是自家人了，所以便让他们也入了座。接着，秉仁公主召盖州指挥金士吴立、张良佐上堂。

这里说书人要讲一下。历史上对马云和叶旺名次的排列不一，朱元璋在下旨的时候，封二位将军并列为辽东都指挥使司同知。当时，刘伯温曾对皇上说："陛下，他们两个本是并蒂弟兄，互帮互助，相辅相成，名次谁先谁后倒无关紧要。但马云的岁数大些，叶旺较他年轻，又是我的女婿，还是把马云放在前头为好。"马云一向谦虚，坚持把徐达大将军的徒弟、爱将叶旺推到前头。二人就这样推来推去的，互相谦让，最后仍没个结果。我在讲书的时候，是按照军师的意思，始终将马云放在前头，叶旺放在其后。马云后来因病奉旨离开辽东，去京师调养，叶旺却直至重伤而死也没离开那儿，这是后话。

现在咱们再表表盖州守城的有功之人。吴立原是曹国公李文忠手下的一员大将，又是朱元璋的侄子、干儿子。受皇上的旨意，从京师到辽东后，为守城受了不少惊吓，吃尽了苦头儿。张良佐与吴立不同，原来是元顺帝朝的右丞，那可是个挺大的官呀，降明之后，认真辅佐刘益执掌辽东事务。刘益被杀，他遣亲信迅速将此消息通报给大明朝廷，让赶紧派人去。见辽阳不能呆，遂退守盖州，守城之志坚定不移。另外还有黄遵和房暠，皆为侍郎，原来是元朝的重臣。降明后，一同帮助吴立坚守盖州城。咱们且不说元兵万人是完全有可能攻下盖州的，却未攻取，而是久久围困。守城之人虽未遭失城之灾，但因处于久困无助、缺粮断炊的境地，也是相当艰难的。他们就在此座孤城里，同心一致，紧紧抱团儿，内部没出现一个反叛的，保住了明朝在辽东的这个据点。不管怎么说，都是有功的。

吴立、张良佐等人今天应秉仁公主所召，高高兴兴地来到了府衙中堂，先是叩拜了秉仁公主千岁，千千岁，又拜见了靖海侯吴祯老将军、马云、叶旺二位年轻将军和明月长老。然后，由叶旺引见，与萨家奴、卜家奴、达家奴见礼。达家奴向吴立、张良佐二位大人叩头请罪致歉，吴立忙道："哪里，哪里，咱们已经是一家人了，一家人不说两家话，不要讲过去了。今天大家到一起了，都是大明的臣子，这是正道。"达家奴同张良佐早就认识，原来皆在刘益手下干过，后来才分道扬镳的。没想到重又相聚，也是感慨万千哪，便对张良佐说："张大人，真是对不住啊！想当年咱俩一块儿在刘指挥使手下的时候，您对我多好啊，家里的许多事情全替我办了，连夫人治病的银两，都是用的大人省下的俸禄。之所以围盖州始终不攻城，那是觉得下不了手哇！千不看万不看，咋的得看在张大人的面子上吧？您对我们全家的恩情，达家奴永世不忘啊！"说着，扑通一声跪下，连连叩头。张良佐高兴地说："达家奴呀，你算做对了，不要讲什么恩不恩的了。人哪，总有碰面的时候，如今不是又到一块儿了吗？我早已给你点过了，最后还得走这条路吧？沧海桑田，事情总有个根，真正坐天下的是大明。明朝是天作之运，元朝气数已尽，肯定是完了，你看我说得对不对？"达家奴听张良佐这么一问，越发惭愧，边点头边回道："对，张大人，我达家奴浑哪！要是早听您的话，何必直到今天才过来呀？"大家听后，禁不住笑了起来。

闲话少叙，再说朱元璋深怕南京至辽东的交通受到战事的影响而阻塞不通，因此，在东征大军出发前，特向秉仁公主降旨："如遇为政之事，可按情慎酌，就地代朕宣诏，重事后奏。"什么意思呢？就是说道路遥远，一旦有阻塞，来回送奏折不方便。遇有要急办的事情时，可根据这道圣旨的本意，就地拟旨，代圣上宣诏。其中重要的事情，待办后再奏报。正是因为有了圣上的旨意，秉仁公主那是代天巡事，权力可就大了。无怪乎她父亲刘伯温说："娟娟，此行担子很重啊，是代表皇上办事的，掌有生杀予夺之权哪！"此刻，在吴立、张良佐等人拜见后，秉仁公主手持玉匣儿，代圣上宣诏道："吴立坚守盖州，为大明立下了大功。张良佐、黄遵、房嵩本是元朝重臣，归依我朝后，精诚克职，其功堪嘉。现擢命吴立为盖州卫都指挥兼督理军务；任张良佐为盖州卫指挥佥事，总理州县诸务，办理民间的户籍之事；对攻盖州时不幸故去的黄遵深表哀痛，赐银厚葬；房寓年迈多病，赏银万两，颐养天年。"吴立、张良佐叩谢皇上圣恩。

召见完毕，秉仁公主带着马云、叶旺、吴老将军前去看望了黄遵的遗夫人仇氏和侄女，给予慰唁，赏银有加。为了安抚百姓，稳定市井，马云、叶旺以大明镇守辽阳都指挥使司同知的名义，在盖州城张贴告示。让百姓皆知当今大明天子恩抚四海，迄自今日，元暴靖除，市井工商，各安其业。同时，任鞍前马后跟随马云、叶旺多年的爱将韦富、吴祯老将军水师的参将王胜为金州城的守卫指挥，兼理旅顺军政及海运诸务。二人得令，随即前往金州赴任，镇守海疆，执行政务。马云、叶旺见仇成将军的身体极其虚弱，便将他交给吴立，嘱咐要好生照顾。待在盖州把身体养好了，再奏报朝廷另任。马云、叶旺、娟娟及众将把在盖州应该处理的、须立即做的事情，一件一件地办得很是周延、妥帖，百姓的生活开始有了好转，商店、茶肆、酒肆纷纷开门营业，市井也随之热闹起来。

东征大军在盖州的要务基本完成，大家商量了一下，认为必须迅速北上。马云、叶旺的意思是：我们虽然得了金州、盖州，但是要想真正解决辽东问题，则要攻克辽阳，直逼金山。吴祯老将军表示赞成，说道："如若再攻下辽阳，纳哈出盘踞的金山便会成为一座没有外援的孤城，因此应趁热打铁，一举夺之。既然一切已经就绪，老叟考虑到停留在旅顺口的舟师还有些事情要办，想就此别过，不知二位将军意下如何？"马云、叶旺忙异口同声地表示道："不可，不可！"马云说："现在正是紧要关头，还望老将军给以更多的帮助。等攻下辽阳，擒了高家奴，您再凯旋回京向圣上复命岂不更好？"吴祯在二位将军的诚意挽留之下，只好答应共同攻打辽阳。

话说东征大军在盖州呆了四天后的一个夜晚，马云、叶旺传下军令："偃旗息鼓，秘密北进。"为行动方便，调动灵活，将所带的家眷、辎重留在了盖州，只带领着能与元兵厮杀的壮士，化装成元兵，轻装简从，登程辽阳方向。为防止元兵听到动静，战马勒着嚼环，马蹄包上布裹，兵卒衔枚止语，声言违者军法伺候。大军飞速行进，不到一天的时间，便驰奔到了辽阳附近的平顶山。当山上的元军发现有支队伍向驻地开过来的时候，还以为是纳哈出关心他们而派来换防的援兵呢！于是一传十，十传百，全都抻着脖子看，高兴地喊着："好啊，终于有人来换咱们了，可以歇息一阵子啦！"直到刀枪逼到了眼前，才大吃一惊！赶忙拿枪、拿矛还击，但为时已晚，脖子一凉，脑袋就掉了，稀里糊涂地成了刀下之鬼。一千多人有的死于非命，有的束手就擒，平顶山神奇般被明军占领了。

东征大军打扫了战场，稍做休整，又奔向了下一个目标——高家奴所据守的老鸭山寨。前书说过，老鸭山寨不是一般的地方，经过了元朝几位平章持续不断的经营，现在为纳哈出重点设防的据点。整个山寨的四周，是依山用石头堆砌起来的，每个山口儿皆有城楼，城楼上修有瞭望台、烽火台。在瞭望台上，能看到很远的地方。如遇有紧急情况，立即将烽火燃起，可迅速传递消息，联络各方，真有一夫当关，万夫难进的气势。当时有那么句话："谁想夺下老鸭山寨，先要卖掉自己的脑袋。"元兵对守住这里很有信心，认为哪怕是明朝的徐达来了，照样得头疼，根本拿不下来。那可不是平原，而是大山哪，爬山都不容易，何况还有山寨呢？所以，高家奴每天安卧在山寨上，以为是四平八稳，稳如泰山，从未想到会有什么危险。纳哈出为什么在此地严密设防呢？不仅因为地势险要，居高临下，易守难攻，重要的它是辽阳东部的屏障，要想夺下辽阳城，必先占领老鸭山寨。也就是说，只要守住老鸭山寨，辽阳城方可安然无恙，也才可能扼守住辽东。否则，不单单是失去了老鸭山寨，还要失去辽阳，进而失去辽东的大片土地。为此，纳哈出在派人上、布兵上确实动了一番脑筋。

说起辽阳，咱们在这里要多讲上几句。辽阳城池非同寻常，自古以来，人们便把它看做是进入辽河以北的白山黑水乃至东海的重要关口。早在战国时期，燕国就在这里置郡，辖境相当于今大凌河以东。西晋时，改为国，称之为东京。北燕入驻时，又改为辽东郡，其后的高句丽族也曾在这一带誓师立国。五代时，契丹族崛起，其首领耶律阿保机将辽阳置为东平郡。契丹天显十三年，设置为辽阳府，辽阳的名称就是自此叫起来的。到了金代完颜时期，这里的政治、经济有了很大的发展。金世宗完颜雍在废帝完颜亮后，遂于此登基即位，定年号为大宝。为了纪念其母，还修建了白塔，即佛塔，辽阳之名更是远播内外。时进元朝，工农商有了更大发展，经济繁荣，成为辽东的重要商埠。后将其置为辽阳路，并设立了辽阳等处中书省，下辖两府两州十二县。辖境东至东海，北至黑龙江以北，土地广袤辽阔。历史一再证明，辽阳乃历代兵家必争之地，明朝当然也不例外。朱元璋起兵推翻元朝后，十分关注辽东之地，想尽各种办法夺之。首先诱刘益降明，继而占有了濒临太子河畔、物产丰富的辽阳，扼守了辽东的咽喉之地。初始仍沿用辽阳路原名，后改置为辽阳卫。不久，形势突变，元朝残部重又占据了辽阳，控制了辽东，这才有了前书所说的皇上传旨，派马云、叶旺进入辽东，收复辽阳之举。

马云、叶旺率领着大军马不停蹄地到达老鸭山寨后，顷刻间将这里围了个水泄不通，所有的关口、要道全被封住。明军为了在不发出任何声响的情况下互相能辨识出来，便以每人脖子上挂一白布条子为号，白布是在从盖州城出发前到店家买回、早已准备好了的。兵将之间谁也不许说话，全瞪眼看下巴颏子底下是否有白布条子，如果有，就是兄弟。马云还秘密传告，对山寨里的人，出来一个圈起一个，只许出，不许进，违者就地斩决。于是，他们把抓起来的人圈在旁边的一个帐篷和旧马圈里，并设专人看守。所有的行动，都是在十分隐蔽的情况下进行的，老鸭山寨里的人毫无察觉。

回头咱们再说老鸭山寨的守将高家奴，虽然曾接到纳哈出的传报，说大明朝廷从降明的元兵元将中挑选了千余人，组织了东征大军，由马云、叶旺二将带领杀向了辽东。可怎么都没料到能来得如此神速，已神不知鬼不觉地包围了山寨。再者还想，别说明军没来，即使来了，凭我山寨的防御和自卫能力也不怕。他就是这么自信，眼下依然在山寨里做着美梦呢！

那么，高家奴究竟有什么能耐如此自信、又是怎样被纳哈出选中而派来驻守老鸭山寨的呢？这话得从元朝被大明推翻后说起。自元顺帝被大明赶出皇宫跑到大漠后，纳哈出便据守在金山，野心很大，一直筹谋卷土重来。所仰仗的有三员大将：一个是据守在甘肃宁夏一带的扩廓帖木儿，目前正与明将徐达、李文忠、冯胜对峙；另一个是其心腹、势力较强的曾家奴，早被派去驻守大宁一带了；第三个就是高家奴了。这位女真人五十多岁，大高个儿，膀大腰圆，力过常人。手使两根镔铁棒，每根重达百余斤。抡起来呜呜山响，只要被碰上，必碎成齑粉。平时常举石球玩耍，石球是由他的叔伯弟弟曾家奴带领着十几个壮士，专门从燕州一步一步推了两个多月、又要上下山崖才运过来的，可是来之不易呀！每当举起石球，那是气不长出、面不改色，天天坚持练，练出了一身使不完的力气。他同曾家奴、安家奴等人都是东海女真野人的后裔，天生在荒野中生活。打鹰、打虎、打豹、打熊，下海捕巨龟、巨鲸，久而久之，熟能生巧，巧而生技，日积月累，才有了真本事。满身的功夫不是哪位师傅教的，师傅就是自然界，就是阿布卡恩都力①。使用什么家巴什儿，全是凭着自己的体能、习惯和爱好，什么用起来得心应手，便用什么，还能将巨木、巨石、铁杖等磨凿出千奇百怪的兵刃来。不但用哪样武器很随意，而且跟明军打起仗来，其打法也挺格路。他们不按一般的常规打，而是想怎么打就怎么打，既无阵法，又无战法。有时马队排山倒海般地平推过来，烟尘滚滚的，还未等你弄清怎么回事儿、该咋办时，很可能已葬身于万马惊蹄的狂涛之中了，不允许有半点儿的犹豫或观望，就这么快、这么狠！

前书讲过，元朝所用的将领、兵卒，多数是以签军的办法强行征来的辽东女真野人。一个个剽悍、魁梧、肩宽膀圆，像座黑铁塔、小山堆似的，勇猛无敌。使用的兵刃奇形怪状，进招儿没什么定式，不像中原武士遵照一定的传承流派，进招儿前各有各的礼数。跟元朝的兵马打仗不能讲这些，说了他也不懂，就是个猛杀猛砍，怎么顺手怎么打。千万不要跟他论啥文明，若是那样，你可要吃大亏了。说实在的，元末各路义军同大元兵马对阵时，没少吃他们的苦头儿。朱元璋的很多战将原来几乎全是学过武术的，有少林派、武当派，还有峨嵋派、南派、北派、海派等等。使用的兵器各不相同，有使棍子、使刀、使剑的，也有使长枪、板斧的，各有各的招式。假如对阵双方皆是武林人，交手前，一要讲"义"，二要讲"尊"，三要讲"信"，礼数过了才能开打，此乃中原武林各派千百年来形成的规矩。倘若不讲礼节见面就打，人家会认为你连武林人都不是，还比划啥？纯粹给武林人丢脸。然而元朝兵马打仗根本不理会什么这个那个的讲究，赢了便是好家伙。明朝将领开始时不知道哇，跟元军对阵时，先摆好架势，礼数过后才慢慢进招。对方可不管这些，冷不丁啪嚓给你一下子。要是发问："哎？来将，用何招儿？"人家连话都不说，接着啪嚓又一下子。你要再问，人家会大吼道："什么招式，打死你就是招式！"说着还会啪嚓来一下子。如此一来，讲礼数的人不眼瞅着吃亏了吗？好多武士恰恰就是这样倒在刀棍之下的，死于非命之人太多了。

咱们在这里还要多说几句。早些年，元朝的蒙古兵不是曾横扫过欧

---

① 满语：天神。

罗巴吗？在两军对垒时，白人吃老鼻子亏了。我们都知道，在早欧洲人打仗，有自己的一套阵法和礼节。开战前，先排成方队，主将喊着口令，奏着军乐，敲鼓咚咚咚，吹号嘀嘀嗒，方队整齐地迈着正步向前走。到一定时候，主将一声令下，指挥刀一甩，兵卒们才平举刀枪，雄赳赳地继继向前进，以阵势吓唬对方。应该说用来吓唬兔子还行，吓唬大元的蒙古兵就不灵了，老蒙古哪管那套？一看你排着队，刀枪端得一般高，还奏着乐，早乐得不行了。心想，这是干什么？打仗就是打仗，玩那些花样儿有啥用，让你早点儿见阎王爷得了！随即马队哗哗哗往前一推，真可谓排山倒海呀，许多白人顷刻间死在了马下。身临其境的人都见识过，当年蒙古兵马踏千军，相当厉害，差不点儿没攻进俄罗斯腹地呀！元军过去对付欧洲是这种打法，现在依然如此，高家奴便是无章无法作战的领军人物之一。

高家奴自入元军以来，逐渐成为了一员著名的大将。在关内同明军打过不少仗，跟陈友谅、韩林儿打过，与朱元璋打的更多了，也曾在徐州同徐达鏖战过。徐达佩服他勇敢、不怕死的精神，称其为元朝的一员勇将。已过世的常遇春大将，还有现正征战的傅友德、李文忠、冯胜这些将军，都知道高家奴能打仗，稍不留意，有可能被他打败。也十分清楚，同高家奴对阵，头脑必须灵活，反应要快，眼睛盯得要紧，不能有打奔儿的时候。要以快对快，以猛对猛，在快与猛中求胜，或者出奇制胜。刘伯温为什么会受到大明从皇上到兵将的由衷崇拜、看成是活神仙呢？就是因为他有计谋。刘伯温主张，同元朝兵马打仗，不要与之对拳头，你是对不起的；也不要与人家对家巴什儿，那也是对不过的。应该与其对头脑、对智谋。正因为徐达等将懂得了此窍门儿，你不是猛吗？我比你还猛；你不是狠吗？我比你还狠；你要是快，我比你还快，不能有半点儿的犹豫、徘徊，这样才能压住对方。再一个便是以奇、以巧制胜。别看元军将士一个个像大熊瞎子似的，凶猛无比，打起仗来瞪着眼睛哇呀呀一个劲儿地叫着往前冲。此刻，不能跟他对打，你设陷阱，用罗网想办法抓住他。马云、叶旺奇袭老鸭山寨，则完全是按照军师刘伯温和徐达大将军的战术，进兵必快，连番突袭，采取了以快制稳的打法。

闲言少叙，咱们接着讲高家奴。他不但使用的兵器独特，而且打起仗来更是又勇又猛，任何人不惧。还有个特点，就是非常能吃，在大元朝里也是出了名的。因为能吃，所以养了不少伙头军，专门为他做馒头的师傅差不多有六十人。各位阿哥，是不是觉得说得太玄乎了？可绝不是朱伯西胡嘞嘞，此事在《东海沉冤录》里记得很清楚。高家奴每天要练十几个人才能推动的石球，又使那么重的兵刃，不吃能行吗？五六十人天天轮着班儿给他做饭吃，一天得好几拨儿，这十几个人是这拨儿，那十几个人是那拨儿，仍然又累又忙不得闲。他吃饭特别快，从不细嚼慢咽。其实那简直不是吃，而是不间断地往嘴里填、往肚里灌，吃得还相当多，尤其爱吃海鱼。他是东海女真野人，靠近大海，吃鱼方便，从小便养成了吃鱼的癖好，现在更是顿顿离不开。鱼有刺儿呀，一般的吃法是：先摘一下鱼刺，然后吃一口；再摘一下鱼刺，再吃一口。可他吃东西心急呀，哪还等得摘鱼刺？故而只吃大海鱼，不吃小鱼。吃海鱼也不是常人的吃法，像吃其他的东西一样，猛劲儿往肚子里吞。为此，伙头军们给他做鱼宴时，总是先将大鱼刮了鳞，开了膛，之后把所有的大小鱼骨、鱼刺一根根剔出去。有的鱼肉炖着吃，有的则同面糊、蛋糊、香糊、藕粉和到一起，过了油，烹炸出各种美味。也有的重新加料，上锅上屉，做出来的鱼好看又好吃。高家奴在辽东单有个土窑，除烧制碗、盆外，还烧制装鱼的各种盘子。其中最大的鱼盘儿是椭圆形，像个大脚似的，人称脚掌鱼池，需两个人才能抬得动。由于他爱吃鱼，也愿意招待客人吃鱼，便有了"高家鱼宴"之说。那色、香、味皆很独特，成为高家奴府中绝无仅有的待客上肴，令人馋涎欲滴，不少好事者想方设法贪此一餐。

　　纳哈出在考虑辽阳该如何设防、由谁去驻防屏障之地——老鸭山寨时，选来选去，最后把既能战又能吃的高家奴选中了。对他交代道："为了行动方便，你只身率兵前往，两个儿子和家眷留在金山。我会好好儿照顾他们的，也会找最好的师傅教两个孩子武功的，一切都不用挂心。想必你也知道，老鸭山寨是驻守辽阳的重中之重，只有守住它，不让明兵进来一步，才能保住辽阳，金山亦有了安全保障，基地将稳如泰山。若能出色地完成此项差事，有朝一日，会有享不尽的荣华富贵呀！"当时，高家奴没想那么多，更没想到儿子和家眷实际上已成了纳哈出手中的人质。一旦辽阳出个一差二错，纳哈出便抓住了把柄，其家眷和两个儿子就要替他坐牢房，甚至上断头台。反倒觉得儿子和家眷有纳哈出的照护还不错，可以放心了，当即凭着自己的勇敢、自负一口应承下来，并向太尉立下了军令状，夸下海口："请丞相放心，本将有把握守住老鸭山寨，卡住大明兵马。只要有我高家奴项上的这颗人头在，决不让明军靠近辽阳半步!"于是,高家奴受纳哈出之命,带领着万余元兵开赴老鸭山寨。到山寨后,又加固了原有的工事,派重兵把守各个路口儿和要道。

与此同时,纳哈出还秘密派出许多耳目,刺探明军的情况。前书说过,萨家奴便是其中的一个探子,而且同明朝的丞相胡惟庸有着密切的联系,也正是之所以对明军的一举一动十分清楚的原因。纳哈出最近又遣人告诉高家奴:"明军攻打辽东,很可能从海路来,因为那是一条直道儿。听说朱元璋已经派马云、叶旺二将带兵向辽东进发,你千万小心,不可麻痹,不能自傲,要带好自己的兵马,严加防守。别的事儿不用管,只需两眼紧盯南方,倘若有大明的兵马到来,必须给我就地铲除!"可以看出,纳哈出把辽东的底牌全押在高家奴身上了。高家奴听了这些情况,并没在意,为什么呢?他想:"我早已摆好了大阵,静等着马云、叶旺来攻,倒要看看你们怎么攻我的山寨。四周埋伏下的万名弓箭手可不是吃素的,再说主要道口的堑壕、鹿砦、石栏、立桩、狼牙陷阱也不是白设的,易守难攻,谁能过得来?只要来了,必然会被乱箭穿心,或者陷下狼牙陷阱,绝跑不了你!"因此,根本没在乎,仍然那么悠然自得。

回头再说马云、叶旺率兵秘密围了老鸭山寨之后,天天在想,该如何攻取眼前的固若金汤之地呢?硬夺肯定不行,只能按照刘老军师的办法——奇袭。可怎样才能出奇制胜呢?二人同娟娟和明月长老商量一阵儿后,又将萨家奴叫了过来。娟娟说:"萨家奴,你前一段帮了我朝很大的忙,这些早已记在功劳簿上了。待回朝以后,向皇上奏报,将会受到嘉奖的。现在让你帮助做的最紧要的事情,就是要想法儿制服高家奴。依你看,用个啥招儿才能使这个老熊瞎子服服帖帖呢?"萨家奴一听是为了此事找他来,当时便愣怔在那儿了,非常打怵。因为他知道,目前元朝的残部能与大明相对峙的,除了纳哈出、扩廓帖木儿、曾家奴外,再就是高家奴了。此人虽然是自己的同族弟兄,但位高权重,相当难对付。且性格古怪,勇猛善战,在辽东俨然是纳哈出第二了。他的兵马多,纳哈出把辽东三分之一的兵力都集中在老鸭山寨,并筑有坚固的工事。在这种情况下,硬性攻打不是好办法。那么劝降呢?恐怕也不行。因为高家奴眼下已经明白了,他的两个儿子是作为人质押在纳哈出那儿的。一开始,对纳哈出的做法没寻思过味儿来,现在是越想越后怕呀!那大丞相、太尉纳哈出可是个杀人不眨眼的魔王,如果守不住老鸭山寨，盯不紧马云、叶旺他们，辽阳有失，不仅自己身败名裂，两个儿子十有八九也活不成了。所以，只能是背水一战，与马云、叶旺死拼。萨家奴分析来分析去，对该怎么制服高家奴一时束手无策，很是犯愁。

萨家奴又经过多方了解，探得一个消息，令他喜出望外。是个什么消息呢？高家奴要娶小妾啦！高家奴十分好色，身强体壮，像头熊似的，身边总少不了女人。这些女人中，有的是明媒正娶，有的是露水夫妻。他是今天睡这个、明天睡那个，轮番地折腾。此次纳哈出派他到老鸭山寨时，将其家眷、爱妾及两个儿子都留在了金山，只让他轱辘棒子一个人去。时间一长便熬不住了，觉得不行，无论如何得弄个女人来。如今，他已让东海女真野人部落的人从家乡送来了一个年轻美貌的女子做小妾，三两天准备在老鸭山寨大摆鱼宴，举行婚礼。可见高家奴脸真挺大，在当前的紧要关头，仍有闲心搞女人。萨家奴听到信儿以后，心里琢磨开了："哎呀，好哇，这可是个突破口。强攻不行，咱们可以智取呀！就利用娶小妾的事儿做文章，故意抓把柄，把他牢牢掐在手里。"如此这般想好之后，立即将自己只身前往老鸭山寨的想法同马云、叶旺、娟娟、明月长老、吴祯老将军说了。大家也觉得目前没别的什么好招儿，强攻当然不可取，自己才有精兵千八百人，怎么能同上万的兵马硬拼呢？况且用上几天的时间都未必能攻下来。要是纳哈出再派来援兵，威胁则更大了，损失惨重不说，将来怎么向圣上交代呀？那么只能采纳萨家奴所说的办法，不失为一条智取的路子。大家分析，现在让萨家奴出面，有可能绝处逢生，起码有一线希望。于是，叶旺当机立断，说道："好吧，萨将军，我们听你的。相信此去能制服高家奴，放心大胆地行动吧。"

第二天夜里，萨家奴没带任何人，单骑来到了老鸭山寨的寨门口儿。前书我们讲了，老鸭山寨的外头，早已被马云、叶旺他们秘密控制住了。寨门里边的人，出来一个被圈起来一个，完全不知道外边的情况，这是高家奴和下边所有的人做梦都想不到的事儿。而明军全在暗处躲藏，隐没在附近的山坳或树林里，城楼上的人根本发现不了，以为挺安全。高家奴一直琢磨，正经有些日子不见金山等处来人了，为什么呢？可又一想："不来更好，看来大丞相对我是信任的，不如趁此机会，把喜事儿办了。不过不能告诉大丞相，倘若知道又娶小妾，肯定发怒，保准儿饶不了我。因为他早就有话，叫我一心一意守住老鸭山寨，保住辽阳古城，别的事儿不许做。不过，我心中有数，马云、叶旺他们即或来，也来不了太快。再说了，到现在一点信儿没有，连个鬼都没见着，还能插翅飞来呀？"这么想着，便放心了。

就在高家奴的婚宴正要开席的时候，有人传报："金山平章大将军萨家奴大人到！"这一声传报可把高家奴吓坏了，大吃一惊啊！可以说，任何人没有不惧怕纳哈出身边的红人萨家奴的。知道他非同寻常，出没像幽灵，来无影去无踪，外号儿"无影飞侠"。弄不清在太尉身边究竟是个什么角色，又不敢问，怕问出事儿来。平时见不到他，只要见到了，必有要事，真可谓无事不登三宝殿呀！此次的突然出现，高家奴吓出了一身冷汗，很是坐立不安，心想："我今天娶亲或许老丞相已经知道了，要不然为什么派身边的萨家奴来到老鸭山呢？此前一点信儿没有哇！难道说对我产生了怀疑，暗中命萨家奴到山寨来办我？若是那样就糟了。何况自己在战事正紧、大明兵马开来辽东的时候，于寨中私办婚宴，事先没向纳哈出禀报，能饶我吗？再说了，老太尉一向武断专行，说啥是啥，对下属看得特别紧。没禀奏给主帅，不仅是不够尊重、失去礼节之事，还是违抗军令，自行其是，犯下的罪怎么说都不过分哪！咳，怪我疏忽了。只为此，说你要把辽阳拱手让给大明，暗通明廷，出卖金山，即使满身是嘴，也没法儿辩驳呀，可怎么办好呢？况且两个儿子和家眷全押在金山，又立下了军令状，等于我的脑袋已押在纳哈出手里了，看来是凶多吉少啊！萨家奴绝不会只身来老鸭山寨，肯定还有随从，却没上山来，如此看来则更严重了。纳哈出从来是神不知鬼不觉地办事儿，用兵不可预测，虚虚实实呀！"高家奴越想越怕，越怕越不知如何是好。不过人既然来了，只能是硬着头皮、恭恭敬敬、十分小心地伺候，见到萨家奴后，根本没敢问是从何处而来。

萨家奴早已摸透了高家奴的脾气，知道这个人自恃武功高强以及在辽东的重要地位，狂傲自大，一般人不放在眼里，不像其他将领那样唬一唬、吓一吓便可以就范的。他有老猪腰子，不会轻易上当，最大的毛病和纳哈出一样，即疑心太大，常常聪明反被聪明误。萨家奴从高家奴那忐忑不安的神态中，看出对方已是六神无主、疑心病犯了，弄不清怎么一回事儿，真正是丈二和尚摸不着头脑。事实确实如此，萨家奴的分析是对的。高家奴见纳哈出身边的爱将、秘密耳目萨家奴来了，首先想到的，毫无疑问，是纳哈出肯定抓住了自己什么把柄。更令他生疑的是萨家奴以前从没来过老鸭山寨，两人虽然是女真野人的后裔，来自同一哈拉①，为萨勒奴妈妈的子孙，又一块儿被女真部落推荐到元朝衙门为官的。但由于各为其主，联系并不多，偶尔在纳哈出处议事时见面，只是谁都认识谁，不可能有更深的了解。为什么呢？因为纳哈出心很细，早有规定，不允许下头的将领相互之间交头接耳，更不得私下有什么秘密联系或者妄议军情，惟主帅可以这样做。如发现哪个将领有类似行为，就是违反军纪，兼刺探军情之嫌，将严惩不贷。当然，这也是纳哈出最忌讳和不愿意看到的事儿。

萨家奴到了老鸭山寨后，一切均不敢轻率而行，不敢露出半点儿自己已经投明或与明朝有什么联系的迹象。因为他知道高家奴不好惹，做事需特别谨慎，说出的每句话及每一行动，都要反复斟酌。尽管早已看出高家奴很是惧怕，也不能说降明之事。他清楚，高家奴最怕的是纳哈出，两个儿子又掐在大丞相手里做人质，在这种情况下，是不会轻易反叛的。如果立马把事儿说了，反倒激起了他的对立情绪，弄不好会视死如归地跟着纳哈出走。因此，只能见机行事，将计就计。可是事不宜迟呀，必须在高家奴方寸大乱、六神无主时，先下手为强，让他乖乖听从我的摆布。箭射头雁，只要控制住高家奴，老鸭山寨的十几万兵马便成了无头的苍蝇，到那时一切皆好办了。

萨家奴想妥帖之后，遂采取了暗度陈仓之法，准备演一场突如其来的好戏。他想，务要让高家奴在糊里糊涂中交出老鸭山寨，变换大寨的旗子。这一招儿很厉害，在大明初期，已被人们传为佳话。萨家奴当时是怎么办的呢？他坐在椅子上，不管高家奴如何左右逢迎、溜须拍马，一再解释为何办喜儿事没向老丞相请示的缘由，并表示过些日子会向主帅禀奏的。正笑着的萨家奴好像没听见似的，忽然态度一变，露出满脸的杀气，摆出一副阎王爷见小鬼的架势，掷地有声地说："高家奴，跟你说实话吧，咱们的老帅已到了山下，是来巡查军情的。此为军事机密，不许往外讲。他老人家心里惦着的，便是老鸭山寨的情况，在金山实在坐不住了，才让我陪着一块儿来的。怕惊动四方，故而未公开露面，现正在山下等你。千万不要声张，把山上的事儿先交给别人，婚宴也暂放一放，赶快跟我走！"话虽不多，但句句都挺狠。高家奴一听，吓得哪还有什么踌躇疑虑的空儿，心想："糟了，这下算彻底完了！我就估计大丞相来了，要不，哪能萨家奴一个人上山呢？"只好连声称是，

第二章 东海疯魔

---

① 满语：姓。

把山寨的诸务交给了乃喇吾,并稍做嘱咐。乃喇吾问怎么回事儿,高家奴遵照萨家奴之意没敢告诉,只是说:"我去山下一趟,想巡视一下,你在山上要注意慎行。"此刻,高家奴尽管十分慌乱,却没忘了得带几个弟兄一同下山,萨家奴当即阻拦道:"老帅要单独见你,带一伙儿人是什么意思呀?"也是高家奴太相信萨家奴了,众护卫皆晓得萨家奴的赫赫名声,竟没有一个心存疑窦的。就这样,高家奴随着萨家奴出了帅府,向山下走去。路上,萨家奴板着个脸,高家奴问啥一概不答。更使高家奴万分紧张的是,他一个劲儿地哀求递小话儿,既然萨将军来了,请在老帅面前帮助遮掩一下,好话多说,日后必有厚谢。可萨家奴像没听见似的,仍毫无表示。

话说简短。二人下了山寨,转了几个弯儿,进入老鸭山柞树密林之中。高家奴见这里有元朝的兵马,呼呼啦啦飘着元朝的旗帜,金州的平章卜家奴站在那儿恭候。再向前走,盖州的达家奴正向他招手致意,心里话:"哎呀,怎么都到老鸭山来了? 在这么个当口儿,我干吗一门心思非要办喜事儿呀,不纯粹是自讨苦吃吗? 老帅不定怎么惩治呢。当着那么多人的面儿,这张脸皮可往哪儿搁呀!"边想边犹犹豫豫地跟着萨家奴向前边的大帐走去。大帐前,护兵执刀仗剑,站立两旁,威风凛凛。萨家奴亲自传报:"禀大丞相,辽阳平章高家奴求见。"说着,手拉高家奴进了大帐。

因为是晚上,大帐内只点了一盏獾油灯,火头儿不太亮,所以显得黑糊糊的。在灯影儿中,只见紧里边正案上坐着一位老将军,留着长胡子,头上戴着明朝的钢盔,身上穿着铠甲,远看很像纳哈出。前书讲了,纳哈出曾被明朝抓住过,朱元璋当时一看他不愿降,便封了官,并让其全家团聚。最后采纳了刘伯温的建议,按照诸葛亮七擒七纵的策略,把他放还了,结果回去后立刻反了。不过,纳哈出尽管反了,暂时还没有到处杀戮。是什么意思呢? 他想:"你朱元璋别管我,我也不搅扰你,咱们划地为界。只要给我辽东这块儿地方就行,必须先集聚力量啊,才可以在这里偏安做皇上。明朝是明朝,你挂你的旗子,我挂我的旗子,互不干涉。"正因为做的是这么个美梦,所以,纳哈出平常总穿明朝的衣服。放回去之后,明朝廷还给了他几次给养、俸饷。对此事朱元璋想起来挺后悔,觉得不该给他那些东西。军师刘伯温却说:"陛下,心眼儿不要太小,宽宏大量些。任何一个大将之才,都应胸装四海,放心吧,将来会有用处的。皇上这么做,他又不傻,怎能不想将来该如何办呢?"事情的发展正像刘老先生预料的那样,纳哈出果然投降了,这是后话。

再说高家奴从远处看,上面坐着的是太尉、大丞相纳哈出,完全信以为真了,哪还敢再抬头儿细瞅哇?从报号进帐到向上叩拜,一直低头跪在那儿,心里在想:"老师真的来了,说啥都跑不了我了,弄不好可要一命归天了!"也根本没想别的,只想这些事儿,担心自己的脑袋能否留住。还没等他说话呢,就听上边坐着的那个人一声令下:"把高家奴给我绑了!"话音刚落,上来六七个护卫,七手八脚地把他摁到地上捆了。此时,一伙儿护卫手拿火把进了帐篷,把四外照得通亮,萨家奴才一步步走上前,对他说:"高家奴兄弟,站起来吧,仔细看看这些人是谁?"刚才听那断喝之声,他立马觉得有点儿不对,也不是太尉纳哈出的声音呀?刚一惊一愣时,便被人结结实实地绑上了。现在听萨家奴这么一说,抬头向上一看,才知道上当了!帐中哪有什么大丞相纳哈出哇?坐在上边的分明是一位明朝的老将军,而且曾不止一次地见过他,在一起打过仗,多次交手,只是没交谈过而已。暗暗恨自己太鲁莽了,今天这个亏可是吃大了。统兵南征北战几十年,什么事儿没经历过,今天怎么就吓昏头了?打了几十年鹰,最后竟让鹰给啄了眼睛!当即沮丧得一声儿不吭。

萨家奴看了看马云,见对方给他使了个眼色,语气立刻缓和下来,接着说道:"高家奴,你真的是栽了。今日是老弟奉大明朝众位将军之命,特意把兄弟请到这儿来的。上边坐着的,是靖海侯吴祯老将军,你大概能认识。"然后伸出右手指了指娟娟说:"这位你可能就不知道了,是当今大明天子特旨钦封的武威安抚使、刘伯温的爱女秉仁公主。"又转过头来指着马云、叶旺介绍道:"这二位是大明朝奉旨北上东征统帅、辽阳都指挥使司同知马将军、叶将军。"高家奴一听,上头坐的原来都是大明的将领,可气坏了,尽管被绑着,却故意昂首站在那儿,强打精神。萨家奴继续说道:"好兄弟,这么做完全是为了你好。我知道哥哥正直,咱俩都是女真人,听老弟一句吧,不能再为虎作伥了。大元朝已经败亡,纳哈出拥兵辽东,只能以卵击石。咱们的祖先受大元九十多年之苦,使得妻离子散,家破人亡。如今不仅不为祖先复仇,还要助纣为虐,想起来真是惭愧万分哪!如此下去,能对得起谁呀?不能丧尽天良啊!我联系了卜家奴、达家奴兄弟,也早想联络你。知道老哥心虽好,但有一肚子难言之隐,两个儿子尚押在纳哈出手上,怕一时难听我的劝。可事情紧急，不容等待，便采取了此策。这是众位将军为了救你出水火，不得已而为之，望不要见怪。当今大明天子不记旧恶，凡一心投明者，皆视为至亲手足兄弟，给妻子，给田产。愿为大明效力者，以其功破例重用，重新为建新朝共谋大计。哥哥，你应该识时务呀！"话音刚落，吴祯从座位上站起，向高家奴走过来。吴老将军常在黄海海面上指挥舟师，运送粮草，往来于黄海海峡之间。而高家奴恰是镇守辽东半岛的将领，两人能不清楚对方吗？高家奴敬慕吴祯的大名，吴祯当然知道辽东元朝大将高家奴，互相对峙数年，想不到今天竟以如此过节儿见面。老将军来到高家奴跟前，亲自为他松了绑。

说来，高家奴此刻也不想死心塌地为大元朝出力，只是出于无奈。儿子和家眷掐在纳哈出手里，自己的命运无法支配，才走到了今天的地步。他一直从心里钦佩当今的大明天子朱元璋以及徐达、刘伯温等人，将他们尊为圣人，认为个个仗义，都是大英雄。俗话说："树倒猢狲散"。大元朝自从元顺帝死在大漠以后，虽然还有些以纳哈出为首的元朝将领想做垂死挣扎，欲强打精神支撑下去，但不那么容易，难哪！再说气数已尽，像大皮囊一样，被针一扎，气儿全跑了，想再让它鼓起来，那能行吗？元朝的臣民和将领及皇亲国戚，对此早已失去了信心，认为大元彻底完了。高家奴亦如此，被擒拿以后，便没什么硬顶的决心和信心了，知道终归就是个降，脑子里突然产生了新的想法："今天上头坐的要真是纳哈出，还不好办了呢，脑袋肯定搬家了，没二话可说，军令如山倒！纳哈出的心极狠，我已经违抗了军法，那能有好吗？今天也算是绝处逢生啊，遇到了吴祯、马云、叶旺这些明朝的将领，看来兴许有活路，能保住小命，难道不是阿布卡恩都力对我的保佑吗？只要活着，才有可能再在人世上干一番大事儿，没准儿还能见到我的两个宝贝儿子呢！"想到这儿，反倒高兴了，心里亮堂了，马上叩头下拜，匍匐在地道："众位天朝大人们，我高家奴绝非冥顽不化之人，早有心降明，只是没有机会，身不由己而已。今天愿降，愿降！"吴祯老将军说："高家奴，这算对了，降过来就好，是大英雄该办的。听说你是一方豪杰、顶天立地的男子汉大丈夫，咱们在海上曾有过多次交锋，双方不是没领教过。从现在形势看，对纳哈出究竟能支持多长时间，我想每个人心中是有数的。他是靠着你，可你一个人能当啥？降明是惟一生路，必会柳暗花明、前程似锦的。若仍负隅顽抗，只能是身败名裂。实话告诉你，据守甘肃的扩廓帖木儿也不会支撑多久了，徐达大将军很快会将他制服。我们相信你，知道眼下尚有难处。不过，无论如何都应该为女真人争气，真心实意地归附大明。降过来了，从今往后，咱们就是亲兄弟。"高家奴听后，半天没言语。叶旺见此，进一步说道："高将军，为防夜长梦多，倘若真降，必须做好两件事：第一，要想办法把老鸭山寨的兵马带过来，我朝将全部收留。愿回原籍为民者，可发给银两；愿留下办差者，一个不落地收归大明东征都指挥使司的行营大军，你仍为一方主帅。第二，认认真真地将辽阳城保护好，我朝要立即进城张榜安民。"高家奴见已山穷水尽了，又没别的路可走，只好一一答应下来："是，是，马上照办！"

老鸭山寨解决得真是太出人意料了，没想到竟能如此快捷，远比估计的要顺利百倍，谁不高兴啊！吴祯急不可待地问高家奴："高将军，如何能够让老鸭山上的两万多兵马迅速降过来呢？"高家奴笑了，说："请众位将军放心，我说降，这就降定了。你们不知道，我也怕内乱，所以对手下的管理有自己的一套办法。何况自大元败北，兵卒哗变之事甚多，不少将领，包括我的一些朋友都死于兵变。故而在非常之时，不能不防啊！只能将军权及大事小情皆系于一身，如若不信，你们看我胸前。"说着，解开了里外三层的衣襟儿，现出了内衣。又解开内衣，露出毛茸茸的胸脯。大伙儿一看，真是吃惊不小，怎么的呢？原来高家奴的胸前挂着二十余枚金牌，都是令牌。他说："上下人等皆知，凡是老鸭山寨的人见到此令牌，等于见到了主帅高家奴。让他们做什么，哪怕是赴汤蹈火也得去，如要退缩，必斩无疑！这就是我的将令。没有这个令牌，任谁不许有任何行动，否则立斩。"说着，把脖子上挂的令牌一一摘了下来，整整一大串儿呀！挺沉的，因是铁铸的，上头有"令"字，还有其他一些符号，是代表高家奴的。他将令牌交给了马云、叶旺二人，并说："你们换上元将服饰，拿着令牌，可以到老鸭山寨任何一处随便走。不管到哪儿，不论男女，也不管他认不认识你，是只认令牌不认人。把令牌一举，啥事儿都能办，让他们怎么做，他们定会怎么做。因为本将从来是一声令下、驷马难追，谁敢违抗，即使是亲人或多么近的人，一概定斩不赦，个个知道我的脾气。你们只要把老鸭山寨那么几处占了，整个老鸭山所有的兵权便会归到手上了。哪几处呢？一个是老鸭山寨的城门。令牌一到，城门必将归你管。还有北山左翼大营、北山右翼大营、中军大营、后山大营等处，拿此令牌，完全可以传令。兵将见了令牌以后，自然会俯首听命，绝无二话。这时，或收缴其兵刃，或把兵卒重新改编皆可。山寨的左右两翼不受我管制，由乃喇吾的五千兵马所辖，每个大营二千五百骑。他们在我的大营两边，此为大丞相特派到山寨来监视我的，只听大帅之命。我对老鸭山寨没有最后决定权，到底该如何办，得听乃喇吾的。只要有一点儿不轨之事，左右两翼大营则有权控制本将的中军大帐，发号施令。不过，你们可以先把我手下的兵马收容到一起，由于已跟随几十年了，是同生死、共患难、一块儿发展起来的弟兄，因而愿意听命于我。见了我的令牌，没一个不照做的，这一点尽可放心。另外，吴老将军可拿着此令牌去辽阳城。如果需要的话，我愿陪同前往，他们会开城相迎的。"

众人听了高家奴的一番话，觉得讲的是真的，没有欺骗，可以按他说的办，而且应抓紧。叶旺挺有心眼儿，他想："怎么着总不能把你高家奴一块儿带过去，说得倒挺好，一旦有诈，到那儿令牌不起作用不糟了吗？"想及此，便对高家奴说："我看这样吧，高将军，你不用跟我们去了。先暂住我处几日，委屈几天，不能露面儿，必须封锁消息，不能让外边人知道。待该办的事情了结以后，再放你出来。"高家奴一听，立马明白了，知道明军对自己没完全相信，爽快地答应道："那好，我把令牌交给你，本也没想跟你们去。我就住在这儿，等你们回来，可派护卫看着。"叶旺说："你帮了不小的忙，我们非常感激。待办完这件大事之后，咱们一块儿领兵会会大元朝的丞相、太尉纳哈出老将军。请高将军放心，我们到那儿，必先救出你的两位公子，绝不会伤及一根毫毛的。为什么要封锁消息呢？当然是不能让纳哈出他们知道。倘若走漏了风声，事情随之会难办的，请不要多心。我们已拜托萨家奴了，他会护送二位公子前来的，让你们父子团圆。"高家奴听后，真是万分喜悦，一块石头总算落了地，连连感谢天朝的深恩大德。说实在的，他最担心的则是当人质的两个儿子有个一差二错，别的还真没啥顾忌的。既然降，也就降过来了，无所谓。

按照高家奴所说，马云、叶旺、娟娟、吴祯、萨家奴等人很快换了衣服，率领明兵手执令牌上了山寨。到那儿把令牌一亮，果然奏效，只用了一夜工夫，辽阳方圆三百里之内，纳哈出的近二十万人马几乎全部收归于明军，连辽阳城也悄悄儿变成了大明朝的督指挥使司同知马云、叶旺管辖的地方了。此举非同小可，在大明的建国史上，留下了震撼人心的一页。你想啊，只一宿的工夫，就解决了辽阳城的问题，该有多迅捷呀，真是太快、太顺当了！

再说那乃喇吾一见大事不好，便率众开溜了。马云、叶旺他们原本也没想与乃喇吾征战，只想将老鸭山攻下来，把辽阳古城夺到手。然后发告示，名正言顺地在辽阳树起大明的旗帜，由都指挥使司正式行使政务、军务的管辖之权，就算把事情办明白了。于是，故意给乃喇吾留了一条后路，好让他赶紧捎信儿回去，使纳哈出知道大明的厉害。马云、叶旺是真有办法，为了利用乃喇吾把大明的声势和军威传给金山之兵将，还特意用弓箭将一封致大元朝太尉、大丞相纳哈出的信函射给了他，信是这样写的：

　　　　"大明乃仁义之师，望纳哈出念天朝对尔等恩宠有加，令尔返回大漠。大元气数已尽，勿再顽抗，生灵涂炭，其罪难恕。我东征大军即日赴金山，成败利害，望将军及早定夺。迟疑匪测，悔之晚矣。"

　　乃喇吾带着大明的信函，慌忙收拢兵卒，择路逃回金山。大概真是大元走到头了，尽管后面无兵追杀，乃喇吾只勉强集拢了五百多兵卒，其余的早已不愿再跟着去做无谓的拼杀了，而是偷偷随高家奴的兵卒降了大明。

　　当马云、叶旺带领兵将来到辽阳的时候，城门早已大开，百姓欢呼着、雀跃着，高高兴兴地将大军迎进城里。二位将军又回到了几年前曾来过的辽阳指挥使司官衙，就在这里，重新建立了大明辽东都指挥使司，用收编的一些元朝官员和抽调大军中的数十人，充做辽东府衙的官员、差人、衙役等职。为戍守辽阳，还设了辽阳都指挥使司兵备总指挥，由马云、叶旺担任，选部将周鄂、孙强、刘靖、丘明为副指挥，并以新建衙门的名义，迅速发布安民榜，诏告天下。

　　马云、叶旺等人刚在辽阳安顿好，京师内臣钱俊便带着圣上的旨意，由张良佐陪同来到了此地。大家同钱俊已是好长时间没见了，重又相见，真是喜出望外呀，少不了一番寒暄问候。然后在府衙里，像亲人团聚一样，通宵叙谈。钱俊讲了京师的情况和圣上一直惦念他们的心境，介绍了皇上听到东征大军出师大捷、收金州、盖州、救出仇成的消息后，高兴得连连击掌的情景，又说道："现在还不知道收复老鸭山取得辽阳大捷的消息呢，要是知道了这件喜事儿，那更是龙心大悦呀！"说完，传了两道圣谕。一道是给仇成的：

"仇成将养数日后，即向吴立交接辽东兵备诸务，迅赴北平徐丞相处，任兴和①指挥，驻戍于此。"

第二道是给吴祯的：

"靖海侯吴祯海运功高，速返京师，朕有事面谕将军，望将未来辽海海运事宜详细斟酌奏上。"

圣旨宣毕，仇成和吴老将军叩头谢了圣恩。接着，钱大人又向娟娟和众位介绍了刘伯温的情况。他说："军师刘大人已经回到青田，身体挺好，天天耕陌自娱。老人家让我捎个信儿，说塞北风寒，遥祝娟娟等人安壮自重，不必挂念他。"大家是越唠越热乎，不觉天色已白。钱俊因京师事情繁多，便同吴祯老将军一起，与众位告别，仍从海路返回京师，此话不提。

单说东征大军虽然收降了高家奴，占领了辽阳，打开了辽东的门户，但辽东的大部分地方，仍然控制在元朝残余势力的手里。西辽河岸的金山一带，不用说，那是纳哈出的老窝。开原以北的大片土地，还掌握在他手里。从粟末水②到黑龙江这广阔的领域，也被元兵所控制，或者在女真氏族部落联盟之手。乌苏里江南北一直到东海，包括东海女真野人诸部，皆与纳哈出有着密切的联系，或受他管辖。东征大军眼下只是占据了辽东半岛的一个尖儿，为深入辽东创造了有利条件。要想真正全部占有辽东，可不那么容易，形势并不乐观。特别是元末的辽东，经过多年征战，兵荒马乱，人们四处奔逃。由于元朝的苛政和对东海女真野人诸部的征敛、抢掠以及鹰赋等的摊派，致使田亩荒芜，民不聊生。没有粮食，粮谷贵如金，百姓只好以野菜充饥。由于受纳哈出的欺蒙，当地土民对大明政权不了解，故而惧怕、仇恨朝廷。认为天下老鸹一般黑，去了大元，换了大明，依然是换汤不换药。女真各部为了自保，组织起了许多兵团，一伙儿一伙儿的。他们相互排挤、倾轧、拼争、兼

---

① 即张北。
② 即松花江。

东海沉冤录

并，大欺小，强凌弱，辽东各处动荡不安，战事不断。有些部落已被纳哈出笼络过去，为其充当反明的马前卒。

马云、叶旺、娟娟、明月长老面对辽东当前的形势，便在一起商议下一步该怎么办。明月长老说："依老尼之见，咱们前几步棋完全是按刘老军师的招法走的。广结土民，依靠了在辽东的萨家奴、高家奴、卜家奴、达家奴等人，走得挺顺、挺好，看来这样就对了。目前，女真人确实是我们的好帮手，也真是帮了大忙了。因此，后几步棋仍离不开他们，还得继续走下去。"老人家的话一针见血，大家都认为说得在理。是呀，我们为啥一路能非常顺当，还不是靠了"四奴"？如果把这些人团结过来，相信、重用他们，便可步步为营，稳扎稳打，占有辽东。娟娟说："既然是商量以后的路该如何走，那就不如把四位将军请来，同咱们一块儿合计合计，岂不更好？"马云、叶旺、明月长老一致表示同意娟娟的意见。

于是，叶旺走了出去，很快把"四奴"请了进来，对他们说："望四位将军不要分心，更不要多心，咱们已是一家人了。前段的收获，全靠兄弟们的相助，对此我们心中是有数的。回到京师后，将据实奏报皇上，必一一行赏。下一步怎么办，还请各位帮忙，希望多出好点子。"萨家奴问道："我们都是降将，有些话不知当说不当说？"娟娟回道："这是哪里话？既然已经降过来了，便是兄弟，当然有啥说啥。我呢，是第一次到辽东，想请问一下，辽东到底有多大呀？我们已占了金州、盖州，还有多少地方未占？身在的辽阳，是不是辽东最重要的地方？""四奴"听了娟娟一连串的问话，皆哈哈大笑起来，萨家奴说："禀告秉仁公主，辽阳乃重镇是真，管辖着辽东广袤的土地也不假。但是，要问辽东尚有多少地方未占，那可多了。现在所处的这块儿，等于刚站在辽东的门坎儿上，里边的地方大得很呢！往北去，即使骑马也得跑几个月。要往东去，不走上五六个月是到不了海边儿的。各位将军，纳哈出占着辽东的大片土地，所以不能光在一地守着，必须像以前一样，迅速发兵北进。如果只守不进，那是坐以待毙，纳哈出一旦反扑过来，吃亏的可就是咱们了。我们几位兄弟选择降过来了，说明身家性命从此全交给大明了，请放心，今后一定会尽心尽力的。"卜家奴、达家奴、高家奴亦随声附和着。

"四奴"这么一讲，越发激起了马云、叶旺、娟娟的责任心，点燃了同纳哈出决战的怒火。说得是呀，不能光守着辽阳，等着纳哈出来进攻，而是应主动出击，趁势猛追，扩大地盘儿。纳哈出的几个心腹都降服了大明，正该充分发挥他们的作用，做好策反工作，以壮大自己的力量。只有这样，才能够最后战胜纳哈出，收复辽东。大家越想，越觉得刘老军师的在辽东需遵循之十六个字赠言的确重要，只有稳扎稳打，广结土民，才能就地生根，稳中求进。广结土民，即要想尽一切办法，积极主动地跟辽东当地的女真野人结成兄弟之谊。具体该怎样做呢？"四奴"纷纷向马云、叶旺、娟娟和明月长老献策。达家奴说："要更多地接触东海女真野人，迅速派人进驻东部山区，也就是锡霍特山麓。此处是多年来逃散的女真野人藏匿之地，眼下元朝的势力还没延伸到那儿。"卜家奴介绍道："那里是我们的故乡，也是最熟悉的地方。大家都知道，在佟佳水、马此水、珲春、瓦尔喀地区以及绥芬河、乌苏里江、瑚布图里河地区的女真野人部落，过去受大元之害最深，恰恰又正是纳哈出极力要笼络的人。这些东海窝稽部的人是我们的本部、族亲，非常相信同族，经过耐心的说服，肯定能争取过来。"马云、叶旺、娟娟听罢"四奴"的介绍，异常兴奋，感觉眼睛顿时明亮了许多，头脑更加清醒了。叶旺说："对呀，从目前的情况看，不能直接去攻打金山，与纳哈出硬拼。倒是应该照刘老军师的嘱咐，先去串亲戚，广结土民，诚恳交心，使其信任大明王朝的军队。只有这样，才能斩断纳哈出向他们伸出的魔爪。有了土民的支持，则等于占据了地盘儿，才有可能聚集更强的力量去围攻金山！"大家认为叶将军的想法是对的，至于到底该怎样分兵，决定仔细想想后再定。

"四奴"走后，马云、叶旺、明月长老、娟娟等人十分感激四位兄弟的帮助，觉得为进一步调动他们的积极性，使之继续忠诚、安心地为明朝效力，是不是该有个什么表示？马云说："娟娟带来的圣上手诏中不是讲得很清楚嘛，'凡有功之将，不分身世贵贱，不咎元时旧恶，一概重用。民安其业，官安其职，赏责有加。'萨家奴、高家奴、卜家奴、达家奴原来全是纳哈出的心腹，降过来后，皆立有功劳，就该封官赏赐。况且秉仁公主又有代圣上宣诏的权力，我们何不先向他们颁诏封赏？待班师回朝，再禀明圣上。"大家议论了一会儿，觉得此办法可行。之后，娟娟把圣上的手诏摆在桌案上，亲自拟写诏文。因为她从小便在刘伯温的身边生活，与兄长刘琏同受父亲的影响，很喜爱读书，也通晓书文。所以，很快便将诏文拟好了，并拿给马云、叶旺两位兄长看，二人齐夸写得好。

第二天，辽阳都指挥使司衙门中堂摆起了香案，秉仁公主娟娟身着凤冠霞帔，手执玉匣儿端坐书案，马云、叶旺、明月长老分坐两边，然后召"四奴"上堂议事。"四奴"进得大堂，叶旺命道："请四位将军听宣。""四奴"慌忙跪倒在地，齐曰："小民接旨。"秉仁公主捧起诏文，朗声儿宣道：

> "萨家奴、高家奴、卜家奴、达家奴，东海女真族裔也。久愤纳哈出心怀异志，向有裂土之心，拥兵自立，罪孽难罄。适洪武四年孟冬，我征师入辽，四将慨然相助，献金州，解盖城之围。辽阳与老鸭山寨未动弓矢，亦揖手还我王朝，其心诚哉，其功嘉哉。谨奉圣谕，特授四将大明朝抚辽指挥，待返京师奏明后，另行封赏。洪武四年冬腊月。"

宣诏后，又授四将军牌。"四奴"叩头谢恩，山呼"万岁，万岁，万万岁。"马云、叶旺走了过来，向"四奴"表示祝贺，并说："今后咱们同殿为臣，更是一家人了！"四将军特别高兴，激动地表示："为天朝效劳，鞠躬尽瘁，死而后已！"之后，大家连饭都没顾上吃，一块儿商议起了分兵之事。

萨家奴是个很聪明的人，有主意，从前曾任纳哈出的谋士。他说："依小的看，咱们这些人不能全在一块儿。能不能分一分？其中一拨儿人马跟我去金山，打入内部，摸摸那里的情况，以便掌握纳哈出的动向。马将军、叶将军、秉仁公主，请你们放心，我有办法进得金山，会把纳哈出的部署探个一清二楚。另分一伙儿去串亲戚，我这几个哥们儿个个行，都能领着去。再分一伙儿镇守辽阳，此地乃咱们的据点，应当严加防守。"萨家奴把眼前儿的事儿摆得挺细，三人听了，觉得可行，正与自己的思路合拍。叶旺马上表态道："我看萨将军的主意不错，可以分成几路人马，八仙过海，各显神通。大家伙儿务要精诚团结，同心努力，克服万难，目的只有一个，就是把刘老军师提出的那十六个字儿变成现实。"所有在座的人皆点头表示赞同，又经过一番仔细商议，最后决定分兵四路。

第一路为金山路。萨家奴仍以纳哈出的亲随平章、先锋官身份，回到他身边，探明金山大营的秘密。暗中与平抚辽东诸务的马云、叶旺联络，提供信息，为大明在金山的重要心腹内应。娟娟随萨家奴去，明着到那一带寻找亲生母亲，实际是在寻母的同时，探虎穴，查敌情。倘若遇到什么事儿，则由萨家奴和豁鼻马鼎力相助。考虑到明月长老年岁大了，原打算到辽东来，是要做大军进入东海女真野人诸部向导的，顺便采些东海草药。现在既已有了萨家奴等四位女真人，东海本是他们的家，对路途也熟，就不准备麻烦明月长老了，可以自行采药了。然而老人家最牵挂、最不放心的是娟娟，知道丫头以前从来没一个人到外地闯荡过，此次又是去虎狼之窟，怕她有个什么闪失，便执意陪娟娟去金山，师徒二人共探金山大寨。别看明月长老年事已高，由于是练武之人，一天走个百八十里仍如壮年，飞檐走壁轻如猿猴，娟娟非常佩服。平时还真不是娟娟照顾师太，而是师太处处关照小娟娟。娟娟从入明月庵那天起，就像个孩子一样与师太吃睡在一起，天天离不开，现在当然希望老人家能在自己身边了。当听说要一块儿去金山，竟乐得一下子蹦了起来，紧紧抱住师太不松手。马云、叶旺觉得师徒同行也好，师太武功高强，还擅轻功，有万夫不挡之勇。在辽东这地方，恐怕不会有更高的对手了，有利于保护娟娟。况且老人家懂医药，会脉学，能诊治各种疑难杂症，到哪儿都受欢迎。又有人缘，朋友多，易于深入敌方内部。于是，决定一老一小不分开了，不管啥事儿全在一起办。先办娟娟的侦察要务，有空闲时，明月长老再采药。

萨家奴对此安排特别满意，举双手赞成。他很早便听说过明月长老的声名，今天能随自己去纳哈出处，那可是求之不得呀！开始时，当听说让他一个人带娟娟去金山，吓得心怦怦直跳，真有点儿打怵，又不敢分辩，直犯嘀咕。为什么呢？因他过去常在纳哈出身边，对大丞相的脾气、秉性很是了解，知其为人十分狡诈，难以琢磨。而且疑心大，凡是被怀疑上的人，就是一个字儿：杀！毫不留情。还特别残忍，被杀将领的心、肝全给炒着吃了，谁见了都毛骨悚然，不寒而栗。何况这次让带着去虎狼窝的不是一般人，而是大明朝的秉仁公主，又是赫赫有名、德高望重、万民敬仰的刘伯温军师之女，能不担心嘛，一旦出个一差二错，可怎么好？真要有个三长两短，能有啥招儿哇，只好陪着殉葬了。即或这样，也交代不下去呀！正急得不知如何是好时，明月长老却来个自告奋勇，主动提出与徒儿同去金山，这可是菩萨保佑啊！萨家奴顿时觉得有把握、有倚仗了，你说他能不高兴嘛，感到像卸下了块大石头般的轻松，连连表示一百个同意，并出主意说："师太最好以云游僧人的名义去，可说是半道儿相遇的。到那儿之后，我可以介绍说，人家出家之人以慈悲为怀，给大伙儿治病送药来了。金山需要郎中，突然从中原来了位游医，到了辽东荒僻之地，那还不像天降活佛一样，家家都愿意迎请啊？长老就能很风光、很顺利地进入戒备森严的金山大寨了。"马云、叶旺、娟娟听后，认为萨家奴说得在理。

第二路为东海路，以叶旺为首，两位新任的抚辽指挥卜家奴、达家奴做他的助手和向导。此路人马将去打开进入东海女真各部的山门，同部落的穆昆达、女罕相见，与他们交朋友。通过安抚和慰问苦难的林中人、山中野人，使之从不了解明军到主动亲近明军，担子可不轻啊！在东海，外有纳哈出的兵马控制，各进山要道皆有布防，阻隔着明朝大军与山里人见面、联络；内有各个女真野人部落在大元时代建起来的女真兵，早已归附纳哈出，死心塌地为其效劳，与大明对立。不仅如此，各部落土民间，天天刀箭对峙，战事不断，互相杀戮，眼睛都杀红了，已经不认真假人了。只要不认识的，一律视为仇敌。在这种情况下，对那些人做安抚工作，把已经被颠倒的黑白再颠倒过来，使其认清纳哈出的狼子野心，看清大明才是他们的救命恩人，从而平息女真野人部落之间的征杀，达到真正的团结和睦，是十分不易的。如此看来，东海路的人马不仅进入东海女真各部很难，进去后做分化、瓦解工作也相当难，甚至还会遭到暗箭的射杀，险象环生。如果说第一路打入金山大寨是完成探听虚实的差事，那么第二路则是安抚东海野民，做的是开基之业。为什么这么说呢？大明王朝要想占有辽东，并收入大明的版图，首先需按照刘老先生的十六字赠言中的"广结土民"去做。由于元朝几十年的挑拨，致使民族仇恨太深了，做起来能不难吗？再加上外有元兵阻隔，内有女真兵的对立，能不险吗？可以说这路人马是"明知山有虎，偏向虎山行"啊！虽说卜家奴、达家奴原来就是那里的人，但已离家很久，此次重返故土，能否顺利很难说，大家不得不为叶旺他们捏把汗哪！明月长老知道女真野人部落里有不少规矩，实施起来残忍、野蛮，毫不留情，便反复叮咛千万要小心。娟娟对叶旺自然是格外牵挂，一再嘱咐遇事要冷静、细心，不可麻痹大意，还请卜家奴、达家奴两位兄弟多多帮助叶旺大哥。

第三路以马云为首，同张良佐等人一起坐镇辽阳城。辽阳刚刚回到大明手里，百废待兴，有许多事情要做。明朝的辽阳都指挥使司的牌子需挂出去，名声也得打出去，它将代表大明朝廷在那里管辖辽东军政事务。要布告天下，实施对辽东的安抚之策，督促黎民百姓各安其业，市井商号照常营业。另外，纳哈出对失去辽阳当然不会甘心，肯定伺机反扑。因此，还要招募兵源，扩大力量，操练兵马，固守城池，严防匪患。虽不主动出击，但要时时警惕和应付纳哈出的突然袭击和挑衅。本来朝廷任命马云、叶旺为辽阳都指挥使司同知，共同执掌都指挥使司的重任。因为叶旺得去东海，所以只好由马云一人带领都指挥使司的官员管理各辖区、各部落，可想而知，会是非常忙碌的。

这第四路，说是一路，实际就是高家奴一个人。怎么回事儿呢？明朝大将军徐达于北平府准备率兵西征扩廓帖木儿的时候，北平府的四周常受元兵袭扰，主将便是曾家奴。此人十分凶猛，杀人如麻，受纳哈出之命驻守在北平府北面的大宁，管辖着赤峰以北的蒙古族各个部落。常常带领由蒙古人组成的马队突然出现在北平府周围的村屯，一顿烧杀抢夺、掳掠奸淫后，随之即遁，令百姓苦不堪言，日夜不安。明军一直想歼灭他们，可因其来如旋风、去如闪电，很难捕捉到，使之疲于奔命。此事让徐大将军很是头疼，不无担心地想："马上要去西征了，我头脚儿走了，驻扎之地后脚儿肯定会遭到曾家奴兵马的涂炭，北平府可是燕王府邸所在地呀！"前书我们说过，洪武三年，朱元璋在分封诸王时，把他的第四个儿子朱棣分封到了大都，即现在的北平府，封号为燕王，其府邸在原来元朝的皇宫大殿。燕王喜爱武术，聪明好学，娟娟和叶旺曾在皇后内宫表演阴宗、阳宗双鹤剑，小燕王当时也去看了。按照明朝的规定，分封的王子到二十岁时，才离京就藩。朱棣的大哥朱标，早被封为皇太子，二哥、三哥已到了就藩的年龄，分别去了西安和山西的分封之地。燕王年纪尚幼，因而还没去藩地就职，只派了些藩王府的重臣于燕王府邸驻守。燕王朱棣是徐达的女婿，大将军当然会尤其关心燕王府的安宁。朱棣很得父皇和母后的喜爱，特别是马皇后，对亲生的儿子比其他皇子更为亲近。朱元璋曾一再嘱告徐达："好兄弟，你在北平府要多关照燕王的驻地，一定要保住那里的平安，千万别出啥事儿。"徐达表示："皇上，请放心吧，臣知道了。四皇子同样是臣的孩子，能不精心吗？"在娟娟他们北上辽东时，马皇后也跟马云、叶旺讲过："你们到了辽东，有暇时去北平府看看，帮助照料一下燕王府。四王爷还小，一时不能去藩地，别让他总惦着那块儿的事儿。"皇后的懿旨，三人当然得重视了。

那么，现在燕王府由谁来主事儿呢？即徐达大将军派去的亲信大将华云龙。此人尽管年岁大了，却仍很勇猛，办事干练。祖上原来就住在大都，掌握建筑技艺，元朝的不少宫殿是其先辈帮助设计、建造的。华云龙从小生活在大都，对那里太熟悉了，一草一木皆了如指掌。长大以后，既继承了家族的建筑工艺和技术，又是一员大将。自投靠朱元璋麾下，便分派他跟随徐达南征北战。燕王府设立后，徐达觉得华云龙不但熟悉北平府，而且可领兵打仗，遂将他推荐给了燕王府，做了燕王的丞相。然后把调动的缘由禀告给了马皇后，马皇后十分高兴，又告知了朱元璋，朱元璋也很满意。于是，徐达每次出外征战，总要拨给华云龙一些兵马，让他用以防守城池，保护燕王府。即使如此，北平周围仍然常受元兵的袭扰。徐达觉得这样下去不行，得想个办法制服元兵才是。要让北平安宁，看来只靠华云龙是远远不够的。于是，他吩咐马云和叶旺，帮助物色一位元朝依赖的、既懂得武术又有威望的降将，做身边的谋士。马云、叶旺本是徐达大将军的亲信，叶旺又是其爱徒，对此事能不重视嘛，能不答应师傅的要求嘛。"四奴"降过来后，二位将军想从这四个人里选一位推荐给徐大统帅。选来选去，觉得还是高家奴最合适。为什么选他呢？一是可以同纳哈出、扩廓帖木儿、曾家奴比肩的，惟有高家奴；再者，高家奴同侵扰北平府的曾家奴关系密切，让他到北平府，估计会有办法联络和收降曾家奴。如果能够劝服之，那北平府一带将会一劳永逸了，也就帮了徐达一个大忙了。不仅使其西征免去了后顾之忧，还可帮助华云龙更好地守卫住北平府。决定之后，与高家奴一谈，连个奔儿都没打，欣然应允了。因此在分兵时，便把他单独作为一路。

　　高家奴与曾家奴相处得确实不错，他们皆是萨勒奴的儿子，共同生活在北部山区。不但是一个妈妈所生，而且叔叔都挺近，说不准还是一个爸爸呢！这样，感情当然不一般，可以说是有血缘关系的兄弟俩。萨家奴与这二人不同，他是生在南部山区，后来才到北部山区的。高家奴在听了叶旺分配给的要务后，说道："将军让我办的差事儿，没说的，很愿意去做，也一定会尽心努力。不过得把丑话讲在头里，此事办起来可不是想的那么容易，难度很大呀！"说这话时，脸上分明现出了为难的神情。

　　高家奴为什么这么说呢？因为曾家奴和扩廓帖木儿虽然同纳哈出关系很近，官位在其之下，以纳哈出为首、为兄长，但他俩都有独立权。扩廓帖木儿拥兵三十万，据守在宁夏、甘肃西部地区，以大漠和蒙古为后方基地，一个人说了算。曾家奴也是如此。尽管势力没有扩廓帖木儿那么强大，兵力没人家那么多，总还有十来万人马。后头是蒙古大漠，有后方基地，上头同样没有上司。元顺帝死了以后，这些人各自为王，独霸一方。扩廓帖木儿、曾家奴二将与纳哈出关系好时，能说一说互相之间的事儿，讲讲礼节；关系不好时，脸一撂，各走各的路。纳哈出有野心，官位又高，可红花儿得有绿叶儿扶哇！为了达到个人目的，他不仅不惹扩廓帖木儿和曾家奴，反倒想办法笼络他们。时间一长，二人渐渐霸气十足，老子天下第一，办事主观，不愿受人控制。正因如此，高家奴才向马云、叶旺一再讲："我一定去说服、劝降曾家奴，然而不一定马上奏效，不敢说有十分把握。这一点请二位将军不要着急，会尽力而为的，也请把实情禀报给徐大统帅。"停了停，又道："我在考虑应以什么由头去找曾家奴呢？看来只能以败逃的名义了。要不突然去了，他肯定会想，到底怎么回事儿呢？犯了寻思就不好了。干脆说我据守辽阳老鸭山寨，被明兵破了，趁半夜逃了出来。因怕纳哈出大元帅说我无能，再置于死地，所以只好死里逃生，投奔到兄弟你的门下，分一碗羹喝。好在曾家奴是个讲义气的人，有良心，与他又有兄弟之谊，我曾救过他的命，是救命恩人呀！"

叶旺听高家奴这么一说，来了兴致了，忙问："是怎么个救命恩人呢？"高家奴说："那件事儿发生在大元至正二十三年春天，明朝徐达率兵攻打大都，镇守大都的将领便是曾家奴。我当时在山西奉命驰援，解大都之围。一天，徐达命大将傅友德冲杀大都的边城，与曾家奴鏖战。就在他俩打得最激烈的时候，我催马赶到了，站于一旁观战。开始看得还挺高兴，曾家奴和傅友德刀枪对打，战了一百来个回合没分胜负，双方都很勇猛，我是从心眼儿里佩服这二位勇将。正在难解难分之时，曾家奴反背把马一带，向城里跑去。看得出来他是虚晃一招儿，想用诱敌之计使傅友德上当，引入城里，然后再将其包围活捉，故而我站在那儿没动。傅友德还真没在乎，横枪立马拼命追赶，紧随其后冲进城去。我心里开始琢磨了，傅友德本是一员大将，却不知道破计，只是一个劲儿地往前冲，这不成了愣头青了吗？可能也是老天庇佑了大明朝，帮助傅友德，在此节骨眼儿上，就听轰隆一声，烟尘四起，曾家奴连人带马掉进了陷阱之中。怎么回事儿呢？为了防敌，曾家奴在城边儿挖了不少陷马坑，一个连一个，都有记号儿。只有自己知道应该怎么绕，马须从哪条道儿走，外人看不出来。应该说曾家奴对亲自领兵挖的陷马坑很熟，可当时心慌呀，在虚晃一招儿、打马往回跑的时候，不知怎么走错了路，手一兜，马脖子往后一拐，马失前蹄，突然一蹿，不偏不倚，扑通一声掉进了陷马坑之中。曾家奴原本设计陷阱是抓明兵的，哪成想却把自己设计进去了。恰在这个时候，傅友德冲了上来，高举手中的长矛，大声儿喊道：'他妈的，老子在战场上，从不能让对手活着。宁可不要矛枪了，也要把你连人带马穿到一起，一块儿死在大都得了！'傅友德是战将、勇将，力大无穷。手中的长矛是铁铸的，一百八十多斤重，要真的投过去，说实在的，曾家奴和战马不被砸烂了才怪呢，肯定全玩儿完！那曾家奴又怎么没被扎死呢？当时光顾看热闹的我一惊，心想，这下糟了，即使打马过去也不赶趟了。在紧要关头，说时迟，那时快，我立马拿出弓箭，拉紧弓弦，在后面嗖的一箭，正好射中了傅友德举起长矛的左臂，一个趔趄，长矛当即落在了地上。等元兵上来想捉拿傅友德时，只见他用右手把马缰绳一带，左脚一磕马肚子，战马明白是主人有事儿，让赶紧回去。随即咴儿咴儿一叫，前蹄纵起，竖向空中，一反身，带着受伤的主人嗒嗒嗒一阵急跑，折向大营去了。那真像演马技一样，运用的是反马技，此招儿相当厉害，可是不容易练哪，就是这么救了曾家奴一命。为此，他始终感激我的救命之恩。"

　　马云、叶旺听了高家奴的讲述，又思虑了一番，认为以败逃的身份去曾家奴那儿，理由充分、可信，估计会被收留的。也相信高家奴能说服曾家奴，帮助徐大元帅解除对北平府的后顾之忧，故而表示同意高家奴的做法。接下来，高家奴又忧心忡忡地说："我去大宁，并不怕曾家奴兄弟不收留，最担心的是金山大寨呀！不知怎样才能顺利瞒过纳哈出，那可是个人尖子，不是轻易能唬住的人。尤其是现在，连续丢城，损兵折将，从金州一直到辽阳，全被大明兵马给占了。面对突然打击，他怎么能承受得了？在这种情况下，能轻易相信我吗？对此，真不知怎么办好。再说了，金山那儿还有家眷和两个儿子呢，万一纳哈出知道我背叛了他，能饶过他们吗？必须得想出一个万全之策，让纳哈出知道，我仍是大元的将领，得从心里信得着。马将军、叶将军，我想来想去，想出一个'血书自荐'的招儿，不知行不行？"马云问："什么'血书自荐'？"高家奴解释道："为了将这出戏演得真切，得备一封血书。佯装是在征杀中，我咬破手指头写下的，结果被征战的小校捡到了，交给了萨家奴。然后，再由萨家奴转交纳哈出。"马云、叶旺、娟娟听后，都觉得这招儿挺好，编得也圆全。一旁的萨家奴补充道："高家奴兄弟，真有你的，想得好、想得妙呀！放心，我一定帮你演好戏，会将血书眼泪吧嗒地送给大丞相，再绘声绘形地虚乎几句。不但让他看不出一点儿破绽，而且使他敬佩你、信任你，更好地保护你的家眷和那两个宝贝儿子。说到血，何必咬破自己的手指头呢？反正是唬他的，用后院儿灶房笼子里圈的活野鸡血就行。可是请谁给写呢？咱们这儿没有代笔先生啊！"娟娟说："不用找什么代笔先生，只要能说得清楚便好办，我来写。"叶旺一拍脑门儿，笑着说："对呀，怎么忘了秉仁公主了呢？"事儿就这么定下了。

萨家奴马上到后院儿灶房，从笼子里抓出了一只野鸡，它哪知是咋回事呀，吓得咯咯直叫。回到屋里，从身上掏出匕首，把野鸡头向后一拧，冲脖子嚓地一划，血当即流出。高家奴赶忙递过一个半大的瓷碗，接了野鸡血，回过头来说："秉仁公主，快，快写，慢了血就凝了。"边说边用小木棍儿搅和碗里的血，并告诉应该写些什么。娟娟想了想，也拿起个小棍儿，蘸了蘸鸡血，在旁边放的一张花鼠皮子白板儿里子上，写下了这样几个字：

"金盖失守，明兵克辽，血刃千员，余生何惜，速驰援。
鹰。"

落款为什么用个"鹰"字呢？这是纳哈出所有属军的代号之一。前书讲过，纳哈出属军的旗上，分虎头、豹头、鹰头、鲸头、熊头五军。高家奴为鹰头军，打的是鹰头旗，因而用之。写好以后，萨家奴把花鼠皮子拿过来，放在有阳光的地方晾晒。不一会儿，血干了，又卷好收了起来，然后告诉高家奴："兄弟，放心吧，尽管做好你该做的，剩下的事儿全由我包了。"他这个人还有个特点，就是好管别人的闲事儿，觉得不能只用高家奴，也要替他想想。便回过头来冲着马云说："马将军，咱们应当帮高家奴办件事儿，没有牵挂了，人家走了才心安哪！"马云忙问："什么事儿？"萨家奴回道："你们忘了？咱们到老鸭山寨时，我兄弟不是找了个女真姑娘正准备娶过来吗？我看干脆叫他如愿了吧，省得老惦着。"马云他们几个一合计，认为说得也是。不管我们同不同意办，高家奴早晚得娶那姑娘，不如现在帮着张罗张罗。他一高兴，说不定替大明朝干事儿会越发来劲儿，何乐而不为呢？马云遂爽快地答应道："行，可按萨将军的意思做，咱们说办就办！"于是，大家凑了些银子，准备了婚宴。第二天头午，热热闹闹地给高家奴操办了新婚之喜，

298

过了洞房花烛夜。

　　四路人马做了细致的分工，各自明确了所承担的差事和要达到的目的，又简单备了些酒菜，众人在一起吃了分别前的最后一餐。饮酒时，除了做殷殷嘱咐、互祝安全、互道珍重外，还表示一定稳扎稳打，不达到既定目的，决不罢休。相互约定，要经常联络，及时通报进展的情况，以便做到心中有数。现在是一个共同的目标把几路人马联系到一起了，心心相印，话不多说。

　　次日，高家奴坐着一辆大轿车向喀喇沁方向奔去，因为曾家奴有可能在那里。他想先见到曾家奴，待一切就绪后，再去叩见徐达大人。马云、叶旺、萨家奴、卜家奴、达家奴等人骑着骏马，将高家奴送出很远，才依依惜别而返。

　　各位阿哥，下面由我说书人一路人马一路人马地向大家介绍，讲一下他们不寻常的经历，先说第一路。

　　咱们前面说了，这路人马有萨家奴、明月长老和娟娟，差事是密探金山大寨。他们在一个天未完全亮的朦胧时刻，告别了众人，各骑一匹千里驹，带着足够的银两和干粮，悄悄儿上路了。在与马云、叶旺分别时，三人对各自扮演的角色已想得很仔细了，连到时候说什么话、怎么说，都考虑得十分周到。

　　萨家奴的打扮，依然是以前的装束，不带随从。此番返回金山大寨，要佯装一副奉纳哈出之命，探听明兵的行踪和消息后，满头大汗、慌慌张张地匆忙来见自己的主子，是专门向其报告秘密而至的。就说大明兵马已经夺下了辽阳，事情紧急，只好特意回来告之。至于该如何办，请大丞相抓紧定夺。为了取得纳哈出的信任，见了面，还要详细地、如实地讲明："大明兵马是从登州上船渡海、于旅顺口登的岸。其中有靖海侯吴祯，另外还有两位大明辽阳都指挥使司同知，一个叫马云，一个叫叶旺，皆是徐达身边的部将。他们勇猛善战，行动迅速，连夺了金州、盖州。"因为那是遮盖不住的，全是秃子脑袋的虱子明摆着的，所以，决定不用隐瞒。必要的时候，可以把卜家奴、达家奴端出去，将已经投降明军的事儿和盘托出。二人也同意让萨家奴这么讲，根本不在乎。觉得反正不愿受窝囊气了，早想投明了，纳哈出爱咋说就咋说，爱咋办就咋办。况且现在已是大明王朝的将领了，岂能奈我何？没什么可怕的。萨家奴想到了纳哈出肯定会问到高家奴的情况，因为高家奴尚有重任在身，又有两个儿子和家眷扣在金山。这就需要靠自己的那两片嘴左右逢源了，无论如何不能讲出实情，要尽量使纳哈出不胡乱猜疑，不一刀斩断双方的感情。他断定，纳哈出目前正是用人之时。在此种情况下，不能只说坏消息，那样会使他越发丧气，还要留有一线希望。得怎么说高家奴好呢？萨家奴觉得可以这样禀报："因明军对老鸭山的围攻非常迅猛，高家奴才未来得及与之对战。待我赶到时，山寨已被明军夺去了。当时看到那种情况，心里急得不得，便单枪匹马地同明朝的一些将士搏斗了一阵子，然后偷着跑到山上。在一小校处，发现了高家奴的一封血书，是写在花鼠皮白板儿里子上的。小校把这封从山边儿捡到的血书交给了我并藏在身上，知道大势已去，只好赶紧回来报大丞相。从血书可以判定，高家奴没有降明，近日未发现他的踪影，估计不日即可返回金山。"萨家奴认为经过一番绘声绘色的描述，纳哈出会相信高家奴是忠于他的。否则，何必如此勇敢忘我、又献上血书为证呢？或许不单单信赖高家奴，还会欣赏我萨家奴百里报急情的一片忠心也未可知。

明月长老和娟娟也想好了怎么办。明月长老对萨家奴说："萨将军，你的差事很重，需赶紧去金山大帅府报信儿。为了行动方便，咱们仨不用非得在一起，你大可不必老在身边陪着我们。大庭广众之下，两个尼姑和一个男人同行，反而不便。容易让人生疑不说，再传出是非来，就更不好了。再说了，我俩是出家之人，到哪儿都好说。秉仁公主是老尼的佛前弟子，像亲孙女一样不离左右，放心吧，我会很好照顾她的，不会有啥事儿。你一定要记住，只叫我们佛家之名号，千万不要称呼秉仁公主的官职，我是明月长老，她是妙善居士。到了金山，老尼自会口念佛号、敲打山门的，那时萨将军再多多关照就是了。"萨家奴一听，觉得师太讲得在理。分开走，自己确也方便，还不易在纳哈出和金山众弟兄面前露出什么破绽，便表示同意了。

明月长老、娟娟、萨家奴三人一块儿出发走过一段路后，见有一座门楣上的牌匾题"鸿图"二字的山野客栈，准备到那里打打尖、歇歇脚。这个小客栈很显眼，建在山岗儿上，店幌儿迎风招展，从很远便能看到。他们打马到了跟前，店伙计忙迎了出来，热心地招呼着。三人进去后，洗漱完毕，吃过饭，一问那伙计才知道，此地离开原城尚有百余里之遥。明月长老抬头望了望天，见天色已晚，遂对娟娟说："咱们今晚不走了，住在鸿图客栈吧，明早起行。"娟娟听后，赞同地点点头。

萨家奴因心中有事儿，想早日赶回金山，决定不留宿了。就此与明月长老和娟娟告别，换上夜行衣，走出客栈，骗腿儿上马蹬镫，嗒嗒嗒很快隐没在一片茫茫的古林之中。

师徒二人当夜睡了一宿好觉，次日刚拂晓，明月长老便将娟娟唤醒，告诉她："快点儿起来，今天咱们早些赶路。反正身上带着银两，还有些饽饽，到半路何处都可以打个尖、歇个脚。"娟娟自然听师太的，赶忙整理完所带之物，到后院儿牵出两匹吃饱了草料的坐骑，告别了小店主人，匆匆上路了。

这是一条平坦的东西大道，很好走。辽东地界的天气，比南京早冷两个多月。京师一带眼下仍是杂花生树、绿草如毡、气候宜人之季，而此地却是落叶凋零、草木枯黄、秋风萧瑟之时，师徒二人骑在马上，感到了一阵凉意。此刻，明月长老心事重重，无心观赏两旁的山光林色。娟娟则惦记着此行能否顺利地找到从未谋面的亲生母亲，还想知道纳哈出究竟是个什么样的三头六臂之人，该如何对付，也盼着早些赶到金山。

师徒二人一连气儿走了三个多时辰，天已近晌午。只见前边过来几个推双轮小车的人，有男有女，有老有少，车上装满了干柴。她们这才注意到，原来道南是一片山坳，小车正是从山道上推下来的。道的北边有一处很大的村落，鸡鸣犬吠，炊烟缭绕。显然，推车人全是那个村庄的，进山里拾干柴刚刚回来。

明月长老和娟娟边骑马走着，边看着几个推车的人，突然发现前边有两辆柴草车陷进了水沟里。这一带因为有山，所以雨水一大，便汇成了细流，从山上流向山下，把道冲出很深很长的沟谷。力气大的或者有马的人，可以从沟谷中过去，挡不住；力气小的人，又无畜力帮助，车就有可能陷进去。被陷的那两辆车，一辆是一对儿穿得十分破烂的老太太、老头儿推的，看样子是夫妇俩；一辆是一个女子推的，背上背着个吃奶的孩子，正仰脖儿睡觉呢。旁边还有个十一二岁的十分瘦弱的小小子，吃力地帮着推，看上去像是娘儿仨。不管他们怎么推、怎么喊、怎么用劲儿，终因力气太小，两辆车的辊辘纹丝不动。连急带累的，个个汗流浃背，脸涨得通红。明月长老见此情形，冲徒弟说："娟娟，我看骑马并不得劲儿，受拘束。此处离金山只有百余里地了，干脆不骑了，走着去吧，把马让给他们用。"骑在马上的娟娟听老人家这么说，乐不得的。为什么呢？因为过去她跟师太无论到什么地方去，凭的就是一双大脚板儿。由于练就一身轻功，行走如飞，根本不觉累。而今坐在马上，反倒觉得难受，双腿活像坠上了千斤大锤，不自由，不灵活。于是，高兴地说："好啊，我正寻思这事儿呢！师太，咱们当然不能骑马到金山，能把马给纳哈出吗？早该松松脚板儿了，可遭老罪了。百姓多苦呀，把马给他们，也算做了件好事儿嘛。"说着，拉紧缰绳急赶了几步，走到前边下了马，回头忙来到师父的坐骑前，扶师太下马。两人将马背上的囊袋解下来，其实并没带多少东西，只是些吃的、用的。娟娟牵着马走过去，向那老少四人打招呼。一问，果不其然，两位老人是一家的，儿子被征入伍七年了，连个后继之人都没有。那个女子是个寡妇，男人病死了，扔下两个孩子，无依无靠。娟娟心想，巧了，还真是值得救济的人，便慨然将两匹坐骑送给了他们。有了马，对农牧民来说，简直是凭空降下了金元宝，感动得不知说什么才好，赶忙跪地磕头谢恩。明月长老说："善哉，善哉，我们是云游在外之人，不必谢了。这马反正不用了，送给你们拉车算是派上了用场，回家好好儿度日去吧。"二人从老夫妇的口中得知，该村落叫刘家窝棚，住有百十户人家。土地和牧场是大东家、金山大寨的将领搏木狼儿的领地，全村人都是他的奴隶，任意驱使。

明月长老和娟娟将坐骑送人之后，将所带的换洗衣服、不多的日用品、干粮等装进一个行囊里，往身后一背，再用十字缎带系好。那些遇事必用的刀、剪、绳子和夜行用的备品，用一条宽布卷好，往腰间一围，勒紧系上，掉不下去。兵刃别在腰间，袖箭放于两只衣袖儿的小囊里，用起来特别方便。那么，匕首放在哪儿呢？她们外出时，一向脚蹬千里快靴。为使靴子跟脚，行动轻快自如，得用丝绳绑紧，匕首就插在靴子的侧边。头上戴着黑丝绒头巾，外面披着一件英雄长衫。这长衫的用处可大了，既可以做行间休息的铺盖或防风避雨，又可把一切防身之物遮挡起来，使外人不易察觉。明月长老为行动灵便，手里还拄一根拐杖，其实也是兵刃。将一切整束完毕后，便轻松上路了。

一路上，师徒二人靠着一双大脚板儿，像飞似的不停歇，没用多少时候，几十里地便被甩在身后了。正走着，突然前面出现两条岔道儿，一条是通向密林的，一条则是绕过密林，通向平原一个村落的。往远一看，两条道儿绕过来兜过去的，好像又合到了一起，按方向来说，都能到金山。由于路上未见行人，无法问道儿，娟娟性急呀，提出走山道近路。明月长老说："那就依你吧，从山林穿过，要省不少时间。"俩人立马钻进林子里，进入了山岭。

林中的山不太高，是慢坡儿向上的，像丘陵一样。树倒挺高，遮天蔽日，树枝七杈八杈地连在一起，密密麻麻的。矮小丛生的灌木叶儿，因天冷了，几乎快掉光了。林中很静，只听到呜呜的风声，师徒二人疾行了好半天，也没能钻出密林。又走了一阵子，听到前面有哗哗的流水声。不知道是泉水激流，还是瀑布自天而降，因为只能听到，却看不到。再向前赶了一段路，流水声听得更清楚了，明月长老站住了，说道："这块儿蛮不错的，咱们不妨歇歇脚，解解乏，喝点儿清泉水，吃口干粮，然后再上路。"娟娟答应道："好吧，听师太的。"边说边向四下看了看，选了个地方，歇了下来。选的地儿挺有意思，有巨石耸立，巨石中间长着两棵榆树，约三四搂粗，看上去是年头儿不少的古树。她们在巨石下找了一块儿平地，明月长老坐下后，前后瞅了瞅，说："嘿！此处既背风又僻静，挺好的。娟娟哪，你到下边弄点儿泉水，咱们就在这儿解渴消乏。"娟娟按师太的吩咐，提着水葫芦，向听到泉水声的方向走去。

那么，泉水声是从什么地方来的呢？原来是发自前面一个陡峭的石碴子下边。娟娟走到石碴子跟前，想寻找一条好走的路，以便到底下去接泉水。待找好了地方，刚要顺石碴子往底部下的时候，你说巧不巧，就在此时，只见一个人已经打好了水，正在攀缘石头而上呢！一般来讲，偏僻寂静的地方很少见到人迹，做梦想不到竟能如此巧遇，能不令人高兴嘛！娟娟大睁着眼睛看着，对方也抬头看见了娟娟，深感惊讶，自言自语道："哎呀，怪了，这里怎么还会有人？"双方突然在陌路相逢，虽有亲切之感，但毕竟都是路行人，相互均有些戒备。

各位阿哥，其实遇到生人加以提防并不奇怪。那时候，凡是行侠在外之人，时刻得有警觉性，因为世道乱哪！此刻，由于娟娟不晓得对方是什么人，当然有些提心吊胆，仍紧紧盯着，十分注意地仔细观瞧。从悬崖下上来的是一位壮士，他到上面一看，原来要下山崖的是一位女行者。再侧头向前望去，见有位长者坐在大树下面歇着。断定她们必是远行之人，半路上口渴，眼前的女行者要到崖下提水。想及此，便热情地向娟娟打招呼："你好啊！想必要下去提水？我刚才喝了一口，还真挺清甜、爽口的。你就从这条道儿下去，正好有三块石头，登着好走些。"说完，转身便走。娟娟没出声儿，刚要沿着他指的路往石碴子底部下的时候，那壮士又回转身来，说道："要不这样吧，咱们都是行路之人，你别下去了。我已经去过了，路熟，我帮你提上来吧。"没等娟娟回话，壮士已边说边走了过来，一把拿走了娟娟手中的水葫芦，纵身往下一跳，很快顺石砬子到了崖下。不一会儿，壮士把清泉水提来了，身子又轻轻一蹿，灵巧地跳了上来，将水葫芦交给了娟娟。娟娟很是感激，不禁连声儿道谢，俩人一前一后分别提着水，来到了明月长老所在的那块儿平地。

此刻，正悠闲歇息的明月长老抬头一看，见一位壮士随娟娟来到跟前，心想："哎呀？这么个工夫，怎么多了个人呢？"还没等娟娟向师太介绍，那壮士已走到巨石下边的另一块儿地方，将先前放在那儿的一个小背囊背了起来，又拿下了背囊上插的一根拨草棍。过去远行之人，为了踏荒方便，防蛇或需要沿路拨草，也为了防身，总要带一根棍子，称之为拨草棍。娟娟和明月长老刚到这儿时，光顾着选个地方歇歇了，并没注意到离她们不远处还放着一些东西。见壮士拿起了背囊，方知道对方也是一位远行之人，只不过比她俩先到一步，放下东西到崖下提水去了。

方才，明月长老已从囊袋中拿出了干粮等物，静等娟娟提来水，好一块儿吃晌饭。此时一见那人要走，便说："这位壮士，能在此处相遇不容易，先不忙走，坐下一块儿吃口饭吧。"娟娟因为壮士帮助提了水，很觉过意不去，马上随声附和道："是啊，请歇歇吧，你往哪儿去？吃完再上路也不迟呀！"壮士笑了笑，说："噢，不了，谢谢。我得赶紧回金山，家就住在那儿。"二人一听说他去金山，心中一惊，明月长老忙道："这可巧了，我们也要云游到金山，和施主还是同路呢！"壮士仔细一看明月长老的一身打扮，知道是位老尼、得道的师父，遂礼貌地说："原来是位老师父，在下有礼了。"边说边深深地鞠了一躬，又说："在下得抓紧时间赶路，不想在这儿耽搁了，就此告别。"说完转身便走。刚走了几步，似乎有什么不放心，反身回来了，关切地告知明月长老："师父，此地不宜久呆，还是快些走吧。"壮士这么一说，反倒引起了明月长老和娟娟的注意，娟娟问道："敢问施主，此地不宜久呆是何意？光天化日，朗朗乾坤，难道还有什么强盗不成？"壮士又笑了笑，回道："不是的。这一带的林子有只疯狼，已经闹腾半年了，害死了不少人。"娟娟越发好奇，认真地说："疯狼？哪儿的疯狼能那么厉害，我还以为是什么三头六臂的凶猛野兽呢！狼有啥可怕的？我倒要看看。"壮士说："如此看来，二位师父是从外地来的了，不是这块儿的人自然没听说这个事儿。本地人全知道，那只疯狼非同一般，长得又高又大，来无影儿去无踪，来去如飞，等知道它来的时候，想跑都不赶趟了。我们曾经派兵马捉拿过，不仅没捉到，反而伤了不少弟兄。因此，奉劝二位师父还是小心为好，尽早离开。"

此时，娟娟始终打量着这位壮士，见他眉宇间透着一股英气，年龄不算大，和自己差不多少。头戴狍皮双耳帽，即狍头帽。身着熟好的白板儿鹿皮上衣，白板儿鹿皮裤，飞鼠皮的披肩。脚上蹬着一双白鹿皮靴，背后插着双剑，右边腰间还挎着箭囊和镖囊及匕首等物，很是利索、精神、俊美。特别是配上一身儿白色皮服，更显得英姿飒爽。从穿戴上判断，壮士是辽东人氏。为什么呢？辽东天寒哪，眼下已到了初冬时节，他穿的全是御寒的皮服。

与此同时，明月长老也没闲着，早看得仔细。一听壮士说是金山人，便格外注意，从话里话外，还听出像是金山的主人。他不是说了这么句话嘛："我们曾派兵马捉拿过疯狼"，由此可以断定，壮士是金山纳哈出的人。明月长老尽管表面上显得很沉静，心里却一直琢磨着怎样才能从壮士的口中，摸出一些有关纳哈出的情况。于是，微笑着说："看来你不但是金山之人，而且是金山的主人，咱们真是有缘哪，阿弥陀佛。小壮士，来来来，先别走了，陪老尼坐一会儿，一块儿唠唠，你看好不好？我带了瓶江南的绍兴美酒，在此地可是不容易见到。说起来，还是给人看病时，人家为了感谢我，一再表示：'老人家，没什么可送的，把它带回去做药引子吧。'我看实在是推却不了了，才放下了这瓶酒。眼看着一天比一天冷了，为了御寒，你喝了吧。我们还带着干粮，将就着吃点儿，暖和暖和再上路，咱们一起走。既然是同路人，那便是一家人，一家人不说两家话嘛，请不要客气。"壮士听后，仍站在那儿没动。明月长老站了起来，说道："壮士，怎么，是不是怕有野兽袭击？假如真有凶猛的疯狼来，人多也好对付呀，不要怕。"壮士见老尼姑很是热心，说得十分诚恳，不太好意思非走不可。只好回转身将斜背的行囊取下，放在地上，凑了过来。

三个人同坐到巨石之下，明月长老把从辽阳带来的所有吃的东西，包括没有剃度过的娟娟吃的烧烤的牛肉、一块儿小鹿的后腿、饽饽、咸菜、花生米以及那瓶绍兴酒全拿了出来，一摊开，显得真不少。壮士从自己的背囊里掏出几大把鹿脯、肉干儿，还有几根儿用木扦子穿在一起的烤鹌鹑串儿，冲娟娟说："师父，还是品尝一下我们当地的土产吧，是家中的老嬷嬷特意让我带着道上吃的。因为找人，又急三火四地赶路，所以没来得及吃。今天有幸见到师父，既然留我吃饭，那就不客气了。请尝尝这个，准保清香可口啊！"娟娟被烤得焦黄的鹌鹑串儿吸引住了，那阵阵扑鼻的香味儿确实诱人哪，真想快快吃几口解馋。明月长老把酒瓶盖儿打开，送到壮士面前说："来，赶快喝口酒，就着酒吃肉串儿那才香呢！"壮士捧起一些肉干儿、拿几个肉串儿放到娟娟面前，然后自己先抓了几块儿鹿脯干儿，又扯下一块儿鹌鹑肉放到嘴里嚼了起来，边嚼边对娟娟说："师父，吃吧，别客气。吃完之后，咱们早点儿奔金山，这儿我熟，可以给师父引路。"明月长老、娟娟对壮士的一举一动很是满意，看得出他是一位武将，经常在外闯荡，十分懂规矩。怎么的呢？凡是与初次相遇的人打交道，在请人家吃自带的东西时，自己要先进第一口。可不是不礼貌，恰恰相反，是表示对对方的信任和尊重，说明他对你没怀二心。反之，你拿出东西后，自己不吃，让人家先进第一口，要是有毒呢？那不是想害对方、怀有歹心吗？所以，行侠在外之人，凡初遇陌生人互相拿出自带的吃食时，第一口都是自己先进，以便告诉对方：请放心，我的东西没有毒或蒙汗药，不用怕，跟你没有二心，是诚心诚意地请你吃。

　　明月长老、娟娟见壮士挺诚实、挺忠厚的，举止也不像心怀叵测的歹人，渐渐地开始喜欢上了。壮士还故意把头上戴的狍头帽子往脑后一推，额头全部露了出来，意思是让对方看得清楚。明月长老细细打量一会儿，不禁有些惊诧，心想："哎？壮士长得眉清目秀的，看年纪最多不过十五六岁的样子，模样怎么跟娟娟那么像呢？"娟娟却在想："这个人如果真是金山的，那他出外干什么来了？从装束看，肯定是一名武士，究竟在纳哈出那儿做何差使呢？"她感到好奇，很想多知道一些情况。当听壮士说让吃他带来的东西时，便抓起鹿脯干儿放到嘴里嚼了起来，态度显得很友好。吃这种东西，娟娟在来到辽东后，还是头一次。鹿脯干儿真的是越嚼越香，味道特别好，着人爱吃。北方的肉干儿怎么做的呢？首先是把切成的宽条儿鲜肉喷上苏子油、松子油、黄瓜香精，然后用阴干的方法晾晒。晒好的肉干儿为红色透明的，嚼到嘴里感觉外硬内软、肥腻适口。每每吃起来，那是越嚼越爱嚼，越嚼越香，越嚼烂香味儿越大。而且既好消化，又增加食欲，还顶饿。因此，女真野人诸部主要以肉干儿为口粮，并成为几千年来形成的北方美食。由于肉干儿便于携带和保存，可经久储放，不怕霉烂，故而一年四季皆可随时随地食用。

娟娟在热心的壮士一再劝让之下，一点儿没客气，根本没吃自己带来的硬饽饽，而是填了一肚子肉干儿，还有三四串儿烤鹌鹑。壮士又从背囊中抓出一大把蜜饯奶饽饽，放到明月长老和娟娟跟前，二人饶有兴趣地品尝着这些鲜美的佳肴。尤其是娟娟，吃了那么多美食，可是真饱了，蛮高兴的。壮士一看她们不戒心地吃了，也乐了，便说："二位师父到了金山，可以到我那儿去，一定预备些更好吃的东西，让你们品尝个够。好了，天色不早了，再喝点儿水，然后赶紧上路吧。待赶到金山，或许天不会太黑。"边说边拿起了水葫芦。

三人正在喝水之时，突然觉得林中刮来一股冷风，忽地吹过来了。因他们都会武功啊，所以知道静中生风，动风推耳，乃凶兆，必有硬物袭来。只有那些没有练过功夫的人，才不会觉察到危险。当异物袭来之时，或不知所措，或只顾愣神儿，再想躲避已经来不及了。而武侠一旦听到特异的风声，马上会警觉起来，并且随之立见行动，于刹那间躲风，即是躲风后跟来的袭击自己之硬物。凡习武之人，全有这份儿能耐，能眼观六路，耳听八方。有经验的武林高手更知道，即使有细小的微风、凉风冷不丁袭来，也要俯身就地侧滚。不能面迎来风之同一方向躲，必须向风声的反向或侧向去躲，前仆后仆皆可。或滚翻伏地，或旱地拔葱，还击袭来之物。否则，必会遭其害。

说时迟，那时快，就在明月长老、娟娟和壮士感到有寒风袭来时，只听壮士大喊一声："不好，快躲！"三个人本能地、速度极快地倒身躲避。应该说明月长老的功夫没白练，要不咋称高手呢，非常有经验。当她进了树林、打算在这里歇息的时候，便观察好了地形。别看坐在那儿好像挺不在心似的，吃着饽饽，嚼着鹿脯干儿，其实早做好了遇有不测的准备。因此一来风声、壮士话音未落，老人已倒身弹跳，噌的一下身子拔地而起，轻松地坐在了头顶儿一丈多高古榆树的粗干上，手中没忘了拿着从不离身的拄杖。看起来似乎是一般的拄杖，其实是根雕花镶铁杖，若按一下把手的缩簧，即能抽出一把白光闪闪的阎王刺。阎王刺比剑还好，有三个棱，前边有刺。无论是刺呀、砍呀、还是挑哇，运用自如，重量又轻。

当明月长老跳起时，娟娟只一愣，还没等反应过来呢，身子顺势往后一侧，刚好退到了巨石跟前，后背紧靠着。由于身后有巨石挡着，已无法再退，此刻硬物若从侧面袭来，可就没处躲了，相当危险。果然那硬物快速地向娟娟奔来，在万分危急的时刻，壮士一看不好，大喝一声："快躲！"边喊边一手握剑，一手把娟娟紧紧挟在怀里，就地一滚，骨碌碌滚出好远。然后顺手将娟娟推了出去，腾身跃起，一个大跨步挡在了娟娟的前面。随之见一黑影儿闪电般从刚才娟娟躲避的巨石前忽地蹿了过去，好险哪！娟娟被壮士推出，躲过了黑影儿的捕抓，身子往后一仰，一个鹞子翻身跳将起来，刷的一声抽出了阴宗双鹤剑。再看壮士，早已挥舞着宝剑冒死与黑影儿搏斗起来。黑影儿不是别个，正是在此为害多时的那只凶猛的疯狼，黑黝黝的鬃毛上沾了很多泥，还滚上了不少草，尤显出身躯的庞大。嗥嗥怪叫，声音凄厉，感觉整个密林都跟着震颤。头排老公狼向前没扑着，随即转过头来，竖起两只尖尖的耳朵，瞪着一双放着贼光的红眼睛。特别是那张着的血盆大口，大得嘴角儿快要咧到耳根子了，好像要是没有耳根子挡着，大口便能劈成两个大下巴似的，一览无余地露出了锋利的牙齿，顺着红红的长舌头和嘴丫子淌着口水。它将双爪摊开，像两个小簸箕一样，又一次蹿起，冲向了壮士，壮士仰脸执剑、圆瞪双目死盯着疯兽。

娟娟头一次身处一个从未见过的生死关头的紧张场面，着实吓了一大跳，深感不安："人家是为了救我，冒死把我推到一边，并用自己的身体护着。意思是疯狼你要抓，就往本壮士身上扑，不许碰她，真是令人崇敬啊！"娟娟眼看着由于壮士离疯狼太近，没有任何还手的余地，已躲不过疯狼的巨口和舞动着的利爪，马上要碰到他了，这不是要命丧黄泉吗？急得拿剑便要过去。各位阿哥，你可知道，刚才娟娟是被壮士推出好远、腾身跳起又落地，落在了壮士的身后、疯狼的侧面。这样一个站位，疯狼正好可直接冲向壮士，而扑不到娟娟。即使娟娟迅速过去相助，也不赶趟了，所以她心里非常着急。

此刻的明月长老是个什么情况呢？她跃到树上后，赶忙低下头来寻找着娟娟，看是否有危险。正好看到那黑影儿扑向了徒弟，惊得张开嘴巴竟没喊出声儿来！再瞧那壮士已把娟娟推了出去，这才稍松了一口气。可随即便见凶猛的老公狼疯狂地扑向了壮士，不免为壮士的安危捏了把汗，心想："小伙子是为了我和徒儿的安全，先告知了附近有疯狼，最好快些走，不要在此耽搁。当疯狼真的来了，又是他大喝一声，以极快的速度保护了我们，而自己却要死于非命了。真让人心疼啊，并且还不知人家姓甚名谁呢！"想到这儿，脱口大喊一声："壮士，小心！"随之欲纵身从树上跳下来救援，同样也来不及了。

咱们再说那腾空而起的疯狼，恶狠狠地向壮士扑下去，离地只一尺多高了，眼瞅着要咬住壮士的脸了。在这千钧一发之际，壮士临危不惧，沉着冷静地顺势向后一仰，用了一个软缩身功，全身迅疾扁平扁平地紧贴在地皮上。由于疯狼冲过来的速度太快、力量太猛了，来不及调整高度，嗖的一声从壮士的身上跃过去了，直蹿出三四丈远。疯狼见没有扑到猎物，当然不甘心，一反身跳起来，立起身形，声嘶力竭地怒吼着、长啸着，似乎在气急败坏地说："怎么样，想跟我斗，这回无路可躲了吧？今天非咬死你不可！"完全是一副不吃掉壮士誓不罢休的架势。随即张开比方才还大的血盆大口，舌头伸出一尺多长，口水到处喷，伸出两只毛乎乎的大爪，冲向了刚刚跳起来手举宝剑的壮士。立马就要扑到了，哪知壮士又来了一个顺势仰身倒地，仍然用的软身功，全身像张纸一样贴在地表皮上。疯狼那可是用了全身的力量嗥叫着扑过来的呀，想用巨口咬死他，用利爪撕碎他。哪知所要吞噬的人身手如此不凡啊，没扑到不说，还因为此次冲力比刚才更大，速度更快，再一次从壮士身边吼声如雷、飞如闪电般地蹿过去了。接着只听咔嚓一声，随之是哀怨的惨叫声，一头射向了十几丈远的<u>丛</u>林之中，一点儿声音没有了。

　　这时，惊悸未消的明月长老和娟娟一同跃了过来。只见壮士半躺在地上，满身、满脸全是血，鲜血顺着手中的宝剑往下流，可把她俩吓坏了，以为是被疯狼撕咬的呢！正愣神儿时，壮士一个鲤鱼打挺，纵身跳将起来，放下了手中的剑，拿出白布巾擦了擦身上的血，然后哈哈大笑着站在了她们面前。二人才如梦方醒，知道壮士不仅没有受伤，还杀死了疯狼。真是壮哉，天下难得见到的大英雄啊！亲观了壮士勇斗疯狼的豪举，连明月长老都说："我活了这么大岁数，还是头一次目睹如此神奇而又惊心动魄的血战啊，让老尼开了眼啦！"娟娟更是激动不已，对壮士的舍己救人敬慕得五体投地，并为他的安然无恙高兴得掉下了眼泪。对娟娟来说，自然是平生难得的一次经历，感人肺腑。她走了过去，也顾不得男女之别了，拿出手帕，亲自为壮士擦脸上、头上、耳朵眼儿里的兽血。可倒好，壮士原来穿的一身儿白板儿皮衣，前身儿全被血染红了，只有后身儿依然是白的，成了怪服了。

　　三人朝疯狼蹿过去的方向走去，只见地上留下一道长长的血迹，一直延伸到前边十几丈远的林子中。顺着血迹，在一片桦树<u>丛</u>里，找到了那只早已死掉了的头排老公狼。凑近一看，从咽喉到下胯全被豁开了，肝、肠、肚淌了一地。

各位阿哥可能要问，疯狼是怎么死的呢？原来，刚才壮士的身体紧贴在地皮时，双手却上举着利剑。在疯狼从身上腾过去的一刹那，猛一用力，利剑正好刺入它的咽喉。随着疯狼的冲力和速度，再将剑一带，当即把胸腔给豁开了。可见疯狼的冲力有多大、多猛，壮士握剑的神力则是常人难以比拟的。三人都很高兴，为当地除了一害，真乃莫大的幸事。娟娟不无夸赞地对壮士说："你的武功很了不起，干净、利落、令人羡慕啊！"壮士笑着道："二位师父有所不知，我本是住在深山荒谷的人，打小与野兽争雄搏斗，早已习惯了。"明月长老问："壮士，老尼看你的武功路数咋这么熟呢，是辽东人士吗？"壮士不好意思地回道："怎么说呢，说是辽东人吧，算得上是；说不是吧，也不是。老家本是江南，恍恍惚惚听说住在长江边儿，更详细的情况不知道，从没听母亲讲过。自幼随母到了辽东，时间一长，就入乡随俗了，成了辽东人。再加上每天忙于武功修炼，求学于人，便没认真打听。"壮士的话，引起了明月长老和娟娟的极大兴趣，心里琢磨开了："既然老家是江南水乡、长江边儿的人，那不是老乡吗？看来壮士是汉人。他们母子缘何流落到辽东，又怎么到了夷民野人地区的呢？这些年来，在辽东做什么、靠啥生活、花销从哪儿来，能长久住下去吗？不管怎么样，壮士的确叫人另眼相看。"

俗话讲："奇缘情深"，此言一点儿不假。明月长老和娟娟为壮士的行为及神功所震撼，由衷地感激救命之恩，并对他产生了一种难舍难分的感情。要知道，明月长老那是德高望重的世外高人、武林强手。娟娟在明月长老的训教下，也是当代的娇美女侠，何况又身怀阴宗双鹤剑的传世神技。应该说，师徒二人的眼光是很高的，能得到其钦敬和赞佩之人不多见，而壮士却令她们发自内心地折服。还有一种说不清的感觉，这就是一系列的问号在两人的头脑中萦绕着。明月长老从一开始见到壮士，便发现他长得英俊、好看，让人总是看不够，模样似乎像谁。而且娟娟同他坐在一块儿，看上去显得那么的亲近，好像原来是一家人一样，具体也说不清究竟是个什么感觉。而娟娟对壮士同样有一种说不出来的亲切感，从帮自己提水、一块儿嚼肉干儿以及刚才亲眼目睹的那场奋勇杀疯狼的壮举，立刻莫名其妙地产生了一种手足之情，觉得在他身边有安全感。

明月长老和娟娟正琢磨着，从远处传来了马队銮铃之声。听声音，人数不少，足有三四十。壮士抬眼一看，见马队向林中奔来，便说：

"噢，是弟弟来寻了，在下先行一步了。二位师父如果到了金山，可去八角楼找我，名儿叫田田，到那儿一打听都知道。"而明月长老与娟娟此时正陷入沉思之中，壮士向她们告别时，并没太在意。待引起注意时，已如飞燕、猿猴般从她们的目光中消逝了，就这么快捷，令人瞠目结舌。

明月长老望着壮士离去的方向，若有所思，说道："娟娟，壮士的岁数不大，武功却那么高强，这点令我疑虑不小。不知你注意没有，他斗疯狼的剑术，虽不像阴宗、阳宗双鹤剑法，但辗转腾挪的脚下功夫，挥展侧臂的大鹏探海之技，确非常人所能掌握的。此功法为何那么像我师姐月禅禅师呢？月禅禅师在早曾在明月庵，我的不少武功功法都是她传授的。记得师姐于大元至正二十五年重阳之日进武当山云游时，曾告诉我：'荒乱年月，民不安生，不想久恋凡俗之世。在山中了结神迹，遁入仙界为吾愿。'后来，果然无有信息，便以为师姐已入神界。看了壮士的武功，我就想：'难道她仍活在世上并于深山修行，莫不还有亲传弟子不成？不能啊！'然而年轻的壮士擒杀疯狼的剑功又试像师姐降世了，真是太奇啦，虽说是江南人氏，可也不一定能有如此高的功法呀，从哪儿学来的呢，难道真与师姐有关系？师姐呀，师姐，祈您在天之灵速显神通，愚妹思念心切呀！"说着，面冲武当山方向扑通一声跪下了。娟娟边搀扶老人家边劝慰道："师太，我倒不知壮士是什么功法，只觉得神奇至极，非一般武林之士可比。不知您是否注意到他的长相，看出像谁了吗？我去接泉水与他四目相碰的一刹那，心中马上一惊：'咦，此人长得咋像李佑呢？'当时真以为这小子追咱们来了。正一愣神儿时，又从他的个头儿、侧影儿看，不像李佑那么高大魁梧，方知道是认错人了。好师太，您倒说说看，他俩长得像不像？"明月长老沉吟片刻，点头道："唉，娟娟，说得没错！我也总觉得壮士眼熟，似乎像谁，又像是在哪儿见过。对了，他的脸盘儿太像李佑了。不，师太再说一句你可别生气，壮士的眼睛咋怎么看怎么像你呢？"娟娟笑着说："哦，是嘛。师太，不知咋回事儿，同他只是一面之交，可印象非常深，有好感。一般碰到男的，我从不愿多搭一眼。对他不同，从第一眼看到时，就觉着特别亲切，从心里喜欢。师太，您说怪不怪？"明月长老听后，微笑着点了点头。

明月长老和娟娟因方才的奇遇，话匣子打开了，说不完、唠不够的，边唠边往金山路上走去。突然，见前面有三个骑马的将士向她们这边儿跑过来，一看来者的装束，就知道是纳哈出手下的兵将。为什么呢？因明朝当时初建，又多是些起义的兵将，穿啥的都有，服饰没有统一。后来虽然一样了，但是仍没有定制。而大元朝已有几十年的历史了，军队的着装有一定的样式，兵和将亦有分别。如果是兵，身穿号坎儿，号坎儿上有"卒"字；如果是将领或小校以上的，官服上有"将"字，"将"即是官。"卒"字和"将"字皆在衣服的前胸上标着，印在白地的圆圈儿上。圆圈儿的边缘是不同颜色的彩圈儿，看圈儿的颜色，便可分出兵将的等级。圈儿的边儿为黑色或蓝色的，则表示兵的不同等级。如果是比兵大、属小校以上的，则是官员。官员的"将"字白地外圈儿有蓝色、红色、黄色，还有彩绣的金黄色之分。平章以上的将军圈儿的边儿是黄或金黄两种颜色。从来的三个人服饰上清楚地看出，其中两个胸前印有"将"字，外圈儿是红色，证明是小校；另一个胸前印有"卒"字，外头为蓝圈儿，自然乃稍高等级的兵卒。

三匹马刚跑过来时，明月长老和娟娟没太在意，以为是巡逻或到什么地方去的，与己无关，仍边唠边往前走。哪知三个将士见到她俩之后，一位官员勒住马，冲她们大声儿问道："前面来者可是去金山的师父吗？"二人一听，哎呀，原来是找我们的！这才站住了。三人从马上跳下来后，其中一位带"将"字的官员走了过来，礼貌地言道："二位师父，我们是奉命前来迎接你们去金山大寨的。一是怕路上不安全，二是怕路不熟，因此，特来护迎。等到了金山后，再帮助师父安排下处。"另一小校说："师父，咱们可以慢点儿走，不用着急。转过山头儿，进了前边的密林，就可看到缕缕炊烟，那便是金山大寨了。"此刻，明月长老和娟娟真是吃惊不小，觉得这儿没什么熟人呀，更不会有谁知道今天要去金山，怎么会有人来接呢？踌躇了一下，还是同意随他们一起走，目的是想知道到底是怎么一回事儿。三个将勇牵着马，恭恭敬敬地、十分热心地一直陪着师徒二人同行。

一行人走了一段路后，明月长老停了下来，说道："几位壮士，不用烦劳跟着一块儿步行了，去金山的路我俩能找到。无端地连累你们，叫老尼感到太过意不去了，心里不安哪！"其中一个小校说："哪里，哪里，请不必客气。一会儿，多尔济台吉爷爷还来接师父呢，我们可不敢急慢啊！"明月长老一听，更吃惊了，转念又一想："莫非是方才相遇的那位小壮士安排的？难道真有这么大的本事，叫了兵勇来接，他到底在金山是做什么的呢？"于是问道："敢问官爷，是谁派你们来的？两个出

家之人，何必如此兴师动众，太折杀我们了！"小校回答："老师父，您
有所不知，方才二位见到的小英雄，非一般寻常人。你们是真有福分
哪，见到他可不是件容易的事儿，那是我们金山纳哈出大丞相、大元太
尉的义子殿下，在帐中专门为大帅掌印，被封为金山复国崇元大将军。
别看人小，却是大丞相之下、辽东第一小王爷。这且不算，大将军身下
还有一位比他小几岁的弟弟，那就是一会儿要用大轿来接你们的扎浑多
尔济小王爷。年方九岁，都尊称为多尔济台吉小爷爷，在万马营中，已
经是号令三军的将军了！"明月长老像是很随便地接着问了一句："噢？
这么说金山没有可用的将领了。不然的话，怎么用一个九龄将军呢？"
小校笑着说："非也。老师父，扎浑多尔济小王爷是大丞相的亲儿子，
乃非常疼爱的美夫人所生，不用他用谁呀？聪明着呢！"小校很是自豪
地夸赞着。

　　正在说话间，果不然，过来一彪人马。有骑马的，有抬轿的，好不
热闹。为首的将领看上去，也就是个八九岁的小孩儿。头戴插金簪的英
雄冠，身披英雄氅，身后背着一杆金鞭，骑着匹黄鬃烈马，周围有十几
个勇士护从。马队的后边，跟随着一顶四人抬的大轿子，小跑着过来
了。只听那个小将高喊："哎，二位可是尼姑师父？本王爷奉大哥大将
军之命，接你们上轿，别在地上蹽了。我家爹爹大丞相是仁义四海、专
结天下豪杰之人，尤敬重八方僧道仙家。欢迎到我金山，平抚朱逆，共
谋天下太平，重整大元山河。师父若问我是谁，二将军扎浑多尔济是
也！"他是个大舌头，吐字不清，似乎汉话刚学不久，音还发不准呢！
要不细听，说出的话像捣的蒜一样，分不出瓣儿来。

　　娟娟听了扎浑多尔济的一番话，可气炸了肺！心想："哎呀？你好
大的胆子，竟敢将当今圣上、大明洪武皇帝肆无忌惮地说成'朱逆'，
真是胆大包天！不想活了是不是？"这么想着，无论如何也忍不住了，
回手就要按弹簧，亮出那把无敌的阴宗双鹤剑，好好儿教训教训眼前的
狂野小子。明月长老早注意到娟娟的举动了，忙一把将她拽住，小声儿
制止道："不许乱来！忘了咱到什么地方、干啥来了？要那么做的话，
你也变成同他一样不知天高地厚的糊涂蛋啦！听师太的，一切看我的眼
色行事。"娟娟听了师太的话，便没吱声儿。明月长老缓缓走了过去，
揖手道："善哉，善哉，阿弥陀佛，谢谢金山大寨的施主。老尼是一双
脚掌量天下，五洲四海任意游，习惯了，不好坐轿。今天，有劳大公子
迎接，老尼不客气了。你们头前引路，我们在后跟随就是了，阿弥陀

佛。"扎浑多尔济小将军见她们不坐轿，硬是要步行，着急了，扯开嗓门儿嚷道："不行不行！是兄长命我让你们坐轿的，还没有谁敢违抗兄长之命的呢，快点儿！不然，我可让王府的营兵抱你们上轿了。众虎将，给我抱人，抱！"营兵听命，一下子围了上来。

恰在此时，一匹快马嗒嗒嗒快速地驰了过来，骑在马上的人大声儿喊道："扎浑多尔济，不许胡来，快住手！"话音刚落，马已跑到跟前，来人翻身而下，笑容可掬地牵着马来到明月长老和娟娟面前。二人这才看清，原来正是于密林中相遇的、俩人在路上一直念叨着的壮士田田。田田致歉道："二位师父，不，咱们是刚刚相识的好朋友。我弟弟不晓事理，多有得罪，请息怒。他是金山大寨的迎宾主师，承担迎来送往诸事，完全出于一片热心。望不要怪罪，确是一片赤诚，请千万谅解。父罕有令，凡到金山之客，只要没有攻伐之意，不与我方为敌，皆视为挚友嘉宾，动用彩轿相迎。这里离金山尚有五十余里，道路难行。而且近来得悉金州失守，盖州沦丧，辽阳老鸭山寨被明朝的马云、叶旺二将所夺，高家奴叔叔也不知去向，形势危急。父帅已命金山大寨之兵马，分别驻守各要塞关隘哨口，道路亦严加把守。考虑到这些情况，故而先派小弟来接，保护二位师父去金山，免得被巡逻之兵阻挡，生出不必要的麻烦。小弟走后，因对此仍有些不放心，所以又特意赶来。二位师父，还是请上轿吧，以便快些走。咱们选择近路去金山，有本将军在，任何巡查的兵马都不敢肆意盘问。"明月长老听田田说得恳切、真诚，明白了其中的一切。知道了纳哈出由于叶旺他们的到来，使之丢城折将，很是恼怒，各地看守得愈加严密了。心想："其他事儿暂时不必打听，以后再说。眼下不如顺水推舟，就按田田之意，随其先进入金山，不是省去很多麻烦吗？再说一路有人侍护，想必不会遇到什么为难之事。待到金山后，找萨家奴弄清情况，仔细了解田田家的背景，然后做进一步打算也不迟。"想到这儿，便给娟娟使了个眼色，娟娟才很不情愿地与师太一起上了轿。

众卫士抬起大轿前行，轿的两边是田田兄弟带着随从持刀执剑护卫着，好不气派！大轿里，明月长老小声儿对正在生气的娟娟逗趣儿道："哎呀，大明的秉仁公主到哪儿都威风。这不，连元朝的丞相也不敢怠慢，派人用八抬大轿抬着，多有气势呀，还噘什么嘴？娟娟行啊，想不到去金山竟是坐轿来的，回去得跟你皇娘马皇后好好儿夸耀一番哪！"娟娟说："师太别开玩笑了，田田把咱们抬进金山，不知下一步又出什么新花样呢！到那时，可怎么应付啊?"明月长老嘱咐道："徒儿记住，俗话讲得好：'兵来将挡，水来土掩。'到一站说一站的事儿，师太我自有妙计，只要求你务要心细、谨慎、遇事不慌、三思而行便可。"娟娟听话地点了点头。

一个时辰后，田田率领的这彪人马进入了金山大寨。明月长老和娟娟眼中所看到的金山大寨，没有什么土木的房屋，也没有城里那样的街路，有的不过是一片片大小不等的蒙古大帐包，还有用木栅栏围起来的羊圈、牛圈、马圈及大轱辘车等。一些散在的牛羊在雪地上吃着草，各色的骏马尥起四蹄奔跑着，倒是有点儿生气。又仔细地看了看大寨的周围，四面环山，林木葱茏，水草丰美。中间有一片洼地，一看便知原来是牧场，而今却成了纳哈出为屯兵新选定的军事要地。所谓金山的"金"字，恐怕是表示此地像金子一样坚硬，任何力量都摧不垮、打不烂、攻不克。可以断定，"金山"这个名字是纳哈出新给起的，并不是以前就有的地名。再向远处望去，可南下开原，东进粟末水，的确是一处极好的屯兵之所，不愧为一块宝地。

田田将明月长老和娟娟用大轿抬进了自己的府邸，请她们住在那里。说起来，田田的府邸没什么特别，也是一片帐包。帐包之外，以柳条斜叉编成的网架作为围墙。进到帐篷里，可见搭有木杆子，杆子上苫着大羊毛毡。最上顶儿是空着的，留出一个洞口，像天窗一样。地面中央有个深挖下去的火塘，上有支架，拴着吊锅，用来煮奶茶、红茶，还能炜肉。放上铁帘儿，可以烤牛羊肉、烤饼等，烟就从帐包中央上部留出的天窗飘散出去。帐包里很宽敞，西面供有佛龛、神堂、神像。蒙古人以西为大，人则住在东面和南面，所有的摆设皆很规整。田田专为二位师父拨出一个中等洁白的羊毛毡苫成的小帐包，内部设施齐全，打扫得干净、整洁，地上铺着毡子。还派来两个女奴，随时随地予以侍奉，严令必须照顾得周周到到。

大元末年至大明中期，北方各地匪霸横行，杀人越货屡见不鲜。由于交通不便，走方郎中极少，连挨屯挨堡叫卖布头儿、糖果、针头线脑的小货郎都很难见。偶尔见到一两个为人治病、解民之难的，多数为僧道中人。这些人常常沿屯云游，化些斋缘，讨点儿供佛灯所需之油银两，顺便为穷乡僻壤的乡民看看各种疑难杂症。因为僧道是出家人，身上除了袈裟、木鱼、佛珠之外，没油水可捞。所以，除非得罪了土匪，一般不会遭到抢劫或受什么伤害。土匪也觉得要是无故惹他们或是杀了，老天难容，尽量不讨那个厌。当时各路兵马对出家之人都网开一面，不管走到哪儿，皆放行。僧道除了能占卜、通晓周易、会诸葛马前课等受到众人欢迎外，还有不少得道高僧懂医道、药道，会脉学。什么女人的不孕症、妇女身怀六甲之胎位正否、闺阁秀女经前经后不适症、男人的阳痿、老人的哮喘、五劳七伤、小儿百科乃至疥癣癫痫、聋哑癫狂等，全在医治之列，可开药，亦可按摩、针灸。元末，各路军事割据势力不但不得罪这些以医道助人的世外高人，而且待为上宾，热情款待，小心侍候。明月长老、娟娟此次到金山来，之所以受到欢迎，就因为她们是出家之人，被看做是金山之幸，是菩萨佛光普照，因而不可能有什么怀疑。

在师徒二人到达金山的第二天，田田便前来看望，并带来了两只天鹅，让佣人给她们烤着吃，享受一下烧烤天鹅的美味，还介绍了一些有关金山的情况。据田田讲，眼下金山四周，包括辽东的不少地方都有重兵日夜把守，不停地巡逻。要道口、山口皆设了哨卡、烽火台，没有纳哈出发给的入山金牌，一律不得通行。连东海的东大荒子，即乌苏里江到日本海的广阔之地，还有长白山以东等地全去不了。为什么？纳哈出派兵控制了那些地方。一是怕明朝的兵马潜入，另外是怕同他作对的东海女真野人逃入东大荒子。女真野人多数已被纳哈出笼络过去了，也有一些讲正义、不怕死的人不听邪，自发地组织起来，你来打，我坚决跟你拼，誓死斗到底。其实，纳哈出是无力同女真野人相斗的，因为他得用主要力量去对付大明。咋办呢？就想设防把这些人收了。又怕他们成帮结伙儿地进入东大荒子，如果真到了深山老林，可没个抓了，只好派兵戒备严守。明月长老听了这些情况，觉得自己来之前的打算很难实现了。她原来是怎么个想法呢？即先帮助娟娟到金山探母，摸一摸纳哈出的军情。待办完要务以后，再去东大荒子采药，见见东海的各个女罕。现在看来，要去东海采药已经不可能了。这还算好说，暂时去不了就不去，在金山安心帮助娟娟把事儿办明白，顺便为当地的牧民、百姓及纳哈出的骑兵们治治病，广行善事，也是功德无量。然而，令她担心的倒是叶旺。不知率领着卜家奴、达家奴是否到达了女真野人部，同当地的土民是否有了接触、交上了朋友，进行得是否顺利。尤其娟娟，那更是寝食难安、日夜惦念啊！

明月长老和娟娟住到田田多尔济的帅府以后，将各自的名号告知了田田，并急着与前几天到达的萨家奴联系。按原来的约定，在住地的大门外，竖起了高杆，高杆上挂了一个不起眼儿的小木牌儿。木牌儿锯成葫芦形，作为治病、卖药的幌子。凡是当地的人，不管是哪个部落、哪个民族，都认识这种幌子，一看便知道此处有人卖酒、卖药，或给人瞧病。幌子是府上的主人田田应明月长老之请求，特让家奴照着样儿做成的。还在小木牌儿下边拴上了一绺儿马鬃穗子，挂在高高的竖杆之上，从老远就能看到。这样一来，为附近不少牧民及纳哈出的兵卒们开了方便之门，经常来此讨药看病。

明月长老和娟娟住的地方，外有大院儿。院内架了十几个大小帐包，门口儿由二十来个护卫轮流把守，天天车来人往、战马嘶鸣的。帅府的院子里挂着个卖药的幌子，显得极不协调，护卫们看了直摇头。可田田却不以为然，只要是明月长老、娟娟提出来的，不管是什么要求，都一一照办。而且只要有工夫便前去看望，什么好吃的全拿去，照顾得无微不至。有一次，娟娟对田田说："田田多尔济大人，非常感激您的关照，一切很是顺心如意。不过总感到住在这里多有不便，还是让我们住到别的地方去吧。"田田说："妙善师父，请不要客气，别叫什么大人。咱们萍水相逢，一见如故，还是随便些好，就叫田田吧。我考虑过了，诊室设在院内，不仅为人治病出入不便，来找看病的人还不容易进来。不如明天在大院儿外面架一座帐包，把看病的有关设施准备齐全，你们白天在那儿为人诊病、抓药，晚上回到院中的帐包歇息，这样会方便多了，既安全又静心。另外，再配备两匹骆驼和一架车马，并派五个马夫供调遣。若到附近看病，既可以骑骆驼去，也可以赶马车去。如果需要往远处去，事先千万告诉我一声，不能乱走。"明月长老和娟娟听了很高兴，对田田的周到安排表示了感谢。

隔了几天，田田送来了两身儿全新的白羊绒大衣、两顶白羊绒风雪帽、两双皮马靴，对明月长老和娟娟说："二位师父，天气开始冷了，你们的衣裳不行，太单薄。此地下霜之后，一天比一天冷，深冬时节的气温极低，恐怕一时半会儿不习惯呢。到时候，这些衣帽和靴子都得穿上、戴上，否则过不了冬啊！"二人再一次表示了谢意。第二天，田田命几个佣人赶来了五匹母马，还带着小马驹儿呢！有两匹小马驹儿脑门儿上长有白点儿，欢蹦乱跳的可好看了，娟娟十分喜欢。可她不明白，田田送来母马和小马驹儿干什么？一打听才知道，原来是为了让她们能喝到马奶。可是，每天挤出的马奶被人喝了，那小马驹儿不就倒霉了吗？它们吃不到大马的奶，饿得不行。佣人只好从外地弄来几匹母马，专门供马驹儿吃奶。这样，田府院外可热闹了，马声嘶鸣，小马驹儿到处跑来跑去的，给人一种生机勃勃的感觉。如此一来，田田饮用的奶，皆是由大丞相府日日供应的；而田府马群里的小马驹儿及明月长老和娟娟用的奶，则全是田田帮助调配的，师徒二人不禁由衷地感激。

又过两天，田田命佣人赶来了几只母羊和一头母牛，奶子胀得圆圆的，供明月长老和娟娟喝奶用。还让佣人给她们做奶干儿、奶酪、奶油等，样样儿不缺。对这一切，明月长老和娟娟无论怎样谢绝全没用，田田依然如故，热情不减，令她俩很是过意不去。尤其是娟娟一直在想，田田如此帮忙，以后该怎么回报人家呢？说实在的，从一见到田田那天起，就给她留下了深刻的印象。通过这些天的接触，又接连为她们做了许多事，印象更好了。娟娟听田田的汉话讲得很好，在金山，像他这样能说一口流利汉语的人还真不多，基本都是大舌头嘟嘟的，吐字也不清楚。而田田说话慢条斯理，口齿流利，吐字准确。从语音的清晰、刚柔、抑扬顿挫来看，近似江浙一带的口音。心想，怎么回事儿呢？他的语音咋会与我老家的方音相似呢？特别是田田的为人是接受了谁的训教、汉语的发音缘何如此准确、精湛的武功从师何人等，都令她感到是一个难解之谜。

单说季节已临近小雪时分，金山下过三场雪了。有一场下得特别大，遍地皆白，白地、白帐包、白林海，甚是好看。一天夜里，明月长老接待了一对儿远道儿而来的老牧民。老太太骨关节疼痛，腿肿得挺粗，不能行走，是老头儿赶着牛车将她送来的。到这儿以后，明月长老认真地为老太太号了脉、瞧了腿病，并熬了草药热敷。因还需换几次药，当天晚上自然回不去，便让他们留在帐篷内安歇。为了使之休息得好，不至于冻着，娟娟生起了火，炉火通红，帐篷里暖烘烘的。还弄来了一些吃的、喝的，以便让老两口儿吃饱喝足。每天来找明月长老看病的人很多，一个接一个，从不收分文，你想那来的人能少吗？娟娟见师太累了，也支撑不住了，在给老太太敷了药之后，忙请师太赶紧回到院内帐包安歇，由自己来照顾二位老人。明月长老不放心，临回去时说，若有事儿，一定去叫我。师太走后，娟娟就在院外陪伴着老夫妻俩，同时看守着帐包。因为帐包里有不少药材，炉子还生着火，所以必须得有人照管着。

夜已经深了，娟娟又给老太太弄了些药，敷好。然后，老夫妇俩躺在地炕上，盖着羊皮大衣睡着了。娟娟则坐在炉边，不时地添柴，微闭着双目养神。她是武功高手，别看闭着眼，耳朵可没闲着，灵得很。就在这时，冷不丁听到帐包外有轻微的脚步声传来，既不像过路人走在雪地上发出的声儿，也不像纳哈出派出的夜哨巡逻时所发出的声儿。为什么呢？因为夜查时，都是几个人一块儿慢慢走，踩在雪地上的咯吱咯吱之声是有一定声律的，很容易分辨出来。门外的人却不是，而是一种单个人蹦跳的声音，不注意听不出来。娟娟立刻警觉起来，判断夜行者能有此功夫，绝不是寻常之人。那是什么人呢？难道有贼或有刺客不成？还是自己身在虎狼之地，已经引起了某些人的注意或怀疑？想至此，马上把用两个木碗做成的油灯噗的一声吹灭了，帐包里随之黑了下来。她看了看已睡熟了的老夫妇，心想："让他们好好儿睡一觉吧，我倒要去察看个究竟。"之后站起身，穿上外衣，摸摸腰间的兵刃，悄无声息地出了屋门。

娟娟到了外面，抬头一看，星光满天，顿时感到寒风瑟瑟。反身回到帐包门口儿，从帐包上的一个空洞伸进手，把门从里边反锁了。这是明月长老和娟娟做的机关，只有她俩知此秘密，外人、包括田田都不知道。反锁了门后，静心听了一会儿，没有听到什么动静。接着又以那双犀利的明目，仔仔细细地搜寻、观察周围，看看雪地上有没有新脚印儿。由于帐包外白天有牛有马又有小马驹儿的，它们到处乱跑，因此雪地上的脚印儿太乱了，根本分辨不清哪个是旧的，哪个是新踩上的，只好隐身在帐篷的暗处往四处察看。突然，发现在田府大院儿的木栅墙上，紧贴着一个黑影儿。如不仔细看，不会武功或粗心大意之人，是很难发现的。

纳哈出的部落和局部地方，为安全起见，皆用木栅围起了高墙。木栅墙就是把碗口儿粗的木头锯成两半儿，一根儿挨一根儿地插到围着帐篷的四周所挖的沟里，有留两个门的，也有留四个门的，然后用土埋上便成了，高大而坚固。待娟娟再看时，见那黑影儿穿着黑衣服，蹲在暗影儿里，身子紧贴在木栅墙上，脑袋却探了出来，正往院子里东张西望地窥探呢！她马上意识到是个贼人，随即一按腰间剑囊的弹簧，刷地抽出了阴宗双鹤剑，蹑脚俯腰地紧贴着地皮追了过去，边追边想："黑影儿若不是贼，便是到大寨来夜探的，必是金山的对头。难道是明廷方面的人？不能啊，皇上只派了我们几个人，又各有各的分工，不会再有人来呀！那又是谁呢？或许真是与金山对立之人，还是一般的好奇者？"

琢磨了半天，也没弄明白，心里话："不管咋的，我得想法儿接近夜行人，不能让他跑了。"

娟娟为不易被对方发现，以猫步曲线而行。猫身上有毛哇，身子又软，走路自然轻，很难听到声音。可她是个大活人哪，又踩在雪地上，能不发出点儿声响吗？就在刚要纵上木栅墙时，可能被那个人看到了或听到了声音，只见黑影儿匆忙纵下了木栅墙，向远处窜去，动作相当快。等娟娟刚要跟上时，黑影儿却爬上了一棵高树，再从高枝上一纵，纵进另一个院子里。娟娟紧紧跟踪过去，黑影儿行动神速，几个箭步便隐入了一片帐包之中。娟娟没敢深追，一是怕初到金山，地情不熟，陷入暗道机关。因田田早有话，到远地方一定要事先告诉他一声。田田说得极是，这可是纳哈出的金山大寨、虎狼之窝，能没有暗道机关吗？应该小心谨慎些。二是怕此为调虎离山计。好家伙，你引我出来，另一伙儿强盗则趁此空当儿赶到诊室烧杀抢，那不就坏事儿了吗？想到这儿，便马上打住，反身回来了。

在往回走的路上，娟娟细想那黑影儿的身形和动作，觉得既像李佑，又像田田。为什么会这么想呢？因为他俩的身材差不多，胖瘦一样，只不过李佑比田田高点儿不多。而且攀援的动作很相像，无论是跃上还是跳下，都那么轻便、灵活。然而由于在暗处，又是夜间，穿的是黑色夜行衣，所以大小个子很难分辨得特别清楚。心想："如果是李佑的话，他来辽东干什么，又为何夜探金山呢？倘若是田田，难道还要探看自己的府地吗？没有道理呀！不管他俩是谁，看来目的只有一个，皆为来窥探院外诊室的。当时，诊室里点着油灯，挺亮的。我坐在里面，对外面丝毫没有防范，贼人在暗处，帐篷内的一切完全可以看得清清楚楚。姑且算是在暗地里观察我，为何如此呢？"寻思了好一会儿，也没弄明白。

娟娟还没回到帐包呢，由于冬天的夜很短，天已开始放亮儿了。明月长老向来睡不了早觉，再说心里惦记着徒弟，便早早地来到了院外的诊室。到了跟前，一看门反锁，急忙打开门进到里边。见老夫妇俩还躺着没起来，娟娟却不在了，当时心里一惊："咦？怪了，上哪儿去了呢？或许出于好奇，夜里去逛金山了？那是个胆大而有主见的孩子，也未可知呀！"暗暗埋怨娟娟太任性，不该不告诉一声私自出去，要是有个三长两短的，回去咋向刘伯温老先生和皇上、皇后交代呀？正在着急时，帐篷的门被推开了，娟娟回来了。老人家啥都没问，怕直截了当地责备

320

起来，娟娟挺要强的，肯定小嘴儿一噘不高兴，反倒事与愿违。不如等天亮之后，再找个机会与徒儿讲。娟娟一见师太来了，忙乎了一宿，还真觉得有点儿累了，便没有细说黑影儿的事儿。认为反正有师太在这儿照护老夫妇，可以放心了，先回到院内的帐包睡一觉再说。

当娟娟走进了与明月长老用于歇息的帐包时，不经意间抬眼一看，忽然发现在自己睡榻的被褥上面，摆放着一株南方的双朵夹竹桃，花儿开得挺鲜艳，着实令她大吃了一惊！心想："奇怪呀，北国辽东目前正处在冰天雪地之时，包括地窖里都没有此种鲜花。严冬季节，只有在江南，夹竹桃还盛开着。那么，是谁把花儿送给我的呢？送花儿之举，是向对方表达内心的情意，显然送花儿人是对我有意呀！"这么想着，不由得脸忽地就红了。

这天中午，正巧田田来看望明月长老和娟娟。娟娟实在憋不住了，便把田田叫到一边，背着师太问道："田将军，想冒昧地问一下，昨夜可是你来窥视我们坐诊的帐包吗？"田田一听，是丈二和尚摸不着头脑，忙道："妙善师父，没有，没有啊！肯定不是我，一准看错人了。要真有此事，我倒觉得挺奇怪的，多少年了，金山还从没发生过有人暗自窥探之事呢！放心吧，我立即禀告父王，以后多加防范，必捉住那个奸细，跑不了他。"娟娟说："倒也不必，看看再说吧。"此事说到这儿便放下了。

当晚，明月长老发现确有夜行人来窥视，甚感诧异。第三夜，娟娟又看见了那个黑影儿，迅即追了过去。她生怕此次再从眼皮底下跑掉，异常警惕地紧随其后，穷追不舍。正撵着，那人手一扬，打过来一个硬物，娟娟往旁边一闪躲过，硬物落在了她的身后。捡起来一看，原来是一个干硬的泥球儿。将泥球儿掰开捏碎，从里边掉出了一个纸团儿。展开来后，见纸上有一首诗，是这样写的："万里助神佑，关山度痴恋。庵堂情切艺，长剑忆友善。"诗句带几分明显的轻佻之意。娟娟一下就明白了，没错儿，正是李佑干的！为什么这么肯定呢？因为那所谓的诗，赤裸裸地表述了对娟娟的思恋之情。不仅说到了在明月庵时，两人共同切磋剑艺之景况，还表达了他的宝剑直到今日仍常常回忆起难以忘怀的友善之情。从带点儿肉麻的诗句里不难看出，在写这首诗时，真动了脑子。那结尾的"友善"二字，是把李佑的"佑"字谐音"友"，同妙善居士的"善"字连在了一起。另外，诗的开头有"佑"字，结尾有"善"字，足以说明正是李佑所为。

娟娟是何等人？一个姑娘家，看了赤裸裸的表白、轻狂的挑逗，哪能受得了此等侮辱呢？肺都要气炸了。边哭边骂带跺脚的，恨不能马上抓住这个无赖，千刀万剐才解恨呢！于是拿着那首破诗，哭着去找师太，向她泄怨诉苦。明月长老一听，同样怒不可遏！心想："李佑真是狗改不了吃屎，怎么能死皮赖脸地追到万里之遥的辽东来调戏娟娟呢？竟到了如此程度，太不像话了，可恶已极！咳，也难怪，随根儿呀，他的父辈李善长、李存义不就是专干男盗女娼的勾当吗？连娟娟之母都敢收留、霸占，玩儿够了再转送给纳哈出，还能指望着牛屎堆上长出什么好苗苗来？"冷静下来后，转念又一想，反倒觉得李佑这么个当口儿来辽东，对娟娟寻母来讲，说不定是个好事儿呢！便好言劝慰道："娟娟哪，别哭了，更用不着生气。李佑的为人你还不清楚嘛，瞪着眼睛瞎吹呗，还能上他的当不成？那是癞蛤蟆想吃天鹅肉，痴心做梦！我的好娟娟，要心胸大度些，一切考虑得周全些。眼下你到辽东寻母，不恰恰是因为李佑揭露了他家的罪恶，才得以知道母亲的身世，并据此分析有可能在纳哈出这里吗？事情再多再乱，即使是千头万绪，也不要影响了你寻找母亲和为大明制服纳哈出的要务。应心明眼亮，有主见，不为各种干扰所迷惑。娟娟，我认为李佑前来有两种可能。一个是有意来阻止咱们办大事儿，搅扰大家的心绪，打乱寻母的步子。照我看，这种可能性不大。怎么说呢？要真是有仇，有心害你，或者为其他事儿而来，就不会露面，也没必要借诗说出自己的姓名。况且那李佑不一般，是个挺狡猾的人，这一点你是知道的。再一个是他真心恋你，为情而来。据我推断，这种可能性很大。李佑有心于你，已不是近时之事了。你们在庵中学剑时，对他的一举一动，不是非常反感吗？正因如此，他才不顾万里之遥，遭罪受苦地前来寻找。也正是由于有了感情，才能写出那首令你讨厌的恋诗来，从中表明心中确实有你。过去，他能不管不顾地找其父帮助了解你母亲的实情，如今又追来辽东，何不把握机会，让他再帮一次呢？我觉得不仅不要气跑他，反倒应继续抓住他，为我们所用。相信肯定能听你的话，不也是多一份儿力量、多一把剑吗？说实在的，想找他都不易，何况主动送上门来了？娟娟，或许此乃天意，说不定对完成夙愿有好处呢！好姑娘，仔细琢磨琢磨，是不是这么个理儿？"明月长老耐心地开导了一番，娟娟听后，不哭不闹了，心里立马觉得亮堂了："对啊，师太讲得在理呀！变敌为友，变仇人为助手，何乐而不为呢？就让李佑为实现我娟娟的大心愿、办出理想的大事儿来助把力、添把火吧！"

师徒二人正说着话，田田进来了，还在为夜行人之事犯愁呢，是来与娟娟共谋对策的。娟娟说："田田兄弟，不必再愁容满面了。我已弄清楚了，夜行人既不是为贵寨而来，也不是与你作对，而是为我们而至。确切地说，是来找我的。放心吧，今天便想办法将他引出来，牢牢地抓住。只求兄弟派些人在四外设下罗网，严密地监视，不让乘机跑掉就行了。"田田毫无二话，一口应承下来。

田田与娟娟商定后，当夜，娟娟让师太在院内帐包里休息，明月长老会意，爽快地答应了。然后，娟娟把诊室打扫得干干净净，点燃了五大碗獾油灯，亮亮堂堂的，还特意将门开着。将一切布置完毕，便独自坐在诊室门口儿的凳子上，怀抱最喜欢的琵琶，弹了一首乐府"吴歌歌曲"，名为《春江花月夜》。那是首乐府著名的曲牌，相传最早的作曲者是南朝的陈皇帝。这位南朝陈后主，名儿叔宝。在位时，大建宫室，生活奢侈，每天都与妃嫔、文臣游宴并作艳曲，如《玉树后庭花》、《临春乐》等。《春江花月夜》是诸多艳曲中最为著名的一首，其唱词中的许多优美句子成为千古名句，流传于后世。说起娟娟学弹此曲，还是乍到明月庵时，向李佑学的。李佑是大家公子，管、箫、琵琶样样儿精通，吹弹皆好。为了向娟娟献媚，主动教授弹琵琶，娟娟也很爱学。当时，李佑问她喜欢什么曲子，娟娟答曰愿听父亲经常弹的《春江花月夜》。李佑笑着说："这太好办了，不瞒你说，此曲本人最拿手。来，我教你弹！"就这样，娟娟在练功之余，学会了弹奏此曲，而且弹得挺好。回家给父亲弹奏了一番，刘伯温很是吃惊，大加赞赏。此刻，娟娟想："今夜惟一的办法，即仍装出一副对李佑有恋情的样子，用相互熟悉的曲子加以引诱，必能擒住这贼。"只为此，才上演了一场空城计，独坐中军帐，专拿飞来客。

单说这位夜行客是谁呢？各位阿哥，此人的确是李善长之侄、李存义之子、于明月庵同妙善居士一起向明月长老学习剑法的李佑。那么，他为何来到了辽东金山呢？听我说书人慢慢道来。前书咱们讲过，当太师李善长得知了刘娟娟是从李存义处了解到的百花楼之事后，火冒三丈，将弟弟骂了个狗血喷头。李善长一发脾气，平时仗着哥哥权势为虎作伥的李存义立马坐不住了，知道祸端是儿子闯下的，又悔又恨，恼羞成怒。回到家里，不仅痛骂了李佑，一气之下，还将其逐出家门。李佑没办法，只好携妻带子找了另处住下。两天后，李佑动用武力打倒了父亲家中的几个护卫，开了银库，抢走了三万两银子。李存义知道后，疯了一般，差点儿没背过气去，从此染了重病。李佑把抢来的银子交给了妻子胡氏，告诉她要好好儿养活儿子，自己有要事必须办。然后向妻子跪下说："今天不想瞒你了，说句实话吧，咱们夫妻一场，看来缘分已尽，我又有了新爱。你呀，也别等我，三万两银子全给你。以后呢，能找到好主儿便嫁过去，不出嫁，可拿这些银子做生活之用。我李佑是有良心的人，生不更名儿，行不改姓，会时时关照你的。因你仍在为李家教养儿子，只冲这个，也一定管到底。我出走后，有了定处会通知你，放心，照样供给银子，说话算数！"胡氏听完此言，那是号啕痛哭哇，硬是抱住丈夫无论如何不让走。情急之下，李佑推开了妻子，拿起匕首，手起刀落，咔嚓一下剁掉了自己的小手指，忍着剧痛吼道："你要再相逼，我就接着剁！告诉你，既然决心已下，万马难拉，决不回心转意！"胡氏一看，丈夫满身是血，又心疼又惧怕地早吓昏了过去。待稍缓醒过来，鼻涕一把泪一把地哭号道："夫君哪，夫君，妾不逼你了，可要善待自己呀！胡氏得你恩爱之情，生有一子，心足矣。夫君走吧，妾生为李家人，死为李家鬼，允你再娶。胡氏将孤守终生，育儿成人，以报夫君多年之爱也！"说着又昏过去了。李佑一刻不想在家停留，甩开一直抱着自己大腿不停哭叫着的六岁小儿子，一咬牙一跺脚，转身跑了出去，从此离开了金陵。

李佑从金陵出走之前，曾到明月庵打听过娟娟的去向。那天，他到熟悉的明月庵门前一看，此时已今非昔比，正在奉旨修葺。因为心里着急，所以也没停步，只瞅了几眼，便匆匆进庵去见代理住持、明月长老的大弟子了静和了慧。他与娟娟在庵中学剑时，二位尼姑在后院儿管理衣食、供品、香纸等物。李佑是公子哥儿，好吃懒做，在庵中也同别人不一样。嘴馋时，总想找点儿好吃的，不敢跟明月长老要，就去后院儿苦缠了静和了慧。她俩被磨得实在没招儿时，常给些供果吃。从那时起，李佑与这两位师父渐渐熟了。

了静、了慧现如今已是年近五十的老尼姑了，心地慈善，从不发怒，遇事又能忍让，在庵里很有威望。通常情况下，不论谁找她们办事儿，准能成。不但李佑愿意与之打交道，小尼姑们有事儿没事儿地总跟在身前身后，而且明月长老也很喜欢、信任亲自带起来的大弟子，遇有外出，就由她俩代理住持。李佑到了后院儿，径直去找了静、了慧，见二位师父正在庵里指挥工匠大兴土木呢！李佑打了招呼后，便向其打听娟娟的去向。当时她俩很忙，并没细说，只是告诉他："你别找了，妙善居士已随师太北上辽东了。至于具体到什么地方去了，我们和你一样，不清楚。"李佑一看，从她俩嘴里不会得到更多的信息，谢过之后很快离开了。

李佑为了把娟娟的去向摸得更准，又让夫人胡氏回到娘家，向时任大丞相的父亲胡惟庸打听一下。胡氏遵照丈夫的吩咐，回娘家找了爹爹，询问是否知道娟娟到哪儿去了。胡惟庸一听说又是关于刘伯温家里的事儿，就打心里往外不愿听，于是不阴不阳地说："问她干啥？这丫头随马云、叶旺到北边去了。现在妙善居士可了不得啦，也真有吹的，是以皇上钦赐的秉仁公主的名分随军东征的，还被封为武威安抚使、参赞东征诸务呢！不知是哪辈子积下德了，一步登天了，成了皇家的公主、马皇后的女儿啦。要我看哪，那是全仗有个能说会道的爹才飞黄腾达的！"胡氏听父亲这么一说，问道："爹，你不是大丞相嘛，女儿我怎么没跟着发达呢？"胡惟庸没好气儿地说："你爹不行呗，没那两下子，斗不过刘伯温。再说了，咱也没人家那样的三头六臂姑娘呀，甘拜下风喽！"胡氏从娘家回来，便把此话一五一十地讲给丈夫听了。李佑此刻根本没心思听妻子学说岳丈那些不满的唠叨，随即走出家门到外面溜达，边走边想："咳，反正下了决心了，必须得去辽东找娟娟。她是为寻母而走的，我那么喜欢她，此时不帮还待何时？对，马上去！"回到家里，草草收拾了行囊，带点儿银两，以行侠之名北上了，也才有了前面说的抢父宅银两、抛妻舍子离家远行的一幕。

李佑去辽东，走的路是由南京奔天津卫，过山海关再进辽东，绕了一个大弯子。为何不走海道呢？那时海道由明兵控制着，即吴祯老将军领兵在那里严加把守。除了军需品以及重要的兵源、给养外，一般闲杂人等在当前的紧张形势下，如没有朝廷的腰牌儿，是不能从海道过的。另外，也是为了防备纳哈出派来奸细到各处打探情况。李佑为了赶路，晓行夜宿，足足走了一个半月，才见辽东地界。因他心中有数，估计娟娟寻母一定会到金山，所以进入辽东后，便直奔金山而来。应该说，李佑在明月庵的那段儿时间尽管没认真学、下苦功夫练，武功底子还是可以的，能飞檐走壁，一般关卡挡不住。他一路十分顺利，到金山后，一看就发愁了，心想："这偌大的地方，谁知道娟娟在哪儿呀？可是太难找了。"又想："即使找到了她人，明月长老那么严厉，还不得一个劲儿地轰我走哇？再说了，娟娟又膈应我，你想贴乎人家，人家要不让你贴乎，如何是好？看来得先探探。一是打听打听她们究竟在哪儿，二是看看娟娟对我是怎么个心情，然后再说。"于是，吃饱喝得后，开始马不停蹄地到各处寻找师徒俩。

一天夜里，李佑突然发现在一个院落的外面挂有葫芦形的幌子，知道里头准有卖药、看病的。心想："能是谁呢？哎呀，说不准是师太呢。师太过去到东海采药，就常常边采药边给人看病，在辽东一带很是出名啊！"想到这儿，便轻轻走近帐篷，偷偷向里面观瞧。果不其然，看到了明月长老和娟娟的身影，顿时高兴得心怦怦直跳哇！刚想迈腿进去，转念又一想："我对此处的情况不知，哪能贸然而进呢？不行，还得再瞧瞧。"于是，抽回腿来，躲在暗处继续观察着。不一会儿，只见师太和娟娟收拾完东西之后，走出了诊室，进了后面的兵马大院儿，当即他感到很奇怪："哎呀？她们怎么会住进众多元兵把守的、戒备森严的大院儿呢？怪呀，其中必有道道儿。"李佑这个人本来就多疑，平时不管碰到啥事儿都好琢磨，此刻自然要弄清到底是怎么一回事儿了。马上回转身来，向四处望了望，在院外找了个地方隐蔽起来。

第二天一大早，李佑出现在院落的旁边，看清了院外的诊室是一座新搭成的高大洁白的蒙古包，明月长老和娟娟正是在那里给人看病、拿药的。心想："是谁给她们特意建了一座蒙古包呢？这可是纳哈出的地方呀！娟娟在金山并无熟人，谁肯帮如此大的忙呢？"不久，发现一个年轻俊美的少壮武士常常出没于此。还注意到，少壮武士非寻常之人，后面跟有许多随从，不少人见了都得叩头，看来像是统领此地的将领。李佑开始往邪念上想了："他同娟娟是什么关系？难道娟娟来到辽东以后，有了心上人不成？可真是'窈窕淑女，君子好逑'啊！是呀，像娟娟这样年轻漂亮的姑娘，不知会有多少人仰慕呢，我不就是其中的一个嘛！多亏了，来对了，要不肯定让人家抢走了。不行，得赶紧想办法，不能让那小子轻而易举地占便宜，夺去我的心爱之人！"李佑每次看见少壮武士到娟娟的蒙古包来，连忌妒带生气的，几次想动手杀了他。可又一想："到底咋回事儿没弄明白呢，怎么好蛮干？再说又是在纳哈出的一亩三分地上，也没弄清壮士后头究竟有多少人帮他，若真动起手来，能否打得过还两说着呢！"想来想去，觉得应稳妥些，仔细摸摸情况后动手不迟。

到了晚上，李佑见师太一个人回到院子里去了，却不见娟娟和少壮武士随同，心想："他们俩此刻能在哪儿，难道还在作为诊室的蒙古包里？看来真有名堂啊！"于是从隐蔽之地走了出来，悄悄儿地贴近了蒙古包，仔细一听，果然里面有声音。又听听，似乎不只一两个人，便没敢造次。谁知不经意间却碰了一下帐包，以为里边的人听见了，吓得他撒丫子跑走了。其实，这次并没引起帐包内人的注意。李佑见没什么动静，下面就发生了所说的黑影儿夜探府邸，娟娟紧紧追踪的情景。李佑在隐入一片蒙古包后，见娟娟没有再追，重又反身运用轻功飞檐走壁，把从江南带来的夹竹桃偷着送到了娟娟和明月长老住的帐包里。娟娟见到此花儿颇感奇怪，接着又出现了前书讲过的再次追赶夜行人及李佑用诗传情通报之举。

单说这夜，李佑在西山森林里实在是被等待煎熬得受不了啦，觉得不管怎样，是吉是凶，是杀是打，总得去拜见师太和日夜思念的娟娟，把心里话向她们吐个明白。再说了，长此下去也不是个办法，无论结果如何，我都认了。于是，乘夜色来到大院儿前面给人看病的蒙古包旁，俯身向诊室望去，见诊室的门开着，里面的灯光很明亮，娟娟正独坐门口儿，弹着琵琶。侧耳一听，立马惊呆了，激动得心几乎快跳到嗓子眼儿啦："哎呀，娟娟心里还是有本师兄啊，弹奏的竟然是我教的那首《春江花月夜》呀！之所以选中弹这支曲子的目的，不就是让赶快露面与之相会吗？"此刻，他恨不得立即扑进诊室，与心爱的娟娟见面。站起身刚要迈步，又停住了，心想："哎呀，不会是歹人有意设的圈套、引我上钩儿吧？"正在迟疑中，忽然一张大网呼啦一下从头上落了下来，刚好把他罩住了，就这样神不知、鬼不觉地被活捉了。李佑在网里往外定睛一看，擒他的不是别人，正是那个常来看娟娟的少壮武士！壮士走上前来，不容分说，命兵勇把李佑用皮条绳儿绑好后，推进了娟娟所在的诊室，说道："妙善师父，人我给你抓来了！"娟娟抬头一看，被抓来的真是李佑，便笑着说："谢谢田田兄弟，麻烦你了。他是我的师兄，也是明月长老的徒弟，自家人。请你们忙自己的军务去吧，由我和师太打发此人，放心，不会出事儿的。"这时，明月长老已从诊室里间走了出来，坐在了椅子上。

诸位阿哥可能要问，明月长老不是在院内的帐篷里歇息吗，怎么又来了呢？原来，娟娟一个人留在诊室后，明月长老总觉得有些不放心，在住室里呆不住、睡不着的，索性穿衣起来，回了诊室，躲在了里间。此刻，田田见二位师父都在，便说："那就遵嘱先退下了，有事请敲击挂在帐包上的云板，我们随时会闻讯而至的。二位师父，告辞了！"说完，转身率兵勇们出去了，屋里只剩下明月长老、娟娟和刚刚被擒的李佑公子。

娟娟站起身来，走了过去，把紧绑着李佑双臂的皮条绳儿解开，然后回到了师太身边。明月长老板着脸坐在那儿，一声儿不吭。李佑伸展了一下被皮绳儿勒麻了的手臂，扑通一声跪地道："徒儿给师父叩头请安了！同师太一别多日，甚是想念，您老一向可好？"说完咣咣咣磕了三个响头。接着转过身对娟娟说："妙善居士，在下给妹子叩头了。"刚要磕，明月长老开口了："起来吧，别假惺惺地给妹子磕什么头啦！我问你，为何到此，受谁指使来的？难道要跟我老尼较量不成！话说回来了，你有这个本事吗？"李佑哪敢起来呀，仍跪在地上连连叩头道："徒儿不敢，不敢。师太，我来辽东，真是没有丝毫歹意。咳，既然到这个份儿上了，不妨直说了吧，我是不放心妙善哪，是为娟娟妹子而至呀！她为了寻母，千里迢迢来到辽东，面对赤诚之心谁能无动于衷？说起妹子的母亲流落辽东，那还是我的家族给造成的呢，怎能不理？再说，我敬重恩师您老，也敬重妙善居士，更为寻母之孝心所感动。俗话讲：'孝感动天'，我们家做了很多对不起娟娟的事儿，身为李氏的子孙，理应为家族过去的罪孽忏悔。此次来北疆，目的只有一个，即是为了赎罪。想到师太年高，徒弟来了，总可以帮助师妹尽点儿绵薄之力。为此，我把家里全安顿好了，又从父亲那儿弄到了三万两银子，交给了内荆，由她抚养我们的骨肉，随即便到了辽东，打算全心全意地帮助师妹了却心愿。说实在的，既然来了，从没想再返回南京。为了与师妹一块儿寻母，哪怕赴汤蹈火，在所不辞！何况纳哈出这个大元余孽，当今正同大明朝负隅顽抗，国家兴亡，匹夫有责嘛！我不想安适于相府养尊处优的生活，不愿苟且偷生。如能为国家效力，为师太、师妹做些力所能及的事儿，让师太教我的那般武艺有点儿用场，才算是没白在世上走一回，师太也没白疼徒儿一场。"明月长老知道，李佑嘴巧，特别会说，死人都能让他给说活了。不管在什么地方，小嘴儿巴巴儿的，总是没个完。李佑还要往下讲，被明月长老给打住了："行了，差不多了吧？李佑，既然来了，我不想说什么了。能为师妹做点儿事情也好，师太倒要看看你是光耍嘴皮子呢，还是真心帮忙。从今天开始，派给你个差使，做我们的守卫吧，省得老麻烦人家田田将军。"李佑一听高兴了，心想："师太，您哪里知道我的心思？其实要求并不高，只要能天天看着娟娟，跟在前后左右，便是最大的满足了。盼了好长时间，就是盼的这个日子呀！"马上忙不迭地说："行，行，放心吧，师太，我一定担当好守卫之职！"随之又连连磕头称谢。娟娟看他那眉飞色舞的样子，早已忍不住了，转过脸捂着嘴偷偷乐了。

说实在的，李佑对娟娟真是不错，从没为什么事儿得罪过。倒是娟娟瞧不惯、也看不上他，从心里烦得慌，平时动不动就呲他、贬斥他。此刻，娟娟看着李佑，心中暗想："之所以能知道自己的身世和生母的下落，还全靠了李佑跑前跑后地帮忙，着实费了不少脑筋。他不顾自家的声誉，把了解到的事儿全都告诉我了，这样的人在家里能像往日那样吃香、心安理得地呆下去吗？不仅不能了，还得遭到他大爷李善长乃至父亲李存义的记恨，认为是可恶的叛逆。再说了，人家李丞相本来在皇帝面前是相当受宠的，此事一抖搂出来，肯定一落千丈了，能不把侄子看成是送自己上断头台的催命鬼吗？"又想到："李佑为我解开了难解之谜，算是有功之人。现在又不怕辛苦，只身奔来相助，也算仗义，不是每个人都能做到的。"想到这一切，火气慢慢地消了，甚至对李佑产生了些许好感和同情，便温和地说："师哥，方才师太说了，答应留下你。从今以后，千万要听师太的话，不许乱来，惹出什么事儿可不饶你。"李佑赔着笑脸儿表示道："妙善妹子，请放心，一定谨遵师太和师妹的吩咐就是了。"

当晚，田田因为不放心二位师父的安全，再次前来看望。娟娟便把李佑介绍给了他，还请帮忙为师兄准备一处住的地方。田田听说李佑是从京师来的，没有丝毫的敌意不说，反而表现出了特有的热情，愿意亲近李佑，并马上让随他去，安顿在府邸内一个作为客房的蒙古包里歇息。李佑进了蒙古包后，又摆出一副公子哥儿的架势，说什么帐篷里被子铺得太薄了，窗子透风冷了，门口儿的地面儿不平了等等，还支使田田为他买这买那的。田田不但没反感，而且不厌其烦地一一去做，主人倒变成了附庸。

田田的这些行为，引起了娟娟的好奇。自打与师太在来金山的半路上与之相遇，田田的一举一动令她十分不解：看似文静，然而能奋不顾身地勇斩疯狼；明知二位师父是从金山之外来的，但从不盘查；刚刚相识，却一路护卫，迎入府邸，处处关照，无微不至，并特意搭建了为人治病的帐包；平时的一言一行，不像金山的将领，倒像个大明朝打入山寨的内应。娟娟越想越不明白，天天在警觉中注意着田田的表情、言谈举止。明月长老今日又有一个新发现，欣喜地悄悄儿讲给娟娟："孩子，你注意没有，田田和李佑的模样可太像啦！你看那鼻子、眼睛、嘴、脸庞，不就是从一个模子里刻出来的吗？"明月长老的话还真提醒了娟娟，想起方才李佑站在那儿，田田也站在那儿，两个小伙子都是风华正茂的年龄，只是乍看起来李佑比田田稍大一点儿。当仔细对比时，发现他俩确实长得挺像亲兄弟。更奇怪的是，田田也有好些地方，比如眼睛啊、眉毛啊、下巴颏儿呀，一说一笑的神态呀，倒与自己相像。为什么会是这样呢？一时想不明白。

李佑住进蒙古包的第二天晚上，田田破例打发了身边的护从，也不让弟弟扎浑多尔济列席，单独设宴款待明月长老、娟娟和李佑。一是为李佑压惊，向他致歉；二是由于李佑的到来，为自己又结交了一位新朋友而庆贺。李佑原本出身于大家的公子哥儿，又常在官场上走动，对此种场合当然会应付得八面风光。他尽量讨好明月长老和娟娟，生怕一不小心，惹她们不快。对田田则不远不近，做得很适度。田田在酒宴中，刨根问底儿地想知道李佑的出生之地，还不时地询问秦淮河这个地方。明月长老对秦淮河再清楚不过了，多少年来一直在那儿化缘，可以毫不夸张地讲，对河两岸的不少人家能道出名姓来。娟娟也一样，对秦淮河及周围的一切耳熟能详，可不知田田打听那儿究竟是何意，又不好多问，便没吱声儿。李佑嘴快呀，忙说："秦淮河是生我养我的家乡呀，从小可是在河上坐船、玩儿水长大的。田田多尔济将军，你问它干什么？"田田支吾着说："不……不为什么，只是突然想起来了，随便问一问。"李佑又道："你想问秦淮河的什么地方吧？"田田说："听说秦淮河上有个叫江宁的地方，是吗？"李佑答道："有啊，秦淮水是西北流向的，流经的第一个大城市就是江宁。"田田说："哦，好像在江宁的南边有个小渔村，叫阿湖。对，可能是这个名字，有点儿记不太清了。"说完，轻轻地摇了摇头。

明月长老从田田的问话里，断定眼前的金山将领不是辽东当地人。说实在的，从与他相见的那一刻起，便有这种感觉，而且本人说的也是实话。及至今日，他一直在打听江南著名的河流秦淮河，莫非与那条河有什么关系？便开口道："田将军，听老尼说几句。咱们已相处有日了，谢谢你的热心关照，自打到了金山，真有宾至如归之感哪！昨天我的弟子李佑又来了，都是朋友，不是外人。当然了，你的行动证明，同样没把我们当外人看，这就好啊！刚才将军问到的秦淮河，还是让老尼来告诉你吧。我原本是秦淮河上的渔家之女，后来才出家为尼的，因此对秦淮河太熟悉了。不仅小的时候在那儿生活过，出家后的数十年来，也仍在那儿读经拜佛。明月庵建在秦淮河边儿，具体地点不说了，以后定请将军到我们的庙堂一游。相传秦淮河有两个源头，东源出句容大茅山，南源出溧水东芦山。两水在秣陵关附近汇合北流，经江宁、金陵入长江，流域很广。在长达二百二十多里的流程中，上游有句容、龙潭、薛埠三角地带，下游两岸沃野连片，是富庶的鱼米之乡。为什么叫秦淮河呢？田田，你可能不知道。据讲，秦朝始皇为了开凿中山，疏通淮河，故名秦淮，名字就是这么留下的。它是一条很有名气的河，两岸风光秀丽，景色宜人，乃物阜民丰之地。唐朝有首古诗写道：'烟笼寒水月笼沙，夜泊秦淮近酒家。商女不知亡国恨，隔江独唱后庭花。'借用这首诗隐喻南宋沦陷以后，秦淮一带人们的生活状况，诗中的'秦淮'，即指秦淮河。田田，你听到'烟笼寒水月笼纱'这句，不觉得把秦淮河写得很美吗？此诗流传几百年了，秦淮河也名扬几百年了。田将军不妨讲讲，为何对江南的秦淮如此有情呢？"明月长老一问，大家才注意到，田田早就酩酊大醉了，趴在桌案上睡着了。李佑上前将他抱起，低头一看，见将军已是满脸热泪。娟娟用手绢轻轻为田田拭去泪水，然后让李佑将其搀扶到诊室的内间，放倒在临时歇息的卧榻上，心想："田将军是有难处呢，还是有愁呢？作为主人，能在为客人设的酒宴上喝醉，一定是心事重重啊！"李佑怕田田冻着，又给盖了盖被子，明月长老和娟娟依然坐在那儿琢磨着。

这些天来，从表面看，田田是金山丞相、太尉纳哈出的义子，又是纳哈出大帐前的第一领兵掌印大将军，有众多护从跟随，应该是权重位高、威风凛凛了。然而却与金山的其他将领不一样，对外来人明月长老、妙善居士不仅从不防范，不追问来历，还热诚相待，百依百顺，难道不是很反常吗？更令人不解的是，对二位师父和后到的李佑，明显的是在保护，不许有元兵元将来打扰。在多数时，看望师父是他一个人来来去去的，明月长老和娟娟的行动十分自由，就像在大明京师一样随便。在这种情况下，性急的娟娟当然等不得，极想快些弄清真相。明月长老则不同，一再嘱咐她，要仔细观察，静观其变，不必着急，会看到葫芦里到底卖的什么药。

此刻，师徒三人坐在田田的身边，见他睡得正香，便小声儿唠了起来。娟娟问道："师太，我该如何做，才能打入纳哈出的内部，又怎么寻找亲娘呢?"明月长老安慰说:"娟娟,咱们现在不正在纳哈出的心脏嘛,你不已经在寻找了吗?真是佛祖和菩萨在庇佑我们,多顺利呀!若不出我所料,与此有关的田田之谜,今日就会水落石出。"一听说到田田,娟娟不免担心起来,又问道:"这可咋办哪,一会儿那些兵勇和扎浑多尔济要来找田将军,发现已把他灌醉了,不是惹事儿了嘛,如何是好?"明月长老胸有成竹地说:"别急,不用怕,我觉察到田田这个小伙子是个很有心计的人。他敢设宴款待我们,并且命所有侍从,包括做饭的厨师们送来酒菜后都回去歇着,还特别告诉自己的小弟弟不要来。这说明什么?显然是要与咱们通宵相聚,事先已做好了各方面的准备。因此,我想没有特殊情况,是不会有人找上门儿来的。不妨就在旁边陪伴着,让他多睡一会儿。看出孩子是有难言之隐哪,憋在心里无处诉,否则咋会哭呢,更不会醉酒。咱应设法取得田将军的信任,使之吐露真情,解开这个谜团。"说完,回身从包袱里取出银针,在田田嘴唇上边的人中、前胸的坛中、腿上的足三里等几个穴位进针,之后对娟娟说:"让田田再睡一会儿,睡醒后,酒劲儿也过去了。娟娟,你沏好茶水,只等着听他的故事吧。"

不一会儿,正如明月长老所说,田田真的醒了过来。他睁开双目,见到眼前的二位师父和李佑正关切地看着自己,忙从卧榻上扑棱一声跳下地,连连说:"哎呀,失礼了,失礼了!抱歉,抱歉!由于高兴,酒便喝多了,没想到还睡过去了,让各位师父陪着我,真太过意不去了。方才唠什么了?听师父们讲了不少新鲜事儿,很招人听,没听够哇!"娟娟是个心急口快之人,听田田这么一说,知道仍有顾虑,有意遮遮掩掩,不敢唠真心话。不禁有些生气,想当面儿触他几下,以便说出真相。心想:"你是何苦?憋在心里多难受啊!相互之间已很熟了,有啥话不能说呢?早应该刀对刀、剑对剑、直截了当地一股脑儿抖搂出来了,何必没完没了地捉迷藏?一直到现在都不敢讲。表面上看着挺好的,还是个壮士呢,有啥怕的?"想至此,实在憋不住了,忽地站了起来,准备跟田田说道说道。明月长老一看娟娟的表情,知道她忍不住了,忙用手拉住了,随即笑着对田田说:"田将军,睡醒了?很好,工夫不算大,我们没敢动地方,在这儿守候着呢。刚才你好像有话要说,这不,没等唠什么,就打开盹儿了,可全等着听下文呢!"田田听罢,不好意思地摸摸后脑勺笑了。

正说话间,忽然来了一队兵丁,为首的正是扎浑多尔济。他下了马，几步跨进屋来，谁也没看，冲着田田喊道："哥哥，父王让你快去，大事不好，纳木扎勒台吉反了！"田田厉声儿打断了弟弟的话："慌什么？别说了，快跟我走！"抽身便往外走。刚出门，又回过头来对明月长老他们说："各位师父，不用担心，没事儿，你们好好儿安歇吧。别听我弟弟的，纯粹是小孩子胡说，在金山谁敢反？我去看看就来。"然后，翻身上马，随众兵将飞马远去了。

话说明月长老、娟娟、李佑送走了田田，刚一回屋，哪成想看见屋里坐着一位元将，不禁大吃一惊！你道来人是谁呀？待仔细一看，三人乐得差点儿没叫出声儿来！原来是同到金山的、在鸿图酒店与之分手的萨家奴。明月长老和娟娟到金山后，就急着想找他联系，今天总算见到了，能不高兴嘛！萨家奴穿着一身元朝的官服，笑吟吟地起身走过来，向明月长老和娟娟俯身叩拜。当抬起头来见到李佑时，因为不认识，一时有点儿愣神儿。明月长老忙介绍道："这位是我的徒弟李佑，刚从江南赶来，自家人。"萨家奴又向李佑一拜，然后说道："方才来时，见田田大将军正与各位共饮。因怕他认出我，便没有搅扰，一直在外面等着。明月长老、秉仁公主，二位师父确有本事，能够把纳哈出最亲近的义子给弄到手，这可太不简单了，真得祝贺你们！田田是个非凡的人物呀，得了他，等于即将抓住了纳哈出哇！"明月长老让萨家奴坐下说话儿，娟娟把门重新关好，随即将油灯吹灭了。四人围坐在暗室里，交谈起这些天来所了解到的情况。

其实，娟娟早已按捺不住了，便快嘴先说了："萨家奴，正想等找到你以后，好好儿问问呢！方才不是说了嘛，认为能认识田田很好，是个不寻常的人物。我和你有同感，觉得他的确不一般，况且对我们仁真是不错。可是到现在对这位将军的细情并未了解清楚，从没听本人介绍过，正开口要讲时，又被他弟弟招呼走了。"萨家奴说："不要急，以后有的是机会，我先讲讲金山的情况。目前，在大寨执掌兵权的是纳哈出，还聚集了不少元朝的大臣、皇族和将领。他们都盼着有朝一日大军得胜，东山再起，重建大元天下，天天在做美梦呢！纳哈出也下的这个茬子，往这方面使劲儿。金山有兵力大约三十多万，而且还在不断扩大。军需品很充足，在大漠已聚集马匹上万、骆驼数千，牛羊不计其数，绝不能小觑。当他们得知金州失守、辽阳已入明廷之手后，纳哈出加紧了活动，与东海女真野人三部首领联系，控制了额苏里、虎尔哈和珲春、长白山等地。最近，又调集所掌握的三十余万兵马，与辽东各部女真兵二十余万相会合，准备下辽东，攻辽阳，与马云、叶旺一决雌雄，重新夺回此城，改变辽东半岛目前的形势。为了切断明廷对辽东的支援，使明军无法立足，还要把旅顺口夺过来，打通海道，妄想与北平以北的大宁、喀喇沁地方的元兵联起手来，与大明形成南北对峙之势。不过，眼下纳哈出却遇到了十分棘手的事儿，故而打乱了原来的打算。"娟娟忙问："他遇到什么事儿了？"萨家奴回道："纳哈出有个好兄弟，乃元朝的大将，叫纳木扎勒台吉，在喀喇沁与大宁一带拥兵二十来万，势力不小。纳哈出为扩大金山的力量，便把这个人给请到了金山，开始说得挺好，答应可同掌山寨大权。纳木扎勒台吉被纳哈出软化了，完全相信了，当即带领部分兵马来到了金山。可纳哈出那是喜欢一己独断之人，怎能容纳木扎勒台吉与金山第一人平起平坐？于是，想尽各种办法慢慢吞掉纳木扎勒台吉的兵马。时间一长，被纳木扎勒台吉给看穿了，遂带着自己的人马，举旗谋反，声言将独霸金山的控制权。纳木扎勒台吉是一员猛将，有万夫不挡之勇，很难对付的。他与纳哈出掰翻，将直接威胁到金山的安全和稳固，可以说眼下正处于危急之时。方才田田被其父王叫走，就是要让他与帐前将领们紧急商量，找出制服纳木扎勒台吉的办法，彻底平息叛乱，进而收降其二十多万兵马。"萨家奴说到这儿停了下来，似乎是口渴了，舔了舔干裂的嘴唇。

娟娟他们是越听越兴奋，李佑赶忙递上一碗茶来，让萨家奴润润嗓子。萨家奴接过碗，咕嘟咕嘟地连喝了几大口，放下后继续说道："这些日子，还有一件让纳哈出上火着急的事儿，那就是身边的一个最喜欢的爱妃疯了，可把他愁坏了。听说还不知去向，多次命田田多尔济和弟兄们带众将到各处去寻，到现在仍未找到。纳哈出的这个爱妃，是田田的母亲，也是扎浑多尔济的生母。哥儿俩找不到母亲的踪影，心里十分焦急，吃不下睡不好的。特别是田田，最近的情绪相当糟糕，烦躁不安，什么也干不下去，天天头昏脑涨的，眼睛都不愿睁，这可能是主要原因。"明月长老、娟娟听后明白了，那天在来金山的路上，之所以能遇见田田多尔济和他的弟弟扎浑多尔济，原来哥儿俩是出来寻找生母的。难怪这些天田田精神不好、眼神儿发愣、愁眉苦脸的，皆与母亲疯了走失有关。

接着，萨家奴又向三人介绍了纳哈出那个疯爱妃的情况。他讲道："若说起来，他的这个爱妃是第一掌印夫人，又是金山的第一美人。虽已四十多岁了，但青春娇艳不减当年，其美色迷住了纳哈出。被接来金山时，只有三十一二岁，品貌兼优，令很多人折服。大丞相更是将她视为心肝儿一样爱不释手，奉为最受宠爱的妃子、最亲近的心上人，天天与之形影不离，日夜侍寝不辍。金山的人都知道，纳哈出是何等的飞扬跋扈、独断专行。可在爱妃面前，却变得异常柔顺，对其处处关怀备至。据讲，爱妃知识渊博，对朝代的更迭及社会的方方面面了解得不少。尤其对大明朝的内部情况知道得更多，也不知是从哪儿得来的，可称得上是一位了不起的传奇人物。纳哈出得到她是如获至宝，言听计从，娇宠有加。关于爱妃的身世，传闻则更多、更奇了。有人说她是宋元以来第一位绝代佳人，容如西施女，颜比赵飞燕。还有人说这是太尉以‘驰驻金山不搅平宁①’的代价，从大明朝丞相胡惟庸手里换来的江南美女。可惜，对此传闻，纳哈出矢口否认，从不谈起。我是个搞秘密联络的人，在胡丞相府里做过伙夫，曾向胡惟庸打听过。可胡惟庸不仅极力否认，还尽量避而不谈。纳哈出把爱妃尊称为大夫人，她原来有一个儿子，就是对你们挺好的那个田田多尔济。自从田田来到金山以后，首先逼纳哈出认下这个儿子，提出：‘要想让我做你的爱妃，得先收下孩子，认为义子，主掌金山大帐的第一帅印。’开始，太尉有些犹豫，怕刚来就把她的儿子封这么高，众将不满，故而不想这样做。大夫人见纳哈出犹犹豫豫的，遂以‘不合卺，休上床’胁之。意思是要不答应，那咱俩别成婚，也不是你的什么爱妃，休想上床与我同睡。在纳哈出没答应要求之前，她足足孤守了六十多天，把门一关，不允许纳哈出进来或碰她一下。这可急坏了大丞相，见美色而不得亲近，就他那个人，怎么能忍得住啊，馋得团团转哪！最后实在没招儿了，只好一概应承下来。因此，田田一到金山，便被纳哈出认为义子，尊为帅帐的第一大将军。小儿子扎浑多尔济是大夫人到了金山以后，同纳哈出所生，毫无疑问地成了金山大寨的骄子，娇纵无比，俨然如小皇帝一般，比田田多尔济还吃香。关于纳哈出爱妃的容颜魅力，曾为不少文人评述。有的说她的身子曾为元末明初的显贵豪杰数人所御，尽管如此，其美艳却不减。当年有位名士叫谢子兰者，元末曾避守吴中，酒醉后写了一首诗，称赞这位奇女子。诗中有‘阴溪宿名杰，柔乡何言国’等妙句，是韵深且讥苛，令人品味无穷焉！”李佑听到这儿，冲娟娟做了个鬼脸儿，失声大

---

① 系指北平、大宁。

笑起来。明月长老回头瞪了他一眼，李佑马上收敛了笑容，不敢做声了。娟娟不小了，啥不明白呀？早已羞得两颊绯红，连头都不敢抬了，再不想听萨家奴胡诌了。

萨家奴看了看涨红了脸的娟娟，笑了笑，接着说："对这些事情，大伙儿议论纷纷，莫衷一是。再说这是人家夫妇俩的事儿，别人干瞅着，管不着，咱也就此打住吧。说起田田这个人，挺孝顺，武功高强，据讲有高人传授。还听说他是江南汉人之后，不知生活发生了什么变故，为何与母亲沦落到此。我们这些纳哈出的属下，包括田田手下的大多数将领，都很敬重年轻有为的掌印大将军。因为他诚恳、稳重、聪明、平易近人，而且十分有谋略，所以在金山大寨威信极高。大丞相很是倚重他、信赖他，平时不管发生什么事儿，首先得同义子商量。在金山，要想真正控制住纳哈出，掌握主动权，关键是必须取得田田多尔济的绝对信任。惟如此，才能得到纳哈出的认可，以至在金山站住脚，完成预想的一切计划。看得出来，田田多尔济对我们很帮忙，处处关照。反过来，咱也得想方设法帮助他树立威信，这一点很重要。"对萨家奴所讲的，明月长老、娟娟、李佑非常赞成。那么，眼下该怎么办呢？大家认为当前金山最大的问题，就是要平息内讧，制服纳木扎勒台吉，削掉这员大元的猛将，将权力集中到纳哈出处。要是能为此出力建功，则等于既帮助了田田，又能靠近纳哈出，进而取得他的信任，往后的事儿会好办多了。四人议定后，觉得事不宜迟，说办就办，于是各自分头准备。萨家奴急速回了金山大寨，明月长老、娟娟、李佑整理好了行囊和家巴什儿，静观动向。

当明月长老等三人发现纳哈出的兵马向城南旷野集中时，便立即携带兵刃，随之而出。到了人声鼎沸的城南一看，那里已是火把熊熊，红光一片，显然对峙双方已摆成了阵势。田田骑马站在队前，陪着一员老将。细看这人，头戴钢盔，身穿铠甲，手握一把大砍刀，胯下一匹乌骓马，身后跟着不少战将。此时，只听他向对方队伍大声儿喊道："纳木扎勒台吉，我的好兄弟，为何不顾大局、如此糊涂哇？明廷早进兵到了咱们的鼻子底下，你不是不知道，形势危急呀！先帝已经驾崩，为了大元的天下，你我应同舟共济、肝胆相照才对呀，安可分心？倘若火拼下去，不仅会使所占据的金山毁于一旦，也恰是朱元璋苦盼之举，尔等绝不可造次，不能干此亲者痛仇者快的愚蠢勾当。速命尔等兵马重返营地，本丞相有何得罪之处，会负荆请罪的。为大元社稷，从今以后，我宁愿退避三舍，由你纳木扎勒台吉主掌金山兵权如何？皇天在上，誓言即出，驷马难追，说话一定算数！"听此言，知道阵前喊话的老将，正是赫赫有名的纳哈出。再看他的对面距一箭之地，队前列有十几位骑马的战将。中间的那个立马横枪的大将，豹眼圆睁，咧着大嘴，如血盆儿一般。听完纳哈出的喊话，轻蔑地哼了一声，随即破口大骂："纳哈出，谁还听你的花言巧语？已欺骗我们多时了，再不能买你的账了。兄弟们，走啊，回喀喇沁去，走！"他这一喊，人马开始乱了，有些站在原地没动，有些则打马向西方驰去。纳哈出见此情景，高声儿命令道："不准走，快截住他们，绑了这个元朝的败类、叛贼纳木扎勒台吉！谁要擒了他，本丞相将封其为金山大寨的总寨主，就是我的兄弟。大元复国后，将有享不尽的荣华富贵，快点儿给我抓，抓呀！"话音刚落，只见田田所带的兵马呼啦一下冲了过去，战马奔腾，势如破竹，不一会儿便追上了纳木扎勒台吉，把他团团包围起来。纳木扎勒台吉一看无路可走，回头大喊一声："弟兄们，抄家伙，干哪！"于是，双方交手了，噼里啪啦地打到了一起。

　　前面我们说了，纳木扎勒台吉可不一般，那是一员猛将啊，手举镔铁长矛只打了几个回合，便将纳哈出的两员战将挑于马下，当即死于非命。接着，又连挑了三员战将。这时，从纳哈出身后冲出一员挥舞着长刀的大将，然而还没战到两个回合，就被枪刺穿胸膛，甩出几丈远。战马见主人死了，惊恐地咳儿咳儿怪叫着，炝开四蹄跑走了。纳木扎勒台吉是真厉害呀，一眨眼儿工夫，要了纳哈出六员大将的性命。田田与小弟弟扎浑多尔济无论如何看不下去了，一蹿坐骑，大喝一声，打马冲了上去，齐战纳木扎勒台吉。田田的武功当然好，可扎浑多尔济就不行了。年龄小不说，力气、功夫比纳木扎勒台吉差得远去了，哪是他的对手呀？只见纳木扎勒台吉收回大枪一压，哈哈大笑道："纳哈出，还有什么能耐，难道让你的带犊儿上来送命不成？这两个孩子平时像我的侄子一样，看在他们可怜的娘的份儿上，今天不想与之交战，实在是不忍心下手哇！我对他们的娘一向很佩服，大家特别敬重她，可惜却让你给逼疯了。仔细想想吧，你还是个人吗？每天得有十几个女人陪着，那尿早都放干了，有啥活头儿？声称要复什么大元的天下，狗屁！来吧，让我先收拾你得了！痛快出来送死，快，快出来！"纳木扎勒台吉越骂越不像话了，身边的众将也跟着嗷嗷叫号儿，把个纳哈出气得呀呀直喊，横刀立马便要冲上去。

就在这时，只听一声高叫："大帅慢来！"纳哈出一愣，停在了那儿。接着有人朗声儿说道："善哉，善哉，阿弥陀佛。纳木扎勒台吉，你太狂妄了，可谓欺人太甚！怎么能当众说那些污言秽语呢？多有损大将的尊严哪。老尼不想再做旁观之人了，大帅不必上阵，让我这个过路人来打这个抱不平吧！"话音刚落，众人就见一位手拄禅杖的老尼姑精神抖擞地缓步走上前来，边走边大声儿念着"阿弥陀佛"。当即便把双方人马镇住了，也惊住了，谁都没有想到恰在这个时候，竟来了一位口念佛语的老尼姑！纳哈出看着老尼，立马想到了："田田倒是说过金山来了一位给人看病的长老，莫非就是她？不知为什么要帮我，再说能帮得了吗？"骑在马上的纳木扎勒台吉一下子愣住了，一时不知说什么好了，心想："哎呀？今天可真邪了，老尼是从啥地方冒出来的？听她说的那几句话好像有多大能耐似的，本将倒要见识见识。"

在火光的照耀下，众人仔细端详着阵前的老者。只见她白发苍苍，满脸皱纹，足有九十岁开外，精神抖擞。当走到离纳木扎勒台吉不远的地方时，站住了，目光炯炯地抬头盯看着骑在马上的纳木扎勒台吉。纳木扎勒台吉一瞅她那泰然自若的样子，气坏了，心想："我一口气枪挑纳哈出六员大将，眼看胜利在望了，哪成想好事儿却让你个老尼姑给搅和了，可恶至极！"便大嘴一撇，不屑一顾地高叫一声："呀呀呸！"一声喊没使别人怎么样，倒将自己嘴上的胡须喷起老高，满下巴颏儿溅上了唾沫。接着又声嘶力竭地骂道："臭老尼姑，是不是活腻歪了？我是心疼你活这么大岁数不容易，要不然，非用长矛捅了不可。别说捅啊，只一嗓子，也能震得你去见阎王老爷！"站在地上的老尼并未发火，反倒"嘿嘿"笑了两声，慢条斯理地言道："纳木扎勒台吉，最好不要太放肆了，让谁去见阎王老爷还不好说呢！我是想劝劝你，苦海无涯，回头是岸。当今，大明朝差不多已经占据了整个大元的山河，仅有辽东一隅仍在尔等手中。如果再继续发兵，说实在的，辽东很快就成了人家的囊中之物了。纳哈出太尉讲得对呀，尔等应精诚团结，同舟共济，不该反目成仇。古语云：'皮之不存，毛将焉附'，奉劝你还是不要打了，归顺纳哈出吧。老尼早已算定，未来天下，全系于他一人之身哪！"纳木扎勒台吉哪能听得进有人替纳哈出说好话儿？根本听不下去呀！于是暴跳着大叫道："你个混账老尼姑，是从何处蹦出来的，竟敢搅扰我的好事儿？少啰嗦，看枪吧！"说着，在马上向站立于地上的老尼一连扎去三枪。令他万万想不到的是，老尼却站在那儿纹丝没动，只是身子左扭

东
海
沉
冤
录

扭、右转转、前躲一下、后闪一下，那刺过来的三枪愣是没扎上。纳木扎勒台吉觉得可太怪了，真是邪了门儿啦，怎么没扎着呢？接着还想再来一枪。纳木扎勒台吉刚刚举起枪来，只听一女子高声儿喊道："师太，请您老退下，杀鸡焉用牛刀？让我来结果这不知好歹的性命，替方才被杀的大元弟兄报仇！"你道这女子是谁呀？就是明月长老的徒弟、武威安抚使秉仁公主！娟娟喊出的一嗓子是真亮堂，清脆、痛快！赢得了满场的叫好儿、喝彩，好像说到大家的心里去啦！正因为纳木扎勒台吉太嚣张、太猖狂了，目中无人到了极点，激起了民愤。所以，不单是纳哈出的部将对他咬牙切齿，连跟随纳木扎勒台吉多年的部将也感到说得、做得太过分了，没有一个赞成他的。

此时的金山大丞相、太尉纳哈出，原本已被气得喘不过气来了，后来由于不知名姓的老尼教训了纳木扎勒台吉一顿，才稍缓了口气。现在又见一年轻女子横空出世，立刻助长了他的威风，大有天降神兵助佑之感，高兴极了，连连说："好哇，好哇，我说嘛，腾格里①总是时时护佑着纳哈出！这位神母啊，救救本丞相吧，替我杀了那个十恶不赦的叛贼，以解心头之恨哪！"娟娟没有骑马，只见她疾步来到纳木扎勒台吉面前，摆好架势，两人不容分说地战了起来。纳木扎勒台吉同样是一连三枪刺了过来，说时迟，那时快，娟娟突然向上一纵，只听咔吧一声。还没等大伙儿弄清她是怎样躲过那三枪的，也不知声响从何而来，就见亮光一闪，宝剑即出，纳木扎勒台吉的人头连同头盔一起掉到了地上，骨碌碌滚出好远。再看那坐在马上的纳木扎勒台吉的身躯，也随之扑通一声摔了下来，手里仍攥着那把镔铁长矛。让众人更惊奇的是，不知何时，娟娟却端坐在了纳木扎勒台吉的马上，正往马鬃上擦拭着剑上的血呢！待擦干以后，一摁弹簧，刷的一声，将剑收入腰间。然后，一个双鹤凌空展翅，悄无声息地站到了地上。纳木扎勒台吉的坐骑这才缓过腔儿来，咴儿咴儿怪叫着，尥蹶子跑走了。眼前的一幕真是太惊、太奇了，所有在场的人全张着嘴、瞪着双目看呆了。这时，年轻女子冲田田大喊道："田将军，快快收拢兵马。谁要是胆敢不服大丞相的军令，本姑娘绝不客气，宝剑伺候！"声音洪亮不说，话讲得更是斩钉截铁。本来那些想随纳木扎勒台吉反叛的兵将见领头儿的被斩杀，早已吓得哆哆嗦嗦、魂不附体了。现在又听一声喊，谁不怕脑袋搬家呀？都不敢造

① 蒙古语：天神。

次，只好听从田田多尔济和扎浑多尔济兄弟的将令，乖乖地回了营盘，一场惊险的拼杀就这样奇迹般地平抚了。

俗话说：疾风知劲草，危难见英雄。纳哈出在连失六员战将、即将无力支撑的节骨眼儿上，却得到了老尼和年轻女子的仗义相助，能不在他的头脑里留下深深的烙印吗？不仅仅是亲眼目睹了年轻师父令人叫绝的非凡武功，感到如此技艺在金山大寨难找难寻，而且认为世外高人能突然出现在阵前，那是老天赋予本人的造化呀！他高兴极了，忙跳下马，走了过来，向老尼和年轻女子深深作揖致谢，田田多尔济和弟弟扎浑多尔济也一起鞠躬表示了感激之情。田田向纳哈出介绍道："父王，这就是我对您老说过的两位游方师父，一位是明月长老，一位是妙善居士。她们云游到此，专做功德无量的好事儿，为兵丁眷属诊治疾患，为众人消难免灾。方才……"还未等田田说完，纳哈出便接过了话茬儿："是啊，真是帮了我们大忙啦！我代表犬子和金山大寨所有的人，衷心感谢二位师父！今天若是没有师父的果断出手，金山大寨很可能四分五裂，前景不堪设想啊！你们挽狂澜于即倒、平逆贼于霎时之举动，令老夫今生今世铭感肺腑。今日天色甚晚，二位师父也累了，早点儿歇息吧。明日将派车驾迎请，到本丞相的府邸就坐，望能赏光。"明月长老说："我们乃出家之人，方才只是看着气不公，为主持正义，做了应做的事。区区之举，何足挂齿？大丞相不必介意。这些日子多蒙田田大将军的热心关照，算是一点儿小小的回报吧，老尼与徒儿该回去了。"说完，唤上娟娟、李佑，回身便走。纳哈出忙命田田陪同三位师父仍回到田府，并嘱咐一定要认真、细致地多方面给以照顾。话不多说，三人很快到了府邸，各自入帐安歇。

次日早晨，田田率纳哈出手下的三位平章来到明月长老、娟娟的帐包前，首先将住在旁侧蒙古包的李佑唤出，说道："我奉父王之命，来接三位去观赏金山大寨，父王和众将、众臣正在恭候。"李佑忙道："将军请稍等，待我去禀明师父。"不大一会儿，明月长老、娟娟同李佑一起出来了。互致寒暄后，田田向师父们介绍了随来的礼仪官恭格拉平章、乌迪什平章和萨家奴平章。三位拜见明月长老、妙善居士、李佑后，恭格拉平章说："昨夜恩师仗义相助，惩恶扬善，剪除奸恶，使金山大寨转危为安，此大喜事也。大丞相对此感戴不尽，金山所有的兄弟皆钦敬万分。今大丞相特命我等随帐前田田主帅前来迎请师父游览金山，并到丞相大帐内叙谈。"明月长老、娟娟、李佑高兴地答应了，简单收拾了一下，然后上了随来的大轿，在田田、恭格拉、乌迪什、萨家奴等四人的陪同下，去往金山大寨。

说起金山大寨，偏门离田田的府邸并不远，像前后院儿一样。今天，明月长老他们才看明白，原来田府是在大寨的外面辟出了一块儿地方建起来的。四周围着木栅墙，里边搭了不少帐篷，成了金山大寨之外的一个独立大院儿。现在要去的，才是真正的纳哈出的金山大寨。首先映入眼帘的是大寨的城门，嚯，好气派呀！城门建在山坡儿上，门洞儿的两边，是用很粗的圆木摞起来围成的院墙。院墙外面为木栅，内里以土堆成，墙很厚，看上去非常坚固。城门上，修有瞭望楼，内有护兵把守。瞭望楼两旁，旌旗猎猎，好不威严！进了城门，三人从轿里往外看，两旁站了十几排手持刀枪的兵勇，城里整整齐齐地并列着五六百个大帐包。一个连一个的羊皮帐包甚是好看，洁白如雪，把金山变成了一片银色的海洋。再向远处看，那里有专人放牧着数以千计的战马群、骆驼群，还有黑压压的牛群、白花花的羊群。看起来，金山的早晨，人们十分繁忙，到处充满了勃勃生机。

明月长老和娟娟已到金山有些天了，为什么这些却一点儿没看见呢？仔细想想，可能是因为一直以来，几乎全是田田安排的。除了在诊室看病，就是去田府休息，连金山大寨的城门都没到过，何谈看见城门内的一切了？由此，他们又想到，田田热情周到的背后，是不是还有另一层心思？或许是出于对外来人的防范，不让随意走动，免得了解到金山更多的情况？看来田田是个很有心计的人。今天，总算开了眼界，初识了庐山真面目。正琢磨呢，不知从哪儿传来一片喊杀声。寻声儿望去，原来是在远处的一个山头儿上，大约有三千多兵马在有序地操练着。这是能够见到的，那没见到的，还不知在哪个山坳、哪片林子藏着呢！明月长老想："金山果然不负其名，无怪乎元朝的后裔残部纷至沓来，看成是未来复主的希望之地。大明朝的军师刘伯温、大将军徐达等人把金山大寨视为最大的心腹之患，不是没有道理，确实值得重视。我们在此真得多动脑筋，小心应对，不可麻痹大意呀！"

大轿走了一段路后，来到了一道门前。一问，方知刚才走过的是外城的城门，这道门才是大寨的第一道寨门。明月长老和娟娟一看进了寨门了，便让轿夫停下，想要下轿步行。田田骑马跑过来对她们说："师父，路挺远呢，还是坐轿去吧。"于是，只好在元兵元将的护拥下，继续坐着大轿往里走。三人从轿里向大寨的寨门望去，此道寨门同前面的城门一样，门洞儿的两边也是用圆木堆砌而成的寨墙，里边仍用土堆起来，显得坚固耐用。门楣之上有城楼，众多的兵勇在那里执枪仗剑，警惕地护卫着。进了寨门，再向前看，里边的景象全然一变，原来已进入金山繁华的街市了。房屋与寨外的帐篷不同，多是泥土平房，盖得同样很整齐，错落有致，由此形成了井然有序的街道。从街道两旁的各个店铺里、小摊儿上，传出了阵阵的叫卖声，很是热闹。有卖日用百货、瓜果蔬菜、海产品的，也有卖穿戴、饰物的，还有卖皮张的。总之，金山大寨所需的各种各样的东西都有卖，货色挺齐全。仔细看去，卖货的店主、小摊儿的贩夫并非商人，也不是外来的闲散杂人，而是由军士们承担的。

到底是怎么回事儿呢？原来一建起金山大寨，为了安全起见，保全所有布防的机密，也为了大寨的生存和发展，于是便将兵士们做了详细的分工。既有练兵准备打仗的、于城内各处巡逻守卫的，又有放牧马、牛、羊、骆驼的，耕田种地的，还有摆摊儿开店的。如此看来，是由清一色的元兵将仕农工商揽于一身，承担着各行各业的差事。这且不算，大寨里另设有不少的作坊。其中有铁匠铺，即锻造各种兵刃的武行铺，掌钎、打铁，制造多种多样的刀、枪、剑。锻炉火光熊熊，叮叮当当的打造声不绝于耳。也有几处熟皮场和缝衣场，专门给兵将做衣裳。与此同时，三人往左一瞧，看到了郎中府。什么是郎中府？就是专门看病的地方。那些郎中府都设在泥土平房里，府门大开，可见里边的坐堂先生。各郎中府设备不一，等级分明，有的是给官员看病的，有的是给兵丁看病的，有的则是给眷属看病的。看来，金山大寨麻雀虽小，五脏俱全哪！

明月长老、娟娟、李佑开始来大寨时，还觉得没什么，稀松平常。可今天到实地一看，才有了新的认识，金山的确是别有洞天。尽管离开原较远，又是在一片丘陵地带建起来的，然而不过两三年的时间，就变成了进可攻、退可守的军事基地，实在不能小瞧。再加上有山有水，水草丰盈，足可以与大明进行长期的抗衡。他们看到这一切，深感纳哈出确实不简单，是一个有眼力、有远谋的强大对手，并认为对金山大寨不能强攻，只能靠智取才能获胜。为什么呢？如果有明军强攻，他们早从瞭望台窥见到很远的兵马了。不但有所防备了，而且能迅速地把消息通过烽火台传出去，使得对手还没到近前，人家自己的兵力已经分散了，转移了。帐包也可以随时拆掉，全部带走，机动灵活。因此，硬攻肯定是不可取的。

车轿继续向大寨的深处走去，又过了两个山头，便进入了内城。内城的面积不算大，城周围是用土堆起来的墙。城墙的四个角儿建有城楼，派了重兵防护。城的四个方向各开一门，共有四门，亦有护兵把守。一行人刚到内城，就听号炮声声，鼓乐齐鸣。田田下马走到轿前，请明月长老、娟娟、李佑下轿，准备进城。三人下来后，这才看清大丞相纳哈出已率文臣武将在城门口恭候。身后的元兵人山人海，刀矛林立，甚是威武！纳哈出见明月长老等人走出了轿门，马上兴致勃勃地爽笑着迎了上来，群臣众将紧随其后，将三人团团围住，水泄不通啊！纳哈出与每位见了礼，随即引领着位于左边的明月长老、右边的妙善居士、后面的李佑，大步流星地向城内一栋二层木楼走去。

木楼为红色漆柱，圆式拱顶儿，小巧玲珑，很是美观。当纳哈出领着明月长老、娟娟、李佑来到跟前时，礼仪官大喊一声："让路！"只见楼外的将士呼啦一下闪出一条道，请他们过去。进了木楼，仰头儿上看，见大厅的正面，悬挂着一块金字匾，上写正楷汉字"宗元一宇"。不知是哪位汉人文士书就的，却也苍劲有力。匾很大，字不小，从老远便能看到。"宗元一宇"四个大字是什么意思呢？"宗元"，即宗照元朝之意；"一宇"，即一统天下之意。总起来说，就是要在金山重新建立大元，按照元朝的样子一统天下，亦是表明纳哈出要重新光复元朝的决心。正因为他有此野心，所以，那些仍怀念元朝的遗老遗少们纷纷奔向这里，把金山大寨看成是复元的中心。纳哈出经过几年的经营，费尽了心机，终于建成了复元的军事基地。在他们心中，如果说元朝未灭之前，其都城为应昌，即大都，后改为北平府，那么，现在的金山大寨，便是立誓要复元的指挥中心。未来元朝的都城，则是金山这新的"应昌"，新的"大都"。纳哈出不论对谁，都毫不隐瞒自己的志向和目的，也正是以"宗元一宇"来号令各地的元朝残余势力凝聚到金山的，以期共谋中兴。

明月长老、娟娟、李佑看过匾额之后，便有穿着蒙古盛装的少女们，手舞彩袖，边唱着迎宾曲边翩翩下拜，将他们一行人引到正厅的主位桌前。三人向正厅四周望去，见摆放着各种花卉，姹紫嫣红，香气扑鼻，顿时让人产生一种春意盎然之感。纳哈出在客人入座后，率领着田田、扎浑和群臣众将依次一一就座。接着乐声响起，随着悠扬的音乐，一群美丽的少女捧着金盘，金盘上摆放着酒、马奶、茗茶，分列在主客人的前面。这时，纳哈出站起来说："我的同族兄弟们，今天是腾格里为咱金山大寨送来吉祥如意的日子，也是元朝人迎来腾格里的使者、救命恩人和朋友的日子。按照蒙古人的习俗，首先让我们向尊贵的客人敬迎宾酒，祝他们永世吉祥幸福，万事如意！三位恩人，你们可以随意，喝白酒还是马奶、茶水，什么都行。为表敬意，作为主人，我先干一杯。"说完，从少女托着的金盘上端起一杯白酒，双手高高举过头顶。然后放下来，左手拿着酒杯，右手食指蘸了一下杯中的酒，向天上弹一下，表示敬天；又蘸一下酒，向地上弹一下，表示敬地。接着，面冲明月长老、娟娟、李佑及所有在座的将领再一次举起杯来，仰脖儿一饮而尽。纳哈出爽快地喝完酒，将空杯底儿朝上一挥，向着明月长老他们三位说："请！"明月长老和娟娟自然是不喝酒的，遂从少女托着的金盘中各自取了一杯红茶，李佑取了一杯白酒。三人也按照蒙古人的礼俗，双手把酒杯高高举起，以酒敬天、敬地，再一饮而尽。喝罢，众人齐声叫好儿。接下来，于鼓乐声中，在座的众将群臣一个不落地站了起来，一口饮干了杯中酒。

众人回坐之后，纳哈出缓步来到明月长老、娟娟、李佑面前，先抱拳，再以右手放在左胸深深一躬，说道："三位远方贵客，听田田亲奏，师父是游方僧尼，到金山慨然相助，给兵勇眷属治病除灾。我非常感激，早想在军务松弛之时，把几位师父请到府邸，设宴款待。可一拖再拖，竟一直拖到今天，请多多海涵。世人皆知，大元大行皇帝已入仙界。我们这些世代蒙受皇恩之臣虽力主复兴天朝，竭尽全力，但本朝正逢厄运之期，时乖运蹇，事事艰难。就在这个时候，师父们来到金山，以大义为道，帮助弱小，济困扶危，怎能不让人感动万分！尤其令人感激涕零的是，在不忠不孝的逆贼纳木扎勒台吉分裂我金山大寨、另行立旗、图谋不轨的危难之时，师父又以惊人的武技，刹那间平息了叛匪，固我金山，救我纳某。此恩此举，真是惊天地、泣鬼神啊！或许是大行皇帝在天之灵的眷佑，请来了神兵神将，援救了大元。或许是我纳某秉忠心、复大业，感动了天地，天神派各位来辅佐本丞相。在此，我代表元臣元将，向师父们叩头致谢！"说完，金山的堂堂大帅扑腾一声跪倒在地，咣咣咣地磕着响头。他这么一跪、一磕头不打紧，在座的所有将领全随之跪下了。明月长老、娟娟、李佑对突如其来的大礼颇感吃惊，立刻顺势以跪还礼。明月长老说："大丞相，何必如此？我不是说了么，昨日只不过是出家之人看不惯那贼的猖狂举动，打抱不平而已，小事一桩，快请起！"说着，上前把纳哈出扶了起来，众人也都跟着站起。纳哈出又道："明月长老，我曾许诺过，有功平暴者，奉为我的兄弟，封为金山大寨的总寨主，执掌帅印。你们是腾格里派来的盖世高人，惟一的大任，即协助本帅复国安邦。所以，今天特向师父授金丝帅带一条、金刚龙头棍一根。两件宝器，皆为大行皇帝在世时的御宝。主帐的大帅佩此帅带，便享有号令诸军之权，如有不听令者，可生杀予夺。金刚龙头棍是肃正朝纲所用，可以上打浑王，下打逆臣。现在，请老师父收下两件御宝，帮助主持金山大寨，以表纳某的一片诚心！"说完手一抬，侍卫马上捧着金盘走了过来，金盘上摆放着金丝帅带和金刚龙头棍。

　　金刚龙头棍是什么呢？实际上就是个金杵、镂花儿盘龙的金棍。不太长，也不太粗，棍上的雕刻精致美观，为最高权力的象征。明月长老见纳哈出真的命人把两件御宝拿过来了，心想："虽是件好事儿，但不能轻易接受。"于是说道："大丞相的心意，老尼和徒儿领了。遗憾的是出家人实在不能接此重礼，更不能受此重权。我们云游天下，四海为家，不可能长居金山，还是将两件宝物授给大丞相身边的重臣吧！"明月长老如此推让了几番，纳哈出执意要赠，一再请求务必接受。这时，田田兄弟俩、萨家奴、恭格拉、乌迪什等人也过来苦劝。尤其是萨家奴，还特意向娟娟暗暗使了个眼色，又扯了扯明月长老的衣襟儿。老人家当即领会了他的意思，知道认为是个机会，不能错过。遂佯装为难地对纳哈出说："哎呀，大丞相，可是难坏老尼了，您的真诚之心实在无法回拒。这样吧，老尼年岁已高，世俗之心早已荡然一空，再说一个游僧也无有此能，这份儿权柄和感情由我的晚辈弟子妙善居士代收吧。她还年轻，以后的日子长着呢，一定能为大丞相帮不少忙。还可让另一位晚辈弟子李佑，跟随他的师妹作为辅弼，共同为大丞相效力！尽管云游在外，只要在金山一天，就要当一天和尚撞一天钟，全心全意辅佐大丞相固守金山。不过话得说回来，我们终是出家之人，负有游方普度众生之责，不能老守一地，那也违谬佛法。一旦云游他地，恳请大丞相不要怪罪。到时候，必会将金丝帅带和金刚龙头棍完璧归赵，老尼须事先讲个明白，免得误会。"众将听了，觉得此话讲得在理，个个点头称是，没说别的什么。纳哈出想："明月长老是师父，武功肯定高于徒弟，但尚未见识。那妙善居士的武功却是亲眼所见，能够为金山效力，当然甚好。"于是，心悦诚服地将金丝帅带和金刚龙头棍授予了妙善居士。娟娟接过两件御宝时，众人异常高兴，欢呼雀跃！之后，纳哈出满面春风地摆宴庆祝。

这次酒宴，吃的是三百只燔烤的手把肉全羊席和素席，喝的是不知何时从江南运来的上等茗茶和葡萄美酒。大家吃着、喝着，盛装的少女们载歌载舞，以助酒兴，整整闹腾了一天才结束。宴后，纳哈出命在内城专门拨出三个大帐包，给明月长老、妙善居士、李佑居住，不让她们回城外的田田府了。诸位阿哥呀，而今的娟娟可了不得啦，原本是大明王朝皇上钦命的秉仁公主、武威安抚使，现在又得了纳哈出亲封的金山大寨总寨主之职，身披金丝帅带，后面跟着手捧金刚龙头棍的卫士和百余名佣人，真是好不威风啊！

世上的一切就是这样奇奇怪怪、难以预料，两天来金山所发生的事儿，明月长老、娟娟、李佑都始料不及，暗自好笑。娟娟对明月长老说："师太，不能因纳哈出封了我一个金山大寨的总寨主而打乱原订的计划，捆住咱们的手脚，还是办自己的事儿要紧。"娟娟说得对呀，那么该怎样应付眼下的局面呢？三人经过一番商量后，便去丞相府找了纳哈出。娟娟开口道："大丞相，有个建议得向您禀明。今后，是不是应该仍由田田多尔济执掌大寨大帐的帅印，任主帅，因为他毕竟比我们熟悉情况。请放心，我这个被大丞相亲封的总寨主会在侧行使权力、认真辅佐的，一定尽力。"纳哈出听后，觉得妙善居士说得极是，心里琢磨着："看来他们还行，真是为我着想啊！"遂高兴地说："好啊，总寨主想得周到，那就让田田和扎浑共同掌权吧！你们可要帮帮我的小儿子，他尚在冲龄，将来会很有出息的，尤其希望妙善师父多多训导才好。"田田自然十分感激明月长老和妙善在父王面前一再推许自己，于是，按照明月长老的意思，任命萨家奴担任大寨帐前诸事的执行官。为什么要举荐他呢？因为萨家奴原来仅仅是纳哈出身边的一个谋士、执事官，整天需围着大丞相转，别人无法接近他。担任新的职务后，能经常名正言顺地接触明月长老、娟娟和李佑，便于相互之间的联系，而且不会被任何人怀疑，有利于下一步的行动。待所有该做的四脚落地后，明月长老把一些事情交给娟娟、李佑去办，自己则抽出身子与郎中府的诸位坐堂先生切磋医道，为人看病。

明月长老、娟娟、李佑自被纳哈出请进金山大寨的内城住了一段时间后，反倒觉得不如在田田府里方便。在田田府中，他们出门不仅可见高山、平川以及牛、马、羊群，还可以接触到很多的兵卒及家眷。而现在，居住的地方是三层城墙之内的最里面，随处可见纳哈出的巡逻兵卒，说是被拘在森严壁垒之中更为恰当。尽管凡是见到他们的人都很有礼貌，甚至老远就跪拜致意，却总觉得有一种无形的力量约束着自己的行动，不自由。

　　一天晚上，田田来到内城，到明月长老他们的新居来拜望。互致寒暄后，田田坐在椅子上，唉声叹气地说："师父，我咋弄不明白呢？你们有这么大的功劳，父王还不相信，竟给圈在了内城，跟蹲牢狱有什么区别？"此话使明月长老、娟娟、李佑猛醒，感到了纳哈出表面热情的背后，肯定另有心意。觉得田田说得对呀，原来是纳哈出看到我们的武功高强，想利用罢了。由于没完全掌握身家底细，有所担心，便采取了外礼内控的手段，既让为他效力，又暗中加以防范。看来，纳哈出真是一只狡猾的老狐狸，不可等闲视之。田田此次来，把纳哈出的表面尊敬、实则暗中监视、控制的那层窗户纸一下子捅破了，可见其为人正直，对父王的做法是不满的。能把这些话讲出来，足以证明与纳哈出不是一条心，倒是跟我们一条心。由此，三人觉得与田田的感情较前更亲近了，并想进一步了解他的心事。于是，明月长老亲昵地走到田田跟前，不称呼田将军了，而是直呼其名，深情地说："田田，咱们那天喝酒时，唠得很是投缘。不过话没说完，你就醉了，只好作罢。当醒来想接着唠时，谁知碰巧遇上纳木扎勒台吉反叛，把嗑儿给打断了。今天正好来了，老尼有好多心里话没来得及说呢！田田哪，我看你这个人挺好。自打相识后，你的仗义救人、临危不惧、对人的坦诚热情，令我们十分钦佩，很愿意在一块儿推心置腹地攀谈。从离开你的府邸，搬到寨内这么个生疏的所在，说实在的，谁都不习惯。再者，与大将军隔开，总免不了从心里想着、惦着呀！田田，我看咱们还应像以前一样居于一处。老尼和娟娟、李佑愿意住在你的府上，可以天天在一起，随随便便的，那多舒心啊！"明月长老的话音刚落，一旁的娟娟马上随声附和，李佑亦表示赞同。田田说："咳，有些话已在心里憋了好长时间了，早想讲出来。实话告诉各位师父吧，我喜欢你们，不知为什么，从见到的那天起，便感到特别亲切，无拘无束。也曾跟父王一再讲起师父们，可后来发现，越是讲得多，反而令他越生疑，甚至不让我到师父们的住处来，不纯粹是硬要把咱们给拆开吗？其实，纳哈出并不是我的亲生父亲，弟弟扎浑多尔济才是他的亲骨肉。父王对我和我娘一向是防而又防，久而久之，心里能好受吗？真是苦闷极了。因此，我才喝起烈性酒的，一醉解千愁嘛！"说着，不禁一阵难过，眼圈儿红了。

各位阿哥，咱们把话说回来。这些日子，明月长老、娟娟一直在暗观田田的所作所为，看出他确实没把三位师父当外人，很是信得着，说明对田田的有意亲近起了作用。自来到金山后，明月长老一再嘱咐娟娟，还有之后赶来的李佑："对田田多尔济要以诚相待，以情相近，平时不必多说什么，只需用心去感化。"还说道："人与人之间在相互不熟悉的时候，你一个劲儿地拿自己感兴趣的话题去抠问人家，反倒使得对方生疑，甚至产生反感。"如今看，老人家讲得真对。事实上，从他们三人与田田见面到现在，处处给以关心和友爱，找机会与之交谈，使他感到温暖。反过来，田田也愿意并喜欢与师父们在一起，双方的心贴得越来越近，感情亦越来越深。尤其是娟娟，不仅仅喜欢田田的为人，连长相都使她感到特别的亲切，待如自己的亲弟弟一般。一天见不到就想，盼能常来，来后才感到心里踏实。否则，总是觉得没着没落的，甚而坐立不宁。

此刻，娟娟看到田田心情不好，便坐在他的身边，极力劝慰不要过于伤心。田田向明月长老和娟娟说："二位师父，过去我一直不敢问你们的来历，只能将长老当做我的奶奶待，把妙善居士作为好姐姐处。现在能告诉我么，师父是哪里人氏，为啥到金山来？听口音，非常像我小时候住过的那地方人。"然后又转过头来冲李佑说："这位哥哥称是来自江南，实不相瞒，我就是江南人氏，可能居住在大明朝京师南京。出生时，后背的肩胛骨处有三块红色的虎斑痣。母亲生下我不到五个月，不知为什么，不得不到另处生活，还不能带着我。无奈之下，母亲只好把我送到江宁秦淮河边的湖洞屯，被住在那里以打鱼为生的老两口儿收养了。到了刚近五岁的时候，我突然得了一场重病，抽风硬是抽得没气儿了。老夫妇俩吓坏了，怕将来没法儿向我母亲交代，就把我扔到了秦淮河上的一条破渔船里。真是天不灭我！恰在此时，一位过路的活菩萨、心肠极好的女僧人发现了我。老人家用手摸摸我的小嘴儿，感到还有气息，马上施以救治，没想到这口气儿还真缓了过来。救活以后，老仙师把我抱走了，带到武当山盘霞洞中，教授武艺。学到第五个年头的时候，有一天，师父说：'孩子，前些日子云游时，曾到处打听，听说你的母亲现居于辽东，咱们去找她好吗？'我高兴地答应了。于是，师父领我到了纳哈出这儿，找到了母亲。母亲凭我身上的三块虎斑痣，还有

东
海
沉
冤
录

348

老仙师留下的小时候包我的小被子，认下了失散多年的儿子。记得当母亲看到我身上的虎斑痣和亲手为儿子做的小被子时，那真是百感交集呀，好一顿哭哇！从此与母亲一起留在了金山，又在她的一再说合下，被纳哈出收为义子，执掌大帐帅印，列为众军之首。说来也要感激父王，当时我年岁那么小，就成为丞相身边的大将军了。"说完，无奈地苦笑了一下。

娟娟一直认真地听着，见田田停了下来，忍不住问道："田田，小时候的事儿，还能记得清吗？"田田回道："童年时，与秦淮河上那对儿老夫妇在一块儿是怎么生活的，已记不清了。知道的一些事儿，全是听后来救我的老仙师讲的，她也是江南一带的口音，跟你们一样。从老仙师讲过的往事中，我才知道自己既不是辽东人，又不是蒙古人，而是江南人，为名副其实的汉人子弟。师父们不用隐瞒了，我已观察多日了，各位肯定是从江南大明朝那边来的。至于究竟干什么的，不想多问，就是要认同族同乡。我是身在他乡为异客，心里始终向着当今的大明朝，尤其佩服朱元璋、刘伯温、徐达这些英雄好汉。大元朝的天下已经寿终正寝了，父王想东山再起，重振大元江山，只是一场黄粱美梦而已。各位师父，不要怀疑、嫌弃我，要相信我。多少年来，内心非常痛苦，总想找个知音，倒倒一肚子苦水。正是老天有眼、阿布卡恩都力的福佑，让我遇上了你们。尽管萍水相逢，却是一生之幸啊！真希望师父们能救我、指点我，完完全全是心里话，绝不是虚情假意。没有任何人指令我来套你们的什么口供，也不是有啥图谋，更谈不上为纳哈出做内应。咳，恨不能扒开胸膛，让各位看看那颗心是红的！"说着，扑通一声跪在地上，难过得痛哭起来。

李佑听了这番话，很受感动，走过去一把将田田搂住了，然后拉他站了起来，不停地安慰着。娟娟说："田田，我们早已看出你不是金山人，并想到了一定有着不寻常的经历。从今以后，如刚才所说，把我看成是姐姐吧。可以毫不隐瞒地告诉你，姐姐的父亲是大明朝的军师刘伯温，李佑的大爷乃当今大明朝太师李善长。我跟你一样，准确地说还远远不如，生下不久，母亲因生活所迫不得不抛弃了我。直到现在，从没见过亲生母亲什么样儿，是刘伯温的全家把我养大的。此番千里迢迢来辽东，不为别个，只为寻找亲人。前段时间已打听清楚，母亲也被送到了辽东，被纳哈出纳为妃子，名儿叫楚绣绣，不知将军认识不？"田田一听，有如五雷轰顶，惊讶异常！怀疑不是在做梦吧，世上能有如此巧的事儿？他瞪着眼睛盯看着妙善居士，激动得连话都说不出来了，任眼泪刷刷地流淌。娟娟见此，心疼地劝慰道："田田，怎么了？稳住架儿，有话慢慢说。"田田走上前来，一把抱住妙善居士，带着哭腔儿说："姐姐，楚绣绣是我的亲生母亲呀！"娟娟一听，更是惊诧，忙问："田田，这么说你是我的弟弟？"田田连连点头道："是呀，没错，是你的弟弟。母亲到了辽东之后，被丞相看中，封为贵夫人。父王有数十个美妾，皆不被看好，惟独宠幸我母，列在众妃之上。大元至正二十四年，甲辰冬，母亲到金山的第二年，为纳哈出生下一子，他是你见到的弟弟扎浑多尔济。现年九岁了，聪明伶俐，成了戴英雄金冠的小将军。"娟娟又问："那么，你为啥叫田田，是何意思？"田田说："我以前曾问过母亲，说是此名儿是她自己给起的。之所以叫田田，是因为母亲还有一个可怜的女儿，是我的姐姐，生下不久被扔在了青田，一直无有音信。为怀念姐姐，才给我起了这个名儿。为此，父王几次暴怒，逼迫母亲非改成蒙古名儿不可，她执意不肯。后来，因母亲年轻貌美，迷住了父王，所以只好顺从。不过还是在'田田'之后，又加了'多尔济'三个字，变成了汉蒙混合的怪名儿。每当与父母亲在家时，他们叫我田田；在大寨帐中议事时，父王便叫我田田多尔济。"田田讲到这儿，娟娟一切全明白了，顿时热泪滚滚，紧紧抱住了田田，泣不成声地说："好弟弟呀，田田，姐姐没白来，总算找到你了，我的亲人哪！"边说边亲着弟弟。田田如梦方醒，恍然大悟，原来眼前的这位妙善居士竟是来自青田的姐姐！随即也情不自禁地搂住了娟娟，边哭边说："姐姐，好姐姐，你的长相和慈善之心，让弟弟早有亲人的感觉呀！知道我为什么有事儿没事儿地老往这儿跑吗？就是觉着你特别像自己的姐姐呀！"姐弟俩一时间哭成了泪人。

此时的明月长老和李佑，目睹姐弟二人相逢的情景，更是激动不已，李佑站在一边忍不住抹起了眼泪。明月长老上前把田田拉了过来，高兴得满含热泪说："孩子，你不仅是娟娟的弟弟，还是老尼师姐的关门弟子呢！如今见到了你，就像见到了月禅禅师呀！"田田一愣，不解地看着明月长老。老人家接着又道："宝贝孩子，告诉你吧，方才所讲的那个抱你、养你、教你武功的武当山盘霞洞的活菩萨，不是别人，正是老尼的师姐月禅禅师呀。她最初的修行地点，就是我所在的明月庵，那是一位令人敬重的得道高僧啊！孩子，我再问你，月禅禅师告没告知你有关她的身世？"田田回道："师父，老仙师其他啥事儿都没讲。只是向我说，她已一身皆空，看到我们母子的苦命，特意下凡来拯救我并传授剑法的。要求诸事不许多问，除去好奇之心，更不必讲出其行止。说是与我分别后，不再去武当山盘霞洞了，要回到阔宇诸天之中去了。还算定我会一生圆满的，要好自为之，将来必会碰到应遇之人。师父只交代了这些，对她的去处没说一个字儿。"明月长老听后，很是难过，不禁长叹了一声。她知道师姐月禅禅师的秉性，从来不愿坠入尘世，早想走了。只因自己的一再挽留，才在明月庵多呆了三年，后来终于还是离去了。虽经多方查寻，到处打听，但始终没找到。心中不免暗暗思忖："看来师姐早已算定，会有一日，我们将见到她的徒儿田田，等于又一次见到了师姐。我必牢记师姐临别时赠给的佛家偈语：'修佛心，修禅心，少担俗情，自悟正果。'要潜心修炼下去，待把娟娟他们安顿好后，也该去入太虚之中了。"想到这儿，拿出手帕，把眼泪擦拭干净。然后，一手搂着田田，一手搂着娟娟说："孩子，别哭了，姐弟相逢是喜事儿呀，师太真为你们高兴啊！娟娟，老天不负有心人，咱们没白来辽东，不是已经找到弟弟了吗？只要继续努力，便可以母女相见啦！"说罢，朗朗地笑了起来。

明月长老的话，使痛苦中的田田稍微得到了些许慰藉。然而他急于知道的事儿太多了，尤其想了解姐姐这些年是怎么过的，便一双泪眼看着娟娟，急不可待地问道："好姐姐，你的身世还没对我说呢，讲讲好吗？"娟娟忙道："田田弟弟，姐姐的身世苦得很，说来话长了，以后有的是时间给你讲。还是快些告知母亲现在的情况，多想见那自我生下来几个月后就再没见过的母亲呀！她在哪儿，为什么疯了呢？"田田说："姐姐，咱们母亲是让父王给蹂躏、折磨疯的。上个月不知怎么的，突然无影无踪了，一点儿消息没有。这些日子我是又愁又累呀，领着人到处找，父王也派出不少兵卒和佣人各处寻，均无结果。他为此大怒，把原来母亲身边的四个侍女吊起来活活打死了，到了也没查出个究竟。母亲失踪之前，整天哭叫大骂，有时喃喃自语，谁都听不出她说的是什么。披散着头发，把自己身上穿的衣裳全撕碎了，赤身裸体地往外跑。见母亲这样，父王派了不少侍女，昼夜轮番看护。可是很难看呀，母亲不是用牙狠咬她们，就是日夜大闹，难于消停。父王实在没办法了，想来想去，只得把母亲锁在了一个冰冷的帐包里。"娟娟疑惑地问："为什么？那不把人冻坏了吗？"田田说："据说人得了疯病，经过冷冻，可以清醒过来。母亲在那帐包里冻了不少日子，有一天，帐包的门锁不知怎么开了，发现母亲早已不知去向，走得任何痕迹没留下。"说着，沮丧地摇了摇头。

这时，一直在旁边倾听的李佑感到十分不解，忍不住插嘴道："戒备森严的金山大寨，三层大城墙，几十道重兵把守，一个大活人却能凭空不见了，实在太奇怪了。"田田说："是呀，谁也说不清到底是怎么回事儿，父王为此还撤了几个哨卡的平章之职。尽管他原来很宠幸母亲，可毕竟失踪了，所以很快又有了新人，就是纳木扎勒台吉从大宁带来的十八岁的爱妾苏苏。其实，苏苏早让父王给霸占过来了，这便是纳木扎勒台吉反叛的起因之一。由于父王有了新爱，加上母亲不在了，我逐渐就不吃香了。苏苏已经怀孕，当然不知是男是女。纳木扎勒台吉声称那个孩子是他的，父王说肯定是自己的，两人为争孩子互相大骂。那天纳木扎勒台吉被姐姐给斩杀了，想来父王一定高兴，不愁再有人与他争孩子了。"娟娟关切地问："弟弟，母亲能到哪儿去呢？咱应该到什么地方找，有啥线索和希望没有？"田田说："咳，一点儿线索没有。那天你们在山上见到我的时候，正是跟扎浑多尔济带着兵勇分头去寻找母亲，在走出三四百里没有找到而忧伤难过地往回走的路上。当我走到疯狼出没的林子里，又累又渴，下去提点儿清泉水刚上来时，正巧碰到了姐姐你。好姐姐，弟弟心里真是万分愧疚啊，没有看好母亲，还给丢了，弄得好些日子一直无精打采、精神恍惚、失魂落魄的。说实在的，失去生母，在这个世上再没有亲人了。如果真是找不回来，只剩下孤零零的一个人，那还有什么意思？也就不想活下去了。做梦没想到会在山中遇见你们，而且见面有一种说不清的亲切感，很想找机会把心里话掏出来，可始终不好意思讲出那些窝囊事儿。说啥呀？说自己的母亲疯了、丢了？无法启齿呀！心里特别难受。今天咱们姐弟相逢，又认识了老仙师的师妹师太您，真是三生有幸啊！姐姐、师太、李佑兄弟，快帮助想些办法吧，告诉我，怎样才能找到亲生母亲？"说着，不禁又是一阵热泪潸潸。明月长老、娟娟、李佑也相跟着落泪不止。

就在这时，帐包的门吱扭一声开了，萨家奴慌慌张张地跑了进来，向田田多尔济叩头道："掌印大帅，大丞相唤你快去，可能有紧急军情商议。"满脸泪痕的田田怕萨家奴看出来，赶忙转过头去，边偷偷拭去泪水边说："噢，知道了。"随即与明月长老他们匆匆告别，去纳哈出那儿了。

萨家奴进得帐包，立马感到气氛有些异常。又看到个个眼泪吧嗒的，虽然擦了擦，但那留在脸上的泪痕仍清晰可见。尤其是方才田田的眼睛都哭红了，当时就蒙了，不知发生了什么事儿。娟娟见他那个愣怔怔的样子，估计可能觉察出点儿什么，于是说道："萨将军，告诉你一个喜讯，田田今天终于开口了。原来他是我寻找多年的母亲所生的儿子，是我的弟弟。纳哈出的爱妃、现在已疯了的那个女人，乃我和田田的亲生母亲。刚好正在谈论母亲、为她得了疯病而难过的时候，你就进来了。"萨家奴听了，如释重负，高兴地说："哎呀，好哇，祝贺公主知晓了生身母的消息！不是天大的喜事儿么，哭什么呀？应该好好儿庆贺一番才对呀！"娟娟制止道："咱先不说这个。我问你，知不知道纳哈出叫田田去是为了什么，还是出了啥事儿？"萨家奴停了停，这才低下声来，急促地说："我要告诉公主和师太一个最坏的消息。来之前，在纳哈出大寨那块儿，正巧碰上刚刚从东海巡逻归来的将士。从他们口中得知，此次收获不小，押回一个叛徒和一个奸细。我赶紧过去一看，吓了一大跳哇！你们说那是谁呀？在木笼囚车里被五花大绑着的，竟是卜家奴和叶旺将军！看来往东海去的，只有达家奴未被抓住。我只能偷偷地看，见他俩正低着头坐在囚车里，也没敢上前打招呼，便赶着跑来告诉你们。纳哈出可是个杀人不眨眼的魔王，眼下被押来金山，肯定是凶多吉少呀！要是知道了叶旺将军的身世和身份，绝不会轻饶的，必杀无疑。事不宜迟，请速速想应急的招儿吧，拖延不得呀！"说完，把帽子摘了下来，用衣袖儿擦了一下脑门儿上的汗珠儿。

　　萨家奴的一番话，可谓晴天炸雷呀！明月长老和娟娟从到金山以后，已了解到纳哈出早已派兵把守了去东海的所有山口，路全给堵死了。从那时起，她们一直提心吊胆的，深怕叶旺将军出个一差二错。今天看，果真出事儿了。李佑认识叶旺，当然十分担心，也跟着上火，一时急得连搓手带跺脚的。娟娟说："我是纳哈出亲封的金山大寨总寨主，有了这么重要的情况，他们为何不告诉？我马上去丞相府那儿问问他，想法儿搭救叶旺大哥和卜家奴。"萨家奴说："秉仁公主，你把事儿看简单了，不太了解纳哈出其人。当时我之所以同意你把封赏接下来，是考虑有个职衔，起码能在金山站住脚，有利于办好有关金山大寨的一些事情，不过并不等于金山大寨的大权牢牢地掐在手上了。纳哈出丞相可是非常狡诈的人，不是白给的，很多人想斗都斗不过。他封你为高官，那只是个虚位，有名无实。目的是让你们相信他，帮助他，为其效力而已。试想，他对各位的情况知之甚少，又不晓得来金山的真实用意，能那么放心地把大权交出去吗？这个人非常不好对付，一贯用巧计、以假相哄骗人。其实，他对你们不可能信任，又知道个个武功高强，怕一时制服不了，便用封高官、暗中软禁的伎俩，逐一控制起来。公主，你以为有了总寨主的头衔，就可以去质问他，那不是太幼稚了吗？纳哈出一向是多疑之人，对手下的臣仆、将领、包括自家的亲人都有几分戒备，何况你们了？依我看，公主千万不能去，去了反倒会引起纳哈出的警觉。他会想：'为什么妙善居士对这件事如此关心，难道被抓的人与她有什么关系吗？'如果真要这么想，可不好办了。不如表面上听之任之，不去理他，暗地里下功夫。因为纳哈出目前还不知道叶旺将军的真实情况，只是作为一般奸细来抓的。至于叛徒，那是卜家奴的事儿，况且他肯定不会讲什么。依我看，索性先不着急，静观动静，再想办法去解救。"明月长老说："萨将军讲得对，过去的确把纳哈出看轻了，通过这件事儿，使得咱们认清了他。绝对不能去见纳哈出，就来个佯装不知，不闻不问。使他感到不管抓的什么人，奸细也好，叛徒也罢，一概与我们无关。这样，纳哈出反倒不太注意被抓的人，我们才有可能暗中采取行动。萨家奴，你速去探清囚叶旺、卜家奴的具体地点和那里的布防情况、周围的环境以及把守的兵力有多少等等。详查后，立即告知，去吧！"萨家奴答应一声，告别了明月长老和娟娟、李佑，转身出去了。

夜晚，萨家奴又来到李佑的帐中禀告情况，因为娟娟也在这里。他说："关押囚犯的地点极为秘密，据说有几层兵卒看守，详细情况还未弄清。正在我着急之时，偏巧于丞相府大厅内，碰到了田田多尔济将军。由于他被留在府内商议军情要务，暂时脱不开身，故让我务必把秉仁公主曾借给他的麻布黄手帕还了。你说有意思不，这是啥新鲜之物，至于那么郑重其事吗？说什么好借好还，再借不难。这不，奉命给捎回来了。"说着，从衣兜儿里掏出一块叠得方方正正的麻布黄手帕，交给了娟娟。娟娟说："好，谢谢萨将军，我没事儿了。"萨家奴见无别的吩咐，随即退了出去。

单说娟娟接过手帕，感到奇怪得很，遂拿着去找明月长老，想跟师太讲讲这事儿。到帐内一看，见老人家正背靠着被子微闭双目打盹儿呢！便没打扰，反身回到了自己的帐包，坐在炕上拿着那块黄手帕仔细地看着，自言自语道："田田弟弟可真是怪了，我也没借他什么麻布黄手帕呀，为什么跟萨家奴说还回这个东西？到底是啥意思呢，难道手帕是什么暗语不成？"认真揣度了半天，也没弄出个子午卯酉来，便把手

东
海
沉
冤
录

帕放在桌子上，回身躺在卧榻上，仍翻来覆去地琢磨。突然，心中一震，忙从炕上下了地，到桌边重新把那个半新不旧的麻布黄手帕拿起来看了又看，心想："很显然，麻布黄手帕是田田平时带在身上的常用之物。为何要捎给我呢？肯定是马上无法脱身，想用手帕传报什么信息。"想至此，眼前一亮，开始对手帕一小块儿一小块儿地一遍遍瞅。果然，在一个角儿上，发现有用骨针蘸着墨汁画出的两个极小的图形，一般是注意不到的，只有非常细心的人才能看出来。是什么样的图形呢？一个是在一个圆圈儿里，画有很多用小点点儿构成的横线和竖线；另一个是画了一个小人儿，头上有三条竖线，下面有两条锯齿儿形的线，中间是两个小黑点儿，底下是水波纹曲线。心想："这两个图形是什么意思呢，有何关联吗？"寻思一会儿没明白，就拿着手帕去了李佑的帐包，让他帮着看看。俩人研究了半天，仍未解其意，于是一同去找明月长老。

娟娟和李佑来到帐包时，明月长老已经睡醒了。娟娟立即向师太说了萨家奴来报之事，又讲了对田田送还手帕的疑惑，并请帮助破解上面的图形。明月长老接过手帕瞅了瞅，说道："要我看哪，图形是田田用来向咱们密告什么事情的。你们想想，眼下的当务之急是什么？咱往最要紧的事儿上猜，此图或许便破解了。"经师太一提醒，娟娟和李佑豁然开朗，又看了看图，李佑一拍脑门儿，急不可待地抢着说："哈哈，我猜着啦！你们看，这是一个圆圈儿，圈儿里有个用密密麻麻的小点点儿画出的字。仔细端详，横向和竖向组合在一起，分明是个'田'字，肯定指田田了。圆圈儿是告诉我们，外头有人管着他呢，已被困在那儿出不来了。"娟娟马上赞同道："对呀，跟我想的一样，师兄说得没错。田田是被纳哈出以商议军情之名圈在了丞相府，一时来不了咱们这儿了。"明月长老说："有门儿，是这么个意思。另一个图说明啥呢？你们仔细瞧瞧，图上那个小人儿下面的锯锯齿儿可看做长着胡子呢，表示是个老头儿。老头儿的头上还有三条竖线，代表三道光芒，应该是指一个名声显赫、有地位的人。很可能就是大丞相纳哈出，因为目前只有他，才是金山最有权势的老头儿。你们再看中间那两个小黑点儿，这是田田在告诉我们，丞相府下边的地牢里囚着两个人，那便是叶旺和卜家奴。底下的曲线，则用以表明水的。即是说，囚叶旺、卜家奴的地方为水牢。"娟娟、李佑听了，兴奋得直劲儿拍手叫好儿，连称师太英明。三人非常感激田田的暗中帮助，使原本扑朔迷离的一团雾，立刻柳暗花明了，有了清晰的线索了。认为田田送出的情报真是太及时、太重要了！

可以看出，他已完全相信自己的姐姐，并公开站在姐姐一边，与父王对立。而且将对娟娟他们的营救行动十分有利，不仅创造了条件，也是个难得的契机。

娟娟、明月长老、李佑三人弄明白田田在手帕上所画图形的意思之后，娟娟据此提出，当夜前去营救叶旺和卜家奴。明月长老同意这个提议，说道："对，越早越好，乘其不备下手，成功的几率大。日久防范越严，越不那么容易了。要是现在动手，纳哈出无论如何想不到会有人到他府内的地牢里去劫狱。"那么，谁去好呢？明月长老和娟娟的意思是让李佑留下。李佑立马急了，忙道："这不行，只有我去最合适。娟娟，师兄说话你可别多心，今天的李佑已不是当年在明月庵的那个李佑了。我敬佩叶旺将军，应该为他做点儿什么，去了一定会很好完成差事的。师太，要不这样吧，还是您老在家坐镇，我与妙善妹妹去劫牢，以便互相有个照应。"娟娟想了想，表态道："行，这么定了！"说完，又像忽然想起啥了，马上冲李佑吩咐道："对了，你快去大丞相府，找门丁'大磕巴'嘎尔沁。他是咱们的人，又是豁鼻马的小腿子。到那儿不要说别的，只需往相府门口儿对面的上马石一躺，装睡。一会儿准会有人出来，来的就是嘎尔沁。他会制止道：'上马石是大帅用的，不能在上面睡觉。'你听后，不用吱声儿。他接着会问：'好兄弟，是想要碗炒米吧？'你立即三点头，他会转身回去端来一碗炒米给你。你接过碗，只说一句话：'啥破豁牙子碗！'说完回头便走。噢，这身儿衣裳不行，得换换。我已备了一件蒙古人穿的赶羊用的破羊皮袍子，在门后放着呢。你穿上它，再找一条带子系在腰上。记住，办好以后，赶紧回来，不能耽搁，听明白没有？"李佑回道："听明白了，放心吧，小事一桩。不过想问一句，让师兄前去的目的是什么？"娟娟说："哪那么多话？听我的吧，不用再问什么目的了。只要咱们配合好了，以后会有很多事儿让你去办呢！"李佑一听乐了，忙到门后，弯腰拎起那件七窟窿八眼、又脏又沉的破羊皮袍子，啥都不顾了，看也没看就穿在身上了。又找了条蓝布带子系在腰间，这么一打扮，倒真像个赶羊倌儿了。穿戴好后，冲娟娟问道："师妹，师兄可以走了吗？"娟娟叮嘱道："去吧，照我说的做。千万要记住该说的话，别忘了，办好马上回来。"李佑答应一声，转身出去了。

李佑曾与明月长老、娟娟去过大丞相府，知道那里大帐包的气魄和装饰同别的帐包不一样，容易辨别。因此，径直来到了大丞相府的门口儿，四下一看，果然在府门的对面有块上马石。他装出一副步履蹒跚的样子走到跟前，见上马石不仅仅是个石磴子，底下还有个石座子。石座子又宽又大，一个人躺在上面睡觉宽宽绰绰的，旁边立着一根石柱子，很是气派。上马石是阶梯式的，需要上马时，就从这里一磴磴儿地走上去，极为方便。平时，不但相府的将军们从此处上马，而且府里的一些孩子们想要练习骑马，也利用这块上马石。

李佑像个懒汉似的，懒懒散散地跳上了石座子，躺了下来。头靠在石柱子上，手伸到破羊皮袄袖子里，眯缝着眼睛装作睡着了。没多久，果然见一个人走了过来，到李佑跟前说："上马……石是大帅用……用的，你……你不能在……那上面睡觉。"说话磕磕巴巴的。李佑睁眼看了看来人，猜想可能就是娟娟说的那个"大磕巴"嘎尔沁，没吱声儿。那人紧接着问："好……好兄弟，你是想……要一碗炒……炒米吧？"李佑点了点头，那人走了。不一会儿，端来一小碗炒米，伸手递给李佑。李佑看了看碗说："啥破豁牙子碗！"边说边从来人手里接过碗，头也不回地走了。

李佑疾步进到娟娟的帐中，气儿没喘匀呢，便道："师妹，你看，要的炒米拿来了，交代给我的事儿可办完了！"娟娟看着他那急巴巴的样子，直劲儿想笑，并没接他手中的小碗炒米，好像还在等什么。李佑觉得奇怪，心想："葫芦里到底卖的什么药哇？"正寻思着，忽然有人敲门，忙走过去打开门，见一位身穿元兵号坎儿的人站在那儿，冲他说："请禀告妙善师父，豁鼻马来见。"娟娟已听到了门外的说话声，没等李佑转回身来传报，忙迎了过去："豁将军，快请进，我们正等你呢！"李佑仔细看看来人，见他的上唇有豁口儿，方才明白，原来去丞相府门口儿的上马石那儿，是为了找这个人哪！

豁鼻马进来后，向娟娟施礼问候。娟娟先给他介绍了李佑，告知是自己人，不用介意。接着问道："豁将军，你知道大丞相府内设有水牢吗？"豁鼻马回道："有，我还给那里的囚犯送过饭呢！水牢在帅府后院儿马棚的下边，旁边草垛处有扇门，能通到里面。地道挺深，有两个相连着的囚牢。一个是水牢，一个是旱牢，水牢小，旱牢大。水牢是囚重犯的，看守甚严，任何人进不去，小校、兵卒亦如此。连我们这些给大丞相做饭的，没特殊情况，也是不许进的。给犯人做的膳食，得由看牢的牢头儿来取，然后由他送进去。等吃完了，牢头儿再把碗筷收好，一并送回厨房。听说过去曾出过投毒的事儿，所以，现在大丞相对水牢管得较前更严了。我已有一年多没到那边去了，牢房的四周派兵丁把守，一般人接近不了。地牢上面的马棚，是为大丞相专门盖的，里面饲养着四匹作战用的良驹。看马的人，并非普通兵卒，而是纳哈出的自家人。一个是他的侄子，三十多岁，为马房总管。另一个是他的同母哥哥，六十多岁了，差事是伺候马。除此，就是看地牢的兵卒，大约有二十六七个。很显然，纳府后院儿的人并不杂。在那里管事儿的，是纳哈出大夫人所生的儿子都布多尔济，四十来岁，是个武将，平章衔。为什么派他去呢？因为此牢房关的是要犯，绝对不能跑喽。纳哈出对别人不太信任，只有自己的儿子亲自看管，他才放心。"娟娟听后，一声儿不吭，露出一副若有所思的神情。

在豁鼻马谈情况时，明月长老已进了娟娟的帐包，听到了豁鼻马的详细介绍，心想："照这么说，纳哈出府下的地牢的确戒备森严，劫牢反狱没那么容易。"遂对豁鼻马说道："豁将军，该看你的了，帮助出个主意吧。还不知道吧？你的好朋友、大明朝辽东都指挥使司同知叶旺将军和卜家奴兄弟，最近被纳哈出的兵将俘虏，押来了金山，关在大丞相府内的水牢里。咱们必须想办法尽快救他们出来，不然夜长梦多，很可能会出大事儿的。"豁鼻马真的不知道这个消息，一听说叶旺被抓，焦急万分，心想："怎么叶将军初来辽东便遭此厄运呢？要救他出来，等于是从虎口里往外抢人呀！纳哈出是个吃人不吐骨头的魔鬼，若是知道叶旺的底细，绝不会客气的。"想及此，忙说："这如何是好？关进纳哈出水牢的全是要犯，很少有活着出来的。如不尽快施救，可就没命了！"边说边急得直搓手。

娟娟在地上边思索边踱来踱去的，过了好一会儿，才开口问道："豁将军，都布多尔济是个什么样的人，每天早早晚晚总在牢房吗？能不能详细介绍一下这个纳哈出大公子的情况，我倒想认识认识。"豁鼻马说："都布多尔济武功高强，威猛过人，曾在峨嵋山拜师学过剑法。从小跟随纳哈出，在江南一带住过，还到过湖北、四川等地。平时使用的是一把毒剑，人称'七步尸'。就是说双方对阵时，只要他身上的佩剑碰到你身体任何一个部位，哪怕只是刮破点儿皮、不出血，走不出七步必会倒地死掉，变成僵尸一具，相当厉害。他是大将军，又是纳哈出的左膀右臂，十分信得过。那天纳木扎勒台吉反叛时，正是都布多尔济的新婚之夜，故而当时没在场。要是去了，纳木扎勒台吉怕他，根本不敢那么嚣张。谁也没想到的是，猖狂一时的叛匪，最后竟被秉仁公主给

东海沉冤录

送上了西天。"娟娟问："怎么，都布多尔济刚结婚？"豁鼻马回道："咳，公主，哪里呀，他们父子都是夫人不计其数啊，太多了！都布多尔济不知何时又看上了一位将军的夫人，于是硬给霸占了。将军夫人年方二十，长得很美，丈夫原来是都布多尔济手下的先锋官。当时，都布多尔济一眼看中了先锋官的新婚妻子，从此常与之勾搭。那女人同样是个水性杨花、偷男人的风流货，索性抛下忠厚的先锋官丈夫，奔都布多尔济这儿来了，图的当然是他们父子的权势和地位。你们看，那女人哪有什么廉耻、情意可言哪？当来到都布多尔济身边后，二人毫不顾忌，吹吹打打拜了花堂。听说先锋官为妻子离去既窝火又没辙，后来上吊死了，此事在金山早传遍了。都布多尔济天天与这个美女缠磨在一起，平时根本不露面，因此不容易见到他。"娟娟又问："他们的洞房在何处？"豁鼻马回答："在大丞相府的后边，紧贴马棚和牢房。因为从都布多尔济住的帐包窗口儿可以看清楚牢门，去牢房的人，必从那儿路过。所以，他不用出来，坐在家里便能监视牢卒们的活动，生人不可能从眼前混过去而进入地牢。"娟娟接着再问："你知道不，那些进牢里办事儿的兵勇持什么牌证？"豁鼻马说："知道，凭的是都布多尔济发给的羊角令牌，是把小羊白色的角破为两半儿做成的。都布多尔济平时将这些羊角令牌挂在腰间，命谁下牢房查监时，才解下半片儿令牌发给他。进牢房的人拿着都布多尔济的半片儿羊角令牌，须同牢中看守手中拿的另一半儿羊角令牌对上，门岗方能放行。如果对不上，不仅进不去，还得把你抓起来。换岗时，从牢里出来的狱卒把那令牌交还门岗，门岗再把令牌交给下一个要进去的人。这个人出牢后，把那半片儿羊角令牌还给都布多尔济，才算销差，差半点儿就是一个字儿：'杀！'"边说边做了个砍头的动作。

坐在旁边半天没说话的明月长老听后，认真想了想，插问道："豁将军，照你刚才说的，都布多尔济在田田多尔济、扎浑多尔济兄弟中年岁最长，也是最有权势的人。想必他与两个弟弟的关系挺好？田田怎么看他，敬重这位大哥吗？"豁鼻马说："师太，可不是这样。金山的人都知道纳哈出大儿子的德行，狂妄自大，任性放荡，只是不愿说他的那些肮脏臭事儿而已。田田是个好孩子，跟都布多尔济完全不一样，金山的人没有不夸的。田田的母亲当年是纳哈出的爱妾，天天搂着抱着，形影不离。后来都布多尔济不知怎么也插进来一脚，占有了田田的母亲，你想那能好吗？于是，纳哈出父子活活把田田母亲给折磨疯了，至今生死不明。出了这事儿，田田能不仇恨纳哈出和他那个大公子吗？何况都布多尔济和田田不是一母所生。都布多尔济为了继承父业，总是尽力排挤、欺侮田田和扎浑多尔济，而田田又不同于小弟弟。扎浑是田田母亲和纳哈出生的孩子，大丞相自然很是喜欢，处处宠着、向着老儿子，让这个九岁的孩子当了小将军。田田不同啊，是从外地来的'带犊'。当年田田母亲凭着姿色，硬是在纳哈出面前为自己的儿子讨得了义子之名分，也封了官。可是随着田田母亲疯后失踪、人走茶凉，田田便江河日下、自身难保、不得烟儿抽了，将来的下场恐怕是可悲的。师太，方才您问田田他们兄弟之间的关系咋样，这么说吧，不但很僵，而且田田对都布多尔济一直是恨之入骨的，更无敬重可言！"明月长老听罢，点了点头。

娟娟听了豁鼻马的介绍，见应掌握的情况了解得差不多了，于是侧过头来向明月长老示意一下，然后说道："豁将军，谢谢了。务必记住，对今天的事儿，不能露出半点儿风声，权当什么都没发生。你照常给大丞相做饭，仍要做得好，精神上不要紧张，不准有丝毫的改变。叶旺和卜家奴就不用将军挂念了，我们自有办法。你的差事只有一个，就是在纳哈出等人面前装出三个饱儿一个倒儿、啥也不寻思的样子，该干啥干啥，不使周围的人产生任何猜疑。只要这样做了，便是帮了大忙了，记住没有？"豁鼻马连忙回道："记住了，请师太、公主尽管放心，一定照办。"娟娟说："好，时候不早了，回去吧，别让那些人到处找你。"豁鼻马边答应边退了出去。

豁鼻马走后，明月长老、娟娟、李佑三人详详细细、反反复复地商量着营救叶旺将军和卜家奴所应采取的办法。当议论到什么时间动手合适时，明月长老说："娟娟、李佑，我有个大胆的想法，不知你俩同意否？"二人异口同声地问道："什么想法？请师太快快讲来。"明月长老接着说："豁鼻马刚刚已经讲了，金山丞相府平时一向戒备森严。现在又抓来了叶旺、卜家奴，况且纳哈出本来是个多疑而狡猾的人，防范肯定会更加严紧，必将把丞相府看守得水泄不通。如果夜探夜袭，必要大动干戈。他们人多势众，我们人少势单，又是到心窝儿里掏一把，可谓极难之事。双方为此真要打起来，咱倒不一定白给，会杀他个痛快。可眼下的第一要务是营救叶旺、卜家奴，而不是打打杀杀、赢了便行了。因此，不妨在白天去大丞相府劫狱，当较为稳妥。"娟娟、李佑听后一愣，忙问："大白天怎么能救人呢？请师太明示。"明月长老说："你们想啊，夜晚劫牢反狱，乃历代武侠信手拈来之法，成了惯用的常规。故此，这个时间的防备必然是非常严的。而白天却不同，不仅是在赫赫有名的金山，还是在大丞相府内，任何人都不会想到有人敢在光天化日之下劫牢反狱。我们就是要打破常规，出其不意，攻其不备。再说了，丞相府的地牢，恰恰是由纳哈出的大公子都布多尔济掌管着。对他我算看透了，那是一个好色之徒，心里头不会装着地牢。为什么这样说呢？他坚信那里有严密的布防，又掌握着暗道机关，一般情况下，是不会出事儿的。尽管如此，在纳哈出的督促之下，夜晚倒有可能出去巡视一番。而白天，不但不会有人催他，而且他会认为谁长几个脑袋，敢在大白天来送死？那么惟一要干的事儿，只剩下搂着霸占来的美女补夜间之不足，睡在风流乡之中了，这不就使咱们有机可乘吗？最好选在天刚放亮儿时进入丞相府。说到此，明月长老停了一下，很有把握地看着眼前的二位徒弟。

娟娟和李佑听后，精神为之一振，频频点头，认为师太讲得太好了！明月长老继续说道："天亮前这段时间，是人们最困倦之时，也是巡查较为放松的时候。夜间巡逻之人认为天要亮了，安全了，该回屋歇息去了，而白天巡逻的人员还未接班。我们就利用这个空当儿，以飞檐走壁的轻功，进入丞相府，找准都布多尔济住的挨着马棚的帐包，抓住那个男盗女娼之人。然后，利用他的羊角令牌，营救叶旺和卜家奴。去的时候，李佑从我的囊袋里拿出一些'九转如意还魂散'，按过去传给你的方法，把它吹进大丞相府兵卒住的帐包里，叫他们睡个不醒。这个时候，你俩便可乘机劫狱。把人救回来后，咱们不能再在金山大寨呆了，得赶紧乘马远走他乡。娟娟，估计你的生母已不在此地，离开金山后，再设法寻找，你们看说的可不可行？"娟娟听后，觉得为救叶旺哥哥，只能如此了，固守金山大寨已毫无意义。不过又一想："我走了，田田弟弟怎么办呢？咳，暂时顾不过来了，以后会有相见之日。再说这么做，不至于连累田田，他完全可以在金山安生。否则，田田没找到母亲，还要与我们一同远去，何苦呢？把他留在这儿，总算有个可靠耳目，待日后来接也不迟。"想好后，遂对明月长老说："师太，我看挺好，就按您说的办！"三人一直商议到大毛星升上中天、外面传来了头遍鸡叫声才完毕。明月长老说："时候到了，娟娟、李佑，你俩可行事去了。"二人穿好衣服，带上兵刃，推门离开了帐包，俯身躜行，疾步向大丞相府奔去。

大丞相府周围全是帐包，不用蹿房越脊，只需施展行如狸猫的轻功，便可很快到达相府的院外。娟娟和李佑嗖嗖地蹿房越墙，腾上跃下，迅速进入了丞相府邸。你别说，一路上，还真没遇到兵勇，看来明月长老的估计是对的。二人如入无人之境，顺利地奔向了大丞相府后面的帐包，即都布多尔济的住所。为什么能摸得那么准呢？因为娟娟自被封为金山大寨的总寨主后，曾多次来过大丞相府，对这里的一切早就留心了。当豁鼻马说起都布多尔济住在大丞相府后面马棚旁边的白帐包时，她的脑海中立即呈现出了那帐包的样式，进入丞相府后，自然神速、准确地寻到了。二人看了看帐包，会意地点了点头。李佑按照师太的吩咐，从怀中拿出一根喷杖，即一个喷烟用的竹管儿。竹管儿不粗，前面镶有铁尖头，可以刺入帐包。尖头上有个小眼儿，从竹管儿这头儿一吹，能将烟通过小眼儿吹进帐包里去。李佑将喷管儿蘸上了"九转如意还魂散"，敏捷地在附近几个帐包之间，使劲儿把睡药往里吹。尤其是娟娟特别点到的兵营守卫之帐包，吹进去的更多些，让他们睡如死猪。然后，又到大丞相府门前的小帐篷，这是守卫门丁住的地方，也往里面喷了不少睡药。

在李佑做这些事的时候，娟娟已用匕首将都布多尔济所住大帐的小门儿插关儿捅开了。都布多尔济太傲慢、太麻痹大意了，一点儿没有防备，门根本没锁。肯定以为在大丞相府里，没人敢碰他，再说金山大寨过去从没出现过夜入相府之人。娟娟轻轻地打开了门，一闪身进了帐包，反身将门关好。然后，用蟒蛇蠕动之技，即仰身伏地蠕动双肩，无声而快捷地到了中心大帐，那便是都布多尔济的卧房。大帐包的北面挂有蚊帐，蚊帐里是支起来的卧榻。一般来说，蒙古包没有炕，为防潮，卧榻支得离地挺高，底下是空的。娟娟一个滚身，钻入了卧榻之下。刚刚停稳，突然听到上面女人的哼哼声，知道准是那个淫妇了。心想："都布多尔济此刻要是不在帐包，可就糟了！"紧接着，又听见一个男人呢喃地说着一些淫荡的话语。原来此时，都布多尔济正趴在那个女人身上，兴致勃勃地干着那事儿呢！可能由于用劲儿过猛，女人有点儿吃不住，只听嗲声嗲气地说："不是刚才干完嘛，怎么又来呀？别使那么大劲儿好不好，奴家受不了，悠着点儿嘛！"都布多尔济淫笑着，并未停止动作，用难以入耳的话语挑逗她。俩人越干越有情绪，亲嘴儿的声音越来越大，身体翻来覆去地折腾，卧榻不停地颤动，发出的吱吱嘎嘎声异常刺耳。你想啊，娟娟可是个青春少女呀，哪能听得了这个？何况因此而马上想到了白天豁鼻马所讲的，她的生母就是被都布多尔济野蛮蹂躏、糟蹋疯的！又想到自己的弟弟田田多年来承受的苦难，顿时怒火中烧，再也忍不住了，满腔怨愤像火焰般迸发出来，决心为疯了的母亲和可怜的弟弟报仇！随即伸手从腰间抽出阴宗双鹤剑，仰过身来，把剑狠狠地从下往上刷的一下捅了进去！卧榻上的一对儿狗男女正在淫乐，哪里会想到有人竟伏在床下向他们动手呀？阴宗双鹤剑真是太锋利了，加上娟娟用劲儿很猛，你说咋就那么寸，那剑干净利落地从卧榻底下刺入，不但从躺着的女人后心直接穿过，而且还刺入了趴在她身上的都布多尔济的胸膛。娟娟想早点儿送他们去阴间，快些结束这罪恶之声，又连连猛捅猛剜了几下。她将剑拔出，滚身出了卧榻，随之站了起来。见两个无耻之徒连被子都没盖，赤条条地擦在一起，床上已是血流成河，皮褥子全染红了。娟娟见那女人早已断气了，生怕都布多尔济没死，遂举剑将头颅割了下来。这对儿狗男女可倒好，正值狂热放纵地交欢时，却稀里糊涂的一命呜呼了。可叹都布多尔济一手峨嵋剑法徒有其名，没用到正路，竟断送在贪恋美色之中！

娟娟用被子擦了擦带血的宝剑，擦得锃亮，然后插入了腰间的剑套儿。又巡视了一下帐包的四处，鬼都没见着，只有一只猫吓得嗖的一下钻进木桶里。在卧榻旁边，找到了都布多尔济的一串儿羊角令牌以及开牢门的钥匙。她拿着令牌和钥匙走出了帐篷，径直到了地牢，打开牢门进去了。因为看守地牢的门卫早已被李佑给打昏了，所以无需出示羊角令牌，只用钥匙打开水牢就行了。当她进入水牢时，关在里面的叶旺和卜家奴见来的不是狱卒，而是娟娟，不禁大吃一惊啊！娟娟忙示意不要出声儿，将羊角令牌和钥匙往地上一扔，上前解开了捆绑他们的绳子，之后手一招，二人迅速地相跟着走出了地牢。

此刻，刚刚回到牢门口儿的李佑见叶旺、卜家奴出来了，赶忙上前搀扶着，引他们向马棚走去。进入马棚，牵出纳哈出专用的四匹坐骑，那马发出咴儿咴儿的叫声。这叫声惊醒了几个班头儿，个个睡眼朦胧的，刚要出来，早被眼尖的娟娟看到。遂快步上前，刷刷几剑，痛痛快快地送他们回了老家。四个人拉着马，走到纳府的后门，见看门人已被李佑喷的睡药麻醉，仍未醒来。李佑逗趣儿道："平时挺辛苦的，这回可以好好儿睡一大觉了，咱们不打扰了！"随即打开城门，四人走出了丞相府。明月长老早已在那儿等候，见一个个顺利地出来了，很是高兴。牵来的四匹马，娟娟让叶旺、卜家奴、李佑和明月长老各骑一匹，并说："你们快走,我用轻功在后追赶,不用特意等。"四人听后,翻身上马。由于四匹坐骑都是纳哈出派专人驯育出来的,很通人性。骑上人之后,它立刻觉得不对,知道不是自己的主人,便咳儿咳儿地怪叫,连跳带尥蹶子的,似乎是在通知它的主人。马的踢叫声惊动了城内那些未被睡药麻醉的兵卒,他们操起家巴什儿,呼喊着冲出了帐包,城内立刻乱了。叶旺说:"快打马出城,马若不走,就用匕首往屁股上划一下!"于是,每人抽出匕首,回身往后一划,马屁股的肉当即翻开了,鲜血直流。这一疼,那马能受得了嘛,能不拼命往前跑吗?于是尥开四蹄,飞快地向林子奔去。

单说田田身处大丞相府内,正想着明月长老他们是否理解了自己传去的信息呢,就听有人来报:"水牢被劫,贼徒已救走!"他立即想到了一定是姐姐等人所为。为了呼应娟娟,护送他们过关卡,于是传令备马,集合了手下的兵丁,说是要赶快去追劫狱的贼徒。出得帐包,骗腿儿上马,回头向兵丁们喊道:"随我来,快跟本将军走,不要听别人的!"众将士遵命,翻身跨马,跟着田田拼命向前追赶着。前头着实挺乱的,也不知哪个是娟娟他们一伙儿的。正追着,突然从一个帐包上嗖地跳下一个人来,恰好落在田田身后的马背上。他回头一看,不是别人,而是娟娟姐姐!这是怎么回事儿呢?原来娟娟让叶旺他们骑马快跑,自己却悄悄儿躲藏在元兵的一个大帐包顶儿上,想凭借武功和剑法,等待元兵骑马追过来,飞骑夺马。她正伏在帐包上仔细观瞧、等待着,忽然见田田奔来,高兴极了,知道肯定是接应他们来了。遂站起身来,顺势往下一跃,不偏不倚地跳到了田田的马背上,双手紧紧搂住了弟弟的腰。

骑兵追了一大阵子,也未撵上劫狱的人,连个人影儿都没见着。只好停住马,反身往回走。在混乱之时,田田和娟娟乘机离开了元兵,打马向林中跑去。姐弟俩在密林中穿行,以最快的速度,马不停蹄地追赶着叶旺、卜家奴、明月长老和李佑他们。可是追出好长一段路后,仍听不到马蹄的嗒嗒声,心中有些着急。难道是走差道儿了吗?又走了一气儿,还是没有找到,田田说:"姐姐,咱们已离开金山百余里地了,眼看要到罗锅哨口了。哨口的管事人是我的好友,有一次喝醉酒了,痛打了都布多尔济。父王大怒,兄长则口口不饶,不仅抽了他八十鞭子,还割下了一只耳朵,并从一个平章大将军贬职到此,领十几个兵卒守候哨卡。这个处理结果还全仗我向父王为其求情呢，要按都布多尔济大哥的意思，就得将他活活打死。此人叫岳索图，朴实、正直，脾气暴烈，是个兢兢业业干事儿的人。依我看，咱俩不妨先到他那儿去。"娟娟说："你一个人去吧，我不能去。主要是担心继续拖延下去，一旦纳哈出的兵马赶来，该如何是好？"田田笑着说："好姐姐，听我的吧。咱们在罗锅哨稍事歇息，向岳索图多要几匹马，每人两匹不更好吗？顺便可了解一些情况，然后再走不迟。你放心，事实上，金山大寨真心实意为纳哈出卖命的人并不多。父王一向独断专行，霸气十足，又好猜忌别人。任何人不敢轻易有造次之举，全像个拨浪鼓似的，你不去摆，他是不会动的。而且皆认为多一事不如少一事，离麻烦越远越好，个个只是小心翼翼地侍奉他而已。在此种情况下，姐姐你想，父王不亲自出马，或者不是都布多尔济和我们这些人率队追赶，下属的众兵将怎能会主动前来呢？"娟娟边听边点头，觉得田田说得在理。

　　田田见娟娟姐姐已将他的话听进去了，接着又道："今天的事儿，你不是见到了嘛。当我离开队伍的时候，兵卒们像无头的苍蝇，草草地追了一阵儿便回去了，没人那么认真。金山大寨虽然名声在外，但说到底，不过是外强中干而已。谁人都看透了，早早晚晚得被大明朝灭掉，这个趋势是阻挡不了的。自打咱们的母亲被逼疯走失，母子分离后，我已心灰意冷，所有的梦幻像肥皂泡儿一样破灭了，对金山也没有任何留恋，可以说与己无缘了。之所以能成为纳哈出的义子，说来是个笑谈。当年母亲美貌多姿，心地善良，性情却十分刚强。纳哈出要霸占母亲，母亲提出了条件，必须认我为义子。开始，他无论如何不答应，母亲对其不加理睬不说，并拒之门外。后来，在母亲的一再坚持下，纳哈出没招儿了，只好按母所请，摆了香案，向祖神盟誓，许下宏愿，说什么日后只要他纳哈出得到元朝的帝位，有天祚之福，就立田田多尔济为太子，传位于太子。在没有得到皇位之前，把我作为他大帐掌印的主帅。如有违逆，神人共诛，尸骨不全。那话让他说绝了，母亲信以为真，总算使纳哈出如愿以偿。在以后的日子里，正是那些甜言蜜语蒙骗了母亲，也迷醉了我，对未来始终抱有幻想。可是，我和母亲渐渐地看清了过去的想法是不切实际的，完全是一场白日梦。纳哈出心里的美女，几天一变哪，母亲在他心目中越来越淡漠了。更可气的是，母亲又遭到纳哈出的长子、禽兽不如的都布多尔济的蹂躏，与其父轮换着百般地折磨。过了一段时间，母亲终于不堪凌辱，活活被逼疯了。从此，我在纳哈出面前的地位变了，一天不如一天。心里十分清楚，我不是都布多尔济，不是扎浑多尔济，而是田田。既不是纳哈出的亲生，又与都布多尔济毫无关系，我就是我。仅冲那父子二人禽兽不如的德行，总有一天，必要举义旗反金山。这个夙愿，已经心存多时了，只是孤掌难鸣、独立无援罢了。后来，我下定决心，在找到生母后，离开金山，远走高飞。就在非常失意、六神无主、像断了线的风筝、不知哪里是归宿的时候，你们来到了金山，田田我才算有了奔头，有了生存的信心和希望。姐姐，看看下一步该怎么办？你说咋办，我就咋办，绝无二话。只要说出来，弟弟必服从调遣，跟姐姐走定了。"娟娟听了田田的一番话，很高兴，笑着说："好弟弟，既然罗锅哨的岳索图是你的朋友，人又可靠，我同意先到他那儿。弄几匹马，详细了解一下金山周围的情况，打听打听明月长老的去处，再做打算。"田田说："好，我听姐姐的。"姐弟俩一边兴致勃勃地谈着，一边在白桦密林中穿行。

路上，田田怕姐姐寂寞，知道她一直想更多地了解金山，便讲起了这里的风光和所发生的不少典故。田田一讲起来，连比划带说的，非常生动，娟娟特别爱听。娟娟来金山不少时日了，还真没找到一个适当的机会去四野游逛过。现在同弟弟一路走着、看着，一路听他介绍着，真正感受到了大草原的壮阔和美丽。虽然天气已近深秋，寒风瑟瑟，草木凋零，但那南归雁阵在空中的鸣叫，牲畜在地上低头觅草的情形，仍使人有风吹草低见牛羊、天高地阔、心旷神怡之感。娟娟高兴地问道："弟弟，金山到底在哪儿？为什么叫'金山'，名字是咋来的？"田田笑着说："姐姐问得好，不少人觉得是个谜。是啊，大草原上哪有什么金山呀？说来这名字是父王纳哈出给起的。平时每当向我们讲他如何创业、开荒占草等故事时，常讲到金山的来历。据父王讲，他刚从南朝，即大明朝被放回来时，想选一个能够发迹的地方，好好儿干一场，重振元朝。可选哪块地方好呢？寻来找去，寻到了西辽河一带。他童年时，曾在那儿呆过，故而对其既熟悉又喜欢。于是，准备在西辽河建营寨，设立基地，以发展自己的势力范围。可是在西辽河的老朋友，还有家乡的一些牧民告诉他，选西辽河不如选辽河，因那里有出名的驿镇，是骆驼常去的地方，叫骆驼乡，即后来的通辽一带。也有人认为选甘旗卡或北边的金泊吐更合适，都是些美丽、富饶之地。但他一概没有选定，觉得那里人口太多、太乱，不利于军队发展，不便于保守机密。要是在当地建兵营，不是很快就传扬出去了吗？得找一个相对幽静之地开营建寨，平地起城楼，才有可能发迹。于是，带领几个人，骑上快马，在辽河周围数百里以内，走了十几天选地方。当走到现在的金山大寨时，见此地杳无人烟，只有百鸟的鸣唱，他高兴了，认定是个好地方。说也奇怪，恰在这时，突然有三十多只白天鹅在头顶上盘旋，发出嘎嘎的叫声，好像表示欢迎似的。纳哈出抬头看着空中的奇景，笑着决定道：'好，就这个地儿了，在此处建咱们的营寨！'因听天鹅的叫声特别好听，又对随去的人说：'哎，得起个什么名儿呢？要我看哪，不按蒙古的名儿来起，咱按天鹅吉祥的声音定营寨的名字，叫'吉尔嘎朗'吧。对，太好听了，干脆叫它啦！'父王就是这样定下的寨名儿。"娟娟插嘴问道："那后来怎么叫金山了呢？"田田做了个鬼脸儿，调皮地说："姐姐别急呀，听我慢慢道来。定下建主寨的地方之后，父王立刻领着兵马挖沟建城寨，大伙儿干得可来劲儿了，热火朝天的。说起来，建得真够快的，只十几天的工夫，便在西辽河的大草原中，出现了兵营、城墙、马圈、羊群，幽静的草原霎时变成了喧闹之地。南人，即南朝的人很快听说了纳哈出在北边建起了营寨，准备恢复元朝，打听具体在什么地方，回答说是在'吉尔嘎朗'。汉人听'吉尔嘎朗'的音很像'金山'之音，时间长了，'吉尔嘎朗'又不好记，便叫成了'金山'。后来传到了父王的耳朵里，有人对他说，南朝的人管咱们这个地方叫'金山'，说你要在金山重整旗鼓，东山再起。父王听了哈哈大笑，连连说：'好哇，太好了，汉音的名字好听，金山正表明此地的特色呀！这块儿水草肥美，牛羊遍地，鱼虾满湖，非常富饶，可不就是一座金山嘛！'从此，金山的名字开始叫起来了。"

各位阿哥，依说书人看，纳哈出将金山作为基地，算是有眼光。史书上讲："金山在开原城西北三百八十里，辽河的北岸。"因为这里有滚滚向东流淌的西辽河，与之并行的有曲曲弯弯的敖来河，又称教来河，两河中间形成了水草丰美的天然牧场。所以，金山向为蒙古族的游牧之地。同时，也有不少的湖泊和小溪、沼泽，鸟兽鱼虾十分丰实，在这儿建营可以得到充足的给养。除此之外，还有一个特点，就是作为军事要地，进可攻，退可守，易守难攻。为什么这么说呢？你想啊，在茫茫的草原上，突然一彪马队从远方来攻，目标清楚，老早便可看到。使之反攻可有准备，退守便于隐蔽。再说到处是塔头甸子，若不是在此经过驯养的马匹，是不会走沼泽之地、踩塔头甸子的。跑不起来不说，必陷入泥潭之中。而纳哈出的那些蒙古骑兵，可全是专门训练出来的，在塔头甸子上照样奔跑如飞。我们说纳哈出选得好，有眼光，还因为金山确实是控制辽东的战略要地。既是大漠，又不在大漠深处，紧挨着辽东的许多重镇，离得都不远，向前走可进入辽东的平原腹地。正是在这样的地方，他率领兵将很快建起了众多的据点，像阿都沁、白音芒哈、习尔舒，还有伊胡塔、海斯甘旗卡、敖吉斯塔。再往远处，有敖来河流域的保屋通等，真是方圆数百里之内，尽归纳哈出所有。

田田、娟娟骑马漫行在辽阔的草原上，一边观赏着风光，一边谈了许多金山的情况，转过山谷小道儿，到了一处所在。可以说地方很奇特，东南西北的大路皆由此经过，乃交通之要道。又是在平原上突起的一个不太高峻的山丘上，居高临下，凭栏眺望，四周情境尽收眼底，为理想的瞭望之地。作为兵家来讲，一看便知，这里是军事要地。他俩登上山丘，见山顶上有片不太大的平地，四周林木繁茂，构成了一道天然的屏障。透过密林，可见中间有二十几所用圆木搭盖的房子，四面有木栅围墙。寨堡是用北方特有的建房方法搭建起来的，遍地林木，可以就地取材，方便得很。挑选最粗最直溜儿的钻天松，锯下以后，去了枝叶、头尾，余下大圆木，即木克楞。再根据所盖房屋的大小，锯成一定长度。然后将一根根圆木摞起来，旁边用粗木头夹着，中间凿些眼儿，把木橛子从这个圆木钉到那个圆木上，即加上销子，搭就的墙既坚固又结实。四面墙建好后，中间掏窗户，上头棚上盖儿，盖儿上抹些泥，百年不烂。不管是狂风暴雨的侵蚀，还是地动山摇的损毁，皆可岿然不动。用此种方法盖起的房子，叫木克楞房子，是北方特有的居所。那么，这里是什么地方呢？就是罗锅哨口。岳索图来后的几年里，由于进行了认真的治理，使原本只有七八个兵丁的哨口，发展成了拥有二三百兵丁的大哨——金山第一哨，为金山通往北方、东方、南方的重要门户。纳哈出对罗锅哨的变化很满意，也十分重视。只有在这时，他才对岳索图因打了自己的儿子都布多尔济而受的罪、甚至被割了右耳、成了独耳大将的事儿感到抱歉。在金山，同罗锅哨大小一样的哨口约有七八个，并且同时兼有驿站的职责。

说起驿站，咱们得多讲上几句。元朝时，十分注重驿站的建设和发展。那时的驿站，蒙古语叫站赤，即驿传之意。当时凡属王公朝会、军队调动、使臣往来、官物运输等，全依赖驿站，即由站赤来运转。然而到了元朝末期，由于连年的战火，很多地方的哨口兼驿站被破坏了。元朝被推翻后，辽东所有的哨所、驿站，由纳哈出全部接管过来了。他为什么特别注意哨口、驿站的建设呢？因为早有野心哪，想要划地割据，重新打起元朝的旗号，背北面南，继任大元的皇帝。于是，便想方设法、下大力气充实、整顿、加强驿站，使之力量更强，马匹更多，沟通更灵活。使每处驿站就像一个人的神经、耳目和触角一样，一直深入到最前哨。各个站赤有如中枢通往各处的条条通道，上下连接，异常顺畅。站赤里有赤兵，或称"铺兵"，也叫"急逮捕"。他们的差事是负责保卫、传递各方文书、往来信函，通达边情，宣布号令。根据各站赤所处的环境和所用交通工具之不同，分为陆站、牛站、马站、狗站、轿站、步站等。

所说的陆站，就是以马、牛、骡、驴等挽力作为运输工具的站点。这样的驿站，占当时所设站赤的多数。从松花江松阿里奔黑龙江到北海，从兴格定①进乌苏里江奔东海，道路、环境复杂多样。有崎岖的山路，有草木丛生的林间小道儿，也有泥浆遍地的沼泽。由于气候的变化，造成了路况不同，所使用的交通挽力随之各有区别。以马、牛为主的，称之为马站或牛站。冰天雪地时，因雪太深，牛车、马车进不去，则以雪橇，即狗爬犁作为主要交通工具，这样的站赤称为狗站。一个狗站，要养数百条狗，每架狗爬犁得使用几十条狗。狗爬犁速度相当快，比马爬犁快得多，拉爬犁的小狗都是驯化出来的，单有赶狗橇的"急逮捕"。他们常选出一些公狗作为头狗进行专门调教，不但识路，而且懂信号。什么信号？只要赶狗橇的人用不同的声音把所要表示的意思喊出来，头狗就会逢山开路，遇水搭桥，嗖的一下蹿过去。其余的狗会跟随头狗拼命地跑，生恐落在后面，在雪地上显得很是壮观。因为辽东这块儿夏天只是几个月，在长达九个月的寒冷天气里，经常是风雪迷漫。所以，狗橇自然成了重要的、必不可少的交通工具。还有些地方，既不能过车，又用不上狗爬犁。什么样的地儿呢？如从这个山涧到那个山涧，需要攀援，爬岭登石崖；沼泽地泥泞不堪，车马难行，只能人背肩扛物资步行走过去，于是便有了步站，有些地方的运输必须抬着走，抬人或抬物，走狭窄的小路，踩着石头过去。这就需要建立轿站，以北方特有的二人抬或四人抬的轿作为运输工具。总之一句话，元代凭借着驿站，构成了江阜的信息传递网和交通运输网。

各位阿哥一定会认为，那个时候路途迢远、荒野连片，消息肯定不

---

① 即兴凯湖。

灵通。其实不然，当时就是依靠各个驿站，三千里地的消息，三千里地的货物，三千里地的文书通告，往往十几天，最多二十几天准能送到。不论传信还是送物，都是日夜兼程。宁可死人、死马、死狗，也要将信和物传递下去，一站接一站，从不耽误。纳哈出为发挥驿站的作用，把凡是能用的交通工具全用上了，不仅保证了公文、信件或信息的传递，还承担了达官显贵吃的、穿的、用的等所有物资的供应。他们是吃啥有啥，珍馐美味样样儿俱全，金银珠宝源源而来，稀有皮张任啥不缺。哪儿来的？全是各个站赤运来的。纳哈出把站赤治理得像人身上的血管一样，畅通无阻，运送一天不停息。

那么，站赤的铺兵是怎样运输的呢？以步站来说，承担运输的铺兵将所要运的海物也好，金银珠宝也罢，皆装入木匣子或绢匣儿之中，外面贴上封条，加上锁，然后背在身上。另外要挎上铜铃，备好防雨的蓑衣，还得带着用豆油或鱼油泡好了的麻披或皮张，作为雨布或用于冬天睡觉时铺在地上，以便防潮。夜行时，需要举着火把。为什么带铃铛和火把呢？一可用来吓唬野兽。走起夜路来，身上的铜铃叮叮当当一响，手中的火把一照，狼虫虎豹一看，全吓跑了。同时也是为了照亮儿或向下一站报信儿，让他们做好接传的准备。站赤有军令，谁要误了事儿，必斩无疑。每个站赤的铺兵都是轮换着睡觉，总有一部分人待命接班，听到远处铜铃一响，马上到门口儿等候。上个站的人一到，接过货物便走，向下一站传送。如果听铃声突然不响了，必须赶紧去救援，这便意味着出事儿了。可能是碰到野兽了，或许摔到山下了，还是出现其他什么异常情况了。倘若不去救援，充耳不闻，也要立斩。还有一条规定，叫交回历。怎么个交回历呢？就是铺兵运货物或传递信息到下一站，此站接到了货物或信息后，要给铺兵回讫卡，卡上有交差的大印。铺兵回来得将讫卡交上，算是圆满交差。不然千山万水的，谁知道你是否把所传之物或信息送到下一站没有？说了谎呢，把东西扔到了荒郊野外呢？总得有个证据才行。这回历，显然是起证明的作用。在回讫卡上，把送到的时辰、送来几件什么东西、几封信函皆写得一清二楚。一旦发现问题，可据此详查，就这么严格。

站里的铺兵非常辛苦，承担差事后，每天至少得跑四五百里，多则六百余里，即所谓的六百里快报。他们一年到头不得休息，不少人坠下山崖，死于非命，或活活累得吐血而亡。各个站赤对送递物品、信函的来到本站赤的铺兵有什么优待呢？实在是没什么，只是在打了回讫之后，给他们吃顿饱饭，总不能让人家饿着肚子往回跑。如果有摔伤的，便用预备好的药给抹抹或做些简单的包扎，仅此而已。

元代建起的站赤，从好的方面讲，它使荒僻野莽的北边之地，有了便捷灵通的网络，政令下达得快。边关有事，驿兵即出，朝廷马上就能知道。反过来，朝廷有重要的信息和御告要通知下边，也可以立即传下去。这种驿站制度，一直延续到明代和清代，而且一代比一代更严密，此为后事，不赘述。

单说在辽东这块土地上，驿站还同北方各氏族向朝廷缴纳的贡赋紧密联系在一起。各个土著部落的贡品，像名鹰、海东青呀，各种东珠、海产品、山货及名贵的皮张啊等等，都是通过站赤往上传递的。各地按时、按数、按质、按规格将贡品交给传输之道——站赤，再由站赤一站接一站地送交给朝廷，速度很快，安全可靠。有些站赤为了保证贡品的运输，设了不少分站赤，由分站赤代理朝廷收缴和验收贡品。这样一来，站赤的权力就大了，随之出现了不少弊端。一些大站赤的官员，即驿令、达鲁布花等，借收缴和验收贡品之机，肆无忌惮地捞取财和物，中饱私囊。其富有在一定程度上，远远超过王朝的达官显贵。这些人有生杀予夺之权，以没有按质、按数、按时缴纳土贡为由，任意捆绑和囚禁各部落的人。一切由他们说了算，想怎么处置就怎么处置，随心所欲，更不要说平时作威作福、抢男霸女了。

在元代，驿站的官员分好几等。上有驿令，下有总把，即抓总的那个人，下头再小的还有牌子头儿。各层有自己的官员符号，最高的是"金"字圆符，次之为"银"字圆符，再次为"铜"字圆符。这些驿站看似很强，但由于官贪兵苦，埋下了不小的隐患。就说站赤铺兵的来源吧，在辽东的各站，全来自当地的土著乡民。具体说，大多由女真各部承担。上边分派给各屯寨人数，由寨主自选自定，必须按时按数把人送到。否则，诛灭户寨，老少皆斩。人们都知道赤兵的差事太苦了，去了是九死一生，不去也是个杀，故而民怨沸腾。这样一来，驿站便像一座闹事的火山，为逃避征召铺兵，常有逃跑的，或集体起来反抗官府的。致使站赤兵源短缺，甚至处于瘫痪状态。

纳哈出接手治理站赤时，不仅加强了防范，同时还采取了一些让步政策，软硬兼施。对势力比较强的部落，觉得管不住人家时，不主动去碰，该部落的人就相对少遭点儿殃；对一些势力弱的、抵不过他纳哈出兵力的小部落，则强行征召，成为土民的一场灾难和重负。正因如此，纳哈出的驿站逐渐有了新的发展，其中的罗锅哨口，是辽东众多站赤中的一个最重要的前哨陆站。它早已不是十几个人的小站赤，而是由独耳将军岳索图执掌的、有三百六十六个大小不等的下属站赤的大站赤，像从罗锅哨口伸向各处的触角一样四通八达。所以，这里驿令的权力很大，消息特别灵通。

娟娟通过一路观察及听了田田对金山驿站一番详细的介绍，增长了不少知识。明白了纳哈出是怎样控制辽东的，再不奇怪辽东为什么能一呼百应了，知道了罗锅哨口在战略上的作用。它既不是一个简单的小哨口，也不是草原上的一处无名之地或是几个瞭望楼的事儿。而是一颗心脏或一双眼睛，是金山大寨的关口，是纳哈出想要干一番所谓复元大业不可或缺的经济与信息的攸关要地。还清楚了大明要想控制、占有辽东，夺得广袤的沃土和争取诸少数民族部落的归附，不只要在金山与纳哈出一决雌雄，争个高低，更需想方设法真正获得一个又一个像罗锅哨口那样站赤的控制权。惟如此，才能砍掉纳哈出的胳膊和腿，使之饿死、渴死、困死，不战自亡。娟娟此时才感到，来罗锅哨口不单是借用几匹能征善战的快马，重要的则是真正结交达鲁布花岳索图，创造条件，扎根在金山。并认为田田能把自己领到罗锅哨口，正是完成凤愿的关键步骤，同打入纳哈出的心脏是一回事儿。在这里，利于了解方方面面、各种各样的情报，上边可知纳哈出的动向，下边可掌握三百六十六个小站赤的一举一动。想到这儿，愈加精神焕发、信心百倍，恨不得一步就跨到罗锅哨口，同田田一起去拜访那位头领岳索图。她催促田田道："弟弟，咱们快些走，以便早点儿到那儿见见你的好朋友。"田田答应一声："好哇！"随后一扬马鞭，飞快地向前驰奔。

娟娟在随同田田走向罗锅哨口的路上，又见到了不少瞭望塔和烽火台。在这里，请诸位阿哥同说书人一道领略一下那些别具特色的建筑。

咱们先说说瞭望塔。塔楼建得异常坚固，巧妙精致，下方是用石头垒起来的高台阶。仔细看，石头的棱角都凿下去了，然后凿出卯眼儿，再一块块地咬合在一起，卯眼儿用黄泥糊住，相当结实。在第一层石台上摞第二层，在第二层石台上又摞了一层，共三层，已经很高了。在第三层石台上，用粗而高的圆木插进石头凿出的窟窿之中作为立柱儿，中间有梯子，可以上下。上方有瞭望的地方，因其高，故能看出很远。像这样的瞭望塔有十几座，三余里一个，一直伸向密林深处。

值得注意的是，在各瞭望塔楼之间，每隔十里的高山顶儿上，还有用土石垒起的烽火台一座，日夜都有兵丁把守。只要瞭望塔发现异情，便会传报给烽火台，守卫兵卒马上点起烽火。一个烽火台的烽火点燃，其他的烽火台也陆续点起，彼此呼应，信息传递得非常迅速。尽管山高林密，又是俗话所讲的"望山跑死马"的地方，由于有了瞭望塔楼和烽火台，情况就不同了。马一天跑不到的地方，可用烽火闪电般地传出信息，在极短的时间内，或传到金山大本营，或下达至边远的哨卡。罗锅哨的十几座瞭望塔和烽火台，成了纳哈出的耳朵和眼睛，尽管坐在金山，却可以知道辽东千里万里之外的情况。这个处在大草原上被蒙古人叫做"清坦"或"浩坦"的地方，是从开原向南进、东进、北进的重要枢纽。往东北方向可以到松花江以至松阿里湖众多的山岭；上行可到黑龙江萨哈连，通往北海；东可至伊通河、饮马河、松花江，再到虎尔哈河①，进入淀海②；过了乌苏里江、伊曼河，可入日本海；往东南可以进入长白山、图们江、珲春河，再至鸭绿江、图们一带乃至东海窝稽。显然，罗锅哨口是极为重要的战略据点。

咱们暂且撂下罗锅哨口的重要性不说，单讲田田引着娟娟来到了此处所在。一看，真是别有一番景象啊，热闹、繁华得很。只见从罗锅哨门里出来一队队的骑马人，个个背着皮囊，手腕子、脚腕子上均系有铜铃，马脖子上也挂了几个，向着不同的方向、不同的地方策马驰奔，去传送纳哈出发出的军令、政令。与此同时，也有一些骑马人从远处奔向这里，铃声、犬吠声、人喊马叫声震撼耳鼓，是其他站赤的铺兵到罗锅哨交差来了。

娟娟随田田直接进了哨卡，哨卡的营官、驿令们都认识田田大帅，纷纷叩头下拜，早有岗哨的人匆匆往里传报。不大一会儿，走出一位身材魁梧的大将军，头戴钢盔，身着铠甲，手握一柄腰刀。再看长相，大脸庞、浓眉大眼、络腮胡子、嘴唇上方留有黑黑的胡须，向两边翘着，笑声朗朗，像清泉流淌的声音。他边走边大声儿喊道："田田大帅，今天能到我们小小的哨卡，真是满站生辉呀！来得好哇，刚刚传来三道急递，是大丞相的钧旨，命令找你，让速速返回金山大寨。我正急得团团转、发愁找不到呢，怕遇到什么闪失，没想到主动送上门儿来啦。再要

---

① 即牡丹江。

② 即兴凯湖。

没你人影儿呀，可真无法交差喽！"一见面就急巴巴地来了一大通儿，边说边命站在旁边的铺兵接过田田大帅的马缰绳。娟娟从此人的言谈举止中，一看便知，这是岳索图将军。

此刻，田田、娟娟早从马上跳下。岳索图的眼睛光盯着大帅了，根本没注意到他身旁的人，田田转过身，拉过姐姐向岳索图做了引见。娟娟因已听了田田的介绍，十分佩服岳将军，知道是自己人，又想同他交朋友，故而显得很亲热。可岳索图对一切全然不知呀，当时一下愣住了，大睁着眼睛从娟娟的头上往下看到脚，又从下往上看到头。见她身着尼姑袍服，脚蹬皂鞋，打着裹腿，头戴僧帽，可是吃惊不小。一时不知道该说什么好，表露出一脸的窘态，就那么瞪眼瞅着。心想："哎？怪了，大帅钻到哪个旮旯胡同拉来一位尼姑呢？"还是田田在一旁给他解了围，说道："大哥，干吗怔怔地站着呀？忘了吧，这不就是平定逆贼纳木扎勒台吉的女杰、父王新近加封的金山大寨的总寨主妙善师父嘛，特意看你来了，还不快快施礼！"娟娟忙制止道："将军，请别客气，不必施礼，不必了。"

当岳索图听说来的女子不是一般人，而是解金山之难的高僧，又是大寨的总寨主，那真是平地起惊雷呀！娟娟救金山时，他正在下边的哨口，没赶上，可此事是知道的。没想到这位高僧今天却来到了自己的一方哨卡，能一睹芳容，不是三生有幸嘛！当即与一起来恭迎田田大帅的各位达鲁布花、驿令、牌子头儿、总把、班头儿等跪倒在地，边叩头边说："不知恩师驾到，罪该万死！总理罗锅哨军情传递事务的达鲁布花岳索图，率众将叩拜总寨主，叩拜田田掌印大将军！"田田命大家快快起来，接着分宾主由岳索图头前引路，一同进入了大寨的迎客厅。这里虽然只是个哨所，但客厅的摆设却很讲究。墙上挂着各路哨卡的旗帜，四周摆放着虎榻、虎椅，地上铺着金钱豹的地毯，还燃着熏香。可以看出，岳索图是个能干的将军，不是无所事事、混日子的人。田田请姐姐上座，自己在下首陪坐，另一侧是岳将军。岳索图同田田是老朋友，为说话方便，遂屏退了众驿丞。驿丞们知道主帅与田田大帅的亲密关系，都知趣儿地退了出来，只在外厅恭候，随时听从吩咐。

岳索图见厅中无外人了，便迫不及待地告诉田田："大兄弟，你到哪儿去了？恭格拉、乌迪什平章等人已从哨卡离去回返金山了，扎浑多尔济也出来找你，终未寻到，还因此遭到了大丞相的斥责。大帅，得赶快想好理由哇，看样子在这场追逐逃贼的出兵中，你的差事完成得不好，惹得大丞相暴跳如雷呀！"田田忙解释道："岳大人，天没亮时，我在府中听到丞相府里有马叫声，知道可能出大事儿了，赶紧出来骑马追赶众将。中途正巧遇上了妙善师父，便同她一起追杀逃贼，进入了密林。可是转了一大圈儿，始终没发现什么可疑的踪迹，立刻就想到了罗锅哨，这块儿可是信息中枢之地呀！另外，我们俩只骑一匹马，想在你处再弄两匹，了解一下情况，然后到其他地方追拿逃犯去。"说完，偷眼看了一下岳索图。

岳索图听罢，使劲儿撇了撇嘴，脸上的肉不由自主地抽搐着，看了看田田，又瞅瞅娟娟，显然是气坏了！本来是个直性子，像个猛张飞似的，从不会拐弯抹角。不管干啥喜欢小葱拌豆腐，一清二白，最不愿听谎话。田田如此这般地一编，听了能不生气吗？只见他牛眼珠子一瞪，喊了起来："田田，还跟我玩儿什么心眼儿？方才已经跟恭格拉大人他们一块儿骑马搜了三座山，方圆六十余里，老林子都转遍了，也没见你影儿，到底上哪儿去了？这么屁大个地方，如果在林子里，我们能瞅不着吗？看来根本没到前敌抓逃犯，而是在后头瞎出溜，人全让你放跑了，不想要命了吧？别忘了，恭格拉、乌迪什平章那可是大丞相的心腹，又是都布多尔济的拜把子兄弟。他们恨透了杀你大哥的人，起誓发愿地非抓住凶手不可，一定要报仇雪恨！咱们之间是什么关系你不清楚咋的？我是一心一意地为你祈祷，不顾一切地想法儿相救，就怕出啥事儿。你可倒好，却在紧急关头耍嘴皮子蒙我，怎么分不出真假人呢？可急死我了，为了找你报信儿，几乎快急红眼啦！别的先不说了，要紧的是得赶快想招儿哇。田田，你真的到现在还闹不明白嘛，咱俩是一根藤上的蚂蚱。大丞相早已看不上你了，弄不好，我不也得跟着一块儿玩儿完吗？只盼着快些见到你，好商量商量怎么应付。在大丞相面前，即使再长出六张嘴，恐怕都说不明白了。"田田静静地听着，一声儿没吭。岳索图还在说："反正你是我的救命恩人，都布多尔济是我的仇人，金山谁人不知、哪个不晓？他一死，这个屎盆子不扣到你脑袋上，也得扣到我头上，肯定认为与咱俩有牵连。我的小爷爷、活祖宗，你怎么了，为啥不出声儿啊？实话说吧，大丞相要亲自到罗锅哨来，看咋办吧！我的天哪，田田，想等着束手就擒嘛？你傻了，不寻找那可怜的妈啦？"岳索图越说越生气，脸涨得通红，唾沫星子四处喷。尽管娟娟一再劝他小点声儿，可哪里听得进？那穿着大马靴的双脚照样跳着、蹦着，口中仍不停地喊道："我岳索图倒没啥怕的，从没怕过谁。再说罗锅哨口处处是我的人，兵将一个鼻孔出气，我怕的哪门子呀？惟一担心的就是你，知道不？"岳索图越是发怒，对田田的斥责越狠。而田田不仅没生气，反倒挺高兴，还深受感动，娟娟也为岳将军为朋友两肋插刀、在所不辞的真情所震撼。

其实，田田之所以没敢对岳索图说出真情，有他的考虑：一是今日突然带着娟娟姐姐到罗锅哨来，岳索图原本不认识，怕说了真情，一时不理解；再者，罗锅哨是各路传递铺兵来往最频繁的杂沓之地，什么人都有，况且正逢元亡明兴的乱世，知道人家心里想些什么？脸上又没贴帖儿。因此，田田有些顾虑，只好装腔作势地搪塞、迎合。当真的感到岳索图对因没说真话而气得受不了啦，又从他的责备里，判断出对自己的安危确实给以了由衷的关怀和记挂，觉得顾虑多余了。马上站了起来，向岳索图施礼道："岳大哥，请息怒，不要再说了，我怎么会不知道大哥对小弟的一片心呢？正因为不见外、不介意，才什么地方也没去，直接投奔这儿来了。说实在的，父王对我看管甚紧。为了避免在他面前平添一些不必要的麻烦，不得不小心为上，做事一向力争谨慎、周到，少出纰漏。大哥，罗锅哨是金山的耳目，天天人来人往、进进出出的。小弟处于掌印大将军的位置上，名声在外，虽然不全认识他们，但上上下下、大大小小的官员、兵卒哪有不认识我的？尤其在这个关键时候，能不多加注意吗？俗话讲得好，咱们在明处，人家在暗处，隔墙有耳呀！大哥，我看你门外就有很多生人，警惕些没有坏处。请兄长千万理解小弟的难处，望见谅为好，在此再次给大哥赔罪了！"说着又深施一礼。

岳索图听完田田一番真诚的道歉，紧绷的脸松开了，不满的情绪一扫而光，并且打心眼儿里乐了。此人一向这样，气来得快，消得也快，大笑道："听出来了，是心里话，赔罪倒不用了。哥哥我头脑简单，不像弟弟的心那么细，想得那么周到。没错儿，是该如此！"岳索图每当高兴起来，总有自己独特的表达方式，那便是喝酒。在他的大帐里，单有个酒柜，里边放着好多酒坛子。他兴致勃勃地到酒柜前，抱起一樽元代官窑烧制的工艺精美、上印二十四孝图的兰花儿酒坛子，边走边说："好哇，到哥哥这儿来的待客方式，就是以酒代水。我呀，不管是忧愁时还是烦闷时，都离不开酒坛子，成了心尖儿宝贝啦！"说着，打开了酒坛子盖儿，香味儿顿时飘散出来，满屋酒香扑鼻呀！站在门外的一个铺兵，即岳索图身边的卫士，对主帅的习惯早已知晓，立即走了过来，从另一个柜里拿出三只也是元代官窑烧制的兰花儿大酒碗放在桌子上。之后，岳索图给他使了个眼色，铺兵悄悄儿地退了出去。岳索图把住坛子口儿稍稍一斜，依次倒了三大碗，然后向娟娟抱拳道："请师父端起碗来，我这儿有个规矩，以酒代水，以酒代茶，凡来客人全如此。师父，可别破了我们的山规哟，喝口咱罗锅哨的同心酒，五湖四海皆兄弟，利斧钢刀不变心！"娟娟被岳索图的诚挚和热情所感染，立即端起酒碗，闭着眼睛抿了一口。田田与岳索图则互相对举着大酒碗，搂抱在一起，仰脖儿一饮而尽。田田不胜酒力，喝了一碗便有些醉了，不敢再碰第二碗。岳索图却不然，一连气儿咕嘟咕嘟地喝了三大碗，像饮白开水一样，面不改色心不跳，并兴奋地冲娟娟、田田夸口道："我要一时兴起，可连喝九大碗不醉！行了，不能再喝了，一会儿老丞相要来了，咱们不能误了大事儿。田田，你还没说清与妙善师父的关系呢，我看你们俩挺亲近，应该让大哥知道一下真正的底细吧？有些话才敢当着你俩的面儿讲啊！要不，妙善师父是金山大寨的总寨主，又是老丞相金口玉牙亲封的，究竟心向着谁怎能知道呀？田田，倒是快点儿痛痛快快地告诉我，也好抓紧时间商量事儿呀，我的小祖宗！"边说边把酒碗哪的一声放在了桌子上。

田田见岳索图又有点儿急了，赶忙手把娟娟的肩膀介绍道："岳大哥，先告诉你一件大喜事儿，我找到了亲姐姐，就是这位乳名叫娟娟的妙善师父。我们俩是同母所生，然从未谋面，她从小被遗弃，刚刚来到金山。说起姐姐的义父，你我如雷贯耳，即是大明朝赫赫有名的军师刘伯温老先生。我和姐姐是苦命之人呀，一直在为寻母到处奔波，而今，我田田总算有了惟一的亲人了！"说着，眼圈儿一红，涌出了热泪。娟娟说："岳大将军，请不要称什么师父，还是叫娟娟吧。既然大哥认田田为弟弟，年岁比我大，那自然也是我的哥哥了。咱们兄妹相称，比啥都强，显得更亲、更近。此次来到金山，只为一个目的，那便是寻找生母，了却此生的夙愿。尽管没找到母亲，却意外地见到了弟弟，不枉此行。尤其是今天有幸能认识大哥，从言谈、处事中，看出不愧为一个烈性男儿。田田曾多次讲过您的为人，敬佩之至。望能伸出援手，多多帮助，我们姐弟将终生没齿难忘，娟娟在这儿向大哥施礼了！"说着就要下拜。岳索图赶忙上前挽起，随后一手拉着田田，一手紧握娟娟的手，笑着说："真得祝贺难得的姐弟团聚呀，大哥为你们高兴！娟娟，我与田田非一般关系，乃实实在在的生死弟兄，这条命还是他给的呢。请相信，岳索图是个顶天立地的男子汉、女真的后裔，讲义气，讲情理，讲信用。在金山混了这么多年，已看清了世道，不能再给纳哈出卖命了，他纯粹是个疯子！大明朝天下已定，人心所向，你们姐弟应当早做打算。娟娟即使不说，我也能想到，今天能到罗锅哨来，绝不仅仅是要两匹马那么简单，有事儿尽管说。"娟娟忙道："大哥，有些情况以后再告诉您，咱们有的是时间唠。我想先弄清一件眼前的事儿，大丞相为什么特意来罗锅哨呢？"岳索图说："你们有所不知，我干吗这么着急呢？就是因为凶手已经就范了，是我和恭格拉、乌迪什二位平章一同在前面树林子里抓到的。此人不仅杀害了都布多尔济，还参与了劫狱救人，大丞相听说后，马上传令要来这里亲审。凶手现正押在死牢之中，由恭格拉大人的亲随侍卫德布楞率人看管着呢！"

当娟娟突然听说捉到了劫狱和杀死都布多尔济的人时，简直不相信自己的耳朵了，以为听错了，顿感莫名其妙！她心里清楚哇，这两件事儿全是亲自与李佑合着干的，怎么会有人冒名顶替呢？天下之大，真是无奇不有，替什么的都有，难道竟有愿去替死的？实乃太奇了！想到这儿，忙问岳索图："大哥，你说的准吗，抓到的那人是谁？"岳索图说："咳，这还有假呀？任谁听了全不会相信，此人竟是大丞相最信赖的膳房主事豁鼻马！大丞相父子平时待其不薄，相互之间的关系也不错，大家对豁鼻马能干出此等事，觉得太不可思议了。他说早就恨死了都布多尔济，蓄谋已久要杀之，并一口咬定杀人、劫狱皆是自己所为。还慷慨陈词，表示杀了都布多尔济，死也心甘，愿意堂堂正正地到阎王爷那儿报到，很有男子汉大丈夫的气概。因为发生的事儿太蹊跷了，太出人意料了，所以大丞相不但高兴抓到了凶手，而且一定亲自前来见见豁鼻马。目的是弄清为什么干这勾当，非问个水落石出不可，今儿个肯定能到。"

岳索图的一席话，使娟娟知道了豁鼻马的所作所为，何止是感激，而是由衷地赞赏和敬重！前书我们讲过，娟娟为救叶旺和卜家奴，曾找过豁鼻马，向他了解有关水牢以及负责看守那里的都布多尔济的一些情况。豁鼻马得知叶旺将军被抓后，心急如焚。为什么呢？因为他俩很早就在辽东刘益手下一块儿干过事儿，相处得挺好，关系十分密切。豁鼻马投靠大明后，便与叶旺建立了真挚的友谊，并帮助朝廷做了不少好事儿。此次马云、叶旺和娟娟从蓬莱渡海北上到辽东，前来接头的仍是豁鼻马。他是个不错的人，对人对事非常认真，对明朝廷更是一心一意。

在这种情况下，当知道叶旺他们被捕，关押在纳哈出相府后院儿的水牢中，你说哪能不着急呢？恨不得马上实施劫狱，以便救出叶旺和卜家奴。娟娟当时考虑豁鼻马一直在纳哈出身边做内线，还有许多重要的事情需要做，因此没让参加劫狱，令他继续老老实实地呆在纳哈出身边，监视其一举一动。另外，娟娟、明月长老曾分析过，认为救叶旺之事生死攸关。必须严格保密，做到万无一失，才有胜算的把握。交给别人还真有些不放心，合计来合计去，最后决定由娟娟来完成。于是，一再劝阻豁鼻马，要他回去安心为大丞相做饭，其他事儿不要多管。也不能显露出一丝半点儿由于叶旺被抓而产生的不安情绪，方方面面都需小心、谨慎，千万不可引起周围人的怀疑。事到如今，娟娟想起来了，当时豁鼻马对此安排是答应了，还痛痛快快地回到了纳府。现在看来，他早做好了顶罪的准备。因此，在劫狱发生后，故意逃出大丞相府，来到罗锅哨口的密林中，等待追兵来抓。没想到豁鼻马平时话语不多，为了正义的事竟如此大义凛然，堪称世上难得的英雄豪杰！为救叶旺，为救我娟娟和明月长老等人，把劫狱、凶杀之事揽于一身，其慷慨悲壮之举，怎不令人感佩之至！

　　娟娟想到这儿，又前前后后、仔仔细细地考虑了一下，然后直截了当地对田田和岳索图说："田田兄弟、岳大哥，既已至此，我不能不把真情说出来。纳哈出以为擒住了豁鼻马，便是抓到了劫狱和杀人的真凶，会非常庆幸，似乎大功告成了。实话告诉你们，其实事情根本不是这样。那杀死都布多尔济、劫狱救叶旺、卜家奴的，不是豁鼻马，而是我娟娟和师兄李佑所为。都布多尔济无恶不作，甚至污辱我的生母，欺压田田弟弟，又夺部下之妻，真是十恶不赦，死有余辜！我为救大明朝的辽东都指挥使司同知叶旺将军，亲手杀死了都布多尔济，一人做事一人当，同豁鼻马毫无关系。豁鼻马一心向明，是叶旺将军的知己好友，而今却为我们几个铤而走险，一人承担了全部责任。不知便罢，既然知道，还能让他去白白送死吗？那样做人太不仗义了！一定得想办法救出牢笼，带他远走高飞才是。情况相当紧急，田田，有些事儿你可能已猜出大半，但一些细情我还没有来得及详细介绍。好弟弟，不要认为姐姐太失礼了，本不想瞒你，实在是没有找到适当的机会讲。岳将军，相信咱们仨是一家人，亲如手足，也愿将一切和盘托出。我探望、寻找生母，这是真事儿。不过还有另一层用意，即是为了大明王朝尽快收复辽东，才与师太一同来到金山的。我刘娟娟不单是刘伯温之义女、南京明月庵的妙善居士，还有一个身份，就是大明皇帝册封的秉仁公主。身上带有当今天子御前的圣旨，钦封为武威安抚使，随着大明东征兵马来到辽东，参赞军务。"边说边一只手伸进上衣里边，从内衣上方掏出一个不长的、白板儿皮熟成的皮筒儿。皮筒儿是用彩线系着挂在脖子上的，垂于内衣里，从外边看不到。她拧开皮筒儿前的小帽儿一倒，一块儿黄绸子掉了出来。展开后，用手指点着让田田和岳索图看朱元璋亲笔书就在黄绸子上的圣旨、盖着的皇帝御印以及"大明洪武四年吉日"之落款，然后递给了田田。

　　田田将圣旨捧在手里，仔细看了半天，异常高兴，边看边不停地轻轻抚摸着。岳索图也兴奋不已，激动得流出了热泪，表示一直在企盼着能亲眼见到大明朝的圣旨啊！说起来，元朝的不少将领由于形势所迫，不得不跟着纳哈出。实际上，他们早已心向明朝，不想稀里糊涂地陪纳哈出断送性命，只盼着有机会能叩拜南朝。娟娟让二人看过了圣旨，又小心翼翼地卷好，仍装进那个皮筒儿里，盖上盖儿，将小帽儿拧好，把丝线重新挂在脖子上，慢慢塞进前胸的内衣中，之后问道："弟弟，想不想帮姐姐？岳大哥呢，你敢不敢？等大事完毕之后，我必在大明天子驾前为你们二位奏报，请功封赏。"田田首先开口道："姐姐，其实我的眼睛是最毒的，看出姐姐不是一般人。尽管如此，也没想到竟是金枝玉叶、大明的秉仁公主，当弟弟的可跟着沾了光啦。咱们的母亲若是知道了，该有多高兴啊！姐姐，我敢干，啥都不怕，跟定你了，大不了就是一死呗。"娟娟笑着说："哪里话，就是一死？至于嘛。只要咱们姐弟同心，劲儿往一处使，万难可破。"岳索图接着表态道："刚才我讲了，早盼望着能遇见名主、投奔大明朝了。真是老天有眼哪，今天遇见贵人了，是福星高照哇！娟娟，不，秉仁公主，若不嫌弃，我岳索图从今以后，愿做大明天子驾前的一员战将，谨遵武威安抚使的将令，让怎么做，就怎么做，绝无二话！"说完还郑重地抱拳盟誓。娟娟一看二人精神饱满、目光炯炯、劲头儿十足、决心跟自己干到底的架势，高兴极了，斩钉截铁地说："好！事不宜迟，趁纳哈出没到之前，咱们抢在他的前面，先到囚牢中去面见豁鼻马将军！"岳索图痛快地答应了，对此没有任何异议。

　　岳索图遵照娟娟之命，命身边的亲信做好瞭望，随时禀报金山大寨方向的动静，加强防范，不可有半点儿的马虎大意，然后带领娟娟和田田向哨寨内的囚牢走去。到了囚牢门前，见恭格拉平章指派的亲随德布

東
海
沉
冤
錄

楞正率兵勇严密地把守着，看得很紧，亲兵一步不敢离开。岳索图没管那套，上前冲德布楞说："大帅与金山大寨总寨主妙善师父要进牢房，审问囚犯。"德布楞见田田多尔济来了，他当然认识呀，赶忙叩头，又给金山总寨主叩头，禀道："大帅，小的奉恭格拉平章之命，对所关押要犯严加看守。还发下话来，非他本人与大丞相来之外，不准将囚犯交给任何人审，以防出现闪失。大帅非要这么做，小的可担待不起呀，万望恕罪！"说完，抱拳深深一礼。田田听后，怒目横眉，高声儿喝道："好大胆子，恭格拉也敢管我吗？本将军是大丞相亲封的金山大寨帐前掌印主帅，除了父王外，为主掌金山一切权利之人。你糊涂了？连我与恭格拉谁管谁都弄不明白啦，难道还得用手中的宝剑先杀掉你这个叛逆不成？"德布楞吓得忙跪地哀求道："大帅饶命，小的不敢，不敢哪！这一切只是遵奉恭格拉平章之命而行。他让往东，小的哪敢往西呀？再说未曾告诉我大帅会驾临罗锅哨哇！"边说边磕头如捣蒜。

娟娟见此，用手捅了一下田田。田田会意，马上退后一步，娟娟走到跟前，和蔼地说："德将军，我知道你是奉恭格拉平章之命而为。这样做很对，忠于职守，谁都不会怪罪。一会儿，大丞相来了，定会为你请功的。"边说着，边拿出一条玉带给德布楞看："德将军，仔细看看，我手里拿的是什么？是咱们大丞相、太尉亲赐给本人的金山大寨总寨主的玉带，现在是以总寨主的身份跟你说话。德将军，可不能犯上啊，那是杀头之罪呀！之所以现在来，是要紧急抓捕杀人案犯的同党，事不宜迟。如再拖延，夜长梦多，同党必会逃匿远遁。因此，抓捕逃犯之前，须先立审此贼。千万别干扰我们，否则，贻误战机，后果自负。到那时，任谁都不能为你求情了，恐怕连所谓的主子恭格拉平章也要因下属的过失而承担罪责。你不仅无功，还得落个里外不够人。仔细想想吧，看我说得对不对？"娟娟的一张巧嘴真挺能说，就这么几句话，便把德布楞给说通了。于是，乖乖听命，回身令兵丁后退。然后亲自上前打开牢门的铁锁，再退后五步，守护在牢房旁。

娟娟、田田、岳索图三人径直进入囚牢内，见豁鼻马在那里正襟危坐，闭目养神，一声儿不吭，连进来人都没注意到，完全不去理会。牢内潮湿、幽暗，石墙上有个拳头大小的窟窿可以通风，仅能透进一线光亮。四周是用碗口儿粗的四棱木头间壁的，经久耐用，十分坚固。整个牢房只囚豁鼻马一人，蓬头散发的，脸上有血迹，可能是被抓入牢时，与兵勇们厮打擦伤的。娟娟心疼地走过去，含着眼泪说："豁将军，受苦了，我们救你来了。告诉我，为何承担此责？你还有老母，不该这样做呀，走吧，赶快出去！"豁鼻马一听，似乎声音很熟，噢，对了，这不是大明朝的秉仁公主到了吗？顿时如梦方醒，睁开眼睛一看，不但见到了秉仁公主，而且还有田田大帅以及岳索图将军。他看了看眼前的各位，平静地说："妙善师父，自从那天告诉了我要劫狱以后，便决定一切由自己承担。既然决心已下，是不会改口的，谁也别劝了。妙善师父，请不要忘了，你为何到辽东金山大寨来？不是要寻找生母嘛。她已走失，生死不明，目前尚未找到。早知道你讲义气，有胆量，总不能为了救我而因小失大呀！每当闲来无事想起时，很为你高兴，庆幸巧遇了亲弟弟田田大将军，你们姐儿俩应速速去寻找自己的母亲。再说，你又是为收复辽东而来，是重任在肩之人。纳哈出正拥兵数十万占据着金山，有许多大事儿要你做，像这等区区小事儿就应当落在我的头上，算什么呀？至于纳哈出那里该怎么应承，已全想好了。放心吧，他肯定能相信我的口供，眼下只能听我的。妙善师父，事不宜迟，快走吧，不要管我。否则也是白费劲儿，除了死，肯定不会迈出囚牢一步的！你们如此信任我这一介武夫，冒死前来相救，今生感到很知足了。若真能为大明朝的社稷、为平定金山献出一点儿绵薄之力，将死而无憾矣！"说完仍闭目无言而坐，任三人无论怎么劝说，豁鼻马就是头不抬、眼不睁，根本不动地儿，把娟娟急得团团转。那豁鼻马本是高个子，体态又胖，抱是抱不走的。何况他硬是不动，跟你别劲，神人也无法应付。在一旁的岳索图着急了，一个劲儿地提醒道："快，不能再拖了，没听兵丁们说大丞相打马过来了吗？很快要到罗锅哨啦！"娟娟不放弃，依然不停地苦劝。可豁鼻马像没事儿人一样，仿佛眼前的一切与己无关，一句话不说。

这时，守在牢门口儿的德布楞进来告之："禀总寨主、田田大将军，大丞相率领恭格拉平章已到哨卡寨门，请速出寨迎接！"说完，便退了出去。三人听后，只能离开囚牢，别无选择。娟娟、田田的心怦怦直跳，因为事先根本没想到会在远离金山大寨的罗锅哨口与纳哈出相遇，立即会意地使了个眼色，点了点头。意思是一切要沉着应对，你我都是金山的主帅，到任何地方去皆可讲得通。只要注意观察动静，小心侍候，便无懈可击。娟娟刚迈出两步，又回转身来，眼含热泪向豁鼻马俯身下拜道："豁将军，我代表明月长老、马云、叶旺众将军，也代表大明天子叩拜。您忠于大明朝廷，为国立功，万死不辞。其诚可嘉，容后必奏报皇上！"田田把娟娟扶起，赶紧向牢外走去。当到囚牢门口儿时，突然豁鼻马在三人身后大声儿说了一句话："田帅、秉仁公主，有事千万勿忘到月牙楼探看，到月牙楼！"然后又闭目无语，表现得很是绝情。显然目的就是让他们死了这条心，他是抱定了去顶罪，绝无二话！岳索图催促着、拉扯着娟娟、田田离开了囚牢，并令门外的德布楞锁好牢门，重兵看守不提。

再说纳哈出率领着恭格拉、乌迪什、萨家奴等众将，后有数百马步兵丁跟随，浩浩荡荡地来到了罗锅哨。金铎立即响起，岳索图的全哨兵勇早已排列两旁叩拜，跪迎大丞相、太尉的驾临，娟娟、田田也跪叩两侧。纳哈出下马走了过来，一眼就看到了找了多时未见的义子、掌印大将军田田。刚要发问，又见神威无比的妙善师父跪在田田旁边，当即为之愕然，怔怔地想："咦，她怎么会到罗锅哨来呢？"由于天生狡黠的秉性，心中突然生发出怀疑的念头："哼，最近总不消停，发生了不少诡诈之事，很可能与小尼姑有关。"但又不好直言，只好装作若无其事的样子，向娟娟爽朗地笑着说："哎呀呀，没想到竟在罗锅哨碰到了金山大寨的总寨主、我们的恩公师父，不知何时到了此地，怎么不通知本丞相或我的部将，也好陪你出去走一走哇？"随即收敛了笑容，阴着脸问道："总寨主，你是怎么与掌印大将军相遇的？田田多尔济，为父已发令找你多时，可是到处不见影儿，为何来了这里呢？"说此话时，两只眼睛转来转去的，整张脸上充满了疑惑和愤怒，恨不能上去给田田几个耳光，狠狠地教训一顿。终因娟娟在一旁，起码现在不想节外生枝，便没动。

娟娟此时并不慌张，泰然自若，现出一副对周围的人不屑一顾的神情。心想："纳哈出已心生疑窦，虎视眈眈，必然要想法儿对付我和田田弟弟。在此万分紧急之时，一定要冷静，绝不能让他的气焰压住我，而应以自己之威仪震慑住对方。只有这样，才能赢得主动，把握形势。"另外，她又想到："同师太和李佑一块儿在商量如何劫狱时，每一步骤都考虑得极其严密。加之我和师兄的轻功高超，像风一样吹来吹去的，出入相府如入无人之境，事情办得干净利落，他们根本不可能抓住任何把柄。没什么可怕的，你纳哈出可以随便怀疑，就用我的一身正气和盖世武功予以较量，进而支配、控制你们。"娟娟是个机灵的姑娘，决定采取以攻为守的策略。只见她眼珠儿一转，抢在田田之前，大声儿说道:"哎呀,大丞相可好啊?能在远离金山大寨的罗锅哨见到您,实乃不易呀!一路辛苦了,累了吧?我们已等候多时了。"分明话里有话,估计纳哈出听后会感到噎得慌,但面部却愣是装出没有任何不满的表情。娟娟接着说道:"没想到掌握威震北方一柄宝剑的都布多尔济竟惨遭横祸,真是不幸啊!大丞相痛失贵子、辅弼良将,大家都很难过,敬望节哀才是!"说得很是大方得体。停了停,环顾一下四周,又道:"自今天早上闻听此信儿,我一直难以平静,简直气炸了肺!在堂堂的大丞相府里能出这等恶事,难道金山没人了吗?因不知底细,况且相府也不是谁人皆可以随便打扰的地方,加上无令,所以只好以礼敬待大丞相,坚守在户,不敢轻举妄动一步。在屋内,清清楚楚听到了外面的一片嘈杂之声,那真是心急如焚哪!不过觉得自己为金山大寨的总寨主,又是大丞相亲口封的;本人的武功高强,大丞相亦略知一二。故而,坚信您老人家必会亲自、或派人前来我处告知,共商大事。咱们同仇敌忾,速速调动兵马封城守寨,奸贼安有逃脱之理?正因有这个把握,自以为心中有数,便始终静候大丞相的到来。可等了好长时间,终未有动静。我以为,能在大丞相府里干此勾当的,肯定是内部人,必熟悉府里的情况。故而,不应四面出击,而应清验府中之蛛丝马迹,凶手当会浮出水面,束手就擒。可惜您不相信我,将总寨主置之不顾,可叹当时只能是干着急,有劲儿使不上。见不到大丞相,又不知是怎么打算的,急得实在是等不下去了,只好自作主张了。千不看万不看,也得看您的面子上,怎好不尽力帮助呢?何况后来我琢磨,或许先前自己想错了,不是大丞相不相信,而是太忙,没来得及上到我处去;或许事情出现得太突然,您一时慌乱,忘了找我。又想到自古有'食君禄,报君恩'之说,既然已被大丞相奉为金山总寨主,理应主查此事,便毫无顾忌地单枪匹马出来了。再说率众领兵讨伐逆贼,平定作乱,乃本分之事。遗憾的是身边无有一兵一卒,又不知金山的具体情况和部署,仍不敢轻举妄动,主动点兵。当出来看时,见兵无主帅,像一窝蜂似的搅成一锅粥了,本居士还从未见过如此一场乱战,令人可气又好笑!"说完,双手一摊,做出一副无可奈何的样子。

娟娟的侃侃而谈,令在场的很多将士从心里服气,频频点头表示赞同,却吓坏了身旁的田田。他忙上前挡住姐姐,直扯她的衣角儿,不让多说,怕把事情弄僵,惹恼了父王。可娟娟根本没在乎,索性耍起了小孩子脾气,把金山大寨总寨主的授带从怀中一把掏了出来,生气地说:

"大丞相，既然没看得起我这个小尼姑，不如将授带奉还于您，免得总感到像欠授命之债似的，以便使妙善居士能寝食得安哪！若不然的话，整天坐不住、站不宁的，受宠若惊的滋味并不好受。"纳哈出听了娟娟一句接一句的质问，无言以对，瞪眼咧嘴的很不自在，一时不知说什么才好，像根儿木头一样僵在那儿了，心想："我刚刚进了罗锅哨，只问了几句，就惹出妙善居士一大串儿话来。句句在理，句句厉害，句句叨到疼处，真没想到小尼姑会来这么一手！"

正在这时，不知好歹的恭格拉平章凭借着自己的权势和武功，狗仗人势地站了出来。一改过去对明月长老、娟娟毕恭毕敬的奴才相，趾高气扬地吼道："好个小尼姑，休得无礼！没大没小的，竟敢指责万人敬仰的大丞相，成何体统？大丞相待你不薄，天高地厚，封为总寨主。不仅不感激，还以小犯上，我看此场大乱你跑不了干系！本来就来路不明，怎么的吧，还想在这儿挑唆事端不成？"边说边唾沫星子满天飞，整张脸已气成了猪肝色。

恭格拉生来有股野性，啥都不在乎，天不怕地不怕。那天眼瞅着纳木扎勒台吉被娟娟斩首，他心里就不服："凭一个年轻弱小的小尼姑，却能除掉我们一员大将，金山的人真是熊到家啦！"当所佩服的都布多尔吉也被杀死后，他认为自己眼下成了金山的第一好汉、能手了，小尼姑之所以能要纳木扎勒台吉的命，不过是一时侥幸占了便宜而已。原本早想找个机会同她一比高低，显显满身的能耐，可一直没能如愿。巧了，今天小尼姑主动送上门儿来了，此乃天赐良机也！况且恭格拉还知道，纳哈出最不喜欢有人当面儿指责自己，对小尼姑的出口不逊，心里一定非常记恨，觉得理当为大丞相出这口窝囊气！想到这儿，立即狂傲地催马冲了过来，奔到娟娟面前。可还没等他抽出腰中的宝剑呢，只见小尼姑悄悄儿一按弹簧，刷的一声弹出了阴宗双鹤剑，随之握在手上，喝道："好大胆恭格拉，竟敢血口喷人，污蔑金山大寨总寨主！要我看哪，所谓没大没小的不是别人，正是你！难道还想造反不成？"边说边将总寨主的授带又挂回了身上，转过头来冲纳哈出说道："大丞相，现在看来，赐予本人的授带暂不能奉还。我要戴上它，行使金山大寨总寨主之职，惩治这个不义之人！"纳哈出一看娟娟的架势，知道弄不好要惹乱子，心想："小尼姑可一向翻脸不认人，只要话一出口，那是说杀就杀、说做就做呀！恭格拉想以自己的武力镇之，硬逞能，非要与人家比试个高低，不是找死吗？"想至此，刚想阻止，便见妙善居士手中的

385

宝剑刷刷闪了两下。

娟娟此刻是怎么想的呢？她寻思着："好哇，纳哈出、恭格拉根本没把我刘娟娟放在眼里，目空一切呀！必须得拿出点儿本事给这帮人看看，让他们见识见识马王爷长几只眼！恭格拉，你是请佛容易送佛难。想以武力把我们从金山赶出去，没那么容易，这回不给留个记号儿算对不起你，也好从此记住我妙善居士！"说时迟，那时快，正是在刚才，娟娟趁纳哈出的话尚未出口之时，已用完了剑，速度极快，就那么一眨眼的工夫。再看恭格拉，只听得"哎呀"惨叫一声，便从马上扑通一声掉了下来，娟娟顺势将宝剑指向了他的鼻子。恭格拉四仰八叉地躺在地上，手中的宝剑早已扔出老远，右手腕已断，不知去向，血流如注，众人全没看清那只右手、右腕是怎么被削掉的。

恭格拉平章带来的部将一看主帅出事儿了，哪能让呢？于是，持刀的、仗剑的、携枪的蜂拥而上，围住了娟娟，大声儿嚷嚷着，个个现出一副不剁死、捅死妙善居士誓不罢休的气势。娟娟一看上来了一大帮人，便没客气，又将手中的宝剑刷刷刷闪了几闪，随之只见十几个兵卒的脑袋骨碌碌滚到了地上，鲜红的血直往上喷。那尸体挺奇怪，脑袋虽然掉了，但身子却不倒，像根儿木桩子一样矗立在那儿，手脚仍在摆动，可知剑的速度该有多快了。要是让胆小的碰上了，还不得吓死！接着娟娟又来了个连环腿，啪啪啪地把一些人踢得扑通扑通地躺倒在地，半天爬不起来。德布楞这小子也是个不要命的家伙，一看恭格拉平章的右手腕子掉了，身边的同伙儿被砍倒那么多，立马瞪着眼睛提刀冲了过来，照妙善居士的头部刚要劈下去，就听娟娟大喊一声："德布楞，你还敢造次，不想活了是不是？"谁知德布楞一听，一下子被高声儿断喝镇住了，吓得忙回反身，屁滚尿流地跑进众兵卒堆里去了，蹲在那儿一声儿不敢吭。

此时，整个院子的气氛变得阴森森的，异常恐怖。面对眼前发生的一切，真把纳哈出气坏了，眼睛都红了，脸色铁青，鼻子快歪了。只见他按住身上的腰刀，拔了几次，又推回几次，犹豫不决的。想持刀与妙善居士决一死战吧，十分清楚自己肯定不行，不是人家的对手，不过以卵击石而已；不理睬吧，实在是欺人太甚，打狗还得看主人呢。妙善小尼姑也太狂了，胆敢当着本丞相的面儿杀了这么多人，惨不忍睹啊！他怎么想都没辙，就在那儿大瞪着双眼，不知该如何办好。还是乌迪什、萨家奴、岳索图过来好言相劝，纷纷说："大丞相千万息怒，此事确实怨恭格拉，本不该闹这么大，伤了和气。"在这种情况下，纳哈出才不得不下了台阶。乌迪什命人把恭格拉大人搀进寨子里，迅速包扎伤口，敷上药，以止血止疼。同时，吩咐兵丁收拾了院中的尸体，抬来了不少沙子和土，把院子重新铺了一下。萨家奴见机，赶紧走上前搀着气急败坏的大丞相，向屋内正厅走去。纳哈出低着个头，边走边叹气，心想："咳，真丧气。小尼姑见面便来了个下马威，根本不把我放在眼里，好歹也是大丞相、太尉呀，简直无法无天啦！"

说来，纳哈出这回可真是丢尽了面子。不但自己的爱将稀里糊涂地丢了右腕，而且连身边的护卫兵卒也被杀了十几个，满地陈尸，确实尝到了妙善居士的厉害，心里很是堵得慌。他在护兵的搀扶下，到了门口儿，刚要迈步进屋，一眼瞅见了身旁低头站立的田田，不由得无名火起，暗暗骂道："你小子纯粹是没事儿找事儿，那小尼姑便是你给我招来的。她是金山的马蜂子，蛰人！"于是，索性把火气全撒在了田田身上，转过身来当啷就是一脚。田田没防备，当即被踢了个趔趄。纳哈出仍觉不够劲儿，又急扯白脸地吼道："快后退，还在这儿装什么？一帮窝囊废，没一个顶用的！到掮劲儿时候都成龟孙子了，谁能给我争口气呀，也算没白疼他！"在场人没有敢搭言的。

娟娟一听，心里明白呀，偷偷抿着嘴乐。知道纳哈出因吃了一闷杠，火儿没处发，所以就指桑骂槐，冲着田田弟弟来了。她很会来事儿，走到跟前说："大丞相，为何向儿子发火儿呀？有火儿还是冲我发吧！您一向讲，只有治军严，方可永固金山，取来日之福。打狗不是还得看主人吗？恭格拉竟敢在大丞相面前无礼斥责金山大寨总寨主，以小犯上，这可是在打您的脸、丢您的面子呀！我想，即使今天本人不惩治他，日后您也要比我更施以重罚。自从丞相府出事儿一直到现在，田田已经一天多未进一餐了，并护卫我到罗锅哨来，全是一心为了他的父王您哪！看看吧，大丞相的部将有多少还在前阵？不都早早鸣金收兵回了金山嘛。我与田田得悉要犯因在罗锅哨后，怕有意外，便不顾劳累骑着一匹马赶来了，恭候大丞相来此定夺，难道错了不成？"纳哈出被娟娟的一番话噎得无言以对，知道她本伶牙俐齿，这会儿又是一副满脸神威的样子。想一想，只好就高下驴，觉得还是尽快审问豁鼻马，把问题弄清楚才是上策。

纳哈出对恭格拉同样有气，心想："既然不行，还瞎闹个啥？事实证明，口口声声号称武将，却没多大能耐。折腾了半天，不仅没得胜，反倒被人家给拿下马来，还丢了右腕。看来你这武将是当不成了，只有告老还乡喽，可怜、可悲哟！"又想到："妙善师父武功的确高强，虽是年轻女流之辈，但有大将风度。如果金山能有这样一个总寨主，也是我纳哈出之幸，真不可伤了她的情面，更不能得罪人家呀！"说实在的，纳哈出对田田与妙善师父有密切关系这一点并不怀疑，认为是很自然的事儿。为什么呢？因为田田早就向他禀报过，并引妙善居士和明月长老到金山来的。而后又让二位师父住在自己的府上，关系怎能不好呢？正由于有了这层关系，妙善居士和明月长老才在紧要关头仗义相助，解决了纳木扎勒台吉叛逆金山之举，不正是在情理之中吗？方才纳哈出只是想向田田发发心中的怒气，火儿发出来了，气便跟着泄了。此刻见妙善师父双目圆瞪瞅着他，当然得知趣儿，不敢再碰田田了。

　　纳哈出不愧是当今的枭雄，能屈能伸。听了娟娟的话后，当即换了一副面孔，笑呵呵地说："妙善师父、我的金山大寨总寨主，俗话讲，大丈夫一言既出，驷马难追。我纳哈出是顶天立地的男子汉，从来是说一不二的。奉您为总寨主，乃金山之幸，哪有更改之理？敬望见谅。都布多尔济是个惹是生非的逆子，树敌甚多，死了是咎由自取，不值得怜悯。你们哪里知道呀，作为父亲已为他操尽了心，都快气死了。咳，人哪，死生有命啊！我来罗锅哨之前，看过了他被害的现场。实在是作孽太多了，竟夺人家的结发之妻，就是放在任何人身上，谁能不怀恨呢？干了那么多伤天害理之事，被杀是都布多尔济的报应。我尽管是他的父王，并不因此惋惜。'塞翁失马，焉知非福。'少了一个都布多尔济，兴许会给金山带来人丁兴旺呢！目前惟一担心的是明朝暗探插手金山，所以便想查一查。请总寨主息怒，你讲的我很赞同，恭格拉失礼罪有应得。"说着，冲娟娟伸手礼让道："师父快请，咱们就此打住，还是进寨内好好儿商议一下如何审问豁鼻马吧。"娟娟以点头表示不再追究，此场风波就这样顺顺当当地过去了。

　　大家鱼贯而行，进了议事厅，按序入座后，岳索图命人送上了茗茶。不一会儿，恭格拉也受命前来。看样子，已经包扎了伤口，血不淌了，疼似乎也止住一些。恭格拉前脚儿刚迈进来，纳哈出都没容空儿，就命他向金山大寨总寨主妙善师父赔礼道歉。恭格拉此时心中尽管有气，可不能不听丞相的，何况又领教了妙善师父的厉害，只好上前跪地施礼。娟娟忙站起身来，弯腰将他挽起，说道："恭格拉大人，对不起，是我的手过重了，该向你致歉才是。"边说边从身上取出一包药来，递了过去:"这是明月长老送给我的补血生肌丹,请服下。此药不仅止疼消肿,还活血化瘀,会很快长出新肉、进而愈合的。"恭格拉谢过,接了药,端起一杯水,冲服下肚。药还真神,吞下后,马上觉得全身畅适了不少。纳哈出见他大有好转,遂令德布楞护送他坐轿车回金山调养,娟娟、田田以礼出门送行,岳索图一直护送很远。从此,这位桀骜不驯的恭格拉,很长一段时间只好在金山大寨养伤了。

再说纳哈出急于审问龅鼻马的目的,当然是想弄清都布多尔济被杀的真正原因。说心里话,他实在不相信这事儿是龅鼻马干的。觉得龅鼻马与自己的关系处得十分融洽,往日无冤无仇,不可能是此人所为。龅鼻马很会办事儿,也非常能干。自到金山的一年多来,由门卫主事官很快升任丞相府库房总丞,掌管府内的一切物品和所有库房,像后勤总管一样。后来又任经略丞相府灶膳总监,一个是专门照应纳哈出的一日三餐,另外还要按大丞相所提出的要求,备办各种大小不等的宴席。说实在的,此差事谁看着都眼红,只有纳哈出的心腹才能干上。再后来,龅鼻马升为灶膳总经略官,直接管理丞相府的酒宴以及大丞相和女眷一年三百六十五天的就餐以及总理督办饮食的验试等差务。什么叫验试?即每天做出的膳食要由龅鼻马亲自品尝、检验,看有没有投毒及其他不轨之事发生。纳哈出对龅鼻马终朝每日脚不沾地儿地前前后后忙碌、兢兢业业做事、赤胆忠心侍奉皆很满意。特别是觉得在这个灶膳总经略官的精心操作下,每餐相当舒心可口。渐渐地同龅鼻马的感情越来越近,谁也离不开谁,甚至比手足、父子还亲。再说了,纳哈出本是个疑心很重的人,总怕有人害他。自从龅鼻马当了丞相府总经略官之后,府里一切顺利,从未出现过任何闪失,事事使纳哈出放心,连他的几个心爱的妃子都喜欢吃由龅鼻马主持烹饪的佳肴。正因如此,龅鼻马愈加得到纳哈出的信任,接触大丞相的机会亦随之增多,而且最方便、最经常,对其身边的秘事知道得最详细。时间一长,纳哈出便不回避龅鼻马了,一些内心的不快之事,包括对某个儿子、哪个妃子有什么想法,常向龅鼻马披露。可以说,二人相处得几乎到了无话不说、形影不离、就像一个人多长了个脑袋一样。

正是在这种情况下,当纳哈出突然听下人禀报说,杀害都布多尔济的凶手是龅鼻马,并已在罗锅哨口抓获,你说他怎能不大吃一惊呢?脑袋当即嗡的一下,差点儿没昏过去,根本不相信是真的。恭格拉、乌迪什也说抓的凶手就是灶膳总经略官，没错，千真万确。为了防止意外，已由重兵看守，关押在罗锅哨，没敢带回金山。纳哈出再也坐不住了，尽管如此，他仍不相信自己的好朋友会办出此等事。心想："如果是豁鼻马干的，究竟为什么呢？或许是哪个黑手插进来嫁祸于豁鼻马也未可知。"后来，经仔细琢磨了一下，觉得不管怎么样，应该去见见豁鼻马。他是这么想的："在我的大丞相府里，身边的人只是有数的几个。除了豁鼻马、长子都布多尔济、妃子，还有一些佣人、亲属和精心挑选了多少遍的护卫自己的兵卒，没有别的什么人了。要求他们平时不许在府内随意走动，要说活动方便、不受驻兵监视、对府内一切情形熟悉的，除了我和都布多尔济之外，就是豁鼻马了。惟有他像个小丞相一样，哪儿都可以去，具备作案的条件，其他人不太有可能。为什么这么说呢？因为丞相府邸戒备森严，所有的将士不经允许，不得随便出入。门卫皆由我的七大姑、八大姨等亲属担当，可以说他们全是可信的。何况府内的人到任何一个地点去，皆有岗哨过问，一般也过不去。那么，除了他们，谁又能在天没亮之前，穿门过巷、不留任何破绽、不受任何阻挡地到都布多尔济所住的偏僻之地呢？如果对府邸不熟，怎能轻而易举地找到马圈附近的地牢呢？劫狱又干得如此干净利落。从种种迹象来看，凶手不是外人，肯定是府邸内部的人。还不是一般人，得有点儿能耐才行。再说了，豁鼻马跟都布多尔济很熟，对他早有看法，曾多次向我讲过，应管教一下大儿子，约束他的行为。"从各个方面一考虑，越想路越宽，觉得豁鼻马干这事儿不是没有道理。他退一步又想："豁鼻马呀，豁鼻马，自从到丞相府来，本丞相对你不薄呀，看成亲兄弟一样。可以说什么话都愿意跟你唠，没有隐瞒的地方，是什么原因非做绝了呢？若有啥想不开，可以直接跟我说呀，缘何下此毒手哇？也没仔细想想，你不单单是杀了一个都布多尔济的问题，更主要的是涣散了军心哪！而且就在大丞相府之内下的手，要是传扬出去，名声不好听呀，得给我丢多大的脸哪！看来必须得亲自去一趟罗锅哨，见见那个绝情、没良心的人。当面儿质问他，为什么又杀我儿子又劫狱的，如此恶毒狠心，对得起谁呀？或者你是受重金收买、有谁威逼不成？如果是这样，别看都布多尔济已经死了，只要老老实实相告，本丞相还是能给你做主的。"他翻来覆去地冥思苦索，觉得要真是豁鼻马所为，实在让人无法理解。为了不造成更大的影响，最后决定只带几个人前往罗锅哨，亲审豁鼻马，了解到底是怎么一回事儿。

纳哈出马不停蹄地来到了罗锅哨，想赶紧审问豁鼻马。查清楚之后，如果没别的什么，尽量大事化小，小事化了，趁早解决，别传出去影响自己的名声。哪知道一来，却碰上了不顺心的事儿，这些刚才我们已经讲了，说书人再给大家捋顺捋顺。首先，纳哈出在此碰到了不给他争脸的、不愿见的、不喜欢看的田田。其次，还见到了同样不愿意看的、心存许多疑虑的田田陪着的那个女子、妙善小尼姑。当时一看他们俩在这儿，内心非常不快，脸立马拉下来了。一向看主子脸色行事的恭格拉见大丞相不高兴了，便狐假虎威、有恃无恐地跳了出来，结果被妙善居士给教训了，丢掉了右腕。下属的部将见此，纷纷声嘶力竭地高喊要为主帅复仇，也被妙善一顿杀伐。出现的这样一个紧张局面好不容易才平复下来，把恭格拉送回了金山调养，看来事情总算过去了，该抓紧时间审问豁鼻马了。可纳哈出是个趾高气扬、诡诈多端、放荡不羁之人，对谁皆抱有疑心，对任何人都不服气。原本一肚子火儿，没想到来了以后，妙善居士竟让他下不来台。哪能受得了？自尊心被伤害，岂不更怒火冲顶？几次抽刀想杀了小尼姑，几次又收了回去，恨自己来时带的兵马太少，担心斗不过妙善，怕是以卵击石。眼珠儿一转，计上心来，有了章程了。趁大家喝茶不注意，悄悄儿一抬手，把乌迪什平章叫出屋外，在耳边小声儿嘀咕了几句。乌迪什当即理会，反身出了大门，离开了哨口。干什么去了？飞马回金山调兵遣将去了。此举意在显示纳哈出的力量和威风，让小尼姑看看，别以为我身边没有兵马就可为所欲为，想得倒挺美，本丞相呼之即来。下次你要再敢穷咋呼，绝不答应，看我怎么收拾你！

纳哈出把乌迪什派走之后，没想回厅，大伙儿不知道哇，仍在那里等候着。娟娟以为大丞相或许有什么事儿，并没理会，心想："今天我就跟你靠，看看葫芦里到底卖的什么药，要是审豁鼻马，一定争取参加。纳哈出非常可能不让我到场，那也得想办法挤进去，想把总寨主甩一边儿，没门儿！"边想边坐在那儿闭目养神。过了不到半个时辰，便听院子里有马队的銮铃声，那声响越来越大，震耳欲聋！屋内的人正不知发生了什么事情的时候，一小校进来向岳索图禀报道："乌迪什平章的兵马到！"这时，大家才知道，原来纳哈出命乌迪什调兵将来了。娟娟马上警觉起来，心想："既然是审豁鼻马，带这么多兵马干什么？"他们立即走出屋来看，见映现在眼前的，是密密麻麻的约十万骑兵，排山倒海般向罗锅哨推了过来，人群中的纳哈出正对乌迪什指手画脚地说着什么。此刻的大丞相，已不像刚才进屋时那样低着头、唉声叹气的样子了，而是摆出一副不可一世、耀武扬威的架势，不时地指挥着这个、命令着那个。他让乌迪什将带来的兵马里三层外三层地围住罗锅哨，任何人不许进，更不许出。田田、娟娟一看，来的人真不少，不仅乌迪什率领的骑兵全到了，还带来了恭格拉所统帅的一部分兵马。这些人中，有豹头军总帅毛木帖木儿、虎头军总帅旦曾帖木儿，还有恭格拉手下的鹰头军总帅罗乐帖木儿，三人各率三万铁骑。

要知道，罗锅哨虽然是关东第一大哨，但毕竟地方不大。一下来了近十万兵马，这不纯粹是纳哈出为了显示自己的力量而采用了穷兵黩武的做法嘛，给谁看的呢？很清楚，就是给他心中始终耿耿于怀的妙善居士看的。意思是别以为金山没人，要再敢要我们，先看看十万铁骑吧！纵有双翅，也难于飞出罗锅哨。俗话说得好，好虎架不住一群狼，只要发现杀害都布多尔济和小尼姑有关，休想走出半步！你的宝剑不是厉害吗？能杀一个，我有两个；能杀一万，我有两万等着，难道还能把十万兵马斩光了不成？最后不被抓住才怪呢！

聪明的娟娟完全看清了纳哈出的恶毒用心，觉得这人真是太坏、太故懂了。表面上笑脸相迎，暗地里却阳奉阴违，跟你较劲。审一个普普通通的灶膳总经略官，有必要用十万兵马保护吗？显然是冲我与田田下的茬子。好，既然如此，咱们就对着来。你实在是小看本公主了，我有头脑，不傻不笨，以为得跟你硬拼了是吧？想错了，不会的，没那么简单。若是动真格的，我们姐弟俩绝不白给，说实在的，还真没怕过谁呢！再说了，田田的武功是出了名的，这是大家、包括你纳哈出都知道的。表面上看，他像个儒生，温文尔雅，话也不多，然而手中的宝剑可不是吃素的，那是从得道高僧处学得的，是明月长老的师姐月禅禅师的关门弟子，剑法相当纯熟、利落。以从师排位来说，应该是我的师兄，武术并不差。

娟娟想得一点儿不错，从前书讲到的田田奋勇斗疯狼、舍己救人之举，便可见其剑术非凡，令人刮目相看。别看他平时不哼不哈的，真要舞起剑来，万夫难挡，可以说在金山是首屈一指的人物。至于娟娟的武功，咱们已介绍过多次，那是阴宗双鹤剑的传承人，剑术非同一般。真要硬拼，以二人的武功，不至于败在纳哈出手里。可娟娟不想这么干，认为将会死伤无辜太多，更主要的是不利下一步的行动。最好的办法，则应以智谋夺下罗锅哨，削弱纳哈出的力量。即使纳哈出想拼，娟娟也不会回应，不过她还是做了两手准备。一个是想办法参加对豁鼻马的审问，亲耳听听豁将军到底是怎么讲杀人劫狱之事的，承担罪过的理由是否能站得住脚。因为她太清楚了，豁鼻马参与哪门子刺杀都布多尔济的行动？当时怎么动的手，他根本不可能知道。令娟娟万万没有想到的是，豁将军竟把所有的罪责一股脑儿全揽到了自己身上，可硬揽不行啊，那口供能合上牙吗？嘴再巧，没亲自去做，无论如何不能讲得那么圆全、叫人听起来是那么回事儿呀，再说人家听了信不信还两说着呢！谁都长个脑袋，谁不会分析呀？你若说得不对，是瞎编的，人家能听不出来吗？娟娟对此很是担心。她后来曾问过豁鼻马这么做是否有把握，豁鼻马再三请娟娟放心，说纳哈出保准能信他的口供。娟娟想："如果纳哈出真的那么蠢，相信了，当然好；如果不信，一旦有变，肯定怀疑到我和田田头上，必会以所带之兵全力抓捕我们。真要这样，那就采用第二个方案，即先下手为强。审问时，我就坐在纳哈出旁边。要是变了脸，先薅住他的衣领子，擒贼先擒王，大不了一命抵一命，没什么了不起的！再说金山的兵马又不全是纳哈出的人，只要把老帅抓到手，他们不至于非跟我硬拼。况且为了保住主子的性命，哪个敢弄到鱼死网破的地步？到那时，便可见机行事。当然此为最坏的打算，最好是好说好散，用智斗的办法与他们迂回而战。"

此刻，在形势危机、孤军奋战的情况下，娟娟知道纳哈出没抓住自己啥把柄，内心很平静，对什么情况下该怎么做，琢磨得挺细。田田想得简单多了，特别相信娟娟姐姐，认为她有随机应变的能力，完全没把纳哈出调来兵马当回事儿。姐姐说怎么办，那就怎么办，无二话。要来武的，咱也来武的；要来软的，咱便软着来。总之一条道儿：听姐姐的，跟着姐姐走准没错儿！

回头再说乌迪什把兵马调来之后，按阴阳八卦、阴阳五行金木水火土布好阵势，把罗锅哨围了个水泄不通，铜墙铁壁一般，谁也跑不出去、进不来。由三个主帅率领大军，兵士们仗剑执刀，如临大敌。乌迪什部署好一切后，来到了大厅门口儿，向大丞相做了禀报。纳哈出听后，很是满意，心里有底了，觉得现在已是万事俱备、万无一失，到了该办正事儿的时候了。于是，摆出一副洋洋自得的架势，叫上乌迪什、萨家奴，高声儿命道："走，咱们到大厅去，今天让你们开开眼！"然后，又回过头来，故意大呼小叫的："岳索图！岳索图在哪儿？"岳索图赶忙走了过来，问道："大丞相，有何吩咐？"纳哈出说："快，把正厅陈设好，派兵严守房门。再将豁鼻马给我从囚牢里提出来，本丞相要亲自审问这个没良心的杀人凶犯！"岳索图忙退下办理去了。

站在旁边的娟娟一直观察着纳哈出，见他带领乌迪什、萨家奴往屋里走，一点儿没有向自己和田田打招呼的意思，便来气了，心想："你还真要甩开我们姐弟俩呀？想得倒美！不让参加审问豁鼻马肯定不行！这样也好，本公主今天让你见识见识，不但甩不成，而且必须得请我们俩进去！"小脑瓜儿一琢磨，来招儿了。于是反其道而行之，几步蹿了过去，还没等纳哈出进得厅门，就被娟娟挡住了，双手抱拳道："大丞相，您要审大案了，我们守候要犯的差事完成了，恕不奉陪。我与田田先返回金山，在那儿恭候大丞相，静听您的钧谕。"什么意思呢？即是说你不是不让我俩参加审问豁鼻马吗？还不在这儿呆了呢，你们看着办吧。有什么事儿需告诉我们的，或让立马去做的，回金山恭候您的吩咐就是啦！这可太刺人了，话中有话呀，言外之意是：知道你纳哈出要排挤我妙善居士，本总寨主不伺候啦，自己酌量着办吧！

说实在的，纳哈出的确是不想让妙善居士参加审问豁鼻马。为什么呢？一是妙善居士剑伤了他的爱将恭格拉。对此，虽然心中很不满，但又不能说，甚至还得违心地指责恭格拉。认为妙善太盛气凌人了，使人十分打怵，受不了；二是纳哈出总觉得命案不是豁鼻马干的，很可能与来路不明的妙善尼姑有关，必须时时提防，有她在场没法儿审；再者，不愿让妙善知道金山更多的内幕，因为要审问豁鼻马，就要涉及到都布多尔济的所作所为。说来，纳哈出也是真怕把都布多尔济的那些肮脏之事抖搂出来，要是不小心露出去了，那家丑不外扬了吗？故而认为听审的人越少越好，尤其不能让妙善参加。可万没想到的是，这事儿又让人家挑了理了，不让到场不行啊，讲不出理去！方才还对妙善居士讲，我纳哈出大丈夫说话，一言既出，驷马难追，今奉你为金山大寨总寨主。可哪有刚说完立马更改之理呀？既然是总寨主，那么审问豁鼻马，不仅得请人家参加，还应是主审官之一才对呢！因此，纳哈出听娟娟这么一说，很是尴尬，只好赔着笑脸儿道："妙善师父，哪里，哪里。我因事儿太多，一时昏了头，说话忙乱，竟忘了您了。您是金山大寨总寨主，怎能不参加审问呢？咱们应合审凶犯才是，千万不能离开此地。不可，不可，少谁都行，惟独少不了您呀，是不是？妙善师父先请。"娟娟并不领情，仍口不饶人地说："大丞相，事实上，您对我已经不信任了。根据啥说呢？因为案发时，您并未招呼我们，让我一直记在心里，觉得无论如何这么做是不对的。尽管如此，考虑本人是总寨主，出了大事儿，哪能不闻不问呢？只好硬着头皮出来到此巡察，做梦没想到反遭恭格拉的羞辱。既然如此，妙善不想再凑这个热闹、讨这个没趣儿啦！"纳哈出又一次领教了娟娟的咄咄逼人、伶牙俐齿，心里话："你个小尼姑，还想怎么着？已经得了便宜，就别再卖乖啦！"

纳哈出本来已有兵马做后盾，为什么在娟娟面前表现得如此软弱呢？这里得向各位阿哥讲几句。他很爱才，眼下正是用人之时。在此之前，早已目睹了妙善居士的剑法，认为非常厉害，如果能笼络过来，十个恭格拉比不上。所以，便对妙善好话多说，尽量想法儿把这个活菩萨留住，若能助金山一臂之力，真是求之不得。怎么才能留住呢？干脆来软的，决不得罪，况且刚才又让人家抓了理儿。纳哈出见娟娟不依不饶的，再一次致歉道："请妙善师父海涵。既然恭格拉已经因为自己的过错而得到了应有的惩罚，您也出气了，就请消消火儿吧，咱们还有很多重要的事儿等着办呢！再说了，提那些个不愉快，多影响心情呀！可以明确地说，在场的各位都是我的左右辅弼，皆要参加听审，怎能缺其中的任何一位呢？田田，傻站在那儿干吗？还不快请大家一块儿进大厅。"众位阿哥，听到了吧？纳哈出此刻特别提到了田田。他知道，不把田田放在前头，妙善居士肯定不能答应，算是识时务。

闲言少叙，单说纳哈出率众位进入大厅依次坐好后，便令岳索图派人将因牢中的豁鼻马带上来。岳将军领命出去了，没一会儿，由德布楞率兵卒押着豁鼻马进来了。只见豁鼻马被铁链子紧紧捆绑着，迈着蹒跚的步履，一步步艰难地走着。娟娟此刻听到那令人心碎的沉重的铁镣声，心里十分难过，又替他担心。当豁鼻马走到纳哈出面前时，显得很是虔诚，扑通一声跪倒在地，痛哭流涕地说："大丞相啊，罪将给您老人家叩头了！没想到还能亲自来罗锅哨看我，九泉之下，也不会忘记大丞相的深恩哪！"豁鼻马的几句话，说得纳哈出挺不得劲儿，不禁一阵阵心酸。他站了起来，缓步走到豁鼻马跟前，命岳索图把豁老将军身上的铁镣除掉，又叫人搬过一把木椅，让他坐在地当中受审。纳哈出说："豁鼻马，好兄弟，不管怎样，看在往日的情分上，也应来看看你。说句良心话吧，我纳哈出待你咋样？"豁鼻马忙站起身来，又扑通一声跪地道："大丞相待罪将恩重如山，视为知己，此生难以报答！"纳哈出说："快快起来，坐下，坐下。"豁鼻马回坐到木椅上。纳哈出双眼盯着豁鼻马，问道："兄弟，既已至此，应对我讲实话。都布多尔济被杀到底是怎么回事儿，为何非把杀人的罪责揽到自己身上呢？这里究竟有什么过节儿，还是有人暗地里故意害你不成？"豁鼻马没吭声儿。纳哈出接着说："我从来是为朋友两肋插刀，不要怕，一切由本丞相给你做主。说真的，自始至终就没相信杀人、劫狱大案是豁将军所为，所以才特意赶来，要亲耳听听你的肺腑之言。大厅里没其他什么人，除了金山大寨总寨主妙善师父不太熟悉外，在座的几位你全熟。说白了，不管这里有谁，都用不着惧怕。记住，金山的天下，就是纳哈出的天下。只要有本丞相在，必会替兄弟撑腰的，谁也不敢随便碰你，有啥话直截了当地说吧。豁鼻马，今天不是什么审问，咱们还像往日一样，作为好朋友，互相谈心，唠唠家常嗑儿。放心吧，可以把你的想法如实端出来，讲讲究竟是怎么回事儿。"说完，眼中还挤出几滴老泪，似乎很伤心，做出一副挺感人的样子。

大家是知道的，纳哈出是个非常狡诈的人。之所以能如此坦诚地与豁鼻马交谈，并不是真正同情属下，而是猜疑其中有诈。为什么说他是枭雄呢？那是因为一向能伸能屈，特别会做戏。想用听起来很能打动人心的深情话语，获取豁鼻马的好感，进而诱使其讲出心里话。实际上，纳哈出从来是对谁都不相信，对谁都怀疑，逢人防三分。此次府里出现的凶杀大案，你就是说出大天来，即使是豁鼻马干的，也不会是他一个人，一定有别人参与其中，深信自己先入为主的判断。正是受这种想法的支配，才亲自来审，争取让豁鼻马说出真相。绝不可能让别人去审，包括对恭格拉、乌迪什等亲信照样不相信，深怕他们有逼供、欺瞒之举。由此可以看出，纳哈出的疑心该有多大！为得实情，竟不惜放下大丞相、太尉的架子，采取一种软的、温情的办法来感化、打动豁鼻马的心。他一再强调，我是金山的大统帅，有权威，是你的靠山。有本丞相给你豁鼻马撑腰，还怕什么？有啥话尽可公开讲出来。应该说，纳哈出把所有的软招子都使出来了，想尽快套出点儿真东西来。遗憾的是豁鼻马与纳哈出在一起呆了很长时间了，早将主子的脾气、秉性吃透了。他决心要救出叶旺将军，还要保护好大明朝来的明月长老、秉仁公主等人，一切为他们的安全着想，避免出现任何闪失。想来想去，决定紧紧抓住纳哈出对什么都疑心、对任何人皆防范的心态，上演一出代人受刑的苦肉计。

各位阿哥，说书人不能不在此多讲几句。豁鼻马可不简单哪，那也是武林中人、一员武将，原来在元室里是相当有名气的人。最早为元朝大将扩廓帖木儿身边参将，能征善战，屡立奇功。后来被徐达所俘，并归降大明，一心为明朝廷效力。这个人真不错，凡事说到做到，一就是一，二就是二，最讨厌嘴甜心苦、耍两面三刀之人，是个顶天立地的大丈夫。依照徐达大将军的安排，他随着马云、叶旺深入辽东，三人关系十分密切，共同做了不少分化、瓦解元将之事，完成得很是顺利。在马云、叶旺离开之后，豁鼻马没有走，仍然留在辽东，打入了金山内部，使出浑身解数，得到了纳哈出的信任，成为其心腹。尽管如此，他一心向明的信念始终没变，尤其尊重马云和叶旺，很讲义气，即俗话所说的够朋友。当听娟娟说叶旺将军被俘了，心里急得火烧火燎的，觉得必须得帮这个忙。当即横下了心，即或天塌下来，也要想尽一切办法把叶将军救出。他十分清楚，妙善居士若是从长远考虑，无论如何不会同意让自己随他们一起去救叶旺的。那得怎么办好呢？经过反复思忖，为报效大明，对得起如同兄弟般的马云、叶旺二人，只能以命相抵。惟如此，才有可能骗过大丞相，既救下叶旺，又替代了秉仁公主，也是死得其所，不枉来此一生。叶旺将军他们绝不能白白送死，因尚有大事未成，此难理应担在我豁鼻马身上。想好之后，便着手做细致、周密的准备。还想到："我不可能直接出面去救大明朝派来辽东的都指挥使司同知叶旺大人，恐怕难以承担，秉仁公主断不会相信一个人能完成此任。再说了，秉仁公主和明月长老都是世外高人，武术高强，肯定能救出叶旺将军，完全不用我操这份儿心。所要办的，就是按秉仁公主的嘱咐，烧好饭，做好自己的差事，以职务之便尽可能地帮助他们。我对大丞相的底细了如指掌，情况最熟，完全可以暗地里当好他们的帮手，秘密地给以保护，堵一些避不开的漏洞，以便铺平拯救叶旺大人的道路。怎么办呢？不妨利用管丞相府膳房的权力，用酒灌倒府里的门倌儿和夜里打更的更夫们，让他们睡不醒。另外，对丞相府里的纳哈出和他的儿子要好生侍候，严密监视。一旦发现什么情况，立马禀告给秉仁公主。"此刻的豁鼻马觉得有事儿干了，心里较前踏实多了。说实在的，他自从那天受秉仁公主的召见，得知了救叶旺的事儿以后，这两日一直没睡觉。每天把晚膳做完以后，到了晚上，就偷偷地观察，看秉仁公主如何救叶旺和卜家奴，好暗中掩护他们。他懂些夜行术，还会一点儿轻功，为防止意外，秘密地到各处巡逻着。

　　说来，丞相府夜里挺热闹，纳哈出有夜宴的习惯，每晚都要为他置备膳食。这样一来，膳房白天闲不着，晚上仍忙碌得很。谁管夜宴呢？就是谺鼻马。夜宴一般在子夜时分，于是，便将膳房的人分成两拨儿。一拨儿是白天班，子夜时休息；另一拨是夜间班，从子夜初刻开始干活儿。谺鼻马是总管呀，不仅白天忙，对膳食诸事要照顾周全，夜里也忙，包括菜准备得怎样，肉食的储藏如何，有否腐烂的以及每道佳肴的做法等全要照顾到。另外，还得起来巡查膳房的灯火，因做饭必用火，火最容易出事儿。那时点灯用的皆为兽油，哪块儿容易着火、哪块儿容易出事儿心里得有数，须十分小心才是。因此，他天天不得闲，哪块儿眼不到都不行，兢兢业业，勤快得很。累的时候，从不脱衣服，随便在哪儿打个盹儿或睡一会儿算是歇了，接着又张罗这个、忙乎那个的。纳哈出心疼他，要给派个帮手，他也不干，把个丞相府的膳房后勤诸事安排得井井有条，使大丞相很是满意。每当夜间巡查膳房时，不但督促夜班的师傅务必把膳食做好，符合纳哈出及嫔妃、儿子们的口味，别因犯困打盹儿而将上好的佳肴烧焦，而且总是不停地提醒大伙儿说："精神点儿，备菜的速度加快些，别打盹儿、别睡觉哇！"还到各处冲着师傅们的耳朵喊："认真点儿，菜要做好，味儿要正，要色味相形。"饭菜做好后，由他负责送上去，你说谺鼻马能不忙吗？

单说纳哈出这个人挺怪，白天不管吃得多么饱，到晚上必须设夜宴，同时伴有歌舞和武术表演。他作威作福惯了，一吃就好几个时辰，席上佳肴满桌，身旁有妃子作陪。都布多尔济住在他父王的相府里，远比田田多尔济、扎浑多尔济吃香、享福，俨然像个小皇上一样，称其纳哈出第二并不为过。然而不往好里学，也学他父亲设夜宴，自然仍由府内膳房承担。这样，谺鼻马去都布多尔济处的机会便多了，成了常事，来去随便，对所居之处的情况了如指掌。谺鼻马特别会办事儿，对都布多尔济手下的纳哈出之内亲，如因牢总班头儿、马厩总班头儿、管府门的头儿，包括巡逻、打更的总班头儿都很关照，与他们混得越来越熟。这些人想吃什么，少不了麻烦谺鼻马，他没有一次不到场的，亲自送夜宴之佳肴。还常到各班头儿的家里去，了解吃的方面缺什么、少什么，然后一并送过去。

再说相府里的夜宴，一般是从亥时正刻开始做准备，至北斗斗柄指向北天时结束。夜宴需用哪些菜呀，吃什么鱼呀，选哪块儿肉啊以及哪种海物哇等等，全要在这个时间置办齐。子时初刻摆第一道大菜，子时正刻大宴开始，歌舞上场；丑时初刻上第二道大菜，丑时正刻第二排歌

东海沉冤录

舞上场；寅时初刻上第三道大菜，也叫关席宴，寅时正刻撤宴。一吃就是三个时辰，十分讲究，同元代的宫廷大宴程序完全相同。所说的初刻和正刻，即指一个时辰中间的两段，相当于有了计时表以后的两个钟点。子时初刻，指的是现在计时表的夜里十一点，正刻是夜里十二点到丑时初刻，即凌晨一点。元代和明代时，不用计时表，而用子丑寅卯来代替。当然，纳哈出的夜宴不都是这么长时间、这么大的规矩，也有比较简单的。有的是从子时初刻开宴，到丑时初刻结束，即从夜里十一点吃到早晨一点。有的是从丑时初刻开宴到丑时正刻结束，即从凌晨一点吃到两点。不管是大宴还是小宴，总之丞相府总有宴席，兼备歌舞和武术献艺活动，皆由大管家、总经略豁鼻马操办。

豁鼻马几天来头脑里一直惦着的、也是最不放心的，就是秉仁公主要劫狱救叶旺和卜家奴这件大事儿。可又不知道他们哪天动手，只好多方注意，暗地里悄悄儿配合。他每日不停地给城门巡逻的总班头儿、马厩的总班头儿、各个站房的总班头儿送夜餐，多带些好酒，想尽办法将这些人灌醉。把他们都侍候得挺高兴，边喝边说："哎呀，豁大人真好，够哥们儿。你看这几天把他忙的，好酒好菜总忘不了咱们！"他们也从不得罪豁鼻马，知道他是相府里最有权的人。若是不小心触犯了人家，好酒好菜肯定品尝不到了，因此也都乐不得往好里处。事实上，豁鼻马只是表面奉迎，心里想的只有一件事儿，即如何做才能早些结束夜宴。因为一有夜宴，至少好几个时辰，几乎大半宿是人出人进、推杯换盏、吵吵巴火的，那劫狱的事儿还能办得了吗？

经过一番周密的思考后，豁鼻马到纳哈出那儿去了，见面就说："大丞相，我跟你商量个事儿。咱们相府膳房里储备的料不太多了，供不应求。为什么会这样呢？因为从今年秋天以来，暴雨不断，道路泥泞，路不好走，到东海去的运输队到现在还没回来。不过，前几天我已派出几个亲戚，让他们抓紧给大丞相弄些鲸鱼、大虾、海参、海蜇什么的。打算过两天给您和爱妃、爱妾们办东海海宴，尝尝鲜儿，换换口味。噢，对了，大丞相啊，我还从北海弄到一条海豹，很快也会运来了。那可既香又鲜呀，同其他的海物相比，味道完全不一样啊，不知愿意品尝？这几天的夜餐不妨少点儿，屈就一下，过两天肯定会非常丰盛的。"纳哈出当然相信豁鼻马所讲的一切了，咧嘴大笑道："好好好，好哇！总经略官怎么说，咱就怎么做。刚巧我的小爱妾身体不适，晚上要多陪陪她，夜宴少举办几次也好，简简单单吃点儿便行了。"你道那小爱妾是谁吗？她是前书所讲的、被妙善居士杀了的逆贼纳木扎勒台吉的妻子。现在纳哈出将其金屋藏娇，奉为新欢，捧在金山嫔妃的最高位置上，当做心肝儿宝贝一样。豁鼻马一听，正中下怀，很是高兴，大丞相总算答应了。豁鼻马就是用此招儿将这几天的夜宴取消了，为娟娟他们实施劫狱创造了条件。

有一个人使豁鼻马觉得很难办，谁呢？就是荒淫无度、傲慢无比的都布多尔济。这个人好吃懒做，每天晚上，除了纳哈出开夜宴，他也要开，要啥立马得给啥，必须得侍候好。要不然便破口大骂膳房，一闹起来没个完，谁都不敢惹。还特别蛮横，不讲道理，只要不对心思，抽出宝剑就杀人，胡杀乱砍，是个杀人不眨眼的魔王！豁鼻马琢磨来琢磨去，终于琢磨出一个办法来：如果这两天都布多尔济要开夜宴，就在酒里放乌头。乌头是什么呢？是一种有块根、茎直立、五角形叶子、多年生的草本植物，侧根含乌头碱，有剧毒。将它放进酒里，酒即有了毒性。不能放多了，那会毒死人的，要适量，可搀点儿其他的草药。将放了少量乌头的酒喝下后，没一会儿就犯困，想睡觉。这样，即使都布多尔济要开夜宴，喝了乌头酒也就安定了。豁鼻马将一切想好并做了精心的准备，只等秉仁公主动手了。

值得一提的是，豁鼻马所有这些想法和做法，事先并没有向明月长老和娟娟通禀，只是出于对大明的一片忠心，想为朝廷出点儿力，秘密保护师徒而已。由于不知道秉仁公主具体是如何实施、什么时候行动，不得不每天晚上都做此类的准备。而劫狱救人之举措，明月长老和娟娟为了保护豁鼻马，压根儿没想牵扯他，他们是各行其是。

单说明月长老、娟娟和李佑决定，就在这天晚上，于丞相府里动手。在天即将冒亮儿的时候，以迅雷不及掩耳之势，到都布多尔济的住处去。那么，当天夜里丞相府是怎么个情况呢？纳哈出由于小爱妾身体不适，俩人亲亲密密地早早上床了，不仅未开夜宴，连晚餐都没用，为此膳房省了不少事儿。但子时初刻时，都布多尔济那边却要了三道大菜。所说的大菜即套菜，好多盘儿呢，豁鼻马叮嘱膳房师傅认真做好。其实，三套菜只由都布多尔济带着小情人消受，俩人能吃得了吗？当然不能。吃不了没关系，沾两口便扔，一向这么挥霍无度。三道大菜做得后，豁鼻马怕都布多尔济挑刺儿，亲自将泡好的乌头酒和三套菜装进从南方买来的竹篓儿里，盖好盖儿，放在担子上。然后挑着担子，忽忽悠悠地向都布多尔济的住处走去。到了地方，敲开头一道门，向里面传报酒菜送到。都布多尔济并没让齉鼻马进去，只听从里边传出嗲声嗲气的女人声儿，知道这是那个小夫人。等了一会儿，都布多尔济衣着不整地走了出来，将酒菜一样样儿地端进去了，回头吩咐道："吃完以后，再来取竹篓儿。"齉鼻马点头称是，反身出来了。此时已是深秋，天气很凉，时而能感到寒风瑟瑟。他紧紧衣裳，仰头上看，繁星满天，星光灿烂，一道道流星划落夜空，是个好天气。心想："今天晚上，正是动手劫狱的大好时机。明月长老、秉仁公主，此刻你们在哪儿，怎么还不动手呢？机会多好哇！"于是，便在都布多尔济住处的附近边暗中巡视边焦急地等待着，觉得时间过得太慢，真是一分钟一分钟地艰难熬过，终于将近子夜时分了。

过了大约两个时辰，齉鼻马正在东瞧西望的时候，猛然听到远处有轻微的脚步声，分明是从相府外面传进来的。前面我们讲了，齉鼻马也是武林中人，不用说，夜活儿当然干过，只是功夫没那么利落、武艺不那么高强而已。但总是受过这方面的熏陶，起码能眼观六路，耳听八方，那耳朵灵着呢！有些声音，常人兴许听不清，却瞒不过武林中人的耳朵。他们的分辨力极强，耳朵听甚至比眼睛看管用，可分辨出各种鸟及老鸹、山鹰、猫、狗、狼、熊、狐狸等很多飞禽和走兽所发出的不同的声音。连哪个是老者走路、哪个是孩子在跑、是刮风以后掉下来的石块儿还是木板儿，或者是其他什么东西，皆可听得清清楚楚。当然，说书人讲得比较简单，作为武林高手，听得比这还要细，所掌握之技能比这还要神奇。过去不是说嘛，哪怕是一张纸、一块儿丝绸落到地上都能听得到，就这么神。

齉鼻马凭着自己的本事，听着那一直企盼着的令人心动的脚步声，知道秉仁公主他们快出现了。他一边细听，一边躲进暗影儿里，蹲在地上向四处仔细搜寻着，并从腰中抽出早已准备好的匕首，以便一旦有情况时，好暗中保护。必要时，杀掉胆敢阻碍劫狱的人，不管他是谁。心想："我今天豁出去了，无论如何得让秉仁公主把救叶将军和卜家奴的事儿办成，哪怕用这条百多斤的老命换回二人也值！"一向这么仗义，别的什么都没想。

四处观察了一会儿，又等了半个时辰，至丑时正刻、寅时初刻时，忽然看到从墙外嗖嗖地跳进两个黑影儿。夜行人行走如飞，从身形认出来了，一个是秉仁公主，一个是熟悉的明月长老的弟子李佑。他高兴极了，寻思着："平常夜行人的老习惯一般办什么事儿都是从子时到丑时动手，选择天最黑的时候，不易被人发现。而他们却不然，专找丑时正刻到寅时初刻、天还没亮正要冒亮儿、人们正睡回笼觉这半个时辰动手，此招儿可真高哇！必须得麻溜、快当，不能拖泥带水，否则很容易惊动别人。"转念又一想："丞相府里又有帐篷又有房子的，里边的小巷也不少，他们千万别走错了道儿啊！"正担心着，便见两人进入丞相府后，直接奔向所要去的目的地了。豁鼻马在后边悄悄儿跟着，心里琢磨着："他们所经之路，我得跟着走一圈儿。这样，将来倘若审问此案，可以说得清是我干的。"豁鼻马的确挺有心计，身后的背囊里还背了些特别的东西。什么呀？原来是给都布多尔济送餐时多带的一些饭菜。走一段路，便把饭菜故意往路上撒点儿，以证明来者是做膳食之人，有丢下的遗物为证。

娟娟和李佑一路上，因为巡逻人早被豁鼻马做了手脚，用过了特意给送去的好吃的饭菜、芬芳的美酒，吃得饱饱的，喝得足足的，个个烂醉如泥，睡得像死猪一般。何况天马上要亮了，以为不会有啥事儿，谁还没事儿找事儿出来巡逻呀？所以，没有遇到任何阻挡，如入无人之境，顺利得很。

豁鼻马见他俩走了一会儿，便分路而行。那李佑到驻守府内巡逻营的帐篷处，不知是把什么工具往帐篷上一插，还用嘴使劲儿一吹。他恍然大悟："噢，原来是往帐篷内喷薰香呢！"心里话："李佑哇，这样做没错。不过你晚来了一步，不喷也没事儿，我早已把他们灌醉了。放心吧，一时半会儿醒不过来。"又见秉仁公主以狸猫扑鼠的敏捷动作直接进入了都布多尔济的大帐内，行动干净、利落，不大一会儿就出来了。与李佑会合后，二人转身又到地牢那儿救叶旺去了。

豁鼻马趁此机会，按秉仁公主走过的路线，以轻功来到了都布多尔济的帐外。与此同时，仍然没忘在来的路上和门口儿撒上些菜饭、酒肴和果品什么的。当进入都布多尔济的大帐时，因天还没亮，里边发暗，什么也看不见。待眼睛适应了一会儿，再仔细观瞧，才看见床上有两具死得相当惨的尸体，都布多尔济的脑袋被砍下来了。满床是血，用手一摸，没有完全凝固。于是用匕首蘸点儿床上的血，抹到自己身上，为的是让人看起来似乎经过了一番搏斗。又找了一块布单子将都布多尔济的头颅胡乱包上，倒拎着出来了。之后，把人头扔到了马厩的马槽子底下，反身去了地牢。把扔在地上的羊角令牌和钥匙捡起，放在地牢门口儿，真乃神不知鬼不觉。

齉鼻马刚把一切做完，就听到外面战马嘶鸣，知道一定是秉仁公主已把叶旺将军和卜家奴救出来了，要牵走大相府马圈里的马。然而他清楚，纳哈出的那几匹马是经过驯养的，别人谁都骑不走。这可怎么办？正犯愁呢，只听马咴儿咴儿地大叫，马蹄声声，嗒嗒嗒地飞驰而去。他奇怪了，哎？怎么回事儿呢？前书讲了，叶旺他们见马牵不走，便用刀划开了马屁股的外皮。马一疼，能不叫、不跑吗？马这一叫，巡逻营的人全醒了，丞相府里开始乱了，兵丁们冲出来了。齉鼻马估计，此时秉仁公主带叶旺将军早已跑远了。为了不至于再出什么差错，更好地掩护他们，便在乱军中也牵出一匹马，麻利地骗腿儿而上，打马奔出府来。

　　在此混乱之时，巡营的人光知道是地牢被劫，并不晓得都布多尔济被杀，一个个像无头的苍蝇，到处乱窜抓人。骑在马上的齉鼻马为了吸引那些兵将，故意边跑边喊："纳哈出的兵还没来呢，快跑，快跑呀！随我出城，快呀！"好像他在领着劫狱的人往外跑一样。追兵们听有人高声儿一喊，调头便朝齉鼻马所在的方向追赶过来。此时，已知内情的恭格拉、乌迪什，也急忙率领兵马向着大喊大叫的人追去。齉鼻马拼命打马往秉仁公主所去岔道儿的相反方向驰奔，意在转移视线，将恭格拉的兵马引到自己这边来。当绕过岔道儿、向罗锅哨的大道径直跑下去时，在一片密林里，被追赶的重兵围住了。包围圈儿逐渐缩小，元兵越来越多，想要活捉此人。

　　此刻，天已大亮，齉鼻马见追兵里三层、外三层地围了过来，便从马上跳下，拔出腰刀，仰脖儿要自刎。说时迟，那时快，恭格拉早骑马冲将过去，用刀头一横，当的一声，把齉鼻马的刀挡住了。随即跳下马，上前把他紧紧抱住，俩人厮打在一起。众卫士见状，上前摁的摁、踹的踹、绑的绑，七手八脚地把齉鼻马给捆上了。恭格拉这才站起身来，不经意地朝对方瞥了一眼。这一瞥不要紧，大吃一惊啊！一看是谁呀，这不是丞相府里的灶膳总经略官齉鼻马大将军嘛，怎么会是他呢？不能啊！瞪眼看了半天，伸手扯扯他的耳朵，抬抬他的下巴，疑惑地问道："你是齉鼻马吗？"齉鼻马眯起双眼，轻蔑地说："恭大人，怎么连我都不认识了？你享用了我送去的多少酒菜呀，难道只一会儿工夫全忘了，咱们咋碰的杯了？"恭格拉的心怦怦直跳，没想到从早起就蒙头转向地领兵抓凶手，折腾了半天，结果抓的竟是齉鼻马！无论如何不能相信这是真的，对此内心十分生疑。不过见齉鼻马满身是血，再问话时，又支支吾吾的什么也不说，倒像是真的，琢磨着只能将他五花大绑地先押起来。

　　恭格拉没把豁鼻马押回大丞相府，他想："现在相府里挺乱，还需查找劫牢者的证据和足迹。密林杯离罗锅哨只有二里多地，不如暂时先押到那儿去，况且罗锅哨的达鲁布花岳索图也奉命随之追拿逃犯。再说豁鼻马是大丞相灶膳的总经略官，一旦弄错，为此触怒了主子可不是小事儿。"打定主意后，便将豁鼻马押到了罗锅哨，命卫士扒下身上的血衣，另找一件衣服给他披上。之后将血衣交给身边的仵作和郎中，让他们一起到杀害都布多尔济的现场对证、辨认。结果很快就出来了，认定豁鼻马衣服上的血，确实是都布多尔济大人的血，杀人凶手是他无疑。恭格拉随即又审问了豁鼻马，追问为什么要跑到这个地方来？豁鼻马说是因怕官兵追杀，才慌不择路，只顾打马奔逃，哪成想却跑到了罗锅哨的眼皮底下，到了儿还是被恭大人给抓住了。至此，恭格拉初步验证没有抓错人，遂将豁鼻马囚到罗锅哨囚牢之中，命最亲信的德布楞率重兵严加看管。并告之不准声张，不能出丝毫差错，若有半点儿纰漏，拿你德布楞的脑袋是问！德布楞诺诺连声，领命带兵小心把守，任何人不得近前。将一切交代完毕，恭格拉立即飞马返回金山大寨，准备直接向大丞相禀报。

　　纳哈出自从得悉本府出了人命大案，长子都布多尔济被杀，人犯被劫，受到很大震动。便由侍卫陪同，亲自察看了府内各处，并命人快传豁鼻马，让来帮助查明此案，结果却四处不见其人影儿。他很是奇怪："平时有什么事儿，豁鼻马早到身边了，今天怎么了？"尤其是在巡视出事地点时，发现周围有零零星星的饭菜、宴果等物，立马产生了疑惑，心想："为何这里竟有只在膳房办夜宴时才用的遗物呢，难道此事与上灶的师傅有关？"正在惊魂未定、百思不得其解、暴怒不知所措之时，侍卫来报："恭格拉大人追赶逃犯已返回相府，求见大丞相。"纳哈出听报后，忙命召见之。

　　恭格拉来到大厅，拜见了纳哈出，然后禀报道："大丞相，闯入相府内的杀人凶犯和劫狱之人已经抓到，正羁押在罗锅哨囚牢之中。"纳哈出十分满意恭格拉办事如此神速，忙问："是谁呀？"恭格拉回道："禀大丞相，是相府的灶膳总经略官豁鼻马！"此话一出，刚才还正襟危坐的纳哈出惊得"啊"的一声，犹如五雷轰顶啊！脸一下子就白了，差点儿没从椅子上跌坐下来，甚至怀疑自己的耳朵是不是出了毛病，瞪着眼睛盯问道："你说的可是豁鼻马？有何凭据，千万不能胡说呀！"恭格拉禀道："大丞相，千真万确，绝不是没有根据的猜测。经仵作、郎中共同验定，豁鼻马衣服上所溅之血，正是被害的都布多尔济的血，这是杀人的铁证。来此之前，我们审问过豁鼻马，已供认不讳，承认杀人、劫狱皆他一人所为。"

这时，一直在出事现场忙乎的乌迪什、扎浑多尔济等也来到了大厅，乌迪什禀报道："经过仔细搜查，发现都布多尔济与小夫人在屋中同时被害。都布多尔济的人头被扔在马圈的马槽子底下，地牢门口儿扔有一大串羊角令牌和钥匙，班头儿三人被诛杀，地牢当班儿门卫被击成重伤，至今昏迷不醒。另外，马厩里丢失了四匹马，除此，其他任何物件未少。"纳哈出听完了禀报，令恭格拉、乌迪什陪着他详细地审问了府内的众班头儿人等，其中包括看门儿的班头儿、巡逻打更的班头儿。看门儿的班头儿说："血案发生的时间很特殊，不是在半夜，而是在丑时正刻、寅时初刻天将亮前的短暂时辰里。恰好是更班儿的人巡查完毕，准备换班儿安歇，日班儿当值人员尚未接替的空当儿。选在这个时候作案，可见此人对丞相府内的住宅、兵将把守的时间安排及更夫换班儿巡逻等情况了如指掌，估计是内部人所为，外部不知情者断不敢为之。如果不是内部人，那一定是知内情人与府外人共谋而为。"一旁巡逻打更的班头儿频频点头，表示赞同。

为弄清知内情人是谁，府外人可能又是谁，纳哈出急命召集府内主事人共同来审理此案。当被召集的人到齐后，大伙儿周围这么一看，发现缺一个人。所缺之人是谁呢？就是金山的帐前掌印大将军——田田多尔济。纳哈出问："田田呢？"大家你看看我，我看看你，纷纷摇头说："没看到哇，不知上哪儿了。"纳哈出命人快去把他叫来，并连发几道急令催促，大将军却始终未到。田田的弟弟扎浑多尔济坐不住了，心想："哥哥这会儿到哪儿去了呢？"怕大丞相对兄长不满，随即禀道："父王，我哥哥肯定还在追逃犯的路上，不能很快赶回来。"站在身旁的恭格拉马上接话茬儿，一口咬定："我在追逃中根本没有见到过田田，他没去，大概是躲起来了。"扎浑多尔济听后，气得脸涨得通红，急眼了，跟恭格拉吵了起来："你胡说！我哥哥去了，人那么多，能看得准吗？再说了，你没看到，就等于他没去呀？简直岂有此理！"田田手下的部将也争抢着为主帅申辩："大将军确实去了，是他率领我们追出相府的，怎会不在追逃的众兵马之中呢？""大将军兴许是走错了方向，跟我们不是一条道，目前正在往回返的路上呢！"还有的证明说："我们看见了，田田多尔济是与金山总寨主妙善师父同骑一匹马去追逃犯的。"纳哈出一时被众将的七嘴八舌弄得莫明其妙,心想:"田田怎么会同妙善同骑一匹马呢?"恭格拉有意挑事儿,说道:"田田大将军现在见不到影儿,一定有不可告人的原因。府里出这么大的案子,又是其兄被杀,若是不知底细,能偷着躲起来吗?出事儿以后,府内上下人等没有人不为此着急的,他是否着急,谁知道呢!如果像平常人似的,只能证明这里有问题,很可能与此案有瓜连,应予追查。"恭格拉就这样不急不躁地、一句接一句地煽风点火。

此刻,大伙儿觉得还缺一个人,无论如何她都应该在场。谁呢?就是纳哈出亲任的金山大寨总寨主——妙善师父。有人在想,总寨主不会无故不来,或许是大丞相没请,压根儿没告诉人家?乌迪什说:"大丞相,命案发生后,田田大将军不在姑且不说,总寨主妙善师父总应该到场啊!人家可能觉得此为相府中的事儿,不好贸然而来,是否去请一下?这是礼节呀!再说了,既然人都用了,用人不疑,疑人不用,宁落一群,不能落一人哪,将来会挑理的。"乌迪什的话说得挺圆滑,明里的意思是,纳哈出只要你用妙善师父为金山大寨总寨主,就不能怀疑。假若不信任她,莫不如干脆不用!寨里出这么大的事儿,应该赶紧请来共同商议破案才对。暗里则是可以从商议中,摸清妙善师父到底持什么态度,以便从中找到些许蛛丝马迹,也可认定妙善等人与相府大案是否有关联。

应该说,乌迪什是个很狡猾的人,相当有经验。当时若真按他的话做了,去找妙善居士和明月长老,说不定真就露出了破绽。因为明月长老和娟娟为了救叶旺,已经骑马远遁,根本不在府上,那不立马引起怀疑了吗?大寨的重要证据便找对了。阿弥陀佛,刚愎自用的纳哈出不仅没重视乌迪什的话,也不想让妙善居士来。众人见大丞相没理这个茬儿,谁还敢再说啥?全瘪茄子了,乌迪什等于白放了个屁!

那么,纳哈出为什么不照乌迪什的话去做呢?难道真没想到金山大寨总寨主妙善师父是武艺高强之人,如果能找来,一旦有啥事儿,是完全可以帮上忙的吗?可以肯定,想到了。他也琢磨了,倘若这个案子是深知相府内部的人同外部人互相勾结干的,那上上下下住在金山大寨的外人,只有自己亲封的总寨主妙善居士等人。将她找来商议,完全可以察其言,观其行,看看他们是个什么眼神儿、咋个情绪、怎么个态度,了解究竟在关心什么,与血案有否关系。可是又想,即使发现了疑点,本人在场，焉能奈其何？在戒备森严的相府里，竟然发生了建起金山后的第一桩凶杀大案，罹难的又是亲生儿子！要是说出去，大名鼎鼎的金山吹来吹去的，家里却出了窝反，丢人哪！假如不是金山大寨总寨主妙善所为，她听了以后，还不得怎么取笑呢！再者，审案子时，必然要涉及到都布多尔济的许多隐私，弄不好很可能触及到自身。因此，绝对不能声张，更不能外泄，传出去可就太没面子啦！看来纳哈出还挺要脸面，之所以没按乌迪什的话去做，是有自己的老猪腰子。他知道，家丑不可外扬啊！便想办法压下此事，或缩小范围，尽可能在内部自裁。没成想这样做，无形中却帮了娟娟他们的大忙，使之处于安全的境地。而对纳哈出来说，则酿成了不可弥补的损失。不但错过了侦破此案的机会，没有抓到娟娟等人的把柄和破绽，而且弄不好还得同家里的一些见不得人的事儿扯到一起。越扯越不明白，越扯越乱套，越扯涉及的人越多，恰好为从中插一杠子的豁鼻马以身揽过创造了条件。致使案情更加复杂，扑朔迷离，冥冥中帮助了豁鼻马在接受审讯时对杀人、劫狱大案的虚假供词。

造成如此难以收拾的局面，说来只怪纳哈出办事一向独断专行，我行我素，对周围的人不信任，连身边爱将乌迪什提出的建议都不听，结果错过了机会。尽管恭格拉一直在耳边吹风，要把此事引到大将军身上，甚至鼓动道："田田多尔济肯定有事儿，不信咱们就看着，那罪还不轻呢！要我说呀，应该立即抓捕才是。"此话讲出后，仍然没起作用，纳哈出还是没听。他虽然不喜欢这个儿子，但田田的亲生母亲，是内心深处十分宠信的第一美人。况且田田毕竟一直在自己的身边，再熟悉不过了，清楚是个什么样的人，知道其品德与不足。所以，恭格拉讲的那些话打动不了纳哈出。他认为田田是个老实、厚道之人，从不惹是生非。尽管与长子有些隔阂，相互疏远，那是由于都布多尔济盛气凌人、没把田田多尔济放在眼里、一向看不起弟弟、加上是个带犊儿所致。而田田从来与世无争，更不是争雄好斗之人，你不给的，我绝不要。你好你的，你长你的能耐，我长我的能耐，咱们井水不犯河水。面对都布多尔济的趾高气扬，田田总是往后缩，不与其争高低上下。若认为我赶不上你，好，那咱就不如离得远点儿，不得罪还不行吗？这些纳哈出都知道。再者，都布多尔济权势远远高于田田多尔济，住的不一样，待遇不一样，享受自然也不一样。虽然不平等，但田田从没显露出忌妒、甚或有仇视的表现。正因如此，纳哈出相信他们兄弟之间不至于产生什么仇隙，都布多尔济被杀，与田田的关系不大。

知子莫若父。纳哈出对都布多尔济同谁争雄斗胜，心里明镜似的。到底跟谁争呢？并非别人，是在跟他的父亲争，也就是跟纳哈出争。想到这里，他的心咯噔一下，暗暗伤感，又不寒而栗。说来，都布多尔济是他的长子，也是爱子，生于大元至正九年的江南太平，即安徽当荼的长江岸边。那时，纳哈出是被大元朝派到长江天险处镇守长江的一个千总，夫人卜氏是汉人，乃长江岸边一个渔镇的员外之女，夫妇俩情爱甚笃。可万没想到的是，卜氏生下都布多尔济后，因产后风而死。这对纳哈出的打击太沉重了，竟痛失结发之妻，当时难过得大病了一场。事过两年，一直未续弦，儿子由奶娘抚养，决心终生不再娶。后来在大家的再三劝说下，才在都布多尔济五岁时，娶进了陈氏。不料陈氏也早死，又续妻冯氏。大元至正十五年，纳哈出于当荼升任万户之职，不久被朱元璋所俘，成了明朝的降将。后来朱元璋将他放还，返回漠北，先到应昌，后到了金山。北逃的元顺帝封他为丞相、太尉，责令镇守金山。之所以称纳哈出为大丞相，便是指那时的封号。

纳哈出到了金山后，爱屋及乌，对长子都布多尔济有一种特殊的宠爱，喜欢得不得了。都布多尔济的名字，前两个字"都布"是汉语，后三个字"多尔济"是蒙语。"都"字即"荼"字的谐音，"布"字即"卜"字的谐音，就是为了纪念在当荼那块儿认识的卜氏。都布多尔济从小金衣美食，娇养得惯惯儿的了。长大以后，经高僧引见，纳哈出将儿子送到峨嵋山学剑法，锻炼成了一员战将。剑术很高，剑法亦相当好，在每次比武中，没有超过他的人，成为大元朝的后起之秀，是父王的左膀右臂。

这人哪，就是怕惯，怕骄傲。俗话说："惯子如害子"，真是一点儿不假。由于纳哈出太娇宠都布多尔济了，他便不知天高地厚了，开始学坏了。处处要尖儿、谁也不放在眼里不说，仗着武艺高强，恣意妄为，放荡不羁，淫欲无度，逐渐成了一个恶棍。在金山，只要一提到都布多尔济的名字，没有不怕的。纳哈出早就对儿子的做法不满，特别有气，不仅仅憎恶，有时恨得都想干脆杀掉算了。但是内心十分清楚，要想在金山重整旗鼓，承继大元朝的帝业，必须得有都布多尔济这样的武术高强、能闯敢拼之人，何况又是亲生的骨肉。所以，只好处处顺从，将来好做复元的靠山。对其是离不开又舍不出去，一忍再忍，一让再让。都布多尔济一看，父亲都不敢把自己怎么样，别人哪还在话下？更加有恃无恐，蛮横无理。其实都布多尔济在府内被杀，纳哈出已经想到了是早早晚晚要出的事儿，因此他不怨任何人。觉得这个结果，一个是都布多尔济自身招来的横祸，再一个是由于做父亲的管教不严、太放纵了所致。

这里，说书人不妨把纳哈出与长子都布多尔济之间的一些事儿说得明白点儿。都布多尔济不但争占父王的女人，而且更重要的是近两年一直暗中盯着父王所占据的金山大位，想办法揽其权势，并欲找机会取而代之。平时他在喝酒时，常流露出争位的意思，一些人，包括豁鼻马都听到过。他们虽未将此事对纳哈出直说，但话里话外也透露过。又鬼又精的纳哈出心里自然明白，知道大儿子是个相当危险的人物，不久前的一件事，使之更有了觉察。

什么事儿呢？有一天，都布多尔济到丞相府大厅，对纳哈出说："父王，我向你举荐一个人，让他来代替豁鼻马，做丞相府的总丞、总经略吧。此人很有能力，尤其胜任这个职务，丞相府交给他肯定没毗，今后府内的一切尽可放心好了。"纳哈出问："你说的是谁呀？"都布多尔济回道："当然是恭格拉平章，可由他兼任嘛，再合适不过了。父王，孩儿奉劝你不要太亲近豁鼻马，那算什么人哪，到父王身边才几年呀？再说对他原来的情况并不十分清楚，很可能不是咱们的人呢！父王也知道，元朝后裔本来就分好几派，有什么东派、西派、大都派等等。豁鼻马原是扩廓帖木儿的人，属宁夏、青海的西派后裔，与咱东派不是一个绺子的，怎么可能和我们一条心呢？父王可要警惕呀，一旦这些人得势，便会把扩廓帖木儿从青海引来，夺取辽东之地，那时父王的大权必将旁落。所以，孩儿劝父王用人千万小心。"纳哈出一听明白了，心想："原来你小子是要给自己安插亲信，以便削弱你爹我的力量啊！"故而没有采纳都布多尔济的建议。他很清楚，恭格拉尽管是自己手下的大将，也重用了，更没亏待，可是却与都布多尔济的关系十分密切，非同一般。虽未拜过把子，也是无话不谈，常在一起饮酒。府内有的人曾暗中提醒过，如果恭格拉入主相府，成为丞相府总经略，势必会与都布多尔济联手，把大丞相架空，对您将百害无一利。仔细想想，此话说得在理呀！豁鼻马是不属于东派后裔，但自从做了总丞、总经略，处处事事替我纳哈出着想，够得上心腹朋友，比谁都强，让我放心。如此看来，动谁都不能动他。再说豁鼻马做的几件事，的确是心向着我的，不能不让人深为感动。

纳哈出指的是什么事儿呢？一件是都布多尔济与恭格拉曾在地牢内饮酒密谈。因为酒菜都得由豁鼻马备办并亲自送去的，故而知道了此事。他心存疑惑，便密告给了大丞相。纳哈出听后，非常震惊，心里开始琢磨了："你们吃吃喝喝在哪儿不行，为什么非要藏到地牢里去呢，难道是居心叵测？不能不令人深思呀！"

第二件是恭格拉为了讨好都布多尔济，帮助他占有属下部将郎格泰新得的貌美如花儿的妻子，竟将郎格泰拨给了都布多尔济，以方便占其妻，你说此人该有多坏、多故懂！经恭格拉的唆使，都布多尔济果然将早已垂涎三尺的郎格泰的妻子霸到手了。

说来郎格泰是个烈性男子，自己的小娇妻成了别人的床上物，哪能心甘呢？堂堂一个男子汉、大将军，能咽下这口气吗？带上宝剑就去找了都布多尔济。结果由于都布多尔济护卫众多，不仅没有杀成，还被他用酒灌醉，囚入了地牢，日日遭严刑拷打。豁鼻马听说后，把这件事儿也密告给了大丞相。纳哈出听后可气坏了，到地牢大骂了都布多尔济一通儿，并让赶紧放了郎格泰。都布多尔济非但不听父王的命令，反而仍然不停地当面儿羞辱郎格泰，简直是骑在人家脖子上拉屎！

豁鼻马对恭格拉怂恿都布多尔济霸占别人之妻的所作所为非常气愤，实在看不下去了，便又一次禀告纳哈出："大丞相，您可能不知道，都布多尔济强行占有郎格泰妻子之举，元凶是恭格拉。郎格泰本是恭格拉手下的一位年轻、英俊的武将，打仗勇猛，箭法高超，人称'神箭手'、'名箭手'。那么，后来他为什么被恭格拉送给了都布多尔济呢？这其中有个故事。一天，郎格泰到奈曼部落去办事儿，正赶上那里神箭手比武。奈曼部落自古的习俗，就是谁在比武中取胜，部落长必会将自己的女儿嫁给谁。郎格泰同当地的一些箭手参加了射箭招亲，在比赛中，他每箭都射穿两只天上飞的大雁，三箭射下了六只雁，箭法真是太厉害啦！按说那大雁飞得又高又快，三只箭能射下三只雁，箭箭不空，已十分不易了。可他却射下了六只，其箭法令当时所有参加射箭招亲的人佩服得五体投地，皆夸赞是神箭手。郎格泰在比赛中夺了魁，奈曼部落长阔可道尔曼当即把射箭英雄拉到了身边，给以十字披红，并将小爱女赐予为妻，所有的年轻人无不为之欢呼。那小女子可是草原上的一朵花儿，郎格泰非常喜欢，正是捧在手里怕碰着，含在嘴里怕化了。回来时，美滋滋地骑着马，将爱妻带到了军寨的营房。营房里的众将士奔走相告，纷纷前来，为他比箭招亲夺魁表示祝贺。当然，恭格拉作为郎格泰的上司也挺高兴，专门预备了酒菜，欢迎英雄携爱妻归来。在酒席宴上，恭格拉是越看这草原美女越可爱，不知怎么，竟然喜欢上了，遂借着酒劲儿，拉过美女纤细的小手，又掐了一下娇嫩的脸蛋儿。郎格泰见恭格拉瞅自己妻子那色迷迷的样子，还动手动脚的，当即不让了。他也是个火暴脾气的人，一点儿没客气，劈头盖脸地申斥了主帅，让恭格拉很是下不来台。恭格拉一向盛气凌人，心想，你好大胆子，竟敢当着大家的面儿羞辱我！随即破口大骂不止，并为此怀恨在心，声称一定要惩治郎格泰。后来想出了一个办法，干脆把郎格泰送给了都布多尔济，让他到那儿受罪去。你送去就行了呗，还觉得不够，恭格拉又添油加醋、别有用心地向都布多尔济夸赞郎格泰从草原上带回的爱妻如何年轻美貌、娇柔似水，以勾起他的淫欲之心。果不然，后来便酿出了都布多尔济霸占郎格泰妻子之事。这中间，虽然大丞相把郎格泰从因牢中救出过，但从此天天受其羞辱。况且心爱的妻子又属于都布多尔济的了，觉得无法抬头，人家势大位高，惹不起。后来实在忍无可忍了，一天于丞相府门前，大箭自刎了。"

各位阿哥要问：什么是"大箭自刎"？此为过去的一种自杀方法。就是在地上插两根树桩子，树桩儿顶端绑上箭弓子，箭弓上搭着利箭。箭弓连着一条绳儿，将绳子拉到自杀者这一边，箭对着心口窝儿。用脚一踹绳子，立即将箭放出，直接射进自杀者的胸膛，北方草原上常出现这种壮举。郎格泰在丞相府门前大箭自刎，据说被豁鼻马救下了。那么，他到底死没死成呢？咱们后书再讲。

纳哈出知道都布多尔济害死了不少人，拆散了一些家庭。不仅如此，让他更难以忍受的是，亲生的大儿子还吃着碗里、看着锅里，竟敢同父王争女人！前书讲了，都布多尔济曾多次凌辱田田的母亲楚绣绣，暗暗调戏已成为纳哈出爱妾的原纳木扎勒台吉的妻子，被纳哈出堵住过，也被豁鼻马发现密告过。纳哈出为了女人的事儿，深恨都布多尔济，甚至大骂道："兔子还不吃窝边草呢，可你个混账小子连畜牲都不如，什么草全吃！"既然是这样，纳哈出为啥如此重视都布多尔济的被杀呢？说来很简单，倒不是可惜儿子的那条小命，而是要从中了解金山的隐患。他到了罗锅哨，见到豁鼻马之后，说了许多温情的话，就是想以此感化之，以便说出事情的真相。

各位阿哥，说书人费了这么多口舌，占了这么长时间，详细地介绍了纳哈出丞相府内那场骇人听闻的凶杀要案产生的背景、起源和内幕，目的是什么呢？就是想让大家知道，从外表看，金山大寨在辽东赫赫有名，打着已灭亡的元朝旗帜，使用元顺帝的至正年号，与大明南北对峙，分庭抗礼。实际上，内部早已乱糟糟了，不可收拾了。相互勾心斗角，尔虞我诈，父子仇仇，像一座一点即燃的火山，危机四伏。纳哈出大丞相的位置十分不稳，天天处于大厦将倾、朝不保夕的境地。还想让大家看到，豁鼻马之所以能仗义执言，公然揽过于自身，说明现在的人心所向，大势既定，大明稳坐天下。辽东之地虽然还有个金山大寨控制在纳哈出手中，也不过是螳臂挡车，无济于事了。此次娟娟他们能成功劫狱，并顺利地杀了都布多尔济，足以证明金山的形势确确实实在渐趋败落。

其实，作为一代枭雄的纳哈出，早已看清了眼下的形势，只不过是仍在拼命挣扎而已。按理说，出现都布多尔济被杀的案子，由恭格拉等人去审便行了。可他对身边所有的人都不相信，更不信任恭格拉了，认为那是都布多尔济的人。之所以要亲审，亲耳听听豁鼻马的供述，主要考虑的是：第一，要从案件发生、处理的过程中，看看还有多少人是对自己一心一意的，眼下总感到贴心的人越来越少，孤立无援；第二，要探探豁鼻马制造凶案的真实动机，是不是为了帮助我纳哈出除害，清君侧，有利于金山，有利于权力的稳固。如果真是这样，也就安心了，还要很好地感谢豁鼻马；第三，摸摸案件的背后是否有什么阴谋诡计，有没有元朝的大都派，即处于北平大明府一带的曾家奴势力在插手金山，想故意干扰、控制我，或有没有大明的奸细在左右此案。大明朝廷的徐达大将军力量很强，那是一员勇将，威名赫赫，现正据守青海、宁夏一带。说不准他们派了奸细打入金山，要摇撼我在金山的地位，瓦解手下的兵将，以削弱现有的力量也未可知。纳哈出很想了解以上三点，弄清楚后，再决定将来如何去做。

纳哈出在审问豁鼻马时，首先得知了作案动机，供词同他所预料的完全一致。豁鼻马交待道："大丞相或许不会忘记，我曾经多次告知过您，相府早晚必生血灾。只不过那时并没估计到什么时候能怎么出现，凡事难以预料。想不到吧？此难竟是小弟先揭开了，大丞相，得罪了！我这样做，知道您会很生气，可全是为了您哪！说来所以杀都布多尔济，一是为清君侧，二是为了金山的安宁和大寨名字的纯洁，再一个是为了大丞相能够号令辽东诸部跟着您。请大丞相不必枉费遐思，只要想想小弟曾多次向您殷殷密告，就会清楚这件事儿确实是我蓄谋已久的，为豁鼻马所为。大丈夫生不更名、死不改姓，一人做事一人当，绝无其他人参与其中。应该说在丞相府里，小弟官是不大，可哪块儿都离不开我，任何地方皆能去。所以，只有我才有机会制造血案，也只有我能够替大丞相除此一害。反正人已经杀了，狱也劫了，丝毫不后悔。至于该受何等惩罚，你是剐、剁、刮、削，悉听君便，虽死心亦足矣！"豁鼻马说得慷慨激昂。

　　纳哈出瞪着眼睛听着，周围的人也一愣一愣的，全傻了。这时，只听纳哈出突然问道："豁鼻马，既然两个案子皆是你所为，怎么能证明？先说说凶杀案的现场在哪儿，尸首什么样儿，让我听听。"为什么叫豁鼻马讲这些呢？因为纳哈出对现场察看得很仔细，如果说错了，毫无疑问，不是他干的，而是冒名顶替，坐在那儿瞎忽悠呢！豁鼻马表现得既沉着又冷静，不慌不忙地说："大丞相，其实事到如今，问啥都没用了。已经过了这么长时间了，只记得当时是一时气上心头，挥刀就把人斩了，想得并不很仔细，不过可以把几个主要的、印象最深的情节跟您说说。第一，我知道什么时候动手最方便，那就是在天没亮快要亮、更夫和大家睡得正香之时。您可别忘了，我是丞相府灶膳总经略官，去各处如走平地，来去自由，相府诸事全都得顾及到。而且到哪儿都行，别人进不去的地方我能去，甚至连大丞相不去的地方我照样能去。第二，为了办妥劫牢反狱，早在十几天前就做了充分的准备。大丞相，请您问问相府上下人等，特别是各个班头儿，什么门军班头儿、地牢班头儿、更巡班头儿以及一些参将头领们，这些日子吃的喝的，哪个不是我亲自给送去的？尽量让他们吃得饱、喝得好。然而要告诉你们的是，送去的可不是一般的酒，那里放了乌头，是让人喝了立马睡觉的酒。"说完，故意向四周扫了几眼。

　　在场的人听到这儿，脑袋嗡的一声。特别有些是丞相府的随从，你看看我，我看看你，心里琢磨着："哎呀，不好，放了乌头的酒我都喝了，这小子真他妈毒哇！"豁鼻马接着说："大家不要怕，酒里下的毒不大，只是让你们睡觉而已，不伤身体，无大碍。另外，大丞相您最喜欢夜宴。一到晚上，丞相府里是载歌载舞、笙箫鼓乐、酒宴不断，这样不利于我实施杀人和劫牢反狱的打算，只好改变你们夜宴的习惯。想必大丞相能记得，我不是同您商量过嘛，咱们准备办东海宴。因运输不畅，好些海物没送到，所以暂时得等一等。您也答应了，说夫人身体欠佳，

413

宴席可缓办。因此，这几天的夜宴很少，对不对？"纳哈出一听，觉得事实正像豁鼻马说的那样，没错，便点了点头。在旁边坐着的娟娟却一愣，心想："没想到豁将军为了帮助我们顺利完成营救叶旺大哥的计划，竟默默无闻地暗中开了不少道儿，做了周密的筹谋，而我和李佑对这一切却浑然不觉！"

豁鼻马侧过头，将目光停留在娟娟脸上几秒钟，然后继续说道："也赶巧了，去杀都布多尔济之前，他到我那儿，吩咐晚上给预备三道大菜。这一点，可以去问问膳房师傅，看是不是真的。做好后，我把那些菜肴装进竹篓儿里，挑着亲自给都布多尔济送去的。"旁边的乌迪什、萨家奴、扎浑多尔济及其他在场的人，异口同声地表示是有这么回事儿。因为他们早已询问过了，纳哈出也了解过，与豁鼻马说的完全一致。豁鼻马又道："大丞相，我在送的路上，因为走得急，体力不佳，右脚前两天不小心崴了一下，腿脚不灵便，所以撒了一些。你们注意一下巷道和去都布多尔济住房的路上，若是发现有甩出的饭菜，那就对了。加上走得特别慌张，好像从皮囊中还撒出不少榛子、山丁子及大宴用的果品呢！"话说得不慌不忙，事儿摆得环环相扣。

豁鼻马还要接着讲下去，纳哈出不耐烦地大声儿制止道："豁鼻马，不要说那些没用的！我问你，杀了都布多尔济之后，砍下的人头在哪儿？"豁鼻马立即回道："噢，人头早让我给扔到马厩里的马槽子底下了。"娟娟听后，心一下子提到了嗓子眼儿，下意识地捂住了嘴。心想："豁将军，糟了，你说错了！我割下人头后，扔在床上了，根本没动地儿！"在座的人谁也没出声儿，只有乌迪什厉声儿问道："豁鼻马，地牢的门是你打开的吗？"豁鼻马坦然承认道："是我打开的。地牢关押的全是都布多尔济的仇人，凡是认为与他作对的，就因在那儿，几乎成了私人牢狱了，这是大丞相都知道的。刚要开牢门时，当班儿门卫认识我呀，马上走上前来询问。我冷不防抽出木锤击打他的头，门卫昏了过去，随即乘机打开了牢狱，放走了里边的四个人，让他们逃命去了。不管咋的，心里还是挺慌，出来时不知钥匙放哪儿了。后来想起来了，可能是扔在地牢门口儿了。因急着要走，便没顾上捡。"娟娟听到此，又有点儿坐不住了，心想："不对呀，这不越说越错吗？"一时急得满头是汗。冷静下来后，联想到刚才豁鼻马说错了人头所放的地方，心里呼啦一下明白了："噢，原来如此。很可能是豁将军为了救我们，怕暴露身份，重新布置的现场。其诚可嘉呀，真是帮了大忙啦！这种以生命替他人受过的壮举，实在令人敬佩啊！"

纳哈出听到这儿，在座位上正了正身子，又问："你放走的四个人都是谁？"豁鼻马说："大丞相，我怎么知道呀？再说了，您被都布多尔济害得还不够吗？这样做，实在说是为您赎罪，为您救人，省得遭人骂呀！"纳哈出无奈地叹了口气，紧皱眉头寻思着："豁鼻马呀，豁鼻马，到底安的什么心哪？是在真心实意帮我的忙呢，还是故意帮倒忙？自古人称一生有一知己足矣，我一向视你为兄弟，可你呢，却往大哥身上攮刀子，那都布多尔济毕竟是亲儿子呀，让我说什么好呢？"豁鼻马停了一下，接着慨然道："关于都布多尔济所干的那些伤天害理之事，小弟多次冒死谏言过。大丞相虽未因此怪罪于我，然而也未曾对其加以处置。在这种情况下，越发对都布多尔济心中有憎恶之感，并觉得大丞相家法不严，安可治军？呜呼，金山难卜啊！"纳哈出当即喷怒道："豁鼻马，算我有眼无珠，错把你当人看了。休想教训我，没时间跟你多缠，赶紧交待罪行！"豁鼻马振振有词地说："大丞相，不要自欺欺人，更不能装糊涂。您最清楚都布多尔济是什么人了，同老父争风吃醋，难道会不知道？"纳哈出忽地站了起来，脸腾地红了，真是哪壶不开提哪壶哇！随即将桌子一拍，喝令道："豁鼻马，你给我住口！"豁鼻马哪管这套，也大声儿喊道："大丞相，家丑已不是什么新鲜事儿了，谁不知道？我不止一次地向您讲过，都布多尔济是人面兽心无耻之尤，您不是曾痛骂过他嘛！结果怎么样？不仅继续伤害老父，还夺去了您心爱的南方美妾，真是耻不堪言！"说此话时，一脸的不屑一顾。

此刻，坐在旁边的人见大丞相的脸都气紫了，这还了得，齐声儿喝道："快住口，不要说了！"豁鼻马一听，干脆站了起来，面对大家朗声儿道："我今天就是要吐个痛快，此话已憋在心里好长时间了。大丞相，都布多尔济霸占了您的两个爱妃，一个是蒙古科尔沁的乌曼，一个是喀喇沁的塔拉格，谁人不知，哪个不晓？他真是积怨如海，多少人早想生剥其皮、生啖其肉呀！大丞相却一味袒护。还想要完成什么大元天子的基业，可叹哪，上天如何能将多娇江山交付于尔等！事实一再告诫我们，亲贤人，远小人，不因骨肉而偏袒，惟因利国而凝聚，此乃天下兴亡之至要也。自古常言：'铲除邪秽方兴正风，剜尽毒痈方生新肌。'古人闻过则喜，敢言己过者方为大君子，金山做到这点了吗？"大将军们屏息而听，认为说得字字有据，句句在理，无懈可击。纳哈出是又气又悔，全身直哆嗦，话也说不出来了。脸红一阵、白一阵、紫一阵的，羞愧不已，只剩下怨恨那个不争气的逆子的份儿了。心想："看来都布多尔济一点儿人缘没有，坏事做尽，犯了众怒啦！我来这儿见豁鼻马，查问了半天，不但什么没问出来，啥也没问明白，而且家丑还扬出去了。越问，说得越难听；越折腾，越丢尽了我的老面子，岂敢深究？弄不好最后只能是不了了之。"

当纳哈出还想试图往下探寻一些细枝末节时，豁鼻马又恢复了原来的老样子，闭目无语。问急了，只有一句话："别费劲儿了，我只求一死，不愿再看到这个龌龊的人世！"再问，豁鼻马却语出惊人："大丞相，我豁鼻马一生征战西疆，暮年有幸结识您，承蒙不弃，待如兄弟。在此就要远行之际，奉劝大丞相几句，权当临别赠言吧：识时务者为俊杰。今天下已定，金山负隅顽抗，难成大业。望以天下生灵为计，快快向明廷丹陛称臣。惟如此，才不愧大将军一世威名耳！"纳哈出听罢，刚要反问，哪知豁鼻马在众卫士没注意的转瞬之间，突然站起身来，伸手欲抽出站在身边一卫士腰间的短剑。等那个卫士警觉过来，忙要按住剑柄时，已经来不及了，豁鼻马早迅速地将短剑握在手中。当众卫士一齐扑上前去夺剑时，只见豁鼻马圆瞪双目，掷地有声地大喊道："大丈夫生而人杰，死而鬼雄。了却一生债，功过后人歆！"随即将利剑猛刺入左胸，顿时鲜血四溅，倒地殉命，终年五十有二。众将士面对此情此景，不禁哑言赞叹。不可一世的纳哈出也为豁鼻马的壮烈之豪举所感动，佩服之至，命厚葬于罗锅哨南大沟。说书人更为豁将军的慷慨陈词和惊天地、泣鬼神的英雄气概所激奋，所震撼！

在这里，有必要再向各位阿哥说一下从未向外透露过的纳哈出的隐私。豁鼻马被审问时，不是曾一针见血地点出大丞相的家丑，纳哈出马上厉声儿制止不让说下去吗？因为此事只有纳哈出和都布多尔济知道，在座的其他人并不知晓，是纳哈出从来不想让更多人知道的、自己最受羞辱、最难张口的父子情仇。

前年，即洪武二年冬日，若按纳哈出所沿用之元历，应是元至正二十九年。他通过专人，从科尔沁和喀喇沁用重银和马群换来两位草原最高贵的"明月"，即最漂亮的美女，一个叫塔拉格，一个叫乌曼，皆为十八岁的姑娘。当时，很能经营的豁鼻马已是纳哈出丞相府库房总丞，经略大丞相的家务。府里收支的所有黄金、白银，都须经库房总丞之手，买那两个草原美女所有费用与新婚礼宴的花销，当然也要由豁鼻马经办，他便知道了此事。纳哈出吩咐要严格保密，故而除了豁鼻马，任何人不知底细。为什么呢？因为涉及到纳哈出的声威呀！他就是为了在众将中，不给留下大丞相贪恋女色的非议和话柄，以便使大家相信他，一心跟随他，重整旗鼓，整治大元破碎的山河。否则，全效仿而行，那将会军心涣散，金山不乱了吗？所以，只能悄悄儿地、秘密地进行。可是接塔拉格和乌曼，大丞相哪能亲自出马呢，总得有人去呀！当时纳哈出最信赖的知心人，便是同大夫人卜氏所生的草原猛虎——武将军都布多尔济。大儿子这时已是统领金山兵马的都指挥副帅，仅次于父王纳哈出的地位，而且有惊人的剑法，武功高强。纳哈出遂命他为迎亲总督办，先到北部科尔沁草原接"明月"乌曼，再去西部喀喇沁接"明月"塔拉格。尽管田田多尔济和扎浑多尔济同样是纳哈出的儿子，却根本不知此事。至于身边的众将，像恭格拉、乌迪什、萨家奴、高家奴等人，则更是连个信儿都没听说。纳哈出一再叮嘱大儿子："你以操练兵马的名义去，要绝对保密，不许说出去，不能露出半点儿风声。"都布多尔济保证道："孩儿明白，请父王放心，保准出不了错儿！"随后，率领兵马、赶着轿车上路了，分别去两地迎亲。

单说都布多尔济率领着兵马，去科尔沁草原替父接美女乌曼。去的路上，不免晓行夜宿，顺利地到了那里，将乌曼迎上了披红挂彩的轿车。之后，与兵卒们骑着马，前后护拥着大轿车归奔金山。哪知那都布多尔济是个好色之徒，在回来的路上，两眼总是偷偷地溜着乌曼。有时竟把轿车窗帘儿打开，直勾勾地从窗口儿盯着看，把个美女羞得抬不起头来。他骑马走着，心里想的全是乌曼。越看，觉得长相越美，宛如天仙；越瞅，越是贪恋得垂涎欲滴，欲火中烧，迷醉了他色迷迷的双眼，摇动了他原本的淫欲之心。好在所带的兵卒全是自己的部下，一切都听主子的。于是，决定在半道儿选一处上等的驿站住下。回头向乌曼解释说路途遥远，兵卒很累，需要休息，马匹也得吃草喂料。到了驿馆后，下马解鞍，让乌曼住进客房内歇息。夜里，都布多尔济吩咐卫兵在门外守护，自己则溜进了乌曼的住处，强行霸占，乌曼有苦难述，兵卒们皆不敢言。一连住了多日，按原来说好回返的日期已经过了不少天了，这才不得不回到大丞相府。他向父王谎称途中遇雨，泥路难行，不得不搁浅，所以回来晚了。由于编得圆全，加上都布多尔济嘴巧，并未引起纳哈出的怀疑。过了十几天，又命他去西部，迎娶喀喇沁美女塔拉格。在接亲回来的半道儿上，都布多尔济仍如法炮制，与美女塔拉格欢愉数日方归。

淫荡的儿子已给老子戴上了绿帽子，老子却长时间被蒙在鼓里，一点信儿没听说，还时不时地夸赞大儿子是他的骄傲，你说该有多可悲呀！都布多尔济自从于峨嵋高僧那儿学成归来后，便被纳哈出委以重任。二十多岁时，授予平章之职，成为领兵的大元帅，代理父王统理兵马，金山的军务基本掌握在他的手中。为人高傲，目空一切，性情暴烈，身边没有几个亲近之人。还常常无端地欺侮田田等非嫡系的兄弟们，对他们总是带搭不理的，甚至嗤之以鼻。对待女人，则认为是不可缺之物，且淫欲无度。尤其是占有了乌曼、塔拉格之后，更像是尝了蜜一样，板不住嘴了。他经常在父王外出或同其中一位美女同住的时候，想方设法"顶空儿"而至另一美女处。时间一长，就被两个美女的侍女们看明白了，可是谁也不敢说。乌曼性情耿直，对都布多尔济的横暴早生厌意，经常偷着哭，深恨其无耻，只不过一时难以说出口而已。塔拉格生性风流，觉得纳哈出老迈，远逊其子，故更爱少年，对都布多尔济倍加思慕。两人在一起时，有如干柴烈火，双情如炽，双醉如痴，当然对纳哈出不吐一字。

天长日久，事情总会败露。有一次，乌曼正在流泪，恰巧被纳哈出看见了。经一再盘究，便吐出实情："妾遭都布之蹂，自已有年。非妾如此，塔拉格亦然。"纳哈出听罢，又追问塔拉格，塔拉格却向着都布多尔济，瞒而不言，一口咬定没有这事儿。可把纳哈出气坏了，当即怒鞭塔拉格，迫使她悬梁自尽。都布多尔济听到信儿后，急忙驱马奔来，横剑救下还有一口气儿的塔拉格，抱于自己帐内。从此，二人公开同室而居。纳哈出碍着儿子的武功高强，在豁鼻马的暗中劝说下，只好以"都布多尔济有功于金山，赐塔拉格下嫁之"为名，将此事了结了，才算平静下来。

按说事已至此，都布多尔济应该收敛了。可仍不甘心，既恨乌曼多舌，又妒忌她为父王的怀中物。便乘纳哈出巡辽南之机，将乌曼掳至自己帐中，日夜百般蹂躏，以报多舌之仇。乌曼被折磨个没完没了，天天连哭带号的，后来让当时还未疯的楚绣绣听到了。绣绣也深恨都布多尔济竟敢背着纳哈出，连连对己无礼，受其凌辱。如今又见他在糟踏可怜的姐妹，愤怒至极，当夜飞马找回纳哈出，使都布多尔济的无耻行径败露，被堵个正着。纳哈出气得恨不得吐血，决定兴金山之兵，亲手杀死这个无耻的败类！豁鼻马又是一阵暗中苦劝："大丞相，不可这样，千万不要因小事而乱了复元社稷之大事，尤其不能大肆张扬。倘若传出去，金山之兵知父子为争小妾而反目，军心必溃，那大丞相的声威可就毁于一旦啦！小不忍则乱大谋哇，还是忍了吧。再说了，天下何处无芳草？敬望另择佳偶为安。"纳哈出听了豁鼻马之言，辗转反侧，思虑多日，才逐渐平息了这场父子风波。

纳哈出在审问豁鼻马时，豁鼻马惟在此次才开口提起那件最令他头疼、无地自容的事儿。实际上是在刺他的心，揭他的疮疤，也是能使他完全按豁鼻马意愿行事的致命一招儿。为什么这么说呢？因为纳哈出最怕家丑露出去，老底儿揭出来啦，难看哪！不是吗，当他刚听豁鼻马提个头儿，心里便禁不住七上八下地翻腾。一想行啊，赶紧快审，也别深查了，越审越糟，还往下刨根问底儿地追啥呀？豁鼻马的确抓住了纳哈出的把柄，招法见效了，激起了他对不孝之子的满腔仇恨。使得那被点燃的无名之火既不好说，又憎恨儿子，审判随之变成了豁鼻马牵着纳哈出鼻子走，乃至哪还有什么心思再追查儿子到底是谁杀的呀？包括囚牢里的人是谁，何人救出去的，一概不想问了。反倒觉得都布多尔济早该杀，杀得好！要说有错儿，全是我纳哈出犯的错儿，竟心甘情愿地用了一个淫贼为自己看家，活该倒霉，罪有应得！本来乌迪什就有想法："明明抓进囚牢里的是两个人，豁鼻马怎么说是放出去四个人呢？"刚想开口问，一看大丞相的脸色不好，立马把嘴闭上了。那人多奸滑呀，从不得罪大丞相，一向看着脸儿做事，此刻当然不敢出声儿了。其他人见大丞相都不往下问了，谁还犯得着穷追不舍呀？于是一本糊涂账便不了了之了。果不然，纳哈出根本没顾上安葬豁鼻马，满腹心事地匆匆带着乌迪什、萨家奴返回了金山。走时，没想同金山掌印大将军田田和金山总寨主娟娟打招呼，更没打算与他们一起走。其实，纳哈出离去时，这二位并未在场。

田田、娟娟也没想随纳哈出他们走，而是与岳索图等人含泪打扫了豁鼻马悲壮死难的厅堂，为他洗洗身子，换上了新衣。又到山里选上好的松木，打造棺椁，准备厚葬之。因此，纳哈出离开罗锅哨时，田田、娟娟没在场并不奇怪，那时他们已上山伐木去了。棺椁打好后，娟娟、田田、岳索图等几位知心朋友，细心地料理了豁将军的入殓安葬之事。此时，岳索图已从田田那里得知了娟娟的真实身份，明白了一切，并决心跟着这位非同常人的当今大明皇帝的干女儿——秉仁公主走，听从她的调遣。娟娟以大明天子所赐之"在辽东依情定事，容后奏禀"的御旨，命岳索图请来了附近最出名的上等石匠师傅，到百里之外选最好的山岩白石，凿出了一面大石碑，碑上镌刻着"豁鼻马大将军墓"七个醒目的楷书字。因怕纳哈出的元兵毁坏，所以没有在石碑上镌刻标识大明朝的洪武年月字样。又亲自到豁鼻马墓前叩拜吊唁，田田、岳索图在一旁陪祭。娟娟诵读诔文祭曰：

　　"豁鼻马将军，尔虽后附本朝，然为平定辽东，恪尽职守，大义凛然，为除恶代友慷慨就义。忠今诚今，神人敬今。待奏明圣上，再论功封赏。尔居室妻老必赡养永年，塑尔金碑传世焉，伏惟尚飨。豁鼻马将军流芳千古。"

　　念完诔文后，三人又一次奠祭叩拜，事毕，一块儿回到了罗锅哨。稍事休息，因娟娟、田田还有别的事儿要做，便与好友岳索图话别，互相做了叮咛和嘱咐。然后，二人跨上从岳索图的马厩中挑选出的两匹上等坐骑，又各带了一匹做随时替补之用，匆匆离开了让姐弟感慨万千、永生铭记的罗锅哨，快马向金山方向驰去。

　　对豁鼻马之墓，说书人还要多讲几句。立墓碑时，辽东正被纳哈出所占。因战事甚紧，诸务繁冗，娟娟等人对豁鼻马之墓连续几年也没有机会去奠祭。后经叶旺、娟娟将豁鼻马为大明英勇捐躯之事奏明了皇上，朱元璋阅过奏折，感佩其诚。特别是对豁将军归附大明之后，能够如此忠烈，觉得十分难得，堪应厚赏。所以，到了洪武二十二年夏天，特颁旨拨银，命辽东叶旺将军在豁鼻马原墓地重筑石墓，墓铭在石碑中间除用金箔嵌成"豁鼻马大将军墓"七个字外，要下署"洪武二十二年吉夏重塑"字样。随着豁鼻马墓碑的重修，南大沟渐渐有了名气，不少人前来瞻仰，开荒占草、开垦牧地的人亦越来越多。至明朝中期，已成为一片兴旺的村寨了，由于有金箔碑刻，皆传称为"金家坟"。后随年深日久，明廷日败，到明亡时，连残碑都没了，便更名为"金家寨"了。此为"金家寨"即往昔"金家坟"之缘由，这是后话。

　　再说金山大寨的除恶救友之事总算在豁鼻马仗义舍身相助下未被追究，由此引起的风波似乎也平息了，然而娟娟和田田的心中并没感到轻松。为什么呢？因为直到现在还未找到他们的亲生母亲，究竟身在哪里呢？姐弟俩思念不已。特别是纳哈出在审问豁鼻马时，愤怒的豁将军毫不留情地揭开了纳哈出家族难以启齿的龌龊之事，更使娟娟触景生情，牵挂和渴望见到母亲。娟娟在金山的日子，感触最深的，则是女人的被折磨、被欺凌。从自己生母楚绣绣的被糟蹋，到年轻美貌的乌曼、塔拉格的被蹂躏，记载了多少女人的血泪账，她们都是男人荒淫无度的牺牲品，真是最苦难莫过于女人呀！一想到这些，娟娟的内心怎能不生发出快快找到生母的责任！她暗暗祈盼着："慈母啊，现在究竟是死是活呀，娟娟能不能与您团聚？我已经到了辽东，知道了母亲的苦难。老天有眼，请给以福祐，让女儿见一面吧！"娟娟此次来到辽东，的确长了不少见识，体验了人生的坎坷，目睹了一些人的狡诈嘴脸，还亲耳听了纳哈出审问豁鼻马的全过程，进一步了解了金山大寨的内幕及纳哈出家族的无耻，看到了金玉其外、败絮其中的实质。觉得实在是没什么了不得的，充其量不过是一群苟延残喘的乌合之徒尚龟缩在那里而已，早早晚晚必被大明所征服。值得高兴的是，自到了罗锅哨以后，由于田田的引见，幸运地结识了一位朋友，那就是岳索图将军。从而使身边多出了一个臂膀，增加了一份力量，信心也更强了。

这些日子以来，田田心里十分不平静，通过亲历的一些事情，终于认清了父王的真面目。认为纳哈出丑恶凶残，外强中干，是个连自己亲生儿子都制服不了的可怜虫，何谈光复元祚，重振国威？完全是痴人说梦！他决心离开金山，与姐姐在一起，尽快找到自己的母亲，投靠大明朝，以图新生。田田的选择在与娟娟要离开罗锅哨时，已基本落实，并同岳索图共立了生死相依的誓言。议定由岳将军在罗锅哨做好一切准备，招集各处散兵游勇，凝聚实力。单等秉仁公主一声呼唤，即同时举事，重创辽东的未来。

娟娟与田田回金山的一路上，不由得想起了豁鼻马在囚牢中向他们喊出的最后一句话："田帅、秉仁公主，千万勿忘到月牙楼探看，月牙楼！"娟娟的头脑中很快闪出了一连串的问号："豁鼻马为啥其他话皆不讲，专提月牙楼呢？为啥嘱咐我们一定到月牙楼去探看，探看什么？月牙楼是怎么个所在，那里又有什么值得非去不可之奥秘呢？"遂问弟弟："月牙楼怎么回事儿，是什么人住的地方？"田田回道："我也不清楚具体是个啥情况，以前只是恍惚听父王提过一次。说是都布多尔济曾经要闯月牙楼，不仅没有得逞，还受到了他的申斥，以后再没谈起这个地方。只听传讲月牙楼是大丞相府内的一个挺好的建筑，那里机密得很，任何人不准去，只有父王知道底细。"娟娟听后，眯起双眼，心里琢磨开了："连都布多尔济都不能进去，可见月牙楼非同一般，必是极其重要的所在。"便对田田说："无论如何，一定想办法探看月牙楼，纵然是刀山火海也要去。豁鼻马将军在千钧一发之际，不忘嘱告此事，必是发现了什么疑窦，因为他对大丞相府最熟悉不过了。"田田听后，点头称是。娟娟已估计到月牙楼肯定防范严密，不会像都布多尔济掌管的地牢那样，有空子可钻，为此很是着急，并把想法告诉了弟弟。田田安慰道："姐姐，此次回金山，寻思来寻思去，觉得还是到我府上为好。由于母亲不得宠，故而父王现在不怎么信任我，但不至于拿掉金山大将军的职衔。这样的话，咱们就有探看月牙楼的机会了。父王是知道的，我从不与都布多尔济争雄，更没有理由杀他。作为一个大将军，该做的都做了，他找不出我什么毛病。"娟娟说："田田，纳哈出是个极端狡诈之人，难道没注意到那双对你十分冷酷的目光吗？还是处处小心为好。我对他可是看透了，不仅怀疑你，也怀疑我，只不过是对咱俩突然在一起一时没抓住什么把柄罢了。大丞相府内出了这么大的事儿，尽管黪将军承担过去了，可纳哈出能就此了结吗？我猜他必有什么考虑。可惜同明月长老、叶旺、李佑他们走散了，不知如今在何处，或许到了辽阳城？他们肯定在惦记着咱们的安危，正急着寻找呢！咳，要是师太在身边多好，有了主心骨儿不说，什么全不怕了。"

　　田田和娟娟骑着马，一路走着，一路思考着，一路交流着。这时，突然从前边密林中闪出一个小黑点儿，越闪越大，仔细一看，原来是个骑马的正向他们这个方向驰来。速度很快，嗒嗒嗒的马蹄声由远及近，听到马上人在喊："前边可是秉仁公主和田田大将军么？太巧了，真怕你们走远了碰不到呢！"二人听出来了，是萨家奴的声音，一时高兴极了！因为正在为探看月牙楼无计可施之时，却来了一个既在丞相府呆的时间长、又熟悉纳哈出的人，如果让他帮助出主意，必会柳暗花明的，这不是及时雨嘛！于是，姐弟俩打马前冲，三人很快凑到一起了。萨家奴收紧马缰，飞身跳下，娟娟、田田也同时下了马。萨家奴将二人引入道边儿一片密林深处，选了块儿空静的干草地，松开缰绳，放马到一边吃草，他们仨坐在了倒木轱辘上。没等娟娟、田田开口问，萨家奴便急忙禀报道："秉仁公主、田田大将军，我刚刚得到信儿，高家奴那小子被曾家奴一通儿花言巧语给说通了，已经叛变了！近期与曾家奴联手，要带着武当山一位武林前辈菩提僧人的高徒——圆觉禅师到金山来，言称是纳哈出早就催促曾家奴必办的事儿。目的只有一个，就是壮大金山大寨的实力，今后若由圆觉禅师、曾家奴、高家奴、乌迪什等人执掌兵权，将声威大震。秉仁公主，实实在在说，这对咱们很不利，恐怕你我都无法在此呆下去了。寻思着是宗大事儿，所以才瞅准机会赶紧离开大寨前来找你们，想早点儿把消息告之。"田田说："圆觉禅师不是我师父月禅禅师的师兄吗？不知你所说的那个圆觉，他们是不是一个人？如果是的话，相信他不会助纣为虐的。即或由于不明真相，让人骗了来，也不会干坏事儿。娟娟姐姐，不用怕，必要时，我去找师父来解围……"娟娟打断了田田的话："田田哪，你等一会儿再说，还是先听听萨将军介绍情况，这很重要。"田田马上不做声了。

萨家奴捶了捶脑袋，打了个咳声道："我索性把心里话都掏出来吧，反正已经这样了，憋着不说还挺难受的。刚开始听到叶将军和卜家奴被抓的信儿时，不知怎么，脑子里突然冒出了个不好的念头。我就是闹不懂，叶将军、卜家奴和达家奴本来是在一起的，可为什么单单他俩被抓，而达家奴却安然无恙？当时十分纳闷儿，没琢磨透。以为达家奴可能是跑出去了，不知躲在什么地方了，还替他担心呢！如今看来，根本不是那么回事儿，很可能是吃了高家奴的亏了。我过去向你们介绍过高家奴这小子，在纳哈出那儿很有权势，下边又有不少站赤的人，一个个全听他的，你说哪能轻易降明呢？没想到当时真就降了。仔细分析分析，觉得是高家奴要了手腕儿，要找机会抓叶旺将军和卜家奴。达家奴为什么没被抓呢？因为他是高家奴的人。达家奴跟高家奴的关系一向很近，肯定是在很早的时候，他已经知道了高家奴早晚要背叛明朝、回到纳哈出一边的。至于他们怎么串通一气的，现在不好说。但有一点很清楚，达家奴是和高家奴一块儿叛变的。而且基本可以确定，达家奴极有可能参与了抓捕叶旺将军的勾当。秉仁公主，这样一来，辽东的形势必将较前紧张。此事也怨我事先想得太容易了，造成了很大的损失，真是对不起您，对不起明月长老呀！"说着，扑通一声跪倒在地，表白道："秉仁公主、田田大将军，如今这个变化，你们可千万别怪罪于我。况且咱们在一起相处的时间不算短了，应该能够看出我不是那种两面三刀的人，更没有同他们合谋。若是发现有一丁点儿关系，老天会惩罚的，不得好死！请相信我，以前所做过的一切是诚心诚意的，并早已准备好了，一准儿学嚣将军，为大明哪怕这条命搭上了，绝不后悔！"二人听罢，上前将他扶了起来。

此刻，娟娟、田田得知了萨家奴所讲的危急信息，也很紧张。一想到金山的形势马上要变了，元残余势力的力量将立即强大起来，你说他们能不着急吗？娟娟又想到："萨家奴既然主动来报信儿，就该相信他，不能以为有诈。凭着对萨家奴自登州归顺以来这段时间的了解和考察，看出对大明是真心的，曾为我和明月长老出了不少好的主意，为顺利打入金山是立了功的。如果真叛变了，完全可以不送这个信儿，而应是骗我们上钩儿，再施以抓捕。另外，他自会想到，田田在金山还是有一定势力的，不会轻易上当，再说我的武功、明月长老的神力也是领教过了的。自从降明后，一切行动都说明，起码到现在没做两面三刀之事。我们对人应以诚相待，以情感人，在未弄清真相的情况下，对萨家奴仍以信任为最重要。否则，对谁都持怀疑态度，有些事儿将不那么好办了，大前提是只要做到心中有数就行了。"想至此，忙道："萨将军，说哪里话？咱们从登州相识已经数月，是生死患难的朋友，怎出此言？一直以来，我们完全把将军当做自家人，从未分过心，何谈不信任？至于你对大明朝所做的贡献，皆宗宗件件记在心里，朝廷肯定不会亏待的，会看做是又一位豁鼻马大将军！今天能匆匆忙忙赶来报信儿，便是最好的见证，忠诚可嘉，可嘉呀！"话说得很有大将军的派头、大将的风度，而且泰然自若。

娟娟说完，从倒木轱辘上站起并走了过来，坐在一个不大的石块儿上。随后，向田田和萨家奴招手道："来，你们俩坐过来，咱们一起好好儿商量出个办法来。"田田和萨家奴顺从地坐了过去。娟娟继续说："我看没啥可怕的，大明朝如日中天，仅仅几个辽东元朝的残兵败将能奈何？萨将军，说心里话，我并不在乎曾家奴、高家奴带什么大师来助阵，也不挂心高家奴叛大明。他若那样做了，是欠了大明朝又一笔债，到时候会一块儿算清的。正是败子不回头，最后遭殃的必定是自己，只能自作自受啦！我倒要向你打听一个地方，将军一定听说过月牙楼吧，它究竟是个什么所在？若是知道，请详细说说。"娟娟这么一问，萨家奴当即吃了一惊，忙道："秉仁公主，怎么突然想到月牙楼了呢？那可非同一般之处呀，刚建成一年多，是座木楼，为大丞相府中之府、心腹要地。没听说过一句嗑儿吗？每当纳哈出酒醉时，经常挂在嘴边的口头禅便是：'金山是吾面，月牙为吾心。'月牙楼是在大元至正三十年末，即洪武三年元顺帝应昌驾崩岁尾，纳哈出奔丧归来后建成的。据传，里面存有元顺帝的遗宝和元帝之玉玺。说起元帝玉玺，根本没在顺帝儿子的手里，而是在月牙楼里供着，另外还有些稀世珍宝和遗物。这还不算，我因常到纳哈出那儿去，所以有机会偶遇月牙楼的统管平章与大丞相在一起窃窃私语。有一次，为了军情，纳哈出要派人去金陵秘授机宜而特将我召去。到那儿以后，忽然听到另一室内，月牙楼统管平章正与大丞相谈着月牙楼里的囚牢所关押之人。听口气好像是大元朝的一位名人，因心志不坚而降了徐达，被抓回后押入此牢，生死不明。那里是否还关押其他什么人，尚不十分清楚。另外，听说凡纳哈出视为对他构成危险之人，也全被作为重犯押入月牙楼中，裁决而终，尸骨均不知去向。月牙楼是金山之秘、金山之谜，任何人不准近前和过问，连纳哈出最信任的大儿子都布多尔济想去看看，都好险没被他鞭笞、关押。"田田插话道："娟娟姐姐，关于月牙楼，父王的确从不让过问。记得有那么一回事儿，在母亲还得宠的时候，父王陪着她去过一次初建成的月牙楼。至于楼内具体什么情况，没听他们讲过，可惜当时没太在意，只听说一个明朝的什么将军被押在楼里。母亲为此曾劝父王：'人家要是回心转意了，赶紧放出来吧，不要杀了。'又听说那是一位很有名望的将领的堂弟，是为元朝出过力的人，到底怎么回事儿，谁也不清楚。姐姐，豁鼻马要咱们探看月牙楼，莫非是母亲并没有走失，只是纳哈出当初有意散布的谎言？还是生母其实就关在月牙楼，豁将军探听到了，报告给咱们消息呢？"说到这儿，激动得一跃而起，精神大振，看得出他的两眼突然异常明亮。

娟娟被田田一提醒，激灵一下，随之也从地上跳将起来，着急地说："唉呀，我怎么没想到？要是像你说的不太危险了吗？弟弟，你想啊，这么长时间了，母亲假如真被押在楼内，有可能早就死了。快，说什么得破月牙楼，必须想法儿尽早摸清那里的情况，哪怕把月牙楼翻它个底儿朝天，非找到母亲不可！"然后转过头来，表情严肃地问萨家奴："萨将军，我要你个准话儿，能否帮忙想出破月牙楼的办法？要想巧破此楼，全凭你鼎力相助了，起码我们尚没想出更好的辙来。再说田田是被他父王怀疑和监视的对象，行动不便，稍有不慎，容易引起纳哈出的警觉。所以，想来想去，帮助破月牙楼的差使，不能用田田，非萨将军莫属。萨将军哪，快拿主意吧，说说看，怎么破好？"萨家奴听了娟娟的一番话，感到非常为难，说道："秉仁公主，这可愁死我了。月牙楼专有纳哈出身边的马步赤兵护守，任何人不能靠前，严密得很，我是真没什么好招儿哇！"说完，两手一摊，显出十分无奈的样子。

娟娟是个性格挺急的人，听萨家奴这么一说，有点儿不高兴了，大声儿说道："萨将军哪，萨将军，难道要看我姐弟俩的热闹不成？倒想问问你，到底是真降明还是虚情假意？现在正是考验是否真心的当口儿上！萨家奴，必须告诉我，得用什么法子接近月牙楼。你若不行，还有没有最贴近的人能协助咱们？哪怕对月牙楼知情一点儿的也行。你可是纳哈出身边最红的人，又从没怀疑到你头上，怕什么？无论从哪个方面讲，萨将军肯定比田田更熟识纳哈出贴身的人，多余的话咱不说了，快好好儿想想。"经娟娟连叫真儿带叫号儿的，把个萨家奴弄得还真为秉仁公主的生气而吓昏了头。后来对他又捧又吹嘘的，再一启发，反倒清醒了不少，忙赔着笑脸儿说："秉仁公主，你可别吓唬我。本来就怕不相信是真心降明，恨不得把心掏出来给你们看。方才一着急，立马蒙圈了，不知说啥好了。让你一开导，嘿，我倒想起两个人来。他们都是月牙楼的管事人，与我还算莫逆之交，要不，去找他俩先摸摸底？"娟娟问道："这俩人是干什么的，叫啥名儿？"萨家奴说："一个叫巴革什，女真人，祖籍粟末水，富朵伶人士，恭格拉平章的义子。原是纳哈出护军骑营的大将军，现在是月牙楼护军副使；另一位你们听起来一定亲切，是汉人，叫季广，号东坡，是位文士。原是纳哈出在关内安徽太平当万户时的典簿官，随其多年，后来又一块儿到辽东来了。此人六十来岁，深得纳哈出的信任，是月牙楼夜更主事。月牙楼的当值者，分日更、夜更两拨儿人马，双月一换。更夫、兵丁的管理、调动、督察等，均由纳哈出指定的日更和夜更主事负全责，对他们要求相当严，不准外出，不准结友。季广较老实，还算听话，可巴革什却受不了。他经常往富朵伶故乡捎信捎物，皆由我帮着办，因而便跟巴革什挺近。"说完，看了看嘴不饶人的娟娟。

田田对萨家奴提到的两个人认真想了想，然后说道："你讲的头一个巴革什有印象，他是恭格拉的干儿子、金山的红人，记得还救过父王呢！有一次父王外出打猎，被三只黑熊困住，一时脱身不得。全仗巴革什发现了，并用箭射死了其中的一只，另两只吓跑了，父王这才逃命。要不，必遭熊害，可以说对父王有救命之恩。那后一个夜更主事季广我怎么没听说过呢？"萨家奴说："你太应该知道了，他与你母亲都是江南人，就是外号儿叫'老太平'的那个，想起来没？""老太平"田田当然认得，也熟悉，忙道："噢，知道，那是位好人。因为与我母同为江南人，所以对他挺看重，不过好长时间没看到'老太平'了，不知上哪儿去了，原来竟在月牙楼！以前得到过他不少帮助呢。看来，你说的那个巴革什，不一定跟咱们一条心。若是知道恭格拉已受重伤，肯定会站在他那边，对我们必怀恨在心，不可能相帮。'老太平'倒是个人选，诚恳忠厚又实在，对母亲一向挺好，或许能告知一些实情。"娟娟、萨家